L'Essaim

FRANK SCHÄTZING

L'Essaim

Traduit de l'allemand par Danièle Darneau

ÉDITIONS
FRANCE
LOISIRS

Titre original : *Der Schwarm*
publié par Kiepenheuer & Witsch.

Édition du Club France Loisirs,
avec l'autorisation des Presses de la Cité.

Éditions France Loisirs,
123, boulevard de Grenelle, Paris.
www.franceloisirs.com

ISBN : 978-2-298-00058-0

Avec tout mon amour, plus profond que l'océan.

A Sabina.

hishuk ish ts'awalk

Tribu nuu-chah-nulth, île de Vancouver

PROLOGUE

14 janvier

A Huanchaco, sur la côte péruvienne

C'est en ce mercredi que se scella le destin de Juan Narciso Ucañan, mais le monde n'en fut pas informé.

Quelques semaines plus tard, l'information fut diffusée sur une vaste échelle, mais le nom d'Ucañan ne fut jamais prononcé. Car des noms, alors, il y en avait trop, et il faisait simplement partie du lot. S'il avait été possible de l'interroger immédiatement après et de lui demander ce qui s'était passé à l'aube de ce mercredi, la similitude avec des événements qui s'étaient produits au même moment tout autour du globe aurait sauté aux yeux. Et sans doute son avis, parce qu'il émanait d'un simple pêcheur, aurait-il mis en évidence une série de corrélations complexes qui ne sont devenues apparentes que plus tard. Mais Juan Narciso Ucañan ne dit mot, et le Pacifique, au large de Huanchaco, dans le nord du Pérou, ne révéla rien, lui non plus. Ucañan resta muet, comme les poissons qu'il avait pêchés toute sa vie durant. Lorsque, finalement, on le retrouva dans une statistique, l'affaire était déjà passée au stade supérieur et les détails le concernant personnellement ne présentaient plus qu'un intérêt mineur.

De la même manière, avant cette date fatidique du 14 janvier, il ne se serait trouvé personne pour lui accorder la moindre importance ou défendre ses intérêts.

Cette indifférence à son égard n'aurait pas étonné Ucañan.

Il ne se réjouissait pas du tout de l'évolution qui s'était opérée. Au fil du temps, le village de Huanchaco avait gagné ses galons de plage paradisiaque et était devenu un haut lieu du tourisme international. Les étrangers affluaient, enchantés par cet endroit où les autochtones sortaient en mer sur d'archaïques barques en jonc, mais lui, ça lui faisait une belle jambe. Ce qui était vraiment archaïque, c'était que certains continuent encore à sortir. Car la majeure partie de ses concitoyens gagnaient leur vie sur les chalutiers-usines et dans les usines de farine et d'huile de poisson, grâce auxquels le Pérou, en dépit de la raréfaction dudit poisson, continuait à figurer en tête des pays producteurs de pêche, avec le Chili, la Russie, les Etats-Unis et les grands pays asiatiques. En dépit d'El Niño, Huanchaco s'étendait de tous côtés, les hôtels étaient à touche-touche, les dernières réserves de la nature étaient pillées sans vergogne. Tout le monde se débrouillait pour en tirer profit d'une façon ou d'une autre. Tout le monde, sauf Ucañan, à qui il ne restait pratiquement plus que sa petite barque si pittoresque, un *caballito*, un « petit cheval », nom qui leur avait été donné autrefois par les *conquistadores*, charmés. Mais, tel que c'était parti, les *caballitos* allaient bientôt disparaître à leur tour.

Le millénaire commençant avait visiblement décidé de se séparer d'Ucañan et de ses semblables.

Il ne savait plus où il en était. D'un côté, il avait le sentiment d'être puni. Par El Niño, qui visitait le Pérou depuis la nuit des temps et dont il n'était pas responsable. Par les écologistes, qui dans leurs congrès discutaient surexploitation des océans et réduction des quotas, au point qu'on voyait littéralement les yeux accusateurs de ces politiciens se tourner vers les patrons de pêche, pour s'apercevoir soudain que c'était leur propre image qui leur était renvoyée comme par un miroir. Ensuite, leurs regards allaient se poser sur Ucañan, qui n'était pas plus responsable du désastre écologique que d'El Niño. Ce n'était pas lui qui avait demandé la présence des usines flottantes, ni celle des chalutiers japonais et coréens tapis dans la zone des deux cents milles en attendant de pouvoir se ruer sur le poisson local. Ucañan n'était responsable de rien de tout cela, mais il finissait par en douter lui-même, commençait à se sentir vaguement coupable. Comme si c'était lui qui remontait de la mer les thons et les maquereaux par millions de tonnes.

Il avait vingt-huit ans et il était l'un des derniers de son espèce.

Ses cinq frères aînés travaillaient à Lima. Ils le prenaient pour un demeuré parce qu'il acceptait de sortir en mer, à bord d'une barque qui était pour ainsi dire l'ancêtre de la planche à voile, et d'attendre dans les eaux désertées de la côte que les bonites et les maquereaux veuillent bien mordre. Ils lui répétaient que c'était inutile, qu'on ne pouvait pas redonner du souffle aux morts. Or, c'était du souffle de son père qu'il s'agissait, son père qui, malgré ses soixante-dix ans tout proches, avait continué à sortir tous les jours. Sauf que depuis quelques semaines, c'était fini. Maintenant, le vieil Ucañan ne sortait plus. Il restait couché, avec une toux bizarre et des taches sur la figure, et il était en train de perdre la tête. Et Juan Narciso se cramponnait à l'idée qu'il pourrait garder le vieil homme en vie tant qu'il continuerait à maintenir la tradition.

Mille ans auparavant, bien avant l'arrivée des Espagnols, les ancêtres d'Ucañan, les Yunga et les Moche, utilisaient déjà ces barques en jonc. Ils peuplaient la côte tout du long, du Nord au Sud, jusqu'à la région de la ville actuelle de Pisco, et livraient leur poisson à la puissante métropole de Chan Chan. A l'époque, la région était riche en *wachaques*, des marais proches de la côte, alimentés par des sources d'eau douce souterraines. C'était là que poussaient en quantité les roseaux avec lesquels Ucañan et les survivants de son peuple continuaient à fabriquer leurs *caballitos*, exactement comme le faisaient les anciens. Pour construire un *caballito*, il fallait de l'adresse et la paix de l'âme. Le résultat était exceptionnel. Longue de trois à quatre mètres, avec une proue pointue qui s'arrondissait en montant très haut, légère comme une plume, cette barque de roseaux tressés était pratiquement insubmersible. Dans les temps anciens, c'était par milliers qu'elles fendaient les flots en sillonnant cette côte appelée « le Poisson d'Or » car, même les mauvais jours, on rentrait chargé d'un butin plus important que celui qu'Ucañan et ses pareils osaient à peine imaginer, à présent, dans leurs rêves les plus fous.

Mais les marais disparurent, et avec eux les joncs.

Au moins, El Niño était prévisible. Tous les ans, autour de Noël, le courant de Humboldt, un courant d'ordinaire froid, était réchauffé par les alizés, appauvrissant la chaîne alimentaire, et les maquereaux, les bonites et les sardines restaient absents parce qu'ils ne trouvaient pas de quoi se nourrir. C'est pour cette raison que les ancêtres d'Ucañan avaient donné à ce phénomène le nom d'« El Niño », autrement dit « l'Enfant Jésus ». Parfois l'Enfant Jésus se contentait de chambouler un peu la nature, mais, tous les quatre ou cinq ans, il faisait fondre le châtiment du Ciel sur les pauvres humains, comme s'il voulait les rayer de la surface terrestre. Tornades, pluies diluviennes et torrents de boue emportaient les gens par centaines. El Niño venait, puis repartait, c'était comme ça depuis toujours. Si on n'allait pas jusqu'à faire ami-ami, on s'en accommodait, plus ou moins. Mais, depuis que les trésors du Pacifique échouaient dans des chaluts aux ouvertures assez larges pour y faire entrer une dizaine d'avions gros porteurs côte à côte, il n'y avait plus rien à faire, la prière elle-même ne servait plus à rien.

C'est peut-être vrai, pensa Ucañan dans son *caballito* bercé par la houle, peut-être que je suis bête. Je suis bête et c'est de ma faute. C'est de notre faute à tous, parce que nous nous sommes acoquinés avec un saint patron chrétien qui ne fait rien contre El Niño, ni contre les sociétés de pêche, ni contre les accords gouvernementaux. Avant, nous avions des chamans, au Pérou.

Ucañan connaissait par des récits les découvertes faites par les archéologues dans les temples précolombiens près de la ville de Trujillo, juste derrière le Temple de la Lune. Ils avaient trouvé quatre-vingt-dix squelettes allongés, des hommes, des femmes et des enfants, la plupart poignardés. En 560, dans une tentative désespérée d'arrêter la montée des eaux, les grands prêtres avaient sacrifié la vie de quatre-vingt-dix victimes, et El Niño était parti.

Qui fallait-il sacrifier pour interrompre la surexploitation de l'océan ?

Ucañan frissonna devant ses propres pensées. Il était bon chrétien. Il aimait le Christ et il aimait aussi san Pedro, le saint patron des pêcheurs. Jamais il n'avait laissé passer une fête de san Pedro, quand on transportait sa statue de bois de village en village à bord d'une barque, sans y participer avec ferveur. Et pourtant… Le matin, ils se précipitaient tous à l'église, mais c'était la nuit que brûlait la véritable ardeur. La nuit, sans retenue, on s'adonnait au chamanisme.

Mais y avait-il un dieu capable de venir à leur secours si l'Enfant Jésus lui-même affirmait qu'il n'avait rien à voir avec le nouveau fléau qui s'était abattu sur les pêcheurs, que son influence se limitait aux dérèglements des forces de la nature et que, pour le reste, il convenait de s'adresser aux politiciens et aux lobbies ?

Ucañan leva la tête vers le ciel et cligna des yeux.

La journée s'annonçait belle.

Bien loin de la tourmente d'El Niño, le nord-ouest du Pérou offrait pour l'instant une image idyllique. Depuis des jours entiers, le ciel était bleu et pur. A cette heure matinale, les surfeurs étaient encore au lit. Il y avait une bonne demi-heure, dès avant le lever du soleil, qu'Ucañan était sorti en compagnie d'une dizaine de pêcheurs, fendant les vagues qui roulaient doucement à leur rencontre. A présent, le soleil montait lentement derrière la brume des montagnes et plongeait la mer dans une lumière pastel. L'immensité infinie, qui, l'instant précédent, était encore couleur d'argent, se teintait de bleu tendre. On devinait à l'horizon les silhouettes de quelques énormes cargos qui avaient mis le cap sur Lima.

Ucañan, indifférent à la beauté du jour naissant, attrapa son *calcal* derrière lui. C'était le traditionnel filet rouge des pêcheurs en *caballito*, long de plusieurs mètres et sur lequel était accrochée toute une série d'hameçons de différentes tailles.

Assis sur ses talons dans sa petite embarcation de jonc, le dos bien droit, il inspecta les mailles fines d'un œil critique. On ne pouvait pas s'asseoir à l'intérieur d'un *caballito*, mais, en revanche, une place généreuse était prévue à l'avant pour le matériel et le filet. La pagaie fabriquée dans un bambou de canne de Guayaquil coupé en deux, comme personne n'en utilisait plus au Pérou, était posée en travers devant lui. Elle appartenait à son père. Il l'avait prise pour que le vieil homme puisse sentir la force avec laquelle lui, son fils, l'enfonçait dans l'eau. Depuis sa maladie, Juan posait la pagaie contre son flanc, et sa main droite par-dessus, afin qu'il la sente – la perpétuation de la tradition, le sens de sa vie.

Il espérait que son père reconnaissait ce qu'il touchait ainsi. Car son fils, il ne le reconnaissait plus.

Ucañan acheva l'inspection du *calcal*. Il l'avait déjà vérifié à terre, mais les filets étaient une chose précieuse et on ne leur accordait jamais trop d'attention. La perte d'un filet signait votre fin. Ucañan pouvait bien se trouver du côté des perdants dans la partie pipée où se jouaient les dernières ressources du Pacifique, il n'avait pas l'intention de s'abandonner à la moindre négligence, pas plus que de se mettre à boire. Rien ne lui était plus insupportable que la vue de ceux qui avaient perdu l'espoir, qui laissaient pourrir leurs barques et leurs filets. Il savait que si son miroir devait un jour lui renvoyer une image pareille, ça le tuerait.

Il scruta les environs. Le territoire de pêche de la petite flotte des *caballitos* qui fendaient les flots comme lui, à un bon kilomètre de la plage, s'étendait loin de part et d'autre. Aujourd'hui, les « petits chevaux » ne dansaient pas au gré des vagues comme d'habitude. Il n'y avait que très peu de houle. Les pêcheurs allaient passer les prochaines heures à attendre, patiemment, presque avec fatalisme. A présent, des barques en bois plus grandes s'étaient jointes à eux, un chalutier passa, cap au large.

Indécis, Ucañan regarda ses compagnons, hommes et femmes, jeter à l'eau leurs *calcals* les uns après les autres en prenant bien soin de les amarrer à leur barque. Des bouées rondes, rouges et brillantes, apparurent bientôt à la surface de l'eau. C'était le moment d'y aller à son tour, mais Ucañan, songeant aux jours précédents, n'arrivait pas à se décider.

Quelques malheureuses sardines. Il n'avait rien pris de plus.

Il suivit des yeux le chalutier, qui devenait de plus en plus petit. Cette année aussi, ils avaient eu El Niño, mais il avait été relativement inoffensif. Tant qu'il restait limité, El Niño montrait son second visage, un visage souriant, bienveillant. Attirés par les températures plus clémentes, de grands thons à nageoires jaunes et des requins-marteaux se fourvoyaient dans le courant de Humboldt, qu'ils trouvaient trop peu accueillant en temps normal. Ces années-là, on mangeait bien à Noël. Certes, avant, les rares poissons de petite taille terminaient leurs jours dans les estomacs des grands et non pas dans les filets des pêcheurs, mais on ne pouvait pas tout avoir.

En tout cas, ceux qui sortaient plus loin par une journée comme celle-ci avaient toutes les chances de rentrer avec une grosse prise.

Pas la peine d'y penser. On ne sortait pas jusque-là avec un *caballito*. Sous la protection du groupe, ils se risquaient parfois à pousser jusqu'à dix kilomètres de la terre ferme. Les « petits chevaux » étaient capables d'affronter vaillamment la forte houle, ils galopaient tout simplement sur la crête des vagues. Le problème, au large, c'était le courant. Et quand, de plus, le vent soufflait de la terre, il fallait déployer toutes ses forces pour pouvoir rentrer.

Il y en avait qui n'étaient jamais revenus.

Droit comme un *i* sous le soleil levant, Ucañan était assis, immobile, sur ses talons dans sa barque de roseaux tressés. L'attente des bancs de poissons qui n'arriveraient pas plus aujourd'hui qu'hier avait commencé. Il scruta l'immensité du Pacifique pour essayer de distinguer le chalutier. Il y avait eu une époque où il aurait trouvé facilement du travail sur l'un de ces gros bateaux ou dans les usines de farine de poisson, mais ça aussi, c'était fini. Après les dévastations niñesques de la fin des années 1990, les ouvriers d'usine avaient eux aussi perdu leur boulot, car les grands bancs de sardines n'étaient jamais revenus.

Que faire ? C'était simple, il ne pouvait pas se permettre de rentrer bredouille un jour de plus.

Tu pourrais donner des cours de surf aux *señoritas*.

C'était tout ce qui lui restait à faire. Prendre un boulot dans l'un des innombrables hôtels qui écrasaient l'ancien Huanchaco de leur puissance. Pêcher les touristes. Porter une petite veste ridicule, mélanger des cocktails. Ou s'évertuer à arracher des cris de plaisir à des Américaines capricieuses. En leur faisant faire du surf, du ski nautique, et en s'occupant d'elles jusque tard le soir dans leur chambre.

Mais son père mourrait le jour même où il couperait le lien qui le rattachait au passé. Même si le vieil homme avait perdu la tête, il sentirait certainement que son dernier fils avait perdu la foi.

Ucañan serra les poings de toutes ses forces, si fort que ses jointures blanchirent. Puis il sortit sa pagaie et, mû par une froide détermination, se lança à la poursuite du chalutier lointain. Chaque coup de pagaie l'éloignait un peu plus de ses compagnons pêcheurs. Il ne fut pas long à les dépasser. Aujourd'hui, il n'avait pas à craindre les lames aussi hautes que soudaines, les courants traîtres, le vent violent qui gêneraient son retour. C'était le jour idéal. S'il ne s'y risquait pas aujourd'hui, il ne le ferait jamais. On trouvait encore des thons, des bonites et des maquereaux dans les eaux plus profondes, et ils n'étaient pas là que pour les chalutiers. Il y avait droit, lui aussi.

Au bout d'un long moment, il s'arrêta et se retourna. Huanchaco, avec ses maisons collées les unes aux autres, était devenu plus petit. Autour de lui, il n'y avait plus que la mer. Aucun *caballito* ne l'avait suivi. La petite flotte était restée loin derrière.

« Avant, au Pérou, nous avions un désert, lui avait un jour déclaré son père, le désert de l'intérieur. Maintenant, nous en avons deux. Le second, c'est la mer qui est devant chez nous. Voilà ce que nous sommes devenus : des habitants du désert qui craignent la pluie. »

Il était encore trop près.

Il se remit en route et, à mesure qu'il creusait l'eau de coups de pagaie vigoureux, il sentit revenir son ancienne assurance. Dans une sorte d'euphorie, il se vit chevaucher la mer à l'infini sur son petit cheval des mers qui l'emmenait vers des eaux où, juste sous la surface, passaient comme des bolides des milliers de dos argentés scintillant sous le soleil, où jaillissaient les bosses grises des baleines, où sautaient les espadons. Mécaniquement, sa pagaie passait d'un côté et de l'autre, l'éloignant chaque fois un peu plus de la puanteur de la trahison. Les bras d'Ucañan semblaient travailler de manière autonome. Lorsque, enfin, il laissa tomber sa pagaie et se retourna de nouveau, le village de pêcheurs n'était plus qu'une poignée de dés lancés au milieu de taches blanches qui brillaient au soleil : les hôtels, la modernité en marche, telle une gangrène.

Ucañan sentit la peur monter en lui. Jamais il ne s'était risqué aussi loin. Pas avec son *caballito*. Entre sentir des planches sous ses pieds et avoir un paquet de roseaux étroit au nez pointu sous les fesses, il y avait une sacrée différence. Même si la brume matinale qui enveloppait le village au loin était trompeuse, il était séparé d'Huanchaco par une bonne dizaine de kilomètres, peut-être plus.

Il était seul.

Ucañan attendit quelques instants. Il adressa une courte prière à san Pedro en lui demandant de le ramener sain et sauf à la maison, sur son *caballito* plein de poissons. Puis il inspira profondément l'air matinal chargé de sel, sortit son *calcal* et le laissa glisser lentement dans l'eau. Les mailles constellées d'hameçons disparurent progressivement dans l'obscurité vitreuse, puis on ne vit plus que la bouée rouge flottant à côté du frêle esquif.

Qu'est-ce qui pourrait bien lui arriver ? Il faisait beau, et d'ailleurs Ucañan savait parfaitement où il se trouvait. Non loin de lui se dressait, surgie du fond de la mer, une montagne de lave, un petit massif montagneux déchiqueté. Ses pointes descendaient très loin sous la surface de l'eau. Les anémones de mer, les moules et les crabes y prospéraient. D'innombrables petits poissons se cachaient dans les fentes et les creux, et des prédateurs comme les thons, les bonites et les espadons venaient y chercher leurs proies. Les chalutiers ne s'aventuraient pas jusque-là, car les récifs étaient trop dangereux, et la pêche trop peu abondante.

Pour le courageux cavalier perché sur son *caballito*, elle serait plus que suffisante.

Ucañan sourit, pour la première fois ce jour-là. L'embarcation se balançait, montait et descendait. Les vagues étaient effectivement un peu plus hautes qu'à proximité de la côte, mais cela ne l'empêchait pas d'être bien sur son bateau de roseaux. Il s'étira et cligna des yeux au soleil jaune pâle qui était monté par-dessus les montagnes. Puis il reprit sa pagaie et en quelques poussées fit prendre le courant à son *caballito*. Il s'accroupit et se prépara à passer l'heure suivante à surveiller sa bouée qui dansait un peu plus loin.

Au bout d'une heure à peine, il avait pêché trois bonites. Grasses et brillantes, elles gisaient au fond de la barque.

L'humeur d'Ucañan était au beau fixe. C'était mieux que tout ce qu'il avait pêché pendant tout le mois… Il pouvait se permettre de rentrer maintenant, mais, puisqu'il était là, autant profiter un peu plus de l'aubaine. La journée avait très bien commencé, il n'y avait aucune raison pour qu'elle ne se termine pas mieux encore.

Et il n'était pas pressé.

Le *caballito* flottait tranquillement le long des rochers. Ucañan donna plus de ligne et vit la bouée s'éloigner en bondissant. Sans relâche, son regard fouillait la surface, à la recherche d'éventuels écueils. Il était important de garder suffisamment de distance pour ne pas prendre de risques avec le filet. Il bâilla.

Il sentit une légère secousse dans la corde.

L'instant suivant, la bouée disparut au creux des vagues. Puis elle réapparut, se souleva, se livra à une danse furieuse pendant quelques secondes, puis fut à nouveau engloutie.

Ucañan attrapa la corde, qui se tendit dans ses mains en lui écorchant la peau. Il poussa un juron. L'instant suivant, le *caballito* se coucha sur le côté. Le jeune homme lâcha prise afin de ne pas perdre l'équilibre. Loin au fond de l'eau, la bouée jetait des reflets rougeâtres. La corde plongeait tout droit vers le bas, raide comme un câble, entraînant lentement l'avant du petit esquif de roseau.

Qu'est-ce qu'il pouvait bien se passer ?

Pas de doute, quelque chose s'était pris dans le filet, quelque chose de grand et de lourd. Un espadon ? Non, un espadon se serait déplacé plus vite et aurait entraîné le bateau à sa suite. La chose qui s'était prise dans les mailles du filet, quelle qu'elle soit, voulait descendre au fond.

Hâtivement, Ucañan essaya de rattraper la corde. Une nouvelle secousse parcourut l'embarcation. Il fut entraîné vers l'avant et passa par-dessus bord. Il refit surface, toussant et crachant, pour constater que son *caballito* était à moitié immergé. La proue pointue se dressait vers le ciel. Les bonites s'étaient échappées et étaient retournées à l'eau. La vue des poissons en train de disparaître le remplit de rage et d'amertume. Il pouvait leur dire adieu. Trop occupé à sauver son bateau et à se sauver lui-même par la même occasion, il n'allait pas s'amuser à leur courir après. Sa pêche de toute une matinée ! Tout ça pour ça !

La pagaie flottait un peu plus loin, mais pour l'heure il y avait plus urgent. Il se jeta de tout son long sur la proue pour essayer de la faire redescendre. Il se retrouva entièrement sous l'eau, avec son bateau qui continuait à être inexorablement entraîné vers le bas. Fébrilement, il rampa sur les roseaux glissants pour atteindre la poupe. De la main droite, il explora l'intérieur et trouva ce qu'il cherchait. Béni soit san Pedro ! Son couteau n'avait pas été emporté, ni son masque de plongée, son bien le plus précieux avec le *calcal*.

D'un coup sec, il coupa la corde.

Aussitôt, le *caballito* se redressa, et Ucañan fit la culbute. Il vit le ciel tourner au-dessus de lui et retomba à l'eau. Il parvint à se hisser à bord et finit par se retrouver, haletant, au fond de la barque de jonc qui avait recommencé à se balancer doucement au gré des flots comme si rien ne s'était passé.

Il se redressa, étourdi. La bouée avait disparu. Il fouilla les vagues du regard à la recherche de sa pagaie. Il l'aperçut qui flottait, non loin de lui. Il alla la rattraper en ramant avec ses mains et la posa devant lui. Il scruta les alentours.

Voilà, c'était à cause de ça, de ces taches claires dans l'eau transparente comme du cristal…

Ucañan lâcha une bordée de jurons à voix haute. Il s'était trop approché des formations sous-marines, et le *calcal* s'était pris dedans. Pas étonnant qu'il ait été entraîné vers le bas. Ça lui apprendrait à rêver tout éveillé, quel crétin ! Et la bouée, elle était avec le filet, bien sûr. Tant que le filet serait accroché aux rochers, elle ne pourrait pas remonter, puisqu'elle était attachée après.

Le jeune homme réfléchit.

Oui, c'était sûrement ce qui s'était passé. Pourtant, c'était incroyable, cette force avec laquelle il avait été entraîné, et qui avait failli lui faire passer l'arme à gauche… Ça semblait la seule explication plausible… le filet s'était pris dans les rochers, mais… le doute subsistait.

Le filet !

Il ne pouvait pas se permettre de perdre le filet.

En quelques rapides coups de pagaie, Ucañan ramena le *caballito* à l'endroit où s'était déroulé le petit drame. Il fouilla l'eau du regard en essayant d'y distinguer quelque chose, mais, hormis quelques taches claires informes, il ne vit rien. Pas l'ombre d'un filet ou d'une bouée.

Est-ce que ça s'était vraiment passé ici ?

Ucañan était un marin. Il avait passé sa vie en mer. Même sans instruments, il savait qu'il se trouvait au bon endroit. C'était ici qu'il avait dû couper la corde pour éviter que sa barque ne se casse en deux. Son filet était au fond, quelque part par là.

Il allait devoir aller le rechercher.

L'idée de plonger n'avait rien de réjouissant. Comme la plupart des pêcheurs, bien qu'excellent nageur, il n'aimait pas beaucoup l'eau. Peu de pêcheurs aimaient véritablement la mer. La mer l'appelait, jour après jour, et comme tous ceux qui en tiraient leur subsistance il ne pouvait vivre sans elle, mais il ne vivait pas vraiment bien avec elle. La mer leur prenait à tous leurs forces vitales ; à chaque sortie, elle en gardait un peu pour elle, laissant au bout du compte des hommes silencieux, désabusés, qui venaient s'échouer dans les bars du port.

Mais il avait son trésor avec lui ! Le cadeau d'un touriste qu'il avait pris à bord l'année précédente.

Il extirpa son masque de plongée, cracha à l'intérieur, étendit soigneusement la salive afin d'éviter qu'il ne s'embue sous l'eau. Puis il le rinça à l'eau de mer et le passa. C'était un masque de prix, avec des bords de latex très souples, bien adhérents. Il ne possédait pas de respirateur ni de tuba, mais ce n'était pas nécessaire. Il était capable de garder son souffle assez longtemps pour descendre reprendre son filet aux rochers.

Ucañan se demanda s'il courait le risque d'être attaqué par un requin. En général, on ne tombait pas sur des espèces dangereuses pour l'homme dans ces profondeurs. Il était arrivé quelquefois, mais rarement, que des requins-marteaux ou des requins-taupes pillent les filets de pêche, mais plus au large. On n'avait pratiquement jamais vu de grands requins blancs sur les côtes du Pérou. De plus, plonger en pleine mer et plonger à proximité de rochers et de récifs qui vous offraient une certaine sécurité, ce n'était pas la même chose. De toute façon, ce n'était pas un requin qui avait son filet sur la conscience.

C'était sa faute à lui, son inattention. Voilà.

Il gonfla ses poumons, plongea la tête la première dans les vagues. Il était important qu'il atteigne très vite le fond, sous peine que l'air ne le retienne à la surface comme un ballon. Le corps bien à la verticale, la tête en avant, il s'éloigna de la surface. Alors que l'eau, vue de sa barque, paraissait sombre et infranchissable, l'univers qui se révéla à lui était clair et accueillant, avec une vue dégagée sur les récifs volcaniques qui s'étiraient sur une longueur de quelques centaines de mètres. Les rochers étaient parsemés de taches de soleil. Il n'y avait pratiquement pas de poissons, mais le jeune homme ne prêta pas attention à ce détail. Ses yeux fouillaient la formation à la recherche du *calcal*. Il ne pouvait pas rester trop longtemps au fond s'il ne voulait pas courir le risque que le *caballito* ne dérive trop loin. S'il ne voyait rien dans les secondes suivantes, il lui faudrait remonter et faire une deuxième tentative.

Et même s'il devait en faire dix ! Même s'il devait y passer la demi-journée ! Il ne pouvait pas se permettre de remonter sans son filet.

C'est alors qu'il vit la bouée.

En suspension au-dessus d'une avancée rocheuse, par dix ou quinze mètres de fond. Le filet se trouvait juste au-dessous. Il semblait être pris en plusieurs endroits. Les minuscules poissons de roche qui l'entouraient se sauvèrent à son approche. Il se mit à la verticale, battit des pieds et entreprit de détacher le *calcal*. Le courant gonflait sa chemise ouverte.

Il s'aperçut alors que le filet était en lambeaux.

Stupéfait, il ouvrit de grands yeux incrédules devant l'ampleur des dégâts. Non, les rochers n'avaient pas pu faire ça tout seuls.

Qu'est-ce qui s'était passé ? Qu'est-ce qui avait bien pu déchiqueter son filet de cette façon ?

Et… où se cachait le responsable, en ce moment ?

Saisi d'inquiétude, Ucañan se mit à tirer nerveusement sur le filet. Il en avait pour des jours entiers de raccommodage.

L'air commençait à lui manquer. Il n'y arriverait sans doute pas dès la première tentative, mais il allait le récupérer, parce qu'un *calcal*, même abîmé, avait de la valeur.

Il finit par s'arrêter. Pas la peine de s'entêter. Il ne lui restait plus qu'à remonter, voir où était son *caballito* et redescendre.

Pendant qu'il se livrait à ces réflexions, un changement se produisit autour de lui. D'abord, il crut qu'un nuage était passé devant le soleil. Les taches de lumière qui dansaient sur les rochers s'étaient effacées, les structures et les plantes ne jetaient plus d'ombre…

Il eut un mouvement de surprise.

Ses mains, le filet, tout perdit ses couleurs et devint blême. Les nuages à eux seuls, s'il y en avait, ne pouvaient expliquer cette transformation soudaine. En l'espace de quelques secondes, le ciel s'était obscurci.

Il lâcha le *calcal*, leva les yeux.

Aussi loin que portait le regard, un banc de poissons scintillants, longs de soixante centimètres environ, nageait juste sous la surface. De stupéfaction, Ucañan laissa échapper une partie de l'air contenu dans ses poumons, qui monta en faisant des bulles. Il se demanda d'où pouvait bien venir ce gigantesque banc de poissons apparu si soudainement. C'était bien la première fois qu'il voyait une chose pareille. Les poissons paraissaient presque immobiles. De temps à autre, une queue bougeait, un poisson isolé filait vers l'avant. Puis, tout à coup, le banc corrigea collectivement sa position de quelques degrés et les poissons se collèrent encore plus étroitement les uns aux autres.

Le comportement typique d'un banc. Pourtant, il se passait quelque chose d'anormal. Ce n'était pas le comportement des poissons qui l'intriguait, non, c'étaient les poissons eux-mêmes.

Ils étaient… trop nombreux.

Ucañan se retourna. La monstrueuse foule de poissons s'étendait à perte de vue, à l'infini. Il leva la tête et, à la faveur d'une trouée au milieu du banc, il aperçut l'ombre de son *caballito* qui se dessinait sur la surface miroitante, légèrement mouvante. Puis tout s'assombrit encore, et le peu d'air qu'il avait gardé se mit à brûler douloureusement ses poumons.

Des mahi-mahi, se dit-il avec stupéfaction.

Plus personne n'avait espéré leur retour. Normalement, il aurait dû être content. Les daurades mahi-mahi rapportaient relativement bien et, avec un filet bien rempli, un pêcheur nourrissait sa famille pendant un bon bout de temps.

Mais Ucañan n'en éprouva aucune joie.

A la place, une peur diffuse s'insinua en lui.

Ce banc de poissons était incroyable. Il s'étendait d'un bout à l'autre de l'horizon. Etaient-ce les mahi-mahi qui avaient détruit son *calcal* ? Un banc de mahi-mahi ? Comment était-ce possible ?

Vite, fous le camp !

Il donna une poussée sur les rochers pour remonter. En s'efforçant de garder son calme, il remonta lentement, de façon contrôlée, en exhalant quelques restes d'air. Il se dirigeait vers la masse des poissons agglutinés qui le séparaient de la surface, de la lumière et de sa barque. Le banc s'était à présent totalement immobilisé ; c'était une accumulation infinie d'yeux ronds et d'indifférence. Et pourtant, Ucañan avait le sentiment que ces poissons n'étaient sortis du néant que pour lui, comme s'ils l'attendaient.

Ils veulent m'arrêter. Ils veulent m'empêcher de rejoindre la barque.

Tout à coup, il fut saisi d'effroi. Son cœur se mit à battre la chamade. Il ne se préoccupa plus de son allure, ne pensa plus à son filet déchiqueté ni à la bouée, pas même au *caballito*. Il ne leur accorda plus une pensée, il ne pensa plus qu'à se frayer un passage à travers l'horrible masse immobile au-dessus de lui et à rejoindre la surface, à retrouver la lumière, son élément, la sécurité…

Un petit nombre de poissons s'écartèrent d'un mouvement vif.

Quelque chose se détacha de leur centre et avança en ondulant vers Ucañan.

Au bout d'un long moment, le vent fraîchit.

Le ciel était toujours sans nuages. La journée était belle, et le resta. La houle avait imperceptiblement forci, mais sans devenir pénible pour un homme à bord d'une petite embarcation.

Sur celle-là, il n'y avait pas d'homme.

Personne à l'horizon.

Le *caballito*, l'un des derniers de sa sorte, voguait en dérivant lentement vers le large.

PREMIÈRE PARTIE

Les anomalies

Le deuxième ange répandit sa coupe sur la mer : elle devint comme le sang d'un mort, et tout ce qui, dans la mer, avait souffle de vie mourut. Le troisième répandit sa coupe sur les fleuves et les sources des eaux : ils devinrent du sang.
Et j'entendis l'ange des eaux qui disait : tu es juste...
L'Apocalypse de Jean, chap. 16

Un gigantesque cadavre non identifié, qui s'est rapidement décomposé au contact de l'air, est venu s'échouer la semaine passée sur la côte chilienne. Selon les gardes-côtes chiliens, cette masse informe ne serait qu'une petite partie d'une masse plus importante observée auparavant dans l'eau. Les scientifiques chiliens n'ont trouvé aucune trace de substance osseuse, ce qui aurait été le cas chez un vertébré, même dans cet état de décomposition. Cette masse était trop importante pour être une peau de baleine, dont, par ailleurs, elle ne dégageait pas l'odeur spécifique. Les résultats des analyses montrent des similitudes étonnantes avec ce que l'on désigne sous le nom de « globsters ». Régulièrement, des spécimens de ces masses gélatineuses viennent s'échouer sur les côtes. L'espèce à laquelle appartiennent ces animaux n'a pas encore été établie pour l'instant.
CNN, 17 avril 2003

4 mars

A Trondheim, sur la côte norvégienne

Au fond, cette ville était bien trop calme pour accueillir des universités et des centres de recherche. Particulièrement à Bakklandet ou sur le Mollenberg, où il était très difficile, voire impossible, d'imaginer la présence d'une métropole technologique. Car ce paysage idyllique, quasi champêtre, de maisons de bois restaurées, de parcs et d'églises, de constructions sur pilotis plantées au bord du fleuve, de pittoresques arrière-cours, semblait avoir échappé au progrès. Et pourtant, la NTNU, la plus grande université technique de Norvège, était là, au bout de la rue.

Peu de villes entrelacent le passé et l'avenir aussi adroitement que Trondheim. Et c'était pour cette raison que Sigur Johanson estimait qu'il avait beaucoup de chance de vivre dans cette rue préservée de Mollenberg, au rez-de-chaussée d'une petite maison ocre à pignons et au perron joliment peint de blanc, propre à mouiller d'émotion les yeux d'un réalisateur hollywoodien. Certes, il remerciait le destin de l'avoir voué à la biologie marine et donc à l'un des secteurs de pointe de la recherche, mais sa conception de l'existence ne se limitait pas à l'immédiateté. Johanson était un visionnaire, et en tant que tel il accordait un intérêt identique aux idéaux du passé et aux idées nouvelles. Il était porté par l'esprit de Jules Verne. Selon lui, ce grand écrivain français était le seul à avoir su faire cohabiter avec autant de pertinence le souffle brûlant du siècle de l'industrie, l'authentique esprit chevaleresque et la grisante recherche de l'impossible. Quant au présent, il était comme un escargot traînant sur son dos un lot de contraintes et de trivialités. Il n'avait pas vraiment sa place dans l'univers de Sigur Johanson. Celui-ci s'y soumettait, s'acquittait de ce qu'il exigeait de lui, enrichissait son capital et le méprisait pour ce qu'il en faisait.

En cette fin de matinée d'hiver, Johanson, au volant de sa Jeep, se rendait à son bureau du centre de recherche de la NTNU. Sur sa droite, la Nidelva scintillait, mais ses pensées allaient au long week-end qu'il avait consacré à honorer le passé, à se promener dans la forêt, à visiter des villages reculés épargnés par le temps. En été, c'était encore mieux, il pouvait prendre la Jaguar, charger dans le coffre un panier de pique-nique garni de pain frais, de foie gras de luxe et d'une petite bouteille de gewurztraminer millésimé 1985.

Depuis qu'il avait quitté Oslo, il s'était approprié toute une série de coins ignorés des troupeaux de citadins et de touristes friands d'air pur. Deux ans auparavant, ses pérégrinations l'avaient amené par hasard sur les rives d'un lac bien caché et, pour son plus grand bonheur, il avait déniché une petite maison qui avait grand besoin d'être retapée. Il lui avait fallu du temps pour retrouver son propriétaire, qui s'était révélé être un cadre de la société norvégienne publique de forage pétrolier Statoil, et qui vivait à Stavanger. De ce fait, l'acquisition de la maison se fit très vite. Le brave homme, trop content d'avoir trouvé un acquéreur, la vendit pour une bouchée de pain. Johanson chargea une équipe d'immigrés clandestins russes de remettre la cabane en état pendant les semaines suivantes – à un tarif très intéressant –, afin de la mettre en harmonie avec l'idée qu'il se faisait des « folies » où trouvaient refuge les libertins de la fin du XIXe siècle.

C'était là qu'il passait de longues soirées, sur la véranda donnant sur le lac, lisant les œuvres classiques des visionnaires, de Thomas More à Jonathan Swift en passant par H. G. Wells, s'abandonnant à la musique de Mahler et de Sibelius, au piano de Glenn Gould et aux symphonies de Ravel interprétées par Celibidache. Sa bibliothèque était très riche. De même que ses CD, Johanson possédait presque tous ses livres en double. Car il n'envisageait de se séparer ni des uns ni des autres, quel que soit l'endroit où il se trouvait.

Il s'engagea dans la montée. Il avait devant lui le bâtiment principal de la NTNU, une construction imposante qui ressemblait à un château du début du XXe siècle, saupoudrée de neige. Derrière, c'était le campus universitaire proprement dit, avec ses facultés et ses laboratoires. Dix mille étudiants étaient répartis sur un espace qui était une petite ville en soi. Il régnait partout une activité bruyante.

Johanson laissa échapper un soupir de bien-être. Son séjour solitaire au bord du lac avait été tellement agréable, son atmosphère si inspiratrice…

L'été précédent, il avait emmené l'assistante du chef du département de cardiologie, rencontrée au fil de plusieurs congrès communs. Ils en étaient arrivés très vite au fait, mais, à la fin de l'été, il avait mis un terme à cette liaison. Il n'avait pas envie de s'engager, d'autant plus qu'il avait le sens des réalités. Il avait cinquante-six ans, elle en avait trente de moins. Parfait pour quelques semaines. Mais inenvisageable pour une vie dont il ne laissait franchir le seuil qu'à très peu de monde.

Il se gara à sa place réservée et gravit les marches de la faculté des sciences. Dans le couloir, il fit mentalement un dernier petit tour de son lac préféré, puis entra dans son bureau et ne remarqua pas tout de suite Tina Lund près de la fenêtre. La jeune femme se retourna en l'entendant entrer.

— Tu es en retard, lui fit-elle remarquer malicieusement. C'est à cause du vin ou parce que quelqu'un t'a empêché de partir ?

Tina travaillait pour Statoil. Elle passait beaucoup de temps à traîner dans les centres de recherche de Sintef en ce moment. Sintef comptait parmi les plus grands instituts de recherche indépendants d'Europe. L'industrie offshore norvégienne en particulier lui devait quelques-uns de ses développements les plus innovants. L'étroite collaboration entre Sintef et la NTNU avait largement contribué à forger la réputation du centre de recherche technologique de Trondheim. Les infrastructures de Sintef étaient implantées partout à la ronde.

Tina, qui avait accédé en un temps très court au poste de directrice adjointe de projet pour l'exploitation de nouveaux champs pétrolifères, avait monté sa tente quelques semaines auparavant à l'Institut de recherche en technologie marine Marintek, une filiale du groupe Sintef.

Johanson contempla sa longue silhouette mince pendant qu'il s'extirpait de son manteau. Il aimait bien Tina Lund. Il s'en était fallu d'un cheveu pour qu'ils commencent une histoire ensemble quelques années auparavant, mais ils étaient tombés d'accord à mi-chemin pour décider qu'il valait mieux se limiter à une solide amitié. Depuis, ils se retrouvaient pour parler boulot et se faisaient parfois une petite bouffe.

En souriant, il répondit :

— Les vieux ont besoin de sommeil. Tu veux un café ?

— Oui, s'il y en a.

Il passa la tête au secrétariat et vit que la cafetière était pleine. Mais pas l'ombre d'une secrétaire.

— Pas de sucre, du lait seulement ! lui cria Lund.

— Je sais.

Johanson versa le café dans deux grandes tasses, rajouta du lait à celle de la jeune femme et retourna dans son bureau.

— Je sais tout sur toi, tu as déjà oublié ? ajouta-t-il.

— Ne raconte pas d'histoires, tu n'es jamais arrivé jusque-là !

— Non, le Ciel m'en préserve ! Assieds-toi. Que me vaut le plaisir ?

Tina prit sa tasse, but une gorgée de café, mais ne fit pas mine de s'asseoir.

— D'après moi, c'est un ver.

Johanson leva un sourcil interrogateur et la dévisagea. Elle venait de répondre à une question qu'il ne lui avait pas encore posée. C'était tout à fait elle. Une nature impatiente.

Il but une gorgée de café. Puis :

— D'après toi ?...

Pour toute réponse, elle alla chercher un récipient métallique sur le bord de la fenêtre et le posa sur son bureau.

— Tiens, regarde là-dedans.

Johanson déverrouilla le couvercle. Le récipient était à demi rempli d'eau. Quelque chose de poilu et de long était enroulé à l'intérieur. Johanson l'examina attentivement.

— Tu as une idée de ce que ça peut être ? interrogea Tina.

Il haussa les épaules.

— Des vers. Deux belles bêtes.

— Oui, c'est ce que nous pensons aussi. Mais nous nous demandons de quelle espèce.

— Parce que vous n'êtes pas des biologistes. Ce sont des polychètes. Des vers marins à soies, si tu vois de quoi il...

— Je sais ce que c'est que des polychètes ! Dis, ça te dérangerait de les analyser et de les classifier ? Il nous faudrait ça assez vite.

— Bon... grommela Johanson en se penchant davantage sur le petit récipient. Comme je te l'ai dit, ce sont des polychètes, et là je suis formel. De superbes spécimens d'ailleurs, avec de fort jolies couleurs. Le fond marin est envahi de ces bestioles, je ne vois pas du tout ce que c'est comme espèce en particulier. Qu'est-ce qui vous turlupine ?

— Si seulement on le savait...

— Ah bon, vous ne savez pas non plus ce qui vous turlupine ?

— Ils ont été pêchés dans la marge continentale. A sept cents mètres de profondeur.

Johanson se gratta le menton. Les bestioles tressautaient et se tortillaient dans le récipient. Elles ont faim, se dit-il, sauf qu'ici elles ne trouveront rien à bouffer. Il était étonné qu'elles soient toujours vivantes. La plupart des organismes supportaient plutôt mal qu'on les remonte d'une aussi grande profondeur.

Il releva la tête.
— D'accord, je vais jeter un coup d'œil. Demain, ça ira ?
— Ce serait bien.
Au bout de quelques secondes, Tina reprit :
— Tu as remarqué quelque chose, non ? Je l'ai vu à tes yeux.
— Possible.
— Qu'est-ce que c'est ?
— Je ne peux pas le dire avec précision. Je ne suis pas un spécialiste des espèces, je ne suis pas taxonomiste. Les polychètes, il y en a de toutes les couleurs et de toutes les formes. Il y en a tellement que je ne connais même pas toutes les variétés, et pourtant, crois-moi, j'en connais un rayon. Ceux-là, ils me paraissent... eh bien justement, je ne le sais pas encore.
— Dommage.
Le visage de Tina s'assombrit. Puis, sans transition, elle sourit.
— Dis, tu pourrais commencer tes analyses tout de suite, et on pourrait en parler pendant le déjeuner ?
— Ah bon, tout de suite... Tu crois que je n'ai que ça à faire ?
— Quand je vois l'heure à laquelle tu arrives le matin, je me dis que tu n'es pas submergé !
Le pire était qu'elle avait raison.
— Bon, d'accord, fit-il avec un soupir. On se voit à une heure à la cafétéria, s'il n'y a que ça pour te faire plaisir. Je peux les couper en petits morceaux ? Tu n'as pas envie de faire plus ample connaissance avec eux, non ?
— Tu fais comme tu le sens. A plus !
Elle sortit en trombe. Johanson la suivit des yeux et se demanda s'il n'avait pas loupé quelque chose avec elle. Ç'aurait pu être sympa. Mais Tina Lund vivait à deux cents à l'heure. Elle était trop agitée pour un contemplatif comme lui.
Il parcourut son courrier, passa une série de coups de fil et transporta ensuite le récipient au labo.
Pas de doute, c'étaient bien des polychètes. Comme les sangsues, ils appartenaient à la branche des annélides, des vers annelés, et n'étaient pas des organismes très compliqués en soi. S'ils fascinaient les zoologues, c'était pour d'autres raisons : les polychètes faisaient partie des plus anciens êtres vivants connus. Des découvertes fossiles indiquaient qu'ils existaient depuis le milieu de l'ère primaire sous une forme pratiquement identique, ce qui faisait cinq cents millions d'années ! On les rencontrait rarement en eau douce ou dans les sols

humides, mais ils proliféraient dans tous les océans et à toutes les profondeurs. Ils ameublissaient les sédiments et servaient de nourriture aux poissons et aux crabes. En général, ils provoquaient le dégoût, ne fût-ce que parce qu'ils perdaient leurs magnifiques couleurs lorsqu'ils étaient conservés dans l'alcool. Mais Johanson, lui, voyait en eux les survivants d'un monde englouti, et ceux qu'il avait en ce moment sous les yeux lui paraissaient d'une beauté exceptionnelle.

Pendant quelques minutes, il contempla leurs corps roses, leurs excroissances tentaculaires, leurs soies blanches. Puis il versa dessus quelques gouttes d'une solution de chlorure de magnésium pour les détendre. Il existait plusieurs manières de tuer les vers. La plus courante était de les tremper dans l'alcool, de la vodka ou de l'aquavit. Du point de vue humain, c'était une belle mort, une mort dans l'ivresse. Mais les vers ne partageaient pas ce point de vue. En proie aux affres de l'agonie, ils se contractaient et se rigidifiaient. Il fallait donc les détendre avant. C'était à cela que servait le chlorure de magnésium. Leurs muscles devenaient flasques et on pouvait en faire ensuite ce qu'on voulait.

Par précaution, il congela l'un des deux vers. Il était toujours bon d'avoir un spécimen de réserve si l'on voulait pouvoir procéder ultérieurement à des analyses génétiques ou étudier des isotopes stables. Il plaça le second ver dans l'alcool, l'examina encore pendant quelques instants, le posa sur une paillasse et le mesura. Dix-sept centimètres, tout juste. Puis il l'ouvrit dans le sens de la longueur et poussa un petit sifflement.

— Eh ben, mon gars, tu as de sacrés crocs !

A l'intérieur aussi, il présentait toutes les caractéristiques d'un ver annelé. La trompe que le polychète sortait à une vitesse fulgurante pour attraper sa proie était là, bien rangée. Elle était munie de mâchoires de chitine et de plusieurs rangées de dents minuscules. Johanson avait déjà vu toute une série de ces créatures, de l'intérieur et de l'extérieur, mais la taille de ces mâchoires dépassait tout ce qu'il connaissait. Plus il examinait ce ver, plus il subodorait que cette espèce n'avait pas encore été étudiée.

Parfait, se dit-il. A moi la gloire et les honneurs ! Ce n'est pas tous les jours qu'on découvre une nouvelle espèce.

Pour s'en assurer, il mit l'Intranet à contribution et fouilla pendant quelques minutes la jungle des données. Ce qu'il trouva le rendit perplexe. Ce ver existait… et n'existait pas.

C'était curieux, vraiment curieux.

Fasciné par son travail, Johanson oublia tout ce qui se passait autour de lui, y compris pour quoi et pour qui il analysait la bête. Lorsqu'il descendit enfin à la cafétéria, il aperçut Tina assise à une table d'angle, à l'ombre d'un palmier.

— Désolé, dit-il. Il y a longtemps que tu m'attends ?

— Depuis des heures. Je meurs de faim.

— On pourrait prendre l'émincé de dinde, proposa-t-il. C'était très bon, la semaine dernière.

Tina hocha la tête. Quand on connaissait Johanson, on savait qu'on pouvait se fier à son goût. Elle commanda un Coca. Il s'autorisa un verre de chardonnay.

Il plongea le nez dans le verre pour y renifler d'éventuelles traces de bouchon. Tant de décontraction impatientait visiblement Tina, qui se tortillait sur sa chaise.

— Alors ? jeta-t-elle, n'y tenant plus.

Il but une petite gorgée, fit claquer sa langue.

— Ça peut aller. Il a du corps.

Tina le regarda sans comprendre. Puis elle leva les yeux au ciel.

— Allez, détends-toi ! fit-il.

Il reposa son verre et croisa les jambes. Il aimait bien la mettre un peu sur le gril, surtout après qu'elle l'eut pris au saut du lit !

— Ce sont des annélides, classe des polychètes, ça, on le savait déjà. J'espère que tu n'attends pas un rapport circonstancié, ça prendrait des semaines et des mois. Je décrirais provisoirement tes spécimens soit comme étant le résultat d'une mutation, soit comme une nouvelle espèce. Ou les deux, pour être précis.

— Eh bien, tu es tout sauf précis, en l'occurrence.

— Excuse-moi. D'où avez-vous remonté ces bestiaux, exactement ?

Tina lui décrivit l'endroit. Il était situé assez loin de la côte, là où le plateau continental norvégien déclinait vers les grands fonds. Johanson l'écouta pensivement.

— Puis-je te demander ce que vous foutiez là-bas ?

— Nous étudions les cabillauds.

— Oh ! Il en reste encore ? Ça fait plaisir à entendre.

— Arrête de ricaner. Tu sais bien ce que c'est, quand on fait de l'exploitation pétrolière. Nous ne voulons pas qu'on nous reproche par la suite d'avoir négligé quoi que ce soit.

— Vous construisez une plate-forme ? Je croyais qu'on réduisait les extractions ?

— Pour l'instant, ce n'est pas mon problème, répliqua Tina avec un peu d'irritation. Mon problème, c'est de savoir si on peut faire un chantier là-bas. Nous n'avons jamais foré aussi loin. Nous devons vérifier les conditions techniques. Nous devons prouver que nous travaillons dans le respect de l'environnement. Donc, nous regardons ce qu'il y a sur place, ce qui vit là, ce qui y nage, comment se présente l'environnement, pour éviter de lui marcher sur les pieds…

Johanson opina du chef. Tina était aux prises avec les conclusions de la conférence de la mer du Nord. Le ministère norvégien de la Pêche s'était plaint, des millions de tonnes d'eaux de production étant rejetées dans la mer. Les innombrables installations offshore de la mer du Nord et des côtes norvégiennes extrayaient l'eau, saturée de produits chimiques, en même temps que le pétrole auquel elle était mélangée au fond de la mer depuis des millions d'années. En règle générale, on se contentait de la séparer mécaniquement des galettes de pétrole lors de l'extraction et de la rejeter directement dans la mer. Pendant des décennies, personne n'avait remis cette pratique en question. Jusqu'à ce que le gouvernement commande à l'Institut norvégien des sciences maritimes une étude dont le résultat effraya aussi bien les environnementalistes que les grandes sociétés pétrolières. En effet, certaines substances contenues dans les eaux de production influençaient le cycle de reproduction du cabillaud. Elles produisaient le même effet que les hormones femelles. Les poissons mâles devenaient stériles ou changeaient de sexe. Depuis, d'autres espèces étaient également menacées. On exigea l'arrêt immédiat des rejets, ce qui contraignit les producteurs de pétrole à trouver d'autres solutions.

— Je suis content qu'on vous ait à l'œil, déclara Johanson. Plus ils vous surveilleront de près, mieux ça vaudra.

— Tu m'es vraiment d'un grand secours ! soupira la jeune femme. Quoi qu'il en soit, nous sommes allés fouiller assez bas. Nous avons effectué des mesures sismiques et nous avons envoyé le robot à sept cents mètres de fond prendre des photos…

— Des photos de vers.

— Et là, grosse surprise. Nous ne nous attendions pas à en trouver à cette profondeur.

— C'est idiot, parce que des vers, il y en a partout. Et au-dessus de sept cents mètres, vous en avez trouvé ?

— Non.

Elle s'agita sur son siège et reprit, d'un ton impatient :

— Alors, qu'est-ce qui se passe avec ces saletés de bestioles ? J'aimerais bien classer cette affaire, parce qu'il y a encore un boulot fou qui nous attend.

Johanson la regarda d'un air songeur.

— Le problème, avec ton ver, dit-il, c'est qu'en fait il s'agit de *deux* vers.

Elle lui jeta un regard interrogateur.

— Evidemment ! Bien sûr qu'il y a deux vers !

— Ce n'est pas ce que je veux dire… Si je ne me trompe pas, il appartient à une espèce récemment découverte, dont on ne savait strictement rien jusqu'ici. On l'a découverte dans le golfe du Mexique, où elle se balade sur le fond de la mer et profite apparemment de bactéries qui utilisent elles-mêmes le méthane comme source d'énergie et de croissance…

— Du méthane, tu dis ?

— Oui. Et c'est maintenant que ça se corse. Tes vers sont trop grands pour leur espèce. C'est vrai qu'il y a des polychètes qui atteignent deux mètres de long et plus. Mais ceux-là, ils sont d'un autre calibre et ils apparaissent tout à fait ailleurs. Si les tiens sont identiques à ceux du golfe du Mexique, ils ont sérieusement poussé depuis qu'on les a découverts. Ceux du golfe mesurent cinq centimètres tout au plus, et les tiens sont trois fois plus longs. Sans compter qu'on ne les a jamais décrits sur le plateau continental norvégien.

— C'est intéressant. Comment tu expliques ça ?

— Tu es marrante ! Je ne l'explique pas. La seule réponse qui me vienne pour l'instant, c'est que vous êtes tombés sur une nouvelle espèce. Toutes mes félicitations. Elle ressemble extérieurement à l'*ice worm*, au ver des glaces mexicain, mais, en termes de taille et de caractéristiques, à un ver totalement différent. Plus exactement, à un ancêtre de ver que nous pensions éteint depuis longtemps. Un petit monstre de l'ère primaire. Ce qui m'étonne…

Il hésita. La région avait été tellement examinée à la loupe par les compagnies pétrolières qu'un ver de cette taille n'avait pas pu leur échapper.

— Ce qui t'étonne… le pressa Tina.

— Oui… soit nous avons tous été aveugles, soit tes nouveaux amis n'étaient pas là avant. Peut-être viennent-ils de profondeurs encore plus grandes.

— Ce qui nous amène à la question de savoir comment ils ont pu monter si haut.

Ils se turent quelques instants. Puis Tina demanda :
— Pour quand peux-tu terminer ton rapport ?
— Ça y est, voilà que tu stresses...
— En tout cas, je ne peux pas me permettre de l'attendre pendant un mois !
— Bon, bon, fit Johanson en levant les mains dans un geste d'apaisement. Il va falloir que j'expédie tes copains aux quatre coins du monde, mais c'est bien à ça que servent les relations. Donne-moi quinze jours. Et ce n'est pas la peine de me mettre la pression, je ne pourrai pas aller plus vite.
Tina ne répondit pas. Les yeux fixés dans le vide, elle s'aperçut à peine qu'on apportait leurs assiettes.
— Et ils se nourrissent de méthane ?
— De bactéries qui se nourrissent de méthane, rectifia Johanson. Un système symbiotique assez compliqué que des gens plus calés que moi pourront t'expliquer. Mais ça, c'est valable pour le ver que je suppose être apparenté au tien. Or, rien n'est prouvé encore.
— S'il est plus grand que le ver mexicain, il a plus d'appétit aussi, réfléchit Tina.
— Plus que toi, en tout cas, remarqua Johanson avec un regard vers son assiette intacte. Au fait, ce serait bien si tu pouvais me fournir quelques spécimens supplémentaires de tes monstres...
— Oh, pour ça, pas de problème.
— Vous en avez d'autres ?
— Une bonne dizaine, répondit-elle. Mais au fond, sur le talus, il y en a plus.
— Il y en a beaucoup ?
— Je dirais... voyons... quelques millions.

12 mars

Sur l'île de Vancouver, Canada

Les jours passaient, et il pleuvait toujours.
Léon Anawak ne se rappelait pas avoir jamais vu la pluie tomber ainsi, sans discontinuer, pendant d'aussi longues périodes. Il scruta du regard l'océan uniformément plat. L'horizon ressemblait à une

ligne de mercure tracée entre la surface de l'eau et les amoncellements de nuages bas. Tout là-bas, au fond, une accalmie paraissait vouloir se dessiner. Mais ce n'était pas sûr. Ce pouvait tout aussi bien être le brouillard. L'océan Pacifique envoyait ce qui lui plaisait, et en général sans annoncer la couleur.

Sans quitter la ligne des yeux, Anawak accéléra et poussa un peu plus loin. Le *Blue Shark*, un Zodiac, comme on nommait tous les grands bateaux pneumatiques à moteur, était plein. Les douze passagers en ciré, armés de jumelles et de caméras, commençaient à trouver le temps long. Ils étaient là depuis plus d'une heure et demie, à guetter l'apparition des baleines grises et des baleines à bosse qui avaient quitté en février les baies chaudes de Basse-Californie et les eaux de Hawaii pour commencer leur périple vers l'Arctique, leur terrain de chasse estival. Chaque fois, c'était un voyage de seize mille kilomètres. Partant du Pacifique, elles traversaient la mer de Béring pour rejoindre la mer des Tchouktches jusqu'à la limite de la banquise, dans un pays de cocagne où elles se remplissaient le ventre de puces de mer et de crevettes. Lorsque les jours recommençaient à raccourcir, elles entreprenaient le voyage à l'envers et s'en retournaient au Mexique. Là-bas, protégées de leurs plus dangereux ennemis, les orques, elles mettaient au monde leurs petits. Deux fois par an, des armées de grands cétacés longeaient la Colombie-Britannique et les eaux de l'île de Vancouver. Durant ces mois, des endroits comme Tofino, Ucluelet et Victoria faisaient le plein avec leurs stations d'observation des baleines.

Mais pas cette année.

La date où l'une ou l'autre espèce aurait dû montrer sa tête ou sa queue pour la photo obligatoire était dépassée depuis longtemps. D'ordinaire, la probabilité de rencontrer les mammifères à cette époque de l'année était si haute que la Davie's Whaling Station proposait des sorties de rattrapage gratuites pour le cas où les baleines dédaigneraient de se montrer. Passer quelques heures sans en apercevoir, cela pouvait arriver ; une journée, c'était déjà un vrai manque de chance. Avec une semaine complète, il y avait de quoi se faire du souci, mais cela n'arrivait jamais.

Sauf que, cette fois, les animaux paraissaient s'être perdus quelque part entre la Californie et le Canada. Il n'y aurait pas d'aventure ce jour-là non plus. On rangea les caméras. Il n'y aurait rien à raconter en rentrant chez soi, sinon qu'on avait longé une côte rocheuse certainement très belle, mais qui se dissimulait aux regards derrière des rideaux de pluie.

Anawak, pourtant habitué à commenter les visites, avait la bouche sèche. Pendant une heure et demie, il avait débité l'histoire de la région en l'agrémentant d'anecdotes afin de ne pas laisser l'ambiance se dégrader complètement. A un moment, il lui avait semblé que plus personne n'avait envie d'entendre parler de baleines et d'ours bruns. Sa réserve de manœuvres de diversion était épuisée. Une question le taraudait et tournait en rond dans sa tête, concernant le sort des baleines. Sans doute valait-il mieux se préoccuper de celui des touristes et de leurs espèces sonnantes et trébuchantes, mais il n'y pouvait rien, il était comme ça.

— On rentre, décréta-t-il.

Un silence déçu. Il leur faudrait trois bons quarts d'heure pour traverser le Clayoquot Sound. Il décida, pour compenser, de mettre la gomme. D'ailleurs, ils étaient tous trempés jusqu'aux os. Le Zodiac était équipé de deux puissants moteurs avec décharge d'adrénaline garantie quand on les poussait à fond. La seule chose qu'il pouvait encore offrir à ses clients, c'était la griserie de la vitesse.

Lorsqu'ils furent en vue des maisons sur pilotis de Tofino et du débarcadère de la station, la pluie cessa brusquement de tomber. Les collines et la ligne des montagnes apparurent, comme découpées dans du carton gris, cachant leurs sommets enfouis dans la brume et les nuages. Anawak aida les passagers à descendre, puis amarra le Zodiac. La passerelle était glissante. Sur la terrasse du bâtiment de la station, les aventuriers suivants, qui couraient droit à une sacrée déception, s'étaient déjà rassemblés. Anawak préféra ne pas y penser. Il en avait marre de se faire du souci pour les autres.

— Si ça continue comme ça, il va falloir qu'on se reconvertisse, lui dit, en guise d'accueil, Susan Stringer, occupée à entasser des prospectus dans les présentoirs de la boutique de vente.

La Davie's Whaling Station était un joyeux bazar, bourré d'objets artisanaux, de souvenirs, de vêtements et de livres. Comme Anawak autrefois, Susan Stringer travaillait pour financer ses études. Anawak, qui avait passé son doctorat quatre ans auparavant, était resté skipper chez Davie. Son job d'été lui avait permis d'écrire un livre sur l'intelligence et la structure sociale des mammifères marins, ce qui lui avait valu l'estime des spécialistes, interpellés par les expériences spectaculaires qu'il avait menées. Depuis, sa célébrité montante aidant, les propositions alléchantes de postes avantageux s'accumulaient, et la vie simple au milieu de la nature de l'île de Vancouver perdait peu à peu de son attrait. Anawak savait qu'il finirait par céder et par aller s'installer dans l'une des villes qui lui avaient fait ces propositions. Sa route semblait tracée. Il avait trente et un ans. Bientôt, il prendrait un poste d'enseignant ou de chercheur dans un grand institut, il publierait des articles dans les journaux spécialisés, participerait à des congrès et habiterait le premier étage d'une maison cossue dont les fondations seraient léchées par les vagues de la circulation des heures de pointe.

Il entreprit de défaire les boutons de son ciré.

— Si encore on pouvait faire quelque chose, répondit-il, l'air sombre.

— Faire quoi ?

— Chercher.

— Tu ne voulais pas contacter Rod Palm, pour avoir les résultats des recherches télémétriques ?

— C'est ce que j'ai fait.

— Et alors ?

— Visiblement, ils ne se sont pas beaucoup remués. Ils se sont contentés de mettre des boîtes noires sur quelques marsouins et quelques lions de mer en janvier et de les suivre. Ils ont des enregistrements, mais qui s'arrêtent au début de la migration. Après, c'est le silence radio.

Susan haussa les épaules.

— Ne t'inquiète pas, elles vont finir par arriver. On n'a jamais vu des milliers de baleines disparaître comme ça du jour au lendemain...

— Tu vois bien que si.

Elle eut un sourire malicieux.

— Elles sont peut-être prises dans les bouchons à Seattle. Il y a toujours des bouchons, à Seattle.

— Très drôle.

— Allez, relax, Max ! Ce n'est pas la première fois qu'elles sont en retard. On se voit ce soir chez Sooners, d'accord ?

— Euh !... non. Il faut que je prépare mon expérience avec le béluga.

Elle le dévisagea d'un air sévère.

— A mon avis, tu pousses un peu, là. Tu bosses trop.

Anawak secoua la tête.

— Il le faut, Susan, c'est important pour moi. De toute façon, les cours de la Bourse, c'est pas ma tasse de thé.

Ce coup de pied de l'âne était destiné à Roddy Walker, le copain de Susan, en congé pour quelques jours à Tofino. Il était agent de change à Vancouver et sa conception des vacances consistait à empoisonner les gens soit avec son portable, soit avec ses conseils financiers, et les deux d'une voix tonitruante. Susan avait compris qu'il n'y aurait jamais d'atomes crochus entre les deux hommes, en particulier depuis que Walker avait passé une longue et pénible soirée à questionner Anawak sur ses origines.

— Tu ne vas peut-être pas le croire, répliqua-t-elle, mais Roddy est tout à fait capable de parler d'autre chose.

— Ah oui ?

— Oui, si on le lui demande gentiment.

Il crut sentir une petite pique.

— C'est bon, dit-il, je vous rejoins plus tard.

— Raconte pas d'histoires, je sais très bien que tu ne viendras pas.

Anawak sourit.

— Si tu me le demandes gentiment…

Mais il n'irait pas, il le savait, et elle le savait aussi. Cela n'empêcha pas la jeune fille de proposer :

— On a rendez-vous à huit heures, je te dis ça à tout hasard. Moi, si j'étais toi, je ne réfléchirais pas trop, parce qu'il y aura la sœur de Tom, et elle t'a à la bonne.

La sœur de Tom, ce n'était pas un mauvais argument, dans l'absolu. Mais Tom Shoemaker était le directeur commercial de Davie, et Anawak n'avait pas trop envie de trop resserrer les liens avec une entreprise qu'il envisageait de lâcher sous peu.

— Je vais voir, répondit-il, évasif.

Susan éclata de rire et sortit en secouant la tête.

Anawak s'occupa des clients jusqu'à l'arrivée de Tom, qui le libéra pour le reste de la journée.

Il sortit et se retrouva dans la rue principale de Tofino. La Davie's Whaling Station était située à l'entrée de la petite ville, dans un joli bâtiment : une maison de bois typique au pignon rouge, agrémentée d'une terrasse couverte, avec un gazon où poussait, en signe d'emblème, une nageoire de baleine en bois de cèdre haute de sept mètres. Juste à côté commençait une épaisse forêt de sapins. L'image exacte du Canada, tel que se le représentaient les Européens. Les autochtones contribuaient à alimenter cet imaginaire le soir, à la veillée, avec des récits épiques de face-à-face avec quelque ours venu se ravitailler dans leur jardin, ou de chevauchées à dos de baleine. Si l'affaire était parfois enjolivée, les faits étaient souvent authentiques. L'île de Vancouver cultivait avec un grand zèle le mythe qui en faisait un concentré du Canada. La côte occidentale entre Tofino et

Port Renfrew, avec ses plages en pente douce, ses baies isolées entourées de sapins et de cèdres centenaires, ses marais, ses rivières et ses paysages accidentés, attirait chaque année des cohortes de visiteurs. Avec un peu de chance, on pouvait observer de la rive des baleines grises, des loutres et des otaries qui prenaient le soleil à proximité de la côte. Même lorsque la mer envoyait la pluie par paquets, tout le monde s'accordait à affirmer que cette île était un avant-goût du paradis.

Pour l'heure, Anawak restait indifférent à toute cette beauté.

Il fila tout droit vers un ponton où était amarré un voilier de douze mètres, vieux et décrépi. Il appartenait à Davie. Le propriétaire de la station reculait devant les frais de remise en état. Il l'avait donc loué pour une misère à Anawak, qui vivait là, n'habitant pratiquement plus son minuscule appartement de Vancouver.

Le jeune homme y prit une pile de documents et retourna à la station.

A Vancouver, il possédait une voiture, une vieille Ford rouillée, mais là, sur l'île, il lui était loisible d'emprunter comme à présent le vieux Land Cruiser de Shoemaker, chaque fois qu'il en avait besoin. Il mit le moteur en route et se dirigea vers le Wickaninnish Inn, un hôtel de luxe sis à quelques kilomètres sur un promontoire rocheux et jouissant d'une vue fantastique sur l'océan. Le ciel s'était déchiré, laissant entrevoir des coins de bleu. La large route traversait une épaisse forêt.

Dix minutes plus tard, il gara la voiture sur un petit parking et continua à pied, dépassant de gigantesques arbres déracinés qui pourrissaient lentement. Le raidillon serpentait à travers une lumière verte tamisée. Cela sentait la terre humide. Des gouttes d'eau tombaient des arbres. Les fougères et les mousses proliféraient en dégoulinant des branches des sapins. Tout semblait animé.

Lorsqu'il arriva à la hauteur du Wickaninnish Inn, il constata que sa petite promenade solitaire lui avait fait du bien. Et maintenant que le ciel s'était un peu éclairci, il allait pouvoir s'installer au calme sur la plage avec ses documents. Il avait du temps devant lui avant la tombée de la nuit.

Parvenu aux marches de bois qui descendaient en zigzag de l'hôtel vers la mer, il se dit qu'il pourrait peut-être s'offrir un petit dîner au restaurant du Wickaninnish. La cuisine était excellente, et l'idée de se trouver loin de Walker et de ses simagrées, tout en admirant le coucher du soleil, améliora encore son humeur.

Muni de son ordinateur portable et de ses notes, il s'installa sur un arbre déraciné. Dix minutes plus tard, il vit une silhouette féminine descendre les marches vers la plage et se mettre à flâner au bord de l'eau argentée. La marée était basse et le sable, parsemé de bois flotté, baignait dans la lumière du soleil tardif. Au bout d'un moment, la promeneuse bifurqua et il fut bientôt évident qu'elle se dirigeait sans hâte vers l'arbre d'Anawak. Le jeune homme fronça les sourcils et essaya de paraître très occupé. Mais il ne tarda pas à entendre le crissement léger des pas qui se rapprochaient. Il s'appliqua à garder les yeux fixés sur ses documents, mais c'en était fini de sa concentration.

— Bonjour ! fit une voix basse.

Anawak leva les yeux.

Devant lui, une femme séduisante, gracile, une cigarette à la main, lui souriait aimablement. Elle pouvait approcher la soixantaine. Ses cheveux coupés court étaient gris argent, son visage bronzé et parcouru d'innombrables petites rides. Elle marchait pieds nus, portait un jean et un coupe-vent foncé.

— Bonjour, répondit-il d'un ton moins sec qu'il ne l'eût souhaité.

Car, dès le moment où il avait levé les yeux, il n'avait plus trouvé sa présence importune. Ses yeux d'un bleu profond étincelaient de curiosité. Dans sa jeunesse, elle avait dû être très désirable. Elle continuait à dégager quelque chose de confusément érotique.

— Qu'est-ce que vous faites ici ? demanda-t-elle.

Normalement, en pareille situation, il répondait par un murmure évasif et levait tout bonnement le camp. Il y avait mille et une manières de suggérer à son prochain d'aller se faire cuire un œuf.

Eh bien non. Il s'entendit répondre docilement :

— Je travaille à un rapport sur la baleine blanche. Et vous ?

La femme tira sur sa cigarette. Puis elle s'assit à côté de lui, sur son tronc d'arbre, comme s'il l'y avait invitée. Il contempla son profil, son nez fin et ses hautes pommettes, et se souvint tout à coup. Il l'avait déjà vue quelque part.

— Moi aussi, je travaille à un rapport, annonça-t-elle. Mais j'ai bien peur que personne ne veuille le lire quand ce sera le moment de le publier.

Elle se tut un instant, puis ajouta :

— J'étais sur votre bateau, aujourd'hui.

C'était donc ça. La petite bonne femme aux lunettes de soleil et au capuchon.

— Qu'est-ce qui se passe, avec les baleines ? s'enquit-elle. Nous n'en avons pas vu une seule.

— Il n'y en a pas.

— Pourquoi ?

— Je n'arrête pas de me poser la question.

— Vous ne le savez pas ?

— Non.

La femme hocha la tête, comme si cela ne l'étonnait pas.

— Je comprends très bien ce que vous ressentez. Les miennes ne viennent pas non plus, mais contrairement à vous, je sais pourquoi.

— C'est quoi, les vôtres ?

— Vous ne devriez peut-être pas continuer à attendre, mais commencer à chercher, lui conseilla-t-elle sans répondre à sa question.

— Mais on cherche ! Nous cherchons même de toutes les manières possibles !

Il reposa ses notes, passablement déconcerté : il avait l'impression de parler avec une vieille connaissance.

— Comment procédez-vous ? s'enquit-elle.

— Par satellite. Par l'observation à distance. Nous sommes aussi capables de localiser les déplacements par sonar. Il y a toutes sortes de moyens.

— Et malgré tout cet arsenal, elles vous filent entre les doigts ?

— Jamais nous n'aurions imaginé qu'elles ne viendraient pas. Début mars, on en a aperçu quelques-unes à la hauteur de Los Angeles, mais c'est tout.

— Vous auriez peut-être dû y regarder de plus près.

— Oui, peut-être.

— Et elles ont toutes disparu ?

— Non, pas toutes… C'est un peu compliqué. Vous voulez que je vous explique ?

— Bien sûr, sinon je n'aurais pas posé la question.

— Il y en a, des baleines, ici. Les résidentes.

— Ah bon ?

— Au large de Vancouver, nous avons vingt-trois espèces de baleines différentes. Il y en a beaucoup qui passent périodiquement, des baleines grises, des baleines à bosse, des baleines naines de Minke, et d'autres qui vivent dans la région. Rien que pour les épaulards, nous avons trois espèces.

— Des épaulards ?

— Oui, des orques.

— Ah, la baleine tueuse !

— C'est un nom parfaitement idiot ! jeta Anawak avec irritation. Les orques sont amicales, on ne les a jamais vues attaquer un homme en pleine nature. « Baleine tueuse », « baleine criminelle », tout ça, ce sont des inepties répandues par des hystériques genre Cousteau, qui s'est couvert de ridicule en désignant l'orque comme l'ennemi public numéro un ! Ou Pline, dans son *Histoire naturelle* ! Vous savez ce qu'il écrit ? « Une masse de chair monstrueuse, armée de dents barbares… » Je ne savais pas que les dents pouvaient être barbares !

— Non, mais les dentistes, ça leur arrive ! dit-elle en riant.

Elle tira sur sa cigarette avant de poursuivre :

— O.K., j'ai compris. Qu'est-ce que ça veut dire, au juste, « orque » ?

Anawak fut surpris par cette question. C'était la première fois qu'on la lui posait.

— Son nom scientifique est *Orcinus orca*. Celle qui appartient au royaume des morts. Mais ne me demandez pas qui a eu cette idée saugrenue.

Elle eut un petit sourire et insista :

— Vous m'avez dit qu'il y avait trois sortes d'orques…

Anawak eut un geste en direction de l'océan.

— Oui. Il y a les orques hauturières, sur lesquelles nous ne savons pas grand-chose. Elles arrivent et elles repartent, souvent en grandes formations. En général, elles vivent au grand large. Les orques itinérantes, en revanche, sont nomades et vivent en petits groupes. Peut-être que ce sont celles qui se rapprochent le plus de votre baleine tueuse. Elles dévorent tout ce qui leur tombe sous la dent, les phoques, les otaries, les dauphins et aussi les oiseaux, elles attaquent même les baleines bleues. Ici, où la côte est rocheuse, elles restent exclusivement dans l'eau, mais en Amérique du Sud on trouve des itinérantes qui chassent sur la plage. Elles sortent sur le sec et attrapent les phoques et d'autres animaux. C'est fascinant !

Il s'arrêta, s'attendant à une nouvelle question, mais la femme ne dit mot, se contentant de souffler un peu de fumée dans l'air du soir.

— La troisième espèce vit à proximité immédiate de l'île, poursuivit Anawak. Ce sont des résidentes. Des familles nombreuses. Vous connaissez l'île ?

— Plus ou moins.

— A l'Est, vers la terre ferme, il y a un détroit, le Johnstone Strait. Les résidentes y restent toute l'année. Elles se nourrissent exclusivement de saumon. Nous étudions leur structure sociale depuis le début des années 1970.

Il se tut et la regarda d'un air perplexe.

— Pourquoi parlons-nous de ça ? Qu'est-ce que je voulais vous dire ?

Elle éclata de rire.

— Désolée, c'est ma faute, dit-elle. Je vous ai fait perdre le fil, mais il faut toujours que je sache tout par le menu. Je dois vous embêter avec mes questions.

— C'est à cause de votre profession ?

— Non, c'est de naissance ! Mais vous alliez me dire quelles baleines ont disparu et quelles baleines sont toujours là.

— Oui, c'est ça, mais…

— Vous n'avez pas le temps.

Anawak hésita. Il jeta un coup d'œil sur ses documents et sur son portable. Il lui faudrait finir son rapport dans la soirée. Mais la soirée était longue. De plus, il avait faim.

— Vous logez au Wickaninnish Inn ? s'enquit-il.

— Oui.

— Qu'est-ce que vous faites ce soir ?

— Oh !

Elle haussa les sourcils et lui sourit.

— Il y a bien dix ans qu'on ne m'a plus posé cette question. Comme c'est excitant ! s'exclama-t-elle.

Il lui rendit son sourire.

— Pour être franc, c'est parce que j'ai faim. J'ai pensé qu'on pourrait continuer cette conversation à table…

— Bonne idée, acquiesça-t-elle.

Elle se laissa glisser à bas du tronc, écrasa sa cigarette, en fourra le mégot dans sa veste.

— Mais je vous préviens, ajouta-t-elle, je parle la bouche pleine. Je n'arrête jamais de parler et de poser des questions quand on ne me raconte pas des choses qui me laissent sans voix. Alors faites pour le mieux. Au fait, précisa-t-elle en lui tendant la main, je m'appelle Samantha Crowe. Appelez-moi Sam, comme tout le monde.

Dans le restaurant panoramique posé sur le rocher devant l'hôtel comme s'il s'apprêtait à piquer une tête dans la mer, ils dénichèrent une table près de la fenêtre. La vue sur le Clayoquot Sound et ses îles, sur la baie et les forêts qui la bordaient, était magnifique. C'était l'endroit idéal pour observer les baleines. Cette année, toutefois, on était obligé, même en ce lieu si bien exposé, de se contenter des animaux marins servis dans son assiette.

— Le problème, c'est que les orques itinérantes et les orques hauturières ne sont pas arrivées, expliqua Anawak. Voilà pourquoi nous ne voyons pour ainsi dire pas d'orques sur la côte ouest en ce moment. Les résidentes sont toujours aussi nombreuses, mais elles n'aiment pas venir de ce côté, d'autant qu'elles se sentent de moins en moins bien dans le détroit de Johnstone.

— Pourquoi cela ?

— Vous vous sentiriez bien, vous, si vous étiez obligée de partager votre maison avec toujours plus de ferries, de cargos, de paquebots de luxe, de bateaux de pêche au gros ? C'est incroyable, le nombre de bateaux à moteur qui pétaradent là-dedans. De plus, la région vit de l'industrie du bois, et des forêts entières sont dévastées pour être transportées par cargo jusqu'en Asie. Quand les arbres disparaissent, les rivières s'ensablent et les saumons perdent leurs lieux de ponte. Et la nourriture des résidentes, c'est justement le saumon et rien d'autre.

— Oui, je comprends. Mais ce n'est pas seulement pour les orques que vous vous inquiétez, non ?

— Effectivement, c'est pour les baleines grises et les baleines à bosse que nous nous faisons le plus de souci. Elles ont peut-être fait un détour, ou alors elles en ont marre d'être observées par tous ces gens qui les zieutent depuis les bateaux… Mais ce n'est pas aussi simple, malheureusement. Quand elles arrivent début mars au large de l'île de Vancouver, elles sont à jeun depuis des mois. Pendant l'hiver, elles vivent sur leurs réserves en Basse-Californie. Seulement, à un moment ou à un autre, ces réserves s'épuisent. Ce n'est qu'ici qu'elles recommencent à se nourrir.

— Peut-être qu'elles sont parties plus au large…

— Au large, elles n'ont pas assez de nourriture. Par exemple, c'est la baie de Wickaninnish qui fournit aux baleines grises la majeure partie de leur nourriture, qu'on ne trouve pas du tout au large : l'*Onuphis elegans*.

— *Elegans* ? C'est classe comme nom.

Anawak sourit.

— C'est un ver, long et fin, expliqua-t-il. On en trouve des quantités phénoménales dans la baie, qui est sablonneuse. Les baleines grises les adorent. Si elles ne pouvaient pas prendre ce petit en-cas, elles ne parviendraient jamais jusqu'en Arctique. C'est déjà arrivé, au milieu des années 1980, on n'en voyait plus par ici. Mais on savait pourquoi : la baleine grise avait pratiquement disparu, exterminée par la chasse. Depuis, on les a plus ou moins sauvées, et leur nombre augmente. Je pense qu'il doit y en avoir environ vingt mille à travers le monde, et la plupart sont ici.

— Et elles ne sont pas revenues, ni les unes ni les autres ?

— Il y a aussi quelques résidentes parmi les baleines grises. Les résidentes sont là. Mais elles sont peu nombreuses.

— Et les baleines à bosse ?

— C'est pareil. Elles ont disparu.

— Vous m'avez bien dit que vous faisiez un rapport sur la baleine blanche ?

Anawak décida de changer de sujet :

— Et si vous me parliez un peu de vous ? proposa-t-il. Moi aussi, je suis curieux.

Samantha Crowe lui jeta un regard amusé.

— Ah bon ? Mais vous savez déjà le principal : je suis une vieille enquiquineuse qui pose des kilomètres de questions.

Un serveur apparut avec un plat de gambas accompagnées de riz au safran.

Moi qui avais prévu de dîner seul, au calme, se dit Anawak.

Mais cette Sam Crowe lui plaisait bien.

— Qu'est-ce que vous posez comme questions ?

Son interlocutrice extirpa une crevette fleurant bon l'ail de sa carapace.

— Toujours la même : « Il y a quelqu'un ? »

— « Il y a quelqu'un ? »

— C'est ça.

— Et c'est quoi, la réponse ?

La crevette disparut entre deux rangées de dents blanches.

— Je n'en ai pas encore reçu.

— Vous devriez peut-être demander plus fort, suggéra Anawak, faisant allusion à leur conversation sur la plage.

— J'aimerais bien, répondit-elle sans cesser de mastiquer. Mais les moyens et les possibilités me limitent pour l'instant à un périmètre d'environ deux cents années-lumière. Toujours est-il qu'au milieu des années 1990 nous avions procédé à soixante milliards de mesures, et pour trente-sept d'entre elles nous ne savons toujours pas à l'heure actuelle si ce que nous avons capté est d'origine naturelle ou si quelqu'un est effectivement venu nous dire bonjour.

Anawak la regarda fixement.

— D'accord… Vous êtes au SETI ?

— C'est ça. Search for Extra Terrestrial Intelligence. Le projet de recherche PHOENIX, pour être exacte.

— Vous écoutez les bruits de l'espace…

— Oui, les bruits d'environ un millier d'étoiles semblables au soleil, vieilles de plus de trois milliards d'années. Oui. Ce n'est qu'un projet parmi d'autres, mais peut-être le plus important, en toute modestie.

— Waouh !

— Vous pouvez refermer la bouche, Léon, ce n'est pas si extraordinaire que ça. Vous, vous analysez le chant des baleines et vous essayez de savoir si ceux qui sont au fond de l'eau ont quelque chose à raconter. Nous, nous écoutons ce qui se passe dans l'espace, parce que nous sommes convaincus que là-haut ça fourmille de civilisations intelligentes. Vous êtes sans doute arrivés beaucoup plus loin que nous avec vos baleines.

— Moi, je n'ai que quelques océans à explorer, et vous, vous avez l'univers entier.

— D'accord, nous ne boxons pas dans la même catégorie. Mais on dit tout le temps que l'univers sous-marin est encore moins connu que l'espace.

Anawak l'écoutait avec grand intérêt.

— Et vous avez réellement reçu des signaux qui vous permettent de conclure qu'il y a de la vie intelligente ?

Elle secoua la tête.

— Non. Nous avons reçu des signaux dont nous ne savons pas quoi faire. Les chances d'établir un contact sont extrêmement faibles. Peut-être même en dehors de toute probabilité. En fait, je devrais même me jeter par frustration dans le premier précipice venu, mais j'aime trop les gambas et je suis obsédée par mon boulot. Comme vous par vos baleines.

— Dont moi, je sais au moins qu'elles existent.

— Mais pas en ce moment, le taquina Crowe.

Anawak sentit des milliers de questions se presser dans sa tête. Le projet SETI de recherche d'intelligence extraterrestre l'intéressait depuis toujours. C'était un projet initié au début des années 1990 par la NASA, symboliquement le jour anniversaire de l'arrivée de Christophe Colomb. C'était à Arecibo, à Puerto Rico, qu'avait été installé le plus grand radiotélescope du monde, prévu pour un programme d'un genre complètement nouveau. Depuis, grâce à la générosité des sponsors, SETI avait conçu d'autres projets qui, tout autour du globe, se consacraient à la recherche de formes de vie extraterrestre. PHOENIX faisait partie des plus connus.

— C'est vous, la femme que Jodie Foster a interprétée dans *Contact* ?

— Moi, je suis la femme qui aimerait bien monter dans le vaisseau qui emmène Jodie Foster voir les extraterrestres. Vous savez, je fais une exception pour vous, Léon. Normalement, j'ai envie de hurler quand les gens me posent des questions sur mon travail. Chaque fois, je passe des heures à expliquer ce que je fais.

— Moi aussi.

— On est d'accord. Bon, vous avez accepté de me raconter des choses, donc j'ai une dette envers vous. Qu'est-ce que vous voulez encore savoir ?

Anawak n'hésita pas longtemps :

— Comment se fait-il que vous n'ayez encore rien trouvé ?

Crowe parut amusée. Prenant son temps, elle se servit de gambas et le laissa mariner un petit moment avant de répondre :

— Qui vous dit que nous n'avons rien trouvé ? Je vous rappelle que notre Voie lactée contient environ cent milliards d'étoiles. Déceler des planètes semblables à la Terre est assez difficile, parce que leur lumière est trop faible. Nous ne pouvons les capter que grâce à des subterfuges techniques, mais, théoriquement, il y a un nombre incroyable de planètes là-haut. Mais essayez donc d'écouter les bruits émis par cent milliards d'étoiles !

— C'est vrai, opina Anawak. En comparaison, vingt mille baleines à bosse, c'est plus facile à suivre.

— Vous voyez le résultat, on en attrape des cheveux blancs. C'est comme si vous vouliez prouver l'existence d'un minuscule poisson et que pour cela il vous fallait étudier minutieusement les océans litre par litre. Mais le poisson est mobile. Vous pouvez recommencer la procédure jusqu'au Jugement dernier pour en conclure peut-être que ledit poisson n'existe pas. Or, il existe bel et bien, c'est simplement que chaque fois il nage dans un litre d'eau différent de celui que vous avez devant vous. PHOENIX peut en mettre plusieurs litres en même temps sous sa loupe, mais nous nous limitons, disons, au détroit de Géorgie. Vous comprenez ? Il existe des civilisations dans l'espace. Je ne peux pas le prouver, mais je suis fermement convaincue qu'il y en a un nombre infini. Malheureusement, l'univers est encore infiniment plus grand. Nos chances sont encore plus minces que la couche de beurre sur la tartine de ma grand-mère.

Anawak réfléchit. Puis :

— La NASA n'a jamais envoyé de message dans l'univers ?

— Ah c'est ça ! s'écria Sam, dont les yeux pétillèrent. Vous voulez dire que nous ne devrions pas nous contenter d'attendre et d'écouter, mais que nous devrions nous bouger les fesses ? Si, la NASA y a pensé aussi. En 1974, nous avons envoyé un message vers M. 13 à partir d'Arecibo. Mais ça ne résout pas vraiment notre problème. Les informations qui sont envoyées se baladent comme des âmes en peine dans l'espace interplanétaire, qu'elles viennent de nous ou d'autres. Ce serait un hasard extraordinaire si quelqu'un les recevait. D'autre part, écouter revient moins cher qu'envoyer.

— Tout de même, cela augmenterait les chances.

— Peut-être qu'on ne le veut pas.

— Et pourquoi ? s'étonna Anawak. Je croyais…

— Nous, nous le voulons, bien sûr. Mais il y a une foule de gens qui regardent tout ça avec scepticisme. Il y en a beaucoup qui pensent qu'il vaut mieux éviter d'attirer l'attention sur nous. Les autres pourraient venir nous chiper notre belle Terre. Oh là là ! Ils pourraient venir nous manger !

— C'est idiot.

— Je ne sais pas si c'est idiot. Personnellement, je crois qu'une intelligence qui a réussi à entreprendre un voyage interplanétaire doit avoir dépassé le stade de l'agressivité. D'un autre côté, je pense que cet argument ne peut pas être entièrement balayé. Les hommes feraient mieux de réfléchir à la *façon* dont ils se font remarquer. Autrement, ils courent le risque d'être mal compris.

Anawak l'écoutait en silence. Il était retourné en pensée auprès de ses baleines.

— Vous n'êtes pas découragée, parfois ? demanda-t-il.

— Qui ne l'est pas ? Mais c'est bien pour ça qu'on a les cigarettes et les vidéos.

— Et si vous atteignez votre but ?

— Bonne question, Léon.

Sam se tut et caressa la nappe du bout du doigt, perdue dans ses pensées.

— Au fond, je me demande depuis des années quel est notre véritable but, reprit-elle. Je crois que si je connaissais la réponse, j'arrêterais de chercher. La réponse est toujours la fin de la quête. Peut-être est-ce la solitude de notre existence qui nous tourmente. L'idée d'être un hasard qui ne s'est reproduit nulle part. Mais peut-être voulons-nous apporter la preuve au contraire qu'il n'existe personne en dehors de nous et que la place que nous occupons dans la Création nous revient de droit. Je ne sais pas. Pourquoi étudiez-vous les baleines et les dauphins ?

— Par… curiosité.

Non, se dit-il au même moment, ce n'est pas tout à fait vrai. C'est plus que de la simple curiosité. Donc, qu'est-ce que je cherche, au juste ?

Elle avait raison. Au fond, ils faisaient la même chose. Ils écoutaient chacun les bruits de leur cosmos en espérant obtenir des réponses. Ils avaient tous les deux en eux un profond besoin de société, la société d'êtres intelligents qui n'étaient pas des humains.

C'était complètement fou.

Sam paraissait deviner ses pensées.

— Au bout de la recherche, il n'y a pas l'autre intelligence, dit-elle. Pas la peine de se raconter des histoires. Au bout, il y a la question de savoir ce qu'il restera de nous après la découverte de l'autre intelligence. Qui nous serons, et ce que nous ne serons plus.

Elle s'adossa sur sa chaise et lui sourit, de son sourire amical, séduisant.

— Vous savez, Léon, reprit-elle, je crois qu'au bout il y a tout simplement la question du sens.

Ils parlèrent ensuite à bâtons rompus. Vers vingt-trois heures trente, après avoir pris un verre au salon, devant la cheminée – Sam un bourbon, et Anawak de l'eau, comme d'habitude –, ils entreprirent de se séparer.

Sam, qui lui avait annoncé son départ pour le surlendemain, l'accompagna à l'extérieur. Les nuages avaient définitivement disparu. Au-dessus d'eux s'étendait un ciel étoilé qui paraissait les aspirer vers lui. Ils restèrent un moment à le contempler.

— Vous n'en avez jamais assez de vos étoiles ? s'enquit Anawak.

— Et vous, vous n'en avez jamais assez de vos baleines ?

Il rit.

— Non, jamais.

— J'espère de tout cœur que vous les retrouverez.

— Je vous tiendrai au courant, Sam.

— Je l'apprendrai, d'une manière ou d'une autre. Les rencontres sont fugitives. J'ai passé une excellente soirée, Léon. Si nos chemins devaient se croiser à nouveau, j'en serais très contente, mais vous savez bien ce que c'est. Prenez bien soin de vos protégés. Je crois qu'ils sont en de bonnes mains avec vous. Parce que vous êtes un homme bon.

— Comment le savez-vous ?

— Dans ma situation, ce qu'on croit et ce qu'on sait se trouve sur la même longueur d'ondes. Faites bien attention à vous.

Ils se serrèrent la main.

— Peut-être que nous nous reverrons un jour, réincarnés en orques, plaisanta Anawak.

— Pourquoi en orques ?

— Les Indiens Kwakiutl croient que ceux qui étaient des hommes bons dans la vie sont réincarnés en orques.

— Ah oui ? Elle me plaît bien, cette idée !

Samantha Crowe sourit et tout son visage rayonna. Anawak se dit que la plupart de ses rides devaient venir de son rire.

— Et vous, vous le croyez aussi ? demanda-t-elle.

— Non, évidemment.

— Pourquoi ? Vous ne l'êtes pas ?

— Quoi ? demanda-t-il, bien que comprenant parfaitement.

— Indien.

Anawak sentit qu'il se raidissait intérieurement. Il se vit à travers ses yeux. Un homme de taille moyenne, trapu, aux larges pommettes et à la peau cuivrée, aux yeux légèrement bridés, avec une épaisse chevelure lisse d'un noir de jais retombant sur son front.

— Oui, quelque chose de ce genre, répondit-il au bout d'un long silence.

Son interlocutrice le dévisagea. Puis elle sortit son paquet de cigarettes de sa poche, en alluma une et aspira une longue bouffée.

— Ouais. Comme vous le voyez, je suis accro à ça aussi ! dit-elle en agitant sa cigarette. Bonne chance, Léon.

— Bonne chance, Sam.

13 mars

En Norvège – sur la côte et en mer

Pendant toute une semaine, Sigur Johanson resta sans nouvelles de Tina Lund. Il avait dû remplacer un enseignant souffrant et donner quelques cours supplémentaires. De plus, il était occupé par la rédaction d'un article pour *National Geographic* et par le réapprovisionnement de sa cave à vin. Dans ce dernier but, il avait repris contact avec un ami de Riquewihr, en Alsace, qui, en tant que représentant d'une maison réputée, Hugel & Fils, était en possession de quelques vins rares. Johanson envisageait de se faire un joli petit cadeau d'anniversaire. D'autant qu'il avait déniché un enregistrement vinyle daté de 1959 de *L'Anneau du Nibelung*, dirigé par sir Georg Solti, et commencé à s'en délecter, le soir venu. Les vers de Tina se tapissaient au second plan, supplantés par les promesses conjointes de Hugel et de Solti.

Neuf jours après leur rencontre, il reçut un appel de Tina, qui paraissait d'excellente humeur.

— Tu m'as l'air drôlement décontractée, toi, constata Johanson. Est-ce qu'il y a lieu de craindre pour ton objectivité scientifique ?

— Peut-être ! lança-t-elle d'un ton joyeux.

— Tu peux t'expliquer ?

— Plus tard. Ecoute plutôt : le *Thorvaldson* appareille demain pour immerger un robot à la limite du continental. Tu as envie d'être de la partie ?

Johanson passa mentalement ses rendez-vous en revue.

— Demain matin, je suis occupé, répondit-il. J'initie les étudiants au sex-appeal des bactéries du soufre.

— Dommage. Le départ est prévu pour demain matin à l'aube.

— Le bateau part d'où ?

— De Kristiansund.

Kristiansund se trouvait à une bonne heure de voiture au sud-ouest de Trondheim, sur une côte rocheuse battue par les vents et les vagues. Des hélicoptères partant de l'aéroport voisin assuraient la navette jusqu'aux plates-formes de forage qui foisonnaient sur le plateau de la mer du Nord et le long de la dépression norvégienne. Environ sept cents plates-formes de recherche de pétrole et de gaz étaient installées au large de la seule Norvège.

— Je peux peut-être rejoindre le bord plus tard ? suggéra Johanson.

— Oui, peut-être, répondit Tina après un bref silence. Finalement, ce n'est pas une mauvaise idée. En y réfléchissant, je me dis qu'on pourrait y aller ensemble. Qu'est-ce que tu fais après-demain ?

— Rien qui ne puisse être reporté.

— Dans ce cas, ça marche. On les rejoint après, on passe la nuit là-bas et on a tout le temps qu'il faut pour les observations et les exploitations.

— Est-ce que j'ai bien compris ? Tu veux venir toi aussi ?

— Eh oui. J'ai… je viens d'avoir une idée : je pourrais passer la demi-journée sur la côte, et toi, tu viendrais me rejoindre demain en début d'après-midi. On prendrait l'hélico jusqu'à Gullfaks et, de là, le transfert jusqu'au *Thorvaldson*…

— J'aime bien quand tu improvises. Tu peux me dire pourquoi tu compliques tellement les choses ?

— Comment ça ? Au contraire, je te les facilite, les choses !

— Oui, à moi. Mais toi, tu pourrais très bien monter à bord dès demain matin.

— C'est parce que j'aime bien te tenir compagnie.

— Quel charmant mensonge ! Bon, peu importe. Tu seras donc sur la côte. Et où vous retrouverai-je, madame ?

— A Sveggesundet.

— Quoi ? Dans ce bled paumé ? Pourquoi ?

— C'est très mignon comme bled, protesta Tina. On n'a qu'à se retrouver au Fiskehuset, le restaurant qui se trouve à côté de la vieille église en bois…

— Très bien, à trois heures.

— O.K. Je m'occupe de l'hélico. Il viendra nous prendre là.

Elle se tut un instant, puis reprit :

— Tu as déjà reçu quelques résultats ?

— Hélas, non. Mais j'en aurai peut-être demain.

— Ce serait bien.

— Ne t'inquiète pas, ça ne devrait plus tarder.

Lorsqu'il eut raccroché, Johanson plissa le front. Le ver se rappelait à son souvenir. Il s'insinuait de nouveau au premier plan, pour exiger son attention pleine et entière.

Il fallait reconnaître qu'une espèce nouvelle apparaissant comme surgie du néant dans un écosystème déjà largement exploré avait de quoi vous rendre perplexe. En réalité, les vers n'avaient rien d'inquiétant en soi. L'aversion qu'ils inspiraient en général avait des causes plus psychologiques qu'objectives, les vers étant des organismes plutôt utiles.

Et ce n'est pas vraiment étonnant qu'ils soient là, se dit Johanson. Si ce sont vraiment des parents du ver des glaces, ils vivent indirectement du méthane. Et des champs de méthane se trouvent sur tous les talus continentaux, par conséquent également au large de la Norvège.

Tout de même, c'était curieux.

Les résultats fournis par les taxonomistes et les biochimistes répondraient à toutes les questions. Tant qu'il ne les aurait pas, il pourrait se consacrer tranquillement au gewurztraminer de Hugel. Contrairement aux vers, il était assez rare. Enfin, certaines années.

Lorsque, le lendemain, il pénétra dans son bureau, Johanson trouva deux lettres qui lui étaient adressées personnellement. Elles contenaient les expertises taxonométriques. Très content, il survola les résultats, s'apprêta à les mettre de côté, se ravisa. Il les relut plus attentivement.

Drôles d'animaux, tout de même…

Il enfouit le tout dans son porte-documents et se rendit à son cours. Deux heures plus tard, il traversait un paysage de fjords, en route pour Kristiansund. La neige avait fondu en grande partie, laissant apparaître des pans de terre brunâtre. Avec ce temps, on ne savait pas comment s'habiller. A l'université, ils étaient tous enrhumés. Johanson s'était équipé en conséquence et emportait une valise dont le poids convenait tout juste pour l'hélicoptère. Il n'avait aucune envie de choper la crève à bord du *Thorvaldson*. Tina allait encore se moquer de lui en le voyant arriver chargé comme un baudet, mais ça lui était égal. S'il avait pu, il aurait carrément emporté un sauna transportable. De plus, ses bagages contenaient certaines petites douceurs très appréciables à deux quand on passait une nuit ensemble sur un bateau. Certes, ils n'étaient que des amis, rien de plus, mais ce n'était pas une raison pour rester chacun dans son coin.

Johanson conduisait lentement. On pouvait très bien arriver à Kristiansund en une heure, mais la précipitation, ce n'était pas son truc. A mi-chemin, la route longeait la mer et passait sur toute une série de ponts. Il profita pleinement de la vue sur le paysage sauvage. A Halsa, il prit le ferry pour traverser le fjord. De nouveaux ponts enjambaient une mer gris ardoise.

Kristiansund était réparti sur plusieurs petites îles. Il traversa la ville et se dirigea vers l'île historique d'Averoy, l'un des premiers endroits peuplés depuis la fin de la période glaciaire. Sveggesundet, un joli village de pêcheurs, se trouvait à l'extrême pointe de l'île. Pendant la haute saison, le coin était envahi par les touristes. Les bateaux faisaient inlassablement la traversée vers les îles environnantes. En cette saison, il n'y avait que peu de monde, et le village sommeillait dans l'attente de l'été à venir et de la manne financière qui allait avec.

Au bout de près de deux heures de route, Johanson engagea sa voiture dans le parking du Fiskehuset, un restaurant avec terrasse et vue sur la mer. Il était fermé. Insensible au froid, Tina était assise à l'extérieur, près d'une table en bois. Elle était accompagnée d'un jeune homme que Johanson ne connaissait pas. La façon dont ils étaient installés côte à côte sur le banc éveilla en lui un certain soupçon. Il s'approcha et se racla la gorge.

— J'arrive trop tôt ?

Elle leva la tête vers lui. Ses yeux brillaient d'un éclat étrange.

Johanson posa alors les siens sur son compagnon, un personnage athlétique au bord de la trentaine, aux cheveux blond cendré et aux traits harmonieux, et son soupçon se mua en certitude.

— Je pourrais revenir plus tard, proposa-t-il d'un air entendu.

Elle fit les présentations :

— Kare Sverdrup, Sigur Johanson.

Le blondin adressa un sourire à Johanson et lui tendit la main.

— Tina m'a beaucoup parlé de vous, dit-il.

— J'espère que ce n'est pas en termes trop inquiétants.

Sverdrup rit.

— Si, en fait. Elle m'a dit que vous étiez un représentant du corps enseignant extrêmement séduisant.

— Un vieux chnoque extrêmement séduisant, rectifia Tina.

— Un vieux chnoque séduisant et super, compléta Johanson.

Il s'assit sur le banc qui leur faisait face, remonta le col de son anorak et posa son porte-documents à côté de lui.

— Voici la partie taxonomique, annonça-t-il. Très détaillée. Je peux te faire un résumé… Mais ça va peut-être vous ennuyer, Kare. Tina vous a dit de quoi il s'agissait, ou s'est-elle contentée de roucouler ?

Tina lui jeta un regard mauvais.

— O.K., d'accord, dit-il en ouvrant sa serviette et en sortant l'enveloppe contenant les analyses. Donc, j'ai envoyé l'un de tes vers à Francfort, au Senckenberg Museum, et un autre au Smithsonian Institute. C'est là que se trouvent les meilleurs taxonomistes, à ma connaissance. Ils sont spécialisés en vers et vermisseaux en tout genre. Une troisième bestiole, de celles que tu m'as fait parvenir après, a été expédiée à Kiel pour un examen au microscope électronique à balayage. Je n'ai pas encore le rapport, ni celui de l'analyse au spectromètre de masse. Mais je peux te dire dès à présent que les experts sont d'accord sur un point…

— Ah oui ?

Johanson se recula sur son banc et croisa les jambes. Il laissa durer le suspense une seconde avant d'annoncer :

— Ils sont d'accord sur le fait qu'ils ne sont pas d'accord.

— Ah ! … Ça va nous arranger, ça.

— En gros, ils ont confirmé ma première impression. Il s'agit, selon une probabilité confinant à la certitude, de l'espèce *Hesiocaeca methanicola*, également connue sous le nom d'*ice worm*, le ver des glaces.

— Le bouffeur de méthane ?

— Ce n'est pas son nom exact, ma chérie, mais peu importe. Ça, c'est l'observation numéro un. L'observation numéro deux, c'est que la taille impressionnante de la mâchoire et de la denture les interpelle. Ce genre de signe distinctif est la caractéristique des prédateurs, ou des animaux qui creusent, ou qui broient. Et ça, c'est étrange.

— Pourquoi ?

— Parce que le ver des glaces n'a pas besoin d'un appareil aussi énorme. Il a des mâchoires, certes, mais beaucoup plus petites.

Sverdrup eut un sourire embarrassé.

— Excusez-moi, monsieur Johanson, je n'y connais rien en la matière, mais ça m'intéresse. Pourquoi n'a-t-il pas besoin de mâchoires ?

— Parce qu'il vit de manière symbiotique. Il se nourrit de bactéries qui, elles, vivent dans l'hydrate de méthane…

— De l'hydrate ?

Johanson jeta un bref regard vers Tina. Celle-ci l'invita du geste :

— Explique-le-lui.

— C'est très simple. Vous avez peut-être entendu dire que les océans étaient remplis de méthane…

— Oui. C'est ce qu'on lit partout, en ce moment.

— Le méthane est un gaz. Il y en a de grands champs au fond des mers et sur les talus continentaux. Une certaine quantité de ce gaz gèle à la surface des fonds. L'eau et le méthane se mélangent pour former une sorte de glace qui ne peut exister que sous haute pression et à basse température. C'est pourquoi on ne le trouve qu'à partir d'une certaine profondeur. Cette glace est appelée hydrate de méthane. C'est clair, jusqu'ici ?

Sverdrup hocha affirmativement la tête.

— Bien. Maintenant, partout dans l'océan, il y a des bactéries. Certaines d'entre elles aiment le méthane. Elles s'en nourrissent et rejettent de l'acide sulfhydrique. Ces bactéries sont certes microscopiques, mais elles apparaissent en quantités telles qu'elles recouvrent les fonds marins comme des pâturages. Nous appelons cela des « gazons de bactéries ». Ces gazons se trouvent de préférence là où existe l'hydrate de méthane. Des questions ?

— Pas encore, répondit le jeune homme. Je suppose que c'est ici que vos vers entrent en piste…

— Exact. Il y a des vers qui vivent des rejets des bactéries. Ils ont avec elles une relation symbiotique. Dans certains cas, le ver ingère les bactéries et les porte dans ses entrailles, et dans d'autres les bactéries vivent à l'extérieur, sur sa peau. D'une manière ou d'une autre, elles lui fournissent sa nourriture. C'est pour cette raison que le ver est attiré par les hydrates. Là, il se la coule douce, il a tout ce qu'il lui faut en bactéries, et il ne fait pas grand-chose d'autre. Par exemple, il n'a pas besoin de s'enfouir, parce qu'il ne grignote pas la glace, mais les bactéries qui sont dessus. La seule chose qui se passe, c'est qu'en se tortillant il creuse un sillon plat dans la glace, dans lequel il s'installe tranquillement.

— Je comprends, dit Sverdrup. Il n'a aucune raison de creuser plus profond. Mais d'autres vers le font ?

— Il y en a une infinie variété. Certains grignotent les sédiments ou des matières présentes dans les sédiments, ou ils digèrent les détritus…

— Les détritus ?

— Oui, tout ce qui tombe de la surface. Les cadavres, les particules, les restes de toute sorte. Il existe toute une série de vers qui ne vivent pas en symbiose avec les bactéries et qui disposent de solides mâchoires pour attraper des proies ou pour s'enfouir.

— En tout cas, le ver des glaces n'a pas besoin de mâchoire.

— Peut-être que si, pour pouvoir broyer de minuscules quantités d'hydrates et pour exfiltrer les bactéries. Mais pas des crocs comme les spécimens de Tina.

Loin d'être rebuté par le sujet, le jeune homme montrait un intérêt croissant :

— Donc, dit-il, si les vers découverts par Tina vivent en symbiose avec les bactéries qui se nourrissent de méthane…

— … alors nous devons nous demander à quoi sert cet arsenal de mâchoires et de dents, compléta Johanson. Et maintenant, ça se corse encore. Parce que les taxonomistes ont découvert un deuxième ver auquel la structure de l'appareil masticatoire paraît correspondre. Il s'appelle le *Nereis*. C'est un prédateur que l'on trouve dans toutes les profondeurs. Le petit copain de Tina a donc les mâchoires et les dents du *Nereis*, mais avec des caractéristiques qui feraient plutôt penser à un ancêtre préhistorique du *Nereis*. Un *Tyrannereis rex*, pour ainsi dire.

— On dirait un nom de monstre !

— On dirait surtout un nom de bâtard. Il faut attendre la microscopie et l'analyse génétique pour en savoir plus.

— Sur le talus continental, il y a des hydrates de méthane en veux-tu en voilà, intervint Tina pensivement. Ce serait donc cohérent.

— Attendons la suite, répondit Johanson.

Il toussota et regarda le jeune homme.

— Et vous, qu'est-ce que vous faites dans la vie, Kare ? Vous êtes dans le pétrole, vous aussi ?

Sverdrup secoua la tête.

— Oh non ! s'exclama-t-il gaiement. Moi, je ne suis intéressé que par ce qui se mange. Je suis cuisinier.

— Oh ! voilà une bonne nouvelle ! Vous ne pouvez pas savoir comme c'est épuisant de se taper des universitaires à longueur de journée…

— C'est un cuisinier fantastique ! précisa Tina.

Et pas que ça, sans doute, pensa Johanson. Pas de pot… Mais bon, tant pis, ça ne l'empêcherait pas de partager avec elle les bonnes choses qu'il avait apportées. Finalement, il était plutôt soulagé. Il lui arrivait régulièrement d'avoir des pensées interlopes à la vue de Tina Lund, mais dès qu'elle avait tourné le dos il remerciait le Ciel de lui épargner cela. Non, elle était trop fatigante.

— Et comment vous êtes-vous rencontrés ? s'enquit-il, même si la réponse lui importait peu.

— Je me suis installé ici l'année dernière. Tina est venue déjeuner plusieurs fois, et il ne s'est jamais rien passé.

Il posa un bras tendre autour d'elle et elle se blottit contre lui.

— Jusqu'à la semaine dernière, ajouta-t-il.

— Ça a été le coup de foudre, précisa Tina.

— Oui, fit Johanson, tout en regardant en l'air car on entendait un bruit de pétarade, c'est ce que je vois.

Une demi-heure plus tard, Tina et Johanson étaient dans l'hélicoptère, en compagnie d'une dizaine d'employés de la compagnie pétrolière. Johanson regardait par la vitre sans mot dire. Sous eux s'étirait la surface gris uniforme, accidentée, de la mer surpeuplée de pétroliers, de gaziers, de cargos, de ferries. Puis ils arrivèrent en vue des plates-formes. Depuis qu'en 1969, par une nuit de tempête hivernale, une compagnie pétrolière américaine avait découvert un gisement de pétrole dans la mer du Nord, celle-ci s'était transformée en un bizarroïde paysage industriel sur pilotis qui s'étendait de la Hollande jusqu'à l'Haltenbank, face à Trondheim. Lorsque le ciel était clair, on pouvait, depuis le bord d'un bateau, embrasser d'un seul coup d'œil des dizaines de gigantesques plates-formes. Vues de l'hélicoptère, elles ressemblaient à des jouets pour géants.

L'appareil était secoué par de fortes rafales. Ça montait et ça descendait. Johanson remit ses écouteurs d'aplomb. Ils portaient tous des protège-oreilles et d'épaisses tenues de protection. Ils étaient tellement à l'étroit que leurs genoux se touchaient et que tous leurs mouvements devaient être coordonnés. Le bruit rendait toute conversation impossible. Tina avait fermé les yeux. Elle était tellement habituée à cet appareil que l'inconfort ne la dérangeait plus.

L'hélicoptère vira et poursuivit, cap au sud-ouest. Son but, Gullfaks, était un assemblage de plates-formes appartenant à la société pétrolière publique Statoil. L'installation de forage Gullfaks C faisait partie des plus grandes plates-formes de la marge supérieure de la mer du Nord. Forte de deux cent quatre-vingts employés, elle formait comme une petite localité. En principe, Johanson n'avait pas le droit de s'y rendre. Quelques années auparavant, il avait suivi la formation obligatoire pour obtenir l'autorisation d'accès à une plate-forme. Depuis, les conditions de sécurité s'étaient renforcées, mais Tina Lund avait fait jouer ses relations. Et d'ailleurs, ils n'y faisaient qu'une escale avant de monter à bord du *Thorvaldson*, qui mouillait devant Gullfaks depuis une bonne heure.

Une violente turbulence fit plonger brutalement l'hélicoptère. Johanson s'agrippa aux accoudoirs de son siège. Il fut le seul à réagir. Les passagers, des hommes pour la plupart, étaient accoutumés à des émotions d'une autre sorte. Tina tourna la tête, ouvrit brièvement les yeux et lui fit un clin d'œil.

Finalement, Kare Sverdrup était un petit verni.

On verrait bien si le petit verni pourrait tenir la cadence avec une fusée comme Tina.

Au bout d'un moment, l'appareil réduisit son altitude et prit un nouveau virage. La mer bascula à la rencontre de Johanson. Une tour blanche paraissant flotter sur l'eau fit son apparition. Ils entamèrent la procédure d'approche pour atterrir. Pendant quelques instants, ils eurent le loisir de voir Gullfaks C en entier par le hublot latéral. C'était un colosse posé sur quatre colonnes de béton pesant un million et demi de tonnes, d'une hauteur totale de près de quatre cents mètres, dont plus de la moitié sous l'eau. Les colonnes sortaient de la mer au milieu d'une forêt de citernes. La tour blanche, le quartier d'habitation, ne représentait qu'un petit secteur de cette construction géante. La plus grande partie se présentait au profane comme un enchevêtrement de ponts superposés, bourrés d'instruments et de machines mystérieuses, reliés par d'épais faisceaux de tuyauteries, flanqués de grues de chargement et couronnés par la cathédrale des travailleurs du pétrole, la tour de forage. De la pointe d'une immense flèche métallique, très loin au-dessus de la mer, jaillissait une flamme jamais éteinte : le gaz, séparé du pétrole et brûlé.

L'hélicoptère survola la tour et plongea vers l'héliport. Avec une douceur surprenante, le pilote posa l'appareil. Tina bâilla et s'étira autant que le lui permettait l'exiguïté des lieux, attendant que les rotors s'arrêtent.

— C'était bien agréable, dit-elle.

Quelqu'un rit. On ouvrit la porte et ils descendirent à l'air libre. Johanson s'avança au bord de la piste et baissa la tête. On pouvait voir, cent cinquante mètres plus bas, bouillonner les vagues. Un vent coupant faisait gonfler sa combinaison.

— Tu crois qu'il existe quelque chose qui soit capable de renverser un machin pareil ?

— Il n'est rien qui ne puisse être renversé. Allez, viens, tu ne vas pas prendre racine ici ! lui dit Tina en l'attrapant par le bras pour l'entraîner vers les autres passagers qui étaient en train de disparaître de l'autre côté.

Un petit homme trapu au visage barré d'une énorme moustache blanche leur fit signe du bas de l'escalier métallique.

— Tina, s'écria-t-il, le pétrole te manque ?

— C'est Lars Jörensen, expliqua la jeune femme, le responsable de la circulation des hélicos et des bateaux sur Gullfaks C. Il va te plaire, il joue très bien aux échecs.

Ledit Jörensen vint à leur rencontre. Avec son tee-shirt Statoil, il ressemblait beaucoup à un pompiste.

— C'est toi qui me manques ! lui déclara Tina en riant.

Le visage fendu d'un sourire épanoui, le pseudo-pompiste la serra contre lui, ce qui eut pour effet de faire disparaître sa tignasse blanche sous le menton de Tina. Puis il serra la main de Johanson.

— Vous n'avez pas choisi le meilleur jour, commenta-t-il. Quand il fait beau, on a la chance de voir le fleuron de l'industrie pétrolière norvégienne dans toute sa splendeur. Plate-forme par plate-forme.

— Les résultats sont bons, en ce moment ? s'enquit Johanson tout en descendant l'escalier en colimaçon.

Jörensen secoua la tête.

— Pas plus que d'habitude. Tu es déjà monté sur une plate-forme ?

Comme la plupart des Scandinaves, Jörensen avait le tutoiement facile.

— Oui, mais ça fait un bail. Alors, la récolte ?

— De moins en moins bonne, j'en ai peur. A Gullfaks, la quantité est stable depuis un certain temps, environ deux cent mille barils sur un total de vingt et un puits. Normalement, on devrait être contents, mais on l'est pas. Ça sent le sapin.

Il désigna la mer. A quelques centaines de mètres, Johanson vit un pétrolier amarré à une bouée.

— On est en train de le remplir, poursuivit son interlocuteur. On en attend un autre aujourd'hui, et ce sera tout. Il y en aura de moins en moins. On aura beau faire, ça se tarit.

L'extraction ne se faisait pas directement sous la plate-forme. Les puits étaient largement disséminés tout autour. Le pétrole remonté était débarrassé du sel et de l'eau, séparé du gaz et stocké dans les citernes tout autour des piles de la plate-forme. De là, il était conduit par pipe-line dans les bouées de stockage. La plate-forme était entourée d'une zone de sécurité de cinq cents mètres interdite à tout véhicule, en dehors des bateaux de maintenance.

Johanson scruta l'horizon par-dessus la rambarde de fer.

— Le *Thorvaldson* ne devrait pas mouiller quelque part par ici ? s'enquit-il.

— Il est à une autre bouée. On ne la voit pas d'ici.

— Même les bateaux de recherche sont interdits d'approche ?

— Oui. Il n'appartient pas à Gullfaks et il est trop grand pour nous. On a déjà assez d'emmerdements avec les bateaux de pêche, on passe notre temps à leur dire d'aller se faire voir ailleurs !

— Vous avez beaucoup de problèmes avec les pêcheurs ?

— En fait, non, pas trop. La semaine dernière, on en a chopé quelques-uns qui avaient suivi un banc de poissons jusque sous la plate-forme. Ça arrive régulièrement. Sur Gullfaks A, il y a eu du rififi, l'autre jour. Un petit tanker qui avait une avarie de machines. Il dérivait droit sur eux. On a envoyé des gars de chez nous à la rescousse, mais ils ont pu reprendre les choses en main par eux-mêmes.

Ce que Jörensen racontait d'un ton badin décrivait en réalité la catastrophe potentielle qui faisait peur à tout le monde : qu'un pétrolier chargé à ras se détache et dérive vers la plate-forme. Une collision pouvait déstabiliser une petite plate-forme, mais le plus grand danger, c'était l'explosion. Même si les plates-formes étaient équipées d'un système d'extinction qui libérait des tonnes d'eau à la moindre étincelle, avec l'explosion d'un tanker, ce serait la fin. Toutefois, de tels accidents étaient rares, et survenaient plutôt en Amérique du Sud, où les mesures de sécurité étaient plus lâches. En mer du Nord, on observait les règles. Quand le vent soufflait trop fort, on ne chargeait pas les tankers.

— Tu as maigri, constata Tina en passant devant Jörensen qui lui tenait la porte. On ne vous nourrit pas assez ?

Ils pénétrèrent à l'intérieur de la base-vie et traversèrent un couloir bordé de portes identiques s'ouvrant sur les chambres.

— Au contraire, trop bien ! gloussa son ami. Le cuisinier est un vrai chef. Tu devrais voir notre restaurant, ajouta-t-il en s'adressant à Johanson. A côté, le Ritz, c'est une baraque de plage... Non, le patron de la plate-forme fait la guerre aux gros ventres, il a donné des ordres pour faire fondre tous les kilos superflus, sinon c'est la porte.

— Sérieusement ?

— Oui, ce sont les directives de Statoil. Je ne sais pas s'ils iraient jusque-là, mais en tout cas la menace a fait son effet. Les gars n'ont pas envie de perdre leur boulot.

Ils s'engagèrent dans une étroite cage d'escalier et descendirent. Ils croisèrent des ouvriers que Jörensen salua. Leurs pas résonnaient sur le métal.

— Voilà, on est arrivés. Vous avez le choix. Si vous prenez à gauche, on bavarde encore pendant une petite demi-heure et on boit un café. A droite, vous prenez le bateau.

— Moi, je prendrais bien un café... commença Johanson.

Mais Tina lui coupa la chique :

— Merci, dit-elle, on n'aura pas le temps.

— Le *Thorvaldson* ne lèvera pas l'ancre sans vous, grogna Jörensen. Tu as bien...

— Je ne veux pas monter à bord à la dernière minute. La prochaine fois, je prendrai le temps, promis. Et je ramènerai Sigur. Il est grand temps que quelqu'un te dame le pion aux échecs.

Jörensen éclata de rire et sortit en haussant les épaules. Tina et Johanson le suivirent. Le vent vint leur gifler le visage. Ils se trouvaient au niveau inférieur de la base-vie. Le sol de la galerie, qu'ils franchirent, était un épais caillebotis d'acier. On avait vue sur la mer mouvante à travers le treillage. L'environnement était plus bruyant que sur l'hélipont. L'air sifflait et grondait. Jörensen les conduisit jusqu'à une petite passerelle. Un bateau pneumatique orange fermé était accroché à une grue.

— Au fait, qu'est-ce que vous faites sur le *Thorvaldson* ? demanda-t-il d'un ton négligent. J'ai entendu dire que Statoil voulait construire quelque chose plus loin au large…

— Possible, répondit Tina.

— Une autre plate-forme ?

— Pas sûr. Peut-être un SWOP.

Pour Single Well Offshore Production System. Ces SWOP étaient utilisés à partir d'une profondeur de forage de trois cent cinquante mètres ; c'étaient des bateaux ressemblant à de gigantesques pétroliers équipés de leur propre système d'extraction. Ils étaient reliés à la tête de puits au moyen d'un train de tiges flexible. C'était ainsi qu'ils pompaient le pétrole brut tout en faisant office d'entrepôt intermédiaire.

Jörensen tapota la joue de Tina.

— Bien. N'attrape pas le mal de mer, ma poulette !

Ils montèrent dans le bateau. Il était grand, spacieux et bien aménagé. Ils étaient seuls à bord avec le pilote. Une légère secousse parcourut la coque lorsque le bras hydraulique se mit en mouvement et fit descendre le bateau. Une surface de béton grise défila devant les hublots latéraux. Puis ils se retrouvèrent soudain sur l'eau, secoués par les vagues. Les crochets du bras se découplèrent et ils passèrent sous la plate-forme.

Johanson s'avança derrière le pilote. Il avait un peu de mal à rester debout. A présent, on apercevait le *Thorvaldson*. On remarquait immédiatement, à la poupe du bateau de recherche, la grue avec laquelle on descendait les engins de plongée. Le pilote fit la manœuvre d'accostage.

Ils escaladèrent une échelle métallique sécurisée de toute part. Johanson, aux prises avec ses bagages, se dit fugitivement qu'il avait peut-être eu tort d'emporter la moitié de sa garde-robe. Tina, qui grimpait devant lui, se retourna.

— Je sais pas, mais en voyant ta valise, j'ai eu l'impression que tu avais l'intention de passer tes vacances ici, dit-elle avec une mine impénétrable.

Johanson poussa un soupir résigné.

— Et moi qui espérais que tu ne t'en apercevrais pas !

Toutes les grandes côtes du monde bordaient une zone d'eau relativement peu profonde, le plateau continental, qui atteignait au maximum deux cents mètres de fond. Dans certaines parties du monde, il n'allait pas très loin, tandis qu'ailleurs il pouvait s'étendre sur des centaines de kilomètres, jusqu'à ce qu'il tombe dans les grands fonds, parfois brutalement et abruptement, ailleurs en terrasses et en pente plutôt douce. C'était au-delà du plateau continental que commençait un univers sur lequel les scientifiques possédaient encore moins d'éléments que sur l'espace.

Contrairement aux grands fonds, le plateau continental se trouvait presque entièrement sous la coupe de l'homme. Bien que ne représentant approximativement que 8 % de la surface globale des mers et océans, les hauts fonds fournissaient pratiquement tout le produit de la pêche mondiale. L'animal terrestre nommé homme vivait de l'eau, c'est pourquoi deux tiers de ses représentants s'installaient sur des bandes côtières de soixante kilomètres de large.

Le long du Portugal et du nord de l'Espagne, la plate-forme continentale apparaissait sur les cartes océanographiques comme un étroit ruban. En revanche, elle formait un périmètre particulièrement vaste autour des îles Britanniques et de la Scandinavie, au point que les deux zones se superposaient en formant la mer du Nord, d'une profondeur moyenne de vingt à cent cinquante mètres, donc relativement peu profonde. A première vue, cette petite mer du nord de l'Europe, aux conditions de courant et de température compliquées, qui existait sous la même forme depuis dix mille ans, ne présentait aucun intérêt particulier. Et pourtant, elle revêtait une importance capitale pour l'économie mondiale. Elle faisait partie des zones de circulation les plus fréquentées de la Terre, avec comme Etats limitrophes des nations industrielles extrêmement développées, et abritait le plus grand port de tous les temps, Rotterdam. La Manche, avec ses trente kilomètres de largeur, était devenue la route maritime la plus fréquentée au monde. Les cargos, les tankers et les ferries avaient là un espace de manœuvre des plus limités.

Il y avait trois cents millions d'années que d'immenses marais avaient relié l'Angleterre au continent. L'océan avait avancé et reculé alternativement. De gigantesques fleuves avaient charrié des boues, des plantes et des restes d'animaux dans le bassin du Nord, formant au fil du temps des strates de sédiment de mille mètres d'épaisseur. Des couches de charbon se constituèrent, tandis que le terrain continuait à descendre en pente. De nouvelles couches se superposèrent et broyèrent les sédiments, qui se transformèrent en sable et en calcaire. Parallèlement, la température se réchauffa dans les profondeurs. Les restes organiques subsistant dans les roches furent soumis à des processus chimiques complexes et se transformèrent, sous l'effet de la pression et de la chaleur, en pétrole et en gaz, dont une certaine quantité s'échappa à travers des roches poreuses, monta jusqu'au fond de la mer et se perdit dans l'eau. La plus grande partie demeura dans les champs souterrains.

Pendant des millions d'années, la plate-forme continentale resta au repos.

Ce fut le pétrole qui apporta le changement. La Norvège, touchée par le déclin de la pêche, se précipita, tout comme l'Angleterre, la Hollande et le Danemark, sur le nouvel Eldorado et devint en l'espace de trente ans le deuxième exportateur de pétrole du monde. Le gros des champs, et donc environ la moitié de toutes les ressources européennes, se trouvait sous le plateau continental norvégien. Les réserves de gaz norvégien ne se révélèrent pas moins immenses. Des plates-formes furent installées, les unes à côté des autres. Les problèmes techniques furent résolus sans aucun égard pour l'environnement. Ainsi, on creusa de plus en plus profond, les simples charpentes des premiers temps furent remplacées par des tours de forage hautes comme l'Empire State Building. Les projets de plates-formes sous-marines entièrement télécommandées se préparaient à devenir réalité. Il n'y avait aucune raison pour que l'euphorie prenne fin.

Elle prit fin, et plus vite que prévu. Les revenus de la pêche diminuèrent comme partout dans le monde, et l'extraction pétrolière fit de même. La source qui avait mis des millions d'années à se former se tarirait en moins de quarante ans. Nombre de gisements, sur les plateaux continentaux, étaient pratiquement épuisés. Le spectre d'une gigantesque décharge se profila à l'horizon : des plates-formes qu'on ne pouvait tout simplement pas démonter car aucune force au monde n'était capable de les bouger. Quoi qu'il en soit, au-delà du plateau, sur les talus continentaux et dans les grands fonds, attendaient des champs pétrolifères intacts. Il était impossible d'y implanter des plates-formes. Ce qu'envisageait le groupe de Tina Lund pour exploiter ces réserves était une installation d'une autre sorte. Le talus n'était pas abrupt partout. Il s'étageait en terrasses, offrant un terrain idéal pour des exploitations sous-marines. Compte tenu des risques inhérents à cette implantation si loin du bord du plateau, le personnel serait réduit au minimum.

Avec la réduction de l'exploitation, on faisait pâlir l'étoile du personnel des plates-formes, si recherché et si bien payé dans les années 1970 et 1980. Pour Gullfaks C, on envisageait de réduire le personnel à vingt-cinq hommes. Des plates-formes comme « L'homme de la Lune », la réalisation du siècle, au-dessus du champ de gaz de Troll, travaillaient de façon presque entièrement automatique.

En réalité, l'industrie pétrolière de la mer du Nord était devenue déficitaire. Mais l'arrêter purement et simplement eût généré des problèmes quasi insolubles.

En sortant de sa cabine, Johanson trouva le *Thorvaldson* plongé dans sa routine. Le bateau n'était pas très grand. Sur un géant comme le *Polarstern* de Brême, ils auraient pu poser l'hélicoptère, mais le *Thorvaldson* avait besoin de place pour son matériel.

Johanson s'avança d'un pas tranquille jusqu'au bastingage et regarda la mer. Au cours des deux dernières heures, ils avaient navigué près de véritables villages de plates-formes, reliées entre elles par des passages aériens. A présent, ils se trouvaient au-dessus des îles Shetland, au-delà du bord du plateau. Là-haut, il n'y avait plus d'ouvrage d'aucune sorte. On distinguait à l'horizon les silhouettes de quelques tours de forage, mais ici le paysage était redevenu un paysage marin, et non plus un paysage industriel avec les pieds dans l'eau. Le bateau voguait sur des eaux qui atteignaient près de sept cents mètres de fond. Le talus continental était, lui, mesuré et mis en cartes, mais la zone des ténèbres éternelles conservait ses secrets. A l'aide de puissants projecteurs, on avait pu jeter un coup d'œil sur tel ou tel endroit, mais avec le même résultat que si on se mettait en tête d'admirer la Norvège tout entière de nuit à la lueur d'un seul et unique réverbère.

Johanson pensa au bordeaux et au petit assortiment de fromages français et italiens qu'il avait dans sa valise. Il se mit à la recherche de Tina, qu'il trouva en train de vérifier un robot. L'automate était suspendu au palan. C'était une caisse en tubes métalliques de trois bons mètres de haut, bourrée de technologie. Sur le dessus, il lut un nom : *Victor*. Sur la partie avant, il vit des caméras et un bras articulé replié.

Lund lui adressa un sourire resplendissant.

— Alors, tu es impressionné ?

Par acquit de conscience, Johanson fit le tour de l'engin.

— Ce n'est qu'un gros aspirateur tout jaune, répondit-il.

— Quel rabat-joie !

— Non, d'accord, je trouve ça fascinant ! Et il pèse combien ?

— Quatre tonnes… Hé, Jean !

Un rouquin maigrichon la regarda par-dessus un tambour de câbles. Elle lui fit signe d'approcher.

— Jean-Jacques Alban est premier officier sur cette poubelle flottante, dit Tina en guise de présentations. Jean, j'ai encore quelques trucs à régler, et Sigur brûle d'envie d'en savoir un peu plus sur le *Victor*. Alors sois gentil, occupe-toi de lui.

Elle disparut au pas de charge. Alban la suivit des yeux avec une expression d'impuissance amusée.

— Je suppose que vous avez mieux à faire que de me balancer le CV du *Victor*…

— Aucun problème. Un de ces jours, Tina va finir par se dépasser elle-même à la course ! rigola-t-il. Vous êtes le scientifique de la NTNU, non ? C'est vous qui avez analysé les vers ?

— Non, j'ai simplement donné mon avis. Pourquoi ces vers vous inquiètent-ils tellement ?

Alban éluda d'un geste.

— Oh ! nous nous inquiétons surtout des propriétés du fond ici, sur le talus ! Les vers, nous les avons découverts par hasard, c'est plutôt Tina qui fait travailler son imagination à leur sujet.

— Je croyais que c'était à cause de ces vers que vous faisiez descendre le robot ? s'étonna Johanson.

— C'est Tina qui vous a dit ça ? Non, les vers ne sont qu'une partie de la mission. Bien sûr, nous ne prenons rien à la légère, mais nous nous occupons principalement de l'installation d'une station de mesure de longue durée. Nous allons la placer directement sur le champ pétrolifère que nous avons détecté. Si nous concluons que l'endroit est sûr, nous installerons une station d'exploitation sous-marine.

— Tina m'a parlé d'un SWOP…

Alban lui jeta un regard comme s'il n'était pas sûr de ce qu'il devait répondre.

— Eh bien, en fait, non. L'exploitation sous-marine est pratiquement terminée. S'il y a eu un changement, je ne suis pas au courant.

Ah bon ! Il n'y aurait donc pas de plate-forme flottante. Mais peut-être valait-il mieux ne pas creuser la question.

Mais ce robot de plongée, c'était intéressant...

— C'est un Victor 6000, un Remotely Operated Vehicle, pour les intimes un ROV, expliqua Alban. Un véhicule sous-marin téléopéré. Il peut descendre jusqu'à six mille mètres de profondeur et y travailler pendant quelques jours. Nous le télécommandons d'ici et nous recevons toutes les données en temps réel, le tout par câble. Cette fois, il va rester au fond pendant quarante-huit heures. Bien sûr, il va en profiter pour ramasser un sac de vers. Statoil ne veut pas qu'on lui reproche de mettre la biodiversité en danger... Et vous, qu'est-ce que vous en pensez, de ces bestioles ?

— Rien, répondit Johanson, évasif. Rien pour l'instant.

Un bruit de machines monta. Johanson vit la grue hydraulique se mettre en mouvement et lever le *Victor*.

— Venez, dit Alban.

Ils se dirigèrent vers cinq conteneurs installés au milieu du bateau, à hauteur d'homme.

— Il n'y a pas beaucoup de bateaux qui sont équipés pour le *Victor*, poursuivit le premier officier. Nous l'avons emprunté au *Polarstern*, et nous avons juste la place de le mettre.

Ils se trouvaient devant les conteneurs.

— Qu'est-ce qu'il y a là-dedans ? s'enquit Johanson.

— L'unité hydraulique pour le palan, des appareils, toutes sortes de trucs. Ici, dans le premier, vous avez la chambre de contrôle du ROV. Attention, ne vous cognez pas la tête en entrant.

Ils franchirent une porte basse. Il n'y avait pas beaucoup d'espace à l'intérieur du conteneur. Un pupitre de commande et deux rangées d'écrans occupaient quasiment toute la place disponible. Quelques écrans étaient éteints, d'autres affichaient les données du ROV et les informations de navigation. Des hommes étaient assis devant. Tina était là, elle aussi.

— Lui, au milieu, c'est le pilote, expliqua Alban à voix basse. A sa droite, c'est le copilote, c'est lui qui commande le bras. *Victor* est sensible et précis, et il faut faire preuve de la même adresse que lui pour travailler en bonne entente avec lui. L'autre siège, c'est celui du coordinateur. C'est lui qui entretient le contact avec l'officier de garde sur le pont, afin que le bateau et le robot collaborent de façon optimale. De l'autre côté, c'est la place des scientifiques. Ici, c'est la place de Tina. C'est elle qui va s'occuper des caméras et stocker les images... Alors ça y est, on est prêts ?

— Oui, vous pouvez le faire descendre, répondit Tina.

Les autres écrans s'allumèrent, l'un après l'autre. Johanson reconnut des parties de la poupe et du palan, le ciel et la mer.

— Maintenant, vous voyez ce que voit *Victor*, expliqua Alban. Il dispose de huit caméras. Une caméra principale avec un zoom, deux objectifs pilotes pour la navigation et cinq caméras supplémentaires. La qualité de l'image est extraordinaire. Elle est d'une netteté fantastique, avec des couleurs brillantes, même à plusieurs milliers de mètres de fond.

Les perspectives de la caméra se modifièrent. Le robot descendit, la mer se rapprocha, puis de l'eau vint asperger l'objectif. *Victor* plongea plus bas. Sur l'écran, on vit apparaître un univers bleu-vert qui devint de plus en plus glauque.

Le conteneur se remplissait. Des gens, hommes et femmes, qui avaient travaillé jusque-là sur la grue. L'espace vital se raréfia encore.

— Allumez les projecteurs, dit le coordinateur.

D'un seul coup, la lumière jaillit autour de *Victor*. C'était encore diffus. Le bleu-vert pâlit et fut remplacé par du noir éclairé. Quelques petits poissons apparurent à l'image, puis l'eau parut remplie de minuscules bulles d'air. Johanson savait qu'il s'agissait en réalité de plancton, de milliards d'organismes infiniment petits. Des méduses rouges et des cténophores transparents passèrent.

Au bout d'un moment, le banc de particules se raréfia. La profondeur indiquée était de cinq cents mètres.

— Qu'est-ce qu'il fait exactement, *Victor*, quand il est au fond ? s'enquit Johanson.

— Il prend des échantillons d'eau et de sédiments, et il ramasse des organismes, répondit Tina sans se retourner. Surtout, il fournit des documents vidéo.

Quelque chose de déchiqueté apparut à l'image. *Victor* descendait le long d'une paroi. Des langoustes rouge et orange leur firent signe avec leurs longues antennes. C'étaient déjà les ténèbres intégrales, à ce niveau, mais les projecteurs et les caméras révélaient les couleurs naturelles de façon stupéfiante. *Victor* poursuivit sa descente en croisant des éponges et des holothuries, puis le terrain se fit plus plat.

— On y est, annonça Tina. Six cent quatre-vingts mètres.

— O.K., fit le pilote en se penchant en avant. On va prendre un virage…

Le talus disparut des écrans. Pendant un moment, ce fut de l'eau partout, puis, soudain, on vit se dessiner le fond dans les profondeurs couleur de jais.

— *Victor* est capable de naviguer au millimètre près, commenta Alban avec une fierté visible. Si vous le vouliez, vous pourriez lui faire enfiler une aiguille…

— Merci, j'ai mon tailleur pour ça. Et il est où, exactement ?

— Juste au-dessus d'un plateau. Dessous, il y a une énorme quantité de pétrole.

— Et de l'hydrate de méthane, aussi ?

Alban le regarda pensivement.

— Oui, sûrement. Pourquoi ?

— Comme ça… Et c'est ici que Statoil veut installer son exploitation ?

— C'est ce que nous souhaiterions. Dans la mesure où rien ne s'y oppose.

— Comme des vers, par exemple.

Alban haussa les épaules. Johanson remarqua que ce sujet lui déplaisait.

Ils suivirent le mouvement du robot qui survolait l'endroit au milieu des araignées de mer et des poissons qui fouillaient le sédiment. Les caméras captèrent des colonies d'éponges, des méduses phosphorescentes, des petites seiches. La faune n'était pas particulièrement riche en cet endroit, mais les habitants du sol étaient variés. Au bout d'un moment, le paysage se fit grêlé et rugueux. Des structures striées parcouraient le sol.

— Des glissements sédimentés, indiqua Tina. Il y a pas mal de glissements sur le talus continental norvégien.

— Et ces structures accidentées, par ici ? demanda Johanson, constatant que le sol s'était de nouveau modifié.

— Ce sont les courants qui provoquent ça. Nous nous dirigeons vers le bord du plateau.

Puis elle ajouta :

— C'est tout près d'ici que nous avons trouvé les vers.

Ils observèrent les écrans. Un fait nouveau était apparu à la lueur des projecteurs. Des altérations de la couleur. De vastes étendues beaucoup plus claires.

— Des tapis de bactéries, murmura Johanson.

— Oui. Signe de présence de méthane.

— Là ! fit le pilote.

Des taches blanches lézardées apparurent à l'image. A cet endroit, le méthane gelé s'amassait à même le fond. Soudain, Johanson vit autre chose. Les autres le virent également. D'un seul coup, il régna un silence de mort dans la salle de contrôle.

L'hydrate disparaissait en partie sous un grouillement rosâtre. Au début, ils parvinrent à distinguer quelques corps roses isolés. Puis la quantité de corps qui se tortillaient devint impossible à évaluer. Des tubes roses à soies blanches qui rampaient les uns sur les autres.

L'un des hommes assis devant son pupitre poussa un cri de répulsion.

Les gens sont tellement conditionnés... se dit Johanson. On ne supporte pas la vue de ce qui rampe, se traîne, grouille, ça nous fait peur. Et pourtant, il n'y a pas de quoi. Heureusement que nous ne voyons pas les hordes d'acariens qui bougent dans nos pores en se nourrissant de notre sébum, les millions d'arachnéens minuscules qui envahissent nos matelas, les milliards de bactéries qui se la coulent douce dans nos intestins !

Pour autant, il n'était pas ravi de ce qu'il voyait sur l'écran. Les images reçues du golfe du Mexique montraient des populations de vers de même importance, mais les bestioles mexicaines n'atteignaient pas la même taille et vivaient tranquillement dans leurs creux. Celles-ci se tortillaient et ondulaient sur la glace en formant une gigantesque masse grouillante qui recouvrait le fond.

— Faites-le slalomer, ordonna Tina.

Le ROV se mit à avancer en zigzag dans l'eau. L'image resta la même : des vers partout sur l'écran.

Soudain, le fond se mit à descendre en pente. Le pilote amena le robot vers le rebord du plateau. Il faisait si noir que les huit spots, pourtant très puissants, n'éclairaient pas à plus de quelques mètres. Et les créatures semblaient peupler le talus tout entier. Johanson eut l'impression qu'ils étaient encore plus grands que les spécimens que Tina lui avait fait analyser.

En un instant, tout s'obscurcit. *Victor* avait franchi le rebord. Ici, on plongeait tout droit dans les profondeurs sur une centaine de mètres. Le robot continua sur sa lancée.

— Demi-tour, fit Tina. On examine la paroi.

Le pilote exécuta la manœuvre. Des particules tourbillonnèrent à la lumière des projecteurs.

Quelque chose de grand, de clair, s'arrondit devant les objectifs, les remplit totalement l'espace d'une seconde, puis se retira à la vitesse de l'éclair.

— Qu'est-ce que c'est que ça ? s'écria Tina.

— En arrière !

Le ROV fit marche arrière.

— Il n'y a plus rien !

— Faites-le tourner en rond !

Victor s'arrêta et tourna sur lui-même. Rien, hormis les ténèbres impénétrables et le plancton éclairé par le faisceau de lumière.

— Il y avait quelque chose, confirma le coordinateur. C'était peut-être un poisson.

— Alors il était sacrément gros, ce poisson, grogna le pilote, pour remplir complètement l'écran…

Tina adressa un regard interrogatif à Johanson. Celui-ci secoua la tête.

— Aucune idée, dit-il.

— O.K. On continue.

Le ROV mit le cap sur le versant. Au bout de quelques secondes, il arriva en vue d'un terrain en pente. Quelques fragments de sédiment apparaissaient, le reste était recouvert de corps roses.

— Ils sont partout, constata Tina.

Johanson s'avança à côté d'elle.

— Vous avez un aperçu des gisements d'hydrates, par ici ?

— Ici, tout est rempli de méthane. Des hydrates, des poches de gaz souterraines, du gaz qui s'échappe…

— Ce qui m'intéresse surtout, c'est la glace en surface.

Tina tapa sur le clavier de son terminal. Une carte des fonds marins se dessina sur l'un des écrans.

— Les taches claires, là. On a fait la cartographie.

— Tu peux me montrer la position actuelle de *Victor* ?

— Quelque part par ici.

Elle indiqua un secteur où étaient représentées de grandes surfaces colorées.

— Bien. Mettez le cap là-dessus, de biais.

Tina donna les instructions au pilote. Les projecteurs éclairèrent à nouveau le fond de la mer, dénué de vers cette fois. Au bout d'un moment, le terrain monta, puis la paroi surgit de l'obscurité.

— Plus haut, dit Tina, allez-y doucement.

A quelques mètres de là, ce fut le même spectacle qui s'offrit à eux. Des corps roses, des petits tuyaux munis de soies blanches.

— Normal, commenta Johanson.

— Comment ça ?

— Si votre carte est juste, vous avez de grandes étendues d'hydrates par ici. Comme tu le sais, les bactéries se développent sur la glace et transforment le méthane, et les vers bouffent les bactéries.

— Et le fait qu'ils arrivent par millions, c'est normal aussi ?

Il fit non de la tête. Tina se recula sur son siège.

— O.K., dit-elle au gars qui servait le bras articulé. Descendons *Victor*. Il va attraper une poignée de bestioles et continuer à observer la région – si on peut encore parler de région, avec tout ce qui grouille dessus !

Il était vingt-deux heures passées quand on frappa à la porte de Johanson. Il ouvrit. Tina entra et se laissa tomber dans l'un des petits fauteuils qui constituaient le seul luxe de la cabine, avec la table microscopique.

— J'ai les yeux qui brûlent, annonça-t-elle. Alban a pris le relais pour quelque temps.

Son regard tomba sur le plateau de fromages et la bouteille de bordeaux débouchée.

— J'aurais dû m'en douter ! dit-elle en riant. C'est pour ça que tu as pris la tangente, tout à l'heure…

Johanson avait quitté la salle de contrôle une demi-heure auparavant afin de faire les préparatifs. Il présenta les fromages :

— Brie de Meaux, *taleggio*, munster, un vieux chèvre et un peu de *fontina* venue tout droit des montagnes du Piémont. Et aussi une baguette et du beurre.

— Tu es vraiment fou.

— Tu veux un verre de vin ?

— Evidemment ! Qu'est-ce que c'est ?

— Un pauillac. Tu me pardonneras de ne pas avoir pu le décanter, parce que ça manque de cristal sur le *Thorvaldson*. Vous avez vu d'autres choses intéressantes ?

Tina prit son verre, en vida la moitié.

— Il y a des couches de ces saloperies partout sur les hydrates. Partout.

Johanson s'assit en face d'elle au bord de sa couchette en tartinant pensivement son pain.

— Vraiment curieux.

Tina se servit de fromage.

— Les autres commencent à se dire qu'il faut qu'on réfléchisse à tout ça. Surtout Alban.

— Il y en avait moins la première fois que vous êtes descendus ?

— Oui. Il y en avait déjà trop à mon goût, mais jusqu'à présent j'étais la seule à penser ainsi.

Johanson sourit.

— Tu sais bien que quand on a du goût on est toujours en minorité.

— Ouais. En tout cas, *Victor* remonte demain matin avec une nouvelle fournée de vers. Tu pourras jouer avec, si tu en as envie.

Elle se leva en mastiquant et alla regarder par le hublot. Il faisait plus clair, à présent. Un rayon de lune se déversait sur les vagues, et celles-ci démultipliaient sa lumière scintillante.

— Cette saleté de séquence vidéo… je l'ai regardée une bonne centaine de fois ! Tu sais, ce truc bizarre… Alban croit que c'était un poisson, mais si c'est vrai, il faisait au moins la taille d'une raie manta ou de quelque chose de plus grand encore. Sans compter qu'on n'a rien vu, en termes de forme.

— C'était peut-être un reflet de lumière, proposa Johanson.

Elle se tourna vers lui.

— Non. C'était à quelques mètres, exactement à la limite de la lumière. C'était énorme et plat, et ça a filé instantanément, comme si ça ne pouvait pas supporter la lumière ou que ça avait peur d'être découvert.

— Ça peut être un tas de choses…

— Non, pas tant de choses que ça.

— Un banc de poissons aussi peut disparaître à vitesse grand V. Quand il est très dense, on peut très bien avoir l'impression…

— Ce n'était pas un banc de poissons, Sigur ! C'était plat. C'était une espèce de surface un peu… vitreuse. Comme une grande méduse.

— Une grande méduse… C'est ça !

— Non, non ! Tu n'auras qu'à vérifier toi-même. Ce n'était pas une méduse.

Ils continuèrent à manger sans rien dire pendant quelque temps. Johanson rompit le silence en déclarant :

— Tu as menti à Jörensen. Il n'y aura pas de SWOP. En tout cas, rien qui puisse donner du boulot à ses gars.

Tina leva les yeux. Elle prit le temps de boire une gorgée de vin avant de répondre :

— C'est vrai.

— Pourquoi ? Tu as eu peur de lui faire du mal ?

— Peut-être.

Johanson secoua la tête.

— Vous allez lui faire du mal, tôt ou tard. Il n'y a plus de boulot pour les ouvriers du pétrole, je me trompe ?

— Ecoute, Sigur, je ne voulais pas lui mentir, mais… merde, toute cette industrie est en plein chamboulement, et il y a du personnel qui va rester sur le carreau. Qu'est-ce que tu veux que je fasse ? Jörensen connaît la situation. Il sait aussi que l'équipe du Gullfaks C va être réduite à un dixième du personnel actuel. Ça reviendra moins cher de réaménager la plate-forme entière que de continuer à employer deux cent soixante-dix personnes. Sur Gullfaks B, Statoil a l'intention de supprimer complètement le personnel. Nous pourrons la commander à partir d'une autre plate-forme, et même ça, c'est en y mettant de la bonne volonté.

— Ce que tu es en train de me dire, c'est que votre business n'est plus rentable ?

— L'industrie offshore n'a été rentable que lorsque l'OPEP a tiré le prix vers le haut, au début des années 1970. Depuis le milieu des années 1980, il retombe. Et l'Europe du Nord va tomber au fur et à mesure que les sources se tariront, c'est pourquoi il nous faut creuser plus au large, là où c'est profond, avec l'aide des ROV et des AUV.

AUV… cette abréviation appartenant au vocabulaire de l'exploration des eaux profondes était dans toutes les bouches, en ce moment. Les Autonomus Underwater Vehicles travaillaient en gros comme le *Victor*, mais sans être dépendants du cordon ombilical qui les reliait au bateau mère. L'industrie offshore regardait avec beaucoup d'intérêt le développement de cette nouvelle génération de robots de plongée qui, pareils à des espions planétaires, poussaient jusqu'aux régions les plus inhospitalières. Ils étaient extrêmement flexibles et mobiles, capables même, dans un certain cadre, de prendre des décisions par eux-mêmes. Avec les AUV, la possibilité se faisait jour d'installer et de contrôler des stations d'extraction de pétrole par cinq ou six mille mètres de fond.

— Pas la peine de t'excuser, dit Johanson en la resservant de vin. Tu n'y peux vraiment rien.

— Je ne m'excuse pas, répliqua Tina d'un ton bougon. En fait, nous y pouvons tous quelque chose. Si l'humanité ne faisait pas n'importe quoi avec les combustibles, nous n'aurions pas tous ces problèmes.

— Si, on les aurait, mais plus tard. Mais ton souci de l'environnement t'honore.

— Oui, qu'est-ce que tu crois ? jeta-t-elle, piquée au vif car l'ironie de sa remarque ne lui avait pas échappé. Les compagnies pétrolières sont capables de tirer certaines leçons, ne t'en déplaise.

— Ah bon, et ça va se traduire par quoi ?

— Figure-toi que dans les prochaines décennies nous prendrons la peine de démonter six cents plates-formes, parce qu'elles seront improductives et dépassées techniquement. Tu sais combien ça va coûter ? Des milliards ! Et le plateau continental sera complètement vidé. Alors épargne-nous ton mépris.

— D'accord, d'accord.

— Bien sûr, tout le monde se précipite maintenant sur les structures sous-marines. Si nous ne le faisons pas, l'Europe sera complètement dépendante des pipe-lines du Proche-Orient et d'Amérique du Sud, et nous, il ne nous restera plus qu'un cimetière marin.

— Mais je ne conteste pas ça, je me demande simplement si vous savez toujours exactement ce que vous faites.

— Qu'est-ce que tu veux dire ?

— Vous avez d'énormes problèmes à régler avant de pouvoir faire fonctionner des unités autonomes.

— Oui, c'est vrai.

— Vous prévoyez de débiter d'énormes quantités d'hydrocarbures soumis à des pressions extraordinaires et avec des additifs hautement corrosifs, et tout cela sans maintenance si possible... Mais vous ne savez pas vraiment comment ça se présente, au fond.

— On va le découvrir.

— Comme aujourd'hui ? J'en doute. J'ai l'impression que vous êtes comme ces touristes qui prennent des photos en vacances et qui s'imaginent, une fois rentrés chez eux, qu'ils connaissent le pays où ils se trouvaient. Vous vous fixez un programme, vous choisissez un endroit, et puis vous l'observez jusqu'à ce qu'il vous paraisse convenir. Mais ça ne veut pas dire pour autant que vous comprenez à quel système vous touchez.

— Ça y est, je m'y attendais, gémit Tina.

— J'ai tort, peut-être ?

— Le mot écosystème, je le connais par cœur, je peux te le chanter sur toute la gamme, et même en dormant. Alors comme ça, te voilà devenu un adversaire de l'exploitation pétrolière ?

— Non. Je suis simplement d'avis qu'il faut se familiariser avec le monde dans lequel on pénètre.

— Et qu'est-ce qu'on fait ici, d'après toi ?

— Je suis sûr que vous allez recommencer vos erreurs. A la fin des années 1960, vous avez connu votre ruée vers l'or et vous avez bétonné la mer du Nord. Maintenant, ça vous entrave les pattes. Vous devriez éviter de vous précipiter avec la même hâte dans les grands fonds.

— Si nous agissons de façon si précipitée, pourquoi t'ai-je envoyé ces sales bestioles ?

— Tu as raison. *Ego te absolvo*. Je te pardonne, mon enfant.

Elle se mordilla la lèvre inférieure. Johanson choisit de changer de sujet :

— Au fait, Kare Sverdrup est sympa comme mec... pour dire quelque chose de positif ce soir.

Tina le regarda d'un air méfiant. Puis elle se détendit et éclata de rire.

— Tu trouves ?

— Absolument... Enfin, il aurait pu me demander la permission avant, mais je le comprends très bien.

Tina fit tourner le vin dans son verre.

— C'est encore tout nouveau, murmura-t-elle.

Ils se turent un moment. Puis Johanson brisa le silence :

— C'est le grand amour ?

— Pour qui ? Pour lui ou pour moi ?

— Pour toi.

— Hum... Oui, je crois, avoua-t-elle en souriant.

— Tu crois, seulement ?

— Je suis une chercheuse. Alors je commence par chercher.

Il était minuit lorsqu'elle partit. De la porte, elle jeta un regard sur leurs verres vides et les croûtes de fromage.

— Il y a encore quelques semaines, tu m'aurais eue avec ça !

C'était dit comme si elle était désolée pour lui.

Johanson la poussa doucement dehors.

— A mon âge, on s'en remet, la tranquillisa-t-il. Allez, file ! Va chercher !

Elle sortit. Puis se pencha et lui déposa un baiser sur la joue.

— Merci pour le vin.

La vie est faite de compromis pris en sandwich entre les occasions manquées, se dit Johanson en refermant la porte. Puis il sourit et chassa cette pensée. Il aurait eu mauvaise grâce de se plaindre, avec toutes les occasions dont il avait su profiter.

18 mars

A Vancouver et sur l'île de Vancouver, Canada

Léon Anawak retint son souffle.

Allez, viens, dit-il mentalement au béluga, fais-nous plaisir.

C'était la sixième fois que l'animal nageait vers le miroir. Le petit groupe de journalistes et d'étudiants qui s'était retrouvé dans la salle d'observation, au sous-sol de l'aquarium de Vancouver, gardait un silence religieux. Une immense vitre leur permettait de voir entièrement l'intérieur du bassin. Des rayons de soleil obliques dansaient sur les murs et le sol. La salle d'observation était plongée dans le noir, de sorte que la surface de l'eau se reflétait sur les visages des spectateurs, en un jeu d'ombre et de lumière changeant.

Anawak avait marqué le béluga avec une encre non toxique. Un cercle de couleur ornait sa mâchoire inférieure. L'endroit du marquage avait été choisi de manière que la baleine ne puisse le voir que lorsqu'elle regardait son reflet. Deux miroirs étaient sertis dans les parois de verre réfléchissant du bassin, et le béluga se dirigeait lentement sur l'un d'eux. Il nageait avec une détermination qui ne faisait aucun doute sur l'issue de l'expérience. Il se retourna légèrement en passant devant les spectateurs, comme s'il voulait leur présenter sa mâchoire inférieure décorée de son marquage. Puis il s'arrêta devant la vitre et se laissa tomber jusqu'au niveau de la glace. Il s'immobilisa, se redressa, bougea la tête d'un côté, puis de l'autre. Visiblement, il essayait de trouver le meilleur angle pour voir le cercle. Il resta un long moment ainsi devant la glace, faisant bouger ses nageoires et tournant en tous sens sa petite tête au front bombé.

Malgré son peu de ressemblance avec l'être humain, le béluga l'évoquait de manière très dérangeante. Contrairement aux dauphins, les bélugas avaient la capacité de changer l'expression de leur visage. En ce moment, la baleine semblait se sourire. Nombre des sentiments que les hommes aimaient à prêter aux dauphins et aux bélugas venaient de ce supposé sourire. En réalité, les coins de la bouche dirigés vers le haut correspondaient à une série de propriétés physionomiques qui servaient à la communication. De même, les bélugas pouvaient très bien faire tomber les coins de leurs lèvres sans pour autant exprimer la mauvaise humeur. Il leur arrivait aussi de pointer les lèvres comme s'ils sifflotaient joyeusement.

Puis le béluga se désintéressa du miroir. Sans doute trouvait-il qu'il avait suffisamment étudié son reflet. Toujours est-il qu'il remonta avec un virage élégant et s'éloigna de la vitre.

— Voilà, c'est fini, annonça Anawak à voix basse.

— Pourquoi ? Qu'est-ce que ça veut dire ? demanda une journaliste, déçue parce que la baleine ne revenait pas.

— Ça veut dire qu'il sait qui il est. Venez, nous allons remonter.

Ils délaissèrent le sous-sol pour retrouver la lumière du jour et le bassin, vu de haut cette fois, où nageaient les deux bélugas, juste sous la surface ridée.

Anawak avait délibérément renoncé à expliquer d'avance aux observateurs le déroulement exact de l'expérience. Il leur demanda de lui donner leurs impressions, afin de s'assurer qu'il ne s'était pas trompé dans son interprétation du comportement de la baleine et qu'il n'avait pas pris ses désirs pour des réalités.

Tous sans exception confirmèrent ses observations.

— Bravo ! dit-il. Vous venez d'assister à une expérience qui est entrée dans l'histoire de la recherche comportementale comme étant la reconnaissance du soi par le miroir. Cette découverte date des années 1970. Pendant des décennies, les tests se sont limités aux primates. Je ne sais pas si vous avez déjà entendu parler de Gordon Gallup… Je vois que vous êtes nombreux à faire non de la tête… Eh bien, Gallup est psychologue à l'université de New York. Il a eu un jour l'idée assez folle de confronter différentes espèces de singes avec leur image dans la glace. La plupart sont restés indifférents, et d'autres ont essayé de l'attraper parce qu'ils pensaient avoir affaire à un nouveau venu. Mais quelques chimpanzés se sont reconnus dans le miroir et l'ont utilisé pour s'étudier. C'était tout à fait remarquable, parce que la grande majorité des animaux n'est pas capable de se reconnaître dans la glace. Les animaux existent : ils sentent, ils agissent et ils réagissent. Mais ils n'ont pas la conscience d'eux-mêmes. Ils ne peuvent pas se percevoir comme des individus uniques qui se différencient de leurs congénères.

Anawak poursuivit en leur décrivant l'expérience de Gallup. Le scientifique avait marqué de couleur le front des singes avant de les placer devant le miroir. Les chimpanzés avaient vite compris qui ils voyaient dans la glace. Ils avaient scruté la marque, tâté l'endroit avec leurs doigts, qu'ils avaient reniflés ensuite. Mais les seuls animaux qui avaient passé victorieusement le test du miroir avaient été les chimpanzés et les orangs-outang. Gallup en avait conclu qu'ils étaient capables d'autoperception et, de ce fait, qu'ils disposaient d'une certaine conscience de soi.

— Gallup est allé encore plus loin, ajouta Anawak. Longtemps, il avait pensé que les animaux étaient incapables de comprendre la psychologie des autres espèces. Mais les tests du miroir sont venus contredire son opinion. Aujourd'hui, non seulement il croit que certains animaux ont une conscience de soi, mais aussi que, de ce fait, ils sont en mesure d'imaginer les pensées des autres. Les chimpanzés et les orangs-outang attribuent des intentions à d'autres individus et sont capables de compassion. Ils peuvent déduire l'état d'esprit d'un autre individu à partir de leur propre état d'esprit psychologique. Voilà la thèse de Gallup, qui a maintenant de nombreux adeptes.

Il marqua une pause. Il savait qu'il lui faudrait réfréner l'ardeur des journalistes. Il n'avait pas envie de lire, les jours suivants, que les bélugas étaient des psychiatres, que les marsouins avaient fondé une association de sauvetage en mer et les chimpanzés un club d'échecs.

— Jusque dans les années 1990, on faisait subir le test du miroir uniquement aux animaux terrestres, reprit-il. On pressentait pourtant l'intelligence des baleines et des dauphins, mais l'industrie agroalimentaire, comme vous pouvez l'imaginer, n'était pas spécialement intéressée à ce qu'on en découvre la preuve. Seule une infime partie de la population mondiale s'intéresse à la viande de singe, donc savoir qu'ils sont intelligents et possèdent une conscience de soi ne dérange pas grand monde. Ce n'est pas le cas pour les baleines et les dauphins. Cela n'arrange pas les affaires de ceux qui les chassent. Certaines personnes se sont montrées plutôt réticentes quand nous avons commencé à effectuer le test du miroir sur les marsouins…

« Au cours de ces tests, nous avons recouvert une partie du bassin avec du verre réfléchissant, et l'autre partie avec des miroirs véritables. Puis nous avons marqué les marsouins au feutre noir. Nous avons été très étonnés de voir que nos cobayes inspectaient les parois jusqu'à ce qu'ils trouvent les miroirs. Ils avaient compris qu'ils pourraient voir le marquage d'autant plus nettement que la surface en question leur renverrait leur image. Nous avons creusé la question en marquant les animaux alternativement avec un véritable feutre de couleur et avec un marqueur ne contenant que de l'eau. Car il était possible que les marsouins n'aient réagi qu'à la stimulation tactile du marqueur. Mais non : ils s'immobilisaient plus longtemps et avec plus d'intérêt devant les miroirs quand le marquage était visible ».

— Est-ce qu'on leur donnait une récompense ? demanda un étudiant.

— Non, et nous ne les avons pas non plus entraînés pour le test. Pendant l'expérience, nous avons également marqué leurs corps à des emplacements différents pour exclure tout effet d'habitude ou d'apprentissage. Depuis quelques semaines, nous effectuons les mêmes séries de tests avec les bélugas. Nous les avons marqués six fois, dont deux fois avec le placebo. Vous avez vu ce qui se passe. Chaque fois, la baleine a nagé vers le miroir et a cherché le symbole. Deux fois, elle n'en a pas vu et a arrêté de chercher plus tôt. D'après moi, nous avons fourni la preuve que les bélugas disposent du même degré de reconnaissance de soi que le chimpanzé. Les baleines et les hommes pourraient avoir beaucoup plus de points de ressemblance que nous ne le pensions.

Une étudiante leva la main.

— Vous voulez dire… Ou plutôt, les résultats veulent dire que les dauphins et les bélugas ont une intelligence et une conscience de soi, c'est bien ça ?

— Oui, c'est bien ça.

— Et qu'est-ce que vous avez comme preuves ?

Anawak en resta interloqué. Puis :

— Vous n'avez pas écouté ? Vous n'étiez pas en bas avec nous ?

— Si, bien sûr. J'ai vu qu'un animal avait remarqué son reflet dans la glace. Donc, il sait : ça, c'est moi. Est-ce que vous en concluez obligatoirement que c'est de la conscience de soi ?

— Vous avez répondu vous-même à la question. « Il sait : ça, c'est moi. » Il a une conscience du moi…

— Ce n'est pas ce que je veux dire.

Elle s'avança d'un pas. Anawak la regarda en fronçant les sourcils. Elle était rousse, avec un petit nez pointu et des incisives un peu trop grandes.

— Votre expérience cherche à prouver qu'ils disposent d'une attention consciente et d'une capacité à identifier leur corps. Et votre présomption se vérifie, apparemment. Mais cela ne veut absolument pas dire que ces animaux ont conscience de la *permanence* de leur identité, et en tirent des conclusions quelconques dans leurs relations avec les autres êtres vivants…

— Ce n'est pas ce que j'ai dit.

— Si. Vous avez soutenu la thèse de Gallup suivant laquelle les animaux étaient capables de déduire l'état d'esprit des autres à partir de leur propre état d'esprit.

— Oui, les singes.

— D'accord, mais c'est contesté, soit dit en passant. En tout cas, vous n'avez émis aucune réserve quand vous avez parlé ensuite des marsouins et des bélugas. A moins que je n'aie pas tout compris ?

— Dans le cas présent, il n'y a aucune réserve à faire. Le fait que les animaux se reconnaissent est prouvé.

— Certaines recherches le laissent supposer, oui.

— Où voulez-vous en venir ?

Elle haussa les épaules et le dévisagea avec des yeux ronds.

— Mais c'est évident ! s'exclama-t-elle enfin. Vous pouvez *voir* comment se comporte un béluga. Mais comment faites-vous pour *savoir* ce qu'il pense ? Je connais le travail de Gallup. Il croit avoir prouvé qu'un animal pouvait comprendre ce qui se passait chez un autre animal. Ça présuppose que les animaux pensent comme nous et ressentent les choses comme nous. Ce que vous nous avez montré aujourd'hui, c'est une tentative d'humanisation !

Anawak en eut le souffle coupé. Elle était gonflée ! Elle lui renvoyait ses propres arguments à la figure !

— Ah bon ? C'est vraiment l'impression que vous avez eue ?

— Vous avez dit que les baleines nous ressemblaient peut-être beaucoup plus que nous ne le pensions.

— Vous devriez mieux écouter, mademoiselle...

— Delaware. Alicia Delaware.

— Mademoiselle Delaware... J'ai dit que les baleines et les hommes pouvaient avoir beaucoup plus de points de ressemblance que nous ne le pensions.

— C'est quoi, la différence ?

— C'est le point de vue. Nous ne voulons pas démontrer que les baleines seront d'autant plus semblables aux hommes que nous obtiendrons de similitudes. Il ne s'agit pas de présenter l'homme comme l'image idéale, mais de...

— Moi, je ne crois pas que la conscience de soi d'un animal soit comparable à celle de l'homme. Les conditions de base sont trop éloignées. Pour commencer, l'homme a une conscience de soi permanente...

— C'est faux, l'interrompit Anawak. Les hommes ne développent d'eux-mêmes une conscience de soi permanente que sous certaines conditions. C'est prouvé. C'est à l'âge de dix-huit à vingt-quatre mois que les petits enfants commencent à reconnaître leur image dans la glace. Jusque-là, ils sont incapables de réfléchir à leur moi. Ils n'ont pas conscience de leur état d'esprit, encore moins que cette baleine que nous avons vue. Et arrêtez de vous référer sans arrêt à Gallup. Ici, nous cherchons à comprendre les animaux. Et vous, qu'est-ce que vous cherchez, au juste ?

— Je voulais seulement…

— Vous vouliez ? Vous connaissez l'effet que produirait sur un béluga le fait que vous vous regardiez dans la glace ? Vous vous peignez le visage, qu'est-ce qu'il en pense ? Tout simplement que vous êtes capable d'identifier la personne dans la glace. Tout le reste lui semblera idiot. Suivant la façon dont vous vous habillerez ou vous vous maquillerez, il va même *douter* que vous puissiez reconnaître votre reflet dans le miroir. Il va même douter de votre équilibre mental.

Alicia Delaware rougit. Elle se prépara à répondre, mais Anawak ne lui en laissa pas le temps :

— Bien sûr, ces tests n'en sont qu'au début. Ceux qui étudient sérieusement les baleines et les dauphins n'ont pas du tout envie de ranimer le mythe du dauphin et de la baleine joyeux amis de l'homme. Sans doute ces animaux ne s'intéressent-ils pas particulièrement à l'homme, justement parce qu'ils évoluent dans un autre espace vital, qu'ils ont d'autres besoins et sont issus d'une évolution différente de la nôtre. Mais si notre travail peut contribuer à leur valoir plus de respect et une plus grande protection, il en vaut la peine.

Il répondit encore à quelques questions, de la façon la plus concise possible. Alicia Delaware resta à l'arrière-plan, la mine contrite. Anawak prit ensuite congé du groupe et attendit que tout le monde fût hors de vue. Puis il s'entretint avec son équipe scientifique et régla quelques détails de travail.

Enfin seul, il rejoignit le bord du bassin, respira à fond et se détendit. Le travail avec le public, ce n'était pas sa tasse de thé. Mais il ne pourrait pas y échapper, dorénavant. Sa carrière se déroulait de façon trop planifiée. Il était précédé par sa réputation de rénovateur de la recherche sur l'intelligence. Il devrait donc continuer à se coltiner toutes les Alicia Delaware de la planète, frais émoulues de l'université, pétries de savoir livresque, des gens qui n'avaient jamais eu un litre d'eau de mer sous les yeux.

Il s'accroupit, trempa ses doigts dans l'eau fraîche du bassin des bélugas. Il était encore tôt. Les tests et les visites scientifiques se faisaient de préférence avant l'ouverture de l'aquarium ou après sa fermeture. Après des semaines de pluie ininterrompue, le mois de mars resplendissait et le soleil matinal répandait une douce chaleur sur la peau.

Qu'est-ce qu'elle avait dit, cette étudiante ? Qu'il essayait d'humaniser les animaux ?

Ce reproche le turlupinait, lui qui s'honorait d'aborder la science de manière pragmatique et sobre. D'ailleurs, c'était sa vie entière qu'il menait avec la plus grande sobriété. Il ne buvait pas, ne sortait pas, ne cherchait pas davantage à se faire mousser en avançant des thèses hasardeuses. Il ne croyait pas en Dieu et rejetait toutes les autres formes de religiosité. L'ésotérisme, quelle que soit sa forme, lui répugnait. Il évitait à tout prix de projeter les valeurs humaines sur les animaux. Les dauphins en particulier étaient de plus en plus les victimes d'une vision romantique qui n'était pas moins dangereuse que la haine : on en faisait des humains doués de qualités supérieures, en racontant que l'homme pourrait s'améliorer s'il les copiait. C'était du chauvinisme, celui-là même qui était capable de s'exprimer avec la pire brutalité, qui produisait l'idolâtrie dont les dauphins se voyaient l'objet. Soit on les tourmentait à mort, soit on les aimait à mort.

Et c'était exactement son point de vue que cette Delaware aux dents de lapin avait tenté de lui renvoyer à la figure.

Anawak continua à faire des clapotis dans l'eau. Au bout d'un moment, le béluga marqué vint à sa rencontre. C'était une femelle de quatre mètres de long. Elle lui tendit la tête pour se faire caresser. En même temps, elle poussait des petits sifflements. Le jeune homme se demanda si le béluga partageait une sensation humaine quelconque et s'il pouvait la comprendre. Il n'existait en effet pas la moindre preuve de cela. Sur ce point, Alicia Delaware avait raison.

Mais il n'existait pas non plus de preuve du contraire.

Le béluga émit une sorte de gazouillis et se retira sous l'eau.

Une ombre était tombée sur Anawak. Il tourna la tête et vit une paire de bottes de cow-boy brodées à côté de lui.

Oh non ! Manquait plus que ça !

— Alors, Léon ? l'apostropha l'homme qui s'était approché. A qui le tour ? Qui est-ce qu'on maltraite aujourd'hui ?

Anawak se releva et dévisagea le nouveau venu. Jack Greywolf était un géant, une vraie armoire à glace. Vêtu d'un costume de cuir crasseux, il avait l'air sorti tout droit d'un néo-western... Des bijoux indiens se balançaient sur sa poitrine musclée. Son chapeau orné de plumes était posé sur une chevelure soyeuse et noire qui lui descendait dans le dos. C'était la seule chose soignée chez Jack Greywolf, qui, autrement, donnait l'impression d'avoir arpenté la prairie pendant des semaines sans avoir vu une goutte d'eau, encore moins un morceau de savon. Anawak esquissa une amorce de sourire pour répondre à celui, narquois, qui éclairait le visage bronzé.

— Qui est-ce qui t'a permis d'entrer, Jack ? Le grand manitou ?

Le sourire de Greywolf s'élargit encore.

— Autorisation spéciale, expliqua-t-il.

— Ah oui ? Depuis quand ?

— Depuis que le pape nous a donné la permission de vous taper sur les doigts ! Bon, d'accord... Je suis passé par la porte comme tout le monde, c'est ouvert depuis cinq minutes.

Anawak jeta un coup d'œil surpris à sa montre. Mais oui, Jack avait raison. Il avait oublié l'heure devant son béluga !

— J'espère que c'est par hasard qu'on se retrouve ici, dit-il.

Greywolf eut une petite moue.

— Non, pas tout à fait, répondit-il.

— Donc, c'est moi que tu viens voir ? Qu'est-ce que je peux faire pour toi ?

Anawak se mit à marcher, contraignant Greywolf à le suivre. Les premiers visiteurs commençaient à se promener dans le parc.

— Tu le sais très bien.

— Tu recommences ? Encore la même chanson ?

— Viens nous rejoindre.

— Pas question.

— Allez, Léon, tu es avec nous. Tu ne peux pas trouver un intérêt quelconque à voir des connards bourrés de tunes prendre des photos de baleines jusqu'à ce qu'elles en crèvent...

— Non, je n'y ai aucun intérêt.

— Les gens t'écoutent, toi. Si toi tu te prononces officiellement contre le *whale watching*, cette connerie d'observation des baleines, la discussion aura beaucoup plus de poids. Quelqu'un comme toi pourrait nous être très utile.

Anawak s'arrêta et regarda son vis-à-vis droit dans les yeux.

— C'est vrai. Je pourrais vous être utile. Mais je ne veux être utile qu'à ceux qui en ont besoin.

— Eux, là ! s'écria Greywolf en tendant la main vers le bassin des bélugas. Eux, ils en ont besoin ! Ça me fout la gerbe de te voir ici, copain comme cochon avec des *prisonniers* ! Vous les enfermez ou vous les chassez, c'est la mort à crédit ! Chaque fois que vous sortez avec vos bateaux, vous les tuez un peu plus !

— Et toi, tu es végétarien ?

— Quoi ? fit Greywolf, décontenancé.

— Parce que je suis en train de me demander à qui on a enlevé sa peau pour en faire ta veste…

Il se remit à marcher. Son interlocuteur resta un instant planté sur place, interloqué, puis le rattrapa à grandes enjambées.

— Ça, c'est tout à fait autre chose. Les Indiens ont toujours vécu en harmonie avec la nature. Avec les peaux de bêtes, ils…

— Ça va, je connais.

— Ouais, mais c'est comme ça.

— Tu veux que je te dise ce que c'est, ton problème, Jack ? Plus exactement, tu en as deux, des problèmes. Premièrement, tu joues les grands protecteurs de la nature, mais en réalité tu mènes une guéguerre par procuration pour des Indiens qui ont déjà réglé leurs affaires autrement. Deuxièmement, tu n'es pas un véritable Indien.

Greywolf pâlit. Anawak, sachant que ce costaud chatouilleux avait déjà été traduit en justice à plusieurs reprises pour coups et blessures, se dit qu'il serait peut-être judicieux de mettre la pédale douce. Une seule claque, et la conversation se terminerait prématurément…

— Qu'est-ce que c'est que ces conneries, Léon ?

— Tu n'es qu'à moitié indien.

Dans leur bassin, les loutres de mer sillonnaient l'eau, rapides comme des torpilles. Leur fourrure brillait à la lumière du matin.

— Non, poursuivit Anawak, même pas. Tu es à peu près aussi indien qu'un ours blanc de Sibérie. C'est ça, ton problème. Tu ne sais pas où est ta place, tu n'arrives à rien, tu t'imagines qu'avec tes gesticulations environnementales tu pourras emmerder trois ou quatre péquins qui n'en peuvent mais. Moi, je ne marche pas là-dedans.

Greywolf cligna des yeux.

— Je ne t'entends pas, Léon, répondit-il. Pourquoi est-ce que je n'entends pas de mots ? Je n'entends que des conneries. Des bruits, des crépitements, comme une grêle de pierre qui tombe sur un toit de tôle…

— Hugh !

— Merde, pourquoi on s'engueule ? Qu'est-ce que je te demande ? Rien qu'un petit soutien !

— Je ne peux pas te soutenir !

— Ecoute, je vais même jusqu'à t'avertir de notre prochaine action. Je ne devrais pas le faire.

Anawak dressa l'oreille.

— Qu'est-ce que vous manigancez encore ?

— Du *tourist watching* ! jeta Greywolf avec un rire tonitruant qui fit briller ses dents comme de l'ivoire.

— Et ça consiste en quoi ?

— Eh ben, on va venir photographier tes touristes. On va les regarder d'un air émerveillé. On va s'approcher tout près et on va essayer de les attraper. On veut qu'ils aient une idée de ce que c'est que de se faire mater et tripoter en permanence.

— Je peux la faire interdire, ton action.

— Non, tu ne peux pas, parce que nous sommes dans un pays libre. Personne n'a le droit de nous dire où nous pouvons aller avec nos bateaux, et quand. Tu comprends ? Cette action, elle est prête et décidée, mais si toi, tu faisais un geste envers nous, je pourrais réfléchir et l'annuler…

Anawak le regarda fixement. Puis il se détourna et poursuivit son chemin.

— De toute façon, il n'y aura pas de baleines…

— Parce que vous les avez chassées !

— N'importe quoi !

— Ah ! c'est vrai, ce n'est jamais la faute de l'homme ! C'est ces cons d'animaux. C'est eux qui se jettent sur les harpons et qui prennent la pose parce qu'ils veulent avoir des photos pour leur album de famille. Mais rassure-toi, il paraît qu'elles arrivent. On a bien vu des baleines à bosse, ces derniers jours, non ?

— Oui, quelques-unes.

— En attendant, vous allez bientôt vous casser la figure. Tu veux prendre le risque que nous fassions baisser votre chiffre d'affaires encore un peu plus ?

— Va te faire foutre, Jack.

— Tu sais, c'est ma dernière proposition.

— Ouf ! ça me rassure.

— Merde, Léon, tu pourrais au moins dire un mot en notre faveur ! Il nous faut de l'argent. On est financés par des dons… Léon ! Arrête-toi ! C'est une bonne cause, tu ne comprends pas ? On a le même but, tous les deux !

— Non, on n'a pas le même but. Salut, Jack.

Anawak pressa le pas. Il avait bien envie de prendre ses jambes à son cou, mais il se retint, car il ne voulait pas donner l'impression de s'enfuir devant Monsieur le Protecteur de la nature.

Ledit protecteur renonça à le suivre, mais pas à polémiquer :

— Gros con ! Tu es buté comme un âne ! cria-t-il dans son dos.

Anawak ne répondit pas. Il fila droit vers la sortie. Cela n'empêcha pas Greywolf de beugler dans son dos :

— Et toi, Léon, tu sais ce que c'est, ton problème ? Moi, je suis peut-être pas un vrai Indien, mais ton problème, c'est que toi t'en es un !

— Je ne suis pas un Indien, marmonna Anawak.

— Oh, pardon ! cria Greywolf comme s'il l'avait entendu. Toi, tu es quelqu'un de spécial. Alors qu'est-ce que tu fous ici ? Tu devrais être là où on a besoin de toi, là d'où tu viens !

— Enfoiré ! siffla Anawak entre ses dents.

Il bouillait de rage. D'abord cette connasse, et maintenant Jack Greywolf ! Dire qu'il aurait pu passer une bonne journée, une journée bien commencée, avec le succès du test. Au lieu de cela, il se sentait vidé, mal dans sa peau.

« D'où tu viens… »

Quel culot ! Ce gros con plein de muscles qui n'avait qu'un neurone dans le ciboulot avait le culot de lui balancer ses origines à la figure ?

« Là où on a besoin de toi… »

— Mais j'y suis, là où on a besoin de moi ! s'énerva-t-il à voix haute.

Une femme qui passait lui jeta un coup d'œil intrigué. Anawak s'aperçut alors qu'il était dans la rue. Encore tremblant de colère, il monta dans sa voiture, roula jusqu'à Tsawwassen et prit le ferry pour retourner sur l'île de Vancouver.

Le lendemain, il se leva de bonne heure. Réveillé à six heures, il était resté allongé quelques minutes, à fixer le vide, puis il avait décidé de se rendre à la station.

Des nuages roses s'étiraient sur l'horizon. Le ciel commençait à s'éclairer peu à peu. Dans l'eau lisse comme un miroir, on voyait se dessiner le reflet sombre des montagnes environnantes, des maisons sur pilotis et des bateaux. Les premiers touristes arriveraient bientôt. Anawak marcha jusqu'au bout du ponton et contempla la mer, appuyé sur la rambarde de bois. Il aimait l'ambiance paisible de la nature s'éveillant avant les hommes. Personne pour vous pourrir la vie. Les gens comme l'insupportable copain de Susan Stringer dormaient, et pendant ce temps-là ils la fermaient. Sans doute Alicia Delaware dormait-elle, elle aussi, du sommeil de l'ignorante.

Ainsi que Jack Greywolf.

N'empêche, les paroles de cet imbécile résonnaient toujours en lui. Greywolf était peut-être un crétin fini, mais il avait réussi une fois de plus à appuyer là où ça faisait mal.

Deux petits chalutiers passèrent au loin. Anawak se demanda s'il ne devait pas appeler Susan pour lui demander de sortir en mer avec lui. Car on avait effectivement aperçu les premières baleines à bosse. Elles s'amenaient enfin, avec un énorme retard, et cela n'expliquait toujours pas où elles étaient restées planquées jusque-là. Peut-être aurait-il la chance d'en identifier quelques-unes. Susan avait l'œil, et, de plus, il aimait bien sa compagnie. Elle faisait partie des rares personnes qui ne l'embêtaient pas avec ses origines, qui ne lui demandaient pas constamment s'il était indien, asiatique, ou autre chose.

Samantha Crowe aussi lui avait posé la question. Curieusement, il se sentait disposé à donner quelques détails sur lui-même à cette femme. Mais sans doute celle-ci était-elle sur la route du retour, en ce moment même.

Tu réfléchis trop, Léon.

Anawak décida de laisser Susan continuer sa nuit et de sortir seul. A la station, il rassembla un ordinateur portable, une caméra, des jumelles, un magnétophone, un hydrophone et des écouteurs, y joignit un chronomètre et mit le tout dans un sac étanche. Puis il y ajouta une barre de muesli et deux canettes de thé glacé et emporta le sac à bord du *Blue Shark*.

Le bateau glissait lentement dans l'eau de la lagune. Anawak n'accéléra que lorsqu'il eut laissé derrière lui les maisons de la petite ville. L'avant du Zodiac se souleva. Le vent vint le frapper au visage, balayant ses pensées moroses.

Sans passagers et sans arrêts intermédiaires obligés, tout allait beaucoup plus vite. Il lui fallut à peine vingt minutes pour atteindre un groupe de minuscules îlots et mettre le cap sur une mer d'anthracite argenté. Des vagues largement espacées roulaient paresseusement vers le rivage. Il réduisit sa vitesse et continua vers le large.

A bord de son Zodiac qui s'éloignait de la côte dans le jour naissant, il fouilla la mer du regard. Il s'efforça de ne pas céder au découragement qui lui était devenu coutumier. Oui, on avait bel et bien aperçu des baleines. Pas des résidentes. Des migrantes de Californie et de Hawaii.

Il coupa son moteur un peu plus loin vers le large. Aussitôt, ce fut le silence complet. Il ouvrit une boîte de thé glacé, la but et s'installa à l'avant avec les jumelles.

Il y resta une éternité avant d'apercevoir quelque chose. Du moins le crut-il, car la forme arrondie et sombre qui avait surgi disparut aussitôt.

Allez, montre-toi, je sais que tu es là !

Fébrilement, il scruta l'océan. Pendant de longues minutes, rien ne se passa. Enfin, assez loin, il vit deux formes plates sortir de l'eau l'une après l'autre. Des bruits qui claquèrent comme des coups de fusil retentirent. Des nuages de vapeur, semblables à des jets d'haleine blanche, montèrent. Anawak écarquilla les yeux.

Des baleines à bosse.

Il se mit à rire. De plaisir. Comme tous les cétologues, il savait reconnaître l'espèce d'une baleine à sa façon de souffler. Chez les grandes baleines, le volume des échanges gazeux pouvait atteindre plusieurs mètres cubes. L'air vicié était comprimé et rejeté par les évents. Affronté à l'air libre, il se dilatait tout en se refroidissant et se condensait pour former une brume de gouttelettes. La forme et la hauteur de la quantité vaporisée pouvaient varier suivant l'espèce et selon la durée de plongée et la taille de l'animal. Le vent aussi avait son importance.

Indubitablement, il avait devant lui les nuages de condensation propres aux baleines à bosse.

Anawak ouvrit son portable et lança son programme. Il avait entré les caractéristiques des centaines de cétacés qui passaient régulièrement dans la région. Pour un œil non exercé, le peu de détails qu'ils révélaient à la surface ne pouvaient pas fournir beaucoup d'éléments sur leur espèce, et encore moins sur leur identité propre. A cela s'ajoutait le fait que bien souvent la vue était rendue difficile par le gros temps, la brume, la pluie ou l'excès de luminosité. Mais chaque animal avait sa marque distinctive. Le moyen le plus facile de le reconnaître était sa queue. Souvent, quand il plongeait, la queue sortait de l'eau. Il n'y en avait pas deux semblables. Chacune avait un motif caractéristique, une forme et une structure propres. Anawak avait emmagasiné beaucoup de données dans sa tête, mais le portable et les photos archivées lui facilitaient grandement la tâche.

Il aurait parié que les deux baleines qui se promenaient là-bas étaient de vieilles connaissances.

Au bout d'un moment, les dos sortirent à nouveau de l'eau. D'abord, à peine visibles, apparurent les petites bosses avec les évents. De nouveau, le sifflement sec, les nuages de respiration presque synchrones. Cette fois, les animaux ne replongèrent pas tout de suite, ils levèrent leur dos bien haut. Des nageoires dorsales plates, émoussées, s'inclinèrent paresseusement vers l'avant et redisparurent dans l'eau. Anawak distingua nettement leur abdomen. Les baleines plongèrent petit à petit et, enfin, sortirent leurs queues de l'eau.

D'un geste vif, il porta les jumelles à ses yeux pour tenter de voir le dessin du dessous, n'y parvint pas. Peu importait. Elles étaient là. La première vertu d'un observateur de baleines était la patience, et jusqu'à l'arrivée des touristes il avait largement le temps. Il ouvrit sa seconde canette de thé glacé et croqua dans sa barre de muesli.

Peu après, sa patience fut récompensée, lorsqu'il vit soudain cinq dos de baleine labourer l'eau non loin du bateau. Son cœur battit plus vite. Maintenant, les animaux étaient très près. En retenant son souffle, il attendit l'apparition des queues. Captivé par le spectacle, il ne vit pas tout de suite la forme monumentale qui s'approchait. Mais la forme grandit tellement qu'il tourna la tête… et sursauta.

Il oublia aussitôt les cinq baleines à bosse et ouvrit la bouche de surprise.

Le crâne de la baleine avait surgi des flots sans le moindre bruit. Il était si près qu'il touchait quasiment le caoutchouc du bateau. Il se dressait hors de l'eau sur plus de trois mètres cinquante ; la gueule ridée était parsemée de crustacés parasites et de protubérances. Au-dessus de la bouche fendue vers le bas, un œil grand comme le poing fixait l'occupant du Zodiac, presque à hauteur de visage. On apercevait le début d'énormes nageoires pectorales au-dessus des vagues.

Immobile comme un rocher, la tête semblait posée sur l'eau.

C'était le bonjour le plus impressionnant qu'Anawak eût jamais connu. Ce n'était pas la première fois qu'il voyait une baleine de près. Il s'en était approché en plongée, les avait touchées, s'était même cramponné à elles. Il était monté à cheval dessus. Souvent, il arrivait qu'une baleine grise, une baleine à bosse ou une orque montre sa tête tout près d'un bateau pour repérer la terre ferme et regarder de près les Zodiacs.

Là, ce n'était pas pareil.

Anawak avait presque l'impression que ce n'était pas lui qui observait la baleine, mais le contraire. Le bateau ne paraissait pas l'intéresser. Son œil, serti dans des paupières ridées comme celles d'un éléphant, regardait exclusivement la personne qui l'occupait. La baleine était dotée d'une vue perçante sous l'eau, mais son cristallin très bombé la rendait myope dès lors qu'elle sortait de son élément. A cette si courte distance, elle le voyait sûrement distinctement.

Lentement, afin de ne pas l'effrayer, Anawak tendit la main et caressa sa peau lisse et humide. La baleine ne fit pas mine de plonger. Son œil roula lentement à droite et à gauche, puis revint se fixer sur Anawak. C'était une scène d'une intimité presque grotesque. Bien que très heureux de cet échange, il se demanda quel but poursuivait l'animal en l'observant si longuement. En général, les coups d'œil à la ronde d'un mammifère ne dépassaient pas quelques secondes.

— Tu étais où, pendant tout ce temps ? lui demanda-t-il à voix basse.

Un clapotis à peine audible se fit de l'autre côté du Zodiac. Anawak se retourna, juste à temps pour voir une nouvelle tête sortir de l'eau et grandir. La deuxième baleine était un peu plus petite, mais elle était tout aussi près. Elle aussi se mit à observer Anawak de son œil noir.

Il en oublia de caresser l'autre animal.

Qu'est-ce qu'elles lui voulaient ?

Anawak fut gagné par un certain malaise. Cette façon de le regarder fixement était tout à fait inhabituelle, pour ne pas dire étrange. C'était bien la première fois qu'il voyait une chose pareille. Il fit apparaître sa petite caméra numérique d'un geste rapide, tout en recommandant à ses visiteuses :

— On ne bouge pas.

Peut-être avait-il commis là une erreur. Si oui, c'était bien la première fois dans l'histoire du *whale watching* que des baleines à bosse montraient une aversion aussi nette envers les caméras. Les deux gigantesques têtes plongèrent d'un mouvement synchrone. Pareilles à deux îles englouties, elles disparurent dans la mer. Un léger gargouillis, un bruit de succion, quelques bulles, et Anawak se retrouva seul sur l'immensité chatoyante.

Il se retourna.

Le soleil se levait sur la côte proche. La brume était suspendue entre les montagnes. La légère houle de la mer se teinta de bleu.

Pas de baleines.

Anawak se mit à souffler par petits coups. Ce n'est qu'à cet instant qu'il s'aperçut que son cœur battait à tout rompre. Il reposa la caméra dans son sac, reprit ses jumelles, se ravisa. Ses deux nouvelles amies ne pouvaient pas être loin. Il sortit son magnétophone, mit ses écouteurs et fit glisser lentement l'hydrophone dans l'eau. Les microphones sous-marins étaient si sensibles qu'ils captaient jusqu'au bruit des bulles. Dans ses écouteurs, cela soufflait, cela clapotait, cela grondait, mais rien ne trahissait la présence de baleines. Anawak se concentra pour essayer de percevoir leur bruit caractéristique… Toujours rien.

Il finit par remonter l'hydrophone.

Un peu plus tard, il vit au loin quelques nuages de respiration. Ce fut tout. Qu'il le veuille ou non, il était temps de rentrer.

Sur le chemin du retour, il imagina la réaction des touristes à la scène qu'il avait vécue. Leur réaction si elle se reproduisait. Le bruit se répandrait. La Davie's a dressé des baleines ! Ils crouleraient sous les demandes.

Fantastique !

A bord de son Zodiac qui fendait les flots lisses de la baie, il laissa errer son regard sur les forêts environnantes en se faisant la réflexion que c'était même un peu trop fantastique.

23 mars

A Trondheim, Norvège

Sigur Johanson fut brutalement arraché au sommeil. On sonnait. Il tendit une main tâtonnante vers le réveil, puis il comprit que c'était le téléphone. En pestant, il se redressa et se frotta les yeux. Son sens de l'orientation renâclait. Il retomba en arrière. Tout tournait dans sa tête.

Que s'était-il passé, la veille au soir ? Ils avaient fait la bringue, lui et quelques collègues. Il y avait aussi des étudiants. Au départ, il était simplement prévu de se faire une bouffe au Havfruen, un entrepôt transformé en restaurant, près du Gamle Bybru, le vieux pont. C'était un restaurant de poissons, et le vin y était bon. Il était même très bon, il s'en souvenait maintenant. Ils étaient placés près de la fenêtre avec vue sur la Nidelva, dont on pouvait suivre le cours et qu'on pouvait voir se jeter gentiment dans le fjord. Eux, c'était du vin qu'ils s'étaient gentiment jeté derrière la cravate… Quelqu'un avait commencé à raconter des blagues… Ensuite, il était descendu dans une cave humide avec le patron, et là, le brave homme lui avait dévoilé des trésors qu'il ne sortait que rarement.

A en croire sa forme grandiose de ce matin, l'autre n'avait pas fait que les sortir, ses trésors.

Johanson soupira. Il se redressa et, cette fois, put rester assis.

J'ai cinquante-six ans et à mon âge je ne devrais plus faire des trucs pareils. Ou alors, avec interdiction qu'on m'appelle aux aurores le lendemain.

La sonnerie continuait, insistante. En gémissant exagérément, d'autant plus que personne n'était là pour l'entendre, il se leva et gagna le séjour en titubant. Est-ce qu'il avait cours aujourd'hui ? Cette pensée le frappa comme un coup de poing. Affreux ! Horrible, l'idée d'être là, face à des gens, comme un vieux qui, pour le coup, ferait vraiment son âge, un vieux à peine capable de relever le menton ! Il se voyait d'ici, essayant d'arracher à sa langue récalcitrante des paroles qui iraient se perdre dans le col de sa chemise. Pour l'instant, elle lui remplissait la bouche, sa langue, épaisse, pâteuse, hors service.

Au moment où il décrochait, il se rappela soudain qu'on était samedi. Son humeur changea du tout au tout :

— Allô, prononça-t-il d'une voix claire qui le surprit.

— Ben mon vieux, t'en as mis un temps ! fit Tina.

Johanson leva les yeux au ciel et se laissa tomber dans le fauteuil de la télé.

— Il est quelle heure ?

— Six heures et demie. Pourquoi ?

— On est samedi.

— Je le sais, qu'on est samedi. Qu'est-ce qui se passe ? Ça n'a pas l'air d'aller très…

— Non, ça va pas. Et d'ailleurs, qu'est-ce qui te prend de m'appeler à cette heure indue ?

Tina gloussa.

— Je voulais te convaincre de venir à Tyholt.

— Quoi ? A l'institut ? Tu plaisantes ? Pour quoi faire ?

— J'ai pensé que ce serait bien de prendre notre petit déjeuner ensemble. Kare est à Trondheim pour quelques jours, je suis sûre qu'il sera content de te voir… Et je voulais aussi te demander quelque chose…

— Je m'en doutais, figure-toi. Ce n'est pas ton genre d'avoir envie de prendre ton p'tit déj' avec moi, comme ça, pour rien…

— En fait, je voulais que tu me donnes ton avis.

— Sur quoi ?

— Pas au téléphone. Tu viens ?

— Donne-moi une heure, dit Johanson en bâillant à s'en décrocher la mâchoire. Non, donne-moi deux heures. Je passe d'abord à l'université. Il y aura sans doute d'autres infos sur tes vers.

— Ce serait bien. Tu ne trouves pas que c'est fou ? Au début, c'est moi qui emmerdais tout le monde avec cette histoire, et maintenant, c'est l'inverse. O.K., prends ton temps, mais fais vite.

— A tes ordres, marmonna Johanson.

Toujours en proie à un léger vertige, il alla se mettre sous la douche. Au bout d'une demi-heure de ruissellements et d'ébrouements, il commença à se sentir mieux. Ce n'était pas une véritable gueule de bois. C'était plutôt comme si tous ces vins avaient déglingué ses facultés sensorielles. Devant la glace, il se voyait en double, par instants. Serait-il capable de conduire dans cet état ?

On allait le savoir très vite.

Dehors, le soleil brillait, et il faisait bon. Pas un chat dans la Kirkegata. A cette lumière matinale, les couleurs des maisons et le vert tout neuf des arbres resplendissaient avec un éclat inhabituel. Trondheim semblait se livrer à une répétition générale pour accueillir le printemps. Ce beau temps inaccoutumé avait fait fondre les derniers restes de neige. Johanson constata qu'il goûtait cette journée extraordinaire, et même que, finalement, il était content d'avoir été réveillé par Tina.

Dans sa Jeep, il se mit à siffloter du Vivaldi, parce que cette musique le mettait encore de meilleure humeur et n'exigeait pas d'effort particulier, ni mental, ni physique.

La NTNU était officiellement fermée le samedi, mais personne n'observait la règle. Car c'était le meilleur moment pour consulter son courrier et travailler sans être dérangé.

Johanson farfouilla dans la chemise du courrier et en sortit une grosse enveloppe. Elle provenait du Senckenberg Museum de Francfort. Il était quasiment sûr qu'elle contenait les résultats des analyses que Tina attendait si impatiemment. Il la fourra dans sa serviette sans l'ouvrir et quitta l'université, direction Tyholt.

Marintek, l'institut de recherche en technologie marine, était étroitement lié à la NTNU, à Sintef et au centre de recherche de Statoil. C'était là que se trouvait le plus grand bassin d'eau de mer au monde. Il était destiné à la recherche. On y procédait à des simulations de vent et de vagues à échelle réduite. A peu près toutes les grandes installations de production flottantes du socle norvégien avaient été essayées dans ce bassin long de quatre-vingts mètres et profond de dix. Deux systèmes de production de vagues créaient des courants et des tempêtes en miniature avec des lames allant jusqu'à un mètre de hauteur, qui prenaient une dimension dévastatrice vues sous l'angle d'une maquette de plate-forme. Sans doute Tina était-elle en train de tester l'installation sous-marine qui devait être construite sur le talus continental.

En effet, il la trouva dans le hall du bassin, où elle était en train de discuter avec un groupe de scientifiques. La scène avait un côté surréaliste. Des plongeurs nageaient dans l'eau verte entre des plates-formes de forage grandes comme des jouets. Des tankers en miniature circulaient entre les barques où naviguait le personnel. Le tout tenait du laboratoire, du magasin de jouets et de la partie de canotage un jour d'été, mais c'était une impression trompeuse. C'était du sérieux. Dans le secteur de l'exploitation pétrolière au large, rien ne se passait sans la bénédiction de Marintek.

A sa vue, Tina interrompit sa conversation. Elle vint le rejoindre et, pour ce faire, dut contourner le bassin. Au pas de course, comme toujours.

— Tu aurais pu prendre un canot, dit Johanson.

— On n'est pas sur un étang ici, répliqua-t-elle. Tout est coordonné. Si je déboule au beau milieu, je provoque un raz-de-marée et je noie des centaines d'ouvriers, tu imagines ?

Elle lui déposa un baiser sur la joue.

— Tu piques…

— Tous les hommes qui portent la barbe piquent. Estime-toi heureuse que Kare se rase, sinon tu n'aurais aucune raison de le préférer à moi. Vous travaillez sur quoi ? Sur votre problème d'installation sous-marine ?

— Oui, autant que possible. On peut simuler des fonds de mille mètres de manière réaliste, mais après, ça devient imprécis.

— Ça suffit pour votre projet, non ?

— On fait quand même établir des scénarios indépendants par l'ordinateur. Parfois ils s'écartent des résultats du bassin, et dans ce cas nous modifions les paramètres jusqu'à ce que nous obtenions un ajustement satisfaisant.

— Shell est en train de construire une installation à deux mille mètres de profondeur. Je l'ai lu dans le journal. Vous avez de la concurrence.

— Je sais. Shell a donné le contrat à Marintek. La pilule est encore plus dure à avaler. Viens, on va déjeuner.

Dans le couloir, Johanson dit à son amie :

— Je ne comprends toujours pas pourquoi vous ne voulez pas utiliser de SWOP. Il doit être plus facile de travailler à partir d'une construction flottante, dès lors que vous installez des conduites flexibles au fond, non ?

Elle secoua la tête.

— Trop risqué. Les constructions flottantes doivent être ancrées…

— Je le sais bien, mais…

— … et elles peuvent s'arracher.

— D'accord, mais il y a une tripotée de stations qui sont ancrées sur le plateau continental !

— Oui, à faible profondeur. Plus bas, les conditions, les vagues et les courants sont complètement différents. Et ce n'est pas seulement à cause de l'ancrage. Plus la tuyauterie ascendante monte haut, plus elle est instable, et nous voulons bien sûr éviter un désastre écologique. Sans compter que personne ne voudra jamais aller travailler aussi loin en mer sur un pont flottant. Même ceux qui ont le cœur le mieux accroché vomiraient leurs tripes… On monte là.

Ils gravirent un escalier.

— Il me semble que tu avais parlé de petit déjeuner… lui rappela Johanson.

— Oui, oui, mais d'abord je voulais te montrer quelque chose.

Tina ouvrit une porte. Ils se trouvaient dans un bureau surplombant le hall du bassin. Par la large baie vitrée, on avait vue sur une série de petites maisons à pignon baignées de soleil et sur des terrains verdoyants qui s'étiraient vers le fjord.

— Quelle matinée superbe ! s'extasia Johanson.

Tina s'avança vers un bureau. Elle attira deux chaises et démarra un ordinateur portable à grand écran. Ses doigts tambourinèrent d'impatience sur la table pendant que l'ordinateur chargeait le programme. Une page de photos qui semblèrent vaguement familières à Johanson s'ouvrit. Il s'agissait d'une surface claire et laiteuse qui se perdait dans le noir sur les bords. Tout à coup, il sut.

— Ce sont les images de *Victor*, dit-il. Le truc sur le talus.

— Le truc qui me turlupine, confirma Tina.

— Vous avez trouvé ce que c'était ?

— Non. Mais on sait ce que ce n'est pas. Ce n'est pas une méduse, ce n'est pas un banc de poissons. Nous avons fait passer l'image par des centaines de filtres. Je vais te montrer ce qu'on a pu obtenir de mieux…

Elle agrandit la première photo en commentant :

— Au moment où cet être est apparu devant la lentille, il était soumis à un éclairage intensif. Nous en avons vu une partie, mais ç'aurait été évidemment entièrement différent si nous l'avions eu sans lumière artificielle.

— Sans lumière, vous n'auriez rien vu à cette profondeur !

— Tu parles !

— Sauf si nous nous étions trouvés en présence d'un cas de bioluminescence et…

Il s'interrompit. Tina parut très satisfaite. Ses doigts dansèrent sur le clavier et l'image se transforma. Cette fois, elle montrait un détail du bord supérieur droit. A l'endroit où la surface éclairée passait au sombre, on voyait se dessiner faiblement quelque chose. Une clarté d'un autre ordre, d'un bleu profond, et parcouru de lignes plus claires.

— Quand on éclaire un objet luminescent, on ne voit plus son éclairage propre. Et les projecteurs de *Victor* ont tout éclairé. Sauf les bords, où ils perdaient en puissance. C'est selon moi la preuve que nous avons affaire à une créature lumineuse. Et même à une assez grande créature.

Nombre d'animaux des eaux profondes avaient la propriété d'émettre de la lumière. Ils utilisaient pour cela des bactéries avec lesquelles ils vivaient en symbiose. Certains organismes vivant en surface étaient également lumineux, telles des algues ou certaines petites seiches. Mais la mer lumineuse proprement dite commençait là où disparaissait le soleil. Dans les ténèbres des grands fonds.

Johanson regarda l'écran. Le bleu se devinait plus qu'il ne se voyait. Seul un œil exercé pouvait l'apercevoir. Mais la caméra du robot fournissait des images d'une résolution extrêmement élevée. Sans doute Tina avait-elle raison.

Il se frotta la barbe.

— A ton avis, il fait quelle taille, ce bestiau ?

— Difficile à dire. A la vitesse à laquelle il a disparu, il nageait sans doute au bord de l'horizon lumineux. A quelques mètres. Et pourtant, il occupe presque toute l'image. Qu'est-ce qu'il faut en conclure ?

— La partie que nous voyons doit faire à peu près dix ou douze mètres carrés.

— Celle que nous voyons… La lumière sur les bords montre que nous n'en avons sans doute pas vu la majeure partie.

Johanson eut une idée :

— Ça pourrait être de nature planctonique, dit-il. Des microorganismes. Il en existe des lumineux.

— Et comment expliques-tu le motif ?

— Les lignes claires ? C'est un hasard. Nous croyons simplement que c'est un motif. Nous pensions aussi que les canaux de Mars formaient un dessin.

— Je ne crois pas que ce soit du plancton.

— Ce n'est pas assez précis pour qu'on puisse le voir.

— Si, on peut. Regarde ça.

Tina passa les autres images. La créature se fondait de plus en plus dans l'obscurité. Elle avait été visible moins d'une seconde. Le deuxième et le troisième agrandissement montraient toujours l'étendue légèrement luminescente striée de lignes qui paraissaient changer leur position au cours de la séquence. Sur la quatrième, tout avait disparu.

— Elle a éteint la lumière, souffla Johanson, stupéfait.

Il réfléchit. Certaines espèces de poulpes communiquaient par le truchement de la bioluminescence. Il n'était pas rare qu'un animal, face à une menace soudaine, appuie pour ainsi dire sur le bouton et disparaisse dans le noir. Mais cette bête-là était beaucoup trop grande. Plus grande que n'importe quelle espèce de poulpe.

Une conclusion s'imposait, qui ne lui plaisait pas : cette bête n'avait rien à faire dans la marge continentale norvégienne.

— *Architheutis*, dit-il.

— Un calamar géant, confirma Tina. On ne peut pas ne pas y penser. Mais ce serait la première fois qu'on en trouve un dans ces eaux.

— Ce serait surtout la première fois qu'on en voit un vivant.

Ce n'était pas tout à fait vrai. Longtemps, les histoires d'*Architheutis* avaient passé pour des élucubrations de marins. Puis on avait vu s'échouer des cadavres qui avaient apporté la preuve de leur existence – presque la preuve, car la chair de calamar, c'était du caoutchouc. Plus on tirait dessus, plus elle s'allongeait, du moins en état de décomposition. Enfin, quelques années auparavant, à l'est de la Nouvelle-Zélande, des chercheurs avaient eu la chance d'attraper dans leurs filets de minuscules jeunes bêtes dont le profil génétique ne laissait planer aucun doute sur le fait qu'en l'espace de dix-huit mois elles se transformeraient en calamars géants longs de vingt mètres et pesant une tonne. Le hic, c'était que personne n'avait jamais vu pareil animal vivant. L'*Architheutis* se nichait dans les grands fonds, et il était plus que douteux qu'il soit lumineux.

Johanson réfléchit. Puis il secoua la tête.

— Non.

— Quoi, non ?

— Il y a trop de choses qui ne collent pas. Ce n'est tout simplement pas la région des calamars géants.

— Peut-être, mais... nous ne savons pas vraiment où ils se baladent. Nous ne savons rien, en fait.

— Ici, ce n'est pas leur habitat.

— Les vers non plus ne sont pas dans leur habitat.

Un silence s'établit.

— Et quand bien même, finit par émettre Johanson. Les *Architheutis* sont farouches. Qu'est-ce que ça peut vous faire ? A ce jour, jamais personne n'a été attaqué par une pieuvre géante.

— Les témoins oculaires disent le contraire.

— Voyons, Tina ! Ils ont peut-être un peu secoué une barque par-ci, par-là. Mais il n'est pas question d'envisager sérieusement que les pieuvres géantes représentent une menace pour l'extraction du pétrole !

Tina examina les agrandissements d'un œil sceptique. Puis elle ferma le fichier.

— O.K. Au fait, tu as quelque chose pour moi ? Des résultats ?

Johanson sortit de l'enveloppe un gros paquet de feuilles imprimées en petits caractères.

— Oh mon Dieu ! s'affola Tina.

— Attends, il y a sûrement une synthèse... Ah ! voilà.

— Voyons voir ça.

— Tout de suite.

Il parcourut le résumé. Tina se leva et se mit à se promener dans la pièce.

— Alors, dis voir !

Johanson fronça les sourcils et feuilleta le paquet.

— Hum ! Intéressant.

— Vas-y, accouche !

— Ils confirment qu'il s'agit de polychètes. Ils précisent aussi qu'ils ne sont pas taxonomistes, mais que, selon leurs résultats, ce ver présente une similitude stupéfiante avec l'*Hesiocaeca methanicola*. Dans ce cadre, ils s'étonnent du développement très important de sa mâchoire et ils disent... bla-bla-bla... ça, ce n'est pas intéressant... ah ! voilà... Ils ont analysé les mâchoires. Très fortes et indubitablement faites pour creuser et planter les dents.

— Mais ça on le savait déjà ! s'écria Tina avec impatience.

— Attends. Ils sont allés plus loin. Voilà l'analyse de la composition des isotopes stables, et là, l'analyse par le spectromètre de masse... Waouh ! Notre ver pèse moins de quatre-vingt-dix pour mille !

— Tu peux t'exprimer clairement ?

— Il est effectivement méthanotrophe. Il vit en symbiose avec des bactéries qui détruisent le méthane… comment t'expliquer… les isotopes, tu sais ce que c'est ?

— Les atomes d'un élément chimique qui ont le même nombre d'électrons et de protons, mais sont de masse différente.

— Très bien, mademoiselle. Par exemple, le carbone peut peser plus ou moins lourd. Il existe du carbone 12 et du carbone 13. Si tu manges quelque chose qui contient principalement du carbone léger, donc un isotope plus léger, tu pèseras moins lourd. O.K. ?

— Je pèse moins lourd en mangeant… Oui. Logique.

— Et le méthane contient du carbone très léger. Si le ver vit en symbiose avec des bactéries qui se nourrissent de ce méthane, eh bien, les bactéries sont plus légères, et si le ver se nourrit de ces bactéries, il est plus léger par la force des choses. Et le nôtre est très léger.

— Vous êtes de drôles de zigotos, vous autres les biologistes. Comment vous faites pour trouver tout ça ?

— On fait des trucs très vilains. On assèche le ver pour en faire de la poudre de ver, et on met le tout dans la machine à mesurer. Bien, on continue. Microscopie électronique à balayage raster… ils ont coloré l'ADN… un travail très sérieux…

— Allez, ça va ! fit Tina en tirant sur la feuille. Ce n'est pas une thèse que je te demande, ce que je veux, c'est savoir si on peut creuser.

— Eh bien…

Johanson reprit possession de son papier et lut les dernières lignes.

— Ah ça, c'est formidable ! fit-il.

— Quoi ?

Il leva la tête.

— Ces bestioles sont bourrées de bactéries. A l'intérieur et à l'extérieur. Tes vers semblent être de véritables bus pour transport de bactéries.

Tina lui jeta un regard interrogateur.

— Et qu'est-ce que ça signifie ?

— C'est absurde. Ton ver vit indubitablement dans l'hydrate de méthane. Il est bourré jusqu'à la gueule de bactéries. Normalement, il ne va pas à la chasse et ne fait pas de trous, non, il se contente de fainéanter dans la glace et de se laisser engraisser. Et pourtant, il a des mâchoires énormes faites pour creuser, et les hordes de vers qu'on a vues sur le talus m'avaient l'air de tout sauf de fainéanter et de se laisser engraisser. Je les ai trouvés plutôt agiles.

De nouveau, ils se turent, songeurs. Puis Tina exprima ses pensées à haute voix :

— Qu'est-ce qu'ils font là-bas, Sigur ? Qu'est-ce que c'est que ces bestioles ?

Johanson haussa les épaules dans un geste d'ignorance.

— Je ne sais pas. Peut-être sortent-ils effectivement tout droit du cambrien, de la première période de l'ère primaire. Je ne peux pas te dire ce qu'ils font là... Et je ne peux pas non plus te dire si c'est grave. Que veux-tu qu'ils vous fassent ? C'est vrai, ils sont là partout à se tortiller, mais je ne crois pas qu'ils attaquent les pipe-lines.

— Mais qu'est-ce qu'ils attaquent, alors ?

Johanson baissa les yeux sur le rapport.

— Il y a encore une adresse où l'on pourrait nous donner plus de renseignements, dit-il. Et si ces gars-là ne nous font pas avancer, il va bien falloir trouver la réponse nous-mêmes.

— Je préférerais ne pas avoir à le faire.

— Bien. Je leur en fais parvenir quelques spécimens.

Johanson s'étira et bâilla. Puis il poursuivit :

— Si on a de la chance, ils viendront peut-être voir par eux-mêmes avec le bateau de recherche pour se faire une idée. Mais quoi qu'il en soit, il va falloir t'armer de patience, parce que nous ne pouvons rien faire d'ici là. Donc, si tu permets, j'aimerais bien me sustenter un peu et profiter de l'occasion pour donner quelques bons conseils à Kare.

Tina sourit. Mais ce n'était pas un sourire très épanoui.

5 avril

Sur l'île de Vancouver et à Vancouver, Canada

Les affaires reprenaient.

Normalement, Anawak aurait dû partager sans retenue la joie de Shoemaker. Les baleines revenaient. C'était l'unique sujet de conversation du patron. Et effectivement elles revinrent, les unes après les autres, les baleines grises et les baleines à bosse, les orques et même quelques baleines de Minke. Certes, Anawak était très heureux de ce retour qu'il avait ardemment souhaité. Seulement, il aurait préféré que leur retour s'accompagne de réponses à certaines questions, par exemple : où étaient-elles passées pendant tout ce temps, et pourquoi aucun satellite ou sonde n'avait-il pu les localiser ? De plus, la rencontre étrange qu'il avait faite ne lui sortait plus de la tête. Il s'était senti… observé. A la manière d'un rat de laboratoire. Les deux baleines l'avaient examiné à la loupe avec autant de calme et de sérieux que s'il s'était trouvé sur la table de dissection d'un labo.

Avaient-elles été envoyées en éclaireurs ?

Dans quel but ?

C'était aberrant !

Il ferma la caisse enregistreuse et sortit. Dans leurs combinaisons orange, les touristes qui s'étaient amassés au bout du ponton avaient tout d'un commando prêt à partir en mission. Anawak aspira une bonne bouffée d'air frais et s'apprêta à les rejoindre.

Derrière lui, il entendit quelqu'un se rapprocher au pas de course.

— Monsieur Anawak !

Il s'arrêta et tourna la tête. Alicia Delaware. Elle avait noué ses cheveux roux en queue de cheval et portait des lunettes de soleil bleues très mode.

— Vous m'emmenez ?

Anawak la dévisagea, puis lui répondit, après avoir jeté un coup d'œil sur la coque bleue du *Blue Shark* :

— Nous sommes complets.

— Pourtant, j'ai couru pour arriver à temps.

— Je suis désolé. Dans une demi-heure, vous avez le départ du *Lady Wexham*. Il est beaucoup plus confortable. Il est grand, il y a des cabines chauffées, un snack…

— Je n'en veux pas. Vous avez sûrement une petite place. Derrière, peut-être…

— Nous sommes déjà à deux dans la cabine, Susan et moi.

— Je n'ai pas besoin de place assise.

Elle souriait. Avec ses grandes dents, elle ressemblait à un lapin bourré de taches de rousseur.

— S'il vous plaît ! Vous n'avez pas de raison de m'en vouloir, hein ? J'aimerais vraiment y aller avec vous… en fait, seulement avec vous, pour tout vous dire.

Anawak la regarda d'un air perplexe.

— Ne faites pas cette tête-là ! s'écria la jeune fille en levant les yeux au ciel. J'ai lu vos livres et j'admire votre travail, c'est tout.

— Pourtant, ce n'est pas vraiment l'impression que vous m'avez donnée…

— A l'aquarium ? N'en parlons plus ! S'il vous plaît, monsieur Anawak, c'est mon dernier jour. Vous me feriez tellement plaisir !

— Le règlement, c'est le règlement.

Ces mots prononcés sans conviction sentaient le faux-fuyant à plein nez.

— Vous êtes têtu comme un âne, et moi, j'ai la larme facile, insista l'étudiante. Si vous ne m'emmenez pas avec vous, je vais pleurer comme une Madeleine pendant tout mon voyage de retour à Chicago. Vous voulez vraiment ça ?

Elle le regarda avec un sourire si resplendissant qu'Anawak ne put que capituler. Il éclata de rire.

— Bon, d'accord, venez.

— Vraiment ?

— Oui. Mais vous éviterez de m'embêter, s'il vous plaît. Vous garderez vos théories confuses pour vous.

— Ce n'étaient pas mes théories. C'étaient les théories de…

— Le mieux serait de ne pas ouvrir la bouche pendant le plus de temps possible.

Elle se prépara à répondre, puis se ravisa et acquiesça d'un mouvement de tête.

— Attendez-moi ici, dit Anawak. Je vais vous chercher une combinaison.

Alicia Delaware tint sa promesse pendant dix longues minutes. A peine les maisons de Tofino eurent-elles disparu derrière le flanc de la première montagne qu'elle s'avança vers Léon en lui tendant la main.

— Appelez-moi Licia, dit-elle.

— Licia ?

— Oui, le diminutif d'Alicia, parce que c'est immonde comme nom. Enfin, je trouve. Pas mes parents, mais ils ne m'ont pas demandé mon avis, évidemment. Et après, on se tape son prénom pendant toute sa vie. Vous, c'est Léon, je crois ?

Il prit la main qu'elle lui tendait.

— Enchanté, Licia.

— Bon, alors maintenant, on va mettre les choses au point.

Du coin de l'œil, Anawak lança un muet appel au secours à Susan qui pilotait le Zodiac. Sa collègue lui rendit son regard en haussant les épaules.

— Oui ? demanda-t-il prudemment.

— Pour l'autre fois… D'accord, à l'aquarium, j'ai ramené ma science, c'était bête de ma part. Je suis désolée.

— Pas de problème, n'y pense plus.

— Oui, mais toi aussi, il faut que tu t'excuses.

— Ah bon ? Et de quoi ?

Elle baissa les yeux.

— Je ne t'en veux pas de m'avoir rabaissé le caquet devant les autres, mais par contre, tu n'avais pas à parler de mon physique.

— Mais… je n'ai jamais…

Oh, merde ! se dit-il.

— Tu as dit qu'en me voyant me maquiller un béluga douterait de mon équilibre mental…

— Ce n'était pas délibéré… C'était une comparaison abstraite.

— Ouais, idiote, surtout.

Anawak se gratta la tête. La jeune fille l'avait contrarié avec ses arguments préconçus et son ignorance manifeste. Mais sans doute s'était-il montré tout aussi ignorant de son côté. Et ce qui était sûr, c'était que dans sa colère il s'était adressé à elle d'une manière vexante.

— D'accord. Je m'excuse.

— J'accepte !

— Tu te réfères à Povinelli, donc, dit-il pour changer de sujet.

Elle sourit. Il la prenait au sérieux, maintenant !

Daniel Povinelli était le plus célèbre contradicteur de Gordon Gallup sur la question de l'intelligence et de la conscience de soi des primates et des autres animaux. Comme lui, il affirmait que les chimpanzés qui se reconnaissaient dans la glace y voyaient une représentation d'eux-mêmes. Il niait avec d'autant plus de véhémence que ce fait les rende capables de comprendre leur propre état mental et, partant, celui d'autrui. Pour Povinelli, rien ne prouvait qu'un animal quelconque soit doué de compréhension psychologique au même titre que l'homme.

— Povinelli est plutôt courageux comme mec, dit la jeune fille. Ses thèses ont l'air ringardes, mais il s'en fiche. C'est beaucoup plus facile pour Gallup, parce que c'est très tendance de présenter les chimpanzés, les dauphins et je ne sais quoi d'autres comme des partenaires égaux des hommes.

— Mais ce sont vraiment des partenaires égaux, protesta Anawak.

— Oui, du point de vue de l'éthique.

— Pas seulement. L'éthique est une invention humaine, au fait.

— Ça, personne ne le met en doute, et Povinelli non plus.

Anawak parcourut la baie du regard. Des petites îles étaient en vue.

— Je sais où tu veux en venir, dit-il après un moment de silence. Tu penses que pour traiter l'animal de façon plus humaine il n'est pas nécessaire de lui trouver un maximum de similitudes avec l'homme.

— Exactement ! confirma Alicia avec véhémence. C'est de l'arrogance !

— Tu as raison. Et ça ne résout pas les problèmes. Mais les gens ont besoin de croire que plus une créature vivante ressemble à l'homme, plus elle mérite d'être protégée. Tuer un animal, c'est plus facile que tuer un homme, et ça le restera toujours. Ce ne sera plus difficile que lorsqu'on aura considéré cet animal comme un proche parent. Il y a beaucoup de gens qui admettent cette idée, maintenant, mais sans accepter pour autant que nous ne soyons pas les rois de la création et que nous n'occupions pas la première place sur l'échelle de la valeur de la vie… que nous soyons sur le même plan. Ce qui nous conduit à un dilemme : comment puis-je accorder la même attention à un animal ou à une plante si je considère en même temps la valeur de la vie humaine comme étant plus importante que celle d'une fourmi, d'un singe ou d'un dauphin ?

— Eh ben voilà ! s'exclama-t-elle en battant des mains, enchantée. Nous sommes du même avis !

— Presque. Parce que je crois que tu es un peu… messianique dans ta conception. Moi, je suis d'avis que la psychologie d'un chimpanzé ou d'un béluga se recoupe sur certains points avec la psychologie humaine.

Alicia se prépara à répondre. Anawak leva la main pour l'arrêter.

— D'accord, je vais le dire autrement : sur l'échelle de valeurs d'un béluga – en admettant que les baleines en aient une – nous serons situés d'autant plus haut qu'il aura découvert chez nous des choses qu'il connaît. Et peut-être même que certains bélugas nous trouvent intelligents, ajouta-t-il avec un sourire. Ça te plaît mieux comme ça ?

La jeune fille eut une grimace.

— Je ne sais pas, Léon. Je me demande pourquoi je n'arrive pas à me débarrasser de l'impression que tu veux m'attirer dans un piège.

— Des otaries ! signala Susan. Là, devant.

Anawak mit sa main en pare-soleil. Ils s'approchaient d'une île où les arbres étaient rares. Sur les rochers, un groupe d'otaries de Stellar paressait au soleil. Quelques-unes redressèrent un peu la tête pour regarder le bateau.

— Il ne s'agit pas de Gallup ni de Povinelli, je me trompe ? dit-il tout en portant son appareil photo à son œil. Je te propose donc une autre discussion. Nous sommes d'accord pour dire qu'il n'y a pas d'échelle de valeurs, mais uniquement une idée que s'en font les hommes, et cette idée, on s'en débarrasse. Nous sommes tous les deux farouchement opposés à l'humanisation des animaux. Je suis convaincu de mon côté que dans une certaine limite il sera cependant possible de comprendre le monde intérieur de certains animaux. Disons de l'appréhender intellectuellement. Je crois aussi que nous avons plus de choses en commun avec certains animaux qu'avec d'autres, et que nous allons trouver un moyen de communiquer avec certains d'entre eux. Toi, en revanche, tu crois que tout ce qui n'est pas humain nous restera éternellement étranger. Que nous n'avons pas accès à ce qui se passe dans la tête d'un animal. Par conséquent, qu'il n'y aura pas communication, mais au contraire séparation, et que nous sommes priés de nous en satisfaire et de les laisser tranquilles.

La jeune fille se tut un moment. Le Zodiac longeait lentement l'île aux otaries. Susan faisait son petit discours aux passagers qui, comme Anawak, prenaient des photos.

— Il faut que je réfléchisse à ça, répondit enfin Alicia.

Ce qu'elle sembla faire effectivement. Toujours est-il qu'elle n'ouvrit plus la bouche avant qu'ils aient atteint la pleine mer. Anawak était content. Le circuit avait commencé par les otaries, c'était bien. Les populations de baleines n'avaient pas encore atteint leurs effectifs complets. Un rocher plein d'otaries, cela donnait un tour positif à l'expédition, et cela aiderait peut-être à surmonter la déception s'il ne se passait plus grand-chose par la suite.

Ses craintes étaient vaines.

Tout près de la côte, ils tombèrent sur un groupe de baleines grises. Celles-ci étaient un peu plus petites que les baleines à bosse, mais tout de même de taille imposante. Quelques-unes s'approchèrent assez près et sortirent partiellement de l'eau pendant quelque temps, pour la plus grande joie des passagers ravis. On eût dit des rochers vivants, couleur ardoise, tachetés, avec leurs énormes mâchoires parsemées de balanes et de copépodes, des parasites qui y avaient élu leur domicile principal. Le gros des passagers filmait et photographiait à tout va, d'autres se contentaient de regarder, étreints d'émotion. Anawak avait vu des hommes mûrs émus aux larmes par la vue d'une baleine surgissant de l'eau.

A quelque distance de là naviguaient trois autres Zodiacs et un bateau plus grand à coque dure. Tous avaient arrêté leurs moteurs. Susan donnait les explications dans son micro. Leur *whale watching* était du genre supportable pour l'environnement, mais cela n'empêchait pas un Jack Greywolf de mener campagne contre eux.

Jack Greywolf était un imbécile.

Et un imbécile dangereux, par-dessus le marché. Ce qu'il préparait était assez inquiétant. Le *tourist watching* ! Ridicule ! Mais si jamais il y avait du rififi, les médias seraient de son côté et pas du leur. Cela porterait tort à la Davie's, quels que soient leur sérieux et leur sens des responsabilités. Les actions de perturbation menées par les protecteurs des animaux, même s'ils n'étaient qu'un ramassis de tarés comme les Seaguards de Greywolf, viendraient confirmer les préjugés. Car personne ne se donnait vraiment la peine de faire la différence entre les adhérents des organisations sérieuses et les fanatiques façon Jack Greywolf. Cela ne viendrait que plus tard, quand la presse analyserait les faits… et que le mal serait fait.

Greywolf n'était pas son seul souci, loin de là.

Anawak fouillait l'océan d'un œil minutieux, l'appareil photo prêt à fonctionner. Il se demanda s'il devenait parano depuis quelque temps, depuis sa rencontre avec les deux baleines à bosse. S'il avait des hallucinations ou si une modification du comportement des animaux n'était pas en train de se dessiner.

— A droite ! cria Susan.

Dans le Zodiac, toutes les têtes suivirent la direction indiquée par sa main tendue. Plusieurs baleines grises s'étaient approchées et exécutaient des plongeons en agitant la queue, comme pour faire signe aux occupants du bateau. Anawak prit des photos pour ses archives. Shoemaker, s'il avait été là, aurait applaudi de joie. C'était un spectacle digne d'un livre d'images, comme si les animaux s'étaient donné le mot pour dédommager les *whale watchers* de leur longue absence par un ballet grandiose. Un peu plus loin, trois grandes baleines sortaient la tête de l'eau.

— Ça, ce ne sont pas des baleines grises, n'est-ce pas ? s'enquit Alicia.

Elle le regardait comme si elle attendait des félicitations sans cesser de mâcher son chewing-gum.

— Non, ce sont des baleines à bosse.

— C'est bien ce que je dis ! On se demande pourquoi on les appelle comme ça, je ne vois pas de bosse…

— Normal, elles n'en ont pas. Mais elles font le dos rond en plongeant. Je suppose que c'est cette incurvation caractéristique qui leur a valu ce nom.

La jeune fille haussa les sourcils.

— Je croyais que c'était à cause des petites bosses qu'elles avaient sur la tête. Ces tubercules…

Anawak soupira.

— Tu recommences à contester, Licia ?

— Pardon, pardon.

Elle se mit à faire soudain de grands gestes avec les bras.

— Hé là, qu'est-ce qu'elles font ? Qu'est-ce qui leur prend ?

Les trois baleines à bosse avaient fendu les flots en même temps en ouvrant leurs énormes gueules, révélant leurs palais au milieu de leurs étroites mâchoires supérieures. On voyait très nettement les fanons. Les énormes sillons de leurs gorges paraissaient comme gonflés. Des jets d'écume tourbillonnaient au milieu d'elles – ainsi que des paillettes chatoyantes. C'étaient de minuscules poissons qui frétillaient. Surgies de nulle part, des nuées de mouettes et d'oiseaux marins s'étaient agglutinées pour tournoyer au-dessus et plongeaient pour participer au festin…

— C'est l'heure du repas, expliqua Anawak tout en prenant des photos.

— Ouais, et c'est nous qui avons l'air de les intéresser. On dirait qu'elles viennent nous bouffer.

— Licia, ne te fais pas plus bête que tu n'es !

Alicia fit tourner son chewing-gum dans sa bouche.

— Vraiment, t'as aucun humour, dit-elle avec une moue. Je sais parfaitement qu'elles se nourrissent de krill et de petits poissons. Je ne les avais jamais vues faire. Je croyais qu'elles avançaient simplement en ouvrant la gueule…

— Ce sont les baleines franches qui font ça, intervint Susan. Les baleines à bosse ont une autre tactique. Elles nagent sous un banc de petits poissons ou de copépodes et l'encerclent avec un anneau d'air soufflé par leurs évents. Les petites bêtes n'aiment pas les turbulences, elles essaient de se tenir à l'écart des remous et se serrent les unes contre les autres. Il ne reste plus à la baleine qu'à remonter, à déplier ses sillons et à faire *gloup*.

— Ce n'est pas la peine de lui expliquer, persifla Anawak, elle connaît tout ça mieux que toi.

— *Gloup* ? répéta Alicia en l'ignorant superbement.

— Oui, *gloup*, elle les avale en une bouchée. C'est ce qu'on appelle, chez les baleines à fanons, le processus de la bouchée. Elles peuvent détendre leurs sillons, c'est pour ça qu'elles ont l'air d'avoir été gonflées à la pompe. En détendant leurs sillons, elles transforment leur gorge en un réceptacle géant. D'une seule bouchée, elles avalent le krill et les poissons, qui restent accrochés aux fanons quand les baleines recrachent l'eau.

Anawak vint se placer à côté de Susan. Alicia parut comprendre qu'il souhaitait lui parler seul à seule et s'éclipsa. Elle alla rejoindre les passagers et entreprit de leur répercuter son savoir tout neuf sur le processus de la bouchée.

A voix basse, il interrogea Susan :

— Comment tu les trouves ?

La jeune fille se retourna vers lui, interloquée.

— Les baleines ?

— Oui.

— Drôle de question… Comme d'habitude, je pense. Et toi, comment tu les trouves ?

— Tu les trouves normales ?

— Ben oui. Elles cabotinent à mort, si c'est ça que tu veux dire. Elles y vont même à fond la caisse, je trouve.

— Tu ne trouves pas qu'elles ont quelque chose de… changé ?

Elle plissa les yeux. Le soleil miroitait sur l'eau. Près du bateau, un dos gris tacheté sortit de l'eau, puis disparut. Les baleines à bosse avaient replongé.

— Changé ? s'étonna-t-elle. Qu'est-ce que tu veux dire ?

— Tu te souviens, je t'ai parlé des deux *Megapterae* qui ont surgi sans crier gare près du bateau.

Il avait employé spontanément le nom scientifique pour les baleines à bosse, car ce qui trottait dans sa tête était complètement fou. Le latin lui donnait un air plus sérieux.

— Oui, et alors ?

— Eh bien… c'était très étrange.

— Tu me l'as déjà raconté. Une baleine de chaque côté. Tu en as, du pot. Tu avais deux admiratrices et moi, évidemment, je n'étais pas là.

— Je ne sais pas si c'étaient vraiment des admiratrices. J'avais plutôt l'impression qu'elles essayaient d'évaluer la situation… comme si elles préparaient un coup…

— Pas très clair, ce que tu me racontes.

— Ce n'était pas très agréable.

— Pas très agréable ? s'exclama Susan en secouant la tête. T'es malade ou quoi ? C'est justement le genre de rencontre dont je rêve ! J'aurais vraiment aimé être à ta place.

— Non, je ne crois pas, tu n'aurais pas apprécié. Depuis, je n'arrête pas de me demander qui observait qui, et dans quel but...

— Léon, c'étaient des baleines, pas des agents secrets.

Il se passa la main sur les yeux et haussa les épaules.

— O.K., on n'en parle plus. C'est des bêtises, sans doute. J'ai dû me tromper.

Le talkie-walkie de Susan grésilla. On entendit nasiller la voix de Tom Shoemaker.

— Susan ? Va sur la 99.

Toutes les stations d'observation de baleines émettaient et recevaient sur la fréquence 98. C'était pratique, car ainsi tous les circuits étaient informés en même temps. Les gardes-côtes et Tofino Air l'utilisaient également, ainsi, hélas ! que certains pêcheurs au gros, lesquels, bien sûr, ne se contentaient pas d'observer les cétacés.

Susan s'exécuta.

— Est-ce que Léon est dans les parages ? s'enquit Shoemaker.

— Oui, il est là.

Elle tendit l'appareil à Anawak, qui s'entretint un moment avec son interlocuteur. Puis il dit :

— Bien, j'y vais... Oui, rapidement, c'est possible... Dis-leur que je pars dès qu'on est rentrés. A tout de suite.

— Qu'est-ce qui se passe ? s'enquit Susan avec curiosité.

— C'est une demande d'Inglewood.

— D'Inglewood ? L'armateur ?

— Oui. La direction a appelé Tom. Ils n'ont pas été très bavards, ils lui ont simplement dit qu'ils avaient besoin de mes conseils. Et que c'est assez urgent... Bizarre, Tom m'a dit avoir l'impression que s'ils avaient pu me télécharger directement sur leur ordi ils l'auraient fait !

Inglewood avait envoyé un hélicoptère. Moins de deux heures après l'appel de Shoemaker, Anawak était dans l'appareil et regardait défiler sous ses yeux le paysage spectaculaire de l'île de Vancouver. Les collines recouvertes de sapins alternaient avec des montagnes escarpées, entre lesquelles scintillaient des rivières et s'inséraient des lacs turquoise. La beauté de l'île ne pouvait masquer les dégâts causés par l'industrie du bois. Depuis une centaine d'années, elle était devenue l'activité économique la plus importante de la région. Les coupes claires défiguraient de grandes étendues de paysages boisés.

Ils délaissèrent l'île de Vancouver pour survoler le détroit de Géorgie, où se bousculaient les paquebots de croisière, les ferries, les cargos et les yachts. Au loin s'étiraient les imposantes Rocheuses, couronnées de neige. Des tours de verre bleu et rose bordaient une baie très fréquentée, dans laquelle les hydravions décollaient et amerrissaient comme autant d'oiseaux aux couleurs vives.

Le pilote s'entretint avec le sol. L'hélicoptère amorça la descente, vira et mit le cap sur les docks. Peu après, ils atterrirent sur un terrain de la taille d'un parking géant. De part et d'autre s'amoncelaient des tas de bois de cèdre, qui attendaient d'être livrés. Un peu plus loin, c'étaient des cubes de soufre et de charbon. Un énorme cargo était à l'ancre près du quai. Anawak vit un groupe de personnes d'où se détacha un homme qui se dirigea vers eux. Ses cheveux volaient au vent tourbillonnant des moteurs. Il portait un manteau et marchait épaules relevées pour lutter contre le froid. Anawak détacha sa ceinture de sécurité et se prépara à descendre.

L'homme ouvrit la porte. Il était grand et fort, âgé d'une petite soixantaine d'années, avec un visage rond et sympathique et des yeux vifs. Il tendit la main à Anawak en souriant.

— Clive Roberts, se présenta-t-il. Je suis le directeur.

Ils se serrèrent la main. Anawak suivit Roberts jusqu'au groupe de personnes visiblement occupées à l'inspection du cargo. Il aperçut des marins et des gens en civil. Régulièrement, ils levaient les yeux vers le côté tribord du bateau, le longeaient, puis s'arrêtaient en gesticulant.

— Merci d'être venu si vite, dit Roberts. Excusez-nous. Nous n'avons pas l'habitude de presser les gens comme ça, mais là, il y a urgence.

— Pas de problème, répondit Anawak. De quoi s'agit-il ?

— D'un accident. Selon toute probabilité.

— C'est ce bateau, là-bas ?

— Oui, le *Barrier Queen*. Plus exactement, nous avons eu un problème avec les remorqueurs qui devaient le ramener…

— Vous savez que je suis un spécialiste des cétacés ? Que j'étudie le comportement des baleines et des dauphins ?

— Oui, c'est de ça qu'il s'agit. De leur comportement.

Roberts lui présenta les personnes sur le quai. Parmi elles, trois appartenaient à la direction de la compagnie maritime, et les autres représentaient les partenaires techniques. Un peu plus loin, deux hommes sortaient des équipements de plongée d'une camionnette. Tous les visages étaient préoccupés.

Roberts le prit à part.

— Pour l'instant, nous ne pouvons pas vous mettre en contact avec l'équipage, dit-il, mais je vous fais parvenir une copie du rapport confidentiel dès qu'il arrive. Nous n'avons pas obligatoirement envie que cette affaire s'ébruite. Je peux compter sur vous ?

— Bien sûr.

— Bon. Je vous fais un résumé de l'affaire. Ensuite, c'est vous qui déciderez soit de repartir, soit de rester. Il est évident que c'est nous qui prenons en charge tous vos frais et tous les désagréments que cela pourrait vous poser.

— Vous ne me causez aucun désagrément.

Roberts lui jeta un regard reconnaissant.

— Il faut savoir que le *Barrier Queen* est un bateau assez nouveau, expliqua-t-il. Il vient tout juste d'avoir été contrôlé à fond, il est exemplaire dans toutes les disciplines, dûment certifié. C'est un cargo de soixante mille tonnes avec lequel nous faisons le transport de camions, dans les deux sens, surtout vers le Japon. Nous dépensons beaucoup d'argent pour la sécurité, bien au-delà de ce que nous sommes tenus de faire. Le *Barrier Queen* était sur la route du retour, chargé à bloc.

Anawak hocha la tête sans mot dire.

— Il y a six jours, il faisait route dans la zone des deux cents milles, au large de Vancouver. Il était trois heures du matin environ. Le quartier-maître a corrigé le cap de cinq degrés, une correction de routine. Il n'a pas jugé utile de vérifier. Loin devant, il y avait les feux d'un autre bateau, avec lesquels on pouvait s'orienter à vue, et normalement ces feux auraient dû se déplacer à droite. Mais ils n'ont pas bougé. Le *Barrier Queen* continuait sa route tout droit. Le pilote a tourné le gouvernail, mais le cap restait le même. Il a donc continué jusqu'à la butée, et tout à coup ça a marché. Malheureusement, ça a trop bien marché.

— Il a heurté quelqu'un ?

— Non. L'autre bateau était trop loin. Mais le gouvernail avait l'air d'être bloqué. Et voilà qu'il était bloqué sur la butée. Impossible de revenir en arrière. Un gouvernail bloqué à une vitesse de vingt nœuds… déjà qu'un bateau de cette taille ne s'arrête pas comme ça ! Le bateau s'est mis à tourner en pleine vitesse et s'est couché sur le flanc avec son chargement. Une gîte de dix degrés, vous imaginez ce que ça peut donner ?

— Oui, j'imagine.

— Juste au-dessus de la ligne de flottaison, vous avez les ouvertures pour évacuer l'eau des ponts. Par grosse mer, ils sont inondés en continu, et l'eau est évacuée au fur et à mesure. Mais avec une gîte pareille, ils peuvent être immergés de façon permanente, et le bateau se remplit en un rien de temps. Dieu merci ! la mer était calme, mais c'était critique quand même. Le gouvernail restait bloqué…

— Vous avez trouvé la raison ?

Roberts se tut un instant avant d'avouer :

— Non. Nous savons seulement que c'est à partir de là que ça a été la merde. Le *Barrier Queen* a stoppé les machines, a lancé un SOS et a attendu. Il n'était plus manœuvrable. Plusieurs bateaux ont changé de cap pour venir à la rescousse, et à Vancouver ils ont fait sortir deux bateaux de sauvetage qui sont arrivés deux jours et demi plus tard, en début d'après-midi. Un remorqueur de haute mer de soixante mètres et un bateau de vingt-cinq. La difficulté, c'est de lancer la corde à partir du remorqueur de manière qu'on puisse la rattraper. En pleine tempête, ça peut prendre des heures, c'est un processus interminable, d'abord la corde la plus mince, ensuite une plus grosse, et après la grosse haussière. Mais dans le cas présent… ça n'aurait pas dû poser de problème, le temps était toujours au beau et la mer était calme. Mais les remorqueurs ont été empêchés.

— Empêchés ? Par qui ?

— Eh bien…

Roberts fit la grimace, comme s'il avait du mal à cracher le morceau.

— On a l'impression que… Est-ce que vous avez déjà entendu dire que les baleines pouvaient attaquer ?

Anawak le regarda, interloqué.

— Attaquer des bateaux ?

— Oui. De gros bateaux.

— C'est rarissime.

— Rarissime ? reprit Roberts. Mais ça a déjà eu lieu ?

— Oui, il y a un cas répertorié. Mais il date du XIXe siècle, et Melville en a fait un roman.

— Vous voulez parler de *Moby Dick* ? Je pensais que ce n'était qu'un livre…

Anawak secoua la tête.

— *Moby Dick* est l'histoire du baleinier *Essex*. Il a effectivement été envoyé par le fond par un cachalot. C'était un bateau de quarante-deux mètres, en bois, et sans doute déjà un peu vermoulu. Mais tout de même. Le cachalot a éperonné le bateau. Il a sombré en quelques minutes. Il paraît que l'équipage a dérivé en mer pendant des semaines en canot de sauvetage… Ah oui ! c'est arrivé aussi deux fois l'année dernière, près des côtes australiennes. Chaque fois, il s'agit de bateaux de pêche qui ont chaviré.

— Qu'est-ce qui s'est passé ?

— Ils ont été fracassés à coups de queue. C'est dans la queue qu'elles concentrent le plus gros de leur force… Il y a eu un mort… Mais d'un arrêt cardiaque, je crois. Quand il est tombé à l'eau.

— Qu'est-ce que c'était, comme baleines ?

— On ne le sait pas, elles ont disparu trop vite. De toute façon, personne ne voit la même chose en pareil cas.

Anawak regarda l'imposant *Barrier Queen*. Aucun dommage apparent n'était visible.

— J'ai du mal à imaginer une attaque de baleines sur ce bateau-là…

Roberts suivit son regard et le détrompa :

— Ce sont les remorqueurs qui ont été attaqués, pas lui. Ils ont été éperonnés par les côtés. Le but était de les renverser, mais ça n'a pas suffi. Après, de les empêcher de lancer les cordes, et après…

— Ils ont été *attaqués* ?

— Oui.

— Ce n'est pas possible, décréta Anawak. Je veux bien qu'une baleine renverse un bateau plus petit, ou de la même taille. Pas plus grand. Et elle n'attaquera pas de bateau plus grand tant qu'elle n'y sera pas obligée.

— Mais l'équipage jure ses grands dieux que ça s'est passé comme ça. Les baleines ont…

— Qu'est-ce que c'était comme baleines ?

— Mon Dieu ! … Qu'est-ce que vous avez répondu, tout à l'heure ? « Personne ne voit la même chose… »

Anawak réfléchit.

— D'accord, on joue le jeu. On imagine le scénario du pire. Les remorqueurs ont été attaqués par des baleines bleues. La *Balaenoptera musculus* fait jusqu'à trente-trois mètres de long et pèse cent vingt tonnes. C'est le plus gros animal qui ait jamais vécu sur Terre. Admettons qu'une baleine bleue essaie de faire chavirer un bateau qui fait exactement la même longueur qu'elle. Il faut qu'elle soit au moins aussi rapide, voire plus rapide. Elle fait sans problème du cinquante ou soixante kilomètres par heure sur courte distance. Elle a une forme aérodynamique et n'a pratiquement pas de résistance au frottement à affronter. Mais quelle impulsion est-elle capable de développer ? Et quelle impulsion lui opposera le bateau ? Plus simplement, qui repoussera qui, quand ils se fonceront dessus ?

— Cent vingt tonnes, c'est un sacré poids.

Anawak désigna le camion d'un mouvement de tête.

— Est-ce que vous êtes capable de le soulever ?

— Quoi ? Le camion ? Bien sûr que non.

— Non, même en vous étayant sur quelque chose. Un corps flottant n'en est pas capable. Vous ne pouvez pas soulever quoi que ce soit de plus lourd que vous, que vous soyez une baleine ou un homme. Vous ne pouvez pas faire abstraction de l'équilibre des masses. Mais surtout, il faut tenir compte du poids de la baleine par rapport à celui de l'eau repoussée. Il ne reste pas grand-chose, il ne reste que la force de propulsion de queue. Il est possible qu'elle dévie la trajectoire du bateau, mais pas pour longtemps, avec l'angle de choc. C'est un peu comme au billard, vous comprenez ?

Roberts se frotta le menton.

— Il y en a qui pensent que c'étaient des baleines à bosse. D'autres, des rorquals. Et ceux qui étaient à bord du *Barrier Queen* disent qu'ils ont vu des cachalots…

— Trois espèces qui ne pourraient pas être plus différentes.

Roberts hésita. Puis :

— Monsieur Anawak, je suis quelqu'un de pragmatique. Je viens d'avoir une idée. Je me demande si les remorqueurs ne sont pas tout simplement tombés sur un groupe. Peut-être que ce ne sont pas les baleines qui ont éperonné les bateaux, mais l'inverse. Peut-être que l'équipage n'a pas été à la hauteur. Mais une chose est sûre : les baleines ont fait sombrer le petit remorqueur.

Anawak dévisagea son interlocuteur avec stupéfaction.

— Oui, quand la haussière a été tendue, précisa Roberts, entre la proue du *Barrier Queen* et la poupe du remorqueur. Une chaîne d'acier tendue à fond. Plusieurs baleines ont sauté hors de l'eau et se sont jetées dessus. Dans ce cas, il n'y a pas de volume repoussé qui tienne !

Les marins disent que c'étaient des animaux de grande taille… Le remorqueur a été arraché et a chaviré. Il s'est retourné.

— Oh, putain ! Et l'équipage ?

— Il y a deux disparus. Les autres ont pu être sauvés… Est-ce que vous avez une idée ? Qu'est-ce qui a pu amener ces animaux à faire une chose pareille ?

Bonne question, se dit Anawak. Les marsouins et les bélugas se reconnaissent dans un miroir. Est-ce qu'ils pensent ? Est-ce qu'ils planifient ? D'une manière que nous ne pouvons comprendre qu'en partie ? Qu'est-ce qui les motive ? Est-ce que les baleines ont la notion du temps, d'hier et de demain ? Quel intérêt pourraient-elles avoir à immobiliser ou à faire sombrer un bateau de sauvetage ?

A moins que les remorqueurs ne les aient menacées, elles ou leurs petits.

Mais comment et avec quoi ?

— Tout ça, ça ne ressemble pas aux baleines, dit-il.

Roberts eut un geste d'impuissance.

— C'est aussi mon avis. Mais les équipages sont d'un autre avis. Le grand remorqueur a été attaqué tout pareil. Finalement, il a réussi à fixer la haussière. Après, il n'y a plus eu d'attaque.

Anawak réfléchissait en examinant la pointe de ses chaussures.

— C'est un hasard, dit-il, un hasard terrible.

— Vous croyez ?

— On pourrait peut-être en savoir plus si on trouvait ce qui s'est passé pour le gouvernail.

— On a chargé les plongeurs d'aller vérifier, répondit Roberts. Ils devraient être prêts dans quelques minutes.

— Est-ce qu'ils ont un équipement de réserve dans leur voiture ?

— Je pense que oui.

Anawak hocha la tête.

— Bien. Je descends avec eux.

Les eaux portuaires étaient un pur cauchemar. Comme dans tous les autres ports, de par le monde. Un bouillon infâme dans lequel circulaient au moins autant de matières flottantes que de molécules d'eau. Le sol était en grande partie recouvert d'une couche de vase de un mètre d'épaisseur d'où remontaient en permanence des particules diverses et des matières organiques. Lorsque la mer se referma sur Anawak, il se demanda comment ils pourraient trouver quoi que ce soit là-dedans. Il avait l'impression de disparaître dans un brouillard marron. Il aperçut les silhouettes floues des deux plongeurs et, en arrière-plan, une surface diffuse, sombre, la poupe du *Barrier Queen*.

Les plongeurs le regardèrent et lui firent le signe O.K. du pouce et de l'index. Anawak leur répondit de la même façon. Il laissa échapper un peu d'air et descendit plus bas en longeant la poupe. Au bout de quelques mètres, ils allumèrent leurs lampes frontales. La lumière était puissante. Partout, des objets flottaient, difficilement identifiables. L'air expiré faisait des bulles et résonnait dans les oreilles d'Anawak. Dans la pénombre, il vit apparaître le gouvernail, ébréché et taché. Et de travers. Anawak vérifia à tâtons la profondeur indiquée par la console. Huit mètres. Devant lui, les deux plongeurs disparurent du côté de la lame du gouvernail. Seuls les halos de leurs lampes jetaient un semblant de lumière derrière eux.

Anawak s'approcha de l'autre côté.

D'abord, il ne vit que des arêtes vives et des coquilles qui s'entassaient les unes sur les autres, formant des sculptures bizarres. Puis il comprit que le gouvernail était recouvert d'un nombre incalculable de moules. Il s'approcha. Dans les sillons et les interstices, là où tournait la lame, les organismes avaient été pulvérisés et réduits en une bouillie compacte. Pas étonnant que le gouvernail ait été impossible à ramener en arrière. Il était entièrement pris dans la masse.

Anawak descendit plus bas. Là aussi, tout était rempli de moules. Prudemment, il tendit la main. Les bestioles, longues de trois centimètres tout au plus, étaient entassées, fixées les unes sur les autres. Avec d'extrêmes précautions pour éviter de se couper, il tira jusqu'à ce que quelques-unes se détachent avec difficulté. Elles étaient à demi ouvertes. Des vrilles de filaments enchevêtrés avec lesquels elles avaient cherché appui s'échappaient de l'intérieur.

Anawak les enferma dans les récipients attachés à sa ceinture et réfléchit.

Il ne s'y connaissait pas vraiment en coquillages. Il existait certaines espèces qui possédaient un tel byssus, un pied collant, frangé. La plus connue d'entre elles était la moule zébrée, introduite depuis le Moyen-Orient. Elle s'était développée au cours des dernières années dans les écosystèmes américain et européen, et avait commencé à sérieusement mettre à mal la faune locale. Si c'étaient des moules zébrées qui avaient recouvert le gouvernail du *Barrier Queen*, il n'était pas étonnant de les trouver en couches si importantes. Partout où elles apparaissaient, elles pullulaient sur des étendues inimaginables.

Anawak réfléchissait toujours.

Le gouvernail était attaqué par les moules zébrées. Tout semblait l'indiquer. Mais était-ce possible ? Les moules zébrées détruisaient principalement les systèmes des eaux douces. Elles survivaient et se multipliaient aussi dans l'eau de mer, mais cela n'expliquait pas comment elles avaient pu passer à l'abordage d'un bateau naviguant en haute mer, là où la profondeur atteignait des milliers de mètres. A moins qu'elles ne se soient accrochées au port ?

Ce bateau était venu du Japon. Le Japon connaissait-il des problèmes de moules zébrées ?

Sous lui, latéralement, entre le gouvernail et la poupe, deux pales arrondies sortirent du néant trouble, fantomatiques, irréelles. Anawak plongea plus bas pour attraper le bord de l'une des pales. Un sentiment de malaise le saisit. L'hélice complète mesurait quatre mètres cinquante de diamètre. C'était un ouvrage d'acier coulé qui pesait plus de huit tonnes. Il se représenta le propulseur en train de tourner à plein régime. Il paraissait impensable qu'un objet quelconque fût capable ne serait-ce que d'érafler cet appareil géant. Tout ce qui l'approchait de trop près était certainement pulvérisé dans l'instant.

Et pourtant, les moules avaient littéralement colonisé l'hélice.

Une conclusion s'imposa à Anawak, et elle ne lui plaisait pas du tout. Lentement, en s'accrochant aux bords, il s'insinua jusqu'au centre de l'hélice. Ses doigts touchèrent quelque chose de visqueux. Des fragments d'une substance claire se détachèrent et vinrent flotter vers lui. Il tendit la main, réussit à en attraper un et le tint contre son masque.

C'était gélatineux. Caoutchouteux.

Ce truc semblait… tissé.

Anawak tourna et retourna la substance effilochée en tous sens. Il l'enfouit dans sa boîte, avança plus loin en tâtonnant. L'un des plongeurs s'approcha de lui. Avec sa lampe accrochée au-dessus de son masque, il ressemblait à un extraterrestre. Il lui fit signe d'approcher.

Anawak nagea à sa rencontre. Lentement, il se laissa descendre jusqu'à ce que ses palmes touchent le vilebrequin au bout duquel se trouvait l'hélice. Là aussi, il y avait cette substance gélatineuse tout autour de l'arbre, qui en était entièrement emmailloté. Les plongeurs tentaient d'en arracher des morceaux. Anawak vint à leur rescousse. Ils s'échinèrent en vain. C'était tellement enchevêtré dans l'hélice qu'il était impossible d'y arriver sans outils.

Les paroles de Roberts lui revinrent en mémoire. Les baleines avaient essayé de repousser les remorqueurs. C'était absurde.

Pourquoi une baleine essaierait-elle de saboter la manœuvre d'abordage d'un remorqueur ? Cherchait-elle à faire sombrer le *Barrier Queen* ? Si la mer avait été plus forte, le risque aurait été réel, puisqu'il était incapable de manœuvrer. Les vagues auraient fini par grossir à un moment ou à un autre. Ces animaux avaient-ils voulu empêcher le bateau d'atteindre des eaux plus sûres ?

Il jeta un coup d'œil sur le finimètre.

Il avait encore suffisamment d'oxygène. Il leva le pouce pour signaler aux deux plongeurs qu'il voulait inspecter la coque. Ils lui répondirent par le signe O.K. Ensemble, ils délaissèrent l'hélice et nagèrent le long du bordé, Anawak tout en bas, là où la coque s'incurvait vers la quille. La lumière de sa frontale balaya le revêtement d'acier. La peinture paraissait assez neuve, les éraflures ou les altérations de couleurs étaient rares.

Il descendit encore plus bas, et il fit encore plus sombre.

Involontairement, il leva les yeux. Deux taches de lumière diffuse lui indiquaient l'endroit où les plongeurs se trouvaient, occupés à examiner le bordé.

Mais non, il ne risquait rien… Il savait où il se trouvait. Pourtant, sa poitrine s'était serrée. Il battit des pieds, se déplaça le long de la coque. Il semblait n'y avoir eu aucun dommage.

L'instant suivant, la lumière de sa lampe faiblit. Il leva la main pour la régler. C'est alors qu'il s'aperçut que la baisse d'intensité ne venait pas de la lampe, mais de ce qu'elle éclairait. Jusque-là, la peinture du bateau avait reflété la lumière de manière uniforme, alors qu'à présent elle était avalée par la masse sombre des moules sous laquelle disparaissait la coque du *Barrier Queen*.

Mais d'où pouvaient venir ces monstrueuses quantités de moules ?

Anawak songea à rejoindre les plongeurs. Puis il changea d'avis et descendit encore plus bas. La couverture de moules descendait jusqu'à la quille. Si le dessous du bateau était envahi de la même façon, il avait dû être lesté d'un poids considérable. Il était impossible que personne n'ait remarqué l'état du bateau. Des masses pareilles ne pouvaient que ralentir considérablement la marche d'un cargo en haute mer.

Il était maintenant arrivé si bas sous la quille qu'il dut se mettre sur le dos. A quelques mètres sous lui, c'était la vase du bassin du port. L'eau était si trouble qu'il ne voyait guère plus que les montagnes de moules qui proliféraient au-dessus de lui. En quelques coups de palmes, il se dirigea vers l'avant du bateau et constata qu'un peu plus loin il n'y avait plus une moule. Il put juger alors de l'énormité de la masse formée par les coquillages : ils étaient accrochés sous le bateau sur près de deux mètres d'épaisseur.

Tiens, qu'est-ce que c'est que ça ?

Au bord de la masse, il y avait un interstice.

Il avança avec hésitation. Puis il attrapa le couteau accroché par une lanière à son tibia. Il le retira et le planta dans la montagne de moules.

La croûte de moules explosa.

Quelque chose en jaillit, vint claquer contre son visage, à deux doigts de lui arracher son appareil de respiration de la bouche. Anawak recula vivement. Sa tête alla violemment heurter la coque. Une lueur crue explosa devant ses yeux. Il voulut remonter, mais il avait toujours la quille au-dessus de lui. A coups de palmes frénétiques, il essaya de s'éloigner. Il se retourna et se retrouva en face d'une nouvelle montagne de petites coquilles dures, dont les bords semblaient collés à la coque par une substance gélatineuse. Une nausée monta en lui. Il se contraignit au calme et essaya de déceler la chose qui l'avait attaqué au milieu des particules qui tourbillonnaient.

La chose avait disparu. On ne voyait plus rien, hormis les amas de moules incrustées.

Il s'aperçut tout à coup que sa main droite se crispait sur un objet. Son couteau. Il ne l'avait pas lâché. Quelque chose pendait à la lame, un lambeau laiteux et transparent.

Anawak l'ajouta à son butin, dans sa boîte. Puis il préféra prendre la poudre d'escampette. Son besoin d'aventure était comblé pour un moment.

En contrôlant ses mouvements, attentif à calmer les battements furieux de son cœur, il remonta jusqu'au bordé et aperçut au loin la faible lueur qui signalait les deux plongeurs. Il mit le cap sur eux. Eux aussi étaient tombés sur des moules. L'un d'eux en détacha quelques-unes du magma avec son couteau. Anawak le regarda faire, sur le qui-vive, s'attendant à voir jaillir quelque chose à tout instant. Il ne se passa rien.

Le deuxième plongeur leva le pouce et ils remontèrent lentement à la surface. Il fit plus clair. Jusqu'au dernier mètre, l'eau resta trouble, puis, soudain, tout reprit forme et couleur. Anawak cligna des yeux au soleil. Il ôta son masque et prit une bonne goulée d'air frais.

Roberts l'attendait sur le quai.

— Alors ? Vous avez trouvé quelque chose ? s'empressa-t-il de demander, penché au-dessus de lui.

Anawak toussa et cracha, puis lui lança :
— Ça, vous pouvez le dire !

Ils s'étaient réunis autour de l'arrière du camion. Anawak s'était mis d'accord avec les plongeurs pour endosser le rôle du rapporteur.

— Des moules qui bloquent un gouvernail ? répéta Roberts, incrédule.

— Oui, des moules zébrées.

— Mais bon Dieu, comment c'est possible ?

— Bonne question.

Anawak ouvrit le récipient accroché à sa ceinture et déversa prudemment le lambeau gélatineux dans un récipient plus grand rempli d'eau de mer. L'état du tissu l'inquiéta. La décomposition paraissait avoir déjà commencé.

— Je ne peux que faire des suppositions, mais pour moi, ça s'est passé comme ça : le timonier déplace la barre de cinq degrés. Mais le gouvernail ne bouge pas. Il est bloqué par les moules qui se sont fixées partout. En principe, immobiliser un gouvernail, c'est facile, vous le savez mieux que moi. Sauf que ça n'arrive pratiquement jamais. Ça aussi, le timonier le sait, c'est pourquoi il ne lui vient pas à l'esprit que le gouvernail puisse être bloqué. Il pense qu'il a donné trop peu de barre et donc il augmente, mais le gouvernail ne bouge toujours pas. En réalité, le servomoteur tourne à plein régime. Il essaie d'obéir à l'ordre. Ensuite, le timonier met toute la gomme et la pale se déclenche enfin. Pendant qu'elle tourne, les moules sont pulvérisées dans les espaces intermédiaires, mais elles ne se détachent pas. La bouillie de moules continue à bloquer le gouvernail comme du sable dans le mécanisme. Il est pris dans la masse et ne peut plus bouger.

Anawak passa sa main dans ses cheveux humides et regarda Roberts avant de poursuivre :

— Mais ce n'est pas le plus inquiétant.

— Qu'est-ce que c'est ?

— Les prises d'eau de mer sont libres, mais l'hélice est elle aussi recouverte de moules. Je ne sais pas comment ces bestioles ont pu arriver là, mais une chose est sûre : si l'hélice avait tourné, les moules se seraient fracassées dessus, y compris les plus obstinées. Ce qui veut dire que soit elles ont pris le bateau au Japon – ce qui m'étonnerait, étant donné que le gouvernail a parfaitement fonctionné jusqu'à deux cents milles des côtes canadiennes –, soit elles sont arrivées immédiatement avant que les machines se soient arrêtées.

— Vous voulez dire qu'elles ont attaqué le bateau en pleine mer ?

— Abordé serait plus juste. J'essaie de me représenter ce qui s'est passé. Un gigantesque banc de moules s'accroche au gouvernail. La pale bloque, le bateau donne de la gîte. Quelques minutes plus tard, la machine s'arrête. L'hélice est arrêtée. Les moules continuent à arriver, à se fixer sur le gouvernail pour cimenter pour ainsi dire le blocage, elles atteignent l'hélice et la coque…

— Mais ce n'est pas possible ! s'écria Roberts. Des tonnes de moules adultes, comme ça ! Au milieu de l'océan ! D'où voulez-vous qu'elles viennent ?

— Et les baleines qui repoussent des remorqueurs et sautent sur des haussières ? C'est vous qui avez été le premier à raconter des histoires abracadabrantes !

— Oui, peut-être, mais… poursuivit Roberts en se mordillant la lèvre inférieure. Tout s'est passé en même temps. Je ne sais pas… c'est comme s'il y avait un rapport. Sauf que ça n'a aucun sens… des moules et des baleines…

Anawak hésita.

— De quand date le dernier contrôle du dessous du *Barrier Queen* ?

— Il est contrôlé sans arrêt. Et le bateau est recouvert d'une peinture spéciale. N'ayez pas peur, elle est sans danger pour l'environnement ! Mais il n'y a pas grand-chose qui puisse se fixer dessus. Tout au plus quelques balanes.

— En tout cas, ici, il n'est pas question de balanes… Mais vous avez raison. Ces moules ne devraient pas se trouver là. On a presque l'impression que le bateau a subi une invasion de larves de moules pendant des semaines, sans compter… cette chose dans les moules…

— Quelle chose ?

Anawak raconta sa rencontre avec la créature qui était sortie de la montagne de moules. Pendant qu'il parlait, il revécut la scène. Le choc, puis sa tête qui était allée taper contre la coque. Son crâne en résonnait encore. Il avait vu trente-six chandelles…

Non, des éclairs lumineux.

Non, *un* éclair lumineux, pour être précis.

Soudain, il lui vint la pensée que ce n'était pas dans sa tête que l'éclair avait surgi, mais devant lui, dans l'eau.

Cette chose avait lancé un éclair.

Il en resta sans voix, dans le vrai sens du terme. L'idée germa dans son esprit que cette créature était luminescente. Si tel était le cas, elle venait sans doute des couches les plus profondes. Mais alors, elle ne pouvait pas s'être agrippée à la coque du *Barrier Queen* dans les eaux d'un port. Elle l'avait fait avec les moules, en haute mer. Peut-être étaient-ce les moules qui avaient attiré la créature, parce qu'elles constituaient sa nourriture. Et si c'était une pieuvre…

— Monsieur Anawak ?

Il reprit conscience de la présence de Roberts.

Oui, une pieuvre, se dit-il. C'est le plus probable. Pour une méduse, elle était trop rapide. Et elle avait trop de force. Elle a littéralement fait sauter les moules… comme si elle n'était qu'un paquet de muscles élastiques.

Puis il se souvint que cette chose avait surgi exactement au moment où il avait tapé dans l'interstice avec son couteau. Il avait dû la blesser. Lui avait-il fait mal ? En tout cas, le coup de couteau avait provoqué une réaction…

Bon, allez, faut pas exagérer, se reprit-il. En fait, tu n'as pas vu grand-chose dans cette mélasse… Tu t'es surtout fait peur.

— Vous devriez faire inspecter le bassin, conseilla-t-il à Roberts. Mais avant, il faut envoyer les échantillons le plus tôt possible à l'Institut de recherche de Nanaimo. Mettez-les dans l'hélico, j'irai les porter moi-même, parce que je sais à qui les remettre, là-bas.

Roberts acquiesça de la tête. Puis il entraîna son interlocuteur à l'écart.

— Dites, Léon, qu'est-ce que vous pensez *réellement* de tout ça ? lui demanda-t-il à voix basse. C'est impossible, jamais une couche de moules de plus de un mètre d'épaisseur n'aurait pu se fixer en aussi peu de temps. Ce bateau ne s'est pas baladé pendant des semaines.

— Ces moules sont une véritable saloperie, monsieur Roberts…

— Clive.

— Clive, ces bêtes n'arrivent pas progressivement, elles déboulent en commando pour attaquer. C'est connu.

— Mais quand même pas aussi vite !

— Ecoutez, une seule de ces saloperies peut nous fabriquer dans les mille petits par an ! Ces chères petites larves dérivent avec les courants, ou voyagent en passagers clandestins entre les écailles des poissons et dans les plumes des oiseaux de mer. Dans certains lacs américains, on en a découvert des populations de neuf cent mille par mètre carré, et elles sont pratiquement arrivées là du jour au lendemain. Elles squattent les réserves d'eau potable, les circuits de refroidissement des sites industriels situés près des rivières, les systèmes d'irrigation, elles bouchent et détruisent les canalisations et elles se sentent visiblement aussi bien dans l'eau de mer que dans les lacs et les rivières.

— D'accord, mais vous parlez de larves.

— De millions de larves.

— Je veux bien qu'il y en ait des milliards, et je veux bien dans le port d'Osaka, et en haute mer. Mais quel est le rapport ? Vous voulez me faire croire qu'elles sont toutes devenues adultes au cours des derniers jours, complètement, avec la coquille ?... Au fond, est-ce que vous êtes vraiment sûr qu'il s'agit de moules zébrées ?

Anawak jeta un coup d'œil vers les plongeurs, en train de ranger leur équipement dans leur camionnette. Les boîtes à échantillons soigneusement scellées étaient posées devant, dans une caisse en plastique.

— Nous nous trouvons devant une équation à plusieurs inconnues, répondit-il. Si des baleines ont effectivement essayé de repousser les remorqueurs, il faut se demander pourquoi. Est-ce que c'est parce qu'il se passe quelque chose sur le bateau, qui doit être accompli jusqu'au bout ? Ou parce qu'il faut qu'il sombre après avoir été immobilisé par les moules ? Et puis... cet organisme inconnu qui prend la fuite quand j'approche de sa cachette. A quoi ça vous fait penser ?

— A la suite d'*Independence Day*, en changeant de moyens. Vous croyez vraiment...

— Attendez. Prenons la même équation. Un groupe de baleines un peu nerveuses, des baleines grises ou des baleines à bosse, est dérangé par le *Barrier Queen*. Ensuite, arrivent là-dessus deux remorqueurs, qui les bousculent. Elles leur répondent en les bousculant aussi. Par un pur hasard, le bateau est de plus atteint par une peste biologique qu'il a attrapée à l'étranger comme un touriste attrape la variole, et un calamar s'est égaré en haute mer dans les montagnes de moules...

Roberts le regardait fixement, les yeux pleins de questions.

— Vous savez, je ne crois pas à la science-fiction, reprit Anawak. Tout n'est qu'une question d'interprétation. Envoyez quelques personnes au fond. Demandez-leur de gratter les moules, de vérifier s'il y a encore d'autres invités surprises au milieu et, si oui, de les attraper.

— Quand pourrons-nous avoir les résultats de Nanaimo, à votre avis ?

— Dans quelques jours, je pense. J'aimerais bien recevoir moi aussi un exemplaire du rapport.

— Il sera confidentiel, souligna Roberts.

— Naturellement. Et j'aimerais bien avoir un entretien confidentiel avec l'équipage.

Roberts acquiesça d'un hochement de tête et précisa :

— Ce n'est pas moi qui pourrai en décider, en la matière. Mais je vais voir ce que je peux faire.

Ils retournèrent à la camionnette et Anawak remit sa veste.

— Vous avez l'habitude de faire appel à des scientifiques dans des cas semblables ?

— Il n'y a jamais de cas semblables... C'est moi qui en ai eu l'idée. J'ai lu votre livre, et je savais qu'on vous trouverait sur l'île de Vancouver. La commission de recherche n'était pas vraiment pour, mais je crois que j'ai bien fait. Nous ne nous y connaissons pas trop en baleines.

— Je fais de mon mieux. Venez, allons mettre les échantillons dans l'hélicoptère. Plus vite ils parviendront à Nanaimo, mieux ce sera. Nous les remettrons immédiatement à Sue Oliviera. Elle est chef de laboratoire. Elle fait de la recherche moléculaire, elle est extrêmement compétente...

Le téléphone mobile d'Anawak sonna. C'était Susan Stringer.

— Faudrait que tu rappliques dès que tu seras libre, dit-elle.

— Qu'est-ce qui se passe ?

— Nous avons eu un appel du *Blue Shark*. Ils sont en mer et ils ont des ennuis.

— Avec les baleines ? lâcha Anawak.

— Mais non ! s'écria Susan comme si elle doutait de sa raison. Qu'est-ce que tu veux qu'elles nous fassent, les baleines ? C'est cette espèce de connard qui nous emmerde, cette ordure !

— Quel connard ?

— Qui tu veux que ce soit ? Jack Greywolf !

6 avril

A Kiel, Allemagne

Quinze jours après avoir remis à Tina Lund les conclusions du rapport d'analyse des vers, Sigur Johanson partit pour Kiel. Au chauffeur de taxi qui le prit en charge, il indiqua l'adresse la plus réputée dans le domaine des sciences marines, le Centre de recherche pour les sciences géomarines, Geomar.

Lorsqu'une question se posait concernant la structure, la genèse ou l'histoire des fonds océaniques, c'était aux scientifiques de Kiel que l'on s'adressait. James Cameron en personne était venu chercher leur bénédiction lors de la conception de ses projets, tels *Titanic* et *Abyss*. Le travail des chercheurs de Geomar aurait été assez difficile à expliquer au grand public. A première vue, il semblait impossible de trouver les réponses aux questions qui taraudaient l'humanité en allant simplement piquer dans les sédiments et en mesurant la salinité de l'eau. De plus, jusqu'au début des années 1990, on imaginait difficilement – les scientifiques y compris – que les grands fonds, qui ne recevaient ni la lumière du soleil ni sa chaleur, puissent être autre chose qu'un désert vide et semé de cailloux. Or, le fond des océans grouillait littéralement de vie. Certes, on connaissait depuis longtemps la présence d'espèces exotiques le long des cheminées volcaniques sous-marines. Mais lorsque, en 1989, le géochimiste Erwin Suess, de l'université de l'Oregon, arriva au Centre de recherche Geomar où il venait d'être nommé, il parla de choses encore plus bizarres. Il évoqua l'existence dans les grands fonds de véritables oasis autour de sources froides, de mystérieuses énergies chimiques émergeant de l'intérieur de la Terre, et de gisements très nombreux d'une substance qui n'avait jamais fait l'objet de la moindre attention, car elle était considérée comme un produit du hasard exotique : l'hydrate de méthane.

A présent, les sciences de la Terre sortaient d'une ombre où, comme la plupart des sciences, elles s'étaient trop longtemps cantonnées elles-mêmes. Elles essayaient de s'impliquer. Elles nourrissaient l'espoir de pouvoir désormais prévoir les catastrophes naturelles, influencer le climat et l'environnement. De plus, le méthane paraissait constituer une réponse aux problèmes énergétiques de demain. La presse s'intéressa à ce nouveau créneau, et les chercheurs apprirent, d'abord prudemment puis, l'assurance venant, plus ouvertement, à jouer les stars et à tirer profit de cet intérêt.

Le conducteur du taxi de Johanson paraissait ne pas avoir suivi tout ce mouvement. Depuis leur départ, vingt bonnes minutes plus tôt, pour la Kieler Förde, où se trouvait Geomar, il rouspétait. Il expliquait à son client qu'il ne comprenait pas comment on avait pu dépenser des millions pour un institut de recherche livré à des fous qui passaient leur temps à faire des croisières alors que les gens comme lui arrivaient à peine à joindre les deux bouts. Johanson, qui parlait très bien l'allemand, laissait glisser sur lui ce flot de paroles sans chercher à rectifier le tir. En revanche, ce qu'il aurait volontiers rectifié, c'était le pilotage, car les grands gestes qui accompagnaient la diatribe faisaient faire des écarts inquiétants au véhicule.

— Ce qu'ils bricolent, personne le sait au juste ! vitupérait le chauffeur.

Devant le mutisme de son client, il essaya de deviner sa profession :

— Vous travaillez dans les journaux ?

— Non, je suis biologiste.

L'irascible bonhomme embraya immédiatement avec la liste des scandales par lesquels s'illustrait l'industrie alimentaire. C'était sûr, il tenait dans ce passager l'un des responsables des manipulations génétiques sur les légumes et de la cherté des produits bio.

— Alors comme ça, vous êtes biologiste ! l'apostropha-t-il d'un ton furibard. Vous pouvez me dire ce qu'on peut encore manger, de nos jours ? Manger sans avoir la trouille de choper une maladie, je veux dire. Moi, non ! On devrait arrêter de bouffer la merde qu'ils nous vendent. Faudrait plus payer, plus leur filer un rond !

La voiture fit un écart.

— Vous pouvez toujours arrêter de manger, mais c'est la mort assurée, objecta Johanson, grimaçant.

— Et alors ? Il faut bien mourir de quelque chose ! Quand on mange pas, c'est la mort, et quand on mange, c'est la mort aussi !

— Vous avez parfaitement raison. Mais moi, personnellement, je préférerais mourir d'une overdose de steak aux hormones plutôt que de finir dans le radiateur de ce camion-citerne… !

Imperturbable, le chauffeur donna un coup de volant et coupa trois files pied au plancher pour aller prendre une sortie. Ils avaient frôlé le camion dans un bruit de tonnerre. Johanson vit qu'ils longeaient la rive est de la Kieler Förde. Sur l'autre versant, d'énormes grues se détachaient sur le ciel.

Le kamikaze auquel il avait confié sa vie avait dû mal prendre sa dernière remarque, car il ne lui adressa plus la parole. Ils traversèrent des rues excentrées bordées de maisons à pignon avant de voir apparaître un ensemble de bâtiments de brique, de verre et d'acier qui semblait curieusement déplacé dans cet environnement petit-bourgeois. La voiture prit un virage brutal et s'arrêta dans un grand crissement de pneus. Le moteur s'éteignit avec une petite série de hoquets.

Johanson poussa un soupir de soulagement, régla la course et descendit, convaincu d'avoir surmonté une épreuve encore plus risquée que son voyage à bord de l'hélicoptère de Statoil.

— N'empêche, moi, j'aimerais bien savoir ce qu'ils foutent, là-dedans, marmonna le chauffeur dans une dernière tentative, le nez baissé sur son volant.

Johanson se pencha et le regarda à travers la portière côté passager.

— Vous voulez vraiment le savoir ?

— Oui.

— Ils essaient de sauver la corporation des chauffeurs de taxi.

Le brave homme le regarda sans comprendre. Puis :

— C'est pas pour la quantité de courses qu'ils nous commandent… grommela-t-il.

— Non, mais pour votre travail vous avez besoin de votre voiture. Quand il n'y aura plus d'essence, vous pourrez soit la mettre à la casse, soit lui donner autre chose à boire, et cette autre chose, elle se trouve au fond de la mer. C'est du méthane, du carburant. Ce qu'ils font, c'est essayer de le rendre utilisable.

Le conducteur réfléchit. Puis il dit :

— Vous savez, le problème, c'est que ça, ils vous l'expliquent pas.

— C'est dans tous les journaux…

— Peut-être, mais moi je lis pas les mêmes journaux que vous. Et j'ai personne pour m'expliquer ça, à moi.

Johanson s'apprêta à répondre. Mais il se ravisa et se contenta de refermer la portière avec un signe de tête. Le taxi redémarra en trombe.

— Monsieur Johanson ?

Un jeune homme au teint hâlé sortit d'un bâtiment rond en verre et se dirigea vers lui.

Ils échangèrent une poignée de main.

— Gerhard Bohrmann ?

— Non. Heiko Sahling, je suis biologiste. M. Bohrmann vous demande un petit quart d'heure de patience, il est en pleine conférence. Je peux vous y emmener, à moins que vous ne préfériez prendre d'abord un café à la cafétéria…

— C'est comme vous voulez.

— Au fait, ils sont très intéressants, vos vers.

— C'est vous qui vous en êtes occupé ?

— Nous nous en sommes tous occupés. Venez, on se réserve le café pour plus tard. Gerhard a bientôt fini, on va jouer les resquilleurs en attendant.

Ils pénétrèrent dans un foyer aménagé avec goût. Sahling lui fit gravir un escalier et emprunter une passerelle métallique suspendue. Johanson se dit que pour un institut scientifique Geomar paraissait être au mieux avec les designers.

— Généralement, les conférences sont données dans la salle, expliqua Sahling. Mais aujourd'hui nous avons la visite d'une classe de lycéens.

— Vous avez du mérite.

Sahling sourit.

— Pour des jeunes de quinze ans, une salle de conférences, c'est comme une salle de classe. Alors nous les avons promenés à travers l'institut, et ils ont pu regarder partout, et presque tout toucher. Nous avons gardé la lithothèque pour la fin. Gerhard est en train de leur dire « bonne nuit, les petits » en leur racontant une histoire.

— Laquelle ?

— Celle de l'hydrate de méthane.

Sahling ouvrit une porte coulissante. La passerelle continuait de l'autre côté. La lithothèque était grande comme un hangar d'avion. Le bâtiment était ouvert côté quai et Johanson eut le temps d'apercevoir un assez gros bateau. Des caisses et des appareils s'entassaient le long des murs.

— C'est ici qu'on entrepose les échantillons, expliqua Sahling. Surtout des noyaux de sédiment et des échantillons d'eau de mer. C'est l'histoire de la mer en archives. Nous en sommes assez fiers.

Il leva la main. En bas, un homme de grande taille lui rendit son salut, avant de revenir au groupe d'adolescents qui se pressait autour de lui. Johanson s'appuya contre la rambarde et écouta la voix qui s'élevait :

— ... l'un des moments les plus excitants que nous ayons vécus, disait Gerhard Bohrmann. Le grappin a prélevé par huit cents mètres de fond plusieurs centaines de kilos de sédiments parcourus d'une substance blanche, et il a déversé les morceaux, ou ce qui en restait, sur le pont...

— C'était dans le Pacifique, expliqua Sahling à voix basse, en 1996, sur le *Sonne*, à environ cent kilomètres au large de l'Oregon.

— ... fallait faire vite. Parce que l'hydrate de méthane, c'est assez instable et pas très fiable, poursuivait Bohrmann. Je suppose que vous n'êtes pas tout à fait au courant, alors je vais essayer de vous expliquer tout ça en évitant de vous faire bâiller d'ennui. Bon. Qu'est-ce qui se passe tout au fond des mers ? Entre autres, il se forme du gaz.

Le méthane biogénique par exemple se forme depuis des millions d'années grâce à la décomposition des restes d'animaux et de plantes, quand les algues, le plancton et les poissons se putréfient en libérant des quantités de carbone organique. Ce sont surtout les bactéries qui s'occupent de la décomposition. Il se trouve que dans les fonds océaniques les températures sont basses et il règne une pression extraordinaire. La pression de l'eau augmente d'un bar tous les dix mètres. Les gens qui plongent avec des bouteilles descendent jusqu'à cinquante mètres, soixante-dix au maximum, mais après, c'est fini. Il paraît que le record de plongée avec de l'air comprimé est de cent quarante mètres, mais je le déconseille formellement. On en meurt, en général… Et nous, nous parlons de fonds qui commencent à cinq cents mètres ! A ces profondeurs, les lois de la physique ne sont plus les mêmes. Quand, par exemple, de grandes concentrations de méthane remontent de l'intérieur de la Terre jusqu'au fond de l'océan, il se passe quelque chose d'inhabituel. Le gaz combiné à l'eau froide des profondeurs se transforme en glace. Vous allez lire, ici ou là dans les journaux, les mots « glace de méthane ». Ce n'est pas tout à fait correct. Ce n'est pas le méthane qui gèle, mais l'eau environnante. Les molécules d'eau se cristallisent pour former de minuscules structures qui ressemblent à des cages, à l'intérieur desquelles se trouve une molécule de méthane. Elles compriment le gaz en le réduisant au volume minimal.

L'un des lycéens leva une main hésitante.

— Tu as une question ? lui demanda l'orateur.

L'adolescent hésita de plus belle, puis se jeta à l'eau :

— Cinq cents mètres, ce n'est pas très profond, si ?

Bohrmann le considéra silencieusement pendant quelques secondes. Puis :

— Tu ne trouves pas ça terrible comme profondeur, hein ?

— Si, mais… enfin… Jacques Picard est descendu dans la fosse des Mariannes, par onze mille mètres de fond… Ça, c'est vraiment profond ! Pourquoi est-ce qu'on n'y trouve pas cette glace ?

— Ah, bravo ! tu t'intéresses à l'histoire des submersibles habités. Et toi, qu'est-ce que tu en penses ?

L'adolescent réfléchit. Il haussa les épaules, reconnaissant son ignorance.

— C'est pas compliqué, répondit une fille à sa place. Il n'y a pas assez de vie à cette profondeur. A partir de mille mètres, il y a trop peu de matières organiques en décomposition, et donc trop peu de méthane.

— Je l'ai toujours su, grommela Johanson du haut de sa passerelle. Les filles sont plus intelligentes, pas de doute.

Bohrmann adressa un sourire aimable à la jeune fille.

— Exact. Bien sûr, comme pour tout, il y a des exceptions. Et il est vrai qu'on trouve aussi de l'hydrate de méthane dans des régions plus profondes, et même par trois mille mètres de fond, quand des sédiments à très haute teneur en matières organiques y sont formés. C'est le cas dans beaucoup de mers marginales. Nous avons d'ailleurs également repéré des concentrations d'hydrates dans des eaux très peu profondes, où la pression n'est pas suffisante normalement. Mais tant que la température est suffisamment basse, il y a formation d'hydrates, par exemple sur le plateau continental polaire...

S'adressant de nouveau à l'ensemble des élèves, il poursuivit :

— Quoi qu'il en soit, les gisements principaux se trouvent dans les talus continentaux, entre cinq cents et mille mètres. C'est du méthane emprisonné. Au large de la côte nord-américaine, nous avons récemment fait des recherches dans un massif montagneux sous-marin qui fait cinq cents mètres de hauteur et vingt-cinq kilomètres de longueur, et ce massif est composé principalement d'hydrate de méthane. Une partie du méthane est prise dans la roche, mais une autre partie se trouve à même le fond. Maintenant, nous savons que les océans en sont pleins, mais nous savons aussi autre chose : nous savons que c'est grâce à l'hydrate de méthane que les talus continentaux sont stables. Parce que cette substance, c'est une sorte de mortier. Si on enlevait l'hydrate d'un seul coup, nous nous retrouverions avec des talus continentaux troués comme du gruyère. Avec la différence que le gruyère garde sa forme malgré les trous. Les talus, en revanche, s'écrouleraient !

Bohrmann laissa ses paroles faire leur effet sur ses auditeurs, puis reprit :

— Mais ce n'est pas tout. Les hydrates de méthane, comme nous l'avons dit, ne sont stables qu'à de très hautes pressions combinées avec des températures particulièrement basses. Cela veut dire que le gaz méthane ne gèle pas en totalité, seulement les couches supérieures. Car, quand on descend vers l'intérieur de la Terre, les températures augmentent, et au fond des sédiments, il existe des poches de méthane qui ne gèlent pas. Elles restent présentes sous forme de gaz. Mais comme la couche gelée est posée dessus comme un couvercle, elles ne peuvent pas s'échapper.

— J'ai lu quelque chose là-dessus, dit la fille qui avait déjà pris la parole. J'ai lu que les Japonais essayaient de l'extraire.

Johanson eut un sourire amusé. Il se rappelait ses années d'école. Dans toutes les classes, il y avait toujours un olibrius qui en savait plus que les autres et qui faisait étalage de sa science. Il était prêt à parier que cette fille n'était pas en odeur de sainteté auprès de ses condisciples.

— Pas seulement les Japonais, répondit Bohrmann. Le monde entier aimerait bien l'extraire. Mais ce n'est pas si facile. Quand nous avons remonté les fragments d'hydrate qui se trouvaient à huit cents mètres de profondeur, des bulles de gaz se sont échappées à mi-hauteur. La quantité que nous avons réussi à remonter était relativement importante, mais ce n'était plus qu'une partie de ce que nous avions cassé en bas. Comme je l'ai dit, l'hydrate de méthane est vite déstabilisé. Si on augmentait la température de l'eau à cinq cents mètres de profondeur, ne serait-ce que d'un degré, tout l'hydrate qui s'y trouve pourrait se déstabiliser d'un seul coup. Nous avons donc agi très vite et nous avons emballé les fragments et les avons placés dans l'azote liquide, où ils restent stables. Venez voir par ici...

— Il explique bien, remarqua Johanson pendant que Bohrmann, suivi du troupeau de lycéens, se dirigeait vers une étagère en acier grossièrement soudé.

Des récipients de tailles différentes s'amoncelaient dessus. Tout en bas se trouvaient quatre objets argentés ressemblant à des citernes miniatures. Bohrmann en attrapa un, mit des gants et ouvrit le couvercle. Cela chuinta. Une vapeur blanche en sortit. Quelques élèves reculèrent involontairement.

— Ce n'est que de l'azote, les rassura Bohrmann.

Il plongea la main dans le récipient et en sortit un fragment gros comme le poing qui ressemblait à un bloc de glace sale. Au bout de quelques secondes, le bloc se mit à siffler doucement et à se craqueler. Bohrmann fit signe à la « bonne élève » d'approcher, cassa un morceau du bloc et le lui tendit.

— N'aie pas peur, dit-il. C'est froid, mais tu peux le prendre tranquillement dans tes mains.

— Ça pue ! s'exclama la chouchoute.

Il y eut quelques rires.

— Exact. Ça sent les œufs pourris. C'est le gaz. Il s'échappe.

Il cassa le bloc en plusieurs morceaux.

— Vous voyez ce qui se passe, poursuivit-il. Les parties sales, dans la glace, ce sont des particules de sédiment. Dans quelques secondes, il ne restera plus que ces petites miettes et une flaque d'eau. La glace fond, les molécules de méthane sortent de leurs cages et se volatilisent. On peut aussi le décrire comme ça : ce qui était encore il y a quelques instants un morceau de fond océanique stable se transforme en néant en un rien de temps. Voilà, c'est ce que je voulais vous montrer.

Il marqua une pause. Les lycéens s'intéressaient de près aux morceaux de glace chuintants qui s'amenuisaient de plus en plus. Quelques plaisanteries fusèrent sur la puanteur. Bohrmann attendit que les morceaux de glace aient fondu avant de poursuivre :

— Mais il s'est passé autre chose, à l'instant, une chose que vous n'avez pas pu voir. Et cela justifie amplement le respect que nous avons pour les hydrates. J'ai dit tout à l'heure que les cages de glace étaient capables de comprimer le méthane. La fonte d'un seul centimètre cube de cet hydrate que vous aviez entre les mains libère cent soixante-cinq centimètres cubes de méthane. Ce qui signifie que quand l'hydrate fond son volume est multiplié par cent soixante-cinq. Et ça, d'un seul coup. Ce qui reste, c'est la flaque dans votre main. Tu peux goûter du bout de la langue, proposa-t-il à la bonne élève. Dis-nous quel goût ça a.

La lycéenne se montra quelque peu réticente :

— Quoi, vous voulez que je goûte ce truc qui pue ?

— C'est fini, ça ne pue plus. Le gaz s'est volatilisé. Mais si tu as la trouille, c'est moi qui vais le faire…

Quelques gloussements. Mais l'orgueil prit le dessus et l'élève s'exécuta.

— C'est de l'eau douce ! s'écria-t-elle, surprise.

— Eh oui ! Quand l'eau gèle, le sel est pour ainsi dire mis de côté. C'est pourquoi l'Antarctique au complet est le plus grand réservoir d'eau douce du monde.

Bohrmann referma le récipient contenant l'azote liquide, le remit sur l'étagère et poursuivit :

— Ce que vous venez de voir vous explique pourquoi on est très divisé sur la question de l'extraction de l'hydrate de méthane. Si notre intervention devait amener les hydrates à se déstabiliser, cela risquerait de provoquer des réactions en chaîne. Que se passerait-il si le mortier qui assemble les talus continentaux partait en fumée ? Quelles conséquences cela aurait-il sur le climat terrestre si le méthane des profondeurs s'échappait dans l'atmosphère ? Le méthane est un gaz à effet de serre, il pourrait réchauffer encore plus l'atmosphère, ce qui aurait pour conséquence de réchauffer les océans et ainsi de suite. C'est à toutes ces questions que nous réfléchissons ici.

— Pourquoi est-ce qu'on veut l'extraire ? s'enquit un élève. Pourquoi on ne le laisse pas là où il est ?

— Parce qu'il pourrait résoudre les problèmes d'énergie ! s'écria la forte en sciences en faisant un pas de plus en avant. C'est ce qu'ils ont dit à propos des Japonais. Les Japonais n'ont pas de matières premières, ils doivent tout importer, et le méthane résoudrait leurs problèmes.

— C'est idiot, répliqua le garçon, parce que si ça cause plus de problèmes que ça n'en résout, ce n'est pas une solution.

Johanson sourit.

— Vous avez raison tous les deux, intervint Bohrmann. Cela *pourrait* résoudre les problèmes d'énergie. Voilà pourquoi cette question n'est plus une question purement scientifique, et que les grands groupes producteurs d'énergie ont pris l'affaire en main eux aussi. Nous estimons que dans les hydrates de gaz marins la combinaison méthane-carbone est deux fois plus importante que dans la totalité des gisements de gaz naturel, de pétrole et de charbon connus à travers le monde. Les champs d'hydrates d'Amérique à eux seuls, c'est-à-dire une zone de vingt-six mille kilomètres carrés, en contiennent trente-cinq milliards de tonnes. C'est cent fois la consommation annuelle de gaz naturel de la totalité des Etats-Unis !

— Impressionnant, murmura Johanson à Sahling. Je ne savais pas qu'il y en avait tant.

— Il y en a encore beaucoup plus, répondit le biologiste. Je ne me souviens plus des chiffres, mais lui, il les connaît.

Comme si Bohrmann les avait entendus, il dit :

— Il est possible, mais ça on ne peut que le supposer, qu'il existe des gisements de plus de dix mille milliards de tonnes de méthane gelé au fond de la mer. A cela s'ajoutent les réserves terrestres du permafrost de l'Alaska et de la Sibérie. Simplement pour vous donner une idée des quantités : la totalité des réserves disponibles en charbon, en pétrole et en gaz naturel représentent tout juste cinq mille milliards de tonnes, c'est-à-dire en gros la moitié. Pas étonnant que l'industrie énergétique cherche à trouver un moyen de séparer l'hydrate. Il suffirait de 1 % d'hydrate pour doubler les réserves de combustible des Etats-Unis, et ce sont eux qui sont de loin les premiers consommateurs. Mais c'est toujours pareil : l'industrie voit là une immense réserve d'énergie, et les scientifiques une bombe à retardement. Donc nous essayons de travailler en partenariat, et toujours dans l'intérêt de l'humanité, bien entendu… Bien, nous sommes arrivés au bout de notre expédition. Merci d'être venus… Je veux dire… de m'avoir écouté.

— Et d'avoir compris ce que j'ai raconté, murmura Johanson.

— Espérons, compléta Sahling.

— Ce n'est pas comme ça que je vous voyais, dit Johanson quelques minutes plus tard à Bohrmann en lui serrant la main. Sur Internet, vous portiez une moustache.

— Je l'ai rasée, répondit le scientifique en portant la main à sa lèvre supérieure. Et c'est même votre faute.

— Ah bon ?

— C'est parce que, pas plus tard que ce matin, je réfléchissais à vos vers devant ma glace, et je les ai vus mentalement avancer en se tortillant. Ma main a suivi leur mouvement. Seulement, au bout de ma main, j'avais mon rasoir, et j'ai fait un accroc à ma moustache. J'ai donc sacrifié le reste… sur l'autel de la science, en quelque sorte.

— Si je comprends bien, j'ai votre moustache sur la conscience. C'est bien la première fois qu'une chose pareille m'arrive.

— Pas de problème. Elle va repousser à la prochaine expédition. En mer, nous sommes tous moustachus, on se demande pourquoi. C'est peut-être parce que nous avons besoin de ressembler à des aventuriers pour ne pas avoir le mal de mer. Venez, suivez-moi au labo. Vous voulez prendre un café avant ? Nous pouvons faire un crochet par la cafétéria…

— Non, merci, je suis curieux de voir le labo. Je prendrai un café plus tard. Donc, vous repartez en expédition ?

— Oui, à l'automne prochain, répondit Bohrmann tandis qu'ils traversaient des passerelles et des couloirs aux parois de verre. Nous partons dans les zones de subduction des Aléoutiennes pour aller explorer les sources froides. Vous avez de la chance de me trouver à Kiel. Je suis rentré de l'Antarctique il y a quinze jours, après huit mois ou presque en mer. J'ai reçu votre appel le lendemain de mon retour.

— Qu'est-ce que vous avez fabriqué en Antarctique pendant huit mois, si ce n'est pas trop indiscret ?

— Nous avons mis des hiverneurs dans la glace.

— Pardon ?

Bohrmann éclata de rire.

— Oui, nous avons déposé là-bas des scientifiques et des techniciens qui commençaient leur travail dans les stations en décembre.

Ils font des carottages à quatre cent cinquante mètres de profondeur. Vous ne trouvez pas ça incroyable ? Cette glace ancienne contient l'histoire du climat des sept mille dernières années !

Johanson pensa au chauffeur de taxi.

— Les gens en général se sentent relativement peu concernés, dit-il. Ils ne comprennent pas comment l'histoire du climat peut nous aider à résoudre les problèmes de famine ou à gagner la prochaine Coupe du monde de foot…

— C'est un peu notre faute, parce que la science a tendance à rester enfermée dans son univers propre.

— Vous trouvez ? Votre petite conférence n'était pas vraiment fermée aux autres.

— Peut-être, mais je ne sais pas si le fait de jouer la carte publique nous sert à grand-chose, répondit Bohrmann. Les journées portes ouvertes ne changeront pas grand-chose au désintérêt général. Nous en avons fait une il n'y a pas très longtemps. C'était bourré à craquer, mais si vous aviez demandé à quelqu'un s'il fallait nous accorder dix millions supplémentaires…

Johanson ne répondit pas tout de suite. Puis :

— Je crois que le problème, c'est que nous restons cantonnés dans nos propres univers, nous autres scientifiques. Qu'est-ce que vous en pensez ?

— Un manque de communication entre nous ?

— Oui. Ou entre la science et l'industrie, ou entre la science et l'armée.

— Ou entre la science et les grands groupes pétroliers, c'est ça ? lança Bohrmann d'un ton entendu.

Johanson sourit.

— Je suis venu vous voir parce que quelqu'un a besoin d'une réponse, dit-il, pas pour en arracher une par la force.

— L'industrie et l'armée sont dépendantes de la science, que ça leur plaise ou non, intervint Sahling. Nous avons beaucoup de contacts, mais le problème, à mon avis, c'est surtout que nous n'arrivons pas à partager le même point de vue.

— Et que nous ne le voulons pas !

— Exact. Le travail des gens qui analysent la glace peut aider à vaincre une famine, mais il peut tout aussi bien servir à construire une arme nouvelle. Nous avons la même chose sous les yeux, mais chacun y voit ce qui sert sa chapelle.

— Et ignore le reste, compléta Bohrmann. Ces animaux que vous nous avez envoyés, monsieur Johanson, en sont un bon exemple. Je ne sais pas si leur présence doit remettre en cause le projet du talus continental, mais, dans le doute, je serais plutôt enclin à tout bloquer. Peut-être est-ce là la différence fondamentale qui existe entre la science et l'industrie. Nous, nous disons : tant que nous ne disposons pas de preuves suffisantes du rôle de ce ver, nous ne pouvons pas conseiller le forage. L'industrie part des mêmes prémices, mais pour aboutir à une autre conclusion.

— Tant que le rôle joué par ce ver n'est pas prouvé, il n'en joue aucun, précisa Johanson. Et vous, quel est votre avis : joue-t-il un rôle ?

— Ça, je ne peux pas encore vous le dire. Ce que vous nous avez envoyé là, c'est... Eh bien, disons que ça sort pour le moins de l'ordinaire. Ce que nous avons découvert jusqu'ici, j'aurais pu vous en faire part par téléphone, mais... j'ai pensé que vous aimeriez en savoir plus. Et, ici, nous allons pouvoir vous montrer certaines petites choses...

Ils étaient arrivés devant une lourde porte d'acier qui s'ouvrit sans bruit après que Bohrmann eut appuyé sur un bouton. Au centre du hall dans lequel ils pénétrèrent se trouvait un énorme caisson, haut comme une maison à deux étages, percé de hublots à intervalles réguliers. Des échelles métalliques conduisaient à des passerelles circulaires. Des appareils étaient reliés au caisson par des tuyaux.

Johanson s'approcha.

Il avait bien vu des photos de cette citerne remplie d'eau, mais il fut surpris par ses dimensions. Un léger sentiment de malaise l'effleura à l'idée de la monstrueuse pression qui régnait à l'intérieur. Impossible à quiconque de survivre là-dedans, même l'espace d'une minute. Ce caisson était la raison même pour laquelle Johanson avait expédié une dizaine de vers à cet institut. C'était un simulateur de grands fonds. Il contenait un monde recréé artificiellement comprenant le fond océanique, le plateau et le talus continental.

Bohrmann laissa la porte d'acier se refermer derrière eux.

— Il y a des gens qui doutent de la raison d'être de cette installation, dit-il. En effet, ce simulateur ne peut donner qu'une image approximative des conditions effectives, mais cela nous dispense de partir en mer à chaque fois. Le problème de la recherche en biologie marine est toujours le même, à savoir que nous avons un aperçu de pans minuscules de la réalité. Ici, nous pouvons, du moins en partie, établir des thèses qui sont valables en général. Par exemple, nous pouvons mieux étudier la dynamique des hydrates de méthane soumis à des conditions différentes.

— Il y a des hydrates de méthane là-dedans ?

— Oui, environ deux cent cinquante kilos. Nous avons réussi récemment à en fabriquer un peu, mais nous n'aimons pas en parler. L'industrie aimerait bien qu'on mette ce simulateur entièrement à sa disposition. Et je reconnais que nous, nous aimerions bien avoir l'argent de l'industrie. Mais pas au prix de notre liberté de recherche.

Johanson leva la tête pour regarder le sommet du caisson. Un groupe de scientifiques s'était rassemblé sur la première passerelle, au-dessus de lui. Cette scène avait un côté irréel qui lui rappela les films de James Bond des années 1980.

— La pression et la température de la citerne sont réglables sans palier, poursuivit Bohrmann. Actuellement, elles correspondent à une profondeur de fond d'environ huit cents mètres. Dans le fond lui-même il y a une couche d'hydrates stables, de deux mètres d'épaisseur, ce qui correspond à vingt ou trente fois plus en pleine nature. Sous la couche, nous simulons la chaleur provenant de l'intérieur de la Terre et nous avons affaire à du gaz libre. C'est donc un fond marin complet en réduction.

— C'est extraordinaire, commenta Johanson. Mais que faites-vous exactement ici ? Bien sûr, vous pouvez observer en continu le développement de vos hydrates, mais...

Il chercha ses mots. Sahling vint à son secours en formulant lui-même sa question :

— Qu'est-ce que vous faites ici, à part regarder ?

— C'est ça.

— Actuellement, nous essayons de reconstituer une période de l'histoire terrestre qui remonte à cinquante-cinq millions d'années. A un moment donné, lors du passage du paléocène à l'éocène, il semble qu'il y ait eu sur la Terre une catastrophe climatique de grande ampleur. L'océan s'est littéralement renversé ; 70 % de tous les organismes des fonds marins ont péri, principalement les protozoaires. Des régions sous-marines entières sont devenues des zones de non-vie pendant un certain temps. Sur les continents, à l'inverse, on a assisté à une révolution biologique. On a vu des crocodiles apparaître dans l'Arctique, et les primates et les mammifères marins modernes se sont déplacés des régions subtropicales vers l'Amérique du Nord. Un chamboulement phénoménal.

— Comment savez-vous tout ça ?

— Grâce aux carottages. Toute notre connaissance des catastrophes climatiques, nous la devons à une carotte extraite à deux mille mètres sous la mer.

— Et cette carotte, est-ce qu'elle vous parle des causes ?

— C'est le méthane, répondit Bohrmann. La mer a dû se réchauffer à cette époque, de telle sorte que de grandes quantités de méthane ont été déstabilisées. En conséquence, les talus continentaux ont glissé en libérant d'autres gisements de méthane. En quelques millénaires, peut-être même quelques siècles, des milliards de tonnes de gaz se sont échappées dans l'océan et dans l'atmosphère. Un cercle infernal. Le méthane produit un effet de serre trente fois plus important que le gaz carbonique. Il a réchauffé l'atmosphère, ce qui a eu pour conséquence de réchauffer les océans, entraînant la décomposition de plus d'hydrates, et ainsi de suite. La Terre s'est transformée en four… L'eau des grands fonds avoisinait les quinze degrés, au lieu des deux à quatre que nous avons aujourd'hui, qui sont déjà pas mal.

— Pour les uns c'est un désastre, pour les autres… enfin bon, un démarrage à chaud, pour ainsi dire. Je comprends. Et maintenant, au point où nous en sommes de notre petite conversation amicale, nous allons passer au stade suivant, la disparition de l'humanité, pas vrai ?

Sahling sourit.

— Non, ça ne va pas se passer tout de suite. Mais il y a effectivement des signes avant-coureurs qui indiquent que nous nous trouvons dans une phase de perte sensible d'équilibre. Les gisements d'hydrates des océans sont extrêmement instables. C'est pour cette raison que nous nous intéressons tant à votre ver.

— Qu'est-ce qu'un ver peut changer aux conditions de stabilité de l'hydrate de méthane ?

— Rien. Le ver des glaces peuple la surface de couches de glace épaisses de plusieurs centaines de mètres. Il en fait fondre quelques centimètres et se repaît de bactéries.

— Mais ce ver-là a des mâchoires…

— Ce ver est une créature qui n'a pas de sens. Allons y jeter un coup d'œil…

Ils se dirigèrent vers un pupitre en demi-cercle à l'autre bout du hall. Il ressemblait au pupitre de commande du *Victor*, en un peu plus grand. La plupart des écrans étaient allumés et diffusaient des images de l'intérieur de la citerne.

Le technicien de service les salua.

— Nous observons ce qui se passe grâce à vingt-deux caméras qui travaillent simultanément, et, en même temps, nous effectuons des mesures en continu sur le moindre centimètre carré, expliqua Bohrmann. Les surfaces blanches que vous voyez sur les écrans du rang supérieur sont des hydrates. Vous voyez sur l'écran, ici, à gauche ? C'est le champ sur lequel nous avons posé deux polychètes. Cela se passait hier matin.

Johanson plissa les yeux.

— Je ne vois que de la glace, dit-il.

— Regardez-y de plus près.

Johanson étudia chaque détail de l'image. Soudain, il distingua deux taches sombres.

— Là, qu'est-ce que c'est ? demanda-t-il.

Sahling échangea quelques mots avec le technicien. L'image fut modifiée et, soudain, on vit deux vers.

— Les taches, ce sont des trous, indiqua Sahling. On va mettre le film en accéléré…

Les mouvements des vers qui se promenaient sur la glace se firent plus brusques. Pendant quelque temps, les spécimens avancèrent de ci, de là, comme s'ils cherchaient à trouver la provenance d'une odeur. L'accélération donnait à leurs mouvements un caractère étrange. De part et d'autre des corps roses, les soies tremblaient, comme électrisées.

— Attention, regardez bien ! annonça le scientifique.

L'un des vers s'était arrêté, le corps parcouru d'ondes.

Puis il disparut dans la glace.

Johanson émit un petit sifflement.

— Ah ! d'accord. Il creuse la glace.

Son camarade était toujours là, un peu plus loin. Sa tête bougeait en cadence, comme au rythme d'une musique qu'il était seul à entendre. Tout à coup, sa trompe aux mâchoires chitineuses jaillit.

— Ils grignotent la glace pour se nicher à l'intérieur ! s'écria Johanson, stupéfait.

Mais il n'y a pas de quoi s'étonner, songea-t-il au même moment. Ils vivent en symbiose avec les bactéries qui décomposent l'hydrate de méthane, et malgré cela ils ont des mâchoires pour faire des trous…

Une seule conclusion s'imposait. Ces vers allaient chercher des bactéries qui vivaient plus profondément dans la glace.

Comme hypnotisé, il regarda les corps roses munis de soies fouiller l'hydrate. Avec l'accéléré, on voyait trembler leurs arrière-trains.

Brusquement, ils disparurent. Seuls subsistèrent les trous, sous forme de taches noires dans la glace.

Il n'y a pas de quoi s'inquiéter, se dit-il. Il y a toutes sortes d'autres vers qui creusent. D'ailleurs, les vers, ça aime creuser. Il y en a même qui creusent tellement bien qu'ils dévorent des bateaux entiers...

Mais qu'est-ce qui les poussait à creuser les hydrates ?

— Et elles sont où, maintenant, les bestioles ? s'enquit-il.

Sahling répondit, en regardant l'écran :

— Elles sont mortes.

— Mortes ?

— Oui, elles ont crevé. Etouffées. Les vers ont besoin d'oxygène pour vivre.

— Je sais. C'est tout le sens de la symbiose. Les bactéries nourrissent le ver, et le ver leur fournit l'oxygène par ses tortillements. Mais qu'est-ce qui s'est passé, ici ?

— C'est simple, nos vers ont creusé leur propre tombe. Ils ont fait des trous dans la glace et ils s'y sont vautrés jusqu'à ce qu'ils tombent sur la poche de gaz, et là, ils ont étouffé.

— De vrais kamikazes, murmura Johanson.

— Effectivement, on a l'impression qu'ils se suicident.

Johanson réfléchit.

— A moins que quelque chose ne les induise en erreur, émit-il enfin.

— Possible. Mais quoi ? A l'intérieur des hydrates, il n'y a rien qui puisse déclencher ce genre de comportement.

— C'est peut-être le gaz libéré qui est en dessous ?

Bohrmann se frotta le menton.

— Nous y avons pensé aussi. Mais ça n'explique pas pourquoi ils se suicideraient.

Johanson revit en pensée les vers grouiller sur le fond de la mer. Son malaise augmenta. Si des millions de vers s'amusaient à creuser des trous dans la glace, quelles seraient les conséquences ?

Bohrmann parut deviner ses pensées :

— Non, ils ne peuvent pas déstabiliser la glace, dit-il. En mer, les champs d'hydrates sont infiniment plus épais qu'ici. Ces bestioles bizarroïdes ne font que gratter la surface, un dixième de la couche tout au plus. Et après, elles dépérissent immanquablement.

— Et qu'est-ce que vous allez faire ? Vous allez tester d'autres vers ?

— Oui. Il nous en reste quelques-uns. Nous allons peut-être aussi aller voir sur place. Je pense que Statoil ne dira pas non. Le *Sonne* doit partir pour le Groenland d'ici quelques semaines. Nous pourrions avancer le départ de l'expédition et faire une petite visite à l'endroit où vous avez trouvé les polychètes... Mais ce n'est pas moi qui prendrai la décision. Ce sont d'autres gens. C'est une idée qui nous est venue spontanément, à Heiko et à moi.

Johanson jeta un regard sur l'énorme citerne. Il pensa aux vers morts à l'intérieur.

— C'est une bonne idée, dit-il.

Plus tard, Johanson se rendit à son hôtel pour se changer. Il essaya de joindre Tina, mais elle ne répondit pas au téléphone. Il l'imagina alors dans les bras de Kare Sverdrup. Il raccrocha avec un haussement d'épaules.

Bohrmann l'avait invité à dîner dans un bistrot branché de Kiel. Johanson se rendit dans la salle de bains et s'examina dans la glace. Sa barbe avait besoin d'être taillée. Elle faisait au moins deux millimètres de trop. Pour le reste, ça allait. Ses cheveux toujours aussi fournis, bruns avant, mais de plus en plus parcourus de fils gris, retombaient, épais, dans son cou. Sous ses larges sourcils noirs, son regard était toujours aussi vif. Parfois, il lui arrivait de tomber amoureux de sa propre image. Mais, parfois aussi, il avait du mal à le supporter, particulièrement aux petites heures du matin. Jusqu'à présent, quelques tasses de thé et un soupçon de soins cosmétiques suffisaient à remettre de l'ordre dans tout cela. Une étudiante l'avait comparé récemment à l'acteur allemand Maximilian Schell, et Johanson en avait été flatté jusqu'à ce qu'il se rappelle que Schell avait plus de soixante-dix ans. Alors, il avait changé de crème de jour.

Il farfouilla dans sa valise, en sortit un pull à fermeture Eclair, fit passer en force sa veste de costume par-dessus et mit une écharpe autour de son cou. Non, il n'était pas vraiment bien habillé, mais c'était justement comme ça qu'il s'aimait : pas bien habillé. Ce qu'il portait ne correspondait à aucune époque. Il cultivait son aspect négligé et était très content de son indépendance vis-à-vis de la mode. C'était seulement dans ses – rares – moments de grande clairvoyance qu'il était prêt à reconnaître que ses tenues de bric de broc représentaient une mode en soi, à laquelle il tenait autant que d'autres au diktat de la haute couture, et qu'il passait plus de temps à soigner sa coiffure ébouriffée que le gros de l'humanité à se coiffer correctement.

Il fit une grimace à son reflet dans la glace, sortit de l'hôtel et grimpa dans un taxi pour se rendre à son rendez-vous.

Bohrmann l'attendait. Ils bavardèrent pendant quelque temps à bâtons rompus, buvant du vin et dégustant une sole excellente. Au bout d'un moment, la conversation dévia immanquablement vers les grands fonds.

Au dessert, Bohrmann lui demanda d'un ton négligent :

— Vous êtes au courant des projets de Statoil ?

— Dans les grandes lignes seulement. On ne peut pas dire que je m'y connaisse vraiment dans le domaine du pétrole.

— Qu'est-ce qu'ils projettent ? Ils ne vont quand même pas construire une plate-forme à cette profondeur ?

— Non, pas une plate-forme.

Bohrmann prit une gorgée d'espresso.

— Excusez-moi, je ne veux pas provoquer vos confidences. Ce genre de chose est certainement confidentiel, mais...

— Non, non, ne vous inquiétez pas. J'ai une solide réputation de commère. A partir du moment où l'on se confie à moi, c'est la preuve que c'est tout sauf confidentiel...

Bohrmann rit et poussa donc plus loin sans scrupule :

— Alors, à votre avis, qu'est-ce qu'ils construisent ?

— Ils réfléchissent à une solution sous-marine. Une installation entièrement automatique.

— Quelque chose du genre de Subsis ?

— Qu'est-ce que c'est, Subsis ?

— Subsea Separation and Injection System. Une installation sous-marine. Elle travaille depuis quelque temps dans le gisement norvégien de Troll.

— Jamais entendu parler.

— Demandez à ceux qui vous emploient. Subsis est une station d'extraction. Elle est installée à trois cent cinquante mètres de fond et sert à séparer le pétrole et le gaz de l'eau. Pour l'instant, ce processus est encore effectué sur les plates-formes, et l'eau de production est écoulée dans la mer.

— Ah oui, c'est vrai ! s'exclama Johanson, se souvenant de l'allusion qu'y avait faite Tina. L'eau de production. Qui rend les poissons stériles.

— C'est justement ce problème que Subsis pourrait régler. L'eau souillée est aussitôt renvoyée dans le trou de forage, en exerçant une pression qui renvoie du pétrole vers le haut, en est de nouveau séparée, puis est à nouveau refoulée en bas, et ainsi de suite. Le pétrole et le gaz sont acheminés par pipe-lines directement vers la côte… c'est très séduisant en soi.

— Mais ?

— Je ne sais pas s'il y a un mais. Apparemment, Subsis travaille sans problème à mille cinq cents mètres de fond. Le constructeur pense que deux mille mètres ne présenteraient pas de problème, et les groupes pétroliers aimeraient descendre à cinq mille.

— Est-ce que c'est réaliste ?

— A moyen terme, sans doute. Je crois que tout ce qui fonctionne à petite échelle marche aussi à grande échelle, et les avantages sont évidents. Les installations automatiques vont remplacer les plates-formes dans un avenir très proche.

— Mais vous ne semblez pas partager l'euphorie générale, fit remarquer Johanson.

Un silence intervint. Bohrmann se gratta l'arrière de la tête. Il avait l'air de ne pas très bien savoir ce qu'il devait répondre.

— Ce qui m'inquiète, dit-il enfin, ce n'est pas tant les installations que la naïveté de toute cette approche.

— La station est télécommandée ?

— Oui, complètement, depuis la terre.

— Cela veut dire que les réparations éventuelles et les travaux de maintenance sont effectués par des robots ?

Bohrmann confirma d'un hochement de tête.

— Je comprends, dit Johanson au bout d'un moment.

— Cette affaire a du pour et du contre, poursuivit son interlocuteur. Quand on pénètre en terrain inconnu, on prend toujours un risque. Et les grands fonds, c'est un terrain inconnu, pas la peine de se raconter des histoires. C'est très bien d'essayer d'automatiser notre outil, au lieu de mettre en danger des vies humaines. C'est parfait d'envoyer un robot au fond pour observer ce qui se passe ou pour prendre des échantillons. Mais là, il s'agit d'autre chose. Comment voulez-vous reprendre le contrôle en cas d'accident, si le pétrole sous haute pression se met à jaillir du trou d'extraction à cinq mille mètres de profondeur ? On ne connaît même pas réellement le terrain. Tout ce qu'on a, ce sont des mesures. Dans les grands fonds, nous sommes aveugles. Avec les satellites, les sonars ou les ondes sismiques, nous sommes capables d'établir une carte de la morphologie du fond, précise à cinquante centimètres près. Nous pouvons détecter les gisements de gaz et de pétrole par des réflecteurs qui font une simulation des mouvements du sol, de sorte que la carte nous dit où creuser, où trouver du pétrole, des hydrates, où il faut faire attention… Mais ce qui se trouve en bas, *réellement*, nous n'en savons rien.

— C'est très exactement ce que je pense, murmura Johanson.

— Nous ne voyons pas les conséquences de nos actes. Nous ne pouvons pas descendre jeter un coup d'œil pour voir si l'installation fait des bêtises. Ne vous méprenez pas, je ne suis pas du tout contre l'extraction des matières premières. Mais je suis contre le fait de répéter des erreurs. Au moment du boom pétrolier, on n'a pas réfléchi une seule seconde à la question de l'élimination des déchets entreposés dans la mer. On a évacué les eaux usées et les produits chimiques dans la mer et dans les rivières en se disant qu'elles allaient tout avaler, on a envoyé des cochonneries radioactives dans les océans, on a pillé et détruit les ressources et les organismes sans penser une seconde à la complexité de la chaîne.

— Et ces installations automatiques, elles vont être construites ?

— Sans l'ombre d'un doute. Elles sont économiques, elles atteignent des gisements auxquels le personnel humain n'aura jamais accès. Et la prochaine étape, c'est de se précipiter sur le méthane. Parce que sa combustion est plus propre que celle de toutes les autres matières, ce qui est exact. Parce que si on remplace le pétrole et le charbon par le méthane, l'effet de serre sera ralenti. C'est vrai aussi. Tout ça, c'est vrai, à condition que le processus se déroule dans des conditions idéales. Mais l'industrie a tendance à confondre allègrement l'idéal avec la réalité. Elle *veut* procéder au remplacement. Parmi tous les pronostics, elle va choisir les plus souriants pour pouvoir démarrer plus vite, même si on ne connaît rien à l'univers auquel elle va s'attaquer.

— Quel va être le mode de fonctionnement ? Comment va-t-on extraire le méthane s'il se décompose pendant le trajet qui l'emmène à la surface ?

— Là aussi, ce sont des installations automatiques qui interviendront. On fera fondre l'hydrate à grande profondeur en le réchauffant, par exemple, on captera le gaz libéré dans des trémies et on le conduira en surface. Cela semble parfait, mais qui garantit que ces interventions ne vont pas déclencher une réaction en chaîne, et que la catastrophe du paléocène ne va pas se reproduire ?

— Vous croyez vraiment que c'est possible ?

Bohrmann eut un geste des mains.

— Toute intervention irréfléchie est suicidaire, dit-il. Ça a déjà commencé. L'Inde, le Japon et la Chine sont sacrément actifs…

Il eut un sourire sans joie, poursuivit :

— Et ils ne savent pas non plus ce qui se trouve au fond de l'eau. Ils ne savent rien du tout.

— Des vers… murmura Johanson.

Il pensa au film pris par le *Victor* sur le fond marin, aux vers grouillants… à la créature mystérieuse qui s'était éclipsée si vite pour retourner dans l'obscurité.

Des vers. Des monstres. Du méthane. Une catastrophe climatique…

Vite, un autre coup de rouge !

11 avril

Sur l'île de Vancouver et sur le Clayoquot Sound, Canada

Ce spectacle faillit rendre Anawak fou furieux.

L'animal faisait plus de dix mètres de la tête à la queue. C'était l'une des plus grandes orques itinérantes qu'il eût jamais vues, un mâle monumental. Dans sa gueule entrouverte, on voyait luire des rangées compactes de petites dents coniques. Sans doute l'animal était-il assez âgé, mais il paraissait débordant de vigueur. Pourtant, en y regardant de plus près, on remarquait les endroits où sa peau blanc et noir n'était plus brillante, mais terne et couverte de croûtes. Il avait un œil fermé et l'autre ouvert.

Malgré sa taille, cette orque ne menacerait plus jamais aucun saumon. Elle était couchée sur le flanc dans le sable humide, et elle était morte. Anawak l'avait aussitôt reconnue. Dans les registres, elle apparaissait sous le numéro J-19, mais sa nageoire dorsale en forme de sabre lui avait valu le surnom de Gengis Khan.

Il contourna l'orque et aperçut John Ford, le directeur du programme de recherche sur les mammifères marins de l'aquarium de Vancouver, en conversation avec Sue Oliviera, la chef du laboratoire de Nanaimo, et un troisième personnage. Ils s'entretenaient sous les arbres proches de la plage. Ford fit signe à Anawak d'approcher et lui présenta le nouveau venu :

— Ray Fenwick, de l'Institut des sciences océanographiques et de la pêche du Canada.

Fenwick était venu pour procéder à l'autopsie. A la nouvelle de la mort de Gengis Khan, Ford avait suggéré de procéder à la dissection non pas en huis clos, mais à ciel ouvert, sur la plage. Il voulait permettre au plus grand nombre possible de journalistes et d'étudiants de voir à quoi ressemblait l'anatomie d'une orque.

« De plus, l'impact ne sera pas le même sur la plage, avait-il déclaré. Cela se passera de façon moins aseptisée, moins distanciée. Nous avons une orque morte et la mer directement sous nos yeux. C'est son univers vital, pas le nôtre. Elle est quasiment sur le seuil de chez elle. En procédant à l'autopsie ici, nous éveillerons plus de compréhension, plus de compassion, plus d'émotion. C'est une mise en scène, mais elle fonctionnera. »

Ils avaient débattu de l'affaire à quatre, Ford, Fenwick, Sue Oliviera et Rod Palm, de l'Institut de recherche marine de l'île Strawberry, un îlot de la baie de Tofino. Les gens de l'île étudiaient à partir de là les écosystèmes du Clayoquot Sound. Palm était réputé pour ses recherches sur les orques.

Ils étaient vite tombés d'accord pour effectuer la dissection en public afin d'attirer l'attention. Eh oui, les orques avaient vraiment besoin d'attention.

— A première vue, elle a l'air d'avoir succombé à une infection bactériologique, déclara Fenwick. Mais gardons-nous des diagnostics hâtifs.

— Ce n'est pas hâtif, répondit Anawak, la mine sombre. Vous vous souvenez, en 1999 ? Il y a eu sept morts chez les orques, toutes par suite d'infection.

— *« The Torture Never Stops »*, chantonna Sue Oliviera, reprenant les paroles d'une vieille chanson de Frank Zappa.

Elle lui demanda, avec un signe de tête complice :

— Tu m'accompagnes ?

Anawak la suivit jusqu'au cadavre. Deux grandes valises métalliques et un conteneur étaient prêts, remplis d'instruments. Découper une orque, ce n'était pas comme ouvrir un être humain. C'était un travail de force, avec des flots de sang et une puanteur quasi insupportable à la clé.

— La presse va bientôt être là, avec un tas de thésards et d'étudiants, dit Sue en jetant un coup d'œil à sa montre. Puisque les événements nous mettent en présence en cette triste occasion, prenons deux minutes pour parler des résultats de tes prélèvements…

— Vous avez avancé ?

— Plus ou moins.

— Inglewood est au courant ?

— Non. J'ai pensé qu'on en parlerait d'abord entre nous.

— Ce qui signifie que vous n'avez rien trouvé de bien concluant…

— C'est plutôt qu'on est à la fois déconcertés… et parfaitement largués, répondit Sue. En ce qui concerne les moules, en tout cas, il n'existe aucune littérature qui les décrive…

— J'aurais pourtant juré que c'étaient des moules zébrées !

— D'un côté, oui… de l'autre, non.

— C'est censé m'éclairer ?

— Il y a deux façons de voir le truc. Soit on a affaire à un parent de la moule zébrée, soit à une mutation. Ces bestioles ressemblent aux moules zébrées, elles forment les mêmes grappes, mais leur byssus est particulier. Les filaments qui forment le pied sont assez gros et assez longs. Nous leur avons donné un nom pour rire : les moules à réaction.

— Ah bon ? Pourquoi ?

Sue fit la grimace.

— On n'a rien trouvé de mieux. Nous en avons observé de grandes quantités vivantes, et elles disposent… eh bien, elles ne se laissent pas simplement flotter comme les moules zébrées ordinaires, elles sont également capables de naviguer. Elles aspirent l'eau et la rejettent. C'est le recul qui les propulse en avant. En même temps, elles utilisent les filaments pour s'orienter. Comme des petites hélices. Ça ne te rappelle rien ?

Anawak réfléchit.

— Si, les seiches. Elles ont un siphon de propulsion, dit-il enfin.

— Exact, certaines seiches. Mais il y a encore une similitude. Pour arriver à tomber dessus, il faut être un vrai crâne d'œuf, mais on en a un certain nombre au labo. Elles font aussi penser aux dinoflagellés. Ces protozoaires sont nombreux à posséder deux flagelles à l'extrémité du corps. Le premier leur sert à s'orienter, le second tourne en les propulsant en avant.

— Ce n'est pas chercher un peu loin ?

— Disons que c'est une convergence au sens large. On s'accroche à ce qu'on peut. En tout cas, moi, je ne connais pas de moules qui se déplacent de cette façon. Celles-ci sont mobiles comme un banc de poissons, et de plus, malgré leurs coquilles, elles sont en quelque sorte propulsées…

— C'est ce qui expliquerait comment elles ont pu arriver jusqu'à la coque du *Barrier Queen* en haute mer, en déduisit Anawak. Je le reconnais, c'est plutôt déconcertant.

— Oui.

— Tu disais aussi que vous êtes largués…

Sue s'avança vers le flanc de la baleine morte et dit en caressant sa peau noire d'un air songeur :

— Ces bouts de substance que tu as rapportés… Nous ne savons pas ce qu'il faut en faire, et pour être franche nous n'avons pas pu en faire grand-chose. Elle était en grande partie décomposée. Le peu que nous en avons analysé nous permet au moins de conclure que ce qui était après l'hélice du bateau et ce qui était sur ton couteau, c'était la même chose. A part ça, c'est l'inconnue totale.

— Tu veux dire que ce que j'ai tailladé à la pointe de mon couteau, ce serait un pote d'E.T. ?

— La capacité de contraction du tissu paraît démesurément développée. D'une extrême résistance et en même temps incroyablement flexible. Nous ne savons tout bonnement pas ce que c'est.

Anawak, perplexe, réfléchit :

— Des signes de bioluminescence ?

— Possible. Pourquoi ?

— Parce que j'ai eu l'impression que cette chose s'est brièvement éclairée.

— La chose qui t'a bousculé ?

— Oui, et elle est sortie comme un boulet de canon quand j'ai piqué dans le tas.

— Tu en as sans doute coupé un bout, et elle n'a pas trouvé ça drôle. Même si je doute que ce tissu présente quelque chose comme une innervation. Je veux dire, pour ressentir de la douleur… En fait, ce n'est que… de la masse cellulaire.

Des bruits de voix se rapprochèrent. Un groupe de personnes traversait la plage et se dirigeait vers eux. Quelques-unes portaient des caméras, d'autres des documents.

— C'est parti, dit Anawak.

— Oui.

Sue lui jeta un regard trahissant son indécision.

— Et maintenant, qu'est-ce qu'on fait ? Est-ce que j'envoie les résultats à Inglewood ? J'ai peur qu'ils ne puissent rien en faire. Pour être franche, je préférerais avoir quelques nouveaux échantillons. Surtout de cette fameuse substance.

— Je contacte Roberts.

— Bon. Allons-y. Jetons-nous dans la fourmilière.

Anawak regarda l'orque sans vie et ressentit une nouvelle bouffée de colère. C'était déprimant. D'abord elles avaient brillé par leur absence des semaines durant, et maintenant voilà qu'elles venaient mourir sur la plage.

— Putain de bordel de merde ! lâcha-t-il.

Sue haussa les épaules.

— Garde ton blues pour les journalistes, lui conseilla-t-elle.

L'autopsie dura plus d'une heure, pendant laquelle Fenwick, assisté de Ford, ouvrit l'orque, mit au jour ses viscères, son cœur, son foie et ses poumons, expliqua sa constitution anatomique. Le contenu de l'estomac révéla un phoque à demi digéré. Contrairement aux résidentes, les itinérantes et les orques hauturières se nourrissaient entre autres d'otaries, de marsouins et de dauphins, n'hésitant pas, lorsqu'elles étaient en troupeau, à attaquer une baleine à fanons.

Parmi les spectateurs, les journalistes scientifiques étaient les moins nombreux. En revanche, les envoyés spéciaux des quotidiens, des magazines et des chaînes de télévision étaient là, comme prévu. Mais sans doute leurs connaissances scientifiques étaient-elles réduites. C'est pourquoi Fenwick commença par une description des particularités de la constitution de l'animal :

— Sa forme est celle d'un poisson, mais seulement parce que la nature a adopté cette structure pour une créature qui est passée de la terre à l'eau. Cela arrive souvent. Nous appelons cela la convergence. Des espèces entièrement différentes fabriquent des structures convergentes, c'est-à-dire des structures analogues qui ont la même fonction, afin de faire face à certaines conditions environnementales.

Il ôta des morceaux de l'épaisse couche de peau et découvrit la graisse sous-cutanée.

— Encore une différence, poursuivit-il. Les poissons, les amphibiens et les reptiles sont des animaux poïkilothermes, donc à sang froid, ce qui signifie que leur température interne correspond à la température extérieure. Par exemple, on trouve les maquereaux aussi bien au cap Nord qu'en Méditerranée, mais au cap Nord leur température interne est de quatre degrés centigrades, tandis qu'en Méditerranée elle est de vingt-quatre. Pour les baleines, ce n'est pas le cas. Ce sont des animaux à sang chaud… à sang chaud, comme nous.

Anawak observait les auditeurs. Fenwick venait de prononcer deux mots qui fonctionnaient toujours : « comme nous ». Invariablement, en entendant cela, les gens dressaient l'oreille. « Les baleines sont comme nous… » Elle était là, de nouveau, l'étroite ligne frontière à l'intérieur de laquelle les gens commençaient à donner de la valeur à la vie.

Fenwick poursuivait :

— Qu'elles séjournent en Arctique ou dans la baie de Californie, les baleines maintiennent une température interne constante de trente-sept degrés. Dans ce but, elles mangent pour acquérir une couche de graisse que nous appelons le blubber. Vous voyez cette masse de gras blanc ? L'eau a pour effet de retirer de la chaleur, mais cette couche de graisse empêche la perte de chaleur du corps.

Il leva les yeux sur son auditoire en agitant ses mains gantées, rouges de sang et poisseuses de graisse.

— Mais en même temps, ce blubber peut signer l'arrêt de mort de la baleine. Le problème de toutes les baleines échouées est leur poids et cette couche de lard, qui est pourtant merveilleuse en soi. Une baleine bleue de trente-trois mètres de long et de cent trente tonnes pèse certes quatre fois le poids du plus grand dinosaure qui ait jamais existé, et une orque atteint les neuf tonnes. Ces animaux ne peuvent se déplacer que dans l'eau, selon le principe d'Archimède qui veut que tout corps plongé dans un liquide perde un poids égal au poids du liquide déplacé. A terre, les baleines sont donc écrasées par leur propre poids, et l'effet isolant du lard leur donne le coup de grâce, parce que la chaleur environnante n'est plus évacuée. Beaucoup de baleines échouées meurent d'un choc thermique.

— Celle-ci aussi ? demanda une journaliste.

— Non. Ces dernières années, nous avons eu de plus en plus d'animaux présentant un système immunitaire défaillant. Ils mouraient d'infection. J-19 avait vingt-deux ans. Elle n'était plus jeune, mais en moyenne une orque en bonne santé vit trente ans. Donc, c'est une mort prématurée, sans blessure apparente consécutive à un combat quelconque. Je pense qu'il s'agit d'une infection bactériologique.

Anawak s'avança pour intervenir à son tour :

— Si vous voulez connaître la cause de sa mort, nous pouvons vous l'expliquer, dit-il en s'efforçant de ne pas laisser apparaître sa colère. Nous avons procédé à une série d'analyses toxicologiques qui indiquent que les orques, en passant au large de la Colombie-Britannique, sont contaminées par le PCB et d'autres produits toxiques nuisibles à l'environnement. Cette année, nous avons trouvé plus de cent cinquante milligrammes de PCB dans les tissus adipeux de certaines orques. Aucun système immunitaire humain n'aurait la moindre chance de s'en sortir avec une concentration pareille.

Les auditeurs s'étaient tournés vers lui, et dans leurs yeux il lut un mélange de consternation et d'excitation. Maintenant, ils tenaient un bon sujet.

— Ce qui est très grave, avec ces produits toxiques, c'est qu'ils sont liposolubles, précisa-t-il. Cela signifie qu'ils sont transmis aux veaux par le lait maternel. Les bébés humains viennent au monde porteurs du virus du sida. Nous faisons des articles là-dessus, et cela nous horrifie. Etendez votre sentiment d'horreur aux mammifères marins et rendez compte de ce que vous avez vu ici. Il n'y a pas une espèce au monde qui soit aussi empoisonnée que les baleines.

Un journaliste se racla la gorge avant de poser sa question :

— Que se passe-t-il quand les hommes mangent la viande de ces baleines ?

— Ils ingèrent une partie des produits toxiques.

— Avec des conséquences mortelles ?

— A long terme, c'est possible.

— Est-ce que les entreprises qui rejettent les produits toxiques dans la mer, comme l'industrie du bois, ici, ne sont pas responsables indirectement des problèmes de santé et de la mort de certaines personnes ?

Ford lui jeta un bref regard. Anawak hésita. C'était un sujet délicat. Certes, ce journaliste avait raison, mais l'aquarium de Vancouver essayait d'éviter toute confrontation directe avec l'industrie locale et privilégiait la diplomatie. Présenter l'élite économique et politique de la Colombie-Britannique comme une bande d'assassins potentiels ne ferait que durcir les positions, et il n'avait pas envie de contrer Ford.

— En tout cas, manger de la viande contaminée, cela affecte la santé, répondit-il évasivement.

— De la viande sciemment contaminée par l'industrie.

— Nous cherchons des solutions à ce problème. En collaboration avec les responsables.

— D'accord, dit le journaliste tout en notant quelque chose sur son bloc. Je pense particulièrement aux gens de votre pays, monsieur Ana…

— Mon pays, c'est ici, le coupa Anawak d'un ton sec.

Le journaliste le regarda, éberlué. Mais comment aurait-il pu comprendre ? Il avait certainement fait une enquête sérieuse.

— Ce n'est pas ce que je veux dire, insista-t-il. Là d'où vous venez…

— En Colombie-Britannique, on ne mange plus beaucoup de viande de baleine ou de viande de phoque, l'interrompit le jeune homme. En revanche, il y a beaucoup de signes d'empoisonnement au sein des populations qui vivent près du cercle polaire. Au Groenland et en Islande, en Alaska et plus loin au nord, dans le Nunavut, mais aussi en Sibérie, au Kamtchatka et sur les îles Aléoutiennes, partout où les mammifères marins assurent la nourriture quotidienne. Le problème n'est pas tellement l'endroit où les animaux ingèrent les produits toxiques, c'est surtout qu'ils migrent.

— Croyez-vous que les baleines aient conscience d'être empoisonnées ? demanda un étudiant.

— Non.

— Mais vous parlez dans vos publications d'une certaine intelligence. Si les animaux comprenaient que leur nourriture n'est pas bonne…

— Les gens fument jusqu'à ce qu'on leur ampute les jambes ou qu'ils meurent d'un cancer du poumon. Ils ont parfaitement conscience de s'empoisonner et le font quand même, et pourtant les hommes sont indubitablement plus intelligents que les baleines.

— Comment pouvez-vous en être sûr ? Peut-être que c'est l'inverse.

Anawak poussa un soupir. Rassemblant toute l'amabilité dont il était capable, il répondit :

— Les baleines doivent être considérées comme des baleines. Elles sont hautement spécialisées, mais c'est justement cette spécialisation qui les restreint. Une orque est une torpille vivante profilée de façon idéale, mais en revanche il lui manque des jambes, des mains pour attraper, elle est dénuée d'expression et n'a pas de vision bipolaire. C'est la même chose pour les dauphins, les marsouins, pour toutes les espèces de baleines à dents ou à fanons. Ce ne sont pas des presque-hommes. Les orques sont peut-être plus intelligentes que les chiens, les bélugas sont si intelligents qu'ils ont conscience de leur individualité, et les dauphins possèdent incontestablement un cerveau unique. Mais posez-vous la question de ce que ces animaux accomplissent avec. Les poissons ont le même habitat que les baleines et les dauphins, leur style de vie se ressemble en bien des points, et pourtant ils s'en sortent très bien avec des neurones qui rempliraient un quart de dé à coudre.

Chose exceptionnelle, Anawak se réjouit presque en entendant bourdonner son téléphone mobile. Avec un signe d'entendement à Fenwick, il se mit un peu à l'écart et décrocha.

— Ah ! Léon, dit Shoemaker, tu pourrais te libérer là, tout de suite ?

— Peut-être. Qu'est-ce qui se passe ?

— Il est revenu.

La colère d'Anawak atteignait des sommets.

Lorsqu'il était rentré en catastrophe sur l'île de Vancouver, quelques jours plus tôt, il était arrivé trop tard. Jack Greywolf et ses Seaguards s'étaient déjà évaporés, laissant derrière eux deux bateaux complets de touristes fort contrariés qui se plaignaient amèrement d'avoir été photographiés et reluqués comme des bêtes curieuses. Shoemaker n'avait réussi qu'à grand-peine à les calmer. Il avait été contraint d'en inviter un certain nombre à faire un second circuit gratuit. Depuis, tout paraissait rentré dans l'ordre. Mais Greywolf avait atteint son but : il avait fichu la pagaille.

Chez Davie, ils avaient passé les solutions en revue. Devaient-ils poursuivre les écologistes ou les ignorer ? Emprunter les voies officielles, c'était leur offrir une tribune. Greywolf et ses pareils étaient une véritable plaie pour les organisations sérieuses autant que pour les organisateurs de circuits d'observation des baleines, mais tous convenaient qu'un procès n'aboutirait qu'à fournir une image déformée de la situation à un public déjà mal informé. Dans le doute, beaucoup seraient tentés d'adhérer au message de Greywolf.

Ils ne risquaient rien à s'engager dans un affrontement sérieux avec Greywolf. Le résultat était couru d'avance, comme le prouvaient les condamnations antérieures dont avait fait l'objet l'écologiste. Simplement, cela ne menait à rien. Ils s'étaient dit qu'ils avaient suffisamment à faire par ailleurs, et que, peut-être, Greywolf s'en tiendrait à cet incident.

Ils avaient donc décidé de l'ignorer.

Peut-être était-ce là leur erreur. C'était ce que se disait Anawak, à la barre du petit bateau qui longeait la côte sur le Clayoquot Sound. Peut-être eût-il fallu caresser Greywolf dans le sens du poil en lui envoyant un courrier pour lui exprimer leur mécontentement. Quelque chose qui lui aurait signalé qu'on l'avait remarqué.

Son regard fouilla la surface de l'eau. Le bateau fonçait à toute vitesse, et il ne voulait pas risquer d'effrayer les baleines, voire d'en blesser. A plusieurs reprises, il vit au loin d'énormes queues, et, à un moment, des nageoires dorsales d'un noir brillant fendirent les flots non loin de lui.

Il appela Susan Stringer sur le *Blue Shark*.

— Qu'est-ce qu'ils font, les autres enfoirés ? s'enquit-il. Ils cherchent la bagarre ?

L'appareil grésilla.

— Non, dit la voix de Susan. Ils font des photos, comme la dernière fois, en nous insultant.

— Ils sont à combien ?

— A deux bateaux. Il y a Greywolf dans un bateau avec un autre mec, et dans le second, ils sont à trois... Oh, non ! pas ça ! Voilà qu'ils se mettent à chanter !

Un bruit rythmé se mêla faiblement au grésillement du récepteur.

— Ils jouent du tam-tam ! cria sa collègue. Greywolf tape sur un tambour pendant que les autres chantent. Des chants indiens ! C'est complètement débile !

— Vous restez calmes, d'accord ? Ne répondez pas à la provoc. J'arrive dans quelques minutes.

Loin devant apparurent les taches claires des bateaux.

— Léon ? Il est de quelle tribu indienne, ce débile ? Je ne sais pas ce qu'il fout, mais s'il est en train d'appeler les esprits de ses ancêtres, je veux savoir à qui je dois m'attendre...

— T'inquiète, c'est un arnaqueur, il n'est pas indien.

— Ah bon ? Je croyais...

— Sa mère est à moitié indienne. C'est tout. En réalité, il s'appelle Jack O'Bannon. Je t'en foutrai, moi, des Greywolf !

Il y eut un silence dans le récepteur. Anawak s'approchait à grande vitesse des bateaux. Le vacarme du tam-tam lui parvenait à présent en direct.

— Jack O'Bannon, répéta Susan. Super ! C'est bon, ça, tu vas voir comment je vais te lui balancer son nom...

— Tu vas rien lui balancer du tout. Tu me vois ?

— Oui.

— Bouge pas. Attends-moi.

Anawak reposa l'appareil et, avec un large virage, mit le cap sur la mer. A présent, il avait un aperçu précis de la scène. Le *Blue Shark* et le *Lady Wexham* se trouvaient au milieu d'un groupe de baleines à bosses, largement éloignées les unes des autres. Çà et là, on voyait affleurer des queues et monter des jets de vapeur. La coque blanche du *Lady Wexham*, longue de vingt-deux mètres, miroitait au soleil. Deux petits hors-bord, passablement vétustes, tous deux peints en rouge vif, encerclaient le *Blue Shark* de si près qu'ils semblaient sur le point de lui rentrer dedans d'une seconde à l'autre. Le battement du tam-tam s'amplifia, mélangé à une sorte de mélopée.

Si Greywolf avait remarqué l'approche d'Anawak, il n'en laissa rien paraître. Debout dans son bateau, il tapait sur son tam-tam et chantait. Dans l'autre bateau, ses compagnons, deux hommes et une femme, chantaient à l'unisson en s'interrompant de temps en temps pour proférer des malédictions et des insultes. En même temps, ils photographiaient les occupants du *Blue Shark* en leur lançant des objets indéfinissables qui étincelaient au soleil. Anawak plissa les yeux pour mieux voir. C'étaient des poissons. Non, des déchets de poisson. Les passagers du bateau se baissaient, certains retournaient leurs cadeaux à l'envoyeur.

Anawak résista à l'envie d'aller enfoncer le bateau de l'écologiste et d'envoyer ses occupants par-dessus bord. Non, il n'allait pas se donner en spectacle aux touristes en se bagarrant avec ce bouffon.

S'approchant au plus près, il cria :

— Arrête, Jack ! On va discuter !

Greywolf n'en fut pas autrement troublé et continua à taper imperturbablement sur son instrument. Il ne tourna même pas la tête.

A l'expression énervée des touristes, Anawak vit qu'ils ne goûtaient pas la plaisanterie. Alors qu'il se faisait cette réflexion, une voix masculine retentit dans son radio-émetteur :

— Salut, Léon, c'est sympa d'être venu !

C'était le skipper du *Lady Wexham*, qui se trouvait à une centaine de mètres de lui. Les passagers du pont supérieur étaient agglutinés contre le bastingage pour suivre les opérations. Quelques-uns prenaient des photos.

— Tout est O.K. chez vous ? demanda Anawak.

— Pas de souci, tout est O.K. Qu'est-ce qu'on fait de ces connards ?

— J'en sais rien. Je vais commencer par les méthodes pacifiques.

— Tu me préviens s'il faut leur rentrer dans le lard.

— On en reparle.

Maintenant, les hors-bord rouges commençaient à bousculer le *Blue Shark*. Greywolf vacilla lorsque son embarcation vint cogner contre la coque en caoutchouc, mais il ne cessa pas de tambouriner pour autant. Les plumes de son chapeau tremblaient au vent. Derrière les bateaux, une queue de baleine creva la surface, puis disparut, mais personne n'accordait le moindre regard aux cétacés. Susan gardait les yeux haineusement fixés sur l'écologiste.

— Hé, Léon, Léon !

Quelqu'un lui faisait signe au milieu des passagers du Zodiac… Alicia Delaware et ses lunettes bleues. Elle paraissait surexcitée.

— Qu'est-ce que c'est que ces mecs ? Pourquoi ils sont là ?

Il eut un mouvement de perplexité. Ne lui avait-elle pas raconté, quelques jours plus tôt, que c'était son dernier jour sur l'île ?

Bon, ce n'était pas le sujet, pour l'instant.

Il fit le tour du bateau de Greywolf, se mit en travers et applaudit.

— O.K., Jack, merci pour le concert. Allez, dis-nous ce que tu veux, maintenant.

Comme encouragé, l'écologiste se mit à chanter encore plus fort, faisant affluer et refluer une mélodie aux consonances archaïques, plaintive et agressive à la fois.

— Putain, Jack, merde !

Tout à coup, le silence se fit. Le géant lâcha son tam-tam et tourna la tête vers celui qui venait de l'interpeller ainsi.

— Ouais, qu'est-ce qu'il y a ?

— Dis à tes gars d'arrêter, et après on pourra parler. On parlera de ce que tu veux, mais avant, tu leur dis de partir.

Les traits de Greywolf se déformèrent de colère.

— Non, pas question qu'ils partent ! hurla-t-il.

— Qu'est-ce que c'est que ce cirque ? Qu'est-ce que tu cherches ?

— C'est ce que j'ai voulu te dire l'autre jour, à l'aquarium, mais tu n'as pas daigné m'écouter.

— Je n'avais pas le temps.

— Maintenant, c'est moi qui n'ai pas le temps.

Les compagnons de Greywolf riaient et le conspuaient. Anawak fit un effort surhumain pour contenir sa rage.

— Je te fais une proposition, Jack, dit-il en maîtrisant sa voix à grand-peine. Tu arrêtes tout ça, et on se retrouve ce soir chez Davie, et tu nous dis ce que tu attends de nous.

— Ce que j'attends de vous, c'est que vous foutiez le camp, c'est tout.

— Pourquoi ? Qu'est-ce qu'on fait de mal ?

Non loin du bateau, apparurent deux îles sombres, sillonnées de rides et craquelées comme une roche rongée par le temps. Des baleines grises. Relativement près. Les photos auraient pu être fantastiques s'il n'y avait pas eu cet imbécile de Greywolf.

— Foutez le camp ! cria l'imbécile en question à l'adresse des passagers du *Blue Shark* en levant les bras. Foutez le camp et arrêtez de détruire la nature ! Vivez en harmonie avec elle au lieu de la regarder comme des voyeurs. Vos bateaux à moteur empoisonnent l'air et l'eau. Vous blessez les animaux avec vos hélices. Vous les pourchassez et les stressez pour obtenir une photo. Vous les tuez avec votre bruit. Ici, c'est le monde des baleines. Partez ! Les hommes n'ont rien à faire ici.

Quel ramassis de conneries ! se dit Anawak. Il se demanda si l'écologiste croyait vraiment à ce qu'il disait, mais ses compagnons applaudirent avec enthousiasme.

— Jack, est-ce que je peux te rappeler que ce que nous faisons, c'est justement pour les protéger, les baleines ? Nous faisons des recherches ! L'observation des baleines a permis aux gens de voir les choses sous un autre angle. Si tu nous empêches de travailler, tu sabotes les intérêts des animaux…

— Tu peux nous dire ce que c'est, les intérêts des baleines ? ricana Greywolf. Tu arrives à regarder dans leurs têtes, chercheur ?

— Jack, épargne-nous ces fumisteries indiennes. Qu'est-ce que tu veux ?

Le pseudo-Indien garda le silence quelques instants. Ses compagnons avaient interrompu leur manège. Toutes les têtes étaient tournées vers lui.

— Nous voulons atteindre le public, dit-il enfin.

— Réfléchis un peu ! Il est où ton public, ici ? Tu as deux tondus trois pelés en bateau ! Si tu veux, on peut discuter, Jack, mais alors, on va faire de la publicité autour de notre débat. Avec un échange d'arguments, et celui qui n'aura pas l'avantage s'avouera vaincu.

— Ridicule. Ainsi parle l'Homme Blanc.

— Oh ! tu fais chier ! s'énerva Anawak, à bout de patience. Je suis moins blanc que toi, O'Bannon, alors arrête ton cinéma.

Greywolf écarquilla les yeux, comme frappé par la foudre. Puis son visage se fendit d'un large sourire et il pointa son doigt sur le *Lady Wexham*.

— Les gens qui sont là-bas, sur votre bateau, qu'est-ce qu'ils sont en train de filmer bien gentiment, à ton avis ?

— Toi et tes simagrées.

— Bien, ricana Greywolf, très bien.

Tout à coup, une idée effleura Anawak. Oui. Il devait y avoir des journalistes parmi les observateurs, sur le *Lady Wexham*. Invités par Greywolf pour assister au spectacle.

Quel salaud !

Il s'apprêtait à lui faire une remarque bien sentie lorsqu'il s'aperçut que l'écologiste s'était figé et que ses yeux étaient toujours fixés sur le bateau. Anawak suivit son regard et retint son souffle.

Une baleine à bosse venait de se catapulter hors de l'eau, juste devant le bateau. Pour propulser son énorme carcasse, il lui fallait effectuer une gigantesque poussée. Pendant quelques instants, elle parut s'appuyer sur sa queue, dont seule l'extrémité disparaissait encore dans l'eau. Le reste de son corps se dressait dans les airs au-dessus du pont du *Lady Wexham*. On voyait très distinctement les sillons de sa mâchoire et de son ventre. Ses pectorales disproportionnées étaient écartées comme des ailes blanches et luisantes tachées de noir. C'était comme si l'animal allait se soulever entièrement hors de l'eau. Un « Ooh ! » stupéfait sortit de toutes les poitrines. Puis l'énorme corps bascula lentement sur le côté, et s'abattit sur les vagues dans une explosion d'écume.

Les passagers du pont supérieur reculèrent instinctivement. Une partie du bateau disparut derrière une muraille bouillonnante à l'intérieur de laquelle apparut une forme sombre, massive. Une deuxième baleine surgissait des profondeurs. Elle sauta beaucoup plus près du bateau, entourée d'un halo de vapeur scintillante, et avant même d'entendre le cri d'épouvante qui montait alentour Anawak sut ce qui allait se passer.

L'animal vint se jeter contre le *Lady Wexham* avec tant de violence que le bateau faillit chavirer. Il y eut des craquements, des éclats s'envolèrent. La baleine s'éloigna. Sur le pont supérieur, les gens étaient tombés à terre, comme des quilles. Tout autour du bateau, l'eau bouillonnait et tourbillonnait, puis de nouveaux dos s'approchèrent par le flanc, et, à nouveau, deux masses sombres sautèrent et se laissèrent tomber de tout leur poids contre la coque.

— La voilà, la vengeance ! hurla Greywolf d'une voix stridente. La vengeance de la nature !

Le *Lady Wexham* mesurait vingt-deux mètres et dépassait en longueur n'importe quelle baleine à bosse. Il avait reçu l'agrément du ministère des Transports et répondait aux normes de sécurité en vigueur, ce qui incluait la tempête en mer, les lames hautes de plusieurs mètres et la collision éventuelle avec une baleine qui paressait dans le secteur. Oui, le *Lady Wexham* pouvait tout endurer.

Sauf une attaque.

Anawak entendit les machines démarrer. Sous le choc, le bateau s'était penché dangereusement sur le côté. Une panique indescriptible régnait sur les deux ponts d'observation. On voyait très nettement que sur le pont inférieur tous les hublots avaient été brisés. On entendait des cris, on voyait des gens courir, ramper à l'aveuglette.

Le *Lady Wexham* prit de la vitesse. Il n'alla pas loin. Un nouvel animal se propulsa hors de l'eau pour venir s'écraser contre le bordé. Cette nouvelle attaque ne suffit pas non plus à faire chavirer le bateau, mais il fut secoué encore plus violemment et de nouveaux débris volèrent de toutes parts.

Le cerveau d'Anawak travaillait à plein régime. Sans doute la coque était-elle déjà fendue par endroits. Il fallait faire quelque chose. Trouver un moyen de détourner les baleines.

Il tendit la main vers le levier de vitesse.

Au même moment, un cri s'éleva. Mais pas du bateau blanc. Ça venait de derrière Anawak, qui se retourna d'un bloc.

Pour découvrir un spectacle surréaliste. Derrière le bateau des écologistes, une gigantesque baleine à bosse se dressait à la verticale de toute sa masse. Pareille à un monument d'une sublime beauté, la gueule tendue vers le ciel, semblant quasi en apesanteur, elle monta… à dix, douze mètres au-dessus de leurs têtes. L'espace d'une seconde, le temps d'une éternité, elle resta ainsi suspendue dans le ciel, tournant lentement sur elle-même, paraissant agiter ses longues dorsales pour leur faire signe.

Anawak promena son regard le long du colosse. Jamais il n'avait vu d'aussi près quelque chose d'aussi effrayant et d'aussi grandiose à la fois. Tous, Jack Greywolf, les passagers des Zodiacs, lui-même renversèrent la tête en arrière et regardèrent, hypnotisés, ce qui allait leur tomber dessus.

— Mon Dieu ! murmura-t-il.

Le ventre de la baleine s'inclina comme au ralenti. Son ombre se posa sur le hors-bord rouge des écologistes, grandit au-dessus de la proue du *Blue Shark*, s'allongea au moment où le gigantesque corps basculait, plus vite, encore plus vite…

Anawak mit pleins gaz. Le Zodiac s'élança d'un bond. Le pilote de Greywolf, lui aussi, avait démarré en trombe, mais son cap n'était pas le bon. Le vieux rafiot fonça droit sur lui. Les deux embarcations entrèrent en collision. Anawak fut propulsé en arrière. Il vit le pilote passer par-dessus bord et Greywolf s'affaler sur le plancher, puis le bateau repartit en sens contraire, tandis que le sien mettait le cap à toute vitesse sur le *Blue Shark*. Sous ses yeux, la baleine abattit ses neuf tonnes sur le bateau de pêcheurs, le faisant disparaître sous l'eau avec son équipage, et vint se jeter sur la proue du *Blue Shark*. L'écume projeta dans les airs de gigantesques jets d'eau. L'arrière du Zodiac se dressa à la verticale, des gens en combinaison rouge fendirent les airs en tournoyant. Le *Blue Shark* se balança brièvement sur son nez, tourna sur lui-même et bascula sur le côté. Anawak se baissa. Son bateau qui filait comme une flèche passa sous le Zodiac qui se renversait, tapa contre quelque chose de lourd sous la surface de l'eau, sauta par-dessus. Le sol se déroba provisoirement sous ses pieds, il réussit à garder son équilibre, changea brutalement de cap et freina.

Un spectacle indescriptible s'offrait à lui. Le bateau des écologistes n'était plus qu'un tas de débris. Le *Blue Shark* dérivait, quille en l'air. Des gens étaient à l'eau, se débattant frénétiquement et hurlant, d'autres étaient inertes. Leurs tenues s'étaient gonflées automatiquement, de sorte qu'ils ne pouvaient pas sombrer, mais certains étaient morts, à coup sûr, écrasés sous le poids de la baleine. Un peu plus loin, le *Lady Wexham* prenait de la vitesse en gîtant, entouré de dos et de queues de baleines. Une secousse soudaine l'ébranla et il se coucha encore un peu plus sur le flanc.

Prudemment, afin de ne blesser personne, Anawak passa entre les corps qui flottaient. Il envoya un message radio sur la fréquence 98 et donna sa position.

— Des problèmes, signala-t-il, le souffle court. Sans doute des morts.

Tous les bateaux environnants entendraient son appel. Il n'avait pas le temps de faire plus. Pas le temps d'expliquer ce qui s'était passé. Le *Blue Shark* avait embarqué une dizaine de passagers, hormis Susan Stringer et son assistant. Il fallait y ajouter les cinq écologistes. Dix-sept personnes au total, mais il y en avait nettement moins à l'eau.

— Léon !

Susan ! Elle se dirigeait vers lui à la nage. Anawak l'attrapa par les mains et la hissa à bord. Elle se laissa tomber à l'intérieur, toussant et hoquetant. Un peu plus loin, il vit sortir de l'eau plusieurs dorsales en forme de sabre. Puis ce fut au tour des têtes et des dos noirs. C'étaient des orques, qui fonçaient droit sur le lieu de l'accident.

Elles faisaient preuve d'une détermination inquiétante.

Là-bas, il y avait Alicia Delaware. Anawak la vit qui maintenait hors de l'eau la tête d'un jeune homme dont la combinaison n'était pas gonflée d'air comprimé comme celle des autres. Il mit le cap sur l'étudiante. Susan, à côté de lui, se releva. En unissant leurs forces, ils parvinrent à hisser à bord le jeune homme inconscient, puis la jeune fille. Aussitôt, cette dernière, repoussant les mains d'Anawak, se remit à l'œuvre et entreprit d'aider Susan à repêcher d'autres naufragés. Certains vinrent rejoindre le bord par eux-mêmes. Le bateau, beaucoup plus petit que le *Blue Shark*, ne cessait de se remplir, alors qu'il était déjà trop plein. Anawak continuait à scruter l'eau à la recherche d'autres victimes des baleines.

— Là-bas, quelqu'un ! signala Susan.

Un corps inanimé flottait sur le ventre. D'après sa stature, c'était un homme large d'épaules et de dos. Pas de combinaison. L'un des écologistes.

— Vite !

Anawak se pencha par-dessus le bastingage. Aidé de Susan, ils attrapèrent l'homme par les bras et le soulevèrent.

Facilement.

Trop facilement.

La tête de l'homme tomba en arrière, dans son visage les yeux étaient morts. Anawak ne fut pas long à comprendre pourquoi le naufragé était aussi léger. Son corps s'arrêtait à l'endroit de la ceinture. Il n'y avait plus ni bassin ni jambes. Des lambeaux de chair, d'artères et de viscères étaient accrochés au torse, dégoulinants de sang.

Susan eut un hoquet et le lâcha. Le mort bascula, glissa des doigts d'Anawak et retomba à l'eau.

Sur la droite et sur la gauche, les sabres des orques fendaient les vagues à toute vitesse. Elles étaient au moins dix, peut-être plus. Un coup ébranla le Zodiac. Anawak démarra en trombe. Droit devant, il vit s'arrondir trois énormes dos. Dans une manœuvre téméraire, il vira et les animaux plongèrent. Mais deux autres orques arrivaient sur eux par l'autre côté. Il réitéra sa manœuvre. Il entendit crier et pleurer. Lui aussi était en proie à une terreur mortelle. La peur qui le parcourait comme un courant électrique lui donnait la nausée, mais une autre part de lui-même pilotait le Zodiac d'une main ferme et se livrait à un slalom fou entre les monstres noir et blanc qui tentaient de leur couper la route.

Un craquement retentit sur sa droite. Par réflexe, Anawak tourna la tête et vit le *Lady Wexham* se soulever dans un nuage d'écume, sur le point de chavirer.

Plus tard, il se souviendrait que ce fut ce regard, cette seconde d'inattention, qui scella leur destin. Il avait détourné les yeux, et il n'aurait pas dû. Ils s'en seraient peut-être sortis s'il ne l'avait pas fait. Il aurait sûrement vu, en tout cas, le dos gris tacheté, il aurait vu la baleine affleurer, sa queue sortir de l'eau, juste dans leur trajectoire.

Par conséquent, il ne la vit s'abattre sur eux que lorsqu'il fut trop tard.

La queue vint les frapper sur le côté. Généralement, un tel coup ne suffisait pas à déstabiliser un bateau pneumatique, mais ils avançaient trop vite, ils étaient trop inclinés, ils volaient littéralement pardessus les vagues. Le coup les atteignit alors qu'ils se trouvaient dans un état d'extrême instabilité.

Le bateau fut soulevé. Il resta un instant suspendu, retomba sur le flanc et se retourna.

Anawak fut propulsé par-dessus bord.

Il fit un vol plané, tournoya en l'air, rebondit dans de l'écume et de l'eau verte. L'instant suivant, il était sous l'eau et s'enfonçait dans le noir, désorienté, ne sachant plus où était le haut et où était le bas. Un froid mordant s'insinua en lui. De toutes ses forces, il se débattit, se battit pour remonter à la surface, mit la tête hors de l'eau, reprit sa respiration. Sa tête replongea, l'eau glaciale envahit ses poumons. Pris de panique, il pédala de toutes ses forces, rama désespérément, parvint enfin à sortir la tête de l'eau.

Tout d'abord, il ne vit rien. Ni le bateau ni ses occupants. Puis une vague le souleva, et c'est alors qu'il distingua les têtes des autres. Mais il n'y avait que quelques têtes… Là-bas, c'était Alicia, et plus loin, Susan. Entre les deux, les sabres noirs des orques. Les animaux labouraient les flots entre le groupe de nageurs, plongeaient… et tout à coup, une tête disparut sous l'eau et ne remonta plus.

Une dame âgée, folle de terreur, hurlait :

— Où est le bateau ?

C'était vrai, où était le bateau ? Jamais ils n'atteindraient la côte à la nage. S'ils parvenaient jusqu'au bateau, peut-être pourraient-ils y trouver refuge, même s'il avait chaviré. Mais le bateau avait disparu et la femme criait de plus belle en appelant à l'aide.

Anawak entreprit d'aller la rejoindre. En le voyant s'approcher, elle tendit les bras vers lui en gémissant :

— S'il vous plaît, venez m'aider…

— Oui, j'arrive, lui cria Anawak de loin. Restez calme.

— Je m'enfonce ! Je me noie !

— Non, vous ne vous noyez pas, dit-il en nageant aussi vite qu'il le pouvait. Il ne vous arrivera rien, vous êtes portée par la combinaison.

La femme ne paraissait pas l'entendre.

— Aidez-moi, s'il vous plaît ! O mon Dieu, aidez-moi ! Je ne veux pas mourir !

— N'ayez pas peur, je…

Soudain, les yeux de la femme s'écarquillèrent. Ses cris se terminèrent dans un gargouillement et elle fut entraînée sous l'eau.

Quelque chose frôla les jambes d'Anawak.

Une frayeur sans nom s'empara de lui. Il se souleva pour voir par-dessus les vagues, aperçut le Zodiac. Il dérivait, quille en l'air. Seules quelques brasses séparaient le petit groupe de naufragés de l'îlot salvateur. Quelques mètres… et trois torpilles noires qui fondaient sur eux !

Il était paralysé de terreur. Mais quelque chose en lui continuait de protester : jamais une orque en liberté n'avait attaqué un être humain. Vis-à-vis des hommes, les orques se montraient curieuses, amicales ou indifférentes. Les baleines n'attaquaient pas les bateaux. Non. Rien de ce qui se passait là n'était plausible.

S'il entendit bien le bruit, il ne comprit pas tout de suite : c'était un grondement, un vrombissement qui se rapprochait, augmentait. Puis une gerbe d'eau vint gicler sur lui, et quelque chose de rouge s'interposa entre lui et les baleines. Il fut attrapé sous les bras et tiré par-dessus le bastingage d'un hors-bord.

Greywolf ne lui accorda pas un regard supplémentaire. Poursuivant son entreprise de sauvetage, il attrapa les mains qu'Alicia lui tendait. Il la sortit sans peine de l'eau et la transporta sur un banc. Anawak joignit ses efforts aux siens et souleva un homme à l'intérieur. Il fouilla l'eau du regard. Où était Susan ?

— Là-bas !

Il la vit entre deux crêtes de vagues, en même temps qu'une femme qui flottait, à demi inconsciente. Les orques entouraient à présent le Zodiac chaviré et se rapprochaient par les deux côtés. Leurs têtes noires et luisantes fendaient l'eau. Derrière leurs lèvres entrouvertes on voyait briller des rangées de dents couleur ivoire. Encore quelques secondes, et elles seraient sur Susan et la passagère. Déjà, Greywolf manœuvrait son bateau et l'amenait à leur hauteur.

Anawak essaya d'attraper Susan, mais celle-ci refusa :

— Non, d'abord la dame ! cria-t-elle.

Greywolf vint à la rescousse et ils repêchèrent la femme. Pendant ce temps, Susan essayait de se hisser seule à bord, mais n'y parvint pas. Derrière elle, les baleines plongèrent.

Alors, d'un coup, la mer parut vide et désolée. Personne à l'eau en dehors de Susan.

— Léon ?

Elle tendit les mains. Dans ses yeux, la terreur. Anawak se pencha et réussit à attraper son bras droit.

Dans les flots bleu-vert, on vit alors monter comme une fusée une énorme créature. Des mâchoires s'ouvrirent, révélant des rangées de dents claires sur un palais rose, et se refermèrent sous l'eau. Susan hurla. Elle se mit à taper du poing sur la gueule qui la maintenait serrée.

— Fous le camp ! hurla-t-elle. Fous le camp, sale bête !

Anawak enfonça ses mains dans sa veste et l'agrippa. Susan le regarda, les yeux fous de terreur.

— Susan ! Donne-moi l'autre main !

Il la maintenait de toutes ses forces, déterminé à ne pas lâcher. L'orque, qui avait attrapé la jeune fille à la ceinture, tirait sur sa proie avec une force inimaginable. Un hurlement sortit de la gorge de Susan, d'abord sourd et plaintif, puis strident, aigu. Elle cessa de taper sur la gueule de l'orque. Elle continua à hurler. Puis elle fut arrachée à Anawak dans une terrible secousse.

Il vit sa tête disparaître sous l'eau, ses bras, ses doigts qui s'agitaient. L'orque l'entraînait implacablement vers le bas. L'espace d'une seconde, sa combinaison luisit encore, jetant des éclats fragmentés, pâlit, devint floue, disparut.

Anawak regardait fixement l'eau, sans comprendre. Puis quelque chose de scintillant monta des profondeurs. Une série de bulles d'air. Elles éclatèrent en écume à la surface.

Tout autour, l'eau se teinta de rouge.

— Non, murmura-t-il.

Greywolf l'attrapa par l'épaule et le tira en arrière.

— Il n'y a plus personne, ici, dit-il. On fout le camp.

Le vieux bateau accéléra en grondant. Anawak, dans un état second, trébucha, se rattrapa. La femme que Susan avait sauvée était couchée sur un banc et gémissait. Alicia Delaware essayait de la réconforter, la voix tremblante. L'homme qu'ils avaient sorti de l'eau avait le regard fixe.

Anawak entendit du bruit un peu plus loin. Le *Lady Wexham* avançait à grand-peine, gîtant de plus en plus, entouré de sabres et de bosses…

— Il faut y retourner, cria-t-il à Greywolf. Ils n'y arriveront pas !

Greywolf avait mis le cap sur la côte et labourait les flots à toute vitesse. Sans même se retourner, il lâcha :

— Pas question.

Anawak arracha le talkie-walkie de son support, appela le *Lady Wexham*. Il n'entendit qu'un bourdonnement indistinct. Le skipper ne répondit pas.

— Il faut y aller, Jack ! Merde ! fais demi-tour…

— Je te l'ai dit, pas question ! Avec mon bateau, on n'a pas une seule chance. On aura du pot si on arrive à s'en sortir…

Il avait raison, bien sûr.

— Victoria ? braillait Shoemaker. Qu'est-ce qu'ils foutent tous, à Victoria ? Comment ça, réquisitionnés ? Ils ont leurs propres gardes-côtes à Victoria. Il y a des passagers qui sont en train de dériver dans le Clayoquot Sound, il y a un bateau qui est peut-être en train de couler en ce moment, on a perdu une skippeuse et il faudrait qu'on attende ?

L'oreille collée au téléphone, il arpentait nerveusement la boutique de vente. Il s'arrêta brusquement.

— Qu'est-ce que ça veut dire, « dès qu'ils peuvent » ? beugla-t-il. J'en ai rien à foutre ! Ils n'ont qu'à envoyer quelqu'un d'autre. Quoi ? Ecoutez, vous…

Shoemaker se trouvait à quelques mètres d'Anawak, mais la voix à l'autre bout du fil hurlait si fort qu'elle parvenait jusqu'à lui.

A la station, c'était l'effervescence. Davie en personne était là. De même que Shoemaker, il passait des coups de fil, donnait des instructions, écoutait les récits, sidéré. Chez Shoemaker, ce fut la sidération qui prit le dessus. Il baissa l'appareil en secouant la tête.

— Qu'est-ce qui se passe ? s'enquit Anawak en s'approchant de lui.

Depuis un quart d'heure, depuis le moment où Greywolf avait réussi à ramener son antique rafiot à Tofino, la boutique ne cessait de se remplir. La nouvelle des attaques s'était répandue comme une traînée de poudre à travers la petite ville. Les skippers qui travaillaient pour Davie arrivaient les uns après les autres. Toutes les fréquences étaient surchargées. Les pêcheurs en hors-bord qui avaient capté l'appel d'Anawak et mis le cap sur le lieu de l'accident avec force ricanements, du genre : « Ah ! ces jeunes, même pas capables d'éviter une baleine ! » ! avaient vite ravalé leurs rodomontades. Tous les volontaires accourus à la rescousse devenaient aussitôt de nouvelles cibles. La vague des attaques paraissait se poursuivre tout le long de la côte. Partout, l'horreur s'était déchaînée sans que personne sache exactement ce qui se passait.

— Les gardes-côtes n'ont personne à nous envoyer, grinça Shoemaker. Ils sont tous sortis, à Victoria et à Ucluelet. Ils disent qu'il y a plusieurs bateaux en détresse.

— Quoi ? Là-bas aussi ?

— Il y aurait eu plusieurs morts…

— Je reçois un message d'Ucluelet ! leur cria Davie.

Il se pencha derrière le comptoir et tourna les boutons de son récepteur à ondes courtes.

— C'est un chalutier. Ils ont reçu un message de détresse d'un Zodiac et ils ont voulu aller lui porter secours, mais ils sont attaqués à leur tour. Ils foutent le camp.

— Par quoi sont-ils attaqués ?

— Je ne les reçois plus.

— Et le *Lady Wexham* ?

— Rien. Tofino Air a envoyé deux avions. Je viens d'avoir la liaison.

— Ça y est ? Ils voient le *Lady* ? demanda Shoemaker, plein d'espoir.

— Attends, ils viennent juste de partir, Tom.

— Et qu'est-ce qu'on fout ici ? On devrait être avec eux !

— Eh bien, c'est que…

— Mais c'est nos bateaux, merde ! On devrait y être, dans ces avions, bordel ! Il faut que je sache ce que devient le *Lady Wexham* ! beugla Shoemaker, comme pris de folie.

— On n'a pas le choix. On va devoir attendre.

— Attendre ? Nous ne pouvons pas attendre. J'y vais.

— Comment ça, tu y vas ?

— Il nous reste bien un Zodiac, non ? On peut très bien le prendre…

— Tu es devenu fou ? s'écria un skipper. Tu as pas entendu ce que nous a raconté Léon ! C'est aux gardes-côtes de s'en occuper…

— Mais putain, y en a pas, de gardes-côtes ! hurla Shoemaker.

— Peut-être qu'ils peuvent s'en sortir tout seuls, sur le *Lady Wexham*. Léon a dit…

— Je m'en fous ! Moi, j'y vais !

Davie l'interrompit d'un geste de la main.

— Stop, ça suffit, lança-t-il d'un ton bref. Tom, il n'est pas question que je mette une autre vie en danger si ce n'est pas absolument nécessaire.

— C'est ton bateau que tu ne veux pas mettre en danger ! riposta Shoemaker d'un ton vindicatif.

— On va attendre ce que disent les pilotes. On décidera après.

— Tu viens déjà de prendre une mauvaise décision en disant ça !

Sans répondre, Davie se mit à tripoter les boutons de son récepteur pour tenter d'entrer en contact avec les hydravions, pendant qu'Anawak s'ingéniait à mettre gentiment les gens à la porte de la boutique de vente. De temps à autre, il sentait ses genoux trembler et un léger vertige s'emparer de lui. Sans doute était-il en état de choc. Il aurait tout donné pour pouvoir s'étendre un peu et fermer les yeux, mais, il le savait, alors il reverrait sûrement Susan, et l'orque l'entraîner vers le bas.

La femme dont Susan avait sauvé la vie était couchée sur un banc près de l'entrée, comme évanouie. Anawak ne pouvait s'empêcher de lui décocher des regards chargés de haine. Sans elle, Susan s'en serait sortie. L'homme qu'ils avaient repêché était assis à côté de la rescapée. Il pleurait sans bruit. Il avait perdu sa fille, montée avec lui à bord du *Blue Shark*. Alicia Delaware s'occupait de lui. Elle qui venait d'échapper de peu à la mort conservait un sang-froid remarquable.

On avait annoncé qu'un hélicoptère était en route pour transporter les rescapés vers l'hôpital le plus proche, mais on ne pouvait plus compter vraiment sur rien ni personne.

— Dis, Léon, insista Shoemaker, tu m'accompagnes ? Toi, tu sauras prévoir les risques…

— Tom, tu restes ici ! intervint Davie d'un ton coupant.

A ce moment, on entendit la voix profonde de Jack Greywolf :

— Vous, vous devriez vous abstenir de sortir en mer une bonne fois pour toutes, tas d'imbéciles ! C'est moi qui y vais.

Se frayant un passage au milieu de la petite foule rassemblée, l'écologiste s'avança en passant une main à travers sa longue chevelure pour libérer son front. Aussitôt, le calme s'installa dans la boutique. Tous les regards se dirigèrent sur le géant chevelu habillé de cuir.

— De quoi parles-tu ? Tu veux aller où ? lui demanda Anawak.

— En mer, chercher les gens qui sont sur votre bateau. Je n'ai pas peur des baleines. Elles ne me feront pas de mal, à moi.

Anawak secoua la tête, agacé.

— C'est très beau de ta part, Jack, vraiment. Mais peut-être que tu devrais cesser de t'en mêler, maintenant…

— Léon, mon petit gars, répliqua Greywolf, l'air mauvais, si je ne m'en étais pas mêlé, tu serais mort, à l'heure qu'il est. Ne l'oublie pas. C'est vous qui auriez dû éviter de vous en mêler. Depuis le début.

— Nous mêler de quoi ? siffla Shoemaker.

Greywolf plissa les yeux et lui répondit, en le regardant bien en face :

— De la nature, Shoemaker. C'est vous qui êtes responsable de tout ce désastre. Vous, avec vos bateaux et vos saloperies de caméras. C'est vous qui êtes responsable de la mort de vos gars et des miens, et de tous ces gens à qui vous avez pompé leur fric. Ça devait arriver, tôt ou tard.

— Espèce de sale connard ! hurla Shoemaker.

Alicia Delaware abandonna alors l'homme en pleurs et se leva.

— Ce n'est pas un sale connard, dit-elle d'une voix ferme. Il nous a sauvés. Sans lui, nous serions tous morts.

Shoemaker paraissait sur le point de se jeter sur Greywolf. Anawak savait parfaitement qu'ils devaient la vie à ce géant, lui en premier, mais il leur avait causé trop d'ennuis par le passé… Donc, il ne dit mot. L'espace de quelques secondes, la pièce fut plongée dans un silence embarrassé. Puis Shoemaker tourna les talons et se dirigea vers Davie d'un pas raide.

— Jack, dit Anawak à voix basse, si tu y vas, c'est toi qu'il va falloir aller repêcher. Ton bateau, c'est une pièce de musée. Ce n'est pas possible, tu ne pourras pas recommencer ce que tu as fait…

— Et les gens, tu veux les laisser crever là-bas ?

— Je ne veux laisser crever personne… même pas toi.

— Oh ! tu fais cas de ma petite personne ! J'en vomirais presque d'émotion. Mais je ne pensais pas du tout à mon bateau, c'est vrai qu'il a pris un sérieux coup dans l'aile. Je vais prendre le vôtre.

— Le *Devilfish* ?

— Oui.

Anawak leva les yeux au ciel.

— Je ne peux pas confier notre bateau comme ça. Et encore moins à toi.

— Eh bien tu m'accompagnes, voilà tout.

— Jack, je…

— Au fait, le petit rat, là, Shoemaker, il peut venir aussi, finalement. On pourrait avoir besoin d'un appât, maintenant que les orques se mettent enfin à bouffer leurs véritables ennemis...

— Tu es givré, Jack. Vraiment.

Greywolf se pencha sur lui, l'air menaçant.

— Dis donc, Léon, siffla-t-il, moi aussi, j'ai perdu des gars. Tu crois que ça ne me fait rien ?

— Tu n'étais pas obligé de les amener.

— Ce n'est pas le moment d'en discuter. Pour le moment, c'est de vos gars à vous qu'il s'agit. Rien ne me force à y aller. Tu pourrais me témoigner un peu plus de reconnaissance.

Anawak répondit par un juron. Puis il jeta un regard à la ronde. Shoemaker était en train de téléphoner. Davie parlait dans son talkie-walkie. Les skippers et le responsable de la logistique étaient occupés à convaincre tant bien que mal les personnes qui encombraient la boutique de lever le camp.

Davie leva les yeux et fit signe à Anawak d'approcher.

— Que penses-tu de la proposition de Tom ? demanda-t-il à voix basse. On peut faire quelque chose, d'après toi, ou est-ce que c'est du suicide ?

Anawak se mordit la lèvre inférieure.

— Que disent les pilotes ?

— Le *Lady* a chaviré. Il est couché sur le côté et il est en train de prendre l'eau.

— Mon Dieu !

— Finalement, les gardes-côtes de Victoria seraient prêts à nous envoyer un grand hélico pour le sauvetage. Mais je ne suis pas sûr qu'ils arrivent à temps. Ils sont surchargés de boulot et il y a sans arrêt du nouveau.

Anawak réfléchit. La perspective de retourner dans l'enfer auquel ils venaient d'échapper le terrifiait. Mais il ne pouvait abandonner les naufragés du *Lady Wexham* s'il ne voulait pas se le reprocher jusqu'à son dernier jour.

— Greywolf veut nous accompagner, annonça-t-il à son patron.

— Jack et Tom dans le même bateau ? Je vois ça d'ici ! Je croyais qu'on cherchait à régler les problèmes, pas à en créer de nouveaux...

— Greywolf pourrait très bien régler certains problèmes. Ce qui se passe dans sa tête, c'est autre chose, mais nous pourrions avoir besoin de lui. Il est costaud et il n'a peur de rien.

Davie donna son accord à contrecœur :

— O.K. Mais tu les tiens séparés, tu entends ?

— Evidemment.

— Et si vous voyez que c'est inutile, vous rentrez. Il n'est pas question de jouer les héros.

— D'accord.

Anawak alla rejoindre Shoemaker et lui fit part de la décision de Davie.

— Quoi ? Tu as perdu la boule ? s'écria Shoemaker, incrédule. Tu veux qu'on emmène cet Indien d'opérette ?

— J'ai l'impression que c'est plutôt lui qui nous emmène.

— Dans notre bateau !

— Vous, Davie et toi, vous êtes les patrons. Mais moi, je sais ce qui nous attend. Et en conséquence, je sais que nous serons sacrément contents d'avoir Greywolf avec nous.

Le *Devilfish* était du même modèle et équipé du même moteur que le *Blue Shark*, il était donc rapide et maniable. Anawak espérait qu'ils pourraient feinter les baleines grâce à lui. Les cétacés n'en continueraient pas moins de bénéficier de l'effet de surprise. Personne ne pouvait prévoir où ils apparaîtraient.

A bord du Zodiac qui fendait la lagune, Anawak s'abîmait dans ses pensées, ne cessant de tourner autour de la question du pourquoi. Il pensait bien connaître ces animaux. Et pourtant, il se retrouvait complètement démuni, incapable de trouver l'amorce d'une explication plausible. La seule chose tangible était la similitude avec les événements du *Barrier Queen*. Là aussi, il semblait acquis que les baleines avaient cherché sciemment à faire chavirer les bateaux.

Elles ont sûrement chopé une maladie, se dit-il. Une sorte de rage. C'est ça, elles sont malades, ce ne peut pas être autre chose.

Mais alors, une rage qui se transmettait d'une espèce à l'autre ? Des baleines à bosse, des baleines grises, des orques aussi, avaient participé à la fête, il n'était pas près de pouvoir l'oublier. Plus il y repensait, plus il était convaincu que ce n'était pas une baleine à bosse qui avait renversé son Zodiac, mais une baleine grise.

Etaient-ce les produits chimiques qui avaient fini par les rendre fous ? Les grandes concentrations de PCB présentes dans l'eau de mer et le poison contenu dans leur nourriture avaient-ils désorganisé leurs instincts ? Mais si les orques se nourrissaient de saumons et d'autres organismes contenant des produits toxiques, les baleines grises et les baleines à bosse, en revanche, s'alimentaient avec du plancton. Leur métabolisme ne fonctionnait pas comme celui des carnivores.

Non, ce n'était pas dû à une rage.

Il regarda l'eau qui scintillait au soleil. Combien de fois avait-il longé cette côte en se réjouissant à l'avance de rencontrer ces géants des mers ? Il avait toujours su qu'il n'était pas à l'abri du danger, mais sans jamais ressentir la moindre crainte. Il pouvait être surpris par la brume. Le vent pouvait tourner et apporter des vagues traîtresses qui pouvaient le jeter sur les rochers – comme en 1998, quand un skipper et un touriste avaient trouvé la mort de cette façon dans le Clayoquot Sound. Et, bien sûr, malgré toute leur bienveillance vis-à-vis des humains, les baleines restaient des créatures imprévisibles dotées d'une force et d'une taille impressionnantes.

Mais avoir peur de la nature, cela n'avait pas de sens.

Un homme courait toujours le danger d'être attaqué par d'autres êtres humains dans sa maison, ou d'être écrasé par une voiture folle dans la rue, cela ne dépendait pas de lui. Mais on n'avait rien à craindre d'une baleine, même agressive, si l'on prenait soin d'éviter tout simplement de pénétrer dans son espace vital. En franchissant la limite, on acceptait le danger comme une chose naturelle et authentique. Les tempêtes, les vagues hautes comme des immeubles et les animaux sauvages perdaient leur aspect terrifiant dès lors qu'on entrait volontairement dans leur environnement. La peur s'effaçait devant le respect, et Anawak avait fait preuve de tout temps du plus grand respect.

Aujourd'hui, pour la première fois, il avait peur de sortir en mer.

Des hydravions survolèrent le *Devilfish*, qui filait à toute allure. Anawak se trouvait dans le poste de pilotage à côté de Shoemaker. Le patron de l'entreprise avait tenu à piloter lui-même le bateau malgré la méfiance de Greywolf, qui soutenait qu'il s'y connaissait mieux. L'Indien s'était posté à la proue et scrutait l'eau à la recherche de signes suspects. Sur la gauche, on voyait se rapprocher les contreforts boisés des petites îles. Quelques otaries étaient paresseusement allongées sur les roches, comme si rien ne pouvait ébranler leur sérénité. Le Zodiac les dépassa en trombe, laissant derrière lui les rochers et les arbres, puis ce fut à nouveau la mer. Infinie, uniforme, familière et étrangère à la fois.

De l'autre côté de la lagune, protégée, les vagues étaient plus hautes. Le Zodiac rebondissait dessus avec un bruit sec. La mer était devenue plus forte depuis une demi-heure. A l'horizon, on voyait se former des nuages. Ce n'était pas vraiment la tempête, mais le temps se dégradait très vite, comme toujours dans la région. Un front pluvieux était sans doute en train de se rapprocher. Anawak cherchait vainement le *Lady Wexham* du regard. Il se demanda avec angoisse s'il n'avait pas sombré. En revanche, on apercevait au loin l'un de ces bateaux de croisière qui montaient à cette époque vers l'Alaska en passant par l'Ouest canadien.

— Qu'est-ce qu'ils viennent foutre par ici ? s'étonna Shoemaker.

— Ils ont sans doute entendu les appels au secours, répondit Anawak en portant ses jumelles à ses yeux. *MS Arktik*... De Seattle. Je les connais. Ce n'est pas la première fois qu'ils passent par ici...

— Léon ! Regarde !

Toutes petites et soumises à une forte gîte, à peine visibles derrière les crêtes des vagues, les structures du *Lady Wexham* apparurent au loin. La majeure partie du bateau était plongée sous l'eau. Des gens s'entassaient à l'avant, sur la passerelle et sur la plate-forme de la poupe. Un brouillard d'écume voilait la vue. Plusieurs orques nageaient autour de l'épave. Comme si elles attendaient le naufrage du *Lady Wexham* pour se ruer sur les passagers.

— Mon Dieu ! gémit Shoemaker, horrifié, ce n'est pas possible...

Greywolf se tourna vers eux et leur fit signe de ralentir. Shoemaker réduisit la vitesse. Une bosse sillonnée de gris sortit de l'eau juste devant eux, suivie de deux autres. Les baleines restèrent à la surface pendant quelques secondes, soufflèrent un jet en forme de V et replongèrent sans avoir montré leurs queues.

Anawak devina qu'elles s'approchaient d'eux sous l'eau. Il pressentait l'attaque imminente.

— Pleins gaz ! hurla Greywolf.

Shoemaker s'exécuta. Le *Devilfish* se cabra et fonça. Derrière eux, les baleines sautèrent, sombres et massives, et reculèrent sans attaquer.

Le Zodiac mit le cap sur le bateau en perdition. A présent, ils pouvaient même reconnaître quelques-uns des passagers. On leur faisait signe, on les appelait. Anawak vit avec soulagement que le skipper était parmi les survivants.

Les queues noires quittèrent leur sillage et disparurent sous l'eau.

— On va bientôt les avoir sur le râble, prédit Anawak.

— Les orques ?

Shoemaker écarquilla les yeux. Il paraissait comprendre enfin ce qui se passait vraiment.

— Qu'est-ce qu'elles ont l'intention de faire ? Nous faire chavirer ?

— Elles en seraient tout à fait capables, mais la casse, c'est le boulot des grandes. On dirait qu'elles se sont réparti les tâches. Les baleines grises et les baleines à bosse se chargent du chavirage, et les orques des passagers.

Shoemaker pâlit et le regarda fixement sans répondre.

Greywolf désigna du geste le bateau de croisière.

— On va avoir du renfort, annonça-t-il.

Effectivement, deux petits bateaux à moteur appartenant au *MS Arktik* se dirigeaient lentement sur eux.

— Léon, dis-leur de mettre les gaz ou de foutre le camp ! cria Greywolf. A cette vitesse, ils vont se faire bouffer, à tous les coups !

Anawak prit l'émetteur-récepteur.

— *MS Arktik*, ici *Devilfish*. Attendez-vous à être attaqués.

Pendant quelques secondes, son message resta sans réponse. La coque du *Devilfish* frappait durement la crête des vagues. Il avait presque atteint le *Lady Wexham*.

— Ici *MS Arktik*. Qu'est-ce qui se passe, *Devilfish* ?

— Attention, des baleines peuvent sauter et essayer de vous faire chavirer à tout moment...

— Des baleines ? Qu'est-ce que vous racontez ?

— Vous feriez mieux de faire demi-tour...

— Nous avons reçu un SOS d'un bateau qui a chaviré.

Anawak perdit l'équilibre, car le Zodiac venait de retomber durement sur la crête d'une vague. Il se rattrapa et cria dans l'appareil :

— On n'a pas le temps de discuter ! Commencez par mettre les gaz, grouillez-vous !

— Qu'est-ce que c'est que ces conneries ? On va porter secours au bateau en détresse. Terminé.

A la proue, Greywolf se mit à faire de grands gestes.

— Mais qu'ils foutent le camp, bordel ! hurla-t-il.

Les orques avaient changé de cap. Abandonnant le *Devilfish*, ils se dirigeaient vers la haute mer, droit sur le *MS Arktik*.

— Putain ! Quelle merde ! jura Anawak.

Entourée d'une auréole d'eau miroitante, une baleine à bosse jaillit hors de l'eau devant les embarcations qui s'approchaient. Elle resta quelques instants suspendue en l'air puis bascula sur le côté et disparut. Anawak prit une profonde inspiration, retint son souffle. A travers l'écume qui retombait, il aperçut les deux bateaux qui continuaient leur route, intacts.

— *MS Arktik*, rappelez vos gars ! Tout de suite ! Nous nous occupons du problème, ici !

Shoemaker réduisit la vitesse. Le *Devilfish* se dirigea lentement vers la passerelle du *Lady Wexham* qui s'élevait à la verticale. Une dizaine de passagers trempés jusqu'aux os y avaient trouvé refuge, se cramponnant désespérément où ils le pouvaient pour éviter de glisser. Les lames bouillonnantes venaient s'abattre sans relâche sur eux. Un autre petit groupe s'était réfugié sur la plate-forme de la poupe. Les uns et les autres étaient suspendus comme des singes aux barreaux du garde-corps.

Le *Devilfish* se déplaça lentement entre la passerelle et la plateforme. Sous l'eau, on voyait miroiter la peinture vert et blanc du pont moyen. Shoemaker se rapprocha de la passerelle jusqu'à ce que le boudin de caoutchouc vienne le heurter. Une énorme vague vint happer le Zodiac et le soulever, le faisant remonter le long de la structure de la passerelle comme en ascenseur. L'espace d'un instant, Anawak crut pouvoir toucher les mains tendues des naufragés. Il vit des visages terrifiés, l'horreur mêlée à l'espoir... puis son bateau retomba, accompagné d'un cri de déception unanime.

— Ça va pas être de la tarte, prédit Shoemaker entre ses dents serrées.

Anawak examina nerveusement les alentours. Les baleines se désintéressaient d'eux pour l'instant et continuaient à se rassembler autour des bateaux du *MS Arktik,* qui avaient entrepris des manœuvres de dégagement incertaines.

Il fallait faire vite. Le répit serait de courte durée, d'autant que le *Lady Wexham* s'enfonçait toujours plus vite.

Greywolf se ramassa sur lui-même alors qu'une nouvelle vague verte venait happer leur Zodiac et le transportait en l'air avec elle. Arrivé au sommet, il sauta du bateau et se rattrapa d'une main à une échelle. La vague vint le recouvrir à hauteur de poitrine, puis elle se retira et il se retrouva accroché en l'air, vivant relais entre les naufragés agglutinés au-dessus de lui et le Zodiac. Il tendit sa main libre en criant :

— Sur mes épaules ! L'un après l'autre ! Agrippez-vous à moi et quand le bateau montera, sautez !

Il y eut quelques instants d'hésitation. Greywolf répéta en hurlant ses instructions. Finalement, une femme se décida à attraper son bras et se laissa glisser vers le bas d'un mouvement hésitant. L'instant suivant, elle était à califourchon sur le dos du géant, cramponnée à ses épaules. Le Zodiac arriva comme une fusée. Anawak réussit à attraper la femme et à l'attirer à l'intérieur.

— Au suivant !

Lequel ne se fit pas prier. Les uns après les autres, les naufragés furent transférés à bord du *Devilfish* après un petit passage sur le large dos de Greywolf. Anawak se demanda combien de temps ce dernier pourrait tenir accroché à l'échelle. Non seulement il supportait d'une seule main son propre poids et celui des passagers, mais il se retrouvait régulièrement à moitié englouti, contraint de lutter contre les flots qui menaçaient de l'emporter à chaque reflux. La passerelle grinçait et craquait lamentablement. Un gémissement creux sortait de ses entrailles martyrisées. Les soudures métalliques éclataient avec un bruit sec.

Il ne restait plus là-haut que le skipper lorsqu'on entendit un crissement horrible. La passerelle cédait. Le torse de Greywolf vint taper durement contre le bordé. Le skipper perdit l'équilibre et s'envola. De l'autre côté de l'épave, la tête d'une baleine grise apparut. L'Indien lâcha le barreau de l'échelle et sauta à l'eau. Non loin de lui, le skipper refit surface, toussant et crachant, et rejoignit le Zodiac en quelques brasses vigoureuses. Des mains se tendirent vers lui, le hissèrent à bord. Greywolf atteignit le bordé à son tour, le manqua et fut emporté par une vague.

A quelques mètres de lui, une haute queue recourbée surgit de l'eau.

— Jack ! hurla Anawak en se frayant un passage parmi les gens entassés pour courir à la poupe.

Il fouilla les vagues du regard. La tête de Greywolf apparut. L'Indien cracha, plongea et entreprit de rejoindre le *Devilfish* en nageant sous l'eau, au ras de la surface. L'orque bifurqua aussitôt vers lui et le suivit. Les bras puissants de Greywolf s'élevèrent et vinrent frapper la coque en caoutchouc. L'orque sortit son crâne rond et luisant. Elle arrivait sur lui. Anawak attrapa Greywolf. D'autres bras vinrent à son aide. Unissant leurs forces, ils hissèrent le géant à bord du bateau. La queue décrivit un demi-cercle et s'éloigna dans la direction opposée. En poussant une bordée de jurons, Greywolf repoussa les mains secourables et rejeta ses longs cheveux en arrière d'un geste sec.

Anawak se demanda pourquoi l'orque ne l'avait pas attaqué.

« Je n'ai pas peur des baleines. Elles ne me feront pas de mal, à moi. »

Est-ce qu'il y aurait du vrai dans ces conneries ?

Puis il comprit que l'orque ne pouvait pas l'attaquer, car la profondeur de l'eau n'était pas suffisante du fait de la présence du pont moyen immergé sous le Zodiac. A proximité du *Devilfish*, on était protégé des orques tant qu'elles ne se comporteraient pas comme leurs cousins d'Amérique du Sud, qui continuaient la chasse en eau peu profonde ou carrément sur le sec.

Jusqu'à la disparition du *Lady Wexham*, ils bénéficiaient d'un délai de grâce qu'il leur fallait à tout prix utiliser au mieux.

Il fut brutalement tiré de ses réflexions par un cri d'horreur collectif.

Une gigantesque baleine grise s'était abattue sur l'une des embarcations du *MS Arktik*. Des débris tourbillonnèrent en l'air. Le second canot fit hurler son moteur, décrivit un demi-cercle et prit la fuite. Anawak, hypnotisé, ne pouvait détacher les yeux de l'endroit où la baleine avait disparu, entraînant le canot par le fond. Horrifié, il décela la présence de plusieurs dos gris nageant dans leur direction.

Ça y est, ça va être notre tour, se dit-il.

Shoemaker semblait paralysé, ses yeux menaçant de sortir de leurs orbites.

— Tom ! hurla Anawak. Il faut faire descendre ceux qui restent !

Greywolf le rappela à l'ordre à son tour :

— Shoemaker, brailla-t-il, qu'est-ce qui se passe ? Tu fais dans ton froc ?

Tremblant, l'interpellé réagit et pilota le bateau jusqu'à la plate-forme de poupe. Une lame souleva le Zodiac, le ramena en arrière puis le poussa brutalement vers la plate-forme. La proue vint taper contre la rambarde du bastingage, où s'accrochaient les naufragés. On entendait monter des profondeurs le gémissement du matériau qui souffrait. Anawak vit mentalement le bordé continuer à se briser et les structures à éclater. Shoemaker haletait. Il ne parvint pas à placer son bateau à l'endroit voulu pour permettre aux gens de sauter.

Des dos gris nageaient droit sur le *Lady Wexham*. A nouveau, un terrible choc fit vibrer l'épave. Une femme lâcha le bastingage, projetée en l'air, et retomba à l'eau en hurlant.

— Shoemaker, espèce d'idiot ! vociféra Greywolf.

Plusieurs passagers se précipitèrent pour l'aider à hisser la femme à l'intérieur. Anawak se demanda combien de temps le bateau de croisière en miettes pourrait résister à cette nouvelle attaque. Il s'enfonçait de plus en plus vite, c'était très net.

On n'y arrivera jamais, se dit-il, désespéré.

Au même moment, il se produisit une chose étrange.

Des deux côtés du bateau, on vit deux énormes dos émerger des flots. Anawak reconnut aussitôt l'un d'eux. Une rangée de cicatrices en forme de croix courait le long de sa colonne vertébrale. Cet animal, qui avait sans doute été blessé dans sa prime jeunesse, avait été baptisé Starback. C'était une très vieille baleine grise, qui avait largement dépassé la longévité moyenne de son espèce. Le dos de l'autre baleine ne présentait aucun signe caractéristique. Les deux cétacés nageaient tranquillement en se laissant porter par les vagues. Ils soufflèrent l'un après l'autre avec un bruit sec, laissant échapper des nuages de gouttelettes.

L'étrangeté de l'instant tenait moins dans l'apparition des deux baleines grises que dans la réaction des autres : elles plongèrent immédiatement et disparurent. Leurs dos réapparurent au bout d'un moment, mais assez loin déjà. En revanche, quelques orques avaient réapparu autour du bateau, s'en tenant toutefois à distance respectueuse.

Quelque chose disait à Anawak qu'ils n'avaient rien à craindre des nouveaux venus. Au contraire. Les deux baleines avaient commencé par chasser les attaquants. La durée de la trêve était incertaine, mais ce développement inattendu leur offrait un peu de répit. Shoemaker semblait avoir réussi à juguler sa panique. Cette fois, il dirigea le Zodiac exactement sous le bastingage. Une gigantesque lame qui roulait vers eux s'offrit à point nommé. S'ils n'y arrivaient pas maintenant, c'était fichu.

Le Zodiac monta avec elle.

— Sautez ! hurla Anawak. Allez-y !

Quelques personnes sautèrent pour attraper le Zodiac. Elles tombèrent les unes sur les autres. Quelques cris de douleur retentirent. Ceux qui étaient tombés à l'eau furent rapidement recueillis.

Et maintenant, il fallait filer…

Non, ils n'avaient pas tous sauté. Sur le bastingage, on distinguait la silhouette solitaire d'un petit garçon qui pleurait, les mains crispées sur la rambarde.

— Saute ! lui cria Anawak en écartant les bras. N'aie pas peur !

Greywolf, à côté de lui, lança à l'enfant :

— Je viens te chercher avec la prochaine vague !

Des bruits de casse montèrent à nouveau des profondeurs. Les deux baleines disparurent lentement sous la surface. L'eau remplissait le bateau en gargouillant et en bouillonnant. Soudain, la passerelle disparut dans un tourbillon et la poupe se dressa. Le *Lady Wexham* commença à sombrer en piquant du nez.

— Plus près ! hurla Greywolf.

Shoemaker parvint par quelque miracle à suivre ses instructions. La proue du *Devilfish* vint heurter le pont qui s'enfonçait, au bout duquel se cramponnait le petit garçon en pleurs. Greywolf se précipita à l'arrière en jouant des coudes. Au même moment, la vague souleva leur embarcation. Des rideaux d'écume s'accumulèrent devant le bastingage. Greywolf se pencha par-dessus et parvint à attraper le petit garçon. Secoué par le tangage, il perdit l'équilibre et tomba entre les rangées de sièges, mais il n'avait pas lâché l'enfant. Ses bras tendus étaient restés levés, pareils à des troncs d'arbre, ses mains refermées autour de la taille du petit naufragé comme des tenailles.

Des ondes d'eau tourbillonnaient à l'endroit où l'enfant se trouvait encore quelques secondes auparavant. Le *Lady Wexham* fut englouti et le Zodiac tomba dans le creux de la vague qui suivit. Anawak sentit son estomac se soulever comme sur les montagnes russes.

Shoemaker mit pleins gaz. Les vagues qui arrivaient du Pacifique étaient longues, régulières. Elles ne mettraient pas le *Devilfish*, même ainsi surchargé, en danger, si le skipper ne commettait pas d'erreur. Shoemaker paraissait être redevenu lui-même. Nulle trace de panique, maintenant, dans ses yeux qui scrutaient la crête des vagues et le lointain. Il mit le cap sur la côte.

Anawak tourna la tête pour voir où en était le *MS Arktik*. Le second canot avait disparu. Entre les vagues, il vit plonger la queue d'une baleine. Il eut l'impression qu'elle lui faisait un signe d'adieu ironique. La queue d'une baleine à bosse. Plus jamais il ne verrait plonger la queue d'une baleine sans penser au pire.

Dans le poste émetteur, c'était de la folie.

Quelques minutes plus tard, ils avaient dépassé la ligne d'îles qui séparait la mer de la lagune.

On procéda à la lecture des noms des disparus. Quelques personnes craquèrent. Puis la Davie's Whaling Station se vida, aussi vite qu'elle s'était remplie. A peu près tout le monde souffrait d'hypothermie, et la plupart des rescapés acceptèrent de se rendre au centre de soins le plus proche. Certains avaient été sérieusement blessés, mais on ne savait pas à quel moment un hélicoptère serait disponible pour les emmener à l'hôpital de Victoria. Les nouvelles les plus terribles continuaient à arriver par la radio.

Davie avait dû subir des questions déplaisantes, des accusations, jusqu'à des menaces physiques. Roddy Walker, l'ami de Susan Stringer, avait fait irruption au milieu de tout cela en hurlant qu'ils auraient des nouvelles de ses avocats. Personne ne paraissait vouloir reconnaître les faits pour ce qu'ils étaient. Curieusement, on refusait d'accepter l'explication la plus simple, à savoir que les baleines avaient attaqué sans motif. Les baleines ne faisaient pas des choses pareilles. Les baleines étaient pacifiques. Les baleines étaient des êtres humains en mieux. Forts de leur vernis de connaissances, les touristes de Tofino se retournèrent contre les organisateurs comme s'ils avaient trucidé les passagers du *Blue Shark* et du *Lady Wexham* de leurs propres mains : ils n'étaient qu'une bande d'idiots qui avaient transporté des passagers dans des bateaux antédiluviens en prenant des risques inconsidérés. De fait, le *Lady Wexham* n'était plus de la première jeunesse, mais cela ne signifiait pas le moins du monde qu'il n'était plus capable de prendre la mer et de s'y comporter au mieux. Pour l'heure, personne ne voulait entendre la voix de la raison.

Au moins, on avait pu ramener l'équipage et la plus grande partie des passagers. Beaucoup avaient remercié spontanément Shoemaker et Anawak, mais le vrai héros, c'était Greywolf. Il était partout à la fois, parlait, écoutait, organisait et, au final, il se proposa pour accompagner les gens au centre de soins. Une Mère Teresa de deux mètres de haut. Anawak en avait la nausée.

Il poussa un juron. Il avait des choses à faire, et il sentait que la situation lui échappait.

C'était vrai, bien sûr, Greywolf avait risqué sa vie. C'était vrai, ils auraient dû lui dire merci. A genoux, même. Mais Anawak n'en avait pas la moindre envie. Toute cette agitation autour des passagers rescapés du *Lady Wexham* lui paraissait extrêmement suspecte. Cet accès soudain d'altruisme obéissait à des motifs beaucoup moins humanitaires qu'il n'y semblait, Anawak l'aurait parié. Au fond, les événements de la journée étaient une excellente aubaine pour lui. Lui, on le croyait, on lui faisait confiance. Lui qui avait prédit que le tourisme baleinier se terminerait mal, et que personne n'avait voulu écouter. Et maintenant, voilà ! N'avait-il pas sans cesse tiré la sonnette d'alarme ? Combien de témoins étaient prêts maintenant à confirmer la prédiction de Greywolf ?

Le géant n'aurait pu rêver meilleure tribune.

A cette idée, Anawak sentit sa colère atteindre des sommets.

De fort méchante humeur, il se réfugia dans la boutique déserte. Il fallait absolument trouver la raison du comportement des animaux ! Et ce rapport sur le *Barrier Queen* que Roberts lui avait promis ? Il n'était toujours pas arrivé ! Ce rapport, il en avait besoin plus que jamais.

Il bondit sur le téléphone.

Ce fut la secrétaire de Roberts qui répondit. Son patron était en réunion et elle ne pouvait pas le déranger. Anawak évoqua son rôle lors de l'inspection du *Barrier Queen* et insista sur l'urgence de son appel. L'employée rétorqua que la réunion de Roberts était plus urgente. Oui, elle avait entendu parler de ce qui s'était passé. C'était affreux. Avec beaucoup de compassion, elle s'enquit de la santé d'Anawak, fit preuve d'une inquiétude toute maternelle, mais ne lui passa pas pour autant son patron. Y avait-il un message à lui transmettre ?

Anawak hésita. Roberts lui avait promis son rapport en tête à tête, et il ne voulait pas le mettre en difficulté. Sans doute était-il préférable de ne pas en parler à la secrétaire. Puis il eut une idée :

— Il s'agit des moules qui se sont développées sur la coque du *Barrier Queen*, dit-il. Des moules et sans doute d'autres substances organiques et d'autres organismes. Nous en avons envoyé des échantillons à l'Institut de Nanaimo. Il leur faut du ravitaillement.

— Du ravitaillement ?

— Oui, des échantillons supplémentaires. Je suppose qu'entretemps le *Barrier Queen* a été examiné de fond en comble.

— Oui, c'est vrai, répondit-elle d'un ton mi-figue, mi-raisin.

— Où se trouve-t-il en ce moment ?

— Au dock.

Après un bref silence, elle déclara :

— Je vais dire à M. Roberts que c'est urgent. Où devons-nous envoyer les échantillons ?

— A l'Institut. A l'attention de Mme Sue Oliviera. Merci. Vous êtes très aimable.

— M. Roberts vous rappellera dès que possible.

La communication s'interrompit là. De toute évidence, elle s'était débarrassée de lui.

Soudain, ses genoux se mirent à trembler. La tension des heures passées fit place à l'épuisement, à la déprime… Il s'adossa au comptoir, ferma les yeux. Lorsqu'il les rouvrit, Alicia Delaware était debout devant lui.

— Qu'est-ce que tu fabriques ici ? lui demanda-t-il d'un ton peu amène.

Elle haussa les épaules.

— Je vais bien. Je n'ai pas besoin d'être soignée.

— Si. Il le faut. Tu es tombée à l'eau, et l'eau est sacrément froide par ici. Va te faire examiner au centre de soins. Je n'ai pas envie qu'en plus de tout le reste tu nous chopes une cystite et qu'on nous fasse porter le chapeau…

— Hé ! dis donc, je ne t'ai rien fait, moi, d'accord ? riposta-t-elle, furieuse.

Anawak abandonna le comptoir et lui tourna délibérément le dos pour gagner la fenêtre. Le *Devilfish* était là, à quai, comme si rien ne s'était passé. Il commençait à neiger faiblement.

— Au fait, qu'est-ce que c'est que cette histoire de dernier jour sur l'île de Vancouver ? lui jeta-t-il. Normalement, je n'aurais pas dû t'emmener. Je ne l'ai fait que pour que tu arrêtes de me gonfler avec tes pleurnicheries…

— Je… Enfin… oui, je voulais absolument venir. Tu m'en veux ?

Anawak se retourna pour la regarder.

— J'ai horreur qu'on me mente, lui dit-il.

— Je suis désolée.

— Non, ce n'est pas vrai. Mais peu importe. Allez, va-t'en et laisse-nous faire notre boulot. Va rejoindre Greywolf, il sera trop content de jouer les papas poules…

— Ecoute, Léon, dit-elle en s'approchant de lui, ce qui le fit aussitôt reculer. En fait, je voulais absolument sortir en mer dans ton bateau. Excuse-moi de t'avoir menti. D'accord, je vais passer quelques semaines ici, et je ne viens pas de Chicago, je fais des études de biologie à l'université de Colombie-Britannique. Et alors, qu'est-ce que ça peut faire ? Je pensais que ça te ferait marrer quand je te dirais la vérité…

— Quoi ? Que ça me ferait marrer ? s'emporta Anawak. T'es pas bien ? Tu trouves ça marrant d'être pris pour un con ?

Il sentit que ses nerfs lâchaient, mais il ne pouvait s'empêcher de hurler, même si elle avait raison : elle ne lui avait rien fait. Rien du tout.

Alicia sursauta.

— Léon…

— Licia, fiche-moi la paix. Fous le camp.

Il attendit qu'elle s'en aille, mais elle ne bougea pas. Elle resta plantée là où elle était. Anawak eut un étourdissement. Sa vue se brouilla. L'espace d'un instant, il craignit de s'écrouler. Mais son malaise passa et, lorsqu'il recouvra la vue, il vit qu'elle lui tendait quelque chose.

— Qu'est-ce que c'est que ça ? grommela-t-il.
— Une caméra vidéo.
— Oui, je le vois bien.
— Prends-la.
Il s'exécuta, examina l'appareil. C'était un Sony, relativement cher. Une minicaméra à coque étanche. Les touristes mais aussi les scientifiques utilisaient ce genre de coque pour protéger leur caméra de l'eau.
— Oui, et alors ?
— Ben… je pensais que vous voudriez découvrir l'origine de ce qui se passe.
— Je ne vois pas ce que tu viens faire là-dedans…
— Ça suffit maintenant, arrête de te défouler sur moi ! éclata-t-elle. Moi aussi, j'ai failli y passer tout à l'heure ! Je pourrais être là-bas, dans ton centre de soins à la con, en train de chialer et de me faire dorloter, mais au lieu de ça, j'essaie de rendre service. Alors, vous voulez le savoir ou pas ?
Anawak respira à fond pour se détendre.
— O.K., dit-il.
— Tu as vu les animaux qui attaquaient le *Lady Wexham* ?
— Oui, des baleines grises et des baleines à bosse…
— Non, l'interrompit Alicia en secouant la tête avec impatience. Je ne parle pas des espèces. Je parle des individus ! Tu as pu les identifier ?
— Tout s'est passé trop vite…
Elle sourit. Ce n'était pas un sourire très gai, mais c'était un sourire quand même.
— La dame que nous avons sortie de l'eau était avec moi sur le *Blue Shark*. Elle est choquée. Elle a complètement perdu les pédales. Mais ça ne fait rien, quand je veux quelque chose, je ne lâche pas le morceau…
— Ça, je m'en suis aperçu.
— … et j'ai vu qu'elle avait cette caméra autour du cou. Comme elle était bien fixée, elle ne s'est pas détachée dans l'eau. Enfin, quand vous êtes retournés là-bas, j'ai pu lui parler un peu. Elle n'a pas arrêté de filmer, y compris quand Greywolf s'est approché. Il l'impressionnait, quelque part, alors elle a continué à le filmer, lui.
Alicia réfléchit quelques secondes, puis reprit :
— Si je m'en souviens bien, le *Lady Wexham*, vu de notre bord, se trouvait *derrière* Greywolf…

Anawak confirma d'un signe de tête. Il comprit tout à coup où Alicia voulait en venir :

— Elle a filmé l'attaque…

— Oui, mais elle a surtout filmé les baleines qui ont attaqué le bateau. Je ne sais pas si l'identification des baleines est ton point fort… mais tu vis ici et tu les connais.

— Et évidemment, tu as soigneusement oublié de demander si tu pouvais garder la caméra, hein ? ironisa Anawak.

Elle leva le menton et le regarda d'un air de défi.

— Oui, et alors ?

Il tripota la caméra. Puisqu'elle était là, autant s'en servir.

— D'accord, je vais jeter un coup d'œil, dit-il.

— *Nous* allons jeter un coup d'œil, rectifia-t-elle. Je veux participer à toute l'histoire. Et s'il te plaît, ne me demande pas pourquoi. J'en ai envie, tout simplement, O.K. ?

Anawak la dévisagea sans répondre.

— Et à partir de maintenant, ajouta-t-elle, tu es gentil avec moi.

Il souffla lentement et examina la caméra avec une moue pensive. Il était bien obligé d'admettre que ce que cette fille lui apportait était ce qu'ils possédaient de mieux.

— Je vais essayer, marmonna-t-il.

12 avril

A Trondheim, Norvège

Johanson reçut l'invitation alors qu'il se préparait à se rendre à sa maison du lac.

Après son retour de Kiel, il avait parlé à Tina Lund de l'expérimentation en simulateur de grands fonds. L'entretien avait été bref. Tina était plongée jusqu'au cou dans divers projets et passait le temps qui lui restait avec Kare Sverdrup. Johanson avait eu l'impression qu'elle ne lui prêtait qu'une oreille distraite. Quelque chose paraissait la préoccuper, quelque chose qui n'avait rien à voir avec le travail, mais, par discrétion, il s'était abstenu de la questionner plus avant.

Quelques jours plus tard, Bohrmann l'avait appelé pour le mettre au courant des derniers événements. Ils avaient poursuivi leurs expériences sur les vers. Johanson, qui avait déjà fait ses bagages et était sur le point de quitter sa maison, résolut de repousser son départ, le temps de passer un coup de fil à Tina pour lui communiquer les dernières nouvelles, mais elle ne lui laissa pas le temps de parler. Cette fois, elle paraissait plus en forme.

— Tu peux passer nous voir bientôt ? lui proposa-t-elle.

— Où ? A l'Institut ?

— Non, au Centre de recherche de Statoil. Nous avons chez nous les gens de Stavanger, ceux qui dirigent le projet.

— Qu'est-ce que je suis censé faire ? Leur raconter le scénario d'un film d'épouvante ?

— C'est déjà fait, je m'en suis occupée moi-même. Maintenant, ils veulent connaître les détails. J'ai proposé que ce soit toi qui leur parles.

— Pourquoi moi ?

— Pourquoi pas ?

— Vous avez des rapports par tonnes, rétorqua Johanson. Moi, je ne peux que répercuter les découvertes des autres…

— Non, tu peux faire plus. Tu peux… exprimer tes sentiments.

Johanson en resta baba.

— Ils savent que tu n'es pas un spécialiste du forage, se hâta-t-elle de poursuivre. Mais tu jouis d'une excellente réputation à la NTNU, tu es neutre et pas influencé comme nous. Nous, nous jugeons les choses à partir de points de vue différents.

— Vous, vous jugez les choses à partir du point de vue de la faisabilité.

— Pas seulement. Ecoute, à Statoil, il y a un tas de gens, dont chacun est le meilleur dans un domaine bien défini, et…

— Des chercheurs bornés, quoi.

— Pas du tout ! s'exclama-t-elle, fâchée. On ne peut pas faire marcher une boutique pareille avec des chercheurs bornés ! C'est simplement que chacun est trop plongé dans son truc. Nous avons tous la tête sous l'eau, et… comment dire… En fait, il nous faut davantage d'avis extérieurs.

— Je ne connais pas grand-chose à votre affaire…

— Evidemment, personne ne t'y force, jeta Tina, qui commençait visiblement à prendre la mouche. Tu peux aussi refuser.

Johanson leva les yeux au ciel.

— C'est bon. Je ne vais pas te laisser tomber. Il y a du nouveau à Kiel et…

— Je peux prendre ça pour un accord ?

— Oui, qu'est-ce que tu veux… Elle a lieu quand, la réunion ?

— Il y aura plusieurs réunions très bientôt. On ne se quitte plus, en ce moment.

— Bon, très bien. Nous sommes vendredi. Je pars pour le week-end, et lundi, je pourrais…

— C'est… commença-t-elle. En fait, ce serait…

— Oui… ? l'encouragea Johanson, en proie à un mauvais pressentiment.

Elle laissa s'écouler quelques secondes avant de s'enquérir d'un ton anodin :

— Qu'est-ce que tu as prévu pour le week-end ? Tu vas dans ta maison du lac ?

— Gagné. Tu m'accompagnes ?

Elle rit et répondit :

— Pourquoi pas ?

— Tiens, tiens ! Et Kare, qu'est-ce qu'il en dit ?

— Je m'en fiche. Que veux-tu qu'il dise ?

Elle resta silencieuse un instant, puis lâcha :

— Et puis zut !

— Tu es excellente dans ton boulot, mais ailleurs, ça laisse à désirer, dit Johanson, si bas qu'il ne savait pas si elle l'entendrait.

— Sigur, s'il te plaît… Tu ne peux pas reculer un peu ton départ ? La réunion a lieu dans deux heures, et j'ai pensé… ce n'est pas loin d'ici, et ce ne sera pas long. Tu seras sorti en un rien de temps. Tu pourras encore partir ce soir.

— Je…

— Il faut absolument qu'on avance. Nous avons un calendrier à respecter, et tu sais combien ça coûte, et nous avons déjà les premiers retards uniquement parce que…

— Ça va, je marche !

— Tu es un amour !

— Tu veux que je passe te chercher ?

— Non, je serai sur place. Oh ! que je suis contente ! Merci, c'est vraiment très gentil à toi.

Elle raccrocha.

Johanson contempla mélancoliquement sa valise.

En entrant dans la grande salle de conférences du centre de recherche de Statoil, il trouva une ambiance si tendue qu'elle en était palpable. Tina était assise en compagnie de trois hommes autour d'une immense table laquée, d'un noir brillant. Le soleil de cette fin d'après-midi, jouant avec le verre, l'acier et les tons sombres de la pièce, lui donnait un peu de chaleur. Les murs étaient entièrement recouverts de diagrammes et de dessins techniques.

— Il est arrivé, dit la réceptionniste qui l'avait accompagné, du ton qu'elle eût pris pour livrer un paquet de Noël.

L'un des hommes se leva et vint à la rencontre de Johanson, main tendue. Ses cheveux bruns étaient coupés court et il portait des lunettes à la mode.

— Thor Hvistendahl, directeur adjoint du centre de recherche de Statoil, dit-il. Excusez-nous de faire appel à vous de manière si inopinée, mais Mme Lund nous a assuré que vous n'aviez pas d'autre projet.

Johanson gratifia Tina d'un regard sans équivoque et serra la main qu'on lui tendait.

— Effectivement, je n'avais rien à faire, dit-il.

Tina réprima un sourire. Elle fit les présentations. Ainsi que Johanson l'avait prévu, l'un des participants appartenait au siège de Statoil à Stavanger. Un gars carré, un vrai roc aux cheveux roux et aux yeux clairs, amicaux. Il officiait en tant que représentant du directoire et appartenait au comité exécutif. D'une voix profonde qui résonna comme un grondement, il se présenta en lui serrant la main :

— Finn Skaugen.

Le troisième personnage, un chauve au regard sévère, aux coins de lèvres terminés par de profondes rides tombant vers le bas, le seul à porter une cravate, était le supérieur direct de Tina Lund. Cet Ecossais répondant au nom de Clifford Stone était à la tête du nouveau projet d'exploration. La présence d'un biologiste ne paraissait pas le combler d'aise, mais peut-être son expression chagrine était-elle simplement celle dont la nature l'avait gratifié. Johanson chercha en vain sur sa face un indice dévoilant qu'il lui arrivait de sourire.

Il prononça quelques amabilités, déclina la tasse de café qu'on lui proposait et s'assit. Hvistendahl attira une pile de documents à lui.

— Venons-en au fait. Vous êtes au courant de la situation. Nous ne savons pas exactement si nous sommes vraiment dans la panade ou si nous réagissons de façon disproportionnée. Vous connaissez peut-être quelques-unes des règles avec lesquelles l'exploitation pétrolière est forcée de se débattre ?

— La conférence de la mer du Nord, répondit Johanson au hasard.

Hvistendahl approuva d'un signe de tête.

— Entre autres. Nous sommes soumis à toute une série de contraintes… la protection de l'environnement… la faisabilité technique… mais nous devons également veiller à écouter l'opinion publique concernant des points non réglementés. En résumé, nous tenons compte de tout et de tout le monde. Nous avons Greenpeace et diverses organisations du même genre sur le râble, et c'est très bien ainsi. Nous connaissons les risques d'un forage, nous savons à peu près ce qui nous attend quand nous envisageons une extraction, et nous calculons le calendrier qui convient.

— Ce qui veut dire que nous nous en sortons très bien par nous-mêmes, intervint Stone.

— Oui, en général, précisa Hvistendahl. Nous n'arrivons pas toujours au terme de nos entreprises, et ce pour des raisons qui sont d'ordres très divers. Les propriétés du sédiment sont instables, nous courons le risque de forer dans une poche de gaz, certains ouvrages se révèlent inadaptés à la profondeur de l'eau et aux courants, etc. Mais, en principe, nous savons très vite ce qui marche et ce qui ne marche pas. Tina teste les installations à Marintek, nous prélevons les échantillons habituels, nous explorons le fond, il y a une expertise, et après, nous commençons la construction.

Johanson se cala dans son siège et croisa les jambes.

— Mais cette fois le ver est dans le fruit, émit-il.

Hvistendahl eut un sourire un peu forcé.

— En quelque sorte, répondit-il.

— Au cas où ces bestioles joueraient un rôle quelconque, intervint Stone. A mon avis, non.

— Comment le savez-vous ?

— Parce que les vers, ce n'est pas nouveau. Il y en a partout.

— Pas ceux-là.

— Pourquoi ? Parce qu'ils bouffent les hydrates ? jeta l'autre en décochant à Johanson un regard agressif. Mais vos amis de Kiel disent bien qu'il n'y a pas de quoi s'inquiéter, je me trompe ?

— Ce n'est pas exactement ce qu'ils ont dit. Ils ont dit…

— Que les vers ne pouvaient pas déstabiliser la glace.

— Ils la grignotent quand même.

— Mais ils ne peuvent pas la déstabiliser !

Skaugen se racla la gorge avec un grondement d'éruption volcanique.

— Si nous avons prié M. Johanson de venir nous rejoindre, c'est pour entendre son avis, dit-il avec un regard en coin vers Stone, et non pas pour lui communiquer le nôtre. Dont il n'a que faire.

Stone se mordit les lèvres et baissa les yeux.

— Si je comprends bien Sigur, il y a de nouveaux résultats, dit Tina Lund en adressant un sourire d'encouragement à la ronde.

Johanson approuva du chef.

— Je peux vous faire un petit topo, dit-il.

— Saloperies de bestioles, grommela Stone.

— Absolument. Geomar en a placé six de plus sur la glace. Ils l'ont grignotée aussi sec pour aller s'enfouir à l'intérieur. Deux autres spécimens ont été placés sur une couche de sédiment qui ne contenait pas d'hydrate. Ils n'ont pas bougé. Ils n'ont rien grignoté, n'ont rien creusé. Deux autres spécimens ont été placés sur du sédiment qui ne contenait pas d'hydrate mais qui se trouvait sur une poche de gaz. Ils n'ont pas creusé, mais leur comportement était nettement plus agité.

— Qu'est-ce qui s'est passé pour ceux qui ont creusé la glace ?

— Ils sont morts, comme les précédents.

— Ils ont creusé profond ?

— Ils ont tous creusé jusqu'à la poche de gaz, sauf un.

Johanson regarda Stone, qui le dévisageait sous ses sourcils froncés.

— Mais cela ne nous permet pas d'en tirer des conclusions définitives quant à leur comportement en liberté, précisa-t-il. Sur le talus continental, les couches d'hydrates qui recouvrent les poches de gaz font des dizaines, voire des centaines de mètres d'épaisseur. Les couches du simulateur ne sont épaisses que de deux mètres. Bohrmann pense que les vers ne pourraient pas descendre à plus de deux ou trois mètres, mais ce n'est pas vérifiable dans les conditions présentes.

— Pourquoi les vers meurent-ils ? s'enquit Hvistendahl.

— Ils ont besoin d'oxygène, et l'oxygène se raréfie compte tenu de l'étroitesse du trou.

— Mais il y a bien d'autres vers qui creusent les sols, objecta Skaugen, avant d'ajouter, dans un sourire : Vous voyez, nous avons un peu potassé le sujet, nous ne voulions pas paraître complètement idiots.

Johanson lui rendit son sourire. Ce Skaugen lui plaisait bien.

— Les espèces dont vous parlez vivent dans le sédiment, expliqua-t-il. Et le sédiment est meuble et riche en oxygène. D'autre part, elles ne creusent pas aussi profond. L'hydrate de méthane, en revanche, est dur comme du béton. A un moment ou à un autre, on étouffe.

— Je comprends. Vous connaissez d'autres bêtes qui se comportent de cette façon ?

— D'autres candidats au suicide ?

— Parce que c'est un suicide ?

Avec un haussement d'épaules, Johanson nuança ses paroles précédentes :

— Le suicide implique l'intention. Les vers n'ont pas d'intentions. Leur comportement est conditionné.

— Existe-t-il des animaux qui se suicident ?

— Evidemment, lança Stone, les lemmings se jettent bien dans la mer !

— Non, c'est faux, intervint Tina Lund.

— Bien sûr que si !

Tina lui posa la main sur le bras.

— Tu compares ce qui n'est pas comparable, Clifford. On a cru longtemps que les lemmings pratiquaient le suicide collectif, et on l'a cru parce que ça avait de la gueule. Mais en étudiant la chose de plus près, on a constaté qu'ils agissaient par connerie, tout simplement.

— Ah bon, ils sont cons ? reprit Stone, en regardant Johanson. Monsieur Johanson, est-ce que vous trouvez que dire qu'un animal est con, c'est scientifiquement valable ?

— Ils sont cons, poursuivit Tina sans se troubler, comme les êtres humains quand il y a un phénomène de masse. Les lemmings qui sont en tête voient très bien qu'il y a une falaise, mais on les bouscule par-derrière, comme dans un concert de rock. Ils se poussent les uns les autres dans l'eau jusqu'à ce qu'il n'y en ait plus.

Hvistendahl fit remarquer :

— Mais les animaux qui se sacrifient, cela existe, non ? Et c'est bel et bien de l'altruisme.

— Oui, mais l'altruisme a toujours un sens, répondit Johanson. Les abeilles acceptent de mourir après avoir piqué parce que, en piquant, elles participent à la sauvegarde du peuple, en particulier de la reine.

— Il n'y a donc aucune intention propre à l'espèce dans le comportement de ces vers ?

— Non.

— Merci pour le cours de biologie, soupira Stone. A vous entendre tous, ces vers sont des monstres dont la présence nous empêche de poser une usine sur le fond de la mer. C'est stupide !

— Encore une chose, dit Johanson sans prêter attention à ses paroles. Geomar aimerait bien procéder à ses propres recherches sur le terrain. Bien sûr, en étroite coopération avec Statoil.

— C'est intéressant, répondit Skaugen. Ils veulent envoyer quelqu'un ?

— Oui, un bateau de recherche. Le *Sonne*.

— C'est sympa de leur part, mais ils peuvent très bien faire leur recherche à partir du *Thorvaldson*.

— C'est qu'ils prévoient une expédition, de toute façon. De plus, techniquement, le *Sonne* est plus performant que le *Thorvaldson*. Il s'agit principalement pour eux de vérifier quelques mesures obtenues par la simulation des grands fonds.

— Quelles mesures ?

— L'augmentation des concentrations de méthane. En creusant, les vers ont libéré du gaz qui est parvenu jusqu'à l'eau. D'autre part, ils voudraient prélever quelques centaines de kilos d'hydrate. Y compris les vers. Ils ont l'intention d'examiner tout ça à plus grande échelle.

Skaugen marqua son accord d'un hochement de tête.

— Nous n'avons parlé que des vers, dit-il, mais est-ce que vous avez visionné cette vidéo de mauvais augure ?

— La créature au fond de la mer ?

Skaugen esquissa un sourire.

— La créature ? répéta-t-il. J'avoue que ça fait un peu trop film d'horreur à mon goût. Qu'est-ce que vous en pensez ?

— Je ne sais pas s'il faut considérer qu'il y a un rapport entre les vers et cet… être.

— Et qu'est-ce que ça peut être, à votre avis ?

— Aucune idée.

— Vous êtes biologiste… Vous n'avez aucune réponse qui vous vienne à l'esprit ?

— La bioluminescence. C'est ce qui découle de l'analyse des prises de vue. Cela élimine tous les grands organismes connus ; en fait, tous les mammifères.

— Mme Lund a évoqué la possibilité que nous ayons affaire à un calamar des profondeurs.

— Oui, nous en avons discuté, répondit Johanson. Mais c'est peu probable. La surface corporelle et la structure ne correspondent pas. De plus, nous pensons que l'habitat de l'*Architheutis* se situe dans des régions entièrement différentes.

— Qu'est-ce que c'est, alors ?

— Aucune idée.

Un silence s'établit. Stone jouait nerveusement avec un stylo à bille.

Puis Johanson reprit la parole pour s'enquérir d'un ton prudent :

— Puis-je vous demander quel genre d'usine vous prévoyez d'installer ?

Skaugen jeta un coup d'œil à Tina. Celle-ci haussa les épaules, puis prit la parole :

— J'ai dit à Sigur que nous envisagions la construction d'une installation sous-marine. Et que nous ne savions pas définitivement si ce sera bien le cas.

— Vous vous y connaissez un peu dans ce domaine ? demanda Skaugen à Johanson.

— Je connais la technologie Subsis, répondit Johanson. Depuis peu.

Hvistendahl écarquilla les yeux.

— Eh bien, c'est déjà beaucoup ! Vous devenez un vrai spécialiste, monsieur Johanson ! Encore deux ou trois séances avec nous…

— Subsis n'est qu'une étape préliminaire, intervint Stone. Nous avons largement dépassé Subsis. Nous descendons plus bas et les systèmes de sécurité sont incontestablement supérieurs.

— Le nouveau système a été développé par FMC Kongsberg, qui est un fabricant de systèmes sous-marins, expliqua Skaugen. Il s'agit d'un Subsis perfectionné. Nous avons choisi d'installer ce matériel, cela ne pose aucun problème. Mais ce que nous ne savons pas, c'est si les pipe-lines iront jusqu'à une plate-forme existante ou jusqu'au rivage. Toujours est-il que nous aurions à surmonter d'énormes problèmes de distance et de différences de hauteur.

— N'y a-t-il pas une troisième solution ? demanda Johanson. Mettre un bateau de production juste au-dessus de l'usine ?

— Oui, mais dans tous les cas, la station d'extraction repose sur le fond, répondit Hvistendahl.

— Comme nous l'avons dit, nous savons évaluer les risques tant que ce sont des risques définis, poursuivit Skaugen. Avec les vers, nous avons l'entrée en piste de facteurs que nous ne connaissons pas et que nous ne pouvons pas expliquer. Comme le pense Clifford, il est peut-être exagéré de remettre notre calendrier en jeu uniquement parce que nous ne savons pas où classer une nouvelle espèce ou parce qu'une créature inconnue nage devant notre écran. Mais tant que nous serons dans l'incertitude, nous devrons tout faire pour l'éliminer et savoir à quoi nous en tenir. Ce n'est pas à vous de prendre la décision, monsieur Johanson, mais je vous pose la question : que feriez-vous à notre place ?

Voilà qui mettait Johanson mal à l'aise. Stone le dévisageait avec une animosité non dissimulée. Hvistendahl et Skaugen paraissaient attendre sa réponse avec intérêt, et l'expression de Tina était absolument impénétrable.

Nous aurions dû nous mettre d'accord avant, se dit-il.

Mais Tina n'avait pas paru y tenir. Peut-être préférait-elle cela. Peut-être attendait-elle qu'il commence par faire arrêter le projet.

Ou peut-être pas.

Johanson posa les mains sur la table.

— Moi, je prendrais la décision de principe de construire cette station, déclara-t-il.

Skaugen et Tina le dévisagèrent avec stupéfaction. Hvistendahl plissa le front, tandis que Stone se calait dans son siège en arborant une expression de triomphe.

Johanson laissa passer quelques instants avant d'ajouter :

— Je la construirais, mais seulement après que Geomar aura procédé à de nouvelles expertises et donné le feu vert. Nous n'obtiendrons sûrement pas de plus amples renseignements sur la créature de la vidéo. Bien le bonjour de la part de Nessie, le monstre du loch Ness. Je ne sais pas non plus si nous devons nous en préoccuper. En revanche, il sera impératif de connaître les conséquences de l'apparition en masse d'une espèce inconnue dévoreuse d'hydrate sur la stabilité des talus continentaux et sur les forages pétroliers. Tant que ce ne sera pas élucidé, je vous conseille de garder ce projet sous le coude.

Stone pinça les lèvres. Tina Lund sourit. Skaugen échangea un coup d'œil avec Hvistendahl. Puis il regarda Johanson dans les yeux et opina du chef.

— Je vous remercie, monsieur Johanson. Merci de nous avoir consacré un peu de votre temps.

Plus tard, au moment où il entreprenait une dernière vérification dans la maison avant de grimper dans sa Jeep chargée, il entendit sonner à sa porte.

Il ouvrit. C'était Tina. Il avait commencé à pleuvoir, et ses cheveux pendaient par mèches.

— C'était très bien, dit-elle.

— C'est vrai ?

Johanson s'effaça pour la laisser entrer. Elle repoussa ses cheveux humides et confirma d'un hochement de tête.

— En réalité, Skaugen avait déjà pris sa décision. Il voulait avoir ta bénédiction.

— Qui suis-je pour bénir les projets de Statoil ?

— Je te l'ai dit, tu jouis d'une réputation remarquable. Mais il ne s'agissait pas que de cela. Skaugen va devoir se justifier, et tous ceux qui travaillent pour Statoil ou ont des liens avec le groupe sont considérés comme étant de parti pris. Il voulait l'avis de quelqu'un d'extérieur à l'affaire, et il se trouve que tu es le roi des vers en tout genre, et peu suspect d'avoir un intérêt quelconque à la construction de telle ou telle usine.

— Donc, Skaugen a mis le projet sous le coude ?

— Oui, jusqu'à ce que Geomar élucide la question.

— Mazette !

— De plus, il te trouve très sympa.

— C'est réciproque.

— C'est vrai, la compagnie Statoil peut s'estimer heureuse d'avoir des gens comme lui à sa tête.

Debout dans son entrée, elle restait là, les bras ballants. Pour quelqu'un qui était perpétuellement en mouvement et pleine d'énergie, elle semblait étonnamment indécise. Ses yeux firent le tour de la pièce.

— Où sont tes bagages ?

— Pourquoi ?

— Tu ne voulais pas partir au lac ?

— Les bagages sont dans ma voiture. Tu as de la chance de me trouver, j'étais sur le point de fermer la maison… Est-ce que je peux encore faire quelque chose pour toi, avant d'aller m'adonner à la solitude ?

— Je ne voulais pas te retarder. Je voulais te raconter ce que Skaugen avait décidé et…

— Oh ! c'est gentil de ta part.

— … et te demander si ta proposition était toujours valable.

— Quelle proposition ? demanda-t-il, simulant l'amnésie.

— Tu m'as proposé de t'accompagner.

Johanson s'appuya contre le mur. Il voyait tout à coup une montagne de problèmes s'élever devant lui.

— Je t'ai aussi demandé ce que Kare en penserait.

Elle secoua la tête d'un geste impatient.

— Je n'ai aucune permission à demander à qui que ce soit, si c'est à ça que tu penses.

— Non, ce n'est pas à ça que je pense. Je ne voudrais pas apporter ma contribution à des malentendus…

— Tu ne contribues à rien du tout, dit-elle d'un air de défi. C'est moi qui décide de partir au lac avec toi, et moi seule.

— Tu te défiles.

Des gouttes d'eau tombaient de ses cheveux mouillés et coulaient sur son visage.

— Pourquoi me l'as-tu proposé, alors ? demanda-t-elle.

C'est vrai, pourquoi ? pensa Johanson.

Parce que j'aimerais bien. Mais je n'ai pas envie que ça fasse des dégâts. Il ne ressentait absolument aucune obligation vis-à-vis de Kare Sverdrup. Mais la disponibilité soudaine de Tina l'intriguait. Quelques semaines plus tôt, il aurait foncé, bille en tête. Des sorties sporadiques, des dîners, tout cela faisait partie du flirt de longue durée qu'ils avaient institué avec une certaine autodérision. Mais là, il ne s'agissait pas de flirt.

Il comprit soudain ce qui le dérangeait. Cela expliquait pourquoi Tina avait paru si préoccupée ces derniers jours.

— S'il y a du tirage entre vous, je préférerais que tu me laisses en dehors de tout ça, dit-il. D'accord ? Tu peux m'accompagner, mais je ne suis pas là pour faire pression sur Kare.

— Tu interprètes un peu trop les choses à ta façon, répondit-elle avec un haussement d'épaules. Mais d'accord, peut-être as-tu raison. Laissons tomber.

— Oui.

— C'est mieux comme ça. J'ai besoin de réfléchir.

— Oui, réfléchis.

Ils restèrent encore un peu dans l'entrée, à attendre ils ne savaient quoi au juste. Puis Johanson se décida :

— Bon, à bientôt.

Il se pencha pour lui déposer un rapide baiser sur la joue et la poussa doucement dehors. Il ferma la maison. La nuit commençait à tomber. Il roulerait pendant la majeure partie du trajet dans l'obscurité, mais il en était presque content. Il se passerait la symphonie *Finlandia* de Sibelius. Sibelius et l'obscurité, ça allait très bien ensemble.

— Tu seras de retour lundi ? demanda Tina en l'accompagnant à sa voiture.

— Dimanche après-midi, je pense.
— On se téléphone, alors.
— Bien sûr. Et toi, qu'est-ce que tu vas faire ?
Elle haussa les épaules.
— Ce n'est pas le boulot qui manque, dit-elle.
Il se retint de lui demander ce que faisait Kare Sverdrup. Comme pour lui répondre, Tina précisa :
— Kare est parti pour le week-end. Chez ses parents.
Johanson ouvrit sa portière, mais ne monta pas.
— Tu n'es pas obligée de travailler en permanence, lui fit-il remarquer.
Elle sourit.
— Non, bien sûr.
— De toute façon… tu ne pourrais même pas venir avec moi, puisque tu n'as rien apporté !
— Qu'est-ce qu'il me faudrait ?
— D'abord, de bonnes chaussures, et puis des vêtements chauds.
Tina regarda ses pieds. Elle portait des chaussures montantes à grosses semelles.
— Qu'est-ce qu'il faut de plus ? demanda-t-elle.
— Eh bien… Comme je te l'ai dit, un gros pull.
En caressant sa barbe, Johanson ajouta :
— Remarque, des pulls, j'en ai là-bas.
— Eh oui, parce qu'on ne sait jamais !
— C'est ça, on ne sait jamais.
Il la regarda. Puis il éclata de rire.
— O.K., madame Compliquée. Dernière occasion de week-end, à saisir !
— Moi, je suis compliquée ?
Tina ouvrit la portière côté passager et dit, avec un grand sourire :
— On va discuter de la question pendant le trajet.

Il faisait nuit lorsqu'ils se retrouvèrent sur le chemin de terre qui menait à la cabane, et la Jeep avança en cahotant jusqu'à la rive. Devant eux s'étendait le lac, pareil à un deuxième ciel niché au creux des bois. Là où les nuages s'étaient déchirés, la surface de l'eau était constellée d'étoiles, alors qu'il pleuvait sûrement encore à Trondheim.

Johanson alla rejoindre Tina sur la véranda. Les planches craquaient légèrement. Une fois de plus, il était saisi par le silence, d'autant plus marqué qu'il était plein de bruits : des frôlements, des grésillements, des grincements à peine audibles, le cri lointain d'un oiseau, des bruissements dans le sous-bois, et quantité de sons indéfinissables. Quelques marches plus bas, une prairie descendait doucement jusqu'au lac. De là partait un ponton tordu par le vent. A l'autre bout était amarré, immobile, le bateau avec lequel il sortait parfois pêcher.

Tina contemplait le paysage.

— Et tout ça, tu l'as pour toi tout seul ? demanda-t-elle.

— Le plus souvent, oui.

Elle garda le silence un moment, puis dit :

— Tu as l'air de bien t'entendre avec toi-même.

Johanson eut un rire silencieux.

— Qu'est-ce qui te fait dire ça ?

— S'il n'y a personne ici à part toi... ta compagnie doit t'être agréable.

— Oh oui ! Ici, je peux me traiter comme j'en ai envie. Je peux m'aimer, me détester...

Elle le regarda d'un air interrogateur.

— Ça arrive ? Tu te détestes parfois ?

— Pas souvent. Et quand ça arrive, je me déteste parce que je me déteste. Allez, entre, je vais nous faire un risotto.

Ils pénétrèrent à l'intérieur.

Dans la petite cuisine, Johanson éminça des oignons, les fit fondre dans l'huile d'olive, ajouta du *riso carnaroli.* Il remua les grains de riz avec une cuillère en bois jusqu'à ce qu'ils soient entièrement recouverts d'huile, versa dessus un fond de volaille bouillant et continua à remuer pour éviter de faire brûler. Entre-temps, il coupa des cèpes en lamelles, les fit chauffer dans le beurre et sauter à la poêle à petit feu.

Tina l'observait avec la plus grande attention. Elle ne savait pas faire la cuisine. Elle n'avait pas la patience.

Johanson déboucha une bouteille de vin rouge et remplit deux verres. Le processus habituel. Cela fonctionnait toujours. On mangeait, on buvait, on parlait, on se rapprochait. Suivait ce qui devait suivre quand un bohème vieillissant et une jeune femme se trouvaient réunis en un lieu isolé et romantique.

Foutus automatismes !

Mais aussi, pourquoi avait-elle tenu à l'accompagner, bon sang de bonsoir ?

Il aurait tout donné pour laisser les choses suivre simplement leur cours en cette soirée. Tina, perchée sur le siège de bar de la cuisine, vêtue d'un pull lui appartenant, paraissait détendue comme il ne l'avait plus vue depuis longtemps. Les traits de son visage avaient une expression douce qu'il ne lui connaissait pas. C'était vraiment étrange. Il s'était plus d'une fois efforcé de se convaincre qu'elle n'était pas son genre, trop agitée, trop nordique, avec ses cheveux lisses d'un blond presque blanc. Mais là, maintenant, il était bien obligé de s'avouer que ce n'était que du pipeau.

Tu aurais pu passer un bon petit week-end pépère. Mais tu as absolument voulu tout compliquer, imbécile !

Ils dînèrent dans la cuisine. A chaque verre, Tina se détendait un peu plus. Ils bavardaient sans conséquence, entamèrent une seconde bouteille.

A minuit, Johanson proposa :

— Il ne fait pas vraiment froid dehors, tu as envie de faire un tour de bateau ?

Elle posa le menton dans ses mains et lui sourit.

— On prendra un bain aussi ?

— A ta place, je m'abstiendrais. Dans un ou deux mois, il fera plus chaud. Non, on va jusqu'au milieu du lac, on emporte la bouteille et…

Il s'arrêta.

— Et ?

— On contemple les étoiles.

Leurs regards restèrent accrochés l'un à l'autre. Assis face à face, les bras posés sur le bar, ils se regardèrent, et Johanson sentit sa résistance intérieure s'écrouler. Il s'entendit dire des choses qu'il ne voulait pas dire, se vit employer tous les moyens, actionner tous les leviers et boutons nécessaires pour mettre la machine en route. Il éveilla des attentes, se conforta dans l'idée de faire avec Tina ce pourquoi elle avait voulu l'accompagner au bord d'un lac perdu, souhaita qu'elle reparte à Trondheim tout en souhaitant la prendre dans ses bras, s'approcha d'elle jusqu'à sentir son souffle sur son visage, maudit le cours du destin tout en attendant son accomplissement avec impatience.

— Bon, on y va alors.

Dehors, le temps était calme. Ils descendirent sur le ponton et sautèrent dans le bateau. L'embarcation se mit à se balancer et Johanson attrapa Tina par le bras. Il faillit éclater de rire. C'était comme dans un film, un film cucul avec Meg Ryan. On trébuche et on tombe dans les bras l'un de l'autre. Très drôle.

C'était un petit bateau à moteur en bois qu'il avait acheté à l'ancien propriétaire avec la maison. La proue était recouverte de planches pour faire un espace de rangement. Tina s'assit dessus en tailleur pendant que Johanson mettait le moteur en route. Le bruit ne troublait en rien la paix ambiante. Son grondement profond de gigantesque bourdon s'insérait harmonieusement dans l'irréalité de cette nuit magique.

Aucun mot ne fut prononcé pendant la brève course. Johanson ralentit, puis coupa le moteur. Ils dérivèrent assez loin de la maison. Il avait laissé l'éclairage sur la véranda, et la lumière se reflétait sur l'eau proche de la rive, dessinant des bandes ondulées. Çà et là, on entendait un léger clapotis quand un poisson sautait hors de l'eau pour attraper quelque insecte. Johanson se pencha vers Tina, la bouteille à demi pleine à la main. Le bateau les berça doucement.

— Si tu te couches sur le dos, tu auras tout l'univers à toi, dit-il. Avec tout ce qu'il y a dedans. Essaie.

Elle le regarda. Ses yeux brillèrent dans l'obscurité.

— Tu as déjà vu des étoiles filantes ici ?

— Oui, souvent.

— Et tu as fait un vœu ?

— Je n'ai pas la fibre assez romantique, répondit-il en s'asseyant à côté d'elle. Je me suis contenté de profiter du spectacle.

Tina gloussa :

— Tu ne crois à rien, hein ?

— Et toi ?

— Je suis la dernière à croire à ces choses-là.

— Je sais. Tu n'es pas le genre à fondre de plaisir devant un bouquet de fleurs ou une étoile filante. Kare va comprendre sa douleur. La chose la plus romantique que l'on puisse t'offrir, c'est sans doute une analyse de stabilité pour une structure à installer en mer…

Tina lui décocha un nouveau regard. Puis elle se laissa lentement glisser en arrière. Son pull remonta, dévoilant son nombril.

— Tu le crois vraiment ? demanda-t-elle.

Johanson s'appuya sur ses coudes et la dévisagea.

— Non, pas vraiment.

— Tu crois que je suis… a-romantique ?

— Je crois que tu n'as jamais cherché à savoir comment marche le romantisme.

A nouveau, leurs regards se perdirent l'un dans l'autre.

Longtemps.

Trop longtemps.

Ses doigts trouvèrent ses cheveux, se promenèrent dans les longues mèches. Elle leva les yeux sur lui.

— Tu peux peut-être me le montrer, murmura-t-elle.

Johanson se pencha sur elle, et leurs lèvres ne furent plus séparées que par un léger souffle d'air brûlant. Elle referma un bras autour de sa nuque.

L'embrasser. Maintenant.

Un millier de bruits et de pensées jaillirent dans le cerveau de Johanson, se mirent à tourbillonner, opacifiant ses idées. Ils étaient restés tous deux en suspens, comme attendant un signe extérieur, un signal, une autorisation, en double exemplaire, s'il vous plaît, voilà, celui-ci pour vous et l'autre pour vous. Vous avez l'autorisation d'embrasser la fiancée, vous avez le droit de vous conduire avec fougue, d'exprimer *vraiment* votre passion. C'était pas mal, jusqu'ici… et maintenant allez-y, *croyez-y* !

Soyez *passionnés*, nom d'une pipe !

Qu'est-ce qui se passe ? se demanda Johanson. Qu'est-ce qui ne va pas ?

Il sentait la chaleur du corps de Tina, il respirait son parfum, et c'était un parfum délicieux, un parfum qui l'invitait…

Mais c'était comme s'il se trompait de maison. L'invitation n'était pas pour lui.

— Ça ne marche pas, dit Tina.

L'espace d'une seconde, balançant entre la capitulation et le défi, Johanson eut l'impression d'avoir reçu une douche glacée. Puis la brève douleur s'effaça. Quelque chose s'éteignit. Le dernier reste d'incandescence s'évanouit dans la fraîcheur de la nuit, faisant place à un immense soulagement.

— Tu as raison, dit-il.

Ils se détachèrent l'un de l'autre, lentement, à regret, comme si leurs corps n'avaient pas encore compris l'accord que leurs têtes avaient trouvé depuis longtemps. Johanson vit dans ses yeux la question qu'elle lisait sans doute dans les siens : Qu'est-ce qu'on a bousillé ? Cassé ? Gâché pour toujours ?

— Tout va bien ? demanda-t-il.

Tina ne répondit pas. Il s'assit devant elle, tournant le dos au bordé. Puis il s'aperçut qu'il tenait toujours la bouteille, et il la lui tendit.

— Visiblement, dit-il, notre amitié est trop forte, elle ne laisse pas de place pour l'amour.

Il avait conscience du côté plat et grandiloquent de ses paroles, mais elles ne manquèrent pas leur but. Elle se mit à glousser, nerveusement d'abord, puis nettement soulagée. Elle prit la bouteille, en but une longue gorgée et éclata de rire. Puis elle se passa la main sur le visage, comme pour effacer ce rire trop fort et inconvenant, mais il sourdait à travers ses doigts, et Johanson joignit son rire au sien.

Elle poussa un gros soupir.

Ils gardèrent le silence un long moment.

— Tu es fâché ? finit-elle par demander doucement.

— Non, et toi ?

— Je... non, je ne suis pas fâchée. Pas du tout. C'est juste que... Tout est tellement embrouillé. Sur le *Thorvaldson*, tu sais, l'autre soir, dans ta cabine. Une minute de plus, et... enfin, ça a failli arriver, mais aujourd'hui...

Il lui prit la bouteille des mains et but.

— Non, dit-il. Soyons sincères, ça ne serait pas arrivé non plus. Exactement comme maintenant.

— Pourquoi ?

— Tu l'aimes.

Tina passa ses bras autour de ses genoux.

— Kare ?

— Qui veux-tu que ce soit ?

Elle resta silencieuse, les yeux dans le vague, un long moment, et Johanson porta à nouveau le goulot à ses lèvres, parce que faire un cours à Tina Lund sur ce qu'elle éprouvait exactement n'était pas dans ses cordes. Et pas davantage dans ses attributions.

— Je pensais pouvoir lui échapper, Sigur.

Une pause. Si elle attend une réponse, elle peut attendre longtemps. Il va falloir qu'elle pige toute seule.

— Une fois de plus, on y était presque arrivés, toi et moi, dit-elle enfin. Nous ne voulions pas nous engager, ni l'un ni l'autre, c'étaient les conditions idéales. Mais nous n'avons jamais levé l'option. A aucun moment je n'ai eu le sentiment qu'il fallait absolument le faire... je n'ai jamais été amoureuse de toi. Je ne voulais pas l'être. Mais l'idée que cela se passerait un jour était attrayante. Chacun continuerait à vivre sa vie, aucune obligation, aucun engagement. J'étais même convaincue que ça se passerait bientôt, que l'échéance était arrivée ! Et voilà que Kare entre en scène, et je me suis dit : Mon Dieu ! ça, c'est du sérieux. Tout ou rien. L'amour, c'est sérieux, c'est un engagement, et avec Kare, c'est...

— C'est de l'amour.

— Je pensais plutôt que c'était autre chose, une maladie comme la grippe. Je ne pouvais plus me concentrer sur mon travail, j'étais sans arrêt ailleurs en pensée, j'avais sans cesse la sensation que le sol se dérobait sous mes pieds. Et ça ne cadre pas avec ma vie, ce n'est pas moi.

— Et alors, tu t'es dit qu'avant de perdre le contrôle tu lèverais enfin l'option…

— Tu vois, tu es fâché !

— Non, je ne suis pas fâché. Je te comprends. Moi non plus, je n'ai jamais été amoureux de toi… Je t'ai désirée. D'ailleurs, surtout depuis que tu es avec Kare. Mais je suis un vieux chasseur, je crois que j'étais simplement contrarié qu'un mec vienne me disputer ma proie, ça m'a agacé et j'ai été blessé dans mon amour-propre.

Il eut un rire silencieux, poursuivit :

— Tu connais ce joli film avec Cher et Nicolas Cage ? *Eclair de lune*. Un personnage demande pourquoi les hommes veulent coucher avec les femmes. La réponse, c'est : parce qu'ils ont peur de la mort… Pourquoi est-ce que je pense à cela ?

— Parce qu'il y a toujours un rapport avec la peur. La peur devant la solitude, la peur de n'être pas sollicité… mais le pire, c'est la peur d'avoir le choix et de se tromper, et d'être coincé ensuite. Toi et moi, nous n'aurions jamais qu'une liaison, pas plus, et avec Kare… avec Kare, ce serait un lien. Je n'ai pas mis longtemps avant d'en être convaincue. On veut quelqu'un qu'on ne connaît pas du tout, mais on le veut à tout prix. Seulement, on ne l'obtient qu'en le prenant en son entier, avec sa vie en même temps. Et là, on commence à se méfier.

— Parce que, au bout du compte, ce pourrait être une erreur.

Elle acquiesça d'un signe de tête.

Johanson reprit :

— Tu as déjà été avec quelqu'un ? Je parle d'une vraie relation.

— Oui, une fois, il y a une paie.

— C'était ton premier mec ?

— Ouais.

— Et qu'est-ce qui s'est passé ?

— Oh ! une chose très banale ! J'aimerais bien te raconter une histoire extraordinaire, mais non, un beau jour, il a rompu, et moi je n'ai eu que mes yeux pour pleurer.

— Et après ?

Elle appuya son menton dans sa main. Ainsi assise au clair de lune, avec une petite ride verticale entre les sourcils, elle était superbe. Et pourtant, Johanson ne ressentait pas l'ombre d'un regret. Ni d'avoir essayé, ni de l'échec.

— Après, c'est moi qui ai rompu… chaque fois.

— L'ange de la vengeance !

— Mais non. Parfois, les mecs finissaient par me taper sur les nerfs. Trop lents, trop gentils, trop obtus. Parfois, je les quittais aussi pour me mettre en sécurité avant… Tu me connais, tu sais que je suis rapide.

— Non, ne construisons pas de jolie maison, la tempête pourrait se lever et la détruire.

Tina fit la moue.

— Non, je ne donne pas dans l'élégie.

— Peut-être, mais l'idée, c'est bien ça.

— Oui, sans doute, mais il y a aussi une autre façon de faire : on construit la maison, et on la démolit avant que quelqu'un d'autre puisse le faire.

— Kare, la maison.

— Oui, Kare, la maison.

Un grillon se mit à grésiller quelque part. Très loin, un autre lui répondit.

— Tu as failli réussir, dit Johanson. Si on avait couché ensemble aujourd'hui, tu aurais eu toutes les raisons de laisser tomber Kare.

Elle ne répondit pas.

— Tu crois que tu aurais pu te duper toi-même à ce point ?

— Eh bien, je me serais dit qu'avoir une liaison avec toi correspondait mieux à mon style de vie, que ce serait mieux que de m'engager dans une relation qui finirait par me paralyser à long terme. Coucher avec toi en aurait été la… confirmation, quelque part.

— La confirmation par la baise.

Elle lui décocha un regard furieux.

— Non ! J'avais très envie de toi, même si tu ne me crois pas.

— Ne t'énerve pas.

— Je ne t'ai pas utilisé pour m'aider à fuir, si c'est ce que tu veux dire. Je ne t'ai pas simplement…

— Très bien, très bien ! la stoppa Johanson en levant les mains. Tu es amoureuse, c'est tout.

— Oui, dit-elle d'un ton bougon.

— Non, pas comme ça. Avec un peu plus d'enthousiasme.

— Oui. Oui, oui !
— C'est déjà mieux.
Johanson arbora un large sourire.
— Bon, maintenant que nous t'avons auscultée en long en large et en travers, et que nous avons vu que tu flippes à mort, terminons la bouteille à la santé de Kare, proposa-t-il.
Elle lui rendit la moitié de son sourire.
— Je ne sais pas, répondit-elle.
— Tu n'es toujours pas sûre de toi ?
— Plus ou moins, ça dépend des moments.
Johanson, songeur, s'amusa pendant plusieurs secondes à faire passer la bouteille d'une main à l'autre. Puis il avoua :
— Moi aussi, un jour, j'ai démoli une maison. Il y a des années. Les habitants étaient encore à l'intérieur. Ils ont subi quelques dommages, mais ils ont réussi à les réparer par la suite… L'un d'eux, en tout cas. Je continue toujours à me demander si c'était la bonne solution.
— Qui était l'autre habitant ?
— Ma femme.
Elle fronça les sourcils.
— Tu as été marié ? s'étonna-t-elle.
— Oui.
— Tu ne me l'as jamais dit.
— Il y a beaucoup de choses que je n'ai pas dites. Je trouve que c'est très salutaire de ne pas raconter certaines choses.
— Qu'est-ce qui s'est passé ?
— Ce qui se passe, quoi, dit-il en haussant évasivement les épaules. On divorce.
— Pourquoi ?
— Justement, c'est le problème. Il n'y avait pas de raison particulière. Pas de scènes, pas d'assiettes qui volent. Simplement la crainte de se retrouver à l'étroit. Et, en vérité, la peur… de la dépendance. J'ai vu ce qui allait me tomber dessus, c'est-à-dire une famille, des enfants, un roquet baveux dans le jardin… J'ai vu que j'allais devoir prendre des responsabilités, et les enfants, et le chien, et ces responsabilités qui détruisaient l'amour, morceau par morceau… J'ai pensé que la séparation était une solution très raisonnable.
— Et maintenant ?
— Maintenant, je me dis parfois que c'est peut-être la seule erreur que j'aie commise dans ma vie, avoua-t-il, la tête baissée.

Puis il se redressa et leva la bouteille.

— Alors trinquons ! Tchin tchin ! Quoi que tu aies envie de faire, fais-le.

— Justement, je ne sais pas ce que je dois faire, murmura-t-elle.

— Ne te laisse pas rattraper par la peur. Tu as raison, tu es rapide. Alors sois plus rapide que la peur.

La regardant bien en face, il ajouta :

— Moi, je ne l'ai pas été, à l'époque. Toutes les décisions qu'on prend sans peur sont de bonnes décisions.

Tina sourit. Puis elle se pencha et lui prit la bouteille des mains.

A la surprise de Johanson, ils passèrent tout le week-end ensemble au bord du lac. Après l'épisode de leur idylle avortée, il s'était attendu à la voir rentrer au bercail, mais non. Ils avaient éclairci la situation. Leur flirt incessant n'avait plus de raison d'être.

Ils se promenèrent, bavardèrent et rirent, bannissant le monde, ses universités, ses plates-formes pétrolières et ses vers. Johanson fit les meilleurs spaghettis de sa carrière de cuisinier.

Ce fut l'un de ses plus beaux week-ends au bord du lac.

Ils rentrèrent le dimanche soir. Johanson déposa Tina devant chez elle. Ils échangèrent un baiser, rapide et amical. En pénétrant dans sa maison de Kirkegata, il ressentit fugitivement, pour la première fois depuis des années, la différence entre les mots « seul » et « solitaire ». Mais il mit ce sentiment au piquet dans l'entrée. Le doute et la mélancolie avaient le droit de pénétrer jusque-là, mais pas plus loin.

Il transporta sa valise dans sa chambre. C'était là que se trouvait le second téléviseur de la maison. Il le mit en route, se mit à jouer de la zappette. Enfin, il tomba sur la retransmission d'un concert donné au Royal Albert Hall. Kiri Te Kanawa chantait des airs de *La Traviata*.

Il défit sa valise en fredonnant, réfléchissant à ce qu'il mettrait dans son indispensable verre du soir.

Au bout d'un moment, la musique se tut.

Trop occupé à se battre avec une chemise qu'il ne parvenait pas à plier dans les règles de l'art, il ne s'aperçut pas tout de suite que le concert était terminé. Il était en train d'attaquer une manche récalcitrante lorsque la voix de la journaliste qui présentait les informations attira son attention :

« … pas si la disparition de cette famille norvégienne au Chili est à mettre en relation avec des cas semblables qui se seraient produits au même moment sur les côtes du Pérou et de l'Argentine. Dans ces pays, on signale la disparition de plusieurs bateaux de pêche en l'espace de quelques semaines. D'autres bateaux de pêche ont été aperçus en train de dériver, et on est toujours sans nouvelles de leurs équipages. Cette famille norvégienne de cinq personnes était sortie par mer calme et beau temps à bord d'un chalutier pour une partie de pêche en haute mer… »

Je plie la manche vers la droite, et puis je la replie à l'intérieur… Qu'est-ce qu'ils viennent de dire, là, à la télé ?

« Au Costa Rica, on signale en ce moment une invasion de méduses d'une ampleur sans précédent. Des milliers de méduses appelées "galères portugaises" ont fait leur apparition à proximité des côtes, tuant quatorze personnes qui ont été en contact avec ces animaux extrêmement toxiques et en blessant de nombreuses autres, dont deux Anglais et un Allemand. De même, on signale un grand nombre de disparitions dont on ne connaît pas encore le chiffre exact. Le ministère du Tourisme costaricain a constitué une cellule de crise, sans prendre toutefois de mesures visant à la fermeture des plages aux étrangers. Pour l'instant, il estime que la baignade est sans danger… »

Johanson resta planté devant le téléviseur, sa manche de chemise toujours à la main.

— Quels salopards ! marmonna-t-il. Quatorze morts et « la baignade est sans danger » !

« La présence de bancs de méduses provoque également l'inquiétude sur les côtes australiennes. Il s'agirait principalement de "guêpes de mer", extrêmement venimeuses elles aussi. Les autorités locales déconseillent formellement la baignade. En cent ans, soixante-dix personnes sont mortes d'avoir rencontré ces guêpes de mer. Ces décès sont plus nombreux que ceux provoqués par les attaques de requins. On annonce par ailleurs que de graves accidents maritimes mortels ont eu lieu en Colombie-Britannique, dans l'ouest du Canada. On ignore encore la cause exacte du naufrage de plusieurs bateaux de tourisme. Il est possible que ces bateaux soient entrés en collision à la suite d'une erreur de navigation… »

La présentatrice posa la feuille qu'elle tenait et regarda Johanson avec un sourire vide.

« Et maintenant, des nouvelles de… »

Des galères portugaises, réfléchit Johanson.

Il revit une scène à laquelle il avait assisté sur une plage de Bali. Une femme couchée dans le sable, torturée par des crampes. Lui-même n'avait pas été en contact avec la bête. La femme non plus, d'ailleurs. En se promenant sur la plage, elle avait remarqué un animal, une sorte de voile d'une étrange beauté, qui flottait dans l'eau du rivage. Par prudence, elle avait ramassé un bâton et l'avait pêché en prenant soin de garder ses distances. Elle avait examiné son trophée en le tournant et le retournant à plusieurs reprises, jusqu'au moment où, pané comme une escalope dans le sable, il n'avait plus ressemblé à rien. C'est alors qu'elle avait commis une erreur stupide…

Les galères portugaises appartenaient aux physalies, une espèce devant laquelle la science s'interrogeait encore. Plus précisément, la galère portugaise n'était pas une méduse classique, mais une colonie flottante composée d'une quantité de minuscules individus, des centaines, des milliers de polypes assumant des fonctions différentes. La voile gélatineuse bleue ou pourpre remplie de gaz qui émergeait de l'eau en scintillant permettait à la colonie de naviguer au gré du vent. Ce qui se trouvait sous la voile, on ne le voyait pas…

Mais on le sentait dès lors qu'on s'y fourvoyait.

Car ces galères traînaient derrière elles un rideau de tentacules qui pouvaient atteindre cinquante mètres de long, garnis de centaines de milliers de minuscules cellules urticantes munies de capteurs. La composition et la fonction de ces cellules constituaient un chef-d'œuvre de l'évolution, un arsenal extrêmement efficace. L'intérieur de chaque cellule recelait une capsule contenant un tuyau enroulé se terminant par une pointe pareille à un harpon, retournée vers l'intérieur comme un doigt de gant. Le plus léger contact mettait en route un processus d'une précision époustouflante. Au moment même où le capteur enregistrait le contact, le tuyau se déroulait et jaillissait avec une pression équivalente à celle de soixante-dix pneus de voiture éclatant d'un seul coup. Des milliers de harpons transperçaient l'enveloppe corporelle de la proie comme autant de piqûres sous-cutanées, injectant un mélange de différentes protéines qui attaquaient simultanément les globules du sang et les cellules nerveuses. Aussitôt survenaient des contractures musculaires, une insupportable sensation de brûlure, un état de choc, une paralysie respiratoire, puis l'arrêt cardiaque. Si on avait la chance de se trouver près du rivage et d'être immédiatement soigné, on pouvait s'en sortir. Les plongeurs et les nageurs pris dans l'enchevêtrement des tentacules n'avaient aucune chance.

A Bali, la femme n'avait fait que toucher du bout de l'orteil le bâton qui avait été en contact avec la substance urticante. Cette quantité infime de poison avait suffi à la marquer à jamais.

Et la galère portugaise était inoffensive, comparée à la cuboméduse *Chironex fleckeri*, la guêpe de mer australienne.

Au cours de l'évolution, la nature avait accompli des prouesses dans l'art de mélanger les poisons. Elle avait réalisé son chef-d'œuvre avec la guêpe de mer. Le poison d'un seul spécimen pouvait tuer soixante personnes. La paralysie des nerfs entraînait immédiatement la perte de conscience. La plupart des victimes périssaient simultanément par arrêt cardiaque et par noyade en l'espace de quelques minutes, le plus souvent quelques secondes.

Telles étaient les pensées qui traversèrent l'esprit de Johanson devant son téléviseur.

On prenait les gens pour des imbéciles. Quatorze victimes, plus des blessés, en l'espace de quelques semaines : avait-on déjà vu pareille situation sur une côte ? Et cela, à cause d'une seule espèce de méduse ? Et que signifiait cette autre histoire, la disparition des bateaux ?

Des galères portugaises en Amérique du Sud. Des guêpes de mer en Australie.

Des invasions de vers polychètes en Norvège.

Ça ne veut rien dire, se raisonna-t-il. Les méduses, on les voyait souvent apparaître par bancs, dans le monde entier. Pas un été sans méduses. Bon, pour les vers, c'était autre chose.

Il finit de ranger ses affaires, éteignit la télé, gagna le séjour.

Là, au lieu de mettre un CD ou de prendre un livre comme à l'accoutumée, il se mit à faire les cent pas dans la pièce. Au bout d'un moment, il s'arrêta devant la fenêtre, regarda la rue baignée de la lueur des lampadaires.

Quel calme, quelle paix là-bas, au lac !

Quel calme, quelle paix ici, à la Kirkegata !

Mais quand tout était trop calme, c'était en général que quelque chose n'allait pas.

Arrête tes bêtises, Johanson. Qu'est-ce que la Kirkegata a à voir là-dedans ?

Il se servit un verre et le but à petites gorgées, essayant de penser à autre chose. Pas mèche.

Je pourrais peut-être appeler Knut Olsen.

Knut Olsen était comme lui biologiste à la NTNU. Il connaissait très bien les méduses, les coraux et les anémones de mer. De plus, il aurait peut-être une idée à propos de la disparition de ces bateaux.

Olsen répondit à la troisième sonnerie.

— Je t'ai réveillé ? demanda Johanson.

— Oh non ! Les enfants ont tout fait pour m'empêcher de m'endormir, répondit son collègue. On a fêté les cinq ans de Marie aujourd'hui. Tu as passé un bon week-end, au lac ?

Olsen était un bon père de famille perpétuellement de bonne humeur. Il menait une vie si bourgeoisement correcte que Johanson en avait la chair de poule. Jamais ils ne se voyaient en dehors des heures de travail. Mais Olsen était bon gars et ne manquait pas d'humour. Et l'humour, c'était indispensable pour supporter ses cinq enfants.

— Il faudrait que tu te décides à m'accompagner un jour, lui proposa Johanson.

C'était une proposition qui n'engageait à rien. Il eût tout aussi bien pu lui suggérer de faire exploser sa voiture ou de vendre deux de ses enfants sur Internet.

— Bien sûr, répondit Olsen. Avec plaisir.

— Dis, tu as regardé les infos ?

Un silence s'ensuivit. Puis :

— Tu veux parler des méduses ?

— Tout juste. Je savais bien que ça te travaillerait. Qu'est-ce qui se passe ?

— Que veux-tu qu'il se passe ? C'est très banal, ce genre d'invasions. Des grenouilles, des sauterelles, des méduses…

— D'accord, mais là, on parle de galères portugaises et de guêpes de mer.

— Ça, c'est plus inhabituel.

— Tu es sûr ?

— Il est inhabituel que cela concerne les deux espèces de méduses les plus dangereuses au monde. Et ce qu'ils disent aux infos est vraiment particulier.

— Soixante-dix morts en cent ans, souligna Johanson.

— C'est de la connerie, fit Olsen en soufflant avec mépris.

— Il y en a moins ?

— Plus ! Beaucoup plus, environ quatre-vingt-dix, si on compte le golfe du Bengale et les Philippines, et ne parlons pas de ceux qui n'ont pas été répertoriés. Evidemment, ce n'est pas nouveau pour l'Australie, elle a des problèmes depuis toujours avec ces bestioles, avec les guêpes de mer justement. Elles fraient au nord de Rockhampton, dans les embouchures des fleuves. Presque tous les accidents surviennent dans des eaux peu profondes.

— Et ça colle pour la saison ?

— Pour l'Australie, oui. C'est d'octobre à mai. En Europe, c'est quand il fait une chaleur à crever sur la plage qu'elles nous tombent sur le poil. L'année dernière, à Minorque, les enfants n'ont pratiquement pas pu se baigner parce qu'il y avait des tonnes de *Vellela*…

— Rappelle-moi…

— Les *Vellela vellela* sont des petites méduses à flotteur surmontées d'une voile. Elles sont très mignonnes quand elles ne sont pas en train de pourrir au soleil en empestant l'atmosphère. Elles sont violettes. La plage était entièrement violette, il a fallu les ramasser à la pelle et au râteau. Ils en ont rempli des centaines de sacs, tu n'as pas idée du boulot, et il en arrivait d'autres sans arrêt, la mer était infestée. Tu sais que je suis fan des méduses, mais là, même pour moi, c'était trop. Enfin… nous, en Europe, nous avons des invasions en août ou en septembre, mais en bas, dans l'hémisphère Sud, c'est l'inverse. Ce qui se passe en Australie est quand même curieux.

— Qu'est-ce qui est curieux, exactement ?

— On trouve les guêpes de mer à proximité des plages, là où c'est plat. Plus loin de la côte, c'est exceptionnel. Et encore moins sur les îles de la Grande Barrière de Corail, mais ils disent qu'on en trouve aussi là-bas, c'est très curieux. Pour les *Vellela*, c'est l'inverse. Normalement, elles sont en haute mer. Nous ne savons toujours pas à l'heure actuelle pourquoi elles s'échouent sur les plages toutes les quelques décennies.

— Les plages ne sont pas protégées par des filets ?

Olsen éclata de rire.

— Oui, c'est vrai, confirma-t-il, et les gens se croient à l'abri, mais c'est illusoire. Les méduses restent accrochées dans les filets, seulement, les tentacules se détachent et passent à travers les mailles. Et là, on ne les voit plus du tout… Mais au fait, pourquoi veux-tu savoir tout ça ? Tu en connais un rayon là-dessus, toi aussi.

— Oui, mais moins que toi. Et ce que je voudrais savoir, c'est si nous avons affaire à des anomalies.

— Oh ça, je suis prêt à le parier ! grommela Olsen. Ecoute, l'apparition des méduses est toujours liée à la température de l'eau, qui doit être élevée, et au développement du plancton. Tu sais bien que quand il fait bien chaud le plancton prospère d'autant mieux, or les méduses se nourrissent de plancton. C'est pourquoi ces bestioles font leur apparition par bancs entiers à la fin de l'été, et disparaissent quelques semaines plus tard. C'est le cours des choses… Attends une seconde…

A l'arrière-plan, on entendit des braillements suraigus. Johanson se demanda à quelle heure les enfants d'Olsen se couchaient, s'il leur arrivait de le faire. Quelle que fût l'heure à laquelle il téléphonait à leur père, la conversation se passait sur un fond sonore trahissant toujours une ambiance survoltée.

Il entendit Olsen prononcer les mots « arrêtez de vous battre » et « supporter ». Les décibels augmentèrent encore brièvement, puis ce fut à nouveau la voix d'Olsen :

— Excuse-moi. Ils se battent pour les cadeaux. Bon, si tu veux mon avis, ces invasions de méduses sont le résultat de la surfertilisation des mers. C'est nous qui sommes responsables. La surfertilisation favorise le développement du plancton, et ainsi de suite. Quand les vents soufflent à l'ouest ou au nord-ouest, nous avons les méduses chez nous, à nos portes.

— Oui, mais ça, ce sont les invasions normales. Mais nous, nous parlons de…

— Attends. Tu voulais savoir si nous avions affaire à une anomalie. La réponse est oui. Et sans doute d'une anomalie que nous ne reconnaissons pas comme telle. Tu as des plantes chez toi ?

— Quoi ? Euh, oui.

— Tu as un yucca ?

— Oui, deux, même.

— Ce sont des anomalies. Tu comprends ? Le yucca a été introduit, et devine par qui.

Johanson leva les yeux au ciel.

— J'espère que tu ne vas pas me parler d'une invasion de yuccas. Mes yuccas à moi se comportent de manière généralement pacifique.

— Non, t'inquiète. Mais ce que je veux dire, c'est que nous ne sommes plus capables de reconnaître ce qui est naturel et ce qui ne l'est pas. En 2000, je suis allé dans le golfe du Mexique pour faire des recherches sur les invasions de méduses. D'immenses bancs menaçaient les réserves de pêche locales. Ils étaient tombés à bras raccourcis sur les frayères de la Louisiane, du Mississippi et de l'Alabama et dévoraient les œufs et les larves des poissons, sans compter qu'ils bouffaient leur plancton. Or, c'est une espèce qui n'avait rien à faire là-bas qui a causé les plus grands dommages : une méduse australienne du Pacifique. Introduite.

— Une invasion biologique…

— Exactement. Elles ont détruit la chaîne alimentaire, entraînant des répercussions sur la pêche. Une catastrophe. Quelques années avant, un désastre écologique avait menacé la mer Noire parce que pendant les années 1980 un bateau de commerce quelconque avait introduit des cténophores d'Amérique dans son eau de ballast. Eux non plus n'avaient rien à faire là, et la mer Noire s'est retrouvée dans le caca, avec plus de huit mille méduses au mètre carré, tu vois le tableau ?

Olsen s'échauffait de plus en plus :

— Et maintenant, les galères portugaises. Elles sont arrivées en Argentine, ce qui n'est pas leur territoire. L'Amérique centrale, oui, le Pérou et peut-être encore le Chili, mais si bas ? Quatorze morts d'un coup ! C'est une véritable attaque. Et ensuite, les guêpes de mer. Si loin des côtes, sur la Grande Barrière, qu'est-ce qu'elles font là-bas ? C'est comme si quelqu'un les avait fait surgir par enchantement…

— Ce qui donne à réfléchir, dit Johanson, c'est qu'il s'agit justement des deux espèces les plus dangereuses.

— Tu as raison, l'approuva Olsen, que Johanson entendait presque réfléchir. Mais attends, nous ne sommes pas en Amérique, ne va pas te monter la tête avec une quelconque théorie du complot. Il y a une autre explication, pour la multiplication des invasions. Il y en a qui disent que c'est la faute à El Niño, d'autres au réchauffement climatique. A Malibu, ils ont des invasions de méduses comme il n'y en avait plus eu depuis des décennies, à Tel-Aviv ils ont vu apparaître des spécimens monstrueux. Le réchauffement de la planète, l'introduction, tout est possible…

Johanson n'écoutait plus que d'une oreille. Olsen avait prononcé des mots qui ne lui sortaient plus de la tête.

« Comme si quelqu'un les avait fait surgir par enchantement… »

— … viennent pour frayer dans les eaux peu profondes, poursuivait Olsen. Et encore une chose : quand ils parlent de nombre inhabituel, ils ne parlent pas en milliers d'individus, mais en millions et millions. Et ils ne contrôlent rien du tout. Ce ne sont pas quatorze personnes qui sont mortes, mais beaucoup plus, je te le garantis.

— Mmm !

— Tu m'écoutes ?

— Bien sûr. Beaucoup plus ? Je crois que là, c'est toi qui te montes la tête avec des théories du complot.

Olsen rit.

— Penses-tu ! Mais ce sont des anomalies, oui. En apparence, cela ressemble à un phénomène cyclique, mais moi, je pense que c'est autre chose.

— C'est ton petit doigt qui te le dit ?

— Mon petit doigt n'est plus capable de me dire grand-chose après la journée que j'ai passée. Non, c'est ma tête qui me le dit.

— Bien. Merci, je voulais juste avoir ton opinion.

Il réfléchit. Devait-il parler des vers à Olsen ? Mais cela ne le regardait pas. Sans doute les gens de Statoil n'avaient-ils pas tellement envie de retrouver ce sujet sur la place publique en ce moment, et Olsen bavardait un peu trop.

— On se voit demain pour déjeuner ? proposa Olsen.

— Oui, avec plaisir.

— Je vais voir si j'arrive à glaner encore des infos là-dessus. Si ça se trouve, les méduses vont continuer à nous... méduser !

Il éclata de rire, très content de son jeu de mots.

— D'accord, répondit Johanson, à demain.

Il raccrocha. Puis il s'aperçut qu'il avait oublié de demander à Olsen ce qu'il pensait de la disparition des bateaux. Mais il n'allait pas le rappeler. Cela pouvait attendre le lendemain.

Ces invasions de méduses l'auraient-elles autant frappé s'il n'avait pas été au courant, pour les vers ?

Non. Sans doute que non. Ce n'étaient pas les méduses.

C'était la relation qu'il y avait entre tout cela. S'il y en avait une.

Le lendemain matin, tandis qu'il roulait vers son bureau, Johanson avait écouté les informations, mais n'avait rien appris qu'il ne savait déjà : des disparitions de personnes et de bateaux s'étaient produites en plusieurs points du monde. Les suppositions allaient bon train, mais d'explication véritable, il n'y en avait point.

La première conférence de Johanson avait lieu à dix heures. Cela lui laissait largement le temps de consulter son courrier. Dehors, il pleuvait à verse. Un gris uniforme plombait le ciel de Trondheim.

Johanson alluma la lumière et alla se réfugier derrière son bureau, muni d'un gobelet de café censé le réveiller en douceur. C'est alors qu'Olsen passa la tête.

— C'est complètement fou, dit-il. Ça n'arrête pas.

— Quoi donc ?

— Ben, ces nouvelles catastrophiques à la chaîne. Tu n'écoutes pas les infos ?

Johanson rassembla ses idées.

— Tu parles de la disparition des bateaux ? Je voulais te demander ton avis à ce sujet, hier, mais j'ai oublié, ça m'est sorti de la tête, avec ces histoires de méduses...

Olsen entra complètement dans la pièce.

— Je suppose que je ne me trompe pas, tu as bien l'intention de m'offrir un café ? dit-il, tout en parcourant les lieux d'un œil inquisiteur.

Parmi les qualités aussi utiles que pénibles qui distinguaient Olsen, il fallait ranger la curiosité.

— A côté, indiqua Johanson.

Olsen se courba en deux à travers la porte qui communiquait avec le bureau voisin pour commander un café d'une voix tonitruante. Puis il s'assit et continua à laisser errer son regard alentour. La secrétaire entra, déposa un gobelet sur le bureau en l'abattant sur la table d'un coup sec et en gratifiant Olsen d'un regard meurtrier, avant de disparaître.

— Qu'est-ce qui lui prend ? s'étonna le brave homme.

— Moi, je m'occupe de mon café moi-même, expliqua Johanson. La cafetière est juste à côté, avec le lait, le sucre et les tasses.

— Ouh la ! Susceptible, la dame, hein ? Désolé ! La semaine prochaine, je lui apporterai des sablés faits maison. Ma femme fait des sablés vachement bons.

Olsen aspira une gorgée de café à grand bruit, puis s'enquit :

— Alors tu n'as vraiment pas écouté les infos ?

— Si, dans ma voiture, en venant.

— Il y a dix minutes, il y a eu une info spéciale sur CNN. Tu sais que j'ai une petite télé dans mon bureau, elle reste allumée toute la journée…

Olsen se pencha en avant comme s'il se préparait à lui confier un secret. La lumière du plafonnier se refléta dans sa calvitie naissante.

— Un gazier a explosé au large du Japon. Au même moment, dans le détroit de Malacca, deux porte-conteneurs et une frégate sont entrés en collision. L'un des porte-conteneurs est en train de sombrer, l'autre ne peut plus manœuvrer et il y a le feu sur la frégate. Il y a eu une explosion.

— Oh, merde !

— Et tout ça ce matin !

Johanson se réchauffa les mains autour de son gobelet.

— En ce qui concerne le détroit de Malacca, ça ne m'étonne pas, dit-il. L'étonnant est surtout que ça n'arrive pas plus souvent.

— D'accord, mais c'est quand même curieux, comme coïncidence, tu ne trouves pas ?

Trois détroits étaient en compétition pour le titre de voie de navigation la plus fréquentée au monde : la Manche, le détroit de Gibraltar et le détroit de Malacca, qui se trouvait sur la route maritime reliant l'Europe à l'Asie du Sud-Est. Le problème résidait dans l'importance de ces voies de communication. Le détroit de Malacca à lui seul accueillait environ six cents grands tankers et cargos chaque jour. A certaines périodes, il arrivait que deux mille navires franchissent dans la même journée les eaux séparant la Malaisie et Sumatra, qui s'étendaient sur quatre cents kilomètres de longueur mais n'excédaient pas, dans leur partie la plus étroite, vingt-sept kilomètres de largeur. L'Inde et la Malaisie insistaient pour que les capitaines des tankers se détournent vers la route de Lombok, un peu plus au sud, mais en vain. Le détour entraînait une perte de profit. Donc, c'était le *statu quo*, et environ 15 % du commerce mondial se bousculait sur la route de Malacca et les détroits avoisinants.

— Sait-on ce qui s'est passé ?

— Non, c'est arrivé il y a quelques minutes seulement.

— C'est dingue.

Johanson but une gorgée de café, puis reprit :

— Et l'histoire des bateaux disparus ?

— Comment ? Tu ne le sais pas non plus ?

— Je ne poserais pas la question, autrement ! répliqua Johanson avec une pointe d'irritation.

Olsen se pencha encore un peu plus et dit en baissant la voix :

— Il paraît que depuis un certain temps, il y a des nageurs et des petites barques de pêche qui disparaissent au large de l'Amérique du Sud, côté Pacifique. On en a très peu parlé, en tout cas pas en Europe. Tout aurait commencé au Pérou. Le premier à disparaître a été un pêcheur, on a retrouvé sa barque quelques jours après. Elle était en train de dériver en haute mer, c'était une barque en jonc, une petite embarcation. On a pensé qu'il avait été emporté par une lame, mais depuis des semaines le temps est très convenable. Seulement, ça n'a pas arrêté de se reproduire depuis, et pour finir, c'est un petit chalutier qui a disparu.

— Mais, bonté divine, pourquoi n'avons-nous pas été informés ?

Olsen écarta les mains dans un geste fataliste.

— Qu'est-ce que tu veux, ce genre de nouvelles, on préfère ne pas les diffuser. Il ne s'agirait pas de faire peur aux touristes, tu comprends ! Sans compter que cela se passe dans des régions où les gens ont la peau foncée et le poil noir, et que pour nous ils se ressemblent tous.

— On a bien parlé des méduses, alors que c'est loin.

— Je t'en prie ! Ce n'est pas la même chose ! C'est que ce sont de bons touristes américains qui sont morts, et un Allemand et je ne sais qui d'autre. Et voilà qu'une famille norvégienne disparaît au large du Chili ! Ils étaient sortis en mer avec un bateau de pêche dont le capitaine était l'organisateur local. Une partie de pêche en haute mer. Et hop ! Disparus. Mon Dieu, des Norvégiens, de beaux blonds bien sous tout rapport, ça, il faut en parler !

— D'accord, d'accord, j'ai compris. Et il n'y a eu aucun appel radio ?

— Non, Sherlock. Un SOS par-ci, par-là, et c'est tout. Sur presque tous les bateaux disparus, la technologie embarquée se limitait à celle d'un hors-bord.

— Pas de tempête ?

— Absolument pas ! Rien qui soit susceptible de faire chavirer une barque.

— Et qu'est-ce qui s'est passé, dans l'Ouest canadien ?

— Ces bateaux qui sont entrés en collision ? Aucune idée. Quelqu'un a émis l'idée qu'ils ont été tamponnés par une baleine mal lunée. Je n'en sais rien. Le monde est mystérieux et cruel, et toi, tu es aussi un peu énigmatique avec tes questions. Tiens, donne-moi encore un café… Non, excuse, je vais me servir moi-même.

Olsen s'incrusta dans le bureau de Johanson, telle une sangsue. Lorsqu'il eut bu assez de café et tourné enfin les talons, Johanson regarda l'heure : il ne lui restait plus que quelques minutes avant sa conférence.

Il appela Tina.

— Skaugen a pris contact avec d'autres sociétés d'exploration, dit-elle. Au niveau international. Il veut savoir s'ils ont été confrontés à des phénomènes similaires.

— Avec des vers ?

— Exactement. Il pense que les Asiatiques sont au moins autant au courant que nous, pour ces bestioles.

— Comment cela ?

— Je te rappelle tes propres paroles : l'Asie fait des recherches sur l'extraction des hydrates de méthane. C'est bien ce que t'a dit le gars de Kiel ? Skaugen a tâté le pouls de ces sociétés…

Ce n'est pas une mauvaise idée, se dit Johanson. Skaugen en a déduit que si les polychètes sont friands d'hydrates ils ont certainement été repérés dans des endroits où l'homme est friand de méthane. Mais…

— Les Asiatiques ne vont sûrement pas aller le raconter à Skaugen, objecta-t-il. Ils vont faire comme lui, fermer leur gueule.

Tina réfléchit un instant, puis lui demanda :

— Tu veux dire que Skaugen ne leur dirait pas non plus ?

— Je ne crois pas, non. Pas des quantités pareilles. Et pas pour l'instant.

— Et pour quelle raison ferait-il ça ?

— Eh bien...

Johanson chercha ses mots.

— Je ne veux pas vous soupçonner de quelque vilenie que ce soit, dit-il enfin, mais admettons que quelqu'un ait l'idée d'imposer la fabrication d'une usine sous-marine tout en sachant que le site est grouillant de bestioles inconnues...

— Pas nous.

— J'ai dit : admettons.

— Tu l'as entendu, Skaugen a suivi ton conseil.

— C'est tout à son honneur. Mais il s'agit bien de fric, non ? On pourrait très bien adopter la position suivante : « Des vers ? On n'est pas au courant. On n'en a jamais vu. »

— Et construire malgré tout ?

— Il ne se passera pas obligatoirement quelque chose. Et si ça arrive... on peut rendre quelqu'un responsable des défauts techniques, mais pas de la présence de bestioles qui bouffent le méthane. Qui va pouvoir prouver ensuite qu'on est tombé sur des vers pendant la phase préparatoire ?

— Statoil ne falsifierait pas les choses comme ça.

— Bien, ne parlons plus de vous. Mais pour les Japonais, par exemple, l'exportation de méthane serait comparable à un boom pétrolier. Plus que ça encore ! Ils deviendraient immensément riches ! Tu crois que les Asiatiques joueraient cartes sur table en la matière ?

Tina sembla hésiter.

— Non, finit-elle par reconnaître.

— Et vous ?

— Pour l'instant, tout cela ne nous avance à rien. Il faut que nous sachions ce qui se passe chez eux avant qu'ils apprennent ce qui se passe chez nous. Il nous faut des observateurs indépendants. Des gens qui ne sont pas en relation avec Statoil. Par exemple...

Elle parut réfléchir. Puis elle dit :

— Et toi, tu ne pourrais pas essayer d'obtenir des tuyaux ?

— Moi ? Auprès des sociétés pétrolières ?

— Non, auprès des instituts, des universités, de gens comme tes amis de Kiel. Les recherches sur les hydrates de méthane se font bien au niveau mondial, non ?

— Oui, mais…

— Et auprès des biologistes. Des chercheurs en milieu marin ! Des gens qui font de la plongée sous-marine ! Tu sais quoi ? s'écria-t-elle avec enthousiasme. Tu pourrais te charger toi-même de toute cette partie ! Peut-être qu'on pourrait créer un département rien que pour toi ! Oui, c'est ça, j'appelle Skaugen et je lui demande un budget ! On pourrait…

— Oh là, oh là ! Doucement !

— Ce serait sûrement bien payé, sans compter que ce ne serait pas un gros boulot.

— Hein ? Ce serait un boulot dingue, oui ! Et vous pourriez tout à fait vous en charger.

— Ce serait mieux si c'était toi. Toi, tu es neutre.

— Ecoute, Tina…

— Pendant le temps qu'on perd à discuter, tu aurais déjà pu passer trois coups de fil au Smithsonian Institute. S'il te plaît, Sigur, ce serait tellement simple… Comprends-moi : nous sommes un groupe qui possède des intérêts vitaux dans cette affaire, et si nous intervenions nous-mêmes, nous aurions immédiatement mille organisations écologiques aux fesses. Elles n'attendent que ça.

— Ah, tu vois ! Vous avez tout intérêt à occulter le tout.

— Tu es vraiment un idiot !

— Entre autres.

Tina soupira.

— Qu'est-ce que nous pouvons faire, d'après toi ? Tu ne crois pas que le monde entier nous soupçonnerait du pire ? Je te le jure, Statoil n'entreprendra rien avant que toute la clarté nécessaire soit faite sur le rôle joué par ces vers. Mais si nous frappons à trop de portes de manière officielle, tout le monde sera au courant. Et on se focalisera sur nous à tel point que nous ne pourrons plus bouger le petit doigt.

Johanson se frotta les yeux. Puis il consulta sa montre.

Dix heures passées. Sa conférence.

— Tina, il faut que j'arrête. Je te rappelle.

— Je peux dire à Skaugen que tu nous suis ?

— Non.

Un silence.
— O.K., dit-elle alors d'une petite voix.
Un petit agneau qu'on mène à l'abattoir. Johanson respira à fond.
— Je peux y réfléchir, au moins ? demanda-t-il.
— Oh oui ! Bien sûr ! Tu es un amour.
— Je sais. C'est ça, mon problème. Je te rappelle.
Il rassembla ses documents et se hâta vers l'amphi.

A Roanne, France

Au moment même où Johanson commençait sa conférence à Trondheim, Jean Jérôme, à environ deux mille kilomètres de là, était en train d'inspecter douze homards bretons d'un œil critique.

L'œil de Jérôme était toujours critique. Un principe fondateur, chez lui, en quelque sorte. La cause de ce scepticisme permanent résidait dans la raison sociale de l'établissement où il exerçait ses talents. La maison Troisgros était le seul restaurant français qui pouvait se prévaloir de ses trois étoiles au Michelin depuis trente ans sans interruption, et Jérôme n'avait pas envie de rester dans l'histoire comme celui qui avait rompu la chaîne. Il était responsable de tout ce qui touchait aux produits de la mer. Il était en quelque sorte le Seigneur des Poissons, et cette fonction exigeait qu'il soit à pied d'œuvre dès potronminet.

La journée de l'intermédiaire qui fournissait la marchandise à Jérôme avait commencé bien plus tôt que la sienne, c'est-à-dire à trois heures du matin à Rungis, une banale ville de banlieue sise à quatorze kilomètres de Paris. S'étendant sur un territoire de quatre kilomètres carrés éclairés jusque dans leurs moindres recoins, les halles de Rungis approvisionnaient Paris et bien d'autres grandes villes, les négociants comme les cuisiniers. La totalité de la production du pays en matière d'aliments était représentée à Rungis. On y trouvait le lait, la crème, le beurre et le fromage de Normandie, les primeurs de Bretagne, les fruits parfumés du Sud. Les ostréiculteurs de Belon, de Marennes et du bassin d'Arcachon, les pêcheurs de thon de Saint-Jean-de-Luz étaient là aussi, après avoir avalé l'autoroute pour venir livrer leur marchandise. Leurs véhicules frigorifiques remplis de coquillages et de crustacés garnissaient les parkings alentour. C'était le seul et unique endroit de France où l'on avait accès à la bonne chère à une heure aussi indue.

La qualité primait tout. Les homards avaient beau venir de Bretagne, il y avait homard et homard. En bref, pour contenter Jean Jérôme, de Roanne, il était impératif de satisfaire à certains critères.

Il prit les crustacés l'un après l'autre, les retourna pour les examiner sur toutes les faces. Ils étaient rangés par six dans une grande caisse de Styropor capitonnée avec une sorte de paille. Ils bougèrent à peine, mais ils étaient vivants, comme il se devait. Leurs pinces étaient attachées.

— Bien, dit Jérôme.

C'était le plus grand des compliments. Et même, ces homards lui plaisaient particulièrement bien. Ils étaient plutôt petits, mais lourds pour leur taille, avec une carapace bleu foncé brillante.

Sauf les deux derniers.

— Trop légers, décréta-t-il.

L'intermédiaire fronça les sourcils, prit l'un des homards qui avaient recueilli l'assentiment de Jérôme et l'un des crustacés rejetés, les soupesa, un dans chaque main.

— Vous avez raison, monsieur, dit-il, consterné. Je m'excuse.

Il offrait l'image même du coupable en train de répondre de son forfait devant un juge.

— Mais il ne manque pas grand-chose, hein ?

— Non, ce n'est pas grand-chose pour le resto du coin, répondit Jérôme. Mais nous, nous ne sommes pas le resto du coin.

— Vraiment, je suis embêté… Si vous voulez, je retourne…

— Non, non, ce n'est pas la peine. Il ne nous reste plus qu'à repérer un client qui aura un petit estomac.

L'homme renouvela ses excuses. Et à nouveau en sortant, et sans doute encore dans sa camionnette, alors que Jérôme était déjà dans sa cuisine en train de se débattre avec les exigences de la carte du soir. Il avait provisoirement entreposé les homards dans une bassine remplie d'eau fraîche, où ils baignaient, apathiques.

Une heure passa, puis Jérôme décida qu'il était temps de blanchir les crustacés. Il mit une grande marmite à chauffer. Les homards vivants devaient être traités sans tarder, car ces bestioles avaient une propension à s'entre-dévorer en captivité. Les blanchir, c'était non pas les faire cuire à point, mais les tuer dans l'eau frémissante. Plus tard, juste avant de servir, on terminait la cuisson.

Lorsque ce fut le moment, Jérôme sortit les homards de la bassine et entreprit de les faire glisser dans l'eau, la tête la première. L'air s'échappa avec un couinement audible de l'espace creux des carapaces. L'un après l'autre, il les introduisit de cette manière dans la marmite et les en ressortit presque immédiatement. Le neuvième, le dixième homard trépassèrent. Jérôme attrapa le onzième – ah ! c'était vrai, il était plus léger ! –, le plongea dans l'eau bouillante. Dix secondes suffisaient. Sans le regarder vraiment, il le ressortit à l'aide de sa grande écumoire…

Il étouffa un juron.

Qu'est-ce qui avait bien pu se passer ? La carapace s'était littéralement déchirée, et l'une des pinces avait éclaté. Incroyable ! Jérôme souffla avec colère. Il posa le homard, plus exactement ses restes épars, sur la table et le retourna sur le dos. Le dessous aussi était endommagé, et à l'intérieur, là où il aurait dû trouver de la bonne chair, il ne vit qu'un magma gélatineux et blanchâtre. Stupéfait, il examina l'intérieur de la marmite. Dans l'eau frémissante, il vit nager des morceaux et des fils d'une chose qu'il était impossible de considérer comme de la chair de homard, même avec beaucoup d'imagination.

Bon, ça n'avait pas vraiment d'importance. Ils n'avaient besoin que de dix homards, en réalité. Jérôme n'était jamais chiche, il était connu pour savoir équilibrer les achats. Il fallait savoir évaluer les quantités dont on avait réellement besoin, tant par intérêt économique que par sécurité, pour avoir de la réserve. Une fois encore, il avait bien fait d'en prendre plus.

Mais cette affaire était contrariante, tout de même.

Il se demanda si la bestiole était atteinte d'une maladie. Son regard tomba sur la bassine. Il restait un homard. Qui ne lui avait pas donné satisfaction, lui non plus. Tant pis. On y va !

Ah non, il y avait cette cochonnerie blanchâtre dans l'eau !

Soudain, une pensée lui traversa l'esprit. Le homard malade était trop léger, et celui qui restait également. Y avait-il un rapport ? Peut-être les bestioles avaient-elles commencé à se bouffer entre elles… à moins que ce ne fût un virus ou un parasite qui se développait à l'intérieur. Jérôme hésita. Puis il sortit le douzième homard de la bassine et le posa devant lui sur le plan de travail pour l'examiner. Les longues antennes courbées vers l'arrière remuèrent. Les pinces attachées ensemble bougèrent faiblement. Quand on les arrachait à leur environnement naturel, les homards avaient tendance à faire preuve d'une grande inertie. Jérôme donna un petit coup au crustacé et se pencha un peu plus au-dessus de lui. L'animal bougea les pattes comme s'il voulait s'échapper, mais resta sur place. Une substance transparente se mit à couler à l'endroit où sa queue segmentée était reliée à la carapace du dos.

Qu'est-ce que c'était encore que ça ?

Jérôme s'accroupit. Il était à présent tout près de la bête, à hauteur d'yeux pour ainsi dire.

Le homard souleva légèrement son tronc. L'espace d'une seconde, ses yeux noirs parurent regarder Jérôme.

Puis il explosa.

L'apprenti que Jérôme avait chargé d'écailler les poissons n'était qu'à trois mètres de là, mais une étagère étroite qui montait jusqu'au plafond, remplie d'ustensiles et d'épices, lui cachait la vue sur le piano. C'est pour cette raison que l'effroyable cri poussé par Jérôme le prit par surprise. De frayeur, il lâcha son couteau. Il vit Jérôme s'éloigner de la cuisinière en titubant, le visage enfoui dans ses mains, et se précipita vers lui. Ensemble, ils se cognèrent contre le plan de travail qui se trouvait juste derrière. Des gamelles s'entrechoquèrent, quelque chose tomba par terre et se brisa à grand bruit.

— Qu'est-ce qui s'est passé ? hurla l'apprenti, pris de panique. Qu'est-ce qui s'est passé ?

D'autres cuisiniers accoururent. La cuisine était une véritable usine, où chacun tenait son rôle. L'un était chargé du gibier, un autre des sauces, un troisième des farces, un autre encore des salades et un autre de la pâtisserie, et ainsi de suite. En un clin d'œil, ce fut le chaos tout autour du piano. Jérôme finit par dévoiler son visage et indiquer d'une main tremblante le plan de travail placé à côté de la cuisinière. Une substance gélatineuse et transparente dégoulinait de ses cheveux, recouvrait partiellement son visage et tombait dans son col en se désagrégeant au fur et à mesure.

— Il… il a explosé, articula Jérôme en haletant.

L'apprenti s'approcha de la table et regarda le homard désintégré avec dégoût. C'était la première fois qu'il voyait une chose pareille. Seules les pattes étaient intactes. Les pinces étaient par terre, la queue avait l'air d'avoir été projetée en l'air et la carapace était en pièces détachées.

— Mais qu'est-ce que vous lui avez fait ? demanda-t-il dans un souffle.

— Ce que je lui ai fait ? Ce que je lui ai fait ? hurla Jérôme en levant les mains, le visage grimaçant de dégoût. Je ne lui ai absolument rien fait ! Il a explosé tout seul !

On lui apporta de quoi se nettoyer. L'apprenti toucha d'un doigt prudent la matière qui était répandue partout. La consistance en était horriblement visqueuse, caoutchouteuse, mais elle se détacha facilement et coula sur la table. Mû par une impulsion, il prit un pot de verre posé sur une étagère, ramassa à la cuillère des fragments gélatineux et un peu de liquide, versa le tout dans le pot qu'il vissa à fond.

Calmer Jérôme ne fut pas chose facile. Quelqu'un lui apporta finalement une coupe de champagne, et ce n'est qu'après l'avoir vidée que le maître recouvra quelque peu ses esprits.

— Nettoyez-moi ça, ordonna-t-il d'une voix étouffée. Nettoyez-moi cette saloperie immédiatement. Moi, je vais me laver.

Il sortit. Les cuisiniers entreprirent aussitôt de remettre de l'ordre, nettoyèrent le piano et tout ce qui se trouvait autour, jetèrent les restes de homard, lavèrent la marmite et, bien sûr, renversèrent dans l'évier l'eau dans laquelle la douzaine de homards avaient passé l'heure précédant leur trépas. L'eau prit le chemin habituel, coula dans la canalisation, où elle se mélangea à toutes les eaux rejetées par la ville pour être réutilisées ensuite sous forme recyclée.

L'apprenti emporta le verre contenant la substance gélatineuse. Il ne savait pas encore ce qu'il en ferait, aussi demanda-t-il son avis à Jérôme lorsque celui-ci réapparut à la cuisine, les cheveux lavés et dans une tenue propre.

— Tu as peut-être bien fait d'avoir gardé un peu de cette merde, dit Jérôme, la mine sombre. Dieu seul sait ce que ça peut être.

— Vous voulez la voir ?

— Oh non, malheureux ! Mais il faudrait la faire analyser. On va l'envoyer dans un labo quelconque. Mais tu ne dis pas comment ça s'est passé, tu entends ? Ça n'est jamais arrivé. Une chose pareille est impossible chez les frères Troisgros !

L'histoire ne sortit pas des cuisines du restaurant. Et c'était très bien, car que n'aurait-on alors raconté ? Même si l'établissement n'était en rien responsable de la mésaventure, on s'en serait donné à cœur joie, en allant colporter partout que chez les frères Troisgros on avait des homards explosifs qui vous pétaient à la figure en vous barbouillant d'une espèce de bouillie visqueuse... Rien ne portait plus ombrage à la réputation d'un grand restaurant que quelques rumeurs bien distillées ayant trait à l'hygiène.

L'apprenti observa attentivement la matière blanchâtre qu'il avait dans son verre. Voyant qu'elle commençait elle aussi à se désagréger, il versa un peu d'eau dessus, pensant que cela ne pourrait pas lui faire de mal. Ça lui rappelait vaguement une méduse, ce truc, et les méduses ne vivaient que dans l'eau, parce qu'elles n'étaient composées que de cela, comme tout le monde le savait. Visiblement, c'était une bonne idée. Les fragments restèrent stables.

La maison Troisgros passa quelques coups de fil extrêmement discrets, au terme desquels il fut entendu que l'on enverrait le pot en verre à l'université de Lyon pour faire examiner son contenu.

Arrivé là-bas, ledit pot atterrit sur le bureau du professeur Bernard Roche, du département biologie moléculaire. Entre-temps, le processus de décomposition de la substance gélatineuse s'était poursuivi malgré l'apport d'eau, et il ne restait que très peu de solide dans le verre. Roche soumit aussitôt ce qui restait à différents tests, mais les dernières miettes disparurent avant d'avoir pu être soumises à une analyse plus précise. Roche réussit seulement à découvrir quelques compositions moléculaires qui le laissèrent à la fois stupéfait et fort intrigué. Entre autres, il était tombé sur une neurotoxine extrêmement nocive, dont il ignorait cependant si elle provenait de la gelée ou de l'eau contenue dans le verre.

Cette eau, c'était établi, était saturée de matière organique et de diverses substances. Comme il n'avait pas le temps de l'examiner tout de suite, Roche résolut de conserver le contenu du verre et de le soumettre à une analyse plus complète. L'eau fut donc placée au réfrigérateur.

Le même soir, Jérôme tomba malade. Cela commença par une légère nausée. Le restaurant était plein. Il n'y prêta pas attention et participa au ballet habituel en cuisine. Les dix homards qui n'avaient pas explosé étaient d'une qualité irréprochable, et il n'en fallut pas un de plus. Malgré l'incident désagréable de la matinée, tout se passa impeccablement, comme d'habitude chez les frères Troisgros.

Vers vingt-deux heures, la nausée de Jérôme s'accentua, accompagnée à présent de légers maux de tête. Peu après, il remarqua qu'il peinait à se concentrer. Il oublia de terminer un plat et de donner quelques directives, et l'élégante mécanique si parfaite se grippa imperceptiblement.

Jean Jérôme était suffisamment professionnel pour savoir à quel moment il fallait décrocher. Il se sentait vraiment mal, maintenant, aussi transmit-il la responsabilité de la suite à son adjointe, une cuisinière ambitieuse et bourrée de talent, qui avait fait son apprentissage chez le célèbre chef Ducasse à Paris. Il annonça qu'il sortait faire un petit tour dans le jardin du restaurant. Le jardin jouxtait les cuisines. Il était superbe. Par beau temps, c'était là que les convives étaient invités à prendre l'apéritif et les hors-d'œuvre, avant d'être conduits dans la salle après un petit détour par les cuisines, où ils pouvaient profiter du spectacle et recevoir çà et là une petite démonstration. Ce soir-là, le jardin était désert et discrètement illuminé.

Jérôme s'y promena pendant quelques minutes. De là, à travers la large baie vitrée, il pouvait continuer à surveiller les cuisines et leur animation, mais il avait du mal à focaliser son regard plus de quelques secondes d'affilée. Il était dehors, à l'air, et pourtant il respirait avec difficulté et se sentait oppressé. De plus, il avait les jambes en coton. Prudent, il s'assit près d'une table en bois. Il repensa aux événements de la matinée. Il avait été constellé d'entrailles du homard, il en avait eu plein les cheveux et la figure. Il avait dû avaler quelque chose, recevoir du liquide dans la bouche, ou en attraper avec sa langue quand il s'était léché les lèvres.

Fut-ce le souvenir de ce homard, de l'explosion, ou était-ce dû aux conséquences de sa maladie soudaine ? Toujours est-il que Jérôme fut pris d'une violente nausée et vomit dans les plantes d'ornement. Aussitôt après, toujours courbé en deux, hoquetant et à bout de souffle, il se dit que maintenant, ça y était, c'était sorti, cette merde. Bon. Avec une bonne gorgée d'eau, il se sentirait très vite beaucoup mieux.

Il se redressa. Trop vite. Tout tourna autour de lui. Sa tête était brûlante, son champ de vision se rétrécit, et il se sentit emporté dans une spirale.

Il faut te lever, pensa-t-il, lève-toi, et va voir aux cuisines si tout va bien. Il ne doit pas y avoir de pépin. Pas chez les Troisgros.

A grand-peine, il se mit debout et marcha tant bien que mal, mais dans la mauvaise direction. A peine eut-il fait deux pas qu'il ne sut plus où il allait. D'ailleurs, il ne savait plus rien, il ne voyait plus rien.

Il s'écroula sous les arbres qui entouraient le jardin.

18 avril

Sur l'île de Vancouver, Canada

Ça n'en finissait plus.

Anawak avait l'impression que ses yeux rapetissaient d'heure en heure. Il les sentait rougir, ses paupières enflaient, il aurait juré que se formaient tout autour des petites rides qui n'étaient pas encore de son âge. Depuis que l'horreur s'était abattue sur la côte ouest, il ne faisait guère que passer d'un écran à l'autre, mais il n'avait visionné qu'une petite partie des documents, à savoir des informations dues à l'une des découvertes les plus novatrices dans le domaine de la recherche comportementale : la télémétrie.

A la fin des années 1970, des chercheurs mirent au point une méthode d'observation des animaux tout à fait nouvelle. Jusqu'alors, il était impossible d'obtenir des renseignements précis sur l'habitat et les déplacements d'une espèce donnée. On en était réduit aux suppositions concernant son mode de vie, de chasse, de reproduction, ses besoins individuels. Bien entendu, des milliers d'animaux faisaient l'objet d'observations permanentes. Mais celles-ci avaient lieu dans des conditions qui ne permettaient pas d'aboutir à de véritables conclusions concernant leur comportement naturel. De même qu'un prisonnier n'agissait pas dans sa cellule comme un homme libre, un animal en captivité ne se comportait pas comme il le faisait en liberté.

Les connaissances demeuraient insuffisantes, y compris lorsqu'on observait les animaux dans leur espace naturel. Soit l'animal prenait aussitôt la fuite, soit il restait caché. En réalité, l'observé était plus souvent le chercheur que l'objet de ses recherches. Les espèces les moins farouches – par exemple les chimpanzés ou les dauphins – adaptaient leur comportement à l'observateur, réagissaient de manière agressive ou curieuse, prenaient parfois la pose avec coquetterie, en bref, faisaient tout pour échapper à une analyse objective. Quand ils en avaient assez, ils disparaissaient dans les fourrés, grimpaient dans les arbres ou plongeaient sous l'eau, recommençant aussitôt à se comporter selon leur nature… sauf qu'on ne pouvait pas les suivre !

Et pourtant, c'était là le souhait de tout biologiste depuis Darwin. Comment vivait-on dans les eaux sombres et glaciales de l'Antarctique quand on était un phoque ou un poisson ? Comment savoir ce qui se passait dans un biotope recouvert d'une couche de glace fermée ? Comment se présentait l'univers quand on traversait les airs non pas en avion mais à la façon d'une oie sauvage ? Comment vivre vingt-quatre heures de la vie d'une abeille ? Comment obtenir des informations sur la fréquence des battements d'ailes, le rythme cardiaque, la tension artérielle, le comportement alimentaire, les capacités physiologiques en plongée, le stockage de l'oxygène, ou sur les conséquences, pour les mammifères marins, du bruit dû à la circulation maritime ou aux détonations sous-marines ?

Comment observer un animal là où l'homme ne pouvait pas le suivre ?

La réponse se trouvait dans la technologie qui permettait aux transitaires de déterminer la position de leurs camions depuis leur bureau et aux automobilistes de se déplacer dans une ville inconnue. Les citoyens des pays les plus développés se servaient de cette technologie sans savoir qu'elle avait également révolutionné la zoologie.

La télémétrie.

Dès la fin des années 1950, des scientifiques américains avaient imaginé d'équiper les animaux avec des sondes. Peu après, la marine américaine commença à travailler avec des dauphins apprivoisés, mais les premiers programmes se heurtèrent à une difficulté, celle du poids des émetteurs. Il était inutile de fixer un enregistreur censé livrer des informations sur le comportement du dauphin si l'appareil lui-même influençait ledit comportement. On tourna en rond pendant quelque temps, jusqu'à l'apparition de la microélectronique. Des enregistreurs grands comme des barres chocolatées et des caméras ultralégères purent alors fournir toutes les informations souhaitées en direct de la nature sans que leurs porteurs, qui se promenaient à travers la forêt tropicale ou vagabondaient sous les blocs de glace du McMurdo Sound, en soupçonnent la présence. Des grizzlys, des chiens sauvages, des renards et des caribous livrèrent ainsi des informations sur leur mode de vie, leurs préférences en matière d'accouplement, leurs méthodes de chasse, leurs déplacements. On put parcourir la moitié de la planète en volant avec des aigles de mer et des albatros, des cygnes, des oies et des grues. On finit même par équiper des insectes de mini-émetteurs qui pesaient un millième de gramme, tiraient leur énergie d'ondes radar et renvoyaient les rayons à double fréquence, avec des informations reçues avec une grande netteté jusqu'à sept cents mètres de distance.

La majeure partie des mesures était effectuée par télémétrie satellitaire. Le système était aussi simple que génial. Les signaux de l'émetteur placé sur l'animal étaient envoyés en orbite et captés par ARGOS, un système satellitaire du CNES, le Centre d'études spatiales français. Ils étaient renvoyés jusqu'au centre, à Toulouse, et jusqu'à une station au sol à Fairbanks, aux Etats-Unis, d'où ils étaient transmis en quatre-vingt-dix minutes à une série d'instituts à travers le monde, quasiment en temps réel.

La recherche sur les baleines, les phoques, les pingouins et les tortues de mer fit rapidement partie intégrante de la télémétrie. Elle permit d'avoir accès à l'un des mondes les plus fascinants de la planète, largement inexploré jusqu'alors. Des enregistreurs ultralégers stockèrent des informations recueillies à grande profondeur, relevèrent la température, la profondeur de plongée et sa durée, le lieu, la direction prise et la vitesse. Malheureusement, les signaux des satellites ARGOS ne traversaient pas l'eau, ce qui condamnait ARGOS pour l'étude des grands fonds. Les baleines à bosse, par exemple, qui passaient une grande partie de leur vie près de la côte californienne, ne restaient tout au plus qu'une heure par jour à la surface de l'eau. Alors que les ornithologues pouvaient recueillir les données pendant le vol des cigognes tout en les observant, les chercheurs étaient coupés de leur objet d'étude dès lors que les baleines plongeaient. Pour les étudier réellement, il eût fallu les suivre à la caméra au fond du Pacifique, mais c'était impossible pour un plongeur, et les sous-marins étaient trop lents et trop peu maniables.

Les scientifiques de l'université de Californie à Santa Cruz trouvèrent finalement la solution sous la forme d'une caméra sous-marine de quelques grammes. Ils fixèrent des appareils sur une baleine bleue, un éléphant de mer, quelques phoques de Weddell et, enfin, un dauphin. En peu de temps, les appareils révélèrent des phénomènes étonnants. En quelques semaines, les connaissances sur les mammifères marins firent un bond gigantesque. Tout aurait été merveilleux si on avait pu sonder les baleines et les dauphins aussi facilement que les autres animaux, mais c'était justement ce qui se révéla difficile, voire impossible. C'est pourquoi les informations sur l'espace vital des baleines n'étaient de loin pas aussi nombreuses que l'eût souhaité Anawak, mais, d'un autre côté, il en possédait plus qu'assez. Comme personne ne savait exactement ce qu'il fallait rechercher, toutes les informations étaient importantes, ce qui impliquait des milliers d'heures d'images et de sons, de mesures, d'analyses et de statistiques.

John Ford appela cela le projet Sisyphe.

Au moins Anawak ne pouvait-il se plaindre du manque de temps. La Davie's Whaling Station avait été réhabilitée – et fermée. Seuls les très gros bateaux naviguaient encore au large des côtes de l'Ouest canadien et nord-américain. Le désastre de l'île de Vancouver s'était répété presque simultanément sur toute la côte, de San Francisco jusqu'en Alaska. Pendant la première vague d'assaut, plus d'une centaine de petits navires et d'embarcations avaient soit sombré, soit subi de gros dommages. A la fin de la semaine, le nombre des attaques avait baissé, pour la simple raison que plus personne ne se risquait plus en mer à moins d'être à bord d'un gros ferry ou d'un cargo. Les nouvelles les plus contradictoires continuaient à circuler. Les informations n'étaient pas plus fiables concernant le nombre des victimes. Des commissions diverses et des cellules de crise sous mandat international s'étaient mises en place, ce qui avait engendré une invasion aérienne : partout, la côte était sillonnée d'hélicoptères vrombissants, du haut desquels des soldats, entassés avec des scientifiques et des politiques, surveillaient la mer, tous parfaitement dépassés par les événements.

Conformément à la nature de ce genre de cellules, les chefs de département de l'équipe gouvernementale se devaient d'intégrer des spécialistes extérieurs. L'aquarium de Vancouver, Ford à sa tête, fut désigné comme étant le centre scientifique où devaient aboutir toutes les informations à ce sujet. Pratiquement tous les instituts et tous les centres de recherche qui se consacraient à la vie marine furent associés à la tâche. C'était pour Ford une mission impossible. On l'avait chargé d'un travail dont il ignorait tout, particulièrement les tenants et les aboutissants. Dans ses tiroirs, il disposait d'une pléthore de scénarios prévoyant les pires catastrophes, du séisme terminal jusqu'à l'attaque terroriste à l'arme nucléaire, mais pour *cela*, précisément, il n'avait rien. Pas ça.

Ford n'hésita pas longtemps et fit donner à Anawak le poste de conseiller, car si un scientifique en Amérique du Nord et au Canada était en mesure de deviner ce qui se passait dans la tête d'une baleine, c'était lui. La réponse était là, forcément : si les baleines disposaient d'une intelligence… avaient-elles pu péter un câble ? Et sinon, qu'est-ce qui leur était arrivé ?

Mais Anawak, en qui on avait placé de si grands espoirs, ne connaissait pas la réponse, lui non plus. Il avait fait venir tous les documents télémétriques réunis depuis le début de l'année sur la côte du Pacifique. A présent et depuis vingt-quatre heures, il étudiait avec Alicia Delaware les enregistrements vidéo, aidé de collaborateurs de l'aquarium. Ils scrutaient les positions, écoutaient les bruits enregistrés par les hydrophones, sans obtenir de résultats exploitables. Aucune des baleines ne portait d'appareil télémétrique au moment où elles avaient entrepris leur voyage depuis Hawaii et la Basse-Californie jusqu'à l'Arctique, hormis deux baleines à bosse dont les enregistreurs étaient tombés peu après la Basse-Californie. En fait, les seuls éléments disponibles étaient ceux fournis par l'enregistrement vidéo fait par la passagère du *Blue Shark*. Ils l'avaient étudié plusieurs fois, à la Davie's Whaling Station, avec d'autres skippers capables de reconnaître les baleines par leurs queues. Après plusieurs visionnages et agrandissements, ils s'étaient mis d'accord sur les identités de deux baleines à bosse, d'une baleine grise et de quelques orques.

Alicia Delaware avait raison. La vidéo représentait une piste. La seule, en fait.

La colère d'Anawak s'était rapidement envolée. L'étudiante était certes forte en gueule et parlait plus vite qu'elle ne pensait, mais derrière ses manières directes il avait reconnu un bel esprit d'analyse et une vive intelligence. D'autre part, elle avait tout son temps. Ses parents vivaient dans les British Properties, le quartier chic de Vancouver réservé aux gens riches. Ils permettaient à leur fille de vivre dans l'aisance tout en se montrant d'une discrétion remarquable. Anawak supposa qu'ils compensaient leur manque manifeste d'intérêt et leur absence patente par l'argent, ce qui ne paraissait pas particulièrement préoccuper Alicia et lui offrait en tout cas la possibilité de dépenser sans compter et de faire ce qu'elle voulait. Au fond, cela tombait à pic. Alicia considérait leur collaboration inattendue comme une chance de consolider ses études de biologie par la pratique, et Anawak avait besoin d'une assistante depuis la mort de Susan Stringer.

Susan...

Chaque fois qu'il pensait à elle, il était submergé de honte et de culpabilité. Il n'avait pas été capable de la sauver. Régulièrement, il se répétait qu'elle avait été attrapée par une orque, et que rien ni personne n'aurait pu l'empêcher. Aussitôt après, le doute s'insinuait. Que savait-il réellement des chemins empruntés par la pensée des cétacés, lui qui avait publié le fruit de ses observations et des traités sur la conscience de soi des marsouins ? Pouvait-on persuader une orque d'abandonner sa proie ? Quels étaient les arguments susceptibles de toucher un cerveau intelligent qui fonctionnait différemment du cerveau humain ?

Y aurait-il eu un moyen ?

Puis il se rappelait que les orques étaient des animaux. Extrêmement intelligents, certes, mais des animaux quand même. Et une proie reste une proie.

D'un autre côté, les êtres humains n'entraient pas dans la catégorie des proies des orques. Les orques avaient-elles dévoré les passagers tombés à l'eau ? Ou les avaient-elles simplement tués ?

Assassinés.

Pouvait-on accuser une orque de meurtre ?

Anawak soupira. Il tournait en rond. La brûlure de ses yeux augmentait de minute en minute. A contrecœur, il prit un nouveau CD, le fit tourner entre ses doigts avec incertitude, puis le reposa. Il était arrivé au bout de ses possibilités de concentration. Il avait passé la journée à l'aquarium. Sans relâche, il avait travaillé, consulté des collègues, téléphoné partout à la ronde, sans avancer d'un pouce. Il était lessivé, vidé. D'un geste las, il éteignit l'écran, regarda sa montre. Dix-neuf heures passées. Il se leva et partit à la recherche de John Ford. Le directeur était en réunion, aussi alla-t-il retrouver Alicia. Elle était installée dans une salle de réunion, en tête à tête avec les dernières données.

— Un bon steak de cachalot, ça te dit ? lui proposa-t-il d'un ton acide.

Elle leva la tête et cligna des yeux. Elle avait troqué ses lunettes bleues contre des lentilles de contact, elles aussi d'un bleu suspect. Si on passait sur les dents de lapin, elle était tout à fait mignonne.

— Bien sûr. Où ?

— Il y a un fast-food très correct juste à cô…

— Sûrement pas un fast-food ! Je t'invite ! s'écria-t-elle, contente.

— Tu n'es pas obligée.

— Au Cardero's.

— Ben dis donc !

— C'est très bon.

— Pas besoin de me le dire. Mais premièrement tu n'es pas obligée de m'inviter, et deuxièmement, je trouve que c'est un restaurant… comment dire…

— Eh bien moi, je le trouve sympa.

Le restaurant Cardero's était un endroit très agréable, avec ses hauts plafonds et ses grandes fenêtres qui créaient une atmosphère claire et aérée. Il était situé en plein milieu du port de plaisance de Coal Harbour. On y jouissait d'une vue superbe sur les environs, et la cuisine, typique de la côte ouest, était bonne. Au bar, l'alcool coulait à flots, siroté par des jeunes gens bien habillés. Anawak savait qu'il ferait tache avec son jean élimé et son pull avachi, d'ailleurs il se sentait toujours gauche et mal à l'aise dans ce genre d'endroit. Alicia, en revanche, était comme prédestinée pour le Cardero's.

En route pour le Cardero's…

Ils se rendirent au port dans sa vieille Ford et ils eurent de la chance. D'ordinaire, il fallait réserver de bonne heure, mais là il restait une petite table libre dans un angle, un peu en retrait, ce qui convenait parfaitement à Anawak. Ils prirent les spécialités de la maison, du saumon grillé au bois de cèdre avec du soja, du sucre brun et des citrons.

— Très bien, dit Anawak une fois que la serveuse eut tourné les talons, qu'est-ce qu'on a ?

— Les crocs, c'est tout, répondit Alicia en haussant les épaules. Je n'ai pas avancé d'un iota.

Anawak se frotta le menton.

— J'ai peut-être trouvé quelque chose, grâce à la vidéo de cette dame…

— *Ma* vidéo.

— Bien sûr, bien sûr, dit-il, ironique. Nous te devons tout.

— Vous me devez au moins *ça*. Et alors, qu'est-ce que tu as trouvé ?

— C'est à propos des baleines qu'on a identifiées… Ce qui m'a frappé, c'est que ce sont uniquement des orques voyageuses qui ont participé aux agressions, et aucune résidente.

— Hum… C'est vrai. On n'a pas entendu dire de mal des résidentes.

— Justement. Il n'y a pas eu d'attaque dans le Johnson Strait. Et là-bas, il y avait des kayaks.

— Donc, le danger vient des animaux qui voyagent…

— Des orques voyageuses et peut-être des orques offshore, des orques du large. Les baleines à bosse identifiées et la baleine bleue sont également des voyageuses. Toutes les trois ont passé l'hiver en Basse-Californie, c'est prouvé par les documents. Nous avons envoyé les photos de leurs queues à l'Institut de biologie marine de Seattle par courriel. Ils confirment que ces bêtes ont été aperçues là-bas à plusieurs reprises dans les dernières années.

Alicia lui jeta un regard intrigué.

— Ce n'est pas nouveau, tout le monde sait que les baleines grises et les baleines à bosse se déplacent.

— Pas toutes.

— Oh ! je pensais…

— Quand nous sommes retournés sur place, Shoemaker, Greywolf et moi, il s'est passé une chose bizarre. J'ai failli l'oublier. C'est quand nous avons évacué les passagers du *Lady Wexham*. Le bateau coulait, et en plus nous étions attaqués par un groupe de baleines bleues. Nous n'avions aucune chance de nous en sortir par nous-mêmes, et encore moins de sauver qui que ce soit. Eh bien, deux baleines grises sont sorties de l'eau juste à côté de nous, et elles ne nous ont rien fait. Elles sont simplement restées quelque temps près de nous, comme une sorte de… de rempart, et les autres se sont écartées.

— C'étaient des résidentes ?

— Il y a toujours une dizaine de baleines grises sur la côte ouest, elles restent là toute l'année. Elles sont trop vieilles pour entreprendre de longs voyages. Quand les populations arrivent du sud, les vieilles sont réintégrées dedans, avec un rituel d'accueil et tout le tremblement. J'ai reconnu l'une de ces résidentes, et il était clair qu'elle n'avait aucune mauvaise intention à notre égard. Au contraire. Je crois que c'est à ces deux baleines que nous devons la vie.

— Je n'en reviens pas ! Elles vous ont protégés ?

— Tss, tss, Licia… Tant d'anthropomorphisme dans ta bouche ?

— Depuis trois jours, je crois presque à tout.

— Protégés, ça me semble un peu gros. Je dirais qu'elles ont maintenu les autres à distance. Elles n'aimaient pas les attaquantes. On pourrait en conclure avec une certaine prudence que seules les voyageuses sont atteintes. Les résidentes – quelle que soit leur espèce – se comportent de manière pacifique. Elles paraissent comprendre que les autres n'ont plus toute leur tête.

Alicia se grattait le nez, l'air de cogiter.

— Les voyageuses… Ouais, ça pourrait coller. Il y en a beaucoup qui disparaissent en cours de route, entre la Californie et ici. En haute mer. Et les orques agressives vivent également en haute mer.

— Justement. Ce qui les a transformées se trouve là-bas. Dans la mer bleue profonde. Loin au large.

— Mais qu'est-ce que c'est ?

— Nous allons le trouver, dit John Ford.

Ce dernier avait surgi sans s'annoncer à côté d'eux. Il attira une chaise et s'assit.

— Et avant que les gars du gouvernement finissent de me rendre fou avec leurs coups de fil incessants…

— J'ai pensé à autre chose, annonça Alicia au dessert. C'est que tout ce cirque amuse peut-être les orques, mais certainement pas les grandes baleines.

— Qu'est-ce qui te fait dire ça ?

— Ben, dit-elle, les joues remplies de mousse au chocolat, imagine que tu passes ton temps à te jeter sur des objets pour les renverser, particulièrement des objets pleins d'angles et de pointes… Tu dois bien te rendre compte que tu vas finir par te blesser !

— Elle a raison, intervint Ford. Elles peuvent s'être blessées. Et les bêtes ne se blessent pas délibérément quand ce n'est pas une question de conservation de l'espèce ou pour protéger sa progéniture… Délirons un peu : et si c'était pour protester ?

— Contre quoi ?

— Contre la chasse à la baleine.

— Des baleines qui protestent contre la chasse à la baleine ? s'écria Alicia, incrédule.

— Autrefois, il est arrivé que des chasseurs de baleines soient attaqués. Spécialement quand ils s'en prenaient aux petits.

Anawak secoua la tête.

— Tu ne crois pas toi-même à ce que tu dis.

— Bon, c'était juste un ballon d'essai.

— Il est nase. On ne sait toujours pas aujourd'hui si les baleines comprennent ce qu'est la chasse à la baleine.

— Tu veux dire qu'elles ne comprennent pas qu'on les chasse ? demanda Alicia. Ça aussi, c'est nase !

Anawak leva les yeux au ciel.

— Elles n'y voient pas obligatoirement un systématisme. Les baleines-pilotes s'échouent toujours dans les mêmes baies. Dans les îles Féroé, les pêcheurs les chassent par groupes entiers et les massacrent à coups de barre de fer. Et regarde au Japon, à Futo, où ils font la même chose avec les marsouins. Ces animaux savent depuis des générations ce qui les attend. Pourquoi reviennent-ils toujours ?

— Ce n'est sûrement pas le signe d'une intelligence exceptionnelle, commenta Ford. D'un autre côté, chaque année, malgré tout ce que nous savons, nous continuons à envoyer des gaz à effet de serre dans l'atmosphère et à déforester les forêts tropicales. Ce n'est pas non plus la marque d'une intelligence exceptionnelle, si ?

Alicia piqua du nez et racla le fond de son assiette pour terminer sa mousse au chocolat.

— C'est vrai, prononça Anawak au bout d'un moment.

— Quoi ?

— Ce qu'a dit Licia. Les bêtes se sont peut-être blessées en sautant sur les bateaux… S'il nous prenait l'envie soudaine de buter quelqu'un, qu'est-ce qu'on ferait ? On se planquerait dans un coin où la visibilité est bonne, on armerait et on tirerait. Mais on ferait gaffe à ne pas se tirer une balle dans le pied.

— Sauf si on était sous influence.

— Hypnotisé.

— Ou malade. Perturbé. C'est ce que j'ai dit. Elles sont perturbées.

— C'est peut-être un lavage de cerveau ?

— Arrêtez de déconner !

Ils se turent, chacun plongé dans ses pensées. Autour d'eux, le brouhaha s'amplifiait. Des bribes de conversation leur parvenaient des tables voisines. Les événements étaient au centre de toutes les préoccupations, dans la presse et dans la vie publique. Tous établissaient un lien entre ce qui s'était passé le long de la côte et les tragédies survenues dans les eaux asiatiques. Au large du Japon et sur la route de Malacca, des catastrophes maritimes parmi les plus terribles des dernières décennies s'étaient succédé à un rythme rapide. On parlait boutique, on échangeait des théories, et les appétits en paraissaient tout sauf affectés.

— Et si c'était quand même dû aux substances toxiques ? émit enfin Anawak. Le PCB et tout le tremblement. Et si elles avaient en elles quelque chose qui les rend folles, les baleines ?

— Folles de rage, ça oui, dit Ford. Je vous l'ai dit, elles protestent. Parce que les Islandais demandent des quotas, les Japonais les harcèlent, les Norvégiens n'en ont rien à foutre de l'International Wildlife Coalition… Parce que même les Makah veulent recommencer à les chasser… Voilà, c'est pour ça ! Elles l'ont lu dans le journal ! ajouta-t-il en riant.

— C'est comme ça que tu prends les choses, toi, le chef du conseil scientifique ? Fais gaffe, ta réputation de scientifique sérieux va en prendre un coup, répondit Anawak sur le même mode.

— Les Makah ? Qu'est-ce que c'est que ça ? s'enquit Alicia.

— C'est une tribu nuu-chah-nulth, expliqua Ford, des Indiens de l'ouest de l'île de Vancouver. Depuis des années, ils essaient d'obtenir l'autorisation de reprendre la chasse à la baleine.

— Quoi ? Et ils vivent où ? Ils sont fous ?

Anawak, qui luttait pour garder les yeux ouverts, lui répondit en bâillant :

— Je comprends ton indignation de civilisée, mais sache que les Makah ont arrêté de chasser la baleine depuis 1928. Ce n'est pas eux qui ont conduit les baleines grises, les baleines bleues, les baleines à bosse et ainsi de suite au bord de l'extinction. Pour eux, il s'agit de maintenir leurs traditions et leur culture. Bientôt, plus aucun Makah ne saura pêcher la baleine selon la tradition, c'est leur argument.

— Et alors ? Ils n'ont qu'à aller s'acheter à manger au supermarché, comme tout le monde !

— Evite d'opposer ce genre de trivialités au beau plaidoyer de Léon, ricana Ford en se versant une nouvelle rasade de vin.

Alicia dévisagea Anawak. Quelque chose changea dans le regard de la jeune fille.

Oh non, pas ça ! pensa Léon.

Oui, bien sûr, il avait une tête d'Indien, mais ce n'était pas pour autant qu'elle devait en tirer de mauvaises conclusions. Déjà, il voyait pratiquement la question se former sur ses lèvres. Il allait devoir s'expliquer. Et il détestait cela, et il détestait Ford pour avoir évoqué les Makah.

Vite, il échangea un regard avec le directeur.

Ford comprit.

— On en revient aux choses sérieuses, proposa-t-il.

Avant de laisser à Alicia le temps de répliquer, il ajouta :

— Cette question de l'empoisonnement, il faudrait en parler avec Oliviera, Fenwick ou Rod Palm, mais je ne vous cache pas que je n'y crois pas. Les pollutions sont dues au pétrole et aux hydrocarbures chlorés. Vous savez aussi bien que moi que les conséquences sont l'affaiblissement du système immunitaire, les infections, la mort prématurée. Mais pas la folie.

Comme prévu, la jeune fille, oubliant les Makah, revint à ses baleines :

— Je crois qu'un scientifique a calculé que les orques de la côte ouest auront disparu d'ici trente ans, c'est bien ça ?

Anawak acquiesça d'un air sombre :

— Oui, d'ici trente à cent vingt ans, si rien ne change. Pas seulement par empoisonnement, d'ailleurs. Les orques perdront leur source de nourriture, le saumon, et si elles ne meurent pas empoisonnées, elles se déplaceront pour aller chercher leur nourriture ailleurs. Il faudra qu'elles aillent dans des territoires qu'elles ne connaissent pas, elles seront prises dans les filets de pêche… Tout s'accumulera.

— Oublions la théorie de l'empoisonnement, intervint Ford. S'il ne s'agissait que des orques, on pourrait en parler. Mais les orques et les baleines à bosse qui mènent une stratégie commune… là, je ne sais pas, Léon…

Anawak réfléchit. Puis :

— Vous connaissez mon point de vue, dit-il à voix basse. Je suis loin de prêter des intentions aux animaux ou de surestimer leur intelligence, mais… n'avez-vous pas le sentiment qu'elles cherchent à se… *débarrasser* de nous ?

— Oui, sauf les résidentes.

— Sauf les résidentes. Parce qu'elles n'étaient pas là où étaient les autres, là où il est arrivé quelque chose aux autres, aux baleines qui ont fait chavirer le remorqueur… Je vous le dis, la réponse se trouve en mer.

— Mon Dieu ! Léon… commença Ford.

Il s'interrompit et se pencha en arrière pour mieux faire descendre une généreuse rasade de vin.

Puis il reprit :

— On est dans quel film, là ? Debout les baleines, sus à l'humanité ?

Anawak ne répondit pas.

Cette vidéo ne les mènerait pas plus loin.

Anawak s'était couché, mais, malgré son épuisement, il ne trouvait pas le sommeil. Parmi les pensées qui s'agitaient dans sa tête, une idée mûrissait : et s'il équipait lui-même l'une des baleines atteintes ? Quel que soit le moteur de leur action, elles continuaient à se trouver sous son emprise. Peut-être l'une d'entre elles, munie de caméras et d'émetteurs, fournirait-elle les réponses qu'il leur fallait obtenir de toute urgence.

La difficulté, c'était de trouver le moyen de fixer des appareils sur des baleines à bosse devenues folles, quand elles ne s'y prêtaient qu'avec difficulté lorsqu'elles étaient pacifiques.

Sans parler du problème de leur peau…

Il était beaucoup plus aisé d'équiper un phoque qu'une baleine. Les veaux marins et les phoques se laissaient attraper sans problème au repos. La colle biologique qui fixait les émetteurs attachait aux poils, séchait vite et se dissolvait grâce à un mécanisme intégré. Les reliquats de matière collante disparaissaient au plus tard au moment de la mue annuelle.

Mais les baleines et les dauphins n'avaient pas de poils. Il n'y avait guère plus lisse que la peau des orques et des dauphins, aussi douce qu'un œuf dur et recouverte d'un gel pour éviter la résistance aux courants et éloigner les bactéries. La couche superficielle de la peau était perpétuellement remplacée. Décomposée par des enzymes, elle tombait en grands lambeaux très fins lors des sauts… avec tous ses locataires indésirables et ses émetteurs. Et la peau des baleines grises et des baleines à bosse n'avait guère mieux à offrir de ce point de vue-là.

Anawak se leva sans allumer et se dirigea vers la fenêtre. L'appartement, situé dans une tour déjà ancienne, donnait sur Granville Island, et la ville illuminée scintillait en bas.

L'une après l'autre, il passa ses options en revue. Oui, il y en avait. Certains scientifiques américains utilisaient la méthode des ventouses pour fixer les émetteurs et les appareils de mesure. A l'aide de longues barres, ils plaçaient la sonde à partir du bateau sur des animaux nageant à proximité ou dans la vague de proue. Ils y arrivaient rarement du premier coup. Enfin, c'était toujours une possibilité, même si les émetteurs à ventouse ne résistaient que quelques heures sous la pression du courant.

D'autres accrochaient les appareils sur la nageoire dorsale.

D'une manière ou d'une autre, les données avaient changé et il restait la question de savoir comment s'approcher des baleines sans que le bateau soit aussitôt envoyé par le fond.

On pourrait peut-être les droguer…

Tout ça était trop compliqué. Sans compter que les enregistreurs ne suffiraient pas. Il faudrait aussi des caméras. La télémétrie par satellite *et* les images vidéo.

Et soudain il eut une idée.

Il y avait une méthode.

Pour cela, on avait besoin d'un bon tireur. Même si les baleines étaient des cibles larges, il fallait quelqu'un qui sache vraiment bien tirer.

La fièvre s'empara d'un seul coup d'Anawak. Il se précipita vers son bureau et se connecta sur Internet. Il avait entendu parler d'une autre méthode… Il se pencha, farfouilla dans un tiroir jusqu'à ce qu'il trouve sur un papier l'adresse Internet de l'Underwater Robotics & Application Laboratory Team à Tokyo.

Il comprit très vite comment son affaire pourrait fonctionner.

Il fallait coupler les deux méthodes. La cellule de crise devrait dépenser beaucoup d'argent, mais pour l'instant cela ne semblait effrayer personne, du moment que cela servirait à résoudre le problème.

Dans son crâne, c'était l'effervescence.

Au matin, il s'endormit enfin. Sa dernière pensée fut pour le *Barrier Queen* et Roberts. Ça aussi, c'était un problème. Le directeur ne l'avait pas rappelé, malgré plusieurs relances. Il espérait qu'au moins Inglewood avait envoyé les échantillons à Nanaimo.

Et ce rapport sur l'attaque par les moules qu'il attendait toujours !

Non, il n'allait plus accepter qu'on l'envoie promener comme ça.

Donc, qu'est-ce que j'ai à faire demain ? Je vais me lever et me faire un pense-bête. La première chose, c'est...

Il dormait déjà.

20 avril

A Lyon, France

Bernard Roche s'en voulait de ne pas avoir immédiatement procédé à l'analyse des échantillons d'eau, mais qu'y faire ? Comment eût-il pu deviner qu'un homard était susceptible de tuer un être humain... voire plusieurs ?

Jean Jérôme, le cuisinier du restaurant Troisgros à Roanne, n'était jamais sorti du coma dans lequel il était tombé après avoir reçu des projections de homard contaminé à la figure. On n'avait toujours pas déterminé la cause exacte de sa mort. Il était acquis que son système immunitaire n'avait pas fonctionné, conséquence directe d'un choc toxique grave. On ne pouvait pas non plus affirmer avec certitude que le responsable était le homard, ou ce qui se trouvait dans ses entrailles, mais les probabilités étaient élevées. D'autres membres du personnel des cuisines étaient souffrants. Le plus grièvement atteint était l'apprenti qui avait touché et conservé l'étrange substance. Tous souffraient de vertiges, de nausées, de maux de tête, et se plaignaient de difficultés de concentration. C'était déjà suffisamment grave, surtout pour le restaurant, qui se trouvait désormais dans une situation difficile. Mais le plus inquiétant, aux yeux de Roche, était la multiplication du nombre des personnes affectées des mêmes symptômes à Roanne depuis la mort de Jérôme. Même si les manifestations étaient atténuées, il craignait le pire après avoir vu ce qui s'était passé dans l'eau où Jérôme avait entreposé les homards.

La presse évitait de donner un trop grand retentissement à l'affaire, par égard pour le restaurant, mais elle en parla, naturellement. Par ailleurs, Roche eut vent de certaines rumeurs. Apparemment, le restaurant Troisgros n'était pas le seul touché. On disait qu'à Paris il y avait eu plusieurs décès consécutifs à l'ingestion de homards impropres à la consommation, mais Roche devinait que ce n'était pas tout à fait conforme aux faits. Il avait chargé l'un de ses assistants de faire des recherches, et celui-ci lui signala des cas au Havre, à Cherbourg, Caen, Rennes et Brest. Un tableau commençait à se dessiner, dans lequel les homards jouaient un rôle peu glorieux. Le biologiste mit donc tout le reste de côté et se consacra entièrement à l'analyse des échantillons.

A nouveau, il se heurta à des combinaisons qui le laissaient perplexe. Il était urgent d'obtenir des échantillons supplémentaires dans les villes concernées. Malheureusement, personne n'avait eu la bonne idée de conserver un peu de substance. De même, aucun homard n'avait explosé comme à Roanne. Il était néanmoins question de crustacés immangeables dont on avait jeté la chair, et d'autres qui avaient fait mauvaise impression dès avant la cuisson parce qu'il s'échappait d'eux quelque chose de suspect. L'apprenti de Roanne avait été le seul à faire preuve de bon sens, mais les pêcheurs, les négociants et le personnel de cuisine n'étaient pas des techniciens de laboratoire. Dans un premier temps, Roche en était réduit à des suppositions. Il semblait que, dans le corps du homard, se tapissaient non pas un organisme mais deux.

D'une part, la substance gélatineuse. Elle s'était décomposée et paraissait avoir entièrement disparu.

D'autre part, l'autre organisme qui, en revanche, était vivant, très dense, et que Roche avait l'impression de reconnaître, ce qui n'annonçait rien de bon.

Il colla son œil au microscope.

Des milliers de sphères transparentes tourbillonnaient en tous sens, comme des balles de tennis. Si ses suppositions étaient exactes, elles abritaient dans leur capsule un *pedunculus* enroulé, une sorte de trompe.

Etaient-ce ces organismes qui avaient tué Jean Jérôme ?

Roche saisit une aiguille de verre stérilisée et, d'un geste vif, l'enfonça dans la pointe de son pouce. Une petite goutte de sang perla. Prudemment, il l'injecta à l'échantillon et observa le résultat. Grossis sept cents fois, les globules de son sang ressemblaient à des pétales couleur rubis. Ils tombèrent dans l'eau, chacun d'eux rempli d'hémoglobine. Aussitôt, les sphères transparentes s'activèrent. Elles sortirent leurs trompes, se ruèrent sur les cellules humaines, vives comme l'éclair, et les pédoncules transpercèrent les boules comme des trocarts. Lentement, les sinistres bactéries se teintèrent de rouge à mesure qu'elles aspiraient les globules. De plus en plus nombreuses à se précipiter sur le sang, elles n'avaient pas plus tôt vidé un globule qu'elles passaient au suivant. En même temps, elles grossissaient, exactement comme Roche l'avait craint.

Chaque organisme absorberait jusqu'à dix globules. Dans trois quarts d'heure au plus tard, ils auraient achevé leur besogne. Roche les observa, et vit qu'ils allaient encore plus vite, beaucoup plus vite, qu'il ne l'avait pensé.

L'horrible spectacle prit fin au bout d'un quart d'heure.

Roche resta figé quelques instants devant son microscope. Puis il se secoua et nota :

Il s'agit probablement de Pfiesteria piscicida.

Le « probablement », c'était pour exprimer l'infime doute possible, mais il était sûr d'avoir identifié le coupable. Il n'en avait pas moins l'impression de se trouver devant une version monstrueuse de *Pfiesteria piscicida*. On donnait là dans le superlatif du superlatif, car la *Pfiesteria* était déjà considérée en général comme un monstre. Un monstre d'un centième de millimètre de diamètre. L'un des plus petits prédateurs du monde… et, en même temps, l'un des plus dangereux.

La *Pfiesteria piscicida* était un vampire.

La littérature était abondante à ce sujet, et Roche en avait lu une bonne part. La première rencontre entre les scientifiques et la *Pfiesteria* n'était pas si lointaine. Tout avait commencé dans les années 1980, avec la mort de cinquante poissons de laboratoire à l'université de Caroline du Nord. La qualité de l'eau ne semblait pas en cause, si on faisait abstraction des nuages de minuscules organismes unicellulaires qui se bousculaient dans l'aquarium. On changea l'eau et on y mit de nouveaux poissons. Ils ne survécurent pas une journée. Quelque chose les tuait, avec une efficacité diabolique. Des poissons rouges, des bars rayés, des tilapias africains périssaient en quelques heures, parfois en quelques minutes. Chaque fois, les scientifiques qui observaient les victimes les voyaient frétiller, agitées de soubresauts, puis crever lamentablement. Chaque fois, les mystérieuses bactéries réapparaissaient, surgies de nulle part, puis disparaissaient à la même vitesse.

Petit à petit, l'image se précisa. Une botaniste identifia le terrifiant organisme comme étant un petit spécimen à flagelle d'une espèce inconnue. Un dinoflagellé, une algue. Il en existait une grande variété. La plupart étaient inoffensives, mais certaines d'entre elles s'étaient révélées de véritables empoisonneuses, capables de décimer des élevages de moules entiers. D'autres déclenchaient les dangereuses « marées rouges » qui teintaient la mer d'une couleur rouge sang ou brune. On savait qu'elles affectaient aussi les coquillages et les crustacés. Or, ces espèces pouvaient passer pour inoffensives, comparées à ce nouvel organisme.

Car la *Pfiesteria piscicida* était différente de ses congénères. Elle attaquait de façon active. Dans une certaine mesure, elle rappelait la tique. Non par sa forme, mais parce qu'elle faisait preuve de la même patience. Simulant la mort, elle guettait sa proie au fond de l'eau. Chaque organisme était entouré d'une capsule, une sorte de kyste, qui le protégeait. La *Pfiesteria* pouvait rester ainsi pendant des années, sans nourriture. Jusqu'au passage d'un banc de poissons dont les excréments tombaient au sol, réveillant son appétit.

La suite ? Une véritable attaque éclair. Par milliards, les algues s'extrayaient de leurs capsules et montaient à l'assaut. Les deux flagelles, à l'extrémité de leur corps, servaient de système d'entraînement. La première tournait comme une hélice, la seconde guidait l'organisme dans la direction souhaitée. Dès lors qu'elle se fixait sur le corps d'un poisson, la *Pfiesteria* envoyait un poison qui paralysait ses nerfs tout en perçant dans sa peau des trous gros comme une pièce de monnaie. Puis elle introduisait sa trompe dans les plaies et aspirait les liquides organiques. Une fois rassasiée, elle se détournait de sa victime et redescendait sur le fond, où elle s'encapsulait à nouveau.

En soi, la présence des algues toxiques était un phénomène normal, un peu comme celle des champignons des bois. On connaissait depuis fort longtemps les propriétés toxiques de certaines algues, plus exactement depuis les temps bibliques. Dans le Deuxième Livre de Moïse, on décrivait un phénomène qui rappelait avec une précision stupéfiante la « marée rouge ». « Toutes les eaux du fleuve se changèrent en sang. Les poissons du fleuve moururent, le fleuve devint puant et les Egyptiens ne purent boire les eaux du Nil... » Le fait que des organismes unicellulaires tuent les poissons n'avait donc rien d'extraordinaire. Ce qui était nouveau était la manière et la brutalité des attaques. Il semblait qu'une maladie eût pris possession des eaux de la planète. Son symptôme le plus spectaculaire portait pour l'instant le nom de *Pfiesteria piscicida*. L'empoisonnement de la faune marine, les maladies inconnues affectant les coraux, les champs de zostère marine infectés, tout cela reflétait l'état dans lequel les mers du monde se trouvaient désormais : affaiblies par les matières nuisibles, la surexploitation des ressources de pêche, le bétonnage des côtes et les conséquences du réchauffement climatique. Les avis divergeaient sur les invasions d'algues tueuses, on les considérait soit comme un phénomène nouveau, soit comme des événements périodiques, mais il était établi qu'elles avaient investi le globe d'une manière qui ne connaissait aucun précédent et que la nature se montrait d'une créativité extraordinaire pour faire surgir de nouvelles espèces. Alors que les Européens se réjouissaient encore de l'absence de *Pfiesteria* dans leurs eaux, des milliers de poissons moururent au large de la Norvège, et les éleveurs de saumon norvégiens se retrouvèrent au bord de la faillite. Cette fois, l'assassin s'appelait *Chrysochromulina polylepis*, une sorte de petit frère très actif de la *Pfiesteria*, et personne ne se risquait à prédire quelle serait la prochaine calamité.

Et voilà que la *Pfiesteria piscicida* s'attaquait aux homards bretons.

Mais était-ce vraiment la *Pfiesteria piscicida* ?

Roche était tenaillé par le doute. Le comportement de ces unicellulaires semblait l'indiquer, bien qu'il lui parût beaucoup plus agressif que celui décrit dans sa documentation. Mais, surtout, il se demandait comment le homard avait pu survivre aussi longtemps. Les algues provenaient-elles de ses entrailles ? Comme la substance ? Cette gelée qui se désagrégeait à l'air semblait pourtant une chose entièrement différente, quelque chose d'indéniablement nouveau. Et d'ailleurs, sortaient-elles toutes les deux des entrailles du homard ? ET dans ce cas, qu'était devenue sa chair ?

Et... était-ce vraiment un homard ?

Roche en perdait son latin. Mais il savait une chose avec certitude : quoi que ce fût, l'eau potable de Roanne en contenait des résidus.

22 avril

En mer de Norvège, sur la marge continentale

En mer, le monde ne se composait que d'eau et d'un ciel plus ou moins clairement délimité. Il n'existait aucun point de référence, de sorte que, par beau temps, l'infini paraissait vous aspirer littéralement dans l'espace, tandis que, par temps de pluie, on ne savait plus si on se trouvait encore au-dessus de l'eau ou déjà presque dessous. La pluie, par sa monotonie, avait le pouvoir de plonger même le plus endurci des vieux loups de mer dans la déprime. L'horizon s'effaçait, le noir des vagues se fondait dans le gris des nuages informes, imposant l'image angoissante d'un univers sans lumière, sans contours et sans espoir.

Néanmoins, très loin encore, la mer du Nord et la mer de Norvège offraient à l'œil ces points d'ancrage qu'étaient les tours de forage. Sur le talus continental, au-dessus duquel le *Sonne* naviguait depuis deux jours, la plupart des plates-formes étaient trop éloignées pour pouvoir être distinguées à l'œil nu. Les rares tours éventuellement visibles au loin étaient masquées par la bruine. Tout était trempé. Un froid humide se glissait sous les vêtements étanches des scientifiques et des marins qui pestaient en ressassant à l'envi leur préférence pour la vraie pluie, franche et massive, les grosses gouttes bien senties. L'eau ne semblait pas venir seulement d'en haut, non, elle paraissait aussi monter de la mer et partir à l'assaut du ciel. Johanson ne se rappelait pas avoir connu journée plus vilaine. Il descendit sa capuche sur son front et alla rejoindre à l'arrière le personnel technique occupé à remonter la multisonde. A mi-chemin, Bohrmann vint à sa rencontre.

— Alors, vous n'en êtes pas encore à rêver de vers, j'espère ? lui demanda Johanson.

— Pour l'instant, ça va, répondit le géologue. Et vous ?

— J'essaie de me persuader que je joue dans un film.

— Pas mal, comme idée. Avec quel metteur en scène ?

— Hitchcock... Qu'en pensez-vous ?

— *Les Oiseaux*, dans une version adaptée à la géologie sous-marine... oui, ça devrait cartonner, dit Bohrmann avec un sourire en coin. Ah ! ça y est !

Plantant là Johanson, il se précipita à l'arrière. La grue était en train de sortir de l'eau un appareil composé de barres circulaires dont la partie supérieure était garnie de tubes de plastique. Ces tubes contenaient des échantillons d'eau recueillie à des profondeurs différentes.

Johanson suivit des yeux les opérations de remontée. Stone, Hvistendahl et Tina ne tardèrent pas à faire leur apparition sur le pont. Stone se hâta vers lui.

— Que dit Bohrmann ? s'enquit-il.

— Houston, nous avons un problème !... En fait, il ne dit pas grand-chose.

Stone ne répondit pas. Son agressivité avait fait place à un profond abattement.

Le *Sonne*, pour effectuer ses mesures, avait suivi la frange sud-ouest du talus continental jusqu'au-delà de l'Ecosse. Pendant ce temps, le système vidéo envoyait des images du fond. Ce robot traîné à l'arrière du bateau, un montage de barres qui ressemblait à des rayonnages d'acier remplis d'appareils hétéroclites, était muni de divers instruments de mesure, de puissants projecteurs et d'un œil électronique qui filmait le fond de la mer et transmettait les impressions par ondes lumineuses au laboratoire.

A bord du *Thorvaldson*, c'était le *Victor*, plus moderne, qui fournissait les images. Le bateau de recherche norvégien suivait le cours du talus cap au nord-est et analysait les eaux de la mer de Norvège jusqu'à Tromsø. Le point de départ des deux navires pour leur exploration avait été le lieu prévu pour la future usine. A présent, ils se dirigeaient l'un vers l'autre. De plus, lorsqu'ils se rencontreraient, deux jours plus tard, ils auraient pris de nouvelles mesures du talus complet du socle norvégien et de la mer du Nord. Bohrmann et Skaugen avaient proposé d'aborder la zone comme un territoire inconnu, et c'était bien ce qu'elle était devenue, depuis peu. Bohrmann leur avait présenté les premiers résultats, et ils ne reconnaissaient plus leur terrain familier.

La veille, dans le froid humide du petit matin, avant même que les premières images vidéo aient été visionnées, ils avaient immergé la multisonde, et Johanson s'était cru dans un ascenseur car le *Sonne* s'était brusquement enfoncé dans les vagues. Les premiers échantillons avaient été aussitôt transportés au labo de recherche sismique et analysés. Un peu plus tard, Bohrmann avait convoqué l'équipe dans la salle de conférences du pont principal. Ils s'étaient installés autour de la table de bois brillante, bien réveillés cette fois, curieux de ce qui allait suivre, les doigts serrés sur leur tasse de café, lentement réchauffés par une bienheureuse chaleur.

Bohrmann avait attendu patiemment que tout le monde fût arrivé. Puis, les yeux baissés sur une feuille de papier :

— J'ai ici un premier résultat. Il n'est pas représentatif, ce n'est qu'un instantané.

Il avait alors levé la tête. L'espace d'une seconde, son regard s'était arrêté sur Johanson, avant de se porter vers Hvistendahl.

— Est-ce que vous savez tous ce que sont les nuages de méthane ? avait-il demandé.

Avec un soupçon d'hésitation, un jeune homme qui faisait partie de l'équipe de Hvistendahl avait fait un signe négatif de la tête.

— D'accord… Les nuages de méthane se forment quand le gaz s'échappe du fond marin. Il se mélange à l'eau, circule dans le courant et monte. En général, nous trouvons ces nuages aux endroits où se chevauchent deux plaques terrestres, de sorte que la pression écrase les sédiments et les retourne. Cela a pour effet de faire s'échapper des fluides et des gaz. C'est un phénomène très connu… Mais le problème, c'est que ces zones à haute pression qui existent dans le Pacifique, on n'en trouve pas dans l'Atlantique, donc pas en Norvège. Les talus continentaux sont passifs. Et pourtant, ce matin, nous avons mesuré un nuage de méthane extrêmement concentré dans cette zone. Or, il n'apparaît pas dans nos mesures antérieures.

— Quel est le taux de concentration ? avait demandé Stone.

— Il est préoccupant. Ce sont les mêmes valeurs qu'au large de l'Oregon, dans une région où les failles sont très importantes.

— Peut-être, avait insisté Stone, avec un geste de la main pour effacer les rides qui barraient son front, mais à ma connaissance les émissions de méthane sont permanentes au large de la Norvège. Nous l'avons bien vu lors de projets précédents. Nous savons que le fond marin laisse toujours passer du gaz quelque part, et il y a une explication chaque fois, alors pourquoi affoler le monde ?

— Le fond du problème n'est pas là…

— Ecoutez, tout ce qui m'intéresse, c'est de savoir si nous devons réellement nous inquiéter de vos résultats. Pour l'instant, je ne le pense pas. Nous perdons notre temps.

Bohrmann lui avait alors répondu, avec un sourire aimable :

— Monsieur Stone, dans cette zone, en particulier au nord de l'endroit où nous nous trouvons, vous avez des étages complets de talus continental véritablement cimentés par des hydrates de méthane. Ces couches d'hydrates font de soixante à cent mètres d'épaisseur chacune ; ce sont d'énormes couvercles de glace. Mais nous savons aussi que ces couches sont interrompues parfois par des zones verticales. Depuis des années, il s'en échappe un gaz qui, d'après nos calculs de stabilité, ne devrait pas en sortir. Avec la pression et la température, normalement, il devrait geler au fond, or il ne le fait pas. Vous avez là vos échappements de gaz. On peut vivre avec, on peut même décider de ne pas en tenir compte. Mais il ne faut pas se complaire dans l'illusion que le risque n'existe pas pour le simple fait que nous nous sommes livrés à quelques projections. Je vous le répète : la concentration de méthane libéré dans la colonne d'eau est trop élevée.

Tina était intervenue :

— Est-ce que ce sont vraiment des échappements de gaz ? C'est-à-dire, le gaz monte-t-il vraiment à la surface depuis les entrailles de la Terre, ou provient-il de…

— … d'hydrates en dissolution ? avait complété Bohrmann.

Il avait hésité avant de reprendre :

— C'est la question à mille euros. Si c'était l'hydrate qui commençait à se décomposer, il devrait y avoir une modification des paramètres locaux.

— Et vous croyez que c'est le cas ?

— Il n'existe en réalité que deux paramètres : la pression et la température. Mais nous n'avons pas constaté de réchauffement de l'eau, ni d'abaissement du niveau de la mer…

Stone, triomphant :

— C'est bien ce que je dis ! Nous cherchons des réponses à des questions que personne n'a posées. N'oubliez pas que nous n'avons qu'un seul échantillon. Un seul et unique échantillon, bon sang ! s'exclama-t-il en cherchant du regard l'approbation générale.

Bohrmann avait acquiescé :

— Vous avez parfaitement raison, monsieur Stone. Tout cela, ce ne sont que des suppositions. Mais c'est bien pour chercher la vérité que nous sommes ici.

— Ce Stone m'énerve prodigieusement, avait confié Johanson à Tina après la réunion. Qu'est-ce qu'il a ? On a l'impression qu'il veut empêcher ces analyses, alors que c'est lui qui dirige le projet…

— On n'a qu'à le jeter par-dessus bord.

— Avec tous les déchets qu'on fout à la mer, ce n'est pas la peine d'en rajouter.

Ils étaient allés se chercher du café et retournaient sur le pont avec leurs tasses.

— Et toi, qu'est-ce que tu en penses, de ce résultat ? avait interrogé Tina entre deux gorgées.

— Ce n'est pas un résultat. C'est une valeur intermédiaire.

— D'accord… Qu'est-ce que tu penses de cette valeur intermédiaire ?

— Je ne sais pas.
— Allez, ne te fais pas prier.
— C'est Bohrmann le spécialiste.
— Tu crois vraiment qu'il y a un rapport avec ces vers ?
Johanson avait repensé à sa récente conversation avec Olsen.
— Pour le moment, je ne crois rien. Il serait prématuré d'avoir une certitude.
Il avait soufflé sur son café et regardé le ciel, particulièrement sombre, avant d'ajouter :
— Je ne sais qu'une chose, c'est que je préférerais être tranquillement chez moi plutôt que sur ce bateau.
Cela s'était passé la veille.

Pendant qu'on analysait les derniers échantillons d'eau de mer, Johanson alla se réfugier dans la salle radio, derrière la passerelle. De là, on pouvait contacter le monde entier par satellite. Les jours précédents, il avait entrepris l'élaboration d'une banque de données, avait adressé des courriels à une série d'instituts et de scientifiques en prétendant requérir leur aide pour son usage personnel. Les premières réponses l'avaient déçu. Elles étaient négatives : le nouveau ver était inconnu au bataillon. Quelques heures auparavant, il avait pris contact avec des expéditions qui se trouvaient en mer.
Il attira une chaise, plaça son ordinateur portable entre les appareils de télécommunication et ouvrit sa boîte de réception. Une fois de plus, le butin était maigre. La seule nouvelle intéressante provenait d'Olsen, qui l'informait que l'invasion de méduses en Amérique du Sud et en Australie était devenue incontrôlable :
Je ne sais pas si vous écoutez les infos, mais il y a eu un flash spécial la nuit dernière. Il paraît que d'énormes bancs de méduses sillonnent les côtes. Ils ont dit aux infos qu'elles agissaient comme si elles ciblaient les régions habitées. C'est n'importe quoi, bien sûr. Ah oui ! et il y a encore eu des dégâts. Deux conteneurs au large du Japon. Et les bateaux continuent à disparaître, mais cette fois on a capté des appels de détresse. Il continue selon les journaux à se passer de drôles de choses en Colombie-Britannique, mais on ne sait rien de concret. S'il faut croire ce qu'ils racontent, les baleines font la chasse à l'homme, pour changer. Mais on n'est pas obligé de croire tout ce qu'on raconte. C'était Radio Trondheim, notre émission humoristique. Te noie pas !
— Merci, grommela Johanson, de très mauvaise humeur.

C'était vrai, ils n'écoutaient pas assez les informations. Les bateaux de recherche étaient un peu des bulles hors du temps et de l'espace. Officiellement, c'était parce qu'on avait autre chose à faire. En réalité, à bord, on voulait être tranquille, oublier les villes, la politique, les guerres. Puis, au bout d'un ou deux mois de mer, on se sentait s'étioler, et le besoin vous prenait de savoir qui vous étiez, où était votre place dans la structure que seule la civilisation pouvait vous donner, il vous fallait à nouveau de la hiérarchie, de la technologie, des cinémas, des McDo, et un sol qui ne soit pas en perpétuel mouvement.

Johanson s'aperçut qu'il n'arrivait pas à se concentrer. Devant ses yeux dansaient les images qui ne cessaient de défiler sur les écrans du bateau de recherche.

Des vers.

Maintenant, ils en avaient la certitude : le talus continental grouillait de vers. Les étendues et les veines de méthane gelé avaient disparu sous des millions de corps roses frétillants qui s'évertuaient à creuser la glace avec frénésie. Non, ce n'était plus un phénomène local. Ils étaient les témoins d'une invasion totale, qui s'accomplissait tout au long de la côte norvégienne.

« Comme si quelqu'un les avait fait surgir par enchantement... »

Quelqu'un quelque part devait *obligatoirement* avoir constaté des phénomènes identiques.

Pourquoi n'arrivait-il pas à se débarrasser du sentiment qu'il y avait un lien entre les vers et les méduses ? D'un autre côté, comment trouver une explication qui tienne la route ?

C'était idiot !

Oui, c'était idiot.

C'était idiot, mais tout cela ne semblait être que le début de quelque chose.

De quelque chose dont nous n'avons eu jusqu'à présent qu'un court aperçu, se dit-il.

Arrête, c'est de plus en plus idiot !

Il se branchait sur CNN afin de vérifier les informations d'Olsen lorsque Tina entra, munie d'une tasse de thé qu'elle posa devant lui. Johanson la regarda. Elle lui rendit son regard avec un sourire complice. Depuis leur escapade au bord du lac, il s'était installé dans leur relation une connivence, une solidarité fraternelle.

Un parfum d'earl grey fraîchement infusé se répandit dans la pièce.

— Ah oui ? Il y a des bonnes choses comme ça à bord ? s'étonna-t-il.

— Non, il n'y a rien de tout ça à bord, répliqua-t-elle. Ces bonnes choses, on les apporte avec soi quand on sait que quelqu'un les aime.

Johanson écarquilla les yeux.

— Waouh ! Dis-moi, qu'est-ce que tu cherches encore à obtenir de moi ?

— Un merci, tout simplement, c'est possible ?

— Merci.

Elle jeta un coup d'œil sur son écran.

— Alors, tu avances ?

— Zéro ! Et l'analyse du dernier échantillon ?

— Aucune idée. J'avais plus important à faire.

— Ah bon ? Il y a plus important ?

— Oui, cocooner l'assistant de Hvistendahl.

— Pourquoi ?

— Il était en train de donner à manger aux poissons... Que veux-tu, c'est un bleu !

Johanson sourit. Voilà que Tina se prenait pour un marin !

Sur les bateaux de recherche, on assistait au choc de deux mondes, l'équipage et les scientifiques. Animés des meilleures intentions, ils rôdaient les uns autour des autres, tentaient de mettre leur manière de s'exprimer, leur style de vie et leurs manies au diapason, se reniflaient quelque temps, puis finissaient par se retrouver en eaux familières. Les relations étaient régies par une distance respectueuse compensée par des taquineries. Les bleus étaient les nouveaux venus à bord, qui ne connaissaient pas plus la vie en mer que le comportement de leur estomac dès lors qu'ils avaient quitté la terre ferme.

— Toi aussi, tu as vomi, la première fois, fit observer Johanson.

— Pas toi ?

— Non.

— Je ne te crois pas.

— Si, je t'assure ! insista Johanson en levant la main pour jurer qu'il disait la vérité. Tu peux vérifier. Je suis résistant à la mer.

— O.K. Eh bien, si tu es résistant à la mer...

Tina sortit une feuille de papier qu'elle posa devant Johanson. Une adresse Internet y était gribouillée.

— ... tu peux te rendre immédiatement en mer du Groenland. Un copain de Bohrmann se balade par là-bas. Il s'appelle Bauer.

— Lukas Bauer ?

— Tu le connais ?

Johanson confirma de la tête.

— Je l'ai rencontré à Oslo, il y a quelques années, dans un congrès. Il a fait une conférence. Je crois qu'il s'occupe des courants marins.

— C'est un constructeur. Il fabrique un tas de trucs, des équipements pour les grands fonds, des citernes haute pression... Bohrmann a dit qu'il avait participé à la découverte du simulateur de grands fonds.

— Donc, Bauer est au large du Groenland ?

— Oui, depuis quelques semaines déjà, précisa Tina. Mais tu as raison quand tu dis qu'il s'occupe des courants marins. Il fait des mesures. Il peut t'intéresser, dans ta recherche sur les vers.

Johanson prit la feuille. Il n'avait jamais entendu parler de cette expédition.

Si ses souvenirs étaient bons, il existait des gisements de méthane au large du Groenland.

— Et Skaugen, il progresse ? s'enquit-il.

— Péniblement, répondit Tina en secouant la tête. Il ne peut pas être aussi offensif qu'il le souhaiterait... Ils lui ont mis une muselière, si tu vois ce que je veux dire.

— Qui ? Ses supérieurs ?

— Statoil est une société d'Etat. Tu as besoin de précisions ?

— Donc, personne ne lui dira rien, en conclut Johanson.

Tina soupira.

— Les autres ne sont pas idiots. Ils le sentent très bien, quand quelqu'un essaie de leur soutirer des infos sans rien lâcher en retour, et ils ont leur propre loi du silence.

— Je te l'avais bien dit.

— Oui, une fois de plus, tu as été très futé.

Des pas résonnèrent à l'extérieur. Un membre de l'équipe de Hvistendahl passa la tête à l'intérieur.

— Il y a réunion ! annonça-t-il.

— Quand ?

— Tout de suite. Nous avons les résultats.

Johanson et Tina échangèrent un regard. Leurs yeux à tous deux trahissaient l'angoisse de voir se confirmer ce qu'ils savaient déjà au fond d'eux-mêmes. Johanson referma son ordinateur et ils suivirent le messager en salle de conférences. Dehors, on voyait la pluie ruisseler sur les vitres.

Bohrmann appuya ses mains sur la table.

— La situation est la même tout au long de la marge continentale, déclara-t-il. La mer est saturée de méthane. Nos résultats et ceux du *Thorvaldson* sont largement concordants ; il existe de petites divergences çà et là, mais à part cela, c'est le même tableau partout.

Il fit une petite pause, reprit :

— Je ne vais pas y aller par quatre chemins. Quelque chose commence à déstabiliser les hydrates sur un vaste territoire.

Nul ne bougea, nul ne souffla mot. Tous gardaient les yeux rivés sur lui, dans l'attente de la suite.

Puis les membres de Statoil se mirent à parler, tous en même temps :

— Qu'est-ce que ça veut dire ?

— L'hydrate de méthane se dissout ? Vous avez dit que les vers ne pouvaient pas déstabiliser la glace !

— Vous avez constaté un réchauffement ? S'il n'y a pas réchauffement…

— Quelles conséquences…

Bohrmann arrêta le flot de paroles d'un geste de la main.

— Je vous en prie ! C'est ainsi. Je continue à penser que ces vers ne peuvent pas causer de dommages sérieux. Mais il n'en reste pas moins que la décomposition n'a commencé qu'après leur apparition.

— Ça nous avance beaucoup, ironisa Stone.

— Quand a commencé le processus ? interrogea Tina.

D'un ton qu'il s'efforçait de rendre apaisant, Bohrmann indiqua :

— Nous avons vérifié les résultats communiqués par le *Thorvaldson* il y a quelques semaines, quand ils ont rencontré le ver pour la première fois. A ce moment-là, les résultats étaient encore normaux. Cela signifie que la multiplication est intervenue par la suite.

— Et alors ? s'impatienta Stone. Est-ce qu'il y a réchauffement, au fond de l'eau, ou non ?

— Non, répondit Bohrmann. La fenêtre de stabilité ne s'est pas modifiée. Si le méthane s'échappe, cela ne peut être imputé qu'à des processus qui ont lieu très profondément dans les sédiments. Dans tous les cas de figure, cela se passe à une profondeur plus basse que celle à laquelle peuvent parvenir ces vers en creusant.

— Comment le savez-vous ?

— Nous avons prouvé… Avec l'aide de M. Johanson, nous avons prouvé qu'ils ne résistaient pas en l'absence d'oxygène. Ils ne peuvent descendre qu'à quelques mètres…

— Ces résultats, vous les avez obtenus dans un bocal ! jeta Stone avec mépris.

Visiblement, l'Ecossais s'était trouvé un nouvel ennemi intime.

— Si ce n'est pas l'eau qui se réchauffe, c'est peut-être le fond de l'océan ? proposa Johanson.

— Le volcanisme ?

— Ce n'est qu'une idée.

— Oui, c'est une idée plausible, mais pas dans cette région.

— Existe-t-il une possibilité pour que ce que grignotent ces vers s'échappe dans l'eau ?

— Pas en de telles quantités. Il faudrait qu'ils aient atteint du gaz libre ou soient en mesure de dissoudre l'hydrate présent.

— Mais ils ne peuvent pas atteindre le gaz libre, insista Stone, buté.

— Non, j'ai bien dit que…

— Je sais, je sais. Je vais vous dire comment je vois tout ça : le ver a une température corporelle. Tous les organismes vivants émettent de la chaleur. Avec sa chaleur, il dissout la couche supérieure de quelques centimètres, mais cela suffit…

— La température corporelle d'un animal des profondeurs marines est égale à la température de son environnement, l'interrompit Bohrmann sèchement.

— Oui, mais…

Hvistendahl posa sa main sur le bras de l'Ecossais, d'un geste amical, dont Johanson sentit qu'il tenait lieu également d'avertissement :

— Clifford, attendons les analyses complémentaires.

— Oh ! quelle merde !

— Calme-toi, Cliff. Arrête d'échafauder des théories.

Stone baissa le nez. Un nouveau silence s'établit.

— Et si les émissions de méthane ne s'arrêtent pas, quelles sont les conséquences possibles ? demanda Tina.

— Il y a plusieurs scénarios envisageables, expliqua Bohrmann. Selon certaines descriptions scientifiques, on voit disparaître purement et simplement des champs d'hydrates complets. Ils se dissolvent en l'espace d'un an. Il se peut que ce soit exactement ce qui se passe ici, et ce sont probablement les vers qui déclenchent ce processus. Dans ce cas, il y aura une assez grande quantité de méthane dans l'atmosphère au large de la Norvège d'ici quelques mois.

— Ce sera un choc méthanique comme il y a cinquante-cinq millions d'années ?

— Non, il n'y a pas encore assez de méthane pour cela. Je répète que je n'ai pas envie de faire de spéculations. Mais je n'imagine pas que le processus puisse continuer sans baisse de pression ou sans élévation de la température, or nous ne constatons ni l'un ni l'autre. Dans quelques heures, nous faisons redescendre le traîneau. Peut-être en saurons-nous plus après. Je vous remercie.

Sur ce, il sortit de la pièce.

Johanson envoya un courriel à Lukas Bauer sur son bateau. Il se faisait l'effet d'un véritable inspecteur de police biologique. « Avez-vous vu ce ver ? Pouvez-vous le décrire ? Le reconnaîtriez-vous au milieu de cinq autres vers ? Est-ce bien ce ver qui a agressé la vieille dame pour lui arracher son sac ? Veuillez adresser tout renseignement concernant cette affaire au laboratoire de recherche le plus proche… »

Il commença par quelques mots aimables évoquant leur rencontre à Oslo, puis lui demanda s'il avait constaté récemment une concentration de méthane anormalement élevée au large du Groenland. Jusqu'alors, il avait évité d'aborder cette question dans ses demandes.

Plus tard, en retournant sur le pont, il vit le traîneau de plongée se balancer au bout du grappin, sous l'œil des géologues de Bohrmann. Un peu plus loin, quelques matelots bavardaient, assis sur une caisse à balais, devant l'atelier du pont. Au fil du temps, cette caisse était devenue comme un coin repos, quelque chose entre le poste d'observation et le salon. Un vieux drap était étalé dessus. Certains l'appelaient tout simplement le canapé. Installé là, aux premières loges, on pouvait plaisanter sans vergogne sur le dos de ces scientifiques et de ces intellectuels qui, décidément, n'avaient pas le pied marin. Aujourd'hui, on ne plaisantait pas. L'ambiance était si tendue qu'elle avait gagné l'équipage. Ils savaient pour la plupart ce que les scientifiques faisaient là. Sur le talus continental, il se passait des choses curieuses, et tous s'en inquiétaient.

Il fallait faire vite, maintenant. Bohrmann fit ralentir le navire au maximum, afin de trouver un endroit propice à l'examen des images vidéo et des indications du sonar. Un grand gisement d'hydrates se trouvait exactement en dessous. Ils allaient faire descendre un monstre qui paraissait sorti tout droit de l'ère jurassique de la recherche maritime. Le grappin, une gueule d'acier pesant une tonne, n'illustrait pas exactement le dernier cri de la technique. C'était la manière la plus violente, mais également la plus fiable, d'arracher au fond marin un morceau de son histoire, au sens littéral du terme. Le grappin se plantait dans le sous-sol, très profondément, mordait dedans en arrachant de la vase, de la glace, de la faune et de la roche, puis remontait le tout jusqu'au monde des humains. Il était surnommé à juste titre le T-Rex par les matelots. Quand on le voyait pendre à la potence, à l'arrière du bateau, mâchoires ouvertes, prêt à se jeter à l'eau, la comparaison vous venait immédiatement à l'esprit. Un monstre au service de la science.

Le robot jouissait de facultés étonnantes, ce qui ne l'empêchait pas d'être balourd et ballot. L'intérieur recelait une caméra et de puissants projecteurs. On pouvait voir ce qu'il voyait, et le lâcher au bon moment. Ça, c'était étonnant. Ce qui était ballot, c'était son incapacité à se déposer incognito. Quelles que fussent les précautions prises – toutes proportions gardées, car il était impossible d'agir en douceur dès lors qu'il fallait creuser dans le sédiment –, on chassait presque toute la faune du fond, ne serait-ce qu'avec la lame d'étrave créée par sa gigantesque gueule ouverte. Au moment même où elle descendait, les poissons, les vers, les crabes et tous ceux qui étaient capables de se déplacer rapidement, sentant le danger imminent bien avant que le grappin ne s'abatte au fond, se dépêchaient de mettre les bouts. Un chercheur américain avait exprimé sa frustration en ces termes :

« Il y a énormément de formes de vie, là, en bas. Notre problème, c'est qu'elles disparaissent dès que nous nous approchons. »

On fit descendre le grappin. Johanson essuya ses yeux mouillés de pluie et gagna la salle des ordinateurs. Le matelot qui était aux manettes avait déjà derrière lui des heures de travail sur le traîneau vidéo, il paraissait concentré et calme. C'était d'ailleurs indispensable. Examiner pendant des heures l'image blafarde et trouble du fond océanique pouvait avoir un effet hypnotique. Un moment d'inattention, et des appareils qui coûtaient le prix d'un conteneur bourré de Ferrari étaient perdus à tout jamais, gisant par le fond jusqu'à la fin des temps.

Le laboratoire baignait dans une lumière crépusculaire. Les visages étaient pâles à la lueur des écrans. Le monde n'existait plus. Seul subsistait le fond de la mer, dont les scientifiques étudiaient la surface comme un paysage codifié, dans lequel chaque détail parlait pour l'ensemble, messages multicodés, langue énigmatique de Dieu.

Dehors, le grappin entamait sa descente en grinçant.

Une gerbe d'eau ruissela, semblant jaillir des écrans ; puis les mâchoires d'acier plongèrent dans une pluie de plancton. L'image se fit bleu-vert, grise, puis noire. Des taches claires filèrent sur les côtés comme des comètes, des crabes minuscules, du krill, de l'indéfinissable. Le grappin descendait comme dans le générique des vieux épisodes de *Star Trek*, mais sans la musique. Un silence de mort régnait dans le laboratoire. Le mesureur de profondeur se déplaçait à grande vitesse. Puis le fond apparut, désert, lunaire, et le treuil s'arrêta.

— Moins 714, annonça le matelot aux manettes.

Bohrmann se pencha en avant.

— Attendez encore.

Des moules sillonnaient l'écran, les hydrates de gaz étant leur lieu de prédilection. Mais elles disparaissaient presque toutes sous des corps roses qui se soulevaient et se tortillaient. L'idée effleura Johanson que les vers ne s'introduisaient pas seulement dans la glace, mais qu'ils dévoraient aussi les moules sous leurs coquilles. Il vit nettement jaillir les trompes munies de pinces, les vit arracher des morceaux de chair de moule pour les fourrer à l'intérieur de ces horribles tubes roses. Cette couche de corps grouillants cachait entièrement la glace de méthane, mais tous, dans la salle, savaient que cette glace était là, sous le bateau. Partout, des chapelets de bulles s'élevaient, transportant avec eux de petites particules chatoyantes, des éclats d'hydrates.

— Allez-y, dit Bohrmann.

Le sol vint à la rencontre de la caméra. Brièvement, les vers parurent se redresser pour accueillir le grappin. Puis ce fut le noir. Les mâchoires d'acier s'enfoncèrent dans le méthane et se refermèrent lentement.

— Mais… bon Dieu !… s'exclama le matelot.

Sur l'écran, des chiffres défilèrent. S'arrêtèrent, puis recommencèrent à défiler.

— Le grappin tombe ! Il passe à travers !

Hvistendahl accourut.

— Qu'est-ce qui se passe ?

— C'est impossible ! Il n'y a plus aucune résistance !

— Remontez-le ! hurla Bohrmann. Vite !

Le matelot tira sur la manette. Les chiffres s'arrêtèrent de défiler, puis repartirent en sens inverse. Le grappin remonta, mâchoires refermées. Les caméras extérieures filmèrent un énorme trou d'où sortaient de grosses bulles dansantes. Puis il se forma un énorme nuage de gaz qui fonça sur le grappin, l'enveloppa… Le tout disparut dans un tourbillon en ébullition.

En mer du Groenland

Au même moment, à quelques centaines de kilomètres au nord de l'endroit où se trouvait le *Sonne*, Karen Weaver venait de s'arrêter de compter.

Elle avait fait cinquante fois le tour du bateau.

Elle poursuivit son exercice en se contentant de courir sur le pont de long en large, tout en veillant à ne pas gêner le travail des scientifiques. Lukas Bauer n'avait pas de temps à lui accorder, mais, pour une fois, cela l'arrangeait. Car elle avait besoin de bouger. Si elle avait pu, elle aurait même escaladé les icebergs pour se débarrasser de son trop-plein d'adrénaline.

Il n'y avait pas grand-chose à faire, sur un bateau de recherche. Elle était bien descendue dans la salle des machines, mais là, circulez, y a rien à voir, à part trois malheureux engins.

Il ne lui restait plus qu'à faire des aller et retour sur le pont devant les assistants de Bauer qui préparaient le cinquième flotteur dérivant et les matelots qui vaquaient à leurs occupations.

Elle courait la bouche ouverte, laissant s'échapper des petits nuages de condensation.

Un aller, un retour.

Il lui fallait travailler son endurance. C'était son point faible, l'endurance. En contrepartie, elle était extrêmement costaude. Nue, Karen Weaver était une véritable sculpture de bronze, à la peau chatoyante, sous laquelle on voyait jouer des muscles impressionnants. Entre ses omoplates, un superbe faucon déployait ses ailes, une créature bizarre, bec entrouvert et serres menaçantes. Mais Karen n'avait rien de commun avec une body-buildeuse au corps grossièrement façonné. Non, elle avait plutôt une plastique de mannequin ; simplement, elle était trop petite et avait les épaules trop larges. C'était un char d'assaut, petit, bien proportionné, drogué à l'adrénaline et que l'on rencontrait de préférence au bord de quelque abîme.

Dans ce cas précis, l'abîme descendait à trois mille cinq cents mètres de fond. Le *Juno* naviguait au-dessus des abysses du Groenland, une plaine de grands fonds située sous la route du Fram, d'où de froides eaux arctiques coulaient vers le sud. C'était au point équidistant entre l'Islande, le Groenland, le nord de la Norvège et Svalbard, là où se trouvait l'un des deux poumons des océans du globe. Et ce qui se passait là intéressait Lukas Bauer. Cela intéressait aussi Karen Weaver et ses lecteurs.

Bauer lui fit signe d'approcher.

Avec sa calvitie, ses verres de lunettes énormes, sa barbiche blanche taillée en pointe, il était la vivante incarnation du professeur Nimbus. Cet homme âgé de soixante ans, voûté, au corps maigre comme cassé en deux, cachait une indomptable énergie. Karen admirait les gens comme lui, leur côté surhumain, la force de leur volonté.

— Venez par ici, Karen ! lui cria Bauer d'une voix claire. Vous ne trouvez pas ça incroyable ? Dans cette région, vous avez à peu près dix-sept millions de mètres cubes d'eau qui se précipitent au fond toutes les secondes. Dix-sept millions ! C'est vingt fois plus que n'en transportent tous les fleuves de la terre…

— Monsieur Bauer, l'arrêta Karen en lui posant la main sur le bras, vous me l'avez déjà dit au moins trois fois.

Bauer cligna des yeux.

— Ah bon ? Vous croyez ?

— Par contre, vous avez oublié de m'expliquer comment fonctionne votre flotteur dérivant. Si vous voulez que j'écrive sur vos travaux, il faut me consacrer un peu plus de temps.

— Bon, le flotteur dérivant, le flotteur dérivant autonome… je pensais que c'était clair ? C'est bien pour ça que vous êtes ici ?

— Je suis ici pour établir sur mon ordinateur des simulations des routes empruntées par les courants afin que les gens puissent voir où se trouvent vos flotteurs dérivants. Vous ne l'avez pas déjà oublié ?

— Ah oui ! c'est vrai, vous ne pouvez pas, vous n'avez pas… Euh… Malheureusement, je suis un peu à court de temps, j'ai tellement de choses à régler… Vous pourriez peut-être simplement regarder comment ça se passe et…

— Monsieur Bauer, s'il vous plaît ! Vous étiez censé m'expliquer comment ça marche.

— Oui, bien sûr. Dans mes publications…

— Je les ai lues, vos publications, monsieur Bauer, et j'ai presque tout compris. J'ai quelques connaissances scientifiques, figurez-vous. Mais les articles de vulgarisation doivent être intéressants, ils doivent être rédigés dans une langue que tout le monde comprend.

Bauer la regarda, froissé.

— Je trouve mes traités tout à fait compréhensibles.

— Oh, sûrement ! Par vous et par une vingtaine de confrères répartis sur la planète…

— Allons donc ! Il suffit d'étudier le texte avec attention…

— Non, monsieur Bauer. Je voudrais que vous me l'expliquiez.

Bauer fronça les sourcils, puis eut un petit sourire.

— Vous savez, aucun de mes étudiants ne se risquerait à m'interrompre comme vous le faites. En fait, il n'y a que moi qui ai le droit de m'interrompre.

Il haussa ses maigres épaules.

— Mais qu'est-ce que vous voulez... ajouta-t-il. Je suis incapable de vous résister. Non, c'est tout simplement impossible. Je vous aime bien, Karen. Vous êtes une... enfin, une... Vous me rappelez... Bon, passons. Allons voir ce flotteur dérivant.

— Et ensuite, nous parlerons des résultats que vous avez obtenus jusqu'à présent. Je reçois des demandes en veux-tu...

— Ah bon ? De qui ?

— Des journaux, des magazines télé, des instituts...

— Intéressant.

— Non, logique : c'est la conséquence de mon travail. Parfois, je me demande si vous avez une idée de ce qu'est un travail de communication.

Bauer eut un sourire malicieux.

— Vous allez me l'expliquer.

— Avec plaisir, même si c'est pour la dixième fois. Mais d'abord, c'est à vous de parler.

— Non, pas maintenant ! Nous allons mettre les flotteurs dérivants à l'eau, et tout de suite après, il faudra...

— Tout de suite après, vous devrez faire ce que vous m'avez promis, le coupa Karen.

— Mais, ma petite, on me sollicite de tous les côtés ! Je corresponds avec les scientifiques du monde entier ! Vous n'imaginez pas ce qu'ils me posent comme questions ! Tout à l'heure, j'ai reçu un message par Internet, figurez-vous qu'on m'interroge sur un ver. Un ver, non mais, et puis quoi encore ! Et on me demande aussi si j'ai constaté une élévation des concentrations de méthane. Oui, bien sûr, c'est tout à fait exact, mais comment peuvent-ils être au courant ? C'est pourquoi il faut que je...

— Je peux m'en charger, moi. Faites de moi votre complice.

— Dès que...

— Si c'est vraiment vrai que vous m'aimez bien...

Bauer ouvrit des yeux ronds.

— Comment ? Ah oui !

Il se mit à glousser en secouant ses épaules voûtées.

— Vous voyez, c'est pour ça que je ne me suis jamais marié, c'est le chantage permanent. D'accord, je vais essayer de m'améliorer. Allez, venez.

Karen le suivit. Le flotteur dérivant était suspendu sur le portant, au-dessus de l'eau grise. Placé dans un châssis, il était long de plusieurs mètres. La moitié de l'appareil était constituée par un long tube miroitant, surmonté de deux bulles de verre qui formaient la seconde moitié.

Bauer se frotta les mains. Son anorak en duvet était visiblement trop grand pour lui. Ainsi vêtu, il ressemblait à un oiseau arctique pour le moins bizarre.

— Donc, ce truc-là, nous l'envoyons dans le courant, dit-il. Il va dériver avec lui, comme une particule d'eau virtuelle, pour ainsi dire. D'abord, verticalement en direction du fond, car ici, comme je l'ai dit, l'eau se précipite vers le fond... enfin, on ne la voit évidemment pas se précipiter, vous comprenez, mais elle se précipite... Bon, comment expliquer...

— Prenez votre temps.

— Bien, bien... Ecoutez ! En fait, c'est très simple. Il faut savoir que l'eau ne pèse pas toujours le même poids. L'eau la plus légère est douce et chaude. L'eau salée est plus lourde que l'eau douce, plus elle est salée, plus elle est lourde. Car le sel a un poids, n'est-ce pas ? L'eau froide, de plus, est plus lourde que l'eau chaude, car elle a une densité plus forte, donc l'eau est d'autant plus lourde à mesure qu'elle refroidit.

— Et l'eau froide salée est l'eau la plus lourde de toutes, compléta Karen.

— Exactement, c'est tout à fait ça ! se réjouit Bauer. C'est pour cela qu'il n'y a pas de simples courants marins, non, ils circulent sur plusieurs étages. Les courants chauds à la surface, les plus froids au fond, et entre eux nous avons les courants des profondeurs. Maintenant, il se peut qu'un courant chaud voyage à la surface sur des milliers de kilomètres et parvienne dans une région froide, où l'eau refroidit, évidemment. Et quand l'eau refroidit...

— Elle devient plus lourde.

— Bravo ! Elle devient plus lourde et s'enfonce. Le courant de la surface devient un courant des profondeurs, voire un courant du fond marin, et l'eau reflue. Et cela fonctionne de la même façon à l'envers. Du bas vers le haut, du froid vers le chaud. Ce qui fait que tous les grands courants marins du monde sont perpétuellement en mouvement. Ils sont tous reliés les uns aux autres, c'est un échange permanent.

On était en train de descendre le flotteur dérivant à l'eau. Bauer se précipita au bastingage, se penchant très bas. Puis il se retourna et fit un signe impatient à Karen.

— Allez, venez ! Venez voir d'ici, c'est beaucoup mieux.

Elle alla le rejoindre. Bauer avait les yeux brillants.

— Je rêve de voir des flotteurs dérivants comme celui-ci dans tous les courants, dit-il. Ce serait fantastique. On obtiendrait un nombre incroyable d'informations.

— A quoi servent les boules de verre ?

— Comment ? Quoi ? Ah oui ! A la force ascensionnelle. Afin que le flotteur dérivant puisse flotter dans la colonne d'eau. Au pied, il a des poids, mais le cœur est constitué par la barre qui est entre les deux. C'est là qu'il y a tout. Le système électronique de pilotage, les microcontrôleurs, l'alimentation énergétique. Mais il y a aussi un hydrocompensateur. Vous ne trouvez pas ça fantastique ? Un hydrocompensateur !

— Ce serait encore plus fantastique si vous m'expliquiez ce que c'est.

— Bien sûr, bien sûr.

Bauer tirailla sa barbiche.

— Eh bien… nous avons réfléchi au moyen de… Bon, voilà : les liquides sont pour ainsi dire incompressibles, on ne peut pas les comprimer. Mais l'eau fait exception. On ne va pas très loin, mais on peut quand même… euh… la ratatiner un peu. Et c'est ce que nous faisons. Nous la comprimons dans la barre, de sorte qu'il y a toujours la même quantité d'eau dedans, mais elle est tantôt plus lourde, tantôt plus légère. Ce qui fait que le flotteur dérivant n'a plus le même poids pour un volume égal.

— Génial.

— Je ne vous le fais pas dire. Nous pouvons donc le programmer pour qu'il fasse cela de lui-même : comprimer, décomprimer, comprimer, décomprimer, plonger, remonter, plonger, sans que nous ayons à intervenir… joli, non ?

Karen approuva de la tête. Elle suivit des yeux le curieux objet tout en longueur qui s'enfonçait dans les vagues grises.

— Le flotteur dérivant peut ainsi passer des mois et des années en autarcie. Nous pouvons le situer et reconstituer la vitesse et le trajet des courants… Ah, il plonge. Ça y est, il est parti !

L'appareil avait disparu. Bauer eut un hochement de tête satisfait.

— Et il va où, comme ça ? demanda Karen.

— Ah ! la voilà, la grande question !

Karen regarda son interlocuteur bien en face. Une lueur passa dans les yeux de Bauer, puis il poussa un soupir résigné.

— Je sais, vous voulez qu'on parle de mon travail.

— Oui, et maintenant, s'il vous plaît.

— Vous êtes vraiment une enquiquineuse. Ah ! vous ne lâchez pas le morceau, vous ! Bon, venez, suivez-moi au labo. Mais je vous préviens, les résultats de mon travail sont inquiétants, c'est le moins qu'on puisse dire.

— Les gens aiment qu'on les inquiète. Vous avez entendu les nouvelles ? Des invasions de méduses, des anomalies, des gens qui disparaissent, les naufrages en séries… Vous serez en bonne compagnie.

— Ah ? fit Bauer en secouant la tête. Vous avez sans doute raison. Je ne comprendrai jamais vraiment ce qu'est un travail de communication. Je ne suis qu'un simple scientifique. Tout ça, c'est hors d'atteinte pour moi.

En mer de Norvège, dans la marge continentale

— Merde ! s'exclama Stone. Un *blow out* !

Une éruption de gaz ! Dans la salle de contrôle du *Sonne*, tout le monde avait les yeux rivés sur l'écran. En bas, au fond de la mer, ce devait être l'enfer.

Bohrmann annonça dans le micro :

— On fout le camp d'ici. Ordre à la passerelle : en avant toute !

Tina sortit en trombe de la pièce. Johanson hésita, puis s'élança derrière elle. D'autres suivirent. Soudain, ce fut l'effervescence, le branle-bas de combat.

Johanson monta jusqu'au pont, où des matelots et des techniciens apportaient des conteneurs réfrigérés, sous le commandement de Tina. Le câble du treuil, sur la potence, trembla lorsque le bateau prit brutalement de la vitesse.

Tina le vit et accourut à sa rencontre.

— Qu'est-ce qui se passe ? s'écria Johanson.

— Nous sommes tombés sur une éruption de gaz. Viens !

Elle l'attira vers le bastingage. Hvistendahl, Stone et Bohrmann les rejoignirent. Deux techniciens de Statoil, à l'arrière du navire, observaient la mer. Ils s'étaient placés juste sous la potence. Bohrmann jeta un coup d'œil sur le câble tendu.

— Mais qu'est-ce qu'il fout ? siffla-t-il. Pourquoi ne stoppe-t-il pas le treuil, cet imbécile ?

Il se précipita à l'intérieur.

Au même moment, la mer se mit à bouillonner. De gros blocs blancs apparurent à la surface de l'eau. Le *Sonne* avançait maintenant à pleine vitesse. Le câble du grappin se tendit en grinçant. Quelqu'un, sur le pont, courut vers la potence en agitant les bras.

— Foutez le camp ! hurla l'homme aux techniciens qui se trouvaient là. Vite !

Johanson le reconnut. Le premier officier, le Chien de berger, comme le surnommait l'équipage. Hvistendahl se retourna et fit signe à ses hommes lui aussi.

Puis tout arriva en même temps. Ils se retrouvèrent brusquement au milieu d'un geyser bouillonnant et sifflant. Les contours du grappin apparurent sous la surface de l'eau. Une insupportable odeur de soufre se répandit. La poupe du *Sonne* s'abaissa brutalement, la gueule d'acier jaillit de l'eau en ébullition et se déplaça comme une énorme balançoire vers le bordé. L'un des techniciens vit le grappin arriver et se jeta à terre. L'autre écarquilla les yeux avec horreur, recula d'un pas mal assuré… trébucha.

D'un bond, le Chien de berger fut près de lui, essayant de l'attirer à terre, mais il ne fut pas assez rapide. Les énormes mâchoires d'acier s'abattirent sur l'homme et le projetèrent en l'air. Le malheureux vola sur plusieurs mètres, glissa sur les planches et resta étendu sur le dos.

— Oh ! non ! gémit Tina. Putain de merde !

D'un même mouvement, elle et Johanson se précipitèrent vers le corps inerte du technicien. Le premier officier et des membres de l'équipage s'étaient agenouillés près de lui. Le Chien de berger leva brièvement les yeux.

— On ne le touche pas.

— Je veux juste… commença Tina.

— Le médecin ! Vite !

Tina s'approcha du grappin dégoulinant de vase qui cessait peu à peu d'osciller.

— Ouvrez-le ! cria-t-elle. Mettez tout ce qui reste dans les conteneurs !

Johanson examina la surface de la mer. Des bulles bouillonnantes et puantes continuaient à monter. Puis leur nombre diminua progressivement. Le *Sonne* gagnait rapidement de la distance. Les derniers morceaux de méthane gelé se désagrégeaient dans l'eau.

Avec un grincement, le grappin desserra ses mâchoires, libérant des centaines de kilos de glace et de vase. Les techniciens de Bohrmann et les matelots s'affairèrent afin de plonger le maximum d'hydrates dans l'azote liquide. Les conteneurs étaient entourés d'un halo de vapeur sifflante.

Johanson se sentait affreusement inutile. Il prit le parti d'aller aider Bohrmann à rassembler les débris de méthane. Le pont était jonché de petits corps roses hérissés de poils. Certains tressautaient et se tordaient, sortaient leurs trompes et leurs mâchoires. La plupart semblaient ne pas avoir survécu à la remontée, tués par le brusque changement de température et de pression.

Johanson ramassa un morceau et l'examina attentivement. La glace était creusée de canaux remplis de vers morts. Il tourna le morceau en tous sens, jusqu'à ce que les craquements émis par la masse de glace en train de se décomposer lui rappellent qu'il lui fallait les mettre dare-dare au frais. D'autres morceaux étaient encore plus creusés, mais, apparemment, la décomposition n'avait vraiment commencé que sous les canaux. Des cratères apparaissaient dans la glace, partiellement recouverts de fils gélatineux.

Qu'est-ce qui s'était passé ?

Johanson oublia la réfrigération. Il frotta la matière visqueuse entre ses doigts. Ce truc ressemblait à des restes de colonies bactériennes. On trouvait des couches de bactéries sur la surface des hydrates, mais que faisaient-elles si loin à l'intérieur des blocs de glace ?

Quelques secondes plus tard, le morceau de glace avait fondu. Il regarda autour de lui. La poupe s'était transformée en une flaque d'eau boueuse. Le technicien frappé par le grappin n'était plus là. Tina, Hvistendahl et Stone avaient déserté le pont. Johanson aperçut Bohrmann, appuyé contre le bastingage un peu plus loin. Il alla le rejoindre.

— Qu'est-ce qui s'est passé, tout à l'heure ?

— Il y a eu un dégazement. Le grappin a creusé par plus de vingt mètres de fond en libérant le méthane. Vous avez vu l'énorme bulle sur l'écran ?

— Oui. Quelle est l'épaisseur de la glace à cet endroit ?

— Quelle était, vous voulez dire. Entre soixante-dix et quatre-vingts mètres. Au minimum.

— Donc c'est le chaos, en bas…

— Sans doute. Il faudrait savoir au plus vite si c'est un cas isolé.

— Vous avez l'intention de prendre d'autres échantillons ?

— Bien sûr, grommela Bohrmann. L'accident de tout à l'heure n'aurait pas dû se produire. Le gars qui commandait le treuil a continué à remonter le grappin à pleine vitesse. Il aurait dû stopper le treuil.

Il se tut un instant, dévisagea Johanson…

— Est-ce que vous avez remarqué quelque chose pendant que le gaz montait ?

— J'ai eu l'impression qu'on s'affaissait.

— Moi aussi. Le gaz a fait diminuer la tension superficielle de l'eau.

— Vous voulez dire qu'on aurait pu sombrer ?

— Difficile à dire. Vous avez déjà entendu parler du Trou de la Sorcière ?

— Non.

— Il y a dix ans, un bateau a disparu sans laisser d'adresse. Dans sa dernière communication radio, le gars disait simplement qu'il allait se faire un café. Récemment, un bateau de recherche a retrouvé l'épave, à cinquante milles de la côte, dans une dépression anormalement profonde de la mer du Nord. Les marins appellent cette région le Trou de la Sorcière. Sur l'épave, on n'a constaté aucun dommage, et elle repose à plat sur le sol. Comme si elle était tombée telle une pierre… comme quelque chose qui ne peut pas flotter.

— Ça ressemble au Triangle des Bermudes…

— Exactement. C'est exactement l'hypothèse, la seule qui tienne la route. Entre les Bermudes, la Floride et Porto Rico, il y a régulièrement de fortes éruptions de méthane. Quand le gaz s'élève dans l'atmosphère, il peut aller jusqu'à enflammer les moteurs des avions. Avec une éruption de méthane beaucoup plus forte que celle que nous avons là, l'eau devient si inconsistante qu'on tombe, tout simplement.

Bohrmann eut un geste en direction des frigos.

— Nous envoyons tout ça à Kiel au plus vite. Après l'analyse, nous saurons définitivement ce qui se passe au fond. Et nous le saurons, je vous en donne ma parole. Nous avons perdu un homme, avec toute cette merde.

— Il est… ?

— Mort. Sur le coup.

Johanson ne dit rien.

— Nous n'utiliserons pas le grappin pour les prochains échantillons, nous prendrons l'autoclave. Ce sera plus sûr. Il faut acquérir une certitude. Je n'ai pas du tout envie qu'on pose des usines sur le fond comme si de rien n'était.

Bohrmann souffla bruyamment.

— Mais on a l'habitude, hein ? On a beau tirer la sonnette d'alarme, personne n'écoute vraiment. Parce que les grands groupes sont les nouveaux commanditaires de la recherche. Si nous nous baladons par ici, tous les deux, c'est parce que Statoil a trouvé un ver. Formidable ! C'est l'industrie qui paie les chercheurs, puisque l'Etat n'a plus d'argent. Mais la recherche fondamentale, ils ne connaissent pas. Ils considèrent ce ver non pas comme un sujet de recherche, mais comme un problème qu'il faut éliminer. Ce qu'on nous demande, c'est de la recherche orientée, et pour délivrer un blanc-seing, s'il vous plaît. Mais il peut très bien se trouver que ce ne soit pas le ver qui pose problème. Est-ce que cela préoccupe quelqu'un ? C'est peut-être tout à fait autre chose. Et en éliminant le problème, n'en crée-t-on pas un nouveau ? Il y a des jours où tout ça me donne envie de vomir !

A quelques milles au nord-est, ils purent extraire une dizaine de carottes de sédiments sans incident. L'autoclave, un tube de cinq mètres de long entouré d'un manteau isolant et d'un système de tiges, extrayait la carotte du fond marin comme une seringue. Pendant qu'il était encore au fond, on fermait hermétiquement le tube par des vannes, emprisonnant à l'intérieur un petit univers découpé à l'emporte-pièce : des sédiments, de la glace et de la vase, ainsi que de la surface intacte, de l'eau de mer et des organismes qui continuaient à être dans leur élément parce que la température et la pression étaient maintenues. Bohrmann faisait entreposer verticalement les tubes dans la chambre froide du navire, afin de ne pas mettre le désordre dans les échantillons de vie soigneusement maintenus en l'état. On ne pouvait pas analyser les carottes à bord. Les conditions idéales n'existaient que dans le simulateur de grands fonds. Jusque-là, ils devraient se contenter d'analyser des échantillons d'eau et de surveiller des écrans.

Indépendamment du côté dramatique, la simple vision immuable des hydrates recouverts de vers devenait fatigante. Personne ne parlait. Ils n'en avaient pas envie. L'équipe de Bohrmann, les gens du pétrole, les marins semblaient pâlir eux aussi à la lueur des écrans. Le corps du technicien de Statoil tenait compagnie aux carottes dans la chambre froide. Le rendez-vous avec le *Thorvaldson* au-dessus du lieu prévu pour l'installation de l'usine sous-marine avait été annulé afin de rejoindre au plus vite Kristiansund, où ils déposeraient le corps du défunt et achemineraient les échantillons jusqu'à l'aéroport voisin.

Johanson passait son temps à la station radio ou dans sa cabine, à consulter les réponses à ses demandes. Le ver n'était décrit dans aucun message, personne ne l'avait vu. Quelques correspondants disaient qu'à leur avis il s'agissait du ver des glaces du Mexique, ce qui ne l'avançait pas beaucoup.

A trois milles de Kristiansund, il reçut une réponse de Lukas Bauer. C'était la première réponse positive, dans la mesure où on pouvait considérer le contenu comme positif.

Il lut et relut le texte en se mordant les lèvres de perplexité.

C'était à Skaugen de prendre contact avec les groupes pétroliers. La tâche de Johanson consistait à questionner des instituts et des scientifiques sans lien officiel avec les explorations pétrolières. Mais Bohrmann, après l'accident, avait prononcé une phrase qui éclairait l'affaire d'un jour différent.

« C'est l'industrie qui paie les chercheurs, puisque l'Etat n'a plus d'argent… »

Existait-il encore des instituts susceptibles de travailler de façon indépendante ?

S'il était exact que la recherche tombait de plus en plus sous le joug de l'économie, presque tous les instituts travaillaient d'une manière ou d'une autre pour les grands groupes. Ils se finançaient par des moyens non officiels. Ils n'avaient pas le choix s'ils ne voulaient pas prendre le risque de devoir arrêter leurs travaux. Y compris Geomar, à Kiel, qui attendait un engagement financier de la société Deutsche Ruhrgas pour créer une chaire de spécialisation en hydrates de gaz. Même s'il était très tentant d'accepter les fonds des grands groupes pour faire de la recherche, impossible de se voiler la face : les généreux donateurs espéraient en retour transformer les résultats en espèces sonnantes et trébuchantes.

Johanson relut la réponse de Bauer.

Il n'avait pas abordé la chose par le bon côté. Au lieu d'envoyer des messages à travers le monde, il aurait été mieux inspiré en commençant par examiner de près les liens cachés entre la recherche et l'industrie. Pendant que Skaugen approchait le sujet en arpentant les étages du groupe, lui, de son côté, pouvait essayer de questionner des scientifiques qui coopéraient avec eux. Il y en aurait bien un qui finirait par cracher le morceau.

Le problème était d'arriver à trouver la piste de ces liens cachés.

Non, ce n'était pas un problème. Il suffisait d'un peu de persévérance.

Il se leva et partit à la recherche de Tina.

24 avril

Sur l'île de Vancouver et sur le Clayoquot Sound, Canada

Talon, pointe.

Anawak se balançait sur ses pieds à grands mouvements impatients. Talon, pointe. Inlassablement. Talon, pointe, talon, pointe. Il était encore très tôt. Le ciel d'azur était éblouissant, c'était une journée de prospectus de voyage.

Il était nerveux.

Talon, pointe. Talon, pointe.

Un hydravion était posé au bout de la jetée de bois. Le reflet de sa coque blanche se détachait sur le bleu profond de la lagune strié par le friselis des vagues. L'appareil était l'un des légendaires Beaver DHC-2 fabriqués par l'entreprise canadienne De Havilland plus de cinquante ans auparavant, et toujours en service parce qu'on ne trouvait pas mieux sur le marché. Voler jusqu'aux pôles ne lui faisait pas peur. Le Beaver était simple, robuste et sûr.

Exactement ce qu'il fallait.

Anawak jeta un coup d'œil en direction du bâtiment rouge et blanc. L'aéroport de Tofino, à quelques minutes de la ville, n'avait rien de commun avec un aéroport classique. Il rappelait plutôt un village de trappeurs ou de pêcheurs. Quelques maisons basses en bois, posées au creux d'une baie pittoresque bordée de collines recouvertes d'arbres, derrière lesquelles s'élevaient des montagnes. Anawak fouilla des yeux la route d'accès à la lagune qui partait de la rue principale. Les autres allaient arriver d'un instant à l'autre.

En entendant la voix de son interlocuteur dans l'écouteur de son téléphone portable, il fronça les sourcils.

— Mais ça fait quinze jours, maintenant ! répondit-il. M. Roberts n'a jamais trouvé le temps de me prendre au téléphone, alors qu'il m'avait demandé de le tenir au courant…

La secrétaire lui fit observer que Roberts était un homme très occupé.

— Moi aussi ! aboya Anawak.

Puis il se reprit, s'efforça de retrouver un ton plus aimable :

— Ecoutez, ici, la situation ne fait qu'empirer, et il y a une relation entre nos problèmes et ceux d'Inglewood, c'est clair. M. Roberts sera d'accord, j'en suis sûr.

Son interlocutrice marqua une courte pause.

— Quelle relation, d'après vous ? demanda-t-elle enfin.

— Les baleines. C'est de notoriété publique.

— Mais non, pour le *Barrier Queen* il s'agissait d'une avarie de gouvernail…

— D'accord, mais les remorqueurs ont bien été attaqués !

— Oui, un remorqueur a sombré, c'est vrai, répondit la secrétaire d'un ton empreint d'un intérêt poli. Je ne suis pas au courant pour les baleines, mais je vais informer M. Roberts de votre appel.

— Dites-lui que c'est dans son propre intérêt.

— Il vous rappellera dans quelques semaines.

Anawak s'étrangla.

— Quelques semaines ?

— M. Roberts est en voyage.

Mais qu'est-ce qui se passait, bonté divine ? Se contenant à grand-peine, Anawak insista :

— De plus, votre patron a promis d'envoyer des échantillons supplémentaires à l'Institut de Nanaimo. Et ne me dites pas que vous n'êtes pas courant, j'étais sur place et j'ai ramassé ces bestioles moi-même sur la coque. Ce sont des moules et il y a sans doute encore autre chose avec.

— M. Roberts m'aurait informée, si…

— L'Institut de Nanaimo a besoin de ces échantillons !

— Il s'en occupera à son retour.

— Ce sera trop tard ! Ecoutez… Oh ! et puis tant pis ! Je rappellerai.

Furieux, il rangea son téléphone. Il regarda le Land Cruiser de Shoemaker descendre l'allée. Le gravier crissa sous les pneus lorsque le tout-terrain tourna pour se garer sur le petit parking du hall d'enregistrement. Anawak marcha à sa rencontre.

— Qu'est-ce qui se passe ? Vous avez eu une panne d'oreiller ? jeta-t-il avec humeur.

— Hein ? Pour dix minutes de retard !

Shoemaker s'avança vers lui, suivi d'Alicia Delaware et d'un jeune Noir costaud au crâne rasé portant des lunettes de soleil.

— Tu te calmes, d'accord ? reprit-il. On attendait Danny…

Anawak serra la main dudit Danny, qui lui adressa un sourire aimable. Tireur dans l'armée canadienne, ce dernier avait été mis à sa disposition. Il avait apporté son arme, une arbalète de haute précision à la pointe de la technologie.

— C'est pas mal comme coin, ici, déclara le tireur.

Anawak eut du mal à comprendre ce qu'il disait, car le costaud faisait tourner un chewing-gum avec sa langue en le déplaçant au gré de ses mots, lesquels sortaient de sa bouche comme après avoir cheminé à travers la vase d'un marécage.

— Au fait, c'est quoi, exactement, mon boulot ?

— On ne vous a rien dit ?

— Si, si. On m'a dit que ma cible, c'était une baleine, mais ça m'épate, ça, parce que je croyais que c'était interdit.

— C'est interdit, vous avez raison ! Venez, je vais tout vous expliquer dans l'avion.

— Attends ! fit Shoemaker en tendant un journal déplié à Anawak. Tu as lu ça ?

Le jeune scientifique parcourut le titre.

— « Le Héros de Tofino », lut-il, incrédule.

— Il se vend bien, hein, Greywolf ! Cette espèce de con fait le modeste dans l'interview, mais lis voir ce qu'il dit plus bas. Ça me donne envie de gerber.

Anawak lut à haute voix :

— « Je n'ai fait que mon devoir de citoyen canadien. Bien sûr, nous étions en danger de mort, mais j'ai voulu réparer un tout petit peu le mal que nous faisons avec cette industrie irresponsable qu'est le *whale watching*. Il y a des années que notre groupe tire la sonnette d'alarme en disant que les baleines sont soumises à un stress très dangereux, dont nous ne pouvons prévoir les effets... » Il est complètement taré, ou quoi ? s'énerva Anawak.

— Continue.

— « On ne peut pas reprocher à la Davie's Whaling Station de s'être mal comportée, mais on ne peut pas dire non plus qu'ils se soient bien comportés. Faire de l'argent avec le tourisme baleinier sous prétexte de protection de l'environnement, ce n'est pas moins grave que les mensonges des Japonais qui chassent des espèces de baleines menacées dans les eaux arctiques. Eux aussi parlent officiellement de motivations scientifiques, alors qu'on a retrouvé plus de quatre cents tonnes de baleines dans les marchés de gros en 2002, prétendument destinées au départ à la recherche scientifique... »

Anawak leva la tête.

— Quel salaud !

Alicia intervint :

— Il a raison, non ? Si je suis bien informée, c'est la vérité, les Japonais nous font marcher, avec leurs prétendus programmes de recherche…

— Bien sûr que c'est vrai ! jappa Anawak. C'est en ça qu'il est perfide, Greywolf, en faisant la relation entre eux et nous !

— J'ai beau chercher, je ne vois pas ce qu'il espère obtenir, dit Shoemaker en secouant la tête.

— C'est clair, il veut se faire mousser, cet enfoiré !

— Ben… risqua Alicia… c'est vrai, c'est une sorte de héros…

En dépit de son ton prudent, ses paroles déclenchèrent l'ire d'Anawak qui jeta, piqué au vif :

— Ah bon ?

— Ben si, quand même… Il a sauvé des gens. Moi aussi, je trouve qu'il est injuste en vous tombant dessus comme il le fait, mais au moins, il a été courageux et…

— Greywolf n'est pas courageux, gronda Shoemaker. Tout ce qu'il entreprend, ce rat, c'est par calcul. Mais cette fois, il s'est trompé. Il va avoir des ennuis avec les Makah. Ils ne vont pas beaucoup apprécier le fait que leur frère autoproclamé tire à boulets rouges sur la chasse à la baleine. Tu n'es pas d'accord, Léon ?

Anawak ne répondit pas.

Danny fit passer son chewing-gum de droite à gauche.

— Bon, quand est-ce qu'on y va ? s'impatienta-t-il.

Au même moment, le pilote leur cria quelque chose par la porte ouverte de l'hydravion, tout en leur faisant de grands signes. Ah ! Ford avait dû donner le signal.

Sans répondre à sa question, Anawak demanda à Shoemaker, avec une tape sur l'épaule :

— En rentrant à la station, tu pourras me rendre un service ?

— Oh oui ! compte tenu de certaines circonstances, j'ai tout mon temps…

— Est-ce que tu peux te renseigner pour savoir si on a parlé de l'avarie du *Barrier Queen* dans les journaux ? Ou sur Internet ? Ou à la télé ?

— Oui, bien sûr. Pourquoi ?

— Comme ça.

— Comme ça, ce n'est pas assez.

— Parce que je crois qu'on n'en a pas parlé.

— Hum !

— En tout cas, je ne m'en souviens pas. Et toi ?

Shoemaker réfléchit un instant, puis répondit :

— Moi non plus. J'ai vaguement entendu parler d'un certain nombre de naufrages en Asie. Mais ça ne veut rien dire. J'ai arrêté de lire depuis ce qui nous est tombé dessus… Mais tu as raison. En y repensant, je me rends compte qu'on n'en parle pas trop, de tout ce bordel.

— Tu vois ! dit Anawak, l'air sombre.

Il se détourna et se dirigea vers l'appareil.

— On est partis.

L'hydravion décolla, et Anawak expliqua à Danny :

— Vous allez envoyer une sonde dans le blubber de la baleine. Le blubber, c'est son lard. Elle ne sentira rien. Pendant des années, on a cherché comment fixer un émetteur sur la peau d'une baleine, jusqu'à ce qu'un biologiste de Kiel, en Allemagne, ait l'idée d'utiliser une arbalète et des flèches spéciales sur lesquelles on fixe un émetteur et un appareil de mesure. La pointe s'enfonce dans le lard, et la baleine se balade avec ses appareils sans même les sentir.

Le costaud le regarda, perplexe.

— Alors comme ça, c'est un biologiste allemand qui a trouvé ça ? répéta-t-il.

— Vous avez peur que ça ne fonctionne pas ?

— Non, non, c'est pas ça. Mais je me demande si quelqu'un lui a demandé si elle sentait vraiment rien, la baleine. Parce que c'est un boulot de précision. Comment vous faites pour savoir si la pointe ne s'enfonce pas plus profond que dans le lard ?

— On a demandé à des moitiés de cochon.

— Hein ?

— On a fait des tests sur des moitiés de cochon, jusqu'à ce qu'on sache exactement jusqu'où s'enfonce la pointe. Tout ça, c'est une question de calcul.

— Ah dis donc ! C'est beau la science, commenta Danny d'un ton qui trahissait une légère ironie.

— Et c'est valable aussi pour les hommes ? interrogea Alicia, depuis le siège arrière. La pointe s'enfonce juste un peu ?

— Un peu trop, en l'occurrence, répondit Anawak. L'homme ne s'en remettrait pas.

Le DHC-2 vira. En bas, la lagune scintillait.

— Nous avions plusieurs solutions, reprit Anawak. La condition primordiale était la possibilité d'observer la baleine pendant un certain temps en continu. Finalement, la solution de l'arbalète s'est révélée la plus sûre. L'enregistreur stocke la fréquence cardiaque, la température du corps et de l'environnement, la profondeur, la vitesse de nage et d'autres choses encore. En revanche, équiper les baleines de caméras, c'est plus difficile.

— Et avec l'arbalète, c'est pas possible ? s'enquit Danny.

— Non, parce qu'on ne sait jamais où la caméra va atterrir. Et de plus, j'aimerais bien les voir, les baleines. J'aimerais les observer et ça, ce n'est possible que si la caméra est un peu éloignée, et non pas installée sur elles.

— C'est pour ça qu'on va utiliser l'URA, expliqua Alicia. C'est un nouveau robot japonais.

Anawak se dit avec amusement qu'elle en parlait avec autant de fierté que si elle avait inventé l'appareil personnellement.

Danny tourna la tête en tous sens.

— J'en vois pas, de robot.

— Y en a pas !

L'avion était sorti du Sound et volait au ras des vagues. Normalement, on voyait des petits paquebots, des Zodiacs et des kayaks au large de l'île de Vancouver, mais les plus courageux eux-mêmes n'osaient plus s'y risquer. Seuls de gros cargos et de gros ferries qui ne craignaient rien des baleines passaient, loin au large. Aussi la surface de l'eau était-elle déserte, à l'exception d'un seul bateau à l'air si solide qu'on avait l'impression que rien ni personne n'était de taille à lui causer la moindre égratignure. L'avion mit le cap sur lui.

— L'URA se trouve sur le *Whistler*, le remorqueur, là, indiqua Anawak. C'est quand nous aurons trouvé notre baleine que sonnera son heure de gloire.

John Ford, debout à l'arrière du *Whistler*, mit ses mains en visière au-dessus de ses yeux pour se protéger de la lumière du soleil. Il vit le DHC-2 se rapprocher rapidement. Quelques secondes plus tard, l'avion survola le remorqueur et vira en décrivant un large demi-cercle.

Par VHS, il appela Anawak sur la fréquence sécurisée. Toute une série de fréquences avaient été fermées pour des raisons militaires et scientifiques.

— Léon ? Tu me reçois ?

— Je te reçois, John. Où l'as-tu vue, pour la dernière fois ?

— Au nord-ouest. A deux cents mètres à peine de nous. Il y a cinq minutes, nous en avons vu un certain nombre, mais elles se tiennent éloignées. Huit ou dix. Nous en avons identifié deux formellement, une qui a participé à l'attaque du *Lady Wexham*, l'autre a coulé un chalutier au large d'Ucluelet, la semaine dernière.

— Elles n'ont pas cherché à vous attaquer ?

— Non, elles doivent nous trouver trop gros.

— Et entre elles ? Comment se sont-elles comportées ?

— Tranquillement.

— Bien. C'est sans doute la même bande, mais il faut se concentrer maintenant sur leur identification.

Ford suivit des yeux le DHC-2, le vit rétrécir, se coucher lentement et virer ensuite pour revenir. Puis son regard se posa sur la passerelle du bateau. C'était un remorqueur de sauvetage en haute mer appartenant à une entreprise privée de Vancouver, long de soixante-trois mètres et large de près de quinze. Avec une force de remorque à la perche de cent soixante tonnes, il comptait parmi les plus puissants remorqueurs au monde. Il était indiscutablement trop grand et trop lourd pour qu'une baleine puisse représenter un danger. Une baleine à bosse pouvait toujours s'amuser à sauter droit sur la poupe, elle ne produirait pas plus d'effet qu'un fort coup de tangage.

Cela n'empêchait pas Ford d'éprouver un malaise. Au début, les baleines avaient attaqué tout ce qui bougeait sur l'eau, mais, désormais, elles paraissaient parfaitement capables de faire le tri entre les cibles auxquelles elles pouvaient causer des dommages et les autres. Maintenant, des rorquals et des cachalots s'associaient aux omniprésentes orques, baleines grises et baleines à bosse. Mais elles ne s'en prendraient pas au *Whistler*, c'était certain. Et c'était justement ça qui l'inquiétait le plus. La thèse de la folie furieuse ne tenait plus la route, car elle ne cadrait pas avec cette capacité grandissante à faire la différence. Il pressentait l'intelligence derrière leurs actes, et il se demanda comment elles allaient réagir au robot.

Il appela la passerelle par VHS.

— C'est parti, dit-il.

Le DHC-2 volait en cercle au-dessus de lui.

Après avoir identifié plusieurs attaquants grâce aux vidéos et aux photos, ils s'étaient activement consacrés à les rechercher. Depuis trois jours, le remorqueur sillonnait la route de Vancouver. Enfin, ils les avaient découverts, le matin même. Dans un groupe de baleines grises, ils reconnurent deux queues qu'ils avaient photographiées et filmées.

Ford se demanda s'ils avaient une chance de découvrir la vérité à temps. Avec un frisson, il pensa à l'impatience des syndicats de pêcheurs et des armateurs, qui trouvaient que les scientifiques progressaient trop lentement. Ils exigeaient l'intervention de l'armée : qu'on tue quelques baleines, et les bestiaux restants comprendraient très vite qu'attaquer les humains n'était pas une bonne idée. Un raisonnement aussi naïf que dangereux, parce qu'il tombait sur un terrain fertile. En effet, les mammifères marins gaspillaient de manière inflationnelle le crédit pour lequel les défenseurs des animaux et les moralistes s'étaient si longtemps battus. Pour l'heure, la cellule de crise opposait à ces exigences l'argument que la violence serait sans effet tant que l'on ne connaîtrait pas l'origine du changement de comportement des animaux. A la rigueur, on pouvait combattre les symptômes. On ne savait pas quelle serait la décision du gouvernement en définitive, mais la rumeur courait, déjà, que certains pêcheurs et certains chasseurs de baleine, enfreignant les directives, étaient prêts à agir de leur propre chef. La perplexité générale et l'indécision face aux mesures à prendre n'étaient surpassées que par le désaccord régnant entre les partis en présence. Du nanan pour les francs-tireurs.

Ford contempla le robot installé à la poupe.

Il était impatient de voir à l'œuvre l'URA qu'ils avaient fait venir si vite et de manière si peu bureaucratique du Japon. Sa mise au point ne datait que de quelques années. Les Japonais affirmaient avec insistance que l'appareil servait à la recherche et non à la chasse. Les environnementalistes occidentaux restaient sceptiques. Ils voyaient cet appareil cylindrique long de trois mètres, bardé d'instruments de mesure et de caméras ultrasensibles, comme une machine infernale destinée à dépister des troupeaux entiers de baleines dans la perspective d'une levée possible du moratoire international de 1986 sur la chasse à la baleine. L'URA ayant localisé et suivi quelque temps des baleines à bosse au large de l'île de Kerama, au Japon, il avait éveillé l'intérêt lors du symposium international sur les mammifères marins de Vancouver. Mais la méfiance était toujours là. Il était de notoriété publique que le Japon achetait systématiquement l'appui des pays pauvres dans le but de lever le moratoire. Le gouvernement japonais justifiait ce marchandage en l'affublant du nom de « diplomatie ». C'étaient les mêmes gouvernants qui subventionnaient largement l'université de Tokyo, à laquelle appartenait l'Underwater Robotics & Application Laboratory Team, l'unité qui avait développé le robot.

— Tu vas peut-être faire quelque chose d'utile aujourd'hui, murmura Ford à l'appareil. Allez, sauve ta réputation.

Ford eut l'impression que l'URA lui signifiait son accord par un ou deux scintillements encore plus lumineux au soleil.

Il s'approcha du bastingage, scruta la mer. En surface, les baleines étaient plus faciles à repérer, plus faciles à identifier. Au bout d'un moment, quelques baleines grises sortirent de l'eau et fendirent les vagues.

La voix du poste d'observation de la passerelle retentit dans l'émetteur-récepteur :

— A tribord derrière nous : Lucy.

Ford fit volte-face, porta ses jumelles à ses yeux et eut tout juste le temps de voir plonger une queue grise dentelée.

Lucy !

C'était une immense baleine grise de quatorze mètres de long qui s'était jetée contre le *Lady Wexham*. Peut-être était-ce même elle qui avait déchiré sa coque, permettant à l'eau de s'introduire et d'inonder le bateau.

— Confirmé, dit Ford. Léon ?

Ils étaient tous reliés par la fréquence sécurisée. Les passagers du DHC-2 entendaient ce qui se disait à bord du *Whistler*.

— Confirmé, répondit Anawak.

Ford plissa les yeux pour se protéger du soleil et vit l'avion descendre vers l'endroit où les queues avaient disparu.

— Alors allez-y, dit-il plus pour lui-même. Taïaut, taïaut !

A cent mètres d'altitude, le plus imposant des remorqueurs ressemblait à un modèle réduit. Les mammifères marins n'en paraissaient que plus grands. Plusieurs baleines grises nageaient juste en dessous de la surface, apparemment tranquilles. Des rais de lumière dansaient sur leurs gigantesques corps. Bien que n'atteignant que le quart de la longueur du *Whistler*, elles paraissaient monstrueusement grandes.

— Plus bas, dit-il.

L'appareil descendit encore. Ils dépassèrent le groupe, s'approchèrent de la position où Lucy avait plongé. Anawak forma des vœux pour qu'elle ne fût pas partie à la chasse. Dans ce cas, il leur faudrait attendre un bon bout de temps. Mais les eaux ne semblaient pas assez basses pour cela. De même que les baleines à bosse, les baleines grises avaient une manière de se nourrir qui leur était propre. Elles descendaient au fond et parcouraient les sédiments en se tournant sur le côté et en absorbant les organismes qui vivaient là, les petits crabes, le zooplancton et leur mets de prédilection, les vers ronds. Les fonds de l'île de Vancouver étaient creusés de sillons consécutifs à leurs orgies. Mais les géantes grises s'égaraient rarement dans des eaux plus profondes.

— Il va y avoir un peu de courant d'air, annonça le pilote. Danny ?

Le tireur d'élite sourit de toutes ses dents et ouvrit la porte latérale. Un courant d'air froid s'engouffra, emmêlant les cheveux des occupants de l'appareil, dont l'habitacle s'emplit d'un vacarme soudain. Alicia passa l'arbalète à Danny.

— Vous n'aurez pas beaucoup de temps ! cria Anawak, luttant contre le tintamarre du vent et le grondement du moteur. Quand Lucy sortira de l'eau, vous ne disposerez que de quelques secondes pour placer la sonde !

— C'est pas un problème ! affirma Danny.

Muni de l'arbalète, il sortit à moitié de l'appareil pour s'installer pratiquement sous l'aile, sur les tiges métalliques.

— Approchez-moi bien comme il faut, je vous en demande pas plus.

Alicia secoua la tête en ouvrant des yeux ronds.

— Non, je ne veux pas voir ça !

— Quoi ? fit Anawak.

— Mais ce n'est pas possible, il va tomber à l'eau !

— Vous en faites pas, la rassura le pilote en riant. Ils sont fortiches, ces gars-là.

L'avion volait très bas, à présent, à hauteur d'yeux de la passerelle du *Whistler*. Ils survolèrent l'endroit où Lucy avait plongé. Elle était invisible.

— Tournez en rond ! cria Anawak au pilote. En cercles très étroits ! Lucy va ressortir pratiquement là où elle a disparu !

L'appareil se coucha en virant abruptement. La mer parut basculer à leur rencontre. Danny était accroché aux barres comme un singe, une main sur le cadre de la porte, l'autre tenant l'arbalète tendue. Sous eux, ils virent se dessiner la silhouette d'une baleine sortant de l'eau. Puis un dos gris et brillant troua la surface.

— Ouais ! se réjouit Danny.

— Léon !

C'était Ford, par VHS.

— Ce n'est pas la bonne ! Lucy est devant nous, à tribord !

— Merde ! jura Anawak.

Il s'était trompé. Lucy avait apparemment décidé d'enfreindre les règles.

— Danny ! Arrête !

L'avion cessa de tourner en rond et descendit encore plus bas. Les vagues se soulevaient à leur rencontre. Ils s'approchaient de la poupe du remorqueur. Ils semblèrent vouloir se diriger tout droit sur le bateau, puis le pilote changea de cap et ils le dépassèrent, le frôlant de près. Lucy apparut un peu plus loin, leur laissant le loisir de voir sa queue. A présent, Anawak reconnaissait l'animal, grâce aux entailles caractéristiques de sa queue.

— Réduisez, dit-il.

Le pilote réduisit la vitesse, mais ils allaient encore trop vite, bien entendu ! On aurait dû prendre un hélico, se reprocha Anawak. Ils allaient encore dépasser la cible et ils devraient faire demi-tour, en espérant que la baleine soit toujours visible.

Lucy était toujours là. Son énorme corps brillait au soleil.

— On la dépasse, on tourne, on descend !

Le pilote opina du chef et compléta :

— Et on ne vomit pas, s'il vous plaît !

Il retourna l'appareil si brutalement qu'il sembla l'avoir posé sur la pointe de l'aile. Par la porte ouverte, on vit miroiter une muraille d'eau. Alicia poussa un hurlement, et Danny un cri de plaisir.

C'était beaucoup mieux que le grand huit !

Anawak vécut ce moment au ralenti. Il était loin de se douter qu'on pouvait faire tourner un avion comme un compas, en prenant la pointe de l'aile comme aiguille. L'appareil décrivit un demi-cercle parfait et se remit à l'horizontale non moins brutalement.

En grondant, il mit le cap sur la baleine et sur le *Whistler* qui se rapprochait.

Ford, le souffle coupé, vit l'avion revenir sur lui après sa terrifiante manœuvre. Les patins touchaient quasiment l'eau. Il lui revint vaguement en mémoire que Tofino Air employait un ancien aviateur de la Canadian Air Force. Ceci expliquait cela.

Le ventre cylindrique de l'URA était suspendu de l'autre côté du bastingage à la grue du remorqueur. Ils se tenaient prêts à détacher l'appareil dès que le tireur aurait placé l'émetteur. On distinguait nettement le dos de la baleine. Elle n'avait pas plongé. La baleine et l'avion se dirigeaient l'une vers l'autre à toute vitesse. Ford vit Danny accroupi sous l'aile, et fit une prière pour que l'affaire soit réglée du premier coup.

Le dos de Lucy fendait les vagues.

Danny leva l'arbalète, un œil fermé, la main posée sur le métal froid. Lentement, son doigt se plia.

Concentré, la mine impassible, Danny appuya sur la détente. Il fut le seul à entendre le léger sifflement, tout près de son oreille, lorsque la flèche qu'il avait préparée sortit à plus de deux cent cinquante kilomètres à l'heure. Quelques fractions de seconde plus tard, des crochets métalliques vinrent se planter dans le lard de la baleine et s'enfoncèrent profondément, sans que Lucy s'en aperçoive. Dans les secondes suivantes, la baleine arrondit son dos. Elle plongea. L'émetteur était là, planté en travers.

— On l'a eue ! hurla Anawak.

Ford donna le feu vert.

La grue libéra le robot, qui s'abattit sur l'eau et plongea dans les vagues.

Le contact avec l'eau déclencha aussitôt une impulsion qui activa le moteur électrique. En même temps que l'appareil s'enfonçait, il se déplaçait en direction de la baleine. Quelques secondes après sa mise à l'eau, l'URA avait complètement disparu.

Ford serra le poing dans un geste de triomphe.

— Oui !

Le DHC-2 survola le *Whistler* dans un grondement de moteurs. Sous l'aile, Danny tendit son arbalète en poussant un cri de victoire.

— On a réussi !

— Super !

— Du premier coup !… T'as vu ça ?

— Waouh !

Ils parlaient tous à la fois, survoltés. Danny tourna vers eux une tête hilare. Il entama une manœuvre pour réintégrer la cabine. Anawak lui tendit les mains pour l'aider. Tout à coup, il vit une masse sortir de l'eau, grandir…

Il se figea, horrifié.

Une baleine grise prenait son élan pour sauter. Son ventre massif se rapprochait à toute allure.

Au beau milieu de leur trajectoire.

— Lève le manche, vite !

Les moteurs hurlèrent plaintivement. L'avion grimpa à la verticale et Danny tomba en arrière. Anawak eut le temps d'apercevoir une énorme tête creusée de cicatrices, un œil, une mâchoire fermée. Puis l'appareil reçut un coup effroyable. A la place de l'aile droite, là où était accroché Danny l'instant précédent, il ne subsistait que de la ferraille. Anawak chercha à se cramponner quelque part, mais ils partirent à la renverse, Alicia hurla, le pilote aussi, et lui aussi en voyant la mer venir à leur rencontre.

Il reçut un coup en plein visage. Glacial.

Un bourdonnement dans ses oreilles. Le grincement strident du métal qui se cassait.

De l'écume.

Du vert sombre.

Plus rien.

L'ordinateur de bord stabilisa le corps cylindrique de l'URA cinquante mètres plus bas. Le robot se mit à zéro et suivit la baleine la plus proche de lui. A quelque distance de là, des ombres signalaient la présence d'autres cétacés. L'œil électronique enregistra tout cela sans que l'ordinateur, dans un premier temps, accorde la moindre importance aux impressions optiques.

D'autres fonctions se mirent en marche.

Malgré une sensibilité optique excellente, la véritable force de l'URA résidait dans l'acoustique. C'était là que son concepteur avait véritablement fait la preuve de son génie. Les systèmes acoustiques permettaient au robot de suivre les mammifères marins pendant dix à douze heures sans les perdre, quel que fût leur itinéraire.

Il suivait leurs chants.

Les quatre hydrophones de l'URA, des microphones sous-marins ultrasensibles, captaient non seulement le moindre son émis par les cétacés, mais aussi ses coordonnées. Les micros étaient installés tout autour du ventre du robot. Lorsque l'une des baleines émettait un son aigu, même infime, ils ressentaient le bruit l'un après l'autre et non pas ensemble. Aucune oreille humaine n'aurait pu enregistrer l'infime écart de temps et la décroissance qui en résultait. De la sorte, le son atteignait d'abord, et dans sa plus grande amplitude, l'hydrophone situé au plus près de la source, puis, dans l'ordre, les trois autres.

L'ordinateur établissait alors un espace virtuel et attribuait des coordonnées aux émetteurs des sons. L'espace se remplissait au fur et à mesure d'indications sur les positions des baleines qui se déplaçaient les unes par rapport aux autres au gré des changements de lieu. Le groupe était pour ainsi dire reconstitué à l'intérieur de l'ordinateur.

Lucy elle aussi émit une série de sons lorsqu'elle disparut dans les profondeurs. Des quantités importantes de données étaient stockées dans l'ordinateur, des sons spécifiques de baleines et de certains poissons, jusqu'aux voix de certains animaux individuellement. L'URA parcourut son catalogue électronique, mais Lucy n'apparut pas en tant qu'individu. Automatiquement, il sortit un fichier des sons du groupe de coordonnées qui correspondait à Lucy, les compara avec d'autres groupes de coordonnées, classifia tous les animaux qu'il avait devant lui comme étant des baleines grises et passa à deux points nodaux pour pouvoir les approcher de plus près.

Avec autant de précision que lorsqu'il avait localisé et repéré les baleines de façon acoustique, le robot passa à la répertorisation optique. Sa banque de données contenait des dessins et des formes de queues, d'ailerons, et des particularités d'individus isolés. Cette fois, la machine eut plus de chance. L'œil électronique scanna les queues de baleine qu'il avait devant lui et identifia rapidement l'une d'elles comme étant celle de Lucy. Peu auparavant, on avait entré toutes les coordonnées des baleines qui avaient participé aux attaques, et le robot sut alors à quel animal il devait accorder son attention.

L'URA corrigea son cap de quelques degrés.

Le chant des baleines pouvait s'entendre à des distances de plus de cent milles. Dans l'eau, les ondes du son se déplaçaient cinq fois plus vite que dans l'air. Lucy pouvait nager aussi vite et aussi loin qu'elle voulait...

Il ne la perdrait plus.

26 avril

A Kiel, Allemagne

La porte de fer glissa de côté. Bohrmann laissa errer son regard sur la gigantesque machine qu'était le simulateur.

Le simulateur de grands fonds réduisait la nature à une échelle supportable pour l'homme sans l'envoyer pour autant dans l'exil de la théorie brute. Même si c'était en modèle réduit, la mer était devenue maîtrisable. Ils avaient créé à leur usage un monde de seconde main, l'une de ces copies idéalisées, qui devenaient au fil du temps plus familières à l'homme que la réalité. Comment pouvait-on encore témoigner de la curiosité pour la vie au Moyen Age quand Hollywood vous servait sa version sur un plateau ? Qui s'intéressait aux poissons, qui s'émouvait du fait qu'ils meurent, saignent, qu'on leur ouvre le ventre pour en retirer les entrailles, dès lors qu'on pouvait les acheter, débités en morceaux présentés sur de la glace ? En Amérique, certains enfants dessinaient des poules à six pattes parce que les cuisses de poulet étaient conditionnées par six dans les supermarchés. On buvait son lait sorti d'un emballage en carton, et on faisait le dégoûté devant le contenu d'un pis de vache. L'arrogance de l'être humain enflait à mesure que s'atrophiait son sens de la nature. Bohrmann s'enthousiasmait devant le simulateur et ses possibilités, mais en même temps cette citerne lui démontrait à quel point la science menaçait de se fourvoyer dès lors que, au lieu de le regarder en face, elle persistait à se contenter de reproduire l'objet de ses recherches. On n'essayait plus de comprendre la planète, seulement de la plier à ses désirs.

Chaque fois qu'il pénétrait dans la salle, la même pensée lui traversait l'esprit : Jamais nous ne saurons en toute certitude ce qui est faisable, mais en revanche nous savons très vite ce qu'il vaut mieux éviter de toucher. Et pourtant, nous nous bouchons les yeux et les oreilles pour ne pas le voir ni l'entendre.

L'accident du *Sonne* avait eu lieu deux jours plus tôt. Depuis, Bohrmann avait regagné Kiel. Les carottes et les conteneurs réfrigérés avaient été expédiés en urgence à Erwin Suess, qui s'était immédiatement mis au travail avec une équipe de géochimistes et de biologistes. Les analyses avaient déjà commencé. Depuis quarante-huit heures, les scientifiques essayaient inlassablement de déceler les causes de la décomposition. Et ils semblaient y être parvenus. Le simulateur idéalisait peut-être la réalité, mais dans ce cas précis il paraissait restituer la vérité sur les vers.

Suess attendait Bohrmann au pupitre de commande. Il était en compagnie de Heiko Sahling et d'Yvonne Mirbach, une biologiste spécialiste des bactéries des grands fonds.

— Nous avons procédé à une simulation par ordinateur, annonça Suess. Moins pour nous que pour que tout un chacun comprenne.

— Ce n'est donc plus seulement le problème de Statoil, dit Bohrmann.

— Non.

Suess déplaça le curseur et cliqua sur un symbole. Un graphique apparut à l'écran. La coupe transversale d'un couvercle d'hydrate de un mètre d'épaisseur et d'une poche de gaz se trouvant en dessous. Sahling désigna une couche sombre et fine à la surface.

— Ce sont les vers, indiqua-t-il.

— On va les agrandir, proposa Suess.

Une partie de la surface de la glace apparut. A présent, les vers étaient visibles individuellement. Suess agrandit l'image jusqu'à ce qu'un exemplaire isolé occupe presque entièrement l'écran. Il était grossièrement stylisé, certaines parties du corps colorées de tons vifs.

— Le rouge, ce sont des bactéries du soufre, expliqua Yvonne Mirbach. Le bleu, des archaea.

— Des endosymbiotiques et des ectosymbiotiques… murmura Bohrmann. Ce ver est bourré de bactéries qui se développent sur lui.

— Tout juste. Ce sont des consortia, des consortiums de bactéries de plusieurs espèces qui travaillent ensemble.

— C'est ce que les gens qui ont fait appel à Johanson avaient déjà compris, ajouta Suess. Ils ont établi des kilos de dossiers d'observation sur le caractère symbiotique du mode de vie de ce ver. Mais ils n'en avaient pas tiré les bonnes conclusions. Personne ne s'est posé la question de savoir ce qu'ils faisaient, en fait, ces consortiums. Nous sommes tout le temps partis du principe que les vers déstabilisaient la glace, tout en sachant qu'ils ne pouvaient pas le faire. Mais ce ne sont pas les vers qui le font.

— Les vers ne sont que les vecteurs, émit Bohrmann.

— Exactement, approuva Suess en cliquant sur un symbole. Et voilà l'explication de votre dégazement…

Le ver stylisé commença à bouger. La représentation était sommaire, compte tenu du peu de temps dont avaient disposé les scientifiques. C'était plus une suite d'images isolées qu'un film d'animation. Les mâchoires en forme de pince sortirent, et le ver commença à creuser la glace pour s'y enfouir.

— Regarde bien…

Bohrmann ouvrit grand les yeux. Suess avait à nouveau agrandi l'image. Plusieurs vers étaient en train de s'enfoncer dans l'hydrate. Soudain…

— Mon Dieu ! s'exclama Bohrmann.

Un silence de mort s'établit.

Puis Sahling murmura :

— Si c'est comme ça sur tout le talus continental, il est…

— C'est comme ça, l'interrompit Bohrmann d'une voix blanche. Et sans doute simultanément. Quelle saloperie, on aurait dû s'en douter quand on était à bord du *Sonne* ! Les morceaux d'hydrate étaient absolument couverts de bactéries.

Il s'était à peu près attendu à ce qu'il avait devant les yeux. C'était ce qu'il craignait, tout en espérant se tromper. Mais la réalité était encore bien pire – si c'était la réalité.

— Ce qui se passe ici individuellement est connu, dit Suess. Ces phénomènes pris chacun à part ne sont pas nouveaux. La nouveauté, c'est le fait qu'ils agissent ensemble. Il est évident que si on met toutes les composantes en relation, la décomposition des hydrates est inévitable.

Il bâilla. Une manifestation plutôt incongrue, eu égard à la terrible vision qui leur était offerte, mais aucun d'eux n'avait fermé l'œil au cours des vingt-quatre heures précédentes.

— Simplement, poursuivit-il, je ne sais pas comment expliquer la présence de ces vers.

— Moi non plus, renchérit Bohrmann. Et moi, j'y réfléchis depuis plus longtemps que toi.

— Et qui allons-nous informer ? demanda Sahling.

— Hum ! fit Suess avec une grimace. Qu'est-ce qu'on nous a dit, déjà ? Cette affaire est confidentielle, c'est bien ça ? Donc, il faut commencer par Johanson.

— Et pourquoi pas par Statoil directement ? proposa Sahling.

— Non, répondit Bohrmann en secouant la tête. Surtout pas.

— Tu penses que ça risque de rester dans un tiroir ?

— Johanson, c'est la meilleure solution. Tel que je le sens, il est neutre, plus neutre que la Suisse. C'est à lui que nous devrions laisser le soin de décider du moment…

— Nous n'avons pas le temps de laisser quoi que ce soit à qui que ce soit, le coupa Sahling. Si cette simulation restitue ne serait-ce qu'une approche de ce qui se passe sur le talus, nous devrions normalement informer le gouvernement norvégien…

— Dans ce cas, il faut informer tous les pays de la mer du Nord !

— Bonne idée. Tu rajoutes l'Islande.

— Attendez, attendez ! s'écria Suess en levant les mains. Nous ne sommes pas en train de mener une croisade !

— Il ne s'agit pas de ça…

— Mais si ! Pour l'instant, ce n'est qu'une simulation !

— D’accord, mais…

— Non, il a raison, intervint Bohrmann. Nous ne pouvons pas affoler les populations uniquement pour qu’elles soient au courant. Nous ne savons rien de précis nous-mêmes. Nous savons ce qui se joue, mais les résultats sont de simples estimations. Pour l’instant, nous sommes simplement en mesure de dire que de grandes quantités de méthane se retrouveront très vite dans l’atmosphère…

— Tu délires, ou quoi ? s’exclama Sahling. Nous savons parfaitement ce qui se passera !

Bohrmann tâta machinalement l’endroit où sa moustache repoussait.

— Très bien, dit-il. Nous pouvons annoncer la nouvelle, il y a de quoi faire les gros titres. Mais avec quelles conséquences ?

— A ton avis ? Qu’est-ce que tu feras quand ton journal t’annoncera que la Terre est sur le point d’être atteinte par une météorite ?

— Tu trouves que c’est une bonne comparaison ?

— D’une certaine façon, oui.

— Je pense que nous ne devrions pas prendre la décision tout seuls, intervint Yvonne Mirbach. Procédons par étapes. D’abord, il faut parler à Johanson, puisque c’est lui l’intermédiaire. Sans compter que du point de vue purement scientifique, c’est à lui que revient l’honneur…

— Quel honneur ?

— C’est lui qui a découvert les vers.

— Non, c’est Statoil. Mais bon, d’accord, le bébé revient à Johanson. Et alors ?

— Mettons les gouvernements au parfum.

— En rendant l’affaire publique ?

— Pourquoi pas ? Tout finit par se savoir. Tout le monde est au courant des programmes nucléaires iranien et coréen, et tout le monde sait qu’il y a des irresponsables qui se baladent avec le bacille du charbon. Tout le monde est au courant pour l’ESB, pour la peste porcine et pour les OGM. En France, il y a des centaines de personnes qui sont en train de mourir parce qu’elles ont été infectées par une bactérie contenue dans les crustacés. Mais ce n’est pas pour autant que les gens sont allés se terrer dans les montagnes…

— Non, bien sûr, dit Bohrmann, mais si nous envisageons publiquement la possibilité d’un effet Storegga…

— Les données sont trop superficielles pour cela, objecta Suess.

— La simulation montre la rapidité de la décomposition, et donc tout le reste qui va avec.

— Mais elle ne dit pas définitivement ce qui se passera.

Bohrmann se prépara à répondre, mais Suess avait raison. S'ils pouvaient parfaitement *imaginer* ce qui se passerait, ils ne pouvaient pas le *prouver*. S'ils annonçaient leur découverte sans démontrer par a + b que leur théorie tenait la route, le lobby pétrolier la démolirait. Leur argumentation s'écroulerait comme un château de cartes. C'était trop tôt.

— Bon, d'accord, dit-il. Combien de temps nous faut-il pour pouvoir présenter un résultat fiable ?

Suess réfléchit. Puis :

— Une semaine, je pense.

— C'est vachement long ! objecta Sahling.

— Ça va pas, non ? s'exclama Yvonne Mirbach, indignée. C'est vachement court, oui ! Aujourd'hui, quand on demande une attribution taxonomique pour un nouveau ver, on sait qu'on va ronger son frein pendant des mois, et toi…

— C'est vachement long *dans la situation actuelle*.

— Peu importe, décida Suess. Pas de fausse alerte. On continue, et on va bien voir.

Bohrmann acquiesça. Il ne pouvait détacher ses yeux de l'écran. La simulation était terminée. Et pourtant, elle continuait dans sa tête, et ce qu'il voyait le faisait frissonner d'effroi.

29 avril

A Trondheim, Norvège

Sigur Johanson entra dans le bureau d'Olsen. Il referma la porte et s'assit en face de son collègue.

— Tu as un peu de temps, là ?

Olsen lui adressa un large sourire.

— Tu sais bien que je me mettrais en quatre pour toi !

— Qu'est-ce que tu as trouvé ?

Olsen baissa la voix et dit sur le ton de la confidence :

— Par quoi veux-tu commencer ? Par les histoires de monstres ou par les catastrophes naturelles ?

Il ménageait le suspense. Si ça lui faisait plaisir…

— Et toi, qu'est-ce que tu préfères ?

— Bon, fit Olsen en clignant de l'œil d'un air espiègle. Et si pour changer c'était toi qui commençais ? J'aimerais bien que tu me dises pourquoi je joue les docteur Watson depuis tout ce temps, mister Holmes !

Johanson fixa Olsen, se demandant une fois de plus ce qu'il pouvait lui confier. « Rien » était la seule réponse valable. Il était clair que son vis-à-vis était dévoré de curiosité, ce qui était normal, d'ailleurs. Mais lui révéler quoi que ce soit sous le sceau de la confidentialité équivalait à en faire l'annonce soi-même au JT du soir.

Soudain, il eut une idée. Elle paraissait assez originale pour être crédible. Olsen le prendrait pour un cinglé, et alors ?

Baissant la voix à son tour, il apprit à un Olsen tout ouïe :

— Je me demandais si je pouvais sortir ma théorie… Elle est nouvelle, je te préviens.

— C'est-à-dire ?

— Tout est programmé.

— Quoi ?

— Je veux dire, ces anomalies. Les méduses. La disparition des bateaux. Les morts, les disparitions. Dans mon idée, il existe un rapport entre tout cela.

Olsen le dévisagea sans comprendre.

— Disons… disons qu'une entité supérieure se trouve derrière.

Johanson se cala dans son siège pour voir comment Olsen avalait la couleuvre.

— Oui… C'est quoi, ton objectif ? Le prix Nobel ou une place à l'asile ?

— Ni l'un ni l'autre.

Olsen continuait à le regarder bien en face.

— Tu te fous de moi.

— Non.

— Si. Tu penses à… au diable ? Aux forces des ténèbres ? Aux petits hommes verts ? A *X-Files* ?

— Bon, ce n'est qu'une idée. Ecoute, il y a bien un rapport, tu es d'accord ? Tous ces phénomènes qui se produisent au même moment, tu prends ça pour un hasard ?

— Je ne sais pas…

— Tu vois ! Tu ne sais pas, et moi non plus !

— Tu penses à quel genre de rapport ?

Johanson eut un geste évasif des mains.

— Eh bien, ça dépend de ce que tu as à me proposer.

— Ah d'accord ! fit Olsen avec une grimace. C'est bien mené. Non, tu n'es pas un imbécile, Sigur, tu sais simplement des choses que tu ne veux pas me dire !

— Allez, accouche, on verra après.

Olsen haussa les épaules, ouvrit un tiroir, en sortit une pile de papiers.

— Voilà ce que j'ai récolté sur Internet, dit-il. Si je n'étais pas un indécrottable pragmatique, je serais tenté de croire les conneries que tu viens de me sortir…

— Vas-y, je t'écoute.

— Toutes les plages d'Amérique centrale et du Sud sont bouclées. Les gens n'entrent plus dans l'eau, et les méduses bouchent les filets des pêcheurs. Au Costa Rica, au Chili et au Pérou, c'est l'apocalypse. Après la galère portugaise, ils ont vu arriver une nouvelle espèce, très petite, avec des tentacules extrêmement longs et venimeux. Au début, ils ont cru que c'étaient des guêpes de mer, mais ça semble être tout à fait autre chose. Peut-être une nouvelle espèce.

Encore une, bordel ! se dit Johanson. Des vers jamais vus, des méduses jamais vues…

— Et les guêpes de mer, en Australie ?

— C'est le même cirque, répondit Olsen en farfouillant dans sa pile de documents. Il y en a de plus en plus. C'est la catastrophe pour les pêcheurs ; quant au tourisme, ça fait longtemps qu'il s'est cassé la figure.

— Et les poissons ? Ils ne sont pas attaqués par les méduses ?

— On n'en parle plus.

— Pardon ?

— Il n'y en a plus. Les grands bancs de poissons ont tout simplement disparu des côtes. Les équipages des chalutiers affirment qu'ils ont quitté leurs territoires habituels et qu'ils ont émigré vers la haute mer.

— Mais ils n'ont rien à se mettre sous la dent, là-bas…

— Ils se sont peut-être mis au régime. Qu'est-ce que j'en sais ?

— Et personne n'a d'explication ?

— Ils ont constitué des cellules de crise partout, dit Olsen, mais rien ne transpire. J'ai essayé.

— Ce qui veut dire que c'est encore pire que ce qu'on croit…

— Peut-être.

Olsen sortit une feuille du lot.

— Sur cette liste, il y a des informations qui font les gros titres des journaux, mais qui ne sont plus du tout traitées par la suite : des méduses sur le littoral d'Afrique de l'Ouest, et aux Philippines, peut-être aussi au Japon… il y aurait des morts… Mais ensuite, on a les démentis, et après, plus rien, silence radio. Et attends, ce n'est pas tout : il y a une algue, ça fait déjà quelques années qu'elle hante les médias, une algue tueuse, la *Pfiesteria piscicida*. Pratiquement impossible de t'en débarrasser quand elle te tombe dessus. Elle provoque des maladies chez les humains et chez les animaux. Jusqu'à présent, elle restait cantonnée de l'autre côté de l'Atlantique, mais maintenant, elle a l'air de s'attaquer à la France, et pas qu'un peu.

— Il y a des morts ?

— Absolument. Les Français ne sont pas très bavards sur le sujet, mais cette algue aurait été introduite par des homards. Tu as tout là-dedans, j'ai fait le tri pour toi.

Il poussa une partie de la liasse de documents vers Johanson.

— Bon, passons à la disparition des bateaux. Il y a toute une série d'appels de détresse, mais la plupart des enregistrements sont inutilisables, ils sont interrompus trop tôt. Tout se passe sûrement très vite.

Olsen agita une nouvelle feuille avant d'ajouter :

— Mais qui serais-je si je n'en savais pas plus long que le reste de l'humanité ? Trois de ces appels ont atterri dans le filet.

— Et alors ?

— Les bateaux ont été attaqués par quelque chose.

— Attaqués ?

— Oui ! fit Olsen en se grattant le nez. C'est de l'eau pour le moulin de ta théorie du complot. La mer s'élève contre l'homme, et qu'est-ce qu'elle est mal lunée ! Alors que nous, on ne fait rien de mal, on déverse juste quelques saloperies et on extermine les poissons et les baleines… Ah ! à propos de baleines, la dernière nouveauté, c'est qu'elles foncent en masse sur les bateaux dans l'est du Pacifique ! Il paraît que plus personne ne se risque en mer.

— Est-ce qu'on sait…

— Ne pose pas de questions idiotes. Non, on ne sait pas. On ne sait rien du tout. Pourtant, j'ai bossé ! On n'a pas d'explications non plus concernant l'origine des collisions et des naufrages de pétroliers. C'est la censure totale. Ce qui parle en faveur de ta théorie, c'est que chaque fois, ou presque, on donne l'information sur les faits, et ensuite, rideau. Quelqu'un jette le voile du silence par-dessus, pour parler comme dans les livres. C'est peut-être vraiment *X-Files*, après tout ?... Ce qui est sûr, c'est que tout est trop, trop de méduses, trop de poissons, tout est surdimensionné quelque part.

— Et personne n'a d'idée sur les causes ?

— Personne ne se risque officiellement à émettre la supposition que tout est lié, comme toi. A la fin, les cellules de crise rejetteront la faute sur El Niño ou sur le réchauffement climatique. La recherche sur les invasions biologiques aura le vent en poupe, et elle publiera des articles spéculatifs.

— Sur les suspects habituels.

— Oui, mais tout cela n'a pas de sens. Il y a des années que les méduses, les algues et les autres bestioles font le tour du monde dans le ballast des bateaux. Ce sont des phénomènes connus.

— Bien sûr, dit Johanson, et tu vois, c'est là que je veux en venir. Des bataillons de guêpes de mer qui s'abattent quelque part, c'est une chose, mais quand les choses les plus invraisemblables se produisent en même temps tout autour du globe terrestre, ce n'est plus pareil.

Olsen joignit les mains avec componction.

— Ecoute, si tu tiens absolument à établir des liens, je ne parlerais pas pour ma part d'invasions biologiques, mais plutôt d'anomalies du comportement. Ce sont des phénomènes agressifs, qui traduisent une agressivité apparaissant pour la première fois.

— Autrement, tu n'as rien d'autre concernant l'apparition de nouvelles espèces ?

— Au secours ! Ça ne te suffit pas, tu en veux encore plus ?

— Oh ! je te pose la question, c'est tout !

Olsen lui jeta un regard soupçonneux.

— Tu penses à quoi, exactement ?

Si je lui pose la question des vers, il sera au courant, se dit Johanson. Il ne saura pas quoi faire de cette information, mais il comprendra immédiatement qu'il existe des invasions de vers quelque part dans le monde.

— A rien de concret, mentit-il.

Olsen le regarda de travers. Puis il lui tendit le reste des documents.

— Tu me raconteras à l'occasion ce que tu ne veux manifestement pas me raconter ?

Johanson prit la liasse et se leva.

— On peut aller boire un coup ensemble, proposa-t-il.
— Bien sûr, quand j'aurai le temps. Tu sais, avec ma famille…
— Merci, Knut.
Olsen haussa les épaules.
— Il n'y a pas de quoi.
Johanson sortit dans le couloir. Des étudiants qui sortaient d'une salle de conférences passèrent près de lui, certains riant et bavardant, d'autres apparemment préoccupés.
Il s'arrêta pour les regarder.
Soudain, l'idée que tout était programmé ne lui parut plus du tout aussi absurde.

Au large de Svalbard, Spitzberg, mer du Groenland

La lumière de la lune s'était posée sur l'eau.
Ce spectacle avait attiré sur le pont la presque totalité d'un équipage émerveillé par la beauté féerique de la mer de glace ainsi illuminée.
Lukas Bauer ne profitait pas de l'aubaine. Il était penché sur ses documents, dans sa cabine, avec l'impression de chercher une aiguille dans une botte de foin, avec la différence que la botte de foin était grande comme deux océans.
Karen Weaver avait bien fait son boulot, mais elle avait quitté le bord, quelques jours auparavant, pour aller faire des recherches au Spitzberg, à Longyearby. Bauer trouvait qu'elle menait une vie agitée, même si la sienne n'était pas particulièrement calme. Karen consacrait son travail de journaliste scientifique à la vie marine. Bauer la soupçonnait d'avoir choisi cette spécialisation pour pouvoir ainsi voyager à l'œil dans les régions les plus inhospitalières de la planète. Elle adorait l'extrême. Ce n'était pas comme lui, qui le détestait mais qui était tellement passionné par son travail de chercheur que la connaissance passait avant son petit confort. C'était le cas de bien des chercheurs. On les confondait avec des aventuriers, mais s'ils partaient à l'aventure, c'était pour accéder au savoir.
Bauer se languissait d'un bon fauteuil, du spectacle des arbres et des oiseaux, et aussi d'un bock de bière allemande à la pression. Mais, par-dessus tout, il se languissait de la compagnie de Karen. Il s'était pris d'affection pour cette fille. Entêtée comme elle l'était, elle avait réussi à lui faire comprendre que s'il voulait intéresser un large public à son travail, il lui fallait s'adapter. Elle lui avait expliqué que les gens

avaient d'autant moins de chances de comprendre son entreprise que beaucoup d'entre eux ne savaient pas où naissait le Gulf Stream – qui se situait au cœur de son action en ce moment précis –, sans même parler de ceux qui n'avaient pas la moindre idée de ce dont il s'agissait. Cela lui avait paru incroyable. Les enfants n'apprenaient donc plus rien en classe ?

Quoi qu'il en soit, Karen avait raison. Effectivement, il voulait gagner le public à sa cause pour lui communiquer ses inquiétudes et faire pression sur les responsables.

Et les inquiétudes de Bauer étaient grandes.

Elles prenaient naissance dans le golfe du Mexique. C'était là qu'aboutissait un courant d'eau chaude superficielle qui venait du sud de l'Afrique après avoir longé le littoral sud-américain. Réchauffé aux Caraïbes, il poursuivait sa route vers le nord. C'était une eau chaude accueillante, assez salée, mais qui, du fait de sa chaleur, restait en surface.

Cette eau constituait le chauffage de l'Europe, le Gulf Stream. Ce courant roulait ses eaux jusqu'à Terre-Neuve en transportant un milliard de mégawatts de chaleur, ce qui correspondait à la capacité thermique de deux cent cinquante mille centrales nucléaires. Là, le courant froid du Labrador le rejoignait par le côté et le dispersait. Ce processus provoquait la formation de tourbillons d'eaux chaudes, la dérive nord-atlantique, laquelle continuait à remonter vers le nord. Sous l'effet des vents d'ouest, une grande quantité d'eau s'évaporait, ce qui gratifiait l'Europe de chutes de pluie importantes, augmentant parallèlement la salinité. La dérive poursuivait son ascension le long des côtes norvégiennes, prenait le nom de « courant de Norvège », en apportant toujours suffisamment de chaleur dans l'extrême Atlantique Nord pour permettre aux bateaux de naviguer au sud-ouest du Spitzberg en hiver. L'apport d'eau chaude ne tarissait qu'entre le Groenland et le nord de la Norvège. C'était là que le courant de Norvège, alias la dérive nord-atlantique, alias le Gulf Stream, tombait sur les eaux glacées de l'Arctique, qui, aidées par des vents froids, le refroidissaient rapidement. Son eau, très salée et désormais très froide, s'alourdissait et s'affaissait. Elle s'alourdissait au point que ses masses plongeaient tout droit dans les profondeurs. Cela ne se passait pas sur tout le front, mais dans des canaux appelés « cheminées convectives », qui changeaient leur position suivant la houle et n'étaient pas immédiatement décelables. Le diamètre de ces cheminées était compris entre vingt et cinquante mètres. Une zone d'un kilomètre carré pouvait en contenir une dizaine, mais l'endroit précis où elles se trouvaient dépendait de la condition de la mer et des vents. L'élément décisif était le monstrueux courant provoqué par les masses d'eau qui s'enfonçaient. C'était là que résidait tout le secret du Gulf Stream et de ses bras. Il ne coulait pas réellement vers le nord, mais y était attiré, aspiré par la gigantesque pompe qui se trouvait sous l'Arctique. A deux ou trois mille mètres de profondeur, l'eau glacée entamait son chemin en sens inverse, un voyage qui lui faisait faire le tour de la Terre.

Bauer avait envoyé une série de flotteurs dérivants dans l'espoir qu'ils suivraient le cours des cheminées. A présent, il commençait à désespérer de tomber sur la moindre cheminée. Il aurait dû en trouver partout. Mais non, la grande pompe semblait avoir cessé de fonctionner ou avoir déménagé vers des régions inconnues.

Bauer était en ces lieux parce qu'il connaissait ces problèmes et leurs conséquences. Il ne s'était pas attendu à trouver le tout en parfait état de marche, mais ne rien trouver du tout, cela, il s'y était encore moins attendu.

Et il s'en inquiétait. Beaucoup. Enormément.

Il s'en était ouvert à Karen, avant son départ. Depuis, il lui envoyait régulièrement des rapports dans lesquels il lui confiait ses craintes les plus secrètes. Depuis quelques jours, son équipe constatait que les concentrations de gaz en mer du Nord avaient fait un bond impressionnant, et il se demandait s'il pouvait y avoir un lien avec la disparition des cheminées de convergence.

Là, seul dans sa cabine, il en était presque convaincu.

Il continuait à travailler sans se laisser distraire, alors qu'au même moment la beauté de la nuit polaire avait amené des vieux loups de mer à tout laisser tomber pour aller contempler le paysage. Il ne quittait pas son siège, voûté sur des piles de calculs, d'imprimés remplis de diagrammes et de cartes. Entre deux, il avait envoyé un courriel à Karen, simplement pour lui dire bonjour et la mettre au courant des dernières nouvelles.

Il était tellement plongé dans son travail qu'il réussit à ignorer pendant un bon bout de temps le tremblement ambiant – jusqu'à ce que sa tasse de thé glisse jusqu'au bord de son bureau et se renverse sur son pantalon.

— Merde ! lâcha-t-il.

Le thé brûlant coulait le long de ses cuisses. Il se leva pour examiner le désastre d'un peu plus près.

Puis il s'arrêta, les mains crispées sur le dossier de son siège, et tendit l'oreille.

Des cris ?

Oui, on criait. De lourdes bottes martelaient le pont. Il se passait quelque chose. Le tremblement s'intensifia. Le navire fut parcouru de vibrations et, soudain, Bauer perdit l'équilibre. Avec un gémissement étouffé, il alla buter contre son bureau. L'instant suivant, le sol s'affaissa sous ses pieds comme si le bateau chutait dans un trou. Il tomba à la renverse. La peur s'empara de lui, une profonde, une effroyable peur. Il se releva et sortit en chancelant de sa cabine. Des cris retentirent à ses oreilles. On activait les machines. Quelqu'un hurla en islandais des mots que Bauer ne comprit pas, mais il décela l'épouvante dans la voix, et une épouvante plus grande encore dans celle qui répondit.

Un tremblement de terre sous-marin ?

Il parcourut le couloir au pas de charge, gravit l'escalier qui menait au pont. Le bateau était secoué dans tous les sens. On avait le plus grand mal à se tenir sur ses jambes. En sortant à l'air libre, il fut frappé en pleine figure par une puanteur insupportable, et là, d'un seul coup, Lukas Bauer sut ce qui se passait.

Il réussit à rejoindre le bastingage pour aller examiner la mer. Elle était parcourue de gros bouillons blancs. C'était comme s'ils flottaient dans une marmite en ébullition.

Ce n'étaient pas des vagues, ce n'était pas une tempête, c'étaient… des bulles. D'énormes bulles qui montaient du fond de la mer.

Le bateau s'affaissa une seconde fois. Bauer tomba en avant, son visage heurta durement les planches. La douleur explosa dans sa tête. Quand il rouvrit les yeux, il n'avait plus de lunettes. Sans lunettes, il était pour ainsi dire aveugle, mais pas au point de ne pas voir la mer en train de se refermer sur le bateau.

O mon Dieu, pria-t-il, mon Dieu, au secours…

30 avril

Sur l'île de Vancouver, Canada

La nuit était vert sombre.

Il ne faisait ni froid ni chaud, non, il régnait plutôt une sorte d'agréable absence de température. La respiration semblait avoir été remisée et remplacée par une fonction qui lui permettait de se mouvoir librement parmi les éléments. Il y avait un bon moment qu'Anawak était tombé dans cet univers vert sombre, et maintenant il était en proie à une véritable euphorie. Pareil à un Icare du fond des mers, il écartait les bras et volait avec ivresse pour descendre de plus en plus bas. Au fond, il vit miroiter, venant à sa rencontre, un paysage blanc, glacé, et l'océan vert foncé se transforma en un ciel nocturne.

Il était au bord d'un champ de glace, devant une étendue d'eau calme et noire, avec, au-dessus de lui, des milliers d'étoiles.

La paix s'installa dans son cœur.

Qu'il était bien ici, à attendre sans rien faire que le rebord de glace se détache de la terre ferme pour aller flotter comme un glaçon sur les mers des régions nordiques ! Vers un endroit où il serait délivré de toute question, de tout fardeau, là où l'attendait un foyer. Son foyer. Il serait à la maison. La nostalgie se posa sur la poitrine d'Anawak, déclenchant ses larmes, des larmes brillantes d'une lumière crue qui l'aveugla. Il essaya de les secouer… et oui, elles sautèrent dans l'eau noire et se mirent à l'éclairer. Quelque chose sortit des profondeurs et vint à sa rencontre. L'eau prit la forme d'une silhouette qui paraissait l'attendre à quelque distance de là, mais il ne pouvait aller la rejoindre. Figée et claire comme du cristal, elle restait là, captant la lumière des étoiles.

Je les ai trouvés, dit la silhouette.

Elle n'avait pas de visage et pas de bouche, mais sa voix sembla familière à Anawak. Il fit un pas vers elle, mais il était arrivé au bord de la glace, et dans l'eau noire il voyait nager quelque chose de grand et d'effrayant.

— Qu'est-ce que tu as trouvé ? demanda-t-il.

En entendant sa propre voix, il prit peur. Ses mots étaient sortis péniblement, en s'extrayant à grand-peine de sa bouche, comme des grosses bêtes maladroites. Contrairement à ceux que venait de prononcer, ou peut-être seulement de penser, la silhouette, ils s'inséraient mal dans le parfait silence du paysage de glace.

Tout à coup, un froid mordant s'empara d'Anawak. Il chercha des yeux la chose effrayante qui nageait dans l'eau, mais elle avait disparu.

— Ben, à ton avis ? dit quelqu'un près de lui.

Il tourna la tête et aperçut la silhouette gracile de Samantha Crowe, la chercheuse du SETI.

— On voit que tu n'as pas l'habitude de parler, dit-elle. Tu te débrouilles mieux pour le reste. Je te le dis comme je le pense, tu parles vraiment mal.

— Désolé, bafouilla Anawak.

— Ah bon ? Ecoute, je pense que tu ferais bien de t'entraîner. J'ai trouvé mes extraterrestres. Tu te souviens ? Nous avons enfin pu entrer en contact. C'est génial, tu ne trouves pas ?

Anawak se mit à trembler. Il ne trouvait pas ça génial du tout, au contraire, ils lui fichaient la trouille, les extraterrestres de cette Samantha Crowe, même s'il ne savait pas pourquoi.

— Et… qui sont-ils ? *Que* sont-ils ?

La chercheuse du SETI eut un geste en direction de la mer noire, de l'autre côté du champ de glace.

— Ils sont là-bas, dit-elle. Je crois qu'ils seraient contents de faire ta connaissance, parce qu'ils aiment bien le contact, mais pour ça, il faudrait que tu te déplaces jusqu'à eux.

— Je ne peux pas, dit Anawak.

— Tu ne peux pas ? s'étonna la chercheuse, en secouant la tête pour souligner son incompréhension. Pourquoi ?

Anawak regarda les énormes dos sombres qui labouraient l'eau de la mer. Il y en avait des dizaines, des centaines. Il savait qu'ils n'étaient là que pour lui. Soudain, il comprit qu'ils se nourrissaient de sa peur. La peur, c'était leur nourriture.

— Je… ne peux pas, c'est tout.

— Mais il faut que tu y ailles, espèce de lâche ! se moqua Samantha. Ce n'est pourtant pas bien compliqué ! Pour toi, c'est facile, alors que nous, il nous a fallu écouter tout l'univers !

Anawak se mit à trembler encore plus fort. Il s'avança tout au bord pour regarder au loin. Très loin sur l'horizon, là où la mer noire absorbait le ciel parsemé d'étoiles, il vit briller une petite lueur.

— Allez, vas-y, l'encouragea Samantha.

J'ai réussi à voler dans un océan vert sombre rempli d'êtres vivants, et je n'ai pas eu peur du tout, se dit Anawak. Qu'est-ce qui pourrait bien m'arriver ? L'eau sera comme une terre ferme, j'arriverai jusqu'à cette lumière, porté par ma volonté. Sam a raison. C'est très simple. Je n'ai aucune raison d'avoir peur.

Sous ses yeux, il vit plonger l'une de ces bêtes monstrueuses, et une queue gigantesque à deux palmes monta vers les étoiles.

Non, je n'ai aucune raison d'avoir peur.

Mais il avait hésité trop longtemps, et la vue de la queue de baleine l'avait déstabilisé. Il n'était plus porté ni par sa volonté, ni par son rêve d'abroger les lois de la nature. Lorsque, enfin, il se décida à faire un pas en avant, il fut immédiatement englouti par les eaux glacées de la mer qui se refermèrent sur sa tête, et il ne subsista plus que le noir. Il voulut crier, mais l'eau entra dans sa bouche, s'infiltrant douloureusement dans ses poumons. Malgré ses efforts désespérés, il s'enfonçait inexorablement. Son cœur battait la chamade, ses tempes résonnaient sous les coups de marteau…

Anawak se redressa en sursaut et sa tête alla taper contre la paroi.

— Putain ! gémit-il.

De nouveau, un battement. Mais nulle trace de coups de marteau. C'était plutôt un battement doux, des doigts qui tapaient sur du bois. Il se tourna sur le côté et aperçut Alicia qui se baissait légèrement pour le regarder à l'intérieur de sa couchette.

— Pardon, dit-elle. Je ne pouvais pas prévoir que tu sauterais en l'air comme une puce !

Anawak la regarda sans comprendre. Qu'est-ce qu'elle foutait là ?

Ah oui ! … Lentement, il commença à reprendre ses esprits. La mémoire lui revint. Il porta la main à son crâne, émit un grognement de douleur et se laissa retomber en arrière.

— Il est quelle heure ?

— Neuf heures et demie.

— Zut !

— Tu as une tête épouvantable. Tu as fait un cauchemar ?

— Ouais, une vraie connerie.

— Je peux te faire du café…

— Du café ? Oui, bonne idée.

Il tâta du bout des doigts l'endroit où il s'était cogné, puis retira vivement sa main. Il allait avoir une superbosse.

— Il est où, ce putain de réveil ? Je sais parfaitement que je l'ai mis à sept heures.

— Tu ne l'as pas entendu. Mais ce n'est pas étonnant, après tout ce qui s'est passé.

Alicia gagna la minuscule partie cuisine et regarda partout.

— Où est…

— Dans le placard, à gauche. Tu as du café, des filtres, du lait et du sucre.

— Tu as faim ? Je sais préparer le p'tit déj' aussi…

— Non.

Elle haussa les épaules, entreprit de remplir la cafetière. Anawak la suivit des yeux quelques secondes, puis se glissa hors de sa couchette.

— Tourne-toi, dit-il, que je m'habille.

— Arrête ton cirque, ta vertu n'est pas en danger.

Avec une grimace de désapprobation, il partit à la recherche de son jean. Il était roulé en boule sur le banc qui faisait le tour de la table. S'habiller ne fut pas une entreprise facile, car il avait le vertige et sa jambe blessée lui fit mal lorsqu'il essaya d'enfiler son pantalon.

— John a appelé ? s'enquit-il.

— Oui, tout à l'heure.

— Fait chier !

— Quoi ?

— Le temps que je passe à mettre mon froc ! J'ai l'impression d'avoir cent ans… Mais je me demande pourquoi je ne l'ai pas entendu, ce putain de réveil ! Moi qui voulais…

— Ecoute, Léon, tu es complètement givré. Je te jure ! Tu viens d'échapper à un accident d'avion, je te le rappelle ! Tu t'en tires avec un genou enflé, et moi, j'ai le cerveau qui a été un peu secoué, mais c'est tout ! Nous avons eu une veine folle, nous aurions dû y rester, comme Danny et le pilote, et toi, tu rouspètes et tu jures comme un charretier à cause de ta saloperie de réveil et parce que pour une fois ce n'est pas toi qui tiens la barre !… Ça y est, tu as fini ?

Anawak se laissa tomber sur le banc.

— O.K., O.K. Qu'est-ce qu'il a dit, John ?

— Il a collecté toutes les données. Et il a visionné la vidéo.

— D'accord, et alors ?

— Rien. Il dit que c'est à toi de te faire ton opinion.

— C'est tout ?

Alicia continua à préparer le café. Au bout de quelques secondes, un léger bruit de gargouillis emplit la cabine.

— Je lui ai dit que tu dormais encore, l'informa-t-elle. Il n'a pas voulu que je te réveille.

— Pourquoi ?

— Il a dit qu'il fallait que tu te retapes, et il a raison.

— Mais je suis retapé ! répliqua Anawak d'un ton de défi.

Il n'en était pas tout à fait sûr.

La collision entre le DHC-2 et la baleine grise avait arraché le côté droit de l'appareil. Danny avait sans doute été tué sur le coup. Le *Whistler* n'avait pas retrouvé son cadavre, mais le doute n'était guère permis. Il n'avait pas eu le temps de rejoindre l'intérieur, et la porte de l'hydravion était restée ouverte pendant la chute. C'était à cette circonstance qu'Anawak devait la vie, car il avait été projeté à l'extérieur lors du choc. La suite, il ne s'en souvenait pas, et il ne savait pas ce qui avait causé la vilaine blessure de son genou. Il n'était revenu à lui qu'à bord du *Whistler*, réveillé par la douleur.

La première chose qu'il vit alors, ce fut Alicia, étendue par terre, et il en avait oublié sa douleur. Elle avait l'air morte. Il fut pris d'horreur, mais on le rassura aussitôt en affirmant qu'elle était vivante et qu'elle avait eu encore plus de chance que lui. Elle avait été protégée par le corps du pilote. A demi inconsciente, elle avait réussi à s'extraire de l'épave qui sombrait. Le petit appareil avait coulé en l'espace d'une minute. L'équipage du *Whistler* avait pu repêcher Anawak et Alicia, mais le malheureux pilote avait été englouti avec son avion.

D'un autre côté, la tentative avait réussi. Danny avait placé l'émetteur. L'URA avait suivi les baleines et avait pu enregistrer vingt-quatre heures de film sur bande magnétique sans dommage pour le robot. Anawak savait que les enregistrements avaient été envoyés aux premières heures du matin à John Ford, et il s'était promis d'être à l'aquarium à ce moment-là. De plus, le Centre national d'études spatiales avait communiqué les données télémétriques de l'enregistreur que Lucy portait sur le dos. N'eût été l'accident, ils auraient eu toutes les raisons de se féliciter chaudement.

Sauf que la situation continuait à se déglinguer. Le nombre de victimes allait croissant. Lui-même avait échappé de peu à la mort par deux fois. Peut-être parce que sa colère contre Greywolf primait sur tout autre sentiment, il avait assimilé la mort de Susan avec une rapidité étonnante.

Mais aujourd'hui, deux jours après l'accident d'avion, il se sentait mal en point. Comme terrassé par une maladie qui exigeait son dû après des années de sommeil. Cette maladie allait de pair avec un sentiment d'insécurité, de doute, et une faiblesse inquiétante. Peut-être était-il toujours sous l'effet du choc, mais cela lui semblait douteux. Il y avait autre chose. Un vertige qui le prenait de temps à autre depuis qu'il avait été sorti de l'épave de l'avion, des douleurs dans la poitrine, des accès de panique.

Non, il n'était pas vraiment bien, et la douleur dans son genou n'était pas le vrai problème.

Anawak se sentait malade à l'intérieur.

Il avait passé presque toute la journée précédente à dormir. Davie, Shoemaker et les skippers étaient venus lui rendre visite. Ford avait appelé plusieurs fois pour prendre des nouvelles. A part eux, personne ne s'inquiétait particulièrement de son sort. Alors qu'Alicia Delaware était pressée par ses parents et un nombre incalculable d'amis de quitter l'île de Vancouver – y compris l'un de ses petits copains, surgi inopinément en se réclamant d'une relation qui avait duré deux ans –, les manifestations d'intérêt pour le sort d'Anawak se limitaient au cercle de ses collègues.

Il était malade et savait qu'aucun médecin n'avait le pouvoir de l'aider.

Alicia posa une tasse de café devant lui et l'examina à travers ses lunettes bleues. Anawak sirota le breuvage, se brûla la langue et réclama à la jeune fille le téléphone par VHS.

— Est-ce que je peux te poser une question personnelle, Léon ? demanda Alicia en le lui tendant.

Il secoua négativement la tête.

— Plus tard.

— C'est quand, plus tard ?

Sans répondre, il haussa les épaules et composa le numéro de Ford.

— Nous n'avons pas fini de visionner, lui dit le directeur. Prends ton temps et repose-toi.

— Tu as dit à Licia que je devais me faire mon opinion par moi-même.

— Oui, après que nous aurons tout visionné. Il n'y a pas grand-chose de palpitant. Nous préférons regarder le reste avant de te faire venir spécialement. Ce ne sera peut-être pas la peine de te déranger.

— Bon… Quand est-ce que vous aurez fini ?

— Aucune idée. Nous sommes à quatre à travailler dessus. Donne-nous deux heures. Non, trois. Le mieux est que je te fasse prendre par l'hélico en début d'après-midi. Pas mal, hein ? C'est l'avantage des cellules de crise : on a toujours un hélico à sa disposition.

Il marqua un petit temps d'arrêt avant de reprendre :

— En revanche, j'ai autre chose pour toi. C'est-à-dire que pour l'instant je n'ai pas le temps de te raconter, mais il vaudrait mieux que tu appelles Rod Palm.

— Palm ? Pourquoi ?

— Il s'est entretenu il y a une heure avec Nanaimo et l'Institut de recherche océanographique. Tu peux aussi appeler Sue Oliviera, mais j'ai pensé que Palm c'était plus pratique, il est tout près.

— Mais merde, John ! Pourquoi ne me prévient-on pas quand il y a du neuf ?

— Je voulais attendre que tu te réveilles.

Anawak mit un terme à la conversation en bougonnant et appela Palm. Le directeur de la station de recherche de l'île Strawberry répondit immédiatement.

— Ah, s'écria-t-il, tu as eu Ford !

— Oui. J'ai cru comprendre que vous étiez tombés sur une chose qui pourrait changer la face du monde. Pourquoi ne m'as-tu pas appelé ?

— Tout le monde sait que tu as besoin de récupérer.

— Oh, arrête !

— Si, si. Je voulais attendre que tu te réveilles.

— Tu es le deuxième à me dire ça en l'espace d'une minute. Non, le troisième, si je compte Licia, qui est une vraie maman pour moi. Mais je vais bien, bordel !

— Tu pourrais faire un saut par ici ? proposa Palm.

— En Zodiac ?

— Il y en a pour quelques centaines de mètres, tu ne vas pas en faire une histoire ! Et il ne s'est rien passé dans la baie, jusqu'ici.

— D'accord, je suis là dans dix minutes.

— Parfait. A tout de suite.

Alicia le regarda par-dessus sa tasse de café et plissa le front.

— Du nouveau ?

— Le monde entier me traite comme un grand malade, dit-il d'un ton furieux.

— Ce n'est pas ce que je te demande.

Il se leva pour aller prendre une chemise propre dans le tiroir du bas de sa couchette.

— Ils ont l'air d'avoir trouvé quelque chose à Nanaimo, marmonna-t-il.

— Quoi donc ? insista Alicia.

— Aucune idée.

— Ah bon !

— Je fais un saut chez Rod Palm.

Anawak hésita, puis proposa :

— Tu peux venir, si tu as envie, et le temps. O.K. ?

— Tu veux m'emmener ? Quel honneur !

— Ne sois pas bête.

— Non, je ne suis pas bête.

Elle plissa le nez. Ses incisives étaient posées sur sa lèvre inférieure. Une fois de plus, Anawak se dit qu'il fallait d'urgence faire quelque chose pour ces dents. Sans arrêt, lui venait l'idée de dénicher quelques carottes à lui apporter.

— Tu es d'une humeur massacrante, depuis deux jours, impossible d'avoir une conversation civilisée avec toi, dit-elle.

— Tu serais pareille, si tu…

Il s'interrompit. Alicia le regarda.

— J'y étais, dans l'avion, répliqua-t-elle d'un ton calme.

— Excuse-moi.

— J'ai cru que j'allais mourir de peur. N'importe qui d'autre serait rentré à la maison, dans les jupes de sa maman. Mais toi, tu as perdu ton assistante, alors je ne rentre pas chez maman, et je reste avec toi et ton sale caractère… Bon, qu'est-ce que tu voulais me dire ?

Anawak tâta la bosse qui ornait son crâne. Elle lui faisait mal et grossissait. Il avait mal au genou, aussi.

— Rien, répondit-il. Ça y est, tu es calmée ?

Elle haussa les sourcils.

— Figure-toi que je ne suis pas du tout énervée.

— Bien. Alors, tu viens ?

— Mais j'aimerais quand même te poser une question personnelle…

— Non.

Sortir à bord du *Devilfish* pour se rendre sur cette petite île avait quelque chose d'irréel. C'était presque comme si les attaques des dernières semaines n'avaient pas eu lieu. L'île Strawberry n'était guère qu'une colline couverte de sapins, dont on pouvait faire le tour à pied. Aujourd'hui, la mer était lisse comme un miroir. Il n'y avait pas un souffle de vent. Un soleil pâle dispensait une lumière blanche. Anawak s'attendait à tout moment à voir surgir une queue ou un dos rond à haute nageoire dorsale, mais depuis le début des attaques ils n'avaient aperçu que deux orques. Des résidentes, qui n'avaient pas montré le moindre signe d'agressivité. Visiblement, sa théorie selon laquelle seules les voyageuses étaient atteintes d'une étrange modification du comportement se vérifiait.

Restait à savoir pour combien de temps.

Le Zodiac accosta au débarcadère de l'île. La station de Palm était juste en face. Elle était installée dans un vieux voilier échoué ayant appartenu à la British Columbia Ferry. Ce bateau, appuyé sur le sable contre des arbres morts et entouré de bois flotté et d'ancres rouillées, s'insérait dans le paysage de façon pittoresque. Il servait à la fois de bureau et de domicile à Palm, qui y habitait avec ses deux enfants.

Anawak serra les dents pour marcher sans boiter. Alicia restait muette. Sans doute lui en voulait-elle.

Peu après, ils se retrouvèrent à trois autour d'une petite table en écorce de bouleau. Alicia buvait un Coca à petites gorgées. Ils avaient vue sur les maisons sur pilotis. L'île Strawberry ne se trouvait qu'à quelques centaines de mètres de Tofino, mais l'environnement était beaucoup plus calme. Le bruit ne parvenait pas jusqu'à eux. En revanche, on entendait les échos de la nature dans toute leur variété.

— Comment va ton genou ? s'enquit Palm avec sollicitude.

C'était un homme attentionné, chauve et doté d'une barbe blanche floconneuse, qui paraissait être né avec la pipe à la bouche.

— Je préfère ne pas en parler, répondit Anawak.

Il s'étira, tentant d'ignorer le bourdonnement qui résonnait dans son crâne.

— Dis-moi plutôt ce que vous avez découvert, reprit-il.

— Léon n'aime pas qu'on s'inquiète de sa santé, lança Alicia.

Anawak marmonna quelques mots incompréhensibles. Elle avait raison, naturellement. Son humeur était aussi basse que l'aiguille d'un baromètre pointée sur « tempête ».

Palm se racla la gorge.

— J'ai eu une longue conversation avec Ray Fenwick et Sue Oliviera, indiqua-t-il. Nous sommes en contact régulier depuis l'autopsie de J-19. Mais pas seulement pour ça. Le jour de votre accident d'avion, on nous a apporté une autre baleine. Une baleine grise que je ne connaissais pas. Elle n'est répertoriée nulle part. Fenwick n'avait pas le temps de venir, et c'est donc moi qui ai scié l'animal en morceaux pour envoyer les échantillons habituels à Nanaimo. Un sale boulot, je peux te le dire. A un moment donné, j'ai glissé alors que j'étais debout dans sa cage thoracique, après avoir prélevé le cœur. J'ai eu du sang et des mucosités dans les bottes, ça dégoulinait d'en haut, on avait l'air de zombies en train de se faire une petite orgie… Tout ça pour le côté romantique de l'affaire. Nous avons aussi prélevé des fragments de cerveau, bien sûr.

La pensée qu'une nouvelle baleine s'était échouée emplit Anawak de tristesse. Il ne parvenait pas à haïr ces bêtes pour leurs actes. Pour lui, elles restaient ce qu'elles avaient été : des créatures merveilleuses, qu'il fallait défendre et protéger.

— De quoi est-elle morte ? interrogea-t-il.

Paul eut un geste d'ignorance.

— Je dirais d'une infection. C'est le même diagnostic que celui de Fenwick pour Gengis. Ce qui est bizarre, c'est que nous avons trouvé quelque chose qui n'appartient en aucun cas à leur espèce.

Il porta l'index à sa tempe et y dessina un cercle.

— Fenwick a découvert une sorte de caillot. Sur le phylum, pour être exact. Avec des ramifications qui se répartissent entre la masse du cerveau et la boîte crânienne.

Anawak tendit l'oreille.

— Un caillot de sang ? Chez les deux ?

— Non, ce n'est pas du sang, contrairement à ce que nous avions cru au début. Fenwick et Oliviera sont séduits par la théorie qui veut que le bruit soit responsable des anomalies. Ils ne voulaient pas en parler avant d'avoir d'autres indices, mais Fenwick n'en démord pas, pour lui ce sont les conséquences de ces expérimentations de sonar…

— Le SURTASS LFA ?

— Exactement.

— Jamais de la vie !

— On peut savoir de quoi vous parlez ? intervint Alicia.

— Il y a quelques années, le gouvernement américain a fait du favoritisme en autorisant la marine américaine à utiliser un sonar basse fréquence pour la localisation des sous-marins, expliqua Palm. Ils l'ont appelé SURTASS LFA. Ils expérimentent à tout va…

— Quoi ? s'insurgea Alicia. Je croyais que la Navy était liée par les accords sur la protection des mammifères marins !

— Il y a des tas de gens qui sont liés par des tas d'accords, répliqua Anawak avec un sourire amer, et il y a toutes sortes de portes de sortie. Les Etats-Unis ont la possibilité avec ce sonar de surveiller 80 % des mers du globe, ils ne vont pas s'en priver. Ce qui fait que le président des Etats-Unis a purement et simplement dispensé la Navy de la moindre obligation vis-à-vis d'un accord quelconque parce que le nouveau système a déjà coûté trois cents millions de dollars et que les responsables jurent que cela ne fait aucun mal aux baleines…

— Mais le sonar cause des lésions aux baleines, n'importe quel imbécile sait ça !

— Malheureusement, on n'a pas assez de preuves, répondit Palm. Il a été constaté par le passé que les baleines et les dauphins étaient extrêmement sensibles aux sonars, mais on ne sait pas exactement quelles sont les répercussions sur la chasse, la reproduction et la migration.

— C'est ridicule ! jeta Anawak. A partir de cent quatre-vingts décibels, les baleines ont les tympans déchirés. Mais les haut-parleurs sous-marins du nouveau système émettent à deux cent quinze décibels chacun. La puissance totale du signal est encore plus forte.

Alicia les regarda alternativement, horrifiée.

— Et… qu'est-ce qui se passe pour les animaux ?

— C'est justement ce qui a conduit Fenwick et Oliviera à la théorie du bruit, indiqua Palm. Il y a quelques années, on a vu s'échouer un peu partout dans le monde des dauphins et les baleines à la suite des essais de sonar de la marine américaine. Tous les animaux échoués présentaient de fortes hémorragies cérébrales, typiques des lésions causées par un son trop puissant. Les environnementalistes ont pu prouver chaque fois que des essais de l'OTAN avaient eu lieu à proximité des décès, mais essaie donc de t'opposer à la marine américaine !

— Elle conteste les preuves ?

— La Navy a contesté ces conclusions pendant des années. Mais elle a finalement été obligée de reconnaître sa responsabilité dans certains cas. L'embêtant est que nous n'avons pas encore assez de certitudes. Nous ne voyons que les blessures à l'origine de la mort, et chacun y va de sa théorie. Fenwick, par exemple, croit que le bruit sous-marin peut conduire à la folie collective…

— C'est de la connerie, grommela Anawak. Le bruit leur ôte le sens de l'orientation, et cela ne les pousse pas à attaquer les bateaux. Elles s'échouent.

— Moi, je trouve que la théorie de Fenwick vaut le coup d'être prise en compte, dit Alicia.

— Ah oui ?

— Et pourquoi pas ? Elles deviennent folles. Ça commence par quelques baleines, et ensuite, par une sorte de psychose collective, il y en a de plus en plus…

— Licia, ne dis pas de bêtises ! Nous savons pertinemment que des baleines à bec se sont échouées aux Canaries après les expériences que l'OTAN a menées là-bas. Les baleines à bec sont les plus sensibles au bruit. Evidemment, qu'elles deviennent folles ! Dans la panique, elles ne savaient plus quoi faire, elles ont quitté leur élément naturel pour venir s'échouer. Les baleines *fuient* le bruit.

— Ou alors, elles attaquent celui qui est à l'origine ! lui lança Alicia, provocatrice.

— Qui ? Les Zodiacs ? Tu peux me dire ce qu'ils produisent comme sons ?
— Alors, ce sont d'autres sons. Des explosions sous-marines…
— Pas ici.
— Comment le sais-tu ?
— Je le sais.
— Tu veux toujours avoir raison.
— Et c'est toi qui dis ça ?
— Et d'ailleurs, il y a toujours eu des échouages au cours des siècles, même devant la Colombie-Britannique. Il y a des récits anciens qui…
— Je le sais bien ! Tout le monde le sait.
— Et les Indiens, ils avaient des sonars ?
— Qu'est-ce que ça a à voir avec le sujet ?
— Un tas de choses. Les échouages de baleines, ça fait partie des dadas qu'on enfourche de manière irréfléchie et…
— Donc, j'agis de manière irréfléchie ?
Alicia lui lança un regard furieux.
— Tout ce que je veux dire, s'emporta-t-elle, c'est que les échouages collectifs n'ont pas forcément un rapport avec le bruit produit artificiellement. A l'inverse, il se peut que le bruit ait d'autres conséquences que des échouages !
— Ho là ! intervint Palm en levant les mains, vous vous disputez pour rien. Fenwick trouve maintenant que sa théorie du bruit a quelques failles. O.K., il en tient pour la folie collective, mais… vous m'écoutez ?
Ils se tournèrent enfin vers lui.
— Donc, poursuivit-il après s'être assuré de leur attention, Fenwick et Oliviera ont trouvé ces caillots et ont conclu à une déformation due à des éléments extérieurs. En surface, ils ressemblaient à des saignements, et ils ont donc été considérés comme tels dans un premier temps. Ensuite, ils ont été isolés et soumis aux procédés habituels. C'est alors qu'on a constaté que cette substance était simplement imbibée du sang de la baleine. La substance par elle-même était une masse incolore qui s'est rapidement décomposée à l'air. La plus grande partie était devenue inutilisable.
Palm se pencha en avant pour leur confier :
— Mais ils ont pu en analyser un peu. Les résultats se recoupent avec ceux d'une analyse qui remonte à quelques semaines. Ils avaient déjà vu cette substance dans la tête des baleines. A Nanaimo.

Anawak resta silencieux une seconde. Puis il demanda, la gorge nouée :

— Et qu'est-ce que c'est ?

— La même chose que ce que tu as trouvé entre les moules, sur la coque du *Barrier Queen*.

— La substance qui se trouve dans le cerveau des baleines et celle de la coque…

— Sont identiques. C'est la même. Une matière organique.

— Un organisme étranger, murmura Anawak.

— Oui. Une chose étrange… étrangère.

Anawak se sentait complètement vidé, alors qu'il n'avait passé que quelques heures debout. Il retourna à Tofino avec Alicia. Il gravit avec peine les marches de bois qui menaient au débarcadère, embarrassé par son genou, qui le gênait à la fois pour agir et pour penser. Il se sentait sans défense, déprimé et vulnérable à tous les désagréments.

Les mâchoires serrées, il traversa en boitant la boutique déserte de la Davie's Whaling Station, sortit une bouteille de jus d'orange du réfrigérateur et se laissa tomber dans un fauteuil, derrière le comptoir. Dans sa tête, ses pensées se chassaient les unes les autres dans une course aussi inutile que celle des chiens qui courent après leur queue.

Alicia vint le rejoindre. D'un air indécis, elle embrassa la pièce du regard.

— Prends quelque chose, lui proposa Anawak avec un geste en direction du réfrigérateur.

Sans tenir compte de son invitation, elle commença :

— La baleine qui a fait tomber l'avion…

Elle attendit qu'Anawak ait ouvert sa bouteille et avalé une longue gorgée de jus d'orange pour poursuivre :

— … la baleine, elle s'est blessée, Léon. Elle est peut-être morte.

Il réfléchit.

— Oui, acquiesça-t-il. Sans doute.

Alicia s'avança jusqu'à une étagère sur laquelle étaient alignés des modèles réduits de baleines en plastique. Il y en avait de toutes les tailles, certaines grandes comme le pouce, d'autres comme le bras. Plusieurs baleines à bosse s'appuyaient joliment sur leurs ailerons.

Elle en souleva une, la fit tourner entre ses doigts. Anawak l'observait avec curiosité.

— Elles ne font pas ça volontairement, affirma-t-elle.

Il ne répondit pas, se contentant de se frotter le menton. Puis il se pencha pour allumer la petite télévision portative placée près de la VHS. Peut-être partirait-elle sans qu'il le lui demande. Il n'avait rien contre elle. Au fond, il avait honte de sa mauvaise humeur et de sa brutalité à son égard, mais son besoin de solitude grandissait de minute en minute.

Avec précaution, Alicia reposa la baleine de plastique sur l'étagère.

— Est-ce que je peux te poser une question personnelle ?

Encore ! Anawak s'apprêta à l'envoyer promener, puis il haussa les épaules.

— Si tu veux, lâcha-t-il de mauvais gré.

— Est-ce que tu es un Makah ?

De surprise, il faillit lâcher sa bouteille. C'était donc ça qu'elle voulait lui demander ! Elle voulait savoir pourquoi il avait l'air d'un Indien.

— Qu'est-ce qui te fait croire ça ?

— Tu as dit quelque chose à Shoemaker, avant le départ de l'avion. Tu as dit que Greywolf se mettrait les Makah à dos en s'opposant si violemment à la chasse à la baleine. Les Makah sont des Indiens, non ?

— Oui.

— C'est ton peuple ?

— Les Makah ? Non.

— Est-ce que tu es…

— Ecoute, Licia, il ne faut pas m'en vouloir, mais je ne suis pas d'humeur à raconter l'histoire de ma vie.

Elle pinça les lèvres.

— O.K.

— Je t'appelle dès que Ford se pointe.

Il se reprit, avec un petit sourire en coin :

— Ou c'est toi qui m'appelles, parce qu'il va peut-être t'appeler, toi, pour ne pas me réveiller.

Alicia secoua lentement sa tête rousse et se dirigea lentement vers la porte. Elle s'arrêta sur le seuil.

— Juste une dernière chose, dit-elle sans se retourner. Il faudrait que tu ailles remercier Greywolf de t'avoir sauvé la vie. Moi, en tout cas, je l'ai fait.

— Quoi ? s'insurgea-t-il. Tu l'as…

— Oui, bien sûr. Tu peux le détester pour tout le reste, mais il mérite que tu le remercies. Sans lui, tu serais mort.

Sur ce, elle sortit.

Anawak la suivit des yeux. Il posa violemment la bouteille sur la table et respira à fond.

Aller remercier Greywolf !

Il zappa sur les émissions spéciales qui fleurissaient sur toutes les chaînes compte tenu de la situation en Colombie-Britannique. Les chaînes américaines n'étaient pas en reste, car les Etats-Unis étaient touchés eux aussi par une paralysie de la navigation régionale. Sur l'écran, on interrogeait une femme en uniforme de la Navy. Ses cheveux noirs, coupés court, étaient coiffés en arrière. Son visage était d'une beauté sévère, asiatique. Probablement une Chinoise. Non, une métisse. Un détail important ne concordait pas avec le reste : ses yeux. Ils étaient d'un bleu clair, absolument non asiatique.

En bas de l'écran, un bandeau s'afficha :

General Commander Judith Li, US Navy

« Devons-nous renoncer aux eaux de la Colombie-Britannique ? demandait l'animateur. Pour ainsi dire les rendre à la nature ?

— Je ne crois pas que nous ayons à rendre quoi que ce soit à la nature, répliqua Judith Li. Nous vivons en harmonie avec la nature, même s'il y a encore des améliorations à apporter.

— En ce moment, on ne peut pas vraiment parler d'harmonie...

— Eh bien, nous sommes en contact étroit avec les scientifiques et les instituts scientifiques les plus réputés des deux côtés de la frontière. Ces changements dans le comportement de certains animaux sont certes inquiétants, mais dramatiser la situation et se laisser aller à la panique serait une erreur.

— Vous ne croyez pas à un phénomène de masse ?

— Se livrer à des spéculations sur le genre d'un phénomène implique d'avoir effectivement affaire à un phénomène. Pour l'instant, je parlerais plutôt d'une accumulation d'événements du même ordre...

— ... qui n'ont pratiquement pas d'existence officielle, l'interrompit l'animateur. Pourquoi ?

— Mais vous voyez bien qu'ils existent, dit le général Li en souriant, puisque je vous en parle !

— C'est vrai, et nous en sommes à la fois heureux et étonnés. La politique d'information, tant la vôtre que celle de notre pays, était très insuffisante, ces derniers temps. Il est presque impossible de recueillir l'opinion des spécialistes parce que vos services font barrage... »

— Faux, répondit Anawak à l'animateur. Greywolf a jeté son venin, tu n'as rien entendu ?

Mais quelqu'un avait-il demandé une interview à Ford ? Ou à Ray Fenwick ? Rod Palm faisait partie des chercheurs de pointe, c'était un grand spécialiste des orques, mais avait-il été approché par un journal ou une chaîne de télé ? Lui-même, Léon Anawak, avait été récemment cité dans un article élogieux du *Scientific American* sur la recherche de l'intelligence chez les mammifères marins... mais personne n'était venu lui mettre de micro sous le nez.

L'absurdité de tout cela lui apparaissait enfin. Dans d'autres circonstances – les attaques terroristes, les accidents d'avion, les catastrophes naturelles –, on avait droit en vingt-quatre heures au défilé de tous les experts ou prétendus tels devant les caméras.

Mais eux, ils travaillaient dans le plus grand silence.

Même Greywolf, depuis sa dernière interview, n'apparaissait plus lui non plus. Les premiers jours, il n'avait laissé passer aucune occasion de se mettre en valeur, mais le Héros de Tofino avait soudain disparu de la circulation.

« Vous êtes un peu partial, expliquait le général Li avec calme. La situation est tout à fait particulière, nous n'avons jamais été confrontés à des cas semblables. Bien évidemment, nous veillons à ce qu'aucun expert autoproclamé n'exprime de conclusions hâtives, et ce, en premier lieu, parce que nous passerions notre temps en démentis. Indépendamment de cela, je ne vois pas pour l'instant de menace impossible à parer.

— Voulez-vous dire par là que vous contrôlez la situation ?

— Nous travaillons dans ce sens.

— Certains pensent que vous êtes dépassés.

— Je ne sais pas ce que les gens attendent de nous. L'Etat ne va pas partir en campagne contre les baleines avec des navires de guerre et des avions Black Hawk...

— Il y a tous les jours de nouvelles victimes. Le gouvernement canadien quant à lui s'est limité jusqu'à présent à déclarer les eaux de la Colombie-Britannique zone sensible.

— Pour les petits bateaux uniquement. Les cargos et les ferries ne sont pas touchés.

— N'a-t-on pas signalé récemment de nouvelles disparitions de bateaux ?

— Je vous le répète : c'étaient des bateaux de pêche, de petits bateaux à moteur, indiqua le général Li d'un ton patient. Nous sommes régulièrement informés de nouvelles disparitions de bateaux. Nous tenons compte de ces informations. Il est évident que nous déployons tous les moyens pour rechercher des survivants. Mais je voudrais vous mettre en garde : il serait abusif de mettre tous les accidents maritimes dont on ne connaît pas la cause sur le compte des attaques de baleines. »

L'animateur remonta ses lunettes du bout du doigt et lança une nouvelle salve de questions :

« Dites-moi si je me trompe, mais n'y a-t-il pas eu une avarie sur un gros cargo appartenant à la compagnie Inglewood de Vancouver, avarie au cours de laquelle un remorqueur de haute mer a coulé ? »

Li, toujours très calme, joignit la pointe de ses doigts.

« Vous voulez parler du *Barrier Queen* ? »

L'animateur jeta un coup d'œil sur ses notes.

« Oui. La nouvelle n'a pas été diffusée. »

— Evidemment ! fulmina Anawak devant son poste de télé.

Il le savait. Il avait simplement oublié d'en parler à Shoemaker, avec ce qui s'était passé les deux derniers jours.

« Le *Barrier Queen*, dit le général Li, avait une avarie de gouvernail. Un remorqueur a effectivement sombré à la suite d'une mauvaise manœuvre d'arrimage.

— Ce n'était pas à la suite d'une attaque ? Mes informations…

— Vos informations sont fausses. »

Anawak se raidit. Mais qu'est-ce qu'elle racontait, cette bonne femme ?

« Dans ce cas, général, pouvez-vous au moins nous parler de l'accident d'hydravion de la Tofino Air qui a eu lieu il y a deux jours ?

— Oui, un avion s'est écrasé, c'est vrai.

— Il y aurait eu une collision avec une baleine.

— Nous analysons cet accident. Pardonnez-moi si je ne peux pas prendre position sur cet événement, mais mon travail se situe plutôt à un niveau supérieur…

— Bien sûr, approuva l'animateur en opinant du chef. Parlons donc de votre poste. Quelles sont vos attributions ? Quel est leur cadre ? Car pour l'instant, vous ne pouvez guère faire plus que réagir, manifestement… »

Une expression amusée passa sur le visage du général Li.

« Il n'est pas dans la nature des cellules de crise de se contenter de réagir, si vous me permettez de le souligner. En cas de crise, nous prenons la direction des opérations et de leur déroulement. Cela implique le dépistage précoce, l'évaluation complète et claire de la situation, la prévention, l'évacuation, etc. Mais je répète que nous avons affaire ici à quelque chose de nouveau. De ce fait, nous n'avons pu prendre les mesures de précaution et de dépistage précoce prévues dans les scénarios connus. Mais nous maîtrisons le reste. Aucun bateau courant le risque d'être attaqué ne sort plus en mer. Les transports importants ont été transférés sur le transport aérien. Les bateaux plus gros bénéficient d'une escorte militaire, nous effectuons une surveillance aérienne très vigilante et nous avons accordé des moyens importants à la recherche scientifique.

— Vous avez exclu la force militaire…

— Pas exclu. Relativisé.

— Les environnementalistes disent que les changements de comportement sont les conséquences de la civilisation moderne : le bruit, les produits toxiques, la circulation maritime…

— Nous effectuons des recherches dans cette voie.

— Et où en êtes-vous de ces recherches ?

— Je vous le répète : nous ne nous livrerons à aucune spéculation tant que nous n'aurons pas de résultats concrets, et nous ne permettrons à personne de le faire. Nous ne permettrons pas davantage aux pêcheurs, aux industriels, aux compagnies maritimes, aux sociétés d'observation des baleines ou aux adeptes de la chasse à la baleine de se charger eux-mêmes d'intervenir, au risque de déclencher l'escalade. Quand les animaux attaquent, c'est qu'ils sont soit acculés, soit malades. Dans les deux cas, il est stupide d'utiliser la force. Nous devons déterminer les origines, et les symptômes disparaîtront. Et d'ici là, eh bien, nous devrons éviter de prendre la mer.

— Merci, général. »

L'animateur regarda la caméra.

« C'était le General Commander Li de la marine américaine, qui se trouve depuis quelques jours à la tête des cellules de crise et des commissions d'investigation communes du Canada et des Etats-Unis, à titre de chef militaire. Voyons maintenant le reste de l'actualité… »

Anawak baissa le son et téléphona à John Ford.

— Qui c'est, cette Judith Li ? demanda-t-il.

— Oh, je n'ai pas encore fait sa connaissance ! répondit Ford. Elle passe son temps à circuler dans le secteur.

— Je ne savais pas que le Canada et les Etats-Unis avaient réuni leurs cellules de crise.

— Tu n'es pas obligé de tout savoir, tu es biologiste.

— Est-ce que tu as déjà été interviewé à propos des attaques de baleines ?

— Il y a eu des demandes qui n'ont pas abouti. Plusieurs chaînes de télé ont voulu t'avoir.

— C'est pas vrai ! Et comment se fait-il que personne…

— Léon, l'arrêta Ford d'une voix infiniment lasse, que veux-tu que je te dise ? Li a tout verrouillé. C'est peut-être très bien ainsi. Dès lors qu'on travaille avec un état-major gouvernemental ou militaire, on est censé fermer sa gueule. Tout ce qu'on fait est secret défense.

— Dans ce cas, pourquoi avons-nous pu communiquer sans problème, tous les deux ?

— Parce que nous sommes dans le même bateau.

— Mais ce général raconte des conneries ! L'histoire du *Barrier Queen*, par exemple…

— Léon…

Ce mot se termina sur un bâillement sonore. Puis Ford reprit :

— Tu y étais, toi, quand ça s'est passé ?

— Je t'en prie !

— Ecoute, je suis comme toi, je ne doute pas une seconde que ça se soit passé exactement comme l'a raconté ton Roberts, chez Inglewood. Mais quand même, réfléchis un peu : une invasion de moules, de drôles de petites bêtes qui ne sont pas décrites par la science, une matière gluante suspecte, une baleine qui saute sur un câble… Tout ça mis ensemble donne ton accident du *Barrier Queen*… Ah oui ! sans oublier que sur le dock quelque chose t'a sauté à la figure et s'est taillé ensuite, et que Fenwick et Oliviera ont découvert une substance gluante dans des cerveaux de baleines… Tu veux balancer ça en vrac au public ? Et le laisser faire le tri ?

Anawak ne répondit pas tout de suite. Puis il lança un ballon d'essai :

— Pourquoi ne me laisse-t-on pas joindre Inglewood ?

— Aucune idée.

— Allez, tu sais bien quelque chose, tu es le directeur scientifique de l'équipe canadienne.

— Absolument, et c'est bien pour cette raison qu'on me pose des tonnes de dossiers sur mon bureau. Crois-moi, Léon, je ne sais pas ! Ils font barrage, c'est sûr.

— Inglewood et la cellule de crise sont dans le même bateau, eux aussi.

— D'accord. On pourrait en discuter pendant des heures, mais j'aimerais bien me débarrasser de ces foutues vidéos, et ça va durer plus longtemps que je ne pensais. Il y a un de nos gars qui s'est chopé une gastro, il est au lit. On ne va pas pouvoir s'occuper de ça avant la nuit.

— Fait chier, gronda Anawak.

— Ecoute, je t'appelle, d'accord ? Ou Licia, si tu piques un petit roupi…

— Tu pourras me joindre.

— Elle s'est vite faite au boulot, hein ?

Evidemment ! Elle s'était jetée corps et âme dedans, un vrai bonheur !

— Oui, grommela Anawak. Ça va. Est-ce que je peux faire quelque chose ?

— Tu peux réfléchir. Tu peux faire un petit tour ou aller voir quelques chefs nootka, dit Ford avec un petit rire forcé. Les Indiens savent sûrement quelque chose. Ce serait drôle s'ils venaient nous raconter que tout ça s'est déjà passé il y a mille ans…

Petit farceur, va ! ricana intérieurement Anawak.

Il raccrocha et regarda sans le voir l'écran de la télévision, où défilaient des images muettes.

Au bout de quelques minutes, il se mit à arpenter la pièce de long en large. Son genou douloureux protestait, mais il n'en avait cure et marchait comme pour se punir de ne pas être totalement opérationnel.

Il allait finir par tomber dans la paranoïa, s'il continuait ainsi. Déjà, il nourrissait le soupçon qu'on voulait l'éviter. Il ne recevait aucun coup de fil spontané, les gens ne le tenaient au courant que lorsqu'il posait des questions. On le traitait comme un grand malade, alors qu'il était simplement gêné pour marcher. D'accord, il avait eu sa dose, ces derniers temps. Il avait été projeté de son bateau, et quelques jours plus tard à peine, c'était d'un avion, d'accord, d'accord…

Mais ce n'était pas cela…

Il s'arrêta devant les baleines en plastique.

Personne ne cherchait à le tenir en dehors de quoi que ce soit. Personne ne le traitait comme un malade. Ford ne pourrait rien lui montrer tant qu'il n'aurait pas examiné la totalité du matériel, et il ne voulait pas l'embêter en lui demandant de venir à l'aquarium. Alicia faisait tout pour l'aider. Ils étaient attentionnés, rien d'autre. C'était lui-même et nul autre qui se considérait comme un invalide et ne pouvait le supporter. Se supporter.

Que faut-il faire quand on tourne en rond ? Rompre le cercle. Faire quelque chose pour retrouver le bon cap. Une chose pour laquelle tu ne mettras pas les autres à contribution, mais que tu feras toi-même. Fais quelque chose d'extraordinaire.

Que pourrait-il bien faire d'extraordinaire ?

Qu'avait dit Ford ? Qu'il ferait bien d'aller interviewer des chefs nootka.

« Les Indiens savent sûrement quelque chose. »

Savaient-ils réellement quelque chose ? Les Indiens du Canada s'étaient transmis leur savoir pendant des générations, jusqu'à ce que l'Indian Act de 1885 rompe la chaîne de la transmission orale. On commença par leur acheter leur identité en les obligeant à quitter leur terre et à envoyer leurs enfants à la Residential School afin – disait-on – de les intégrer à la communauté des Blancs. L'Indian Act avait été un serpent à la langue fourchue : l'intégration dans un mode de vie étranger, une main magnanimement tendue, alors qu'on était déjà intégré, en l'occurrence dans sa propre communauté, mais cette communauté, le serpent ne l'aimait pas. Le cauchemar de l'Indian Act continuait à avoir des répercussions. Depuis quelques décennies, les Indiens reprenaient progressivement le contrôle de leur vie. Beaucoup renouaient le lien de la tradition là où il avait été coupé, près de cent ans auparavant, tandis que le gouvernement canadien s'efforçait à la réparation, mais il était utopique de vouloir restaurer leur culture.

Les Indiens étaient de moins en moins nombreux à connaître les vieilles traditions.

A qui s'adresser ?

Aux anciens.

Anawak sortit en clopinant sur la véranda.

Il n'avait pratiquement aucun contact avec les Nootka, les nuuchah-nulth, comme ils s'appelaient dans leur langue : « ceux qui vivent le long des montagnes ». Avec les Tsimshian, les Gitskan, les Skeena, les Haida, les Kwagiulth et les Salish de la côte, les Nootka étaient l'un des clans principaux de la côte ouest de la Colombie-Britannique. Il était pratiquement impossible à un profane de les différencier selon les peuples, les tribus et les familles linguistiques. C'était là le premier écueil, avant même d'imaginer entrer dans le domaine des dialectes et modes de vie qui se distinguaient les uns des autres de baie en baie.

Le conseil de Ford était une plaisanterie. Une jolie idée pour un film d'aventures dans lequel la clé de l'énigme se trouverait dans quelque mystérieuse tradition. Car *les* Indiens, cela n'existait pas. Si on voulait s'informer, mieux valait s'en tenir aux Nootka, aux Indiens de l'ouest de l'île. On avait une chance d'apprendre quelque chose. Mais on pouvait fort bien être embarqué dans les mythes des différentes tribus qui formaient les Nootka. Chacune de ces tribus avait son propre territoire. Les traditions des Nootka étaient étroitement liées au paysage de l'île, et leur mythologie prenait ses racines au plus profond de la nature. C'était le chapeau qui coiffait l'ensemble. A partir de là, tout se diversifiait. En général, chez les Nootka, on se racontait des histoires de création avec, dans le rôle principal, le mythe de la transformation. Dans la tribu des Dididath en particulier, le loup était un personnage de première importance, et il existait également des histoires d'orques, bien sûr. Mais si l'on espérait recueillir des informations sur les orques sans tenir compte des histoires de loups, on commettait une première erreur, car dans le cycle de la transformation les hommes et les animaux étaient liés par l'esprit. En conséquence, non seulement toutes les créatures avaient la possibilité de se transformer en d'autres êtres, mais, de plus, certaines possédaient une double nature : dès lors qu'un loup pénétrait dans l'eau, il devenait baleine tueuse, quand une baleine tueuse sortait sur la terre ferme, elle devenait loup. Les orques et les loups étaient une seule et même entité, et raconter des histoires d'orques sans penser aux loups, c'était de la bêtise aux yeux des Nootka.

Les Nootka étant par tradition des chasseurs de baleines, ils avaient d'innombrables histoires de baleines dans leur carquois. Mais les tribus ne racontaient pas toutes les mêmes histoires, et les mêmes histoires étaient racontées un peu différemment suivant les endroits. De plus, les Makah appartenaient aux Nootka – ou non, selon certains, mais en tout cas ils parlaient tous deux le wakashan –, un peuple qui, hormis celui des Esquimaux, était le seul en Amérique du Nord à disposer d'un droit légal concernant la pêche à la baleine, ce qui prêtait en ce moment matière à discussion car, au bout de près d'un siècle d'abstinence, ils prétendaient vouloir en refaire usage. Les Makah ne vivaient pas sur l'île de Vancouver, mais sur la pointe nord-ouest de l'Etat de Washington, située juste en face. Dans leurs mythes, on trouvait toutes sortes d'histoires de baleines qui se recoupaient avec celles des Nootka de l'île. Mais ce qui poussait une baleine à se déplacer, son mode de pensée et ses sentiments, ses intentions, tout cela était vu de manière différente. Et c'était bien normal pour un être que l'on n'appelait pas simplement baleine, mais *iihtuup*, le « Grand Mystère ».

Fais quelque chose d'extraordinaire.

En tout cas, demander conseil aux Indiens, c'était déjà extraordinaire en soi. Quant à savoir si le résultat serait extraordinaire, on verrait bien !

Anawak eut un sourire amer. Lui, entre tous !

Pour quelqu'un qui vivait depuis vingt ans dans la région de Vancouver, il ne savait pas grand-chose des Indiens locaux, principalement parce qu'il ne voulait rien en savoir. De temps à autre, il ressentait néanmoins une vague nostalgie pour leur monde. Ce sentiment était pénible, donc il le refoulait au plus vite. Tout compte fait, lui qu'Alicia prenait pour un Makah n'était vraiment pas la bonne personne pour se plonger dans les mythes locaux.

Et Greywolf encore moins.

Greywolf, Loup Gris, je vous demande un peu ! Il n'y a que lui pour se choisir un nom de western, alors que plus personne n'en porte ! Les chefs indiens s'appelaient Norman George ou Walter Michael ou George Frank. John Deux Plumes ou Lawrence Baleine Qui Nage, ça n'existait plus. Mais Jack O'Bannon avait jugé utile de s'affubler d'un nom sorti tout droit des contes et légendes indiens. Il ne comprenait pas que quand on se prétendait indien, la moindre des choses était de porter un vrai nom indien.

Greywolf était un ignorant !

Et lui-même ?

Nous sommes à mettre dans le même panier. Moi, qui ai une tête d'Indien et qui rejette tout ce qui ressemble de près ou de loin à mes origines, et lui, qui n'est pas indien et qui essaie de toutes ses forces d'en être un.

Nous sommes ridicules tous les deux. Deux handicapés.

Saloperie de genou ! Voilà qu'à cause de lui il se mettait à penser. Il ne voulait pas penser ! Et qu'est-ce qu'il en avait à faire de cette Alicia Delaware, cette étudiante qui se prenait pour un petit génie et s'échinait à le renvoyer là d'où il venait !

Auprès de qui se renseigner ?

George Frank !

Il le connaissait. Parce qu'on ne vivait pas en vase clos. Ni les Blancs ni les Indiens ne recherchaient le contact en dehors du boulot ou d'un pot pris ensemble à l'occasion, mais on ne se voulait pas de mal. C'était la coexistence pacifique de deux mondes. Cela n'empêchait pas la naissance de véritables amitiés, ici ou là. George Frank n'était pas vraiment un ami, plutôt une relation : un brave gars et, de plus, un *taayii hawil* de la tribu des Tla-o-qui-aht, appartenant au peuple des Nootka, qui vivait dans la région de Wickaninnish. Un *hawil* était un chef, et un *taayii hawil* était encore plus élevé dans la hiérarchie, le chef suprême pour ainsi dire. Les *taayii hawiih – hawiih*, c'est le pluriel de *hawil* –, c'était un peu comme les membres de la famille royale britannique. Leur rang était déterminé par la succession héréditaire. Dans la vie quotidienne, la plupart des peuples étaient désormais gouvernés par des chefs élus, mais les chefs héréditaires jouissaient malgré tout d'une très haute considération.

Anawak réfléchit. Au nord de l'île, on appelait les chefs suprêmes les *taayii hawiih*, et au sud les *taayii chaachaabat*. Il s'agissait de la jouer fine. Sans doute George Frank était plutôt *taayii chaachaabat*, mais qu'est-ce que ça pouvait faire ?

Le mieux était d'éviter les expressions indiennes.

Il pouvait aller voir George Frank. Ce n'était pas si loin. Frank habitait près du Wickaninnish Inn. Plus il y pensait, plus cette idée lui souriait. Au lieu d'attendre l'appel de Ford, il pouvait très bien rompre le cercle et voir où cela le mènerait.

Il feuilleta l'annuaire téléphonique à la recherche du numéro de Frank et l'appela.

Le *taayii hawil* était chez lui. Il lui proposa une petite promenade au bord du fleuve.

— Donc, tu es venu parce que tu cherches à te renseigner sur les baleines, dit Frank une demi-heure plus tard, alors qu'ils cheminaient sous le dais des arbres géants.

Anawak acquiesça. Il avait expliqué la raison de sa présence à Frank. Le chef se frotta le menton. C'était un homme de petite taille au visage fripé et au regard aimable. Ses cheveux étaient aussi noirs que ceux d'Anawak. Sous son coupe-vent, il portait un tee-shirt portant l'inscription *Salmon Coming Home*.

— J'espère que tu ne t'attends pas à ce que je te sorte des maximes indiennes ? ajouta-t-il.

Sa réponse plut à Anawak.

— Non, c'est une idée de John Ford, précisa-t-il.

— Quel John Ford ? Le cinéaste ou le directeur de l'aquarium de Vancouver ? s'enquit Frank en souriant.

— Le cinéaste est mort, je crois… Bon tu sais, on ratisse large. Si vous avez une histoire qui raconte quelque chose du même genre que ce qui se passe en ce moment, on est preneurs.

Frank montra le fleuve qu'ils étaient en train de longer. L'eau coulait en gargouillant, entraînant avec elle des branchages et des feuilles. Elle naissait dans les hautes montagnes et était en partie ensablée.

— Voilà, ta réponse est là, dit-il.

— Dans le fleuve ?

Frank sourit.

— *Hishuk ish ts'awalk.*

— D'accord. Tu vois, tu me sors des maximes indiennes…

— Rien que celle-là. Je pensais que tu la connaissais.

— Je ne parle pas votre langue. De temps en temps, j'en saisis quelques miettes.

Frank parut réfléchir, puis expliqua :

— Eh bien, c'est la pensée qui se trouve au cœur de presque toutes les cultures indiennes. Les Nootka la réclament pour eux, mais j'imagine qu'ailleurs on a la même, mais sous d'autres formes : tout est un. Ce qui arrive au fleuve arrive aux hommes, aux animaux, à la mer. Ce qui arrive à l'un d'eux arrive à tous les autres.

— C'est vrai. D'autres appellent ça l'écologie.

Frank se baissa pour attirer vers la rive une branche qui s'était prise dans un entrelacs de racines, près de la berge.

— Que veux-tu que je te raconte, Léon ? Nous ne savons rien que tu ne saches déjà. Je veux bien tendre l'oreille pour toi, appeler des gens. Les chants et les légendes, ce n'est pas ce qui manque. Mais je n'en connais aucun qui soit d'utilité pour vous. Ce que je veux dire, c'est que dans toutes nos histoires venues de la tradition, tu trouveras exactement ce que tu cherches, et c'est justement là le problème.

— Tu peux m'expliquer ?

— Eh bien, nous n'avons pas la même façon que vous de considérer les animaux. Les Nootka n'ont jamais ôté la vie à une baleine. C'est la baleine qui fait cadeau de sa vie, c'est un acte conscient, tu comprends ? Dans la croyance des Nootka, la nature en son entier a conscience d'elle-même, c'est une grande conscience où sont imbriquées toutes les consciences.

Il s'engagea dans un sentier bourbeux. Anawak le suivit. La forêt s'ouvrit sur une grande surface dénudée.

— Regarde-moi ça, c'est une honte, reprit Frank. Ils ont coupé la forêt ; la pluie, le soleil et le vent érodent le sol et les rivières deviennent des cloaques. Ce n'est pas plus compliqué, il suffit de regarder ça pour savoir ce qui transforme les baleines. *Hishuk ish ts'awalk.*

— Hum ! Est-ce que je t'ai déjà dit en quoi consistait mon travail ?

— Tu fais des recherches sur la conscience, je crois.

— Sur la conscience de soi.

— Oui, je m'en souviens. Tu m'en as parlé, un soir. C'était une belle soirée, l'année dernière, je crois. Moi, je buvais de la bière, et toi de l'eau. Tu ne bois que de l'eau, je ne me trompe pas ?

— Je n'aime pas l'alcool.

— Tu n'en as jamais bu ?

— Pratiquement jamais.

Frank s'arrêta.

— Ouais… l'alcool… Tu es un bon Indien, Léon. Tu bois de l'eau et tu viens me voir parce que tu crois que nous possédons un savoir secret.

Il soupira.

— Je me demande quand les gens cesseront de se regarder les uns les autres à travers tous ces clichés, reprit-il. Les Indiens avaient un problème d'alcool, et beaucoup l'ont encore, mais il y en a qui se contentent de boire un verre de temps en temps. Il n'empêche qu'aujourd'hui, quand un Blanc voit un Indien prendre une bière, il se dit aussitôt : Comme c'est affreux, comme c'est tragique, c'est nous qui avons poussé ces gens à boire… Tantôt nous sommes de pauvres victimes perverties, tantôt nous détenons le secret de la sagesse… Au fait, et toi, Léon, qu'est-ce que tu es ? Tu es chrétien ?

Cette question ne surprit pas Anawak. Les rares moments qu'il avait passés avec George Frank s'étaient toujours déroulés de la même façon. Les propos du *taayii hawil* semblaient décousus, il sautait allègrement du coq-à-l'âne.

— Je n'appartiens à aucune église, répliqua-t-il.

— Eh bien, moi, je me suis intéressé à la Bible. Un livre plein de sagesse. Quand on demande à un chrétien pourquoi la forêt brûle, il répond que Dieu se manifeste dans les flammes. Il va faire référence aux textes anciens, où, effectivement, on découvre un buisson ardent. Mais à ton avis, tu crois qu'un chrétien expliquerait un feu de forêt de cette façon ?

— Non, bien sûr.

— Et pourtant, l'histoire du buisson ardent est pleine de sens pour lui, s'il est croyant. Les Indiens aussi croient en leur tradition, mais ils connaissent parfaitement le point d'intersection entre ces histoires et la réalité. Il ne s'agit pas de dire que les choses sont comme ci ou comme ça, mais il s'agit de l'idée de la chose. Dans nos légendes, tu trouveras tout et rien, tu ne pourras rien prendre au pied de la lettre, mais tout a du sens.

— Je sais, George. Mais j'ai simplement le sentiment que nous ne progressons pas. Nous nous cassons la tête pour trouver ce qui a bien pu rendre fous les animaux.

— Et tu crois que vous avez épuisé les ressources de votre science ?

— Quelque part, oui.

Frank secoua la tête.

— Non, je ne crois pas. La science est une chose magnifique. Elle donne aux gens des possibilités extraordinaires. Le problème, c'est la manière de regarder. Qu'est-ce que tu regardes quand tu appliques ta science ? Tu regardes la baleine qui s'est transformée. Tu ne reconnais plus ton amie. Pourquoi ? Parce qu'elle est devenue ton ennemie. Qu'est-ce qui l'y a poussée ? Est-ce que tu lui as fait du mal ? A elle ou à son univers ? Mais dans quel univers vit une baleine ? Tu cherches les dommages qui lui ont été causés directement, et tu en trouves une quantité. Il y a le massacre inutile, on empoisonne les mers, le tourisme baleinier déraille, nous détruisons la nourriture de base des baleines et nous polluons leur univers avec du bruit. Nous leur prenons les endroits où elles élèvent leurs petits… on envisage bien de construire une saline en Basse-Californie ?

Anawak opina du chef, la mine sombre. En 1993, l'Unesco avait déclaré patrimoine mondial la lagune de San Ignacio, en Basse-Californie. C'était la dernière lagune de reproduction intacte des baleines grises du Pacifique qui, de plus, abritait de nombreuses autres espèces végétales et animales en voie d'extinction. Pour l'heure, le groupe Mitsubishi y construisait une usine de production de sel, prévue pour pomper plus de vingt mille litres d'eau salée par seconde dans la lagune, qui seraient déversés à terre sur une surface de deux cent soixante kilomètres carrés. L'eau usée serait rejetée à la mer. Personne ne connaissait les répercussions possibles pour les baleines. D'innombrables chercheurs et activistes, ainsi qu'un consortium de prix Nobel protestaient contre cette construction qui menaçait de devenir un précédent tragique.

— Tu vois, poursuivit Frank, ça c'est l'univers des baleines tel que tu le connais. Elles y vivent, mais cet univers ne se réduit pas à une série de conditions dans lesquelles les baleines se sentent bien ou non. Il est bien davantage encore. Le problème ne vient peut-être pas des baleines, Léon. Peut-être les baleines ne sont-elles qu'une partie du problème, la partie visible de l'iceberg.

A l'aquarium de Vancouver

Pendant qu'Anawak écoutait parler le *taayii hawil*, John Ford travaillait à l'aquarium.

Il voyait double. Il avait deux écrans à contrôler simultanément, et cela depuis des heures. Le premier passait la bande magnétique de la caméra avec laquelle l'URA avait filmé Lucy et les autres baleines grises, le second un espace virtuel, une structure de coordonnées faite de lignes, dans laquelle apparaissaient une dizaine de lumières vertes. Elles signalaient la présence du groupe et changeaient continuellement de position. Assez rapidement après son immersion, le robot avait établi un ajustement du dessin de la queue de Lucy avec ses sons spécifiques, de sorte qu'il pouvait la localiser et déterminer sa position, qui apparaissait comme un point dans l'espace des coordonnées. Ainsi, il parvenait à ne pas perdre Lucy, y compris dans l'obscurité la plus totale.

Le second écran était parcouru par les données de la sonde toujours enfoncée dans le lard de la baleine : fréquence cardiaque, profondeur de plongée, position, température, pression et lumière. La sonde et l'URA mis ensemble fournissaient une image complète de ce qu'avait rencontré Lucy en l'espace de vingt-quatre heures. Vingt-quatre heures de l'existence d'une baleine devenue folle.

Le laboratoire d'observation accueillait normalement quatre personnes. Ford et deux assistants étaient assis dans la pénombre, le visage éclairé par les écrans. La quatrième place était vide. Une gastro-entérite sans gravité avait réduit l'équipe, la contraignant à travailler de nuit.

Sans quitter les écrans des yeux, Ford plongea la main dans un carton et en tira une poignée de frites refroidies qu'il se fourra dans la bouche.

Lucy n'avait pourtant pas l'air d'être folle.

Pendant les dernières heures, elle avait surtout fait ce que faisaient tous les animaux marins. Elle avait mangé, en compagnie d'une poignée de congénères adultes et de deux jeunes. Chaque fois, une bonne quantité de vase avait été remuée quand Lucy s'était couchée sur le sol au milieu des rideaux de varech et avait labouré la vase sablonneuse afin d'en extraire les vers et les amphipodes. Elle se tournait sur le côté et, de sa tête étroite, incurvée, creusait de véritables sillons dans le sol. Au début, il avait regardé ces images, captivé, même si ce spectacle filmé n'était pas une découverte pour lui. Mais l'URA fournissait des images d'une qualité tout à fait nouvelle, parce qu'il suivait les baleines comme s'il faisait partie du groupe. Suivre un cachalot dans ses territoires de chasse eût signifié se rendre dans les profondeurs les plus sombres des grands fonds. Mais les baleines grises aimaient le plat. Aussi Ford était-il transporté alternativement entre la clarté et la pénombre depuis des heures. Pendant quelques minutes, Lucy remontait à la surface, extrayait la vase par ses fanons, se remplissait les poumons d'air, soufflait et replongeait au fond. Elle s'approchait si près du rivage qu'une grande partie des prises de vue avait été réalisées par moins de trente mètres de fond.

Les gigantesques corps rugueux, marbrés, rampaient sur le sédiment en brouillant l'eau. Le robot n'avait aucune peine à les suivre, car ils ne se dirigeaient pas vers un but précis. Ils ne cessaient de changer de direction, quelques mètres par-ci, un court trajet par-là, remontaient, redescendaient, se nourrissaient, remontaient, redescendaient. Vancouver était selon Ford le relais d'autoroute où les baleines venaient se reposer et se prélasser. Une fois de plus, cette comparaison se vérifiait.

On remonte, on redescend, on se nourrit.

L'ennui commençait à s'installer.

Il vit se profiler à l'horizon les silhouettes blanc et noir de quelques orques, mais elles disparurent presque aussitôt. Généralement, ces rencontres se déroulaient pacifiquement, même si les orques appartenaient aux rares ennemis à prendre au sérieux. Rien ne les arrêtait, pas même les baleines bleues. Quand elles attaquaient, c'était à plusieurs et toujours avec la plus grande brutalité. Elles dévoraient la langue et les lèvres de leur victime, laissant derrière elles des colosses mourants qui tombaient lentement au fond de la mer.

Se nourrir, remonter, plonger.

Lucy s'endormit. Du moins, c'est ce que crut Ford. Avec ses assistants, il vit l'obscurité s'installer à la tombée de la nuit. Il restait une ombre, à peine visible sur l'arrière-plan. C'était le corps de Lucy, suspendu dans l'eau, qui descendait lentement vers le fond et remontait tout aussi lentement. Nombre de mammifères marins se reposaient de cette façon. Régulièrement, au bout de quelques minutes, elles remontaient à la surface dans leur demi-sommeil, respiraient, redescendaient, dormaient. Curieusement, elles ne dormaient jamais plus de cinq à six minutes, parvenant à additionner ces courtes phases pour en faire un sommeil réparateur.

Enfin, la nuit envahit les écrans. Seul l'espace des coordonnées indiquait la répartition du troupeau.

La nuit.

Ne rien voir et devoir regarder malgré tout était particulièrement assommant. Çà et là, un éclair s'allumait, jeté par une méduse ou une pieuvre. Sinon, c'étaient les ténèbres. Noires. Pendant ce temps, les données continuaient à clignoter sur le second écran, livrant des informations sur le métabolisme de Lucy et sur l'environnement physique. Les points verts se déplaçaient paresseusement dans l'espace virtuel. Les membres du groupe ne dormaient pas tous pendant la nuit. Les baleines se reposaient à des heures différentes. L'écran montrait des variations de hauteur et de profondeur qui indiquaient que Lucy et ses compagnes conservaient leur comportement habituel, poursuivant leur rythme plongée/nourriture. Selon la profondeur, la température variait d'un degré. Il ne se passait rien de plus. Le cœur de la baleine grise battait régulièrement, parfois plus lentement, parfois un peu plus vite. Les hydrophones de l'URA captaient tous les bruits sous-marins possibles, les frôlements et les gargouillis, les cris des orques et les chants des baleines à bosse, les râles et les grondements, le bourdonnement lointain d'une hélice de bateau… Tous ces sons, il les connaissait.

Ford, assis devant son écran noir, bâilla à s'en décrocher la mâchoire.

Il entreprit de picorer les dernières miettes de frites.

Ses doigts recourbés et couverts de graisse s'arrêtèrent dans leur mouvement. Puis il lâcha les frites et plissa les yeux.

Sur l'écran des données, il se passait quelque chose.

Depuis le début, la sonde indiquait des profondeurs situées entre zéro et trente mètres. A présent, elle indiquait quarante, cinquante mètres. Lucy se déplaçait. Elle se dirigeait vers la haute mer, en nageant plus bas. Les autres baleines la suivaient. Terminé, on ne se prélassait plus. C'était la vitesse de migration !

Tu vas où, comme ça ? l'interrogea Ford mentalement.

Les battements du cœur de Lucy ralentirent. Elle plongea, très vite. A ce moment, ses poumons ne contenaient plus que 10 % de leur réserve d'oxygène, moins peut-être. Le reste était stocké dans son sang et ses muscles. Une réserve parfaite pour les grandes profondeurs.

Lucy descendit au-dessous de cent mètres.

Les zones de son corps non vitales n'étaient désormais plus reliées à la circulation sanguine. Les excédents de tension artérielle étaient emmagasinés dans un réseau de fines veines imbriquées extrêmement extensibles, et les processus d'échanges musculaires et chimiques se déroulaient sans utilisation d'oxygène. L'action conjuguée d'une série de processus étonnants avait fait en sorte au cours de millions d'années que ces anciens animaux terrestres puissent osciller sans problème entre des centaines et des milliers de mètres entre la surface et les profondeurs, alors que la vie de la plupart des poissons était mise en danger dès lors que la différence de couche atteignait cent mètres. Lucy continuait à descendre, cent cinquante mètres, deux cents mètres, en s'éloignant constamment de la terre ferme.

Sans se retourner, Ford appela ses deux assistants.

— Billie, Jackie, venez voir.

Ses assistants vinrent l'encadrer devant l'écran.

— Elle descend.

— Oui, et relativement vite. Elle est déjà à trois kilomètres des côtes. Le groupe se dirige vers la haute mer.

— Peut-être que c'est simplement une migration.

— Mais pourquoi à cette profondeur ?

— Parce que, la nuit, le plancton descend, et le krill aussi. Toutes leurs friandises descendent vers le bas.

Ford secoua la tête.

— Non, dit-il. C'est valable pour les autres baleines, mais pas pour celles qui se nourrissent au fond. Elles n'ont aucune raison…

— Regardez ! Trois cents mètres !

Ford se recula sur son siège. Les baleines grises n'étaient pas particulièrement rapides. Elles étaient capables de pointes de vitesse, mais elles se contentaient ordinairement d'avancer à dix kilomètres par heure tout au plus. Dès lors qu'elles n'avaient aucune raison de fuir ou qu'elles changeaient de lieu, elles se déplaçaient à un train de sénateur.

Qu'est-ce qui leur prenait ?

A présent, il était sûr d'être en train d'observer un comportement anormal. Les baleines grises se nourrissaient presque exclusivement des animaux du fond. Pendant les migrations, elles ne s'éloignaient jamais de plus de deux kilomètres des côtes, souvent même elles nageaient plus près. Comment supporteraient-elles une profondeur de trois cents mètres ? Sans doute bien. Il était simplement inhabituel que les grises s'aventurent au-delà de cent vingt mètres.

Ils gardaient tous trois les yeux braqués sur l'écran.

Soudain, le bord inférieur de la structure virtuelle s'éclaira. Une lueur jaillit, s'intensifia brièvement, puis s'éteignit.

Un spectrogramme ! La représentation optique d'ondes sonores.

Une nouvelle fois, la lueur.

— Qu'est-ce que c'est que ça ?

— Du bruit. Un signal relativement sonore.

Ford arrêta l'image et revint en arrière. Ils visionnèrent la séquence une seconde fois.

— C'est même un signal extrêmement fort, dit-il, comme s'il y avait un dynamitage.

— Il n'y a pas de dynamitages par ici, et d'ailleurs, on l'entendrait. C'est un infrason.

— Je sais, j'ai dit *comme* s'il y avait un dynamitage.

— Là ! Ça revient !

Les points verts de l'espace de coordonnées s'étaient immobilisés. Le signal sonore se reproduisit une troisième fois, puis disparut.

— Elles se sont arrêtées.

— Elles sont à quelle profondeur ?

— A trois cent soixante mètres.

— Incroyable. Qu'est-ce qu'elles foutent là ?

Ford tourna la tête vers l'écran de gauche, celui de l'URA, l'écran noir. Sa bouche s'ouvrit, refusa de se refermer.

— Regardez... murmura-t-il.

L'écran n'était plus noir.

Sur l'île de Vancouver

La compagnie de Frank lui faisait un bien fou.

Les deux hommes marchaient le long de la grève, se dirigeant vers le Wickaninnish Inn. Ils avaient parlé un peu du projet environnemental dans lequel Frank s'investissait. En fait, le *taayii hawil*, né dans une famille de pêcheurs, était propriétaire d'un restaurant. Mais les Tla-o-qui-aht s'étaient lancés dans une initiative destinée à réduire les conséquences de la coupe. Salmon Coming Home tentait l'expérience du retour aux origines de l'écosystème complexe du Clayoquot

Sound, détruit en grande partie par l'industrie du bois. Personne, chez les Tla-o-qui-aht, ne se berçait d'illusions. La forêt primaire ne reviendrait pas, mais il y avait assez à faire par ailleurs. Les coupes avaient eu pour résultat de dessécher le sol de la forêt, qui, emporté par les fortes pluies, glissait dans les rivières et les lacs qu'il bouchait avec les cailloux et les restes des arbres géants tombés avec lui, de sorte que les saumons n'avaient plus de place pour frayer et disparaissaient peu à peu, ce qui, par ricochet, retirait leur nourriture à d'autres animaux. Au camp de restauration de Salmon Coming Home, on formait des volontaires pour nettoyer les rivières et ouvrir les routes et les voies qui bloquaient leur progression. Le long des cours d'eau, on construisait des murs de protection en déchets organiques, qu'on plantait d'aulnes à croissance rapide. Lentement, les activistes réintroduisaient un peu de ce qui constituait autrefois l'équilibre entre la forêt, les animaux et les hommes, avec une indomptable énergie et en sachant que la réussite serait longue à venir.

— Tu sais qu'il y a beaucoup de gens qui vous attaquent parce que vous voulez reprendre la chasse à la baleine, dit Anawak.

— Et toi, interrogea Frank, qu'en penses-tu ?

— Ce n'est pas très sage.

Frank approuva d'un signe de tête.

— Tu as peut-être raison. Les baleines sont protégées, je ne vois pas pourquoi il faudrait les chasser. Et beaucoup parmi les nôtres partagent cet avis. Plus personne ne sait chasser la baleine. Plus personne ne se soumet à la *uusimch*, la préparation spirituelle. D'un autre côté, cela fait près d'un siècle que nous ne l'avons plus chassée, et aujourd'hui, le butin ne s'élèverait qu'à cinq ou six animaux. C'est dérisoire. Nous sommes peu nombreux. Nos ancêtres vivaient de la baleine. Les chasseurs se soumettaient à des rites pendant des mois, voire des années. Ils purifiaient leurs esprits avant d'aller à la chasse pour être dignes du cadeau que leur faisait la baleine en leur offrant sa vie. Et ils ne harponnaient pas la première bête qui leur passait sous le nez, mais celle qui leur était destinée et à laquelle ils étaient destinés par une force mystérieuse, une vision, dans laquelle la baleine et le chasseur se reconnaissaient mutuellement. Tu comprends ? C'est cette spiritualité que nous voulons perpétuer.

— Sans compter que la baleine, ça rapporte gros, ironisa Anawak. Le directeur de la pêche makah a estimé la valeur d'une baleine grise à un demi-million de dollars. Il n'a pas pris de gants pour souligner que la chair et l'huile étaient très appréciées outre-mer, en voulant parler de l'Asie, évidemment. En même temps, il met l'accent sur les problèmes économiques des Makah et le fort taux de chômage. Ce n'est pas très adroit, c'est même plutôt lourd. Alors vas-y mou avec la spiritualité…

— Tu n'as pas tort. On peut le prendre comme on veut, dire que les Makah revendiquent par amour de la tradition ou par appât du gain… Ce qui est certain, c'est qu'ils n'ont pas utilisé le droit qui leur était garanti, alors que les Blancs en ont profité pour piller les ressources. Pas pour des raisons spirituelles, je me trompe ? Ce sont les Blancs qui ont commencé à considérer la vie comme une marchandise. Nous, nous n'avons jamais raisonné de cette façon. Et maintenant que tout le monde s'est servi, quand l'un des nôtres a le culot de parler argent, on nous tombe dessus à bras raccourcis comme si la survie de la nature ne dépendait que de nous seuls. Ça ne te saute pas aux yeux ? Les peuples primitifs vivent de la nature en respectant son équilibre, les Blancs arrivent par là-dessus et gaspillent les ressources. Une fois le désastre accompli, ils se frottent les yeux et se mettent à vouloir les protéger. Donc, ils les protègent de ceux de qui il n'a jamais fallu les protéger et ils se posent en donneurs de leçons. Ce sont les pays comme la Norvège et le Japon qui sont responsables de la poursuite de l'extermination des baleines, mais personne ne les en empêche. Nous, nous ne nous rendrons jamais responsables de la destruction d'une espèce, mais c'est nous qui sommes punis. C'est comme ça depuis toujours. Dans le monde entier.

Anawak ne répondit pas.

— Notre peuple n'a pas de solution, poursuivit Frank. Il y a eu beaucoup d'améliorations, mais je pense souvent que nous sommes pris dans un conflit que nous ne pourrons pas surmonter seuls. Tu sais qu'après chaque pêche, chaque bonne affaire que je conclus, chaque fête, je mets un petit quelque chose de côté pour le corbeau, parce que le corbeau a toujours faim ?

— Non, je ne le savais pas.

— Le corbeau n'est pas le personnage principal des mythes de notre île ; pour cela, il faut monter plus haut, chez les Haida et les Tlingit. Chez nous, tu trouveras plutôt les histoires de Kanekelak, le transformeur. Mais le corbeau nous veut du bien, lui aussi. Les Tlingit disent qu'il parle au nom des pauvres, comme Jésus-Christ. Donc, je coupe un petit morceau de viande ou de poisson pour le corbeau. Cet oiseau n'est jamais rassasié. Jadis, c'était un fils des hommes-animaux. Wigyét, c'est ainsi qu'on l'appelait, a été transformé en corbeau par son père Ashamed et envoyé dans le monde parce qu'il avait dévoré toutes les provisions de son village. Il est parti avec une pierre qu'on lui a donnée pour pouvoir se reposer en chemin, et cette pierre a donné naissance à la terre sur laquelle nous vivons. Par ruse, il a volé la lumière du soleil et l'a apportée sur la terre. Donc je donne au corbeau ce qui est au corbeau. D'un autre côté, je sais que le corbeau est le résultat d'un processus d'évolution au début duquel se trouvent les protéines, les acides aminés et les organismes unicellulaires. J'aime nos mythes de la création, mais je regarde aussi la télé, et je lis, et je sais ce qu'est le big bang. Les chrétiens le savent aussi, mais cela ne les empêche pas de continuer à raconter leurs histoires de création en sept jours et de dix commandements dans leurs églises. Mais eux, ils ont pu s'offrir le luxe de changer lentement leur mode de pensée, et de trouver au cours des siècles le moyen de réunir harmonieusement la mythologie et la science moderne. Nous, en revanche, nous avons été priés de faire ça vite fait bien fait. Nous avons été projetés dans un monde qui n'était pas le nôtre et qui n'a jamais pu le devenir. Et maintenant que nous voulons retourner dans notre monde, nous constatons qu'il nous est devenu étranger. C'est la malédiction du déracinement, Léon. Au final, tu n'es plus chez toi nulle part, ni à l'étranger, ni dans ta patrie. Les Indiens ont été déracinés. Les Blancs font maintenant leur possible pour réparer, mais comment veux-tu qu'ils nous aident, puisqu'ils se sont déracinés eux-mêmes ? Ils détruisent le monde qui les a vus naître. Eux aussi ont perdu leur patrie. D'une manière ou d'une autre, nous sommes tous dans le même cas.

Frank dévisagea longuement son interlocuteur. Puis il sourit à nouveau, de son sourire fripé.

— Je t'ai fait un superbe discours indien, bien pathétique, hein ? Allez, viens, on va s'en jeter un petit… Oh, zut, c'est vrai, tu ne bois pas !

1er mai

A Trondheim, Norvège

Ils s'étaient donné rendez-vous à la cafétéria avant de monter ensemble à la grande réunion, mais Tina n'arrivait pas.

Johanson prit un café. Derrière le comptoir, les aiguilles de la pendule grignotaient le temps. De conserve avec les aiguilles, les vers, au fond de la mer, grignotaient eux aussi, stoïquement, imperturbablement, inexorablement. Ils creusaient la glace de plus en plus profondément au rythme des secondes, en ce moment même, sans que rien ni personne puisse les arrêter.

Johanson frissonna.

Le temps ne s'écoule pas, il expire, lui chuchota une voix intérieure.

Le début de quelque chose.

Un plan. Tout est programmé…

Aberrant. Le plan de qui ? Quel était leur plan, aux sauterelles, quand elles dévoraient la récolte d'une année ? Elles arrivaient, tout bonnement, et elles avaient faim. Quel était leur plan, aux vers, aux algues ou aux méduses ?

Quel était le plan de Statoil ?

Skaugen était arrivé de Stavanger. Il voulait avoir un rapport détaillé. Il semblait avoir progressé un peu et était pressé de comparer les résultats. C'était Tina qui avait eu l'idée de cet entretien en tête à tête avant la réunion, afin de décider de la position à défendre communément, mais Johanson se retrouvait seul devant son café.

Elle avait sûrement été retenue. Peut-être par Kare. Sur le bateau et par la suite, ils n'avaient plus évoqué sa vie privée, et Johanson avait évité de lui poser la moindre question. Il détestait l'indiscrétion.

Son portable sonna. Tina.

— Mais qu'est-ce que tu fous ? s'écria-t-il. Tu m'as obligé à boire ton café…

— Désolée.

— Avec tout ce café, je vais être surexcité, tant pis pour toi. Trêve de plaisanteries, qu'est-ce qui se passe ?

— Je suis déjà là-haut, en salle de conférences. J'avais l'intention de t'appeler, mais nous étions en plein boom.

Elle parlait d'une voix bizarre.

— Tout va bien ? s'enquit Johanson.

— Oui, oui. Tu veux monter ? Tu connais le chemin, maintenant.

— J'arrive.

Ah bon ! comme ça, Tina était déjà sur place… Ils avaient donc parlé de choses que Johanson n'avait pas à entendre.

Et alors ? C'était leur projet, après tout, c'étaient eux qui avaient eu cette idée !

En pénétrant dans la salle de conférences, il trouva Tina, Skaugen et Stone devant une grande carte représentant la zone de forage envisagée. Le chef de projet parlait à voix basse à Tina. Cette dernière semblait énervée. Skaugen n'avait pas l'air gai, lui non plus. Il tourna la tête à l'entrée de Johanson en esquissant un demi-sourire. Hvistendahl, un peu en retrait, était en train de passer un coup de fil.

— Je suis en avance ? risqua Johanson.

— Non, c'est bien que vous soyez là, le rassura Skaugen.

Indiquant du geste la table noire, il ajouta :

— Asseyons-nous.

Tina leva les yeux. Elle parut enfin s'apercevoir de la présence de Johanson. Plantant là son interlocuteur, elle vint vers lui et déposa un baiser sur sa joue.

— Skaugen veut se débarrasser de Stone, chuchota-t-elle. Il faut que tu nous aides, tu entends ?

Johanson resta imperturbable.

Elle était devenue folle, ou quoi, de le mettre dans cette situation ?

Ils prirent place. Hvistendahl referma son portable. Johanson mourait d'envie de prendre la poudre d'escampette et de les laisser se dépatouiller tout seuls avec leurs problèmes. D'un ton froid, il annonça :

— Bien, je vous préviens que j'ai fait des recherches plus ciblées que ce qui était convenu. C'est-à-dire que j'ai sélectionné spécialement des chercheurs et des instituts qui sont chargés de missions pour le compte d'entreprises énergétiques ou qui sont consultés par elles.

— Est-ce que c'était pertinent ? interrogea Hvistendahl, manifestement effrayé par cette idée. Je croyais que nous étions censés y aller sur la pointe des pieds… tâter le terrain le plus discrètement possible…

— Le terrain était trop vaste. Il a fallu que je le restreigne.

— J'espère que vous n'avez dit à personne que nous…

— Ne vous inquiétez pas. J'ai simplement posé des questions. Je suis un biologiste de la NTNU mû par une curiosité toute naturelle.

Skaugen fit la grimace.

— Je suppose que vous n'avez pas été submergé d'infos.

— Ça dépend, répondit Johanson avec un signe de tête en direction de ses notes. Quand on sait lire entre les lignes, si. Les scientifiques sont de mauvais menteurs, la politique, ce n'est pas leur truc. Ce que j'ai ici, c'est un dossier tout en nuances. Ici et là, la muselière saute aux yeux. Quoi qu'il en soit, je suis absolument convaincu que notre ver a déjà été repéré ailleurs.

— Vous en êtes *convaincu* ? intervint Stone. Mais vous ne le savez pas.

— Jusqu'à présent, personne ne l'a admis ouvertement. Mais quelques-uns de mes interlocuteurs se sont montrés soudain très curieux.

Johanson regarda Stone bien en face et déclara :

— Il s'agit exclusivement de chercheurs dont les instituts travaillent étroitement avec l'industrie des matières premières. L'un d'entre eux s'occupe explicitement de l'extraction du méthane.

— Qui ? demanda Skaugen d'un ton coupant.

— Un gars à Tokyo. Un certain Ryo Matsumoto. Son institut, plus exactement. Je ne lui ai pas parlé à lui directement.

— Matsumoto ? Qui est-ce ? interrogea Hvistendahl.

— Le patron des chercheurs japonais spécialisés dans les hydrates, répondit Skaugen. Il a déjà procédé à des forages expérimentaux dans le permafrost du Canada pour accéder au méthane, il y a quelques années.

— Quand j'ai envoyé la description du ver à son équipe, ça a été le branle-bas de combat, poursuivit Johanson. Ils m'ont submergé de questions, m'ont demandé si le ver était capable de déstabiliser l'hydrate, et s'il était apparu en grande quantité…

— Mais ça ne signifie pas obligatoirement que Matsumoto est au courant, pour le ver, objecta Stone.

— Si. Parce qu'il travaille pour la JNOC, grogna Skaugen.

— La Japan National Oil Corporation ? Ils s'occupent des questions de méthane ?

— Et comment ! Matsumoto expérimente différentes techniques d'extraction dans la faille de Nankai depuis l'année 2000. Quant aux résultats, c'est motus et bouche cousue, mais il insinue volontiers qu'il va commencer l'extraction commerciale d'ici quelques années. Il annonce *urbi et orbi* que nous allons passer à l'ère du méthane…

— D'accord, dit Stone, mais il n'a pas confirmé la découverte du ver.

Johanson secoua la tête.

— Essayez de prendre notre petite enquête à l'envers. Imaginez qu'on nous pose la question. A moi en particulier, en tant que représentant connu de la recherche indépendante. Le gars chargé du boulot, qui est également un chercheur indépendant et en même temps conseiller de la JNOC, joue la curiosité scientifique ou je ne sais quoi. Il est évident que je ne vais pas claironner que nous connaissons l'existence de ces bestioles. Mais il m'a fichu la trouille. Je veux savoir ce qu'il a découvert, lui. Par conséquent, je vais tenter de lui tirer les vers du nez, c'est le cas de dire, comme l'ont fait les gars de Matsumoto. Et je commets une erreur, je pose des questions trop concrètes. Trop ciblées. Si mon interlocuteur n'est pas trop idiot, il va vite s'apercevoir qu'il a tapé dans le mille…

— Si c'est vrai, nous avons le même problème au large du Japon.

— Tout ça, ce ne sont pas des preuves, s'entêta Stone. Vous n'avez pas la moindre preuve, monsieur Johanson, que d'autres que nous sont tombés sur ce ver.

Il se pencha en avant, ce qui fit miroiter les bords de ses lunettes.

— Ce n'est pas avec ce genre d'informations qu'on fait avancer le schmilblick ! Non, monsieur Johanson ! La vérité, c'est que personne n'a pu prévoir l'apparition de ces vers, pour la bonne raison qu'ils ne sont apparus nulle part ailleurs. Qui vous dit que Matsumoto n'est pas simplement intéressé par la question ?

— Mon petit doigt, répliqua Johanson sans s'émouvoir.

— Votre… petit doigt ?

— Il me dit aussi qu'il y en a encore ailleurs. Les Sud-Américains aussi sont tombés sur le ver.

— Tiens donc ?

— Oui.

— Donc, ils vous ont posé des questions étranges, eux aussi ?

— Exactement.

— Vous me décevez, monsieur Johanson, moi qui vous prenais pour un scientifique ! persifla Stone. Depuis quand vous contentez-vous d'écouter votre petit doigt ?

— Cliff, intervint Tina sans le regarder, tu ferais bien de la fermer, maintenant.

Stone écarquilla les yeux et lui décocha un regard indigné.

— Eh, oh ! Je suis ton patron ! aboya-t-il. Si quelqu'un doit la fermer ici…

— Ça suffit ! l'interrompit Skaugen. Taisez-vous !

Johanson dévisagea Tina, qui contenait sa colère à grand-peine. Il se demanda ce que Stone lui avait fait. La mauvaise humeur légendaire de ce gars ne pouvait pas être l'unique raison de la fureur de son amie.

— Quoi qu'il en soit, je pense que le Japon et l'Amérique du Sud retiennent des informations, reprit-il. Comme nous. Or, il est beaucoup plus simple d'obtenir des données fiables sur des analyses d'eau de mer que sur des vers des grands fonds, car on procède à des analyses de l'eau un peu partout, pour toutes sortes de raisons. Donc, je me suis servi de ce prétexte pour appâter d'autres sources. Et j'ai eu ma confirmation.

— C'est-à-dire ?

— Des concentrations anormales de méthane dans la colonne d'eau. Ça collerait.

Johanson eut un instant d'hésitation avant de poursuivre :

— En ce qui concerne les Japonais – excusez cette nouvelle intervention de mon petit doigt, monsieur Stone –, j'ai eu un drôle de sentiment. J'ai eu l'impression que les gars de Matsumoto avaient envie de me faire connaître la vérité. Ils ont pris l'engagement de se taire, mais si vous voulez mon sentiment sincère, le voici : aucun chercheur indépendant, aucun institut n'aurait l'idée de jouer avec des informations susceptibles d'être un enjeu de survie pour un grand nombre de personnes. Il n'y a aucune raison acceptable de cacher une chose pareille. Cela n'arrive que lorsque…

Il écarta les bras en laissant sa phrase en suspens. Skaugen le regarda en haussant les sourcils.

— … des intérêts économiques sont en jeu, compléta-t-il. C'est bien ce que vous vouliez dire ?

— Oui, c'est bien ça.

— Souhaitez-vous ajouter autre chose à votre rapport ?

Johanson opina du chef et sortit un tirage de son dossier.

— Nous ne constatons des émissions de méthane anormalement élevées que dans trois régions du monde, dit-il. En Norvège, au Japon et à l'est de l'Amérique latine. Mais il faut y ajouter Lukas Bauer.

— Bauer ? Qui est-ce ? s'enquit Skaugen.

— C'est un chercheur qui analyse les courants océaniques au large du Groenland en se servant de flotteurs dérivants. Je lui ai envoyé un message sur son bateau. Voici ce qu'il m'a répondu : « Cher collègue, je ne connais pas votre ver, mais nous mesurons effectivement des émissions de méthane exceptionnelles en divers endroits au large du Groenland. Les concentrations présentes dans l'eau de mer sont très fortes. Il existe peut-être un lien avec les discontinuités que nous avons observées ici. Si nos résultats sont bons, c'est très inquiétant. Pardonnez-moi de ne pas entrer dans les détails, mais le temps me manque. Ci-joint un fichier comprenant un rapport détaillé de Karen Weaver. C'est une journaliste qui m'assiste et m'énerve en même temps. Elle est très sérieuse dans son travail. Elle vous répondra avec plaisir si vous avez des questions. Prenez contact avec elle sur kweaver@deepbluesea.com. »

— Qu'est-ce qu'il entend par « discontinuités » ? demanda Tina.

— Aucune idée. A Oslo, il m'a fait l'effet d'un genre de professeur Nimbus. Très aimable, mais un crâne d'œuf. Naturellement, il a oublié de joindre le fichier qu'il m'annonçait. Je lui ai envoyé un courriel, mais je n'ai pas encore de réponse.

— Peut-être devrions-nous nous renseigner pour savoir sur quoi travaille Bauer, proposa Tina. Bohrmann devrait le savoir, non ?

— Je suppose que la journaliste le sait, répondit Johanson.

— Karen… ?

— Karen Weaver. Je connaissais son nom, pour la bonne raison que j'avais déjà lu quelques-uns de ses articles. Elle a un cursus intéressant, informatique, biologie… et sport. Son point fort, ce sont les thèmes touchant à la marine ; elle s'intéresse particulièrement aux grandes interactions. Mesure des océans, tectonique des plaques, changements climatiques… ses derniers articles ont trait aux courants océaniques… Concernant Bohrmann, je l'appellerai de toute façon s'il ne m'a pas fait signe d'ici la fin de la semaine.

— Où tout cela va-t-il nous mener ? interrogea Hvistendahl.

Les yeux bleus de Skaugen vinrent se poser sur Johanson.

— Vous avez entendu ce que vient de dire M. Johanson. L'industrie a une attitude criminelle en retenant des informations qui peuvent avoir des conséquences sur la survie de l'humanité. Nous ne pouvons qu'être d'accord avec ses paroles. Hier après-midi, j'ai donc eu un entretien au sommet avec notre direction, et j'ai fait quelques recommandations claires. A la suite de cela, Statoil a immédiatement informé le gouvernement norvégien.

Stone, qui se taisait depuis un moment, leva brutalement la tête.

— Hein ? De quoi a-t-il informé le gouvernement, puisque nous n'avons pas encore de résultat définitif et pas de…

— De l'existence des vers, Clifford. De la décomposition des gisements de méthane. De l'existence d'un risque majeur dû au méthane. De la menace éventuelle d'un glissement de terrain sous-marin. Tu te rends bien compte que même la rencontre du robot de plongée avec des organismes non identifiables a été considérée comme devant être signalée. Pour moi, ce sont des résultats suffisants.

Skaugen ajouta, le regard sombre :

— M. Johanson sera content d'entendre que son petit doigt est un bon indicateur de la réalité. Ce matin, j'ai eu le plaisir d'avoir la direction technique de la JNOC au téléphone pendant une heure. Bien sûr, la JNOC n'admet pas le doute. En conséquence, prenons pour hypothèse que le Japon soit tellement avide de prendre la première place dans l'industrie de l'extraction du méthane qu'il fera tout pour y arriver. Ensuite, imaginons de façon irréaliste que les Japonais soient prêts pour cela à prendre quelques risques et à faire la sourde oreille aux objections des spécialistes…

Skaugen posa les yeux sur Stone et poursuivit :

— Supposons, ce qui est tout à fait improbable et absurde, qu'il y ait effectivement des gens qui, par pure ambition, taisent les expertises et ignorent les avertissements. Ce serait affreux, si tout cela se produisait ! Il faudrait alors insinuer que la JNOC a gardé un silence scandaleux sur l'existence d'un ver qui pourrait détruire du jour au lendemain son rêve de devenir le pays méthanier numéro un. Qu'elle n'a rien dit pendant des semaines…

Un silence accueillit ses paroles. Puis Skaugen reprit :

— Mais nous n'allons pas être aussi sévères. Et si Neil Armstrong était resté dans sa capsule par la faute d'un pauvre ver, que se serait-il passé ? Effectivement, ce ne sont que des insinuations… Donc, la JNOC m'a affirmé de façon crédible qu'en effet on avait retiré des vers semblables de la mer du Japon, mais que, juré-craché, cette découverte datait de… trois jours. Très fort, non ?

— Quelle merde ! marmonna Hvistendahl.

— Qu'envisage-t-elle de faire, la JNOC ? demanda Tina.

— Oh ! je suppose qu'elle va informer son gouvernement ! C'est une société d'Etat, tout comme nous. Maintenant qu'ils savent tout ce que nous savons, ils ne peuvent plus mettre leur mouchoir par-dessus. Ah ! pardon, j'oubliais, personne ne veut mettre son mouchoir par-dessus, il n'en est pas question ! Et je suis sûr que si on lançait les Sud-Américains sur le même sujet, il se pourrait très bien qu'ils tombent nez à nez avec ce même ver dans leurs filets dès demain matin. Quelle surprise ! Ils ne manqueraient pas de nous appeler pour nous en informer… Et ne croyez surtout pas que je bave sur les autres, non, nous ne valons pas plus cher qu'eux.

— Enfin… l'interrompit Hvistendahl.

— Tu n'es pas d'accord ?

— Il n'y a que peu de temps que nous connaissons le caractère critique de la situation, dit-il d'un air plutôt contrarié. Et d'ailleurs, c'est moi-même qui ai conseillé de mettre le gouvernement au courant.

— Mais je ne te fais aucun reproche, *à toi*, répliqua Skaugen.

Une vraie pièce de théâtre. Metteur en scène : Skaugen. Titre de la pièce : *Les Dernières Heures de Stone*. Johanson vit une expression de joie mauvaise s'inscrire sur le visage de Tina.

Mais n'était-ce pas Stone qui avait découvert le ver ?

— Clifford, dit Tina, rompant le silence soudain qui s'était établi, quand as-tu vu ce ver pour la première fois ?

Le teint de Stone gagna encore en pâleur.

— Tu le sais parfaitement, puisque tu étais là.

— Tu ne l'avais jamais vu avant ?

Stone la dévisagea.

— Avant ?

— Oui, l'année dernière. Quand tu as posé de ton propre chef le prototype Kongsberg, par mille mètres de fond.

— Qu'est-ce que tu racontes ? siffla Stone, avant de se tourner vers Skaugen. Je n'ai pas agi de mon propre chef. J'étais couvert. Eh dis donc, Finn, qu'est-ce que vous insinuez ?

— C'est vrai, tu étais sûrement couvert, répondit Skaugen. Tu as proposé de tester une usine sous-marine de conception nouvelle, prévue pour une profondeur maximale de mille mètres.

— Exactement.

— Théoriquement prévue.

— Bien sûr, théoriquement. Tout est toujours théorique, avant le premier essai. Mais, pratiquement, vous avez donné votre feu vert.

Stone regarda Hvistendahl.

— Toi aussi, Thor. Vous avez testé l'engin en bassin et donné votre accord.

— C'est vrai, reconnut Hvistendahl.

— Eh ben alors ?

— Nous t'avions chargé d'examiner le terrain et de présenter une expertise, pour dire s'il était vraiment judicieux, l'installation n'ayant pas été suffisamment testée, de…

— C'est dégueulasse ! s'emporta Stone. Vous avez donné votre accord…

— … de mettre l'installation en route à titre expérimental. Oui, nous avons endossé le risque. A condition que toutes les expertises soient clairement positives.

Stone se leva d'un bond.

— Elles l'étaient ! hurla-t-il, tremblant d'énervement.

— Rassieds-toi, lui conseilla Skaugen d'un ton froid. Ce que je vais dire va t'intéresser : depuis hier soir, tous les contacts sont interrompus avec le prototype Kongsberg.

— C'est…

Pétrifié, Stone s'interrompit. Puis il se reprit :

— Je ne suis pas chargé du contrôle. Ce n'est pas moi qui ai construit l'usine, j'ai seulement activé les choses. Qu'est-ce que tu me reproches, au juste ? De ne pas être déjà au courant ?

— Non. Mais sous la pression des événements, nous avons aussi reconstitué le processus d'installation du prototype Kongsberg. Et nous sommes tombés sur deux expertises qu'à l'époque tu as… comment dire ?… oubliées ?

Stone se cramponna à la table. Johanson crut qu'il allait s'écrouler, mais non, il vacilla, puis se reprit, s'efforçant d'arborer une mine imperturbable, avant de se laisser retomber lentement sur son siège.

— Je ne suis pas au courant.

— L'une d'elles dit que la répartition des hydrates et des champs de gaz est difficile à cartographier dans cette zone. Il est dit dans ce rapport que le risque de tomber sur du gaz libre pendant un forage est infime, mais pas exclu à cent pour cent.

— Il était pratiquement exclu, répliqua Stone d'une voix rauque. Et le résultat dépasse toutes les attentes depuis un an.

— *Pratiquement*, ce n'est pas à cent pour cent.

— Mais nous n'avons pas touché le gaz ! Nous extrayons du pétrole. L'usine fonctionne, le projet Kongsberg est un succès total ! Au point que vous avez décidé d'en construire une autre, et officiellement, cette fois !

— Il ressort de la seconde expertise que vous êtes tombés sur un ver inconnu niché dans l'hydrate, intervint Tina.

— C'est vrai, mais merde, c'était le ver des glaces !

— Tu l'as analysé ?

— Moi ? Pourquoi moi ?

— *Vous* l'avez analysé ?

— C'était… bien sûr, on l'a analysé !

— L'expertise dit que ce ver n'avait pas été formellement identifié comme étant le ver des glaces. Qu'il était présent en grandes quantités. Que son influence sur les conditions locales ne pouvait pas être clairement déterminée, mais que dans son environnement immédiat du méthane s'était échappé dans l'eau.

Stone était devenu livide. Il bafouilla :

— Ce n'est pas… ce n'est pas tout à fait exact. Ces vers sont apparus dans des zones très limitées.

— Oui, mais en masse.

— Nous avons construit à l'écart de cette zone. Cette expertise… elle n'avait pas grande utilité…

— Est-ce que vous avez pu classifier ce ver ? poursuivit Skaugen, imperturbable.

— Nous étions sûrs que…

— Est-ce que vous avez pu le *classifier* ?

Les mâchoires de Stone se crispèrent. Johanson s'attendait à le voir sauter à la gorge de Skaugen d'un instant à l'autre.

— Non, finit-il par lâcher au bout d'un long moment.

— Bien, dit Skaugen. Cliff, tu es provisoirement démis de toutes tes fonctions. Tina va reprendre ton poste.

— Tu ne peux pas…

— Nous en parlerons plus tard.

Stone jeta un regard de détresse à Hvistendahl, mais celui-ci resta imperturbable.

— Thor, putain, l'usine fonctionne ! s'écria Stone.

— Tu es un imbécile, répliqua Hvistendahl d'une voix neutre.

Stone, visiblement sidéré, fit errer son regard autour de l'assemblée.

— Je regrette, dit-il. Je ne voulais pas… Ce que je voulais, c'était faire avancer le projet…

Johanson éprouva un sentiment de malaise. C'était donc pour cette raison que Stone s'efforçait depuis le début de diminuer l'importance de ces vers. Il savait qu'il avait commis une erreur, à l'époque. Il avait voulu être le premier à faire fonctionner un prototype avec succès. L'usine sous-marine était l'enfant de Stone. Elle représentait pour lui une chance unique de faire carrière.

Cela avait marché un moment. Un an sans problème, avec un test non officiel, puis la mise en service officielle, avec à la clé une production en série et une progression constante, à des profondeurs toujours plus importantes. Stone aurait remporté un triomphe personnel. Malheureusement, les vers avaient refait surface. Et cette fois, ils ne se limitaient pas à quelques mètres carrés.

Finalement, ce pauvre Stone lui faisait presque pitié.

Skaugen se frotta les yeux.

— Je regrette de vous ennuyer avec tout ça, monsieur Johanson, dit-il. Mais vous faites partie de l'équipe.

— J'ai l'impression, oui.

— En ce moment, il se passe des choses pas claires à travers le monde. Des accidents, des anomalies… C'est un sujet extrêmement sensible, et les groupes pétroliers font de bons boucs émissaires. Nous n'avons pas droit à l'erreur. Pouvons-nous continuer à compter sur vous ?

Johanson soupira. Puis il acquiesça d'un signe de tête.

— C'est une bonne chose. Nous n'en attendions pas moins de vous… Comprenez-moi bien, c'est vous seul qui prenez la décision ! Mais il vous faudra peut-être vous investir encore plus dans votre mission de coordinateur scientifique, et nous nous sommes donc permis d'en parler à la NTNU par précaution.

— Comment ? s'exclama Johanson en se redressant.

— Pour tout vous dire, nous avons demandé votre disponibilité temporaire. Je vous ai également recommandé dans les milieux ministériels.

Johanson dévisagea Skaugen, puis Tina.

— Attendez ! s'écria-t-il.

— C'est une véritable cellule de recherche, s'empressa de préciser Tina. Statoil donne un budget, et tu auras toute l'aide nécessaire.

— J'aurais préféré…

— Vous êtes contrarié, dit Skaugen, je le comprends très bien. Mais vous avez vu à quel point la situation était dramatique sur le talus, et pour l'instant, vous et les gens de Geomar êtes les seuls à disposer des compétences nécessaires. Vous pouvez refuser, bien sûr, mais alors… Pensez que vous agiriez pour le bien commun, je vous en prie.

Johanson bouillait de rage contenue. Mais il ravala la réplique bien sentie qu'il avait sur le bout de la langue.

— Je comprends, émit-il avec raideur.

— Et quelle est votre décision ?

— Je ne vais évidemment pas me soustraire à cette tâche.

Il jeta un coup d'œil à Tina, dont il espérait qu'il la transpercerait, à défaut de la couper en morceaux. Elle soutint son regard un moment, puis détourna les yeux.

Skaugen hocha la tête, l'air grave.

— Monsieur Johanson, Statoil vous en est infiniment reconnaissante. Vous avez acquis notre profonde considération pour le travail que vous avez déjà accompli pour nous. Mais avant toute chose, je voudrais vous dire qu'en ce qui me concerne vous avez gagné mon amitié. Nous vous avons forcé la main, mais je me laisserai forcer la main pour vous à mon tour si cela devait se révéler utile. Je passerai dans le feu pour vous.

Johanson regarda au fond des yeux l'armoire à glace qui venait de prononcer ces mots.

— O.K., dit-il. Je m'en souviendrai.

— Sigur, arrête-toi, s'il te plaît !

Johanson continua à parcourir au pas de charge le chemin pavé qui menait au parc de stationnement. Le centre de recherche, niché au milieu de la verdure, jouissait d'une situation idyllique sur une colline proche des falaises. Mais Johanson n'était pas d'humeur à s'extasier sur les beautés de la nature. Il ne pensait qu'à une chose, c'était retourner dare-dare à son bureau.

— Sigur !

Tina réussit à le rattraper. Il ne s'arrêta pas pour autant.

— C'est pas vrai ! Tu es buté comme un âne, qu'est-ce que tu cherches ? cria-t-elle. Tu veux me faire courir après toi, c'est ça ?

Johanson stoppa brutalement et se retourna. Elle évita la collision de justesse.

— Et pourquoi pas ? Toi qui es si rapide, d'habitude ! riposta-t-il.

— Espèce d'idiot !

— Ah oui ? Tu es rapide pour parler, rapide pour penser, et tu es même assez rapide pour embobiner tes amis avant qu'ils aient le temps de faire ouf. Ce n'est pas un petit sprint qui va te tuer…

Tina lui décocha un regard furibond.

— Pauvre imbécile ! Qu'est-ce que tu t'imagines ? Tu crois vraiment que j'ai cherché à déranger le cours de ta précieuse petite vie de solitaire ?

— Non ? Ah ! bien, tu me rassures.

Il la planta là et se remit à marcher. Tina hésita une seconde, puis revint se coller à ses côtés.

— D'accord, j'aurais dû te le dire. Je regrette, vraiment.

— Vous auriez pu me poser la question avant, surtout !

— Mais c'était notre intention, merde ! Skaugen est arrivé avec ses gros sabots, et toi, tu as mal compris, c'est tout.

— J'ai compris que vous aviez joué les maquignons auprès de l'université, et que vous avez marchandé pour m'avoir comme si j'étais un cheval de trait !

— Non ! s'écria-t-elle en l'attrapant par la manche pour le forcer à s'arrêter. Nous avons simplement tâté le terrain. Nous voulions savoir s'ils te libéreraient au cas où tu accepterais.

Johanson souffla.

— Ce n'est pas comme ça qu'il a présenté la chose.

— C'était maladroit. Je te le jure ! Qu'est-ce que tu veux que je fasse de plus ? Dis-moi, qu'est-ce que tu veux de plus ?

Johanson ne répondit pas. Son regard et celui de Tina se baissèrent simultanément sur les doigts de la jeune femme, toujours crispés dans le tissu de sa veste. Elle le lâcha et le regarda.

— Personne ne veut te forcer la main. Si tu n'acceptes pas, c'est bien aussi. Ça ne se fera pas, c'est tout.

Quelque part, un oiseau chantait. Depuis le fjord, le vent apportait le bruit lointain de moteurs de bateaux.

— Si je n'acceptais pas, finit par dire Johanson, tu te retrouverais dans une situation délicate, pas vrai ?

— Oh, ça... fit-elle en lissant la manche de sa veste.

— Allez, réponds, insista-t-il.

— Ne t'inquiète pas pour moi. Il faudrait bien que j'assume. Personne ne m'a demandé de te recommander, j'ai pris cette décision toute seule, et... bon, tu me connais... je me suis précipitée chez Skaugen.

— Qu'est-ce que tu lui as dit ?

— Que tu serais d'accord, avoua-t-elle avec un sourire. Qu'on pouvait compter sur toi. Mais, comme je te l'ai dit, ce n'est pas ton problème.

Johanson sentit sa fureur s'apaiser. Il se serait bien pris le chou avec elle encore quelque temps, par principe, histoire de ne pas permettre à Tina de s'en tirer à si bon compte. Mais il avait utilisé tout son potentiel de colère.

Ah, elle savait comment le prendre !

— Skaugen me fait confiance, ajouta Tina. Je n'ai pas pu venir te rejoindre à la cafétéria, parce que nous avons eu un entretien en tête à tête pendant lequel il m'a mise au courant de ce qu'on avait découvert à Stavanger sur les expertises tronquées de Stone. Quel salopard, celui-là ! Tout est sa faute. S'il avait joué cartes sur tables, à l'époque, nous n'en serions pas là.

— Non, Tina. Il n'a tout simplement pas imaginé que les vers pouvaient être dangereux. Il voulait avancer, c'est tout.

Ce Stone ne lui plaisait pas, mais il se surprenait soudain à prendre sa défense.

— S'il pensait qu'ils étaient inoffensifs, pourquoi n'a-t-il pas tout simplement transmis l'expertise ?

— Parce que son projet aurait été retardé. Vous n'auriez pas pris ces vers au sérieux, vous non plus, mais cela aurait risqué de retarder le projet…

— Mais tu vois bien que nous les prenons au sérieux, ces vers !

— Oui, maintenant, parce qu'il y en a trop. Ils vous font peur. Mais Stone, à l'époque, n'en a trouvé que sur un secteur restreint, c'est bien ça ?

— Hum !

— Une surface à forte densité de population, mais limitée. Ce genre de chose arrive tous les jours. Les petites bêtes sont souvent présentes en masse, et ce ne sont pas quelques malheureux vers qui vont faire des dégâts, pas vrai ? Vous n'auriez rien fait du tout, crois-moi. Quand on a découvert le ver des glaces au Mexique, on n'a pas tout de suite décrété l'état d'urgence, alors que la concentration de bestioles dans l'hydrate était autrement importante.

— C'est une question de principe, il faut jouer franc jeu. C'est lui qui avait la responsabilité.

— Certes, soupira Johanson. Et maintenant, c'est moi.

— Nous avons besoin d'un directeur scientifique, dit Tina. Tu es le seul en qui j'aie confiance.

— Ben mon colon ! Tu n'aurais pas pris des substances illicites, par hasard ?

— Je suis sérieuse.

— Mais oui, je vais le faire !

— Tu te rends compte ! s'écria Tina, ravie. On va travailler ensemble !

— S'il te plaît, n'essaie pas de m'en dissuader, maintenant ! Bon, trêve de plaisanteries, c'est quoi, la suite ?

Elle hésita.

— Eh bien… bafouilla-t-elle, tu as entendu… Skaugen veut me mettre à la place de Stone. Il peut prendre la décision à titre provisoire, mais il lui faut l'agrément de Stavanger.

— Skaugen… prononça Johanson, rêveur. Pourquoi a-t-il cloué Stone au pilori de cette façon ? Et moi, qu'est-ce que je faisais là ? Il voulait que je lui fournisse les munitions ?

Tina haussa les épaules.

— Skaugen est d'une intégrité sans faille, il y en a même qui trouvent qu'il en fait trop. Il voit ce que tout le monde fait semblant de ne pas voir, et ça le rend fou furieux.

— Si c'est vrai, ça le rend surtout humain.

— Au fond, il a bon cœur. Si je lui proposais de donner à Stone une dernière chance, il serait capable d'accepter.

— Je comprends… dit Johanson. Et c'est justement à ça que tu réfléchis.

Elle ne répondit pas.

— Bravo, tu es la charité personnifiée, ajouta-t-il.

— Skaugen m'a laissé le choix, poursuivit Tina sans tenir compte de son ironie. Cette usine sous-marine… Stone connaît le problème sur le bout des doigts. Mieux que moi. Skaugen veut que le *Thorvaldson* aille voir ce qui se passe au fond et pourquoi nous ne recevons plus d'infos. Normalement, ce serait à Stone de diriger l'opération, mais s'il est suspendu, ça devient mon boulot.

— C'est quoi, l'alternative ?

— Nous donnons sa chance à Stone.

— Pour repêcher l'usine.

— S'il y a quelque chose à repêcher. Ou pour la remettre en service. Skaugen veut me donner une promotion dans tous les cas de figure. Mais s'il ferme les yeux, Stone reste en course et monte à bord du *Thorvaldson*.

— Et toi, qu'est-ce que tu fais pendant ce temps ?

— Je file à Stavanger et je fais mon rapport à la direction. Ce qui donne à Skaugen l'occasion de parler en ma faveur là-bas.

— Félicitations, dit Johanson. Tu vas faire carrière.

Il s'ensuivit un court silence.

— Est-ce que je le veux ? demanda-t-elle.

— Est-ce que je sais ce que tu veux ?

— Et moi, tu crois que je le sais ?

Johanson repensa à leur week-end au bord du lac.

— Aucune idée, dit-il. Tu peux très bien avoir un copain et faire carrière, si c'est ce qui te fait hésiter. Au fait, tu en as toujours un, de copain ?

— Ça aussi, c'est encore…

— Est-ce qu'il est au courant, ce pauvre Kare ? Il sait à quelle sauce il va être mangé ?

— Nous ne nous sommes pas revus très souvent depuis… depuis que toi et moi…

Elle secoua la tête avec irritation avant de reprendre :

— Tu comprends, quand nous nous baladons à Sveggesundet, ou que nous allons sur l'île, ça n'a rien à voir avec la vraie vie. J'ai l'impression de jouer dans une pièce de théâtre.

— J'espère que c'est une bonne pièce, au moins.

— C'est comme si on retournait sans arrêt à l'endroit où on est tombés amoureux, expliqua-t-elle. Chaque fois, on est transportés. Et quand il faut repartir, on pleure, on voudrait pouvoir rester. Et en même temps, on se demande si on veut vraiment vivre à l'endroit le plus merveilleux de la Terre, et si ce sera toujours l'endroit le plus merveilleux de la Terre. Nous sommes habitués à ce que notre vie... comment dire ? se désenchante. Elle se désenchante tous les jours un peu plus. Donc, nous recherchons quelque chose qui n'existe pas. Tu comprends ? dit-elle avec un petit rire timide. Excuse-moi, c'est très fleur bleue, ce que je te raconte, et c'est très embrouillé. C'est pas mon truc, tout ça.

— Non, ça, au moins, c'est clair.

Johanson la regarda, cherchant des signes de perplexité dans son attitude. Mais non. Elle s'était déjà décidée, sauf qu'elle ne le savait pas encore.

— Si tu n'es pas prête à vivre dans un endroit, c'est que tu ne l'aimes pas, déclara-t-il. Nous avons déjà eu cette conversation, tu te souviens ? Il s'agissait de maisons. Echangeables, au fond. Peut-être devrais-tu te décider à aller voir Kare pour lui dire que tu l'aimes et que tu aimerais vieillir avec lui. Tu me rendrais un grand service, ça m'éviterait de me traîner avec toi tous les deux jours dans les méandres bourbeux de toutes sortes d'allégories fumeuses.

— Et si ça se passe mal ?

— Tu n'es pas aussi trouillarde, d'habitude !

— Si, murmura-t-elle, je suis très trouillarde, justement.

— Tu te méfies de la sensation de bonheur. Moi aussi, autrefois. Ce n'est pas bon du tout.

— Et maintenant ? Tu es heureux ?

— Oui.

— Sans restriction ?

Johanson leva les bras au ciel.

— Qui est heureux sans restriction, patate ? Je ne raconte pas d'histoires, ni à moi, ni aux autres. Tout ce que je veux, c'est mes flirts, mon vin, mon plaisir et mon autonomie. J'ai un penchant pour la discrétion, mais pas pour la compensation. N'importe quel psychiatre s'ennuierait à mort avec moi, parce que tout ce que je veux, c'est simplement avoir la paix. Tout compte fait, je suis heureux comme un pape. Mais je suis moi. Mon bonheur à moi n'est pas le même que le tien. J'ai confiance dans mon bonheur. Il va te falloir l'apprendre, et sans traîner, parce que Kare n'est ni un endroit, ni une maison. Il ne va pas attendre éternellement.

Tina opina du chef. Un souffle de vent vint jouer avec ses cheveux. Johanson se rendit compte à quel point il tenait à cette fille. Il était content qu'ils n'en soient pas arrivés l'autre jour à l'une de ces liaisons avec date de péremption qui caractérisaient sa vie amoureuse.

— Si Stone allait sur le talus continental, réfléchit-elle, je me sacrifierais et j'irais faire un saut à Stavanger. Ce serait parfait. Le *Thorvaldson* est prêt, Stone pourrait monter à bord demain ou après-demain. Stavanger, ce n'est pas pour tout de suite, parce qu'il faudrait que je fasse un rapport détaillé avant. J'aurais donc quelques jours devant moi pour aller à Sveggesundet, et pour… travailler là-bas.

— Travailler, rigola Johanson, pourquoi pas ?

Elle pinça les lèvres.

— Il faut que je réfléchisse à tout ça et que j'en parle à Skaugen, déclara-t-elle.

— C'est ça, l'encouragea Johanson, et réfléchis vite.

De retour à son bureau, il lut les messages qui venaient d'arriver. *A priori*, rien de très intéressant… hormis le dernier. Particulièrement son adresse d'expédition : *kweaver@deepbluesea.com*. Il l'ouvrit aussitôt.

Bonjour, monsieur Johanson, merci de votre message. Je viens de rentrer de Londres et je ne peux que vous dire pour l'instant que je n'ai aucune nouvelle de Lukas Bauer et de son bateau. Je ne sais pas ce qui se passe, nous avons perdu le contact. Si vous le souhaitez, nous pouvons nous rencontrer prochainement. Nous pourrons peut-être nous rendre service mutuellement. Je serai joignable à Londres au milieu de la semaine prochaine. Si vous avez envie de me rencontrer avant, je suis en ce moment dans les îles Shetland et je pourrais m'arranger pour vous voir là-bas. Faites-moi savoir ce qui vous arrange le mieux.

Karen Weaver

— Eh ben, elle est drôlement coopérative, la presse, de nos jours, marmonna Johanson.

Alors comme ça, Lukas Bauer avait disparu ?

Peut-être cela valait-il le coup d'avoir une discussion avec Skaugen. Que risquait-il, à part le ridicule, à lui exposer sa théorie du « tout se tient » ? Et d'ailleurs, était-ce seulement une théorie ? En fait, il n'avait guère d'arguments, en dehors de son mauvais pressentiment que le monde était dans une mauvaise passe et que le responsable, c'était la mer.

S'il voulait réellement développer cette idée, il était temps de présenter un dossier.

Il réfléchit. Il lui fallait rencontrer Karen Weaver le plus tôt possible. Pourquoi pas sur les Shetland ? Ce serait un peu compliqué par avion, mais cela ne poserait pas de problème, en principe, puisque c'était Statoil qui payait tout.

Non, se dit-il soudain, ce n'est absolument pas compliqué.

Skaugen ne venait-il pas de dire quelques heures auparavant qu'il passerait dans le feu pour lui ?

Pas la peine d'aller jusque-là.

Qu'il lui fournisse un hélicoptère, ce serait suffisant.

Génial ! Un hélicoptère de service, l'un de ceux que l'on mettait à disposition de la direction. Pas un coucou de ligne, non, quelque chose de rapide et de confortable. Ah ! Skaugen lui avait forcé la main ! Eh bien, il allait lui rendre la monnaie de sa pièce.

Johanson se recula au fond de son siège. Il consulta sa montre. Dans une heure, il avait une conférence, et, plus tard, un rendez-vous avec un collègue au laboratoire pour discuter d'une analyse d'ADN.

Il créa un nouveau fichier, l'intitula *Le Cinquième Jour*.

Cette idée lui était venue spontanément, un peu poétique peut-être, mais il n'en avait pas de meilleure. Le cinquième jour, selon la Bible, Dieu avait créé la mer et ses habitants. Et la mer et ses habitants posaient quelques problèmes en ce moment.

Il se mit à écrire.

Il eut froid, tout à coup, et ce froid s'intensifia, de minute en minute.

2 mai

A Vancouver et sur l'île de Vancouver, Canada

Il y avait quarante-huit heures que Ford et Anawak étudiaient cette seule et même séquence.

D'abord, du noir. Ensuite, des amplitudes signalant une forte impulsion sonore, hors des limites audibles par l'homme. Trois fois de suite.

Ensuite, le nuage.

Un nuage bleu luminescent, qui envahissait soudain le centre de l'écran, comme un univers en expansion. Pas une lumière éblouissante, non, plutôt un bleu pâle, une lueur claire, diffuse, mais suffisante pour laisser transparaître la silhouette massive des animaux. Ce nuage s'étirait à vive allure. Il devait être énorme. Pour finir, il venait occuper la totalité de l'écran. Les baleines étaient devant, comme fascinées.

Quelques secondes s'écoulaient.

Soudain, un mouvement se faisait à l'intérieur du nuage. Quelque chose en jaillissait, un éclair qui serpentait et se terminait en pointe fine. La pointe touchait l'une des baleines sur le côté de la tête. Lucy. La décharge ne durait pas une seconde. D'autres éclairs fusaient alors, électrifiant d'autres animaux, puis cette scène d'orage sous-marin disparaissait, aussi vite qu'elle avait commencé.

Le film parut se dérouler à l'envers. Le nuage se reforma au centre de l'écran. Puis il s'effaça, et l'écran devint noir.

L'équipe de Ford avait passé la séquence au ralenti, et l'avait ralentie encore. Elle avait fait son possible pour optimiser la définition de l'image et augmenter la luminosité, mais, au bout de longues heures d'analyse, la vidéo de l'escapade nocturne de la baleine resta en l'état : une énigme.

A la fin, Anawak et Ford rédigèrent un rapport pour la cellule de crise. Ils avaient obtenu l'autorisation de faire venir un biologiste de Nanaimo, un spécialiste de la bioluminescence qui, comme eux, en avait perdu son latin et tiré la même conclusion. Le nuage et les éclairs étaient sans doute d'origine organique. Le spécialiste était d'avis que les éclairs correspondaient à une sorte de réaction en chaîne dans la structure du nuage, mais il ne parvenait pas à s'expliquer ce qui les déclenchait et pourquoi. Leur forme sinueuse et leur pointe fine évoquaient des tentacules de calamar, mais alors il devait s'agir d'une bête gigantesque, sans compter qu'on ne connaissait pas de calamars géants lumineux. Et même dans ce cas, cela n'expliquait pas le nuage, et pas davantage d'où sortaient ces éclairs sinueux.

Mais tous avaient instinctivement compris une chose : c'était le nuage qui était responsable du comportement anormal des baleines.

Ils écrivirent tout cela dans leur rapport, un rapport qui disparut dans un trou noir, aussi noir que l'écran après l'extinction de la lumière bleue. « Trou noir », c'était le surnom dont ils avaient doté cette cellule de crise gouvernementale, qui, à la façon des trous noirs, vous happait et vous engloutissait sans vous révéler quoi que ce soit. Au début, le gouvernement canadien avait cherché à travailler en collaboration avec les chercheurs. Mais depuis que les cellules de crise du Canada et des Etats-Unis opéraient officiellement sous la direction des Américains, on semblait utiliser les scientifiques dans le simple but d'obtenir certains résultats, lesquels semblaient se volatiliser aussitôt. Comme étouffés. L'aquarium, l'Institut de Nanaimo, et même l'université de Vancouver, avaient été ravalés au rang de fournisseurs auxquels on ne s'adressait que pour leur commander des recherches et des rapports sur leurs découvertes, leurs réflexions et leurs interrogations. John Ford, pas plus que Léon Anawak, Rod Palm, Sue Oliviera ou Ray Fenwick, n'était tenu au courant des travaux effectués sur la base des informations transmises. La cellule de crise ne jugeait même pas utile de faire un commentaire quelconque. L'instrument le plus important de leur recherche, la comparaison avec les découvertes d'autres groupes de recherche gouvernementaux et militaires, leur était tout bonnement refusé.

— Et tout ça, tempêtait Ford, c'est depuis que cette Judith Li a pris les commandes ! Je me demande bien ce qu'elle dirige. Moi, j'ai plutôt l'impression qu'elle se fiche de nous.

Sue Oliviera appela Anawak.

— Il nous faudrait des moules supplémentaires, lui dit-elle, cela nous rendrait vraiment service.

— Mais je n'arrive à joindre personne chez Inglewood ! Ils ne me prennent pas au téléphone, et de toute façon Li a balayé l'affaire : officiellement, il s'agit d'une avarie ! On ne dit pas un traître mot des moules…

— Mais toi, tu étais sur place, tu les as vues, tu les as touchées ! Il nous en faut davantage, et aussi de cette substance organique suspecte. Je me demande pourquoi ils nous bloquent, puisque nous sommes censés les aider !

— Pourquoi ne prends-tu pas contact personnellement avec la cellule de crise ?

— Tout passe par Ford. Je ne comprends pas. A quoi servent-elles, en fait, ces cellules ?

Bonne question. Pourquoi avait-on formé, entre les Etats-Unis et le Canada, une cellule commune dirigée par le General Commander Li ? Très simple : les deux pays se trouvaient confrontés à un même problème, ils étaient soumis à un échange d'informations dans l'intérêt supérieur, et gardaient tous deux le secret, motus et bouche cousue. Ils avaient intérêt à s'unir.

Peut-être était-ce normal. Peut-être était-ce dans la nature des commissions d'investigation et des cellules de crise de travailler dans le secret. Mais c'était bien la première fois qu'une commission d'investigation avait à résoudre un problème comparable. D'ordinaire, ce genre de cellules se colletaient avec le terrorisme, avec les crises militaires et politiques, avec les catastrophes aériennes et les prises d'otages, avec les révolutions. On pouvait comprendre que dans ces cas précis le secret s'imposait. Une cellule de crise était aussi censée trouver des solutions quand se posait un problème dans une centrale atomique ou un barrage, en cas d'incendie de forêt ou d'inondation, de tremblement de terre, d'éruption volcanique, de famine… Et ça, c'était secret, peut-être ?

Pourquoi faire des cachotteries, dans leur cas ?

— C'est que les causes des éruptions volcaniques et des tremblements de terre sont connues, répondit Shoemaker à Anawak qui avait laissé exploser sa colère. On peut avoir peur de la Terre, mais on n'a pas à la soupçonner de mauvaises intentions. Elle ne fait pas de saloperies ni de coups bas. Ça, c'est la spécialité de l'homme.

Ils étaient en train de prendre leur petit déjeuner à trois à bord du bateau de Léon. Le soleil perçait entre de hauts nuages blancs, et il faisait agréablement doux. Un léger vent soufflait des montagnes vers la côte.

Seule Alicia mangeait de bon appétit, refusant de se laisser influencer par l'ambiance. La quantité d'œufs brouillés qu'elle parvenait à ingurgiter était impressionnante.

— Vous avez entendu parler du gazier ? demanda-t-elle à ses compagnons entre deux bouchées.

— Celui qui a explosé au large du Japon ? s'enquit Shoemaker après avoir avalé une gorgée de café. C'est de l'histoire ancienne.

Alicia secoua la tête.

— Non, pas lui. Hier, rebelote. Il y en a un autre qui a fait naufrage. Il a cramé dans le port de Bangkok.

— On connaît la raison ?

— Non. Curieux, hein ?

— Peut-être que c'est simplement dû à une erreur technique, émit Anawak. On va pas commencer à voir la main du diable partout.

— On croirait entendre Judith Li, fit Shoemaker en reposant sa tasse à grand bruit. Au fait, tu avais raison : on ne parle nulle part du *Barrier Queen*. Les médias ont surtout parlé du remorqueur qui a été envoyé par le fond.

Normal, se dit Anawak. Cette foutue cellule de crise les laissait crever la bouche ouverte. Peut-être cela faisait-il partie du jeu. Démerde-toi pour trouver à bouffer tout seul. D'accord.

Ils avaient donc commencé à se démerder.

Après le crash de l'avion, Alicia avait entamé des recherches sur Internet. Puisque, sur place, on les maintenait dans l'ignorance, il fallait bien aller chercher à l'extérieur. Quelles étaient les régions du monde où avaient eu lieu d'autres attaques de baleines ? Y en avait-il eu ? Ou alors, comme l'avait dit George Frank, le *taayii hawil* des Tla-o-qui-aht :

« Le problème ne vient peut-être pas des baleines, Léon. Peut-être les baleines ne sont-elles qu'une partie du problème, la partie visible de l'iceberg. »

Apparemment, Frank avait tapé dans le mille.

La perplexité d'Anawak avait encore augmenté quand Alicia leur avait présenté les résultats de ses premières recherches. Elle avait exploré les Toiles sud-américaines, allemande et scandinave, française et japonaise, elle avait poussé jusqu'en Australie… Et elle avait découvert qu'ailleurs on avait fait des expériences très étranges, similaires aux leurs… mais avec des méduses.

« Des méduses ? s'était esclaffé Shoemaker. Elles font comment ? Elles se jettent sur les bateaux pour les attaquer ? »

Au début, Anawak avait tiqué, lui aussi. Qu'est-ce que c'était que ce problème qui se manifestait sous la forme de baleines et de méduses ?…

Mais peut-être ces invasions d'animaux urticants extrêmement toxiques allaient-elles de pair avec ces attaques de baleines dont on ignorait la cause… Deux symptômes du même problème. Un cumul d'anomalies.

Alicia leur avait montré les déclarations de certains scientifiques costaricains. Selon eux, ce n'était pas la galère portugaise qui faisait des ravages sur les côtes sud-américaines, mais une espèce semblable, inconnue, encore plus dangereuse, autrement plus mortelle.

Et c'était loin d'être tout.

— A peu près au moment où ça s'est déclenché ici avec les baleines, il y a eu des disparitions de bateaux en Amérique du Sud et en Afrique du Sud, résuma Alicia. Des petits bateaux et des chalutiers. On n'a retrouvé que quelques morceaux d'épaves. Si on met tout ça bout à bout…

— On obtient un tas de baleines, compléta Shoemaker. Et les journaux n'en parlent pas, ici. On ne nous dit rien. A se demander si le Canada ne serait pas en dehors du monde…

— C'est que nous ne nous intéressons pas vraiment aux problèmes des autres pays, constata Anawak. Et les Etats-Unis encore moins.

— Il y a eu beaucoup d'accidents avec des gros bateaux, mais les médias ne l'ont pas dit, poursuivit Alicia. Des collisions, des explosions, des naufrages. Et il y a aussi une autre chose bizarre, une épidémie, en France. Elle a été déclenchée par des algues qui avaient infesté des homards, et ces algues contiennent un agent pathogène inconnu qui se répand à la vitesse grand V. Il me semble que d'autres pays sont touchés, aussi. Mais plus on creuse, moins on y voit clair.

Effectivement, il y avait de quoi se frotter les yeux.

Anawak réfléchit à tout cela. Mais ce matin-là, assis avec ses compagnons au soleil matinal, il se dit qu'ils devenaient ridicules. Voilà qu'ils se mettaient à enfourcher le dada des Américains, la théorie du complot. Un Américain sur quatre croyait à ce genre de sornettes. Certains répandaient le bruit que Bill Clinton était un agent des Russes, et les histoires d'ovnis, et des bêtises du même genre, couraient les rues. On se demandait quel était l'intérêt pour un Etat de camoufler des événements qui concernaient des milliers de personnes, indépendamment du fait qu'il paraissait impossible de taire longtemps des faits d'une telle ampleur.

Shoemaker se montra sceptique, lui aussi :

— On n'est pas à Roswell, ici. Il n'y a pas de petits hommes verts, il n'y a pas de soucoupes volantes cachées dans les coins. On a vu trop de films de Harrison Ford. Toutes ces conneries de complots, ça n'existe qu'au cinéma. De nos jours, quand quelque part des baleines se mettent à sauter sur les bateaux, le monde entier est au courant dès le lendemain. Tout se sait.

— Bon, mais regarde, répliqua Alicia, Tofino a mille deux cents habitants et se compose en gros de trois rues, et pourtant, il est impossible que tout le monde sache tout sur tout le monde à tout moment. D'accord ?

— Oui, et alors ?

— Si on n'est pas capable d'être au courant de tout dans un petit bled pareil, tu images ce que ça donne pour une planète entière…

— Puissamment raisonné ! Le cerveau humain est capable des plus beaux syllogismes…

— Ce que je veux dire, c'est qu'un gouvernement ne peut pas indéfiniment censurer l'information, mais il peut minimiser son importance. Il suffit de veiller à ce qu'on n'en fasse pas des tonnes. *Ça*, c'est possible. Le gros de l'info ne sort généralement pas du pays concerné, et le reste, on le trouve dans les brèves en petits caractères. Sans doute que tout ce que j'ai récolté sur Internet, on le trouvait ici, dans les journaux, et c'est peut-être même passé à la télé, mais nous ne l'avons tout simplement pas remarqué.

Shoemaker ne paraissait pas convaincu :

— Ouais, tu crois ? fit-il d'une voix incertaine.

— Quoi qu'il en soit, intervint Anawak, il nous faut plus d'infos.

Tout en remuant ses œufs brouillés du bout de sa fourchette d'un air maussade, il ajouta :

— Li en a, en tout cas. Je suis sûr qu'elle est beaucoup plus au courant que nous.

— Tu n'as qu'à lui demander, proposa Shoemaker.

Anawak le regarda d'un air interrogateur.

— A Li ?

— Pourquoi pas ? Quand on veut savoir, il faut commencer par poser la question. Tout ce que tu risques, c'est qu'elle t'envoie aux pelotes, mais avoue que ça ne pourra pas être pire.

Anawak ne répondit pas. Il réfléchissait.

Non, inutile de se raconter des salades, il n'obtiendrait aucun renseignement. Ford non plus n'en obtenait pas, et pourtant, ce n'était pas faute de demander.

D'un autre côté, l'idée de Shoemaker n'était pas bête du tout. On pouvait aussi poser des questions à l'insu de la personne qui possédait les réponses.

Peut-être était-il temps d'aller se les chercher, les réponses.

Plus tard, après le départ de Shoemaker, Alicia posa un numéro du *Vancouver Sun* devant lui.

— J'ai préféré attendre que Tom soit parti, déclara-t-elle.

Anawak jeta un coup d'œil à la une. C'était le journal de la veille.

— Je l'ai déjà lu.

— Entièrement ?

— Non, j'ai lu le plus important.

Alicia sourit. Elle ne lui tenait pas rigueur de ses manières, même s'il ne s'était pas particulièrement illustré par sa politesse, sa prévenance, encore moins par sa bonne humeur. Et elle avait veillé à ne plus aborder la question de ses origines depuis leur conversation à la station.

— Alors, lis le moins important, insista-t-elle.

Anawak feuilleta le journal. Il ne tarda pas à voir ce qu'elle avait tenu à lui montrer. C'était un article de quelques lignes, assorti de la photo d'une famille heureuse, le papa, la maman et un petit garçon, couvant un homme très, très grand de leur regard plein de reconnaissance. Le papa serrait la main de l'homme, et tous les visages étaient barrés d'un large sourire.

— Non, je rêve, marmonna Anawak.

— Je sais pas, moi, dit Alicia, mais je ne pense pas que ce soit un tel connard, contrairement à ce que vous dites…

Ses yeux étincelaient. Pour l'heure, derrière des lunettes jaunes aux bords décorés de croix en strass.

Le petit Bill Sheckley, cinq ans, qui a été sauvé in extremis *du naufrage du bateau de croisière* Lady Wexham*, a retrouvé le sourire. Ses parents, heureux et soulagés, sont venus le chercher aujourd'hui à l'hôpital de Victoria, où il avait été admis en observation. Bill souffrait d'une pneumonie consécutive à la grave hypothermie contractée lors de l'opération de sauvetage. Il paraît désormais guéri et semble avoir surmonté le choc. Ses parents ont tenu à remercier particulièrement Jack « Greywolf » O'Bannon, l'écologiste militant de l'île de Vancouver qui a dirigé le sauvetage et accompagné le petit Bill en suivant pas à pas les progrès de son état de santé. Le Héros de Tofino, ainsi qu'on le surnomme aujourd'hui, s'est attiré la sympathie de tous et a conquis le cœur du petit Bill.*

Anawak replia le journal et le jeta sur la table.

— Tu as bien fait de ne pas montrer ça à Shoemaker, il serait devenu fou ! grinça-t-il.

Un silence s'installa. Anawak, les yeux fixés sur les nuages qui s'étiraient lentement, essayait d'attiser sa colère contre Greywolf, mais, cette fois, il n'y parvint pas. Sa colère était dirigée contre les gens qui gênaient son travail et celui de Ford, contre cette femme-soldat arrogante et, pour quelque raison inexplicable, contre lui-même.

Plus exactement, surtout contre lui-même.

Alicia finit par se lancer et l'interrogea :

— Au fait, c'est quoi, votre problème avec Greywolf ?

— Tu as bien vu ce qu'il a fait…

— Son action avec les écolos ? Quand ils ont balancé les poissons ? D'accord, il exagère. Mais on pourrait dire aussi qu'il défend une cause qui lui tient à cœur.

— La cause qui lui tient à cœur, c'est la bagarre.

Anawak se passa la main sur les yeux. Il était encore tôt, mais il se sentait déjà fatigué, à bout de forces.

— Ne le prends pas mal, commença Alicia, prudente, mais je n'oublie pas que ce mec-là, il m'a sortie de l'eau à un moment où je croyais bien que les carottes étaient cuites pour moi. Avant-hier, j'ai essayé de le retrouver, mais il n'était pas chez lui. J'ai fini par tomber sur lui à Ucluelet, dans un café. Alors j'y suis allée et je l'ai… enfin, comme je te l'ai dit, je l'ai remercié.

— Et alors, demanda Anawak, modérément intéressé, qu'est-ce qu'il a dit ?

— Il ne s'y attendait pas. Il était assez surpris. Et content. Après, il m'a demandé de tes nouvelles.

— A moi ?

— Tu sais, dit-elle d'un ton doux, je crois qu'il n'a pas beaucoup d'amis.

— Il ferait mieux de se demander pourquoi !

— Et je crois aussi qu'il t'aime bien.

— Licia, arrête ! Pourquoi me racontes-tu tout ça ? Tu espères que je vais me mettre à chialer en disant que c'est un saint ?

— J'aimerais bien que tu me parles de lui.

C'est pas vrai, qu'est-ce qui lui prend de vouloir me faire parler de Greywolf ? On ferait mieux de parler de quelque chose de bien, de vraiment bien… de réjouissant… par exemple…

Il chercha. Ne trouva rien.

— On a été amis, autrefois, jeta-t-il d'un ton sec.

Il s'attendait à voir Alicia bondir en poussant un cri de triomphe – « Ah, je le savais, j'avais raison ! » –, mais non. Il poursuivit :

— Il s'appelle Jack O'Bannon et il est de Port Townsend. C'est dans l'Etat de Washington. Son père est irlandais et il a épousé une métisse indienne, une Suquamish, je crois. Aux Etats-Unis, Jack a fait tous les métiers, il a été videur, camionneur, graphiste, garde du corps, plongeur de combat dans la marine. C'est là qu'il a trouvé sa vocation : dresseur de dauphins. Il était dans son élément. Mais, un jour, on lui a trouvé une malformation cardiaque. Rien de grave, mais la Navy est intraitable sur le chapitre. Jack n'avait aucun problème, il a été décoré, il a récolté des médailles en pagaille, mais c'était fini pour lui.

— Comment est-il venu au Canada ?

— Il a toujours été attiré par le Canada. Au début, il a essayé de faire son trou dans le cinéma. Il pensait qu'avec son physique il pourrait devenir acteur, mais il n'a aucun talent. En fait, rien n'a jamais marché, il a toujours tout fait foirer parce qu'il ne maîtrise pas ses nerfs. Il a envoyé un mec à l'hôpital et…

— Oh ! fit Alicia.

Anawak eut une moue désolée.

— Pardon d'écorner l'image de ton héros.

— O.K., O.K. Et qu'est-ce qui s'est passé, après… son coup de colère ?

Anawak prit le temps de se servir un verre de jus d'orange avant de répondre.

— Ensuite, on l'a foutu en cabane. Pas longtemps, parce qu'on n'avait rien d'autre à lui reprocher. C'est son tempérament chatouilleux qui lui avait joué des tours. Quand il est ressorti, il a eu encore plus de difficultés, bien sûr. Le problème, c'est qu'il avait lu entre-temps des bouquins sur l'écologie et les baleines, et qu'il a décidé que c'était sa nouvelle vocation. Il est donc allé trouver Davie, qu'il avait connu pendant un voyage à Ucluelet, et lui a demandé s'il n'avait pas besoin d'un skipper. Et Davie lui a répondu : « Quand tu veux, avec plaisir, à condition que tu ne fasses pas d'histoires. » Jack peut être charmant, quand il veut.

— Mais malheureusement il n'a pas été charmant, supposa Alicia.

— Si, au début. Surtout avec les femmes. La clientèle féminine se bousculait. Tout a marché comme sur des roulettes, jusqu'au jour où il a collé une beigne à quelqu'un.

— Pas à un client, j'espère ?

— Ben, si.

— Ah ! d'accord.

— Ouais. Davie a voulu le virer. J'ai déployé des trésors de persuasion pour le convaincre de lui accorder une seconde chance. Donc, nous ne l'avons pas viré. Et qu'est-ce qu'il fait, ce con ? s'emporta Anawak, soudain embrasé d'une bouffée de cette colère qu'il croyait éteinte. Trois semaines plus tard, rebelote ! Cette fois, Davie a été *obligé* de le virer. Qu'est-ce que tu aurais fait, à sa place ?

— Je crois que je l'aurais lourdé dès la première fois, murmura Alicia.

— Je vois que je n'ai pas à m'inquiéter pour ton avenir, ricana Anawak. Enfin, quand tu te mets en quatre pour quelqu'un et que c'est comme ça qu'il te remercie, tu te dis ça va, c'est bon, et tu tires le rideau.

Il avala son jus d'orange, s'étrangla, toussa. Alicia, bonne fille, lui tapota le dos.

— Après, il a complètement pété les plombs, poursuivit Anawak entre deux quintes. Jack a un deuxième problème, c'est son rapport à la réalité. A un moment donné, le Grand Manitou s'est penché sur lui et lui a dit : « A partir de maintenant, tu t'appelles Greywolf et tu protèges les baleines et tout ce qui a quatre pattes et tout ce qui vole », enfin, ce genre de conneries. « Va et bats-toi. » Comme il nous en voulait, il s'est mis dans la tête que c'était contre nous qu'il devait se battre. La cerise sur le gâteau, c'est qu'il s'imagine que je suis du mauvais côté mais que je ne l'ai pas encore remarqué.

Anawak sentit sa colère monter d'un cran.

— Il mélange tout ! vitupéra-t-il. Il n'a aucune notion d'écologie et il ne connaît strictement rien aux Indiens, ce qui ne l'empêche pas de proclamer qu'il appartient à leur peuple. Les Indiens se marrent. Tu as vu comment c'est, chez lui ? Ah non ! c'est vrai, tu ne l'as vu qu'au café. C'est rempli de kitsch indien. Ouais, les Indiens se marrent, sauf ceux qui ont un petit pois dans la tête, les jeunes qui traînent, qui refusent de bosser, les bagarreurs et les ivrognes. Ceux-là le trouvent génial, et les vieux hippies blancs aussi, et les surfeurs qui ne supportent pas que les touristes les regardent glander, et les anciens adeptes du camping sauvage qui ne peuvent plus laisser traîner leurs ordures partout. Greywolf a rassemblé autour de lui le rebut de deux cultures, des anarchistes et des ratés, des marginaux, des néo-activistes qui sont contre le pouvoir, des écolos qui ont été virés par Greenpeace parce qu'ils étaient mauvais pour sa réputation, des Indiens qui sont indésirables même au sein de leur tribu, des criminels. Ils n'en ont rien à foutre des baleines, tout ce qui les intéresse, c'est la bagarre et se faire mousser, mais Jack ne s'en rend pas compte et croit dur comme fer que ses Seaguards sont une organisation écologique... C'est lui qui entretient tout ce monde, tu imagines, en travaillant comme bûcheron ou comme montreur d'ours, et pendant ce temps il vit dans un taudis immonde où je n'oserais pas mettre mon chien. C'est monstrueux ! Tout le monde se fout de lui, je ne comprends pas comment il peut accepter ça ! Un gars comme Jack ! Quelle connerie !

Anawak se tut pour reprendre son souffle.

Un oiseau de mer criait, très haut dans le ciel.

Alicia se beurra une tartine, étala de la confiture par-dessus et en enfourna un gros morceau.

— J'ai compris, dit-elle, la bouche pleine. Tu l'aimes encore.

Le nom d'Ucluelet venait de la langue nootka et signifiait quelque chose comme « havre sûr ». De même que Tofino, Ucluelet était abrité dans une baie naturelle, et, pareillement, le petit village de pêcheurs était devenu au fil des ans un centre d'attraction pittoresque pour l'observation des baleines, avec ses maisons de bois joliment peintes, ses cafés et restaurants accueillants.

L'habitation de fortune de Greywolf se trouvait dans la partie la moins montrable d'Ucluelet. Après avoir quitté la rue principale et emprunté un chemin parcouru de racines, assez large pour laisser passer une voiture et flinguer ses amortisseurs, on se retrouvait, au bout de quelques centaines de mètres, dans une clairière entourée d'arbres géants vieux de plusieurs siècles. La maison, une cabane délabrée à laquelle s'adossait une étable vide, était posée au beau milieu. On ne la voyait pas du village.

Son seul et unique habitant était le mieux placé pour savoir que ce galetas était tout sauf confortable. Quand le temps le permettait – pour Greywolf, le mauvais temps commençait quelque part entre la tornade et la fin du monde –, il restait à l'extérieur, parcourant les forêts, guidant les touristes avides de voir les ours bruns, acceptant les travaux en tout genre. La probabilité de le rencontrer chez lui était proche de zéro, y compris la nuit. Soit il dormait à la belle étoile, soit dans la chambre d'hôtel de touristes à la recherche de sensations fortes et convaincus d'avoir mis la main sur le bon sauvage.

Anawak arriva à Ucluelet en début d'après-midi. Il avait prévu de se rendre à Nanaimo, et, de là, de prendre le ferry pour Vancouver. Shoemaker, qui devait rencontrer Davie à Ucluelet, s'était proposé pour l'emmener, lui fournissant par ce biais un bon prétexte pour y faire une halte.

Davie envisageait une reconversion de l'entreprise : selon lui, si on ne pouvait plus proposer aux gens des croisières de deux heures en mer, il fallait organiser des circuits d'aventure d'une semaine à terre. Anawak avait refusé de participer à l'entretien au cours duquel les deux patrons de Davie's devaient en discuter. Il sentait que son temps sur l'île de Vancouver touchait à sa fin, quelle que fût la tournure prise par les événements. D'ailleurs, qu'est-ce qui l'y retenait vraiment, maintenant que l'observation des baleines était arrêtée ?

Rien, hormis l'incapacité de donner un sens à sa vie.

Pendant des années, il s'était échiné à faire diversion. D'accord, il y avait gagné un titre de docteur et la reconnaissance de ses pairs. Et pourtant, c'était du temps perdu. Il ne pouvait continuer ainsi.

Ne pas vivre vraiment, c'était une chose, mais avoir vu la mort, c'en était une autre, et lui, il l'avait frôlée par deux fois la semaine précédente. Depuis la chute de l'hydravion, tout avait changé. Il se sentait menacé dans son être intime. Un poursuivant surgi d'une époque qu'il avait crue oubliée depuis longtemps avait reniflé sa peur et retrouvé sa trace. Un fantôme glacial lui offrait une dernière chance de prendre sa vie en main et lui promettait la solitude et le malheur s'il échouait. Le message était parfaitement clair : il faut rompre le cercle. Le bon vieux credo des psychologues.

Ses pas amenèrent Anawak sur le chemin parsemé de racines, comme par hasard et sans hâte particulière. Dans la rue principale, il avait bifurqué à la toute dernière seconde, comme mû par une idée soudaine. Lorsqu'il se retrouva dans la clairière, devant l'affreuse baraque, il se demanda ce qu'il pouvait bien faire là.

Il gravit les quelques marches de la véranda miteuse, frappa.

Greywolf n'était pas chez lui.

Il fit plusieurs fois le tour de la maison. Sans pouvoir se l'expliquer, il était déçu. Jack n'était pas là, mais c'était à prévoir. Il se demanda s'il n'allait pas repartir comme il était venu. Peut-être était-ce une bonne chose, après tout. Il n'avait pas réussi, mais au moins avait-il fait une tentative.

Il ne partit pas. Il n'allait pas agir comme le patient qui sonne chez le dentiste pour faire soigner une rage de dents, et qui détale parce qu'on ne lui ouvre pas dans la seconde.

Il se retrouva à nouveau devant la porte d'entrée. Il abaissa la poignée, la porte s'ouvrit avec un léger grincement. Dans cette région, beaucoup de gens sortaient de chez eux sans fermer la porte à clé. Un souvenir surgit dans sa mémoire le glaça. Ailleurs aussi, on vivait ainsi. On avait vécu ainsi. Il resta un moment sans savoir que faire, puis il pénétra à l'intérieur d'un pas hésitant.

Il y avait une éternité qu'il n'était plus venu. Il fut d'autant plus étonné de ce qu'il vit. Dans son souvenir, Greywolf croupissait dans un invraisemblable chaos. Or, ce qu'il avait sous les yeux était une pièce dépouillée mais confortablement installée, aux murs tapissés de masques et de tapis indiens. Une table basse en bois entourée de fauteuils d'osier peint. Des couvertures indiennes recouvrant un divan.

Deux rayonnages débordaient d'ustensiles et d'objets nootka, parmi lesquels des crécelles en bois utilisées lors des cérémonies et chants rituels. Pas de téléviseur. Deux plaques de cuisson indiquaient que la pièce servait aussi de cuisine. Un dégagement menait vers une seconde pièce, dans laquelle Greywolf dormait, si ses souvenirs étaient bons.

Il fut tenté un instant d'aller y jeter un coup d'œil. Il continuait à se demander ce qu'il faisait en ce lieu. Cette maison l'attirait dans le piège du temps. Elle le ramenait beaucoup plus loin dans le passé qu'il ne le souhaitait.

Son regard s'arrêta sur un grand masque qui semblait veiller sur la pièce.

Le masque le regardait.

Anawak s'approcha.

Nombre de masques indiens faisaient ressortir les traits marquants avec une exagération symbolique : des yeux immenses, des sourcils démesurément arqués, un nez en bec d'aigle. Celui-là était la copie fidèle d'un visage humain. Il représentait les traits calmes d'un jeune homme au nez droit, aux lèvres pleines et bien ourlées, au front haut et lisse. Les cheveux avaient un aspect feutré, mais c'étaient de vrais cheveux. Si l'on exceptait le fait que les pupilles étaient fendues de manière à permettre au porteur de voir à travers, les yeux, avec leur globe peint en blanc, paraissaient extraordinairement vivants. Ils avaient une expression calme, sérieuse, comme en transe.

Anawak s'était immobilisé devant le masque. Des masques indiens, il en avait vu des tonnes, en bois de cèdre, en écorce, en cuir. On pouvait en acheter partout, ils faisaient partie de la panoplie traditionnelle des souvenirs proposés au touriste. Mais celui qu'il avait devant lui n'était pas commun. On n'en trouvait pas dans les magasins de souvenirs.

— C'est un masque pacheedaht.

Il pivota sur lui-même. Greywolf était juste derrière lui.

— Pour un simili-Indien, tu te débrouilles pas trop mal quand tu marches à pas de loup, dit Anawak.

— Merci, répliqua Greywolf, dont le sourire révélait qu'il était peu affecté par cette intrusion dans son intimité. Mais je ne peux pas te retourner le compliment. Pour un Indien véritable, tu es archinul. J'aurais pu te liquider sans même que tu t'en aperçoives.

— Il y a combien de temps que tu es derrière moi ?

— Je viens d'arriver. Je ne m'amuse pas à ces petits jeux, tu devrais le savoir.

Greywolf recula d'un pas et dévisagea l'intrus comme s'il s'apercevait seulement qu'il ne l'avait pas invité.

— Au fait, dit-il, qu'est-ce que tu viens faire ici ?

Bonne question, pensa Anawak. Involontairement, il tourna la tête vers le masque, comme s'il pouvait parler à sa place.

— Tu dis que c'est un masque pacheedaht ? demanda-t-il.

— Tu n'y connais rien, une fois de plus ?

Greywolf soupira et secoua la tête avec indulgence. Un chatoiement parcourut ses longues mèches ondulantes.

— Les Pacheedaht…

— Je sais qui sont les Pacheedaht, le coupa Anawak d'un ton impatient.

Le territoire de cette petite tribu nootka se trouvait au sud de l'île de Vancouver, au-dessus de Victoria.

— Moi, c'est ce masque qui m'intéresse, poursuivit-il. Il a l'air ancien, il n'a rien à voir avec les horreurs qu'on vend aux touristes.

— C'est une réplique.

Greywolf vint se placer à côté de lui. Au lieu de son costume de cuir crasseux, il portait un jean et une chemise délavée dont le motif à carreaux se devinait à peine. Ses doigts caressèrent les contours de la tête en cèdre.

— C'est le masque d'un ancêtre. L'original est détenu par la famille Queesto, dans son *huupukanum*. Tu veux que je t'explique ce qu'est un *huupukanum* ?

— Non, répondit Anawak.

Il connaissait effectivement ce mot, mais non sa signification exacte. Sans doute était-ce un objet rituel quelconque.

— On t'en a fait cadeau ? poursuivit-il.

— Non, je l'ai fait moi-même, indiqua Greywolf en se dirigeant vers le canapé. Tu veux boire quelque chose ?

Anawak ouvrit des yeux ronds.

— Tu l'as…

— J'ai fait tout un tas de sculptures, ces derniers temps. C'est ma nouvelle passion. Les Queesto n'ont pas vu d'inconvénient à ce que je copie leur masque. Alors, tu prends quelque chose ou non ?

— Non.

— Hum ! Bien. Qu'est-ce que tu viens faire ?

— Je voulais te remercier.

Greywolf haussa les sourcils. Il s'assit au bord du canapé et s'y immobilisa, comme une bête prête à bondir.

— De quoi ?

— Tu m'as sauvé la vie.

— Oh, ça ! J'ai cru que tu ne t'en étais pas aperçu... Y a pas de quoi... Autre chose ?

Anawak resta planté dans la pièce, indécis. Pendant des semaines, il avait reculé devant cette démarche, et maintenant, c'était fait. Merci, y a pas de quoi. Au fond, il pouvait partir. Il avait fait ce qu'il avait à faire. Mais non.

— Qu'est-ce que tu as à boire ? demanda-t-il.

— De la bière et du Coca. Froids, je précise. Pendant toute la semaine dernière, mon frigo a fait grève, mais maintenant, il a repris le boulot.

— Bon, du Coca.

Anawak s'aperçut soudain que le géant paraissait perplexe. Il le dévisageait comme s'il ne savait que penser. Il indiqua le petit réfrigérateur placé à côté de la cuisinière provisoire.

— Sers-toi. Pour moi, une bière.

Anawak s'exécuta et sortit deux canettes, puis alla s'asseoir avec une certaine raideur sur un fauteuil de rotin en face de Greywolf.

Ils burent.

Restèrent un moment sans parler.

— Et à part ça, Léon ? questionna l'Indien, brisant le silence.

— Je... commença Anawak en tournant et retournant la canette dans sa main avec embarras. Ecoute, Jack, je suis sérieux. Il y a longtemps que j'aurais dû venir. Tu m'as sorti de l'eau, et... enfin... tu sais ce que je pense de tes actions et de tout ton folklore indien. Je ne te cache pas que j'avais la rage. Mais ce sont deux choses différentes. Sans toi, il y a des gens qui seraient morts maintenant. C'est beaucoup plus important, et... voilà, c'est ce que je suis venu te dire. On t'appelle le Héros de Tofino, et je pense que dans une certaine mesure c'est vrai.

— Tu es vraiment sincère ?

— Oui.

De nouveau, un long silence s'établit. Puis :

— Ce que tu appelles mon folklore indien, Léon, c'est une chose à laquelle je crois. Tu veux que je t'explique ?

En d'autres circonstances, l'entretien se serait conclu ici. Anawak aurait levé le camp, énervé, et Greywolf aurait crié quelque parole blessante dans son dos. Non, ce n'était pas tout à fait juste. Anawak aurait levé le camp en lui lançant quelque parole blessante.

— D'accord, dit-il avec un soupir, explique.

Greywolf le regarda longuement et déclara :

— J'ai un peuple auquel j'appartiens. Je me le suis choisi.

— Oh ! formidable. Donc, tu t'es choisi un peuple.

— Oui.

— Et alors ? Ils t'ont choisi, eux aussi ?

— Je ne sais pas.

— Tu te balades habillé en costume folklorique de ton peuple, si tu me permets de te donner mon avis. Comme un personnage de mauvais western. Qu'est-ce qu'il dit de ça, ton peuple ? Ça lui fait plaisir ?

— Je n'ai pas à faire plaisir à qui que ce soit.

— Si. Si tu veux appartenir à un peuple, tu prends une responsabilité vis-à-vis de ce peuple. C'est comme ça.

— Ils m'acceptent, c'est tout ce que je demande.

— Mais ils se foutent de ta gueule, Jack ! s'écria Anawak avec fougue. Tu ne comprends pas ? Tu t'es entouré d'un ramassis de ratés. Il y a peut-être quelques Indiens parmi eux, mais ce sont des gens auxquels leur propre peuple ne veut plus avoir affaire. Personne ne te comprend, et moi non plus, je ne te comprends pas. Tu n'es pas indien, tu l'es tout juste pour un quart, le reste est blanc, et irlandais par-dessus le marché. Pourquoi ne te sens-tu pas irlandais ? Au moins, ça correspondrait à ton nom.

— Parce que je ne veux pas, c'est tout, rétorqua Greywolf d'un ton calme.

— Plus aucun Indien ne se balade avec le nom que tu t'es donné.

— Si, moi.

Ce n'est pas la peine, se dit Anawak. Tu es venu pour le remercier, tu l'as fait, tout le reste est inutile. Pourquoi t'incrustes-tu ? Tu devrais partir.

Il ne partit pas.

— O.K., alors explique-moi une chose : si tu attaches tant d'importance au fait d'être accepté par ton peuple, pourquoi n'essaies-tu pas, pour changer, d'être authentique ?

— Comme toi ?

Anawak sursauta.

— Laisse-moi en dehors de tout ça.

— Pourquoi ? aboya son interlocuteur. Je ne vois pas pourquoi je recevrais la volée de bois vert qui t'est destinée.

— Parce que c'est moi qui la donne pour l'instant !

Il sentit soudain la colère remonter, plus forte que jamais. Mais cette fois il n'avait aucune envie de repartir avec, en l'enfermant, comme d'habitude, dans ses entrailles, où elle ne faisait que fabriquer des ulcères. C'était trop tard. Il ne pouvait plus faire marche arrière. Il allait devoir se regarder en face, en sachant ce que cela impliquait : chaque victoire remportée sur Greywolf signifierait une défaite sur lui-même.

Greywolf le regardait sous ses paupières baissées.

— Tu n'es pas venu ici pour me remercier, Léon.

— Si.

— Tu crois ?... Oui, tu le crois vraiment. Mais tu es là pour autre chose.

Il eut un sourire narquois et croisa les bras.

— Allez, vas-y, accouche, poursuivit-il. Qu'est-ce que tu as d'important à me dire ?

— Une seule chose, Jack. Tu as beau te faire appeler Greywolf, tu es ce que tu es. Autrefois, les Indiens obtenaient leur nom selon certaines règles, mais aucune de ces règles ne s'applique à toi. Tu as accroché un beau masque ici, mais ce n'est pas un original. C'est une contrefaçon, aussi fausse que ton nom... Et ta stupide organisation écologique, c'est une contrefaçon aussi.

Il était en train de laisser échapper ce qu'il n'avait pas eu l'intention de dire. Pas aujourd'hui. Il n'était pas venu pour invectiver Greywolf mais, hélas ! il ne pouvait s'en empêcher.

— Tes gars, ce sont des fainéants et des escrocs qui profitent de toi. Tu ne t'en rends pas compte, merde ? C'est une bande de bons à rien ! Ta vision de la protection des baleines est infantile. Peuple élu, mes fesses ! Ton peuple élu ne montrera jamais aucune compréhension pour tes conneries.

— Si tu le dis...

— Tu sais parfaitement que ton peuple élu recommence à chasser la baleine. Tu veux l'empêcher. Ça t'honore, mais tu n'as manifestement pas écouté les tiens. Tu t'élèves *contre* le peuple que tu...

— Tu te goures, Léon. Parmi les Makah, il y a des quantités de gens qui sont de mon avis.

— Peut-être, mais...

— Des anciens de tribu, Léon ! Tous les Indiens ne pensent pas qu'un groupe ethnique doive exprimer sa culture par une mise à mort rituelle. Ils disent que les Makah font partie de la société du XXIe siècle, au même titre que les autres habitants de l'Etat de Washington.

— Je le connais, ton argument, riposta Anawak avec mépris. Ce n'est pas toi, ni je ne sais quel ancien qui l'a trouvé, c'est la conclusion de la Sea Shepherd Conservation Society, une société protectrice des animaux marins, mot pour mot. Tu n'utilises même pas d'arguments qui te soient propres, Jack. Incroyable ! Tu falsifies même tes arguments !

— Non, je…

— D'autre part, le coupa Anawak, t'attaquer justement à Davie, c'est plus que ridicule !

— Ah ! ça y est. On finit par y arriver. C'est pour ça que tu es venu.

— Tu as fait partie de notre équipe, Jack. Tu n'as donc rien appris ? C'est seulement depuis qu'on pratique l'observation des baleines que les gens ont pris conscience que les mammifères marins sont plus intéressants vivants que morts. C'est ce qui a ouvert les yeux des gens sur un problème qui n'aurait jamais pu devenir public comme il l'est devenu. L'observation des baleines, c'est de l'écologie ! Il y a près de dix millions de personnes chaque année qui sortent en mer et constatent de leurs propres yeux à quel point ce sont des créatures extraordinaires. Même au Japon et en Norvège, la résistance contre la pêche à la baleine prend de l'ampleur, parce que nous offrons cette possibilité aux gens. Tu comprends ça, tu en es capable ? Dix millions de personnes qui, sinon, ne connaîtraient les baleines que par la télé, et encore ! Notre travail scientifique, qui nous permet de protéger les baleines dans leur environnement, n'aurait jamais été possible sans l'observation des baleines.

— Hugh !

— Pourquoi nous, alors ? Pourquoi est-ce à nous que tu t'opposes ? Parce qu'on t'a jeté dehors à l'époque ?

— On ne m'a pas jeté dehors, c'est moi qui suis parti.

— Si, on t'a jeté dehors ! hurla Anawak. On t'a viré, lourdé, foutu à la porte ! Tu as foutu le bordel, et Davie t'a mis dehors ! Tu n'arrives pas à l'intégrer, parce que ça ne correspond pas à l'idée que tu te fais de ta petite personne, de même que Jack O'Bannon ne pourrait pas intégrer le fait qu'on lui coupe les cheveux et qu'on lui enlève son déguisement en cuir et son nom de scène ! Toute ton idéologie repose sur des malentendus et des falsifications, Jack. Tout en toi est faux. Tu es un zéro, un rien du tout. Tu ne produis que de la merde ! Tu nuis à l'écologie, tu nuis aux Nootka, tu n'es chez toi nulle part, tu n'es de nulle part, tu n'es pas irlandais et pas indien, c'est ça, ton problème, et ça me rend malade que tu nous pourrisses la vie avec ce genre de conneries alors qu'on a vraiment d'autres chats à fouetter !

— Léon… siffla Greywolf entre ses dents.

— Ça me rend malade de te voir comme ça !

Greywolf se leva.

— Léon, ta gueule. Ça suffit.

— Non, ça ne suffit pas ! Tu pourrais faire tellement de choses plus utiles, tu es une montagne de muscles, en plus, tu es loin d'être con, alors…

— Léon, ta gueule, j'ai dit !

Greywolf fit le tour de la table et se dirigea vers lui, les poings fermés. Anawak leva la tête vers lui. Il se demanda s'il se retrouverait dans les vapes dès le premier coup de poing. A l'époque, le touriste avait eu la mâchoire brisée. Sa grande gueule allait lui coûter au mieux quelques dents.

Greywolf ne le frappa pas. Il posa ses deux mains sur les bras de son fauteuil et se pencha sur lui.

— Tu veux savoir pourquoi j'ai choisi cette vie ? Tu veux vraiment le savoir ?

Anawak le regarda droit dans les yeux.

— Allez, vas-y.

— Non, tu n'as pas envie de le savoir, espèce de petit con prétentieux.

— Si, mais le problème, c'est que tu n'as rien à dire.

— Espèce de crétin ! siffla Greywolf entre ses dents serrées, en faisant jouer dangereusement ses mâchoires. Oui, je suis irlandais, entre autres, mais je n'ai jamais mis les pieds en Irlande. Ma mère est à moitié suquamish. Elle n'a jamais été vraiment acceptée, ni par les Blancs, ni par les Indiens, et donc elle s'est mariée avec un immigré, qui n'a jamais été accepté lui non plus par personne…

— Emouvant. Ça, tu me l'as déjà raconté, je te signale, dis-moi quelque chose de nouveau…

— Je vais te raconter la vérité, et tu vas m'écouter ! Tu as raison, ce n'est pas parce que je me balade habillé en Indien que je vais devenir indien. Mais je ne vais pas non plus me transformer en Irlandais en commençant à me pinter à la Guinness, et encore moins en bon Américain blanc uniquement parce qu'on en a aussi des comme ça dans la famille. Je n'ai ma place nulle part, et, putain, je n'y peux rien !

Ses yeux étincelaient. Il poursuivit :

— *Toi*, il te suffirait de bouger ton cul pour que ça change. *Toi*, il te suffirait de retourner le cours de ton histoire. *Moi*, je n'en ai jamais eu la possibilité.

— Arrête tes salades…

— Oh ! c'est vrai, j'aurais pu me conduire correctement et faire des études correctes ! Nous vivons dans une société ouverte. Personne ne veut plus savoir de quoi tu es fabriqué, une fois que tu as réussi, mais moi, je n'ai pas réussi. Il y a des gens qui sont fabriqués de plusieurs pièces ethniques cousues ensemble, qui ont reçu le meilleur de chacun des mondes et qui sont chez eux partout. Mes parents sont des gens simples, désorientés. Ils n'ont jamais su transmettre à leur fils quelque chose comme la confiance en soi et le sentiment d'appartenance. Ils se sentaient déracinés et incompris, et moi, j'ai reçu le pire de chacun des mondes ! Tout a raté, et la seule chose qui ait marché a fini par mal tourner aussi !

— Ah oui ! la marine. Tes dauphins.

Greywolf opina du chef, un sourire amer aux lèvres.

— La Navy, c'était bien. J'étais le meilleur entraîneur qu'ils aient jamais eu, et personne ne me posait de questions idiotes. Mais dès que j'en suis sorti, tout a recommencé. Ma mère rendait mon père cinglé avec ses coutumes indiennes, et mon père la rendait folle avec sa nostalgie de Mayo. Ils cherchaient tous deux à s'affirmer, d'une certaine façon. Je crois que ce n'était pas parce qu'ils étaient fiers de leurs origines, mais parce qu'ils voulaient s'intégrer en affirmant haut et fort qu'ils n'étaient pas n'importe qui, qu'ils venaient de quelque part et qu'ils étaient maintenant dans leur nouveau pays.

— C'était leur problème, et toi, tu n'aurais pas dû en faire le tien.

— Ah oui ?

— Ecoute, Jack ! C'est un mec comme toi, une vraie armoire à glace, qui me raconte que c'est parce qu'il a été traumatisé par les conflits de ses parents qu'il n'est arrivé à rien ? jeta Anawak avec colère. Qu'est-ce que ça peut bien foutre que tu sois indien, à moitié indien ou je ne sais quoi ? Ton pays intérieur, c'est toi qui en es responsable, pas tes parents, ni personne d'autre !

Greywolf garda un silence surpris. Puis une lueur de satisfaction s'alluma dans son regard et Anawak sut qu'il venait de perdre. C'était dans l'ordre des choses.

— On parle de qui, là, en réalité ? demanda le géant avec un sourire ironique.

Anawak détourna les yeux sans répondre.

Greywolf se redressa lentement. Son sourire s'évanouit. Tout à coup, il paraissait usé et fatigué. Il alla se planter devant le masque.

— O.K., peut-être que je suis un imbécile, murmura-t-il.

— T'inquiète pas, on est tous les deux des imbéciles, le rassura Anawak.

— C'est *toi* le plus imbécile de nous deux… Ecoute, ce masque, il vient du *huupukanum* du chef Jones. Tu ne sais pas ce que c'est, hein ? Je vais te le dire. Un *huupukanum*, c'est une boîte où on conserve les masques et les ornements de tête, les objets cérémoniels et ainsi de suite. Mais ce n'est pas tout. C'est là aussi qu'on garde les droits héréditaires des *hawiih* et des *chaachaabat*, des chefs. C'est le *huupukanum* qui détient les documents concernant leur territoire, leur identité historique, leurs droits héréditaires. C'est lui qui dit aux autres qui tu es et d'où tu viens.

Greywolf se retourna pour regarder son interlocuteur bien en face.

— Quelqu'un comme moi ne pourrait jamais entrer en possession d'un *huupukanum*. Toi, si. Tu pourrais en être fier. Mais non, tu renies tout, tu renies ce que tu es, tu renies tes origines. Moi, il faudrait que je sois responsable du peuple auquel je me sens appartenir, alors que toi, tu *appartiens* à un peuple et tu l'as abandonné ! Tu me reproches de ne pas être authentique. Je n'ai jamais *pu* être authentique, mais j'essaie de me battre pour obtenir un peu d'authenticité. Toi, en revanche, tu *es* authentique. Mais tu ne veux pas être ce que tu es, et tu n'es pas ce que tu veux être. Tu me dis que je suis fringué comme dans un mauvais western, mais, au moins, c'est une manière de profession de foi vis-à-vis d'un certain art de vivre ! Alors que toi, il suffit de te demander si tu es un Makah pour que tu te ratatines !

— Comment sais-tu… ?

Alicia ! Mais oui, elle lui avait parlé.

— Surtout, ne lui fais pas de reproches, dit Greywolf comme s'il avait lu dans ses pensées. Elle ne s'est pas risquée à te reposer la question.

— Qu'est-ce que tu lui as raconté ?

— Rien. Ah ! tu as les jetons, hein ! Et c'est toi qui viens me parler de responsabilité ? Quel culot ! Me faire la leçon, jouer au grand sage en me serinant que ce ne sont pas mes parents mais moi qui suis seul responsable de mon pays intérieur et ce genre de salades… Tu sais, Léon, moi, je mène peut-être une vie ridicule, mais toi… toi, tu es déjà mort !

Anawak reçut ces derniers mots de plein fouet. Puis il dit, lentement :

— Oui, tu as raison.

— J'ai raison ?

— Oui, dit Anawak en se levant. Je te remercie encore de m'avoir sauvé la vie. Tu as raison.

— Eh, attends ! s'écria Greywolf, soudain nerveux. Que… tu vas où ?

— Je m'en vais.

— Ah bon ? Hum ! Euh… écoute, Léon, ce que j'ai dit… je ne voulais pas… merde, je n'avais pas l'intention de te blesser ! Allez, reste, assieds-toi !

— Pour quoi faire ?

— Ton Coca… tu ne l'as pas fini.

Anawak eut un haussement d'épaules résigné. Greywolf fit quelques pas en avant, puis s'assit sur le canapé.

— Qu'est-ce qui s'est passé, au fait, avec ce petit garçon ? demanda Anawak pour changer de sujet. Il a l'air de t'avoir complètement adopté.

— Celui qu'on a arraché au bateau ?

— Oui.

— Eh bien, il était terrorisé, et je me suis occupé de lui, c'est tout.

— C'est tout ?

— Ben oui.

Anawak sourit.

— J'avais plutôt l'impression que tu voulais à tout prix faire la une des journaux.

L'espace d'une seconde, Greywolf eut l'air contrarié. Puis il rendit son sourire à Anawak.

— Evidemment, que je voulais faire la une des journaux ! Ça me plaisait assez. Mais l'un n'empêche pas l'autre.

— Le Héros de Tofino !

— Et alors ? J'ai bien aimé ! La gloire, c'est grisant, non ? Il y en a qui font parler d'eux grâce à leurs expériences révolutionnaires sur les mammifères marins, et d'autres qui prennent ce qui vient…

Anawak renversa sa canette de Coca pour en avaler la dernière goutte.

— Et que devient ton… organisation ?

— Les Seaguards ?

— Oui.

— Morte et enterrée. La moitié des gars ont cassé leur pipe pendant l'attaque des baleines, le reste s'est volatilisé.

Greywolf plissa le front et parut rentrer en lui-même. Puis son regard se posa sur Anawak.

— Tu sais, Léon, le problème de notre époque, c'est que les gens perdent leur importance. Nous sommes tous remplaçables. Il n'y a plus d'idéaux, et sans idéaux nous n'avons rien pour nous grandir. Nous cherchons désespérément la preuve que nous apportons notre pierre à ce monde, qu'il est un peu différent grâce à notre présence… J'ai fait quelque chose pour ce gosse. Peut-être que c'est quelque chose d'utile. Peut-être que ça me donne un peu d'importance.

Anawak acquiesça d'un lent mouvement de tête.

— Oui, dit-il. C'est même certain.

A Vancouver, sur le port

Quelques heures après sa visite à Greywolf, Anawak était à Vancouver, sur le port baigné dans la lumière du crépuscule.

La jetée était déserte.

Comme tous les ports du monde, celui de Vancouver était un gigantesque univers en soi, où rien ne paraissait manquer – hormis la visibilité.

Derrière le jeune homme s'élevaient les montagnes de caisses du port de commerce plongé dans des couleurs irréelles. Des grues de déchargement se dessinaient en noir contre le bleu argenté du jour déclinant. Les contours des transporteurs de véhicules s'élevaient, semblables à d'énormes boîtes à chaussures, au milieu des porte-conteneurs, des vraquiers et des élégants navires frigorifiques blancs. Sur la droite, les entrepôts étaient à touche-touche. Un peu plus loin s'entassaient en vrac des tuyaux, des tôles, des pièces hydrauliques. Puis commençait la vaste zone des docks secs, avec, plus loin, les bassins flottants. Apportée par la brise, une odeur de peinture parvint aux narines d'Anawak.

Il approchait du but.

C'était un vrai labyrinthe. Il avait dû demander son chemin à plusieurs reprises, mais il formulait mal sa question, car il ne pouvait désigner clairement l'objet de sa quête. On lui avait indiqué les bassins flottants, et il pensait bien le trouver là-bas. Le port de Vancouver comprenait des docks de toutes les dimensions, dont le deuxième dock flottant du monde, d'une force de levage de plus de cinquante mille tonnes. A sa grande surprise, lorsque ses indications se firent plus concrètes, on l'envoya vers les docks secs, ces bassins artificiels étanchéifiés par des sas avant que l'eau soit pompée à l'extérieur.

Enfin, il atteignit son but. Il gara sa voiture à l'ombre d'un bâtiment tout en longueur et longea le grillage avant d'apercevoir une porte entrouverte dans laquelle il s'engouffra.

Il arriva devant une zone pavée entourée de baraquements. Derrière, les structures d'un énorme bateau semblaient quasiment sortir du sol.

Le *Barrier Queen.*

Il était entreposé dans un bassin qui devait faire dans les deux cent cinquante mètres de long. Des deux côtés s'élevaient des grues sur rail. De puissants projecteurs éclairaient l'ensemble. Il n'y avait personne à l'horizon.

Il se dirigea d'un pas prudent vers l'endroit éclairé, tout en se demandant s'il n'avait pas trop tardé. Le bateau était en cale sèche depuis des semaines. Les moules avaient sans doute été nettoyées depuis longtemps, avec tout ce qui était caché au milieu. Les éventuels reliquats subsistant dans les fissures et les fentes étaient sans doute desséchés. A plus forte raison, il ne restait sûrement rien de la créature dissimulée dans les moules. Au fond, Anawak ne savait pas vraiment ce qu'il comptait trouver en allant inspecter lui-même le *Barrier Queen*. Une tentative au petit bonheur la chance, portée par un espoir des plus ténus. Au cas où il tomberait sur un nouvel élément susceptible d'être utile à Nanaimo, il l'emporterait avec lui. Sinon, eh bien, ce serait un coup pour rien, une soirée perdue, rien de plus.

La créature de la coque…

Elle était petite, à peu près de la taille d'une raie, ou d'une seiche. Elle avait envoyé un éclair de lumière. Nombreux étaient les animaux marins dotés de cette particularité : les céphalopodes, les méduses, les poissons des grands fonds… Mais c'était bel et bien cet éclair qu'il avait revu en visionnant avec Ford les prises de vue de l'URA, il en était convaincu. Le nuage illuminé était incomparablement plus grand que la créature en question, mais ce qui se passait à l'intérieur lui rappelait de manière frappante sa mésaventure sous la coque du *Barrier Queen*. S'il s'agissait réellement du même organisme, c'était là que le suspense deviendrait haletant. Car la matière trouvée dans la tête des baleines, la substance de la coque du bateau et l'être qui avait disparu semblaient identiques.

Les baleines ne sont qu'une partie du problème…

Il examina les alentours en redoublant d'attention. Quelques voitures tout-terrain étaient garées devant un baraquement, un peu à l'écart. Les fenêtres du bâtiment étaient éclairées. Il s'arrêta. Des véhicules militaires. Qu'est-ce qu'ils pouvaient bien faire là ? Tout à coup, il s'aperçut qu'il se trouvait au beau milieu de la place, en pleine lumière. Il se plia en deux et courut d'une traite jusqu'au bord du dock sec. Il resta planté là, tellement préoccupé par la présence des véhicules militaires qu'il mit plusieurs secondes à comprendre ce qu'il voyait. Puis ses yeux s'élargirent d'étonnement et il en oublia les militaires et leurs véhicules.

Le bassin était inondé.

Le *Barrier Queen* n'était pas du tout à sec. A l'endroit où la quille aurait dû reposer sur les tins, on voyait les nervures de minuscules vaguelettes. Le niveau de l'eau s'élevait à huit ou dix mètres au moins au-dessus du fond du bassin.

Anawak s'accroupit face à l'eau noire.

Pourquoi avait-on rempli ce bassin ? Etait-ce parce que la réparation du gouvernail était terminée ? Mais, dans ce cas, le bateau eût très bien pu être mis à flot dehors.

Il réfléchit.

Et soudain, il comprit.

Dans son excitation, il fit glisser son sac à bandoulière avec tant de hâte qu'il heurta le sol avec un grand bruit. Anxieusement, il scruta les environs. Le ciel s'obscurcissait à vue d'œil. Des projecteurs éclairaient le bassin d'une lumière crue. Il tendit l'oreille pour guetter un éventuel bruit de pas, mais, hormis le murmure de la ville apporté par le vent, il n'entendit rien.

Maintenant qu'il était là, devant ce bassin inondé, le doute l'envahissait. Ne faisait-il pas une bêtise ? C'était sa contrariété devant la cellule de crise et leurs façons de cultiver le secret qui lui avait inspiré cette équipée, mais qui était-il pour mettre les décisions de cette instance en question ? Il se prenait pour Rambo, mais le costume était probablement un peu trop grand pour lui. Bon, il était un peu tard pour faire machine arrière.

Maintenant qu'il était bel et bien là… que pouvait-il lui arriver ? Il n'avait pas l'intention de s'attarder, vingt minutes tout au plus. Ensuite, il disparaîtrait comme il était venu, avec peut-être quelques éléments supplémentaires dans sa besace.

Il ouvrit son sac. Il avait prévu l'éventualité d'une petite séance de plongée pour accéder au *Barrier Queen* par la mer. Mais c'était évidemment plus simple ainsi.

C'était même parfait !

Il se débarrassa de son jean et de sa veste, sortit son masque, ses palmes et sa lampe torche, ainsi qu'un récipient qu'il s'attacha autour de la taille. Le couteau qu'il fixa à sa jambe vint compléter son équipement. Il n'aurait pas besoin d'oxygène. Il posa son sac au pied d'une bitte d'amarrage. Serrant son matériel sous le bras, il courut le long du bassin jusqu'à une étroite échelle qui descendait dans l'eau.

Il jeta un dernier coup d'œil au ponton. De la lumière filtrait toujours du baraquement. Il n'y avait pas âme qui vive. Rapide et silencieux, il descendit les marches métalliques, passa son masque et ses palmes et se laissa glisser dans l'eau.

Un froid coupant s'insinua dans ses os. Sans combinaison de Néoprène, il lui faudrait faire vite, mais il n'avait aucunement l'intention de rester longtemps sous l'eau. En quelques vigoureux battements, il s'enfonça et se dirigea vers la quille, la lampe allumée. L'eau était un peu plus froide que lors de sa séance de plongée dans le bassin du port, et la coque nettement visible. La lumière de la lampe éclairait parfaitement la peinture rouge. Il passa les doigts dessus, s'arrêta un instant, puis s'écarta et reprit sa course.

Au bout de quelques mètres, le bordé disparut sous une épaisse couche de moules.

Intrigué, il continua plus loin. La quille était toujours dans le même état. A mi-chemin de la poupe, il se demanda si la couche de moules n'était pas encore plus épaisse qu'auparavant. C'était donc ça ! Elle n'avait pas été enlevée. Ils faisaient des recherches sur les moules et sur tout ce qui pouvait s'y trouver, directement sur le bateau. C'était la raison pour laquelle il se trouvait dans le dock sec : contrairement à un dock flottant, on pouvait le fermer hermétiquement pour éviter que ne s'échappe à la mer ce qui ne devait pas s'échapper. Ils se servaient du *Barrier Queen* comme laboratoire et avaient inondé le bassin pour permettre à ce qui vivait dessus et à l'intérieur de continuer à le faire.

Il comprenait aussi, maintenant, la présence des véhicules militaires. Si Nanaimo, un institut civil, avait été écarté, cela ne pouvait signifier qu'une chose : l'armée s'était accaparé les recherches. Tout se passait à huis clos.

Anawak hésita. De nouveau, il se demanda s'il devait continuer. Il était toujours temps de prendre la poudre d'escampette. Puis il rejeta cette idée. Il n'en avait pas pour longtemps.

D'un geste vif, il sortit son couteau et entreprit de tailler dans le magma de moules. Il veilla à ne pas endommager les coquilles, détacha les mollusques en passant la lame sous leur pied musculeux et en les enlevant d'une secousse, consciencieusement, méthodiquement. L'une après l'autre, les moules atterrirent dans la boîte. Très bien. Oliviera allait lui sauter au cou.

Le besoin de respirer devint impossible à réprimer. Anawak rentra son couteau et remonta. L'air froid emplit ses poumons. Au-dessus de lui, le bordé s'élevait, sombre et abrupt. Arrivé en haut, il respira à fond plusieurs fois de suite. Lorsqu'il redescendrait, il chercherait un endroit ressemblant à celui d'où lequel la chose éclairante avait jailli. Peut-être le revêtement de moules recelait-il d'autres créatures semblables. Cette fois, il serait prêt.

Alors qu'il s'apprêtait à redescendre, il entendit un léger bruit de pas.

Il se retourna, scruta le bord du bassin. Deux silhouettes l'arpentaient, à mi-chemin entre deux mâts de projecteurs.

Les types examinaient l'eau du bassin.

Sans bruit, il s'enfonça sous l'eau. Sans doute le service de sécurité. Ou deux ouvriers qui travaillaient tard. Il y avait sûrement une quantité de gens qui avaient des raisons de passer par là à cette heure. Il lui faudrait prendre garde en repartant.

Puis il se dit soudain qu'ils pouvaient voir le reflet de sa lampe sous l'eau.

Il éteignit. Il se retrouva dans l'obscurité.

Vers où se dirigeaient-ils ? Vers la poupe. Il allait nager vers la proue et y poursuivre ses investigations. Sitôt dit, sitôt fait. Il avança à battements réguliers. Au bout d'un moment, il remonta, se tourna sur le dos et respira, les yeux rivés sur le mur du quai, mais il ne vit personne.

Arrivé à la hauteur de l'ancre, il redescendit. D'une main prudente, il tâta le bordé. Là aussi, les moules proliféraient étrangement. Il chercha une fente, un creux plus important, ne trouva rien de tel. Le mieux était de continuer à remplir sa boîte de moules et de se tirer vite fait. Dans sa hâte, il mit moins de soin à détacher les mollusques. Ses mains tremblaient. Ah ! il avait encore de gros progrès à faire s'il voulait se lancer dans une carrière d'espion ! Il avait horriblement froid, et plus aucune sensation dans les doigts.

Ses doigts…

Il les voyait. Il baissa la tête. Il voyait aussi ses bras et ses jambes. Ils luisaient. Non, c'était l'eau qui s'était mise à luire. Elle jetait une lumière d'un bleu fluorescent.

Mon Dieu !

L'instant suivant, Anawak fut aveuglé par une lumière crue. Instinctivement, il leva les bras pour protéger ses yeux. Des éclairs. Le nuage. Qu'est-ce qui lui avait pris ? Dans quel guêpier s'était-il fourré ?

Mais ce n'était pas un éclair. La lumière crue ne disparaissait pas. Il s'aperçut qu'il était éclairé par un projecteur sous-marin. D'autres projecteurs s'allumèrent sur le fond du bassin. Ils plongeaient la coque du *Barrier Queen* dans une clarté dure. Il vit distinctement la croûte de moules vallonnée, sillonnée de rides.

Il frissonna. C'était pour lui ! Ils l'avaient découvert.

Il hésita sur la conduite à tenir. Il n'y avait pas trente-six solutions. Il fallait essayer de retourner jusqu'à la poupe, là où se trouvait l'échelle qui le mènerait à son sac. Le cœur battant, il nagea à la lueur des projecteurs aveuglants. L'eau bourdonnait à ses oreilles. L'air commença à lui manquer, mais il ne remonterait pas avant d'avoir atteint l'échelle.

Elle était là, courant en zigzag vers le fond du bassin.

Anawak agrippa la rampe et remonta. Des cris et un bruit de course lui parvenaient du sommet. D'un geste vif, il ôta ses palmes et son masque, attacha sa lampe torche à sa ceinture et poursuivit son ascension, la tête rentrée dans les épaules, jusqu'au bord du bassin.

A hauteur d'yeux, trois canons de fusil étaient pointés sur lui.

Dans le baraquement, on lui donna une couverture. Il avait essayé d'expliquer aux soldats qu'il appartenait à la cellule de crise scientifique, mais ils ne l'écoutèrent même pas. Leur travail était de l'arrêter. En constatant qu'il n'opposait aucune résistance, qu'il ne tentait pas non plus de fuir, ils l'avaient poussé jusqu'au baraquement, où se trouvaient d'autres soldats et un officier de service, qui se mit aussitôt à le cuisiner. Anawak savait qu'il était inutile de raconter des histoires. Ils ne le lâcheraient pas. Donc il dit qui il était et pourquoi il était là – en bref, la vérité.

L'officier l'écouta attentivement. Puis :

— Vous pouvez prouver votre identité ?

Anawak secoua la tête.

— Mes papiers sont dans mon sac, qui est dehors. Je pourrais aller le chercher.

— Dites-nous simplement où se trouve votre sac.

Il décrivit l'endroit. Cinq minutes plus tard, l'officier avait ses papiers en main. Il les étudia consciencieusement.

— Si ce ne sont pas de faux papiers, vous vous appelez Léon Anawak et vous habitez à Vancouver…

— C'est ce que je vous dis depuis le début.

— On dit beaucoup de choses. Vous voulez un café ? Vous avez l'air frigorifié.

— Je *suis* frigorifié.

L'officier se leva et alla lui chercher un gobelet de café. Anawak but à petites gorgées et sentit un peu de chaleur revenir dans son corps raide de froid.

— Je ne sais pas ce que je dois penser de votre histoire, déclara l'officier tout en faisant lentement le tour de son prisonnier. Si vous appartenez à la cellule de crise, pourquoi n'avez-vous pas fait de demande officielle ?

— Demandez-le à vos supérieurs. Il y a des semaines que j'essaie de prendre contact avec Inglewood.

L'officier fronça les sourcils.

— Vous êtes un collaborateur indépendant de la cellule ?

— Oui.

— Je vois.

Anawak regarda autour de lui. Cette pièce meublée de sièges en plastique et de tables bancales était sans doute une salle de repos pour les ouvriers des docks, transformée maintenant en poste de commandement provisoire.

Il s'était lancé dans cette expédition sans savoir où il mettait les pieds.

— C'est quoi, la suite ? s'enquit-il.

— La suite ? répéta l'officier en s'installant en face de lui. Je vais vous demander de rester ici pour l'instant. Ce n'est pas si simple. Vous vous trouvez en terrain militaire.

— Ce n'est écrit nulle part, si je peux me permettre.

— De même qu'il n'est écrit nulle part qu'il est permis d'entrer, monsieur Anawak.

Il ne répondit pas. A quoi bon protester ? Vraiment, quelle idée il avait eue là ! Quoique… finalement, il avait appris que l'armée avait pris la chose en main, qu'elle étudiait les organismes collés à la coque et qu'elle les maintenait en vie. Les moules qu'il avait ramassées pour Oliviera n'atteindraient jamais Nanaimo, si les responsables avaient vraiment verrouillé l'affaire.

L'officier sortit un émetteur-récepteur de sa ceinture et eut une brève conversation.

— Vous avez vraiment de la chance, dit-il ensuite. Quelqu'un va venir s'occuper de vous.

— Pourquoi ne vous contentez-vous pas de prendre mon identité et de me laisser partir ?

— Ce n'est pas si simple, répéta l'officier.

— Je n'ai rien fait de mal.

C'était dit sur un ton assez peu convaincant, Anawak s'en rendait bien compte.

L'officier sourit.

— Les règles concernant la violation de domicile sont valables pour tout le monde, y compris pour les membres de la cellule de crise. C'est écrit dans le Code civil.

Il sortit.

Anawak resta en compagnie des soldats dans le baraquement. Aucun ne lui adressa la parole, mais ils le gardèrent à l'œil. Peu à peu, il se réchauffa, grâce au café, et aussi à la colère qu'il éprouvait contre lui-même. Il avait tout foiré. Il s'était conduit comme un crétin. Sa seule consolation était la perspective de recueillir quelques informations, quand on viendrait « s'occuper » de lui.

Une demi-heure s'écoula. Puis il entendit un hélicoptère se rapprocher. Il regarda par la fenêtre qui donnait sur le bassin du port. De la lumière vint éclairer l'intérieur du baraquement. Un puissant projecteur balaya la surface de l'eau. La pétarade s'amplifia. L'hélicoptère survola le bâtiment, puis piqua du nez, et la pétarade se transforma en battements réguliers. L'appareil avait atterri.

Anawak soupira. Il allait devoir tout raconter une seconde fois. Qui il était, ce qu'il fichait là.

Des pas résonnèrent sur le pavé, se rapprochèrent. Des bribes de conversation lui parvinrent. Deux soldats entrèrent, suivis de l'officier, qui s'adressa à lui :

— Vous avez de la visite, monsieur Anawak.

Il fit un pas de côté. Une personne apparut, en ombre chinoise dans le cadre de la porte. Anawak la reconnut aussitôt. Elle resta un instant immobile, comme pour embrasser la situation du regard. Puis elle se rapprocha d'un pas lent et s'arrêta tout près de lui. Anawak la regarda au fond de ses yeux d'un bleu transparent. Deux aigues-marines dans un visage asiatique.

— Bonsoir, prononça une voix douce, cultivée.

Le General Commander Judith Li.

3 mai

A bord du *Thorvaldson*, sur le talus continental de Norvège

Clifford Stone était né en Ecosse, à Aberdeen. Il était le cadet d'une famille de trois enfants. Il n'avait pas été gâté par la nature, et le comprit très tôt. Il était petit, fluet et laid, d'une laideur qui n'avait rien d'enfantin. Sa famille le traitait avec distance, comme s'il n'était qu'un accident, une erreur embarrassante que l'on parviendrait, peu ou prou, à oublier en ne l'évoquant pas. On ne lui confiait pas de responsabilités, comme à son frère aîné, on ne le câlinait pas, comme sa petite sœur. On ne pouvait pas dire qu'il était maltraité, il ne manquait de rien.

Sinon de chaleur et d'attention.

Jamais il n'éprouva le sentiment d'être important, encore moins d'être le premier en quoi que ce fût.

Enfant, il n'eut pas d'amis, et pas davantage de petite amie quand il grandit. Il perdit ses cheveux à dix-huit ans, réussit brillamment son baccalauréat, mais personne ne parut s'apercevoir de quoi que ce soit. Son directeur lui remit son diplôme et marqua quelque étonnement, comme s'il prenait conscience pour la première fois de la présence de ce garçon insipide aux yeux noirs perçants. Ses notes étaient très bonnes, aussi adressa-t-il un sourire aimable à l'impétrant et l'oublia aussitôt.

Stone fit des études d'ingénieur, s'y révéla très doué. Là, du jour au lendemain, on lui accorda la reconnaissance qu'il avait toujours espérée. Mais elle resta limitée à son existence professionnelle. La personne privée de Stone s'éteignait de plus en plus – moins parce qu'on ne voulait pas avoir affaire à lui que parce qu'il ne s'accordait aucune vie personnelle. C'était une notion, la vie personnelle, qui lui faisait peur. Elle signifiait le retour à l'anonymat. Clifford Stone, l'ingénieur qui faisait carrière à Statoil grâce à sa vive intelligence, se mit à mépriser le chauve qui rentrait seul chez lui le soir, et finit par lui dénier tout droit à l'existence.

Le groupe devint sa vie, sa famille, son accomplissement, parce qu'il lui procurait ce qu'il n'avait jamais connu chez lui : le sentiment d'être le premier, d'être devant. C'était un sentiment grisant et douloureux à la fois, une course permanente. Avec le temps, le besoin impérieux d'être en avant le domina au point qu'il ne put plus se réjouir véritablement de ses succès, ne sachant pas comment célébrer ses succès ni avec qui. Dès lors qu'il avait atteint un but, il était incapable de s'y attarder, repartait aussitôt dans sa fuite en avant. S'y attarder eût sans doute impliqué de revoir un jeune garçon malingre aux traits curieusement adultes qui avait été si longtemps ignoré qu'il avait fini par s'ignorer lui-même. Et Stone craignait par-dessus tout le regard de ces yeux sombres qui lui demandaient des comptes.

Quelques années auparavant, Statoil avait créé un établissement chargé exclusivement de tester les nouvelles technologies. Très vite, Stone décela les possibilités qu'offraient les usines d'extraction autonomes. Après avoir soumis une série de propositions à la direction du groupe, il se vit confier la construction d'une usine dans les grands fonds, concept qui avait été développé par une société norvégienne réputée, FMC Kongsberg. Il existait déjà à cette époque une quantité d'usines sous-marines, mais le prototype Kongsberg était un système tout à fait nouveau, extrêmement économique et susceptible de révolutionner l'extraction offshore. La construction eut lieu avec l'aval du gouvernement norvégien, tout en n'ayant aucune existence officielle. Stone savait que sa mise en œuvre avait été prématurée. Si Greenpeace, en particulier, avait eu connaissance du projet, cette organisation aurait insisté pour qu'ils procèdent à une série d'essais supplémentaires. Des essais qui auraient demandé des mois, voire des années. Cette méfiance était compréhensible, car, tout compte fait, l'exploitation pétrolière était en tête des statistiques concernant les dénis humains, principalement moraux. La planète entière était prise dans l'entrelacs des intérêts de l'industrie pétrolière, toute-puissante du fait de sa place vitale. Aussi le projet resta-t-il secret. Kongsberg allait jusqu'à présenter son usine sur Internet comme une étude, taisant le fait que Statoil l'avait mise en service depuis longtemps. C'était donc un fantôme qui travaillait au fond de la mer, et s'il n'empêchait pas ses constructeurs de dormir, c'était bien parce qu'il fonctionnait sans problème.

Stone ne s'était pas attendu à moins. Après une interminable série d'essais, il s'était convaincu d'avoir éliminé tous les risques. Des essais supplémentaires ? Qu'auraient-ils apporté de plus ? Tout au plus auraient-ils satisfait la propension à l'hésitation qu'il décelait au sein des structures de la société d'Etat Statoil, et Stone méprisait l'hésitation et les hésitants.

De toute façon, il lui fallait agir vite, et ce pour deux raisons, l'une d'ordre privé, l'autre plus universelle : l'opportunité, en tant que précurseur, de se voir admis au sein du directoire, et la menace de perdre la guerre du pétrole, malgré l'instrumentalisation de la politique internationale et les interventions armées dans certains Etats souverains. Au final, l'important ne serait plus de savoir à quel moment coulerait la dernière goutte de pétrole, mais à quel moment l'extraction atteindrait le stade de la non-rentabilité. Car le rendement d'une nappe suivait tout bonnement les lois de la physique. Après les premiers forages, le pétrole jaillissait sous haute pression et continuait souvent à couler pendant des décennies. Mais, avec le temps, la pression diminuait. La terre semblait ne plus vouloir sortir son pétrole, elle le retenait dans des pores minuscules par pression capillaire, et cet or noir qui coulait de source au début devait être extrait au prix d'efforts de plus en plus énormes. Cela coûtait des sommes folles. L'extraction baissait à un rythme rapide, bien avant l'épuisement total du gisement. Quelle que fût la quantité restante au fond, dès lors que les efforts pour obtenir ce pétrole engloutissaient plus d'énergie qu'ils n'en fournissaient, le mieux était de le laisser où il était.

C'était là l'une des raisons pour lesquelles les experts en énergie s'étaient si lourdement trompés lorsqu'ils avaient affirmé, à la fin du deuxième millénaire, que les réserves fossiles étaient assurées pour des dizaines d'années. Au sens strict, ils avaient raison. La terre était imbibée de pétrole. Mais soit on ne pouvait y accéder, soit la rentabilité n'était pas au rendez-vous.

Ce dilemme avait conduit à une situation inquiétante à l'aube du troisième millénaire. L'OPEP, déclarée morte dans les années 1980, resurgit de ses cendres. Non pas parce qu'elle avait résolu le dilemme, mais simplement parce que c'était elle qui disposait des plus grandes réserves. Les Etats de la mer du Nord, qui ne voulaient pas se laisser dicter leurs prix par l'OPEP, se virent contraints de réduire les frais d'extraction de façon drastique, et d'attaquer les grands fonds au moyen de systèmes entièrement automatisés. De leur côté, les grands fonds leur firent payer ce regain d'intérêt par toute une série de problèmes, particulièrement des conditions extrêmes de pression et de température, tout en continuant de faire miroiter la promesse d'un deuxième Eldorado pour celui qui arriverait à les résoudre. Pas pour l'éternité, certes, mais assez longtemps pour un secteur qui vivait de la dépendance persistante d'un monde drogué au pétrole et au gaz.

Stone, dont la vie entière était régie par le besoin d'être en tête, avait procédé à une expertise, accéléré la mise au point du prototype et conseillé la construction. Statoil l'avait suivi. Du jour au lendemain, il vit son domaine de compétences et son enveloppe budgétaire largement augmentés. Il noua d'excellents contacts avec les sociétés chargées de la réalisation et obtint que l'on donne la priorité aux desiderata et aux humeurs de Statoil. Il avait parfaitement conscience de se trouver sur la corde raide. Aussi longtemps qu'on laisserait travailler le groupe sans lui chercher des poux dans la tête, il serait pour les dirigeants un valeureux *conquistador*. Au moindre ennui, à la moindre demande d'explication un peu poussée, on le laisserait tomber. Le meilleur des éléments ferait le meilleur des coupables. Stone savait qu'il devait décrocher au plus vite un fauteuil de direction avant de laisser le temps à un quidam quelconque de le sacrifier. Le jour où son nom serait synonyme d'innovation et de profit, il verrait toutes les portes s'ouvrir devant lui. Il lui suffirait de choisir laquelle il daignerait franchir.

C'était ainsi qu'il s'était représenté son avenir.

Et maintenant, il se retrouvait coincé sur ce foutu bateau.

Il ne savait pas qui méritait davantage sa colère. Skaugen, qui l'avait trahi, ou lui-même.

Mais pourquoi s'énerver ? Il avait accepté les règles du jeu. C'était arrivé. Le scénario catastrophe s'était réalisé. Tout le monde s'était empressé de courir aux abris. Skaugen ne savait que trop bien que les désastreux événements du talus finiraient par être connus du public. Personne ne pouvait garder plus longtemps le silence sans prendre le risque de se discréditer définitivement. L'enquête de Statoil auprès des groupes pétroliers avait mis en branle un processus qui ne pouvait plus être stoppé. Désormais, on se mettait mutuellement sous pression. Aucune entente illicite n'était possible devant la perspective d'une catastrophe écologique. Il ne s'agissait plus que de savoir qui parviendrait à négocier le virage le plus élégamment possible, et qui serait piétiné.

Stone bouillait de colère. Voir Skaugen jouer les bons apôtres l'avait particulièrement écœuré. Finn Skaugen était le pire de tous. Son jeu était plus perfide que tous ceux qu'un Clifford Stone avait pu échafauder dans ses pires moments. Mais quel crime avait-il commis ? Oui, il avait agi dans le cadre d'une marge de manœuvre très large, mais pourquoi ? Parce qu'on lui avait accordé ce cadre ! C'était ridicule, car il ne l'avait même pas complètement utilisé. Un ver inconnu, et alors ? Evidemment, qu'il avait « oublié » cette expertise idiote. Jamais aucun ver n'avait mis en danger le trafic maritime ou menacé les plates-formes pétrolières. Des milliers de bateaux circulaient quotidiennement au milieu de milliards d'organismes planctoniques. Est-ce qu'ils restaient bloqués au port parce qu'ils avaient peur d'une nouvelle espèce de crabe copépode, comme on en trouvait régulièrement ?

Et puis cette affaire d'hydrates... à hurler de rire ! Les émissions de gaz qui avaient été mesurées se trouvaient tout à fait dans la fourchette. Mais que se serait-il passé s'il avait présenté cette expertise ? Quels crétins, ces bureaucrates, avec leur sale habitude de touiller dans tous les sens ce qu'on leur servait tout chaud, si bien qu'à la fin il ne restait plus que de la bouillie refroidie ! Ils auraient retardé la construction, pour rien, trois fois rien.

C'était le système qui était responsable. Et Skaugen en premier, avec son hypocrisie à vomir. La bande des dirigeants, ces gars qui vous tapaient sur l'épaule en souriant et vous disaient : « Super, mon pote, continue comme ça, va de l'avant, mais ne te fais pas prendre, parce que nous, on n'aura rien fait de mal », oui, c'étaient eux les responsables du pétrin injuste dans lequel il se trouvait. Et Tina Lund, elle aussi, elle était responsable, elle s'était placée auprès de Skaugen pour avoir le boulot, elle baisait sans doute avec cet enfoiré. Oh oui, ça ne faisait pas un pli ! Est-ce qu'elle aurait couché avec lui, Stone ? Quelle salope ! Et il avait été obligé de lui dire merci, en plus, parce qu'elle était intervenue pour lui et avait demandé à Skaugen de lui donner une chance de retrouver son usine disparue. Et ce qu'il fallait penser de cette chance, c'était très clair, ça aussi. Ce n'était pas une chance, c'était un piège ! Tous, ils l'avaient tous trahi, tous autant qu'ils étaient !

Mais il allait leur montrer de quel bois il se chauffait. Clifford Stone n'était pas encore hors circuit. Quoi qu'il fût arrivé à l'usine, il le découvrirait et réparerait les dégâts. Et après, on sortirait les cadavres des placards !

Il s'occuperait de ça lui-même.

Personnellement !

Le *Thorvaldson* avait localisé l'emplacement de l'usine grâce au sonar. L'installation avait disparu. A l'endroit où elle s'était trouvée, la morphologie du fond marin semblait s'être transformée. Un fossé qui n'existait pas quelques jours auparavant s'était ouvert. Stone ne pouvait nier qu'en pensant à la profondeur il éprouvait le même malaise que le reste de l'équipe. Mais il refoulait sa peur. Il ne pensait qu'à la plongée et à la façon dont il finirait par lever le voile.

Clifford Stone n'avait pas peur. C'était un homme d'action !

Sur le pont arrière du *Thorvaldson*, le submersible l'attendait, prêt à le descendre à neuf cents mètres de fond. Certes, le mieux eût été d'envoyer d'abord le robot en reconnaissance. Jean-Jacques Alban et tout le monde, à bord, le lui avaient vivement conseillé. Le *Victor* disposait d'excellentes caméras, d'un bras télémanipulateur hypersensible et de tous les éléments nécessaires à une exploitation rapide des données.

Mais il ferait sacrément plus impression en descendant lui-même. On comprendrait, dans le groupe, qu'un Clifford Stone n'aimait pas faire les choses à moitié. D'ailleurs, il ne partageait pas l'avis d'Alban. Sur le *Sonne*, il avait eu une conversation avec Gerhard Bohrmann au sujet des submersibles habités. Bohrmann était descendu avec le légendaire *Alvin*, en Oregon. Il en parlait avec une expression rêveuse au fond des yeux. Il avait dit :

« J'ai vu des milliers de films vidéo pris par des robots, tous très impressionnants. Mais se trouver soi-même à l'intérieur, être soi-même au fond, cette tridimensionnalité – je n'aurais jamais pensé que ce serait si beau. C'est incomparable. »

Et il avait dit aussi qu'aucune machine ne pourrait remplacer complètement les sens et l'intuition humains.

Stone eut un mauvais sourire.

Cette fois, c'était à son tour. Il avait bien manœuvré. Grâce à ses excellentes relations, ils n'avaient eu aucune difficulté à se procurer l'appareil de plongée. C'était un DR 1002, un Deep Rover de la société américaine Deep Ocean Engineering, un des appareils légers de la toute nouvelle génération. Une bulle transparente reposant sur de solides patins d'où partaient deux bras télémanipulateurs à plusieurs articulations. A l'intérieur se trouvaient deux sièges qui semblaient confortables, munis de commandes sur le côté. Stone était très satisfait de son choix.

Il s'approcha de l'appareil. Il était amarré à la haussière et surélevé, et l'on pouvait ainsi se faufiler à l'intérieur par l'ouverture. Le pilote, un ancien de l'aviation de marine que tous appelaient Eddie, était déjà installé, en train de vérifier les instruments. Comme de coutume avant la mise à l'eau, les matelots, les techniciens et les scientifiques se bousculaient sur le pont arrière. Stone regarda autour de lui, aperçut Alban et siffla pour le faire venir.

— Où est le photographe ? s'impatienta-t-il. Et l'autre, avec sa caméra ?

— Aucune idée, répondit Alban en s'approchant. Tout à l'heure, j'ai aperçu le cameraman…

— Qu'est-ce qu'il attend pour venir par ici ? aboya Stone. On ne descendra pas avant d'avoir filmé ce qui se passe ici.

Alban regarda la mer, l'expression préoccupée. La journée était brumeuse, la visibilité mauvaise.

— Ça pue, dit-il.

Stone haussa les épaules.

— C'est le méthane.

— Oui, mais ça empire.

Effectivement, une puissante odeur de soufre flottait dans l'air. Une bonne quantité de gaz avait dû être libérée au fond, pour que l'odeur soit aussi pestilentielle à la surface de la mer. Ils avaient tous vu ce qui se passait sur le talus, ils avaient vu les vers et les bulles monter. Impossible de savoir ce qu'il y avait au bout de tout ça, mais il était indéniable que quand la mer sentait mauvais comme si on avait fait exploser un chargement de boules puantes, c'était plutôt mauvais signe.

— Ça va finir par s'arranger, affirma Stone.

Alban le regarda bien en face.

— Ecoutez, Stone, dit-il, moi, à votre place, je laisserais tomber.

— Quoi ?

— Je ne descendrais pas.

— Ne racontez pas de bêtises !

Stone se retourna d'un air furieux.

— Il est où, ce crétin de photographe ?

— C'est trop risqué.

— Mais non !

— D'ailleurs, le baromètre chute, il n'arrête pas de descendre, nous allons avoir une tempête.

— Les tempêtes sont sans effet sur les submersibles, faut-il que je vous le rappelle ? On descend, point barre.

— Stone, sans blague ! Pourquoi faites-vous ça ?

— Parce que ça va nous permettre d'avoir un meilleur aperçu, et plus vite. Mais bon Dieu, de quoi avez-vous peur, Jean ? Il ne risque rien, cet engin, ce ne sont pas quelques malheureux vers qui vont l'abîmer ! Il peut descendre jusqu'à quatre mille mètres…

— La coque pète à quatre mille mètres, rectifia Alban d'un ton sec. Et l'appareil n'est pas prévu pour descendre à plus de mille mètres.

— Je le sais bien. Et alors ? On va descendre à neuf cents mètres, qui parle de descendre à quatre mille ? Qu'est-ce qui peut arriver, merde ?

— Je ne sais pas. Je sais simplement que le fond s'est modifié et qu'il y a de plus en plus de gaz dans la colonne d'eau. Le sonar n'arrive pas à localiser l'usine, on n'a pas la moindre idée de ce qui se passe, là en bas…

— Il y a peut-être eu un glissement. Ou une rupture. Au pire des cas, notre usine s'est enfoncée un peu plus bas. Ça peut arriver.

— Oui, peut-être…

— Donc, où est le problème ?

— Le problème, c'est qu'un robot pourrait très bien faire le boulot, répliqua Alban, énervé. Mais vous voulez absolument jouer les héros.

Stone pointa deux doigts vers ses yeux.

— Avec ça, je peux mieux évaluer ce qui se passe, dit-il. Vous comprenez ? Sur le site. C'est la meilleure façon de résoudre les problèmes, on les prend à bras-le-corps et on agit.

— Ouais. Bien. D'accord.

— Donc, quand est-ce qu'on descend ?

Stone consulta sa montre et répondit lui-même à sa question :

— Ah ! dans une demi-heure. Non, vingt minutes. Parfait.

Il fit signe à Eddie. Le pilote installé à l'intérieur du mini sous-marin leva la main à son tour, puis retourna à sa console. Stone sourit.

— Vous avez peur de quoi ? Nous avons le meilleur pilote possible. Et en cas de besoin, je piloterai l'engin moi-même.

Alban ne répondit pas.

— Bon, ça, c'est réglé, poursuivit le futur héros. Je vais jeter un dernier coup d'œil sur le plan de plongée. Vous me trouverez dans ma cabine s'il y a du nouveau. Et, Jean, faites-moi plaisir, allez chercher ces foutus cinéastes… en espérant qu'ils ne soient pas passés par-dessus bord !

A Trondheim, Norvège

De l'après-rasage…

Ce n'était pas possible, il n'avait quand même pas oublié d'en racheter ! Une chose pareille ne pouvait pas arriver à Sigur Johanson ! Le vin et les cosmétiques, c'était sacré. Jamais, jamais au grand jamais il n'était tombé à court ! Il devait forcément lui rester une bouteille d'eau de toilette…

Il retourna dans la salle de bains, farfouilla frénétiquement dans l'armoire. Il était temps de partir. L'hélicoptère l'attendait sur le terrain du centre de recherche pour le conduire à son rendez-vous avec Karen Weaver. Mais pour quelqu'un qui cultivait son côté savamment négligé, faire sa valise se révélait autrement plus compliqué que pour tout un chacun. Le commun des mortels ne perdait pas de temps à imaginer le moyen le plus subtil de mettre une fausse note dans une tenue.

Il trouva ce qu'il cherchait derrière deux boîtes de gel pour les cheveux.

Il enfouit son flacon dans son sac en le coinçant entre un recueil de poèmes de Walt Whitman et un livre sur le porto. Son sac de voyage était un sac très classe, dans le style des bagages utilisés par la noblesse londonienne pour ses parties de campagne au début du XIXe siècle. Les boucles de cuir étaient cousues main, et Johanson était particulièrement fier de l'aspect un peu usé de la poignée.

Le Cinquième Jour !

Avait-il pris le CD ? Il avait gravé un CD avec les éléments qui illustraient sa merveilleuse idée du plan ourdi par une instance supérieure. Peut-être aurait-il l'occasion d'en parler avec la journaliste. Il vérifia une dernière fois.

Oui, il était là, enterré sous les chemises et les chaussettes.

D'un pas précipité, il quitta sa maison de la Kirkegata et grimpa dans sa voiture tout-terrain, garée de l'autre côté de la rue. Pour quelque raison obscure, il était excité depuis le petit matin, mû par un besoin d'agir quasi hystérique. Avant de mettre le moteur en route, il promena son regard une dernière fois sur la façade de sa maison. Et alors qu'il s'apprêtait à introduire la clé de contact, il arrêta son geste à mi-course.

Soudain, il sut ce qui le poussait à s'agiter ainsi.

Il cherchait des dérivatifs. L'hyperactivité pour s'empêcher de penser. On sifflote, on fait semblant. Tiens donc ? Quelque chose n'irait pas ?

La ville était plongée dans une brume humide qui effaçait tous les contours. Sa maison elle-même, de l'autre côté de la rue, lui parut plus plate que d'ordinaire. Un trompe-l'œil.

C'était curieux, ce que vous renvoyaient les choses que vous aimiez.

Pourquoi était-il resté si souvent planté, des heures durant, devant des tableaux de Van Gogh, apaisé, comme s'ils n'avaient pas été peints par un paranoïaque désespéré mais par un homme merveilleusement heureux ?

Parce que rien ne pouvait détruire l'impression reçue.

Certes, on pouvait détruire un tableau. Mais tant qu'il existait, l'instant capturé par l'huile était éternel. Les tournesols ne faneraient jamais. Aucune bombe ne tomberait jamais sur le pont de Langlois. Rien ne pouvait ravir au motif peint son caractère définitif, même recouvert d'une nouvelle peinture. L'original demeurait dessous. Ce qui était terrible le resterait, ce qui était beau garderait à jamais sa beauté. Même le portrait de l'homme aux traits acérés et au bandage blanc sur l'oreille qui vous regardait de ses yeux profondément enchâssés avait en lui quelque chose de bienfaisant, car, au moins sur le tableau, il ne pouvait pas devenir plus malheureux, ni même vieillir. Il personnifiait l'éternité de l'instant. Il avait triomphé. A la fin, il avait vaincu les exploiteurs et les ignorants, à la force de son pinceau et de son génie.

Johanson contemplait sa maison.

J'aimerais qu'elle reste comme elle est, pensa-t-il. J'aimerais que ce soit un tableau, avec moi dedans.

Mais il ne vivait pas dans un tableau, ni dans une galerie où on viendrait passer en revue les différentes scènes de sa vie. Sa maison du lac, oui, elle aurait fait un tableau superbe, avec, à côté, un portrait de son ex-femme, et d'autres, des femmes qu'il avait connues, quelques-uns de ses amis, et, bien sûr, un portrait de Tina Lund. Même tenant la main de Kare Sverdrup. Oui, pourquoi pas ? Un tableau dans lequel Tina aurait trouvé la tranquillité, jusqu'à la fin des temps. Il lui aurait offert la tranquillité et la paix de l'âme.

D'un seul coup, une peur sourde s'insinua en lui.

Là-bas, en mer, le monde est en train de changer, se dit-il. Il se ligue contre nous. Quelque part, dans quelque endroit secret, il s'est conclu un accord, en dehors de nous. En dehors des hommes.

Une si jolie maison. Si paisible.

Il mit son moteur en marche, démarra.

A Kiel, Allemagne

Erwin Suess pénétra dans le bureau de Bohrmann, suivi d'Yvonne Mirbach.

— Appelle ce Johanson, dit-il. Tout de suite.

Bohrmann leva la tête. Il connaissait le directeur de Geomar depuis assez longtemps pour voir qu'il avait dû se passer quelque chose de spécial. Quelque chose qui bouleversait profondément Suess.

— Qu'est-ce qui se passe ? demanda-t-il, même s'il le devinait.

Yvonne Mirbach attira une chaise et s'assit.

— Nous avons fait faire toutes les simulations possibles à l'ordinateur. L'écroulement va se produire plus tôt que nous ne le pensions.

Bohrmann plissa le front.

— La dernière fois, nous n'étions pas sûrs qu'il se produirait un écroulement… objecta-t-il.

— Tout le monde peut se tromper, fit Suess.

— Les consortiums de bactéries ?

— Oui.

Bohrmann se recula dans son fauteuil et sentit son front se recouvrir d'une sueur froide. Ce n'est pas possible, se dit-il. Ce ne sont que des bactéries, des organismes microscopiques…

Il se surprenait à raisonner comme un enfant, genre : comment des êtres aussi minuscules seraient-ils capables de détruire un couvercle de glace de plus de cent mètres d'épaisseur ? Ce n'est pas possible. Quelle influence peut bien avoir une bactérie sur des milliers de kilomètres carrés de fond marin ? Aucune. Ce n'est pas imaginable. Ce n'est pas réel. Ça n'existe pas.

On ne savait pas grand-chose des consortia. Il était établi qu'il se formait des symbioses de micro-organismes d'espèces différentes dans les grands fonds. Des bactéries du soufre s'associaient avec des archaea, des unicellulaires faisant partie des formes de vie les plus anciennes. Cette symbiose était extrêmement fructueuse. La découverte des premiers consortia sur la surface des méthahydrates datait de quelques années seulement. Les bactéries du soufre mettaient à profit, à l'aide de l'oxygène, ce qu'elles recevaient des archaea, à savoir l'hydrogène, le dioxyde de carbone et différentes sortes d'hydrocarbures. Car les archaea dégageaient ces substances lorsqu'elles se régalaient de leur mets favori.

Le méthane.

Dans une certaine mesure, les bactéries du soufre vivaient elles aussi du méthane, sans y accéder par elles-mêmes. Car la plus grande partie du méthane était stockée dans le sédiment dénué d'oxygène, et les bactéries du soufre ne pouvaient vivre sans oxygène. Mais les archaea, elles, le pouvaient. Elles parvenaient à atteindre le méthane sans oxygène, à des milliers de mètres sous la surface de la Terre. On estimait qu'elles transformaient trois cents millions de tonnes de méthane marin par an, sans doute pour le plus grand bien du climat de la planète, car le méthane décomposé ne pouvait pas s'échapper dans l'atmosphère en tant que gaz à effet de serre. Vu sous cet angle, elles étaient quasiment une sorte de police de l'environnement.

Tout du moins tant qu'elles se répartissaient sur de vastes territoires.

Mais elles vivaient aussi en symbiose avec des vers. Et ce curieux ver muni de mâchoires monstrueuses était bourré de consortia de bactéries du soufre et d'archaea. Elles vivaient avec lui et sur lui. Avec chaque mètre creusé dans l'hydrate, il enfonçait plus profondément les micro-organismes, qui commençaient à décomposer la glace de l'intérieur. Comme un cancer. A un moment, les vers périssaient, suivis des bactéries du soufre, mais les archaea continuaient imperturbablement à dévorer la glace de tous les côtés jusqu'à ce qu'elles atteignent le gaz libre. Elles transformaient l'hydrate, compact auparavant, en une masse poreuse, friable, et le gaz s'échappait.

— Les vers ne peuvent pas déstabiliser l'hydrate, s'entendit dire Bohrmann.

C'était vrai. Mais ce n'était pas non plus leur fonction. Les vers n'avaient pour autre but que de transporter leur chargement d'archaea dans la glace. Comme des bus… Arrêt : hydrate de méthane. Profondeur : cinq mètres. Tout le monde descend. Au boulot !

Pourquoi n'avons-nous jamais considéré cette question ? se demanda Bohrmann. Les variations de température de l'eau des océans, la diminution de la pression hydrostatique, les tremblements de terre, tout cela appartenait aux horreurs de la recherche sur l'hydrate. Mais personne ne s'était jamais sérieusement penché sur la question des bactéries, alors qu'on connaissait parfaitement leur fonction. Personne n'aurait jamais élaboré dans le pire de ses cauchemars le scénario d'une telle invasion. Personne n'aurait imaginé l'existence d'un ver qui se révélerait un méthanotrophe suicidaire. Sa prolifération, son expansion sur la totalité d'un talus continental, c'était absurde, inexplicable ! Une telle armée d'archaea, mue par un appétit fatal : impossible !

Puis il se reposa la question : Comment ces bestioles sont-elles arrivées là ? Pourquoi sont-elles là ? Qu'est-ce qui les a apportées ?

Ou qui ?

— Le problème, dit Yvonne Mirbach, c'est que notre première simulation reposait en grande partie sur des équations linéaires. Mais la réalité ne se déroule pas de façon linéaire. Nous avons affaire à des développements en partie exponentiels et considérablement chaotiques. La glace se rompt, le gaz qui se trouve en dessous jaillit sous haute pression en arrachant des morceaux entiers. Le fond marin s'affaisse, de sorte que le moment où tout va s'écrouler s'approche à vitesse…

— C'est bon, l'interrompit Bohrmann en levant la main. Dans combien de temps ?

— Quelques semaines. Quelques jours. Quelques…

Yvonne Mirbach hésita. Haussa les épaules.

— Il y a une inconnue dans tout ça, poursuivit-elle. Nous ne savons toujours pas si ça va *effectivement* avoir lieu. Presque tout l'indique, mais ce scénario est si inhabituel que nous ne pouvons que théoriser dessus.

— On oublie la langue de bois diplomatique. Quelle est ton opinion personnelle ?

Yvonne le regarda.

— Je n'en ai pas… répondit-elle. Quand trois fourmis qui se baladent tombent sur un grand mammifère, elles se font immanquablement écraser. Quand le même mammifère tombe sur quelques milliers de fourmis, c'est lui qui est dévoré vivant jusqu'à l'os. Voilà à peu près comment je vois les choses avec des vers et des micro-organismes. *Capisce ?*

— Appelle Johanson, répéta Suess. Dis-lui que nous prévoyons un effet Storegga.

Bohrmann expira lentement l'air qu'il avait emmagasiné dans ses poumons.

Il acquiesça, sans faire de commentaire.

A Trondheim, Norvège

Ils se trouvaient au bord de la plate-forme d'atterrissage, d'où l'on avait vue sur le fjord. On avait du mal à distinguer la rive opposée. La mer s'étendait devant eux comme de l'acier fondu, sous un ciel de plus en plus gris.

— Parlez d'un snob ! constata Tina, faisant allusion à l'hélicoptère qui attendait un peu plus loin.

— Evidemment, que je suis snob ! répliqua Johanson. Les gens que vous recrutez de force ont droit à un certain snobisme, tu ne crois pas ?

— Arrête avec ça !

— Toi aussi, tu es snob. Tu as la chance de pouvoir te balader dans une superbe Jeep pendant plusieurs jours.

Tina sourit.

— Allez, file-moi les clés !

Johanson farfouilla dans sa poche, en sortit les clés et les lui déposa dans la main.

— Tu y feras bien attention !

— T'inquiète.

— Et surtout, n'en profite pas pour te bécoter avec Kare à l'intérieur.

— On ne se bécote pas dans les voitures.

— Vous allez vous bécoter partout, je le sais. Bon. En tout cas, tu as bien fait de suivre mon conseil et d'intervenir en faveur de ce pauvre Stone. Il va pouvoir aller repêcher son usine lui-même.

— J'ai bien peur de te décevoir, mais ton conseil n'y est pour rien. C'est Skaugen qui a pris la décision de gracier Stone.

— Ah bon, il est gracié ?

— S'il arrive à reprendre les choses en main, il pourrait survivre dans le groupe.

Elle consulta sa montre, puis ajouta :

— A l'heure qu'il est, il doit se préparer à descendre en submersible. Souhaitons-lui bonne chance.

— Pourquoi n'envoie-t-il pas un robot ? s'étonna Johanson.

— Parce qu'il n'est pas très net.

— Sérieusement ?

— Je crois qu'il veut prouver qu'il n'y a qu'une manière de résoudre ce genre de crise. La sienne. Que Clifford Stone est irremplaçable.

— Et vous le laissez faire ?

— Pourquoi pas ? répondit Tina en haussant les épaules. Il est toujours chef de projet. Sans compter qu'il a raison sur un point. Si c'est lui qui descend, il sera mieux à même d'estimer la situation.

Johanson vit en pensée le *Thorvaldson* entouré de gris uniforme, et Stone s'enfonçant dans les ténèbres sous-marines, à la rencontre d'une énigme.

— En tout cas, il ne semble pas dénué de courage.

— Oui, acquiesça Tina. C'est un connard, mais on ne peut pas le traiter de lâche.

— Bon, on y va, dit Johanson en attrapant son sac. Tâche de ne pas me bousiller ma voiture.

— T'inquiète.

Ils s'approchèrent ensemble de l'hélicoptère. Skaugen avait mis à sa disposition le fleuron du groupe, un grand Bell 430, le *nec plus ultra* en matière de confort et d'agrément en vol.

— Elle est comment, au fait, cette Karen Weaver ? s'inquiéta Tina à la porte.

Johanson lui fit un clin d'œil.

— C'est une supernana, jeune, belle et tout, du genre qui obéit au doigt et à…

— Imbécile !

— Comment veux-tu que je le sache ? Je ne l'ai jamais vue.

Tina hésita. Puis elle l'enlaça.

— Fais attention à toi, hein ?

Johanson lui tapota le dos.

— Ça va aller ! Que veux-tu qu'il m'arrive ?

— Rien.

Elle se tut un instant avant de reprendre :

— En fait, ton conseil a quand même servi. Ce que tu m'as dit… ça m'a donné le déclic.

— Pour aller voir Kare ?

— Pour voir certaines choses différemment. Et, oui, pour aller voir Kare.

Johanson sourit. Puis il l'embrassa sur les deux joues.

— Je t'appelle dès que j'arrive.

— D'accord.

Il monta à l'intérieur et jeta son sac sur un siège, derrière le pilote. L'appareil pouvait embarquer dix passagers, mais il l'avait pour lui tout seul. Ils en avaient bien pour trois heures de vol.

— Sigur !

Il se retourna.

— Tu es… je crois que tu es vraiment mon meilleur ami.

Elle leva le bras, maladroitement, et le laissa retomber. Puis elle éclata de rire.

— C'est-à-dire, je veux dire…

— Je sais, sourit Johanson. Ces choses-là, c'est pas ton truc.

— C'est ça.

— A moi non plus.

Il se pencha en avant et lui confia :

— Plus j'aime quelqu'un, plus je deviens con. Avec toi, je tutoie des sommets…

— C'est un compliment ?

— Au minimum.

Il ferma la porte. Le pilote lança les rotors. Lentement, l'appareil s'éleva, et la silhouette de Tina qui agitait le bras s'amenuisa. Puis il piqua du nez et se dirigea vers le fjord, laissant derrière lui le centre de recherche, qui ne fut bientôt plus qu'un jouet dans le lointain.

Johanson s'installa confortablement et regarda dehors, mais la vue laissait à désirer. Trondheim disparaissait dans la brume, l'eau et les montagnes s'étiraient sous lui, incolores, le ciel avait l'air de vouloir engloutir le tout.

Le sentiment diffus qu'il avait éprouvé plus tôt revint.

La peur.

Peur de quoi ?

Ce n'est qu'un vol en hélicoptère, se dit-il. Vers les Shetland. Qu'est-ce qui pourrait bien se passer ?

Eh oui, parfois, on avait de ces accès d'anxiété. Trop de conneries de méthane, d'histoires de monstres. Sans parler du temps.

J'aurais peut-être dû prendre un petit déjeuner plus consistant.

Il sortit le recueil de poésies de son sac et se mit à lire.

Au-dessus de lui, les rotors vrombissaient sourdement. Son manteau où se trouvait son portable gisait roulé en boule sur un siège, derrière lui. Tout cela, ainsi que la poésie de Walt Whitman qui l'absorbait, l'empêcha d'entendre la sonnerie.

A bord du *Thorvaldson*, sur le talus continental norvégien

Stone avait décidé de prononcer quelques mots avant de monter à bord, pendant que le cameraman le filmait et que l'autre gars prenait des photos. Il fallait obtenir une documentation précise sur le déroulement de l'entreprise. Il fallait qu'on se mette bien dans la tête, chez Statoil, que Clifford Stone travaillait en professionnel et qu'on comprenne une fois pour toutes le sens qu'il donnait au mot « responsabilité ».

— Faites un pas vers la droite, lui demanda le cameraman.

Stone s'exécuta, chassant deux techniciens hors du champ. Puis il changea d'avis et les rappela.

— Mettez-vous de biais derrière moi, leur enjoignit-il.

Mieux valait peut-être avoir des techniciens sur l'image. Il ne fallait pas donner l'impression qu'on travaillait en amateurs, en aventuriers.

Le cameraman suréleva le pied de sa caméra.

— On peut y aller, oui ? s'impatienta Stone.

— Un instant encore. Ça fait bizarre, vous couvrez le pilote.

Stone fit un nouveau pas de côté.

— Comme ça ?

— C'est mieux.

— N'oubliez pas les photos !

Le photographe s'approcha en actionnant le déclencheur, comme pour calmer le chef de l'expédition.

— O.K., fit le cameraman. Ça tourne.

Stone regarda la caméra d'un air décidé.

— Nous allons descendre pour voir ce qu'est devenu notre prototype. Pour le moment, il semble que l'usine ne se trouve pas... plus... là où elle était avant... Et merde !

— Pas de problème. On recommence.

Cette fois, il ne bafouilla pas. Il expliqua à mots précis qu'ils avaient l'intention de faire une plongée de quelques heures pour localiser l'usine. Il donna un aperçu des informations dont ils disposaient, aborda brièvement la modification de la configuration du talus et indiqua qu'à son avis l'usine avait probablement glissé à la suite d'une déstabilisation locale du sédiment. Tout cela dit d'un ton très sérieux. Stone, qui n'était pas vraiment un saltimbanque, se souvint que tous les grands découvreurs et défricheurs prononçaient une phrase profonde avant de remonter leurs manches, ou après. Quelque chose de bien senti. Un petit pas pour l'homme, un grand bond pour l'humanité. Quelque chose de ce genre. Ça, évidemment, c'était le top du top. Bien sûr, il n'avait pas trouvé ça tout seul, Neil Armstrong, on le lui avait soufflé, mais cela n'avait pas d'importance. *Veni, vidi, vici*... pas mal non plus. Jules César. Et Christophe Colomb, il avait dit quelque chose ? Et Jacques Picard ?

Il réfléchit. Ne trouva rien.

Bon, on n'était pas obligé de tout trouver soi-même. Les paroles de Bohrmann sur les expéditions sous-marines habitées n'étaient pas mal non plus. Stone se racla la gorge et se lança :

— Evidemment, nous pourrions très bien envoyer un robot. Mais ce n'est pas la même chose. J'ai vu un nombre incalculable de vidéos prises par des robots. Un matériel remarquable...

Qu'avait-il dit, déjà ? Ah oui !

— Mais être dedans soi-même, être en bas soi-même, cette tridimensionnalité – c'est impossible à imaginer. C'est incomparable. Et... cela nous donnera incontestablement un meilleur... euh... un meilleur aperçu, cela nous permettra de voir ce qui se passe... euh... et ce que nous pouvons faire.

Plutôt piteux, comme conclusion.

— Amen, murmura Alban à l'arrière-plan.

Stone tourna les talons et alla s'accroupir sous l'appareil de plongée pour se glisser dans l'ouverture. Le pilote lui tendit la main, mais il refusa son aide. Il se hissa dans l'habitacle et s'assit. C'était un peu comme être assis à bord d'un hélicoptère. Ou à Disneyland, dans une attraction futuriste. Le plus étrange était cette sensation d'être toujours en plein air, avec la différence que les bruits du pont ne vous parvenaient plus aux oreilles. La bulle acrylique épaisse de plusieurs centimètres, hermétiquement close, ne laissait rien passer.

— Vous avez besoin que je vous donne quelques explications supplémentaires ? proposa aimablement Eddie.

— Non.

Le pilote lui avait déjà donné les informations nécessaires. Il l'avait fait consciencieusement, avec le calme qui le caractérisait. Stone jeta un coup d'œil sur la petite console d'ordinateur placée devant eux. Sa main droite effleura les commandes installées sur le côté de son siège. Dehors, le photographe prenait des photos à tout va, le cameraman filmait.

— Parfait, répondit Eddie. Bon, ben alors, on y va… Que la fête commence !

L'appareil fut agité d'une secousse. Ils se retrouvèrent alors au-dessus du pont, puis s'en s'éloignèrent lentement, surplombant les vagues grises passablement agitées. Ils restèrent un court moment suspendus en l'air, immobiles, avec, devant eux, la poupe du *Thorvaldson*. Alban leva le pouce. Stone lui répondit par un bref signe de tête. Dans les heures suivantes, ils ne pourraient communiquer que par le téléphone sous-marin. Aucun câble en fibre de verre ne reliait l'appareil de plongée à la base, rien, hormis les ondes sonores. Dès que le bras les aurait déposés, ils seraient livrés à eux-mêmes.

L'estomac de Stone se contracta.

Il y eut une nouvelle secousse. Au-dessus d'eux, un bruit métallique se fit entendre lorsque les haussières se détachèrent. Le submersible s'abaissa, fut soulevé par une vague, puis l'eau s'engouffra en gargouillant dans les patins lorsque Eddie remplit les réservoirs. Le Deep Rover se mit à tomber comme une pierre, à environ trente mètres par minute. Stone regardait à l'extérieur. Hormis les deux petits feux de position des patins, toutes les lumières étaient éteintes. Il s'agissait d'économiser le courant, car ils en auraient besoin en bas.

Les poissons étaient rares. Au bout de cent mètres, le bleu profond de l'eau s'obscurcit et se transforma en un sombre velours.

Dehors, un éclair jaillit comme un pétard de feu d'artifice. Un premier, puis d'autres, tout autour d'eux.

— Des méduses phosphorescentes, dit Eddie. Joli, non ?

Stone était fasciné. Ce n'était pas sa première plongée, mais jamais il n'était descendu en Deep Rover. Il semblait effectivement qu'il n'y eût rien entre eux et la mer. Les lampes de contrôle rouges qui scintillaient sur la console et les instruments paraissaient vouloir rejoindre les bancs de petits animaux fluorescents qui pullulaient au-dehors. La pensée que son usine se trouvait au milieu de cet univers étrange lui parut si absurde qu'il fut à deux doigts d'éclater de rire.

C'est moi l'initiateur de ce projet, se dit-il. Est-ce que je suis resté trop longtemps assis derrière un bureau pour ne plus être capable de savoir de quoi est faite la réalité ?

Il étendit ses jambes dans la mesure du possible. Ils n'échangèrent que peu de mots pendant la descente. Avec la profondeur, l'intérieur de la bulle se refroidissait progressivement, mais sans que la température devienne pour autant désagréable. Comparé avec des submersibles comme l'*Alvin*, les MIR ou le *Shinkai*, qui plongeaient jusqu'à six mille mètres, le Deep Rover disposait d'un système de régulation réellement fantastique. Par prudence, Stone avait enfilé des chaussettes chaudes – les chaussures n'étaient pas autorisées dans les engins de plongée, afin de ne pas courir le risque de détériorer un instrument d'un coup de pied malheureux – et un pull-over de laine. Malgré la fraîcheur, il était bien. Eddie, à ses côtés, semblait détendu et concentré. Çà et là, une voix leur parvenait par le haut-parleur, les appels de contrôle du technicien du *Thorvaldson*. Ses mots étaient compréhensibles, mais déformés, car les ondes sonores se mêlaient à mille autres bruits sous-marins.

Ils tombaient, toujours plus bas.

Au bout de vingt-cinq minutes, Eddie brancha le sonar. Un léger sifflement, un cliquetis parcoururent la bulle, recouverts par le bourdonnement des appareils électroniques.

Ils s'approchaient du fond.

— Préparez le pop-corn et le Coca, l'avertit Eddie. Le film va commencer.

Il brancha les projecteurs.

Sur Gullfaks C, sur le plateau continental norvégien

Lars Jörensen, les bras appuyés sur la rambarde de la galerie, au sommet de l'escalier métallique qui reliait le terrain d'atterrissage de l'hélicoptère à la base-vie, contemplait la tour de forage. Les pointes de sa moustache blanche tremblaient au vent. Par temps clair, le derrick semblait si proche qu'on avait envie de l'attraper, mais aujourd'hui, il reculait à vue d'œil. Au fil des heures, la brume s'épaississait, et il s'effaçait de plus en plus, de plus en plus irréel, comme s'il voulait disparaître complètement et se transformer en un simple souvenir.

Depuis la dernière visite de Tina Lund, Jörensen sentait croître sa mélancolie. Il se posait des questions sur ce que Statoil avait l'intention de construire sur le talus continental. Pas de doute, c'était sûrement une usine entièrement automatisée. Peut-être serait-elle couplée avec un bateau de production. Tina s'imaginait certainement l'avoir embobiné avec ses réponses, mais Jörensen était tout sauf idiot. Mieux, il comprenait qu'ils agissent ainsi, qu'ils économisent les coûts en remplaçant les hommes par les machines. Ça se comprenait, oui. Une machine s'en foutait de la qualité de la nourriture, pas comme Lars Jörensen, elle ne dormait pas, travaillait dans des conditions dangereuses pour l'homme et ne réclamait pas de salaire. Elle ne se plaignait pas, et quand elle vieillissait, on pouvait la jeter au rebut si on voulait et on n'était pas obligé de continuer à se préoccuper de son bien-être.

D'un autre côté, Jörensen se demandait comment un robot pourrait remplacer des yeux et des oreilles et prendre des décisions en suivant son intuition. Sans hommes, il n'y avait pas de défaillances humaines, c'était certain. Et la machine n'avait aucun sens de la vie ni de l'environnement, elle n'avait aucune compréhension de l'intérêt de ses constructeurs, elle ne manifestait aucune humanité. Mais si jamais les machines devaient avoir des défaillances sans présence humaine à proximité, les choses se passeraient comme dans les films catastrophes qu'il regardait souvent tard le soir, quand, dehors, la mer venait frapper les piles. L'homme perdrait le contrôle de la situation…

Lentement, la lumière disparaissait. Le ciel devint encore plus gris et une pluie fine se mit à tomber.

Quelle journée merdique !

Comme s'il ne suffisait pas que la mer pue comme si elle était pleine de produits chimiques, voilà que la météo lui faisait concurrence pour vous foutre le moral à zéro !

En fait, on travaille sur des ruines, pensa Jörensen. Une ville fantôme en pleine mer, pleine de zombies qu'il faut exorciser les uns après les autres. Quand les gisements seront épuisés, il ne restera plus qu'une structure inutile. Les ouvriers seront évacués, les plates-formes aussi, et il ne nous restera plus que la télé pour nous montrer ce qui nous attend. Des images d'un monde où nous ne pourrons pas intervenir quand cela deviendra nécessaire.

Jörensen soupira.

A quoi bon ? Ce n'étaient pas des réflexions comme celles-ci qui allaient changer le cours de l'histoire. Elles étaient sans doute trop simplistes. Trop unilatérales, trop mesquines, trop égoïstes. L'automobile avait sonné le glas des cochers. Le prix de la viande de cheval avait fortement baissé, à l'époque, et des vies avaient été détruites. Mais on n'avait plus envie de voyager en diligence. Sans doute les autres avaient-ils raison, tout bien considéré, et lui n'était qu'un vieux chnoque qui n'avait aucune envie de prendre sa retraite.

Un jour, il y avait longtemps, il y avait eu ce moment magique. Ce moment où des hommes luisant de noir, ruisselant de pétrole, s'étaient tombés dans les bras parce que, derrière eux, jaillissait une gerbe qui se dirigeait droit vers le ciel, promesse d'une fortune si immense qu'elle était impossible à évaluer. Cela s'était-il réellement passé ainsi ? C'était une scène qu'on voyait dans *Géant*, avec James Dean. Jörensen aimait cette scène, il la préférait à celle d'*Armageddon*, avec Bruce Willis, bien qu'elle eût été tournée sur une vraie plate-forme, alors que *Géant* se passait dans le désert du Texas. Voir James Dean barbouillé de noir, riant, sautant de joie, c'était comme si on était assis sur les genoux de son grand-père, à l'écouter raconter des histoires d'autrefois, quand Grand-père était jeune et que tout était mieux que maintenant. Et on l'écoutait en ouvrant grand les yeux, et on croyait tout ce qu'il disait sans le croire vraiment.

Grand-père. Oui, c'était ça. Il était un grand-père.

Encore quelques mois, se dit Jörensen. Et tout sera de l'histoire ancienne. Fini, terminé, rasé, le passé. Mais je serai mieux loti que ceux qui sont jeunes aujourd'hui. Moi, on ne pourra plus m'éliminer au nom de la rationalisation, j'arrêterai de moi-même, et je toucherai même une retraite. On en est presque à culpabiliser de se casser avant la fin, la fin des plates-formes. Mais ce ne sera plus mon problème, moi, j'en aurai d'autres…

Un bruit se rapprochait, venant de la côte, au loin. Un grondement rythmé, qui devint la pétarade d'un hélicoptère. Jörensen leva la tête.

Il connaissait tous les modèles d'appareils. Malgré l'éloignement et la mauvaise météo, il vit un Bell 430 voler au-dessus de Gullfaks et disparaître dans la brume. Le claquement des pales redevint un vrombissement, s'éloigna, finit par mourir.

De fines particules de pluie recouvraient la piste d'un tapis d'humidité brillante. Jörensen se demanda s'il allait rentrer à l'intérieur. Il avait une heure de creux, ce qui arrivait assez rarement, et il pouvait lire, ou regarder la télé, ou faire une partie d'échecs avec quelqu'un. Mais il n'avait pas envie de rentrer. Il n'était pas d'humeur. Il avait l'impression d'être prisonnier d'un cercueil en acier. Non, il n'avait pas envie d'aller s'enterrer à l'intérieur. La mer, au moins, était comme d'habitude, grise, vallonnée, en perpétuel mouvement.

Loin derrière le derrick, à la pointe de la flèche, la torchère brûlait. Le fanal des perdus. C'était bon, ça. Bon comme un titre de film. Pas mal pour un vieux chnoque qui avait passé des années à regarder passer les hélicos et les bateaux.

Peut-être écrirait-il un livre, après sa retraite. Un bouquin sur une époque dont on ne se souviendrait plus dans quelques décennies. L'époque des grandes plates-formes.

Et le titre, ce serait : *Le Fanal des perdus.*

Grand-père, raconte-nous une histoire.

L'humeur de Jörensen s'améliora un peu. Non, ce n'était pas une mauvaise idée du tout. Peut-être la journée n'était-elle pas si merdique que ça, après tout.

A Kiel, Allemagne

Gerhard Bohrmann avait l'impression d'être pris dans des sables mouvants.

Il faisait le va-et-vient entre Suess et Yvonne, dont l'ordinateur effectuait en continu des simulations aux résultats de plus en plus funestes. Entre deux, il essayait de joindre Sigur Johanson, jusque-là en vain. Il tenta sa chance auprès de sa secrétaire à l'université, mais celle-ci lui fit savoir que son patron était en voyage et qu'il n'assurait pas non plus ses conférences. Plus exactement, on ne savait pas quand il recommencerait à les assurer. Il avait été détaché ailleurs et affecté à d'autres tâches, sur demande du gouvernement, disait-on. Bohrmann avait une idée de ce que pouvaient être ces autres tâches. Il refit une tentative au domicile de Johanson, puis sur son portable. Toujours rien.

Il finit par aller trouver Suess une fois de plus.

— Il y a sûrement d'autres personnes capables de prendre une décision dans l'entourage de Johanson, dit Suess.

Bohrmann secoua la tête.

— Ce sont tous des gens de chez Statoil. Autant dire que ce n'est pas la peine. Et en ce qui concerne la confidentialité, si nous continuons à considérer le sujet comme confidentiel et qu'on en arrive à un effet Storegga, ce sera notre fête.

— Alors, qu'est-ce qu'on fait ?

— Il n'y a pas trente-six solutions...

— Bon. Tu as raison. Donc, on s'adresse au ministère de la Recherche et du Développement et à la Protection de l'Environnement...

— A Oslo ?

— Oui, et à Berlin. Et à Copenhague. Et à Amsterdam. Ah oui, à Londres. J'ai oublié quelqu'un ?

— Oui, Reykjavik, fit Bohrmann dans un soupir. Oh ! putain !... O.K., on fait comme ça.

Suess regarda par la fenêtre de son bureau. De là, on avait vue sur le bras de mer de la Kieler Förde, sur les gigantesques grues de chargement, sur les comptoirs et les silos. Un contre-torpilleur de la marine se fondait dans le gris des nuages et de l'eau.

— Au fait, qu'est-ce qu'elles disent sur Kiel, tes simulations ? demanda Bohrmann, tout en s'étonnant intérieurement de ne pas y avoir pensé plus tôt.

— On pourrait s'en tirer sans trop de mal.

— C'est toujours une consolation.

— Essaie quand même de joindre Johanson. Continue.

Bohrmann acquiesça d'un signe de tête et sortit.

Dans le Deep Rover, sur le talus continental norvégien

Eddie mit les six projecteurs en route, mais on ne pouvait pas dire qu'on y voyait jusqu'à l'infini. Les quatre spots halogènes de cent cinquante watts chacun et les deux lampes HMI de quatre cents watts plongeaient une zone d'environ vingt-cinq mètres de rayon dans une lumière aveuglante. Il n'y avait nulle trace de structures solides. Stone cligna des yeux, incommodé après ce long séjour dans l'obscurité. Le submersible traversait un rideau de perles scintillantes.

Il se pencha en avant.

— Qu'est-ce que c'est que ça ? Où est le fond de la mer ?

Puis il sut ce qui montait tout autour d'eux. Des bulles. Elles montaient vers la surface, certaines petites et alignées comme au cordeau, d'autres énormes, en forme d'œuf.

Le sonar continuait à émettre son sifflement et son cliquetis caractéristiques. En fronçant les sourcils, Eddie étudia les éléments fournis par la console sur l'état des batteries, la température extérieure et intérieure, les réserves d'oxygène, la pression de la cabine et ainsi de suite, et rechercha les données des capteurs extérieurs.

— Eh ben, bonne chance, grogna-t-il. C'est du méthane.

Le rideau de perles s'épaissit. Eddie détacha deux poids d'acier fixés sur les côtés des patins et fit entrer de l'air supplémentaire dans les réservoirs afin d'amener l'appareil en position stable. Ils auraient dû rester en suspension, à présent, mais ils continuaient à descendre.

— On n'arrive pas à se soulever le cul ! J'y crois pas !

Le fond apparut sous eux à la lueur des projecteurs. Il venait à leur rencontre, beaucoup trop vite. Stone eut le temps d'apercevoir des fentes et des trous, puis tout se remplit à nouveau de bulles. Eddie poussa un juron et rejeta une nouvelle quantité d'eau contenue dans les réservoirs.

— Mais qu'est-ce qui se passe ? On a un problème de poussée aérostatique ?

— Je suppose que c'est le gaz. On est au beau milieu d'une éruption de gaz.

— Quelle merde !

— Du calme.

Le pilote mit les hélices en route. L'appareil se mit à avancer à travers la pluie de bulles, et Stone se crut dans un ascenseur freinant avec douceur. Son regard chercha le compteur de profondeur. Le submersible continuait à descendre, mais plus lentement. Et pourtant, ils s'approchaient du fond à toute vitesse. Encore un peu, et ils allaient s'écraser.

Il se mordit les lèvres, laissa Eddie faire son boulot. Ce n'était pas le moment de troubler le pilote par des bavardages. Stone regarda donc les bulles grossir et le rideau s'épaissir, et ce qu'on réussissait encore à distinguer du fond basculer lentement sur le côté. Le patin de droite disparut dans un violent bouillonnement, et l'appareil se mit en travers.

Stone retint son souffle.

Ils franchirent le passage.

Sans transition, les violentes turbulences furent remplacées par un calme impressionnant. Le fond de la mer s'étendait à présent devant eux. L'espace d'un instant, l'appareil recommença à s'élever. Sans se presser, Eddie actionna les remplisseurs et fit entrer un peu d'eau de mer dans les réservoirs pour équilibrer l'appareil, qui se stabilisa juste au-dessus du talus.

— Voilà, c'est plus cool maintenant, annonça-t-il.

Ils avançaient à présent à une vitesse de deux nœuds, c'est-à-dire à un peu moins de quatre kilomètres à l'heure. Une vitesse très réduite, mais il ne s'agissait pas de parcourir de grandes distances. Ils se trouvaient presque exactement à l'endroit où Stone avait posé son usine. Ce ne pouvait plus être très loin.

Le pilote sourit.

— Qu'il y aurait du sport, on pouvait s'en douter, pas vrai ?

— Non, pas à ce point-là !

— Ah non ? Avec une mer qui pue la merde à ce point ? Il faut bien qu'il y ait du gaz qui sorte de quelque part ! En tout cas, vous avez ce que vous vouliez. C'est vous qui vouliez absolument descendre…

Stone ne daigna pas répondre. Il se raidit sur son siège, à la recherche de traces d'hydrate, mais il n'en voyait pas. Quant aux vers, il y en avait quelques-uns, mais isolés. Un grand poisson plat qui ressemblait à un carrelet était posé sur le fond. A leur approche, il se releva paresseusement, souleva un petit nuage de vase et s'enfuit, disparaissant de la lumière.

Se trouver là, dans cette bulle acrylique soumise à une pression de près de cent kilos au centimètre carré, avait quelque chose d'irréel. Tout, dans cette situation, était artificiel. La zone éclairée du talus, avec ses ombres mouvantes au fil du lent déplacement de l'appareil… L'obscurité qui régnait au-delà de la lumière diffuse… La pression interne maintenue par les appareils… l'air qui sortait en continu des bouteilles pour leur permettre de respirer, pendant que l'oxyde de carbone était éliminé par des produits chimiques…

Rien, là en bas, n'invitait l'homme à s'attarder.

Stone avait la bouche sèche. Sa langue collait à son palais. Il se souvint qu'ils n'avaient rien bu pendant les heures précédant la plongée. A toutes fins utiles, ils avaient emporté à bord des Human Range Extender, des bouteilles spéciales, mais on conseillait vivement à tous ceux qui montaient à bord d'un submersible de vider leur vessie et de veiller à ce qu'elle reste vide pendant un certain temps. Depuis le matin, Eddie et lui n'avaient pris que des sandwiches au beurre de cacahuète et des barres de céréales dures comme du bois. Des repas de plongeurs. Nourrissants, rassasiants et secs comme le sable du Sahara.

Il tenta de se détendre. Eddie envoya un bref rapport au *Thorvaldson*. On apercevait çà et là des coquillages ou des étoiles de mer. Le pilote désigna l'extérieur d'un geste de la main.

— Etonnant, non ? Nous sommes à plus de neuf cents mètres, et il fait noir comme dans un four. Et pourtant, cette zone s'appelle la zone de lumière résiduelle...

— Il y a bien des régions où l'eau est si claire que la lumière pénètre jusqu'à mille mètres, non ?

— Oui, bien sûr. Mais l'œil humain ne peut pas le voir. Pour nous, à partir de cent ou cent cinquante mètres, il fait noir. Vous êtes déjà descendu à plus de mille mètres ?

— Non. Et vous ?

— Quelquefois. Mais il n'y a pas plus de lumière qu'ici. Moi, je préfère rester là où on voit clair !

— Ah ? Vous n'avez pas envie de réaliser des prouesses ?

— Pourquoi faire ? Jacques Picard est descendu jusqu'à dix mille sept cent quarante mètres de fond. Moi, ça ne m'intéresse pas. C'était une performance scientifique formidable, mais il n'y a pas grand-chose à voir.

— Comment le savez-vous ?

— Je ne le sais pas, mais je l'imagine. Et quand bien même, je suis sûr que je m'amuse plus dans ma sphère de verre que dans les abysses, c'est plus varié !

— Mais... réfléchit Stone, je croyais que Picard était descendu à onze mille trois cent quarante mètres ?

— Ah ! oui, c'est vrai ! fit Eddie en éclatant de rire. Je sais, c'est ce qu'on dit dans tous les livres de classe, mais c'est faux. A cause de l'appareil de mesure. Il avait été calibré en Suisse, dans l'eau douce. Et l'eau douce n'a pas la même densité. Ils n'avaient pas les bons chiffres pour leur seule et unique plongée habitée jusqu'au point le plus profond de la surface de la Ter...

— Attendez ! Là !

Devant eux, le faisceau de lumière disparaissait dans l'ombre. En s'approchant, ils constatèrent que le fond descendait à pic. La lumière se perdait dans un gouffre.

— Arrêtez.

Eddie fit courir ses doigts sur les touches et les boutons. Le Deep Rover stoppa. Puis il commença à tourner lentement sur lui-même.

— Le courant est plutôt fort, constata le pilote.

Le submersible continua lentement à tourner jusqu'à ce que les projecteurs éclairent le bord du précipice.

— On a l'impression que quelque chose s'est écroulé il n'y a pas longtemps, dit Eddie.

Stone examinait nerveusement les environs.

— Que dit le sonar ?

— Ça descend au moins sur quarante mètres. Et à droite et à gauche, on ne distingue rien.

— Ça signifie que le plateau...

— Il n'y a plus de plateau. Il s'est enfoncé.

Stone se mordit la lèvre inférieure. Ils devaient se trouver à proximité immédiate de l'usine. Mais, un an auparavant, il n'y avait pas de gouffre. Peut-être même la semaine précédente.

— On descend plus bas, décida-t-il. Voyons où ça nous conduit.

Le submersible reprit de la vitesse et descendit en longeant la paroi. Au bout de deux minutes à peine, les projecteurs éclairèrent de nouveau le fond. Il ressemblait à un champ de ruines.

— Il faudrait remonter de quelques mètres, suggéra Eddie. C'est trop accidenté par ici. On pourrait se planter.

— Oui, tout de... Merde, regardez, là, devant nous !

Un tube de un mètre d'épaisseur apparut dans leur champ de vision. Il était posé en travers sur de gros morceaux de roche et disparaissait de l'autre côté du faisceau de lumière. Des filets de pétrole noir s'en échappaient, montant à la verticale vers la surface.

— C'est un pipe-line ! s'écria Stone, excité. Mon Dieu !

— *C'était* un pipe-line, rectifia Eddie.

— On va le suivre.

Stone frissonna. Il savait où ce pipe-line conduisait, et d'où il venait. Ils étaient sur l'emplacement de l'usine.

Mais il n'y avait plus d'emplacement.

Une paroi escarpée surgit soudain devant eux, et Eddie eut tout juste le temps de faire remonter l'appareil. Cette paroi paraissait interminable. Ils parvinrent à franchir le rebord de justesse. A ce moment seulement, Stone vit que ce n'était pas une paroi, mais un gigantesque pan de fond marin qui s'était dressé à la verticale. Derrière, ça redescendait à pic. La lumière éclairait des particules de sédiment qui obstruaient la vue. Puis les projecteurs captèrent de nouveau un flot de bulles qui montaient à vive allure, jaillissant d'un fossé aux bords déchiquetés.

— Mon Dieu ! ... murmura Stone. Qu'est-ce qui s'est passé ?

Eddie ne répondit pas. Il prit un virage pour éviter le flot de bulles. La visibilité devenait de plus en plus mauvaise. Ils perdirent brièvement le pipe-line, puis il réapparut dans le faisceau lumineux.

— Saloperie de courant, pesta Eddie. On est entraînés...

L'appareil se mit à descendre en vrille.

— On suit le pipe-line, ordonna Stone.

— C'est de la folie, il faudrait remonter.

— L'usine est ici, insista Stone. Elle ne devrait pas tarder à apparaître.

— Il n'y a rien qui va apparaître ! Tout est détruit !

Stone ne répondit pas. Devant eux, le pipe-line, plié vers le haut comme par un gigantesque poing, se terminait par un moignon. L'acier déchiqueté formait des sculptures bizarrement tordues.

— Vous voulez toujours continuer ?

Stone hocha affirmativement la tête. Eddie manœuvra pour s'approcher du tube. Ils flottèrent quelque temps au-dessus de l'ouverture dentelée comme une énorme gueule. Puis ils s'éloignèrent.

— Il n'y a plus du tout de fond ici, annonça le pilote.

Tout autour d'eux, des bulles recommençaient à monter.

Stone serra les poings. Alban avait raison. Ils auraient dû envoyer un robot. Mais renoncer maintenant était d'autant plus absurde. Il fallait qu'il sache ! Il ne reparaîtrait pas devant Skaugen sans lui présenter un rapport détaillé. Cette fois, il ne se laisserait pas cueillir à froid.

— Continuez, Eddie.

— Vous êtes fou.

Derrière ce qui restait du tube, le champ de ruines descendait à la verticale, et la pluie de sédiments se faisait plus dense. Pour la première fois, Eddie donna des signes de nervosité. A tout moment, il pouvait se passer du nouveau.

Puis ils virent l'usine.

Plus exactement, ils ne virent que quelques contrefiches, mais Stone sut du même coup que le prototype Kongsberg n'existait plus. L'usine était enfouie sous les débris du plateau effondré, cinquante mètres en contrebas de son emplacement initial.

Il examina l'endroit plus attentivement. Alors, quelque chose s'échappa des contreforts métalliques et monta vers eux.

Des bulles.

Non, ce n'étaient pas de simples bulles. Cela rappelait le tourbillon gazeux colossal qu'ils avaient observé à bord du *Sonne*. L'éruption qui s'était produite quand le grappin s'était enfoncé.

Soudain, Stone fut pris de panique.

— On fout le camp ! hurla-t-il.

Eddie lâcha le reste du lest. L'appareil monta d'un seul coup, suivi par l'énorme bulle. Puis ils se retrouvèrent au milieu du tourbillon et retombèrent. Tout autour d'eux, la mer était en ébullition.

— Merde ! hurla Eddie.

— Qu'est-ce qui se passe, là, en bas ?

C'était la voix métallique du technicien, à bord du *Thorvaldson*.

— Eddie, réponds ! poursuivit la voix. On a des mesures bizarres, il y a des quantités de gaz et d'hydrate qui remontent !

Eddie appuya sur la touche de réponse.

— Je fais sauter la coque ! On remonte.

— Qu'est-ce qui se passe ! Vous avez…

La voix du technicien était devenue inaudible, recouverte par des sifflements et un bruit d'explosion : Eddie venait de faire sauter le paquet de batteries et une partie de la coque. C'était l'ultime mesure d'urgence à appliquer pour perdre rapidement du poids. Le reste de la coque, avec la bulle acrylique, commença à tourner et à remonter. Puis un coup violent secoua l'appareil. Stone vit un énorme morceau de roche arraché par le gaz passer à côté de lui. La bulle se retrouva à l'envers. Ils furent touchés une deuxième fois, et il entendit le pilote crier. Cette fois, le coup était venu de la droite, et il leur fit franchir la zone d'éruption. Le submersible remonta instantanément. Stone se cramponna aux accoudoirs, plus couché qu'assis. Eddie s'affaissa contre lui, les yeux clos, le visage en sang. Stone comprit avec horreur qu'il était désormais livré à lui-même. Fiévreusement, il tenta de se souvenir des manœuvres. La commande pouvait être transférée de la place d'Eddie à la sienne, mais comment ?

Eddie le lui avait montré. Le bouton était là.

Il l'actionna, tout en essayant en même temps de repousser le pilote tombé contre lui. Il ne savait pas si les hélices fonctionnaient encore, maintenant qu'ils avaient fait sauter la coque. Sur l'écran de contrôle de profondeur, les chiffres s'affolaient et indiquaient que l'appareil remontait très rapidement. Au fond, peu importait la direction qu'il prenait, l'essentiel était de remonter. Il n'y avait pas de risque de décompression, car la pression de l'habitacle correspondait à celle qui régnait à la surface de l'eau.

Une lampe rouge s'alluma.

Les projecteurs du patin droit s'éteignirent. Puis il n'y eut plus d'éclairage. Stone fut plongé dans un noir d'encre.

Il se mit à trembler.

Calme-toi, s'ordonna-t-il. Eddie t'a montré les fonctions. Il y a un groupe électrogène de sécurité. C'est l'un des boutons de la première rangée de la console de bord.

Soit il se mettait en route tout seul, soit c'était à lui de le faire. Ses doigts tâtèrent les touches.

Qu'est-ce que c'est que ça ?

Il aurait dû se trouver dans l'obscurité complète, puisqu'il était privé d'éclairage. Mais il y avait de la lumière.

Etait-il déjà si près de la surface ? La dernière fois qu'il avait vérifié, avant l'extinction des projecteurs, il se trouvait par plus de sept cents mètres de fond, toujours le long du talus continental. Ils étaient bien en dessous du rebord du plateau, et bien loin de la lumière du jour.

Qu'est-ce que...

Il plissa les yeux.

Une lumière faiblement bleutée, si faiblement qu'on la devinait plutôt qu'on ne la voyait, s'élevait des profondeurs, et elle était en forme... en forme de tuyau, d'entonnoir. Son extrémité se perdait dans les ténèbres du précipice. Stone retint son souffle. C'était fou, mais il était sûr et certain que cette chose éclairerait d'autant plus qu'il s'en rapprocherait. La majeure partie des ondes de lumière était engloutie par les flots. Si c'était vrai, elle devait être assez loin.

Ce qui signifiait qu'elle était gigantesque.

Le tuyau bougeait.

L'entonnoir parut se dilater, et l'ensemble se courber. Stone, tétanisé, les doigts figés sur la touche, gardait les yeux rivés dessus. Ce qu'il voyait, c'était une bioluminescence, sans aucun doute, filtrée par des millions de mètres cubes d'eau, de particules et de gaz. Mais existait-il un être marin d'une taille aussi incroyable ? Etait-ce un calamar géant ? C'était plus grand qu'un calamar. C'était au-delà de tout ce qu'on pouvait imaginer.

A moins qu'il ne s'agisse d'une illusion ? Une sorte de mirage dû au passage abrupt et alternatif de la lumière à l'obscurité ? Ou des images fantomatiques laissées par les projecteurs qui venaient de s'éteindre ?

Plus il regardait la créature lumineuse, plus la lumière semblait faiblir. Le tuyau descendait lentement.

Puis il disparut.

Aussitôt, Stone reprit sa recherche du bouton du groupe électrogène. Ils remontaient lentement et régulièrement, et il se dit avec soulagement que bientôt ils atteindraient la surface et sortiraient de ce cauchemar. Les caméras n'avaient pas sauté avec la coque. Avaient-elles filmé la créature lumineuse ? Etaient-elles capables d'exploiter des impulsions aussi faibles ?

Elle avait vraiment été là. Il ne s'était pas trompé. Tout à coup, le film étrange pris par le *Victor* lui revint en mémoire. Cette créature qui s'était retirée si vivement du faisceau de lumière… Mon Dieu, se dit-il, sur quoi sommes-nous tombés ?

Ah ! voilà le bouton.

Le groupe électrogène se mit en route en bourdonnant. Les lumières de contrôle de la console s'allumèrent les premières, puis les projecteurs. D'une seconde à l'autre, le submersible se retrouva à flotter dans un cocon de lumière.

Eddie était couché à côté de lui, les yeux ouverts.

Stone était en train de se pencher sur lui, lorsque, derrière Eddie, quelque chose surgit dans la lumière, une étendue nuageuse, rougeâtre. Elle bascula vers le submersible, et Stone tendit la main vers le tableau de commande, pour éviter de s'écraser contre le talus.

Puis il comprit que c'était le talus qui s'écrasait contre eux.

Il se dirigeait sur eux.

Le talus fonçait sur eux !

Ce fut la dernière chose que vit Stone avant que la bulle acrylique ne soit pulvérisée en mille morceaux par la violence du choc.

A bord du Bell 430, au-dessus de la mer de Norvège

A Trondheim, tous les indicateurs avaient annoncé que le vol serait calme. Mais maintenant, ça bougeait tellement que Johanson avait quelque difficulté à se consacrer comme il se doit à la poésie américaine. Le ciel s'était incroyablement obscurci au cours de la demiheure écoulée, devenant de plus en plus bas. Il pesait sur l'hélicoptère comme s'il voulait l'enfoncer dans la mer. De fortes rafales secouaient l'appareil dans tous les sens.

Le pilote tourna la tête.

— Tout va bien ?

— On ne peut mieux.

Johanson referma son livre et regarda par le hublot. C'était la purée de pois, au-dessus de l'eau. Il distingua les formes indistinctes de quelques plates-formes pétrolières et de quelques bateaux. Il lui sembla que la mer grossissait de plus en plus. Une bonne tempête se préparait.

— Ne vous faites pas de souci, dit le pilote. Nous n'avons rien à craindre.

— Je ne m'en fais pas. Que dit la météo ?

— Qu'il va y avoir du vent.

Il jeta un coup d'œil sur le baromètre.

— On va avoir un petit ouragan, à ce que je vois, ajouta-t-il.

— C'est sympa de ne pas me l'avoir dit avant.

— Je ne le savais pas… vous savez, les prévisions, c'est pas toujours très fiable… Vous avez peur en avion ?

— Pas du tout, voler, j'adore ça ! affirma Johanson avec conviction. Ce qui me fait peur, c'est de tomber !

— On ne tombera pas. Dans notre métier, une petite tempête comme celle-ci, c'est du pipi de chat. Ça va sûrement chahuter un peu, mais rien de plus.

— On en a encore pour combien de temps ?

— On a déjà fait la moitié du chemin.

— Ah bon !

Il rouvrit son livre.

Un millier de bruits se mélangeait au bruit du moteur. Ça craquait, ça tapait, ça sifflait. Et on avait même l'impression que ça sonnait. Un son qui revenait à intervalles réguliers, quelque part derrière lui. Incroyable, ce que le vent arrivait à produire comme illusions acoustiques !

Johanson regarda le siège arrière, mais le bruit s'était arrêté.

Il retourna à Walt Whitman.

L'effet Storegga

Il y a dix-huit mille ans, pendant la phase principale de l'ère glaciaire, la surface de la mer se trouvait environ cent vingt mètres plus bas qu'au début de notre troisième millénaire. Une grande partie des masses d'eaux du globe était emmagasinée dans les glaciers. La pression de l'eau était donc moindre dans les zones de plateaux, et quelques-unes des mers actuelles n'existaient pas. D'autres, avec la glaciation, perdirent de plus en plus de profondeur, d'autres encore s'asséchèrent et se transformèrent en régions marécageuses.

L'une des conséquences de la diminution de la pression de l'eau fut la transformation radicale des conditions de stabilité des hydrates de méthane dans de nombreuses parties du monde. Dans les régions élevées des talus continentaux, en particulier, d'énormes quantités de gaz furent libérées en un temps très court. Les cages de glace dans lesquelles le gaz était enfermé et comprimé fondirent. La matière qui avait agi comme un mortier dans les talus pendant des milliers d'années devint l'explosif qui les faisait sauter. Brutalement, le méthane libéré se dilata pour atteindre cent soixante-quatre fois son volume, fit éclater les pores et les fentes des sédiments sur son passage, laissant derrière lui des ruines poreuses qui ne purent plus porter leur propre poids.

En conséquence, les talus continentaux s'effondrèrent en entraînant avec eux de grands pans du plateau. Des quantités inimaginables de matières dégringolèrent en avalanches jusqu'à des centaines de milliers de mètres de profondeur. Le gaz atteignit l'atmosphère et provoqua des changements climatiques radicaux, mais les glissements eurent encore d'autres effets immédiats, non seulement sur la vie au fond des océans, mais aussi sur les régions côtières de la terre ferme et des îles.

Or, dans la seconde moitié du XXe siècle, des scientifiques firent une découverte inquiétante au large des côtes de la Norvège centrale. Ils tombèrent sur les traces d'un glissement semblable. Plus exactement, sur plusieurs glissements ayant emporté une grande partie du talus continental, qui s'étaient produits au cours d'une période couvrant plus de quarante mille années. De nombreux facteurs y avaient contribué : des périodes chaudes, au cours desquelles la température moyenne des courants marins proches du talus avait augmenté, ou, justement, des périodes glaciaires comme il y a dix-huit mille ans, pendant lesquelles il avait continué à faire froid, tandis que la pression avait diminué. En réalité, les phases de stabilité des hydrates – du point de vue du passé géologique de la Terre – constituaient une exception.

C'était dans une telle période d'exception que vivaient les hommes de la période moderne. Et ils étaient beaucoup trop enclins à considérer comme la règle le calme trompeur qui régnait.

Au total, le plateau continental norvégien avait été entraîné par plusieurs gigantesques avalanches dans les profondeurs sur plus de cinq mille cinq cents kilomètres cubes de fond marin. Entre l'Ecosse, l'Islande et la Norvège, les scientifiques découvrirent un versant d'éboulis de huit cents kilomètres de long. Le facteur inquiétant résidait dans le fait que le plus important effondrement datait de moins de dix mille ans. On donna à l'événement le nom de « glissement de Storegga », en priant le Ciel de bien vouloir s'abstenir de rééditer un tel phénomène.

Un souhait insensé, bien sûr. Mais peut-être aurait-on pu avoir devant soi encore plusieurs milliers d'années de tranquillité. Et peut-être de nouvelles ères glaciaires ou de nouvelles ères de réchauffement se seraient-elles contentées de provoquer des glissements somme toute acceptables si un certain ver n'avait pas fait son apparition du jour au lendemain, avec son chargement de bactéries, déclenchant des catastrophes comme celle qui s'annonçait.

Lorsque le contact s'interrompit, Jean-Jacques Alban, à bord du *Thorvaldson*, eut le pressentiment qu'il ne reverrait jamais le submersible. Mais il lui était impossible de savoir ce qui se passait, à quelques centaines de mètres sous la coque du navire de recherche. Incontestablement, la décomposition des hydrates avait atteint un niveau dévastateur. Au cours du dernier quart d'heure, la puanteur d'œufs pourris avait pris des proportions insupportables, et sur les vagues qui enflaient on voyait flotter des morceaux blancs mousseux de plus en plus gros.

Alban savait aussi qu'en s'attardant sur le talus continental ils signaient leur arrêt de mort. Le gaz allait diminuer la tension de l'eau, ce qui entraînerait leur naufrage. Ce qui se passait dans les profondeurs dépassait tout ce que l'on connaissait. L'idée d'abandonner le Deep Rover et ses occupants était terrible, mais Alban avait la certitude que Stone et le pilote étaient déjà perdus.

L'inquiétude s'était répandue parmi les scientifiques et l'équipage. Tous ne savaient pas exactement d'où provenaient l'écume et la puanteur, mais la tempête contribuait au sentiment général d'insécurité. Jaillie du ciel comme un dieu en colère, elle soufflait avec une violence accrue sur la mer, soulevant des vagues de plus en plus hautes. Les lames venaient s'écraser contre la coque, se désagrégeant en myriades de gouttes scintillantes. Bientôt, il serait presque impossible de se tenir sur ses jambes.

Pour le coup, Alban avait beaucoup de facteurs à évaluer. Il lui fallait peser le pour et le contre. Et vite. La sécurité du navire ne pouvait être considérée avec la lorgnette de la compagnie maritime ou mesurée à l'aune de la recherche scientifique. Le seul élément à prendre en compte était la vie humaine, y compris celle des deux hommes qui se trouvaient à bord du submersible, dont son instinct lui dictait que leur destin était déjà scellé. Qu'il reste ou prenne la fuite, il prenait la mauvaise décision. En même temps, c'était la bonne.

Alban plissa les yeux pour étudier le ciel noir, essuya les gouttes de pluie qui ruisselaient sur son visage. Au même moment, la mer démontée se calma, l'espace de quelques instants. Ce n'était pas vraiment une accalmie, plutôt une halte pour permettre à la tempête de reprendre des forces et de s'y remettre avec une vigueur décuplée.

Alban décida de rester.

Au fond de l'eau, un désastre était en train de s'accomplir.

Les hydrates détruits – qui étaient auparavant des champs de glace stables et des veines dans les pores des sédiments, et désormais des ruines rongées par les vers et les bactéries – s'étaient décomposés d'une seconde sur l'autre. Sur une distance de cent cinquante kilomètres, la glace résultant de la combinaison de l'eau et du méthane s'était transformée en gaz explosif. Au moment même où Alban s'efforçait de garder la position, le gaz filait vers l'air libre, faisait exploser des parois, sauter la roche, ébranlait le plateau et le faisait basculer en avant. Des milliers de mètres cubes de roche s'écroulèrent en quelques secondes. La totalité de la marge continentale supérieure se mit en mouvement, pendant que, tout au fond, de nouvelles couches s'entrechoquaient. Les masses s'entraînaient les unes les autres en une gigantesque réaction en chaîne, s'abattant sur les dernières structures fermes et les pulvérisant.

Le plateau entre l'Ecosse et la Norvège, avec ses pompes, ses pipelines et ses plates-formes, commença à se fendre.

Quelqu'un cria quelque chose à Alban au milieu de la tempête. Le premier officier se retourna et vit le chef de projet adjoint lui faire de grands gestes. Ses mots étaient à peine compréhensibles.

— Le talus, entendit Alban, le talus…

Après la brève période de calme trompeur, la mer s'était véritablement déchaînée. Le *Thorvaldson* n'était pas fait pour ce genre de mer. Alban jeta un coup d'œil désespéré en direction de la grue, là où ils avaient mis le Deep Rover à l'eau. Les flots écumaient. La puanteur de méthane était insupportable. S'en détournant, il courut rejoindre l'homme qui l'avait appelé.

Celui-ci l'attrapa par la manche.

— Venez voir, Alban ! Mon Dieu, regardez !

Le navire tremblait. Un grondement sourd retentit, venu du centre de la mer.

Les deux hommes s'engagèrent en titubant dans l'escalier qui menait à la passerelle.

— Là !

Alban regarda le pupitre où se trouvait le sonar qui continuait à fonctionner. Il n'en crut pas ses yeux. Il n'y avait plus de fond marin.

Ce qu'il voyait était un maelström.

— Le talus glisse, murmura-t-il.

Il comprit alors qu'il n'y avait plus rien à faire pour l'ingénieur et pour Eddie. Ce qu'il pressentait se transformait en une réalité au-delà du réel.

— Il faut partir d'ici, tout de suite, dit-il.

L'homme de barre tourna la tête vers lui.

— On va où ?

Alban réfléchit intensément. Il savait maintenant ce qui se passait en bas, et savait donc ce qui les attendait. Il était exclu de mettre le cap sur un port. Il ne restait plus qu'une possibilité, mettre le cap sur des eaux plus profondes, et vite.

— Passez des messages, dit-il. En Norvège, Ecosse, Islande, à tous les pays côtiers. Il faut évacuer les côtes. Balancez le message sans vous arrêter, à tous ceux que vous pourrez joindre.

— Et pour Stone et… commença le chef de projet adjoint.

Alban le regarda.

— Ils sont morts.

Il préférait ne pas imaginer la violence du glissement. Mais les indications du sonar étaient suffisantes pour lui donner des sueurs froides. Ils se trouvaient toujours dans la zone critique. Encore quelques kilomètres à l'intérieur du plateau, et ils seraient cuits. En revanche, s'ils mettaient le cap plus au large, ils pourraient peut-être s'en sortir avec un œil au beurre noir. Il leur faudrait se battre avec les éléments déchaînés, mais c'était jouable.

Alban se repassa mentalement la configuration du talus. Vers le nord-ouest, le fond marin déclinait en plusieurs grandes terrasses. S'ils avaient de la chance, l'avalanche serait arrêtée dans la partie supérieure. Mais en cas d'effet Storegga, il n'y aurait pas d'arrêt. L'ensemble du talus glisserait dans les grands fonds, sur une largeur de plusieurs centaines de kilomètres, et jusqu'à trois mille cinq cents mètres de fond. Les masses s'engouffreraient jusque dans les abysses de l'est de l'Islande en secouant la mer du Nord et la mer de Norvège...

Alors ?

Alban détourna les yeux des instruments.

— Cap sur l'Islande, ordonna-t-il.

Des millions de tonnes d'éboulis se précipitaient au fond.

Lorsque les premières coulées d'avalanche se précipitèrent dans le chenal des îles Féroé-Shetland, il n'existait déjà plus de terrasses sur le talus entre l'Ecosse et la dépression norvégienne, il ne restait plus qu'une masse décomposée qui s'effondrait de plus en plus en emportant avec elle tout ce qui avait possédé jusque-là une structure et une forme. Une partie du glissement se propagea à l'ouest des îles Féroé et fut finalement arrêtée par les bancs sous-marins qui entouraient le bassin islandais. Une autre partie de l'avalanche s'étendit le long de la chaîne montagneuse située entre l'Islande et les Féroé.

Mais la plus grande partie dévala le chenal des îles Féroé-Shetland, comme sur un gigantesque toboggan. Rien ne vint stopper sa descente. Le bassin sous-marin qui avait accueilli des milliers d'années auparavant le glissement de Storegga se remplit avec un éboulement encore plus grand qui progressait inexorablement en produisant un effet d'aspiration gigantesque.

Le bord du plateau s'effondra.

Il se détacha, purement et simplement, sur une largeur de cinquante kilomètres. Et ce n'était que le début de l'histoire.

A Sveggesundet, Norvège

Aussitôt après le décollage de Johanson, Tina Lund mit ses bagages dans la Jeep qu'il lui avait prêtée et démarra.

Elle roulait vite. Avec la pluie qui commençait à tomber, la chaussée était grasse. Son propriétaire aurait sûrement poussé des cris d'orfraie, mais la jeune femme était décidée à voir ce que cette voiture avait dans le ventre. De toute façon, il n'y avait pas de paysage à contempler, par un temps pareil.

A chaque kilomètre qui la rapprochait de Sveggesundet, elle se sentait devenir plus légère.

Le nœud s'était défait. Après avoir réglé l'affaire avec Stone, elle avait appelé Kare et lui avait proposé de passer quelques jours au bord de la mer. Kare avait été content, et un peu surpris, à ce qu'il semblait. Quelque chose dans sa réaction lui avait fait pressentir que Johanson avait eu raison. Qu'elle avait bien fait de se dépêcher de rectifier le tir, car son amoureux était prêt à déclarer forfait. Elle avait eu très peur un instant d'avoir raté sa chance, et elle s'était entendue prononcer des paroles qui ressemblaient presque un peu trop à un engagement ferme.

Johanson avait démoli une maison. D'accord. Il ne lui restait plus qu'à essayer d'en construire une pour sa part.

Au moment où elle s'engageait dans la rue principale de Sveggesundet, elle sentit son pouls s'accélérer. Elle gara la voiture sur une place, au-dessus du Fiskehuset. De là, on descendait une allée et un chemin piétonnier pour gagner la plage. Ce n'était pas une vraie plage de sable. De la mousse et des fougères recouvraient des galets et des cailloux plats. Le paysage de Sveggesundet était plat mais sauvage et romantique, et le Fiskehuset, avec sa terrasse en bord de mer, offrait une vue exceptionnelle, même aujourd'hui, même obstruée par la pluie.

Tina rejoignit le restaurant sans se presser. Elle entra. Kare n'était pas là, et ce n'était pas ouvert. Une aide-cuisinière venue déposer un cageot de légumes lui apprit que son patron avait des choses à faire au village. A la banque, ou chez le coiffeur, elle ne le savait pas, il ne lui avait pas dit quand il serait de retour.

C'est ta faute, se reprocha Tina.

Ils s'étaient donné rendez-vous au restaurant. Il fallait dire qu'elle avait roulé comme une dingue, c'était peut-être ce qui expliquait qu'elle avait une heure d'avance. Il ne lui restait plus qu'à s'installer et à attendre. Mais c'était idiot. De quoi aurait-elle l'air ? Coucou, regarde qui est là ! Ou pire : Dis donc, Kare, tu étais où, ça fait des plombes que je t'attends !

Elle sortit sur la terrasse. La pluie vint lui cingler le visage. D'autres seraient rentrées en vitesse, mais Tina n'était pas sensible au mauvais temps. Elle avait passé son enfance à la campagne. Elle aimait le soleil, mais aussi la tempête et la pluie.

En fait, elle se rendait compte, maintenant, que les rafales qui avaient secoué la voiture pendant la dernière demi-heure s'étaient transformées en une bonne tempête. Il y avait moins de brume, mais les nuages qui filaient dans le ciel étaient plus bas. Aussi loin que portait le regard, la mer était houleuse et recouverte d'écume.

Quelque chose lui parut étrange.

Elle venait souvent par ici, elle connaissait bien la région. Et pourtant, la grève lui parut plus large que d'habitude. Le gravier et les rochers semblaient s'enfoncer plus loin dans la mer, malgré les vagues qui roulaient vers le rivage. Le reflux avait l'air beaucoup plus important.

Tu dois te tromper, se dit-elle.

D'un geste décidé, elle sortit son portable et composa le numéro du mobile de Kare. Elle pouvait très bien lui annoncer son arrivée. Cela valait mieux que de risquer de lui faire une surprise désagréable. Peut-être se mettait-elle des idées dans la tête, mais elle préférait le mettre au courant. Elle n'était pas d'humeur à supporter un air mécontent, ni même le moindre signe de manque d'enthousiasme.

La sonnerie retentit, quatre fois, puis elle eut le répondeur.

Tant pis. C'était le destin qui en avait décidé ainsi.

Elle attendrait donc.

Elle repoussa les mèches humides de son front et s'engouffra à l'intérieur en formant des vœux pour que la machine à café soit en état de marche.

Le tsunami

La mer était pleine de monstres.

Depuis des temps immémoriaux, la mer alimentait les mythes, les métaphores et les peurs ancestrales. Les compagnons d'Ulysse furent victimes de Scylla, un monstre à six têtes. Poséidon créa le monstre Cetus pour punir la morgue de Cassiopée, et envoya un serpent géant à Laocoon, qui défendait Troie, pour se venger de sa traîtrise. Ce n'est que grâce à la cire qu'ils se mettaient dans les oreilles que les marins échappaient aux sirènes. Les ondines, les dinosaures marins et les pieuvres géantes proliféraient dans les eaux de l'imagination. Le *Vampyrotheutis infernalis* – le vampire des enfers – enfin, aux antipodes de toutes les valeurs humaines, cristallisa les terreurs. Jusqu'à la bête à cornes de la Bible qui sortit, elle aussi, de la mer. Et c'est la science, vouée par essence au scepticisme, qui annonça que tous les mythes et récits palpitants contenaient un fond de vérité, après que l'on eut retrouvé le cœlacanthe et prouvé l'existence du calamar géant.

Après avoir, pendant des siècles, éprouvé une sainte terreur devant les habitants des abysses, l'humanité les pistait à présent avec enthousiasme. Pour l'homme de science, plus rien n'était sacré, pas même la peur. Les monstres, les vrais autant que les imaginaires, étaient devenus ses camarades de jeu, les joujoux de la recherche.

Sauf un.

Le pire de tous. Il avait le don de provoquer la panique, y compris chez les gens les plus évolués. Surgissant de la mer, il s'abattait sur la terre ferme, apportant la mort et la désolation. Il devait son nom aux pêcheurs japonais qui, rentrant du large où ils n'avaient rien vu, trouvaient à leur retour leurs villages dévastés et leurs familles anéanties. Ils avaient trouvé un mot pour définir le monstre. Traduit littéralement, il signifiait « vague de port ». *Tsu* pour port, *nami* pour vague.

Tsunami.

La décision d'Alban de mettre le cap sur la haute mer prouvait qu'il connaissait le monstre et sa spécificité. La plus grosse erreur eût été de mettre le cap sur un port dans l'espoir de s'y mettre à l'abri.

Il fit exactement ce qu'il fallait faire.

Tandis que le *Thorvaldson* se battait avec les éléments, le talus continental et le bord du plateau continuaient à s'enfoncer dans les profondeurs. L'aspiration fit baisser le niveau de la mer sur une vaste étendue. Des vagues se formèrent autour de l'endroit où avait eu lieu la dépression et s'étalèrent en cercles qui se propagèrent dans toutes les directions. Au-dessus du centre de la dépression, une zone de plusieurs milliers de kilomètres carrés, elles étaient encore si peu élevées qu'on ne les remarquait pas au milieu de la tempête qui faisait rage. Leur amplitude était de un mètre tout juste au-dessus du niveau de la mer.

Ensuite, elles atteignirent une région de plateau horizontal.

Alban avait appris ce qui différenciait les vagues de tsunami des vagues classiques, c'est-à-dire à peu près tout. Normalement, c'était le mouvement de l'air qui déterminait l'état de la mer. Quand le rayonnement solaire réchauffait l'atmosphère, il ne répartissait pas toujours le réchauffement de manière uniforme sur la surface de la Terre. Des vents se levaient, générant une friction, et donc des vagues à la surface de l'eau. Ces vagues ne montaient pas à plus de quinze mètres, y compris pendant les ouragans. Les vagues géantes, telles les fameuses *freak waves* ou « vagues scélérates », constituaient l'exception. La vitesse de pointe des vagues de tempête classiques se situait à quatre-vingt-dix kilomètres à l'heure, et l'effet du vent restait limité aux couches océaniques supérieures. A partir d'une profondeur de deux cents mètres, c'était le calme.

Or, les vagues de tsunami n'étaient pas fabriquées à la surface, mais au fond. Elles n'étaient pas le résultat de la vitesse du vent, mais survenaient à la suite d'un choc sismique, et les ondes de choc se déplaçaient à une vitesse entièrement différente. Mais, surtout, l'énergie de la vague de tsunami était transmise par la colonne d'eau jusqu'au fond océanique. La vague était donc en contact avec le fond en tous les points de la mer, quelle que soit la profondeur. L'ensemble de la masse d'eau était affecté par l'ondulation.

La meilleure illustration du phénomène ne se faisait pas par ordinateur, mais de manière bien plus simple. Il suffisait de prendre un seau d'eau et de donner un coup de pied en dessous. Il se formait à la surface plusieurs vagues concentriques. L'ébranlement du fond se répercutait sur l'ensemble du contenu et se répandait vers l'extérieur par vagues.

Il suffisait de se représenter cet effet à une échelle un peu plus grande…

Le tsunami déclenché par le glissement démarra à une vitesse initiale de sept cents kilomètres par heure dans toutes les directions, avec des crêtes plates extrêmement étendues. La première vague à elle seule transporta un million de tonnes d'eau et une quantité similaire d'énergie. Au bout de quelques minutes, elle atteignit le bord du plateau effondré. Le fond océanique devint plus plat, freinant la vague, ralentissant son front, sans diminuer notablement l'énergie qu'elle entraînait. Les masses d'eau continuèrent à s'étendre, et comme elles avançaient moins vite, elles commencèrent à se superposer. Plus le fond était plat, plus le tsunami montait, alors qu'en même temps sa longueur diminuait de plus en plus. Des vagues de tempête l'accompagnaient, perchées sur sa crête. Lorsqu'il atteignit les premières plates-formes de forage du plateau continental de Norvège, il n'avançait plus qu'à la vitesse de quatre cents kilomètres par heure, mais sa hauteur atteignait déjà quinze mètres.

Une vague de quinze mètres de haut n'était pas de nature à faire trembler particulièrement les occupants des plates-formes – dès lors qu'il s'agissait d'une vague de tempête ordinaire.

En revanche, subir une onde de choc venue du tréfonds de la mer, couronnée par un mur d'eau haut de quinze mètres et circulant à quatre cents kilomètres par heure, c'était un peu comme recevoir un avion gros porteur sur la tête.

Sur Gullfaks C, sur le plateau continental norvégien

Pendant quelques instants, Lars Jörensen crut qu'en réalité il était déjà trop vieux pour pouvoir passer ses derniers mois avant la retraite sur la plate-forme. Il s'était mis à trembler de tous ses membres. Au point que la rambarde paraissait trembler avec lui, ce qui n'était pas banal. D'autant qu'il se sentait en forme, après tout. Déprimé, d'accord, mais en forme. Etait-ce ce qu'on ressentait quand on faisait une crise cardiaque ?

Puis il comprit que ce n'était pas lui qui tremblait. C'était la rambarde.

Gullfaks C tremblait.

Cette révélation le frappa comme un coup à l'estomac.

Il regarda le derrick. Puis la mer. En bas, la tempête faisait rage, mais il avait déjà vu pire. Bien pire, sans même qu'on s'en aperçoive sur la plate-forme. Ce tremblement, Jörensen ne le connaissait que par ouï-dire, quand une extraction mal exécutée avait provoqué une éruption et que le pétrole ou le gaz sous haute pression jaillissait. Il pouvait arriver dans ce cas que l'ensemble de la plate-forme fût soumise à de violentes vibrations. Mais ce genre de chose n'était pas possible sur Gullfaks. Ils pompaient le pétrole dans des citernes sous-marines, et cela ne se passait pas juste en dessous de la plate-forme, mais dans une large zone tout autour.

Dans le milieu offshore, il existait une sorte de hit-parade des catastrophes potentielles. Les contreventements des ossatures métalliques sur lesquelles reposaient de nombreuses plates-formes pouvaient se rompre. Les vagues scélérates étaient considérées comme un accident majeur. On craignait aussi les collisions avec des pontons arrachés et des pétroliers devenus impossibles à manœuvrer. Tout cela se disputait les meilleures places sur la liste des horreurs. Tout en haut arrivait la fuite de gaz. Les fuites étaient difficilement détectables. On ne les remarquait souvent que lorsqu'il était trop tard et qu'elles entraient en contact avec le feu. Dans ce cas, c'était l'explosion de la plate-forme, comme la Piper Alpha en 1988, du côté britannique, la plus grande catastrophe de l'histoire de l'industrie pétrolière, qui avait coûté la vie à plus de cent soixante personnes.

Mais un tremblement de terre sous-marin, c'était le cauchemar intégral.

Jörensen comprit qu'il s'agissait d'un tremblement de terre.

Tout pouvait arriver, à présent. Quand la terre tremblait, on perdait tout contrôle sur les événements. Le matériel se déformait et craquait. Des fuites se produisaient, des incendies se déclaraient. Quand un tremblement de terre faisait trembler une plate-forme, il ne restait plus qu'à espérer que les choses n'empirent pas, que le fond de l'océan ne s'ouvre pas ou ne glisse pas, que les constructions ancrées résistent aux chocs. Et même dans ce cas, il pouvait encore survenir un problème imprévu, inconnu, généré par le tremblement de terre… La vérité, c'est qu'il n'y avait rien à faire, tout simplement.

Un problème se dirigeait justement vers la plate-forme.

Jörensen le vit se rapprocher et sut que la fin était là. Il se retourna néanmoins, entreprit de dévaler les marches d'acier pour s'échapper de la galerie.

Tout alla très vite.

Il perdit pied et tomba. Instinctivement, il se cramponna aux caillebotis du sol. Un bruit infernal éclata, un vacarme monstrueux, comme si la plate-forme se brisait. Jörensen entendit des cris, une détonation assourdissante déchira l'air et il fut projeté contre la rambarde. Une violente douleur parcourut son corps tout entier. Toujours accroché aux caillebotis, il eut l'impression que la mer se redressait. Au-dessus de lui, du métal vola en éclats dans un grincement aigu. Avec horreur, il comprit que la gigantesque plate-forme se couchait sur le flanc. Pour le coup, il perdit la tête. Il ne resta plus qu'un être en proie à la panique qui entreprit la folle tentative de grimper, pour échapper à l'eau qui s'approchait. Il voulut escalader la paroi qui, l'instant précédant, était encore un sol, mais elle devint encore plus raide et Jörensen se mit à hurler.

Ses forces l'abandonnèrent. Les doigts de sa main droite se détachèrent, et il glissa vers le bas. Une secousse terrible parcourut son bras gauche. Il était suspendu par une main. Toujours hurlant, il regarda en l'air et vit basculer la tour de forage et la flèche où brûlait la flamme de gaz, qui ne se dressait plus au-dessus de l'eau, mais droit dans le ciel aile de corbeau.

Pendant un court moment, la flamme solitaire parut presque sublime. Comme un salut aux dieux. Attendez-nous là-haut. Nous arrivons.

Puis tout explosa dans un nuage jaune incandescent, et Jörensen fut projeté à la mer. Il ne sentit pas la douleur à l'endroit où son bras avait été arraché, laissant sa main gauche toujours crispée sur un des caillebotis de la galerie. Le déluge de feu n'eut pas le temps de le rattraper, car déjà le tsunami s'écrasait sur la plate-forme qui sombrait, et Gullfaks C fut dans l'instant pulvérisée, tandis que les piles de béton disparaissaient dans les profondeurs, avec le bord du plateau continental qui s'écroulait.

Grand-père, raconte-nous une histoire…

A Oslo, Norvège

La femme écoutait, les sourcils froncés.

— Qu'est-ce que vous voulez dire ? Un genre de réaction en chaîne ?

Elle appartenait à la cellule permanente chargée de la surveillance des catastrophes au ministère de l'Environnement, et elle était habituée à être confrontée aux théories les plus fantaisistes. Elle connaissait le Centre Geomar et savait aussi que là-bas on était peu enclin à plaisanter, aussi tenta-t-elle de comprendre au plus vite ce que le scientifique allemand lui racontait au téléphone.

— Pas tout à fait, répondit Bohrmann. C'est plutôt un déroulement simultané. Le talus est en train de s'effondrer sur tout son parcours. Tout s'écroule en même temps.

La femme avala sa salive.

— Et… quels seraient les secteurs concernés ?

— Ça dépend de l'endroit exact où se passe l'effondrement et sur quelle longueur. De vastes secteurs de la côte norvégienne, je pense. Les vagues de tsunami se propagent sur des milliers de kilomètres. Nous informons tous les pays côtiers, l'Islande, la Grande-Bretagne, l'Allemagne, tous.

La femme regarda par la fenêtre du bâtiment. Elle pensa aux plates-formes, là-bas, au large. Il y en avait des centaines jusqu'à Trondheim.

— Quelles seraient les conséquences envisageables pour les villes côtières ? demanda-t-elle d'une voix blanche.

— Il faut envisager l'évacuation.

— Et pour l'industrie offshore ?

— Vous savez, c'est difficile à dire. Au mieux, il y aura une série de petits glissements. Dans ce cas, ça bougera un peu, rien de plus. Au pire, cela signifie…

Au même moment, la porte s'ouvrit et un homme entra, le visage blanc. Il posa une feuille devant la femme et lui fit signe de mettre un terme à la conversation. Elle écarta l'écouteur de son oreille, prit l'imprimé et parcourut le texte. Il était bref. C'était la copie d'un message radio, transmis par un bateau. Le *Thorvaldson*.

Elle sentit le sol se dérober sous ses pieds.

— … signes précurseurs, disait Bohrmann. Si cela devait se produire, il faudrait que les gens des régions côtières sachent les repérer. Les tsunamis s'annoncent. Un peu avant leur arrivée, on voit le niveau de la mer monter très rapidement, puis se retirer, et ce, plusieurs fois de suite. Si on surveille bien, ce phénomène ne peut pas passer inaperçu.

Au bout de dix ou vingt minutes, la mer se retire brutalement, loin du rivage. On voit les récifs et les rochers, une partie du fond qu'on ne voit jamais d'habitude. Il faut que les gens partent immédiatement se réfugier sur les hauteurs.

La femme écoutait à peine. Quelques instants plus tôt, elle en était encore à essayer d'imaginer ce qui arriverait si l'homme qui lui parlait au téléphone disait vrai. Maintenant, elle essayait de se représenter ce qui était en train de se passer.

A Sveggesundet, Norvège

Tina se consumait d'ennui.

Qu'est-ce qu'elle faisait, là, dans ce restaurant vide, devant son café ? L'inaction, pour elle, était une vraie torture. L'aide-cuisinière avait eu l'amabilité de brancher la machine à espresso spécialement pour elle. Son cappuccino était délicieux, et malgré la tempête et le peu de visibilité, la mer, à travers les grandes fenêtres panoramiques, offrait une vue impressionnante. Mais Tina en avait assez d'attendre.

Elle était en train de jouer avec la couche mousseuse qui surmontait son café lorsque quelqu'un entra. Un courant d'air s'engouffra à l'intérieur.

— Salut, Tina.

Elle leva la tête. C'était un ami de Kare. Elle ne connaissait que son prénom, Ake.

— Qu'est-ce que tu fais là ? Tu viens voir Kare ? s'enquit-il.

— C'est ce que je croyais, répondit Tina avec un sourire en coin.

Ake lui décocha un regard étonné.

— Ben, qu'est-ce que tu fais toute seule ici ? Il n'est pas encore arrivé ?

— C'est ma faute, je suis arrivée trop tôt.

— Appelle-le.

— C'est ce que j'ai fait, mais je suis tombée sur son répondeur.

— Mais oui, bien sûr ! s'exclama Ake en se tapant le front. Il n'y a pas de réseau, là où il est.

Tina tendit l'oreille.

— Parce que tu sais où il est ?

— Oui, on était ensemble, chez Hauffen.

— Hauffen, la distillerie ?

— Oui. Il achète des alcools. On en a goûté un ou deux, mais tu connais Kare. C'est pas un alcoolo, il est sobre comme un chameau, c'est moi qui ai dû me soûler à sa place…

— Il y est encore ?

— Quand je l'ai quitté, ils étaient encore en bas, dans la cave, en train de discuter. Tu n'as qu'à y aller, tu sais où ça se trouve.

Tina le savait, effectivement. La petite distillerie qui produisait un excellent aquavit se trouvait à dix minutes à pied, sur un plateau. En voiture, il ne fallait que deux minutes. Mais l'idée d'une petite promenade à pied lui souriait. Elle avait passé assez de temps assise.

— J'y vais à pied, annonça-t-elle.

— Par ce temps de chien ? s'inquiéta Ake. Bon, tu fais ce que tu veux. Mais il va te pousser des palmes.

— C'est mieux que des racines.

Elle se leva, heureuse d'avoir une occasion de se bouger.

— A plus, je le ramène avec moi.

Dehors, elle releva le col de sa veste, descendit sur la plage et se mit en route. De là, on voyait bien la distillerie par temps clair. Aujourd'hui, on ne distinguait qu'une esquisse grise sous la pluie qui tombait en travers.

Est-ce qu'il serait content de la voir ?

Incroyable ! Elle se conduisait comme une adolescente amoureuse. Tina Lund, tu es complètement givrée ! Evidemment, qu'il sera content de te voir !

Tout en marchant, elle promenait son regard sur la mer. Elle avait dû se tromper, tout à l'heure. Elle avait trouvé la plage rocheuse plus large que d'ordinaire, mais non. Au contraire, elle paraissait plutôt plus étroite.

Elle s'arrêta.

Comment pouvait-on se tromper à ce point ?

C'était peut-être à cause de la tempête. Les vagues ne déferlaient pas toujours avec la même puissance. Sans doute étaient-elles plus violentes en ce moment.

Elle haussa les épaules, reprit son chemin.

Lorsqu'elle pénétra dans la distillerie, trempée jusqu'aux os, elle ne trouva personne dans la petite salle. Une porte de bois était ouverte, au fond. Un rai de lumière montait de la cave. Sans hésiter, elle descendit et tomba sur deux hommes âgés qui bavardaient, appuyés sur les tonneaux, un verre à la main. C'é aient les deux frères, les propriétaires de la distillerie, deux gars sympathiques, au visage tanné par les intempéries. Kare brillait par son absence.

— Oh ! pas de chance, dit l'un des deux frères, il est parti il y a à peine deux minutes !

— Il est venu à pied ? demanda-t-elle, dans l'espoir de pouvoir le rattraper.

— Non, répondit l'autre frère, en camionnette. Tu comprends, il a fait quelques emplettes, il n'allait pas les porter !

— Il a dit s'il retournait au restaurant ?

— Oui, c'est ce qu'il a dit.

— Bon, merci.

— Attends ! s'écria l'un des deux frères en s'approchant d'elle. Puisque tu es là, tu prendras bien un petit verre avec nous ! Ça ne se fait pas, d'entrer dans une distillerie et d'en repartir à jeun.

— Merci, c'est très gentil, mais…

— Il a raison, insista l'autre frère, il faut que tu prennes quelque chose.

— Je…

— Dehors, c'est la fin du monde, ma pauvre petite. Tu ne vas jamais pouvoir retrouver ton chemin, si tu ne prends pas un petit remontant…

Ils la regardaient tous deux. Elle ne pouvait pas décevoir ces deux vieux si gentils. Et d'ailleurs, qu'est-ce qui l'empêchait de boire un petit coup avec eux ?

Rien.

— Allez, rien qu'un verre, alors, dit-elle.

Les deux frères arborèrent un large sourire et se regardèrent en hochant la tête comme s'ils venaient de faire la conquête de Constantinople.

Sur les îles Shetland, Grande-Bretagne

L'hélicoptère s'apprêta à atterrir.

Johanson regarda par le hublot. Ils avaient survolé les falaises, les avaient suivies et se dirigeaient à présent sur le petit terrain d'atterrissage où Karen Weaver était censée l'accueillir. Les falaises descendaient en pente douce vers le sud et aboutissaient dans une baie arrondie. A partir de là, le paysage était plat. D'interminables plages de sable et de galets se succédaient, derrière lesquelles commençaient les landes typiques des îles Shetland, des étendues de collines basses, traversées par des routes qui faisaient comme des griffures.

L'héliport appartenait à une station de recherche maritime qui abritait une poignée de scientifiques et il méritait à peine cette appellation : c'était un champ de pierraille qui s'arrondissait au milieu d'une étendue verte, et la station elle-même n'était qu'une juxtaposition de baraques que le vent avait penchées de guingois. Une étroite route descendant des collines débouchait sur un embarcadère. Johanson ne vit aucun bateau. Deux véhicules tout-terrain étaient garés près des baraques, ainsi qu'un minibus Volkswagen rouillé. Karen Weaver était en train d'écrire un article sur les veaux marins, c'était la raison pour laquelle elle avait choisi cet endroit. Elle sortait régulièrement en mer avec les chercheurs, plongeait avec eux et, le reste du temps, demeurait dans l'une des cabanes.

Une dernière rafale fit trembler l'appareil, puis les roues touchèrent le sol. L'hélicoptère se posa en rebondissant.

— Voilà, on s'en est tirés, dit le pilote.

Johanson vit une petite silhouette plantée au bord du terrain d'atterrissage, cheveux au vent. Il supposa que c'était Karen Weaver. Elle l'attendait, là, perdue au milieu du désert. Il trouva la scène charmante. Non loin d'elle, une moto était posée sur sa béquille. Tout cela lui plut. Une île archaïque, une silhouette solitaire, chacune au diapason de l'autre. Il s'étira, remit son livre de poèmes dans son sac et prit son manteau.

— Moi, je serais assez d'accord pour faire encore quelques tours de piste, dit-il, mais ça m'embêterait de faire attendre cette dame.

Le pilote se tourna vers Johanson et le regarda d'un air soupçonneux.

— Vous frimez, là, ou vous n'avez vraiment pas eu peur ?

Johanson, empêtré dans les manches de son manteau, répliqua :

— A vous de trouver la réponse, vous avez de l'expérience, avec tous les pontes que vous trimballez…

— Ça, c'est vrai.

— Alors, je suis cool ?

— Je ne sais pas. Peut-être que vous bluffez. Mes clients habituels auraient imploré tous les saints du Ciel, c'est sûr.

— Skaugen aussi ?

— Skaugen ? réfléchit le pilote, tandis que le battement des rotors ralentissait. Non, je crois que rien ne peut impressionner Skaugen.

C'est vrai, le contraire m'aurait étonné, se dit Johanson.

— Vous pouvez venir me reprendre demain midi ?

— Absolument.

La porte s'ouvrit et il descendit la petite échelle. Est-ce qu'il était cool ? Au fond de lui, il était très content d'avoir retrouvé la terre ferme. Le pilote, lui, devait continuer, mais il était habitué aux mauvaises conditions météorologiques. Il ne ferait qu'une courte halte, puis repartirait vers Lerwick pour faire le plein.

Johanson accrocha son sac en bandoulière et se dirigea vers la silhouette qui l'attendait. Son manteau se soulevait et lui battait les jambes, mais au moins il ne pleuvait pas.

Karen Weaver s'avança vers lui sans se presser.

A chaque pas, curieusement, elle paraissait rétrécir. Lorsqu'elle fut devant lui, il estima qu'elle mesurait un mètre soixante-cinq tout au plus. Il émanait d'elle une sorte de vigueur séduisante. Son jean se tendait sur des jambes musclées. Sous sa veste de cuir se dessinaient de larges épaules. Elle semblait ne pas porter un gramme de maquillage. Son teint hâlé était de ceux que vous donne le grand air. La brûlure du soleil et du sel y avait contribué en faisant ressortir les taches de rousseur qui parsemaient ses larges pommettes osseuses et son front. Le vent emmêlait un flot de boucles châtain.

Elle le dévisagea d'un air intéressé.

— Bonjour, monsieur Johanson. Vous avez fait bon voyage ?

— Non, c'était moche. Il a fallu que je me réfugie auprès de Walt Whitman. Mais le pilote, là-bas, il a dit que j'étais cool.

Elle sourit.

— Vous voulez manger quelque chose ? proposa-t-elle.

Curieuse question ! « Bonjour, vous voulez manger ? », comme ça, tout de suite ? Puis Johanson s'aperçut que, oui, il avait faim.

— Volontiers. Où ?

Elle eut un geste de la tête en direction de la moto.

— On peut aller au village voisin. Si vous avez supporté le vol, vous supporterez bien la Harley. Bien sûr, on peut se contenter de la station, ce sera plus rapide, mais il faut aimer le corned-beef et la soupe aux petits pois en conserve…

Johanson la regarda et vit que ses yeux étaient d'un bleu intense. Le bleu de la haute mer.

— Pourquoi pas ? dit-il. Vos chercheurs sont sortis en mer ?

— Non. Il y a trop de vent. Ils sont allés au village, à l'approvisionnement. Ici, j'entre et je sors comme chez moi, et je peux aussi ouvrir une boîte. Mais il ne faut pas m'en demander plus, question cuisine. Venez.

Johanson traversa à sa suite la piste pierreuse pour se diriger vers la station. En bas, les bâtiments ne semblaient plus aussi penchés.

— Où sont les bateaux ? s'enquit-il.

— Nous n'aimons pas les laisser à l'extérieur, expliqua-t-elle avec un geste en direction du bâtiment situé au bord de l'eau. La baie n'est pas bien protégée, alors on les transporte chaque fois dans ce bâtiment, qui est tout près de la mer.

La mer…

Où donc était la mer ?

Johanson eut un mouvement de surprise et s'arrêta. L'endroit où les vagues déferlaient encore, quelques instants auparavant, était devenu une étendue de vase parcourue de rochers plats. La mer s'était retirée, mais cela avait dû se passer une minute plus tôt ! Ce n'était plus que du sol, qui allait très loin.

Ce n'était pas la marée, ce n'était pas possible. L'eau avait reculé de plusieurs centaines de mètres…

Karen avança encore de quelques pas, puis elle se retourna vers lui.

— Qu'est-ce qui se passe ? Vous n'avez pas faim ?

Il secoua la tête. Du bruit lui parvint, enfla, gagna en puissance. Il crut tout d'abord qu'un gros avion volait à basse altitude, cap sur l'île. Mais non, ce n'était pas un bruit d'avion. C'était plutôt comme un grondement de tonnerre, mais beaucoup trop régulier pour le tonnerre, et cela ne s'arrêtait pas…

Tout à coup, il sut.

Karen avait suivi son regard.

— Merde, qu'est-ce que c'est que ça ? s'exclama-t-elle.

Johanson se prépara à répondre. Au même moment, il vit l'horizon s'obscurcir, et Karen le vit aussi.

— A l'hélico ! hurla-t-il.

La journaliste resta une seconde sur place, comme pétrifiée. Puis elle prit ses jambes à son cou. Ensemble, ils se précipitèrent vers l'hélicoptère. Derrière les vitres du cockpit, Johanson vit le pilote en train de vérifier ses instruments. Une seconde plus tard, l'aviateur leva les yeux sur les silhouettes qui couraient vers lui. Il s'arrêta dans son geste. Johanson lui fit signe de faire descendre l'échelle. Il savait que le pilote ne pouvait voir ce qui venait de la mer, car le cockpit était tourné vers la terre.

Le pilote eut l'air surpris, puis fit un signe de tête. La porte s'ouvrit avec un sifflement, l'échelle descendit.

Le grondement se rapprochait, comme si le monde entier, de l'autre côté de l'île, se mettait à bouger.

Et c'est exactement ce qui se passe, se dit Johanson.

Il se trouvait au mauvais endroit, au mauvais moment.

Partagé entre l'horreur et la fascination, il s'arrêta au pied de l'échelle et regarda la mer revenir, recouvrir la surface vaseuse. Mon Dieu, se dit-il, c'est tellement invraisemblable ! Ce n'est pas compatible avec notre époque, ce n'est pas fait pour des gens civilisés. C'est juste un truc qu'on trouve dans les livres de classe.

Tout le monde savait que les météorites, les tremblements de terre, les éruptions volcaniques et les déluges avaient modifié l'aspect de la Terre au cours de millions d'années, mais, à la suite de quelque accord secret, il était entendu qu'on avait mis un point final à ce genre de bouleversements avec le début de l'ère de la technique.

— Johanson !

Quelqu'un lui donna un coup. Il s'arracha à sa contemplation et gravit l'échelle en hâte, suivi de Karen. L'hélicoptère avait commencé à trembler. Il vit les yeux du pilote se remplir de stupéfaction. Il lui cria :

— Décollez ! Tout de suite !

— Qu'est-ce que c'est que ce bruit ? Qu'est-ce qui se passe ?

— Grouillez-vous ! Allez, décollez !

— On va où, d'abord ?

— On s'en fout ! Montez, bon Dieu !

Les rotors se mirent en mouvement en pétaradant. Le Bell s'arracha du sol en tanguant et s'éleva de un mètre, puis de deux. Alors la curiosité du pilote fut plus forte que sa peur. Il fit pivoter l'appareil de cent quatre-vingts degrés, de manière à avoir vue sur la mer. Les traits de son visage se déformèrent.

— Oh ! bordel de merde ! lâcha-t-il.

— Là-bas ! s'écria Karen en montrant les baraques du doigt. Il y a quelqu'un !

Johanson tourna la tête. Quelqu'un sortait du bâtiment et courait dans leur direction. Un homme en jean et tee-shirt. Sa bouche était grande ouverte. Il courait à perdre haleine en agitant les bras.

Johanson regarda Karen, incrédule.

— Je croyais…

— Moi aussi.

Elle ouvrait des yeux horrifiés sur la silhouette qui se rapprochait.

— Il faut redescendre, dit-elle. Ô mon Dieu, c'est vrai, je ne savais pas que Steven était là, je croyais que tout le monde…

Johanson secoua énergiquement la tête.

— Il n'y arrivera pas.

— On ne peut pas le laisser tomber.

— Mais regardez dehors, putain ! Il n'y arrivera pas. *On* n'y arrivera pas !

Karen le bouscula pour se ruer vers la porte. Puis elle perdit l'équilibre au moment où le pilote manœuvrait pour mettre le cap sur l'homme qui courait à leur rencontre. L'hélicoptère se mit à pivoter et trembla, touché par une série de fortes rafales. Le pilote poussa une bordée de jurons. Un bref moment, ils perdirent le scientifique de vue, puis ils se retrouvèrent soudain très près de lui.

— Il va y arriver ! cria Karen. Il faut descendre !

— Non, murmura Johanson.

Elle ne l'entendit pas. Elle ne pouvait pas l'entendre. Le bruit des rotors lui-même était recouvert par le grondement de tonnerre de la mer qui arrivait. Johanson savait qu'ils ne pourraient pas sauver le chercheur, et qu'ils avaient déjà perdu un temps précieux. Et maintenant, il se demandait si eux-mêmes allaient pouvoir s'en tirer. Il se contraignit à détacher son regard de la silhouette qui courait et à regarder droit devant.

La vague était gigantesque. Dans les trente mètres de haut. Un mur d'eau grondant, furieux, vert et noir. Quelques centaines de mètres à peine le séparaient du rivage, mais il approchait à la vitesse d'un express, et cela signifiait qu'il leur restait quelques secondes au mieux avant la collision. Il était clair qu'ils n'avaient plus le temps de faire monter l'homme à bord et d'échapper en même temps à la masse d'eau qui fondait sur eux. Et pourtant, le pilote essaya une dernière fois d'approcher l'appareil du malheureux. Peut-être espérait-il que celui-ci parviendrait à sauter dans l'habitacle par la porte ouverte, à attraper un patin, enfin, à faire un de ces trucs qu'on voyait tous les jours au cinéma et qui réussissaient régulièrement à Bruce Willis ou à Pierce Brosnan.

Le chercheur trébucha, s'étala de tout son long.

Ça y est, il est foutu, se dit Johanson.

Devant eux, c'était l'obscurité. On ne voyait plus le ciel à travers les vitres du cockpit, on ne voyait rien, hormis le front de la vague. Elle remplissait leur champ de vision de tous les côtés et se dirigeait sur eux à une vitesse prodigieuse. Ils avaient raté leur chance. S'ils s'élevaient à la verticale, ils entreraient en collision à mi-hauteur avec la gigantesque lame. S'ils volaient vers l'intérieur des terres, ils gagneraient du temps, mais l'eau les rattraperait à coup sûr. Dans tous les cas de figure, le tsunami serait plus rapide, sans compter qu'ils devraient d'abord changer de cap. Les secondes qui venaient seraient pour eux les dernières.

Dans un pur accès de distanciation, Johanson se demanda comment il pouvait supporter la vue de la mort qui s'approchait sans devenir fou. Puis la réalité le rattrapa lorsque le pilote fit la seule chose à faire, en l'espèce commander à l'appareil de reculer *et* de monter. En même temps. Le Bell piqua du nez. Un court instant, le sol apparut, à toucher les vitres, mais la manœuvre réussit, et ils partirent vers l'arrière tout en s'élevant. L'appareil émit un hurlement, comme si la transmission allait exploser. Jamais Johanson n'aurait cru un hélicoptère capable d'une telle prouesse – et sans doute le pilote non plus –, mais cela fonctionna.

La vague les poursuivait, tel un animal affamé. Après avoir balayé la plage, elle se mit à déferler. Des montagnes d'écume suivirent le Bell dans sa fuite éperdue. Le tsunami hurlait et grinçait. L'instant suivant, un coup épouvantable vint frapper l'hélicoptère, et Johanson fut projeté à côté de la porte ouverte. De l'eau vint gifler son visage. Sa tête alla heurter la paroi, et il vit trente-six chandelles. Il parvint à se rattraper à un morceau de métal, un support, et s'y cramponna. Une douleur atroce le parcourut. Il ne savait pas si l'horrible bourdonnement qui résonnait dans ses oreilles provenait de la vague ou de sa tête, s'ils montaient ou s'ils tombaient. Une pensée le traversa : la vague les avait rattrapés et ils allaient être pulvérisés. Il attendit la fin.

Puis sa vue s'éclaircit. La cabine était remplie de projections d'eau. Des nuages gris déchiquetés passèrent au-dessus de l'appareil.

Ils avaient survécu.

Ils avaient réussi. Le tsunami ne les avait pas eus, ils avaient réussi à passer au-dessus de la crête.

L'hélicoptère continua à monter en prenant un virage et ils purent regarder vers la côte, en bas.

Il n'y avait plus de côte. Seulement les flots, qui continuaient à avancer sans réduire leur vitesse, avalant la terre. La station, les véhicules et le chercheur avaient disparu. Au loin, sur la droite, des fontaines d'écume explosaient contre les falaises et montaient à l'assaut du ciel, bien plus haut que leur altitude de vol, comme si elles voulaient s'unir aux nuages.

Karen remua. Elle avait perdu l'équilibre et s'était affalée sur les sièges au moment où l'appareil avait été heurté par le paquet d'eau. Les yeux rivés sur l'extérieur, elle répétait comme une litanie :

— Ô, mon Dieu, Ô mon Dieu, Ô mon Dieu ! ...

Le pilote ne disait rien. Dans son visage livide, on voyait bouger ses mâchoires crispées.

Ils suivaient la vague. Les masses d'eau avançaient plus vite que leur appareil. Ils arrivèrent en vue d'une hauteur, la vague passa pardessus et se déversa en bouillonnant dans la plaine nichée derrière sans avoir été bridée dans son avance. Le paysage était plat, la vague pénétrerait dans les terres sur des kilomètres. La plaine était parsemée de taches blanches. Johanson comprit que c'étaient des moutons qui se lançaient dans une fuite éperdue. Les moutons disparurent.

Une ville côtière eût été rayée de la carte.

Non, c'est faux. Les villes côtières *vont* être rayées, rectifia-t-il *in petto*.

Et d'autres aussi. Presque toutes les villes se trouvant sur les côtes des mers situées au nord allaient être englouties par le maelström. Le tsunami, quel que fût l'endroit où il était né, se propageait en cet instant même, par cercles, suivant le principe des ondes d'impulsion. Sa puissance de destruction se ferait sentir jusqu'en Norvège, jusqu'en Hollande, et en Allemagne, en Ecosse, en Islande.

Progressivement, la réalité de la catastrophe qui était en train de se produire se faisait un chemin dans l'esprit de Johanson... et, soudain, il se plia en deux, comme si on lui avait planté un fer rouge dans le bas-ventre.

Il venait de se souvenir que quelqu'un se trouvait à Sveggesundet.

A Sveggesundet, Norvège

On ne pouvait nier que les frères Hauffen fussent de joyeux compagnons. Ils faisaient tout leur possible pour retenir leur visiteuse. En se poussant mutuellement du coude et avec force clins d'œil, ils allèrent jusqu'à affirmer qu'ils étaient tous deux de bien meilleurs amants que Kare. Tina dut se contraindre à engloutir un dernier verre d'eau-de-vie avant d'obtenir enfin l'autorisation de lever le camp.

Elle consulta sa montre. Si elle partait maintenant, elle arriverait juste à l'heure au Fiskehuset. Si ponctuellement que c'en serait presque embarrassant. Cela la mettrait en position d'infériorité, montrerait à quel point elle était impatiente de le retrouver. Mieux valait se pointer avec quelques minutes de retard, histoire de se faire désirer…

Aucune raison de se précipiter.

Ses deux compagnons de beuverie tinrent à lui faire la bise. Oui, vraiment, Tina était exactement la femme qu'il lui fallait, à Kare, elle ne crachait pas sur un petit verre d'aquavit. Après l'avoir abreuvée de compliments, de taquineries et de bons conseils, ils consentirent enfin à la libérer. L'un des frères l'accompagna sur le seuil et, en ouvrant la porte, décréta à la vue de la pluie battante qu'elle ne pouvait pas sortir sans parapluie. En vain, elle s'efforça de lui expliquer qu'elle sortait systématiquement sans parapluie, que se promener dehors par tous les temps faisait partie de son métier. Elle se heurta à un mur. Son hôte alla chercher un parapluie. S'ensuivit une nouvelle bise. Lorsque, enfin, elle put échapper à la sollicitude des deux distillateurs, elle prit la direction du restaurant, décidée à affronter vaillamment les trombes d'eau, parapluie fermé.

J'ai l'impression qu'on va s'amuser, se dit-elle.

Le ciel s'était encore obscurci, le vent soufflait avec une violence accrue. Elle hâta le pas.

Oh là, doucement !

N'avait-elle pas pris la résolution de prendre son temps ? Mais non, elle était incapable de faire quoi que ce soit en prenant son temps.

Johanson a parfaitement raison. Tu vis toujours à deux cents à l'heure.

Et alors ? Elle était comme ça, et d'ailleurs, elle se rendait enfin auprès de l'homme qu'elle avait décidé d'aimer.

Un léger signal tinta, venu d'elle ne savait où. Elle s'arrêta. Son portable ! Il l'appelait ! Zut alors, il sonnait depuis combien de temps ? Le souffle court, elle manipula la fermeture de sa veste d'un geste vif et tâtonna à l'intérieur. Sans doute avait-il déjà appelé plusieurs fois, mais il n'y avait pas de réseau dans la cave.

Voilà… Elle le sortit d'une main fébrile, s'attendant à entendre la voix de Kare.

— Tina ?

Elle eut un mouvement de surprise.

— Sigur ? Oh ! je suis… je suis contente que tu appelles…

— Tu étais où, merde ! Je n'arrête pas de t'appeler !

— Désolée, mais…

— Tu es où ?

— A Sveggesundet, répondit-elle avec hésitation.

La voix de Sigur lui parvenait déformée, il essayait de recouvrir une espèce de grondement épouvantable, mais il y avait autre chose. Quelque chose qu'elle n'avait jamais entendu dans sa voix et qui lui fit peur.

— Je marche le long de la plage, le temps est abominable, mais tu me connais… poursuivit-elle. Je suis…

— Fous le camp !

— Quoi ?

— Dépêche-toi de foutre le camp !

— Sigur, t'es pas bien ou quoi ?

— Maintenant, vite !

Il continua à parler, sans reprendre haleine. Les mots se déversèrent sur elle comme une pluie, brouillés par des craquements et des bruits, de sorte qu'elle crut d'abord avoir mal entendu. Puis elle comprit peu à peu ce qu'il lui expliquait, et elle se retrouva soudain avec les jambes en coton.

— … sais pas où se trouve l'épicentre, disait la voix métallique à son oreille. La vague va sans doute être plus longue à vous atteindre, mais peu importe, tu n'as plus beaucoup de temps devant toi. Fous le camp, je t'en prie, grouille-toi !

Elle regarda la mer.

La tempête poussait des vagues d'écume devant elle.

— Tina ? hurla Johanson.

— Je… O.K.

Elle prit une grande inspiration, remplit ses poumons à fond.

— O.K., O.K., répéta-t-elle.

Elle jeta le parapluie, remit le portable dans sa poche et prit ses jambes à son cou.

A travers les trombes d'eau, elle distingua les lumières du restaurant, jaunes et accueillantes.

Kare, se dit-elle. Il faut qu'on prenne une voiture, la sienne ou la mienne.

Elle avait laissé la Jeep à cinq cents mètres au-dessus du restaurant, mais il y avait une espèce de parking à côté de l'établissement, où Kare garait sa voiture habituellement. La pluie ruisselait sur ses yeux. Elle l'essuya d'un geste rageur, sans cesser de courir.

Un nouveau bruit vint se mêler au hurlement du vent et au vacarme des vagues. Une sorte d'aspiration bruyante.

Sans s'arrêter, elle tourna la tête.

Il se passait quelque chose d'inimaginable. Le saisissement la fit trébucher, et elle ne put s'empêcher de s'arrêter pour regarder la mer : elle s'en allait, comme si quelqu'un avait retiré un bouchon. Un terrain noir et rocheux apparut, s'étendant aussi loin que portait la vue.

La mer se retirait. A une vitesse prodigieuse.

Puis elle entendit le grondement.

Elle cligna des yeux, les essuya pour se débarrasser de la pluie. Au loin, sur l'horizon, quelque chose de diffus, de gigantesque, se constituait au milieu de la tempête, prenait lentement forme. D'abord, elle crut qu'il s'agissait d'un front de nuages encore plus noirs. Mais ce front arrivait trop vite, et son sommet était trop rectiligne.

Tina fit involontairement un pas en arrière.

Puis elle se remit à courir.

Sans voiture, elle était perdue, c'était clair. Pour atteindre les hauteurs, il fallait prendre la route qui partait vers l'intérieur des terres après le village.

Elle s'efforça de respirer à fond, à coups réguliers, pour repousser la panique qui montait, et elle sentit l'adrénaline jaillir dans ses muscles. Elle avait assez de forces pour courir le temps qu'il faudrait, mais cela ne servirait à rien. La vague serait plus rapide.

Le chemin se séparait devant elle. A gauche il continuait vers le restaurant, à droite un raccourci menait au parc de stationnement où était garée la voiture de Johanson. Elle parviendrait à atteindre la Jeep. Ensuite, il suffirait de remonter la route, de grimper à fond la caisse sur la colline. Mais que deviendrait Kare, si elle partait ? Il serait perdu. Non, impossible, impensable, elle ne pouvait pas s'en aller en l'abandonnant là. Elle ne partirait pas sans lui. Les deux vieux distillateurs lui avaient dit qu'il était rentré tout droit au restaurant. Donc il y était, il y était et il l'attendait, et il ne méritait pas qu'on le laisse tout seul. Elle non plus ne méritait pas de continuer à rester seule. Personne ne le méritait.

Elle franchit la fourche à grandes enjambées, poursuivit sa course vers le bâtiment éclairé. Il n'était plus très éloigné. Elle pria pour y trouver la voiture de Kare. Le grondement se rapprochait, très vite, à présent, mais elle tenta de l'ignorer pour ne pas se laisser paralyser par la peur. Elle aussi, elle allait vite. Elle irait plus vite que cette maudite vague, elle…

La porte de la terrasse s'ouvrit à la volée. Quelqu'un se précipita dehors et s'arrêta, les yeux rivés sur la mer.

Kare.

Elle l'appela. Sa voix se perdit dans le hurlement du vent et le tonnerre de la vague qui arrivait. Kare restait planté à regarder la mer, sans réagir. Il n'eut pas même l'idée de tourner la tête dans sa direction, malgré ses appels désespérés.

Puis il partit en courant.

Il disparut de l'autre côté de la maison. Tina poussa un gémissement, continua à courir. L'instant suivant, elle entendit faiblement un bruit de moteur sourdre à travers la tempête. Quelques secondes plus tard, la voiture de Kare apparut sur l'arrière du bâtiment, se dirigeant en dérapant vers la route de la colline.

Le cœur de Tina menaça de s'arrêter.

Ce n'était pas possible. Il ne pouvait pas partir sans elle. Il l'avait vue, il fallait qu'il l'ait vue !

Il ne l'avait pas vue.

Kare réussirait à s'en sortir. Peut-être.

Le découragement l'envahit. Elle continua à courir, plus vers le restaurant, mais à travers les buissons et les rochers, vers le parc de stationnement. Maintenant qu'elle avait dépassé la fourche, elle devait obligatoirement emprunter un terrain accidenté, et cela la freinait dans sa course. Mais c'était la seule issue. Sa dernière chance était la Jeep. Au bout de quelques mètres, elle se retrouva devant un obstacle, un grillage de fer de deux mètres de haut. Elle s'accrocha au treillage, grimpa et d'un bond fut de l'autre côté. Elle avait perdu de précieuses secondes, pendant lesquelles la vague avait gagné du terrain. Par bonheur, elle vit apparaître la silhouette sombre de la Jeep derrière les rideaux de pluie, et elle était plus proche qu'elle ne l'avait cru, tout près même.

Elle accéléra encore sa course. Déboucha sur un terrain plat. Elle sentit le béton du parking sous ses pieds. Ouf ! Et la voiture était là-bas ! A cent mètres, peut-être. Moins. Peut-être cinquante.

Quarante.

Cours, Tina, cours…

Le béton se mit à trembler. Tina sentit le sang gronder et cogner dans ses oreilles.

Cours !

Elle glissa la main dans sa poche, saisit sa clé de voiture. Les semelles de ses bottes martelaient le sol à un rythme régulier. Elle glissa pendant les derniers mètres, mais peu importait, elle y était. Son corps s'abattit contre la carrosserie. Vite ! Ouvre !

La clé lui échappa des mains.

Non, pitié, pas ça !

En proie à la panique, elle tendit la main, pivota sur ses talons. Ô, mon Dieu, elle était où, cette clé, elle était là, par terre, mais où ?

L'obscurité s'étendit.

Lentement, elle leva la tête, vit la vague.

Soudain, elle ne fut plus pressée. C'était trop tard. Elle avait vécu vite, elle mourrait encore plus vite. Du moins l'espérait-elle. Parfois, elle s'était demandé l'effet que cela faisait, de mourir, ce qui vous passait par la tête quand on savait que c'était définitif, que c'était le moment et qu'on ne pouvait pas y échapper. Quand la mort dirait : C'est moi, je suis là. Tu as cinq secondes, je t'accorde quelques pensées, ce que tu veux, aujourd'hui, nous sommes magnanime, et si tu veux, tu peux passer une dernière fois toute ta vie en revue, je te laisse le temps… N'était-ce pas ainsi que cela se passait ? Ne disait-on pas que, curieusement – dans une voiture qui s'écrasait, devant un projectile enflammé, pendant une chute mortelle –, on voyait défiler sa vie entière, des images de son enfance, son premier amour, quelque chose comme un best of ? Tout le monde le disait, ce devait donc être vrai.

Mais Tina, elle, n'éprouvait qu'un sentiment : la peur que la mort ne lui fasse mal, la peur de la douleur. Puis elle ressentit une certaine honte de devoir mourir aussi misérablement. D'avoir échoué. C'était tout. Pas de film intérieur. Pas de pensées élevées. Pas de départ dans la dignité.

Elle regarda le tsunami s'abattre sur le restaurant où elle avait connu Kare Sverdrup, le réduire en miettes et poursuivre sa progression.

Il atteignit le parc de stationnement.

Quelques secondes plus tard, il attaquait la colline.

Sur le plateau continental

Lorsque la vague, en se propageant, atteignit la terre ferme environnante, elle laissa le plateau continental dans un état de dévastation inimaginable.

Une partie des plates-formes de forage et des stations de pompage, construites directement sur la marge continentale, avait disparu dans les profondeurs. Des milliers de personnes avaient été tuées en l'espace de quelques minutes, mais ce n'était qu'un avant-goût de la catastrophe qui se produisit sur le plateau. Comme lors d'un télescopage, les masses d'eau qui affluaient se superposèrent pour former un front vertical qui monta d'autant plus haut que le fond s'aplanissait. Sous le choc, les structures métalliques des plates-formes de forage, construites selon le principe des échafaudages, se brisèrent comme des allumettes. Plus de quatre-vingts plates-formes, incapables de supporter la charge, sombrèrent en moins de quinze minutes. C'était moins la hauteur du mur d'eau – les plates-formes de forage de la mer du Nord étaient équipées pour supporter l'assaut d'une vague de quarante mètres de haut sans dommages sérieux, ce qui, statistiquement, pouvait se produire une fois tous les cent ans – que la conjonction de nombreux facteurs.

Les paquets de mer ordinaires pouvaient représenter une pression de douze tonnes par mètre carré. C'était suffisant pour arracher des digues et les déposer dans les centres-ville, projeter en l'air des bateaux de petit tonnage et scinder en deux de gros cargos ou pétroliers. C'étaient des vagues produites par le vent. Leur force d'impact ne se mesurait pas comme celle des vagues de tsunami. En gros, comparées à une vague de tsunami de la même taille, de telles lames faisaient figure de pichenettes.

Le tsunami que déclencha le glissement atteignit sur le milieu du plateau des hauteurs de crête allant jusqu'à vingt mètres, mais il passait encore sous les ponts des plates-formes.

La violence avec laquelle il s'abattait contre les structures portantes était d'autant plus fatale.

Les plates-formes pétrolières, de même que les bateaux et tout ce qui était soumis à long terme aux effets de la mer, devaient être capables de supporter des contraintes définies exprimées en années. En prenant pour base la vague de quarante mètres envisagée à raison d'un épisode tous les cent ans par les constructeurs, on construisait une plate-forme de manière à lui permettre de résister. Suivant une logique sujette à caution, la plate-forme obtenait son certificat de résistance pour cent ans. Sous l'angle de la statistique, elle devait être capable de supporter les contraintes du vent et de la mer pendant cette période. Cela ne signifiait pas, naturellement, qu'elle était capable de résister aux vagues extrêmes en continu pendant cent ans. Il était possible que, malgré sa classification, elle ne fût même pas capable de supporter la fameuse grosse vague, car l'usure était rarement le résultat des vagues monstrueuses, mais la conséquence de l'altération, jour après jour, de l'ouvrage, du fait des vagues et des courants. Tous les ouvrages techniques dévoilaient donc assez rapidement leur talon d'Achille sans que l'on puisse dire, le plus souvent, où il se trouvait précisément. S'il arrivait que cette partie plus faible subisse les contraintes de cinquante ans au cours des dix premières années, une vague moyenne pouvait se révéler dangereuse.

Les calculs mathématiques sont sans faille. Mais les valeurs moyennes données par les statistiques ne pouvaient se vérifier que dans des conditions idéales et non dans la réalité. Elles étaient valables dans les bureaux et dans les têtes des concepteurs. La nature n'avait que faire des moyennes, encore moins des statistiques. C'était une succession de conditions momentanées et d'extrêmes impossibles à calculer par avance. La hauteur des vagues de certaines eaux se situait dans une moyenne de dix mètres, mais lorsqu'on rencontrait un spécimen de trente mètres qui n'existait pas statistiquement, la valeur moyenne n'était pas d'un grand secours… et on mourait à qui mieux mieux.

Lorsque le tsunami vint balayer le site des tours de forage, il ne lui fallut qu'un instant pour dépasser leur limite de contrainte. Les supports se brisèrent, les soudures se déchirèrent, les ouvrages des ponts basculèrent. Du côté britannique surtout, où on avait privilégié les charpentes en tubes métalliques, la puissance de la vague entraîna la destruction de presque tous les ouvrages, endommageant gravement les autres.

Depuis nombre d'années, la Norvège s'était spécialisée dans les piles de béton armé, ce qui donna moins de prise au tsunami. Mais le désastre n'en fut pas moins grand pour autant, car les tours de forage virent foncer sur elles d'énormes projectiles : les bateaux.

La plupart des bateaux n'étaient théoriquement pas aptes à affronter des vagues de vingt mètres de haut. Concernant la résistance des coques de bateau, on s'orientait vers une hauteur de vague statistique de seize mètres cinquante. Dans la pratique, il en allait différemment. Au milieu des années 1990, au large de l'Ecosse, un pétrolier de trois mille tonnes, le *Mimosa*, avait subi l'assaut de vagues monstrueuses qui lui avaient infligé un trou grand comme une maison, mais le navire en avait réchappé. En 2001, il s'en fallut de peu qu'une lame de trente-cinq mètres ne coule un bateau de croisière, le *MS Bremen*, mais, justement, il n'avait pas coulé. La même année, l'*Endeavour*, un navire de quatre-vingt-dix mètres de long, fut victime à la hauteur des Malouines d'un phénomène connu des scientifiques sous l'appellation « phénomène des Trois Sœurs » : trois vagues, successives et rapprochées, de trente mètres de haut chacune. L'*Endeavour* subit de graves dommages, mais il parvint à rentrer.

Le plus souvent, lorsqu'un bateau subissait ce genre de rencontre, il disparaissait, corps et biens. Car ces vagues géantes réservaient une chausse-trape mortelle : le « trou d'eau ». La vague creusait devant elle un puits profond, un précipice, dans lequel le bateau tombait. Lorsque les vagues étaient suffisamment espacées, il restait en général assez de temps pour remonter et escalader le mur de vagues suivant. Lorsque les vagues étaient moins longues, il en allait autrement. Le bateau tombait dans le trou, la vague suivante arrivait trop vite et il filait droit dans le mur d'eau, qui l'avalait et l'ensevelissait. Cependant, même lorsqu'un bateau parvenait à remonter la vague, celle-ci ne devait pas être trop haute ni trop raide. Or, souvent, elle était à la fois extrêmement haute et terriblement raide. Un genre de mission impossible, qui consistait à escalader une surface perpendiculaire à soi. C'étaient généralement les petits bateaux, moins longs que la vague, qui disparaissaient, mais il arrivait aussi que des géants des mers ne parviennent pas à franchir la crête. Ils étaient alors renversés et sombraient, bille en tête.

Ces vagues géantes, dues à l'effet conjugué du vent et du courant, pouvaient avancer à une vitesse de cinquante kilomètres par heure, rarement plus. Cela suffisait à provoquer la catastrophe, mais comparées à la vague du tsunami, haute de vingt mètres, qui était en train de balayer le plateau continental, elles n'étaient que des petites joueuses.

Les remorqueurs, pétroliers et ferries qui avaient le malheur de se trouver sur la mer du Nord furent projetés en tous sens comme des jouets. Quelques-uns se cassèrent en deux, d'autres allèrent s'écraser contre les piles de béton des plates-formes ou contre les balises flottantes auxquelles ils étaient ancrés. Les supports de béton armé eux-mêmes, n'étant pas de taille à résister à la force d'impact, se brisèrent pour la plupart. Ceux qui résistèrent n'échappèrent pas à la destruction lorsque les pétroliers, pour certains chargés à bloc, entrèrent en collision, explosèrent, de gigantesques nuages de feu envahissant alors les plates-formes. Des sites complets de tours de forage volèrent en éclats au sein de réactions en chaîne. Des derricks en feu furent projetés sur des centaines de mètres. Des plates-formes ancrées dans le fond marin furent arrachées et renversées.

Tout cela se produisit en quelques minutes, après que l'onde circulaire fut partie du centre du glissement sous-marin pour se propager sur les côtes environnantes.

Chacun de ces événements matérialisait les craintes les plus profondément enfouies des gens de mer et de l'industrie pétrolière offshore. En pire. Ce qui se passa en cet après-midi sur la mer du Nord dépassa le stade du cauchemar.

Ce fut l'apocalypse.

Sur la côte

Huit minutes après l'effondrement du plateau, le tsunami vint frapper les falaises des îles Féroé ; quatre minutes plus tard, il atteignit les Shetland et, dans les deux minutes suivantes, il vint s'écraser contre la terre ferme en Ecosse et dans le sud-ouest de la Norvège.

Pour inonder la Norvège en totalité, il eût sans doute fallu la participation de la fameuse comète dont on supposait qu'elle provoquerait l'extinction de l'humanité si elle venait à s'abîmer dans la mer. Le pays était une seule et unique montagne bordée par une côte escarpée difficile à atteindre par quelque vague que ce fût.

Mais la Norvège vivait de l'eau, et sur l'eau. La plupart des villes importantes étaient situées au niveau de la mer, au pied des imposantes montagnes. Elles n'étaient séparées de la mer que par de petites îles plates, à moins qu'elles ne se trouvent sur les îles elles-mêmes. Les villes portuaires comme Egersund, Haugesund et Sandnes, au sud, étaient comme offertes à la vague qui fondit sur elles, de même qu'Alesund et Kristiansund, plus au nord, ainsi que des centaines de bourgades tout autour.

Ce fut Stavanger qui paya le plus lourd tribut.

La manière dont se comporte un tsunami en atteignant la côte dépend de plusieurs facteurs, les falaises, les embouchures de fleuves, les montagnes sous-marines et les bancs de sable, les îles proches ou, tout simplement, l'inclinaison de la plage. L'impact pouvait en être soit affaibli, soit renforcé. Stavanger, le centre de l'industrie pétrolière offshore norvégienne, la ville clé du commerce et de la navigation, l'une des plus anciennes, des plus belles et des plus riches villes de Norvège, était située sur le rivage, pratiquement sans protection.

Seule une rangée d'îles plates, en amont du port, reliées par des ponts, se trouvait en avant-poste. Très peu de temps avant l'arrivée de la vague, le gouvernement avait envoyé aux autorités de la ville un avis d'alerte, aussitôt retransmis par toutes les stations de radio et de télévision et relayé par Internet, mais le temps qui restait était ridicule. Il s'ensuivit un indescriptible chaos dans les rues, où s'était précipitée une population incapable de comprendre l'objet exact de la menace.

Contrairement aux villes côtières du Pacifique, qui vivent avec les tsunamis depuis la nuit des temps, il n'existait pas de centre d'alerte dans l'espace Atlantique, en Europe, ni en Méditerranée. Alors que le PTWS, le Pacific Tsunami Warning System, dont le siège était à Hawaii, était représenté dans plus de vingt Etats du Pacifique, auxquels appartenaient pratiquement toutes les nations côtières, de l'Alaska jusqu'au Chili et au Pérou, en passant par l'Australie et le Japon, on n'avait strictement aucune notion de ce phénomène dans un pays tel que la Norvège. C'est l'une des raisons pour lesquelles les dernières minutes de Stavanger se déroulèrent dans l'horreur la plus totale.

La vague déferla sur la ville alors que personne n'avait eu le temps d'en sortir. Elle enfla encore alors que les piles des ponts reliant les îles n'avaient pas fini de s'écrouler. Parvenue au niveau de la ville, elle se redressa de toute la hauteur de ses trente mètres, mais, du fait de son extraordinaire longueur, elle ne déferla pas immédiatement, allant s'écraser verticalement contre les fortifications du port, pulvérisant les quais et les bâtiments, avant de poursuivre vers l'intérieur.

La vieille ville, avec ses maisons de bois des XVIIe et XVIIIe siècles, fut rasée. L'eau s'amassa dans le Vagen, le vieux bassin portuaire, et se déversa sur le centre-ville. Dans le plus vieil édifice, l'église anglo-normande, les flots commencèrent par briser toutes les fenêtres avant de provoquer l'écroulement des murs. Puis ils poursuivirent leur route en charriant ces ruines avec eux. Tous les obstacles rencontrés sur leur trajet furent balayés comme fétus de paille. La ville fut détruite par l'eau, et également par la boue, les débris, les tonnes de cailloux, les bateaux et les véhicules qui allaient s'écraser contre les édifices comme autant de projectiles.

Le mur d'eau se transforma en une montagne d'écume tourbillonnante. Il ralentit un peu sa course, mais ce fut pour accroître encore sa violence chaotique. L'air se mêla à l'écume, et fut comprimé lors de l'impact, ce qui engendra une pression de plus de quinze bars, suffisante pour cabosser des plaques blindées. Les arbres, brisés comme des allumettes, vinrent s'ajouter aux autres projectiles. Une minute à peine après le premier choc sur les fortifications, la totalité des installations portuaires se retrouvait dévastée, tout comme les quartiers alentour. Les masses d'eau dévalaient encore les rues que les premières explosions retentissaient déjà.

Les habitants de Stavanger n'avaient pas la moindre chance de survivre. Ceux qui tentèrent d'échapper au mur d'eau le firent en vain. La plupart des victimes périrent sous l'impact. L'eau était dure comme du béton. On ne sentait rien. Ceux qui, par miracle, survivaient au choc étaient projetés contre les maisons, écrasés dans les ruines. Paradoxalement, personne, ou presque, ne se noya, hormis ceux qui se retrouvèrent pris dans les caves inondées. Et même là, la plupart furent tués par la violence du flux, ou moururent asphyxiés par la boue. Les rares personnes qui se noyèrent connurent une mort affreuse mais rapide, sans avoir véritablement compris ce qui leur arrivait. Enfermées dans les sous-sols, privées de toute arrivée d'oxygène, elles clapotaient dans une eau froide et sombre. Les battements de leur cœur se faisaient irréguliers, la circulation sanguine se raréfiait pour s'arrêter complètement, tandis que le métabolisme ralentissait à l'extrême. Leur cerveau continuait à fonctionner encore quelque temps. La dernière activité électrique ne s'éteignait que dix ou vingt minutes plus tard, et c'était alors seulement qu'intervenait la mort.

En quelques minutes, deux tout au plus, l'écume atteignit les faubourgs de Stavanger. Plus la surface de répartition du flux augmentait, plus les turbulences s'apaisèrent. La vitesse diminua. Le déluge mortel continua son œuvre dans les rues, mais quelques maisons résistèrent au choc. Ceux qui se croyaient en sécurité s'étaient réjouis trop tôt. Car l'arrivée du tsunami ne marquait pas le pic de l'horreur, ni l'apogée de la terreur.

C'était presque pire lorsqu'il s'en allait.

Knut Olsen et sa famille vécurent le retrait de la vague à Trondheim, où le tsunami avait fait son apparition, quelques minutes plus tard.

A l'inverse de Stavanger, qui s'offrait comme sur un plateau, Trondheim était protégé par son fjord. Flanqué d'îles relativement grandes et protégé par une presqu'île, le fjord pénétrait sur presque quarante kilomètres à l'intérieur des terres avant de s'ouvrir en formant un large bassin, au bord duquel la ville était construite. Nombreuses étaient les villes et les bourgades de Norvège situées au bord ou à l'extrémité de fjords, au niveau de l'eau. Compte tenu de cette configuration, il semblait improbable qu'une vague, même haute de trente mètres, possédât assez de puissance pour menacer sérieusement les agglomérations.

Les fjords se révélèrent des pièges mortels.

Dès lors qu'un tsunami s'engageait dans un détroit et dans une baie en entonnoir, les masses d'eau ne s'amassaient plus seulement par en dessous, mais également par les deux côtés. Des tonnes et des tonnes d'eau s'engouffraient alors dans un étroit canal, avec un effet dévastateur.

Au Sognefjord, au nord de Bergen, un fjord long mais étroit, niché entre des parois rocheuses escarpées, la vague monta jusqu'à des hauteurs inouïes. La plupart des localités longeant ce fjord se situaient au sommet des falaises, sur des plateaux. L'eau gicla jusqu'à eux, mais sans causer de gros dommages. Il en alla différemment au bout du fjord, long de près de cent kilomètres, et sur l'une des presqu'îles plates, où se succédaient plusieurs petites villes et localités. La vague les raya de la carte et ne fut stoppée que par la montagne escarpée qui s'élevait derrière. L'écume monta à une hauteur de deux cents mètres, arrachant toutes les formes de végétation, avant que les masses d'eau s'écroulent et se mêlent aux cours d'eau voisins.

Le fjord de Trondheim était plus large que celui de Sogne, et ses parois moins hautes. De plus, il s'élargissait à l'arrière, et les flots purent mieux se répartir. Mais le mur d'eau qui atteignit Trondheim fut encore assez haut pour balayer le port et détruire une partie de la vieille ville. La Nidelva déborda et se répandit dans les quartiers de Bakklandet et de Mollenberg. Des avalanches d'écume détruisirent les vieilles habitations. Dans la Kirkegata, presque toutes les maisons s'écroulèrent, y compris celle de Sigur Johanson. Sa jolie façade fut éventrée, le revêtement de bois éclata, le toit dégringola sur la façade en miettes. Les ruines furent emportées dans la vague bouillonnante, qui ne perdit sa force et son énergie qu'en atteignant les murs de fondation de la NTNU. Là, elle s'arrêta en tourbillonnant et commença à refluer.

Les Olsen demeuraient derrière la Kirkegata. Leur maison, en bois comme celle de Johanson, résista aux assauts du tsunami. Elle trembla, bougea. A l'intérieur, les meubles se renversèrent, la vaisselle se brisa, le sol de la pièce de devant s'inclina. Les enfants furent pris de panique. Olsen cria à sa femme de les conduire à l'arrière de la maison. Il ne savait pas vraiment si c'était préférable, mais il se dit que puisque l'eau avait attaqué la maison par l'avant, ils seraient probablement plus en sécurité à l'arrière. Pendant que les siens se réfugiaient au fond, il se risqua jusqu'à une fenêtre de la façade pour observer ce qui se passait à l'extérieur. Le plancher de bois continua à se soulever et craqua, mais ne se brisa pas. Olsen s'agrippa à l'encadrement de la fenêtre, bien décidé à courir se réfugier à l'arrière en cas de danger. Il vit avec stupéfaction la ville détruite, les arbres, les voitures et les gens emportés par les flots tourbillonnants, entendit des cris et le fracas des murs qui s'écroulaient. Plusieurs explosions firent trembler l'air, des nuages noirs mêlés de rouge s'élevèrent dans le ciel.

Une vision cauchemardesque. Mais Olsen résista au choc, mû par une seule pensée, celle de sauver sa famille. Quelle que soit la suite des événements, sa femme et ses enfants devaient vivre.

Et lui aussi, si possible.

Le flux semblait se calmer.

Olsen resta encore un moment à son poste d'observation, puis il se rendit à l'arrière d'un pas prudent. Ses enfants l'accueillirent en l'assaillant de questions, les yeux écarquillés de terreur. Malgré l'angoisse qui l'étreignait, il leva une main apaisante en leur affirmant que tout était passé, qu'ils n'avaient pas à s'inquiéter. C'était évidemment un mensonge. Il leur fallait trouver le moyen de sortir de la maison. Il proposa de fuir par les toits. Mais sa femme lui demanda comment il comptait faire avec quatre enfants, et lui rappela qu'ils n'étaient pas en train de jouer dans un film de Hitchcock. Elle suggéra d'attendre là. Comme il n'avait pas de meilleure idée, il approuva et retourna à la fenêtre.

Il constata que la marée se retirait. Les eaux refluaient vers le fjord, toujours plus vite.

Nous sommes sauvés, se dit-il.

Il se pencha encore un peu plus. Au même moment, une secousse ébranla la maison. Olsen enfonça ses doigts dans l'encadrement. Le sol éclata. Il voulut sauter en arrière, mais il n'y avait plus rien. Un énorme trou béait dans le sol du salon. La pluie ruissela à l'intérieur. Olsen bascula en avant. D'abord, il crut avoir été arraché de la fenêtre. Puis il comprit que c'était le mur complet qui se détachait, comme un morceau de carton mal collé, et qu'il s'inclinait vers les flots.

Il se mit à hurler à pleins poumons.

Les habitants de Hawaii, qui vivent avec le monstre depuis des générations, savent parfaitement ce qu'est un reflux. Les masses d'eaux, en refluant, produisent une gigantesque aspiration qui jette à la mer tout ce qui tenait encore debout. L'eau emporte tout sur son passage.

Les gens qui avaient survécu au premier acte de la catastrophe mouraient à présent, dans des affres bien pires que ceux qui avaient été pris dans la vague qui affluait. Eux se débattaient en vain pour sauver leur peau, nageant contre l'impitoyable courant qui les aspirait, perdant leurs forces. Leurs muscles se paralysaient. Ils étaient blessés par les objets qui tourbillonnaient dans l'eau, leurs os se brisaient. Au prix d'une lutte désespérée, certains parvenaient à s'agripper, avant d'être inexorablement arrachés à leur planche de salut, charriés dans le flot de boue et de détritus.

Le monstre qui sortait de la mer en détruisant tout sur son passage emportait avec lui son butin lorsqu'il se retirait, afin de le dévorer.

Tout cela, Olsen l'ignorait au moment où la façade de sa maison bascula dans le maelström, mais il le comprit instantanément, et c'est ce qui le faisait hurler. Il hurlait aussi parce qu'il savait qu'il allait mourir. Pendant sa chute, d'autres explosions retentirent, venant du port, où les bateaux et les installations pétrolières étaient pulvérisés. Pratiquement tous les systèmes électriques de la ville étaient tombés en panne ; les courts-circuits se succédaient à un rythme rapide. Peut-être mourrait-il du simple fait que l'eau se trouvait sous haute tension.

Il pensa à sa famille. A ses enfants. A sa femme.

Puis il pensa brièvement à Sigur Johanson et à ses étranges théories, et il sentit une bouffée de colère monter en lui. C'était la faute de Johanson. Il lui avait tu quelque chose. Quelque chose qui aurait pu les sauver. Ce salaud, ce fils de pute, il savait quelque chose !

Puis il ne pensa plus rien. Si, une chose : Tu es mort.

Avec un bruit assourdissant, le mur de façade atterrit dans un grand arbre qui, étrangement, tenait encore debout. Olsen fut projeté la tête la première hors de l'encadrement de la fenêtre. Ses mains se tendirent dans le vide, trouvèrent où s'agripper. A des feuilles et de l'écorce. Sous lui, il vit passer en trombe le flux boueux. Il se cramponna à la branche, suspendu en l'air, entreprit de se hisser. Une pluie faite de ruines de pignon, de bois et de crépi dégringola, le manquant de peu. Le flot furieux découpa le mur en morceaux. Ce qui avait constitué la façade de sa maison se déforma, éclata et se cassa dans un bruit affreux. Fou de panique, Olsen tenta désespérément de se rapprocher du tronc, d'atteindre une grosse branche qui sortait, juste en dessous de lui. Peut-être réussirait-il à y poser les pieds. L'énorme arbre gémissait, basculait. Dans un effort surhumain, Olsen dirigea tout son poids vers l'avant.

Les derniers vestiges du mur de façade s'écroulèrent dans les flots, arrachant du feuillage et des branches. Une secousse parcourut celle sur laquelle se trouvait Olsen. Ses doigts glissèrent. Il n'était plus suspendu que d'une main. Il sentit ses forces l'abandonner. S'il tombait maintenant, son destin était scellé. A grand-peine, il tourna la tête pour tenter d'apercevoir sa maison, ou ce qu'il en restait.

Mon Dieu, pria-t-il, faites qu'ils ne soient pas morts !

La maison était toujours là.

C'est alors qu'il vit sa femme.

Elle était là, à genoux, appuyée sur les mains, tout au bord, et le regardait. Ses traits étaient marqués par une détermination farouche, comme si elle s'apprêtait à sauter à l'eau pour venir à sa rescousse. Certes, elle ne pouvait rien pour lui, mais elle était là, et elle l'appelait, criant son nom. Sa voix résonnait, ferme et presque furieuse, comme pour lui demander ce qu'il foutait là, lui ordonner de rentrer tout de suite à la maison parce qu'on l'attendait.

Olsen la regarda pendant quelques instants.

Puis il banda ses muscles. Sa main libre se tendit vers le haut. Il enserra le bois dans ses doigts et avança, jusqu'à ce que ses pieds se trouvent juste au-dessus de la grosse branche. Lentement, il se laissa tomber. Enfin, il pouvait poser les pieds quelque part. Il était debout. Un tremblement parcourut ses épaules. Il détacha ses doigts, entoura le tronc, sentit l'effort de l'arbre pour résister aux flots, appuya sa joue contre l'écorce, planta ses yeux dans ceux de sa femme.

Le temps paraissait infini. L'arbre résistait, la maison en faisait autant.

Lorsque l'eau eut fini d'entraîner son butin dans la mer, il put enfin descendre de son refuge, tout tremblant, et poser les pieds dans un désert de débris et de boue.

Il aida les siens à quitter la maison. Ils emportèrent le plus important, les cartes de crédit, l'argent, les papiers et quelques souvenirs hâtivement rassemblés, qu'ils emballèrent dans deux sacs à dos. La voiture d'Olsen avait disparu dans les flots. Ils devraient partir à pied, mais n'hésitèrent pas une seconde : tout valait mieux que de rester là.

Ils quittèrent sans mot dire leur rue dévastée, gagnèrent l'autre rive du fleuve et laissèrent Trondheim derrière eux.

Le fiasco

La vague continua à se propager.

Elle inonda la côte est de la Grande-Bretagne et l'ouest du Danemark. A la hauteur d'Edimbourg et de Copenhague, le plateau continental devenait extrêmement plat. Le Dogger Bank, une relique de l'époque où certaines parties de la mer du Nord étaient encore de la terre ferme, s'élevait brutalement. Le Dogger Bank avait été longtemps une île sur laquelle de nombreux animaux se rassemblaient pour fuir la montée incessante des eaux, jusqu'à ce qu'ils finissent par périr noyés. Maintenant, le Bank se trouvait à treize mètres sous le niveau de la mer, et c'est là que les masses d'eau de la vague s'amoncelèrent pour gagner encore en hauteur.

Au sud du Dogger Bank, les plates-formes étaient installées côte à côte, en particulier le long de la côte sud-est de l'Angleterre et au-dessus de la Belgique et des Pays-Bas. La vague se déchaîna encore plus que dans la partie nord, mais la structure en relief du plateau, avec ses bancs de sable, ses fentes et ses creux, la freina. Les îles de la Frise furent entièrement inondées, mais elles réduisirent largement l'énergie de la vague, qui atteignit alors la Hollande, la Belgique et le nord de l'Allemagne avec moins de force. Lorsqu'elle vint frapper La Haye et Amsterdam, détruisant de vastes parties des régions côtières, sa vitesse n'était plus que de cent kilomètres par heure. Hambourg et Brême connurent une terrible inondation. Ces deux villes étaient situées un peu plus à l'intérieur des terres, mais l'embouchure de l'Elbe et celle de la Weser n'étaient presque pas protégées. La vague suivit le cours des fleuves et inonda les terres environnantes avant d'atteindre les deux villes hanséatiques. De même, à Londres, la Tamise grossit brièvement, débordant et projetant des navires contre les ponts.

Les bras de la marée envahirent les rues de Douvres et débordèrent jusqu'en Normandie et sur la côte bretonne. Seule la Baltique, avec Copenhague et Kiel, échappa à la catastrophe. Là aussi, la vague grossit, mais elle s'arrêta contre le Skagerrak et le Kattegat, et s'écroula. Dans le Grand Nord, elle vint frapper les côtes d'Islande et atteignit le Groenland et le Spitzberg.

Aussitôt après la catastrophe, la famille Olsen partit se réfugier sur les hauteurs. Plus tard, Knut Olsen serait incapable de dire pourquoi ils avaient agi ainsi. C'était lui qui en avait eu l'idée. Sans doute conservait-il en mémoire un vague souvenir d'un film sur les tsunamis, ou d'un article qu'il avait lu quelque part. Peut-être n'était-ce finalement que de l'intuition. Quoi qu'il en soit, leur fuite les sauva.

La plupart des gens qui survivaient à l'arrivée et au retrait d'un tsunami mouraient quand même. Après la première vague, ils rentraient dans leurs villages et dans leurs maisons pour faire l'inventaire de ce qui restait. Mais les tsunamis s'étendaient par vagues successives, et l'extrême longueur des ondes provoquait l'arrivée d'un nouveau mur d'eau alors même que l'on se félicitait d'avoir survécu à la catastrophe.

C'est ce qui se passa, bien sûr, là aussi.

Au bout d'un quart d'heure, la deuxième vague surgit, non moins violente que la première, achevant le travail commencé. Vingt minutes plus tard, une troisième vague, deux fois moins haute que la précédente, se déversa, suivie d'une quatrième. Puis ce fut terminé.

En Allemagne, en Belgique et aux Pays-Bas, les mesures d'évacuation en étaient restées au stade initial, même si ces pays avaient disposé de plus de temps pour se préparer. Mais tout le monde, ou presque, possédait une voiture, et tous pensèrent que c'était le meilleur moyen de prendre la fuite. Malheureusement, c'était une mauvaise idée. Dix minutes après l'alerte, toutes les routes se retrouvèrent embouteillées. La vague résorba le bouchon à sa façon.

Une heure après le glissement du talus continental, l'industrie pétrolière offshore avait cessé d'exister. Presque toutes les villes côtières environnantes étaient partiellement ou entièrement détruites. Des centaines de milliers de personnes avaient péri. Seuls l'Islande et le Spitzberg, peu peuplés, n'avaient aucune victime à déplorer.

L'expédition commune du *Thorvaldson* et du *Sonne* avait permis de découvrir que les vers libéraient également l'hydrate au nord, jusqu'à Tromsø. Le talus avait glissé au sud. Les scientifiques, occupés par les effets du tsunami, ne se penchèrent pas immédiatement sur la question d'un écroulement possible au nord. Sans doute Gerhard Bohrmann aurait-il eu une réponse à fournir. Mais Bohrmann lui-même ne savait exactement où les avalanches s'étaient produites. Et Jean-Jacques Alban, qui avait réussi à mettre le *Thorvaldson* à l'abri en haute mer, n'avait aucune idée lui non plus de ce qui s'était réellement passé tout au fond.

Les explosions se succédaient de manière ininterrompue en mer et dans les ruines des villes côtières. Aux cris et aux pleurs des survivants se mêlaient le grondement des hélicoptères, le hurlement des sirènes et les annonces des haut-parleurs. C'était une cacophonie de l'horreur, mais, par-dessus tout ce bruit, il régnait un silence de plomb. Le silence de la mort.

Trois heures s'écoulèrent, puis la dernière vague reflua dans la mer.

C'est alors que la partie nord du talus continental entama sa glissade.

DEUXIÈME PARTIE

Chateau Disaster

Extraits des rapports annuels des organismes de protection de l'environnement :

Malgré l'interdiction prononcée en 1994, les déchets atomiques continuent à être déversés dans la mer.

A la sortie de la tuyauterie de rejet de l'usine de retraitement de La Hague, en France, Greenpeace a mesuré un taux de radioactivité dix-sept millions de fois supérieur à la normale.

Au large de la Norvège, le goémon et les crabes sont contaminés au technétium, une matière radioactive. Un organisme antinucléaire norvégien a identifié la source de contamination comme étant l'usine de retraitement de Stellafield, en Grande-Bretagne, usine devenue trop vétuste.

Des géologues américains conseillent d'enfouir les déchets hautement radioactifs dans le fond marin en les introduisant au moyen de tubes descendant jusqu'à un kilomètre de profondeur.

A partir de 1959, les Soviétiques ont commencé à déverser dans l'océan Arctique d'énormes quantités de déchets nucléaires, y compris les réacteurs mis au rebut.

Près d'un million de tonnes d'armes chimiques sont actuellement en train de rouiller sur les fonds marins, à des profondeurs se situant entre cinq cents et quatre mille cinq cents mètres.

Certains conteneurs à gaz toxiques immergés par Moscou en 1947 sont considérés comme particulièrement dangereux.

Des centaines de tonnes de tonneaux contenant des déchets faiblement radioactifs issues des secteurs médicaux, de la recherche et de l'industrie sont stockées au large de l'Espagne. Du plutonium provenant des essais atomiques effectués dans les mers du Sud a été découvert par les chercheurs au milieu de l'océan Atlantique, par plus de quatre mille mètres de fond.

Les services hydrographiques britanniques ont dénombré le chiffre de 57 435 épaves dans les profondeurs des océans, dont celles de plusieurs sous-marins atomiques russes et américains.

Le DDT, produit toxique, menace particulièrement les organismes marins. Transporté par les courants, il se diffuse dans le monde entier et s'accumule dans les chaînes alimentaires marines. Des agents polybromés utilisés comme ignifuges dans les ordinateurs et les téléviseurs ont été retrouvés dans la chair des cachalots ; 90 % des espadons pêchés sont empoisonnés au mercure, auquel il faut ajouter du PCB pour 25 % d'entre eux. Dans la mer du Nord, on a trouvé des buccins femelles avec des pénis. Le responsable pourrait être le tributyl-étain contenu dans les peintures employées pour le carénage des bateaux.

Chaque forage pollue le fond marin sur une surface de vingt kilomètres carrés. Un tiers de ce fond est pratiquement dénué de toute vie.

Les champs électriques des câbles sous-marins perturbent l'orientation des saumons et des anguilles. De plus, le smog électrique a des répercussions sur la croissance des larves.

La prolifération des algues et la disparition des poissons se vérifient dans des proportions dramatiques, et ce à l'échelle mondiale. L'Etat d'Israël ayant refusé de signer l'accord sur les déchets industriels, la société Haifa Chemicals à elle seule déverse chaque année soixante mille tonnes de déchets toxiques dans la mer. Le plomb, le mercure, le cadmium, l'arsenic et le chrome sont transportés par les courants jusqu'en Syrie et à Chypre. Les usines d'engrais du golfe de Gabès rejettent quotidiennement douze mille huit cents tonnes de phosphogypse à la mer.

La FAO, l'organisation des Nations unies pour l'alimentation et l'agriculture, estime que soixante-dix espèces de poissons sur les deux cents espèces les plus importantes sont menacées. Parallèlement, le nombre de pêcheurs continue à augmenter. En 1970, on en avait recensé treize millions ; en 1997, ils atteignaient le nombre de trente millions. Les chaluts de fond utilisés pour la pêche au cabillaud, au lançon et au saumon de l'Alaska causent des dommages dévastateurs. Des écosystèmes complets sont littéralement balayés. Les mammifères marins, les poissons carnassiers et les oiseaux marins ne trouvent plus de nourriture.

Le bunker C, le carburant le plus utilisé par les bateaux, est nettoyé avant d'être brûlé pour éliminer les cendres, les métaux lourds et les sédiments. Les déchets visqueux qui résultent de cette opération sont bien souvent rejetés illicitement en mer par les capitaines.

Des chercheurs de Hambourg ont simulé la récolte à grande échelle, prévue au large du Pérou, à quatre mille mètres de fond, des nodules de manganèse. Leur bateau a labouré à la herse une surface de fond marin de onze kilomètres carrés, entraînant la mort d'innombrables organismes. Des années plus tard, la région ne s'était pas encore régénérée.

En Floride, la terre déversée lors de travaux de construction qui s'était répandue sur les bancs de coraux des Florida Keys a étouffé une grande partie de la vie sous-marine.

Des chercheurs ont découvert que les concentrations de dioxyde de carbone dans l'atmosphère résultant de l'élévation croissante de la combustion d'énergies fossiles empêchaient la formation des récifs coralliens. L'absorption du CO_2 par l'eau augmente son acidité. Mais cette information ne gêne nullement les grands groupes énergétiques, qui prévoient de rejeter d'énormes quantités de CO_2 directement dans la mer pour préserver l'atmosphère.

10 mai

Au Chateau Whistler, Canada

L'information partit de Kiel à la vitesse de trois cent mille kilomètres par seconde.

Le texte saisi par Erwin Suess sur son ordinateur du Centre de recherche Geomar fut envoyé par données numériques dans le réseau et transformé en impulsion lumineuse par une diode laser. A partir de là, cette impulsion fut transportée à travers un câble optique transparent par un rayon lumineux d'une longueur d'ondes infrarouges de mille cinq cents nanomètres, en même temps que des millions de conversations téléphoniques et d'autres paquets d'informations. Le faisceau lumineux se propagea dans une fibre optique d'un diamètre équivalant à deux fois l'épaisseur d'un cheveu et fut canalisé afin d'en minimiser les pertes. Les ondes, régénérées tous les cinquante kilomètres par un amplificateur optique, se propagèrent jusqu'à la côte à une vitesse prodigieuse ; puis la fibre plongea dans la mer, entourée d'un enrobage de cuivre et recouverte de plusieurs épaisseurs de fils robustes et de couches isolantes souples.

Le câble immergé était épais comme l'avant-bras d'un solide travailleur. Il s'étirait sur le fond du plateau, enfoui dans le sol afin d'être protégé des ancres et des filets de pêche. Le TAT 14, telle était sa désignation officielle, était l'un des câbles transatlantiques qui reliaient l'Europe au continent américain. Il comptait parmi les plus performants au monde. L'Atlantique Nord à lui seul en contenait une dizaine. Ces centaines de milliers de kilomètres de fibre optique répartis dans le monde constituaient le *back bone*, la colonne vertébrale de l'ère de l'information. Les trois quarts de leurs capacités étaient consacrés au réseau Internet. Le projet Oxygène reliait cent soixante-quinze pays dans une sorte de superInternet. Un autre système réunissait huit fibres de verre d'une capacité de transmission de 3,2 térabits par seconde, ce qui correspondait à quarante-huit millions de conversations téléphoniques simultanées. Ces fibres filigraniques plongées dans les profondeurs marines ravissaient désormais la vedette à toutes les autres techniques satellitaires. Le globe terrestre était pris dans un réseau de fils conducteurs de lumière, dans lesquels circulaient en temps réel les bits et les bytes de la société de communication, les conversations téléphoniques, les vidéos, la musique, les courriers électroniques. Ce n'étaient pas les satellites, c'étaient les câbles qui créaient le village mondial.

L'information d'Erwin Suess passa entre la Scandinavie et la Grande-Bretagne pour faire route vers le nord. Au-dessus de l'Ecosse, le TAT 14 prit à gauche. De l'autre côté du plateau continental des Hébrides, il aurait dû serpenter sur le sol marin plus profond, non plus enfoui, mais posé.

Mais il n'y avait plus de marge continentale, ni de fond marin.

C'est sous des gigatonnes de boue et de gravats que, huit millisecondes après avoir été envoyée, l'information transmise par Kiel passa la zone située sous les îles Féroé, pour aboutir dans un câble déchiqueté. Son robuste revêtement de fils renforcés et de couches de matière synthétique flexible avait été purement et simplement sectionné. Les fibres éclatées conduisirent cette information constituée de lumière droit dans le sédiment. L'avalanche avait touché le câble avec une telle violence que ses extrémités déchiquetées se trouvaient à des centaines de kilomètres de distance l'une de l'autre. Le TAT 14 ne reprenait que dans le bassin islandais. Objet de haute technologie devenu inutile, ce n'est qu'au sud de Terre-Neuve qu'il rejoignait le plateau, dont il suivait le bord jusqu'à Boston. Là, il faisait la jonction avec la liaison terrestre. Après être passée par les Rocheuses, l'autoroute de l'information accédait enfin aux montagnes de la côte ouest du Canada, directement au poste d'interconnexion du célèbre hôtel de luxe Chateau Whistler, situé au-dessus de Vancouver, au pied du mont Blackcomb. Là, la fibre optique se transformait en un câble de cuivre conventionnel. Une photodiode inversait le processus et retransformait les impulsions lumineuses en impulsions numériques.

En d'autres circonstances, l'information transmise par Kiel eût été acheminée de cette façon pour apparaître sur l'ordinateur portable de Gerhard Bohrmann sous forme de courriel. Mais les circonstances du moment avaient tranché le réseau de Bohrmann, au même titre que celui de millions d'autres personnes. Une semaine après la catastrophe qui avait dévasté l'Europe du Nord, les liaisons Internet transatlantiques étaient presque entièrement paralysées, et les contacts téléphoniques – quand il y en avait – passaient uniquement par satellite.

Bohrmann, installé dans le grand hall de l'hôtel, rongeait son frein devant son écran muet. Suess devait lui envoyer un document comprenant les courbes de croissance des populations de vers, ainsi que des calculs savants évaluant ce qui risquait de se produire au cours d'invasions comparables dans les autres régions du monde. Passé le premier choc, les gens de Kiel s'étaient mis à travailler là-dessus comme des fous.

Il poussa un juron. Le monde, si petit encore quelques jours avant, était redevenu grand, rempli d'espaces infranchissables. Au matin, on lui avait annoncé que les courriels allaient pouvoir être transmis par satellite au cours de la journée, mais non. Il ne se passait rien. On se contentait d'attendre, pieds et poings liés, tributaire du câble détruit. Bohrmann savait que les cellules de crise s'occupaient activement de la mise en route de réseaux locaux, mais l'Internet s'interrompait régulièrement, probablement en raison de la réduction de capacité. Les satellites militaires travaillaient impeccablement, mais personne n'avait imaginé, pas même l'armée américaine, devoir un jour compenser par des satellites la totalité du pont de fibres de verre transatlantique.

Il prit le téléphone portable que la cellule avait mis à sa disposition, composa le numéro de Kiel et attendit. Après plusieurs tentatives, il eut enfin Suess au bout du fil.

— Je n'ai rien reçu, dit-il.

— J'ai tenté le coup, affirma Suess.

Sa voix était claire, mais elle parvenait avec un léger retard, au grand dam de Bohrmann, qui n'arrivait pas à s'habituer aux conversations par satellite. Penser que le signal devait monter jusqu'à des trente-six mille kilomètres et redescendre par la même voie… pas étonnant qu'il y ait des arrêts et des chevauchements.

— Plus rien ne fonctionne chez nous non plus, poursuivait Suess. Ça empire d'heure en heure. On ne passe plus en Norvège, l'Ecosse est muette comme une carpe, le Danemark n'existe plus que sur la carte. Et bien sûr, aucun plan d'urgence.

— Mais là, on se parle au téléphone…

— On se parle parce que les Américains ont pris des dispositions. Tu bénéficies des privilèges militaires d'une grande puissance. En Europe… n'y pense même pas ! Tout le monde téléphone, tout le monde a peur, tout le monde veut avoir des nouvelles de ses proches et de ses amis. C'est l'embouteillage. Les réseaux libres sont squattés par les cellules de crise et les gouvernements.

— Alors, qu'est-ce qu'on fait ? demanda Bohrmann après un silence trahissant son désarroi.

— J'en sais rien. Peut-être que le *Queen Elizabeth* continue à naviguer. Je vais lui remettre les documents et tu les recevras dans six semaines, ça ira ? A condition bien sûr que tu envoies un messager à cheval sur la côte pour les réceptionner.

Bohrmann eut un sourire contraint.

— Blague à part, qu'est-ce qu'on fait ? insista-t-il.

— Blague à part, va chercher de quoi écrire. J'attends.

— J'ai de quoi écrire, soupira Bohrmann.

Pendant qu'il notait ce que lui indiquait Suess, un groupe de gens en uniforme traversa le hall pour se diriger vers les ascenseurs. Leur chef était un Noir de haute taille, qui pouvait être d'origine éthiopienne. Il arborait des galons de major de l'armée américaine et un badge portant le nom *PEAK*.

Le groupe s'engouffra dans un ascenseur. La plupart en sortirent au deuxième et au troisième étages. Les autres quittèrent l'ascenseur à l'étage suivant.

Le dernier à en descendre fut le major Salomon Peak. Il continua jusqu'au neuvième. C'était là que se trouvaient les Gold Executive Suites, les plus luxueuses parmi les cinq cent cinquante chambres de l'hôtel. Peak lui-même était installé dans une Junior Suite de l'étage inférieur. Une chambre tout à fait ordinaire lui eût amplement suffi, car il était insensible au luxe. Mais la direction de l'établissement avait tenu à loger la cellule de crise dans les meilleures conditions.

Dans le couloir recouvert d'un épais tapis qui absorbait le bruit de ses pas, il se repassa mentalement le programme de l'après-midi.

Il croisa des hommes et des femmes en civil. Par certaines portes ouvertes, on pouvait voir l'intérieur des suites transformées en bureaux. Il s'arrêta devant une large porte. Deux soldats le saluèrent. Peak fit un signe. L'un des deux hommes frappa et attendit la réponse, puis il ouvrit la porte d'un geste vif et fit entrer le major.

— Comment ça va ? s'enquit Judith Li.

Elle avait fait monter un tapis de course de la salle de mise en forme. Il était de notoriété publique qu'elle passait plus de temps sur son tapis que dans son lit. C'était en courant qu'elle regardait la télé, lisait son courrier, dictait ses notes, ses rapports et ses discours grâce au logiciel de reconnaissance vocale de son ordinateur, passait ses coups de fil ou, tout simplement, réfléchissait.

Elle était évidemment en train de courir. Ses cheveux lisses, d'un noir brillant, étaient maintenus par un bandeau. Elle portait une veste de survêtement légère et un short étroit. Son souffle était régulier malgré son rythme rapide. Il était difficile de croire que cette femme était âgée de quarante-huit ans. Le General Commander Judith Li était une sportive qui ne paraissait pas plus de la trentaine.

— Ça va bien, merci, répondit Peak.

Il ne put s'empêcher d'examiner les lieux. La suite, grande comme un appartement de luxe, était aménagée en conséquence. Les éléments classiques canadiens – beaucoup de bois, une atmosphère chaleureuse, une cheminée – se mêlaient à l'élégance française. Un piano à queue était placé près de la fenêtre. L'instrument aurait dû se trouver ailleurs, dans le grand hall. De même que le tapis de course, Li l'avait fait monter dans ses appartements. A gauche, un petit couloir en arrondi menait à une gigantesque chambre. Peak n'avait jamais vu la salle de bains, mais il savait par ouï-dire qu'elle disposait d'un bain bouillonnant et d'un sauna.

Du point de vue de Peak, le seul objet utile de toute la pièce était le tapis de course, même s'il semblait déplacé dans ce décor raffiné. Pour lui, le luxe et l'élégance n'allaient pas avec la chose militaire. Peak était d'origine modeste. Il n'était pas entré dans l'armée par idéal, mais pour échapper à la rue. Car la rue, le plus souvent, vous menait droit en cabane. A force de volonté et de travail, il avait obtenu un diplôme universitaire qui lui avait permis d'embrasser une carrière d'officier. Son parcours exemplaire lui valait l'estime générale, mais n'avait diminué en rien la conscience de ses origines. C'était sous une tente ou dans un motel bon marché qu'il continuait à se sentir le mieux.

— Nous avons reçu les dernières interprétations des images des satellites NOAA, annonça-t-il, évoquant la National Oceanographic and Atmospheric Administration.

Il s'avança jusqu'à la grande fenêtre panoramique qui donnait sur la vallée. Le soleil éclairait les forêts de cèdres et de sapins. C'était un beau spectacle, mais Peak ne le voyait pas, trop préoccupé par ce qui allait se passer dans les heures suivantes.

— Et alors ?

— Nous avions raison.

— Il y a des similitudes ?

— Oui, entre les bruits enregistrés par l'URA et le spectrogramme non identifié de 1997.

— Bien, dit Li, l'air satisfaite. C'est très bon, ça.

— Je ne sais pas si c'est bon. C'est un indice, mais ça n'explique rien.

— Qu'est-ce que vous espérez ? Que l'océan nous donne des explications ?

Li appuya sur le bouton d'arrêt de son tapis de course.

— C'est bien pour ça que nous organisons tout ce cirque, c'est pour trouver l'explication, poursuivit-elle. Ça y est, on est au complet ?

— Oui. Le dernier vient d'arriver.

— Qui est-ce ?

— C'est le biologiste norvégien, celui qui a découvert les vers. Je ne sais plus comment il s'appelle…

— Sigur Johanson.

Li disparut dans la salle de bains et en revint, une serviette autour des épaules.

— Faites un effort pour retenir les noms, Sal ! s'énerva-t-elle. Nous sommes à trois cents dans l'hôtel, dont soixante-quinze scientifiques, ce n'est quand même pas sorcier !

— Vous ne voulez pas me faire croire que vous avez les trois cents noms en tête ?

— S'il le fallait, j'en aurais trois mille ! Faites un peu travailler votre cervelle, bon Dieu !

— Vous bluffez !

— Vous voulez que je vous le prouve ?

— C'est parti ! Johanson est accompagné d'une journaliste anglaise qui va peut-être nous donner des éclaircissements sur ce qui s'est passé au cercle polaire. Comment s'appelle-t-elle ?

— Karen Weaver, annonça Li en se frottant les cheveux. Vit à Londres. Journaliste. Spécialité : recherche océanographique. Accro à son ordinateur. Elle se trouvait dans la mer du Groenland à bord d'un bateau qui a disparu corps et biens par la suite.

Elle sourit, de son sourire éclatant de blancheur.

— Ah, on a eu une sacrée chance de recevoir d'aussi belles images de ce naufrage, hein ? ajouta-t-elle.

— C'est vrai, répondit Peak en souriant. Vanderbilt est comme paralysé dès qu'on aborde le sujet.

— Normal. La CIA n'aime pas les informations qu'elle n'arrive pas à expliquer. Au fait, il est arrivé ?

— Il est annoncé.

— « Annoncé » ? Qu'est-ce que ça veut dire ?

— Il est dans l'hélico.

— Je suis toujours épatée par la force portante de notre appareil. Si je devais être aux commandes avec ce gros porc, j'en aurais des sueurs froides. Bon… Tenez-moi au courant, si d'aventure vous receviez quelque nouvelle extraordinaire avant qu'on se mette à poil.

Peak hésita.

— Comment allons-nous faire pour qu'ils la bouclent ?

— On en a parlé mille fois.

— Je le sais bien, qu'on en a parlé mille fois, mais c'est mille fois trop peu. Il y en a des tas parmi eux qui n'ont pas la culture du secret. Ils ont leur famille, leurs amis. Les journalistes vont nous tomber dessus comme des mouches !

— Ce n'est pas notre problème.

— Ça pourrait le devenir.

— Faisons-les donc entrer dans l'armée, proposa Li, comme ça, ils seront soumis à la loi martiale, et ceux qui ouvriront leur gueule seront fusillés.

Peak se figea.

— Je blague, Sal ! Ce n'est qu'une petite blague ! le rassura Li.

— Je ne suis pas d'humeur à blaguer, répliqua-t-il. Je sais parfaitement que Vanderbilt n'aurait qu'une envie, c'est de soumettre toute la bande à la loi martiale, mais c'est une utopie. Il y a une bonne moitié d'étrangers, surtout des Européens. Nous ne pourrons pas intervenir s'ils n'observent pas la consigne.

— On va faire comme si c'était possible.

— Vous voulez faire pression sur eux ? Ça ne marchera pas. Personne n'a jamais coopéré sous la pression.

— Qui vous parle de pression ? Ne vous faites pas de bile, Sal. Ils *veulent* nous aider. Et ils *vont* se taire. Et si, en plus, ils croient qu'ils seront coffrés s'ils n'observent pas la clause de confidentialité, tant mieux. La croyance rend plus fort.

Peak paraissait sceptique.

— Autre chose ? interrogea Li.

— Non. Je crois qu'on peut y aller.

— Bien. On se voit tout à l'heure.

Peak sortit.

Li avait suivi Peak du regard. Elle se dit avec amusement que cet homme, excellent soldat au demeurant et remarquable stratège, manquait totalement de psychologie et montrait une forte propension à confondre les hommes et les machines. Sans doute était-il persuadé qu'il existait quelque part dans le corps humain un champ que l'on pouvait programmer afin de s'assurer que les ordres seraient exécutés. Dans une certaine mesure, la quasi-totalité des officiers sortis de West Point raisonnaient comme lui. L'académie militaire la plus prestigieuse d'Amérique était connue pour son entraînement impitoyable, au terme duquel on obtenait l'obéissance, une obéissance inconditionnelle, au doigt et à l'œil. Peak n'avait pas tout à fait tort d'émettre quelques doutes, mais en ce qui concernait la psychologie de groupe il était à côté de la plaque.

Li pensa à Jack Vanderbilt. C'était le responsable principal, côté CIA. Li ne l'aimait pas, il suait et puait, son haleine en particulier pouvait tuer à deux mètres, mais il faisait du bon boulot. Durant les dernières semaines et principalement après le tsunami dévastateur qui avait inondé le nord de l'Europe, les services de Vanderbilt s'étaient montrés extrêmement performants. Son équipe avait fait la preuve de son efficacité. Autrement dit, il n'y avait pas de réponses, mais la liste des questions était complète.

Elle se demanda si elle ne devrait pas appeler la Maison-Blanche. En fait, il n'y avait pas grand-chose de nouveau, mais le Président aimait bien bavarder avec elle, parce qu'il admirait son intelligence. Elle le savait, mais jamais elle n'en disait mot en public, convaincue que cela ne pourrait que lui nuire. Li était l'un des rares généraux du sexe féminin. De plus, elle faisait sérieusement baisser la moyenne d'âge. Cela suffisait à la rendre suspecte aux yeux de bon nombre de hauts gradés et de politiciens. Ses contacts privilégiés avec l'homme le plus puissant de la planète ne contribuaient pas à améliorer son image, aussi Li poursuivait-elle son objectif avec une extrême prudence. Jamais elle ne se mettait en avant. Jamais elle ne faisait allusion au type de relation qui l'unissait réellement au Président, taisant entre autres le fait qu'il détestait qu'on lui présente un problème en soulignant sa complexité, car la complexité n'entrait pas dans son système de pensée. Elle ne révélait pas que c'était elle, le plus souvent, qui lui traduisait en termes simples les choses compliquées. Ni que, chaque fois que les vues du ministre de la Défense ou de ses conseillers pour la Sécurité lui semblaient opaques, il s'adressait à Li, qui lui expliquait en même temps les positions du ministre des Affaires étrangères.

Sous aucun prétexte, Li ne se serait permis d'évoquer son rôle d'inspiratrice. Aux questions qu'on lui posait, elle répondait : « Le

Président pense que... » ou : « A ce sujet, le Président est d'avis que... » Personne n'avait à savoir que, grâce à elle, le Président élargissait l'étendue de ses connaissances, de sa culture, repoussait ses limites intellectuelles, émettait des idées et des opinions.

Seuls les membres du premier cercle connaissaient ses qualités. Il s'agissait avant tout d'être reconnue au bon moment, comme elle l'avait été, en 1991, lors de la guerre du Golfe, par le général Norman Schwarzkopf, qui la considérait comme une stratège d'intelligence supérieure douée d'un grand sens politique et tactique, ne se laissant impressionner par rien ni personne. A cette époque, Li avait déjà un palmarès impressionnant à son actif : première femme sortie de West Point, formation scientifique, puis formation à l'Ecole des officiers de marine, à l'Académie d'état-major général de l'armée de terre, doctorat en sciences politiques et en histoire à la Dukes University. Schwarzkopf prit Li sous son aile et veilla à la faire inviter aux séminaires et aux conférences, et à lui faire rencontrer les gens qui comptaient. Peu intéressé lui-même par la politique, Stormin' Norman lui facilita l'entrée dans ce monde intermédiaire où s'effaçait la frontière entre l'armée et la politique et où se redistribuaient les cartes.

Dans un premier temps, grâce à son appui, elle obtint le poste de commandant en second des forces alliées en Europe centrale. En peu de temps, elle se gagna la sympathie des milieux diplomatiques européens. Son éducation et ses dons naturels la servirent enfin pleinement. Le père de Li, un Américain issu d'une famille de généraux en vue, avait occupé un poste important au sein du service de sécurité de la Maison-Blanche avant d'être contraint à la retraite par des problèmes de santé. Sa mère, chinoise, était une brillante violoncelliste de l'Opéra de New York, une travailleuse acharnée. Ses ambitions pour sa fille unique étaient très grandes, presque plus que les siennes propres. La petite Judith suivit des cours de danse, de patinage artistique, apprit le piano et le violoncelle. Accompagnant son père dans ses voyages en Europe et en Asie, elle sut apprécier rapidement les différences de culture. Les particularités ethniques et les contextes historiques exerçaient sur elle un attrait irrésistible, ce qui la conduisait à ensevelir ses interlocuteurs sous les questions, de préférence dans leur langue d'origine. A douze ans, elle possédait parfaitement le mandarin, la langue natale de sa mère, et à quinze ans elle parlait couramment l'allemand, le français, l'italien et l'espagnol ; à dix-huit ans, elle se débrouillait en japonais et en coréen. Ses parents veillaient impitoyablement à ses manières, ses vêtements, et à l'observation des règles d'usage. En revanche, en d'autres matières, ils faisaient preuve d'une tolérance étonnante. Les principes presbytériens de son père et la philosophie de sa mère, marquée par le bouddhisme, faisaient parfaitement bon ménage, au même titre que le couple lui-même.

Mais le plus étonnant de l'affaire résidait dans le fait que son père, en se mariant, avait décidé d'adopter le nom de son épouse, ce qui déclencha un long combat contre les autorités. Judith en conçut une admiration sans bornes pour ce père et son geste d'amour envers celle qui avait quitté son pays pour lui. C'était un homme tout en contrastes, aux idées tantôt libérales, tantôt foncièrement conservatrices, toutes pareillement arrêtées.

La jeune fille avait le caractère bien trempé. Au lieu de s'effondrer sous le poids de l'exigence parentale, elle s'épanouit, donnant toute sa mesure et cultivant sa conviction de pouvoir faire de sa vie ce dont elle avait envie, y compris devenir président des Etats-Unis.

Au milieu des années 1990, on lui offrait au ministère des Armées le poste d'adjoint au chef d'état-major responsable des opérations et des plans d'intervention, ainsi qu'une chaire d'histoire à West Point. A présent, elle était prise en compte au ministère de la Défense. De plus, on remarqua son intérêt croissant pour la politique. Seule lui manquait une victoire décisive sur le terrain militaire. Le Pentagone tenait l'expérience au feu comme un élément déterminant, lorsqu'il s'agissait de donner son aval pour les hautes fonctions administratives, et Li appelait de ses vœux quelque belle petite crise mondiale. Elle n'eut pas à attendre longtemps. En 1999, elle devint Deputy Commander au Kosovo et inscrivit définitivement son nom dans le livre des héros.

A son retour, le poste de General Commander l'attendait à Fort Lewis, doublé par son entrée au service de sécurité du Président, après qu'elle eut fait forte impression sur celui-ci par son mémorandum sur la Sécurité nationale. En effet, non seulement sa pensée était encore moins encline au compromis que celle de l'administration républicaine, mais, surtout, elle était marquée du sceau d'un patriotisme sans défaut. Elle qui avait parcouru le monde était en effet d'avis que c'était aux Etats-Unis, plus que dans tout autre pays, qu'on vivait le mieux, et que c'étaient eux qui détenaient le bon droit, une idée qu'elle était prête à défendre envers et contre tous.

Elle se retrouva au centre du pouvoir.

Li, la perfectionniste froide et sans états d'âme, ne connaissait que trop bien la bête tapie au fond d'elle-même, cette passion brûlante, indomptable, qui, à ce stade, pouvait autant la servir que la mettre en danger. Tout accès de vanité et toute surexposition de son savoir-faire lui étaient pour l'heure interdits. Certains soirs, à la Maison-Blanche, elle troquait son uniforme contre une robe du soir décolletée et jouait du Chopin, du Brahms et du Schubert devant un auditoire subjugué, elle dansait avec le Président en guidant ses pas sur le parquet de la salle de bal jusqu'à ce qu'il se sente aussi léger que Fred Astaire, elle chantait pour sa famille et ses vieux amis républicains des chants qui dataient de l'époque des pères fondateurs. Mais elle n'allait pas au-delà.

Avec adresse, elle nouait des relations personnelles, partageait l'enthousiasme du ministre de la Défense pour le base-ball, celui de la ministre des Affaires étrangères pour l'histoire de l'Europe, recevait de plus en plus d'invitations privées et passait des week-ends entiers dans le ranch présidentiel.

Extérieurement, elle restait modeste. Elle gardait pour elle ses idées politiques personnelles. Elle naviguait entre l'armée et la politique, se montrait cultivée, charmante et sûre d'elle, toujours habillée avec distinction, mais jamais guindée, encore moins prétentieuse. On lui prêtait des aventures avec une série d'hommes influents, ce qui était parfaitement inexact. Li ignorait superbement ces ragots. Jamais déstabilisée par aucune question, elle distribuait aux journalistes, aux députés et à ses subalternes quelques miettes savamment dosées, assurées et convaincantes. Elle était toujours parfaitement organisée et préparée, après avoir emmagasiné une foule inimaginable de notions, auxquelles elle faisait appel en les réduisant à des formules faciles à utiliser et clairement compréhensibles.

Bien que n'ayant pas la moindre idée de ce qui se passait dans les océans, elle réussit cette fois encore à présenter au Président une image claire de la situation, en résumant l'épais dossier de la CIA à quelques éléments décisifs. En conséquence, Li se retrouva au Chateau Whistler, en sachant parfaitement ce que cela représentait pour elle.

C'était le dernier grand pas, l'ultime étape à franchir.

Bon, peut-être allait-elle quand même appeler le Président. Comme ça, simplement. Il aimait bien l'avoir au téléphone. Elle pouvait lui dire que les scientifiques et les experts étaient tous là, au complet, ce qui signifiait qu'ils avaient répondu à l'invitation informelle des Etats-Unis, alors même qu'ils avaient du pain sur la planche chez eux. Ou que la NOAA avait constaté des similitudes avec des bruits non identifiables. Il appréciait ce genre d'informations, cela voulait dire qu'ils avaient un peu progressé. Evidemment, elle ne pouvait pas attendre de lui qu'il sache ce qu'il fallait entendre par Bloop et Upsweep, et pourquoi la NOAA pensait avoir découvert l'origine de Slowdown. Tout cela entrait trop dans les détails, et ce n'était pas nécessaire non plus. Quelques mots rassurants sur l'inviolabilité des liaisons satellites suffiraient, et le Président serait content. Et c'est lorsqu'il était content qu'il était le plus utile.

Voilà, c'était ce qu'il fallait faire.

Neuf étages plus bas, Anawak vit arriver à l'hôtel un bel homme aux cheveux poivre et sel portant la barbe. Une femme l'accompagnait, petite, large d'épaules et bronzée, en jean et veste de cuir. Elle pouvait avoir vingt-huit ou vingt-neuf ans. Des boucles châtaines tombaient en cascade sur ses épaules et dans son dos. Les deux nouveaux arrivants étaient chargés de bagages dont les débarrassèrent prestement les employés de l'hôtel. La femme dit quelques mots à son compagnon, tourna la tête et posa son regard sur Anawak, s'attardant quelques secondes. Puis, rejetant ses boucles en arrière, elle disparut dans le hall de l'hôtel.

Perdu dans ses pensées, Anawak continua à regarder fixement l'endroit qu'elle venait de quitter. Puis il mit sa main en visière pour se protéger de la lumière oblique du soleil et laissa son regard errer sur la façade néoclassique de l'établissement.

Le Chateau Whistler était situé au milieu d'un décor de rêve, l'image d'Epinal du Canada. Après avoir emprunté à Vancouver l'autoroute 99 qui longe la Horseshoe Bay, on arrivait au pied des montagnes et on découvrait cet immense hôtel niché au milieu de forêts en pente douce et de majestueux sommets coiffés de neige scintillante, même l'été. Les massifs de Blackcomb et de Whistler appartenaient aux plus beaux domaines skiables du monde. On était en mai, et c'était l'époque où les clients venaient principalement pour jouer au golf, randonner et partir à la découverte des paisibles étangs alentour. On pouvait aussi grimper à l'assaut de la montagne en vélo tout-terrain ou monter en hélicoptère jusqu'aux neiges éternelles. L'hôtel lui-même offrait toutes les options possibles, et la cuisine de ses restaurants était tout simplement inoubliable.

On pouvait s'attendre à tout, en ce lieu isolé du monde. A tout, sauf à la présence d'une dizaine d'hélicoptères militaires.

Anawak était arrivé deux jours plus tôt. Il avait participé à l'élaboration de l'exposé de Li, avec Ford, lequel faisait la navette depuis quarante-huit heures entre l'aquarium de Vancouver, Nanaimo et l'hôtel, pour examiner du matériel, interpréter des données, recueillir les derniers éléments.

Le genou d'Anawak était toujours douloureux, mais il ne boitait plus. L'air pur de la montagne lui avait également éclairci les idées, en quelque sorte, et le découragement qui l'avait saisi après la chute de l'avion avait été remplacé par un impérieux besoin d'agir.

Son arrestation par la patrouille militaire lui paraissait à des années-lumière, alors qu'en réalité sa rencontre avec Li ne remontait qu'à une quinzaine de jours. Le General Commander avait souri de l'amateurisme avec lequel il avait mené son expédition nocturne. En effet, sa présence avait été détectée alors même qu'il longeait les docks à bord de sa voiture. Ils s'étaient contentés de l'observer un moment pour connaître la raison de sa présence. Lorsqu'ils étaient intervenus, Anawak avait bien cru entendre sonner l'heure de sa disparition définitive dans quelque oubliette.

Mais ses craintes avaient été vaines. Au contraire, il se trouvait désormais lui-même au centre décisionnel, avec Ford et Sue Oliviera. Ses travaux n'aboutissaient plus dans le fameux «Trou noir». Et il avait toute latitude pour s'entretenir avec Roberts, d'Inglewood, qui avait été le premier à regretter le silence radio décidé en haut lieu. Li lui avait mis une muselière, et par la force des choses il avait dû maintes fois regarder, impuissant, à côté du téléphone, sa secrétaire envoyer Anawak se faire cuire un œuf.

L'exposé était prêt. Il ne restait plus qu'à attendre. Aussi, pour vérifier comment son genou supportait l'effort, Anawak était-il allé disputer une partie de tennis. Cela semblait irréel, si l'on songeait qu'au même moment le monde était précipité dans le chaos et que l'Europe disparaissait, noyée sous les eaux. Son partenaire était un petit Français aux sourcils broussailleux et au nez énorme. Bernard Roche, un bactériologiste arrivé la veille de Lyon. Si l'Amérique se débattait avec les plus grands animaux de la planète, Roche, de son côté, livrait un combat qui semblait sans issue contre les plus petits.

Anawak consulta sa montre. Plus qu'une demi-heure avant la réunion. L'hôtel, fermé aux touristes, livré entièrement aux mains gouvernementales, était bondé comme en haute saison. Il abritait sans doute plusieurs centaines de personnes. Près de la moitié d'entre elles appartenaient d'une manière ou d'une autre à la United States Intelligence Community. La plupart étaient des membres de la CIA, et ils n'avaient eu aucun état d'âme pour transformer le Chateau

Whistler en poste de commandement. La National Security Agency, la NSA, le plus étoffé des services secrets d'Amérique, chargé de la sécurité dans les domaines de l'électronique, de l'informatique et de la cryptographie, avait dépêché un département complet, qui squattait la totalité du quatrième étage. Le cinquième avait été réquisitionné par des membres des ministères de la Défense et du Renseignement américains et canadiens. Au-dessus, on avait logé des représentants du SIS et du Security Service britanniques, ainsi que des délégations allemandes appartenant au Centre de renseignement de la Bundeswehr et au Service fédéral du renseignement. Les Français avaient dépêché des représentants de la Direction de la surveillance du territoire, la DST ; de même, les services du renseignement suédois étaient présents, ainsi que le Pääesikunnan tiedusteluosasto, le renseignement finlandais.

Au total, un rassemblement extraordinaire de services secrets déterminés à découvrir par tous les moyens humains et techniques l'origine des bouleversements qui secouaient le monde sur ses bases.

Anawak se massa la jambe.

Voilà qu'il recommençait à avoir des élancements. Il n'aurait pas dû jouer au tennis.

Une ombre passa au-dessus des têtes. Un nouvel hélicoptère militaire piquait du nez pour atterrir.

Il était temps de regagner l'hôtel.

Dans le grand hall surmonté d'un toit à pignon, c'était un va-et-vient incessant de gens à l'air affairé. Nombre d'entre eux étaient pendus au téléphone, d'autres travaillaient sur leurs ordinateurs portables, installés sur les confortables canapés d'angle placés sous les colonnes de pierre naturelle qui séparaient la nef centrale des travées.

Après avoir joué des coudes pour se frayer un passage au milieu de la foule, Anawak rejoignit Ford et Sue Oliviera au bar. Ils étaient en compagnie d'un moustachu de haute taille qui arborait un air malheureux.

Ford fit les présentations :

— Léon Anawak, Gerhard Bohrmann. Essaie de ne pas lui serrer la main trop fort, elle risque de se détacher.

— Vous avez un tennis-elbow ?

— Non, la crampe de l'écrivain, répondit Bohrmann avec un sourire amer. J'ai passé une heure à écrire au stylo à bille. Quand je pense qu'il y a quinze jours à peine il me suffisait de cliquer avec ma souris… On revient vite au Moyen Age…

— Je croyais qu'il n'y avait pas de problème, que tout passait par satellite ?

— Les satellites sont surchargés.

— Tout remarche à partir de demain, annonça Sue Oliviera. Il paraît qu'ils ont libéré du réseau pour l'hôtel.

— Monsieur Bohrmann, depuis quand êtes-vous ici ? s'enquit Anawak.

— Depuis avant-hier. J'ai participé à la préparation de l'exposé.

— Moi aussi. C'est curieux, nous aurions dû nous rencontrer avant.

— Oh ! ça ne m'étonne pas, dit Bohrmann. L'hôtel est percé comme un gruyère, il est plein de couloirs. Et vous, quelle est votre spécialité ?

— Les mammifères marins. La recherche sur leur intelligence.

— D'ailleurs, les baleines à bosse n'apprécient pas qu'il cherche à savoir ce qu'elles ont en tête, intervint Sue Oliviera. La preuve, c'est qu'elles lui ont fait passer un sale quart d'heure... Oh ! regardez ! Mais qu'est-ce qu'il fabrique ici ?

Tous suivirent son regard. Du bar, on avait vue sur la salle. Un homme se dirigeait vers l'ascenseur. Anawak le reconnut. C'était celui qui venait d'arriver avec la jeune femme à la chevelure châtaine.

— Qui est-ce ? interrogea Ford.

— Vous n'allez jamais au cinéma ? C'est cet acteur allemand ! s'enthousiasma Sue. Attendez, il s'appelle... Scholl... non, Schell ! Maximilian Schell. Il est superbe, vous ne trouvez pas ? Il est encore plus beau au naturel qu'à l'écran !

— Du calme, du calme ! rigola Ford. Qu'est-ce qu'un acteur viendrait foutre ici ?

— Elle a peut-être raison, après tout, observa Anawak. Je crois qu'il a joué dans ce film-catastrophe... *Deep Impact*. La Terre est touchée par une météorite, et...

— Nous sommes tous en train de jouer dans un film-catastrophe, l'interrompit Ford. Ne me dis pas que tu ne t'en es pas aperçu...

— Est-ce que ça veut dire qu'on va bientôt voir débouler Bruce Willis ?

Sue Oliviera leva les yeux au ciel.

— Alors, c'est lui, oui ou non ? demanda-t-elle à la ronde.

— Pas la peine d'aller lui demander un autographe, répondit Bohrmann en souriant. Ce n'est pas Maximilian Schell.

— Ah bon ? s'exclama Sue, déçue.

— Non. Il s'appelle Sigur Johanson, c'est un Norvégien. Il pourrait vous parler de ce qui s'est passé en mer du Nord. Lui, et moi aussi… et quelques autres, à Kiel… et d'autres aussi, des gens de Statoil…

Bohrmann suivit le Norvégien des yeux, et sa mine s'assombrit encore.

— Mais il vaut mieux que vous ne lui posiez pas de questions s'il n'aborde pas le sujet de lui-même, reprit-il. Il vivait à Trondheim, et il ne reste plus grand-chose de cette ville. Il a tout perdu.

La réalité de l'horreur était là. La preuve que les images de la télé étaient vraies. Anawak but une gorgée d'eau sans répondre.

— Bien, dit Ford en regardant sa montre. Assez traîné. Allons voir ce qu'ils ont à nous raconter.

Le Chateau Whistler disposait de plusieurs salles de conférences. Li en avait choisi une de taille moyenne, presque trop juste pour contenir les gens des services secrets, les secrétaires d'Etat et les scientifiques censés assister à l'exposé. Elle savait d'expérience que les gens serrés les uns contre les autres, sans aucun moyen de créer une distance entre eux et envers le sujet, soit se crêpaient le chignon soit développaient un fort sentiment d'appartenance commune.

Les places avaient été attribuées conformément à ce schéma. Les participants avaient été mélangés indépendamment de leur nationalité ou de leur spécialité. Ils disposaient chacun d'une petite table équipée d'un bloc de papier et d'un ordinateur portable. L'exposé sous PowerPoint était projeté sur un écran de trois mètres sur cinq. Ce déploiement de haute technologie détonnait au milieu de l'atmosphère cosy dispensée par le mobilier et la décoration.

Peak fit son apparition. Il s'assit sur l'un des sièges réservés aux intervenants. Il fut suivi d'un personnage obèse vêtu d'un costume fripé. Sous les bras de sa veste apparaissaient des taches sombres. Son large crâne était parcouru de maigres mèches d'un blanc jaunâtre. Il tendit la main à Li en respirant de façon audible. Les cinq doigts qui partaient de cette main ressemblaient à des petits ballons gonflés à l'hélium.

— Salut, Suzie Wong, dit-il.

Li prit la main de Vanderbilt, la lui rendit en résistant à l'envie de s'essuyer aussitôt.

— Salut, Jack. Contente de vous voir.

— Toujours à votre service ! répliqua Vanderbilt d'un ton rigolard. Allez-y, donnez-leur du spectacle. S'ils n'applaudissent pas, faites-nous un petit strip-tease. Soyez sûre que j'applaudirai !

Il passa la main sur son front moite, lui fit un clin d'œil agrémenté d'un geste victorieux du pouce et s'assit à côté de Peak. Li le suivit des yeux avec un sourire figé.

Vanderbilt était le directeur adjoint de la CIA. Un bon, un très bon, même. Les autorités regretteraient son absence. Car elle avait résolu de le détruire lentement, à petit feu, quand le moment serait venu. Encore un peu de patience, et, malgré tous ses talents, ce gros porc se retrouverait plus bas que terre.

La pièce se remplit.

Les participants ne se connaissaient pas pour la plupart, et chacun s'installa en silence. Li attendit patiemment que les bruits de chaises retombent. Le sentiment d'attente général était palpable. Il lui suffit d'un unique coup d'œil pour deviner l'état d'esprit de tous ces gens assis en face d'elle, un par un, rangée par rangée. Li savait lire dans les âmes, elle avait pris le temps d'apprendre.

Elle s'approcha du pupitre, sourit et invita l'auditoire à se détendre.

Un léger murmure parcourut les rangs. De ci, de là, on croisa des jambes, on se recula bien droit au fond de son siège. Seul le beau professeur norvégien à l'écharpe négligemment passée autour du cou resta vautré sur sa chaise, en affichant une expression presque ennuyée. Le film qui se déroulait derrière son front semblait être différent de celui du reste de l'assemblée. Ses yeux noirs étaient posés sur elle. Elle tenta de décrypter leur message, mais il lui demeura indéchiffrable. Elle se demanda pourquoi. Après la perte qu'il avait subie, cet homme était plus concerné par la catastrophe que n'importe qui d'autre dans la pièce. Et cependant, il ne paraissait pas déprimé. A cela, il ne pouvait y avoir qu'une raison : ce Johanson n'attendait rien de cette conférence. Il avait sa propre théorie, et celle-ci pesait plus lourd que le chagrin et le désespoir. Il savait peut-être des choses que les autres ignoraient, du moins en était-il persuadé.

Ce Norvégien, elle l'aurait à l'œil.

— Je sais que vous êtes soumis à une énorme pression, attaqua-t-elle. Et je voudrais vous remercier sincèrement d'avoir répondu à notre invitation. Je tiens en particulier à remercier tous les scientifiques présents. Grâce à leur collaboration, je suis intimement convaincue que nos travaux concernant les événements qui viennent de se dérouler seront placés sous le signe de l'espoir. Ils nous encouragent dans notre démarche.

Li parlait sans émotion, d'un ton aimable et calme, en regardant bien en face son public suspendu à ses lèvres. Seul Vanderbilt semblait ailleurs, occupé à se curer les dents.

— Beaucoup d'entre vous se demandent pourquoi nous ne tenons pas cette réunion au Pentagone, à la Maison-Blanche ou au siège du gouvernement canadien. Eh bien, d'une part nous souhaitions vous offrir un cadre agréable. La réputation d'excellence du Chateau Whistler n'est plus à faire. Mais sa principale qualité est sa situation. Les montagnes sont sûres, ce qui n'est pas le cas des littoraux. Plus aucune ville côtière du Canada ou de l'Amérique ne peut offrir les conditions de sécurité requises pour ce genre de réunion.

Elle promena son regard sur les visages.

— Telle est la première vraie raison. L'autre est la proximité des côtes de la Colombie-Britannique. On y a constaté des anomalies du comportement et de nombreuses mutations chez les animaux marins, il y existe un talus continental avec des gisements de pétrole… bref, tout ce qui nous préoccupe aujourd'hui s'y trouve réuni. Depuis cet hôtel, nous pouvons gagner la mer en très peu de temps par hélicoptère, et nous pouvons nous rendre dans nombre d'instituts de recherche, en particulier celui de Nanaimo. Depuis quelques semaines, nous avons installé ici une base chargée d'observer le comportement des mammifères marins. Compte tenu des événements d'Europe, nous avons décidé l'extension de cette base, qui devient désormais un centre de crise au niveau international. Et c'est vous, mesdames et messieurs, qui êtes les plus qualifiés pour en assurer le leadership.

Elle laissa ses paroles faire leur effet. Les gens présents dans la salle devaient être conscients de leur importance. Il fallait qu'en dépit des conditions tragiques ils éprouvent une certaine fierté, un sentiment d'appartenance à une élite. Aussi absurde que cela parût, cela les aiderait à garder leur langue vis-à-vis de l'extérieur.

— La troisième raison est qu'ici nous ne serons pas dérangés. L'hôtel est entièrement coupé des médias. Naturellement, le fait qu'un hôtel réputé ferme sans prévenir et que des hélicoptères de l'armée se mettent à sillonner les environs ne saurait passer inaperçu. Mais il n'y a eu aucune déclaration officielle pour expliquer ce que nous faisons ici. Quand on nous pose la question, nous répondons qu'il s'agit d'un exercice. On peut écrire des tas de choses là-dessus, mais rien de concret, et on n'écrit donc rien.

Li fit une courte pause avant de reprendre :

— On ne peut pas, on ne *doit* pas tout exposer au public. Déclencher la panique serait la dernière chose à faire. Garder son calme, cela signifie rester apte à agir. Je vais vous le dire sans fioritures : dans une guerre, c'est toujours la vérité qui est la première victime. Et nous sommes en guerre. C'est pourquoi nous devons prendre un engagement vis-à-vis de nous-mêmes et vis-à-vis de l'humanité tout entière. Cela signifie concrètement qu'à partir de maintenant vous n'avez le droit de parler à personne, pas même à votre famille et à vos amis les plus proches, de votre travail au sein de cette équipe. Chacun d'entre vous signera à la fin de cette conférence une déclaration dans ce sens, déclaration à laquelle nous accordons la plus haute importance. Je souhaite que ceux d'entre vous qui y verraient une objection le fassent savoir *avant* l'exposé. Car, bien sûr, chacun est libre de refuser de signer ce document. Personne ne vous en fera grief. Mais dans ce cas, il vous faut quitter la salle *maintenant* et vous faire reconduire chez vous sans tarder.

Intérieurement, elle fit le pari que personne ne se lèverait. Mais que quelqu'un poserait une question.

Elle attendit.

Une main se leva.

Mick Rubin. Un biologiste de Manchester, spécialiste des mollusques.

— Cela implique-t-il que nous ne pouvons pas quitter l'hôtel ?

— Le Chateau n'est pas une prison, rétorqua Li. Vous êtes libres de vos déplacements, à tout moment. Simplement, vous n'avez pas le droit de parler de votre travail.

— Et si… risqua Rubin sans aller jusqu'au bout de sa question.

— Et si vous le faisiez quand même ?

Li hocha la tête, arborant une expression préoccupée. Puis elle poursuivit :

— Je comprends que vous posiez la question. Eh bien, nous opposerions un démenti à toutes vos déclarations et nous ferions en sorte que vous ne rompiez pas votre engagement une seconde fois.

— Et c'est… euh… c'est en votre pouvoir ? Je veux dire, vous êtes…

— Habilités ? Je pense que la plupart d'entre vous savent qu'il y a trois jours l'Allemagne a mis sur pied une initiative destinée à examiner les événements actuels dans le cadre de l'Union européenne. C'est le ministre de l'Intérieur allemand qui a été nommé président, à l'unanimité. En même temps, par précaution, l'OTAN a ranimé l'Alliance. Pour la Norvège, la Grande-Bretagne, la Belgique, les Pays-Bas, le Danemark et les Féroé, c'est l'état d'urgence, parfois dans l'ensemble du pays, parfois dans certaines régions seulement. De même, le Canada et les Etats-Unis coopèrent sous la houlette des Nations unies. D'autres pays s'y ajouteraient volontiers. Selon les développements de la situation au niveau mondial, il n'est pas exclu que les Nations unies deviennent en quelque sorte le chef de file et endossent le leadership. Partout, les règles en vigueur sont déclarées caduques et les compétences sont redistribuées. Compte tenu de cette situation particulière… oui, nous sommes habilités. Ma réponse vous satisfait-elle ?

Rubin se mordit la lèvre inférieure et fit un signe d'approbation.

Il n'y eut plus d'autres questions.

— Parfait, dit Li. Eh bien, commençons. Major Peak, c'est à vous.

Peak s'avança. La lumière du plafonnier fit miroiter sa peau couleur d'ébène. Il actionna la télécommande et une photo satellite apparut sur l'écran. C'était celle d'une côte frangée de petites villes vues de très haut.

— Peut-être le début se situe-t-il ailleurs, et peut-être avant, dit Peak. Mais aujourd'hui, nous disons que tout a commencé ici, au Pérou. La petite ville que vous voyez là, au milieu, s'appelle Huanchaco.

Avec le pointeur laser, il éclaira la mer en différents endroits.

— En l'espace de quelques jours, Huanchaco a perdu vingt-deux pêcheurs, et ce, par un temps exceptionnellement beau. Seules quelques barques ont été retrouvées, en train de dériver. Après les barques, ce sont des hors-bord qui ont disparu, puis des yachts et des petits voiliers dont on n'a rien retrouvé, en dehors de quelques débris…

Peak projeta une nouvelle photo.

— Les océans sont soumis à une observation permanente, reprit-il. Ils sont bourrés de sondes dérivantes et de robots qui transmettent un nombre incalculable d'informations sur les caractéristiques des courants, la température, la teneur en sel, en dioxyde de carbone, et ainsi de suite. Des stations de mesure placées sur le fond océanique enregistrent les échanges eau-matière avec le sédiment. Les mers du globe sont parcourues par une flotte de bateaux de recherche, et nous avons des centaines de satellites militaires et civils dans l'espace. Dans ces conditions, me direz-vous, retrouver des bateaux perdus ne devrait poser aucun problème, mais ce n'est pas si simple. Comme tout ce qui possède des yeux, notre matériel d'observation souffre du fameux point aveugle…

Le graphique représentait une partie de la surface terrestre. Au-dessus, tels des insectes surdimensionnés, des satellites de toutes tailles étaient en suspension à différentes hauteurs.

— Il est inutile de chercher à garder une vue d'ensemble de tous ces astres artificiels, poursuivait Peak. Il y en a trois mille cinq cents, sans compter les sondes spatiales en orbite, comme Magellan ou le télescope Hubble. La majeure partie de tout le matériel en orbite est hors d'usage. Environ six cents sont opérationnels. Vous pourrez y avoir accès en partie, y compris aux satellites militaires.

Peak avait prononcé la dernière phrase de mauvais gré. Il promena le pointeur laser sur un objet cylindrique muni de panneaux solaires.

— Voici un satellite américain KH-12 Keyhole à système optique. De jour, la résolution est de moins de cinq centimètres, à deux doigts de l'identification des visages. Pour les prises de nuit, il est équipé de systèmes infrarouges et multispectraux, mais il est hélas ! inutilisable par temps couvert.

Peak indiqua un autre satellite.

— C'est pourquoi de nombreux satellites de reconnaissance travaillent par radar ou par micro-ondes. Les nuages ne gênent pas les radars. Ces satellites ne font pas de photographies, ils opèrent par balayage de la surface terrestre et permettent d'établir une maquette en trois dimensions. Mais, là aussi, il y a un talon d'Achille. Les images radar doivent être interprétées, car le radar ne reconnaît pas les couleurs, ne traverse pas le verre ; il distingue seulement la forme…

— Pourquoi ne réunit-on pas les technologies ? intervint Bohrmann.

— Cela arrive, mais c'est rare et cela coûte cher. En fait, cela nous ramène au problème principal de la surveillance par satellite. Pour couvrir un pays entier, ou un secteur maritime donné, pendant une journée au moins, il faut déjà faire coopérer plusieurs systèmes capables de scanner de grandes surfaces. Dès lors qu'il s'agit d'images précises d'une région peu accessible, il faut envisager les instantanés. Les satellites sont placés en orbite. Il leur faut quatre-vingt-dix minutes environ pour revenir au même endroit.

Un diplomate finlandais intervint à son tour :

— Certains satellites restent toujours au-dessus du même endroit. Ne pourrait-on pas en poster au-dessus des secteurs sensibles ?

— Ils sont à trop haute altitude. Les satellites géostationnaires ne sont stables qu'à une hauteur d'exactement trente-cinq mille huit cent quatre-vingt-huit kilomètres. De là-haut, le plus petit détail reconnaissable mesure huit kilomètres…

Peak fit une courte pause, puis reprit :

— Mais quand nous avons eu une idée plus claire des objectifs à surveiller, nous avons commencé à équiper nos systèmes en conséquence…

Cette fois, il projeta sur l'écran une photographie de la mer, effectuée à basse altitude. La lumière du soleil éclairait les vagues de biais, donnant à la surface un aspect de verre cannelé. Des bateaux et d'autres formes allongées étaient posés dessus, minuscules. En y regardant de plus près, on distinguait des barques de couleur raphia, ayant chacune une personne à son bord.

— Un zoom de KH-12, indiqua Peak. C'est la zone du plateau de Huanchaco. Il s'est produit ce jour-là plusieurs disparitions de pêcheurs. Il était encore très tôt, le réfléchissement était donc limité, et c'est très bien ainsi, car cela nous a permis de prendre ceci…

Sur la photo suivante, on distinguait une large tache claire. Audessus voguaient deux des barques de couleur raphia.

— Des poissons. Un immense banc. Ils nagent à environ trois mètres de la surface, et nous pouvons donc les voir. Le problème est que l'eau de mer est un milieu peu conducteur des ondes magnétiques. Mais au moins nos systèmes optiques sont-ils capables de pénétrer un peu à l'intérieur quand l'eau est claire. Il nous est possible de capter le rayonnement thermique d'une baleine à trente mètres de fond. C'est la raison pour laquelle l'armée aime beaucoup les infrarouges, ils permettent de rendre visibles les sous-marins.

— Qu'est-ce que c'est que ces poissons ? interrogea une jeune femme brune. Des daurades coryphènes ?

Son badge indiquait qu'elle appartenait au ministère de l'Ecologie islandais.

— Peut-être. Ce sont peut-être aussi des sardines d'Amérique du Sud.

— Mais là, il y en a sûrement quelques millions. C'est étonnant, parce que, pour autant que je sache, l'Amérique du Sud est complètement surexploitée…

— Vous avez raison, dit Peak. Et le fait que ces bancs se trouvent justement là où disparaissent des nageurs, des plongeurs ou des barques de pêche est également une énigme pour nous. Pour le moment, nous parlons d'anomalies du comportement des bancs. Il y a trois mois, par exemple, au large de la Norvège, un banc de harengs a envoyé un chalutier de dix-neuf mètres par le fond.

— J'en ai entendu parler, fit la femme. Ce bateau s'appelait le *Steinholm*, non ?

Peak confirma en opinant du chef.

— Les poissons ont été pris dans le filet, et au moment où l'équipage a voulu le remonter, ils sont passés sous le bateau et l'ont fait gîter. L'équipage a essayé de couper les câbles, mais n'y est pas parvenu. Ils ont été obligés de quitter le bord. Le bateau a coulé en dix minutes.

— Il s'est passé la même chose chez nous, en Islande, fit remarquer l'écologiste, pensive. Deux marins sont morts noyés...

— Je sais. On pourrait croire que ce sont des bizarreries, des cas isolés. Mais en additionnant ces cas isolés à travers le monde, on s'aperçoit qu'il n'y a jamais eu autant de bateaux coulés par des bancs de poissons que depuis ces dernières semaines. Les uns parlent de hasard, disent que les poissons se battent pour leur survie. Mais d'autres disent que le déroulement est toujours le même, et ils y voient une sorte de stratégie. Nous n'excluons pas que les poissons se laissent prendre parce qu'ils *veulent* faire sombrer les bateaux...

— Qu'est-ce que c'est que ces bêtises ! s'écria un représentant russe. Depuis quand les poissons ont-ils une volonté ?

— Depuis que les chalutiers sont envoyés par le fond, répondit Peak d'un ton sec. Ils le font en Atlantique. Dans le Pacifique, au contraire, ils paraissent avoir appris à contourner les filets. Nous n'avons aucune idée de leur mode opératoire. Il semblerait que le banc passe par un processus cognitif et qu'il *sache* maintenant ce qu'est un filet de traîne, ou une senne, et ce qui l'attend. En dehors de cette capacité d'apprendre, il semblerait qu'ils aient aussi acquis la notion de la dimension des filets.

— Ce n'est pas possible, aucun poisson, aucun banc n'est capable de voir l'ouverture d'un filet qui fait cent dix mètres de haut et cent quarante de large...

— Et pourtant, ils semblent bel et bien reconnaître les filets. Parce que les flottes de pêche se plaignent de pertes énormes. Toute l'industrie alimentaire est touchée.

Peak se racla la gorge avant d'ajouter :

— Nous ne connaissons que trop bien la deuxième cause de disparition de bateaux et d'humains. Mais il a fallu attendre un certain temps avant que le KH-12 puisse photographier l'un de ces accidents.

Anawak regarda l'écran avec appréhension. Il savait ce qui allait suivre. Il avait déjà vu les images et fourni lui-même certains éléments, mais il ne pouvait s'empêcher d'avoir chaque fois la gorge nouée.

Il pensait à Susan Stringer.

Les photos avaient été prises à un rythme si rapide qu'on aurait pu croire à un film. Un voilier d'environ douze mètres était en train de naviguer en pleine mer. Le temps était calme, la mer d'huile, la voilure affalée. Deux hommes étaient assis à l'arrière, deux femmes prenaient le soleil à l'avant.

Une forme, immense, massive, nageait très près du bateau. On distinguait tous les détails de l'énorme corps d'une baleine à bosse adulte.

Elle était suivie de deux autres. Leurs dos crevèrent la surface, et l'un des hommes se leva, les désigna du doigt. A l'avant, les femmes levèrent la tête.

— Regardez bien, dit Peak.

Les baleines dépassèrent le voilier. A bâbord, une forme se détacha sur le bleu des profondeurs, monta comme une fusée vers la surface. C'était une autre baleine. Elle jaillit de l'eau, les ailerons largement écartés. Les gens, à bord du bateau, tournèrent la tête, se figèrent.

La baleine bascula.

Elle s'abattit en travers du voilier et le brisa en deux. Des débris furent projetés en tous sens. Les passagers s'envolèrent. Le mât se brisa. Puis une deuxième baleine se jeta sur l'épave. En l'espace d'un instant, le tableau enchanteur s'était transformé en scène de cauchemar. Le bateau coula. Des morceaux épars flottaient, perdus dans un cercle d'écume marmoréenne qui s'élargissait. Les passagers ne réapparurent plus.

— Vous n'êtes pas très nombreux dans l'assistance à avoir subi de près une attaque de ce genre, dit Peak, c'est la raison pour laquelle nous vous passons ces images. Dorénavant, les agressions ne se limitent plus au Canada et aux Etats-Unis, elles se sont répandues tout autour du globe. Une grande partie de la petite navigation a donc été interrompue.

Anawak ferma les yeux.

Il se demanda comment la collision du DHC-2 avec la baleine à bosse avait été vue du haut du ciel. Se servirait-on des images de ce moment cauchemardesque pour se livrer à de savantes démonstrations ? Il n'avait pas eu le courage de poser la question. L'idée qu'un œil de verre impersonnel eût observé le tout lui était insupportable.

Comme pour lui répondre, Peak poursuivait :

— Le fait que nous réunissions ce genre de documents n'est pas une preuve de cynisme, et nous ne sommes pas des voyeurs. Partout où c'était possible, nous avons tout mis en œuvre pour porter secours aux sinistrés.

Levant des yeux au regard parfaitement inexpressif, il précisa :

— Malheureusement, on arrive toujours trop tard en pareil cas.

Peak était conscient d'avancer en terrain miné. Il venait de révéler qu'ils avaient guetté les accidents, ce qui entraînerait fatalement la question de savoir pourquoi on n'avait pas pris de dispositions pour les éviter.

— Considérons les attaques comme une sorte d'épidémie qui aurait commencé au large de l'île de Vancouver. Les premiers événements répertoriés ont eu lieu à Tofino. Aussi incroyable que cela paraisse, nous observons que, dans de nombreux cas, il s'est formé des alliances stratégiques. Les attaques sont menées par les baleines grises, les baleines à bosse, ainsi que les rorquals, les cachalots et d'autres grandes baleines. Les orques, plus petites, plus rapides, se chargent ensuite de liquider les gens tombés à l'eau.

Le professeur norvégien leva la main.

— Qu'est-ce qui vous porte à croire qu'il s'agit d'une épidémie ?

— Nous n'affirmons pas qu'il s'agit d'une épidémie, monsieur Johanson, répondit Peak, nous disons que le phénomène se répand à la manière d'une épidémie. En l'occurrence en quelques heures, vers le bas, jusqu'en Basse-Californie, et vers le haut, jusqu'en Alaska.

— Je ne suis pas sûr que cela se « répande »...

— Si, apparemment.

Johanson secoua la tête dans un geste de dénégation.

— Ce que je veux dire, c'est que ces apparences pourraient nous conduire à des conclusions erronées.

— Monsieur Johanson, répondit Peak d'un ton patient, si vous m'accordiez un peu de temps pour de plus amples explications...

Mais Johanson poursuivit, sans se troubler :

— Ne pensez-vous pas qu'il pourrait s'agir d'une démarche simultanée qui pécherait simplement par un léger manque de coordination ?

Peak le dévisagea, surpris.

— Si, finit-il par reconnaître de mauvais gré, c'est possible.

Elle le savait. Johanson était en train d'avancer sa propre théorie. Et Peak, qui n'aimait pas que des civils se permettent d'interrompre des officiers, ne devait pas apprécier la plaisanterie.

Mais Li la trouvait très amusante.

Elle se cala au fond de son siège et attendit la suite avec intérêt. Elle saisit un regard interrogateur de la part de Vanderbilt. L'homme de la CIA semblait s'imaginer qu'elle avait fait quelques confidences préalables à Johanson. Elle lui rendit son regard en secouant négativement la tête.

Peak poursuivait :

— Nous savons que les baleines agressives sont exclusivement des non-résidentes. Les résidentes font pour ainsi dire partie de la population locale d'une région. Les voyageuses, en revanche, telles les baleines grises et les baleines à bosse, entreprennent de longues migrations, ou restent en haute mer, comme les orques au large. C'est pourquoi nous pensons pouvoir affirmer, avec prudence, bien entendu, que les causes du changement de comportement des animaux sont à chercher plus loin, en haute mer.

Un planisphère signalant les endroits où avaient eu lieu des attaques de baleines apparut sur l'écran. Une ligne rouge s'étirait de l'Alaska au cap Horn. D'autres zones étaient soulignées, de part et d'autre du continent africain et le long de l'Australie.

Cette carte disparut, remplacée par une autre où étaient signalées de nouvelles zones de littoral.

— Le nombre d'espèces marines faisant preuve d'agressivité délibérée envers les humains augmente prodigieusement. En Australie, en Afrique du Sud, les attaques de requins s'accumulent. Les gens ne se risquent plus dans l'eau, ni à la pêche. Les filets de protection étaient parfaitement suffisants jusqu'à présent, pour maintenir les requins éloignés, mais ils ont été déchiquetés et on ne sait pas par quoi. Les systèmes optiques ne donnent aucun renseignement, et quant aux robots de plongée, les pays du tiers-monde sont sous-équipés.

— Faut-il en déduire que vous ne croyez pas à une accumulation de hasards ? interrogea un diplomate allemand.

Peak répondit par un signe de tête négatif.

— La première chose qu'on vous apprend, dans la marine, c'est à relativiser le danger que représentent les requins, dit-il. Ce sont des animaux dangereux, mais pas fondamentalement agressifs. D'ailleurs, ils ne nous trouvent pas spécialement à leur goût. En général, quand ils vous arrachent un bras ou une jambe, ils sont déçus et s'empressent de les recracher.

— Ça nous fait une belle jambe, marmonna Johanson.

— Or, il se trouve que plusieurs espèces de requins semblent avoir changé d'avis. Le nombre des attaques a été multiplié par dix en quelques semaines. Des milliers de requins bleus, dont l'habitat naturel est la haute mer, affluent dans les régions de plateaux continentaux. Les requins-taupes bleus, les requins blancs et les requins-marteaux investissent certaines zones côtières en meutes, comme les loups. Je vous laisse imaginer les dégâts qu'ils sont capables de causer en un temps record...

— Des dégâts ? répéta un émissaire doté d'un fort accent français. Qu'est-ce que vous entendez par là ? Des morts ?

A la façon dont Peak le regarda, chacun comprit ce qu'il lui répondait mentalement : A ton avis, gros con ?

— Oui, des morts, se contenta-t-il néanmoins de confirmer poliment. Ils attaquent les bateaux...

— Ah bon ? Mais un requin ne fait pas le poids contre un bateau !

— Détrompez-vous ! répliqua Peak avec un léger sourire. Un requin blanc adulte est tout à fait capable de faire couler un petit bateau en se jetant dessus ou en le mordant. Et nous en avons des preuves. Et quand il s'agit d'attaques à plusieurs, il y a peu d'espoir de retrouver des survivants.

Il passa la photo d'une jolie petite pieuvre au corps recouvert d'anneaux bleus luisants.

— Passons maintenant à l'*Hapalochlaena maculosa,* une pieuvre à anneaux bleus qui fait vingt centimètres de long. On la trouve en Australie, en Nouvelle-Guinée, aux îles Salomon. C'est l'un des animaux les plus dangereux de la planète. Lorsqu'elle mord, elle injecte des enzymes toxiques. On s'en aperçoit à peine sur le moment, et encore moins deux heures plus tard, car on est mort.

La série de photos se poursuivit, montrant des créatures à l'aspect parfois extrêmement bizarre.

— Les poissons-pierres, les grandes vives, les poissons-scorpions, les vers de feu, les cônes... ce ne sont pas les animaux venimeux qui manquent, dans les océans. Généralement, leurs toxines leur servent à se défendre. Nous disposons d'éléments plus ou moins fiables sur la fréquence des accidents, mais les statistiques ont grimpé de façon saisissante, et ce pour une raison simple : certaines espèces qui, jusqu'ici, se cachaient et se camouflaient se mettent à nous attaquer.

Roche se pencha vers Johanson.

— Je me demande si le truc qui est capable de transformer un requin est capable de transformer un crabe... Qu'est-ce que vous en pensez ?

— Oh oui ! J'en mettrais ma jambe dans la gueule d'un requin, répondit Johanson.

Peak en vint aux bancs de méduses anormalement importants qui avaient envahi en force les côtes de l'Amérique du Sud, de l'Australie et de l'Indonésie... Il ajouta que depuis quelque temps la galère portugaise passait elle aussi à l'attaque, déclenchant chez ses victimes un choc toxique, mortel en quelques secondes.

— Pour faire plus simple, nous divisons les événements en trois catégories. Les modifications du comportement, les mutations, les catastrophes environnementales. Elles se conditionnent les unes les autres. Nous avons parlé jusqu'ici de comportements anormaux. Chez les méduses, il semblerait qu'il s'agisse principalement de mutations. Les guêpes de mer ont toujours été capables de naviguer, mais maintenant, elles sont carrément passées capitaines. Elles semblent former de vraies patrouilles, dont l'objectif serait de nettoyer certaines zones de toute présence humaine. Nous sommes impuissants face à cela. Le tourisme de plongée a pratiquement disparu, mais ce sont les pêcheurs qui souffrent le plus.

Sur l'écran, on vit apparaître la photo d'un bateau-usine.

— C'est l'*Anthanea*. Il y a quinze jours, en même temps que les filets, l'équipage a remonté à bord un énorme chargement de *Chironex fleckeri*, des guêpes de mer. Plus exactement, de ce que nous croyons être ou avoir été des *Chironex*. Au lieu de les rejeter immédiatement, il a commis l'erreur d'ouvrir les filets et de déverser par la même occasion plusieurs tonnes de poison pur sur le pont. Les tentacules, longs de plusieurs mètres et fins comme des cheveux, se sont répartis sur le bateau, ce qui a causé la mort instantanée de quelques ouvriers. Pour d'autres, ça a pris plus longtemps. Ce jour-là, il pleuvait. L'eau a transporté des matières jusque dans le moindre recoin. On ne sait pas comment le poison a fini par arriver dans l'eau potable, toujours est-il qu'au bout d'un certain temps il n'y avait plus de survivants sur l'*Anthanea*. Depuis, les équipages sont prudents et portent des tenues de protection, mais cela ne change rien au problème de fond. Parce que maintenant, un peu partout dans le monde, quand on va à la pêche, on ne pêche plus de poisson, on pêche du poison.

On n'attrape plus de poisson parce qu'il n'y en a plus, se dit Johanson. Tu aurais dû le dire, ça aussi, Peak. Même si ce n'est pas vraiment pour cette raison que toute cette merde nous tombe dessus.

Et si c'était quand même la raison ?

Mais oui ! C'était une raison parmi des milliers d'autres.

Il pensa aux vers.

C'étaient des organismes mutants qui savaient parfaitement ce qu'ils faisaient. Etait-il donc le seul à voir ce qui se passait ? Ils étaient en train de subir les symptômes d'une maladie dont le déclencheur était caché partout et qu'on ne trouvait nulle part... un chef-d'œuvre de camouflage. L'homme avait vidé la mer, n'y laissant que quelques malheureuses miettes. Or, les bancs de poissons rescapés avaient appris à éviter les pièges mortels, et des armées de soldats équipées de poison donnaient le coup de grâce à l'industrie de la pêche moribonde.

La mer était en train de tuer l'homme.

Et toi, Sigur, toi tu as tué Tina Lund. C'est toi qui l'as convaincue de ne pas renoncer à Kare Sverdrup. Elle t'a écouté. Si elle ne l'avait pas fait, elle ne serait pas partie à Sveggesundet.

Mais était-ce vraiment sa faute ?

Comment aurait-il pu prévoir ce qui allait se produire ? D'ailleurs, à Stavanger, Tina serait sans doute morte de la même façon. Et s'il lui avait conseillé de prendre le premier avion pour Hawaii ou Florence, s'imaginerait-il pour autant avoir *sauvé* Tina Lund ?

Tous, ici, se battaient contre leurs propres démons. Bohrmann était hanté par l'idée de ne pas avoir averti l'humanité plus tôt. Certes, il en aurait eu la possibilité. Mais l'avertir de quoi ? D'une supposition ? D'une menace ? Ils avaient travaillé à deux cents à l'heure pour acquérir une certitude. Il se trouvait qu'ils n'avaient pas travaillé assez vite, mais au moins ils avaient essayé. En quoi Bohrmann était-il coupable ?

Et Statoil ? Finn Skaugen était mort. Il se trouvait sur le port de Stavanger au moment de l'irruption de la vague. Johanson ne voyait plus le directeur de la firme pétrolière sous le même jour. Skaugen était un manipulateur. Il s'était complu à se prendre pour la bonne conscience d'un vilain secteur industriel, mais avait-il vraiment entrepris tout ce qui devait l'être ? Clifford Stone, lui aussi, avait été victime de la catastrophe, mais était-il vraiment le monstre calculateur que Skaugen avait stigmatisé ?

Les vers, les méduses, les baleines, les requins.

Des poissons intelligents. Des alliances. Des stratégies.

Johanson pensa à sa maison détruite, à Trondheim. Curieusement, l'idée de sa perte le chagrinait assez peu. Son vrai foyer était ailleurs, au bord du miroir qui portait en lui tout l'univers quand la nuit était claire. C'était là-bas qu'il s'était vu tel qu'il était, qu'il s'était créé son sanctuaire du beau et du vrai. Sa cabane était sa véritable création personnelle, la matérialisation de lui-même. Elle abritait ce qu'il n'aurait jamais pu avoir à lui dans aucune maison.

Il n'y était plus retourné depuis le week-end avec Tina.

Etait-ce toujours comme avant ? Les choses avaient-elles changé, là-bas aussi ?

Les eaux du lac étaient des eaux calmes... Mais sans s'expliquer pourquoi, il n'était pas tranquille. Il lui fallait en avoir le cœur net. Il irait vérifier dès que possible. Même s'il croulait sous le travail.

Peak projetait une nouvelle photo sur l'écran.

Un homard. Non, des restes de homard. Le crustacé était déchiqueté, comme s'il avait explosé. L'officier le présenta avec un sourire forcé.

— Hollywood l'appellerait « le messager de l'horreur »... Et c'est exactement le terme qui convient. En Europe centrale, on assiste à la propagation d'une épidémie dont l'origine se trouve dans la carapace de ce genre de bestiole. C'est grâce à M. Roche, ici présent, que le passager clandestin a été en grande partie identifié. D'après son espèce, il s'agit d'une algue unicellulaire appelée *Pfiesteria piscicida*. L'une des soixante espèces de dinoflagellés connues pour leur toxicité. La *Pfiesteria* est la plus dangereuse des algues tueuses. Il y a quelques années, déjà, elle a causé des dommages dévastateurs sur la côte Est des Etats-Unis, en particulier dans les eaux de la Caroline du Nord, tuant les poissons par milliards. Des bancs entiers de poissons morts remontaient à la surface, couverts de plaies ouvertes ou nécrosées. Pour les pêcheurs, le désastre fut à la fois économique et sanitaire. Car ils ont été contaminés. Affectés de troubles de la conscience, d'ulcères ouverts aux bras et aux jambes, nombre d'entre eux ont dû abandonner leur travail. Et les scientifiques qui ont étudié cette algue ont eux aussi subi des problèmes de santé par la suite.

Il se tut quelques instants avant de reprendre :

— Je vais vous citer un autre exemple. En 1990, il est arrivé une chose très étrange à un chercheur, Howard Glasgow. Il était en train de nettoyer des aquariums dans un laboratoire aménagé spécialement pour cette algue à l'université de Caroline du Nord lorsque les mouvements de son corps ont commencé à s'effectuer au ralenti. Ses membres ont refusé d'obéir. Mais, pendant ce temps, son cerveau a continué à fonctionner normalement. Ce phénomène a constitué le premier indice prouvant que la toxine de *Pfiesteria* pouvait contaminer l'air. Glasgow fit donc déplacer les organismes dans un laboratoire sécurisé. Malheureusement, l'aération avait été installée à l'envers et elle était reliée directement avec le bureau de Glasgow. Celui-ci a donc respiré l'air contaminé pendant six mois sans le savoir. Il a été pris de maux de tête si violents qu'il lui a été impossible de continuer à travailler. Il a perdu le sens de l'équilibre. Son foie et ses reins se sont nécrosés. Sa mémoire a cessé de fonctionner, au point qu'il ne se souvenait plus de son propre nom. Son entourage diagnostiquait une tumeur au cerveau ou la maladie d'Alzheimer, mais Glasgow n'y croyait pas. Il a demandé à se soumettre à une série d'examens à la Dukes University, et on a effectivement découvert que son système nerveux avait été exposé pendant des mois à une substance chimique. D'autres chercheurs qui avaient été en contact avec la *Pfiesteria* ont été atteints de pneumonie et de bronchite chronique. Et tous ont perdu la mémoire, lentement mais sûrement. Et ce, par la faute d'un organisme qui est un vrai mystère.

Peak passa une série de photos présentant différentes formes de vie sous microscope électronique. Certaines ressemblaient à des amibes dotées d'excroissances en étoile, d'autres à des boules recouvertes d'écailles ou de poils, d'autres encore à des hamburgers au centre desquels s'agitaient des tentacules en spirale.

— Tous ces organismes sont des *Pfiesteria*, expliqua Peak. Cette algue est capable de modifier son aspect. En quelques minutes, elle peut multiplier sa taille par dix, se transformer en kyste, changer et passer de l'état d'unicellulaire inoffensif à celui de zoospore hautement toxique. Elle peut prendre jusqu'à vingt-quatre formes différentes, en modifiant chaque fois ses propriétés. La toxine a pu être isolée. M. Roche et son équipe travaillent assidûment à son décodage, mais leur tâche n'est pas facile. L'être qui a réussi à infester les canalisations ne paraît pas appartenir à l'espèce *Pfiesteria piscicida*, mais à une variété infiniment plus dangereuse. *Pfiesteria piscicida* signifie : *Pfiesteria* tueuse de poissons. M. Roche a baptisé le spécimen qu'il a découvert *Pfiesteria homicida*, autrement dit, *Pfiesteria* tueuse d'hommes.

Peak parla des difficultés rencontrées pour maîtriser ce nouvel organisme dont le but semblait être de se reproduire de manière exponentielle. Dès lors qu'il avait investi le cycle de l'eau, il était impossible de s'en débarrasser. Il s'infiltrait dans le sol et diffusait un poison qu'on ne parvenait plus à exfiltrer. C'était là, exactement, que se situait le problème. Beaucoup de victimes étaient littéralement dévorées par la *Pfiesteria*. Leur corps entier était recouvert d'ulcérations qui refusaient de guérir et s'infectaient. Mais le pire était le poison. Quels que fussent les efforts des autorités pour nettoyer les canaux et les systèmes de distribution d'eau, elles ne pouvaient empêcher l'organisme de se répandre ailleurs. On essayait d'en venir à bout par la chaleur et les acides, en déversant des produits chimiques en masse, mais il était évident que le remède ne pouvait consister à remplacer un mal par un autre.

Tout cela restait sans effet sur la *Pfiesteria homicida*.

La *Pfiesteria piscicida* affectait le système nerveux. La nouvelle espèce attaquait avec une telle agressivité que la paralysie intervenait dans les heures suivantes, précédant le coma et la mort. Quelques rares personnes, néanmoins, semblaient résistantes. Roche et son équipe n'étant pas encore parvenus à décrypter le code toxique, tous les espoirs se reportaient sur le décodage de cette résistance, mais c'était une course contre la montre. Car la propagation de la maladie semblait impossible à endiguer.

— Cette algue s'est déniché un cheval de Troie, dit Peak. Dans les entrailles des crustacés. Dans des homards, ou, plus exactement, dans quelque chose qui avait l'aspect d'un homard. Ces animaux étaient vivants quand ils ont été pêchés, sauf que leur chair avait cédé la place à une substance gélatineuse. Des colonies de *Pfiesteria* vivaient enfermées à l'intérieur. La pêche et l'exportation de crustacés sont désormais interdites par l'Union européenne. Pour l'instant, les pathologies et les décès se limitent à la France, à l'Espagne, à la Belgique, à la Hollande et à l'Allemagne. Le dernier chiffre en ma possession fait état de quatorze mille morts. Sur le continent américain, les homards semblent être encore d'authentiques homards, mais nous songeons nous aussi à interdire la vente des crustacés.

— C'est affreux, chuchota Rubin. D'où viennent donc ces algues ?

Roche se retourna vers lui pour lui répondre :

— Elles ont été fabriquées par l'homme. Sur la côte Est des Etats-Unis, les élevages de porcs déversent des quantités phénoménales de lisier directement dans l'eau, et la *Pfiesteria* adore l'eau surchargée d'engrais. Elle se nourrit des phosphates et des nitrates contenus dans le purin répandu dans les champs, et qui se retrouvent dans les rivières. Ou des eaux de rejet industrielles. Il n'y a pas de quoi s'étonner qu'elle se sente comme un poisson dans l'eau dans les canalisations des grandes villes, qui sont saturées de matières organiques ! C'est nous qui créons les *Pfiesteria* de par le monde. Nous ne les inventons pas, mais nous leur permettons de se transformer en monstres.

Roche poursuivit, s'adressant cette fois à Peak :

— Si l'équilibre biologique de la Baltique est rompu et que tous les poissons qu'elle contient crèvent, comme c'était le cas ces dernières années, la faute en incombe à l'élevage intensif du porc au Danemark. Le lisier permet aux algues de se multiplier de façon exponentielle. Les algues fixent l'oxygène, ce qui fait mourir les poissons. Les algues toxiques font bien pire, et, hélas ! aucune région ne semble préservée. Or, nous avons la pire de toutes parmi nous.

— Mais pourquoi n'a-t-on pas agi plus tôt ? interrogea Rubin.

— Plus tôt ? répéta Roche avec un rire amer. Mais, mon cher, on a bel et bien agi plus tôt. On a essayé. Sur quelle planète vivez-vous donc ? Figurez-vous qu'au lieu d'entreprendre des études sérieuses, on s'est moqué des chercheurs et on est allé jusqu'à leur envoyer des menaces de mort. On a appris il y a peu de temps que les autorités en charge de l'environnement, en Caroline du Nord, avaient falsifié les documents sur les méfaits de la *Pfiesteria*, pour la bonne raison que certains hommes politiques influents étaient comme par hasard des éleveurs de porcs. Certes, la question est de savoir quel est le fou qui nous envoie des homards infectés par la *Pfiesteria*. Mais cela ne change rien au fait que nous avons été les accoucheurs de la catastrophe.

— Ces moules possèdent toutes les propriétés qui caractérisent les moules zébrées. Mais elles savent faire une chose que les moules zébrées ordinaires ne savent pas faire : elles savent naviguer.

Peak abordait à présent le problème des naufrages de navires. Après avoir fait subir aux participants le bilan des infestations à la *Pfiesteria*, il passait à des statistiques qui n'avaient rien à leur envier en termes d'horreur. Sur l'écran, on voyait une mappemonde parcourue d'un réseau de lignes de couleur.

— Vous voyez ici les principales routes maritimes commerciales, indiqua Peak. C'est la répartition des marchandises transportées qui détermine leur tracé. En règle générale, les matières premières sont expédiées au Nord. L'Australie exporte de la bauxite, le Koweït du pétrole, l'Amérique du Sud du minerai de fer. Toutes ces marchandises accomplissent des distances allant jusqu'à onze mille milles marins vers l'Europe et le Japon, pour qu'à Stuttgart, Detroit, Paris et Tokyo soient fabriqués des automobiles, des appareils électriques et des machines. Et ces produits font le voyage inverse en porte-conteneurs.

Près d'un quart du commerce mondial se déroule dans le Pacifique asiatique, ce qui correspond à une valeur marchande de cinq cents milliards de dollars. En Atlantique, c'est un peu moins important. Les principaux points de concentration de la circulation maritime sont marqués en noir : la côte Est des Etats-Unis avec New York, le nord de l'Europe avec la Manche, la mer du Nord et la Baltique jusqu'aux pays Baltes, toute la Méditerranée, en particulier la Riviera. Les mers européennes occupent une place centrale, et la Méditerranée sert également de route maritime entre la côte Est nord-américaine et l'Asie du Sud-Est par le canal de Suez. N'oublions pas les îles du Japon et le golfe Persique. La mer de Chine est en expansion, elle fait partie, avec la mer du Nord, des eaux les plus fréquentées du monde. Il faut avoir ce réseau à l'esprit pour comprendre les incidences du transport maritime sur le commerce mondial. Lorsque, d'un côté du globe, un porte-conteneurs fait naufrage, il faut imaginer les moyens de production qui sont interrompus, combien d'emplois sont menacés, qui perd ses moyens d'existence ou la vie, et qui est susceptible de profiter de l'accident. L'avion a remplacé le paquebot pour le transport des passagers, mais le commerce international tient à la mer. Rien ne peut remplacer le transport maritime.

Peak fit une pause, puis reprit :

— Voici maintenant quelques chiffres… Deux mille bateaux passent quotidiennement par la route de Malacca et les détroits voisins, et vingt mille bateaux de tous tonnages traversent chaque année le canal de Suez. Cela représente 15 % du commerce mondial pour chacun. La circulation quotidienne dans la Manche est de trois cents bateaux, qui sont en route vers la mer la plus fréquentée du globe, la mer du Nord. Le nombre de bateaux qui, en un an, relient Hong Kong au reste du monde est d'environ quarante-quatre mille. Un nombre incalculable de cargos, de pétroliers, de ferries sillonnent chaque année les mers du globe, sans parler des flottes de pêche, des cotres, des voiliers et des hors-bord. Les mouvements de bateaux se chiffrent par millions sur les océans, les mers, les canaux et les détroits. Compte tenu de ces chiffres, il ne semble pas que le naufrage occasionnel d'un superpétrolier ou d'un porte-conteneurs puisse conduire à une crise sérieuse de la navigation maritime. Ce n'est pas un détail de ce genre qui empêchera un quelconque armateur d'envoyer à l'autre bout du monde un vieux tas de rouille chargé à ras bord de pétrole. Soit dit en passant, la plupart des sept mille pétroliers qui circulent dans le monde se trouvent dans un état lamentable. Plus de la moitié sont en service depuis plus de vingt ans, et on peut dire qu'un nombre important de superpétroliers sont bons pour la casse. On sait que la catastrophe est possible, mais on a l'habitude de vivre avec le risque. On connaît les facteurs, on a fait ses petits calculs, on joue le tout pour le tout. Quand un pétrolier de trois cents mètres tombe dans un creux, il ploie au milieu sur au moins un mètre, cela vous abîme la plus solide des structures. Mais on l'envoie quand même, parce que le jeu en vaut la chandelle…

« Pourtant, quand les accidents sont dus à des phénomènes tout à fait inexplicables, tous ces beaux calculs tombent à l'eau. Le risque est impossible à calculer. S'installe alors un comportement très spécial, que nous appelons la "psychose du requin". Nul ne sait jamais où se trouve le requin, ni quelle sera sa prochaine victime. Un requin unique suffit à lui seul à décourager des milliers de vacanciers d'entrer dans l'eau. Vu sous l'angle de la statistique, il serait impossible à ce requin isolé d'infliger de grandes pertes au tourisme. Et pourtant, dans la pratique, il le paralyse bel et bien… Imaginez donc un armateur qui, pour des raisons inconnues, voit multiplier par quatre en quelques semaines le nombre total d'avaries qu'il a subies jusqu'alors. Des phénomènes angoissants, inexplicables, envoient par le fond des navires qui se trouvaient en excellent état. Nul ne sait à l'avance qui va être concerné, ni où, ni ce qu'on peut faire en amont pour se protéger. Il ne s'agit plus de rouille, de dégâts dus à la tempête, d'erreurs de navigation… il s'agit tout simplement de ne plus prendre la mer. »

Ce discours mena Peak droit aux moules qui apparaissaient sur l'écran, surdimensionnées. L'officier attira l'attention sur une excroissance filamenteuse qui semblait onduler sur l'écran.

— C'est avec ce pied, ce byssus, que la moule zébrée se fixe d'ordinaire à l'endroit où la porte le courant. Plus exactement, le byssus est constitué d'un faisceau de filaments visqueux de protéines. Les moules nouveau modèle ont modifié ces filaments en s'en servant comme d'une sorte d'hélice. Le principe rappelle vaguement la manière de se déplacer de la *Pfiesteria piscicida*. Il existe de telles convergences dans la nature, mais elles s'accomplissent au cours de périodes qui s'étendent sur des milliers, voire des millions d'années. Soit ces moules existaient, mais nous ne les connaissions pas, soit elles ont acquis ces nouvelles facultés du jour au lendemain. Cela impliquerait une mutation ultrarapide, car, sous bien des aspects, ce sont toujours des moules zébrées, sauf qu'elles semblent savoir exactement où elles veulent se rendre. Par exemple, les prises d'eau de mer du *Barrier Queen* sont restées libres, alors que le gouvernail, lui, était entièrement et régulièrement recouvert.

Peak décrivit les circonstances de l'avarie, ainsi que l'attaque du remorqueur par les baleines. Même si le *Barrier Queen* en avait réchappé, la stratégie conjuguée des moules et des baleines avait fait la preuve de son efficacité, de même que celle des baleines grises avec les baleines à bosse et les orques.

— C'est de la folie ! s'insurgea un colonel de la Bundeswehr assis dans les derniers rangs.

— Absolument pas, répliqua Anawak en se tournant vers lui. C'est méthodique.

— N'importe quoi ! Vous voulez nous faire croire que des moules se sont mises d'accord avec des baleines ?

— Non, mais il s'agit quand même d'une collaboration. Si vous aviez subi l'une de ces attaques, vous seriez du même avis. Nous pensons que l'attaque du *Barrier Queen* a fait office de test.

Peak fit apparaître sur l'écran la photo d'un navire géant couché sur le flanc. La tempête projetait des vagues gigantesques par-dessus sa coque. Une pluie cinglante brouillait la visibilité.

— C'est le *Sansuo*, l'un des plus grands navires porte-automobiles japonais, indiqua l'officier. Son dernier fret était composé de camions. Il est tombé sur un banc de moules au large de Los Angeles. Comme sur le *Barrier Queen*, le gouvernail a été bloqué, mais, cette fois, la mer était grosse. Le navire a été pris par une énorme vague et une voie d'eau s'est formée. Ce qui s'est passé, nous ne pouvons que le supposer. Nous pensons que certains camions se sont détachés sous l'impact des lames et se sont écrasés sur les cuves de ballast. L'un d'eux a défoncé le bordé. Au moment de la prise de cette photo, il s'était passé moins d'un quart d'heure après l'échec de la manœuvre de gouvernail. Un quart d'heure plus tard, le *Sansuo* s'était brisé et avait sombré… Nous possédons maintenant toute une liste de cas semblables, et cette liste s'allonge tous les jours. Les remorqueurs sont attaqués, ils ne peuvent pas mener à bien les sauvetages. Le nombre de bateaux qui sombrent corps et biens est en augmentation dramatique. M. Anawak a raison quand il dit qu'il y a de la méthode dans cette folie, et vous allez voir une autre variante de cette folie…

Peak présenta la photo satellite d'un nuage noir de un kilomètre de long qui se dirigeait vers la terre ferme. Son origine se situait à bonne distance de la côte, en un point où il s'épaississait autour d'un centre rouge maculé de noir. C'était comme si un volcan était entré en éruption en pleine mer.

— Sous le nuage, ce sont les débris du *Phoebos Apollon*, un gazier LNG, catégorie post-Panamax, ce que l'on trouve de plus grand. Le 11 avril, à cinquante milles de Tokyo, un incendie démarre dans la salle des machines. Quatre conteneurs sont touchés, ce qui déclenche une série d'explosions gigantesques. Ce navire était considéré comme exemplaire en tous points, il était en excellent état et était entretenu régulièrement. L'armateur grec a voulu savoir ce qui s'était passé et a envoyé un robot de plongée…

Des zébrures apparurent sur l'écran, suivies d'un code chiffré, puis ce fut de la neige sur un arrière-plan brouillé.

— Généralement, après une explosion, il ne reste plus grand-chose. Le bateau était cassé en quatre. La profondeur au large de Honshu est de neuf mille mètres, et les débris étaient éparpillés sur une distance de plusieurs kilomètres carrés. Le robot a fini par tomber sur la partie arrière…

Une forme floue apparut au milieu de la neige. Une pale d'aviron, la forme arrondie de la poupe, des parties de la superstructure. Le robot les dépassa, descendit plus bas. Un unique poisson traversa l'image.

— Le courant du fond transporte toutes sortes de matières organiques, du plancton, des détritus, etc., poursuivit Peak. Pas facile de manœuvrer. Je ne vais pas vous passer le film en entier, mais je pense que ceci va vous intéresser…

La caméra était maintenant beaucoup plus près de la coque. Celle-ci était recouverte de gros amas d'aspect étrange. A la lueur des projecteurs, cela miroitait et brillait comme de la cire fondue.

Rubin se pencha, l'air intrigué.

— Qu'est-ce que ça vient foutre ici ? s'écria-t-il.

— Qu'est-ce que c'est, à votre avis ? interrogea Peak.

— Des méduses, répondit Rubin en plissant les yeux pour mieux voir. Des petites méduses. Il doit y en avoir des tonnes. Mais comment se fait-il qu'elles viennent s'accrocher à la coque ?

— Comment se fait-il que les moules zébrées sachent naviguer, maintenant ? répliqua Peak. Eh bien, quelque part, sous ces bestioles, il y a les prises d'eau. Elles sont sans doute complètement bouchées.

Un diplomate leva la main.

— Qu'est-ce que c'est exactement… les…

— Les prises d'eau ? Eh bien, ce sont des coffrages où aboutissent les principales conduites d'alimentation en eau. Ils sont munis de tôles perforées pour éviter l'entrée de la glace et de la végétation. Les conduites se ramifient à l'intérieur du bateau et transportent l'eau de mer aspirée là où on en a besoin, pour être transformée en eau douce, en réservoir à incendie, mais, surtout, dans les systèmes de refroidissement du moteur. Il est difficile de dire à quel moment les bestioles se sont accrochées à la coque. Peut-être seulement après le naufrage du navire... Mais pour notre part, nous avons imaginé le scénario suivant : le banc de méduses flotte à la rencontre du bateau, il est si dense qu'il ressemble à une masse compacte. Au bout de quelques secondes, les méduses ont bouché les prises d'eau. L'eau n'entre plus à l'intérieur, mais la bouillie organique passe à travers les trous des tôles. Il y a de plus en plus de bêtes. Le reliquat d'eau est aspiré dans le moteur, puis le système est à sec et il n'y a plus d'eau de refroidissement à bord. Le moteur principal chauffe, l'huile devient brûlante, la température augmente dans les têtes de cylindre, une soupape saute. Le carburant en feu s'échappe, déclenche une réaction en chaîne, et les systèmes d'extinction d'incendie ne fonctionnent pas parce qu'ils ne peuvent plus aspirer d'eau.

— C'est incroyable ! Un gazier ultramoderne peut donc exploser parce que des méduses ont bouché les prises d'eau de mer ? s'écria Roche, ébahi.

Peak se dit que cette question frisait le comique. Il avait devant lui des savants, des scientifiques de haut niveau, et ceux-ci arboraient des têtes de gamins déçus, contrariés parce que leur jouet ne fonctionnait pas comme prévu !

— Les pétroliers et les cargos sont certes composés d'appareils de haute technologie, mais ils sont aussi très archaïques, par bien des côtés. Les moteurs et la timonerie sont des machines compliquées, très perfectionnées, mais, tout compte fait, leur fonction est de faire tourner une vis et de déplacer un morceau d'acier dans un sens ou dans un autre. On navigue au GPS, mais l'eau de refroidissement est pompée à l'intérieur à travers un trou. De temps en temps, une prise est bouchée par des algues ou autre chose, et on la nettoie. Quand une prise est bouchée de chez bouchée, on en utilise une autre. La nature n'a jamais mené d'offensives contre les prises d'eau, il n'y avait donc pas lieu d'améliorer le système... Monsieur Roche, si, demain, de minuscules insectes décidaient de boucher vos narines, votre superbe corps, ce chef-d'œuvre de complexité, serait menacé de mort. Avez-vous déjà envisagé cette éventualité ? C'est exactement le problème, en l'occurrence. Avons-nous jamais envisagé que cela pourrait nous arriver ?

Johanson n'écoutait plus vraiment. Il connaissait le chapitre qui allait suivre jusque dans ses moindres détails. C'étaient lui et Bohrmann qui l'avaient structuré pour l'exposé de Peak. Il s'agissait de vers et d'hydrates de méthane.

Pendant que l'officier poursuivait, il confia à son ordinateur portable quelques éléments de réflexion :

L'influence exercée sur les systèmes neuronaux par les

Par les quoi ?

Il fallait trouver un terme adapté. Il en avait assez des périphrases. Plongé dans ses pensées, il gardait les yeux rivés sur l'écran. Est-ce que les autres avaient accès aux programmes ? L'idée que Li et ses congénères pussent espionner ses pensées le turlupinait. Il avait une théorie, mais il voulait déterminer lui-même le moment où il la dévoilerait.

Le hasard voulut que l'annulaire et le majeur de sa main gauche se posent sur les touches, produisant un mot. Moins qu'un mot, à vrai dire. Trois lettres seulement apparurent sur l'écran.

Yrr

Johanson s'apprêta à les effacer. S'arrêta.

Après tout, pourquoi pas ?

C'était un mot comme un autre. Celui-là était encore meilleur qu'un vrai mot, parce qu'il était impossible à interpréter. Au fond, il ne savait même pas sur quoi il planchait. Puisqu'il n'existait pas de terme, l'abstraction s'imposait.

Yrr…

Yrr, c'était pas mal. Il allait garder ça, pour l'instant.

Karen Weaver en était à mâchouiller son troisième crayon.

— Finalement, il se peut fort bien que le déluge ait eu le même effet dévastateur, disait Peak en guise de conclusion. Une foule de mythes et de traditions religieuses parlent de déluge. La première description de tsunami digne de foi relate une catastrophe naturelle qui s'est produite en mer Egée, en 479 avant Jésus-Christ. Plus tard, on parle de soixante mille morts à Lisbonne en 1755, engloutis par des vagues de dix mètres de haut. On connaît aussi l'explosion du Krakatau de 1883, au cours de laquelle une grande partie du sommet a sauté, la caldeira sous-marine s'effondrant dans la chambre magmatique. Deux heures plus tard, des vagues de quarante mètres de haut atteignaient les régions côtières de Sumatra et de Java, dévastant plus de trois cents villes ou villages et provoquant la mort de près de trente-six mille personnes. En 1993, un tsunami plus faible a touché la ville de Sanriku, au Japon, engloutissant le nord-est de Honshu. Bilan : trois mille morts, neuf mille bâtiments détruits, huit mille naufrages. Mais aucune de ces catastrophes n'est comparable, même de loin, au tsunami qui a dévasté l'Europe du Nord. Tous les Etats riverains sans exception sont des nations hautement industrialisées, totalisant une population de deux cent quarante millions de personnes qui vivent principalement sur les littoraux.

Un silence de mort s'était établi dans la pièce. Peak poursuivit, imperturbable :

— Du point de vue géologique, la zone s'est radicalement transformée. Les conséquences pour l'humanité dans son ensemble ne sont pas encore discernables, mais en revanche on sait que pour l'économie elles sont dévastatrices. Quelques-unes parmi les villes portuaires les plus importantes du monde ont été partiellement voire totalement détruites. Il y a quelques jours encore, Rotterdam était la plus grande place de commerce maritime de tous les temps ; la mer du Nord, l'un des plus importants gisements d'énergies fossiles, avec une extraction quotidienne d'environ quatre cent cinquante mille barils de pétrole. La moitié des ressources de pétrole européennes se trouvait au large de la côte norvégienne, une autre partie située au large de l'Angleterre, ainsi qu'une partie importante des réserves de gaz mondiales. Cette gigantesque industrie a été détruite en l'espace de quelques heures. Le nombre de victimes est estimé à deux ou trois millions, et celui des blessés et des sans-abri est bien supérieur.

Peak lisait ces chiffres comme il l'eût fait d'un bulletin météo, d'un ton neutre et dénué d'émotion.

— On ne sait pas vraiment par quoi ce glissement a été provoqué, poursuivit-il. Les vers font incontestablement partie des mutations les plus remarquables parmi celles qui nous causent problème actuellement. Aucun phénomène naturel ne peut expliquer l'apparition de ces milliards de vers dévoreurs de bactéries. Mais nos amis de Kiel et M. Johanson sont d'avis qu'il manque encore une pièce au puzzle. Ils pensent qu'il est impossible que cette catastrophe soit due à leurs seuls méfaits et à la déstabilisation des champs d'hydrates. Selon eux, il y a eu intervention d'un facteur supplémentaire, et la vague ne serait que la partie émergée de l'iceberg...

Sur l'écran, l'image changea. Karen Weaver se redressa et sentit ses cheveux se hérisser dans son cou. Car même si la photo satellite, prise de très haut, n'était pas très nette et était éclairée artificiellement, elle avait immédiatement reconnu le navire.

— Vous allez avoir la démonstration de ce que je viens de dire, indiquait Peak. Nous observions ce bateau par satellite...

Comment ? Karen crut avoir mal entendu.

Ils observaient Bauer ?

— C'est un bateau de recherche baptisé *Juno*, poursuivit l'officier. Ces photos ont été prises de nuit, par un satellite militaire nommé EORSAT. Par bonheur, la vue était excellente et la mer très calme, ce qui n'est pas courant dans ce secteur. Le *Juno* se trouvait à ce moment au large du Spitzberg.

Les lumières indistinctes du bateau se détachaient sur l'écran. Brusquement, la mer se recouvrit de taches claires qui se propagèrent au point que la mer parut être en ébullition.

Le *Juno* roula de droite à gauche, tourna sur lui-même.

Puis il coula à pic, comme une pierre.

Karen se figea devant ces images qui lui étaient assénées sans préparation. Voilà, elle savait maintenant où était Bauer. Le *Juno* gisait par le fond, en mer du Groenland. Elle pensa à ce qu'il lui confiait, à ses craintes, à ses peurs. Elle comprit avec une douloureuse certitude qu'à présent elle était dépositaire du legs de Bauer. Le vieil homme lui avait légué son bien spirituel.

— C'était la première fois, depuis le début des anomalies, que nous pouvions observer cet effet, précisait Peak. Nous savions depuis un certain temps qu'il se produisait des éruptions méthaniques dans cette région, mais...

Karen leva la main.

— Pensiez-vous qu'une telle chose pourrait se produire ? demanda-t-elle.

Peak la regarda de ses grands yeux. Son visage aux traits sculptés resta totalement impassible.

— Non.

— Qu'avez-vous entrepris, après le naufrage du *Juno* ?

— Rien.

— Vous n'avez rien fait, alors que vous faisiez surveiller la région et le bateau par un satellite ?

Peak secoua lentement la tête et entama sa justification :

— Ce bateau n'était pas le seul à être observé. Nous en avons observé un bon nombre pour recueillir des informations. On ne peut pas être partout en même temps. Personne ne pouvait partir du principe que ce bateau, entre tous…

— Arrêtez-moi si je me trompe, l'interrompit Karen d'un ton vif, mais j'ai cru comprendre qu'on était au courant des effets de ces éruptions de gaz ? Grâce, par exemple, au triangle des Bermudes qui n'est pas si mystérieux que ça…

— Mademoiselle Weaver, nous…

— Autrement dit, sachant que des bateaux avaient disparu de cette façon par le passé, et, de plus, sachant que les émissions de méthane augmentaient en mer du Nord, vous n'en avez pas tiré les conclusions qui s'imposaient concernant le plateau continental norvégien ?

Peak accrocha son regard au sien.

— Qu'est-ce que vous voulez dire ? demanda-t-il.

— Je veux savoir si vous auriez pu *faire* quelque chose !

Peak, imperturbable, continua à la regarder sans ciller. Dans la salle, un silence pénible s'était établi.

— Nous nous sommes trompés dans nos estimations, répondit enfin l'officier.

Li ne connaissait que trop ce genre de situation. Peak n'aurait d'autre choix que de reconnaître l'échec partiel de la reconnaissance aérienne. Ils avaient effectivement enregistré une augmentation des éruptions de gaz au large de la Norvège, mais cette information était noyée dans une quantité d'autres. Ils ignoraient la présence de vers.

Elle se leva. Il était temps de venir à la rescousse de Peak.

— Nous n'aurions rien pu faire, déclara-t-elle d'un ton calme. Je vous prierai par ailleurs d'écouter ce que dit le major Peak, au lieu de nous juger. Je vous rappellerai simplement que les conseillers scientifiques qui sont réunis dans cette pièce ont été sélectionnés sur deux critères : la compétence et l'expérience. Certains parmi vous ont été directement touchés par les événements. Dites-moi ce que M. Bohrmann aurait pu éviter. Ou M. Johanson. Ou Statoil. Et vous-même, qu'auriez-vous pu éviter, mademoiselle Weaver ? Croyez-vous vraiment que l'observation en orbite aille de pair avec une force d'intervention omniprésente capable d'être sur le site dans la minute qui suit pour sortir les gens du pétrin en toutes circonstances ? Mais peut-être préférez-vous que nous fermions les yeux pour ne rien voir ?

La journaliste fronça les sourcils, se redressa.

— Nous ne sommes pas ici pour nous jeter des reproches à la tête, s'empressa d'ajouter Li avant de permettre à Karen de répliquer. Que celui qui n'a jamais péché jette la première pierre. C'est ce qu'on m'a appris. C'est dans la Bible, et la Bible a souvent raison. Nous sommes ici pour éviter d'autres catastrophes. Vous êtes bien d'accord ?

— Alléluia ! grommela Karen.

Li se tut quelques instants.

Puis elle sourit. Et maintenant, une petite caresse dans le sens du poil :

— Nous sommes tous bouleversés, dit-elle. Je vous comprends parfaitement, mademoiselle Weaver. Major Peak, continuez, je vous en prie.

L'officier avait senti la moutarde lui monter au nez. D'ordinaire, il avait affaire à des soldats, et ceux-ci ne se risquaient pas souvent à émettre une critique, sans même parler d'une simple remarque. Cette situation où il se retrouvait sur la sellette sans avoir la possibilité de remettre l'impertinent à sa place par un ordre bref était fort déplaisante. Il ressentit soudain une vague bouffée de haine contre cette journaliste. Non, il n'allait pas flancher devant un ramassis de scientifiques !

Il prit une inspiration, poursuivit son exposé d'un ton neutre :

— Ce que vous venez de voir, c'était la libération d'une grande quantité de méthane. Il est évident que je déplore vivement la mort des marins, mais la libération de ce gaz nous met devant un problème bien plus important. Car la quantité de gaz libérée dans l'atmosphère à la suite du glissement est un million de fois plus élevée que celle qui a causé le naufrage du *Juno*. Des scientifiques ont élaboré des scénarios prévoyant le même phénomène à l'échelle mondiale. Leur conclusion équivaut à un arrêt de mort. Il n'y aurait plus d'atmosphère.

Il se tut. Peak était un dur à cuire, mais les mots qu'il allait prononcer décrivaient une situation propre à rendre de plus impavides que lui fous de terreur.

— Je dois vous informer que les vers sont également présents dans l'Atlantique et dans l'océan Pacifique. Plus exactement, on les a décelés sur les talus continentaux de l'Amérique du Nord et du Sud, ainsi qu'au large de la côte ouest du Canada et du Japon.

Un silence de plomb accueillit ses paroles.

— C'était la mauvaise nouvelle, précisa-t-il.

Quelqu'un toussota. Dans le silence, ce simple bruit fit l'effet d'une petite explosion.

— La bonne nouvelle, c'est que l'invasion n'a pas atteint les mêmes proportions qu'en Norvège, loin s'en faut. Les vers ne colonisent que quelques surfaces isolées. Ils ne sont pas susceptibles de causer des dégâts sérieux. Mais nous devons partir du principe que les concentrations vont augmenter. Nous avons appris que quelques populations avaient été décelées en Norvège dès l'année dernière, dans un secteur que Statoil avait exploré en vue d'y installer des usines de nouvelle génération...

— Notre gouvernement n'est pas en mesure de confirmer cette information, intervint un diplomate norvégien, depuis le dernier rang.

— Et pour cause, répondit l'officier d'un ton ironique. Pratiquement tous ceux qui participaient au projet sont morts, ce qui tombe très bien. Nos sources se limitent donc à M. Johanson et au groupe de recherche de Kiel. Quoi qu'il en soit, nous disposons d'un petit sursis. Nous devrions l'utiliser pour tenter de nous débarrasser de ces saloperies de bestioles par tous les moyens.

Il se tut brusquement. « Saloperies de bestioles... » Trop d'émotion dans ce terme. Ce n'était pas bon. Il s'était laissé emporter au moment de l'emballage final, pour ainsi dire.

— Vous l'avez dit, ce sont de vraies saloperies, ces bestioles ! gronda une voix.

Un homme au physique peu ordinaire s'était levé. Grand et massif, il se dressait de toute sa hauteur, pareil à un roc, mais un roc engoncé dans une tenue orange. Un fouillis de boucles hirsutes et tire-bouchonnées dépassaient d'une casquette de base-ball. Des lunettes teintées beaucoup trop grandes se maintenaient à grand-peine sur un nez beaucoup trop petit qui défiait vaillamment une large bouche de grenouille en se poussant du col. Dès lors que cette bouche s'ouvrait, repoussant vers le bas un menton colossal, les images du *Muppet Show* se rappelaient irrésistiblement à votre souvenir.

Le badge du géant portait l'inscription *Stanley Frost, Volcanologue*.

— J'ai examiné les documents pendant la phase préparatoire de cette réunion, dit Frost du ton d'un pasteur prêchant l'Evangile. Ils ne me plaisent pas du tout. Nous nous concentrons sur des marges continentales dans un environnement de zones à forte colonisation...

— Oui, parce que cela correspond au modèle norvégien. Au commencement, il n'y a pas beaucoup de bestioles, puis, du jour au lendemain, il y en a des hordes.

— Ce serait une erreur de se concentrer uniquement là-dessus.

— Vous voulez une deuxième Europe du Nord, c'est ça ?

— Major Peak ! Est-ce que j'ai dit que nous devrions abandonner les talus ? Ce que je dis, c'est ceci : nous concentrer exclusivement là-dessus serait une énorme bêtise. Pour moi, cela saute aux yeux : le diable a plus d'un tour dans son sac.

Peak se gratta le crâne.

— Vous pourriez préciser votre pensée, monsieur Frost ?

Le volcanologue prit une profonde inspiration, ce qui fit gonfler son torse.

— Non, répondit-il.

— Pardon ? J'ai peur d'avoir mal compris.

— Ce n'est pas le moment d'effrayer les populations ! Commençons par tirer les choses au clair. Pensez à ce que je vous ai dit.

Sur ces bonnes paroles, il couvrit l'assemblée d'un œil décidé, propulsant son gigantesque menton en avant, puis s'assit.

Vanderbilt déplaça alors sa masse énorme jusqu'au pupitre. La responsable de la cellule de crise le suivit du regard, les yeux plissés. Le directeur adjoint de la CIA posa une paire de lunettes ridiculement petites sur son nez. Li en éprouva un mélange d'amusement et de dégoût.

Parfait, pensa Peak de son côté. Maintenant que l'autre imbécile a fait son petit effet, il va falloir subir ce gros porc…

— Saloperies de bestioles, tu as parfaitement raison, c'est le terme qui convient, Sal ! lança Vanderbilt d'un ton guilleret, tout en parcourant l'assemblée avec des yeux brillants comme s'il annonçait la Bonne Nouvelle. Mais nous, on va leur foutre le feu au cul, à ces saloperies, je vous le promets… Bon, parlons peu mais parlons bien. Je vais vous faire un petit topo sur comment nous voyons les choses. Alors voilà. L'or noir, le pétrole, on y est tellement accro que c'est comme une drogue, pour un peu, on se l'injecterait en intraveineuse. Mais maintenant, il va falloir faire ceinture. C'est foutu, terminé. Traduit en paramètres économiques, ça veut dire qu'on peut faire une croix sur une grande partie de la production mondiale. Pour les éleveurs de chameaux de l'OPEP, c'est une bonne affaire, mais ça, ce n'est pas le sujet qui nous intéresse pour l'heure… D'autre part, vous avez le transport maritime international qui se bat avec la nature qui ne sait plus quoi inventer pour avoir sa peau, comme Peak vous l'a raconté en long et en large, et ça marche ! Bon, entre nous... les attaques de baleines et de requins, honnêtement, c'est du pipi de chat en réalité, de la broutille. Ah ! bien sûr, les honnêtes familles américaines ne peuvent plus s'amuser à la pêche au gros, c'est contrariant, mais avouez que l'humanité s'en tamponne. Et le petit pêcheur des pays en voie de développement, qui nourrit dix-sept enfants et six femmes avec sa sardine quotidienne, il n'est pas à la noce non plus. Quand on n'ose plus sortir en mer de peur de se faire bouffer, c'est pas marrant, c'est la merde. C'est très dommage pour le petit pêcheur, mais nous ne pouvons strictement rien faire pour lui. Parce que l'humanité a d'autres soucis. Vous comprenez, les pays riches sont touchés ! Les poissons sont très méchants, ils ne veulent plus se laisser attraper. Ils se font remplacer par des tueurs qui balancent du poison, ou alors, ils font chavirer les chalutiers. Même si ce sont des cas isolés, ça fait quand même un sacré paquet de cas isolés. Et ça, c'est pas bon pour les pays en voie de développement, parce que maintenant, fini, y a plus rien, y a plus de miettes pour eux.

« En fait, on pourrait foutre les deux tiers du monde en l'air rien qu'en maintenant les pays riches sous pression. Il suffirait de les emmerder assez pour qu'ils se retrouvent incapables de régler leurs propres problèmes et à plus forte raison ceux du tiers-monde.

« Mais le tiers-monde a besoin que les puissants soient là pour lui maintenir la tête hors de l'eau. Il tire sa subsistance de l'aide économique que nous lui accordons en contrepartie de la satisfaction de nos exigences, il a besoin de subir de temps en temps le juste courroux de l'Amérique, il lui faut les petits changements de régime, il a besoin que nous nous unissions avec ses caïds de la drogue... Mais tout ça, c'est fini. Les baleines qui sautent sur les barques de pêche, ça peut nous paraître dérisoire, parce que le sort de notre économie ne dépend pas de quelques barques en jonc, mais n'oubliez pas que le niveau de vie occidental n'est pas vraiment représentatif. Pensez-y, ce soir, quand vous serez en train de grignoter votre buffet froid. Pour le tiers-monde, les anomalies qui se passent en ce moment, c'est la fin ! El Niño, c'est la fin ! Pareil pour La Niña. Quand on fait le bilan de ce que la nature nous a réservé comme extravagances au cours des derniers mois, on a presque l'impression qu'El Niño et La Niña, ce sont de bons vieux potes, on aurait presque envie qu'ils reviennent faire un tour par chez nous, se taper une bière ! Parce que nos invités d'aujourd'hui, c'est une autre paire de manches.

« Dans certaines parties de l'Europe, c'est l'état d'urgence. Qu'est-ce que ça signifie ? Qu'on ne peut plus sortir après la tombée du jour, sous peine d'attraper froid ? Non, je vais vous le dire, ce que ça signifie. Ça signifie que l'Europe ne sera pas capable de maîtriser la catastrophe humanitaire. Que les organismes comme la Croix-Rouge, l'Unesco, l'ordre de Malte, etc., n'arriveront pas à fournir assez de tentes et d'aide alimentaire. Que dans cette Europe des nantis, les gens vont mourir de faim, d'infection. Que des épidémies ont éclaté... Des épidémies en Europe ! Comme si la *Pfiesteria* et compagnie ne suffisaient pas, le choléra fait rage en Norvège ! On dit que les blessés ne sont plus soignés faute de moyens et que leurs blessures, à ces gens gavés de consommation, sont grouillantes de petits vers blancs et recouvertes de mouches qui s'empressent d'aller répandre les maladies partout où elles se posent... Vous êtes au bord de la nausée, mais ce n'est rien encore.

« Un tsunami, c'est de l'eau, mais quand cette eau s'en va, c'est l'explosion généralisée. Ce qui fait que le feu se propage, et ce feu, on n'arrive pas à en venir à bout. Les littoraux commencent par être inondés, ensuite ils crament. Ah oui ! j'allais oublier une chose pas mal, aussi : les masses d'eau, quand elles se sont retirées, ont interrompu le circuit de refroidissement de quelques centrales atomiques qu'on a eu la bonne idée de construire près des côtes. On a un accident majeur en Angleterre, un autre en Norvège. Vous êtes servis ? Eh bien, j'ai encore du matos en magasin, dont la rupture totale de l'alimentation électrique. Je regrette d'avoir à vous le dire, messieurs, mesdames, mais ne comptez plus sur l'Europe, et surtout pas dans le tiers-monde. L'Europe est foutue ! »

Vanderbilt sortit un mouchoir blanc de sa poche et s'épongea le front.

Peak était au bord de la nausée. Il haïssait ce mec. C'était un affreux, il n'était l'ami de personne, pas même le sien propre. C'était un défaitiste, un cynique, un fouteur de merde. Mais le plus atroce était qu'il avait raison sur presque toute la ligne. Et cette haine qu'il éprouvait pour Vanderbilt l'unissait même à Li.

Sauf qu'il détestait Li, elle aussi.

Parfois, il se surprenait à s'imaginer en train de lui arracher ses vêtements, à Li, sur son tapis de course de merde, et de lui faire ravaler sa suffisance, ses manières arrogantes de fille de bonne famille, ses langues étrangères et ses diplômes obtenus en dormant. Dans ces moments, il sentait remonter en lui le Jonathan Peak qui, en d'autres circonstances, serait certainement devenu chef de gang, voleur, violeur et assassin.

Cet autre Peak lui faisait peur. L'autre Peak ne croyait pas aux idéaux de West Point, à l'honneur, à la gloire et à la patrie. Il était comme Vanderbilt, qui traînait tout dans la merde et qui vous mettait le nez dedans. L'autre Peak avait grandi dans la merde. C'était un Noir, né dans la merde du Bronx.

— Allez, on continue, reprenait Vanderbilt avec une joie mauvaise. L'Europe a eu la surprise de trouver de jolies petites algues dans son eau potable. Que faire ? Sortir la massue chimique ? L'eau, on peut évidemment la faire bouillir ou la noyer sous les produits chimiques. Peut-être que ça les fera crever, les petites algues, mais le problème, c'est que nous, on crèvera avec. L'eau commence déjà à se raréfier. Jusqu'à présent, en Europe, tout un chacun était libre de passer trois heures sous la douche à chanter des chansons de corps de garde, mais maintenant, ça, c'est du passé. Je ne sais pas à quel moment nous aurons chez nous les premiers homards à explosion, mais l'Amérique, le pays de Dieu, devrait s'y préparer. Dieu a perdu patience.

Ici, Vanderbilt gloussa.

— Il faudrait peut-être dire Allah ? *The shape of things to come*… pensez à H. G. Wells et à sa vision prémonitoire ! Attendez-vous à des révélations sensationnelles, tout de suite après la pub !

Mais qu'est-ce qu'il raconte ?

Peak se demanda si Vanderbilt avait perdu la boule. Ce n'était pas possible, il était devenu fou !

L'homme de la CIA fit apparaître sur l'écran une mappemonde sur laquelle les pays et les continents étaient reliés par des lignes de couleur. Un épais faisceau de lignes partait de l'Angleterre et de la France et traversait l'Atlantique pour aller rejoindre Boston, Long Island, New York, Manasquan et Tuckerton. Un autre réseau, encore plus long, parcourait le Pacifique et reliait l'ouest des Etats-Unis à l'Asie. D'épaisses lignes s'étiraient le long des Caraïbes et de la Colombie, traversaient la Méditerranée, le canal de Suez, et aboutissaient à Tokyo en passant par la façade est de l'Asie.

— Ce sont les câbles sous-marins, expliqua Vanderbilt. Des autoroutes de l'information qui nous permettent de téléphoner et de *chatter*. Il n'y a pas d'Internet sans fibres optiques. Le glissement intervenu en Norvège a détruit une partie des liaisons de fibres optiques entre l'Europe et l'Amérique. Au moins cinq des plus importants câbles transatlantiques sont hors service. Mais avant-hier, un câble portant la belle inscription FLAG Atlantic-1 a déclaré forfait. Il relie New York à Saint-Brieuc en Bretagne, et il transporte 1,28 térabit à la seconde. Pardon, il transportait ! FLAG Atlantic-1 a avalé son bulletin de naissance, et on est certain que ce n'est *pas* une conséquence du glissement. Pas plus que la panne de TPC-5 entre San Luis Obispo et Hawaii. Ça ne vous saute pas aux yeux ? Il y a quelqu'un qui bouffe les câbles sous-marins pour son petit déjeuner, et les ponts qui nous relient s'écroulent. Avant, le courant sortait de la prise de courant, mais plus maintenant. Le monde était devenu petit, mais en fait non, il n'est pas petit du tout. Avant, nous pouvions appeler tante Polly à Calcutta pour lui souhaiter bon anniversaire, mais plus maintenant ! Parce que les communications internationales sont paralysées, et nous ne savons pas pourquoi. Nous n'avons aucune explication. En tout cas, il y en a une que nous pouvons éliminer en toute certitude...

Vanderbilt se pencha alors au-dessus du pupitre, aussi bas que sa corpulence le lui permettait.

— Cette chose que nous pouvons d'ores et déjà éliminer, c'est le hasard, annonça-t-il théâtralement. Il y a quelqu'un derrière tout ça. Et ce quelqu'un est en train de nous arracher le goutte-à-goutte de la civilisation... Mais assez parlé de tout ce que nous n'avons plus et de ce que nous sommes en train de perdre...

Ici, il arbora un air jovial et hocha la tête, déployant son menton qui descendit en plusieurs étages.

— Parlons de ce que nous avons, proposa-t-il.

Anawak se sentit vaguement réconforté par les dernières paroles de Vanderbilt. La description apocalyptique de ce gros homme l'avait plongé dans un profond pessimisme. Mais à présent, c'était comme si le monde s'avançait en portant un panneau où il était écrit en grosses lettres : *LÉON, NOUS AVONS FOI EN TOI.*

— M. Anawak décrit un organisme éclairant, dit l'homme de la CIA. Plat et sans forme. Nous n'avons pas trouvé d'autre organisme de ce genre parmi les bestioles qui ont infesté le *Barrier Queen*, mais M. Anawak a été très courageux, il est allé à la source et a rapporté un lambeau de cette substance, qui a pu être examiné. Cette substance est identique à la gelée amorphe que M. Fenwick et Mme Oliviera ont trouvée dans les têtes de certaines baleines bagarreuses. Souvenons-nous de la saloperie retrouvée dans les crustacés infestés. Elle servait de taxi aux *Pfiesteria*, mais le chauffeur, ce n'était pas notre copain le homard, c'était quelque chose qui l'avait remplacé. Notre homard était rempli à craquer d'un truc qui se décompose à l'air. M. Roche a réussi malgré tout à en analyser des traces. C'est notre vieille connaissance : la gelée !

Ford et Sue Oliviera rapprochèrent leurs têtes. Sue Oliviera intervint pour préciser :

— Les substances contenues dans les cerveaux des baleines et celles du bateau sont identiques, c'est vrai. Mais celle des cerveaux est nettement plus légère. Les cellules semblent moins denses.

— Oui, je suis au courant, tout le monde n'est pas d'accord au sujet de cette gelée, répondit Vanderbilt. Mais ça, c'est votre problème, mesdames, messieurs. Moi, pour ma part, je peux dire que nous avons mis le *Barrier Queen* en isolement dans un bassin pour empêcher d'éventuels passagers clandestins de se faire la malle. Depuis, nous avons pu observer à plusieurs reprises qu'une lueur bleue s'allumait dans le bassin du dock. Elle ne brille pas longtemps. M. Anawak l'a vue, lui aussi, la fois où il est venu faire son petit stage de plongée dans notre zone interdite. Les échantillons d'eau contiennent le brassage de micro-organismes habituels, comme dans n'importe quelle goutte d'eau de mer. Donc, d'où peut bien venir cette lueur bleue ? Nous l'appelons le « nuage bleu », puisque nous n'avons pas de dénomination scientifique. C'est M. Ford qui lui a donné ce nom, après avoir examiné une photo prise par un appareil, l'URA.

Vanderbilt projeta alors le film du groupe qui accompagnait Lucy.

— Ces éclairs n'ont pas l'air de blesser les baleines, ni de les effrayer. Visiblement, le nuage bleu influence leur comportement. Il se pourrait que son centre abrite quelque chose, une chose qui stimule la substance contenue dans la tête des baleines. Il se pourrait aussi que ce soit elle qui injecte la substance. Un truc muni de tentacules éclairants qui ressemblent à des fouets. Maintenant, allons un peu plus loin et admettons que ces tentacules n'injectent pas la gelée, mais qu'ils soient eux-mêmes la gelée ! Si c'était exact, nous verrions ici à grande échelle ce que M. Anawak a rencontré à petite échelle sur la coque du *Barrier Queen*. Nous aurions détecté un organisme inconnu qui commande les crustacés, rend les baleines folles et se balade au milieu des moules qui font sombrer les navires. Vous voyez, mesdames, messieurs, on avance ! Maintenant, c'est à vous de jouer, vous n'avez plus qu'à découvrir ce que c'est, pourquoi c'est là, quel est le rapport entre la gelée et le nuage… ah ! oui, et aussi qui est le salopard qui a concocté toute cette merde dans son labo. Je vais vous montrer quelque chose qui pourra peut-être vous aider…

Vanderbilt repassa le film avec, sous l'image, un spectrogramme comportant des signaux de fortes fréquences.

— L'URA est un petit bonhomme très malin. Juste avant que le nuage se soit manifesté, ses hydrophones l'ont signalé. Nous n'entendons rien, parce que nous ne sommes pas des baleines, nous ne sommes que de pauvres petits humains, et nos oreilles sont bouchées. Mais on arrive à faire entendre les ultrasons et les infrasons grâce à quelques petits tours de passe-passe, comme le font nos collègues de SOSUS.

Anawak avait souvent collaboré avec SOSUS (pour Sound Surveillance System). La NOAA travaillait sur une série de projets qui s'occupaient de capter et d'analyser les phénomènes acoustiques sous-marins. Ils étaient réunis sous la dénomination d'Acoustic Monitoring Project. SOSUS, l'outil utilisé par la NOAA pour les écoutes sous-marines, était une relique de la guerre froide, un réseau d'hydrophones sensibles installé par la marine américaine pendant les années 1960 dans les océans pour pouvoir suivre les missions des sous-marins soviétiques. Depuis 1991, date de la fin de la guerre froide et de l'écroulement de l'Union soviétique, les chercheurs civils de la NOAA pouvaient exploiter les informations du système.

Les scientifiques purent de cette façon constater que les profondeurs océanes étaient loin d'être silencieuses. Dans les fréquences inférieures à 16 hertz, en particulier, le bruit était infernal. Afin de permettre à l'oreille humaine d'entendre les bruits, ces fréquences devaient être passées à une vitesse seize fois supérieure. Un tremblement sous-marin s'entendait alors comme un grondement de tonnerre, le chant des baleines à bosse ressemblait à celui des oiseaux, et l'on entendait parfaitement le profond staccato des baleines bleues envoyant leurs messages à leurs congénères, à des centaines de kilomètres de là. Les trois quarts des prises de son étaient dominés par un bourdonnement rythmique extrêmement fort, celui des canons à air utilisé par les compagnies pétrolières pour sonder la géologie sous-marine.

A présent, la NOAA complétait SOSUS par ses propres systèmes. D'année en année, le réseau d'hydrophones était étendu. Et, chaque fois, la gamme des sons entendus s'élargissait.

— Aujourd'hui, nous pouvons tout déterminer grâce aux sons, indiqua Vanderbilt. S'agit-il d'un petit bateau ? Avance-t-il vite ? Quel genre de propulsion utilise-t-il ? D'où vient-il, à quelle distance se trouve-t-il ? Les hydrophones nous révèlent tout. Vous savez à quel point l'eau est bonne conductrice du son, et à quelle vitesse il est répercuté, c'est-à-dire à des vitesses comprises entre cinq mille et cinq mille cinq cents kilomètres par heure. Quand une baleine bleue lâche un pet à Hawaii, il ne lui faut pas plus d'une heure pour venir fracasser un tympan californien au fond de son écouteur. SOSUS non seulement enregistre l'impulsion, mais il nous dit aussi d'où elle vient. Bref, les archives sonores de la NOAA comprennent des milliers de bruits : des cliquetis, des grondements, des bruissements, des gargouillements, des grincements, des murmures, des sons bioacoustiques et des sons sismiques, des bruits environnementaux… tout cela, nous pouvons l'identifier… à quelques exceptions près. Nous avons eu la bonne idée d'inviter M. Murray Shankar, de la NOAA, qui va se faire un plaisir de vous commenter ce qui suit…

Au premier rang, un petit homme timide, de type indien, portant des lunettes à monture dorée, se leva. Vanderbilt projeta un nouveau spectrogramme et passa le son en accéléré. Un bourdonnement diffus entrecoupé d'une succession de sons plus forts emplit la pièce.

Shankar se racla la gorge.

— Ce bruit, nous l'appelons Upsweep, commença-t-il de sa voix douce. Il a été enregistré en 1991. Son origine semble se trouver quelque part par 54° sud et 140° ouest. Upsweep a été l'un des premiers bruits non identifiables par SOSUS, et il était si fort qu'il était perçu dans la totalité du Pacifique. Aujourd'hui encore, nous ignorons ce que c'est. Selon certains, il découlerait d'une suite de résonances entre l'eau et de la lave liquide, quelque part dans une chaîne de montagnes sous-marines entre la Nouvelle-Zélande et le Chili… Jack, la suite, s'il vous plaît.

Vanderbilt projeta deux autres spectrogrammes.

— Julia, pris en 1999, et Scratch, deux ans avant, par une série d'hydrophones autonomes dans le Pacifique équatorial. Leur amplitude était facilement perceptible dans un rayon de cinq kilomètres. Julia évoque des cris d'animaux, vous ne trouvez pas ? La fréquence des sons varie très vite. Ils sont répétitifs, comme le chant des baleines. Mais ce ne sont pas des baleines. Aucune baleine ne produit de son aussi fort. Scratch, en revanche, c'est le bruit d'un saphir en train de rayer un disque, sauf que le tourne-disque en question aurait les dimensions d'une grande ville.

Le bruit suivant était un long grincement qui mourait en continu.

— Il a été capté en 1997, indiqua Shankar. Son nom est Slowdown. Nous pensons que l'origine se trouve quelque part au pôle Sud. Sans doute se produit-il quand d'énormes plaques de glace viennent heurter le rocher de l'Antarctique, mais ce pourrait très bien être autre chose. La NOAA n'exclut pas qu'il puisse s'agir de bruits bioacoustiques, c'est-à-dire de bruits d'animaux. Il y a des gens qui seraient contents de pouvoir enfin prouver grâce à ces bruits l'existence des pieuvres géantes, mais ces animaux ne produisent pas de bruit, à ma connaissance. Donc, nous ne sommes pas plus avancés. On ne sait pas ce que c'est, mais… nous avons quand même un lapin à sortir de notre chapeau, annonça-t-il avec un sourire timide.

Vanderbilt repassa le spectrogramme de la vidéo de l'URA. Cette fois, il mit le son. L'Indien poursuivit :

— Vous avez reconnu ? C'est Scratch. Et vous savez ce que dit l'URA ? Il dit que l'origine se trouve au milieu du nuage bleu ! Nous pouvons en…

— Merci, Murray, vous êtes mûr pour l'Oscar, fit Vanderbilt, le souffle court, en s'épongeant le front avec son mouchoir. Le reste, c'est de la spéculation. Bon, on va conclure cette journée dignement, parce que ce que vous allez voir maintenant, ça va vous faire carburer l'intellect !

La séquence suivante se passait à des profondeurs entièrement dénuées de lumière. Des particules brillaient à la lueur des projecteurs. Puis une forme aplatie s'arrondit devant la caméra avant de se retirer aussitôt.

— Si on étudie ce film dans la version que l'Institut Marintek a eu l'amabilité d'établir avant d'être emporté corps et biens, on en tire deux conclusions. Premièrement : la taille de cet être inconnu est gigantesque. Deuxièmement : il brille, ou plutôt il s'allume et il s'éteint dès qu'il entre dans le champ de la caméra. Ce qui est sûr, c'est qu'il se baladait par environ sept cents mètres de fond sur le talus continental norvégien… Eh bien, c'est à vous de jouer, mesdames, messieurs. Est-ce que c'est notre amie la gelée ? A vous de trouver. Ce que nous attendons de vous, c'est ni plus ni moins que le salut de notre race humaine qui, comme chacun sait, a été créée à l'image de Dieu.

Sur ce, il fit une courte pause pour jouir de son petit effet. Un sourire sarcastique aux lèvres, il dévisagea son public, rangée après rangée.

— Je ne vous cache pas que nous sommes à la veille de l'apocalypse, reprit-il. Voilà pourquoi je propose qu'on se partage le boulot. De votre côté, vous trouvez le moyen de stopper nos bestioles mutantes. Je ne sais pas, moi, en les dressant, ou en vous débrouillant pour qu'elles se cassent les dents. Nous, de notre côté, nous essayons de trouver l'enfant de salaud qui a manigancé tout ça. Et surtout, vous faites profil bas, genre motus et bouche cousue, concernant vos travaux. Pas de gros titres dans les journaux. L'Europe et l'Amérique mènent d'un commun accord une politique de désinformation ciblée. Pas la peine de déclencher la panique, de rajouter le bordel social, politique, religieux ou je ne sais quoi à celui qu'on a déjà. Alors vous n'oublierez pas votre promesse à tata Li quand vous irez jouer dehors...

Johanson se racla la gorge.

— Je voudrais vous remercier au nom de tous pour cet exposé divertissant, dit-il d'un ton aimable. Si je comprends bien, c'est à nous de découvrir ce qu'il y a sous l'eau.

— C'est ça.

— Et vous, qu'en pensez-vous ? Qu'est-ce qu'il y a, selon vous ?

Vanderbilt sourit.

— Il y a de la gelée. Et des nuages bleus, dit-il.

— D'accord, reprit Johanson en lui rendant son sourire. Vous voudriez que nous ouvrions tout seuls les petites portes du calendrier de l'avent. Ecoutez, Vanderbilt, vous avez une théorie. Si vous voulez qu'on joue avec vous, il faudrait peut-être nous donner quelques billes. Alors, qu'est-ce que vous en pensez ?

Vanderbilt se gratta le nez et échangea un regard avec Li.

— O.K., c'est vrai, admit-il, Noël sans les cadeaux, ce n'est pas vraiment Noël. Bon, voilà. Nous nous sommes demandé : où est-ce que ça se passe, où est-ce que ça se passe moins, et où est-ce que ça ne se passe pas du tout ? Et là, on voit que ceux qui ne sont pas concernés sont le Proche-Orient, le territoire de l'ancienne Union soviétique, l'Inde, le Pakistan et la Thaïlande. La Chine et la Corée. L'Arctique et l'Antarctique, mais on laisse les frigos de côté pour l'instant. Résultat : la principale victime, c'est l'Occident. Ne serait-ce que parce que la destruction de l'industrie pétrolière offshore nuit à l'Occident de manière durable, ce qui nous met dans une certaine situation de dépendance pas hyperconfortable...

— Si je vous comprends bien, dit Johanson d'un ton pensif, vous pensez au terrorisme.

— Je suis content que vous l'évoquiez. Il y a deux sortes de terrorisme. Elles visent toutes deux la destruction de masse. La variante numéro un a pour objectif de renverser l'ordre politique et social à n'importe quel prix, quitte à buter des milliers de gens. La variante deux est entièrement fixée sur l'au-delà et prêche que l'humanité pécheresse a déjà passé trop de temps sur la belle planète du bon Dieu et qu'il est grand temps de la rayer de la surface de la Terre. Plus ces gens-là ont d'argent et de moyens techniques à leur disposition, plus grand est le danger… Les algues tueuses, c'est vrai, ça peut peut-être se cultiver… On dresse bien des chiens à en mordre d'autres… La technologie génique a permis les interventions sur le patrimoine génétique. Pourquoi ne réussirait-on pas à contrôler le comportement des espèces de la même façon ? Comment expliquer autrement toutes ces mutations en si peu de temps ? Pour moi, ça sent le laboratoire. Un organisme étranger sans forme… pourquoi n'a-t-il pas de forme ? Tout a une forme ! Peut-être parce que son objectif le dispense d'en avoir une ? Imaginons une sorte de protoplasma, un composé organique, une bouillie visqueuse, qui occuperait le crâne des animaux, la carapace des homards, sous forme de fines molécules filandreuses… Je vous le dis, messieurs, mesdames, il y a quelque part un cerveau qui planifie tout ça. Essayez d'imaginer ce que l'écroulement de l'industrie pétrolière nord-européenne représenterait pour la politique énergétique du Proche-Orient, et vous avez un mobile d'enfer…

Johanson le dévisagea.

— C'est de la parano, ça, Vanderbilt.

— Vous croyez ? Dans le détroit d'Ormuz, il n'y a pas eu de collisions ni d'avaries. Dans le canal de Suez non plus.

— Admettons que ce soit vrai, vous trouvez qu'il serait raisonnable de décimer les acheteurs potentiels de pétrole arabe en provoquant des inondations et des épidémies ?

— Tout ce qui se passe est fou, répondit Vanderbilt. Ce que je dis, c'est que ces éléments fournissent une raison, je ne dis pas que c'est raisonnable. Mais il n'empêche que la Méditerranée a été épargnée jusqu'ici, et avec elle la route qui va du golfe Persique à Gibraltar. Par contre, on trouve les populations de vers partout où l'Occident et l'Amérique du Sud cherchent à accéder au pétrole.

— Les populations de vers sont apparues sur la côte nord-américaine, objecta Johanson. Un tsunami d'ampleur européenne engloutirait la clientèle de vos terroristes du business.

Vanderbilt considéra son interlocuteur avec un bon sourire.

— Monsieur Johanson, vous êtes un scientifique. Dans le domaine scientifique, on cherche toujours la logique. Il y a longtemps que la CIA y a renoncé. Les lois de la nature sont peut-être logiques, mais pas les hommes. Depuis des dizaines d'années, nous avons l'épée de Damoclès d'une guerre atomique au-dessus de nos têtes, et tout le monde sait que notre chère humanité pourrait y rester. Les maîtres chanteurs et les cinglés qu'on voit dans les films de James Bond, ils existent, monsieur Johanson, sauf que la réalité n'a pas prévu de James Bond. Quand, en 1991, Saddam Hussein a incendié les puits de pétrole du Koweït, tout le monde, y compris ses proches, lui a prédit qu'il risquait de déclencher un hiver atomique qui pourrait durer des dizaines et des dizaines d'années. Ça n'a pas été le cas, mais est-ce que ça l'avait arrêté ? Et autre chose, vous n'avez qu'à poser la question à vos confrères de Kiel : personne ne sait ce qui se passerait *vraiment* si tout le méthane du sous-sol marin s'échappait dans l'atmosphère. On en est réduit aux suppositions. Dans tous les cas de figure, il faudrait craindre une élévation du niveau de la mer, la Belgique, les Pays-Bas et le nord de l'Allemagne seraient transformés en bases de sports nautiques, mais dans les déserts du Proche et du Moyen-Orient la végétation pourrait bien croître et se multiplier. Ils ne réussiront pas à éradiquer l'humanité avec quelques tsunamis, il en restera toujours assez pour acheter le pétrole arabe. Et peut-être que la stratégie de la terreur ne conduira pas à la fin de l'humanité, mais simplement à l'affaiblissement de l'Occident et de l'Extrême-Orient, et à une modification de la répartition des rapports de pouvoir sans qu'on ait à faire la guerre. La planète se rétablira à un moment ou à un autre, je vous en fiche mon billet. Je vous le dis, la terreur vient de la mer, mais l'origine se trouve sur la terre ferme.

Li éteignit le système vidéo.

— Je voudrais remercier les délégués des services diplomatiques et des services secrets de tous les pays d'avoir permis la tenue de ce sommet, dit-elle. Certains parmi vous vont repartir dès ce soir, mais les autres vont rester ici pendant quelques semaines. Inutile de préciser que, de même qu'aux scientifiques, nous vous demandons de garder le silence sur la progression de nos travaux et sur tout ce que nous apprendrons, cela dans l'intérêt de vos gouvernements.

Elle fit une pause. Puis :

— Je m'adresse maintenant au groupe de travail scientifique : soyez assurés que nous ferons notre possible pour vous accorder toute l'aide souhaitée. Dorénavant, nous vous prions d'utiliser exclusivement les ordinateurs que vous avez devant vous. Vous pourrez vous connecter partout dans l'hôtel, au bar, dans vos chambres, au centre de remise en forme. La liaison transatlantique est rétablie. Le toit de l'hôtel est équipé de paraboles satellite ; tout fonctionne. Le téléphone, le fax, le courrier électronique et Internet passent maintenant par les satellites OTAN-III. Normalement, ils sont destinés à relier les gouvernements membres de l'OTAN, mais maintenant ils sont à votre disposition. Nous avons installé à cet effet un circuit fermé, un *secretus in secretum*, auquel seuls ont accès les membres du groupe de travail. Par ce réseau, vous pourrez communiquer entre vous et rechercher des informations strictement confidentielles. Nous vous remettrons votre mot de passe personnel dès que vous aurez signé votre engagement de confidentialité.

Elle parcourut l'assistance d'un regard sévère.

— Je n'ai pas besoin d'insister sur le fait qu'il vous sera interdit de communiquer ce mot de passe à qui que ce soit. Une fois connectés, vous aurez accès à des satellites civils et militaires, aux fichiers de la NOAA et de SOSUS, à tous les projets de télémétrie en cours et archivés, aux banques de données de la CIA et de la NSA concernant les activités terroristes au niveau mondial, les mises au point d'armes biologiques et les projets de technologie génique, et ainsi de suite. Nous avons établi un document qui vous permettra de vous mettre au courant des dernières avancées technologiques dans le domaine de l'étude des fonds marins et de ses possibilités, et d'acquérir des connaissances de base en géologie et en géochimie. Vous trouverez la liste de tous les organismes connus, vous pourrez consulter les cartes des fonds marins de la marine américaine, et nous avons bien sûr joint l'exposé de ce jour, en y annexant les chiffres et les statistiques. Toute nouvelle information, tout nouveau développement vous seront transmis automatiquement et immédiatement. Nous vous tiendrons informés, et nous vous demandons bien évidemment de faire de même de votre côté.

Li se tut quelques instants, puis gratifia l'auditoire d'un sourire d'encouragement.

— Je vous souhaite bonne chance. Rendez-vous après-demain, à la même heure. Il est bien entendu que le major Peak et moi-même sommes à votre disposition à tout moment en cas de nécessité.

Vanderbilt la regarda en haussant un sourcil.

— J'espère que vous ferez bien gentiment votre rapport à l'oncle Jack, dit-il si bas que seule Li l'entendit.

Cette dernière répliqua sur le même mode, tout en rassemblant ses papiers :

— Jack, n'oubliez pas que c'est vous qui dépendez de moi et non l'inverse.

— Vous avez mal compris, ma petite. Nous sommes au même niveau. Aucun de nous deux n'est le supérieur de l'autre.

— Si, cher ami. Intellectuellement.

Elle quitta la pièce sans saluer personne.

Johanson

Presque tous mirent le cap sur le bar, mais Johanson n'éprouva pas l'envie de se joindre à eux, bien que ce fût une occasion de faire plus ample connaissance. Pour le moment, il avait d'autres chats à fouetter.

A peine avait-il gagné ses appartements qu'on frappait à la porte. Karen Weaver entra sans attendre d'y être invitée.

— Oh là ! s'exclama-t-il. Tu prends un risque en entrant comme ça ! Il faut toujours laisser le temps aux vieux messieurs de remettre leur corset, si tu ne veux pas être déçue.

Karen, imperturbable, ouvrit tranquillement le minibar pour en sortir un Coca.

Johanson, muni de son ordinateur portable, parcourut son salon à la recherche de la prise modem.

— Au-dessus du bureau, lui indiqua-t-elle charitablement.

— Ah oui !

Johanson brancha l'ordinateur, mit le programme en route. Elle l'observait par-dessus son épaule.

— Qu'est-ce que tu penses de cette histoire de terroristes ? interrogea-t-elle.

— Rien.

— Je suis tout à fait de ton avis !

— Mais je comprends la schizophrénie de la CIA, poursuivit Johanson tout en ouvrant plusieurs fichiers les uns après les autres. C'est normal, c'est son boulot. D'ailleurs, il a raison, Vanderbilt, quand il dit que les scientifiques ont tendance à mettre sur le même plan l'humain et le comportement naturel.

Karen se pencha sur lui, repoussant la pluie de boucles qui vint lui obstruer la vue.

— Il faut que tu les mettes au courant, Sigur.

— De quoi ?

— De ta théorie.

Johanson hésita. Il plissa les yeux et introduisit son mot de passe :

Chateau Disaster 000 550899-XK/0

— Tralalère, chantonna-t-il. Bienvenue au pays des merveilles.

Bien trouvé, se dit-il. Un château plein de scientifiques, d'agents secrets et de soldats chargés de sauver l'humanité menacée par les monstres, les inondations et les catastrophes climatiques. *Chateau Disaster*. Ils ont tapé en plein dans le mille.

L'écran se remplit de symboles. Johanson examina les noms des fichiers et émit un petit sifflement.

— Ben mon vieux ! Ils nous donnent vraiment accès aux satellites !

— Chouette ! On peut aussi les piloter ?

— Arrête tes bêtises ! On a accès à leurs données... Regarde-moi ça ! GOES-W, GOES-E, on a tout le bataillon de la NOAA à notre disposition. Et là, QuikSCAT, c'est pas mal non plus. Et là, les satellites Lacrosse ! Ils font fort, y a pas à dire ! Et ici, SAR-Lupe ! C'est...

— S'il te plaît, reviens sur terre. Tu crois vraiment qu'on a un accès illimité aux informations des services secrets et aux programmes des gouvernements ?

— Bien sûr que non. Nous avons accès à ce qu'ils veulent bien nous laisser voir.

— Pourquoi n'as-tu pas dit à Vanderbilt ce que tu pensais ?

— Parce que c'est trop tôt.

— Nous n'avons plus le temps, Sigur.

Johanson secoua la tête.

— Karen, les gens comme Li et Vanderbilt, il faut les convaincre. Ils veulent des résultats, pas des suppositions.

— Nous en avons, des résultats !

— Mais le moment aurait été très mal choisi, aujourd'hui, pendant leur heure de gloire ! Tu as bien vu, ils ont glané tout ce qu'ils ont pu et ils ont fait monter la sauce pour leur festival des catastrophes ! Vanderbilt n'était pas peu fier, avec le bon lapin arabe bien gras qu'il a sorti de son chapeau. Si j'avais parlé, il aurait pris ça pour de la contestation. Je veux attendre qu'ils doutent par eux-mêmes de leur petite théorie du complot, et ça viendra plus vite que tu ne le crois.

— O.K., approuva Karen. Et toi, dans quelle mesure es-tu convaincu ?

— De ma théorie ?

— Tu ne l'es plus ?

— Si, mais après la conférence d'aujourd'hui, il nous faut de plus réfuter les idées des Américains, répliqua Johanson avec un regard significatif vers l'écran. Au fait, j'ai comme le sentiment que Vanderbilt ne compte pas vraiment. C'est Li qu'il faut convaincre, Karen. Moi, je pense qu'à la fin Li fera de toute façon ce qu'elle aura envie de faire.

Li

D'abord, elle monta sur son tapis de course. Elle le programma sur neuf kilomètres par heure, ce qui était un rythme agréable. Ensuite, elle demanda qu'on lui passe la Maison-Blanche. Au bout de deux minutes, elle eut le Président.

— Jude, content de vous entendre. Qu'est-ce que vous faites en ce moment ?

— Je cours.

— Vous courez… Ah ! vraiment, vous êtes la meilleure. Tout le monde devrait suivre votre exemple. Sauf moi ! lança le Président en éclatant d'un rire bon enfant. Vous êtes trop sportive pour moi… L'exposé s'est bien passé ?

— Parfaitement bien.

— Vous leur avez fait part de nos suppositions ?

— Impossible d'éviter de leur faire part des suppositions de Vanderbilt.

— Allez, il est temps de signer le cessez-le-feu avec Vanderbilt ! dit le Président sans cesser de rire.

— C'est un connard.

— Mais il fait son boulot. De toute façon, vous n'êtes pas obligée de l'épouser.

— Si c'est pour le bien de la sécurité nationale, je l'épouserai ! riposta-t-elle, énervée. Mais ce n'est pas pour autant que je serai de son avis.

— Non, bien sûr.

— Vous auriez choisi un moment pareil, vous, pour faire le malin en sortant une hypothèse qui n'a absolument pas été creusée, comme celle du terrorisme ? Maintenant, les scientifiques sont influencés. Ils vont courir après une théorie au lieu d'en développer une par eux-mêmes.

Le Président se tut. Li l'entendait littéralement réfléchir. Il n'aimait pas les francs-tireurs, et Vanderbilt avait agi en franc-tireur.

— Vous avez raison, Jude. Il aurait mieux valu garder le secret pour l'instant.

— Tout à fait d'accord, monsieur.

— Bien. Parlez à Vanderbilt.

— Non, parlez-lui, vous. Moi, il ne m'écoute pas. Je n'arrive pas à l'empêcher de la ramener, surtout si c'est bêtement et sans réfléchir.

— D'accord. Je vais lui parler.

Li sourit intérieurement.

— Je n'ai pas envie de mettre Jack en position délicate, bien sûr... ajouta-t-elle pour la forme.

— C'est bon. Assez parlé de Vanderbilt. Alors, quel est votre sentiment ? Vous pensez que vos distingués universitaires seront à la hauteur ?

— Ce sont tous de grosses pointures.

— Y en a-t-il un qui mérite votre attention particulière ?

— Oui, un Norvégien. Il s'appelle Sigur Johanson, docteur en biologie moléculaire. Je ne sais pas encore ce qu'il a de particulier, mais il a sa propre idée sur ce qui se passe.

Le Président cria quelque chose à quelqu'un. Li accéléra la vitesse de son tapis.

— Je viens de téléphoner au ministre de l'Intérieur norvégien, dit le Président. Ils sont dépassés. Ils sont évidemment très contents de l'initiative de l'Union européenne, mais je crois qu'ils préféreraient avoir les Etats-Unis à bord de leur bateau. Les Allemands aussi, d'ailleurs, ils s'en fichent du transfert de savoir-faire et du reste. Ils sont en faveur d'une commission globale avec des pouvoirs étendus qui réunirait *toutes* les instances.

— Et qui serait le chef de file ?

— Le chancelier allemand propose de nommer les Nations unies.

— Ah bon ? Hum !

— Je ne trouve pas que ce soit une mauvaise proposition.

— Non, c'est même une très bonne proposition... Mais je me rappelle simplement que vous avez constaté récemment que les Nations unies, dans toute leur histoire, n'avaient jamais eu de secrétaire général aussi inconsistant qu'en ce moment. C'était pendant la réception des ambassadeurs, il y a trois semaines, vous vous souvenez ? J'ai entonné la même chanson que vous, et nous avons reçu la volée de bois vert habituelle, de la part des camps habituels...

— Oui, je sais. Ils étaient d'une prétention ! C'est vrai que c'est une lavette. Je me demande pourquoi on n'aurait pas le droit de dire la vérité, nom d'un chien !... Alors, où voulez-vous en venir ?

— Oh ! je dis ça comme ça !

— D'accord. Mais allez-y, dites-moi quelle serait l'alternative.

— Vous voulez parler de l'alternative à un organisme où siègent des dizaines de représentants du Proche-Orient ?

Le Président resta silencieux quelques instants, puis finit par répondre :

— Je pense aux Etats-Unis.

Li fit semblant de réfléchir à cette proposition.

— Je crois que c'est une bonne idée, lâcha-t-elle enfin.

— Oui, mais, dites-moi, qui donc va se retrouver une fois de plus avec les problèmes du monde entier sur le dos ? Pas très marrant comme perspective, vous ne trouvez pas, Jude ?

— On les a déjà sur le dos, de toute façon. Nous sommes la seule et unique superpuissance. Si nous voulons le rester, nous devons continuer à assumer les responsabilités. Sans compter que... quand les temps sont durs, les temps sont bons pour les forts.

— Vous et vos proverbes chinois ! répliqua le Président. Ce job, il ne va pas nous être offert sur un plateau d'argent. Il est encore trop tôt pour ça. Nous devrons d'abord convaincre les autres et leur expliquer pourquoi c'est nous, et personne d'autre, qui devrons prendre la tête d'une commission d'enquête mondiale. Imaginez comment ce sera perçu dans le monde arabe ! Ou en Chine, ou en Corée. A propos d'Asie, j'ai parcouru le dossier de vos scientifiques. Il y en a un qui m'a l'air d'être un Asiatique. On n'avait pas dit qu'on exclurait les Asiatiques et les Arabes ?

— Un Asiatique ? Comment s'appelle-t-il ?

— Un drôle de nom... Wakawaka ou quelque chose comme ça.

— Oh ! Léon Anawak ! Vous avez lu son CV ?

— Non, je l'ai simplement survolé.

— Ce n'est pas un Asiatique, répondit Li, tout en réglant sa vitesse sur douze kilomètres par heure. La plus asiatique, et de loin, dans tout le secteur du Whistler, c'est moi.

Le Président éclata de rire.

— Oh ! Jude, vous pourriez bien venir de Mars que ça ne m'empêcherait pas de vous donner les pleins pouvoirs les yeux fermés ! Dommage que vous ne puissiez pas venir voir le match de base-ball avec nous. Mon épouse fait mariner des travers de porc.

— La prochaine fois, monsieur, promit Li.

Ils parlèrent encore base-ball pendant quelques instants. Li ne revint pas sur l'idée de mettre les Etats-Unis à la tête de la communauté mondiale. Le surlendemain, au plus tard, il serait convaincu que l'idée venait de lui. Elle lui avait administré l'injection, c'était suffisant.

Elle courut encore pendant quelques minutes sur son tapis. Puis, trempée de sueur, elle s'assit au piano et posa les doigts sur les touches. Elle se concentra.

Au bout de quelques secondes, les notes de la *Sonate pour piano en* sol *majeur* de Mozart s'égrenèrent dans la pièce.

KH-12

La musique de Li se perdit dans les couloirs du neuvième étage, comme un parfum de plus en plus ténu, et s'échappa par la fenêtre entrouverte. A cent mètres au-dessus de la surface terrestre, les ondes du son se propagèrent par cercles de tous les côtés. Une oreille exercée aurait pu les entendre, faiblement, mais distinctement, au point le plus élevé de l'hôtel, la tour à pignon dont le Chateau Whistler, comme les châteaux des contes de fées, était pourvu. Au-dessus du pignon, elles avaient commencé à s'éparpiller. A cent mètres d'altitude, elles s'étaient mêlées à d'autres ondes, et plus elles montaient, plus ces bruits faiblissaient.

A un kilomètre au-dessus de la surface terrestre, on pouvait encore entendre des moteurs de voiture qui démarraient, le bruit poussif de petits avions à hélices et la cloche de l'église presbytérienne du Whistler Village, lequel vaquait comme d'ordinaire à ses occupations, bien que faisant désormais partie de la zone interdite. La pétarade des hélicoptères militaires utilisés comme principal moyen de communication avec le monde extérieur ne faiblissait qu'à partir de deux mille mètres.

A cette altitude, on jouissait d'une vue extraordinaire sur l'hôtel. On le distinguait encore à l'œil nu, dressé au milieu de vastes forêts qui montaient en pente douce vers l'ouest, tel un rêve prophétique de Louis II de Bavière. De vastes étendues neigeuses étincelaient sur les crêtes fracturées des montagnes proches.

Puis les derniers bruits du sol terrestre finissaient par mourir.

C'étaient maintenant les avions à réaction en phase de décollage ou d'atterrissage qu'on entendait surtout. A dix mille mètres d'altitude, le Chateau se fondait dans son environnement. Les avions de ligne suivaient leur trajectoire. L'horizon commençait à se courber distinctement. Des champs de nuages suspendus très bas sous un ciel bleu éclatant figuraient des champs de neige et des montagnes de banquise, un sol trompeur constitué de vapeur d'eau. Cinq ou dix mille mètres plus haut, le son des avions supersoniques traversait l'atmosphère, devenue de plus en plus mince. La troposphère était le domaine des phénomènes météorologiques, la stratosphère celui de l'ozone, qui filtrait une grande partie des rayons ultraviolets. Il commençait à faire plus chaud. A cette hauteur, les nuages n'étaient guère que des formations éthérées aux éclats de nacre. Des ballons météorologiques argentés reflétaient la lumière du soleil, favorisant l'apparition des ovnis.

Un jour de 1962, traversant le silence parfait qui régnait à vingt kilomètres au-dessus de la surface du globe, le légendaire U2 avait mis le cap sur Cuba, en grand secret, pour fournir la preuve de la présence de missiles atomiques soviétiques. Le pilote de l'avion de reconnaissance avait dû porter une tenue d'astronaute, car la température était extrêmement élevée. Ce fut l'un des vols les plus intrépides de tous les temps, sous un ciel dont le bleu profond présageait l'espace.

A quatre-vingt mille mètres d'altitude, quelques nuages nocturnes isolés brillaient encore. La température était de moins cent treize degrés centigrades. Là-haut, l'espace était vierge de tout signe de présence humaine, hormis celle, épisodique, d'engins spatiaux au départ ou à l'atterrissage. Le bleu profond était remplacé par du bleu-noir. C'était là que commençait le royaume de tous ces dieux païens démystifiés par la science moderne, qui avait révélé qu'ils n'étaient que des lumières polaires et des météorites en train de se désagréger. Plus que nul autre lieu, cette thermosphère au diamètre de plusieurs centaines de kilomètres contribua avec ses phénomènes physiques à la création de mythes et de légendes. En réalité, elle n'avait rien d'un lieu de résidence pour divinités, ni pour aucune forme de vie. On ne pouvait y survivre. Les rayons gamma et les rayons X la bombardaient sans heurter le moindre obstacle. On n'y rencontrait presque plus de molécules de gaz.

Mais on y rencontrait autre chose.

Les premiers satellites y circulaient, à cent cinquante mille mètres d'altitude, à la vitesse de vingt-huit mille kilomètres à l'heure. C'étaient principalement des satellites espions, qui se tenaient le plus près possible du sol terrestre. A quatre-vingt mille mètres au-dessus d'eux, la sonde de la Space Radar Topography Mission établissait les profils de hauteur de la surface terrestre et travaillait à la carte du monde du XXIe siècle. A une altitude aussi réduite, le mélange atmosphérique relativement dense freinait encore la vitesse des satellites de façon constante, de sorte qu'ils étaient tributaires d'injections de carburant supplémentaires pour ne pas s'écraser. Au-dessus de trois cents kilomètres, ils n'en avaient plus besoin. La force centrifuge et l'attraction terrestre s'équilibraient, assurant des orbites stables, et le ciel se peuplait.

La circulation était celle d'un réseau d'autoroutes superposées. Plus on gagnait en hauteur, plus l'activité était intense. Deux élégants petits missiles nommés Champ et Grace observaient le champ de gravitation et le champ magnétique de la Terre. A six cent mille mètres au-dessus des pôles, ICESat recevait les réflexions de la surface terrestre et signalait les modifications des calottes glaciaires. Trois satellites d'observation Lacrosse de l'armée américaine tournaient, soixante-dix mille mètres plus haut, tâtant le sol avec des radars à haute résolution. A sept cent mille mètres d'altitude, les sondes LANDSAT de la NASA observaient les terres et les littoraux, mesuraient la croissance et la fonte des glaciers, cartographiaient l'extension des forêts et de la banquise et fournissaient des renseignements détaillés sur la répartition globale des températures. SeaWiFS, avec ses prises de vue optiques et infrarouges, repérait les concentrations d'algues dans les océans. Les satellites de la NOAA avaient élu domicile sur une orbite synchrone avec celle du Soleil, à huit cent cinquante kilomètres d'altitude, et les satellites météorologiques de tous types se promenaient de pôle en pôle. Tous ces engins se bousculaient jusqu'à des altitudes supérieures à neuf cents kilomètres, dans la magnétosphère, constituée de particules cosmiques et d'émissions solaires formant deux ceintures de radiations appelées « ceinture de Van Allen », objet d'un curieux phénomène médiatique. En effet, une grande partie de la population américaine s'appuyait sur cette découverte pour y voir la preuve que les Américains n'étaient jamais allés sur la Lune. Des scientifiques, y compris des personnalités en vue, doutaient qu'un être humain fût suffisamment protégé pour pouvoir traverser cette zone de radiations mortelles dans un engin spatial. Dans le milieu de l'industrie spatiale, cette région était connue sous le nom de LEO, Low Earth Orbit,

« orbite terrestre basse », et annonçait les Middle Low Orbits, orbites moyennement basses, où tournait une forte densité de satellites GPS, à quelque vingt mille kilomètres d'altitude.

Enfin, les satellites géostationnaires restaient suspendus à trente-cinq mille huit cent quatre-vingt-huit kilomètres, comme fixés sur place. C'étaient en quelque sorte les gardiens des places fortes, en particulier les Intelsat, les satellites de communication internationale.

Mozart était très éloigné de tout cela.

Mais alors que les notes de musique s'étaient perdues dans l'air printanier, la conversation de Li avec le Président avait parcouru tous ces kilomètres dans l'univers et fait le voyage de retour. Au point culminant de leur conversation, ils s'étaient entretenus tous deux dans l'espace et avaient échangé des informations qui provenaient elles aussi de l'espace. Sans son armée de satellites, l'Amérique n'eût pas pu mener les guerres du Golfe, ni celle du Kosovo, ni celle d'Afghanistan. Sans l'aide venue de l'espace, les tirs de précision de l'armée de l'air auraient été impossibles, et le haut commandement aurait ignoré les mouvements de l'ennemi dans des régions montagneuses inaccessibles sans l'œil à haute résolution de Crystal, également appelé KH-12.

KH était l'abréviation pour Keyhole, « trou de serrure ». Les satellites espions les plus précis étaient le pendant optique du radar du système Lacrosse. Ils étaient capables de reconnaître des objets mesurant quatre ou cinq centimètres et prenaient des photos dans le rayonnement infrarouge, ce qui étendait leur champ d'action à la nuit. Contrairement aux satellites hors atmosphère, ils étaient équipés d'un moteur-fusée, ce qui leur permettait de séjourner en orbites très basses. D'ordinaire, ils faisaient le tour de la planète à trois cent quarante mille mètres d'altitude entre le pôle Nord et le pôle Sud, ce qui leur permettait de photographier l'ensemble de la Terre en vingt-quatre heures. Lorsque les attaques avaient commencé, au large de l'île de Vancouver, l'altitude de certains d'entre eux avait été abaissée à deux cents kilomètres. Keyhole, Lacrosse et vingt-quatre nouveaux satellites optiques de haute précision envoyés en orbite par les Américains à des altitudes extrêmement proches de la Terre, en réponse aux attentats du 11 septembre, formaient à présent une constellation dont les performances éclipsaient celles du fameux système allemand SAR-Lupe.

A vingt heures, heure locale, deux hommes reçurent un appel téléphonique dans un espace souterrain de Buckley Field, près de Denver.

La Buckley Field Station faisait partie des stations au sol dépendant du National Reconnaissance Office, le NRO, chargé de la planification de l'espionnage par satellite pour l'armée de l'air. Elle travaillait en étroite collaboration avec la NSA. L'alliance entre les deux services secrets donna aux autorités américaines le moyen d'exercer une surveillance sans pareille. On installa un réseau presque entièrement automatisé couvrant toute la planète, l'Echelon, dont les différents systèmes techniques, allant des satellites aux fibres optiques en passant par les micro-ondes radio, surveillaient les communications internationales.

Les deux hommes étaient installés sous une gigantesque parabole satellite. Entourés d'écrans, ils recevaient en temps réel les informations de Keyhole, Lacrosse et d'autres sondes, les interprétaient et les exploitaient avant de les transmettre aux services intéressés. Leurs fonctions en faisaient des agents secrets, mais ils ne correspondaient en rien à l'image qu'on s'en fait généralement. Vêtus de jeans et de baskets, on aurait plutôt dit des musiciens grunge.

Au bout du fil, quelqu'un les informa de l'appel de détresse d'un chalutier à la pointe nord-est de Long Island. Il y avait eu une collision à la hauteur de Montauk, due à une attaque de cachalot... si l'information était exacte, car l'hystérie collective se manifestait par une marée de fausses alertes. Un bateau plus gros avait mis le cap sur le lieu de l'accident, mais cette information n'était pas non plus vérifiable. Le contact avec l'équipage avait été interrompu quelques secondes après l'appel de détresse.

KH-12-4, l'un des satellites Crystal-Keyhole, s'approchait du sud-est de Long Island. Il se trouvait en position favorable. L'équipe au sol reçut pour instruction de diriger immédiatement le télescope sur l'endroit possible de l'accident.

L'un des deux hommes donna une série d'ordres.

KH-12-4 filait à cent quatre-vingt-quinze kilomètres au-dessus de la côte atlantique. C'était un tube de quinze mètres de long et de quatre mètres et demi de diamètre muni d'un télescope et pesant près de vingt tonnes, carburant compris. De grands panneaux solaires se déployaient de part et d'autre. Les ordres donnés par Buckley Field mirent en route un miroir panoramique placé devant l'objectif. Ainsi, le satellite pouvait scanner de tous côtés un territoire allant jusqu'à mille kilomètres. Dans le cas présent, il suffisait d'effectuer une minuscule correction. On était en début de soirée, et les intensificateurs de lumière résiduelle se mirent en route, éclairant la photo comme à midi. Toutes les cinq secondes, KH-12-4 prenait une photo et envoyait les données à un satellite relais qui les transmettait au centre de Buckley Field.

Les deux hommes fouillèrent l'écran.

Tout en bas, ils virent Montauk, vieille ville pittoresque, et son célèbre phare. Mais de là-haut, à cent quatre-vingt-quinze mille mètres d'altitude, Montauk n'était pas plus pittoresque qu'une tache sur une carte routière. Des routes fines comme des cheveux parcouraient un paysage moucheté de blanc. Les taches étaient les bâtiments. Le phare lui-même apparaissait comme un point blanc tout juste visible au bout d'une langue de terre.

Tout autour, c'était l'infini de l'Atlantique.

L'agent aux commandes du satellite définit le secteur dans lequel le bateau avait dû être attaqué, entra les coordonnées et zooma pour agrandir l'image. La côte disparut du champ de vision. On ne voyait plus que la mer. Et aucun bateau.

Son collègue le regardait faire tout en mastiquant une bouchée de poisson pané servi dans un sac en papier.

— Allez, grouille, dit-il.

— Eh, oh, du calme !

— Non, vas-y, mets toute la gomme, ils veulent l'info là, tout de suite.

— J'm'en bats les miches, répliqua l'agent en déplaçant imperceptiblement le miroir du télescope. Ça peut prendre des plombes, leur truc. Une vraie merde ! Et c'est urgent, comme d'hab. On voit que c'est pas à eux qu'on demande de passer toute cette flotte au peigne fin pour retrouver une saloperie de chalutier !

— Mais non, c'était un appel d'urgence transmis par la NOAA. Ça ne peut se trouver que dans ce coin-là. Si on le retrouve pas, c'est que le rafiot a coulé.

— C'est pas bon pour eux, ça…

— Oui, compatit l'autre en se léchant les doigts. Pauvres mecs, pas de pot.

— Rien à foutre. C'est nous, les pauvres mecs. Si le rafiot a coulé, il va falloir qu'on se tape la recherche des débris.

— Cody, tu es vraiment une grosse feignasse !

— C'est pas faux, ça, Mike.

— Tiens, prends un bout de poiss… Putain, qu'est-ce que c'est que ça ? s'exclama ledit Mike en pointant un doigt graisseux vers l'écran.

Dans l'eau, on distinguait vaguement une longue forme sombre.

— Bouge pas, on regarde.

Le télescope zooma jusqu'à faire apparaître la silhouette longiligne d'une baleine. Toujours pas de bateau à l'horizon. D'autres baleines apparurent sur l'image. Au-dessus de leurs têtes, on vit s'élargir des taches claires indistinctes. Les baleines soufflaient.

Puis plongèrent.

— *Ciao*, dit Mike.

Cody agrandit le cadrage. Ils étaient à la résolution maximale. Ils virent un oiseau marin chevaucher les vagues. Plus exactement, c'était un assemblage d'une vingtaine de pixels, dont l'ensemble donnait l'image indistincte d'un oiseau.

Ils fouillèrent les environs, ne purent déceler ni bateau ni débris.

— Peut-être qu'il a été déporté, émit Cody.

— Je crois pas. Si l'info est bonne, on devrait avoir quelque chose par ici, n'importe quoi. Peut-être qu'ils ont continué leur route.

Mike bâilla, roula son papier en boule, visa la corbeille à papier. La boule atterrit loin du but.

— Encore une fausse alerte, sans doute, dit-il. En tout cas, moi, j'aimerais bien y être, dit-il.

— Où ?

— A Montauk. C'est sympa, comme endroit. J'y étais l'année dernière avec des potes, quand Sandy m'a largué. On a pas vu le jour, on était tout le temps déchirés, mais quand même, c'était sympa, les falaises, les couchers de soleil et tout... Je me suis payé la serveuse du bar... On s'est vraiment bien marrés !

— Tes désirs sont des ordres !

— Hein ?

Mike ouvrit des yeux ronds. Son compagnon précisa sa pensée :

— T'as envie d'y retourner, à ton Montauk de merde ? Suffit de le dire, je suis comme ça, moi. Allez, on y va, puisqu'on y est. C'est moi qui régale !

Le visage de Mike s'éclaira.

— Ouais, le phare, là ! s'écria-t-il, enchanté. Je vais te montrer où je l'ai sautée...

— Super.

— Non, attends. Peut-être qu'il vaut mieux pas... Pas la peine d'aller chercher les emmerdes...

— Pourquoi ? Tu vas pas faire dans ton froc, maintenant ? On nous demande de rechercher les débris, c'est à nous de décider où on les recherche, merde !

Ses doigts volèrent sur les touches. Le télescope zooma. La langue de terre apparut. Cody chercha le point blanc du phare et le rapprocha jusqu'à ce qu'il s'élève très distinctement sous eux. Il jetait une ombre extrêmement longue. Les falaises étaient plongées dans une lumière rougeâtre. C'était l'heure du coucher du soleil. Un couple d'amoureux étroitement enlacés se promenait devant le phare.

— C'est la meilleure heure, confirma Mike avec émotion. L'heure de la baise…

— C'est là que tu l'as sautée, là, devant le phare ?

— Ça va pas, non ? Ça s'est passé plus bas, là où ils vont. C'est comme ça tous les soirs, c'est là-bas, le baisodrome.

— On va peut-être pouvoir profiter du spectacle…

Cody inclina le télescope de manière à précéder le couple. Les falaises étaient désertes. Des oiseaux marins tournoyaient au-dessus ou piquaient leur bec entre les fentes des rochers à la recherche de nourriture.

Les deux compères s'installèrent confortablement, les yeux grands ouverts… Au bout d'un moment, d'un commun accord, ils décidèrent d'aller jeter un coup d'œil sur les alentours. Histoire de faire redescendre la pression.

Alors quelque chose de tout à fait différent apparut sur l'écran. Quelque chose d'aplati. Cody fronça les sourcils. Mike se rapprocha. Ils attendirent l'image suivante.

Elle s'était modifiée.

— Putain, qu'est-ce que c'est que ça ?

— J'en sais rien ! Tu peux te rapprocher ?

— Non.

Le KH-12-4 transmit d'autres données. Le paysage avait encore changé.

— Oh ! putain de merde ! murmura Cody.

Mike plissa les yeux.

— Putain, qu'est-ce que c'est que ça ? Ça s'étend ! Ça grimpe sur les falaises !

— Meeerde ! répéta Cody.

C'était son mot favori. Il l'utilisait pour un oui ou pour un non, le mettait à toutes les sauces. Quand Cody disait « merde », Mike ne l'entendait même plus. Mais, cette fois, il l'entendit.

Cette fois, c'était un cri de stupeur horrifiée.

A Montauk, Etats-Unis

Linda et Darryl Hooper, mariés depuis trois semaines, passaient leur lune de miel à Long Island. A présent que les habitants de l'île n'étaient plus des pêcheurs mais des stars de cinéma, la vie y était devenue considérablement plus chère. Les restaurants de poisson chicos avec vue sur d'interminables plages de sable se comptaient par centaines. Les célébrités new-yorkaises menaient la vie mondaine qu'on attendait d'elles. Elles partageaient avec les richissimes industriels américains le quartier résidentiel d'East Hampton, un village de carte postale rutilant, dans lequel il était impossible de vivre avec un salaire seulement moyen. Southampton, au sud-ouest, n'était pas vraiment bon marché non plus.

Darryl Hooper était un jeune avocat ambitieux qui commençait à se faire un nom. Dans le grand cabinet qui l'employait, au cœur de Manhattan, il était le poulain des patrons. Il gagnait encore assez peu, par comparaison, mais il savait que le temps où il gagnerait vraiment beaucoup d'argent n'était plus très éloigné. Cerise sur le gâteau, il avait épousé une fille très mignonne, au grand dam des étudiants en droit qui, tous, en pinçaient pour elle. Mais c'était lui qu'elle avait choisi, même si, malgré son jeune âge, il commençait à perdre ses cheveux et devait porter d'épaisses lunettes parce qu'il ne supportait pas les lentilles de contact.

Hooper était heureux. Anticipant l'avenir rayonnant qui l'attendait, il avait décidé de s'en offrir un petit avant-goût avec l'élue de son cœur. Leur hôtel de Southampton était vraiment hors de prix. De plus, tous les soirs, ils dépensaient près de cent dollars dans l'un des grands restaurants des environs. Mais cela n'avait pas d'importance : ils travaillaient tous les deux comme des forcenés, ils l'avaient bien mérité. Et bientôt, ils pourraient s'offrir tous les endroits chic qui leur plairaient.

Il serra sa femme un peu plus fort contre lui, les yeux tournés vers l'Atlantique. Le soleil était en train de disparaître, englouti par la mer. Le ciel se teintait de violet. Très haut, des voiles de brume rose brillaient à l'horizon. La mer envoyait sur la plage des vagues plates qui, au lieu de déferler à grand fracas, venaient clapoter doucement afin de ménager les citadins en quête de calme. Hooper décida de rester là encore un moment, au lieu de retourner tout de suite à Southampton. La circulation était encore dense sur la route, et d'ici une heure ça roulerait mieux. S'il mettait les gaz avec sa Harley, il ne leur faudrait pas plus de vingt minutes pour accomplir les cinquante kilomètres du trajet. Ils n'allaient pas partir maintenant, ce serait trop dommage.

Sans compter que tout le monde disait qu'à la nuit tombante ce coin était réservé aux amoureux.

Ils s'offrirent donc une dernière promenade au sommet des falaises. Ils ne tardèrent pas à voir s'ouvrir devant eux un creux assez important. Un endroit secret, idéal. Ils étaient seuls, à l'abri des regards. On entendait la mer, de l'autre côté des falaises. La plage était juste à côté. Sans doute était-ce là que se retrouvaient les amoureux, mais il lui sembla qu'ils seraient mieux en ce lieu dissimulé aux regards du monde.

Jamais Hooper n'aurait pu imaginer que deux observateurs tapis dans un espace souterrain de Buckley Field le suivaient des yeux depuis une altitude de cent quatre-vingt-quinze kilomètres, le regardaient embrasser sa femme, mettre ses mains sous son tee-shirt, le lui enlever, pendant qu'elle, de son côté, lui défaisait sa ceinture ; qu'ils les regardaient se déshabiller mutuellement et se coucher, étroitement enlacés, sur le tas de vêtements.

Linda se coucha sur le dos, et les lèvres de son mari partirent se promener sur ses seins, sur son ventre. Ses mains la caressèrent, la parcoururent, essayant de se démultiplier.

Elle eut un petit rire.

— Arrête, tu me chatouilles.

Il ôta une main de l'intérieur de sa cuisse sans cesser de l'embrasser.

— Eh ! Qu'est-ce que tu fais ? s'exclama-t-elle.

Hooper leva les yeux. Rien d'extraordinaire… Il faisait ce qu'il faisait d'habitude, et d'habitude, ça lui plaisait.

Il l'embrassa sur la bouche et saisit son regard troublé. Ce n'était pas lui qu'elle regardait. Il tourna la tête.

Il y avait un crabe sur le tibia de Linda.

Elle poussa un petit cri, secoua la jambe pour le faire tomber. Le crabe atterrit sur le dos, écarta ses pinces et se remit sur ses pattes.

— Mon Dieu ! Il m'a fait peur, ce con !

— Il a envie de jouer avec nous, mais t'as pas de chance, mon gars, tu vas devoir te chercher une autre nana…

Linda rit et s'appuya sur les coudes. Puis elle observa :

— Il est bizarre. C'est la première fois que j'en vois un pareil.

— Qu'est-ce qu'il a de bizarre ?

— Enfin, tu ne trouves pas qu'il est bizarre ?

Hooper l'examina de plus près. Le crabe restait planté sur place, sans bouger. Il n'était pas très grand, dix centimètres environ, et entièrement blanc. Sa carapace brillante se détachait sur la couleur sombre du sol. La teinte sortait de l'ordinaire, oui, mais il y avait autre chose. Linda avait raison. Il était bizarre.

Puis il comprit.

— Il n'a pas d'yeux, annonça-t-il.

— C'est vrai.

Linda roula sur elle-même et s'approcha à quatre pattes de l'animal, qui continuait à rester immobile.

— C'est marrant, ça ! dit-elle. Tu crois qu'il a une maladie ?

— On a plutôt l'impression qu'il n'en a jamais eu, des yeux.

Hooper fit glisser ses doigts le long de la colonne vertébrale de sa femme.

— Allez, on s'en fiche. Laisse-le, il ne va pas nous bouffer.

Mais Linda continuait à observer le crabe avec curiosité. Elle ramassa un petit caillou, le lui lança. L'animal ne recula pas, n'eut aucune réaction. Elle tapota ses pinces en retirant bien vite les doigts, mais rien ne se passa.

— Il est drôlement stoïque ! s'étonna-t-elle.

— Allez, laisse tomber !

— Tu as vu, il ne se défend pas du tout !

Hooper soupira. Il s'accroupit à côté d'elle et, pour lui faire plaisir, donna un petit coup au crustacé.

— C'est vrai, admit-il, il est super cool.

Elle sourit, tourna la tête vers lui et l'embrassa. Hooper sentit la pointe de sa langue contre la sienne. Il ferma les yeux et s'abandonna à son baiser.

Linda se détacha de lui brutalement.

— Darryl !

Le crabe avait sauté sur la main sur laquelle elle prenait encore appui. Derrière lui, il y en avait un autre. A côté de lui, un autre encore. Hooper leva les yeux vers le rocher qui séparait leur creux de la plage et se crut le jouet d'un cauchemar.

Les roches sombres avaient disparu sous des myriades de corps recouverts d'une carapace blanche, munis de pinces et sans yeux, serrés les uns contre les autres, aussi loin que portait le regard.

Il devait y en avoir des millions.

Linda écarquilla les yeux.

— Ô, mon Dieu ! murmura-t-elle.

Au même moment, la marée se mit en mouvement. D'ordinaire, les petits crabes qui couraient sur la plage se déplaçaient lentement et maladroitement. Mais ces crabes-là, ils marchaient vite. Très vite. Ils étaient effrayants de vitesse, ils avançaient droit sur eux comme une vague. Leurs pattes dures émettaient un léger bruit de frottement sur le sol rocheux.

Linda se leva d'un bond, nue comme elle était, et recula. Hooper tenta de rassembler leurs vêtements, mais il chancela, en perdit une partie. L'armée des crabes faisait mouvement vers eux. Hooper sauta en arrière.

Les bêtes le suivirent.

— Ils ne sont pas dangereux ! cria-t-il, convaincu du contraire.

Déjà, Linda s'était élancée à l'assaut des falaises.

— Linda !

Elle trébucha et tomba de tout son long. Hooper accourut à sa rescousse, mais déjà les crabes se répandaient partout, montaient sur eux. Affolée, Linda se mit à pousser des cris stridents. Hooper la débarrassa des animaux qui grimpaient sur son dos, balaya du plat de la main ceux qui recouvraient ses propres bras. Elle se releva, le visage défiguré de terreur, toujours hurlante, essayant de chasser les crabes qui couraient sur sa tête. Hooper l'attrapa et la poussa en avant d'un geste si brusque qu'elle trébucha à nouveau, l'entraînant dans sa chute. Il perdit l'équilibre et tomba en sentant les petites carapaces dures se briser sous son poids et les éclats s'enfoncer dans ses chairs. Il se débattit, pendant que des centaines de pattes pointues glissaient le long de son corps, réussit enfin à se relever et à entraîner Linda avec lui.

Ils parvinrent à rejoindre le sommet. Ils coururent à toutes jambes vers leur moto, faisant crisser le gravier sous leurs pieds nus. Hooper se retourna sans cesser de courir et poussa un gémissement. La plage était grouillante de crabes qui sortaient de la mer, innombrables, dans un flot qui augmentait sans cesse. Les premiers avaient atteint le parking. Ils semblaient progresser encore plus vite sur ce terrain lisse. Hooper accéléra, traînant Linda derrière lui. Ses pieds étaient cisaillés d'éclats, englués d'une matière visqueuse et repoussante qui menaçait à tout moment de les faire glisser. Enfin, ils atteignirent la moto et l'enfourchèrent.

Hooper démarra en trombe. L'engin fila sur une bouillie de crabes écrasés, puis ce fut la délivrance et ils se retrouvèrent sur l'asphalte, en direction de Southampton. Linda se cramponnait à lui. Une voiture de livraison les croisa, conduite par un vieil homme qui ouvrit des yeux incrédules. Hooper se dit que ce genre de scène ne se passaient que dans les films… deux personnes nues comme des vers sur une moto. En d'autres circonstances, il aurait trouvé cela tordant.

Les premières maisons de Montauk apparurent au loin. La pointe ouest de Long Island n'était guère qu'une mince bande de terre, et la route longeait la côte. Alors qu'il se dirigeait vers Montauk, Hooper vit la marée blanche des crabes se rapprocher sur sa gauche. Ils sortaient de la mer de tous les côtés. Ils étaient en train de se déverser sur les falaises et se dirigeaient vers la route.

Il accéléra.

La marée blanche était plus rapide.

A quelques mètres du panneau d'entrée de la ville, elle atteignit la chaussée, l'asphalte disparut sous une mer de carapaces blanches. Au même moment, un pick-up fit une marche arrière pour sortir d'une propriété. Hooper sentit sa moto chasser. Il tenta de contourner le véhicule, mais la moto ne lui obéissait plus.

Non, se dit-il. Ô mon Dieu, pas ça !

Il entendit Linda hurler. Dans un effort désespéré, il donna un violent coup de guidon et ils évitèrent d'un cheveu le capot du radiateur du pick-up. Il ne lui fallut que quelques secondes pour stabiliser son engin. Des gens sautèrent de côté pour l'éviter. Il n'y prêta pas attention. La route, devant eux, était libre.

Ils foncèrent à toute allure vers Southampton.

A Buckley Field, Etats-Unis

— Bordel, qu'est-ce que ça peut être ?

Les doigts de Cody volaient sur les touches. Il posa successivement divers filtres sur les images, mais cela resta une masse claire qui sortait de la mer et avançait à toute vitesse vers l'intérieur des terres.

— On dirait que c'est une vague, dit-il, une vague géante, merde !

— Non, on n'a pas vu de vague, rétorqua Mike, il y avait pas de vagues. C'est sûrement des bêtes…

— Mais quoi, comme bêtes, merde ?

— C'est des…

Mike observa les images de plus près. Il pointa le doigt.

— Ici ! Regarde ! Rapproche-moi ça. Fais-moi un cadrage de un mètre carré.

Cody s'exécuta et agrandit l'endroit. Il obtint une surface composée de carrés clairs et foncés. Mike plissa les yeux.

— Plus près, dit-il.

Les carrés s'agrandirent. Quelques-uns étaient blancs, d'autres dans un dégradé de gris.

— Je te permets de me traiter de taré… dit Mike. Mais ça pourrait être…

Etait-ce possible ? Mais qu'est-ce que ça pouvait être d'autre ? Qu'est-ce qui pouvait sortir comme ça de la mer en progressant si vite, sinon…

— Des pinces, ajouta-t-il. Ça pourrait être des carapaces avec des pinces.

Cody le regarda fixement.

— Des pinces ?

— Des crabes.

Cody ouvrit la bouche. Puis il donna l'ordre au satellite de fouiller la côte sur tout son parcours.

Le KH-12-4 monta de Montauk à East Hampton, puis poursuivit vers Southampton, jusqu'à Mastic Beach et Patchogue. L'angoisse de Mike augmentait au fur et à mesure des images envoyées.

— C'est pas vrai, dit-il enfin.

— Ben si, c'est vrai, bordel de merde ! Je sais pas ce que c'est que cette saloperie qui sort de la mer, mais elle débarque sur toute la côte de Long Island. Dis donc, t'as toujours envie d'aller te balader à Montauk ?

Mike se frotta les yeux.

Il attrapa le téléphone pour appeler le standard.

Dans l'agglomération du Grand New York, Etats-Unis

Juste après Montauk, la Route 27 s'élargissait pour se transformer en Long Island Expressway 495. C'était la voie directe pour Queens. Montauk se trouvait à environ deux cents kilomètres de New York, et plus on s'approchait de la métropole, plus la route devenait encombrée. A mi-chemin, après Patchogue, la circulation augmentait fortement.

Bo Henson possédait son propre véhicule de transport de courrier. Il couvrait le trajet de Long Island deux fois par jour. Il était allé chercher quelques colis à l'aéroport, à Patchogue, et les avait livrés dans le coin. Maintenant, il rentrait en ville. Il se faisait tard, mais quand on voulait concurrencer une entreprise comme FedEx, on ne pouvait pas se permettre d'être à cheval sur les horaires. Il tenait le bon bout. Aujourd'hui, il avait tout liquidé, et même plus tôt que prévu. Il était crevé, il avait bien mérité une bonne petite bière.

A la hauteur d'Amityville, à environ quarante kilomètres de Queens, la voiture qui le précédait se mit à chasser de l'arrière.

Henson donna un grand coup de frein. La voiture se stabilisa, ralentit et alluma ses feux de détresse. La chaussée était en grande partie recouverte par Dieu savait quoi. Il ne faisait plus assez clair pour voir ce que c'était, toujours est-il que ça bougeait et que ça venait de la gauche, des buissons.

Bon Dieu, c'étaient des crabes ! Des petits crabes tout blancs. Ils essayaient de traverser la route, collés les uns contre les autres, mais c'était une entreprise sans espoir. La bouillie gluante et les carapaces éclatées qui jonchaient la chaussée le prouvaient assez.

Les voitures circulaient au ralenti. Cette cochonnerie était glissante comme du savon. Henson poussa une bordée de jurons. D'où pouvaient bien venir ces bestioles ? Il avait lu quelque part que les crabes de terre de l'île Christmas descendaient des montagnes une fois par an pour aller se reproduire dans la mer. Mais l'île Christmas était dans l'océan Indien, et sur les photos qu'il avait vues, les crabes étaient rouge vif et beaucoup plus grands, rien à voir avec cette masse blanchâtre.

C'était quand même extraordinaire !

Toujours jurant, il mit la radio. Après avoir cherché un peu, il finit par trouver une chaîne de musique country. Il se cala bien sur son siège et s'abandonna à son sort avec résignation. Dolly Parton fit de son mieux pour le calmer, mais sa bonne humeur s'était envolée. Au bout de dix minutes, ce furent les informations, mais rien sur l'invasion de crabes. Par contre, un chasse-neige fit son apparition. L'engin poussait les voitures pour libérer la chaussée de ses occupants indésirables, mais le résultat fut l'arrêt total de la circulation. Le blocage total. Henson se promena sur toutes les stations de radio locales pour voir si on en parlait, mais non. Tout le monde s'en foutait ! En plus, ça commençait à puer sérieusement, jusque dans l'habitacle ! Il arrêta la climatisation.

Enfin, au bout d'un temps assez long, la circulation commença à se fluidifier. Henson appuya sur le champignon et arriva à Queens avec une heure de retard par rapport à ses prévisions. Il était fou furieux. Il prit à gauche juste avant East River et traversa Newton Creek pour mettre le cap sur le bar où il avait ses habitudes, à Brooklyn-Greenpoint. Il arrêta sa camionnette, descendit… et faillit faire une crise cardiaque en voyant l'état de son véhicule. Les roues, les ailes et les côtés étaient recouverts de crabes écrabouillés, jusqu'à hauteur des vitres. C'était horrible à voir. Et il lui fallait reprendre la route le lendemain matin à la première heure ! Impossible de faire ses livraisons avec une voiture dans cet état !

De toute façon, il était en retard sur son horaire, il n'était plus à ça près. Sa bière attendrait jusqu'à ce qu'il ait laissé sa camionnette au 24-Hours-Carwash tout proche.

A la station de lavage, il insista auprès du personnel pour que celuici nettoie les jantes à part, afin d'enlever jusqu'à la dernière trace de cette saloperie. Puis il dit où on pourrait le trouver et se rendit à pied dans son bar favori pour prendre enfin sa bière.

La station de lavage était connue pour faire son travail sérieusement. Le personnel dut s'acharner sur la couche visqueuse qui recouvrait la camionnette, mais au bout d'un certain temps il finit par en venir à bout. Le garçon qui tenait le nettoyeur à haute pression eut l'impression que les morceaux fondaient littéralement. Comme de la gélatine au soleil, se dit-il.

L'eau charria le tout vers les égouts.

New York disposait d'un système de canalisation unique. Les tunnels routiers et ferroviaires traversaient l'East River à environ trente mètres de profondeur, mais les systèmes de canalisation des eaux usées et d'eau potable descendaient jusqu'à deux cent quarante mètres. A l'aide de gigantesques têtes de forage, les constructeurs de tunnels creusaient sans cesse de nouveaux canaux dans le sous-sol pour éviter la paralysie de la mégapole. Une quantité de vieux tunnels n'étaient plus en service. Les experts affirmaient qu'on ne pouvait plus répertorier tous les canaux sillonnant le sous-sol new-yorkais, car plus personne ne savait exactement où ils se trouvaient. Il n'existait aucune carte du réseau complet. Certains tunnels n'étaient connus que de certains groupes de sans-abri, qui gardaient leur secret pour eux. D'autres avaient inspiré les réalisateurs de films d'horreur, qui y situaient les antres de toutes sortes de monstres maléfiques. Une chose était sûre, à savoir que tout ce qui entrait dans les canalisations de New York était perdu, d'une certaine façon.

Ce soir-là et les jours suivants, à Brooklyn et à Queens, à Staten Island et à Manhattan, on lava une quantité de voitures venues de

Long Island. Beaucoup d'eaux usées coulèrent dans les entrailles de la métropole, s'y répartirent, allèrent rejoindre d'autres eaux usées, furent pompées dans des installations de traitement et reconduites dans les systèmes de distribution. Quelques heures à peine après que la station de lavage eut rendu à Henson une camionnette rutilante, toutes ces eaux étaient intimement mélangées.

Moins de six heures plus tard, les premiers véhicules sanitaires d'urgence filaient à toute allure dans les rues.

11 mai

Au Chateau Whistler, Canada

Les changements, il fallait savoir les gérer.

Lui, en tout cas, savait le faire. Malgré le chagrin que lui causait la perte de sa maison, il arrivait à vivre avec. Et à l'époque, la fin de son couple avait marqué le commencement d'une nouvelle vie. Le déménagement à Trondheim, la multiplication des liaisons, qui faisait qu'au final il n'avait de lien avec personne, tout cela n'avait fait que l'effleurer. Il avait balancé dans les poubelles de son histoire tout ce qui ne correspondait pas à ses critères de sensualité, d'harmonie et de goût. On partageait la surface avec les autres, on gardait la profondeur pour soi. Pas de quoi en faire un fromage.

Mais là, en ce petit matin, il ne savait pourquoi, le passé moins glorieux remontait à la surface. Etendu dans son lit, les yeux dans le vide, il pensait à tous ces gens, autour de lui, qui avaient été brisés par les changements.

Sa femme.

On vous apprenait que votre vie vous appartenait, que vous pouviez influencer son cours. Mais lorsqu'il était parti, sa femme avait été forcée de reconnaître que rien ne lui appartenait, et que s'imaginer pouvoir déterminer sa vie n'était que pure illusion. Elle avait argumenté, supplié, crié, s'était montrée compréhensive, l'avait écouté avec patience, lui avait demandé de la ménager, avait tout tenté, pour se retrouver au final impuissante, battue, jetée hors de leur vie commune comme hors d'un train en marche. A bout de forces, elle avait cessé de croire que les efforts étaient toujours récompensés. Elle avait perdu. La vie était au mieux un jeu de hasard.

Si tu ne m'aimes plus, avait-elle dit, pourquoi ne fais-tu pas au moins semblant ?

Tu crois que ce serait mieux pour toi ? avait-il demandé.

Non, avait-elle répondu. Ce qui aurait été mieux pour moi, c'est que tu ne m'aies jamais aimée.

Etait-on coupable de ne plus éprouver les mêmes sentiments ? Les sentiments étaient au-delà de la culpabilité ou de l'innocence, ils étaient l'expression de processus biochimiques consécutifs à des circonstances subies. Ce n'était peut-être pas très romantique, mais les endomorphines avaient toujours triomphé du romantisme. Alors, où résidait sa faute ? Dans les fausses promesses qu'il avait faites ?

Johanson grimaça.

Pour lui, les changements avaient toujours été un élixir de vie. Pour elle, une petite mort. Après des années – il était installé à Trondheim depuis longtemps –, il avait appris qu'elle avait enfin réussi à secouer sa stupeur. Elle avait repris de l'influence sur sa vie. Ensuite, on lui dit qu'elle avait rencontré quelqu'un. Ils avaient alors échangé quelques coups de fil, sans animosité ni désir. L'amertume avait disparu, et avec elle le poids qui l'oppressait.

Puis l'oppression avait resurgi.

Maintenant, elle s'appelait Tina Lund. Tina le poursuivait partout, avec son beau visage pâle. Depuis le cauchemar, il se passait et se repassait toutes les variantes susceptibles d'influencer le cours du destin, en reprenant toujours au début. Ils auraient finalement quand même couché ensemble, au lac. Et tout se serait passé différemment. Ils auraient passé plus de temps ensemble. Peut-être l'aurait-elle accompagné sur les Shetland. Mais en même temps, cela aurait pu tout détruire, et ce n'est pas à lui qu'elle aurait demandé conseil. Le conseil, par exemple, d'aller à Sveggesundet. Dans l'un et l'autre cas, elle aurait évité la mort.

Chaque fois, il se répétait qu'il était fou de garder de telles idées en tête.

Mais elles revenaient. Sans cesse.

Le soleil du matin s'infiltra dans la chambre. Il avait laissé les rideaux ouverts, comme d'habitude. Les chambres plongées dans le noir étaient des grottes. Il se demanda s'il devait se lever et aller déjeuner, mais au fond il n'avait pas envie de bouger. La mort de Tina l'emplissait de tristesse. Il n'avait pas été amoureux, mais d'une certaine façon il l'aimait quand même, avec son hyperactivité, son besoin de liberté. En cela, ils s'étaient trouvés. Et perdus, car c'était un contresens que de vouloir enchaîner deux libertés l'une à l'autre. Peut-être avaient-ils été tous deux trop lâches, aussi.

Mais à quoi bon remuer tout ça ?

Moi aussi, je mourrai, un de ces jours, se dit-il. Depuis que Tina avait été emportée par la vague, il pensait souvent à la mort. Jusque-là, jamais il ne s'était senti vieux. Maintenant, c'était un peu comme si la Providence lui avait appliqué un tampon, une date limite, comme sur un pot de yaourt, et que quelqu'un était en train de l'examiner, avant de le reposer sur l'étagère parce qu'il s'approchait de la date de péremption. Il avait cinquante-six ans, il était remarquablement bien conservé, il avait échappé aux accidents et maladies prévus par les statistiques. Il avait même survécu à un tsunami qui avait tout fait pour le rattraper. Et pourtant, pas de doute, le temps lui était compté. Il avait accompli la plus grande partie de son parcours. Et la question était de savoir s'il l'avait accompli comme il aurait dû.

Deux femmes lui avaient fait confiance, dans cette vie, et il n'avait pas su les protéger. La première était morte pendant quelque temps, l'autre pour toujours.

Karen Weaver, elle, était vivante.

Cette jeune fille lui rappelait Tina. En moins agitée, renfermée, difficile. Mais tout aussi forte, tenace et impatiente. Après qu'ils eurent échappé à la vague géante, il lui avait exposé sa théorie et elle, de son côté, lui avait parlé de son travail avec Lukas Bauer. Il était ensuite retourné en Norvège, pour se retrouver sur la liste des sans-abri, mais les bâtiments de la NTNU étaient toujours debout. On le submergea de travail, jusqu'à l'appel du Canada. Il proposa d'intégrer Karen à l'équipe, parce qu'elle était au courant plus que quiconque du travail de Bauer et qu'elle était en mesure de le poursuivre, mais, en fait, il avait une raison secrète : sans l'hélicoptère, elle n'aurait pas pu échapper à la vague. De fait, il l'avait sauvée. Karen lui donnait l'absolution pour sa faillite auprès de Tina, et il était décidé à s'en montrer digne. Il avait décidé de veiller sur elle, et pour cela, mieux valait l'avoir à proximité.

Le passé pâlit à la lumière du jour. Johanson se leva, prit sa douche et descendit au buffet sur le coup de six heures et demie, pour constater qu'il n'était pas le seul lève-tôt. Des soldats et des agents secrets prenaient leur petit déjeuner dans la grande salle en échangeant des propos à voix feutrée.

Il remplit son assiette d'œufs brouillés au lard et chercha des yeux un visage connu. Il fut un peu déçu de ne pas voir celui de Bohrmann. En revanche, le General Commander Judith Li était là, assise seule à une table pour deux. Elle feuilletait le contenu d'une chemise et picorait de temps à autre un morceau de fruit dans une coupe en l'introduisant dans sa bouche sans prendre la peine de le regarder.

Johanson l'observa. Li le fascinait confusément. Elle devait être plus âgée qu'elle ne le paraissait. Avec un soupçon de maquillage et des vêtements adéquats, elle devait être éblouissante. Il se demanda comment il fallait s'y prendre pour coucher avec elle, conclut qu'il valait sans doute mieux ne pas s'y prendre du tout. Li n'avait pas l'air du genre qui laisse l'initiative aux autres. Sans compter qu'avoir une histoire avec un General Commander des forces armées des Etats-Unis, c'était un peu trop.

Li leva la tête.

— Bonjour, monsieur Johanson. Bien dormi ?

— Comme un bébé, répondit-il en s'approchant de sa table. Qu'est-ce qui se passe, pourquoi déjeunez-vous seule ? C'est la solitude du pouvoir ?

— Non, je liste les problèmes…

Elle sourit et le regarda de ses yeux d'eau claire.

— Venez donc me tenir compagnie, monsieur Johanson. J'aime bien avoir autour de moi des gens capables de réfléchir par eux-mêmes.

Johanson s'assit.

— Comment savez-vous que c'est le cas ?

— C'est évident, répondit-elle en repoussant ses documents de côté. Du café ?

— Avec plaisir.

— Vous en avez fourni la preuve pendant la conférence d'hier. Vous êtes le seul scientifique à avoir réfléchi hors des limites de votre propre domaine. Shankar « phosphore » sur les bruits sous-marins qu'il ne sait pas interpréter, Anawak se demande ce qui arrive à ses baleines, même s'il faut reconnaître que c'est lui qui a été le premier à manifester une saine curiosité. Bohrmann pense au méthane et redoute une catastrophe majeure en faisant appel à tout un chacun pour éviter un deuxième glissement… et ainsi de suite.

— C'est déjà beaucoup !

— Mais vous êtes le seul à prétendre que tout est lié.

— Pourtant, on connaît les coupables, maintenant, répondit Johanson, impassible. Vous savez bien que ce sont les terroristes arabes qui se cachent derrière tout ça.

— Vous le pensez aussi ?

— Non.

— Quelle est votre opinion ?

— Je crois qu'il me faut encore un ou deux jours avant de vous en faire part.

— Vous n'êtes pas sûr de vous ?

— Si, pratiquement, affirma Johanson en prenant une gorgée de café, mais c'est un sujet délicat. M. Vanderbilt s'est focalisé sur le terrorisme. Pour pouvoir avancer ma théorie, j'ai besoin qu'on assure mes arrières.

— Vous pensez à quelqu'un en particulier ?

Johanson posa sa tasse.

— A vous, général.

Li ne parut pas autrement étonnée.

— Si vous voulez me convaincre, il faudrait peut-être que je sache ce que c'est, objecta-t-elle.

— Bien entendu… En temps voulu, précisa Johanson avec un sourire.

Li saisit alors la chemise qu'elle venait de mettre de côté et la lui tendit.

— Tenez, lisez ces fax, peut-être cela vous aidera-t-il à vous décider plus vite, monsieur Johanson. Nous les avons reçus ce matin, à cinq heures. Nous n'avons pas encore d'idée précise, et personne ne peut dire de façon certaine ce qui se passe, mais nous allons déclarer l'état d'urgence à New York et dans ses environs dans les heures qui viennent. Peak est déjà parti là-bas pour organiser les choses.

Johanson regarda la chemise. Il vit en pensée se lever un nouveau raz-de-marée.

— Pourquoi l'état d'urgence ?

— Que diriez-vous si vous voyiez des milliards de crabes blancs sortir de la mer et envahir toute la côte de Long Island ?

— Je dirais qu'ils font une petite sortie d'entreprise.

— Tiens donc. Et pour quelle entreprise ?

— Et ces crabes, interrogea Johanson sans répondre à sa question, que font-ils ?

— Nous n'en sommes pas certains, mais nous pensons qu'ils font la même chose que les homards bretons en Europe. Ils transmettent une épidémie. C'est conforme à votre théorie ?

Johanson réfléchit.

— Existe-t-il ici ou dans les environs un laboratoire hermétiquement clos dans lequel ces crabes pourraient être examinés ? s'enquit-il.

— Nous en avons installé un à Nanaimo. Un certain nombre d'échantillons de crabes y sont acheminés en ce moment même.

— Des échantillons vivants ?

— Je ne sais pas s'ils sont encore vivants. Je sais qu'ils l'étaient quand on les a attrapés. Plusieurs personnes y ont d'ailleurs laissé leur peau. Suite à un choc toxique. Ce poison semble agir plus vite que celui des algues en Europe.

Johanson se tut un moment.

— J'y vais, dit-il enfin.

— A Nanaimo ?

Li hocha la tête avec satisfaction.

— Bonne idée, poursuivit-elle. Et quand me ferez-vous part de votre théorie ?

— Donnez-moi vingt-quatre heures.

Li fit la grimace, réfléchit quelques instants. Puis elle hocha de nouveau la tête.

— Vingt-quatre heures. Pas une minute de plus.

A Nanaimo, sur l'île de Vancouver

Anawak était installé avec Fenwick, Ford et Sue Oliviera dans la grande salle de conférences de l'Institut. Le vidéoprojecteur montrait des échantillons de cerveaux de baleines en trois dimensions. La biologiste les avait entrés dans l'ordinateur et avait marqué les endroits où elle était tombée sur la gelée. On pouvait faire le tour des cerveaux et les découper en tranches dans le sens de la longueur avec une lame virtuelle. Elle avait déjà projeté trois simulations. La quatrième montrait la substance en train de se diviser entre les circonvolutions du cerveau pour former de fines ramifications qui s'introduisaient à l'intérieur.

— La théorie est la suivante, commença Anawak en regardant sa collègue. Admettons que tu sois une blatte…

Sue haussa les sourcils, ce qui allongea encore son visage chevalin.

— Toi, Léon, tu sais parler aux femmes, s'insurgea-t-elle.

— Une blatte sans intelligence et sans créativité…

— C'est ça, continue !

Fenwick éclata de rire. Anawak poursuivit, imperturbable :

— Tu n'agis que par réflexe. Pour un neurologue, te commander est un jeu d'enfant. Il lui suffit de contrôler tes réflexes et de les déclencher à volonté. Comme pour une prothèse. L'essentiel, c'est qu'il sache où se trouvent les boutons à activer…

— Il me semble qu'on a fait une expérience un jour en décapitant un cafard pour lui implanter la tête d'un autre, intervint Ford, et qu'il s'est mis à courir… Je me trompe ?

— Non, c'est à peu près ça. Ils ont décapité une blatte et enlevé les pattes d'une seconde. Ensuite, ils ont relié entre eux les systèmes nerveux centraux. La blatte avec tête a pris en charge le contrôle de l'appareil moteur comme si elle n'en avait jamais eu d'autre. C'est exactement là que je veux en venir. Des créatures simples, des processus simples. Au cours d'une autre expérience, ils ont implanté une seconde tête à une souris. La bestiole a vécu pendant un temps relativement long, quelques heures ou quelques jours, je crois, et les deux têtes ont paru fonctionner normalement, mais pour la commande, ça s'est compliqué. La souris marchait, mais n'allait pas toujours là où elle voulait aller, et elle se cassait la figure au bout de quelques pas.

— Dégueulasse, marmonna Sue.

— Ce qui veut dire qu'au fond on peut commander n'importe quel être vivant. Simplement, plus il est complexe, plus c'est compliqué. Si on ajoute l'aspect de la conscience, de l'intelligence et de la pensée créatrice avec la conscience du moi, ça devient vachement difficile d'imposer sa volonté à quelqu'un. Dans ce cas, qu'est-ce qu'il te reste à faire ?

— J'essaie de briser sa volonté et de le réduire à l'état de blatte. Chez les hommes, ça fonctionne très bien, il suffit de se présenter à eux sans petite culotte.

— Très juste, rigola Anawak. Parce que les humains et les blattes ne sont pas très éloignés les uns des autres.

— Certains humains, rectifia Sue.

— Tous les humains. Nous sommes fiers de notre libre arbitre, mais il n'est libre que tant qu'on n'appuie pas sur certains boutons. Par exemple, sur les centres de la douleur.

— Ce qui signifie que celui qui a mis au point cette gelée sait très précisément comment est construit le cerveau d'une baleine, réfléchit Fenwick. C'est bien ça l'idée, non ? Cette gelée stimule certains centres du cerveau…

— Oui.
— Mais il faut de plus qu'elle sache lesquels.
— On peut arriver à le savoir, dit Sue à Fenwick. Pense aux travaux de John Lilly.
— Bravo, Sue ! approuva Anawak. Lilly a été le premier à implanter des électrodes dans le cerveau des animaux pour stimuler les zones de la douleur et du plaisir. Il a prouvé qu'on pouvait provoquer chez les animaux la joie et le bien-être, ou la douleur, la colère et la peur, par des manipulations ciblées. Chez les singes, bien entendu. Les singes sont les animaux qui se rapprochent le plus des baleines et des dauphins pour ce qui est de la complexité et de l'intelligence, et pourtant, ça a marché. Il a réussi à les contrôler entièrement à l'aide des électrodes en déclenchant des stimuli ciblés pour la punition et la récompense… Et cela, dans les années 1960 !
— N'empêche, Fenwick a raison, objecta Ford. Tout ça, c'est très bien quand on peut allonger ces braves singes sur la table d'opération et faire avec eux ce qu'on a envie. Mais la gelée, il faut l'introduire par l'oreille ou par les mâchoires. Dans tous les cas de figure, elle a dû changer de forme. Même en arrivant à mettre un truc pareil dans un crâne de baleine, comment s'assurer qu'elle va se répartir comme prévu et qu'elle va… euh, appuyer sur les bons boutons ?
Anawak haussa les épaules dans un geste d'ignorance. Il était fermement convaincu que c'était exactement ainsi qu'agissait cette substance, mais après, quant à savoir comment elle s'y prenait…
— Peut-être qu'en fait il n'y a pas tellement de boutons à actionner, répondit-il au bout d'un moment. Peut-être qu'il suffit…
La porte s'ouvrit. Un assistant de laboratoire passa la tête.
— Madame Oliviera ? Excusez-moi, mais on vous attend en haute sécurité. C'est urgent.
Sue Oliviera les regarda l'un après l'autre pour bien souligner ses paroles :
— Eh oui, nous avons maintenant une zone de haute sécurité ! Avant, c'était peinard, on pouvait travailler côte à côte en rigolant et en se racontant toutes les conneries qui nous passaient par la tête. Maintenant, on se croirait dans un film de James Bond. Alerte ! Alerte ! Mme Oliviera au labo de haute sécurité ! Quelle vacherie !
Elle se leva.
— Quand faut y aller, faut y aller ! ajouta-t-elle en tapant dans ses mains. Quelqu'un a envie de m'accompagner ? De toute façon, vous ne pourrez pas faire un pas sans moi, on ne vous laissera pas passer.

Au laboratoire de haute sécurité

L'hélicoptère de Johanson atterrit à côté de l'Institut où les crabes avaient été transportés. Un assistant le conduisit à l'ascenseur. Ils en sortirent deux étages plus bas et empruntèrent un couloir nu, éclairé au néon. L'assistant ouvrit une lourde porte et ils pénétrèrent dans une pièce équipée d'écrans. Seule une plaque apposée au-dessus d'une porte métallique mentionnant les risques biologiques avertissait que la mort rôdait derrière cette porte. Des scientifiques et du personnel de sécurité étaient réunis dans la salle. Johanson reconnut Roche, Anawak et Ford, qui parlaient entre eux à voix basse. Sue Oliviera et Fenwick étaient en pleine conversation avec Rubin et Vanderbilt. En apercevant Johanson, Rubin s'avança vers lui et lui serra la main.

— Pas moyen de se reposer, hein ? dit-il avec un rire nerveux.

— Non, répondit Johanson en examinant les lieux.

— Nous n'avons pas eu l'occasion d'échanger beaucoup d'informations, poursuivit Rubin. Il faut absolument que vous me disiez tout ce que vous savez sur ces vers. C'est affreux de faire connaissance dans ces circonstances, mais il faut reconnaître que d'une certaine façon tout cela est assez passionnant... Vous êtes au courant des dernières nouveautés ?

— Je suppose que c'est pour cette raison que je suis ici.

Rubin désigna la porte métallique.

— C'est à peine croyable. Il n'y a pas longtemps, c'était un entrepôt. En un rien de temps, l'armée en a fait un laboratoire hermétiquement bouclé. Ça fait un peu provisoire, mais vous n'avez rien à craindre. Le tout répond aux critères de sécurité L4. Nous pouvons étudier les animaux sans danger.

L4 était le niveau de sécurité le plus élevé.

— Vous nous accompagnez ? s'enquit Johanson.

— Oui, et Mme Oliviera aussi.

— Je croyais que c'était Roche, le spécialiste des coquillages et des crustacés...

— Ici, nous sommes tous des spécialistes polyvalents.

Ces dernières paroles émanaient de Vanderbilt, qui s'était rapproché en compagnie de Sue Oliviera. Le directeur adjoint de la CIA sentait légèrement la sueur. Il donna une tape bienveillante à Johanson.

— Notre assortiment de génies a été sélectionné de manière à confectionner une sorte de pizza à base de savoirs scientifiques de toutes les saveurs. Et en plus, vous avez tapé dans l'œil de Li. Je suis sûr qu'elle serait prête à rester collée à vous vingt-quatre heures sur vingt-quatre, rien que pour arriver à savoir ce que vous avez en tête.

Il éclata d'un rire tonitruant.

— Mais peut-être aussi pour autre chose ? Qui sait ?

Johanson lui adressa un sourire plutôt froid.

— Vous n'avez qu'à lui poser la question.

— Oh ! je l'ai fait ! répliqua Vanderbilt sans s'émouvoir. Et j'ai bien peur qu'elle ne s'intéresse qu'à votre tête, malheureusement ! Il faudra vous y faire. Je la connais, Li. Elle est persuadée que vous savez quelque chose.

— Ah bon ? Et quoi donc ?

— C'est vous qui allez me le dire.

— Je ne sais rien du tout.

Vanderbilt le dévisagea attentivement.

— Ah bon ? Pas de théorie époustouflante ?

— Votre théorie à vous l'est suffisamment, époustouflante.

— Je trouve aussi, tant qu'il n'y en a pas de meilleure. Puisque vous abordez le sujet, monsieur Johanson, pensez à ce que nous appelons en Amérique le syndrome de la guerre du Golfe. En 1991, au Koweït, l'armée américaine a réussi à contenir ses pertes, mais 25 % des soldats ont développé plus tard des maladies très mystérieuses. Avec le recul, les symptômes se présentent comme une forme très édulcorée des effets de la *Pfiesteria* et consorts. Des pertes de mémoire, des problèmes de concentration, des affections des organes internes. Nous supposons que ces soldats se sont trouvés en contact avec certains produits chimiques : ils étaient dans le secteur quand les dépôts d'armes iraquiens ont été détruits. A l'époque, on a pensé au sarin, mais les Iraquiens travaillaient peut-être également sur un agent pathogène chimique. De nombreux pays islamiques disposent d'agents pathogènes. Avec la manipulation génétique, il est très facile de transformer des bactéries ou des virus inoffensifs en tueurs.

— Et c'est ce qui se passe, à votre avis ?

— Mon avis, c'est que vous seriez bien inspiré de vous mettre cette bonne Li dans la poche… Entre nous, elle est un peu folle, précisa Vanderbilt avec un clin d'œil. *Capisce ?* Et les fous, il vaut mieux leur céder.

— Je ne la trouve pas si folle que ça.

— Ça vous regarde. Je vous aurai prévenu.

— Moi, ce qui me regarde, c'est d'essayer d'en savoir plus, intervint Sue Oliviera en désignant la porte. Allez, au boulot. Roche vient avec nous, bien sûr.

— Et moi ? Vous n'avez pas besoin de garde du corps ? rigola Vanderbilt. Je suis à votre disposition.

Elle le détailla comme pour prendre ses mesures.

— C'est très aimable à vous, Jack, mais… on n'a plus votre taille, pour la tenue, répondit-elle avec une moue.

Au nombre de quatre, ils franchirent la porte métallique et pénétrèrent dans un premier sas. Le système était conçu de manière à permettre aux sas de se verrouiller à tour de rôle. Des combinaisons de protection jaune vif à capuche transparente étaient suspendues à une étagère, ainsi que des gants transparents et des bottes noires.

— Vous connaissez le fonctionnement des labos de haute protection ? s'enquit Sue.

Roche et Rubin opinèrent du chef. Johanson, pour sa part, concéda que sa connaissance n'était que théorique.

— Aucun problème, le rassura Sue. Normalement, nous devrions vous former, mais on n'a plus le temps. La combinaison, c'est le tiers de votre assurance-vie. Vous n'avez pas à vous inquiéter, elle est en feuilles de PVC soudées. Les deux tiers qui restent sont la prudence et la concentration. Attendez, je vais vous aider…

Que ce truc-là était compliqué à mettre ! Johanson commença par enfiler une sorte de veste dont la fonction était de répartir équitablement l'air dans la combinaison. Puis il s'introduisit à grand-peine dans la tenue jaune tout en écoutant les explications de Sue :

— Dès que vous l'aurez passée, on vous raccordera à un système de flexibles qui insufflera de l'air. L'air sera déshumidifié, tempéré et introduit de manière que l'intérieur soit mis en surpression. C'est important pour qu'il puisse refluer. L'excédent sera acheminé à l'extérieur par une soupape. Vous pouvez régler l'apport vous-même, si vous le souhaitez, mais ce ne sera pas nécessaire… Ça va, c'est clair ? Comment vous sentez-vous ?

Johanson baissa le nez pour se regarder.

— Comme un bonhomme Michelin, dit-il.

Cela fit rire Sue.

Ils pénétrèrent dans le deuxième sas. Johanson entendit la voix étouffée de Sue et s'aperçut qu'ils étaient désormais reliés par radio.

— Le labo est placé sous une pression inférieure à 50 pascals. Aucune spore ne peut sortir d'ici. En cas de panne de courant, nous possédons un groupe électrogène, les risques sont donc limités. Le sol est en béton scellé, les fenêtres en vitres blindées. L'air est maintenu stérile à l'intérieur du labo par un filtre extrêmement efficace. Il n'y a pas d'écoulement d'eaux usées, elles sont stérilisées dans le bâtiment même. Nous communiquons avec l'extérieur soit par radio, soit par fax ou Internet. Tous les bacs réfrigérants, de même que les mécanismes d'apport et d'évacuation d'air, sont sécurisés par des alarmes qui aboutissent en même temps dans la salle de contrôle, à la virologie et chez le gardien. Tout est placé sous vidéosurveillance, jusque dans le moindre recoin.

— C'est vrai, confirma Vanderbilt par haut-parleur. Si l'un de vous devait s'écrouler et mourir à la tâche, il y aurait une jolie vidéo souvenir pour ses petits-enfants.

Sue Oliviera leva les yeux au ciel.

Ils franchirent successivement les trois sas et pénétrèrent dans le labo. Engoncés dans leurs combinaisons, reliés aux flexibles, ils avaient l'air de s'apprêter à mettre le pied sur Mars. La pièce mesurait environ trente mètres carrés et ressemblait à une cuisine de restaurant, avec des congélateurs, des bacs réfrigérants et des placards blancs. Des conteneurs en acier remplis de cultures de virus et d'autres organismes réfrigérés à l'azote étaient placés contre un mur. Plusieurs paillasses offraient un large espace de travail. Les angles de toutes les installations étaient arrondis afin d'éviter d'éventuelles déchirures accidentelles des combinaisons. Sue leur indiqua les trois grands boutons rouges servant à l'alarme, les conduisit auprès de l'une des paillasses et ouvrit un conteneur en forme de cuve.

Il était rempli de petits crabes blancs qui flottaient dans l'eau et n'avaient pas l'air très vivants.

— Merde ! lâcha Rubin.

Sue prit une spatule de métal et toucha les crabes les uns après les autres, mais aucun ne bougea.

— Pour moi, ils sont morts, dit-elle.

— Ça c'est embêtant, déplora Rubin. Très embêtant. On nous avait pourtant bien dit qu'on nous donnerait des crabes vivants ?

— D'après Li, ils étaient vivants quand ils ont commencé le voyage ! affirma Johanson.

Il se pencha, observa attentivement chacun des crustacés. Puis il donna une petite tape sur le bras de Sue.

— Là-haut, le deuxième à partir de la gauche. Il vient de bouger les pattes.

Sue déposa le crabe sur la paillasse. Le crustacé resta quelques secondes immobile, puis il se mit à courir en toute hâte en direction du bord. Sue le rattrapa. Le crabe se laissa pousser sans bouger puis refit une tentative de fuite. La biologiste renouvela le processus plusieurs fois, reposa ensuite l'animal dans la cuve.

— Quelqu'un a des observations à faire ? interrogea-t-elle.

— Il faudrait que je l'ouvre pour l'examiner, dit Roche.

Rubin eut une moue de perplexité.

— Il a l'air de se comporter normalement, mais je n'ai jamais rencontré cette espèce. Vous, peut-être, monsieur Johanson ?

— Non.

Johanson réfléchit un peu, puis ajouta :

— Il n'a pas un comportement normal. Il devrait considérer la spatule comme un adversaire. Normalement, il devrait écarter ses pinces et adopter une attitude menaçante. D'après moi, son appareil moteur est normal, mais pas l'appareil sensitif. Il se comporte comme si…

— Comme si quelqu'un l'avait remonté, compléta Sue. Comme un jouet.

— Oui, comme un mécanisme. Il marche comme un crabe, mais ne se comporte pas comme un crabe.

— Vous pouvez déterminer son espèce ?

— Non, je ne suis pas taxonomiste. Je peux vous dire ce que ces crabes m'inspirent, mais c'est à prendre avec précaution.

— Allez-y.

— Ils présentent deux caractéristiques, dit Johanson en prenant la spatule et en touchant successivement plusieurs corps sans vie. D'abord, ces crabes sont blancs, donc sans couleur. Les couleurs ne sont pas là pour décorer, elles ont toujours une fonction. La plupart des organismes sans couleur que nous connaissons n'en ont pas besoin pour la bonne raison qu'ils ne peuvent pas être vus. La seconde particularité, c'est l'absence totale d'yeux.

— Ce qui veut dire qu'ils sortent soit de grottes, soit de grandes profondeurs, en conclut Roche.

— Oui. Chez la plupart des animaux qui vivent sans la lumière du soleil, les yeux sont très atrophiés, mais présents quand même de façon rudimentaire. On arrive à voir où ils se trouvaient avant. Ces crabes, par contre… écoutez, je ne veux pas donner d'avis prématuré, mais j'ai l'impression qu'ils n'ont jamais possédé d'yeux. Si c'est vrai, non seulement ils seraient sortis d'un monde plongé dans le noir total, mais c'est également là que se trouverait leur origine. Je ne connais qu'une seule espèce de crabes qui réponde à ce critère, et qui ressemble aux crabes que nous avons devant nous…

— Les crabes hydrothermaux, dit Rubin en opinant du chef.

— Où vivent-ils ? s'enquit Roche.

— Dans les sources hydrothermales des grands fonds, expliqua Rubin. Les oasis volcaniques. Oui, ils ressemblent tout à fait aux crabes hydrothermaux.

Roche plissa le front.

— Dans ce cas, ils ne devraient pas pouvoir survivre une seconde sur la terre ferme.

— La question est de savoir ce qui a survécu, là-dedans, dit Johanson.

Sue sortit l'un des crustacés morts de la cuve, le tourna sur le dos et le posa sur la paillasse. Après s'être munie de quelques instruments qui ressemblaient à des couverts à homards, elle passa une minuscule scie circulaire à piles sur le côté de la carapace. Instantanément, une substance transparente jaillit. Sue poursuivit imperturbablement son travail de découpe, détacha la partie inférieure comportant les pattes et la posa sur le côté.

Tous se penchèrent avidement sur l'animal.

— Ce n'est pas un crabe, déclara Johanson.

— Non, confirma Roche.

Désignant la gelée mi-liquide, mi-agglomérée qui remplissait presque toute la carapace, il ajouta :

— C'est la même saloperie que celle qu'on a trouvée dans les homards.

Sue entreprit de ramasser la gelée à la cuiller pour la transvaser dans un récipient.

— Regardez, là, dit-elle. Derrière la tête, ça ressemble à un crabe authentique. Et vous voyez les ramifications fibreuses le long du dos ? C'est le système nerveux. Cette bestiole dispose de tous ses sens, mais elle n'a rien autour pour les utiliser.

— Si, objecta Rubin, la gelée.

— En tout cas, ce n'est pas un crabe dans le sens complet du terme, dit Roche en se penchant sur le récipient contenant la substance gluante. C'est plutôt un appareil, capable de fonctionner mais pas de vivre.

— Ce qui expliquerait pourquoi ils ne se comportent pas comme des crabes. Sauf si nous identifions le truc qui est à l'intérieur comme étant une nouvelle sorte de chair de crabe…

— Impossible, protesta Roche. C'est un organisme étranger.

— Alors c'est cet organisme étranger qui a fait en sorte que ces animaux envahissent la terre ferme, fit remarquer Johanson. Et il faudrait se demander s'il s'est introduit dans des crabes morts pour les ranimer, en quelque sorte…

— … ou s'il s'agit d'un élevage, compléta Sue.

Un lourd silence accueillit ces dernières paroles. Ce fut finalement Roche qui l'interrompit :

— Quelle que soit la raison de leur présence, une chose est sûre : si nous enlevions maintenant nos tenues, nous signerions notre arrêt de mort. Je pense que ces bestioles sont remplies à craquer de cultures de *Pfiesteria*. Ou pire. En tout cas, l'air est contaminé, dans ce labo.

Johanson pensa à ce que Vanderbilt avait dit.

Des armes biologiques.

Oui, il avait raison, Vanderbilt, entièrement raison. Mais pas du tout comme il le croyait.

Karen Weaver

Karen Weaver était euphorique.

Il lui suffisait de donner un mot de passe, et elle avait accès à toutes les informations imaginables. Ce qui lui était offert sur un plateau aurait demandé normalement des mois entiers de recherche – mais sans l'accès aux satellites militaires. Oui, c'était fantastique ! Pour l'heure, elle était installée sur le balcon de sa suite, reliée à la banque de données de la NASA, plongée dans la cartographie radar américaine !

Dans les années 1980, la marine américaine avait entrepris l'étude d'un phénomène étonnant. Le satellite radar Geosat avait été lancé en orbite en 1985, avec la mission non pas de cartographier le fond marin, car il n'en était pas capable, le radar ne traversant pas l'eau, mais de mesurer à quelques centimètres près la surface totale des océans. L'objectif était de découvrir si le niveau de la mer, en dehors des mouvements de marée, était le même partout ou non.

La découverte de Geosat dépassa toutes les attentes.

On se doutait que les océans, même par calme absolu, n'étaient pas entièrement plats. Mais on apprenait là que la Terre possédait une structure qui lui donnait l'aspect d'une gigantesque pomme de terre. Les océans étaient pleins de creux et de bosses, d'excroissances et de dépressions. Alors qu'on avait admis pendant longtemps que les masses d'eau des océans étaient uniformément réparties sur le globe terrestre, la cartographie contredisait cette idée. Par exemple, au sud de l'Inde, le niveau de la mer était inférieur de cent soixante-dix mètres à celui de l'Islande. Au nord de l'Australie, la mer formait une montagne qui dépassait la hauteur moyenne de quatre-vingt-cinq mètres. Les océans étaient de véritables paysages de montagne, dont la topographie semblait se calquer sur le paysage sous-marin. La présence de fosses et de grandes chaînes de montagnes sous-marines se répercutait sur le niveau de la mer, qui accusait des différences de quelques mètres de hauteur.

La conclusion s'imposait d'elle-même : quand on connaissait l'aspect de la surface, on savait *grosso modo* comment se présentait le fond.

Les responsables étaient les irrégularités de la gravitation. Une montagne sous-marine ajoutait de la masse au sol océanique, et la pesanteur était donc plus forte que dans une fosse sous-marine. Elle attirait l'eau environnante vers le flanc de la montagne sous-marine et formait une aspérité. Au-dessus des montagnes la surface de l'eau s'arrondissait, et au-dessus des fosses elle se creusait. Pendant un moment, on resta néanmoins perplexe devant certaines exceptions, par exemple lorsque l'eau s'arrondissait au-dessus d'une plaine de grands fonds, jusqu'à ce que l'on s'aperçoive que certaines roches du fond présentaient des densités et des poids extrêmement élevés. La topographie de la gravitation était donc de nouveau exacte.

Les pentes de ces creux et ces bosses étaient si faibles qu'on ne les enregistrait pas à bord d'un navire. En réalité, sans la cartographie par satellite, jamais ces phénomènes n'auraient été détectés. Mais on avait trouvé un nouveau moyen non seulement de reproduire la topographie des fonds océaniques, mais aussi de comprendre la dynamique d'ensemble des océans en se basant sur les événements de la surface pour en déduire ceux qui se produisaient dans les profondeurs.

Geosat révéla également qu'il se produisait dans les océans des tourbillons de courant de plusieurs centaines de kilomètres de diamètre. Les masses tournantes se creusaient au centre comme le café lorsqu'on le remue dans une tasse, et remontaient sur les bords. On découvrit que de tels remous labouraient la surface des océans, et étaient des composantes de tourbillons beaucoup plus importants. Grâce au grand angle de la cartographie satellite, il devint évident que les océans effectuaient des rotations. Au nord de l'équateur, de gigantesques systèmes circulaires tournaient dans le sens des aiguilles d'une montre, tandis qu'ils le faisaient en sens inverse au sud de l'équateur, et ce d'autant plus vite qu'ils s'approchaient des pôles.

Ainsi, on avait compris un autre principe de la dynamique des océans : c'était la rotation de la Terre qui influençait le degré de rotation.

Le Gulf Stream, par conséquent, n'était pas un véritable courant mais le bord occidental d'une gigantesque lentille d'eau qui tournait lentement, un tourbillon géant formé d'innombrables petits tourbillons, qui poussait contre l'Amérique du Nord dans le sens des aiguilles d'une montre. Le centre du tourbillon géant ne se trouvait pas au milieu de l'Atlantique, mais il était déplacé vers l'ouest, et le Gulf Stream était donc écrasé contre la côte américaine, où il se gonflait et montait. Sous l'effet des vents forts et du courant qui le dirigeait vers le pôle, il s'accélérait, tandis que l'énorme frottement de la côte le ralentissait en même temps. Ainsi, la rotation du tourbillon nord-atlantique demeurait stable, suivant la règle de l'impulsion de rotation, qui veut qu'un mouvement circulaire reste constant tant qu'il n'est pas atteint par des influences extérieures.

C'étaient ces influences extérieures que Bauer croyait avoir détectées, sans en être certain. La disparition de la cheminée par laquelle l'eau s'était précipitée en cascade dans les profondeurs, au large du Groenland, donnait matière à inquiétude, mais rien n'était prouvé. S'il s'agissait de modifications à l'échelon mondial, elles ne pouvaient être prouvées qu'à l'échelon mondial.

En 1995, après la fin de la guerre froide, l'armée américaine avait libéré progressivement l'accès à la cartographie Geosat. Le système Geosat avait été remplacé par une série de satellites plus modernes.

Karen Weaver venait donc d'entrer en possession d'informations et de documents complets transmis par tous ces satellites depuis le milieu des années 1990.

Elle passa des heures à mettre en relation toutes ces mesures. Les données différaient par certains détails – il pouvait arriver que le radar d'un satellite ait confondu une pluie d'écume particulièrement dense avec le niveau d'une vague, ce qu'un autre satellite ne confirmait pas –, mais, au final, le résultat était le même partout.

Plus elle s'y plongeait, plus son enthousiasme initial se muait en une profonde inquiétude.

A la fin, elle sut que Bauer avait eu raison.

Ses flotteurs dérivants avaient émis pendant un temps très court, sans permettre de définir s'ils suivaient un courant précis. Puis ils étaient tombés en panne, les uns après les autres. Il n'existait donc pratiquement pas d'informations sur l'expédition de Bauer. Elle se demanda si le malheureux professeur avait compris à quel point il avait raison. Karen sentait son héritage peser sur elle. Il lui avait confié tout ce qu'il avait découvert, ce qui lui permettait maintenant de donner un sens à des choses qui n'avaient aucune signification pour les autres. Elle en savait assez pour voir poindre la catastrophe.

Une fois de plus, elle refit ses calculs. Elle s'assura de n'avoir commis aucune erreur, recommença la procédure une deuxième, puis une troisième fois.

C'était encore pire que ce qu'elle avait entrevu au début.

En ligne

Johanson, Sue Oliviera, Rubin et Roche, vêtus de leurs tenues en PVC, se douchèrent pendant quelques minutes sous un jet d'acide péracétique à 1,5 %, dont les vapeurs détruisaient les germes pathogènes en tout genre, avant de rincer le liquide agressif à l'eau et de le neutraliser à la soude caustique. Cela fait, ils purent enfin sortir.

Shankar et son équipe travaillaient à plein régime au décodage des bruits non identifiables. Ils s'étaient adjoint Ford et se passaient Scratch et d'autres spectrogrammes en continu.

Anawak et Fenwick se promenaient en discutant. Ils se demandaient s'il était possible que des organismes étrangers influencent les systèmes neuronaux.

Massif, la casquette de base-ball enfoncée sur les lunettes, Frost fit irruption chez Bohrmann, remplissant aussitôt tout l'espace dans la pièce. Il annonça de sa voix profonde :

— Il faut qu'on cause !

Il confia alors à Bohrmann ses idées concernant les vers. C'était intéressant. Indéniablement.

Les deux hommes s'entendirent à merveille du premier coup. Ils évoquèrent une série de scénarios aussi réalistes qu'inquiétants en éclusant en un rien de temps une quantité impressionnante de bière. Ils tinrent séance tenante une conférence téléphonique avec Kiel. La liaison Internet étant rétablie, Kiel leur fournit une succession de simulations. Suess avait essayé de reconstruire les événements du talus continental norvégien de la manière la plus détaillée possible, et le résultat obtenu avait démontré la quasi-impossibilité d'une catastrophe telle qu'elle s'était produite. Les vers et les bactéries avaient certes eu un effet fatal, mais il manquait quelque chose au puzzle, une minuscule pièce, un déclencheur supplémentaire.

— Et tant qu'on ne saura pas ce que c'est, affirma Frost, ça recommencera, je vous en fiche mon billet ! Et ce ne sera pas la faute d'un glissement du talus en Amérique ou au Japon.

Li était installée devant son portable.

Elle était seule dans ses appartements, et pourtant, elle était partout à la fois. Pendant un certain temps, elle avait observé le travail au labo de haute sécurité et écouté ce qu'on y disait. Toutes les pièces de l'hôtel étaient sur écoute et sous vidéosurveillance. Il en allait de même pour Nanaimo, pour l'université de Vancouver et l'aquarium. Quelques domiciles privés des environs, ceux de Ford, de Sue Oliviera et de Fenwick, le bateau où logeait Anawak, ainsi que son petit appartement de Vancouver, étaient eux aussi surveillés. Les oreilles et les yeux indiscrets étaient partout, mais ce que l'on se disait à l'air libre, dans les cafés et les restaurants, ne pouvait être capté. Cela contrariait Li, mais on ne pouvait tout de même pas implanter des émetteurs à l'intérieur des scientifiques ! Pas pour de quelconques raisons d'éthique, bien sûr, uniquement par manque de temps.

La surveillance du réseau informatique interne n'en fonctionnait que mieux. Bohrmann et Frost étaient en ligne, ainsi que Karen Weaver, la journaliste qui était en train de comparer les informations par satellite de la région du Gulf Stream. C'était extrêmement intéressant, de même que les simulations de Kiel. D'ailleurs, cette idée de réseau était vraiment une bonne idée. Certes, Li ne pouvait avoir accès aux pensées de ses utilisateurs, mais les matières sur lesquelles ils travaillaient et les informations qu'ils recherchaient étaient stockées et on pouvait les suivre à tout moment. Si Vanderbilt avait raison, avec son hypothèse terroriste, ce dont Li doutait, cette mise sur écoute était parfaitement légitime.

Apparemment, ils étaient tous irréprochables. Aucun d'eux n'entretenait de contacts quelconques avec des groupes terroristes ou des pays arabes, mais le risque subsistait toujours. Et même si les suppositions du directeur adjoint de la CIA ne se vérifiaient pas, il était nécessaire de surveiller discrètement les travaux des scientifiques et d'entrer le plus vite possible en possession des informations.

Elle retourna à Nanaimo et écouta la conversation entre Johanson et Sue, qui étaient en train de se diriger vers les ascenseurs.

Ils parlaient des conditions de travail dans la partie haute sécurité. Sue Oliviera disait que, sans la tenue, ils seraient sortis de la douche propres et bien blancs, mais sous forme de squelettes, et Johanson répondit par une plaisanterie. Ils montèrent dans l'ascenseur en riant.

Pourquoi Johanson ne faisait-il aucune confidence sur sa théorie ? Il avait été sur le point de le faire, dans sa chambre, en discutant avec Karen, aussitôt après la grande réunion. Mais ensuite, il ne s'était plus exprimé que par allusions.

Li passa une série de coups de fil, s'entretint brièvement avec Peak à New York et consulta sa montre. C'était l'heure du rapport de Vanderbilt.

Elle quitta ses appartements et gagna une pièce sécurisée, à l'extrémité sud du Chateau. C'était un pendant de la *war room* de la Maison-Blanche. De même que la salle de conférences, elle était à l'abri des écoutes.

Vanderbilt et deux de ses collaborateurs l'attendaient. L'aspect de l'homme de la CIA, tout juste rentré de Nanaimo, était encore plus négligé que d'habitude.

— On pourrait connecter Washington ? proposa-t-elle sans même le saluer.

— On pourrait, répondit Vanderbilt. Mais ça ne servira à rien…

— Allez, dites ce que vous avez à dire, Jack.

— … si vous avez l'intention de mettre le Président sur écoute. Le Président n'est plus à Washington.

A Nanaimo, sur l'île de Vancouver

Sue Oliviera tomba sur Fenwick et Anawak dans le hall, au moment où elle quittait l'ascenseur avec Johanson.

— D'où sortez-vous, vous deux ? s'enquit-elle, étonnée.

— De promenade ! répondit Anawak. Alors, vous vous êtes bien amusés, au labo ?

— Idiot ! Figure-toi que les problèmes de l'Europe ont l'air d'avoir fait la traversée. Ça se confirme : la gelée contenue dans les crabes est bel et bien notre vieille connaissance. Et Roche a isolé un agent pathogène transporté par les crabes.

— La *Pfiesteria* ? demanda Anawak.

— Oui, à peu près, répondit Johanson. Pour ainsi dire la mutation de la mutation. La nouvelle espèce est infiniment plus toxique que l'espèce européenne.

— Nous avons dû sacrifier quelques souris, précisa Sue. Nous les avons enfermées avec un crabe mort, et elles ont été liquidées en quelques minutes.

Fenwick fit involontairement un pas en arrière.

— Il est contagieux, ce poison ?

— Non, non, tu peux m'embrasser si ça te dit. Il n'est pas transmissible d'homme à homme, si je peux dire. Nous n'avons pas affaire à des virus. Il s'agit d'une invasion bactériologique impossible à contenir dès lors que les *Pfiesteria* touchent l'eau. Les crabes crèvent, mais ça n'empêche pas ces saloperies de se développer de façon exponentielle. Ils avaient tous crevé, sauf un, et lui, c'est nous qui l'avons achevé.

— Donc, ce sont des crabes kamikazes, en déduisit Anawak.

— Oui. Leur mission, c'est de transporter les bactéries à terre, comme les vers, dont le travail est de transporter les bactéries dans la glace, précisa Johanson. Après, ils crèvent. Les méduses, les moules, et même cette gelée, tout ça ne vit pas très longtemps, mais c'est là dans un but bien précis.

— Qui serait de nous nuire.

— Exact. Les baleines elles aussi ont un comportement qui paraît suicidaire, intervint Fenwick. D'habitude, l'attaque ou la fuite font partie de leur stratégie de survie. Mais cette stratégie, on ne la constate nulle part.

Johanson sourit. Ses yeux noirs étincelèrent.

— Moi, je n'en suis pas si sûr. Au contraire, je suis sûr qu'il y a quelqu'un qui mène une stratégie de survie.

Fenwick le dévisagea.

— On croirait entendre Vanderbilt, dit-il.

— Non, ne vous fiez pas aux apparences. Vanderbilt a raison sur certains points, mais mon opinion personnelle est complètement différente de la sienne... Mais je vous fiche mon billet que Vanderbilt ne va pas tarder à tenir le même langage que moi.

Li

— Qu'est-ce que ça veut dire ? demanda Li en s'asseyant. Où est le Président s'il n'est pas à Washington ?

— Il est en route pour l'Offutt Air Force Base, dans le Nebraska, répondit Vanderbilt. Il s'est produit une invasion de crabes à

Chesapeake Bay et dans le Potomac. Il paraît qu'ils remontent le bras de mer. Il semble qu'ils aient débarqué à Alexandria et en dessous d'Arlington, mais nous n'avons pas encore reçu confirmation.

— Qui a donné l'ordre d'évacuation à Offutt ?

Vanderbilt haussa les épaules.

— Le chef d'état-major de la Maison-Blanche craint que la capitale ne subisse le même sort que New York, dit-il. Vous connaissez le Président. Il s'est défendu bec et ongles. S'il ne tenait qu'à lui, il monterait au front et déclarerait la guerre personnellement à ces satanées bestioles, mais il a fini par accepter d'aller se réfugier à l'intérieur des terres.

Li réfléchit. Offutt était le siège du Strategic Command, qui détenait l'autorité sur les armes atomiques des Etats-Unis. Cette base était l'endroit idéal pour la protection du Président. Il était situé dans l'intérieur des terres, bien loin des dangers issus de la mer. De là, le Président pouvait communiquer avec le Conseil national de sécurité au moyen d'une liaison vidéo sécurisée et continuer à gouverner.

— Il y a eu négligence quelque part, dit-elle en détachant bien les mots. Dorénavant, je veux qu'on m'avertisse immédiatement, Jack. Je veux qu'on me prévienne à la seconde même où une engeance quelconque s'avisera de pointer sa tête hors de l'eau. Non, je veux qu'on me prévienne avant même qu'elle sorte de l'eau.

— Rien de plus facile, rigola Vanderbilt. On va nouer des relations diplomatiques avec les dauphins et…

— D'autre part, je veux qu'on me mette au courant la prochaine fois que quelqu'un aura l'idée d'envoyer le Président à Offutt.

Vanderbilt eut un sourire jovial.

— Si vous me permettez de faire une suggestion…

— Et je veux qu'on me dise ce qui se passe à Washington, le coupa Li. Dans les deux heures. Si l'information est confirmée, on évacue les secteurs concernés et on déclare Washington zone interdite, comme New York.

— C'était justement ma suggestion, fit remarquer Vanderbilt d'un ton doux.

— Alors nous sommes d'accord. Vous avez autre chose à m'annoncer ?

— Oui, des merdes en tout genre.

— J'y suis habituée.

— Justement, je ne voulais pas que vous perdiez l'habitude, alors je me suis débrouillé pour réunir le plus grand nombre possible de mauvaises nouvelles. Commençons par les vers. La NOAA a essayé d'envoyer deux robots sur le talus continental au large de Georges Bank pour en remonter et les analyser. Ils ont… réussi.

Li haussa les sourcils et se cala sur son siège en attendant la suite.

— Donc, ils ont réussi à en ramasser, dit Vanderbilt en savourant les mots, mais pas à les remonter à bord. A peine avaient-ils ces charmantes petites bêtes dans leur petit panier que la liaison a été coupée on ne sait pourquoi. Nous avons perdu les deux robots. Et selon nos informations, il s'est passé la même chose au Japon. Un submersible habité a été perdu quelque part dans la région de Honshu et de Hokkaido. Eux aussi devaient remonter des vers. Les Japonais disent qu'il y en a plus qu'avant. Dans l'ensemble, l'affaire a pris une autre tournure. Jusqu'à présent, les plongeurs étaient les seuls à être attaqués, mais maintenant c'est au tour des submersibles, des sondes ou des robots.

— Est-ce qu'on a pu déceler un élément suspect quelconque ?

— Pas directement. On n'a décelé aucune sonde hostile, ni aucun submersible. Mais le bateau de la NOAA a capté une surface en mouvement longue de plusieurs kilomètres, par sept cents mètres de fond. Le chef de l'expédition pense qu'il s'agissait d'un banc de plancton, mais il n'en mettrait pas sa main au feu.

Li pensa à Johanson. Elle regrettait presque qu'il ne puisse entendre le rapport de Vanderbilt.

— Passons maintenant aux câbles sous-marins. De nouveaux câbles ont été arrachés, des CANTAT-3 et quelques câbles TAT. Ce sont toutes des liaisons transatlantiques importantes. Dans le Pacifique, nous aurions perdu PACRIM WEST, l'une de nos liaisons principales avec l'Australie… De plus, depuis deux jours, le nombre des naufrages est de plus en plus important, toujours dans des zones à forte fréquentation. Une grande partie des détroits maritimes connus est touchée, en particulier la route de Gibraltar, la route de Malacca et la Manche, mais aussi le canal de Panamá et… bon, il s'est passé une chose à laquelle il ne faut peut-être pas attacher trop d'importance : il y a eu un carambolage dans le détroit d'Ormuz et un autre à Khalij as-Suways, c'est… euh…

Li observa Vanderbilt. Il paraissait moins cynique, moins arrogant que d'ordinaire, et elle venait de comprendre pourquoi.

— Je sais où c'est, dit-elle. Khalij as-Suways est le bras de la mer Rouge qui aboutit dans le canal de Suez. Cela signifie que le monde arabe a été touché à travers deux nœuds de circulation importants…

— Tout juste, ma petite. Ils ont eu des problèmes de navigation. C'est nouveau, ça vient de sortir. La reconstitution des faits n'est pas facile, mais il semble qu'il y ait eu sept collisions de navires dans le détroit d'Ormuz. Deux bateaux au moins se sont retrouvés incapables de se repérer parce que les lochs et les échosondes ne fournissaient plus d'infos.

Les bateaux disposaient de quatre systèmes d'importance vitale : l'échosonde, le loch, le radar et l'anémomètre. Le radar et l'anémomètre opéraient au-dessus de la ligne de flottaison, tandis que la fenêtre de sortie de l'échosonde se trouvait à la quille, de même que le loch, un tube de Pitot à capteur intégré dont la fonction était de mesurer la vitesse de déplacement. Le loch était pour ainsi dire le compteur kilométrique du bateau. Il fournissait les données concernant le cap et la vitesse, et le radar calculait sur cette base le danger de collision avec les navires se trouvant à proximité et proposait des modifications de cap. En général, on suivait aveuglément les recommandations des instruments. Aveuglément, parce que 70 % de la navigation se faisait de nuit, par brouillard ou en haute mer, et il ne servait à rien de regarder par la fenêtre !

— Le loch du premier bateau impliqué a été bouché par des organismes marins, poursuivit Vanderbilt, ce qui a entraîné la défection du radar. Les dangers de collision n'étaient plus signalés, alors que c'était la bousculade dans le secteur. Le second navire a été victime de son échosonde. Elle était devenue folle. L'échosonde a signalé une réduction de la profondeur d'eau, alors qu'ils se trouvaient en eaux profondes, et ils se sont crus sur le point de s'échouer. Ils ont donc corrigé leur cap. Ce qui devait arriver arriva : ils ont foncé tout droit sur les copains, et comme il faisait nuit noire, ils ont eu droit à un joli carambolage. Et ils ne sont pas les seuls dans le monde à avoir subi ce genre de plaisanterie. Par ailleurs, certains ont observé la présence de baleines sous les bateaux et ce, pendant une durée assez longue.

— Oui, ce doit être ça, réfléchit Li. Quand un grand animal reste pendant un long moment sous la sortie de l'échosonde, il peut être facilement confondu avec la terre ferme.

— Et je ne vous parle pas des gouvernails bloqués, des prises d'eau de mer bouchées. Le tout de façon ciblée. Un bateau de transport de minerai a coulé au large de l'Inde après avoir été envahi par une végétation suspecte pendant des semaines, ce qui a provoqué une corrosion record. Il a coulé en quelques minutes après avoir perdu toute sa poupe, alors que le temps était calme. Et ainsi de suite. Ça n'arrête pas. Ça s'aggrave de plus en plus. Et cette épidémie par là-dessus…

Li joignit la pointe de ses doigts et réfléchit.

C'était ridicule, tout simplement. Mais en y regardant de plus près, c'était vrai, les bateaux étaient des choses ridicules. Peak avait raison quand il disait qu'au fond ce n'étaient que des caisses archaïques qui naviguaient grâce à la haute technologie en avalant de l'eau froide par un trou.

Ailleurs, les crabes envahissaient des villes ultramodernes en se laissant transformer en bouillie et en balançant des tonnes d'algues hautement toxiques dans les canalisations. Résultat, on était obligé de boucler les villes et d'envoyer le Président se réfugier à l'intérieur des terres.

— Il nous faut ces saloperies de vers, dit-elle. Et il faut trouver le moyen de se débarrasser de ces algues.

— Vous avez foutrement raison ! répondit Vanderbilt avec une servilité jouée.

Ses collaborateurs assis à ses côtés dévisageaient Li, attendant.

En réalité, c'était à Vanderbilt de lui faire des propositions, mais elle savait que la haine qu'elle lui vouait était réciproque. Il la laisserait marcher à sa perte sans lever le petit doigt. Mais elle n'avait pas besoin de lui pour prendre des décisions.

— D'abord, décréta-t-elle, on évacue Washington si l'information est confirmée. Ensuite, je veux que dans tous les secteurs concernés on stocke de l'eau potable dans des camions-citernes et que cette eau soit rationnée. Qu'on assèche les canalisations et qu'on détruise ces saloperies avec des produits chimiques.

Vanderbilt éclata de rire. Ses collaborateurs sourirent.

— Assécher New York ? Mettre toutes les canalisations à sec ?

— Oui, confirma-t-elle en le regardant droit dans les yeux.

— Bonne idée. Les produits chimiques vont donc détruire les New-Yorkais dans la foulée et on pourra mettre la ville en location. On pourrait peut-être la louer aux Chinois ? On m'a dit que les Chinois étaient très, très nombreux…

— C'est à vous de trouver la manière de procéder, Jack ! Je vais demander au Président de convoquer une réunion plénière du Conseil de sécurité et d'ordonner l'état d'urgence.

— Ah ! je comprends…

— On boucle toutes les côtes. Les drones font des patrouilles de reconnaissance. On envoie des troupes en tenues de protection armées de lance-flammes. A partir de maintenant, tous les crabes et autres sales bestioles qui s'aviseront de mettre une patte à terre seront grillés au barbecue.

Elle se leva et ajouta :

— Et en ce qui concerne les baleines, je veux qu'on arrête de réagir comme des gamins apeurés. Je veux qu'on retrouve la totale liberté de mouvement de nos bateaux. De tous nos bateaux.

— Qu'est-ce que vous allez faire, Jude ? Vous comptez les apaiser avec de bonnes paroles ?

— Non, répliqua Li avec un sourire sans joie. Je vais les chasser, Jack. Je vais leur donner une bonne leçon, à elles ou à celui qui est responsable de leur comportement. La protection de la nature, c'est terminé. A partir de maintenant, on tire dans le tas.

— Vous voulez vous colleter avec les organisations de protection de la nature ?

— Non. Nous allons les attaquer au sonar. Jusqu'à ce qu'elles arrêtent de nous agresser.

A New York, Etats-Unis

Juste devant lui, un homme s'écroula et mourut.

Peak transpirait sous sa lourde protection. Il était couvert de la tête aux pieds, jusqu'à la moindre parcelle de son corps. Il respirait grâce à un masque à oxygène et c'est à travers des yeux de verre blindé qu'il regardait la ville où l'enfer s'était déclenché du jour au lendemain.

La Jeep conduite par un sergent parcourait lentement la Première Avenue. L'East Village était comme mort, par endroits. Çà et là, ils rencontraient des groupes de gens rassemblés par des soldats. Ils ne pouvaient laisser sortir personne tant qu'ils ne sauraient pas de manière définitive si l'infection était contagieuse ou non. Pour l'instant, il ne semblait pas. Cela ressemblait plutôt à une attaque à grande échelle de gaz mortels. Mais Peak était sceptique. Il voyait bien qu'un grand nombre de victimes étaient affectées de plaies grandes comme des pièces de monnaie. Si c'étaient des algues tueuses qui étaient en train de sévir à New York, non seulement elles émettaient des nuages toxiques, mais, en plus, elles s'accrochaient au corps des gens. Théoriquement, elles devaient donc être présentes dans toutes les sécrétions humaines. Peak n'était pas biologiste, mais il se demandait ce qui se passait quand un malade embrassait un individu bien-portant et lui transmettait sa salive.

Les algues survivaient dans l'eau, elles supportaient un large spectre de températures et se multipliaient à une vitesse vertigineuse, d'après ce qu'il savait.

Ils travaillaient d'arrache-pied pour créer des conditions de quarantaine pour la ville et Long Island, conditions qui devaient être adaptées tant aux malades qu'aux bien-portants. Au début, ils avaient été optimistes. New York paraissait préparé. A la suite de la première attaque sur le World Trade Center, en 1993, le maire de l'époque avait mis sur pied une autorité spéciale chargée de gérer tous les types d'urgences, l'OEM, l'Office of Emergency Management. A la fin des années 1990, on avait procédé au plus grand exercice anticatastrophe de l'histoire de la ville en simulant une attaque imaginaire à l'arme chimique, au cours de laquelle plus de six cents policiers, pompiers et agents du FBI en tenue de protection avaient « sauvé » les New-Yorkais. L'exercice s'était parfaitement déroulé, et le Sénat avait généreusement accordé de nouveaux moyens. L'OEM se retrouva à la tête d'une coquette somme de quinze millions de dollars destinée à l'acquisition d'un bureau-bunker protégé contre les balles et les bombes et disposant de son propre réseau de circulation d'air. Plus de quarante collaborateurs hautement qualifiés et triés sur le volet intégrèrent ce bureau pour y attendre le véritable jour de l'apocalypse… ledit bureau étant aussi sec installé au vingt-troisième étage du World Trade Center, peu avant le 11 septembre 2001.

L'OEM, qui avait dû être entièrement restructuré, se trouvait toujours en cours de réaménagement. Il était incapable de maîtriser les problèmes qui s'étaient abattus sur la ville. Les gens tombaient malades et mouraient à une vitesse telle que personne ne pouvait leur venir en aide à temps.

La Jeep fit un écart pour éviter le mort et s'approcha du carrefour de la 14e Rue. Plusieurs voitures les dépassèrent à toute vitesse en klaxonnant. Elles essayaient de sortir de la ville. Elles n'iraient pas bien loin. Tout était bouclé. Pour l'instant, l'armée n'était guère parvenue à contrôler que Brooklyn et quelques quartiers de Manhattan, mais, au moins, plus personne ne quittait le Grand New York sans autorisation spéciale.

Ils poursuivirent en longeant des barrages militaires. Des centaines de soldats sillonnaient la ville, pareils à des envahisseurs extraterrestres, sans visage sous leurs masques, balourds et informes dans leurs tenues ABC jaune vif. On apercevait çà et là des membres de l'OEM. Partout, on chargeait des corps sur des brancards et dans des véhicules militaires ou des ambulances. D'autres étaient couchés à même le sol, dans les rues. Au centre-ville, on ne passait pratiquement plus, car des voitures encastrées et abandonnées bloquaient les chaussées. Le grondement incessant des hélicoptères résonnait en écho dans les rues.

Le chauffeur de Peak grimpa sur le trottoir, où il roula sur une centaine de mètres, avant de s'arrêter devant le Bellevue Hospital Center, au bord de l'East River. Là avait été installé un centre d'intervention provisoire.

Peak s'engouffra à l'intérieur. Le foyer était rempli à craquer.

L'officier hâta le pas pour éviter de voir les regards angoissés qui se levaient vers lui. Mais cela ne découragea pas nombre de malheureux, qui l'appelèrent d'un ton suppliant en lui tendant des photos de leurs proches. Flanqué de deux soldats, il franchit le barrage intérieur et se dirigea vers le centre informatique de l'hôpital.

On lui établit aussitôt une liaison satellite sécurisée avec le Chateau Whistler. Au bout de quelques minutes d'attente, il eut Li au bout du fil. Avant de lui laisser le temps de prononcer un mot, il lui annonça :

— Il nous faut un contrepoison. Très vite.

— Nanaimo travaille dessus vingt-quatre heures sur vingt-quatre, répondit-elle.

— Ce n'est pas assez. Nous ne pouvons pas tenir New York. J'ai regardé les plans des canalisations. Oubliez l'idée de les vider. Vous aurez plus vite fait de vider le Potomac.

— Vous arrivez à dispenser les soins médicaux ?

— Comment voulez-vous soigner les gens ? Nous ne savons pas avec quoi ! On peut tout au plus administrer des médicaments pour renforcer le système immunitaire et prier pour que l'agent pathogène s'élimine de lui-même !

— Ecoutez, Sal, on va y arriver. Nous pouvons affirmer presque en toute certitude que les toxines ne sont pas transmissibles. La contamination ne se fait donc pas d'homme à homme. Il faut absolument arriver à exterminer les cochonneries qui infestent les canalisations en les aspergeant de produits chimiques, en les brûlant, en leur demandant gentiment de sortir, enfin, ce que vous voudrez.

— Allez-y, vous n'avez qu'à commencer vous-même ! répliqua Peak. Ça ne servira à rien. Le problème, ce n'est pas le nuage toxique.

A l'extérieur, les toxines se raréfient sous l'effet du vent. Mais n'oubliez pas que dans toutes les maisons l'eau a coulé, les gens se sont douchés, ils ont fait la vaisselle, ont bu, se sont occupés de leur poisson rouge, que sais-je encore ! Ils ont lavé leurs voitures, les pompiers sont sortis éteindre les feux. Ces algues se sont répandues dans toute la ville, elles empoisonnent l'air des maisons et se propagent à travers les climatiseurs et les bouches d'aération. Même si les crabes ne remettent plus jamais une patte à terre, je ne sais pas comment arrêter la multiplication des algues... Quand je pense qu'il y a six mille hôpitaux dans tous les Etats-Unis et qu'ils sont moins d'un quart à être préparés à affronter un cas de ce genre ! Il n'y a pratiquement pas un établissement qui soit en mesure d'isoler un tel nombre de patients et de les traiter à temps. Le Bellevue est complètement dépassé, et Dieu sait que c'est un grand hôpital !

Li réfléchit une seconde avant de répondre :

— Bien, vous savez ce que vous avez à faire. Transformer le Grand New York en superprison. Rien ni personne n'en sort.

— D'accord, mais ici, on ne peut rien faire pour les gens. Ils vont tous y passer...

— Je sais, c'est affreux. Faites quelque chose pour les autres, ailleurs, en vous débrouillant pour que New York devienne une île.

— Mais que voulez-vous que je fasse ? s'écria Peak, au désespoir. L'East River coule vers l'intérieur des terres !

— Pour l'East River, on va réfléchir. Entre-temps...

Soudain, Peak sut qu'il se passait quelque chose.

Il sentit l'explosion plus qu'il ne l'entendit. Le sol s'était mis à bouger sous ses pieds, et cette sensation était accompagnée d'un grondement sourd qui allait en s'amplifiant, parcourant tout Manhattan comme un tremblement de terre.

— Il y a eu une explosion, annonça-t-il à son interlocutrice.

— Voyez ce que c'est. Je veux votre rapport dans dix minutes.

Pour toute réponse, Peak lâcha un juron et courut à la fenêtre. Mais il ne vit rien. Il fit signe à ses hommes et se précipita à l'arrière de l'hôpital, d'où l'on avait vue sur Franklin Drive, sur l'East River, sur Brooklyn et Queens.

Sur la gauche, il vit des gens courir en direction de l'hôpital. A environ un kilomètre de distance, un gigantesque champignon de fumée s'élevait dans le ciel. C'était de ce côté que se trouvait le quartier général des Nations unies, et Peak crut tout d'abord qu'il avait sauté. Puis il vit que le nuage montait de plus près, de l'intérieur de la ville.

Il sortait de l'entrée du Queens Midtown Tunnel, qui passait sous l'East River et reliait Manhattan à l'autre côté.

Le tunnel était en feu !

Peak songea à toutes les voitures démolies abandonnées sur place après avoir heurté d'autres véhicules, traversé des vitrines ou enfoncé des réverbères. Des voitures dont les conducteurs atteints par la maladie avaient perdu le contrôle parce qu'ils s'étaient évanouis. Il devinait ce qui s'était passé dans le tunnel. C'était bien la dernière chose dont ils avaient besoin.

Empêtrés dans leur combinaison de protection qu'ils devaient éviter à tout prix d'accrocher et de déchirer, ils se précipitèrent vers leur Jeep garée dans la Première Avenue.

Peak parvint à se glisser dans le véhicule décapoté, et ils démarrèrent en trombe.

Au même moment, mourait à l'hôpital, tout près de lui, Bo Henson, le patron du service de livraison qui avait voulu faire concurrence à FedEx.

Les jeunes mariés, Darryl et Linda Hooper, étaient morts bien avant.

Sur l'île de Vancouver, Canada

— Mais qu'est-ce que vous foutez, là-bas, au Whistler ?

Ce devait être une bouffée d'air, un petit retour à la vie normale, mais, naturellement, c'était raté. Après des jours d'absence, Anawak avait retrouvé provisoirement sa maison-bateau de l'île de Vancouver. Pour l'instant, il tenait compagnie à Shoemaker et à Alicia, qui vidaient chacun une canette de Heineken en l'honneur de sa visite dans les locaux de la Davie's Whaling Station. Davie avait fermé provisoirement l'établissement. Il n'avait pas de clients pour ses expéditions à terre. Les gens n'avaient plus envie d'observer les animaux, quels qu'ils fussent. Sachant que les baleines devenaient folles, mieux valait rester prudent et éviter d'aller provoquer les ours bruns. Et avec ces tsunamis qui dévastaient l'Europe, autant éviter aussi les côtes du Pacifique. Il n'y avait quasiment plus de touristes sur l'île de Vancouver. Shoemaker remplissait seul les fonctions de patron et faisait rentrer les créances pour maintenir la société à flot le plus longtemps possible.

— J'aimerais vraiment savoir ce que vous fabriquez, insista-t-il.

Anawak secoua la tête.

— Arrête de poser des questions, Tom. J'ai promis de la boucler, alors parlons d'autre chose, si tu veux bien.

— A quoi ça rime, ce cirque ? Tu peux bien me dire sur quoi vous travaillez !

— Tom…

— Moi, j'aimerais bien savoir à quel moment un tsunami va me tomber sur la gueule pour pouvoir me casser d'ici avant !

— Il n'est pas question de tsunami.

— Quoi ? Tu te fous de moi ? On n'a pas besoin de vous pour comprendre qu'il y a un lien entre tout ce qui se passe. Il ne faut pas prendre les gens pour des imbéciles, Léon ! Il paraît qu'à New York c'est l'horreur totale, que les gens crèvent comme des mouches à cause d'une épidémie, qu'en Europe c'est kif-kif, que les bateaux sont envoyés par le fond… Vous vous imaginez qu'on n'est pas au courant ?

Se penchant vers Anawak, Shoemaker ajouta, sur le ton de la confidence :

— Tu te rappelles, on était ensemble pour sauver les gens du *Lady Wexham*… ensemble, sur le même bateau… je fais partie du cercle de tes intimes…

Alicia avala une bonne rasade de bière et s'essuya la bouche.

— Arrête d'embêter Léon, dit-elle. Qu'est-ce que tu veux, ils l'ont enrôlé et il leur obéit avec le petit doigt sur la couture du pantalon…

Elle portait de nouvelles lunettes orange, toutes rondes. Elle avait fait quelque chose à ses cheveux. Ils étaient moins frisés, ils retombaient en vagues soyeuses sur ses épaules. En fait, malgré ses grandes dents, elle était mignonne. Très mignonne, même.

Shoemaker leva les mains et les laissa retomber sur ses genoux dans un geste d'impuissance.

— Vous devriez m'emmener, proposa-t-il. C'est vrai, Léon, je pourrais vous rendre service. Ici, je tourne en rond. Je passe mon temps à souffler sur les guides de voyage pour enlever la poussière…

Anawak dodelina de la tête. Ces histoires de secrets l'ennuyaient profondément. Il n'était pas fait pour. Pendant des années, il s'était tu. Par choix. Mais maintenant, il en avait assez des cachotteries. Il se demanda s'il ne devait pas céder à ses amis et leur parler des travaux du Chateau. Mais il n'avait pas oublié le regard de Li. Elle jouait les compréhensives et les gentilles, mais il était sûr que si par malheur elle apprenait qu'il avait rompu le pacte elle sortirait la grosse artillerie. Et sans doute aurait-elle raison de le faire.

Il laissa errer son regard sur le décor qui l'entourait. Il comprit alors à quel point la station lui était devenue étrangère en l'espace de quelques jours. En fait, sa vie n'était pas ici. Beaucoup de changements s'étaient opérés depuis sa réconciliation avec Greywolf. Il sentait que quelque chose de déterminant se préparait, que sa vie était sur le point d'être bouleversée. Il était comme un enfant après le départ des montagnes russes, quand il constatait que les wagons roulaient et qu'il ne pouvait plus sortir. La peur, presque l'effroi, se mêlait à un sentiment d'exaltation indescriptible. Avant, la station formait autour de lui un mur de protection. A présent, c'était comme s'il était dehors, nu et vulnérable. Il manquait désormais une porte qu'il pourrait franchir pour accéder à la pièce voisine afin de se couper du monde. L'extérieur lui tombait dessus avec une intensité inhabituelle, à grand bruit, avec des couleurs trop crues.

— Il va falloir que tu continues à souffler sur tes guides, répondit-il à Shoemaker. Tu sais parfaitement que ta place est ici et pas dans une assemblée d'experts où on te coupera la chique chaque fois que tu voudras ouvrir la bouche. Sans toi, Davie est foutu.

Shoemaker lui jeta un regard suspicieux.

— Tu me joues du pipeau, là, c'est ça ? Tu cherches à me remonter le moral ?

— Non, pourquoi ? Je ne vois pas pourquoi je te jouerais du pipeau, comme tu dis, j'ai juste à fermer ma gueule, je suis le gars qui n'a pas le droit de parler à ses amis, tu te souviens ? Ce serait plutôt à toi de me remonter le moral…

Shoemaker resta coi, à tripoter sa canette de bière. Au bout d'un moment, il se dérida et sourit à son ami.

— Tu restes combien de temps ? lui demanda-t-il.

— A moi de voir. Ils nous traitent comme des princes, je peux disposer de l'hélicoptère comme je veux, il me suffit d'appeler.

— Ils sont vraiment à ta botte, hein ?

— Oui, c'est vrai, mais en revanche, ils me demandent de le mériter. En ce moment, je devrais sans doute déjà être en train de bosser à Nanaimo ou à l'aquarium, ou n'importe où ailleurs, mais j'avais envie de vous voir.

— Tu peux bosser ici aussi. Viens dîner ce soir. Je te ferai un steak géant. Je vais te le préparer moi-même en personne, tu m'en diras des nouvelles.

— Ouais, chouette ! s'écria Alicia. A quelle heure ?

Shoemaker lui jeta un regard indéfinissable.

— Au fait, *toi*, je t'invite aussi, dit-il.

Alicia pinça les lèvres sans répondre. Anawak se demanda ce que signifiait cet échange, mais il préféra ne pas poser de questions et promit à Shoemaker d'être chez lui à sept heures. Ils se séparèrent quelque temps après.

Shoemaker prit la route d'Ucluelet pour aller rejoindre Davie. Anawak mit le cap sur son bateau. En remontant la rue principale en compagnie d'Alicia, il s'aperçut que, curieusement, il était heureux de sa présence, et aussi que d'une certaine façon cette emmerdeuse lui avait manqué.

— Je n'ai pas compris ce qu'a voulu dire Tom, tout à l'heure, dit-il.

La jeune fille joua les innocentes :

— De quoi parles-tu ?

— De son invitation. On avait l'impression qu'il n'avait pas envie que tu viennes accompagnée.

Alicia se mit à triturer une mèche de ses cheveux tout en fronçant le nez, signes tangibles d'embarras chez elle.

— Eh bien... Il s'est passé quelque chose pendant que tu n'étais pas là. La vie est pleine de surprises, hein ? Parfois, on est pris au moment où on s'y attend le moins...

Anawak s'arrêta pour mieux la regarder.

— Oui, et donc ?

— Alors, le jour où tu es parti à Vancouver et qu'on ne t'a pas vu rentrer... rappelle-toi, tu as disparu de la circulation du jour au lendemain, personne n'était au courant, et il y a des gens qui se sont inquiétés... dont... euh... Jack. Eh bien, donc, Jack m'a appelée... en fait, c'est toi qu'il voulait avoir, bon, mais tu n'étais pas là et...

— Jack ? s'étonna Anawak.

— Oui.

— Greywolf ? Jack O'Bannon ?

— Oui ! Il m'a dit que vous vous étiez parlé, poursuivit hâtivement Alicia avant de lui laisser le temps de continuer. Et je suppose que vous avez eu une bonne conversation, parce qu'il était tout content et je crois qu'il avait simplement envie de bavarder avec toi et...

Elle regarda Anawak dans les yeux.

— C'était une bonne conversation, hein ?

— Et si je te disais non, qu'est-ce que ça changerait ?

— Ce serait assez embêtant, parce que...

— D'accord, oui, c'était une bonne conversation. Est-ce que tu pourrais arrêter de tourner autour du pot et en venir au fait ?

— On est ensemble !

Anawak ouvrit la bouche, puis la referma.

— C'est bien ce que j'ai dit, parfois on est pris par surprise au moment où on s'y attend le moins ! Il est venu à Tofino… je lui avais donné mon numéro, tu sais bien que je le trouvais super comme mec, par certains côtés… euh ! que je comprenais son point de vue, quelque part, et…

Anawak sentit les coins de sa bouche frémir. Il ne conserva son sérieux qu'à grand-peine.

— Son point de vue. Quelque part. D'accord, dit-il.

— Donc il est venu. On est allés prendre un pot chez Schooners, et après on est descendus au ponton. Il m'a raconté des tas de choses sur lui, et moi aussi, je lui ai raconté ma vie, bon tu sais comment ça se passe, de fil en aiguille… ben voilà, quoi.

Anawak ne put réfréner un sourire.

— Et Shoemaker tire la tronche !

— Tu sais combien il déteste Jack !

— Oh oui ! Ça se comprend, tu ne peux pas lui en vouloir. Ce n'est pas parce que maintenant, on s'est remis à aimer Greywolf – surtout toi – que ça change le fait qu'il s'est comporté comme un connard. Pendant des années, même, si tu veux le savoir. C'est réellement un connard.

— Pas plus que toi ! lança-t-elle.

Anawak fit oui de la tête.

Puis il laissa exploser son rire. En dépit de tout le malheur qui s'était abattu sur le monde, il rit. Toutes les circonvolutions d'Alicia, son récit tarabiscoté, tout ça lui parut follement drôle. Il rit aussi de lui et de sa fureur contre Greywolf, qui n'était en réalité que de la colère parce qu'il avait perdu son amitié ; il rit de sa vie, de sa confusion et de son insatisfaction. Il se moqua de lui-même, à s'en faire mal, et cela lui fit du bien.

Il riait de plus en plus fort.

Alicia le regarda en penchant la tête d'un air perplexe.

— Qu'est-ce que tu as, à rigoler comme ça ?

— Tu as raison, hoqueta-t-il.

— Quoi, j'ai raison ? T'es pas bien ou quoi ?

Son accès d'hilarité menaçait de déraper dans l'hystérie, mais il n'y pouvait rien. Il était littéralement secoué de rire.

— Licia, tu es une perle ! articula-t-il entre deux éclats de rire. Tu ne peux pas savoir comme tu as raison ! Oh oui, on est des connards ! On est tous des connards ! Et tu es avec Greywolf ! Oh ! j'y crois pas !

Les yeux d'Alicia se rétrécirent.

— Tu es en train de te foutre de moi…

— Noooon, pas du tout !

— Si.

— Non, je te jure, c'est juste que…

Soudain, une idée lui traversa l'esprit, venue de nulle part, stoppant net son rire. Une idée ahurissante. Il se demanda pourquoi il n'y avait pas pensé plus tôt. Tous les éléments étaient là, pourtant, il les avait eus sous les yeux… et il n'avait rien vu !

— Il est où, Jack, en ce moment ?

— Je ne sais pas, dit-elle en haussant les épaules. Peut-être chez lui ?

— Jack n'est jamais chez lui. Tu viens pas de dire que vous étiez ensemble ?

— Ecoute, Léon, on n'est pas mariés, si c'est ce que tu veux dire. On est ensemble, mais je ne le piste pas du matin au soir.

— Non, marmonna Anawak, il ne serait pas content.

— Pourquoi tu me poses cette question ? Tu veux lui parler ?

— Oui.

Il attrapa la jeune fille par les épaules et lui dit d'un ton pressant :

— Licia, écoute-moi. J'ai quelques affaires à régler. Toi, essaie de lui mettre la main dessus, avant ce soir, si possible, pour qu'on ne gâche pas le dîner de Shoemaker. Dis-lui que… que je serais content de le voir, qu'il me manque.

Alicia eut un timide sourire.

— D'accord, je le lui dis.

— Parfait.

— Vous êtes bizarres, vous, les mecs. C'est pas vrai ! Vous êtes vraiment des drôles d'oiseaux.

Après avoir fait un détour par chez lui et parcouru son courrier, Anawak fit un saut chez Schooners, où il prit un café et bavarda avec quelques pêcheurs. Il apprit que pendant son absence deux hommes, bravant l'interdiction, étaient sortis en canoë et avaient disparu. En moins de dix minutes, des orques les avaient fait chavirer. Les restes de l'un d'eux avaient été rejetés sur le rivage, mais il ne subsistait aucune trace de l'autre. Personne n'avait envie d'aller à sa recherche.

— Ils s'en foutent, dit l'un des pêcheurs, parlant des exploitants des ferries, des cargos, des chalutiers-usines et de la marine.

Il buvait sa bière avec l'expression âpre de quelqu'un qui croit avoir démasqué le coupable et ne changera pas d'avis. Puis il regarda Anawak comme s'il attendait confirmation de sa part.

Anawak fut tenté de répondre que si, c'était tout à fait leur problème, parce que leurs bateaux n'étaient pas moins concernés. Il n'avait pas le droit de parler, de dire que toutes ces affaires étaient liées. Les gens de Tofino ne voyaient que leur parcelle du monde. Ils ne connaissaient pas les statistiques que Peak leur avait communiquées sur l'augmentation des accidents graves.

— Non, c'est sûr, ils en ont rien à foutre ! continuait à grogner le pêcheur. Les gros, ils pensent qu'à étendre leur monopole, et il manquait plus que ça pour nous foutre encore plus dans la merde. Déjà qu'ils ont raflé toutes les réserves, maintenant ils nous empêchent en plus de faire notre boulot !

Il prit une nouvelle rasade de bière et poursuivit :

— Ces saletés de baleines, il faudrait les abattre toutes. Il faudrait leur montrer qui c'est qui commande.

Toujours le même refrain. Depuis son retour à Tofino, Anawak n'entendait que cela.

« Tuons les baleines. »

Ils avaient donc fait tout ce travail en vain ? Toutes ces années d'efforts pour arracher quelques malheureuses mesures de protection criblées de lacunes ? A sa manière, le pêcheur en colère avait tapé en plein dans le mille. Du point de vue des petits pêcheurs, cette situation était tout à l'avantage des gros. En effet, seuls les grands bateaux-usines pouvaient encore se permettre de parcourir les territoires de pêche, et ceux qui maudissaient la Commission internationale de chasse à la baleine pour ses décrets concernant la limitation des quotas de pêche et les interdictions de chasse trouvaient à présent une raison légitime de reprendre la chasse à la baleine.

Anawak régla sa consommation et regagna la station. La boutique de vente était vide. Il s'installa confortablement derrière le comptoir, brancha l'ordinateur et se mit à surfer sur Internet à la recherche des programmes de dressage par l'armée. Ce n'était pas facile. Un grand nombre de pages étaient inaccessibles. Alors qu'au Chateau ils avaient accès à toutes les informations, le réseau public était de plus en plus atteint par la défection des câbles sous-marins.

Anawak ne se laissa pas décourager. Il trouva la page du US Navy's Marine Mammal System consacrée au travail de l'armée avec les mammifères marins. Mais il connaissait déjà son contenu grâce au circuit Whistler. Tous les journalistes d'investigation de la planète avaient déjà consacré des dizaines d'articles à ce sujet. Il ferma la page, poursuivit ses recherches. Au bout de quelques minutes, il tomba sur des informations concernant un programme militaire de l'ancienne Union soviétique. C'était déjà beaucoup plus prometteur. Selon ces informations, il avait été fait appel aux dauphins, aux otaries et aux bélugas pour rechercher les mines et les torpilles perdues, ainsi que pour protéger la flotte de la mer Noire. Après la chute de l'Union soviétique, les animaux utilisés avaient été transférés dans un parc océanographique à Sébastopol, sur la péninsule de Crimée, et affectés à des numéros de cirque. Puis les moyens financiers nécessaires à leur entretien commencèrent à manquer et les exploitants furent confrontés à un choix douloureux, soit tuer leurs protégés, soit les vendre. Quelques animaux furent inclus de la sorte dans un programme de thérapie pour enfants autistes. Les autres furent vendus à l'Iran et on perdit leur trace, ce qui laissait supposer qu'ils étaient devenus l'objet de nouvelles expérimentations militaires.

Les mammifères marins paraissaient retrouver une place de choix dans la stratégie militaire. Durant la guerre froide, les Etats-Unis et l'Union soviétique s'étaient livrés à une véritable compétition, et c'était à celui qui mettrait sur pied les escadrons de mammifères marins les plus performants.

Avec la fin du bloc de l'Est, l'espionnage par les dauphins n'avait plus lieu d'être. Mais le nouvel ordre mondial censé remplacer la bisbille entre les superpuissances brillait par son absence. Le conflit israélo-palestinien était devenu ingérable et commençait à déstabiliser la région. Une nouvelle génération de terroristes aux moyens extrêmement puissants avait grandi dans l'ombre et était désormais en mesure de saboter les navires de guerre américains. D'innombrables conflits internationaux se soldaient maintenant par la pollution des fonds marins : des mines, des projectiles perdus et des équipements hors de prix encombraient la mer.

Les dauphins, les otaries et les bélugas se révélèrent beaucoup plus performants que tous les plongeurs ou robots du monde. Les dauphins firent la preuve d'une efficacité douze fois supérieure à celle des humains. Les otaries des bases militaires de Charleston et de San Diego affectées à la recherche des torpilles travaillaient avec un taux de réussite de 95 %. Alors que les hommes ne pouvaient opérer sous l'eau que de façon limitée, qu'ils s'orientaient avec difficulté et devaient passer des heures dans des chambres de décompression, les mammifères travaillaient dans leur espace naturel. Les otaries voyaient clair dans des conditions d'éclairage extrêmement mauvaises. Les dauphins s'orientaient dans le noir le plus total en utilisant des sonars, un feu nourri de sons dont l'écho leur permettait de conclure à la présence d'objets et de déterminer leur forme avec une précision incroyable. Les mammifères marins plongeaient sans effort à des profondeurs de plusieurs centaines de mètres, et cela en continu. Une petite équipe de dauphins remplaçait des bateaux, des plongeurs, des équipages et des équipements qui coûtaient des millions. Et toujours, presque toujours, les animaux rentraient au port. En trente ans, la marine américaine n'avait perdu en tout et pour tout que sept dauphins.

Les programmes de dressage américains se virent dotés de nouveaux moyens. De même, on disait que les Russes débloquaient des fonds pour reprendre le travail avec les mammifères. L'armée indienne, elle aussi, mit sur pied ses propres programmes d'élevage et de dressage. Et le Proche-Orient lui-même prenait le train de la recherche.

Vanderbilt avait peut-être raison, après tout.

Anawak était persuadé que l'on pouvait trouver dans les entrailles du réseau Internet des informations que l'on cherchait en vain sur la page de la Navy. Ce n'était pas la première fois qu'il entendait parler des tentatives de l'armée pour contrôler entièrement leurs baleines et leurs dauphins. Il s'agissait moins d'un dressage classique que de recherches neurologiques, telles celles que John Lilly avait initiées autrefois. Les armées du monde entier s'intéressaient tout particulièrement au sonar des dauphins, supérieur à tous les systèmes humains, et dont on ne comprenait toujours pas le fonctionnement. Bien des indices tendaient à prouver que, dans un passé récent, on s'était livré à des expériences dépassant de loin tout ce qu'on était prêt à admettre officiellement.

C'était de ce côté qu'il fallait chercher pour savoir ce qui était arrivé aux baleines.

Le réseau Internet resta muet.

Muet et parsemé d'interruptions et d'erreurs d'accès. Il resta en l'état pendant trois heures, et Anawak était sur le point de renoncer. Ses yeux rougis étaient douloureux. N'ayant plus ni l'envie ni la concentration nécessaires, il faillit ne pas remarquer la brève information du *Earth Island Journal* qui tremblotait sur l'écran :

La marine américaine est-elle responsable de la mort des dauphins ?

Ce journal était édité par le Earth Island Institute, un groupement écologiste qui s'intéressait à de nouvelles méthodes de protection de la nature et menait différents projets. Ce groupement avait des représentants dans les forums de discussion sur les changements climatiques et il dévoilait les scandales écologiques. Il consacrait une grande partie de son travail à la vie des océans, particulièrement à la protection des baleines.

Le bref article en question revenait sur un événement survenu au début des années 1990. On avait retrouvé sur la côte méditerranéenne, en France, seize cadavres de dauphins tous affectés de plaies identiques. En l'occurrence des trous gros comme le poing, proprement découpés sur le côté de la nuque, visibles sous l'os du crâne mis à nu. Ces mystérieuses blessures étaient restées inexpliquées à l'époque, mais il était évident que c'étaient elles qui avaient causé la mort des animaux. L'événement s'était passé pendant la première guerre du Golfe, alors que de grandes formations de la flotte américaine croisaient en Méditerranée. Le *Earth Island* y voyait le résultat des expérimentations secrètes auxquelles s'était probablement livrée la marine américaine.

Quelque chose a dû atrocement mal tourner, écrivait le journal.

Anawak imprima le texte, essaya de trouver d'autres articles évoquant l'incident. Il était tellement plongé dans son travail qu'il n'entendit pas la porte s'ouvrir. Ce n'est que lorsque son champ de vision s'obscurcit qu'il leva les yeux sur un ventre musclé et une poitrine velue dévoilée par une veste de cuir ouverte.

Il pencha la tête en arrière, ce qui était indispensable compte tenu de la haute taille de son vis-à-vis.

— Tu voulais me voir, dit Greywolf.

Le cuir qui recouvrait son immense carcasse était crasseux et râpé comme de coutume. Une longue natte de cheveux chatoyants était nouée dans son cou. Ses yeux et ses dents brillaient. Anawak ne l'avait pas revu depuis quelques jours, et, de même que tout le reste alentour, il le considéra d'un œil nouveau. Il sentit la force du géant, ce qui émanait de lui, son charme. Pas étonnant qu'Alicia ait été séduite par toute cette virilité. Sans doute Greywolf ne l'avait-il même pas fait exprès.

— Je croyais que tu étais à Ucluelet, dit-il.

— J'y étais, répondit Greywolf en s'asseyant sur une chaise qui gémit sous son poids. Licia m'a dit que tu avais besoin de moi.

— Besoin ? sourit Anawak. Je lui ai dit que je serais content de te voir.

— Ce qui signifie en clair que tu as besoin de moi. Alors me voilà.

— Comment ça va ?

— Ça irait mieux si tu m'offrais quelque chose à boire…

Anawak extirpa une bière et un Coca du réfrigérateur et posa le tout sur le comptoir. Greywolf avala la moitié de sa canette d'un seul coup et s'essuya la bouche.

— Au fait, je ne t'ai pas dérangé ? s'enquit Anawak.

— Te casse pas la tête. J'étais à la pêche avec des mecs de Beverly Hills, des mecs pleins de tunes. C'est moi qui ai récupéré vos clients, maintenant que vos conneries d'observation des baleines ne marchent plus. Les gens se disent qu'ils ont peu de risques de se faire attaquer par des truites, alors je me suis reconverti et je propose des circuits de pêche sur les lacs et les rivières de notre île bien-aimée.

— Je vois que ton opinion sur l'observation des baleines n'a pas changé…

— Non, je ne vois pas pourquoi elle aurait changé, d'ailleurs. En tout cas, je vous fous la paix.

— Oh ! merci, tu es trop bon ! ironisa Anawak. Mais ça tombe bien. Je veux dire, ça tombe bien que tu sois toujours aussi acharné à défendre la nature menacée. J'aimerais bien que tu me racontes en quelques mots ce que tu faisais quand tu étais dans la marine.

Greywolf lui jeta un regard étonné.

— Mais tu le sais bien !

— Répète-le-moi.

— J'étais entraîneur. On entraînait les dauphins pour les interventions tactiques.

— Où ? A San Diego ?

— Oui, entre autres.

— Et tu as été renvoyé pour faiblesse cardiaque ou quelque chose de ce genre. Avec les honneurs.

— Exactement, confirma Greywolf entre deux gorgées.

— Ce n'est pas vrai, Jack. Tu n'as pas été renvoyé, tu es parti de toi-même.

Greywolf éloigna sa canette de sa bouche et la posa presque doucement sur le comptoir.

— Qu'est-ce qui te fait dire ça ?

— C'est marqué dans les dossiers du SSC San Diego, soit le Space and Naval Warfare System Center de San Diego, répondit Anawak.

Il se leva et se mit à arpenter la salle de long en large.

— Je vais te prouver que je suis au courant : le SSC San Diego est le successeur d'un organisme qui s'appelait Navy Command Control and Ocean Systems Center, basé lui aussi à San Diego, à Point Loma. Il était financé par une organisation dont est issu le US Navy's Marine Mammal System d'aujourd'hui. Toutes ces institutions apparaissent d'une manière ou d'une autre quand on lit l'histoire des programmes utilisant les mammifères marins, et toutes sont suspectées d'avoir effectué des expérimentations douteuses qui n'ont prétendument jamais eu lieu.

Anawak se tut un moment, puis se décida à tenter un coup de bluff :

— Des expérimentations qui étaient effectuées à Point Loma, là où tu étais stationné.

Greywolf suivait les déambulations d'Anawak d'un œil méfiant.

— Je ne vois pas pourquoi tu me racontes tout ça…

— En ce moment, ils font à San Diego des recherches sur les habitudes alimentaires, les comportements à la chasse, les manières de communiquer, les capacités de dressage, les possibilités de retour à la vie sauvage, etc., des mammifères marins. Mais ce qui intéresse encore davantage les militaires, c'est leur cerveau. Cet intérêt remonte aux années 1960. Et à l'époque de la première guerre du Golfe, il semble qu'ils aient manifesté un regain d'intérêt. Il y avait déjà quelques années que tu travaillais là-bas. Quand tu as quitté la marine, tu avais le grade de lieutenant, et tu étais responsable des escadrons de dauphins MK-6 et MK-7, qui faisaient partie d'un ensemble de quatre escadrons.

Greywolf fronça les sourcils.

— Et alors ? Vous n'avez rien d'autre à foutre, dans votre comité ? Vous pourriez vous occuper de la situation en Europe, par exemple…

— Tu étais sur le point de passer à l'étape suivante de ta carrière, c'est-à-dire l'entière responsabilité du programme complet, poursuivit Anawak. Mais là, tu as tout envoyé balader.

— Mais non, je n'ai rien envoyé balader. C'est eux qui m'ont foutu dehors.

Anawak insista :

— Jack, j'ai la chance de bénéficier de quelques passe-droits qui me permettent d'avoir accès à pas mal d'infos qu'on ne saurait mettre en doute. Tu es parti de ton plein gré, et j'aimerais savoir pourquoi.

Il prit sur le comptoir l'extrait de l'article du *Earth Island* et le tendit à Greywolf, qui y jeta un bref coup d'œil avant de reposer la feuille.

Le silence régna pendant un long moment.

— Jack, murmura Anawak, tu avais raison. C'est vrai, si je t'ai demandé de venir, c'est parce que je suis vraiment content de te voir, mais aussi parce que j'ai besoin que tu m'aides.

Greywolf, les yeux rivés sur le sol, ne dit mot.

— J'aimerais savoir ce que tu as vécu, à l'époque, et pourquoi tu es parti, le pressa Anawak.

Mais son ami continuait à ruminer ses pensées, sans répondre. Puis il finit par se redresser et demanda :

— Pourquoi veux-tu le savoir ?

— Parce que ça nous aiderait à comprendre ce qui est arrivé à nos baleines.

— Ce ne sont pas vos baleines, et ce ne sont pas vos dauphins. Rien n'est à vous. Tu veux savoir ce qui se passe ? Ils contre-attaquent, Léon. Nous n'avons que ce que nous méritons. Ils arrêtent de jouer. Nous les avons considérés comme notre propriété, nous leur avons fait du mal, nous les avons maltraités, nous les avons regardés comme des bêtes curieuses. Eh bien, maintenant, ils en ont marre de nous.

— Tu crois vraiment qu'ils font ça de leur plein gré ?

Greywolf s'apprêta à répondre à sa question, mais se reprit :

— Moi, ça ne m'intéresse pas de savoir pourquoi ils font ce qu'ils font, dit-il. On s'est beaucoup trop intéressés à eux. Je ne veux pas le savoir, Léon, je veux simplement qu'on leur foute la paix.

— Jack… on les force.

— On les… Mais qu'est-ce que tu racontes ? Qui veux-tu qui…

— Je te dis qu'on les force ! Nous en avons la preuve. Normalement, je n'ai pas le droit de t'en parler, mais là, il me faut des informations. Tu veux empêcher qu'on leur fasse du mal, alors aide-moi. En ce moment, on leur fait encore plus de mal que tout ce que tu peux imaginer…

— Quoi ? s'exclama Greywolf en se levant d'un bond. Qu'est-ce que tu en sais, toi ? Tu ne sais rien du tout !

— Tu n'as qu'à me le dire, alors !

— J'ai…

Greywolf crispa les mâchoires, serra les poings, visiblement en proie à une lutte intérieure. Puis une transformation s'opéra en lui et il se détendit.

— Allez, viens, dit-il, on va faire un tour.

Ils marchèrent côte à côte en silence pendant quelque temps. A la sortie du village, Greywolf choisit un sentier bordé d'arbres qui descendait vers la mer. Au bout de quelques pas, ils atteignirent le rivage. Un petit ponton branlant s'avançait dans l'eau, ouvrant sur la beauté sauvage de la baie. Greywolf monta sur les planches inclinées par le vent et alla s'asseoir au bout. Anawak le suivit. Derrière la langue de terre, on ne voyait de Tofino que l'embarcadère de Davie, sur la droite, et quelques maisons sur pilotis. Ils restèrent là un moment, contemplant les montagnes resplendissantes à la lumière du soir.

— Tes informations ne sont pas tout à fait complètes, dit enfin Greywolf. Officiellement, il y a quatre groupes, de MK-4 à MK-7, mais il existe un cinquième groupe, dont le nom de code est MK-0. La marine n'aime pas le mot « groupe », elle préfère dire « système ». Chaque système se voit attribuer des tâches particulières. C'est vrai, c'est bien San Diego qui est à la tête, mais j'ai passé la majeure partie de mon temps à Coronado, en Californie. C'est là que sont entraînés beaucoup d'animaux. L'armée les maintient dans leur milieu naturel, dans les baies et les installations portuaires. Ils ont la belle vie. Ils sont nourris régulièrement et profitent d'un suivi médical de première qualité, ils sont mieux traités que la plupart des humains…

— Et toi, tu étais responsable de ce cinquième groupe… du cinquième système ?

— Ce n'est pas ce que tu crois. Pour le MK-0, c'est différent. En général, un système comprend de quatre à huit animaux, avec des missions bien définies. MK-4, par exemple, est chargé de détecter et de marquer les mines ancrées sur le fond de l'océan. Ce sont tous des dauphins. De plus, ils sont entraînés à signaler les tentatives de sabotage sur les bateaux. MK-5 est une équipe d'otaries, MK-6 et MK-7 recherchent les mines, elles aussi, mais elles sont principalement utilisées pour la défense contre les plongeurs ennemis.

— Elles attaquent les plongeurs ?

— Non. Elles donnent un petit coup de museau au plongeur indésirable et en même temps fixent à sa combinaison une pelote de ficelle dont l'extrémité est munie d'un flotteur. Ce flotteur est couplé avec une lumière stroboscopique qui nous révèle la position du plongeur. Tout le reste, c'est nous qui nous en occupons. Pareil pour les mines. Les animaux signalent leur découverte. Souvent, ils plongent avec un aimant qu'ils placent sur la mine, une corde est fixée sur l'aimant, et ils rapportent la corde. Quand la mine n'est pas bien ancrée, il nous suffit de tirer sur la corde. C'est tout. Les orques et les bélugas descendent jusqu'à un kilomètre de fond pour aller déloger les torpilles, c'est sacrément impressionnant ! Il faut se rappeler que la recherche des mines est une entreprise mortelle pour l'homme. Pas tellement parce que ce truc peut t'exploser à la gueule, mais parce que tu opères presque toujours près des côtes et principalement là où ça pète. On te tire dessus depuis le rivage.

— Et les mines ne tuent pas les animaux ?

— Officiellement, il n'y a pas eu une seule perte. En réalité, il y a des exceptions, mais elles restent dans une fourchette tolérable. Bon, en ce qui concerne le MK-0, au début, j'en avais simplement entendu parler et je croyais qu'il s'agissait d'une rumeur. Ce n'est pas un vrai système, plutôt un nom de code pour toute une série de programmes et d'expériences qui sont menés à des endroits différents et jamais avec les mêmes animaux. Les animaux du MK-0 n'entrent pas en contact avec les autres, mais il arrive que des animaux des systèmes réguliers soient recrutés pour le MK-0 et disparaissent alors pour toujours.

Greywolf fit une pause avant de reprendre :

— J'étais un bon entraîneur. Mon premier système a été le MK-6. On participait à toutes les grandes manœuvres. En 1990, j'ai pris la charge du MK-7, et tout le monde était très content. On me portait aux nues. Finalement, quelqu'un a estimé que je méritais d'être mis au parfum.

— Concernant le MK-0.

— Je savais bien sûr que des marsouins de la marine avaient remporté leur premier grand succès au début des années 1970 au Vietnam, en protégeant des ports dans la baie de Cam-Ranh, et en mettant un coup d'arrêt aux sabotages sous-marins du Viêt-cong. C'est toujours ce qu'ils racontent en premier au MMS, ils en sont très fiers. Mais ce qu'ils ne racontent pas, ce sont les circonstances dans lesquelles ça se passait. Ils ne disent pas un mot non plus du Swimmer Nullification Program. Parce qu'ils enjolivent un peu le tableau. Les animaux sont dressés à arracher les masques et les palmes des hommes-grenouilles ennemis, et à retirer les flexibles. C'est déjà brutal, mais au Vietnam ils portaient au museau et aux nageoires de longs poignards, genre stylets, et quelques-uns portaient aussi des harpons. Ce n'étaient plus des dauphins et des marsouins qui attaquaient sous l'eau, mais des machines de mort… Et ça, ce n'est rien encore. Parce que la marine a eu l'idée géniale de leur fixer des seringues sous-cutanées sur le museau, avec pour mission d'aller piquer les plongeurs, ce qu'ils ont fait gentiment. Le problème, pour les plongeurs, c'était que les seringues leur envoyaient une charge de trois mille psi de dioxyde de carbone dans le corps, c'est-à-dire d'oxyde de carbone comprimé. Le gaz se répand en quelques secondes et la victime explose. Plus de quarante Viêt-cong ont été tués de cette façon par nos animaux, et aussi deux Américains, par erreur, mais les pertes, ça fait partie du jeu, comme chacun sait…

Anawak sentit son estomac se contracter.

— Il s'est passé la même chose à la fin des années 1980 au Bahreïn, poursuivit Greywolf. C'est là-bas que je me suis retrouvé au front pour la première fois. Mon système travaillait bien gentiment, je n'étais pas du tout au courant, pour le MK-0. Je ne savais pas non plus qu'ils parachutaient les animaux dans des zones inaccessibles, parfois depuis des altitudes de trois mille mètres. Beaucoup y ont laissé leur peau. Ils en ont aussi jeté à la mer sans parachute depuis des hélicoptères qui volaient à vingt mètres au-dessus du niveau de l'eau. Ils en ont envoyé d'autres avec des mines qu'ils étaient chargés de fixer sur les coques des bateaux et des sous-marins ennemis. Parfois, ils attendaient que les animaux soient suffisamment près et faisaient exploser les mines par des détonateurs à distance. J'ai été mis au courant quelque temps après.

Greywolf observa quelques instants de silence. Puis il reprit :

— J'aurais déjà dû arrêter à ce moment-là, mais la marine, c'était ma maison. J'étais heureux. Je ne sais pas si tu peux comprendre, mais c'est comme ça.

Anawak ne répondit pas. Il ne comprenait que trop bien.

— Alors je me consolais en me disant que je faisais partie des *good guys*, les bons. Puis le haut commandement s'est mis dans la tête que je ferais merveille en participant au programme MK-0. Ils me trouvaient tellement doué pour m'occuper des animaux… Et ils avaient raison, ces fils de pute, et moi, j'étais un imbécile, parce que j'ai dit oui au lieu de leur foutre mon poing dans la gueule. Je me suis convaincu que c'était comme ça, que c'était la guerre. Les gars se font tuer au combat, ils marchent sur des mines, ils sont fusillés, ou ils brûlent… on ne va pas pleurer sur trois, quatre dauphins ! Donc je suis arrivé à San Diego, où ils étaient justement en train de travailler sur un projet qui consistait à équiper les orques avec des ogives nucléaires…

— Quoi ?

— Oui. Ça t'en bouche un coin, non ? Moi, il y a longtemps que j'ai arrêté de m'étonner. Oui, ça existe, ce genre de projets. Une ogive pèse sept tonnes, et une orque adulte te la transporte sur des milles et des milles jusqu'au port ennemi. Une baleine tueuse nucléaire est presque impossible à arrêter. Je ne sais pas où ils en sont actuellement, mais je suppose que ça ne pose plus aucun problème aujourd'hui. A l'époque, ils étaient en pleins essais. Avec des mines, les échecs, les bavures, étaient très rares. La marine s'en accommode. Ça ne l'a jamais empêchée de poursuivre ce genre de recherches. Mais c'est une autre histoire quand on n'arrive pas à maintenir le cap pris par une baleine nucléaire. Si elle ramène le bébé au bercail et qu'il est opérationnel, on a un réel problème. La marine peut envoyer autant d'orques qu'elle en a envie, mais il faut qu'elle soit sûre qu'elles ne se mettent pas à avoir de mauvaises idées. Et le meilleur moyen d'éviter les mauvaises idées, c'est de ne pas…

— John Lilly, murmura Anawak.

— Quoi ?

— Un chercheur. Il a fait des expériences sur le cerveau des dauphins dans les années 1960.

— J'ai déjà entendu ce nom, dit Greywolf d'un ton pensif. A San Diego, je les ai vus ouvrir la tête des dauphins au burin. C'était en 1989. Ils y allaient à coups de marteau et de burin en creusant des petits trous dans leur boîte crânienne. Les animaux étaient totalement conscients, il fallait être à plusieurs costauds pour les maintenir et les empêcher de sauter de la table. On m'a expliqué que ce n'était pas à cause de la douleur, mais parce que le bruit des marteaux les énervait. Il paraît que l'opération a l'air beaucoup plus douloureuse qu'elle ne l'est en réalité. Ils ont ensuite introduit des électrodes par les trous pour stimuler le cerveau par des chocs électriques…

— Oui, c'est John Lilly ! s'écria Anawak, excité. Il a essayé d'établir une sorte de carte géographique du cerveau…

— Oh ! la marine les a établies, ces cartes, tu peux me croire ! répliqua Greywolf avec amertume. Ça m'a collé la nausée, mais j'ai fermé ma gueule. Ils m'ont montré un dauphin qui nageait dans un bassin en portant au cou un appareil qui ressemblait à une espèce de bride. Cet appareil était relié à des électrodes placées dans la boîte crânienne. Ils avaient réussi à contrôler l'animal par des signaux électriques. C'était extraordinaire, il faut le reconnaître. Ils arrivaient à amener le dauphin à nager à droite ou à gauche, à exécuter des sauts, à préparer des agressions et à attaquer des plongeurs factices ; ils étaient capables de déclencher un mécanisme de fuite et de provoquer un genre d'état de mise au repos. La volonté propre de l'animal n'existait plus. Il fonctionnait comme une voiture télécommandée, comme un jouet… Bien sûr, ils étaient ravis. Tout semblait indiquer que cette affaire constituerait un immense succès. En 1991, nous sommes partis pour le Golfe, et nous avons emmené une vingtaine de ces dauphins télécommandés. Pendant ce temps, à San Diego, ils travaillaient parallèlement sur les baleines nucléaires. Je continuais à participer, je continuais à fermer ma grande gueule contrairement à mon habitude, en me convainquant que ce n'était pas mon projet. Mes dauphins à moi recherchaient les mines, ils étaient bien nourris, on les câlinait. Mais on faisait pression pour que j'entre au MK-0, et j'ai fini par réussir à obtenir qu'on me laisse du temps pour réfléchir, alors que dans l'armée on n'aime pas trop ça, la réflexion ! Nous avons franchi le détroit de Gibraltar et nous avons exécuté des essais en haute mer. Au début, tout a bien marché, et puis ça a commencé à se gâter. La télécommande fonctionnait parfaitement dans les labos et les aquariums de San Diego, mais, en haute mer, les animaux étaient soumis à d'autres stimuli. Les pertes se sont accumulées. Ça ne marchait pas en pleine nature, en tout cas pas comme les directeurs de projets l'avaient prévu, et les animaux ont fini par être un facteur de risque. Nous ne pouvions plus les ramener en Amérique, et personne ne voulait les emmener jusqu'au Golfe. On a jeté l'ancre en France. Il y a là-bas un institut partenaire qui faisait collaborer des spécialistes français au programme MK-0. On ne peut pas dire que les Français soient nos meilleurs amis, mais ils avaient beaucoup d'expérience dans le domaine de la recherche maritime, et nous avions donc fait alliance. Nous espérions obtenir quelques réponses. Nous avons été accueillis par un gars qui s'appelait René Guy Busnel, qui m'a été présenté comme étant le directeur du Laboratoire d'acoustique animale, un laboratoire réputé pour ses travaux. Il nous a promis de s'occuper de nos problèmes et nous a invités à une démonstration. La première chose qu'il nous a présentée, dans ce laboratoire réputé, c'est un dauphin serré dans un étau et totalement mutilé, avec un couteau long comme le bras planté dans le dos. Je n'ai jamais demandé dans quel but ils avaient fait cela. Mais j'étais là quand les assistants du laboratoire nous ont donné une carte de l'institut qu'ils avaient tous signée avec le sang du dauphin. Tout le monde a ri.

Greywolf se tut. Des profondeurs de son énorme cage thoracique monta un bruit indéfinissable, une sorte de soupir résigné.

— L'autre ordure a fait une péroraison sur les expérimentations sur le cerveau et a conclu en disant qu'on n'avait pas employé la bonne méthode. Les responsables du projet étaient passés à côté de ceci et de cela, ou avaient mal interprété telle ou telle chose, etc. Remontés à bord, ils ont tenu un conseil de guerre et ils ont décidé de se débarrasser des dauphins. On les a relâchés en mer, et quand ils se sont retrouvés à quelques centaines de mètres du bateau, quelqu'un a appuyé sur un bouton… Ils avaient monté des détonateurs dans la bride des électrodes pour éviter que leur technique ne tombe dans des mains ennemies. Pas beaucoup, juste assez pour faire sauter la bride et les électrodes. Les animaux ont été tués. Après, on a continué notre route.

Greywolf se mordit la lèvre inférieure. Puis il regarda son interlocuteur.

— Ce sont ces dauphins qui se sont échoués sur les côtes françaises. Ton article du *Earth Island*. Voilà, maintenant tu es au courant.

— Et tu as…

— Je leur ai dit que j'en avais ma claque. Ils ont essayé de me faire changer d'avis. Evidemment, ils n'avaient pas tellement envie que la demande de démission pour raison inconnue de l'un de leurs meilleurs entraîneurs de dauphins figure dans leurs dossiers. Ça risquait d'ameuter des centaines de journaleux, la télé s'en serait mêlée, tu vois le genre. Ils ont tergiversé. Finalement, on s'est mis d'accord, ils m'ont versé un bon paquet de fric et en contrepartie m'ont viré pour raison de santé. Je suis plongeur de combat. Et la faiblesse cardiaque, ça ne pardonne pas. Personne ne pose de questions en pareil cas. Et donc, je me suis tiré.

Anawak ne dit mot.

— Je ne suis pas un scientifique comme toi, reprit doucement Greywolf. Je connais les dauphins, je sais m'y prendre avec eux, mais je ne m'y connais pas du tout en neurologie et tout le tremblement. Je ne supporte pas les gens qui s'intéressent de trop près à une baleine ou à un dauphin, c'est tout, même si c'est simplement pour prendre une photo. Je ne le supporte pas, et je n'y peux rien.

— Shoemaker reste persuadé que tu vas nous faire une vacherie quelconque.

Greywolf secoua la tête.

— Pendant un certain temps, j'ai cru que je pourrais m'occuper d'observation des baleines, mais tu vois bien, ça n'a pas marché. C'est moi-même qui me suis foutu à la porte. Je me suis simplement débrouillé pour vous faire porter le chapeau.

Anawak admira la baie. Cette baie, ces montagnes, cette île tout entière, tout cela était d'une telle beauté que c'en était presque douloureux.

— Jack, finit-il par dire au bout d'un moment, il va falloir que tu te sortes ça de la tête. Tes baleines ne prennent pas leur revanche. Elles ne se vengent pas. Elles sont guidées, commandées. Il y a quelqu'un qui exécute son propre programme MK-0. C'est encore pire que tout ce que la Navy a fait.

Greywolf ne répondit pas.

Ils délaissèrent le ponton et retournèrent à Tofino par la forêt, en cheminant en silence. Greywolf s'arrêta devant la Davie's Whaling Station.

— Juste avant mon départ, j'ai entendu dire que les expériences sur les baleines nucléaires avaient fait un bond en avant décisif. J'ai entendu un nom, aussi. Il s'agissait de neurologie et de quelque chose qu'ils appelaient un ordinateur neuronal. Ils disaient que pour pouvoir contrôler entièrement les animaux il fallait suivre les idées d'un certain Kurzweil. Je te le dis à tout hasard. Je ne sais pas si tu peux en faire quelque chose.

Anawak réfléchit.

— Si, dit-il enfin. Je crois que oui.

Au Chateau Whistler, Canada

En début de soirée, Karen Weaver alla frapper à la porte de Johanson. Fidèle à son habitude, elle actionna la poignée sans attendre, mais trouva porte hermétiquement close.

Elle savait que le scientifique était revenu de Nanaimo. Sans doute était-il allé rejoindre Bohrmann. Elle descendit donc et le dénicha au bar, où il était installé avec l'Allemand et Stanley Frost. Penchés sur des diagrammes, ils étaient plongés dans une discussion animée.

— Salut ! leur lança-t-elle en s'approchant. Alors, vous avancez ?

— Non, nous sommes bloqués, répondit Bohrmann. Il reste toujours quelques inconnues dans notre équation.

— Bah, on va bien réussir à les résoudre, grommela Frost. Dieu ne joue pas aux dés.

— Ce bon Einstein avait tort quand il a dit ça, fit remarquer Johanson.

Elle attendit un peu, puis se décida à attirer l'attention du scientifique en lui tapotant l'épaule.

— Excuse-moi de t'interrompre, mais est-ce que je pourrais te voir seul un instant ?

Johanson hésita :

— Maintenant ? Nous sommes en train d'étudier le scénario de Stan. Et je peux te dire qu'il y a de quoi avoir des sueurs froides.

— Désolée.

— Viens nous rejoindre !

— Tu ne peux vraiment pas te libérer quelques minutes ? Ce ne sera pas long, précisa-t-elle avec un sourire d'excuse à la ronde. Dès que nous aurons fini, je viendrai vous rejoindre, promis. Vous me montrerez vos simulations et je vous ferai part de mes commentaires éclairés. Vous verrez, vous regretterez de m'avoir invitée !

— Je m'en réjouis d'avance, rigola Frost.

Johanson emboîta le pas de la jeune femme.

— On va où ? s'enquit-il.

— Peu importe. Dans le hall.

— C'est une chose importante ?

— Importante, c'est en dessous de la vérité !

— Bien.

Ils sortirent. Le soleil couchant teintait de rouge le Chateau et les sommets enneigés des Rocheuses. Les hélicoptères posés devant l'hôtel ressemblaient à de gigantesques insectes au repos.

Ils se dirigèrent vers Whistler Village. Une bouffée d'embarras soudaine s'empara de Karen. Sans doute les collègues s'imaginaient-ils qu'elle partageait des secrets avec Johanson. En réalité, elle devait impérativement lui communiquer une information avant le moment où il développerait sa théorie devant les membres de la cellule de crise.

— Comment ça s'est passé à Nanaimo ? demanda-t-elle.

— Horrible. A faire se dresser les cheveux sur la tête.

— Il paraît que Long Island a été envahi par des crabes tueurs…

— Oui, des crabes chargés d'algues tueuses, précisa Johanson. Comme en Europe, mais beaucoup plus toxiques.

— Ça ressemble à une nouvelle offensive.

— Oui. Sue Oliviera, Fenwick et Rubin ont commencé les analyses.

Il se racla la gorge.

— Je suis content que tu t'intéresses à notre travail, dit-il, mais je croyais que c'était toi qui avais des choses à me dire…

— J'ai passé la journée à étudier des infos par satellite. Après, j'ai comparé les interprétations radar avec des images *multispectrales*. J'aurais bien aimé avoir les infos des flotteurs de Bauer, mais ils n'en fournissent plus. De toute façon, celles que j'ai me suffisent. Tu as quelques notions, tu sais donc que la surface de la mer se soulève dans les courants de bord des grands tourbillons océaniques ?

— Oui, j'ai entendu parler de ça.

— Le Gulf Stream est l'un de ces courants de bord. Bauer soupçonnait que quelque chose se passait dans cette région. Il ne retrouvait plus la cheminée nord-atlantique dans laquelle plongent les eaux, et il en avait conclu que les grands courants étaient perturbés, mais il n'en était pas tout à fait sûr.

— Et alors ?

Elle s'arrêta et le dévisagea.

— J'ai fait des calculs, comparé, examiné, recalculé, recomparé, douté, réexaminé, recalculé. Le soulèvement du Gulf Stream a disparu.

Johanson fronça les sourcils.

— Attends. Tu veux dire…

— Le tourbillon ne tourne plus comme avant, et quand on examine les images spectrales, on s'aperçoit que la chaleur a reculé dans la même proportion. Il n'y a aucun doute, Sigur. Nous nous acheminons vers une nouvelle ère glaciaire. Le Gulf Stream s'est arrêté. Quelque chose l'a stoppé.

Le Conseil de sécurité

— C'est une véritable saloperie ! Ça ne va pas se passer comme ça !

Le Président criait vengeance.

Dès son arrivée à la base aérienne d'Offutt, il avait convoqué une vidéoconférence sécurisée avec le Conseil national de sécurité. Washington, Offutt et le Chateau étaient reliés. Le vice-président, le ministre de la Défense et son adjoint, la ministre des Affaires étrangères, le conseiller en sécurité du Président, le directeur du FBI et le président du Joint Chiefs of Staff, c'est-à-dire du groupe des chefs d'état-major, tous ces gens étaient réunis dans la salle de conférences de la Maison-Blanche. Au centre de lutte contre le terrorisme, situé dans des locaux sans fenêtres au plus profond du quartier général de la CIA, sur le Potomac, les interlocuteurs étaient le directeur de l'administration, le Deputy Director for Operations et le directeur du centre, chef des interventions spéciales. Le commandant en chef du Central Command, le général Judith Li, et le directeur adjoint de la CIA, Jack Vanderbilt, complétaient l'assemblée. Eux étaient installés dans la *war room* provisoire du Chateau, devant une série d'écrans sur lesquels apparaissaient les autres participants à la séance. Si la plupart des visages exprimaient une détermination farouche, certains paraissaient plutôt perplexes.

Le Président ne cherchait pas à dissimuler sa fureur. L'après-midi même, son vice-président lui avait soumis une proposition, celle de confier aux chefs d'état-major la direction d'un cabinet de crise, mais il avait insisté pour diriger lui-même les séances plénières du Conseil national de sécurité. Il ne voulait en aucun cas se laisser déposséder de son pouvoir décisionnaire.

Ce qui arrangeait parfaitement Li.

Dans la hiérarchie des conseillers, la voix de Li n'était pas prépondérante. C'était le président du groupe des chefs d'état-major qui occupait le poste militaire le plus élevé. Il était conseiller militaire du Président, et lui aussi avait un adjoint. Le premier imbécile venu avait son adjoint. Li savait toutefois qu'elle avait l'oreille de l'homme le plus puissant de la planète, et cela la remplissait de fierté. Jamais la vision de l'avenir glorieux qui l'attendait ne la quittait, pas même en cet instant, malgré l'extrême concentration avec laquelle elle suivait le déroulement de la séance. Le temps n'était plus lointain où elle passerait du poste de General Commander à celui de présidente du Joint Chiefs of Staff. Le président actuel était à deux doigts de quitter ses fonctions et son adjoint était un tocard, c'était de notoriété publique. Après, elle pourrait entamer une carrière politique comme ministre des Affaires étrangères et se présenter ensuite aux élections présidentielles. Si elle faisait son boulot correctement – c'est-à-dire exclusivement dans l'intérêt des Etats-Unis –, elle était pratiquement assurée du résultat des élections. Le monde était au bord de l'abîme, et Li au pied de sommets qui n'attendaient qu'elle.

— Nous sommes en face d'un ennemi sans visage, disait le Président. Certains parmi vous pensent que nous devrions nous tourner vers la partie de l'humanité d'où semble venir la menace. D'autres doutent que ce qui se passe ne soit autre chose qu'une tragique accumulation de processus naturels. En ce qui me concerne, je ne veux pas que nous perdions du temps en palabres, ce que je veux, c'est un consensus qui nous permettra d'agir. Je veux voir des plans, je veux savoir combien ça coûtera et combien de temps ça prendra.

Il plissa les yeux. Tout le monde savait que plus il plissait les yeux, plus grandes étaient sa colère et sa détermination.

— Moi, je ne crois pas à l'histoire de la nature devenue folle, ajouta-t-il. Nous sommes en guerre. Voilà ce que je crois. L'Amérique est en guerre : que faisons-nous ?

Le président du groupe des chefs d'état-major conseilla de sortir de la position défensive et de passer à l'attaque. Sa voix était très déterminée. Le ministre de la Défense le regarda d'un air perplexe.

— Et *qui* voulez-vous attaquer ?

— Il y a quelqu'un, et ce quelqu'un, nous allons l'attaquer, répondit le militaire d'un ton martial. C'est ce qu'il faut faire.

Le vice-président avança qu'à son avis il était exclu que des groupes isolés soient en mesure de mener des offensives terroristes de cette ampleur.

— Si c'est le cas, ils ont un pays derrière eux, dit-il. Ou une région politique. Peut-être plusieurs pays, qui sait. Jack Vanderbilt a été le premier à émettre cette idée, et je crois pour ma part que c'est tout à fait possible. Je pense que nous devrions diriger nos recherches de ce côté pour trouver qui est capable de ce genre de choses.

— Il y en a plusieurs qui en seraient capables, affirma le directeur de la CIA.

Le Président approuva de la tête. Depuis que le directeur, dans les mois précédant son entrée en fonctions, lui avait longuement expliqué que la CIA classait les gens en bons, en méchants et en affreux, le monde était à ses yeux peuplé de criminels sans foi ni loi, dont l'objectif était l'anéantissement des Etats-Unis. Il n'avait pas tout à fait tort, d'ailleurs.

— Reste à savoir si nous devons chercher dans les rangs de nos ennemis classiques, fit-il observer. Les attaques ont lieu dans tout le monde libre, pas seulement en Amérique.

— Le monde libre ? Mais c'est *nous* qui sommes le monde libre ! s'exclama le ministre de la Défense. L'Europe fait partie de l'Amérique libre. La liberté du Japon, c'est la liberté de l'Amérique. Le Canada, l'Australie… Si l'Amérique n'était pas libre, ces pays ne le seraient pas davantage !

Il donna un grand coup du plat de la main sur la feuille qu'il avait devant lui. C'étaient ses notes de la journée. Selon lui, les affaires même les plus compliquées devaient pouvoir tenir sur une seule feuille de papier.

— Je vais faire un petit rappel, poursuivit-il. Pour ce qui est des détenteurs d'armes biologiques, vous avez Israël et nous. Ce sont les bons. Ensuite, l'Afrique du Sud, la Chine, la Russie, l'Inde, ce sont les affreux. D'autre part, la Corée du Nord, l'Iran, l'Iraq, la Syrie, le Liban, l'Egypte, le Pakistan, le Kazakhstan et le Soudan. Ce sont les méchants. Ce qui se passe en ce moment, c'est une attaque biologique. Et ça, c'est méchant.

— Il se pourrait aussi qu'on se serve de certains composants chimiques, émit son adjoint. Je me trompe ?

— Attendez ! l'arrêta le directeur de la CIA avec un geste de la main. Partons du principe que les actions du genre de celles que nous subissons exigent beaucoup d'argent et des moyens faramineux. Les armes chimiques sont faciles à fabriquer et ne coûtent pas cher, mais tout le bataclan biologique demande des ressources énormes. N'oubliez pas que nous ne sommes pas aveugles. Nous avons des yeux partout. Le Pakistan et l'Inde collaborent avec nous. Nous avons formé des centaines d'agents pakistanais qui mènent des opérations secrètes. En Afghanistan et en Inde, nous avons quelques dizaines d'agents de la CIA, dont certains ont d'excellents contacts. Rien ne se passe par là, on oublie donc cette zone. Nous avons des troupes paramilitaires au Soudan qui collaborent avec les opposants, et en Afrique du Sud nous avons des gens au gouvernement. Or, il n'a jamais été question là-bas de préparatifs pour une opération de grande envergure. Il faut donc voir où des sommes d'argent ont afflué et où des activités ont été observées ces derniers temps. Notre boulot, c'est de délimiter le champ de bataille, pas d'énumérer tous les brigands qui sévissent dans le monde…

— Je peux vous dire qu'il n'y a aucun mouvement d'argent, intervint le directeur du FBI.

— Comment cela ?

— Vous savez que les décrets concernant la surveillance des sources de financement du terrorisme nous permettent d'avoir un aperçu très large de la situation. Le ministère des Finances est au courant de façon relativement précise des grands mouvements de transfert. Nous nous en serions rendu compte.

— Et donc ? fit Vanderbilt.

— Aucun indice. Ni en Afrique, ni en Extrême-Orient, ni au Proche-Orient. Rien n'indique qu'un pays en particulier soit impliqué.

Vanderbilt toussota.

— Vous pensez bien qu'ils ne vont pas nous mettre des indices sous le nez ! Ce ne sera pas non plus à la une du *Washington Post*, persifla-t-il.

— Je le répète, nous n'avons pas de…

— Je vais vous ôter vos illusions, et ça me fait de la peine, l'interrompit Vanderbilt, mais est-ce que vous croyez sérieusement que quelqu'un qui est capable de détruire la mer du Nord et d'empoisonner New York va présenter sa petite mallette bourrée de billets à nos agents ?

Les yeux du Président se rétrécirent, au point de ne plus former que deux fentes.

— Le monde n'est plus le même, dit-il, et dans ce monde, je demande à pouvoir vérifier le contenu de toutes les mallettes. Je ne sais pas si ce sont ces salopards qui sont très malins ou nous qui sommes trop bêtes. Je sais que certains d'entre eux sont de sacrés malins, mais notre boulot, c'est d'être plus malins qu'eux. Et ce dès aujourd'hui.

Il s'adressa alors au directeur du contre-terrorisme :

— De quelles informations disposons-nous ?

Le directeur eut une moue évasive.

— Notre dernière information, c'est un avertissement des Indiens qui nous prévenaient que des djihadistes pakistanais envisageaient de faire sauter la Maison-Blanche. Nous connaissons déjà ces gars. Il n'y a aucun danger de ce côté-là. Le Global Response Center réunit quotidiennement des montagnes d'informations sur le terrorisme international. C'est exact, monsieur le Président, il ne se passe rien que nous n'apprenions.

— Et c'est calme, en ce moment ?

— Ce n'est jamais calme. Mais ce qui se passe n'a visiblement été ni préparé ni financé… Ce qui ne veut rien dire, je vous l'accorde.

Le Président se tourna alors vers le directeur responsable des opérations secrètes.

— J'attends de vos agents qu'ils mettent les bouchées doubles, dit-il d'un ton coupant. Où qu'ils se trouvent, dans n'importe quel consulat ou n'importe quelle représentation. Je ne veux pas que les citoyens américains soient punis parce que quelqu'un n'a pas fait son boulot.

— Bien entendu, monsieur.

— Je vous rappelle une fois de plus que c'est nous qui sommes attaqués. Nous sommes en guerre ! Je veux savoir avec qui !

— Regardez donc du côté du Proche-Orient ! lança Vanderbilt d'un ton impatient.

— C'est ce que nous faisons, intervint Li, à côté de lui.

Le gros homme soupira sans la regarder. Il savait qu'elle n'était pas de son avis.

— Evidemment, on peut toujours se mettre un œil au beurre noir soi-même pour faire croire qu'on a été tabassé, poursuivit-elle. Mais est-ce que c'est crédible ? Quand on songe aux intérêts vitaux des pays qui ne nous veulent pas du bien, il serait idiot de penser qu'ils se portent délibérément préjudice. Si nous sommes effectivement leur véritable cible, détourner l'attention en répandant la terreur dans une autre partie du monde n'est pas une mauvaise solution. Mais pas de cette façon.

— Nous ne sommes pas de cet avis, répliqua le directeur de la CIA.

— Je sais. Voici mon avis à moi : nous ne sommes pas la cible principale. Il s'est passé trop de choses, ce qui arrive est trop monstrueux. A quoi rimeraient ces folles dépenses pour prendre le contrôle sur des milliers d'animaux, cultiver des millions d'organismes nouveaux, déclencher un tsunami dans la mer du Nord, saboter l'industrie de la pêche, infester l'Australie et l'Amérique du Sud avec des méduses, détruire des bateaux ? Personne n'en tirerait le moindre profit, économique ou politique. Pourtant, c'est ce qui se passe en ce moment, et que ça plaise ou non à Jack, cela se passe *aussi* au Proche-Orient. Ce sont peut-être nos ennemis, mais je me refuse à accuser les Arabes.

— Pour quelques malheureux cargos qui ont été coulés au Proche-Orient… grogna Vanderbilt.

— Non, il ne s'agit pas que de quelques malheureux cargos.

— Peut-être avons-nous affaire à un mégalomane ? proposa la ministre des Affaires étrangères. A un criminel.

— Plutôt, oui, admit Li. Quelqu'un de ce genre pourrait se cacher derrière sa richesse pour effectuer discrètement des mouvements de fonds énormes et utiliser tous les moyens technologiques. J'estime que nous devrions chercher plutôt dans cette catégorie… Quoi qu'il en soit, il faut agir. Quelqu'un fait une découverte : nous découvrons l'antidote. Quelqu'un nous envoie des vers : nous trouvons ce qu'il faut pour éliminer ces vers. Quelqu'un fabrique des crabes tueurs, des algues et des substances toxiques : nous prenons des mesures pour contre-attaquer.

— Quelles mesures avez-vous prises pour contre-attaquer ? interrogea la ministre des Affaires étrangères.

— Nous avons… commença le ministre de la Défense.

Li s'empressa de lui couper la parole, car elle n'aimait pas qu'on s'attribue les mérites du travail qu'elle avait accompli :

— Nous avons établi un barrage autour du Grand New York. Et je viens d'apprendre que l'alerte aux crabes était lancée à Washington. Nous allons donc mettre Washington en quarantaine. Les occupants de la Maison-Blanche devraient donc suivre l'exemple de notre Président et s'établir ailleurs pendant la durée de la crise. Autour de toutes les villes portuaires, j'ai fait poster des unités équipées de lance-flammes. Nous réfléchissons aussi à des moyens chimiques de contre-attaque.

— Pourquoi n'utilisons-nous pas des submersibles, des robots de plongée, ce genre de choses ? s'enquit le directeur de la CIA.

— Parce que depuis quelque temps tout ce que nous faisons descendre au fond de la mer disparaît sans laisser de traces. Sous l'eau, nous ne contrôlons plus rien. Les ROV, les véhicules télécommandés, ne sont reliés avec l'extérieur que par des câbles, et ces câbles, nous les retirons de l'eau entièrement déchiquetés. Chaque fois, nous voyons, juste avant, une lueur bleue s'allumer sur les écrans. Nous ignorons totalement ce qu'il advient des AUV, les véhicules sous-marins autonomes. La semaine dernière, quatre scientifiques russes particulièrement courageux sont descendus dans un submersible MIR… ils ont été tamponnés par mille mètres de fond et ils ont sombré.

— Cela signifie donc que nous leur abandonnons le terrain…

— Pour l'instant, nous essayons de ratisser les zones attaquées par les vers avec des chaluts. Nous tendons également des filets devant les littoraux ; c'est une mesure supplémentaire pour éviter les invasions terrestres comme celle de Long Island.

— Plutôt archaïques, ces solutions…

— On nous attaque de façon archaïque. Nous avons aussi commencé à traiter les baleines de Vancouver au sonar. On leur balance du SURTASS LFA. Puisqu'elles sont commandées par je ne sais quoi, nous contre-attaquons nous aussi par télécommande jusqu'à ce que le bruit leur fasse péter le crâne.

— C'est dégueulasse, ça, Li.

— Si vous avez une meilleure idée, je vous en prie, je suis preneuse.

Personne ne souffla mot pendant quelques instants. Puis quelqu'un lança :

— Et la surveillance par satellite ? Nous est-elle d'une utilité quelconque ?

Le Deputy Director for Operations secoua la tête.

— Ça dépend, dit-il. L'armée est préparée à détecter des chars cachés sous un camouflage de branchages, mais il y a très peu de systèmes capables de déceler des objectifs de la taille d'un crabe. Bien sûr, nous avons les KH-12 et la nouvelle génération des satellites Keyhole. Plus des Lacrosse. Et les Européens nous laissent l'accès au Topex/Poseidon et au SAR-Lupe, mais eux travaillent avec des radars. Le problème, c'est que nous ne reconnaissons ces petits détails qu'en zoomant. Cela veut dire que nous nous concentrons sur de petits secteurs, et que, ne sachant pas ce qui va sortir de la mer, ni où, nous cherchons dans la mauvaise direction. Li a proposé de lancer des patrouilles de drones au-dessus des côtes. Je trouve que c'est une bonne idée, mais les drones ne voient pas tout. Le NRO et le NSA font de leur mieux. L'analyse des informations que nous avons captées va sans doute nous permettre d'avancer. Nous exploitons toutes les ressources du SIGINT.

— C'est peut-être là que réside notre problème, fit observer le Président. Il faudrait peut-être utiliser davantage le HUMINT.

Li réprima un sourire. HUMINT était l'un des termes préférés du Président. Dans le jargon de la sécurité, SIGINT signifiait Signals Intelligence, ce qui englobait toutes les sources du renseignement électronique. HUMINT désignait les renseignements recueillis par l'espionnage : Human Intelligence. Le Président, un homme simple, peu féru de technologie, était pétri de l'esprit pionnier des pères fondateurs. Il aimait pouvoir regarder les gens dans les yeux. Lui, le commandant suprême de l'armée dotée de la technologie la plus développée du monde, il préférait à l'image satellite celle de l'éclaireur se faufilant dans les sous-bois.

— Mettez les cerveaux de la nation au boulot, dit-il. Il y en a qui ne sont que trop contents de se cacher derrière les pupitres de commande et les programmes d'ordinateurs. Je veux moins de programmes et plus de réflexion.

Le directeur de la CIA prit alors la parole :

— Finalement, nous devrions peut-être accorder moins d'importance à l'hypothèse Proche-Orient...

Li regarda Vanderbilt. Celui-ci gardait les yeux fixés droit devant lui.

— Alors, Jack, on s'est trop avancé ? dit-elle si bas que personne ne put entendre ses paroles, sauf leur destinataire. On va se faire taper sur les mimines...

— Oh ! ça va, fermez-la ! répliqua ce dernier.

Puis, s'adressant à l'ensemble des participants, Li proposa :

— Et si nous parlions d'une chose positive ?

Le Président sourit.

— Toutes les choses positives sont les bienvenues, Jude.

— N'oublions pas qu'il y a toujours un après. C'est le vainqueur qui décide de la suite. Dans tous les cas de figure, le monde ne sera plus le même. D'ici là, beaucoup de pays seront déstabilisés, y compris ceux dont la déstabilisation servira nos intérêts. Il faut profiter de l'occasion. C'est vrai, cette situation est épouvantable, mais une crise est toujours synonyme de chance. Si les événements actuels provoquent l'effondrement d'un régime qui n'a pas notre sympathie, ce ne sera pas de notre fait, mais nous pouvons donner un coup de pouce ici et là et installer les bonnes personnes...

— Hum ! fit le Président.

La ministre des Affaires étrangères réfléchit un moment, puis observa :

— La question est donc moins de savoir qui *mène* cette guerre, que de savoir qui la *gagnera*...

— C'est vrai, le monde civilisé doit se serrer les coudes et unir ses forces pour se battre contre cet ennemi invisible, insista Li. Tous ensemble. De toute façon, si ça continue, les alliances frapperont de plus en plus fort à la porte de l'ONU. C'est très bien ainsi pour l'instant. Nous ne devons pas nous imposer, mais nous tenir prêts, proposer la collaboration... Mais à la fin, c'est *nous* qui devons *gagner*. Et les perdants devront être ceux qui nous ont menacés dans le passé et qui étaient contre nous. Plus nous pèserons sur l'issue de la situation actuelle, plus la distribution des rôles sera claire par la suite.

— C'est un point de vue lui-même très clair, Jude, approuva le Président.

Autour de la table, on hocha la tête avec ensemble. Mais l'approbation générale était toutefois mélangée à une légère contrariété. Li se recula au fond de sa chaise. Elle en avait assez dit… plus peut-être que ne le permettait sa position, mais ses paroles n'avaient pas manqué leur but. Et même si elle avait coupé l'herbe sous le pied à quelques pontes mieux habilités qu'elle à s'exprimer, l'important était d'avoir fait parvenir son message à Offutt.

— Bien, dit le Président. Je pense que pour l'instant il faut garder cette proposition dans un tiroir, mais un tiroir qui restera entrouvert. Il faut éviter à tout prix que l'opinion mondiale ait l'impression que nous voulons prendre les commandes… Et vos scientifiques, Jude, où en sont-ils ?

— Je pense qu'ils sont notre plus grand capital.

— Quand pouvons-nous escompter des résultats ?

— Une réunion générale est prévue pour demain. J'ai demandé au major Peak de revenir pour y assister. Il dirigera les opérations de New York et de Washington à partir d'ici.

— Il faudrait faire un discours à la nation, suggéra le vice-président au Président. Il est temps de vous exprimer.

— C'est vrai, acquiesça le Président.

Puis il frappa sur la table et ordonna :

— Dites aux gens de la communication de se mettre à leurs plumes. Je veux de la sincérité, pas un bla-bla-bla destiné à apaiser les foules, mais quelque chose qui donne de l'espoir.

— Doivent-ils évoquer un ennemi éventuel ?

— Non, traitez ça comme une catastrophe naturelle. On n'en est pas là, les gens sont déjà suffisamment inquiets. Il faut leur affirmer que nous allons faire tout ce qui est humainement possible pour les protéger… et que nous le pouvons. Que nous avons les moyens et les possibilités… Que nous sommes préparés à tout. Les océans pourront bien nous envoyer toutes les créatures qu'ils voudront, l'Amérique est le pays le plus libre de la planète, c'est aussi le plus sûr. Il faut qu'ils le sachent. Et je vous fais à tous une autre recommandation. Priez. Adressez vos prières à Dieu, l'Amérique est son pays. Dieu sera à nos côtés. Il nous donnera la force de régler tout cela à notre avantage.

A New York, Etats-Unis

Jamais nous n'y arriverons, pensait Salomon Peak en montant dans l'hélicoptère.

Nous ne sommes pas préparés. Nous n'avons rien pour nous défendre contre cette horreur.

Jamais nous ne nous en sortirons.

L'appareil s'éleva au-dessus de l'héliport de Wall Street et mit le cap au nord, survolant Soho, Greenwich Village et Chelsea. La ville était brillamment éclairée, mais le spectacle proposé était hors normes. Dans les rues éclairées par les projecteurs, il n'y avait que peu de circulation. De là-haut, le chaos était visible dans toute son ampleur. New York était sous le contrôle des forces de sécurité de l'OEM et de l'armée, dans un ballet d'hélicoptères incessant. Le port était fermé. Seuls les navires de guerre naviguaient encore sur l'East River.

Et le nombre des morts ne cessait de s'accroître.

Ils étaient impuissants. L'OEM avait publié des tonnes d'instructions et de conseils concernant la conduite à tenir par la population en cas de catastrophe, mais les mises en garde constantes et les exercices d'alerte n'avaient, semblait-il, servi à rien. Les bidons d'eau potable qui auraient dû être présents dans chaque foyer, prêts à servir en cas d'urgence, brillaient par leur absence. Là où ils existaient, les gens périssaient malgré tout, victimes des substances toxiques qui montaient des canalisations sous forme de gaz, sortaient des lavabos, des toilettes, des lave-vaisselle. Il n'avait rien pu faire, sauf évacuer les gens qui paraissaient sains et les parquer dans d'immenses camps de quarantaine. New York s'était transformé en zone de danger mortel. Les écoles, les églises et les bâtiments publics avaient été réaménagés en hôpitaux ; le périphérique entourant la ville la faisait ressembler à une gigantesque prison.

Il regarda sur sa droite.

L'incendie continuait à faire rage dans le tunnel. Il était dû à un accident : le chauffeur d'un camion militaire qui avait mal mis son masque à oxygène avait perdu conscience au volant. Le camion faisait partie d'un convoi. Il s'était produit une réaction en chaîne au cours de laquelle des dizaines de véhicules avaient explosé. Il régnait dans le tunnel la même température qu'au sein d'un volcan.

Peak se reprochait de ne pas avoir su éviter l'accident. Car le danger de pollution était beaucoup plus élevé dans un tunnel que dans les rues de la ville. Mais il lui était impossible d'être partout en même temps. Et d'ailleurs, était-il en mesure d'éviter quoi que ce soit ?

S'il y avait une chose que Peak détestait vraiment, c'était l'impuissance.

Et à présent, Washington était touché à son tour.

« Jamais nous n'y arriverons, avait-il dit à Li, au téléphone.
— Il le faut. »
Telle avait été la réponse.

Ils survolaient l'Hudson et mettaient le cap sur l'aéroport de Hackensack, où un appareil militaire l'attendait pour le conduire à Vancouver. Les lumières de Manhattan s'éloignaient. Peak se demanda ce que donnerait la réunion du lendemain. Il espérait qu'au moins il en sortirait un médicament qui mettrait un terme à l'horreur qui ravageait New York. Une voix intérieure le mettait en garde contre de vains espoirs, et généralement elle avait raison.

L'officier sentait son crâne résonner au rythme du vacarme des rotors.

Il se recula dans son siège et ferma les yeux.

Au Chateau Whistler, Canada

Li était extrêmement satisfaite.

Certes, ce n'était pas un sentiment normal devant la fin du monde qui menaçait, mais la journée s'était merveilleusement bien déroulée : Vanderbilt était désormais cantonné en défense ; de plus, elle avait l'oreille du Président. Au bout d'interminables conversations téléphoniques, elle s'était forgé une idée de l'ampleur de l'apocalypse. A présent, elle attendait avec impatience qu'on lui passe le ministre de la Défense, afin de discuter de la mise en service des bateaux qui devaient prendre la mer pour la première attaque au sonar. Le ministre de la Défense était pris par une réunion. Elle avait encore quelques minutes devant elle. Elle se mit donc au piano et se lança dans une interprétation de Schumann sur un arrière-plan de voûte céleste étoilée.

Il était près de deux heures du matin lorsque le téléphone sonna. Elle se leva d'un bond, décrocha. Et resta interdite un instant, car, au lieu du Pentagone, ce fut une voix inattendue qu'elle entendit.

— Monsieur Johanson ! Que puis-je faire pour vous ?

— Vous avez un peu de temps ?

— Quand ? Maintenant ?

— J'aimerais bien vous parler en particulier, général.

— Cela ne m'arrange pas trop, pour l'instant. J'attends quelques coups de fil. Disons dans une heure ?

— Vous n'êtes pas curieuse de savoir pourquoi je vous dérange à pareille heure ?

— Mettez-moi sur la piste.
— Vous pensiez que j'avais une théorie.
— Oh ! c'est vrai !
Elle réfléchit une seconde, puis proposa :
— Très bien. Venez maintenant.
Elle raccrocha avec un sourire. C'était exactement ce qu'elle avait imaginé. Johanson n'était pas du genre à épuiser les délais jusqu'à la dernière seconde, histoire de faire durer le suspense, et il était trop bien élevé pour aller au-delà. Il voulait décider lui-même du moment, quand bien même ce serait en pleine nuit.
Elle appela le standard.
— Reportez ma communication avec le Pentagone d'une demi-heure… non, d'une heure.
Johanson avait sûrement pas mal de choses à raconter.

Sur l'île de Vancouver

Anawak pensait avoir l'appétit coupé pour un certain temps, après le récit de Greywolf. Mais Shoemaker s'était surpassé. Il avait accompagné ses steaks d'une remarquable salade, à laquelle il avait mélangé des croûtons et des noix. Ils dînèrent à trois dans sa véranda. Alicia évita d'évoquer le sujet de son nouvel amoureux et s'illustra par son sens de l'humour et sa vivacité d'esprit.

La soirée ressembla à un îlot de bonne humeur posé au milieu d'un océan de détresse.

Au Moyen Age, on dansait et on organisait des fêtes quand la Peste noire faisait rage. Ils n'en étaient pas encore tout à fait là, mais ils réussirent malgré tout à oublier les tsunamis, les baleines et les algues tueuses, à rire et à profiter de la douceur du soir.

Vers deux heures du matin, Anawak rentra chez lui. Alicia était restée. Car elle avait été incapable de s'arracher aux vieux films que Shoemaker avait entrepris de passer. Il avait aussi débouché une nouvelle bouteille de vin. Petit à petit, il s'était installé entre eux une atmosphère de compagnonnage alcoolisé, et, après un dernier verre d'eau, il les avait laissés à leur douce torpeur.

Rentré à la station, il brancha l'ordinateur et se mit à consulter Internet.

Il ne fut pas long à trouver le professeur Kurzweil.

A l'aube, il commençait à y voir un peu plus clair.

12 mai

Au Chateau Whistler, Canada

Je pense que c'est maintenant que les choses vont se décider.

Mais peut-être ne suis-je qu'un vieux fou.

Il était perché sur la petite estrade, à gauche de l'écran de projection. Le projecteur était éteint. Ils avaient dû attendre Anawak, qui avait passé la nuit à Tofino, mais maintenant, ils étaient au complet. Au premier rang, on trouvait Peak, Vanderbilt et Li. Peak était rentré de New York dans la nuit et avait l'air au bout du rouleau.

Johanson avait passé la moitié de sa vie dans des salles de conférences. Il était donc habitué à s'adresser à un public. Les salles de conférences étaient pour lui un terrain sûr. On transmettait ce que d'autres avaient découvert et on faisait réciter leur leçon aux étudiants.

Ce matin-là, il fit une expérience inattendue, celle du doute. Comment parler de sa théorie sans provoquer l'hilarité générale ? Li avait admis qu'il pouvait avoir raison. C'était déjà beaucoup. Avec une dose d'optimisme prudent, on pouvait même dire qu'elle était prête à suivre son raisonnement. Mais il ne pouvait s'empêcher de conserver en lui des restes d'inquiétude quant à ses capacités de conviction, ce qui l'avait amené à passer une bonne partie de la nuit à modifier et remodifier son exposé. Il ne se faisait aucune illusion. Il n'y aurait pas de séance de rattrapage. Soit il emportait l'adhésion, soit on le prendrait pour un vieux savant farfelu.

Tous les yeux étaient rivés sur lui. Il régnait un silence de mort.

Il parcourut des yeux la première page de son texte. L'introduction était détaillée. A présent, après trois petites heures de sommeil, elle lui parut incompréhensible et compliquée. Etait-ce vraiment la bonne façon de présenter les choses ? Pendant la nuit, il avait pensé que oui, mais c'était dans un état d'intense fatigue, avec les yeux brûlants et les idées devenues confuses. Et le résultat était là : son argumentation compliquée serpentant sur des sentiers rhétoriques tortueux.

Johanson hésita.

Puis il repoussa son manuscrit.

Aussitôt, il ressentit un immense soulagement, comme si sa petite liasse de papiers avait pesé des tonnes. Telle la cavalerie des westerns, sa confiance en lui revint au galop, fanfare en tête et bannière au vent. Il avança d'un pas, regarda son auditoire bien en face pour s'assurer de l'attention de chacun et se lança :

— C'est très simple. Nous allons avoir énormément de fil à retordre, mais, au fond, c'est vraiment simple et à portée de main. Ce qui se passe n'est pas une catastrophe naturelle. Nous n'avons pas non plus affaire à des groupes terroristes ou à des Etats voyous. Ce n'est pas non plus l'évolution qui perd la boule. Ce n'est rien de tout cela… C'est tout à fait autre chose. Nous sommes en ce moment les témoins d'une guerre interplanétaire, sujet décrit à maintes reprises. Il s'agit de deux planètes que nous ne connaissons pas en tant que telles, parce qu'elles sont fondues en une seule. Nous levons les yeux vers le ciel pour tenter d'y trouver des intelligences extraterrestres, mais c'est en bas, chez nous, dans ce monde dont elles font partie, qu'elles révèlent leur existence. Cette partie sous-marine du monde, nous n'avons jamais jugé utile de la comprendre vraiment.

« Or, il se trouve que deux systèmes de vie intelligente coexistent sur cette planète. Jusqu'à présent, elles se sont fichu mutuellement la paix. Mais alors que l'un des systèmes était au courant du développement de l'autre, l'autre ignore tout de la complexité du monde sous-marin, ou, si vous préférez, de l'univers étranger avec lequel il partage le globe. Car l'espace se trouve dans les océans. Les extraterrestres ne viennent pas des galaxies éloignées, ils se sont développés au fond des abysses. La vie aquatique étant beaucoup plus ancienne que la vie terrestre, je suppose que ces êtres sont beaucoup plus anciens que nous. Je n'ai aucune idée de leur aspect ou de la manière dont ils vivent, dont ils pensent et communiquent. Mais il va falloir se faire à l'idée qu'il existe une seconde race divine dont nous détruisons l'espace vital depuis des siècles. Et les gens qui vivent au fond de la mer semblent nous en vouloir à mort, avec quelque raison d'ailleurs. »

Son auditoire paraissait frappé de stupeur.

Vanderbilt le regardait fixement. Ses bajoues se mirent à trembler. Son énorme corps parut secoué comme si un rire tonitruant se préparait à s'abattre sur l'orateur, semblable à la salve d'un commando d'exécution. Ses lèvres charnues tressautèrent. Il ouvrit la bouche.

— Votre idée me paraît valable, dit alors Li.

Ce fut comme si on avait planté un couteau entre les côtes du directeur adjoint de la CIA. Sa bouche se referma. Il sursauta violemment, regarda Li avec stupéfaction.

— Vous n'êtes pas sérieuse, articula-t-il avec peine.

— Si, répliqua Li d'un ton calme. Je n'ai pas dit que M. Johanson avait raison, mais il me paraît bon de l'écouter. Je pense qu'il doit pouvoir étayer sa thèse.

— Merci, général, dit Johanson en s'inclinant légèrement. En effet, je peux le faire.

— Je vous propose donc de poursuivre. Essayez d'être bref, afin que nous puissions commencer les discussions au plus tôt.

Vanderbilt paraissait sous le choc.

Johanson laissa son regard errer sur les autres participants, mais sans s'attarder, afin de ne pas leur donner l'impression d'être à l'affût de leurs réactions. Personne ne semblait ouvertement opposé. La plupart des expressions trahissaient l'étonnement, beaucoup semblaient captivés, d'autres dans l'attente, d'autres encore ne révélaient rien. A présent, il s'agissait de passer à la deuxième étape. Il lui fallait les amener à se saisir de son idée et à la développer par eux-mêmes.

— Pendant la période qui vient de s'écouler, poursuivit-il, notre problème principal a été de faire le lien entre les différents accidents. Avant notre rencontre avec une substance gélatineuse apparaissant en quantité variable et se décomposant rapidement à l'air libre, il ne semblait y avoir aucune relation. Malheureusement, cette découverte n'a fait qu'augmenter notre perplexité, parce que nous trouvions cette matière aussi bien dans les crabes et les moules que dans la tête des baleines, donc dans des organismes on ne peut plus éloignés. Nous avons pensé à une sorte d'épidémie. Un champignon, une rage devenue matière, une sorte d'ESB ou de peste porcine. Mais cela n'expliquait pas les naufrages, ni pourquoi les crabes étaient porteurs d'algues tueuses. Sans compter que les vers des talus continentaux ne contenaient pas de substance gélatineuse. En revanche, ils transportaient des bactéries qui réduisaient le méthane et étaient responsables de la libération de gaz à effet de serre en grandes quantités, ce qui finit par conduire au glissement de la marge continentale et au tsunami. Dans de larges parties du monde, apparaissaient en même temps des organismes qui semblaient avoir muté, et les bancs de poissons adoptaient un comportement contre nature… Tout cela ne donne pas un tableau. C'est pourquoi Jack Vanderbilt a absolument raison quand il pense que c'est un cerveau qui a manigancé tout cela. Mais il oublie que pas un scientifique au monde n'est assez calé, loin s'en faut, pour pouvoir manipuler de la sorte l'écosystème marin. On affirme couramment que notre connaissance de l'espace est supérieure à celle du milieu marin. C'est parfaitement vrai. Il faudrait ajouter l'explication : c'est parce que nous nous déplaçons mieux et que nous voyons mieux dans l'espace qu'au fond de la mer. Le télescope Hubble observe sans problème les galaxies lointaines. En revanche, les plus puissants projecteurs du monde ne nous permettent pas de voir au-delà d'une dizaine de mètres au fond de l'océan. Un homme en tenue de spationaute peut se déplacer librement presque partout dans l'espace, mais un plongeur est écrabouillé à partir d'une certaine profondeur, même dans une combinaison ultrasophistiquée. Les submersibles, les AUV et les ROV, tous ces engins ne fonctionnent que dans des conditions bien déterminées. Nous ne possédons ni l'équipement technique ni le physique nécessaires pour nous permettre de déposer des milliards de vers sur des hydrates, et encore moins les connaissances requises pour les cultiver dans un monde dont nous ignorons presque tout... Des câbles sous-marins ont été détruits, et pas seulement par le glissement. On voit surgir des abysses des bancs de moules et de méduses... Oui, c'est vrai, il est plus simple d'expliquer ces phénomènes par l'existence d'un cerveau malfaisant qui aurait tramé tout cela, mais alors, il faut mener le raisonnement à son terme : ce qui se passe ne peut se passer que parce que quelqu'un connaît aussi bien l'univers sous-marin que nous-mêmes connaissons la surface terrestre. Par conséquent, ce serait quelqu'un qui vit au fond des océans et qui règne en maître dans son univers...

— Donc, s'écria Rubin avec excitation, vous voulez dire que nous partageons notre planète avec une seconde race intelligente ?

— Oui, c'est exactement cela.

— Si tel est le cas, intervint Peak, pourquoi n'avons-nous jamais entendu parler de cette race ?

— Parce qu'elle n'existe pas, maugréa Vanderbilt.

— Faux, protesta Johanson avec énergie. Il y a au moins trois raisons à cela. La première est la loi du poisson invisible.

— Pardon ? lâcha quelqu'un.

— La plupart des organismes des grands fonds n'y voient pas plus que nous, dans le sens traditionnel du terme, mais ils ont développé d'autres organes sensoriels qui remplacent la vue. Ils réagissent aux moindres changements de pression. Les ondes sonores les atteignent à des centaines et des milliers de kilomètres. Ils connaissent la présence du moindre véhicule sous-marin bien avant que ses occupants puissent distinguer quoi que ce soit autour d'eux. Nous pouvons très bien nous trouver dans une région où vivent des millions de poissons d'une certaine espèce, mais s'ils se tiennent dans l'obscurité, nous ne pouvons pas les voir. Et dans l'affaire qui nous occupe, nous avons affaire à des êtres intelligents ! Nous ne pourrons jamais les observer *tant qu'ils ne le voudront pas*... La deuxième raison est que nous ne savons absolument pas à quoi ces êtres ressemblent. Nous avons capté quelques phénomènes mystérieux sur les vidéos, le nuage bleu, les décharges électriques, l'être bizarre présent sur le talus continental norvégien. Sont-ils l'expression d'une intelligence inconnue ? Et qu'est-ce que c'est que cette gelée ? Et que sont ces bruits que Murray Shankar ne sait pas interpréter ? Et il y a une troisième raison. Autrefois, on pensait que seule la partie supérieure, la partie ensoleillée de la mer, était habitable. Maintenant, nous savons que la mer grouille d'organismes vivants à toutes les profondeurs. La vie est encore présente par onze mille mètres de fond. Beaucoup d'organismes n'ont aucune raison d'aller coloniser les parties supérieures. La plupart en sont incapables parce qu'ils ne disposeraient pas de la nourriture dont ils ont besoin. Nous avons exploré les couches d'eau supérieures, mais jamais personne n'est descendu tout au fond, hormis quelques submersibles et quelques robots. Si nous comparons ces expéditions occasionnelles avec la fameuse recherche d'une aiguille dans une botte de foin, il convient de se représenter une botte de foin de la taille de notre planète. C'est comme si des extraterrestres, depuis un vaisseau spatial, faisaient descendre sur la terre des caméras dont les objectifs ne seraient capables de saisir que ce qui se trouve dans un environnement de quelques mètres. L'une de ces caméras filme un petit bout de la steppe de Mongolie. Une autre fait des images du désert du Kalahari, et une troisième descend sur l'Antarctique. Une autre encore réussit à atterrir dans une grande ville, disons à New York, dans Central Park, où elle prend quelques mètres carrés d'herbe et un chien qui lève la patte sur un arbre. Qu'en concluraient les extraterrestres ? Que c'est une planète déserte où l'on tombe sporadiquement sur quelques formes de vie primitive…

— Qu'en est-il de leur technologie ? intervint Sue Oliviera. Ils sont obligés de disposer d'une technologie qui leur permette de réaliser tout ça.

— J'ai réfléchi à cela aussi, rétorqua Johanson. Je crois qu'il existe une alternative à la technologie telle que nous la possédons. Nous, nous transformons des matériaux non vivants pour en faire des appareils, des maisons, des moyens de locomotion, des vêtements, etc. Mais l'eau de mer est infiniment plus agressive que l'air. Dans l'univers sous-marin, il y a un impératif : l'adaptation doit être optimale. Et les formes de vie, en règle générale, sont adaptées de manière optimale. Nous pouvons donc imaginer une biotechnologie pure. Si nous partons de l'hypothèse d'une intelligence supérieure, nous pouvons aussi imaginer qu'elle est assortie d'une grande créativité et d'une connaissance précise de la biologie des organismes marins... D'ailleurs, nous, que faisons-nous d'autre ? Depuis des siècles, les hommes utilisent les autres êtres vivants. Les chevaux sont des motos vivantes. Hannibal a traversé les Alpes avec des camions biologiques. Depuis toujours, nous dressons les animaux. Aujourd'hui, on les modifie génétiquement. On clone les moutons et on cultive du maïs transgénique. Qu'est-ce qui se passe si nous développons cette idée ? Nous obtenons une race qui a construit sa culture et sa technologie *exclusivement* sur une base biologique ! Ils cultivent ce dont ils ont besoin, tout simplement. Pour la vie quotidienne, pour les déplacements, pour la guerre...

— Mon Dieu, mon Dieu ! gémit Vanderbilt.

— Nous cultivons le virus Ebola et le germe de la peste, et nous nous amusons à faire des expériences avec la variole, poursuivit Johanson, imperturbable. Donc avec des êtres vivants. Pour l'instant, nous nous contentons de les mettre dans des ogives, mais ce n'est pas pratique, et une fusée, même commandée par satellite, n'atteint pas obligatoirement son but. Si nous dressions des chiens porteurs de germes, ce serait peut-être beaucoup plus efficace. Ou des oiseaux. Ou des insectes, pourquoi pas ! Comment faire pour lutter contre des moustiques infectés, des fourmis contaminées ? Ou contre des millions de crabes qui transportent des algues tueuses ?... Ces vers, sur le talus continental, ils ont été cultivés. C'est pour cela que nous ne les avions jamais rencontrés : ils n'existaient pas. Ils servent à transporter des bactéries dans la glace, ce qui veut dire que nous avons affaire, en quelque sorte, à des missiles de croisière de la famille des polychètes. Avec des armes biologiques mises au point par quelqu'un dont la culture repose sur la manipulation de la vie organique... Et d'un seul coup, nous tenons l'explication de toutes les mutations ! Quelques animaux n'ont été transformés que légèrement, mais d'autres sont tout à fait nouveaux. Cette gelée, par exemple : c'est un produit biologique, extrêmement transformable, mais nous sommes certains que ce n'est pas le produit d'une sélection naturelle. Elle aussi remplit une mission. Elle est là pour contrôler d'autres organismes en investissant leurs systèmes neurologiques. Elle modifie le comportement des baleines. Les crabes et les homards, en revanche, ont été réduits dès le départ à leurs simples fonctions mécaniques. Ce sont des enveloppes vides contenant des résidus de masse nerveuse. Ils sont commandés par la gelée, et ils contiennent un chargement d'algues tueuses. Sans doute ces crabes n'ont-ils jamais vraiment vécu. Ils ont été cultivés comme des combinaisons spatiales pour pouvoir sortir dans l'espace, dans notre monde.

— Cette matière, cette gelée, l'interrompit Rubin, n'aurait-elle pas pu être cultivée par un être humain ?

— Non, intervint Anawak. Ce que dit M. Johanson est plus plausible, à mon avis. Si c'est un humain qui est derrière tout cela, pourquoi choisirait-il de faire le détour par les grands fonds pour contaminer les villes ?

— Parce que les algues tueuses se trouvent dans la mer.

— Pourquoi n'essaie-t-il pas par un autre moyen ? Quelqu'un qui sait cultiver des algues tueuses plus toxiques que la *Pfiesteria* est capable de trouver un agent pathogène qui ne passe pas par l'eau. Pourquoi cultive-t-il des crabes alors qu'il pourrait très bien y arriver avec des fourmis ou des oiseaux, ou des rats, pourquoi pas ?

— Il ne pourra pas provoquer des tsunamis avec des rats.

— Cette matière provient d'un laboratoire humain, s'entêta Vanderbilt. C'est une substance synthétique...

— Je ne crois pas, le contredit Anawak d'un ton véhément. Je suis sûr que la marine américaine elle-même en est incapable, alors qu'elle est championne pour dénaturer les mammifères marins.

Vanderbilt se mit à dodeliner de la tête, comme pris d'un accès subit de la maladie de Parkinson.

— Qu'est-ce que vous chantez là ?

— Je parle des expériences qui ont été menées sous la dénomination MK-0.

— Jamais entendu parler.

— Vous voulez nier que la Navy essaie depuis des années de manipuler les circuits du cerveau des dauphins et des autres mammifères marins en leur introduisant des électrodes dans la boîte crânienne et...

— Qu'est-ce que c'est que ces bêtises ?

— Bon, ils n'ont pas réussi, jusqu'ici. En tout cas, pas comme ils le souhaitent. Pour y arriver, ils étudient le travail de Ray Kurzweil...

— Kurzweil ?

— C'est l'un des génies de la neuro-informatique, s'empressa de préciser Fenwick, dont le visage s'était éclairé. La vision de Kurzweil va beaucoup plus loin que le stade actuel de la recherche sur le cerveau. Si on veut savoir pourquoi des gens sont capables de... Non, c'est encore plus extraordinaire, son travail pourrait nous renseigner sur la manière dont procéderait une intelligence étrangère ! Le neuro-ordinateur de Kurzweil ! Oui, c'est effectivement une possibilité ! s'enflamma Fenwick.

— Excusez-moi, dit Vanderbilt, je ne sais absolument pas de quoi vous parlez.

— Ah bon ? ironisa Li. Moi qui étais persuadée que le lavage de cerveau était d'un intérêt vital pour la CIA…

Vanderbilt souffla d'un air méprisant et tourna la tête en tous sens pour interroger ses voisins du regard.

— Qu'est-ce qu'il raconte ? Mais bon Dieu, est-ce que quelqu'un pourrait me dire de quoi il parle ?

— Le neuro-ordinateur est une maquette destinée à la reproduction complète d'un cerveau, expliqua Sue Oliviera. Notre cerveau se compose de milliards de cellules nerveuses. Chacune de ces cellules est reliée à une quantité innombrable d'autres cellules qui communiquent entre elles par des impulsions électriques. C'est par ce moyen que sont sans cesse réactualisées, classées ou archivées les connaissances, l'expérience et les émotions. A chaque seconde de notre vie, même pendant notre sommeil, notre cerveau est soumis à une perpétuelle restructuration. Grâce à la technique actuelle, les zones actives du cerveau peuvent être représentées au millimètre près. Comme une carte géographique. Nous le voyons penser, ressentir, nous voyons quelles cellules nerveuses sont activées, par exemple lors d'un baiser, d'une douleur ou d'un souvenir…

Anawak intervint à son tour, reprenant le fil :

— On sait les localiser, et la Navy sait où il faut envoyer des pulsions électriques pour obtenir une réaction déterminée. Mais c'est encore très grossier, comme pour une carte géographique dont la précision n'irait pas au-delà de cinquante kilomètres carrés. Kurzweil, en revanche, pense que nous allons bientôt avoir la possibilité de scanner un cerveau complet, y compris chaque liaison nerveuse, chaque synapse, et la concentration précise de tous les neurotransmetteurs chimiques… jusqu'au moindre détail de chaque cellule !

— Quand on aura l'information complète, poursuivit Sue, un cerveau pourra normalement être mis sur neuro-ordinateur avec toutes ses fonctions. L'ordinateur établira une copie parfaite de la pensée de la personne dont le cerveau aura été scanné, avec ses souvenirs et ses capacités. Un second moi.

Li leva la main.

— Je peux vous assurer que le MK-0 n'en est pas encore à ce point, dit-elle. Le neuro-ordinateur de Kurzweil n'est encore qu'une vision de l'esprit, pour le moment.

— Jude, chuchota Vanderbilt, horrifié, qu'est-ce qui vous prend de raconter ça ici ? Ça ne regarde personne, c'est du secret défense !

— Le MK-0 obéit à des objectifs militaires, poursuivit Li sans se laisser démonter. L'alternative serait de sacrifier des êtres humains. Nous ne pouvons pas toujours choisir nos guerres, comme vous l'avez sans doute constaté. Le projet se trouve effectivement dans un cul-de-sac, mais cette interruption n'est que provisoire. Nous sommes sur le chemin de l'intelligence artificielle. La médecine va bientôt pouvoir remplacer les organes humains par des micropuces. Grâce à ce genre d'implants, les aveugles sont déjà capables de discerner certains contours. Nous allons voir apparaître des formes d'intelligence entièrement nouvelles.

Elle s'arrêta et posa son regard sur Anawak.

— C'est bien ce que vous vouliez dire, n'est-ce pas ? Tous les éléments seraient là pour désigner l'hypothèse Proche-Orient si l'humanité en était arrivée au point de la vision de Kurzweil. Mais nous n'en sommes pas là, ni l'Amérique, ni personne d'autre. Aucun être humain ne peut avoir cultivé cette gelée qui fonctionne apparemment comme un neuro-ordinateur…

— Dans la pratique, le neuro-ordinateur implique le contrôle *total* de chaque pensée, fit observer Anawak. Si cette gelée est quelque chose de ce genre, elle ne se contente pas de contrôler l'animal, elle devient cet animal, elle devient une partie de son cerveau. Certaines cellules de la substance prennent en charge la fonction d'une cellule du cerveau. Soit elles agrandissent le cerveau d'un être vivant…

— Soit elles le remplacent, conclut Sue Oliviera. Léon a raison. Un tel organisme ne provient pas d'un laboratoire *humain*.

Johanson les écoutait, le cœur battant. Ils se saisissaient de sa théorie. Ils la reprenaient en y ajoutant de nouveaux éléments, et elle se renforçait avec chaque mot prononcé.

Tandis qu'autour de lui on se mettait à discuter avec passion, il se surprit à voir en pensée cet ordinateur biologique capable de copier les cellules du cerveau. Mais il fut bientôt tiré de ses réflexions par Roche, qui s'adressait à lui :

— Il y a quand même une chose que je ne comprends pas, monsieur Johanson. Comment expliquez-vous le fait qu'ils nous connaissent si bien, s'ils vivent au fond de l'eau ? Malgré tout le respect que je vous dois, pouvez-vous me dire comment fait un habitant des grands fonds pour être à ce point au courant de la nature humaine ?

Ces paroles furent accueillies par les mouvements de tête approbateurs de Vanderbilt et de Rubin.

— Ce n'est pas difficile, répondit Johanson. Quand nous disséquons un poisson, nous le faisons dans notre monde, pas dans le sien. Il est tout à fait plausible que ces êtres acquièrent leurs connaissances dans leur monde à eux. Il y a des tas de noyés au fond de l'eau, ils peuvent parfaitement les étudier… et aller à la pêche à de nouveaux spécimens quand ils en ont besoin. Mais il est vrai que vous avez raison : que savent-ils exactement de nous ? C'est dès avant le glissement du plateau que j'ai commencé à penser à une attaque organisée. Curieusement, je n'ai jamais imaginé que des humains puissent être derrière tout ça. Cette stratégie me paraissait trop… étrangère. La manière dont de grandes parties des infrastructures nord-européennes avaient été détruites avait été brillamment planifiée et pensée pour causer de très importants dommages. En revanche, envoyer les baleines à l'assaut des petits bateaux paraît naïf, comme stratégie. On n'arrête pas la surexploitation des mers avec des bancs de méduses, même extrêmement toxiques. Les catastrophes maritimes nous atteignent durement, mais je doute que ces bancs d'animaux mutants parviennent vraiment à paralyser la navigation au niveau mondial. Pourtant, ce qui frappe, c'est qu'ils connaissent parfaitement le fonctionnement des bateaux. Tout ce qui touche de près à leur espace vital leur est familier, mais beaucoup moins le monde du dessus. Envoyer des algues tueuses sur la terre ferme par le truchement des crabes est une excellente stratégie militaire, mais le début, avec les homards bretons, n'a pas été vraiment une réussite. Ils n'avaient visiblement pas envisagé le problème de la sous-pression. La gelée, en se glissant dans les corps des homards, au fond de l'eau, était comprimée par la pression qui règne dans les profondeurs. A la surface, elle se dilate, ce qui a évidemment fait éclater certains homards.

— Ils ont l'air d'avoir rectifié le tir, avec les crabes, dit Sue Oliviera, parce qu'ils restent stables.

— Ouais… fit Rubin, dubitatif. Vous avez bien vu qu'ils crevaient à peine arrivés sur la terre ferme.

— Et pourquoi pas ? répliqua Johanson. Ils ont fait leur boulot. Tous ces mutants sont condamnés à une mort rapide. Ils sont créés et élevés pour combattre notre monde, pas pour le coloniser… En étudiant la stratégie utilisée pour cette guerre, on voit bien que les humains ne procéderaient pas de la même façon. Pourquoi faire un détour par la mer ? Pourquoi un être humain devrait-il s'embarquer dans des expérimentations pareilles ? Quelle raison aurait-il de modifier des gènes d'organismes qui vivent à des milliers de mètres sous l'eau, comme les crabes hydrothermaux ? Non, ce n'est pas l'œuvre d'êtres humains. Nous avons affaire à des êtres qui se livrent à des expériences pour trouver nos points faibles. Et, surtout, à des manœuvres de diversion.

— Comment ça ? s'étonna Peak.

— Oui. Vous voyez bien que l'ennemi ouvre une quantité de fronts à la fois. Il y en a qui sont de vrais cauchemars, d'autres qui sont simplement pénibles, mais tous ont pour objet de maintenir la pression. Ces piqûres d'aiguille nous font un mal de chien, mais la perfidie suprême, c'est qu'elles cachent la réalité, qu'à force de passer notre temps à essayer de limiter les dégâts, nous ne voyons plus les véritables dangers. Nous sommes comme ce jongleur de cirque qui pose ses assiettes sur des cannes et les déplace en tournant pour éviter de les faire tomber. Il est obligé de courir sans cesse d'une canne à l'autre. Dès qu'il a stabilisé la dernière assiette, la première se met à bouger. Plus il y a d'assiettes, plus il doit courir. Dans notre cas, le nombre des assiettes a largement dépassé les capacités du jongleur. Nous ne sommes pas de taille à nous opposer à toutes ces attaques. Les attaques de baleines et la disparition des bancs de poissons ne représentent pas un problème insoluble en soi. Mais ces phénomènes accumulés remplissent leur office, à savoir nous paralyser et nous dépasser par leur ampleur. S'ils continuent à se répandre, ils entraîneront le chaos dans de nombreux pays, ce dont d'autres pays tireront profit ; des conflits locaux et d'autres plus importants, impossibles à gérer, éclateront, et il n'y aura que des perdants. Nous nous affaiblirons par notre propre faute. Les structures d'aide internationale s'écrouleront, les systèmes de soins médicaux s'arrêteront de fonctionner. Nous n'aurons plus assez de moyens, de force, de savoir-faire, et finalement de temps, pour éviter ce qui est en train de s'accomplir de manière insidieuse, et que nous ne voyons pas, trop occupés avec les agressions visibles.

— C'est-à-dire ? lança Vanderbilt, que tout ce discours laissait visiblement sceptique.

— La destruction de l'humanité.

— Hein ?

— Oui, vous avez bien entendu. Ça crève les yeux, non ? Ils ont décidé de nous appliquer le traitement que nous appliquons aux nuisibles. Ils veulent nous exterminer…

— Ça suffit, j'en ai assez entendu !

— … avant que nous n'exterminions la vie dans les océans.

Le directeur adjoint de la CIA se redressa telle une montagne de chair et pointa un index tremblant vers Johanson.

— Arrêtez de nous faire perdre notre temps avec vos bêtises ! Qu'est-ce que vous vous imaginez ? Si vous allez trop au cinéma, c'est votre problème, mais nous ne sommes pas ici pour vous entendre délirer sur des… des espèces d'E.T. sortis tout droit d'*Abyss*, qui nous feraient les gros yeux parce que nous n'avons pas été sages !

— *Abyss* ? réfléchit Johanson. Ah oui !… Non, ce n'est pas ça. Dans le film, c'étaient des extraterrestres.

— C'était le même genre de conneries !

— Non. Dans *Abyss*, ce sont des êtres venus de l'espace qui envahissent nos mers. On nous les montre comme des hommes meilleurs que nous. Ils ont un message moral. Surtout, ils ne nous chassent pas du sommet de l'évolution terrestre comme le ferait une race intelligente *qui s'est développée ici, sur cette planète, parallèlement* à nous.

— Monsieur Johanson ! s'écria Vanderbilt, en sortant un mouchoir dont il s'épongea le visage. Vous n'êtes pas un fouineur professionnel comme nous. Vous n'avez pas notre expérience. Vous nous avez distraits pendant un petit quart d'heure, c'est très bien, mais quand on enquête sur des activités louches, la première chose à faire, c'est découvrir quels intérêts elles servent. Voilà ce qui va vous mener sur la bonne piste ! Vous n'y arriverez pas en farfouillant dans…

Il fut interrompu dans sa diatribe par une voix qui disait :

— Elles ne servent les intérêts de personne !

Le gros homme se retourna lourdement. C'était Bohrmann qui venait de prendre la parole.

— Vous vous trompez, Vanderbilt, poursuivit le scientifique. Kiel a travaillé jusqu'à la nuit dernière à imaginer des scénarios prévoyant ce qui se passerait si d'autres talus continentaux venaient à s'écrouler…

— Je sais, le coupa Vanderbilt sans ménagement. Des tsunamis et du méthane. On aurait un petit problème de climat…

— Non, ce ne serait pas un petit problème, ce serait notre arrêt de mort, rectifia Bohrmann. Tout le monde sait ce qui s'est passé sur la Terre il y a cinquante-cinq millions d'années, quand la totalité du méthane s'est échappée dans l'atmosphère et…

— Vous pouvez me dire comment vous pouvez *savoir* ce qui s'est passé il y a cinquante-cinq millions d'années ?

— Nous avons fait des calculs. Et c'est ce que nous venons de faire à nouveau. Nous aurons des tsunamis qui s'abattront sur les littoraux en détruisant les populations côtières. Ensuite, la température augmentera peu à peu sur la surface de la Terre, jusqu'à devenir insupportable, et nous finirons par nous éteindre. Nous mourrons tous, y compris le Proche-Orient, monsieur Vanderbilt. Et vos terroristes. La libération du méthane à l'est de l'Amérique et dans le Pacifique Ouest suffirait à sceller notre destin à tous.

Un silence de mort s'établit dans la salle.

— Et vous ne pourrez rien faire pour l'empêcher, Jack, dit Johanson à voix basse en regardant Vanderbilt. Parce que vous ne saurez pas comment vous y prendre. Et il ne vous vient pas à l'idée de réfléchir à ce problème, parce que vous êtes déjà submergé par les baleines, les requins, les moules, les méduses, les crabes, les algues tueuses et les bouffeurs de câbles invisibles qui éliminent nos plongeurs, nos robots et tout ce qui nous permettrait de jeter un coup d'œil au fond de l'eau.

— Au bout de combien de temps l'atmosphère se réchaufferait-elle assez pour menacer l'humanité ? demanda Li.

Bohrmann réfléchit.

— Cela prendrait quelques siècles, je pense, répondit-il.

— On a le temps, alors, grogna Vanderbilt.

— Non, pas du tout, répliqua Johanson. Si ces êtres mènent leur campagne parce que nous mettons leur espace vital en danger, il faut qu'ils se débarrassent de nous très vite. Du point de vue de l'histoire de la Terre, quelques siècles, ce n'est rien du tout. Mais il n'a pas fallu tout ce temps à l'homme pour causer le pire. Ils n'ont donc eu aucun état d'âme pour faire encore mieux que lui. Ils ont réussi à arrêter le Gulf Stream.

Bohrmann ouvrit de grands yeux.

— Quoi ?

— Il est arrêté, confirma Karen Weaver, prenant la parole à son tour. Il coule peut-être encore un peu, mais ce sont ses derniers instants. D'ici à quelques années le monde pourra se préparer à une nouvelle ère glaciaire. Dans moins de cent ans, le froid sur Terre sera terrible. Dans cinquante ou quarante ans. Peut-être moins.

— Attendez ! s'écria Peak. On sait que le méthane réchaufferait la Terre et que l'atmosphère pourrait disparaître. Mais pourquoi arrêter le Gulf Stream en même temps et provoquer une nouvelle ère glaciaire ? C'est quoi, ça ? Un équilibre de la terreur ?

Karen lui répondit :

— Je dirais plutôt une terreur maximale.

Au début, Vanderbilt semblait être le seul à s'opposer obstinément à l'analyse de Johanson, mais les choses évoluèrent au cours de l'heure suivante. L'assemblée se divisa en deux camps qui s'affrontèrent âprement. Tous les événements furent minutieusement passés en revue. Les premières anomalies. Le début des attaques de baleines. Les circonstances dans lesquelles les vers avaient été découverts. Comme dans un match de rugby, on joua des coudes rhétoriques, on se balançait les arguments comme autant de coups de pied de déplacement, les attaques fusaient de tous les endroits du terrain, on attaquait par les côtés, on tentait de percer au centre... Le tout dominé par une question sous-jacente, à savoir : une intelligence parallèle avait-elle le droit de disputer à l'humanité sa suprématie ? Nul ne l'exprima à haute voix. Mais Anawak, qui avait l'expérience du débat concernant l'intelligence animale, décelait cette pensée enfouie, teintée d'agressivité, derrière chaque mot prononcé. Vanderbilt regroupait autour de lui Rubin, Frost, Roche, Shankar et Peak, d'abord hésitant. Johanson avait l'appui de Li, Sue Oliviera, Fenwick, Ford, Bohrmann et Anawak. Les agents secrets et les diplomates présents restèrent d'abord simples spectateurs, comme ces gens mal à l'aise, assis tout autour de la piste dans la salle de bal, qui regardent, envieux, les couples se faire et se défaire. Puis ils entrèrent dans la danse, les uns après les autres.

Et là, surprise !

Ces gens-là entre tous, des espions professionnels, des conservateurs dans l'âme, conseillers en sécurité et experts en terrorisme, se rangèrent presque tous aux côtés de Johanson. L'un d'eux déclara même :

— Moi, je suis pragmatique. Quand on me dit une chose qui me semble tenir la route, je ne vois pas pourquoi je n'y croirais pas. Quand on essaie de me prouver le contraire avec des tas de démonstrations tordues pour le faire entrer dans le moule de ce qu'on connaît, je me lève et je dis stop.

Le premier à déserter le petit groupe de Vanderbilt fut Peak. Puis suivirent Frost, Shankar et Roche.

Finalement, Vanderbilt, épuisé, demanda une pause.

Ils sortirent pour gagner le buffet préparé à l'extérieur, qui proposait des jus de fruits, du café et des pâtisseries. Karen Weaver vint se placer à côté d'Anawak.

— J'ai l'impression que vous avez accepté la théorie de Johanson sans trop vous forcer, lui dit-elle. Il y a une raison ?

Anawak la regarda en souriant.

— Du café ? proposa-t-il.

— Volontiers, avec du lait, s'il vous plaît.

Il remplit deux tasses et lui tendit la sienne. Karen était à peine plus petite que lui. Anawak s'aperçut soudain qu'elle lui plaisait, et pourtant ils s'étaient à peine adressé la parole. Elle lui avait plu dès le premier instant, en fait, dès le moment où leurs regards s'étaient croisés, à son arrivée au Chateau.

— Oui, c'est vrai, dit-il. C'est une théorie mûrement réfléchie…

— C'est la seule raison, ou est-ce parce que vous croyez de toute façon à l'intelligence animale ?

— Non, pas du tout. Je crois à l'intelligence en général, mais je considère les animaux comme des animaux, et les hommes comme des hommes. Si nous arrivions à prouver que les dauphins sont aussi intelligents que nous, avec toutes les conséquences que cela impliquerait, ce ne seraient plus des animaux.

— Vous croyez que c'est le cas ?

Anawak secoua négativement la tête.

— Je crois que nous ne le découvrirons pas tant que nous jugerons selon les critères humains… Considérez-vous les humains comme des êtres intelligents, mademoiselle Weaver ?

Karen rit.

— Un humain unique est intelligent. Beaucoup d'humains réunis, ça fait une sacrée bande de cons.

Cette réponse plut beaucoup à Anawak.

— Vous voyez ? dit-il. On pourrait dire exactement la même chose de…

Il fut interrompu par un membre de la sécurité qui se dirigeait vers lui à grands pas.

— Vous êtes bien monsieur Anawak ? On vous demande au téléphone.

Anawak fronça les sourcils. Au Chateau, personne n'était joignable directement. Mais il existait un numéro auquel les proches avaient accès pour les cas d'urgence. Li avait demandé à l'équipe de ne le communiquer qu'avec parcimonie.

Shoemaker possédait ce numéro. Qui d'autre ?

— Dans le hall, précisa l'agent de sécurité.

— Merci, je vous suis.

— A tout de suite ! lui lança Karen.

Une rangée de cabines téléphoniques provisoires avait été installée dans l'une des nefs du hall.

— La première, indiqua l'homme. Attendez la sonnerie et décrochez. Vous aurez Tofino.

Tofino ? C'était bien Shoemaker.

Effectivement. A l'autre bout du fil, il entendit sa voix familière :

— Ah, Léon ! dit Shoemaker, je suis désolé de t'interrompre au milieu d'un travail important, mais…

— Pas de problème, Tom. On a passé une bonne soirée, hier.

— Hein ? Ah oui ! Mais… ça aussi, c'est important. C'est…

Shoemaker paraissait chercher ses mots. Puis il poussa un léger soupir.

— Léon, j'ai quelque chose de triste à t'annoncer. Nous avons reçu un appel de Cape Dorset.

Anawak se sentit très faible, tout à coup. Il sut ce qui allait venir. Il l'avait su dès le début, en fait.

— Léon, ton père vient de mourir, dit Shoemaker.

Le jeune homme resta muet, paralysé par le choc.

— Léon ?

— Tout va bien, je…

Tout va bien, comme toujours. Tout va bien. Tout va bien.

Qu'allait-il faire ?

Non, ce n'était pas vrai ! Rien n'allait bien.

Li

— Des extraterrestres ?

Le Président était étrangement calme.

— Non, fit Li. Pas des extraterrestres. Des habitants de cette planète. Des concurrents, si vous préférez.

La base aérienne d'Offutt et le Chateau étaient en vidéoconférence. Côté Offutt, hormis le Président, les participants étaient le ministre de la Défense, le premier conseiller pour la sécurité, le ministre de l'Intérieur et la ministre des Affaires étrangères, ainsi que le directeur de la CIA. Désormais, il ne faisait aucun doute que Washington partagerait le destin de New York. La ville avait été évacuée. Le cabinet avait été en grande partie transféré dans le Nebraska. Les premiers décès étaient venus souligner le caractère dramatique de la situation, mais la retraite dans l'intérieur des terres eut lieu en secret et selon le plan. Cette fois, on était mieux préparé.

Au Chateau, les interlocuteurs étaient Li, Vanderbilt et Peak. Li savait que les gens, à Offutt, rongeaient leur frein. Le grand patron de la CIA se languissait de son bureau, au sixième étage du siège de l'organisation, sur le Potomac. En secret, il enviait son adjoint chargé de la lutte contre le terrorisme, qui avait tout bonnement refusé d'évacuer ses collaborateurs.

« Vous allez mettre votre personnel en sécurité », lui avait-il ordonné.

A quoi son subordonné avait répliqué :

« Cette crise a été provoquée. C'est une attaque terroriste. Il faut que les gens du Global Response Center restent au boulot, devant leurs ordinateurs. Ils ont une mission primordiale à remplir. Ils sont les yeux avec lesquels nous observons le terrorisme international. Nous ne pouvons pas les évacuer.

— Ceux qui attaquent New York sont des tueurs biologiques, avait rétorqué le directeur de la CIA. Regardez ce qui se passe là-bas. Ce sera la même chose à Washington.

— Le Global Response Center n'a pas été créé pour aller se planquer quand ça sent le roussi.

— Bien, mais votre personnel est en danger de mort.

— Eh bien, il mourra. »

Le ministre de la Défense, lui aussi, aurait préféré gérer la situation à partir de son imposant bureau. De même, il fallait quasiment attacher le Président pour éviter qu'il ne saute dans le premier Jet et ne rentre à la Maison-Blanche. S'il était un défaut dont on ne pouvait l'accuser, c'était de lâcheté. Plus précisément, il était si courageux que quelques-uns de ses opposants nourrissaient le soupçon qu'il était simplement trop ignorant pour être capable d'avoir peur.

Et pourtant, la base aérienne d'Offutt était équipée comme un siège du gouvernement bis. Mais ils avaient été *obligés* de s'y réfugier. Là résidait le problème. Et là était la raison, selon Li, pour laquelle ils accueillaient favorablement l'hypothèse de cette puissance intelligente tapie au fond des mers. L'idée de battre en retraite devant des adversaires humains, auxquels on n'avait rien à opposer sauf son désarroi, était inacceptable. C'eût été un insupportable camouflet pour l'Administration. Mais la théorie de Johanson jetait une lumière entièrement nouvelle sur l'affaire. Elle ôtait rétroactivement la pression sur les conseillers en sécurité, le ministère de la Défense, le Président.

— Qu'est-ce que vous en pensez ? demanda le Président à ses conseillers. Croyez-vous que ce soit possible ?

— Ce que je crois personnellement n'a aucune importance, répondit le ministre de la Défense d'un ton sec. Les experts sont tous au Chateau. S'ils aboutissent à une telle conclusion, nous devons les prendre au sérieux et leur demander quelles sont les prochaines mesures à prendre.

— Vous allez prendre ça au sérieux ? s'enflamma Vanderbilt. Des extraterrestres ? Des petits hommes verts ?

— Ce ne sont pas des extraterrestres, répéta Li avec patience, pour la énième fois.

— Cela soulève un nouveau problème, fit observer la ministre des Affaires étrangères. Admettons que la théorie soit exacte. Dans quelle mesure pouvons-nous la diffuser au public ?

— Quoi ? Rien ! Nous ne dirons rien du tout ! s'emporta le directeur de la CIA. Autrement, ce serait le chaos général…

— C'est déjà le cas.

— Peu importe. Les médias nous assassineraient. Ils nous prendraient pour des fous. Au début, ils se foutront de nous, et ensuite, ils ne *voudront* tout simplement pas nous croire. L'existence d'une telle race remettrait en question l'importance de l'humanité.

— Ça, c'est un problème religieux, répliqua le ministre de la Défense, il ne concerne pas la politique…

— Il n'y a plus de politique, intervint Peak. Il n'est plus possible de considérer les choses autrement que sous l'angle de la peur et de la souffrance. Allez faire un tour à Manhattan pour vous faire une idée. Les gens n'ont plus d'autre recours que la prière, y compris ceux qui n'ont jamais mis les pieds à l'église.

Le Président leva pensivement les yeux au plafond.

— Nous devons nous demander quels sont les plans de Dieu dans cette affaire.

— Permettez-moi de vous faire observer que Dieu ne siège pas dans votre cabinet, objecta Vanderbilt. Et il n'est pas sûr non plus qu'il soit de notre côté…

— Ce n'est pas une bonne position, ça, Jack, le reprit le Président en fronçant les sourcils.

— J'ai arrêté de classer les positions, je ne veux pas savoir si elles sont bonnes ou mauvaises, à partir du moment où elles tiennent debout. Vous avez tous l'air, ici, de penser qu'il y a du vrai dans cette théorie. Alors je me demande si c'est moi qui suis cinglé, ou si ce sont les autres…

Le directeur de la CIA le rappela à l'ordre d'un ton menaçant :

— Jack !

— … mais je suis tout prêt à admettre que c'est moi. Mais je ne changerai de point de vue que quand j'aurai des preuves… quand je leur aurai parlé, à ces ordures qui sont dans la flotte. D'ici là, je nous conseille vivement de ne pas éliminer la possibilité d'une agression terroriste de grande ampleur et de rester vigilants.

Li posa la main sur son bras pour l'interrompre :

— Jack, dites-moi pourquoi des hommes passeraient par ce moyen.

— Pour faire croire à des gens comme vous qu'E.T. nous a choisis pour cible. Et ça fonctionne, alors ça, oui !

— Nous ne sommes pas des naïfs, intervint le conseiller en sécurité d'un ton aigre. Nous n'allons pas diminuer notre vigilance, mais reconnaissez que nous n'avançons pas d'un pouce avec votre obsession terroriste. Je veux bien continuer indéfiniment à rechercher des mollahs fous ou des supercriminels bourrés de fric, mais je pressens que ça n'empêchera pas de nouveaux glissements de talus avec à la clé la destruction de nos villes, la mort de milliers d'Américains innocents, etc. Donc, quelle est votre proposition, Jack ?

Vanderbilt croisa les bras sur son ventre d'un geste furieux. Ainsi, il avait tout d'un Bouddha boudeur.

— Il a déjà fait une proposition... dit pensivement Li.

— Laquelle ?

— Parler aux ordures qui sont dans la flotte. Prendre contact.

Le Président joignit pieusement la pointe de ses doigts. Puis il prononça, d'un ton pénétré :

— Ce qui nous arrive est une épreuve, une épreuve pour la race humaine. Peut-être Dieu a-t-il destiné cette planète à deux races différentes. Mais peut-être aussi la Bible a-t-elle raison, quand elle parle de la bête qui sort de la mer. Lorsque Dieu a dit « Vous régnerez sur le monde », il ne l'a pas dit à un être marin quelconque.

— C'est vrai, ça, marmonna Vanderbilt, il l'a dit aux Américains.

— Peut-être est-ce la lutte contre le mal, la grande bataille qu'on a souvent prédite. Et c'est nous qui avons été élus pour la livrer et la remporter.

— Peut-être, dit Li, se saisissant de l'idée, que celui qui gagnera cette bataille gagnera le monde.

Peak lui jeta un regard en coin, mais ne dit rien.

— Nous devrions débattre de la théorie de Johanson avec les gouvernements des pays de l'OTAN et de l'Union européenne, proposa la ministre des Affaires étrangères. Ensuite, nous devrions intégrer les Nations unies dans le débat...

— Et leur faire comprendre en même temps, à tous, qu'ils n'auront pas les moyens de mener une telle opération, s'empressa d'ajouter Li. Mais n'ayons aucun scrupule pour utiliser le savoir-faire et la créativité de leurs meilleurs cerveaux. Je propose aussi d'inclure les pays arabes et asiatiques amis. Cela fera bonne impression, dans tous les cas de figure. Parallèlement, il est temps que nous saisissions cette occasion pour nous placer à la tête de la communauté internationale... Ce qui nous tombe dessus, ce n'est pas la chute d'une météorite qui va nous balayer de la surface de la Terre. C'est une terrible menace dont nous ne pourrons nous rendre maîtres qu'à condition de ne pas commettre d'erreur.

— Vos mesures de contre-attaque sont-elles efficaces ? demanda le conseiller pour la sécurité.

— Les laboratoires du monde entier travaillent d'arrache-pied pour trouver la parade. Nous essayons de découvrir un moyen d'empêcher les invasions de crabes et les attaques de baleines, et d'attraper les vers, ce qui n'est pas facile. Nous faisons notre possible pour limiter les risques, mais cela ne suffira pas si nous agissons de manière conventionnelle. L'arrêt du Gulf Stream nous condamne à l'impuissance. Impossible d'éviter l'accident majeur avec le méthane. Même si nous pêchons des millions de vers, nous sommes incapables de voir où ils sont disséminés, et, de plus, ils seront remplacés par d'autres. Nous sommes devenus aveugles, maintenant qu'il nous est impossible d'immerger des robots, des sondes et des submersibles. Nous ignorons ce qui se passe au fond de la mer. J'ai appris que nous avions perdu cet après-midi deux immenses chaluts dans le Georges Bank. Nous avons aussi perdu le contact avec trois chalutiers qui naviguaient à la hauteur de la baie du Saint-Laurent. Des avions sont partis à leur recherche, mais c'est un secteur difficile, avec les bancs de Terre-Neuve à l'est, qui sont une zone de brouillard permanent. De plus, depuis deux jours, la tempête fait rage... Ce sont deux exemples parmi des milliers. Toutes les nouvelles reçues sont des nouvelles d'échecs. La reconnaissance par drones fonctionne bien, nous avons pu contenir plusieurs invasions de crabes au lance-flammes, mais ça ne les empêche pas de sortir ailleurs. Il faut reconnaître que nous ne savons pas grand-chose sur la mer. Nous n'avions déjà pas beaucoup de renseignements avant, quand elle ne représentait pas de danger, alors maintenant...

— Et les attaques au sonar ?

— Nous les poursuivons, mais elles ne sont pas réellement prometteuses. La seule chose efficace, c'est de tuer les baleines. Elles ne s'enfuient pas devant le bruit comme le ferait n'importe quel animal qui aurait encore tous ses instincts. Je suppose qu'elles souffrent le martyre, mais comme elles sont commandées... la terreur continue.

— Puisque vous parlez de planification, Jude, intervint le ministre de la Défense, pensez-vous qu'il y ait une stratégie derrière tout cela ?

— Oui, sûrement. En cinq étapes étroitement articulées. La première, c'est de chasser l'homme de la surface de la mer et des fonds marins. La deuxième a pour but l'extermination des populations côtières. Voyez l'Europe du Nord. La troisième est la destruction de notre infrastructure. Et aussi de celle de l'Europe du Nord, où l'industrie offshore a été balayée. La paralysie de la pêche nous causera un énorme problème alimentaire, particulièrement dans le tiers-monde. La quatrième est la destruction des piliers de notre civilisation, les grandes villes, au moyen des tsunamis, des attaques bactériologiques, du déplacement des populations vers l'intérieur des terres. Et enfin, la cinquième et dernière étape : le climat bascule, la Terre devient inhospitalière pour l'homme. Elle se recouvre de glace, ou elle sombre dans l'eau, se réchauffe ou se refroidit, ou les deux… on ne le sait pas encore en détail.

Un silence s'installa, interrompu finalement par le conseiller pour la sécurité :

— Mais la Terre deviendra inhospitalière pour les animaux aussi.

— A la surface, oui. Disons qu'une grande partie de la vie animale disparaîtrait. Mais on sait que cela s'est passé ainsi il y a cinquante-cinq millions d'années, avec pour conséquence la disparition de quantité d'espèces animales et végétales, qui ont été remplacées par de nouvelles espèces. Je pense que ces êtres ont mûrement réfléchi à la manière dont ils pourraient eux-mêmes échapper à la catastrophe.

— Une bataille d'extermination comme celle-ci, c'est… bafouilla le ministre de l'Intérieur, à court de mots. C'est impensable, inhumain…

— Ce-ne-sont-pas-des-humains, martela Li.

— Mais comment pouvons-nous les arrêter ?

— En découvrant qui ils sont, répondit Vanderbilt.

Li tourna la tête vers lui.

— Est-ce que par hasard vous rejoindriez nos rangs ? Mieux vaut tard que jamais.

— Ma position est toujours la même, répondit Vanderbilt, imperturbable. Quand on connaît l'objectif d'une action, on connaît aussi celui qui l'accomplit. Dans ce cas précis, j'admets que votre stratégie en cinq points est la plus plausible pour l'instant. Par conséquent, il faut passer à la phase suivante : découvrir qui ils sont, où ils sont, quel est leur mode de pensée…

— Et ce qu'on peut faire pour les contrer, ajouta le ministre de la Défense.

— Le Mal… prononça le Président en plissant les yeux au maximum. Comment peut-on vaincre le Mal ?

— En leur parlant, suggéra Li.

— En prenant contact ?

— On peut parfaitement négocier avec le diable. Pour l'instant, je ne vois pas d'autre moyen. Johanson est d'avis qu'ils maintiennent la pression pour nous empêcher de trouver des solutions. Il ne faut pas leur donner de temps. Nous pouvons encore agir, il faut par conséquent les chercher et prendre contact avec eux… Ensuite, on attaquera.

— Vous voulez attaquer des êtres sous-marins ? objecta le ministre de l'Intérieur. Je vous souhaite bonne chance.

— Et d'abord, sommes-nous tous convaincus que cette théorie est la bonne ? interrogea le directeur de la CIA. Nous en parlons comme si tous les doutes étaient levés. Nous partons donc vraiment du principe que nous partageons la Terre avec une seconde race intelligente ?

— Il n'y a *qu'une seule* race divine, répliqua le Président avec conviction, c'est l'humanité. Cette forme de vie sous-marine est peut-être intelligente, mais c'est un autre problème. Il est fort douteux qu'elle ait le droit de revendiquer cette planète au même titre que nous. L'histoire de la création ne prévoit *pas* cette sorte d'êtres. La Terre est le monde des êtres humains, elle a été créée pour les hommes, et le plan de Dieu est notre plan… Cependant, il me semble envisageable qu'une forme de vie étrangère soit responsable de tout cela.

— J'insiste, intervint la ministre des Affaires étrangères. Que disons-nous au monde ?

— Il est trop tôt pour parler au monde.

— Il se pose des questions, pourtant.

— Trouvez des réponses. C'est votre rôle de diplomate. Si nous racontons au monde qu'une seconde humanité habite au fond des mers, nous risquons de le tuer sous le choc.

— J'y pense… fit le directeur de la CIA en se tournant vers Li. Comment allons-nous appeler ces cerveaux malades qui habitent l'océan ?

Li sourit.

— Johanson a une proposition : les Yrr.

— Hein ?

— Y et deux r. C'est un nom qui a surgi par hasard, qu'il a tapé sans s'en rendre compte sur le clavier de son ordinateur…

— C'est débile.

— Il dit que ce nom en vaut un autre, et je trouve qu'il a raison. Nous devrions les appeler les Yrr.

— D'accord, Li, approuva le Président. Nous allons donc voir ce qu'il y a de vrai dans cette théorie. Nous devons tout prendre en considération, toutes les options, toutes les possibilités. Mais si, à la fin, il s'avère que nous devons nous battre contre des êtres... les Yrr si vous voulez, eh bien, nous les vaincrons, ces Yrr. Nous mènerons la guerre contre ces Yrr.

Il balaya l'assemblée du regard et ajouta :

— C'est une chance, une très grande chance. Je veux qu'elle soit saisie.

— Avec l'aide de Dieu, compléta Li.

— Amen, marmonna Vanderbilt entre ses dents.

Karen Weaver

Le Chateau offrait de nombreux avantages, dont un particulièrement appréciable en ces temps de siège : tout était ouvert vingt-quatre heures sur vingt-quatre. En effet, le style de vie n'était pas celui de la clientèle ordinaire. Li avait prévenu la direction que les scientifiques, en particulier, travailleraient jour et nuit, et qu'ils pourraient éventuellement avoir envie d'un steak à quatre heures du matin. En conséquence, les repas chauds étaient servis en continu, les restaurants, les bars et les salons étaient pleins, les installations sportives, tels le sauna et la piscine, ne fermaient jamais.

Karen Weaver avait fait ses longueurs dans la piscine pendant une demi-heure. Il était à présent une heure du matin. Alors qu'elle traversait le hall enveloppée dans un peignoir moelleux, les pieds nus et les cheveux mouillés, elle aperçut Anawak. Il était assis, seul, au comptoir du bar, l'air perdu, en face d'un Coca et d'une coupe de cacahuètes, tous deux intouchés. Il paraissait plutôt déplacé dans un endroit pareil.

Elle hésita.

Elle ne l'avait plus revu depuis leur conversation interrompue du matin. Peut-être préférait-il rester seul. Le hall et les pièces attenantes étaient plutôt animés, seul le bar était presque désert. Dans un coin, deux hommes en costume sombre étaient plongés dans une conversation murmurée. Un peu plus loin, une femme en treillis se concentrait sur son ordinateur portable. Une musique de fond donnait à la scène un caractère intimiste, feutré.

Anawak semblait plutôt morose.

Indépendamment de sa volonté, ses pas la menèrent vers le bar. Ses pieds firent floc-floc sur le parquet. Elle s'avança vers lui et dit :

— Salut !

Anawak tourna vers elle un regard vide.

Elle s'arrêta net. Elle n'avait nulle envie de s'immiscer dans la sphère intime de quelqu'un, au risque de récolter pour l'éternité une réputation de personne indiscrète. Elle s'appuya contre le bar et referma plus étroitement le peignoir sur ses épaules. Ils étaient séparés par deux tabourets.

— Salut ! répondit Anawak, dont le regard révéla qu'il venait seulement de prendre conscience de sa présence.

Elle sourit.

— Que… qu'est-ce que vous faites ?

Pas seulement indiscrète, idiote en plus ! Qu'est-ce qu'il pouvait bien faire ? Il traînait dans un bar, en tête à tête avec quelques cacahuètes. Karen essaya de reprendre contenance :

— Vous avez disparu, ce matin…

— Oui, je suis désolé.

— Non, pas du tout, aucune importance, répondit-elle hâtivement. Je… je ne veux pas vous déranger, mais je vous ai aperçu ici, alors j'ai pensé…

Il n'avait pas l'air dans son assiette. Le mieux était de se casser en vitesse.

Anawak parut sortir de son hébétude. Il souleva son verre, le reposa. Son regard tomba sur le tabouret voisin du sien.

— Vous prenez quelque chose ? proposa-t-il.

— Vous êtes sûr que je ne vous dérange pas ?

— Non, non, pas du tout… Au fait, je m'appelle Léon. On pourrait se tutoyer, non ?

— Très bien… Je m'appelle Karen, et… un Bailey avec de la glace, s'il te plaît.

Anawak fit signe au barman et passa la commande. Elle s'approcha, sans s'asseoir. Des gouttes d'eau dégoulinaient encore le long de son cou et se rassemblaient dans son décolleté. En général, se promener à moitié nue ne la gênait pas, mais là, elle se sentit soudain mal à l'aise.

Elle décida de se dépêcher de finir son verre et de disparaître.

— Comment ça va ? lui demanda-t-elle tout en buvant à petites gorgées.

Anawak haussa les sourcils.

— Je ne sais pas, répondit-il.

— Ah bon ?

— Non, répondit-il en prenant une cacahuète qu'il posa à côté de lui avant de l'envoyer valser au loin d'une pichenette. Mon père est mort.

Et meeerde !

Pourquoi n'avait-elle pas suivi son instinct et pris l'ascenseur ? Maintenant, elle se retrouvait au bar en train de boire du Bailey à côté d'un mec dont l'attitude révélait pourtant assez clairement qu'il ne voulait pas qu'on s'approche. La honte !

— Il… il est mort de quoi ? demanda-t-elle en hésitant.

— Aucune idée.

— Les médecins ne le savent pas encore ?

— Non, c'est moi qui ne le sais pas encore… Et je ne suis pas sûr de vouloir le savoir.

Quelques secondes s'écoulèrent. Puis il reprit :

— J'ai passé l'après-midi dans la forêt. J'y suis resté des heures. Je marchais, et de temps en temps, je me mettais à courir comme un dératé. Tout ça pour essayer de… d'éprouver quelque chose. J'aurais dû ressentir quelque chose de… d'adéquat, de conforme à la situation, mais la seule sensation, c'était de la pitié pour moi-même… Tu connais ça ? Quel que soit l'endroit où tu te trouves, tu as envie de repartir aussi sec. Tu étouffes, mais tu t'aperçois que ça ne tient pas à toi. Ce n'est pas toi qui veux partir. Ce sont les lieux qui veulent se débarrasser de toi. Ils semblent te repousser, te dire que tu n'es pas à ta place. Mais personne ne te dit où est ta place, et toi, tu cours, tu cours…

— C'est curieux ce que tu me racontes, dit-elle en réfléchissant. Moi, c'est quand j'ai trop bu que ça me le fait. Quand je suis tellement bourrée que je suis malade comme un chien, et que j'ai beau me tourner et me retourner, j'ai toujours autant envie de vomir…

Elle s'arrêta.

— Excuse-moi. Je me pose un peu là dès qu'il s'agit de raconter des conneries…

— Non, pas du tout. C'est exactement ça. Ça va mieux quand on a vomi. C'est ce que je ressens en ce moment. Il faudrait sûrement que je vomisse, mais je ne sais pas comment faire.

Karen risqua une question plus directe :

— Tu n'avais pas de bonnes relations avec ton père ?

— Je n'avais aucune relation avec mon père.

— Ah bon ? s'étonna-t-elle. Ça existe ? On peut ne pas avoir de relations avec quelqu'un qu'on connaît ?

Anawak haussa les épaules et questionna à son tour :

— Et toi, tes parents ?

— Ils sont morts.

— Oh ! ... excuse-moi.

— Je t'en prie. Que veux-tu, tout le monde meurt, même les parents. Les miens sont morts quand j'avais dix ans, dans un accident de plongée, en Australie. J'étais à l'hôtel quand ça s'est passé. Ils ont été emportés par un courant. Tout était calme quand ils sont partis plonger, mais ça a changé brutalement, et ils ont été entraînés vers la haute mer. Ils étaient prudents et expérimentés, mais... que veux-tu... En mer, tout peut changer d'un instant à l'autre.

— On les a retrouvés ?

— Non.

— Et toi ? Tu t'en es sortie comment ?

— Au début, c'était assez dur. Tu sais, j'ai eu une enfance merveilleuse. Nous étions tout le temps par monts et par vaux. Ils étaient enseignants, tous les deux, ils adoraient la mer. Nous avons tout fait, de la voile aux Maldives, de la plongée en mer Rouge, de la plongée dans les grottes du Yucatán... Nous avons même plongé en Ecosse et en Islande. Bien sûr, quand j'étais avec eux, ils restaient plus près de la surface, mais ça ne m'empêchait pas de voir des spectacles superbes. Ils ne m'emmenaient pas quand c'était dangereux pour moi... Et il y a eu cette plongée à laquelle ils n'ont pas survécu.

Avec un sourire, elle ajouta :

— Mais tu vois bien que je suis quand même devenue quelqu'un.

— Oui, répondit-il en lui rendant son sourire. Ça crève les yeux.

C'était un sourire triste, désespéré. Pendant un certain temps, il la regarda sans parler. Puis il se glissa à bas de son tabouret.

— Je crois que je vais essayer de dormir, annonça-t-il. Demain, je prends l'avion pour aller à l'enterrement... Eh bien, bonne nuit et... merci.

— De quoi ?

Elle resta assise devant son verre à moitié vide, à penser à ses parents, au jour où les gens de l'hôtel étaient venus la trouver en lui disant qu'il fallait qu'elle soit très courageuse. Elle avait été une petite fille courageuse, une petite Karen très forte.

Elle remuait son verre, promenant la liqueur d'un côté et de l'autre.

Elle n'avait pas raconté à Anawak à quel point cela avait été dur. Elle ne lui avait pas dit que sa grand-mère avait recueilli une enfant perturbée, apeurée, qui exprimait son chagrin par une agressivité dont la vieille dame était incapable de venir à bout. Ni que ses résultats scolaires devinrent vite aussi mauvais que ses fréquentations. Elle ne lui avait pas parlé de ses fugues, de ses premiers joints, de l'époque où elle traînait dans les rues au lieu d'aller au bahut, habillée comme une punk, toujours bourrée ou défoncée, où elle couchait avec tous ceux qui en avaient envie. Et ils en avaient tous envie. La progression habituelle : des larcins, le renvoi de son école, un avortement mal fait, les drogues dures, les vols de voitures, le tribunal pour mineurs. Six mois de foyer. Le corps plein de piercings. La boule à zéro et les cicatrices. Le chaos, moral et physique.

Mais l'accident n'avait pas atteint son amour de la mer. Au contraire. Plus que jamais, la mer exerçait sur elle une obscure fascination, semblait l'appeler, vouloir l'entraîner vers l'abîme où l'attendaient ses parents. Si fort était l'appel de la mer qu'elle était partie une nuit à Brighton en stop, s'était jetée à l'eau, avait nagé très loin, et lorsque la mer noire baignée de lune avait fini par engloutir presque totalement les lumières de la station balnéaire, elle s'était lentement enfoncée sous l'eau et avait essayé de se noyer.

Mais on ne se noyait pas aussi facilement.

Elle s'était laissée dériver dans l'eau sombre de la Manche, sans respirer, en comptant les battements de son cœur, jusqu'à ce qu'elle les entende bourdonner dans ses oreilles. Au lieu de lui dérober sa force de vie, la mer la lui avait démontrée : il était si fort, ce cœur ! Il s'était si bien battu contre sa volonté de s'abandonner à l'étreinte glacée de la mer ! Elle le savait, le réflexe de la respiration allait se déclencher, lui faisant aspirer de l'eau dans ses poumons. Son père lui avait souvent parlé du phénomène qui s'ensuivrait. De l'écume se formerait dans ses poumons, le fin réseau de bulles se déliterait, et le manque d'oxygène entraînerait la mort. Au bout de deux minutes, le diaphragme se contracterait, respirer ne serait plus possible. L'arrêt cardiaque suivrait, dans les cinq minutes.

Elle était remontée comme une fusée, avait comme jailli hors de son cauchemar, commencé dans sa onzième année et achevé ici, six ans plus tard, tout près d'un chalutier. On l'avait transportée à l'hôpital en état d'hypothermie, et c'était là qu'elle avait trouvé le temps, le courage et la volonté de réfléchir. Après sa sortie, elle avait examiné son corps dans la glace et avait décidé de ne plus jamais le voir ainsi. Elle avait enlevé les piercings, jeté le rasoir avec lequel elle se rasait la tête. Puis elle avait commencé à faire des pompes. Au bout de dix, elle s'était écroulée.

Une semaine plus tard, elle en réussissait vingt.

De toutes ses forces, elle essaya de regagner tout ce qu'elle avait perdu. Son école la réintégra à la condition qu'elle suive une thérapie, ce qu'elle accepta. Elle devint studieuse et disciplinée, prévenante et aimable. Elle se mit à lire tout ce qui lui tombait sous la main, de préférence des ouvrages traitant de l'écosystème de la Terre et des océans. Elle s'entraînait tous les jours. Depuis que la Manche l'avait libérée, elle courait, nageait, faisait de la boxe et de l'escalade pour combler les dernières traces du temps perdu, jusqu'à effacer entièrement le souvenir de la fille maigre aux yeux creux qu'elle avait été. A l'âge de dix-neuf ans, elle passa brillamment son examen de fin d'études secondaires et entama des études de biologie tout en poursuivant son entraînement sportif.

Karen Weaver était devenue quelqu'un d'autre.

Lesté de nostalgie.

Afin de comprendre le fonctionnement de la planète, elle étudia aussi l'informatique. Enthousiasmée par les possibilités qu'offrait cet outil, elle travailla avec acharnement, jusqu'au jour où elle fut capable d'appliquer ses connaissances aux domaines de l'océanographie et de l'étude de l'atmosphère. Son premier travail fut un tableau complet des courants marins, qui n'apportait aucune révélation au monde scientifique, mais était brillamment exécuté et d'une grande exactitude. Un hommage à deux êtres qu'elle aimait et avait perdus trop tôt. En plongeant la tête sous l'eau pour étudier la mer, elle restituait un peu de ce qu'elle avait reçu en abondance : l'amour et les connaissances. Elle créa sa propre agence de relations publiques, Deepbluesea, écrivit des articles pour les revues scientifiques. Les instituts l'invitèrent à participer à des expéditions parce qu'elle était la voix dont ils avaient besoin pour donner forme à leurs idées. Elle descendit vers le *Titanic* à bord d'un sous-marin de recherche MIR, l'*Alvin* la conduisit jusqu'aux cheminées hydrothermales de l'Atlantique, et le *Polarstern* en Antarctique, où elle passa tout un hiver. Elle participait à tout, et elle en sortait le meilleur, car, depuis sa nuit dans la Manche, elle ne connaissait plus la peur.

Elle n'avait plus peur de rien, ni de personne. Sauf de la solitude. Quelquefois.

Elle se vit dans la glace du bar, mouillée, en peignoir d'éponge, l'air perdue.

Très vite, elle vida son verre et partit se coucher.

14 mai

Anawak

Le ronronnement des moteurs l'endormait lentement mais sûrement.

Lorsqu'il s'était décidé à entreprendre ce voyage, il avait pensé se heurter à des difficultés. Il avait craint que Li ne le laisse pas partir, mais non, au contraire, elle l'avait littéralement poussé à sauter dans le premier avion.

« Quand un parent ou un enfant meurt, il faut se rendre auprès de sa famille. Si vous restez ici, vous ne vous le pardonnerez pas. La famille, c'est ce qu'il y a de plus important dans la vie. La famille, c'est la seule chose qui soit fiable. Restez joignable, c'est tout ce que je vous demande. »

Maintenant qu'il était parti, il se posait la question : Li possédait-elle une famille ?

Et lui ? En possédait-il une ?

C'était absurde. Elle, qui n'avait sans doute aucune relation avec la sienne, chantait l'hymne à la gloire des liens sacrés de la famille à un gars qui n'en avait pas davantage.

Son voisin, un climatologue du Massachusetts, se mit à ronfler doucement. Anawak recula un peu son dossier et regarda par le hublot. Depuis des heures, il était seul avec lui-même et avec ses pensées, et il n'aurait su dire si cela lui faisait du bien.

Un Boeing de la Canadian Airlines International l'avait d'abord transporté jusqu'au Toronto Pearsons Airport, où une quantité d'appareils attendaient de pouvoir décoller. Mauvais présage : un orage d'une violence inhabituelle s'était abattu sur Toronto, paralysant provisoirement le trafic. Anawak passa deux heures à se ronger les ongles dans la salle d'embarquement avant de pouvoir enfin repartir pour Montréal.

A partir de là, tout s'était bien passé. Après une nuit à l'hôtel Holiday Inn proche de l'aéroport Pierre-Elliott Trudeau, il s'était retrouvé une fois de plus assis dans une salle d'attente à une heure indue. Il avait pénétré dans un autre monde. Un groupe d'hommes en combinaisons recouvertes de logos de sociétés pétrolières s'était massé devant la grande fenêtre panoramique, des tasses de café fumant dans les mains. Deux d'entre eux ressemblaient à Anawak, avec leur visage large, aux yeux légèrement bridés et au teint sombre. Dehors, d'énormes palettes surchargées, fermées par des filets, disparaissaient les unes derrière les autres dans le ventre de l'avion de la Canadian North Airlines. Elles n'étaient pas encore toutes transbordées que, déjà, on appelait les passagers.

Ils traversèrent la piste à pied et grimpèrent dans l'appareil par l'arrière. Les sièges étaient limités à la partie avant, tout le reste devant céder la place au fret.

L'avion volait à présent depuis deux heures. De temps à autre, ils étaient secoués par quelque turbulence passagère. Ils avaient survolé d'épais champs de nuages pendant la plus grande partie du trajet. Maintenant qu'ils arrivaient aux abords du détroit de Hudson, les masses nuageuses se désagrégeaient, révélant un paysage de toundra brun et noir, montagneux et accidenté, parsemé d'étendues de neige et régulièrement interrompu par des lacs sur lesquels dérivaient de gros blocs de glace. Puis ils arrivèrent en vue de la côte. Anawak sentit qu'il franchissait l'ultime frontière. Un violent mélange de sentiments déferla en lui, l'arrachant à sa somnolence. Tous les projets avaient leur point de non-retour. Au sens strict, c'était Montréal qui constituait ce point, mais symboliquement, c'était le détroit d'Hudson. Le monde qu'il n'avait plus jamais voulu revoir commençait de l'autre côté de cette voie d'eau.

Anawak était en route vers son pays d'origine, à l'orée du cercle polaire. Le Nunavut.

Il continua à regarder à l'extérieur, en tentant de ne penser à rien. Au bout d'une demi-heure, ils recommencèrent à survoler la terre ferme, puis ce fut une surface brillante et recouverte de glace, la baie Frobisher, au sud-est de l'île de Baffin. L'appareil entama un virage à droite et descendit rapidement. Un bâtiment jaune vif et une tour de contrôle trapue apparurent dans son champ de vision. Blotti dans le paysage vallonné et sombre, l'ensemble ressemblait à un avant-poste humain posé sur une planète étrangère, mais ce n'était que l'aéroport d'Iqaluit (« Beaucoup de poissons »), la capitale du Nunavut.

L'avion se posa, roula lentement sur la piste.

Anawak n'eut pas à attendre longtemps au tapis des bagages. Il attrapa son sac à dos et traversa le hall. Une exposition de tapisseries et de sculptures en stéatite vantait l'artisanat inuit. Au milieu du hall trônait un personnage plus grand que nature, compact, en bottes et costume traditionnel, portant d'une main un tambour, qu'il tenait très haut au-dessus de sa tête, et de l'autre une baguette. Le joueur de tambour ouvrait grande sa bouche de pierre. Sous la sculpture, on pouvait lire : *La danse du tambour et le chant guttural accompagnent toutes les cérémonies qui réunissent les gens de l'Arctique*.

Puis il se rendit au comptoir d'enregistrement de la First Air, où il déposa son sac à dos pour le transfert vers Cape Dorset. L'employée lui annonça que l'appareil aurait une heure de retard.

— Peut-être que c'est l'occasion de régler des choses en ville, lui dit-elle d'un ton aimable.

Anawak hésita avant de répondre :

— Non. Je ne connais pas bien la ville.

Elle le regarda, un peu surprise. Visiblement, elle s'étonnait qu'un Inuk ne connaisse pas la capitale.

— Il y a de belles choses à voir, à Iqaluit. Vous devriez prendre le temps d'aller au Nunatta-Sunaqutangit-Museum. Il y a une belle exposition sur l'artisanat traditionnel et contemporain.

— Oh oui !... bien sûr.

— Ou bien vous pouvez aller faire un saut à l'église anglicane. Elle est en forme d'igloo. C'est la seule église du monde qui ressemble à un igloo.

Il regarda son interlocutrice. Une Inuk de petite taille, avec une frange et une queue-de-cheval. Son sourire se reflétait dans ses yeux pétillants.

— J'aurais parié que vous étiez d'Iqaluit, dit-elle.

Il fut tenté de répondre qu'il était de Cape Dorset, mais il déclara :

— Non, je suis de Vancouver.

— Oh ! j'adore Vancouver ! s'écria-t-elle.

— Vous y êtes déjà allée ?

— Non, je ne suis jamais partie aussi loin. Mais j'ai vu des photos sur Internet, et ils disent aussi plein de choses sur la ville. C'est une belle ville ! Un peu plus grande qu'Iqaluit, hein ? ajouta-t-elle en riant.

Il lui répondit par un sourire.

— Oui, c'est vrai, confirma-t-il.

— Oh, mais nous ne sommes plus si petits que ça ! Nous avons six mille habitants, maintenant. Et nous n'allons pas nous arrêter là. Bientôt, nous serons aussi grands que Vancouver ! Enfin, presque ! Excusez-moi…

Un couple s'était placé derrière lui. Il ne serait pas seul dans l'avion.

Il s'empressa de saluer l'aimable jeune femme et fila, de crainte qu'elle ne lui propose de lui montrer la ville.

Iqaluit.

Son dernier souvenir remontait à des années-lumière. Il eut du mal à reconnaître les lieux. Les nuages étaient restés au Québec. Ici, le soleil brillait dans un ciel bleu acier, réchauffant la température. Il ne devait pas faire moins de dix degrés centigrades. Il avait trop chaud, avec sa veste en duvet passée au-dessus d'un gros pull. Il l'enleva, la noua autour de ses hanches et remonta la rue poussiéreuse jusqu'au centre-ville. La circulation était dense, ce qui l'étonna. Les tout-terrain et les quads pullulaient. La rue était bordée de part et d'autre de maisons en bois typiques de l'Arctique, construites sur pilotis à cause du permafrost. Il était nécessaire de les percher ainsi, car le sol fondait, du fait du rayonnement de la chaleur.

Plus il avançait, plus Anawak avait l'impression qu'un dieu facétieux s'était amusé à secouer dans sa main un assortiment de constructions et à les jeter au hasard comme des dés. Des bâtiments colossaux d'un blanc aveuglant, sans fenêtres, s'élevaient au milieu de baraques traditionnelles vert olive ou rouille. L'école ressemblait à un objet volant non identifié fortuitement atterri au milieu des maisons, dont un grand nombre étaient peintes dans toutes les nuances les plus pétantes de bleu. Un peu plus loin, il tomba sur la Commissioner's House, un croisement entre une paisible villa avec jardin et une capsule pour astronautes. Juste à côté s'élevait un élégant bâtiment de trois étages à grandes baies vitrées, doté d'une imposante entrée, qui n'eût pas détonné dans une autre capitale, si l'on faisait abstraction des pilotis et de l'escalier d'accès.

Anawak mit en route le mécanisme mental qui lui permettait de maintenir les impressions à distance. Depuis qu'il avait été projeté à l'eau, à moitié mort, hors d'un avion en train de s'écraser dans l'eau, il avait acquis la capacité de se barder d'indifférence.

Cet étrange mélange architectural donnait une impression de joyeuse insouciance dont il se méfiait au plus haut point, mais malgré ses efforts il ne put se défendre d'être intrigué. Il se demanda ce qui s'était passé. Ce n'était plus la ville dépressive des années 1970. Les gens le saluaient avec une amabilité étonnante en langue inuktitut. Il leur rendait leur salut d'un ton bref et neutre.

Il arpenta la ville pendant une heure d'affilée, avec une incursion au centre d'accueil Unikkaarvik, où il tomba sur une copie encore plus gigantesque du joueur de tambour.

Le joueur de tambour... Quand il était petit, on dansait souvent au son du tambour... il y avait longtemps de cela, quand tout allait encore bien.

Qu'est-ce qu'il racontait ? Comme si c'était possible que quelque chose aille bien ici !

Il ressortit et reprit sa promenade dans la rue baignée de lumière cristalline. L'église anglicane ressemblait effectivement à un igloo doté d'une haute pointe.

Au bout d'une bonne heure, il se retrouva dans la salle de départ de l'aéroport et s'installa sur un banc avec un journal. Il était seul avec le couple qu'il avait déjà remarqué. Il ouvrit son journal de manière à se protéger de toute influence extérieure et lut les articles sans rien retenir de leur contenu.

La jeune femme du comptoir les invita à la suivre jusqu'au petit Piper à hélices qui les attendait.

Les trois passagers grimpèrent à bord. L'appareil ne contenait que six places. Les bagages étaient entassés à l'arrière, maintenus par des filets. Il n'y avait pas de séparation entre le cockpit et la cabine.

Après avoir attendu un peu pour laisser atterrir un autre appareil du même type, ils décollèrent en tanguant légèrement. L'aéroport se réduisit et disparut. Sous eux, la baie de Frobisher scintillait. Ils mirent le cap à l'ouest en survolant des montagnes partiellement recouvertes de neige et de glace, polies par les glaciers. Sur leur gauche, le soleil faisait étinceler le détroit de Hudson, et sur leur droite miroitait un lac dont le nom surgit aussitôt dans la tête d'Anawak : le lac Amadjuak.

Ils y allaient quelquefois, avant.

Les souvenirs affluaient à toute vitesse, telles des silhouettes fantomatiques qui l'entraînaient vers le passé au milieu d'une tempête de neige.

Mais il ne voulait pas retourner dans le passé.

La terre s'aplatit, puis disparut. Ils survolèrent la mer pendant une vingtaine de minutes, et virent apparaître ensuite un paysage de montagnes derrière les hublots du cockpit. La baie de Tellik Inlet et ses sept îles étaient en vue. Sur l'une des îles s'étirait le fin ruban de la piste d'atterrissage de Cape Dorset.

Ils amorcèrent la descente.

Anawak sentit son cœur battre à tout rompre. Il était chez lui, là où il n'aurait plus jamais voulu revenir. En lui, le refus et la curiosité se mêlaient à la peur.

Cape Dorset : la New York du Nord. C'était ainsi qu'on appelait, mi par plaisanterie, mi par admiration, ce centre d'art inuit de réputation internationale mais d'à peine mille deux cents habitants.

C'était ainsi aujourd'hui. Mais autrefois, c'était bien différent.

Cape Dorset : Kinngait dans la langue inuit, « Haute Montagne ». La ville était située dans les environs lointains de Sikusiilaq, « Là où il n'y a pas de glace sur la mer », nommé ainsi parce que des courants plus doux empêchaient la surface de la mer, autour de la péninsule de Foxe, au sud-ouest de l'île de Baffin, de geler complètement, y compris pendant les hivers les plus rigoureux. Les noms se bousculaient dans la tête d'Anawak. Il y avait cette île minuscule près de Cape Dorset, Mallikjuaq, une zone protégée pleine de petits miracles, avec des pièges à renard datant du XIXe siècle, des vestiges de l'ancienne culture de Thulé, des tombes entourées de légendes et un lac romantique auprès duquel ils avaient l'habitude de camper. Il revit en esprit la petite échoppe de kayaks. Oui, il aimait bien Mallikjuaq. Puis il pensa à son père et à sa mère, et il se souvint de ce qui l'avait chassé de ce pays qui ne s'appelait pas encore le Nunavut mais les Territoires du Nord-Ouest.

Il récupéra son sac à dos et descendit du Piper.

Quelqu'un se précipita aussitôt sur le couple. Cet accueil était extrêmement démonstratif, mais il en allait toujours ainsi, chez les Inuits. On disposait d'une quantité respectable de mots pour dire bonjour, mais d'aucun pour dire au revoir. Personne n'avait dit au revoir à Anawak, dix-neuf ans plus tôt, pas même l'homme qui apparut soudain, petit et usé, au moment où le couple et leur ami s'éloignaient en bavardant. Anawak eut du mal à le reconnaître.

Ijitsiaq Akesuk avait bien vieilli, et il portait une fine moustache grise qu'il n'avait pas avant. Mais c'était bien lui. Son visage ratatiné se fendit d'un sourire. Il se hâta à la rencontre d'Anawak et le serra dans ses bras, sac à dos compris, en prononçant une cascade de paroles en inuktitut. Puis il se reprit et dit en anglais :

— Léon, mon gars ! Te voilà devenu un beau monsieur !

Anawak subit son étreinte en lui tapotant mollement le dos.

— Bonjour, oncle Iji. Comment vas-tu ?

— Comment veux-tu que j'aille, avec tout ce qui se passe ? Tu as fait bon voyage ? Ça doit faire une éternité que tu es parti, tu as dû faire plein de changements…

— Oui, j'ai dû changer plusieurs fois.

— Toronto ? Montréal ?

Akesuk le lâcha et lui sourit, du sourire partiellement édenté de rigueur chez les Inuits.

— Mais oui, à Montréal, bien sûr ! poursuivit-il. Tu voyages beaucoup, hein ? Ça me fait plaisir pour toi. Tu as sûrement beaucoup de choses à raconter. Tu vas habiter chez moi, fiston, on a tout préparé. Tu as d'autres bagages ?

— Non. Euh, oncle Iji…

— Iji, ça suffit, arrête de m'appeler « oncle ». Tu es trop vieux pour m'appeler « oncle ».

— J'ai réservé une chambre à l'hôtel.

Akesuk recula d'un pas.

— Où ça ? s'enquit-il.

— Au Polar Lodge.

Son oncle resta coi, visiblement déçu. Mais il retrouva bien vite le sourire.

— On va annuler. Je connais le directeur. Tu sais bien qu'ici, tout le monde se connaît. Il n'y a pas de problème.

— Je n'ai pas envie de te déranger, répondit Léon.

Il était venu pour les obsèques de son père. Pas question de se laisser mettre le grappin dessus.

— Mais non, tu ne nous déranges pas ! protesta le vieil homme. Tu es mon neveu ! Tu as réservé pour combien de temps ?

— Deux nuits. C'est suffisant, je suppose ?

Akesuk le détailla de haut en bas d'un air perplexe. Puis il le prit par le bras et l'entraîna vers le hall.

— On va en reparler. Tu n'as pas faim ?

— Si.

— Parfait. Mary-Ann a préparé un rôti de caribou, et il y a de la soupe au phoque avec du riz. C'est délicieux. Ça fait longtemps que tu n'en as pas mangé, de la soupe au phoque, hein ?

Anawak suivit son oncle jusqu'à un pick-up garé devant le bâtiment.

— Tu la connais, Mary-Ann ? poursuivait Akesuk. Mais non, bien sûr. Tu étais déjà parti quand on s'est mariés. J'en avais marre de vivre seul. Elle est plus jeune que moi. Moi je trouve ça très bien. Et toi, tu as une femme ?... Eh ben, il s'en est passé, des choses, depuis que tu es parti, on va avoir plein de trucs à se raconter.

Anawak se glissa sur son siège sans répondre. Akesuk semblait intarissable. Etait-il aussi bavard, autrefois ?

En fait, peut-être le vieil homme était-il aussi nerveux que lui-même. Les uns se taisaient, les autres parlaient. Chacun sa manière.

Ils roulèrent en cahotant sur la route principale. Cape Dorset était composé de plusieurs localités construites dans une chaîne de montagnes. A Kinngait proprement dit s'étaient ajoutés Itjurittuq au nord-est, Kuugalaaq à l'ouest et Muliujaq au sud. Autrefois, sa famille vivait à Kuugalaaq. Akesuk, le frère de sa mère, demeurait à Kinngait. Anawak ne lui demanda pas si c'était toujours le cas.

Ils étaient en train de parcourir toute la ville. Visiblement, son oncle avait entrepris de lui faire la visite guidée.

— Oncle Iji, je connais déjà, protesta-t-il au bout d'un moment.

— Non, tu ne connais rien du tout. Il y a dix-neuf ans que tu es parti. Il y a plein de nouveautés. Ce supermarché, là, tu le connais ?

— Non.

— Tu vois ! Et il y en a un autre, encore plus grand. Et tiens, là-bas, c'est notre nouvelle école, tu ne la connais pas ! Et à droite, la salle des fêtes Tiktaliktaq... Il y a des tas de gens célèbres qui sont venus voir la danse du tambour et le chant de gorge. Devine qui ? Bill Clinton, Jacques Chirac, Helmut Kohl. Lui, c'était un vrai géant, nous, à côté, on avait l'air de nains. Attends voir, qui c'est qui est venu aussi ?...

Un vrai moulin à paroles.

Anawak se résigna, d'autant qu'il était bien obligé d'admettre que la ville qui défilait sous ses yeux n'était pas la même que celle de son enfance.

Soudain, il s'entendit demander :

— Emmène-moi au port, Iji.

Akesuk donna un coup de volant et ils s'engagèrent dans une rue défoncée qui descendait vers la mer. Des maisons en bois de toutes les dimensions et de toutes les couleurs s'éparpillaient en désordre dans un paysage aux tons bruns et noirs. Quelques taches d'herbe de toundra bien robuste apparaissaient par endroits, avec, çà et là, une petite étendue de neige. Le port de Cape Dorset n'était guère composé que d'un embarcadère et de quelques grues. Une ou deux fois par an, le bateau qui apportait le ravitaillement de première nécessité y jetait l'ancre. Non loin de là, à marée basse, on pouvait traverser le Tellik Inlet pour atteindre l'île voisine, Mallikjuaq, le petit parc national avec ses tombes et l'échoppe de canoës, où ils avaient si souvent monté leur tente, autrefois.

Ils s'arrêtèrent. Anawak sortit, descendit sur l'embarcadère et contempla le bleu polaire de la mer. Akesuk le suivit, un peu en retrait.

Cet embarcadère avait été la dernière chose qu'il avait vue en quittant Cape Dorset. Il était parti non pas en avion, mais avec le bateau de ravitaillement. Il avait douze ans. Le bateau l'avait emporté au loin, avec sa nouvelle famille qui quittait le pays, à la fois pleine d'espoir devant la promesse d'une nouvelle existence et pleine de nostalgie pour ce paradis glacé, perdu depuis longtemps déjà.

Au bout de cinq minutes, il regagna le pick-up d'un pas lent et remonta sans mot dire.

— Oui, notre vieux port… dit Akesuk d'une voix douce. Jamais je ne l'oublierai. C'est de là que tu es parti, Léon. Ça nous a brisé le cœur à tous…

Anawak lui jeta un regard sévère.

— Ça a brisé le cœur à qui, exactement ?

— Eh bien…

— A mon père ? A vous ? A un voisin ?

Akesuk démarra.

— Viens, dit-il. Allons à la maison.

Akesuk demeurait toujours au même endroit. Sa maison était jolie et bien entretenue, bleu clair, avec un toit bleu foncé. Derrière, les collines montaient en pente douce et se terminaient à quelques kilomètres de distance par le Kinngait, la Haute Montagne veinée de neige qui avait donné son nom à la ville. Elle s'élevait, pareille à du marbre, mais c'était plus une chaîne de monts trapus qu'une haute montagne. Dans le souvenir d'Anawak, le Kinngait montait jusqu'au ciel. Cette arête vous invitait à partir à sa découverte à pied, muni d'un bon équipement.

Après avoir prestement sauté de son siège, Akesuk attrapa d'une main le sac à dos de son neveu et courut ouvrir la porte de sa maison.

— Mary-Ann ! cria-t-il. Il est arrivé ! Le gamin est arrivé !

Un chiot pataud accourut à leur rencontre. Akesuk l'enjamba, disparut à l'intérieur et revint, quelques secondes plus tard, accompagné d'une accorte personne dont le visage aimable s'appuyait sur un imposant double menton. Anawak se retrouva blotti contre un sein accueillant et enveloppé d'un flot de paroles de bienvenue.

— Mary-Ann ne parle pas l'anglais, indiqua Akesuk d'un ton d'excuse. J'espère que tu comprends encore un peu ta langue.

— Ma langue, c'est l'anglais, rectifia Anawak.

— Euh… oui, maintenant…

— Mais ça va, oui, je comprends ce qu'elle dit.

Mary-Ann lui demanda s'il avait faim.

Anawak confirma en inuktitut. Elle lui sourit en découvrant une denture incomplète, prit le chiot occupé à renifler les chaussures du nouveau venu et fit signe à ce dernier de la suivre. Plusieurs paires de chaussures étaient posées dans l'entrée. Anawak ôta machinalement les siennes et les mit à côté.

— En tout cas, tu n'as pas oublié les bonnes manières, constata son oncle en riant. Tu n'es pas devenu un *quallunaat*.

Le terme générique appliqué à tous les non-Inuits. Anawak ne jugea pas utile de répondre et suivit Mary-Ann à la cuisine. La pièce était équipée d'une cuisinière électrique moderne et d'appareils comme il en existait dans n'importe quelle cuisine à Vancouver. Rien ne rappelait la désolation d'autrefois. Une table ronde était installée sous la fenêtre. A côté, une porte s'ouvrait sur le balcon.

Akesuk échangea quelques mots avec son épouse et entraîna Anawak dans une salle de séjour confortablement meublée. De lourds fauteuils capitonnés entouraient un meuble imposant, comportant un téléviseur, un magnétoscope, un poste de radio et un lecteur de CD. Après lui avoir fait visiter la salle de bains et la chambre à coucher, son oncle lui montra une petite chambre à un lit d'une personne. La table de nuit était ornée de fleurs fraîches : des pavots arctiques, du saxifrage pourpre, de la bruyère poilue.

— C'est Mary-Ann qui les a cueillies, lui fit remarquer Akesuk, comme pour l'inviter à s'installer.

— Merci, mais… je crois qu'il vaut mieux que j'aille à l'hôtel.

Anawak s'attendait à une réaction blessée, mais son oncle se contenta de le dévisager d'un air songeur.

— Tu veux prendre un verre ?

— Non, merci, je ne bois pas.

— Moi non plus. Nous prenons des jus de fruits en mangeant. Tu en veux ?

— Avec plaisir.

Munis de leurs verres, ils sortirent sur le balcon. Akesuk alluma une cigarette. Mary-Ann, qui n'était pas encore satisfaite de l'état de son rôti, avait annoncé un quart d'heure d'attente.

— Je n'ai pas le droit de fumer à l'intérieur, se plaignit Akesuk. Tu vois ce que c'est que le mariage ! Avant, je pouvais faire ce que je voulais. Mais, bon, ça vaut mieux, parce que ce n'est pas bon pour la santé. Si seulement j'arrivais à arrêter ! dit-il en riant, tout en aspirant la fumée avec un plaisir visible. Laisse-moi deviner, fiston : tu ne fumes pas.

— Non.

— Et tu ne bois pas non plus. C'est bien.

Ils restèrent quelque temps silencieux, contemplant les flancs enneigés des montagnes. Des traînées de nuages miroitaient très haut dans le ciel. Des mouettes d'un blanc éclatant planaient, descendant en piqué par intervalles.

— Il est mort comment ? interrogea Anawak.

— Il s'est écroulé d'un seul coup. On était en balade, il a vu un lièvre, il a voulu lui courir après et il s'est écroulé.

— C'est toi qui l'as ramené ?

— Oui, j'ai ramené son cadavre.

— Une overdose d'alcool ?

L'amertume avec laquelle il posa sa question l'effraya lui-même. Akesuk évita son regard et s'enveloppa dans un nuage de fumée.

— Le docteur dit qu'il a fait un infarctus. Il ne bougeait pas assez et il fumait trop… Ça faisait dix ans qu'il ne buvait plus une goutte d'alcool.

Le rôti de caribou était un délice. Il avait un goût d'enfance. La soupe de phoque, en revanche, Anawak ne l'avait jamais aimée, mais cela ne l'empêcha pas d'en manger de bon appétit. Mary-Ann l'observait avec satisfaction. Il essaya de ranimer ses connaissances en langue inuktitut, mais pour un piètre résultat. S'il comprenait presque tout, son expression orale était difficile. Aussi s'entretinrent-ils en anglais des événements des semaines écoulées, des attaques de baleines, de la catastrophe qui avait dévasté l'Europe et de tout ce qui parvenait jusqu'au Nunavut. Akesuk traduisait à son épouse. Il essaya plusieurs fois d'aborder le sujet du père d'Anawak, mais le jeune homme l'éludait. Les obsèques auraient lieu en fin d'après-midi, dans le petit cimetière de l'église anglicane. En cette saison, on se dépêchait d'enterrer les morts, alors qu'en hiver ils étaient souvent entreposés dans une cabane proche du cimetière, lorsque le sol était trop dur pour être creusé. Au froid de l'Arctique, les morts se conservaient longtemps, mais il fallait monter la garde devant la cabane, les armes à la main.

Le Nunavut est une terre sauvage. Les loups et les ours polaires, poussés par la faim, ne respectaient pas plus les morts que les vivants.

Après le repas, Anawak alla s'installer au Polar Lodge. Akesuk ne fit rien pour l'inciter à rester chez lui. Il alla chercher les fleurs dans la petite chambre et les posa sur la table.

— Tu peux toujours changer d'avis, dit-il.

Il restait deux heures avant l'enterrement. Anawak resta allongé sur son lit, dans l'espoir de trouver quelques instants de sommeil. Il ne savait que faire. Plus exactement, il le savait. Il aurait pu se rendre à Mallikjuaq, peut-être même à pied – le Tellik Inlet était encore gelé. Ou demander à Akesuk de l'y emmener. Celui-ci se serait fait une joie de le traîner à travers la ville et de le présenter à la ronde. Dans les agglomérations inuit, on était tous un peu parents. A Cape Dorset, la capitale mondiale de l'art inuit, un tel circuit aurait eu l'allure d'un vernissage, car pratiquement tous les habitants étaient considérés comme des artistes et présentaient leurs œuvres dans les galeries du monde entier. Mais Anawak n'avait nulle envie de jouer le retour du fils prodigue. Il était bien décidé à garder ses distances. Il ne voulait pas prendre le risque de rouvrir ses blessures.

Son réveil de voyage le tira du sommeil dans lequel il avait fini par sombrer.

Le soleil était beaucoup plus bas, maintenant, mais il brillait toujours, clair et chaleureux. Mallikjuaq était à portée de main, de l'autre côté du champ de glace. L'hôtel était situé à l'extrême nord-est de Cape Dorset, et le cimetière à l'opposé. Anawak consulta sa montre. Il avait largement le temps d'aller rejoindre son oncle.

Il descendit la rue qui menait au centre. Plusieurs personnes le saluèrent et le suivirent du regard. La nouvelle de son arrivée avait dû se répandre à une allure supersonique. Il n'était pas nécessaire de le présenter : tout le monde savait que le fils du défunt Manumee Anawak était arrivé, et sans doute faisait-on des gorges chaudes en se demandant pourquoi il était descendu à l'hôtel et non sous le toit de son oncle.

Akesuk l'attendait devant chez lui. Ils prirent la voiture pour accomplir la brève distance qui les séparait de l'église anglicane, où une petite foule s'était déjà rassemblée.

Anawak demanda à son oncle s'ils étaient tous là pour son père.

Akesuk le regarda avec étonnement.

— Bien sûr. Qu'est-ce que tu croyais ?

— Je ne savais pas qu'il avait tellement… d'amis.

— Ce sont les gens au milieu de qui il vivait. Amis ou non, qu'est-ce que ça peut faire ? Quand quelqu'un meurt, il quitte tout le monde, et tout le monde l'accompagne jusqu'à sa dernière demeure.

L'enterrement fut bref et sans pathos. Anawak serra beaucoup de mains. Des gens qu'il n'avait jamais vus auparavant vinrent l'étreindre. Un révérend lut des passages de la Bible et dit une prière, puis le cercueil fut descendu dans une fosse juste assez profonde pour le recevoir, et recouvert d'une feuille de plastique bleue. Des hommes amoncelèrent des cailloux par-dessus. La croix, à l'autre bout de la fosse, était plantée de travers dans le sol dur, comme toutes les croix du cimetière. Akesuk remit à son neveu une petite caisse en bois munie d'un couvercle de verre contenant quelques fleurs artificielles et un paquet de cigarettes, ainsi qu'une dent d'ours sertie dans le métal. Il lui donna un petit coup, et Anawak s'avança docilement jusqu'à la tombe pour déposer la caisse sous la croix.

Akesuk lui avait demandé s'il ne voulait pas voir son père une dernière fois, mais il avait refusé. Pendant les prières du révérend, il avait essayé de se représenter l'homme qui reposait dans le cercueil. De fait, il avait du mal à imaginer que quelqu'un y reposât.

L'idée soudaine lui vint que, désormais, son père ne pourrait plus commettre d'autres erreurs. Il s'était définitivement éclipsé dans la non-existence et se trouvait maintenant au-delà de la culpabilité ou de l'innocence. Tout ce qu'il avait fait ou omis de faire durant sa vie perdait toute importance devant ce cercueil brut enfoui dans la terre froide. Mais c'était déjà le cas avant. Pour Anawak, le vieil homme était mort depuis tant d'années que cet enterrement semblait une cérémonie superflue.

Il n'essaya même pas d'éprouver quelque chose. Son seul souhait était de quitter cet endroit le plus tôt possible.

De rentrer à la maison.

Mais où était-elle, sa maison ?

D'un seul coup, tandis que retentissait à ses oreilles le chant entonné par l'assemblée, s'insinua en lui un sentiment glacial d'abandon et de panique. Non, s'il était pris de tremblements, ce n'était pas dû au froid arctique.

Sa maison n'était ni à Vancouver ni à Tofino.

A la place de sa maison, Anawak ne vit qu'un trou noir.

Son champ de vision se rétrécit, des spirales se mirent à tourner devant ses yeux. Le noir se dirigeait vers lui comme une vague, puissante, impossible à éviter. Il était pris au piège, traqué comme une bête, sans porte de sortie, devant cette vague qui se préparait à déferler.

— Léon !

Il fut pris de terreur.

— Léon !

Akesuk l'avait attrapé par le bras. Anawak regarda avec effarement le visage ridé traversé d'une moustache argentée.

— Ça va, fiston ?

— Oui, oui, murmura-t-il.

— Mon Dieu ! Tu tiens à peine sur tes jambes !

Les gens commençaient à les regarder.

— Ça va aller, merci, Iji. Ça va.

Il voyait ce que pensaient les gens, et ils étaient à mille lieues de la vérité. Leurs yeux exprimaient la routine du chagrin. Devant les tombes des êtres aimés, on s'écroule, c'est normal. Même quand on est un Inuk et fier de ne capituler devant rien ni personne.

Sauf, peut-être, devant l'alcool et la drogue.

Anawak sentit la nausée monter.

Il se détourna et quitta le cimetière à grands pas. Son oncle ne fit rien pour le retenir. Arrivé devant l'église, il sentit sous ses pieds le sol tassé de la route, eut envie de s'enfuir à toutes jambes. Il fit quelques pas indécis, le cœur battant à tout rompre. Où aurait-il pu aller se réfugier ? Aucune direction n'était prévue pour lui.

Il dîna de bonne heure au Polar Lodge. Mary-Ann avait préparé un repas, mais il expliqua à son oncle qu'il voulait être seul. Le vieil homme se contenta d'un bref signe de tête. Il avait l'air triste, et ne sembla pas croire Anawak lorsque celui-ci prétendit vouloir être seul avec lui-même et le souvenir de son père.

Pendant des heures, Anawak resta étendu sur son lit, les yeux rivés sur la télévision. Il se demanda comment il allait faire pour passer une autre journée à Cape Dorset en maintenant ses souvenirs à distance. Il avait réservé pour deux nuits dans la perspective des formalités administratives à régler, mais son oncle s'était déjà occupé de tout. Au fond, sa présence était inutile. Il pouvait très bien rentrer.

Il décida d'annuler la seconde nuit. Il grimperait dans le prochain avion pour Iqaluit. Avec un peu de chance, il attraperait un Boeing qui le ramènerait à Montréal. Arrivé là-bas, il avait tout son temps. Il y avait des tas de choses à voir à Montréal, et surtout, c'était très loin de cet horrible bout du monde appelé Cape Dorset.

Il finit par s'endormir.

Anawak dormait, mais son cerveau continuait à travailler.

Il essayait de s'échapper du Nunavut. Il était assis dans l'avion, qui tournait en rond au-dessus de Vancouver. Ils tournaient inlassablement, attendant l'autorisation d'amorcer la descente, mais la tour de contrôle ne voulait pas les laisser atterrir. Le pilote se tourna vers Anawak et lui dit :

— Ils ne nous laissent pas atterrir. Vous n'avez pas le droit d'aller à Vancouver. A Tofino non plus.

— Mais pourquoi ? s'écria Anawak. Pourquoi ne nous laissent-ils pas atterrir ?

— Le contrôle au sol dit que c'est à cause de vous. Ils disent que vous n'habitez pas ici.

— Mais je vis à Vancouver ! Et à Tofino, j'habite sur un bateau !

— On a vérifié. Vous n'habitez nulle part. En bas, ils ne connaissent aucun Léon Anawak. Le contrôle dit qu'il faut que je vous emmène chez vous, alors on va où ?

— Je ne sais pas.

— Vous savez bien où vous habitez !

— J'habite là, en bas !

— D'accord.

L'appareil se prépara à atterrir. Ils prirent plusieurs virages. Les lumières de la ville se rapprochèrent, mais l'éclairage était insuffisant pour Vancouver. Ce n'était pas Vancouver. Le sol était recouvert de neige partout, des blocs de glace flottaient sur une mer noire, et derrière s'élevait une montagne de marbre.

Ils atterrirent à Cape Dorset.

Il se retrouva chez lui, chez ses parents, qui étaient encore vivants et qui fêtaient quelque chose. C'était son anniversaire. Il y avait beaucoup d'enfants, tout le monde dansait joyeusement autour de lui, et son père proposa de faire une course dans la neige. Il donna à son fils un énorme paquet grossièrement ficelé en lui disant que c'était son seul cadeau, et qu'il était très précieux.

— Il contient tout ce qu'il te faut pour ta vie future, dit-il. Mais il faut que tu l'emportes pendant la course.

Anawak essaya de poser l'énorme paquet en équilibre sur sa tête. Ils sortirent. La neige brillait dans le noir, et une voix lui chuchota qu'il n'avait d'autre choix que de remporter la course, parce que les autres avaient prévu de le tuer s'il ne gagnait pas. Personne n'avait osé le lui révéler, mais c'était bien ce qu'ils avaient en tête. Ils avaient prévu de se changer en loups pendant la nuit, et de le réduire en miettes s'il mettait trop de temps à arriver au bord de l'eau, alors il valait mieux qu'il s'active.

Anawak se mit à pleurer. Comment pouvait-on vouloir lui faire une chose pareille ? Il maudissait son anniversaire, parce qu'il savait que bientôt il serait adulte, et il ne voulait pas devenir adulte et être réduit en miettes. Il agrippa le paquet et se mit à courir. La neige était haute, il s'enfonçait dedans jusqu'aux hanches et n'arrivait pas à avancer. Il regarda autour de lui, mais il ne vit personne. Il était seul. La maison de ses parents était derrière lui, dans l'obscurité, la porte fermée. Une lune froide était accrochée au-dessus du toit. Soudain, un silence mortel s'établit.

Anawak s'arrêta.

Il hésita à retourner chez lui, car il ne semblait plus y avoir personne. La maison lui paraissait effrayante, inhospitalière. Entrer là serait entrer dans l'inconnu. Il n'y avait pas âme qui vive dehors, dans cette nuit glaciale baignée de lune, pas un bruit. Il pensa à la menace, aux loups affamés qui l'attendaient pour le dévorer vivant. Etaient-ils à l'intérieur ? Avaient-ils déjà fait un carnage parmi les invités ? Rien ne filtrait. Par quelque mystère, Cape Dorset et la maison ne semblaient pas obéir aux lois de la nature. C'était toujours l'endroit où on venait de fêter son anniversaire, mais ce n'était plus le même moment, c'était dans un futur lointain ou un passé encore plus lointain… A moins que le temps ne se fût arrêté lui aussi, et que ce qu'il avait sous les yeux ne fût qu'un univers gelé duquel toute vie était bannie.

Sa peur prit le dessus. Il se retourna et entreprit d'avancer péniblement en direction de la mer. Il n'y avait pas de ponton, comme dans la réalité, mais la lisière de la banquise. Le paquet s'était ratatiné, il pouvait le tenir facilement d'une main. Il avançait beaucoup plus facilement, à présent, et il atteignit la glace en quelques pas.

Il regarda au loin.

La lumière de la lune miroitait sur une mer noire ridée parcourue de feuilles de glace flottante. Le ciel était rempli d'étoiles. Quelqu'un cria son nom. La voix lui parvint faiblement depuis une congère, et Anawak, tiraillé entre la frayeur et la curiosité, s'approcha d'un pas hésitant. Il s'aperçut alors que ce n'était pas une congère, mais deux corps étendus l'un contre l'autre, recouverts de neige poudreuse. Ses parents. Ils regardaient le ciel d'un œil fixe, soit morts, soit incapables de lui parler ou de prendre conscience de sa présence.

Je suis adulte, se dit-il. Il faut que je défasse ce paquet.

Il le regarda. Il tenait dans sa main.

Il était devenu minuscule. Il l'ouvrit, mais à l'intérieur il n'y avait que du papier. Rien d'autre. Il ouvrit les couches successives en les roulant en boule les unes après les autres et les jeta. Bientôt, il n'y eut plus de paquet et plus de parents étendus immobiles. Seules subsistaient la banquise et la mer noire.

Une gigantesque bosse fendit les vagues, puis disparut.

Anawak tourna lentement la tête. Il vit une petite maison miteuse, une baraque en tôle. La porte était ouverte.

Sa maison.

Non, pensa-t-il. Non ! Il se mit à pleurer. Il y avait une erreur quelque part. Impossible, ce n'était pas ça, sa vie. Sa place n'était pas là ! Ce n'était pas ce qui était prévu !

Affalé dans la neige, les yeux fixés sur la baraque, il versa toutes les larmes de son corps. Un désespoir sans nom s'empara de lui. Ses sanglots lui déchiraient la poitrine, montaient jusqu'au ciel, répercutés par l'écho, remplissaient le monde entier, un monde vide de toute existence à part la sienne.

Non. Non !

De la lumière.

Sa chambre, au Polar Lodge.

Anawak, assis dans son lit, tremblait de tous ses membres. Son réveil indiquait deux heures trente. Il mit longtemps à se calmer suffisamment pour pouvoir se lever et aller ouvrir le petit réfrigérateur. Sa langue collait à son palais. Il prit une canette de Coca, but à longues gorgées avides. Muni de la canette, il se dirigea vers la fenêtre, repoussa le rideau et regarda dehors.

L'hôtel était perché sur une hauteur, de sorte qu'il avait vue sur le Kinngait et des quartiers voisins. Le ciel était clair et sans nuages, comme dans son rêve, mais, au lieu de l'immensité étoilée, Cape Dorset était plongé dans un demi-jour qui teintait les maisons, la toundra, les champs de neige et la mer d'un rose doré irréel. Il ne faisait jamais nuit en cette saison, les contours étaient simplement plus flous et les couleurs plus douces.

Anawak fut brutalement frappé par la beauté de cet endroit.

Captivé, il contempla ce ciel d'une beauté inouïe, laissa errer son regard sur les montagnes et sur la baie. La glace de Tellik Bay jetait des reflets d'argent, et la masse noire de Mallikjuaq était posée près de la côte comme une baleine endormie.

Tout en buvant son Coca à petites gorgées, il réfléchit.

Que faire ?

Il se rappela ce qu'il avait ressenti, quelques jours auparavant, alors qu'il dînait avec Shoemaker et Alicia. La station lui avait paru soudain étrangère, ainsi que Tofino, et tout le reste. Partout, il manquait un lieu où il eût pu se retirer du monde. Il s'était persuadé qu'un changement important s'annonçait. Avec une exaltation mêlée de crainte, il avait attendu que la promesse du renouveau se réalise.

Au lieu de cela, on lui avait annoncé la mort de son père.

Etait-ce là l'événement important ? Son retour en Arctique pour enterrer son père ?

Certes, il était confronté à des défis autrement plus sérieux. A l'un des plus grands défis de l'histoire de l'humanité. On ne pouvait faire plus important. Mais cela n'avait aucun rapport avec sa vie. Son existence personnelle était ailleurs. Les tsunamis, les explosions de méthane et les maladies n'y jouaient aucun rôle. Avec l'annonce du décès de son père, sa vie était revenue au premier plan.

Pour la première fois depuis qu'il avait reçu cette nouvelle, Anawak pressentit que c'était ici, au Nunavut, que s'offrait à lui la chance de transformer la mort en vie. Il était mort. Il devait renaître.

Au bout d'un moment, il s'habilla, mit sa toque de fourrure par-dessus ses oreilles et sortit dans la nuit claire. Il était seul. Il marcha pendant une heure, puis la fatigue le saisit, une bonne fatigue saine, entièrement différente de l'hébétude générée par les écrans.

Il rentra à l'hôtel, jeta ses habits par terre, se roula en boule dans son lit et s'endormit aussitôt.

A son réveil, il appela Akesuk.

— Tu as envie de venir déjeuner avec moi ?

Son oncle en fut surpris :

— On est justement en train de déjeuner, avec Mary-Ann… Je n'avais pas pensé que…

— Très bien, pas de problème.

— Non, attends… On vient juste de commencer. Viens donc nous rejoindre, on va te faire une bonne assiette d'œufs brouillés au jambon, tu vas voir comme c'est bon.

— D'accord. A tout de suite.

L'assiette que Mary-Ann posa devant lui était effectivement une bonne assiette. Si bonne que sa simple vue rassasia Anawak. Mais cela ne l'empêcha pas de l'attaquer avec courage. Il se demanda ce qu'Akesuk avait pu raconter à sa femme. Il avait sans doute inventé une raison plus que valable pour expliquer la défection de son neveu, la veille au soir. Elle ne semblait pas lui en vouloir.

Cette main tendue par Akesuk et son épouse l'emplissait d'un sentiment étrange. Elle le ramenait au sein de la famille. Or, il ne savait pas encore si cela lui plaisait. La magie de la nuit baignée de lune s'était envolée, et il était loin d'avoir conclu la paix avec le Nunavut. Il décida de prendre la suite avec prudence.

Après le petit déjeuner, Mary-Ann sortit faire des emplettes en ville. Akesuk tourna les boutons d'un transistor, écouta une minute, puis déclara :

— C'est bien. IBC prévoit du beau temps pour les prochains jours. Il ne faut pas trop les croire, mais s'il n'y a que la moitié de vrai, on va pouvoir partir en vadrouille, à la campagne.

— Vous voulez partir à la campagne ?

— Oui, on va aller se balader un peu. On part demain. Si tu as envie, on peut faire quelque chose ensemble aujourd'hui… Au fait, qu'est-ce que tu vas faire ? Tu vas peut-être avancer ton retour au Canada ?

Il l'avait percé à jour, ce vieux renard.

Anawak répondit, avec une pointe d'embarras :

— C'est vrai, je reconnais qu'hier soir c'est ce que j'avais décidé.

— Ce n'est pas une surprise, le rassura Akesuk. Et maintenant ?

— Je ne sais pas encore. J'ai pensé que j'irais peut-être à Mallikjuaq, ou jusqu'à Inuksuk Point… Je ne me sens pas à l'aise, à Cape Dorset. Iji, ne le prends pas mal, mais ce n'est pas un endroit dont on aime se souvenir, avec un… un…

— Avec un père comme le tien, compléta son oncle.

Il le considéra en caressant sa moustache.

— Moi, ce qui m'étonne, c'est que tu sois venu, reprit-il. Tu es resté parti dix-neuf ans, sans donner de nouvelles à personne. Et maintenant, je suis le dernier du clan. J'ai appelé parce que je pensais qu'il fallait te prévenir, mais je ne comptais pas te voir, je m'y étais préparé. Pourquoi es-tu venu, alors ?

— Aucune idée, Iji. Il n'y a rien qui m'attirait. Je crois plutôt que c'est Vancouver qui voulait se débarrasser de moi pour quelque temps.

— Tu racontes des bêtises !
— En tout cas, ce n'est pas pour mon père ! Tu le sais parfaitement, je ne pleure pas sa mort.
Son ton était inutilement sec, mais il n'y pouvait rien.
— Et ça ne risque pas d'arriver, ajouta-t-il.
— Tu es trop dur.
— Il a mené une mauvaise vie, Iji !
Akesuk le dévisagea longuement.
— Oui, ton père a mené une mauvaise vie, c'est vrai, dit-il enfin. Mais à l'époque, il n'y avait pas de bonne vie. Ça, tu l'as oublié.
Anawak ne répondit pas.
Son oncle aspira le fond de sa tasse à grand bruit. Puis il sourit.
— Tu sais quoi ? Je te fais une proposition. On va partir dès aujourd'hui, avec Mary-Ann. Cette fois, on part tout à fait ailleurs, dans le Nord-Ouest, à Pond Inlet. Et toi, tu viens avec nous.
— Ce n'est pas possible, objecta Anawak. Vous partez pour plusieurs semaines, et moi, je ne peux pas rester aussi longtemps... D'ailleurs, je n'en ai pas envie.
— Mais non ! Tu viens avec nous, et tu rentres seul en avion quand ça t'arrange. Je ne vais quand même pas te tenir la main, tu es grand maintenant ! Tu te trouveras bien un avion tout seul !
— Ça va vous compliquer les choses, Iji, je...
— Tu m'embêtes, avec tes complications. On t'emmène là-haut avec nous. On se joint à un groupe. Tout est prêt. On trouvera bien une petite place où mettre ton derrière civilisé.
Akesuk ajouta, avec un clin d'œil :
— Mais faut pas croire que ce sera juste un voyage d'agrément. Tu prendras ton tour de garde comme tout le monde, rapport aux ours.
Anawak se cala au fond de son siège et réfléchit. Cette invitation le prenait au dépourvu. Il avait prévu cette journée supplémentaire, mais c'était tout. Une journée, pas deux ni trois.
Comment expliquer cela à Li ?
D'un autre côté, Li lui avait fait comprendre qu'il pouvait rester le temps qu'il lui plairait.
Pond Inlet. Trois jours.
Au fond, ce n'était pas très long. Le voyage en avion prendrait deux heures tout au plus. Trois jours sur place, deux heures de vol direct pour Iqaluit.
— Et qu'est-ce que tu espères ? interrogea-t-il.
Akesuk éclata de rire.
— A ton avis ? Te ramener à la maison, fiston !

« A la campagne. »

Dans ces trois mots s'exprimait toute la philosophie des Inuits. Etre à la campagne, cela signifiait échapper à la ville et passer les journées d'été à camper sur les plages ou à la lisière de la banquise pour chasser le narval, le phoque et le morse, et pour pêcher. Les Inuits étaient autorisés à chasser la baleine pour leurs besoins propres. On emportait tout le nécessaire pour survivre dans ces régions non atteintes par la civilisation, en chargeant les vêtements et les équipements sur des quads, des traîneaux ou des bateaux. Le pays où l'on se rendait était sauvage, c'était une zone que les hommes avaient parcourue en nomades pendant des siècles avant qu'un progrès non désiré les contraigne à la sédentarité.

A la campagne, la notion de temps était inconnue, et l'ordre établi dans les villes et les communautés cessait d'exister. Les distances n'étaient pas exprimées en kilomètres ou en miles, mais en journées. Tel endroit était à deux journées, tel autre à une demi-journée, ou une journée. Parler de cinquante kilomètres n'avait aucun sens quand il fallait compter avec les obstacles imprévus, la banquise, les trous. La nature ne se soumettait pas aux chiffres. A la campagne, on vivait ici et maintenant, parce que l'après contenait déjà en germe une série d'impondérables. La campagne suivait son propre rythme, auquel on se soumettait de son plein gré. Au cours de siècles de nomadisme, les Inuits avaient appris que c'était de cette soumission qu'ils pourraient tirer leur domination. Jusqu'au milieu du XXe siècle, ils avaient parcouru le pays en toute liberté, et tel était le style de vie qui correspondait à leur nature, et non la sédentarité dans une maison déterminée, au sein d'une ville déterminée.

Bien des changements s'étaient opérés, Anawak en avait la confirmation à tout instant. On attendait des Inuits qu'ils adoptent comme tout le monde une activité régulière pour affirmer leur place dans une société industrialisée, et cela, ils semblaient l'avoir accepté. Mais, et c'était nouveau, les autres avaient commencé à accepter les Inuits. Ils leur rendaient un peu de ce qu'ils leur avaient pris, principalement des perspectives. Les habitudes de vie occidentales y trouvaient leur place, au même titre que les traditions ancestrales.

Anawak avait quitté son pays à l'époque où ce n'était plus un pays, mais une région qui avait perdu la conscience de sa valeur et son identité. Il s'était enfui en emportant l'image d'un peuple profondément déprimé, démuni, auquel on n'accordait aucune considération, tant et si bien qu'il n'en avait plus pour lui-même. Seul son père eût pu corriger cette image, mais c'était justement lui qui en était le plus grand responsable. Celui qui gisait à présent dans une tombe de Cape Dorset était devenu pour lui le symbole de la résignation : un homme coléreux, perturbé, un pleurnichard ivre du matin au soir, un raté, incapable de protéger sa famille. A bord du bateau qui l'emmenait, il avait regardé s'éloigner les contours de Cape Dorset et crié dans le brouillard une phrase qui résonnait encore à ses oreilles, destinée à son père et à son peuple tout entier :

« J'aimerais que vous vous suicidiez tous, pour que plus jamais personne n'ait honte de vous ! »

L'espace d'une seconde, il avait envisagé d'être le premier à ouvrir la voie en se jetant par-dessus bord.

Il n'en avait rien fait. Il était devenu canadien. Sa famille d'accueil s'était établie à Vancouver. C'étaient des gens généreux, qui avaient assuré son éducation, même si, au fond, ils ne s'étaient jamais vraiment habitués les uns aux autres. Cela resta une communauté d'intérêts. Anawak avait vingt-quatre ans lorsqu'ils allèrent s'installer à Anchorage, en Alaska. Après leur départ, le lien se rompit très rapidement. On ne pouvait dire qu'ils s'étaient éloignés les uns des autres, ils n'avaient tout simplement jamais été proches.

Ce n'était pas sa famille.

La proposition d'Akesuk avait réveillé en lui de nouveaux souvenirs. La campagne évoquait les longues soirées passées au coin du feu, à écouter une histoire racontée par l'un ou l'autre, à voir les personnages s'animer. Quand il était petit, la reine des neiges et le dieu des ours existaient bel et bien. Il ouvrait de grands yeux aux récits des hommes et des femmes qui étaient nés dans des igloos, et il rêvait de parcourir un jour la glace comme ils l'avaient fait, de chasser et de vivre en harmonie avec lui-même et l'Arctique mythique. Dormir quand on est fatigué. Travailler et chasser quand le temps le permet, ou simplement quand on en a envie. Manger quand l'estomac réclame, et non aux heures de repas imposées. Parfois, la chasse durait un jour et une nuit, alors qu'on avait prévu de ne sortir de sa tente que pour un petit tour. Parfois, on s'équipait et la chasse n'avait pas lieu. Cette inorganisation apparente des Inuits avait toujours paru suspecte aux *quallunaats*. Les *quallunaats* ne comprenaient pas comment on pouvait vivre, et comment il était permis de vivre, sans emploi du temps précis ni objectifs de réussite. Les *quallunaats* construisaient des mondes en dehors du monde. Ils chassaient le naturel pour l'artificiel, et tout ce qui n'entrait pas dans le cadre de leurs concepts était ignoré ou massacré sans merci.

Anawak pensa au Chateau et aux problèmes qu'ils essayaient de résoudre. Il pensa à Jack Vanderbilt. A l'obstination du directeur adjoint de la CIA, qui se cramponnait à l'idée que les événements des derniers mois pouvaient être imputés à quelque action humaine programmée. Pour comprendre les Inuits, il fallait apprendre à se détacher de l'obsession du contrôle propre à la société civilisée.

Mais du moins avait-on encore affaire à des humains. En revanche, la puissance inconnue n'avait rien d'humain. Anawak avait acquis la conviction que Johanson avait raison. Cette guerre menaçait d'être perdue si on l'abordait avec les valeurs humaines. Les gens comme Vanderbilt la perdraient pour la simple raison qu'ils étaient incapables de comprendre la mentalité d'un autre. Sans doute l'homme de la CIA avait-il conscience de cette lacune, mais s'il lui était impossible de se mettre dans la peau d'un Américain bon teint, comment eût-il pu imaginer ce qui se passait dans l'esprit d'une espèce qui n'était même pas humaine ?

Allez comprendre une race que Johanson, dans une illumination dadaïste, avait nommée les Yrr, quand on ne comprend même pas les dauphins !

Soudain, Anawak sut qu'ils ne parviendraient pas à résoudre leur problème tant qu'ils n'auraient pas réuni la bonne équipe.

Il manquait quelqu'un. Et il savait qui.

Pendant qu'Akesuk se livrait aux préparatifs de départ, Anawak appela le Chateau. Li n'était pas à l'hôtel, mais à bord d'un croiseur de la marine américaine, au large de Seattle. Il dut attendre quinze bonnes minutes avant de l'avoir au bout du fil.

Invoquant le prétexte de ses obligations familiales, il lui demanda si elle pouvait renoncer à sa présence pendant trois ou quatre jours. Elle lui accorda ce délai. Anawak calma sa mauvaise conscience en se disant qu'il pourrait parfaitement participer au sauvetage du monde en faisant travailler sa tête dans le Grand Nord.

Li lui apprit qu'ils attaquaient les baleines au sonar.

— Je sais que cela ne vous plaît pas, dit-elle.

— Est-ce que ça fonctionne ? interrogea-t-il.

— Nous sommes sur le point d'interrompre l'expérience. Elle ne produit pas le résultat escompté. Mais nous devons tout essayer. Tant que nous tiendrons ces animaux à distance, nous augmenterons nos chances d'envoyer des plongeurs et des équipements au fond.

— Vous voulez augmenter vos chances ? Dans ce cas, il faut grossir l'équipe.

— De combien de personnes ?

— Trois.

Il réfléchit quelques secondes, puis décida de passer à l'offensive :

— Il nous faut plus de gens spécialisés dans la recherche comportementale et l'intelligence. Et il me faut quelqu'un qui m'assiste et à qui je puisse faire confiance. Je veux qu'on intègre Alicia Delaware. Elle passe l'été à Tofino. C'est une étudiante qui s'occupe de recherche sur l'intelligence.

— D'accord, répondit Li avec une rapidité surprenante. Qui d'autre ?

— Un gars d'Ucluelet. Si vous avez accès aux dossiers des programmes MK, vous le trouverez sous le nom de Jack O'Bannon. Il a l'expérience des mammifères marins. Et il connaît pas mal de choses qui pourraient nous être utiles.

— C'est un universitaire ?

— Non. C'est un ancien instructeur de l'armée américaine. US Navy's Marine Mammal System.

— Je comprends, dit Li. Il va falloir en discuter. Nous avons nous-mêmes une quantité de spécialistes. Pourquoi voulez-vous que ce soit lui ?

— Je le veux, c'est tout.

— Et la troisième personne ?

— C'est la plus importante de toutes. Nous avons affaire en quelque sorte à des extraterrestres. Il vous faudra quelqu'un qui s'occupe exclusivement de chercher le moyen de communiquer avec des êtres qui ne sont pas des humains. Prenez contact avec Samantha Crowe. C'est elle qui dirige le projet SETI, à Arecibo.

Li eut un petit rire.

— Vous êtes un garçon très malin, Léon. De toute façon, nous avions l'intention de prendre quelqu'un du SETI. Vous connaissez cette Samantha Crowe ?

— Oui. Elle est très bien.

— Parfait.

— Est-ce que vous m'accorderez ce que je vous demande ?

— Je vais voir ce qu'on peut faire.

Quelqu'un, derrière, appelait Li. Celle-ci mit fin à l'entretien :

— Bonne continuation, Léon. Revenez-nous en forme. Bon, je retourne au front.

Le Turbo-Prop Hawker Siddeley n'avait pas mis directement le cap au nord, mais s'était d'abord dirigé vers l'est. Akesuk avait convaincu le pilote de faire ce petit détour afin de permettre à Anawak d'admirer la grande plaine de Koukdjuak, une réserve protégée regorgeant de marais circulaires qui abritait la plus grande colonie d'oies au monde. L'appareil transportait d'autres passagers venus de Cape Dorset et d'Iqaluit qui se rendaient à Pond Inlet, mais le paysage leur était familier et la plupart somnolaient.

Anawak, en revanche, ouvrait grand les yeux.

Il avait l'impression de se réveiller après un long sommeil.

Ils suivirent la côte pendant quelque temps et franchirent le cercle polaire. C'était là que, géographiquement, commençait l'Arctique. Ils survolèrent le paysage lunaire et glacé du bassin de Foxe avec ses blocs de glace de toutes les hauteurs entrecoupés d'étendues d'eau libre. Rapidement, ils retrouvèrent sous eux la terre ferme, accidentée et parcourue de pentes abruptes et de parois de pierre verticales. De la neige brillait au fond de gorges profondes et sombres. Des ruisselets de neige fondue se jetaient dans des lacs gelés. A la lumière du soleil déclinant, le paysage gagnait encore en majesté. Des montagnes brunes déchiquetées alternaient avec des vallées enneigées, des chaînes montagneuses se dressaient à leur rencontre, presque entièrement recouvertes de congères. Soudain, sans transition, ils survolèrent une ligne de côte bleutée, et la vue qui s'offrit à eux fut celle d'une banquise fermée, l'Eclipse Sound.

Anawak oublia tout le reste, captivé par la beauté étrange de la haute Arctique. De gigantesques formations de cristal blanc s'élevaient sur la plaine blanche du Sound. Des montagnes de glace. Deux minuscules ours polaires couraient à leurs pieds, comme chassés par l'ombre de l'appareil sur la glace. Quelques points miroitèrent dans les airs : des mouettes. Plus loin, ce furent les pentes escarpées et les glaciers de l'île Bylot. Puis ils amorcèrent la descente et mirent le cap sur une nouvelle rive ; un paysage marbré de brun vint à leur rencontre, avec des maisons, une piste d'atterrissage : Pond Inlet, Mittimatalik dans la langue des Inuits, « Là où se trouve Mittimata ».

A l'horizon, au nord-ouest, le soleil jetait une lumière crue. Il ne se coucherait pas, en cette saison il se contenterait de toucher l'horizon pour quelques minutes, vers deux heures du matin. Il était neuf heures du soir au moment où ils atteignirent leur destination, mais Anawak avait perdu la notion du temps. Il voyait les paysages de son enfance, et le pavé qui pesait sur sa poitrine avait disparu.

Akesuk avait raison. Il avait réussi ce qu'Anawak n'eût pas cru possible, vingt-quatre heures plus tôt : il l'avait ramené à la maison.

Pond Inlet était à peu près aussi grand que Cape Dorset, pour un nombre égal d'habitants, mais là, au nord, tout était différent. La région était peuplée depuis plus de quatre mille ans. Personne, dans cette partie du pays, ne s'était risqué à des tentatives architecturales farfelues comme à Iqaluit. Les Inuits de cette partie du Nunavut tenaient à leurs traditions. Akesuk informa son neveu, en choisissant ses mots avec prudence, que, là-haut, le chamanisme n'était pas mort. Mais il s'empressa d'ajouter qu'évidemment tout le monde était chrétien ! Voyant qu'Anawak ne réagissait pas, il n'insista pas et entreprit d'énumérer tout ce qu'il leur faudrait acheter, le lendemain, au supermarché du coin.

Ils passèrent la nuit à l'hôtel. Ils se levèrent tôt le matin pour descendre sur le rivage. Akesuk huma l'air, décréta que le beau temps se maintiendrait et que la chasse serait bonne.

— Le printemps ne s'est pas fait attendre très longtemps, constata-t-il avec satisfaction. A l'hôtel, ils disent qu'il faut compter une demi-journée jusqu'à la banquise. Peut-être une journée complète, ça dépend.

— De quoi ?

Akesuk eut un geste évasif.

— Il peut se passer n'importe quoi. Ça dépend, quoi… Tu vas voir des tas d'animaux, des baleines, des phoques, des ours polaires. La glace a fondu plus tôt, cette année.

Ça ne m'étonne pas, pensa Anawak, avec tout ce qui se passe en ce moment…

Le groupe était composé de douze personnes. Certains avaient voyagé dans leur avion. Akesuk s'entretint avec les deux guides. Ils rassemblèrent les bagages et entreposèrent le superflu à l'hôtel. Quatre *qamutiks* les attendaient. Ces traîneaux traditionnels étaient tirés autrefois par des chiens, mais les motoneiges avaient désormais pris le relais. Ils étaient construits de la même façon : quatre mètres de long, deux patins de bois recourbés très haut et une quantité de lattes transversales solidement attachées. Ni vis, ni clou. Le traîneau tenait ensemble par des cordes et des courroies, ce qui simplifiait grandement les réparations. Trois *qamutiks* étaient équipés de cabines de bois ouvertes vers le haut, pour se protéger des intempéries, le quatrième servait pour les bagages.

— Tu n'es pas assez couvert, estima Akesuk en examinant l'anorak de son neveu.

— Ah bon ? J'ai regardé le thermomètre, il fait six au-dessus de zéro.

— Tu oublies le vent. Tu as bien mis deux paires de chaussettes ? Nous ne sommes pas à Vancouver, ici.

Effectivement, il avait oublié une quantité de choses. Il était arrivé les mains dans les poches, pour ainsi dire, oubliant ce qu'impliquait une expédition à l'assaut du froid. Il en eut presque honte. Le problème principal, c'étaient les pieds, comme toujours.

Il mit donc une seconde paire de chaussettes et un second pull, si bien qu'il se crut transformé en Bibendum. Tous avaient des faux airs d'astronautes, avec leurs combinaisons protectrices et leurs lunettes de neige.

Akesuk vérifia une dernière fois l'équipement avec les guides.

— Les sacs de couchage, les peaux de caribou…

Ses yeux brillaient. Sa fine moustache grise semblait se dresser de plaisir. Il s'affairait, allant de traîneau en traîneau. Anawak le compara mentalement à son père. Les deux hommes étaient totalement différents. En compagnie d'Ijitsiaq Akesuk, le peuple inuit et son mode de vie retrouvaient leur prestige.

Il songea à la puissance qui vivait tout au fond des mers.

Pendant leur voyage sur la glace, ils n'obéiraient qu'aux lois de la nature. On ne pouvait exister dans cet univers si on ne possédait pas un certain esprit panthéiste. On ne pouvait pas se permettre de se prendre au sérieux. On n'était pas important, on faisait partie d'un monde dont l'âme se manifestait dans les animaux, les plantes et dans la glace, parfois dans l'homme.

Et dans les Yrr, pensa-t-il. Quels qu'ils soient, où qu'ils soient, et quels que soient leur aspect et leur mode de vie.

La motoneige démarra avec une légère secousse. Le traîneau où avaient pris place Anawak, Akesuk et sa femme se mit à glisser sur la mer recouverte de glace et de neige. De larges flaques d'eau isolées apparaissaient çà et là. La fonte avait déjà commencé, mais elle se limitait aux couches supérieures.

Ils contournèrent la colline de Pond Inlet et mirent le cap au nord-est, s'éloignant de quelques kilomètres de l'île Baffin, qu'ils voyaient émerger de la glace au sud. De l'autre côté s'élevaient les rochers de l'île Bylot, entourés d'icebergs. Une immense langue de glacier partait des sommets et descendait jusqu'au rivage. Anawak se rappela alors qu'ils n'étaient pas sur la terre ferme, mais en train de traverser une couche de mer gelée. En dessous, il y avait des poissons qui nageaient. De temps en temps, les patins se soulevaient quand ils passaient sur un terrain accidenté, retombaient durement, mais le traîneau amortissait le choc.

Au bout d'un moment, l'équipage de tête changea de direction, et le train suivit. Anawak resta désorienté quelques instants, puis il vit qu'ils contournaient une crevasse, trop large pour être traversée. Le bord bleuté du trou laissait apparaître une eau noire et insondable.

— Ça pourra prendre un certain temps, prévint Akesuk.

— Oui, on va perdre du temps, renchérit Anawak, se souvenant des équipées d'autrefois, où ce genre de mésaventures leur étaient maintes fois arrivées.

Akesuk fronça les sourcils.

— Non, on ne perd pas de temps ! On le garde, le temps, même si on ne continue par directement vers le sud. Tu as donc tout oublié ? Ici, le temps qu'on met à arriver ne compte pas. On continue à vivre, même en faisant un détour. Il n'y a pas de temps perdu.

Anawak ne répondit pas.

— Notre plus grand problème, poursuivit son oncle en souriant, c'est peut-être que les *quallunaats* nous ont apporté le temps. Ils nous ont obligés à apprendre qu'on pouvait aussi gâcher le temps. Les *quallunaats* pensent que quand on attend on perd du temps, et donc du temps de vie. Je suppose que quand tu étais petit, on croyait ce qu'ils nous disaient. Ton père aussi les a crus, et comme il n'avait aucun moyen de faire des choses utiles, des choses qui avaient une valeur, il s'est imaginé que sa vie était sans valeur, parce qu'elle était faite de temps non occupé, de temps gâché. Un temps de vie sans valeur. Une vie sans valeur.

Anawak le regarda bien en face.

— Ce n'est pas lui que tu devrais plaindre, dit-il, mais ma mère.

— Elle aussi, elle le plaignait, rétorqua Akesuk.

Puis il se tourna vers sa femme, sans plus s'occuper de lui.

Ils durent parcourir plusieurs kilomètres avant de trouver un endroit où la largeur de la crevasse leur permettait de la franchir. Un guide inuit détacha sa motoneige et passa de l'autre côté en mettant pleins gaz. De là, à l'aide d'une corde, il aida les traîneaux à traverser l'obstacle les uns après les autres.

A la fin de l'épisode, Akesuk, qui ne paraissait pas autrement impressionné, fourra tranquillement une fine tranche de lard dans sa bouche et en tendit une à son neveu. Celui-ci se servit en hésitant. C'était de la peau de narval. Quand ils partaient en expédition sur la glace, autrefois, ils en emportaient toujours. C'était une source de vitamine C, qui valait largement tous les citrons et toutes les oranges du monde. Ça avait un goût de noix fraîche.

Ce goût déclencha en lui une succession d'images et de sensations. Il entendit des voix, celles de gens avec lesquels il avait voyagé, vingt ans auparavant. Il sentit la main de sa mère dans ses cheveux.

— Les trous dans la banquise, un ours qui barre la route... dit son oncle en riant. Ah ! on n'est pas sur l'autoroute ici ! Allez, avoue, tu n'as jamais regretté tout ça ?

Son accès de sentimentalité n'avait évidemment pas échappé à cette fine mouche d'Akesuk. Mais s'il essayait de le conforter là-dedans, il se trompait !

Anawak fit un signe négatif de la tête.

— Non.

Aussitôt, il eut honte de son attitude.

Akesuk haussa les épaules.

Quand on avait passé la majeure partie de sa vie sur l'île de Vancouver et que, de plus, on était chercheur en biologie marine, on était plus près de la nature que le commun des mortels. Mais il n'y avait aucun rapport entre les sensations éprouvées pendant l'observation des baleines du Clayoquot Sound et la plénitude ressentie lorsqu'on glissait sur la blancheur infinie de ce bras de mer qui vous emportait au loin, avec sur la droite la toundra brune et sur la gauche les sommets recouverts de glaciers de l'île Bylot. L'Ouest canadien jouissait d'un climat qui paraissait avoir été créé spécialement pour l'homme, mais l'Arctique, c'était un enfer glacé spectaculaire. Magnifique, mais qui se suffisait à lui-même et mortel pour celui qui s'abandonnait à l'illusion de la suprématie de l'homme. Son peuplement apparaissait comme une tentative obstinée de prendre possession de ce qui ne se laissait pas posséder. Le voyage en *qamutik* jusqu'au bord de la banquise se muait en voyage vers l'inconnu. Pour Anawak, les dernières notions du temps s'étaient évaporées après une nuit baignée de soleil.

Ils voyageaient vers l'origine du monde. Ces contrées avaient le pouvoir d'amener un rationaliste des plus endurcis, un matérialiste qui ne priait aucun dieu et ne croyait qu'à la science, à partager tout naturellement l'explication des Inuits lorsqu'ils exposaient la raison pour laquelle l'ours polaire arpentait mélancoliquement le pays d'un pas lourd : c'était parce qu'il s'était fermé à la réalité par amour pour une humaine dont il était l'amant. Par pitié pour son mari, qu'elle voyait rentrer bredouille de la chasse depuis plusieurs semaines, cette femme avait fini par lui dévoiler la cachette de son amant l'ours, malgré la mise en garde de ce dernier. Or, l'ours entendit la conversation au cours de laquelle elle le trahit, et pendant que le chasseur se rendait dans sa tanière il se glissa dans l'igloo de son amante pour la tuer. Mais au moment d'accomplir son geste, le chagrin le submergea et il baissa la patte qu'il avait levée sur elle. Il ne servait plus à rien de la tuer, puisque la trahison était consommée. Il s'en alla d'un pas lourd, solitaire, le cœur brisé.

Anawak sentait l'air froid lui piquer la peau.

Oui, dès lors que la nature s'était approchée de l'homme, celui-ci l'avait trahie. Voilà pourquoi, selon la légende, les ours attaquaient les hommes. Ils étaient chez eux, là-haut, c'était leur royaume. Ils étaient les plus forts. Et pourtant, l'homme les avait vaincus, mais sa victoire était aussi une défaite. Même si Anawak avait tourné le dos à son pays pendant vingt ans, il savait parfaitement que les produits chimiques comme le DDT ou les PCB hautement toxiques, apportés d'Asie, d'Amérique du Nord et d'Europe par les vents et les courants marins, atteignaient le pôle Nord. Le chargement toxique s'accumulait dans les tissus des baleines, des phoques et des morses dont se nourrissaient les ours polaires et les hommes, et tout le monde tombait malade. Dans le lait maternel des femmes inuit, on avait mesuré des quantités de PCB vingt fois supérieures aux limites indiquées par l'OMS. Les enfants souffraient de troubles neurologiques et leurs tests d'intelligence étaient de plus en plus mauvais. La nature sauvage était empoisonnée parce que les *quallunaats* n'avaient pas compris, ou ne voulaient pas comprendre, le principe auquel obéissait la planète Terre : c'était une gigantesque pompe de circulation d'air et de courants marins, dans laquelle, tôt ou tard, tout se disséminait.

Etait-ce si étonnant que quelqu'un, au fond de la mer, ait décidé de mettre un terme à tout cela ?

Au bout de deux heures de route, ils remirent le cap sur le littoral de l'île Baffin. Les muscles noués par les longues heures passées en position assise, à amortir les chocs des coups de patin, ils entamèrent une lente marche sur la glace qui recouvrait la terre ferme et sur la toundra où la neige avait fondu, longeant des blocs rocheux recouverts de lichen. Quelques fleurs isolées, saxifrage pourpre et potentille, déployaient leurs couleurs au milieu de la bourbe mousseuse. C'était la bonne saison. Un peu plus tard, la région serait envahie par des milliards de moustiques.

Le terrain montait en pente douce. L'un des conducteurs de motoneige les emmena jusqu'à un plateau d'où l'on avait vue sur la mer et sur les montagnes blanches. Il leur montra les ruines d'anciennes habitations datant de la période de Thulé et attira leur attention sur deux modestes croix. C'était là qu'étaient enterrés des chasseurs de baleine allemands. Quelques siksiks, des écureuils terrestres d'Arctique, jouèrent à se poursuivre sous leurs yeux, puis disparurent dans leurs terriers.

Mary-Ann attrapa quelques pierres et se mit à jongler. Anawak essaya ensuite de l'imiter. Mais ses piètres performances à ce jeu inuit, vieux comme le monde, déclenchèrent l'hilarité générale. Le jeune homme, un peu vexé, se dit qu'il retrouvait bien là les Inuits ! De vrais gamins qui riaient d'un rien !

Après un déjeuner rapide de sandwiches et de café, ils poursuivirent leur route, contournant un trou d'eau encore plus grand que le précédent, et prirent la direction de l'île Bylot. La neige fondue giclait de tous côtés sous leurs motoneiges. La glace de la banquise qui s'amoncelait pour former des barrières bizarres les contraignait à d'incessants détours. Enfin, ils se retrouvèrent sous les falaises de l'île Bylot. L'air était rempli des cris des oiseaux. Des milliers de mouettes tridactyles nichaient dans les creux des rochers, s'envolant et revenant au bercail par nuées.

Le convoi ralentit, s'arrêta.

— Viens, on va faire un tour, proposa Akesuk.

Contrairement à la toundra de l'île Baffin qui montait doucement, l'île Bylot était déjà relativement escarpée dès le rivage. La promenade se mua en escalade. Akesuk désigna une trace blanche, des excréments d'oiseaux, dans une fente rocheuse, loin au-dessus de leurs têtes.

— Des gerfauts, dit-il, de beaux oiseaux.

Il émit une série de sifflements pour les attirer, mais sans succès.

— Plus à l'intérieur, on aurait plus de chances de les voir. Et aussi des renards, des oies des neiges, des chouettes, des faucons et des busards… Ou pas… ajouta-t-il avec un sourire ironique. C'est ça, l'Arctique. Pas la peine de prendre rendez-vous. Ni avec les animaux, ni avec les Inuits. Parce qu'on ne peut pas compter sur eux, pas vrai, fiston ?

— Je ne suis pas un *quallunaat*, si c'est ce que tu veux dire, protesta Anawak.

— Oh !

Son oncle huma l'air.

— Parfait, dit-il. On arrête de grimper, on se rattrapera une autre fois. Tu reviendras, maintenant que tu n'es plus un *quallunaat*. Bon, on va continuer jusqu'au bord de la banquise, on devrait y arriver, par ce beau temps.

A partir de là, le temps cessa vraiment d'exister.

Ils se dirigèrent vers l'est, laissant l'île Bylot derrière eux. La glace était devenue moins lisse, les coups de patins se firent plus violents. Sous l'effet des vents froids, les flaques de neige fondue avaient légèrement gelé. Cela crissait comme s'ils avançaient sur du verre.

A un moment, comme Anawak se redressait pour soulager son dos, il décela une petite crevasse remplie d'eau. Il en avertit le conducteur, mais celui-ci l'avait déjà aperçue. Sans ralentir, il se retourna vers le jeune homme et le gratifia d'un sourire approbateur.

— Tu n'as pas tout oublié, à ce que je vois ! constata Akesuk en riant.

Anawak le dévisagea pendant quelques secondes avec indécision. Puis il joignit son rire au sien. A sa grande surprise, il constata qu'il était fier. Fier d'avoir repéré un trou, où allait-on !

Par quelque tour de magie, l'après-midi dessina des chiens de soleil sur le ciel. C'était ainsi que les Inuits appelaient les curieux cercles lumineux qui se formaient de part et d'autre du soleil lorsque la lumière était réfractée par de minuscules cristaux de glace. Au loin, le pack formait une gigantesque barrière dentelée. Puis, soudain, sur leur droite, surgit de l'eau, libre et lisse. Un phoque émergea, les regarda brièvement, disparut. Un peu plus loin, sa tête réapparut, tournée vers eux avec curiosité. Ils dépassèrent le trou d'eau et se dirigèrent vers un autre, immense, et Anawak s'aperçut que ce n'était pas un trou d'eau, mais la fin de la banquise. Devant, c'était la mer ouverte.

Puis ils tombèrent sur un camp de toile. L'équipage s'arrêta. On se salua cordialement. Quelques-uns se connaissaient ; on présenta les autres avec force détails. Les campeurs venaient de Pond Inlet et d'Igloolik. Ils avaient tué un narval, l'avaient découpé et avaient abandonné ses restes plus à l'est, près de la fin de la banquise, à peu près là où se rendait le groupe d'Anawak. On se passa des morceaux de peau, on parla chasse. Deux chasseurs arrivant du bord de la banquise en motoneige et s'apprêtant à rentrer se joignirent à eux. Ils avaient attaché des canoës de chasse à leurs *qamutiks*, ainsi que deux phoques abattus la veille. L'un d'eux les avertit que les animaux regagnaient leurs terrains de chasse et de reproduction en avance, avec la fonte précoce. Il leur recommanda la prudence en leur agitant sa Winchester sous le nez. Il portait sur sa casquette une inscription : *Le travail est fait pour les gens qui ne savent pas chasser.* Anawak lui demanda s'il avait remarqué un comportement particulier chez les baleines, si elles étaient particulièrement agressives, voire si elles attaquaient. Les chasseurs répondirent par la négative. Il n'en fallut pas plus pour que le campement tout entier vienne se grouper autour d'eux. Tous étaient au courant de ce qui se passait dans le reste du monde, jusqu'au moindre détail, mais il semblait que l'Arctique fût préservée de toute anomalie.

Vers le soir, ils quittèrent le campement.

Les deux chasseurs retournèrent à Pond Inlet, et l'équipage d'Anawak poursuivit son chemin vers le bord de la banquise. Au bout de quelque temps, ils arrivèrent à la hauteur des restes du narval abattu. Des nuées d'oiseaux se disputaient les morceaux de chair. Ils se dépêchèrent de mettre de la distance entre eux et cette compagnie désagréable.

Les guides établirent le camp à une trentaine de mètres du bord de la banquise. On détacha des bagages, on monta le mât de transmission afin de ne pas perdre le contact avec le monde extérieur. En peu de temps, les guides construisirent cinq tentes, quatre pour les voyageurs et une tente pour la cuisine, toutes munies de planches pour le sol et de matelas d'isolation. Trois panneaux de bois peint en blanc constituèrent un petit chalet d'aisances provisoire.

— Il était grand temps, se réjouit Akesuk.

Il fut le premier à disparaître sur le pot de miel, ainsi que les Inuits appelaient leurs toilettes ambulantes.

Les guides proposèrent d'organiser une course de motoneige.

Anawak demanda à prendre une petite leçon de conduite, mais il découvrit que le maniement des engins était simple. Bientôt, ils se retrouvèrent à foncer comme des fous sur la neige qui miroitait, et il sentit son cœur s'alléger.

Il était heureux.

Le vainqueur de la course fut un gars d'Igloolik.

Au bout d'un moment, la faim se fit sentir. Mary-Ann les chassa de la tente de cuisine, et ils n'eurent d'autre choix que de faire le pied de grue dehors, engoncés dans leurs tenues d'astronautes, appuyés contre les traîneaux. Une jeune femme entreprit de raconter une histoire d'Inuit, cette sorte d'histoires que l'on répète à l'infini en les modifiant toujours un peu en cours de route, et qui peuvent s'étirer sur des jours et des jours. Les Inuits ne voyaient pas l'intérêt de tout raconter d'un coup. Sur la glace, les journées étaient longues. Les histoires elles aussi étaient longues. Il fallait donc les découper.

Il était près de minuit quand Mary-Ann servit le repas. Elle s'était surpassée. Des odeurs alléchantes d'omble chevalier grillé, de côtelettes de caribou au riz et de pommes de terre esquimaudes, une racine locale, vinrent leur agacer les narines. Le tout était accompagné de litres de thé noir. La tente de cuisine était prévue pour pouvoir accueillir tous les participants, mais elle ne tint pas ses promesses et se révéla trop petite. Cela contraria Akesuk, qui se fâcha après celui qui leur avait loué la tente. Cela ne l'agrandit pas pour autant, aussi posèrent-ils leurs assiettes sur des caisses et se mirent-ils à manger à s'en faire éclater la panse.

Vers une heure et demie, alors que la fatigue les gagnait les uns après les autres, Akesuk sortit une bouteille de champagne des tréfonds de ses bagages. Il fit un clin d'œil malicieux à Anawak. Mary-Ann fronça les sourcils et alla se coucher. Finalement, il ne resta plus qu'Anawak et son oncle, ainsi que l'homme chargé de monter la garde contre les ours.

— Bon, on va la boire tous les deux, décréta Akesuk.

Anawak déclina son offre :

— Je ne bois pas.

— Ah ! c'est vrai ! s'exclama son oncle avec un regard de regret vers la bouteille. Tu es sûr ? Je l'avais emportée pour fêter quelque chose de spécial. Ce qui est spécial... enfin, tu es rentré, et j'ai pensé...

— Je veux garder le contrôle, Iji.

— Sur quoi ? Sur ta vie ou sur ce moment précis ? répliqua Akesuk en rangeant la bouteille d'un air maussade. Très bien. On aura d'autres occasions. Peut-être que la récolte sera bonne. On va peut-être tuer une baleine blanche, ou un bon morse bien gras... Bon, allez, viens, on va faire un petit tour avant de se foutre sur la figure, d'accord ?

— D'accord.

Ils se dirigèrent à pas lents vers la lisière de la banquise. Anawak suivait docilement son oncle. Le vieil homme savait mieux que lui où la glace était stable et où elle risquait de se briser. Les Inuits avaient des centaines de mots appliqués à toutes les sortes de glace et de neige, mais aucun pour dire tout simplement neige ou glace. Pour le moment, ils se déplaçaient sur de la glace élastique. Alors que les icebergs étaient constitués d'eau douce, on trouvait des résidus de sel dans la glace flottante et la glace de mer, car le sel gelait entièrement. Plus la glace gelait vite, plus sa teneur en sel était élevée. De ce fait, la glace devenait plus élastique, ce qui présentait un avantage en hiver, car elle se brisait moins vite, et un inconvénient en début de printemps, car le danger de rupture augmentait sans cesse. Un plongeon dans l'eau glacée pouvait vous tuer, mais si le courant vous entraînait sous la couche de glace, la probabilité en était encore plus forte.

Ils trouvèrent une place près du bord et s'appuyèrent contre un bloc de pack. La mer argentée s'étalait devant eux. Des ombres aux dos bleu acier nageaient juste sous la surface de l'eau. Ni Anawak ni son oncle n'éprouvaient le besoin de parler. Silencieux, côte à côte, ils laissèrent simplement le temps s'écouler. Tout à coup, comme si la nature les récompensait de leur patience, deux licornes jaillirent de l'eau comme des épées. Les têtes rondes, tachetées de gris sombre, de deux jeunes narvals apparurent à leur tour, non loin du bord, puis disparurent lentement. Ils réapparaîtraient au même endroit un quart d'heure plus tard. Tel était leur rythme.

Anawak était enchanté. On ne voyait pour ainsi dire jamais de narvals sur l'île de Vancouver. Longtemps, ils avaient été très près de l'extinction. Pendant des siècles, ils avaient été massacrés pour leurs cornes, qui, en réalité, étaient des défenses en ivoire pur. Ils étaient toujours sur la liste des espèces menacées, mais on en dénombrait maintenant dix mille entre le Nunavut et le Groenland.

La glace craquait et gémissait légèrement sous l'effet des mouvements de l'eau. Un peu plus loin, des oiseaux criaient au-dessus des restes du narval. Une douce lumière éclairait les rochers et les glaciers de l'île Bylot, dessinant des ombres sur la mer gelée. Un pâle soleil d'acier était accroché juste au-dessus de l'horizon.

— Tu m'as demandé si tout cela m'avait manqué… commença Anawak.

Akesuk ne dit rien.

— Je détestais tout cela, Iji, poursuivit le jeune homme. Je le détestais et je le méprisais. Tu voulais une réponse, la voilà.

Son oncle soupira.

— C'est ton père que tu méprisais, dit-il.

— Peut-être. Mais explique donc à un gamin de douze ans qu'il faut faire la distinction entre son père et son peuple, quand ils se font concurrence pour se vautrer dans le malheur. Mon père était une chiffe molle, un ivrogne. Il passait son temps à se lamenter et à pleurnicher, et il a fini par entraîner ma mère, par l'enfoncer si bas qu'il ne lui restait plus qu'à se suicider. On se suicidait à tout va, à l'époque. Ils étaient tous pareils. Moi, je veux bien qu'on raconte de belles histoires sur le noble peuple des Inuits et sur son esprit d'indépendance, mais ce n'est pas l'impression qu'il me donnait… Quand ton père et ta mère deviennent des épaves, des drogués, dis-moi comment tu fais pour supporter ? Quand ta mère se pend parce qu'elle ne se supporte plus et que ton père ne fait que gémir et se bourrer la gueule, qu'il est incapable de faire autre chose, qu'est-ce que tu fais ? Je le suppliais d'arrêter, je lui criais que j'avais de la force pour deux, je l'engueulais, je lui disais que je chercherais du travail, que je l'aiderais, que tout ce que je lui demandais, c'était de lâcher sa bouteille. Tu parles !

— Je sais, il n'était plus maître de lui-même.

— Il m'a fait adopter ! s'écria Anawak avec toute l'amertume accumulée au cours des années. Moi, je voulais rester auprès de lui, et lui, il m'a fait adopter !

— C'est parce qu'il ne pouvait pas s'occuper de toi. Il voulait te protéger.

— Et alors ? Est-ce qu'il s'est seulement demandé ce que je ressentais ? Ma mère a sombré dans la dépression, mon père dans l'alcool, ils m'ont rejeté tous les deux ! Personne ne m'a aidé, tout le monde m'a laissé tomber ! Tout le monde était trop occupé à ne rien faire et à se lamenter sur le sort des Inuits… Toi aussi, je m'en souviens très bien. Tu étais oncle Iji le rigolo, tu avais toujours une bonne histoire à raconter, mais toi non plus, tu ne te bougeais pas. Raconter des vieilles légendes, c'était tout ce que tu savais faire, ressasser des contes sur le peuple inuit, ce peuple libre, noble, fier ! Des conneries !

— C'est vrai, c'était un peuple fier, insista Akesuk.

— Quand donc ?

Anawak s'attendait à voir son oncle réagir avec colère. Iji se contenta de se caresser la moustache à plusieurs reprises et de répondre :

— Avant ta naissance. Tu sais, les gens de ma génération naissaient encore dans les igloos. Tout le monde se construisait son igloo, c'était normal. Quand on faisait du feu, on utilisait de la pierre à feu, pas des allumettes. On chassait le caribou avec un arc et des flèches. Les *qamutiks* étaient attelés à des chiens, pas à des motoneiges. Tu ne trouves pas ça romantique ? C'est un passé qui semble très loin, et pourtant… Il n'y a que cinquante ans de cela. Regarde autour de toi, fiston, comment vivons-nous aujourd'hui ? Bien sûr, ça a du bon aussi, il n'y a pas beaucoup de peuples qui sont au courant comme nous de tout ce qui se passe dans le monde. On a presque tous notre ordinateur et Internet. On a notre Etat à nous.

Le vieil homme eut un petit rire et poursuivit :

— L'autre jour, sur nunavut.com, ils ont mis une devinette, très amusante au premier abord. Tu te souviens des anciens billets de deux dollars canadiens ? Côté pile, on voit la reine Elisabeth, côté face un groupe d'Inuit. L'un des gars est devant un kayak, il porte un harpon à la main. Idyllique. La question, c'était : que représente cette scène en réalité ? Tu le sais ?

— Non, je ne vois pas.

— L'Expulsion. Le gouvernement d'Ottawa emploie une expression plus classe, il l'appelle « transfert de population ». L'un des motifs de la guerre froide. Ottawa avait peur que les Etats-Unis ou l'Union soviétique n'aient l'idée de réclamer les régions non peuplées de l'Arctique canadien, donc ils ont transféré les Inuits nomades en leur faisant quitter les régions de la zone polaire du Sud qu'ils occupaient pour les installer vers Resolute et Grise Fiord, près du pôle Nord. On les a embobinés en leur racontant que les terrains de chasse étaient meilleurs, mais c'était évidemment des bobards. On a obligé les Inuit à porter des plaques avec leur numéro d'enregistrement, comme les chiens. Tu le savais ?

— Je ne m'en souviens pas…

— Les gens de ta génération et les enfants d'aujourd'hui n'imaginent pas les conditions de vie de leurs parents. Ils ne savent pas que le changement a commencé au milieu des années 1920, quand les trappeurs blancs sont arrivés avec leurs fusils. Les caribous et les phoques ont été décimés. Par les deux, par les *quallunaats* et par les Inuits. Les balles qui remplacent les flèches, tu comprends… La pauvreté s'est abattue sur les Inuits. Ils ne connaissaient pas beaucoup de maladies, mais à partir de ce moment ils ont vu arriver la polio, la tuberculose, la rougeole, la diphtérie… ils ont donc abandonné leurs camps et se sont installés dans des cités. A la fin des années 1950, les gens de chez nous tombaient comme des mouches, ils mouraient de faim et de maladies infectieuses, mais les autorités s'en fichaient. Et puis l'armée s'est intéressée aux territoires du Nord-Ouest et elle a installé des bases secrètes dans les territoires de chasse traditionnels. Les Inuits qui résidaient encore là-bas les embêtaient, bien sûr. Alors, sur ordre des autorités canadiennes, on les a chargés dans des avions et déportés à des centaines de kilomètres plus au nord en leur faisant abandonner leurs tentes, leurs kayaks, leurs canoës et leurs traîneaux. Moi aussi j'ai été transféré, quand j'étais jeune, et tes parents, pareil. Le gouvernement a prétendu avoir pris ces mesures sous prétexte que les chances de survie étaient meilleures qu'à proximité des bases militaires. En réalité, les nouveaux territoires étaient très loin des routes de déplacement des caribous et des régions où les animaux mettent bas en été.

Akesuk ne dit rien. Il garda le silence, longtemps. Des narvals remontèrent à la surface et croisèrent leurs épées d'ivoire.

Puis son oncle reprit la parole :

— Une fois qu'on a été déplacés, ils ont envoyé les bulldozers dans nos anciens territoires de chasse. Tout ce qui rappelait notre présence là-bas a été rasé, pour nous ôter toute idée de retour de la tête. Et les caribous ne sont évidemment pas venus dans le Grand Nord. Pas de nourriture, pas de vêtements. A quoi te sert le courage, quand ton butin se limite à quelques siksiks, quelques lièvres et quelques poissons ? Quand tu vois ton peuple mourir et que tu ne peux rien faire contre, malgré toute ta force et ta détermination ?... Je t'épargne les détails, mais il ne nous a pas fallu longtemps pour devenir des cas sociaux. Nous ne pouvions pas reprendre notre ancienne vie, et nous n'avions pas appris à vivre autrement... A peu près à l'époque de ta naissance, le gouvernement a recommencé à se sentir responsable de nous, alors on nous a construit des boîtes, des maisons. Pour les *qallunaats*, c'est normal. Ils vivent dans des boîtes. Quand ils se déplacent, ils s'assoient dans une boîte, qu'ils rangent dans une autre boîte. Ils mangent dans des boîtes publiques, leurs chiens vivent dans des boîtes, et les boîtes dans lesquelles ils vivent eux-mêmes sont entourées d'autres boîtes, de murs et de clôtures. Mais ça, c'était leur vie, pas la nôtre. Maintenant, nous aussi, nous vivons dans des boîtes... Et quand on ne sait plus qui on est, on court tout droit vers l'alcool, la drogue et le suicide.

— Est-ce que mon père s'est battu pour les droits des Inuits ? s'enquit Anawak d'une voix rauque.

— On s'est tous battus. Moi, j'étais un jeune homme quand nous avons été chassés. J'ai participé à la lutte pour la réparation. Pendant trente ans, on s'est battus, on a fait des procès. Ton père aussi. Mais il a fini par craquer. Maintenant, depuis 1999, nous avons notre Etat, le Nunavut, « Notre Pays ». Mais notre vie, la seule vie qui était faite pour nous, nous l'avons perdue pour toujours, peu avant ta naissance.

— Il ne vous reste donc plus qu'à vous en trouver une autre…

— Tu as sûrement raison. Les gémissements, ça ne mène à rien. Nous avons toujours été des nomades, sans attaches, mais nous nous sommes arrangés avec l'idée d'avoir un territoire limité. Avant, nous n'avions aucune forme d'organisation, sauf les liens de famille, nous n'acceptions pas les patriarches ni les chefs, mais maintenant, nous avons des Inuit qui gouvernent des Inuits, comme dans tous les Etats modernes. Nous ne possédions rien, mais maintenant nous sommes en train de devenir une nation industrielle moderne. Nous faisons revivre la tradition, il y en a qui reprennent des traîneaux à chiens, on recommence à apprendre à fabriquer des igloos et à faire du feu avec la pierre à feu. Ces valeurs sont retrouvées, c'est très bien, mais on ne va pas retenir le temps avec ça… Et je vais te dire, fiston, que je ne suis pas mécontent du tout. Le monde bouge. Aujourd'hui, on vit en nomades sur Internet, on surfe sur la Toile, on chasse et on engrange les informations. Les jeunes *chattent* avec des jeunes du monde entier et leur parlent du Nunavut…

« Mais il y a encore beaucoup de gens qui se suicident dans ce pays, beaucoup trop. N'oublie pas que nous avons subi un traumatisme et qu'il faut le digérer. Il faudrait nous donner du temps, et ne pas sacrifier aux morts les espoirs des vivants. Qu'est-ce que tu en penses ? »

A présent, le soleil effleurait l'horizon.

Anawak répondit :

— Tu as raison.

Puis, obéissant à une impulsion, il se mit à parler. Il parla à son oncle de ce qu'ils avaient découvert au Chateau, des recherches menées par l'équipe et de la présence supposée d'une intelligence étrangère au fond de la mer. Les paroles jaillissaient en cascade de sa bouche. Il savait qu'il enfreignait l'interdiction formelle de Li, mais ça lui était égal. Il avait passé sa vie à se taire, c'était fini maintenant. Akesuk était toute la famille qui lui restait en ce monde.

Après avoir écouté son neveu, le vieil homme demanda :

— Tu veux avoir l'avis d'un chaman ?

— Non, je ne crois pas aux chamans.

— C'est vrai, plus personne n'y croit. Mais ce problème, vous ne pouvez pas le résoudre avec la science, fiston. Vous ne pourrez pas résoudre ce problème avec la science. Un chaman te dirait que vous avez affaire à des esprits. Les *quallunaats* ont commencé à détruire la vie. Ils ont fâché les esprits, la déesse de la mer, Sedna. Vous n'obtiendrez rien si vous essayez de vous opposer à ces êtres qui habitent la mer, quels qu'ils soient.

— Qu'est-ce qu'il faut faire ?

— Les considérer comme étant une partie de vous-mêmes. Nous sommes tous l'extraterrestre de l'autre, sur cette planète, malgré tous les réseaux qui nous relient maintenant. Prenez contact. De la même façon que toi, tu as pris contact avec le peuple étranger des Inuits. Tu ne trouves pas que ce serait bien si tout le monde cherchait à se rejoindre ?

— Ce ne sont pas des hommes, Iji.

— Ce n'est pas le problème. Ils sont une partie du même monde, comme tes mains et tes pieds sont une partie du même corps. Il n'y a jamais de gagnant dans la lutte pour le pouvoir. Les batailles ne laissent que des victimes. On s'en fiche de savoir combien de races se partagent la Terre et si elles sont intelligentes ou pas. Apprenez à les comprendre au lieu de les combattre.

— C'est la doctrine chrétienne que tu me récites là. Joue gauche, joue droite…

— Non, dit Akesuk avec un petit rire. C'est le conseil d'un chaman. Nous en avons encore, des chamans, nous, mais on n'en fait pas tout un plat.

— Dis-moi à quel chaman tu veux que…

Anawak s'interrompit et regarda son oncle en haussant les sourcils.

— Pas à toi, quand même ?

Akesuk arbora un large sourire.

— Il faut bien que quelqu'un s'occupe de la spiritualité…

Il se dressa d'un bloc.

— Regarde ! lança-t-il.

Un immense ours blanc avait attaqué les derniers restes du narval et chassé les oiseaux, qui volaient maintenant en cercle autour de lui ou sautillaient sur la glace à bonne distance. Un pétrel plus téméraire que les autres descendait inlassablement en piqué sur l'ours, qui ne se laissait pas impressionner. Même s'il était assez éloigné du camp, l'homme de quart avait levé son fusil et ne le quittait pas des yeux.

— Nanouk, dit Akesuk. Il sent tout. Il nous sent aussi.

Nanouk ne manifestait aucune peur. Au bout d'un moment, il se détourna de son repas et quitta les lieux lourdement. Il se retourna une fois, jetant un regard curieux vers le camp, puis disparut derrière une barrière de glace.

— Il a l'air bien paisible, chuchota le vieil homme, et pourtant, il court vite ! Ah ça, pour sûr, il court vite !

Avec un petit rire, il plongea la main dans son anorak et en sortit une petite sculpture qu'il remit à son neveu.

— Voilà, c'est ce que j'attendais. Tu sais, pour faire un cadeau, il faut attendre le bon moment. C'est peut-être maintenant.

Anawak prit la sculpture et la contempla. C'était un visage humain avec des cheveux en plume et un corps d'oiseau partant de l'arrière de la tête.

— Un esprit-oiseau ?

— Oui, confirma Akesuk. C'est Toonoo Sharky qui l'a fait, un voisin à moi. C'est un sculpteur connu, maintenant, il est même exposé au Museum of Modern Arts. Prends-le. Tu vas devoir affronter plein de choses. Tu vas en avoir besoin, fiston. Il va diriger tes pensées dans la bonne direction, au moment voulu.

— Au moment voulu ?

— Oui. Au moment voulu, ta conscience volera.

Akesuk forma des ailes avec ses mains, fit le geste de voler et sourit.

— Mais tu es resté parti longtemps, reprit-il. Tu n'as plus l'entraînement. Il te faut peut-être un médiateur pour te raconter ce que voit l'oiseau.

— Tu parles par énigmes…

— C'est le privilège des chamans.

Un oiseau passa au-dessus d'eux.

— Une mouette rosée ! s'écria Akesuk en riant. Eh bien, on peut dire que tu as du pot, Léon, tu as vraiment du pot ! Quand je pense que les gens arrivent par milliers tous les ans pour voir cette mouette, tellement elle est rare, et toi… Non, tu n'as pas à te faire de souci, non, non. Les esprits t'ont envoyé un signe.

Plus tard, quand ils eurent enfin rejoint leurs sacs de couchage, Anawak resta encore éveillé un moment. Le soleil nocturne éclairait les parois de la tente. A un moment, il entendit l'homme de quart crier :

— Nanouk, Nanouk !

Il pensa à la mer polaire qui s'étendait sous eux, noire et profonde, et ses pensées traversèrent la couche de glace, s'enfonçant dans ce monde inconnu. Au rythme paisible de sa respiration, il se laissa flotter sur une mer de sommeil, puis sur le plateau d'un gigantesque iceberg né dans le glacier du Groenland, poussé jusqu'à la côte est de l'île

Bylot, retenu par la mer qui gelait, et enfin, arraché par le vent et les vagues à la glace qui se brisait, entraîné vers le sud. Dans son rêve, Anawak gravit un étroit sentier enneigé qui le mena au sommet de la montagne. Là, il vit qu'un lac intérieur vert émeraude s'y était formé avec la glace et la neige fondues.

L'iceberg dérivait au milieu d'une mer bleue et lisse comme un miroir qui s'étendait à perte de vue. La montagne de glace allait bientôt fondre, et il sombrerait dans cette mer calme, plongeant jusqu'à l'origine de toute vie, où une énigme attendait d'être résolue.

Et où, peut-être, un chaman l'attendait pour l'aider.

24 mai

Frost

Comme d'habitude, Frost était d'un avis contraire.

Selon l'industrie énergétique, les plus grands gisements de méthane se trouvaient dans le Pacifique, le long de la côte Ouest de l'Amérique et au large du Japon, ainsi que dans la mer d'Okhotsk et dans la mer de Béring, et, plus au nord, dans la mer de Beaufort. Côté Atlantique, les Etats-Unis les avaient pour ainsi dire à leur porte. D'importants gisements existaient dans les Caraïbes, au Venezuela et dans la région du détroit de Drake, entre l'Amérique du Sud et l'Antarctique. Les hydrates étaient aussi présents en Norvège, ainsi que dans la partie orientale de la Méditerranée et en mer Noire.

Mais ils étaient rares au large de la côte nord-ouest de l'Afrique. Particulièrement dans la région des îles Canaries.

Et cela, Frost ne voulait pas l'admettre.

Dans cette région, il remontait des profondeurs une eau froide chargée de nutriments pour les algues d'origine planctonique, qui, de leur côté, formaient les bases des excellents fonds poissonneux des Canaries. Compte tenu de ces facteurs, la région des Canaries aurait dû normalement receler de très grandes quantités d'hydrates : partout où la vie organique était présente dans une grande variété, on assistait tôt ou tard à la formation de méthane dans les grands fonds.

Le problème, avec les Canaries, c'était que les restes pourrissants des organismes ne pouvaient se déposer nulle part. Ces îles, qui s'étaient formées des millions d'années auparavant à partir de volcans, jaillissaient du fond marin, droites comme des tours : Tenerife, la Grande-Canarie, La Palma, La Gomera et El Hierro. Elles sortaient toutes de profondeurs allant de trois mille à trois mille cinq cents mètres, comme des aiguilles rocheuses volcaniques, sur lesquelles les sédiments et les résidus organiques glissaient au lieu de se fixer. C'est pourquoi les cartes n'indiquaient aucun gisement de méthane dans cette région. C'était là pour Stanley Frost une première erreur.

Ensuite, il pressentait que les cônes de volcans qui constituaient les îles n'étaient de loin pas aussi raides qu'on le disait généralement. Certes, ils étaient escarpés, mais pas lisses et verticaux comme des murs d'immeubles. Frost avait suffisamment étudié la formation et la progression des volcans pour savoir que même le cône le plus escarpé au monde était pourvu d'arêtes et de terrasses. Il était fermement convaincu qu'une grande quantité de méthane entourait les îles et que personne n'y était vraiment allé voir de près. Les hydrates ne se trouvaient pas en gros blocs, selon lui, mais parcouraient la roche d'un réseau de fines nervures. Dans tous les cas de figure, ils s'étaient fixés sur les arêtes recouvertes de sédiment.

Comme il était vulcanologue, mais pas spécialiste des hydrates, il avait demandé conseil à Gerhard Bohrmann. Ils s'étaient mis d'accord pour étudier la question. Frost avait alors établi une liste d'îles qui lui paraissaient menacées. En faisaient partie La Palma, Hawaii, le Cap-Vert, Tristan da Cunha plus au sud, ainsi que la Réunion, dans l'océan Indien. Chacune d'elles était une bombe à retardement potentielle, mais La Palma était et restait unique. Si ce que craignait Frost se réalisait, et que ces êtres du fond de la mer étaient effectivement aussi malins que l'affirmait le professeur norvégien, la chaîne volcanique du Cumbre Vieja, sur La Palma, pendait au-dessus de la tête de millions de personnes comme une épée de Damoclès haute de deux mille mètres.

Grâce aux efforts de Bohrmann, on mit le célèbre *Polarstern* à la disposition de Frost et de son équipe pour leur expédition. De même que le *Sonne*, le bateau de recherche allemand avait à son bord un Victor 6000. Le *Polarstern* était assez gros pour ne pas être menacé par les baleines. De plus, il avait été équipé de caméras sous-marines, de manière à pouvoir déceler à temps les attaques de bancs de moules, de méduses ou d'autres organismes. Frost ne savait pas s'il reverrait jamais le *Victor* après son immersion, sachant que tout ce qu'on envoyait au fond y disparaissait généralement. C'était une tentative au petit bonheur la chance, mais personne ne s'éleva contre son projet.

Le *Victor* plongea à l'ouest de La Palma. Le *Polarstern* était en vue de la côte lorsqu'il fut immergé. Le robot explora systématiquement le flanc escarpé du cône du volcan et tomba, par quatre cents mètres de fond, sur une série de terrasses qui sortaient de la paroi comme des balcons, tous largement recouverts de sédiment.

Il trouva les gisements d'hydrate annoncés par Frost.

Sous des couches grouillantes de corps roses pourvus de mâchoires à pinces.

8 juin

A La Palma, Canaries, au large de l'Afrique de l'Ouest

— Pourquoi ces vers s'acharnent-ils avec tant de zèle sur les fondations d'une île de vacances, alors qu'ils pourraient faire beaucoup plus de mal au Japon ou chez nous ? s'interrogeait tout haut Frost. En mer Baltique, on comprend, c'était une agglomération industrielle. Mais la côte est américaine et Honshu aussi… et il y a des vers, d'accord, mais ils ne sont pas assez nombreux pour que ça pète vraiment. On se demande vraiment pourquoi on les retrouve ici, dans l'Ouest africain, au large d'une île de vacances ! Qu'est-ce qu'ils viennent fiche dans ce coin ? Se refaire une santé, peut-être ?

La casquette de base-ball vissée sur la tête, en combinaison d'ouvrier du pétrole, il s'était planté au sommet de la montagne centrale qui s'étendait sur toute l'île. Au nord, les rochers entouraient le célèbre cratère d'érosion de la Caldera de Taburiente. La crête de la montagne, avec ses innombrables volcans, s'étirait jusqu'à la pointe sud.

Frost était accompagné de Bohrmann et de la directrice d'une société appartenant au groupe De-Beers, ainsi que d'un directeur technique du nom de Jan van Maarten, représentant également ce groupe. L'hélicoptère était posé un peu en retrait de la piste de sable où ils se trouvaient. Ils avaient vue sur un paysage de cratères verdoyants d'une beauté saisissante. Des champs de lave noire descendaient jusqu'à la côte, parsemés des premières taches de verdure tendre. Les volcans de La Palma ne crachaient pas régulièrement, mais on ne savait jamais quand aurait lieu la prochaine éruption. Ces îles étaient des terres jeunes, du point de vue géologique. Un nouveau volcan était apparu en 1971 à l'extrême sud, le Teneguia, agrandissant l'île de quelques hectares. Concrètement, l'arête était constituée d'un seul et unique volcan à orifices multiples, ce pourquoi, lors des éruptions, on ne parlait que du Cumbre Vieja.

— La question, c'est tout simplement de savoir où il faut mettre le paquet pour causer le maximum de dégâts, dit Bohrmann.

La directrice de société fronça les sourcils.

— Vous croyez vraiment que quelqu'un est en train de réfléchir à ça ?

— C'est une hypothèse, expliqua Frost. Mais en admettant qu'il y ait une intelligence derrière tout ça, sa stratégie est très adroite. Après la catastrophe de la mer du Nord, tout le monde a pensé que le prochain coup serait porté à proximité des côtes fortement peuplées et des paysages industriels. Et nous y avons effectivement trouvé des vers, mais en quantité relativement réduite. On pourrait en conclure que les effectifs de l'ennemi, pour employer un langage militaire, ont un peu diminué. Ou qu'il lui faut du temps pour produire davantage de vers. Mais à notre avis, c'est qu'il trompe simplement l'adversaire. Gerhard et moi sommes maintenant convaincus que ces invasions réduites en Amérique du Nord et au Japon sont des manœuvres de diversion.

— Mais à quoi peut servir de détruire les hydrates à La Palma ? interrogea la directrice de société. C'est vrai, il ne se passe pas grand-chose par ici…

Les gens de De-Beers avaient été intégrés à l'équipe à la suite des recherches de Frost et de Bohrmann pour trouver un système capable d'aspirer les vers dévoreurs de glace. Depuis des décennies, on fouillait le fond marin en Namibie et en Afrique du Sud à la recherche de diamants. Plusieurs sociétés participaient aux recherches, dont, principalement, le géant du diamant De-Beers, qui draguait à des profondeurs allant jusqu'à cent quatre-vingts mètres, à partir de bateaux et de plates-formes. Quelques années auparavant, De-Beers avait entrepris de développer de nouveaux concepts capables de descendre plus bas, des bulldozers sous-marins télécommandés munis de trompes qui pompaient le sable et la roche dans des bateaux par un système de conduites. L'un des derniers développements prévoyait un système de flexibles travaillant sans véhicule fixe : une trompe télécommandée qui pouvait aussi opérer sur les talus escarpés. Théoriquement, le système était capable de pousser jusqu'à des profondeurs de plusieurs milliers de mètres, mais la première étape était de construire la trompe à la longueur voulue.

La cellule de crise avait décidé de distiller des informations à l'équipe chargée du projet au sein du groupe diamantaire. Les deux représentants, à ce stade, savaient simplement que leur système pouvait jouer un rôle important dans la lutte contre les catastrophes naturelles qui avaient lieu partout dans le monde et qu'on aurait besoin très vite d'un dispositif d'aspiration de plusieurs centaines de mètres de longueur. Frost avait suggéré de se rendre sur le Cumbre parce qu'il voulait leur permettre de se faire une idée aussi claire que possible de ce qui attendait l'humanité si la mission échouait.

— Détrompez-vous, répondit-il, il y a des tas de choses qui se passent, par ici.

Le fouillis de cheveux qui émergeait de sa casquette tremblait sous les effets de l'alizé. Le ciel se reflétait dans ses lunettes teintées. Campé au sommet de cette montagne tel un savant mélange entre Fred Caillou, de la famille Pierrafeu, et Terminator, il faisait résonner sa voix dans le silence des paisibles bois de pins comme s'il prononçait les nouveaux dix commandements.

— Si nous sommes ici, enseigna-t-il à son auditoire, c'est parce que, voici deux millions d'années, les Canaries sont sorties de la mer, vomies par le volcanisme. Le paysage qui nous entoure paraît idyllique, mais ne vous y trompez pas, c'est un leurre… A Tijarafe, un très joli village, soit dit en passant, où les *quesos de almendras* sont délicieux, le 8 septembre, on célèbre la fête du diable. Au cours de cette fête, le diable court sur la place du village en faisant un bruit d'enfer et en crachant le feu. Pourquoi fait-il ça ? Parce que les gens de l'île connaissent bien leur Cumbre. Parce que le bruit d'enfer et le feu craché par les volcans font partie de leur vie quotidienne. L'intelligence qui nous a envoyé les vers le sait aussi. Elle sait comment est née cette île… Et en général, ceux qui connaissent ces choses connaissent aussi leurs talons d'Achille.

Frost fit quelques pas en avant pour s'approcher du bord. La roche de lave friable crissa sous ses Doc Martens. Les vagues de l'Atlantique venaient se briser tout en bas, au pied de la montagne.

— Un beau jour de 1949, le Cumbre Vieja, ce vieux chien endormi, ou plus exactement, l'un de ses cratères, le volcan de San Juan, s'est réveillé, et pas à moitié. C'est difficile à voir à l'œil nu, mais, depuis, une fente de plusieurs kilomètres court de haut en bas sur le versant ouest. Il est fort possible qu'elle atteigne la structure inférieure de La Palma. Des pans du Cumbre Vieja se sont affaissés d'environ quatre mètres, côté mer. J'ai pratiqué plus d'une mesure dans la zone concernée, ces dernières années. Il est fort probable que le flanc ouest se rompe entièrement à la prochaine éruption, car quelques couches de roche contiennent énormément d'eau. Dès que du nouveau magma en fusion montera dans la cheminée du volcan, cette eau se dilatera et se transformera en vapeur par poussées. La pression pourrait faire sauter très facilement le côté instable, sans compter que les flancs est et sud font pression sur lui de leur côté. En conséquence, il se pourrait qu'on assiste au glissement de cinq cent mille mètres cubes de roche qui s'effondreraient dans la mer.

— J'ai lu quelque chose là-dessus, dit van Maarten. Les représentants officiels des Canaries trouvent cette théorie discutable.

— Ce qui est discutable, tonna Frost, d'une voix qui résonna comme les trompettes de Jéricho, c'est leur attitude ! Ils refusent de prendre position officiellement, pour ne pas faire fuir les touristes. Non, l'humanité n'y échappera pas ! Elle en a déjà eu un avant-goût, d'ailleurs. Par exemple, en 1741, au Japon, avec l'explosion de l'Oshima-Oshima, qui a produit des vagues de trente mètres de haut. Et en 1888, quand l'île Ritter, en Nouvelle-Guinée, s'est écroulée, elles atteignaient la même hauteur, mais le rocher qui s'est effondré représente à peine 1 % de ce qui nous attend ici ! Parlons aussi du Kilauea, à Hawaii. Il est placé sous la surveillance constante d'un réseau de stations GPS qui enregistrent le moindre mouvement, et il bouge, vous pouvez me croire ! Le flanc sud-est glisse de dix centimètres par an côté vallée, et le pire est à craindre si le mouvement s'accélère ! Je préfère ne pas l'imaginer. Vous savez, pratiquement toutes les îles volcaniques ont tendance au fil de l'âge à monter en flèche. Quand elles grimpent trop, il y en a une partie qui casse. Le gouvernement de La Palma préfère fermer les yeux et les oreilles. La question n'est pas de savoir si ça va se passer, mais *quand*. Dans cent ans ? Dans mille ans ? C'est la seule chose que nous ne sachions pas. Les éruptions volcaniques n'ont pas l'habitude de s'annoncer.

— Qu'est-ce qui se passerait si la moitié de la montagne s'effondrait dans la mer ? s'enquit la directrice de société.

— La masse de roche repousserait des quantités inimaginables d'eau qui se superposeraient, répondit Bohrmann. Le choc aurait lieu à une vitesse de trois cent cinquante kilomètres à l'heure. Les éboulis seraient projetés dans la mer ouverte sur une distance atteignant soixante kilomètres, ce qui empêcherait l'eau de refluer. S'ensuivrait la formation d'une gigantesque bulle d'air qui déplacerait encore plus d'eau que le rocher écroulé. Pour la suite, les opinions divergent, c'est vrai, mais les variantes ne sont pas plus réjouissantes les unes que les autres. Une vague géante se formerait à proximité de La Palma, une vague dont la hauteur serait comprise entre six cents et neuf cents mètres. Elle s'élancerait à la vitesse d'environ mille kilomètres à l'heure. Contrairement à ce qui se passe lors des tremblements de terre, les éboulements et les glissements de terrain sont des événements ponctuels. Les vagues se propageraient radialement dans l'Atlantique et répartiront leur énergie. Plus elles s'éloigneraient du point de départ, plus elles s'aplatiraient.

— Une bonne nouvelle, marmonna le directeur technique.

— En partie, reprit Frost. Au même moment, les Canaries seraient rayées de la carte. Une heure après la cassure, un tsunami de cent mètres s'abattrait sur la côte du Sahara occidental. Je vous donne un point de comparaison : en Europe du Nord, le tsunami a atteint quarante mètres dans les fjords, et on connaît le résultat. Six à huit heures plus tard, une vague de cinquante mètres submergerait les Caraïbes, dévasterait les Antilles et s'abattrait sur la côte Est des Etats-Unis, entre New York et Miami. Immédiatement après, elle frapperait le Brésil avec la même violence. Des vagues plus petites atteindraient l'Espagne, le Portugal et les îles Britanniques. Les conséquences seraient dévastatrices, y compris pour l'Europe centrale, qui verrait s'écrouler toute son économie.

Cette description avait fait pâlir les deux diamantaires. Frost, content de son effet, leur demanda s'ils avaient vu *Deep Impact*.

— Le film ? Mais la vague, dans le film, était beaucoup plus haute, objecta la représentante de De-Beers. Elle faisait plusieurs centaines de mètres de haut…

— Pour rayer New York de la carte, il suffirait d'une vague de cinquante mètres. Le choc libérerait la même quantité d'énergie que celle que consomme l'ensemble des Etats-Unis en un an. La hauteur des édifices n'a aucune importance, puisque ce sont les fondations qui sont sapées par un tsunami. Le reste s'écroule, indépendamment de la hauteur. Et malheureusement, nous ne sommes pas Bruce Willis.

Il s'arrêta pour reprendre son souffle, puis reprit, en désignant le versant d'un geste de la main :

— Pour déstabiliser le flanc ouest, où nous sommes, il faut soit une éruption du Cumbre Vieja, soit un glissement de terrain sous-marin. Voilà à quoi s'emploient les vers. C'est, pour ainsi dire, une mini-édition de ce qu'ils ont fait en Europe du Nord, mais cela devrait suffire pour faire glisser une partie de la colonne volcanique sous-marine, qui s'écroulerait au fond. Il s'ensuivrait un petit tremblement de terre, assez pour perturber la statique du Cumbre. Il est possible que ce tremblement de terre puisse carrément conduire à une éruption, en tout cas, le talus nord perdra sa stabilité. D'une manière ou d'une autre, ça sautera. La catastrophe se produira. En Norvège, les vers ont mis quelques semaines, mais ici, ça pourrait aller plus vite.

— Il nous reste combien de temps ?

— Pratiquement rien. Elles sont malignes, ces sales bêtes, elles ont choisi des régions de l'océan auxquelles on ne pense pas tout de suite. Elles utilisent la capacité de reproduction des ondes d'impulsion en mer ouverte. Ils ont réussi leur coup avec la Norvège, mais c'est le jour où une petite île d'apparence anodine sautera à l'autre bout du monde que la civilisation humaine sera vraiment dans la merde.

Van Maarten dit, en se frottant le menton :

— Nous avons construit un prototype de trompe qui peut descendre jusqu'à trois cents mètres. Il fonctionne. Nous n'avons pas encore fait de tests à des profondeurs plus importantes, mais…

— Nous pourrions rallonger la trompe, proposa sa collègue.

— Nous ne sommes pas des magiciens… Mais enfin, bon, si nous arrêtons tout le reste… Ce qui m'ennuie le plus, c'est le bateau qui va avec.

— Je ne crois pas que vous vous en sortiez avec un bateau, intervint Bohrmann. Ces vers, ils sont des milliards, ça fait une biomasse extraordinaire. Il faudra bien les mettre quelque part.

— Ce n'est pas notre problème. Nous pourrions organiser des navettes. Je parle du bateau à partir duquel nous commandons la trompe. Si on la rallonge à quatre cents ou cinq cents mètres, il faudra l'entreposer quelque part. Ce sera quand même un tuyau de cinq cents mètres, lourd comme du plomb et un tout petit peu plus gros qu'un câble sous-marin qu'on peut simplement enrouler dans le ventre du navire ! D'autre part, il faudra que le bateau soit suffisamment stable pour pouvoir équilibrer les mouvements de la trompe. Les attaques, on n'en a pas peur, mais l'hydrostatique, ça peut réserver des surprises. On ne peut pas suspendre le tuyau à bâbord ou à tribord sans mettre en danger la flottaison.

— Donc, un dragueur ?

— Pas de cette taille… Peut-être un bateau de forage ? réfléchit le technicien. Non, c'est trop lourd. Mieux vaut une plate-forme flottante. D'ailleurs, on en utilise déjà. Un système de pontons... Le mieux, ce serait une structure semi-immergée selon la technique offshore, mais elle ne sera pas ancrée avec des haussières, elle bougera sur l'eau comme un vrai bateau. Il faut que ce soit manœuvrable... Semi-immergée, c'est bon. Stabilité maximale en cas de houle, flexibilité, support idéal pour une flèche de grue qui va soulever des poids respectables. On a un truc comme ça en Namibie, on peut le récupérer rapidement.

— La *Heerema* ? interrogea sa collègue.

— C'est ça.

— Mais je croyais qu'on voulait la mettre au rebut ?

— Elle n'est pas encore bonne pour la casse. Elle dispose de deux corps déplaceurs principaux, le pont repose sur six piliers, donc, elle a tout ce qu'il faut. Bien sûr, elle date de 1978, mais pour ce qu'on veut en faire, c'est suffisant. Ce serait le moyen le plus rapide. Nous n'avons pas de tour de forage, mais deux grues. On fera descendre le tuyau par l'une d'elles. Le pompage ne présente pas de problème non plus. Et on peut amener des bateaux pour transporter les vers.

— Pas mal, tout ça, approuva Frost. Quand est-ce qu'on peut compter dessus ?

— Dans les conditions normales, dans six mois.

— Et dans les conditions actuelles ?

— Je ne peux rien vous promettre. Un mois et demi, deux mois, si on commence tout de suite... Nous allons faire tout ce qui est en notre pouvoir. C'est notre domaine, nous avons l'expérience, mais si nous y arrivons dans ce délai, considérez que ce sera un miracle.

Frost opina du chef. Il dirigea son regard vers le bleu magique de l'Atlantique qui s'étalait à ses pieds. Il essaya d'imaginer l'eau montant soudain de six cents mètres.

— D'accord, dit-il. Les miracles sont très demandés, en ce moment.

TROISIÈME PARTIE

*L'*Independence

Je suis convaincu que, de même qu'il existe des règles de base en mathématiques, il existe des droits et des valeurs qui ne dépendent pas de l'homme, le premier de tous étant le droit à la vie. La question est de savoir où ils sont écrits, et qui d'autre que l'homme est susceptible de les accorder. Nous pouvons accepter l'idée qu'il existe des droits et des valeurs hors de notre perception, mais nous ne pouvons pas nous placer hors de notre perception. Ce serait comme demander aux chats de juger s'il est permis ou non de dévorer les souris.

Léon Anawak,
« La connaissance de soi et la conscience des choses »

12 août

En mer du Groenland

Samantha Crowe posa ses notes et regarda à l'extérieur.

Le CH-53 Super Stallion, un hélicoptère de transport long de trente mètres, descendait vite, malgré la brise sévère qui le secouait en tous sens. Il semblait se laisser tomber de tout son poids vers la plate-forme claire posée sur la mer. Samantha Crowe s'étonna qu'un objet aussi immense puisse se déplacer sur les eaux, tout en se demandant en même temps comment on pouvait atterrir sur une chose aussi petite.

L'*USS Independence* LHD-8 mouillait à neuf cent cinquante kilomètres au nord-est de l'Islande, en mer du Groenland. Une ville flottante, étrange et rébarbative, aussi attirante qu'une navette spatiale sortie tout droit d'*Alien*. Deux hectares de liberté et quatre-vingt-dix-sept mille tonnes de diplomatie, disait-on à la Navy.

Samantha allait passer les prochaines semaines sur le plus grand porte-hélicoptères tactique au monde, et sa nouvelle adresse serait: *USS Independence LHD-8*, par 75° de latitude nord, à trois mille deux cents mètres au-dessus du fond de la mer.

Sa mission: engager la conversation.

L'appareil vira. Il mit le cap sur le point d'atterrissage et se posa en rebondissant légèrement. Par le hublot latéral, Samantha aperçut un homme en veste jaune qui guidait l'hélicoptère jusqu'à sa position de garage. Quelqu'un l'aida à défaire sa ceinture et à enlever son équipement, le casque à écouteurs, le gilet de sauvetage, les lunettes. Le vol avait été rude, et elle ne se sentait pas très ferme sur ses jambes. D'un pas incertain, elle quitta l'appareil en empruntant la rampe de l'arrière, passa sous la queue de l'appareil et examina les lieux.

Les avions brillaient par leur quasi-absence sur le pont d'envol. Ce vide augmentait encore le côté irréel de l'entreprise. Elle vit une surface asphaltée parcourue de points de fixation, pratiquement interminable: très précisément 257,25 mètres de long sur 32,6 de large. En tant que mathématicienne, Samantha Crowe adorait les chiffres exacts, aussi s'était-elle renseignée de façon précise sur son futur domicile. Mais la théorie venait de capituler devant la réalité. Le véritable *Independence* avait peu à voir avec des schémas et des cotes.

Une puissante odeur d'huile et de kérosène flottait dans l'air, mêlée à des effluves de caoutchouc chaud et de sel, le tout balayant le pont au gré du vent violent qui essayait de lui arracher sa combinaison.

Bonjour l'ambiance, se dit-elle.

Des hommes en blouson de couleur et couvre-oreilles s'affairaient alentour. Tandis que des soldats se chargeaient de ses bagages, un homme en blouson blanc se dirigea vers elle. Samantha essaya de se souvenir. Ceux qui étaient en blanc étaient les responsables de la sécurité. Les jaunes dirigeaient les hélicos sur le pont, les rouges étaient chargés du carburant et du matériel de combat. Elle croyait se souvenir que certains étaient aussi en marron, et d'autres en violet. Quant à leurs fonctions respectives, elle les avait oubliées.

Le froid s'insinuait sous sa peau.

— Suivez-moi ! lui cria l'homme, surmontant le bruit des rotors qui ralentissaient.

Il indiqua l'unique superstructure du bâtiment qui s'élevait à tribord, pareille à un pâté de maisons hautes de plusieurs étages, couronnées d'antennes et de capteurs immenses. Samantha lui emboîta le pas. Elle tâta machinalement sa hanche, puis se souvint qu'avec cette combinaison elle ne pouvait attraper son paquet de cigarettes. Elle n'avait pas pu fumer non plus à bord de l'hélicoptère. Voyager dans un hélico secoué par les vents pour aller élire domicile au milieu de l'océan Arctique, non, cela ne lui posait pas de problème. Mais s'asseoir sur ses cigarettes pendant des heures entières, ça oui, c'était dur.

Son compagnon ouvrit une écoutille et ils pénétrèrent dans l'île, ainsi qu'on désignait la superstructure dans le jargon de la Navy. Après qu'ils eurent franchi un double sas, un air frais et pur vint lui fouetter le visage. L'île ressemblait à une grotte. Elle était étonnamment étroite. Le responsable du pont la confia aux soins d'un grand Noir en uniforme, qui se présenta comme étant le major Salomon Peak. Ils se serrèrent la main. Peak semblait assez raide, apparemment peu habitué aux contacts avec les civils. Samantha Crowe s'était entretenue plusieurs fois avec lui, mais uniquement par téléphone.

Suivis des soldats qui portaient les bagages, ils traversèrent un couloir plein de recoins et empruntèrent d'étroits passages raides, des sortes d'échelles, pour aller rejoindre le ventre du bâtiment. Sur un mur, on lisait, écrit en grosses lettres : LEVEL 02.

— Vous avez sans doute envie de vous rafraîchir, proposa Peak en ouvrant l'une des portes identiques alignées de part et d'autre.

Une chambre spacieuse, confortablement aménagée, presque une suite, l'accueillit. Samantha avait lu quelque part que les espaces privés, à bord d'un porte-hélicoptères, étaient réduits au minimum, et que les soldats dormaient dans des sacs de couchage. Peak haussa les sourcils en l'entendant faire une remarque dans ce sens.

— Vous ne pensiez tout de même pas que nous allions vous mettre avec les Marines ! dit-il en esquissant un sourire. Même la Navy sait accueillir correctement ses hôtes. Ici, vous êtes dans le logement des amiraux.

— Ah bon ?

— Oui, c'est notre Excelsior, les appartements des amiraux et de leurs états-majors quand ils montent à bord. Pour l'instant, l'équipage n'est pas au complet, nous avons donc toute la place que nous souhaitons. Les membres féminins de l'expédition sont logés par ici, les membres masculins dans les logements des officiers. Vous permettez ?

Il passa devant elle pour aller ouvrir une nouvelle porte.

— Ici, c'est votre salle de bains et vos toilettes.

— Je suis impressionnée.

Les soldats déposèrent ses bagages à l'intérieur.

— Vous avez un petit bar sous le téléviseur. Il n'y a pas d'alcool. Je reviens vous prendre dans une demi-heure pour vous faire visiter le bateau. J'espère que cela vous suffira pour vous reposer.

— C'est parfait.

Samantha Crowe attendit qu'il eût refermé la porte pour partir à la recherche d'un cendrier. Elle en dénicha un sur une étagère. Elle s'extirpa en hâte de sa combinaison, farfouilla dans la poche de sa veste. Ce ne fut qu'après avoir sorti une cigarette de son paquet ratatiné, l'avoir allumée et avoir inhalé la première bouffée qu'elle se sentit revivre.

Elle s'assit sur le bord de son lit, la cigarette au bec.

Quelle tristesse ! Deux paquets par jour, oui, ça c'était vraiment triste. Elle n'arrivait pas à s'arrêter, et ça aussi, c'était triste. Elle avait déjà essayé deux fois. Ça avait foiré les deux fois.

Probablement parce qu'elle ne le voulait pas vraiment.

Au bout de sa deuxième cigarette, elle prit sa douche. Puis elle enfila un jean, des baskets et un sweat-shirt, en fuma encore une petite et inspecta les tiroirs et les armoires. Lorsqu'on frappa, elle avait terminé ses investigations. Elle avait étudié l'intérieur de sa cabine avec tant de minutie qu'elle eût pu en dresser un inventaire. Oui, elle aimait bien savoir où elle mettait les pieds.

La porte s'ouvrit, non pas sur Peak, mais sur Léon Anawak.

— Je vous avais bien dit qu'on se reverrait, dit-il en souriant.

Elle éclata de rire.

— Et moi, je vous avais prédit que vous reverriez vos baleines. Je suis contente de vous revoir, Léon. C'est à vous que je dois ma présence ici, non ?

— Qui vous a dit ça ?

— Li.

— Je crois que vous seriez ici, même sans moi. Mais j'ai donné un petit coup de pouce. Il faut que vous sachiez que j'ai rêvé de vous.

— Mon Dieu !

— N'ayez pas peur, vous étiez un esprit favorable. Vous avez fait bon vol ?

— On a été drôlement secoués. Je suis la dernière, non ?

— Nous sommes montés à bord à Norfolk.

— Oui, je sais. Mais je n'arrivais pas à quitter Arecibo. C'est difficile à croire, mais ne pas travailler à un projet, c'est aussi du travail ! SETI est enlisé, pour l'instant. Les gens qui sont prêts à dépenser de l'argent pour partir à la recherche des petits hommes verts se font de plus en plus rares.

— On va peut-être en trouver plus que nous ne le souhaitons, des petits hommes verts, répliqua Anawak. Venez. Peak va arriver d'une minute à l'autre. On va vous montrer toutes les merveilles du lieu. Après, ce sera à vous de jouer. Tout le monde vous attend avec impatience. Pour votre surnom, c'est fait.

— Mon surnom ? Allez-y, je suis prête.

— Miss Alien.

— Parfait ! Pendant toute une période, on m'a appelée miss Foster, après le film où Jodie a joué mon rôle… Après tout, pourquoi pas ? Zut ! je ne sais pas si j'ai emporté mes cartes-autographes… Bon, on y va, Léon ?

Ils parcouraient l'univers du LEVEL 02 sous la houlette de Peak. Ils avaient commencé leur périple par le poste d'équipage et s'en retournaient vers le centre du bateau. Samantha avait admiré l'immense salle de remise en forme de la poupe, bourrée à craquer de tapis de course et d'appareils de musculation, mais pratiquement vide.

— Normalement, ici, c'est bondé, dit Peak. L'*Independence* peut embarquer trois mille hommes, mais en ce moment nous sommes moins de deux cents à bord.

Ils visitèrent les quartiers des jeunes officiers, divisés en cabines de quatre à six personnes, équipées de tables rabattantes, de chaises, de couchettes confortables.

— Ça a l'air agréable, commenta Samantha.

Peak ne semblait pas tout à fait de cet avis.

— Question de point de vue, dit-il. Quand il y a du mouvement sur le toit, on ne ferme pas l'œil, avec les hélicos et les jets qui décollent et atterrissent juste au-dessus de votre tête. Ce sont les nouveaux qui ont le plus de problèmes. Au début, ils sont tout le temps crevés.

— Et à partir de quand s'habitue-t-on au bruit ?

— Jamais. Mais on s'habitue à ne pas faire ses nuits entières. Il m'est arrivé plusieurs fois de passer quelques mois d'affilée sur un porte-avions. Au bout d'un moment, on trouve tout à fait normal de ne dormir que d'un œil, en se tenant toujours prêt, mais le revers de la médaille, c'est qu'on ne sait plus dormir. Quand on rentre chez soi, on souffre le martyre. On passe la première nuit à attendre le vacarme des turbines qui hurlent, des trains d'atterrissage qui se posent, des courses dans les couloirs, des annonces qui se succèdent… Mais le seul bruit, c'est un réveil qui fait tic-tac ! C'est à devenir fou !

Ils s'arrêtèrent devant une cloison étanche munie d'une serrure à chiffres. Elle s'ouvrit sur une grande pièce plongée dans l'obscurité. C'était le premier endroit habité. Des hommes et des femmes étaient assis devant des consoles qui clignotaient, les yeux fixés sur des écrans géants.

— C'est au LEVEL 02 que se trouvent la plupart des postes de commande et de commandement, expliqua Peak. Avant, tout était réuni dans la superstructure de l'île, mais cela présente des risques. Les phares chercheurs des systèmes de fusées ennemies se braquent le plus souvent sur les structures les plus chaudes et les plus volumineuses d'un navire. Naturellement, l'île en fait partie. Il suffit de quelques tirs bien placés et on se retrouve décapité. Nous avons donc transféré une grande partie des postes de commandement sous le toit.

— Le toit ?

— C'est le pont d'envol.

— Et que faites-vous ici, exactement ?

— Cette pièce est le CIC, c'est…

— Ah oui, le Combat Information Center.

Samantha Crowe vit les yeux de son interlocuteur étinceler brièvement dans son fin visage d'ébène. Elle sourit en se promettant de tenir sa langue, désormais.

— Le CIC est le centre nerveux de notre système sensoriel, reprit Peak. Toutes les informations se concentrent dans cette pièce, les systèmes propres au bateau, les satellites, le tout en temps réel, s'entend. La défense aérienne et maritime, les réparations, la communication…

Pendant les combats, c'est l'effervescence. Vous voyez les places vides, là-bas ? Je pense que c'est là que vous passerez beaucoup de temps, madame Crowe.

— Appelez-moi Samantha. Ou Sam, tout simplement.

— C'est d'ici que nous observons et écoutons ce qui se passe sous la mer, poursuivit Peak sans réagir à sa proposition. La surveillance anti-sous-marins, le réseau sonar SOSUS, le SURTASS LFA, et autres. Nous captons tout ce qui se rapproche de l'*Independence*.

Peak désigna un immense écran, sur lequel apparaissait un patchwork de diagrammes et de cartes.

— Le Grand Tableau. Il fait la synthèse de toutes les données qui entrent et établit un panorama. Le skipper voit la même chose sur les écrans de la passerelle en format réduit.

Peak poursuivit sa visite guidée par les pièces adjacentes. Presque toutes étaient plongées dans une semi-obscurité, uniquement éclairées par les écrans et les panneaux lumineux. Juste à côté du CIC, le LFOC, le Landing Force Operations Center, remplissait l'office de centre d'affectation des troupes de débarquement.

— Chaque unité de combat dispose de sa propre console. Les photos satellite et les avions de reconnaissance indiquent les positions ennemies. On peut déplacer des troupes et développer des stratégies instantanément. L'ordinateur central relie le commandant en chef à ses unités sur zone à n'importe quel moment.

Samantha Crowe reconnut le pont d'envol. Une question lui brûlait les lèvres. Tant pis si elle contrariait Peak, mais elle ne pouvait y tenir plus longtemps. Et donc :

— A quoi ça nous sert, tout ça, major ? Notre ennemi est au fond de la mer…

— C'est vrai, répliqua l'officier en lui jetant un coup d'œil irrité, et nous allons donc mener des opérations au fond de la mer à partir d'ici. Où est le problème ?

— Je vous prie de m'excuser. J'ai dû passer trop de temps dans l'espace.

Anawak sourit. Il suivait le mouvement en s'abstenant de tout commentaire. Samantha Crowe était heureuse de l'avoir auprès d'elle.

Ils visitaient à présent le JIC, le Joint Intelligence Center.

— C'est ici que sont décryptées et interprétées les données de tous les systèmes de renseignement, expliqua le major. Tout ce qui s'approche de l'*Independence* est examiné sous toutes les coutures, et si jamais les gars n'aiment pas, ils tirent.

— Grande responsabilité, marmonna Samantha.

— L'ordinateur interprète certaines choses avant. Mais vous avez raison, bien sûr, concéda Peak. Le CIC et le JIC travaillent sur des données scientifiques, et par ailleurs, nous sommes inondés d'informations venues du monde entier, nous recevons CNN et NBC sur nos écrans, ainsi qu'une dizaine d'autres chaînes importantes. Vous allez avoir accès à toutes les informations imaginables et à toutes les banques de données de la Defense Mapping Agency. Ce qui signifie que vous aurez le plaisir de travailler avec les cartes des fonds marins de la Navy – qui sont beaucoup plus précises que celles dont dispose la recherche indépendante.

Ils descendirent plus bas. Ils visitèrent successivement le centre d'achats du bord, des dortoirs et des salles de détente vides, ainsi que l'immense hôpital du LEVEL 03, une zone aseptisée et abandonnée comportant six cents lits, six blocs opératoires et une immense station de soins intensifs. Samantha imagina ce qui se passait là en temps de guerre. Des hommes hurlants en train de perdre leur sang, des médecins et des infirmières courant en tous sens… De plus en plus, l'*Independence* lui faisait l'effet d'un bateau fantôme… non, d'une ville fantôme.

Ils retournèrent au LEVEL 02 et leurs pas les amenèrent devant une rampe qui ressemblait à une descente de parking.

— Ce tunnel part du ventre du navire et remonte jusqu'à l'île, expliqua Peak. Le bâtiment est construit de manière qu'on puisse circuler en Jeep jusqu'aux endroits stratégiques. C'est par ici que passent aussi les Marines pour rejoindre le pont… Nous allons descendre.

Les murs d'acier renvoyaient l'écho de leurs pas. Puis le tunnel s'ouvrit sur un gigantesque hangar, dont Samantha avait appris qu'il était d'une longueur égale à un tiers de la longueur totale du navire, et d'une hauteur atteignant celle de deux ponts. Le vent soufflait. Des deux côtés, d'énormes portes menaient à des plates-formes extérieures. Un faible éclairage jaune se mêlait à la lumière du jour pour produire une lueur diffuse. Des petits bureaux aux parois de verre et des points de contrôle étaient installés entre les couples. Un système de rails de transport, muni de crochets, s'étirait le long du plafond. De grands chariots élévateurs et deux tout-terrain Hummer étaient garés à l'arrière-plan.

— En général, ce hangar est rempli de matériel de vol, indiqua Peak. Mais, pour cette mission, les six hélicoptères Super Stallion garés sur le toit suffiront. Chacun d'eux est capable d'évacuer cinquante personnes. D'autre part, nous avons deux hélicos de combat Super Cobra à bord.

Il indiqua les deux énormes portes.

— Les plates-formes extérieures sont des élévateurs avec lesquels nous transportons habituellement le matériel de vol sur le toit. Leur charge est de plus de trente tonnes.

Samantha franchit la porte côté tribord et regarda la mer. Grise et glacée, elle s'étendait jusqu'au vide de l'horizon. Les icebergs se fourvoyaient rarement dans cette région. Le courant du Groenland oriental les poussait le long de la côte, à plus de trois cents kilomètres de là. Seuls des champs de glace flottante hantaient parfois ces parages.

Anawak vint la rejoindre.

— C'est l'un des nombreux univers possibles, hein ?

Samantha approuva de la tête sans répondre.

— Dans vos scénarios de civilisations extraterrestres, est-ce qu'il y a une option sous-marine ?

— Nous avons de tout en magasin, Léon. Vous allez rire, mais quand je réfléchis aux formes de vie extraterrestres, je commence toujours par regarder sur notre planète. Je regarde dans les grands fonds et à l'intérieur de la Terre, aux pôles, dans l'air. Vous ne pouvez pas vous faire une idée des autres mondes si vous ne connaissez pas le vôtre.

Anawak était d'accord.

— Je crois que c'est là notre plus grand problème, dit-il.

Ils suivirent Peak dans la rampe qui reliait les différents niveaux comme un immense escalier. Le tunnel aboutissait dans un couloir qui menait à la poupe. Ils se trouvaient maintenant au cœur du bateau. Sur le côté, une cloison étanche d'où s'échappait une froide lumière artificielle était ouverte. En entrant, Samantha reconnut la biologiste avec laquelle elle s'était entretenue au long des dernières semaines par vidéotéléphone. Sue Oliviera, debout près d'une paillasse de laboratoire, conversait avec deux hommes qui se présentèrent comme étant Sigur Johanson et Mick Rubin.

L'ensemble du pont semblait avoir été transformé en laboratoire. Les paillasses et les appareils étaient regroupés en îlots. Samantha vit des éviers et des congélateurs. Deux grands conteneurs reliés ensemble étaient signalés par des panneaux de danger biologique. Un appareil de la taille d'une petite maison, entouré d'une galerie circulaire où l'on accédait par des échelles d'acier s'élevait au milieu de tout cela. De gros tubes, des câbles métalliques, relaient les parois de ce caisson à des sortes d'armoires. Un grand hublot ovale permettait de voir l'intérieur, éclairé par une lumière diffuse et visiblement rempli d'eau.

— Vous avez un aquarium à bord ? s'enquit Samantha. C'est génial !

— C'est un simulateur de grands fonds, expliqua Sue Oliviera. L'original est à Kiel, et il est un peu plus grand. En revanche, celui-ci a une fenêtre panoramique en verre blindé. Il y a là-dedans une pression interne qui vous tuerait si vous aviez la mauvaise idée d'y entrer, mais elle permet de maintenir en vie certains spécimens... Pour l'instant, ce sont quelques centaines de crabes blancs qui y habitent. Ils ont été attrapés au large de Washington et transportés jusqu'ici dans des conteneurs sous haute pression. C'est la première fois que nous parvenons à maintenir la gelée en vie. Enfin, nous l'espérons. Jusqu'à présent, elle n'a pas montré le bout de son nez, mais nous sommes sûrs qu'elle se trouve à l'intérieur de ces crabes et que c'est elle qui les contrôle.

— C'est fascinant, commenta Samantha. Mais ce simulateur, il n'est pas là seulement pour les crabes, non ?

Johanson eut un sourire énigmatique.

— On ne sait jamais à l'avance ce qu'on va attraper dans ses filets, dit-il.

— Donc, c'est un camp de prisonniers de guerre...

— Un camp de prisonniers de guerre ! Bien trouvé ! s'esclaffa Rubin.

Du regard, Samantha fit le tour de la pièce. La salle était hermétiquement fermée de tous côtés.

— D'habitude, c'est bien un pont pour véhicules ? s'enquit-elle.

Peak haussa des sourcils interrogateurs.

— Oui, confirma-t-il. Quand on franchit cette cloison, on se retrouve dans la moitié arrière du bâtiment et on a le hangar à avions au-dessus de la tête. Vous avez potassé la question, on dirait...

— Je suis curieuse, avoua Samantha d'un ton modeste.

— Il reste à espérer que vous transformerez votre curiosité en connaissances.

Ils quittèrent le laboratoire pour s'engager dans le tunnel.

— Il a mauvais caractère, notre ami, chuchota Samantha à Anawak.

— Non, pas vraiment, la détrompa Anawak. Sam est un bon gars, en fait. Mais il n'a pas l'habitude de fréquenter des civils, surtout des civils qui savent tout !

Le tunnel aboutissait dans un hall encore plus vaste que le hangar. Ils pénétrèrent sur un rivage artificiel qui descendait jusqu'à une sorte d'immense piscine vidée, au revêtement de planches. Une coupole de verre rectangulaire était encastrée au milieu, composée de deux cloisons étanches qui se rejoignaient. A côté, dans un bassin tout en longueur, dont les vagues ondulaient en reflétant l'éclairage du hall, on voyait filer sous l'eau des formes allongées comme des torpilles.

— Des dauphins ! s'écria-t-elle, étonnée.

— Oui, confirma Peak. Notre escadrille spéciale.

Samantha leva les yeux. Là aussi, un système de rails parcourait le plafond. Des engins d'aspect futuriste y étaient suspendus, des sortes de voitures de sport surdimensionnées croisées avec des submersibles. Des deux côtés du bassin, la grève se terminait par des sortes d'embarcadères. Des box destinés aux équipements et au matériel s'échelonnaient le long des murs. Parmi eux, dans des placards ouverts, on voyait des sondes, des appareils de mesure, des combinaisons de plongée. Des échelles étaient disposées à intervalles réguliers.

Quatre Zodiacs attendaient, dans la partie avant du bassin, au sec.

— Quelqu'un a enlevé le bouchon ? s'enquit Samantha.

— Absolument, le bouchon a été enlevé hier soir. Il est là, précisa Peak en indiquant la coupole, qui pouvait bien faire huit mètres sur dix. C'est l'écluse, notre porte vers la mer. Elle est doublement sécurisée : dans le sol du hall, par des cloisons en verre, et dans l'enveloppe extérieure, par des cloisons d'acier très solides. Entre les deux, il y a un puits de trois mètres de haut. Ce système est très simple, il fonctionne par réciprocité. Dès qu'un bateau est engagé dans le puits, nous fermons le couvercle de verre et nous ouvrons les cloisons en acier. Nous procédons de la même façon quand il veut rentrer à l'intérieur du bâtiment. Le bateau monte dans l'écluse, les cloisons en acier se ferment, et nous voyons grâce au couvercle de verre si un visiteur indésirable est entré avec lui. En même temps, nous soumettons l'eau à une analyse chimique. L'intérieur de l'écluse est équipé de capteurs qui recherchent les impuretés et les produits toxiques. Les résultats sont affichés sur deux tableaux, placés l'un sur le bord de l'écluse, l'autre au pupitre de contrôle. Le bateau reste pris dans le puits pendant une minute environ. Ce n'est que quand tous les signaux sont au vert que le toit de verre s'ouvre et le libère. C'est par le même procédé que nous introduisons et faisons sortir les dauphins. Venez, suivez-moi.

Ils longèrent l'embarcadère de tribord. A mi-longueur, une console sortait du sol, munie d'écrans et de différentes manettes. Un homme osseux, yeux perçants et large moustache, se détacha d'un groupe de personnes en uniforme pour venir à leur rencontre.

— Le colonel Luther Roscovitz, chef de la station de plongée, présenta Peak.

— Et vous êtes miss Alien, n'est-ce pas ? dit Roscovitz en découvrant une rangée de grandes dents jaunâtres. Bienvenue au sein de cette croisière. Vous nous avez fait languir.

— C'est que mon vaisseau spatial a eu du retard. Pas mal, votre pupitre...

— Il remplit bien son office. Nous l'utilisons pour commander l'écluse et pour faire remonter et descendre les submersibles. D'autre part, c'est d'ici que sont commandées les pompes qui permettent d'inonder le pont.

Samantha tenta de rassembler ses souvenirs de lecture concernant l'*Independenc*e. Elle eut un mouvement de tête en direction de la paroi d'acier qui fermait le pont, côté poupe.

— C'est bien une cloison étanche ?

— Exactement, confirma Roscovitz avec un sourire. Nous pouvons baisser le clapet de poupe, abaisser le bâtiment en vidant les ballasts. L'eau de mer s'engouffre, et nous avons très vite un joli port, complet, avec une entrée.

— Pas mal comme endroit, pour travailler. Ça me plaît.

— Ne vous y trompez pas. Normalement, il y a foule ici : des bateaux de débarquement, des remorqueurs, des aéroglisseurs... C'est très étroit, en fait. Mais pour cette mission il nous a fallu tout chambouler. Nous n'avons pas besoin de bateaux de débarquement. Il nous fallait un navire assez lourd pour ne pas être bloqué par je ne sais quelle bête malveillante, pour affronter des vagues géantes, disposant de toute la technologie de communication moderne disponible et d'assez de place pour accueillir des avions et une base de plongée. On a eu la chance que le LHD-8 soit justement en cours de construction. C'est le plus grand et le plus puissant navire amphibie de tous les temps, il était pratiquement terminé, et il y avait encore la possibilité de procéder à quelques modifications. Ça n'aurait pas pu mieux tomber. Les chantiers navals du Mississippi sont très à l'avant-garde. Ils ont revu la conception du pont à coffre en un rien de temps, ont intégré des écluses et ont modifié le système de pompage. Maintenant, nous pouvons faire entrer l'eau sans ouvrir le clapet. Mais nous n'en avons besoin que pour le cas où nous voudrions sortir avec les Zodiacs.

Samantha baissa la tête vers le bassin. Deux personnes en combinaison de Néoprène se tenaient au bord, une jeune rousse gracile et un géant à longue chevelure noire, taillé en athlète. Un dauphin s'approcha du bord et sortit la tête de l'eau en émettant des claquements sonores. Le géant lui passa la main sur le front. L'animal se laissa caresser pendant quelques secondes, puis replongea.

— Qui sont ces personnes ? demanda Samantha.

— Ils s'occupent de l'escadrille de dauphins, expliqua Anawak. Alicia Delaware et… et Greywolf. Vous pouvez l'appeler Jack, aussi.

— A quoi vous sert cette escadrille ?

— Ce sont des caméras vivantes. Ils filment sur des bandes magnétiques quand ils sont en mer. Mais la raison principale, c'est que les dauphins possèdent des sens beaucoup plus aiguisés que les nôtres. Leur sonar capte les autres organismes bien avant que nos systèmes les perçoivent. Jack a travaillé avec certains de ces animaux quand il était dans l'armée. Ils ont un vocabulaire extrêmement étendu, à base de sifflements. Un sifflement pour une orque, un autre pour une baleine grise, un autre pour une baleine à bosse, etc. Ils sont capables d'identifier pratiquement tous les grands organismes qu'ils rencontrent, de classifier les bancs, et ce qu'ils ne connaissent pas, ils le signalent comme étant une forme de vie inconnue.

— Chapeau ! s'exclama Samantha. Et ce bel homme, là-bas, le gars à cheveux longs, il comprend le langage des dauphins ?

Anawak confirma :

— Oui. Mieux que le nôtre, souvent.

La discussion eut lieu dans la salle de réunion du logement des amiraux, en face du LFOC. Samantha avait eu affaire avec la plupart des présents, personnellement ou au travers des vidéoconférences. Elle fit la connaissance de Murray Shankar, de l'acousticien en chef de SOSUS, de Karen Weaver et de Mick Rubin, du skipper de l'*Independence*, un homme sec à cheveux blancs du nom de Craig C. Buchanan, dont elle se dit qu'il avait l'air d'avoir inventé l'armée à lui tout seul, ainsi que de Floyd Anderson, le premier officier. Elle serra des mains à la ronde et constata qu'elle n'aimait pas Anderson, avec son cou de taureau et ses yeux noirs en boutons de bottines. En dernier, elle salua un gros homme qui était arrivé avec quelques minutes de retard et suait abondamment. Il portait une casquette de base-ball et des baskets. Sur son tee-shirt jaune canari déformé par son ventre, on pouvait lire l'inscription : *Embrasse-moi, je suis un prince*.

— Jack Vanderbilt, se présenta-t-il. Je dois dire que ce n'est pas comme ça que je voyais la mère d'E.T…

— Vous auriez pu dire la fille, répliqua Samantha d'un ton sec.

— Vous voyez bien à ma gueule que je ne suis pas du genre à faire des compliments ! lui lança Vanderbilt avec un gros rire. Mais dites-moi, vous êtes plutôt vernie, vous ! Vous qui avez passé toute votre existence à écouter l'espace pour des prunes, vous allez enfin bosser sur un truc qui va peut-être donner des résultats ! Elle est pas belle, la vie ?

Lorsque tout le monde eut pris place, Li prononça une petite allocution d'introduction pour résumer ce que chacun savait déjà. Les Etats-Unis avaient fait une demande auprès de l'ONU et été mandatés, au cours d'une séance secrète, pour prendre la tête de la lutte contre la puissance inconnue, tant du point de vue logistique que technologique. Le Japon et quelques pays d'Europe étaient arrivés à des conclusions semblables à celles de la cellule du Chateau : ce n'étaient pas des hommes qui menaçaient l'humanité, mais une forme de vie étrangère. D'une manière ou d'une autre, tous semblaient soulagés à l'idée que les Etats-Unis ne se soient pas fait prier trop longtemps.

— Nous sommes à la veille de découvrir un médicament qui immunisera l'humanité contre les toxines libérées par les algues tueuses. Mais nous n'en contrôlons pas les effets secondaires, sans compter que nous avons vu apparaître ailleurs des crabes transportant des agents pathogènes mutants. Les infrastructures se sont écroulées dans la plupart des pays les plus touchés. L'Amérique a pris cette responsabilité de bonne grâce, mais, malheureusement, force est de reconnaître que nous ne sommes pas en mesure de protéger nos propres côtes. Pendant ce temps, les vers se multiplient sur les talus continentaux et – ce qui est pire – dans l'environnement de certaines îles volcaniques comme La Palma, où M. Frost et M. Bohrmann sont en train d'essayer de nettoyer les talus attaqués avec un genre d'aspirateur des fonds marins. En ce qui concerne les baleines, les attaques au sonar n'ont aucun effet sur des animaux dont la nature est violée par un organisme étranger. Mais même si nous réussissions, cela ne nous permettrait pas d'éviter la catastrophe due au méthane, ni de remettre le Gulf Stream en route. Combattre les symptômes ne résout pas les problèmes, et nous sommes toujours impuissants à trouver l'origine du mal, puisque nos opérations sous-marines sont systématiquement sabotées. Nous sommes dans l'incapacité la plus totale d'obtenir le moindre renseignement sur ce qui se passe au fond de la mer. Nous perdons nos câbles sous-marins les uns après les autres. Le bilan catastrophique de cette guerre, c'est que nous sommes devenus sourds et aveugles. On peut même dire tout bonnement que nous l'avons perdue.

Li fit une pause avant de reprendre :

— Qui devons-nous attaquer ? A quoi servira de se battre si La Palma s'écroule et si des montagnes d'eau submergent les côtes de l'Amérique, de l'Afrique et de l'Europe ? En bref, nous n'avancerons pas d'un pouce tant que nous ne connaîtrons pas mieux notre adversaire, or nous ne le connaissons absolument pas. Le but de notre mission n'est donc pas de nous battre, mais de négocier. Nous voulons prendre contact avec cette forme de vie étrangère et l'amener à stopper son entreprise de terreur contre la race humaine. Mon expérience m'a appris qu'on pouvait négocier avec n'importe quel adversaire, et un grand nombre d'éléments nous portent à penser que le nôtre se trouve exactement ici, dans la mer du Groenland…

Avec un sourire, elle conclut :

— Nous plaçons tous nos espoirs dans une résolution pacifique de ce conflit. Je suis d'autant plus heureuse d'accueillir parmi nous le dernier membre de cette expédition, Mme Samantha Crowe.

Samantha prit la parole à son tour :

— Je vous remercie de votre aimable accueil, dit-elle en jetant un regard éloquent à Vanderbilt. Comme vous le savez peut-être, SETI ne peut pas se prévaloir de brillants succès pour l'instant. Compte tenu de l'immensité du territoire que nous considérons comme étant l'univers observable, soit dix milliards d'années-lumière, les probabilités d'émettre fortuitement dans la bonne direction et d'atteindre quelqu'un qui aurait fort opportunément l'oreille aux aguets sont extrêmement réduites. C'est pourquoi on peut dire que nous avons de meilleures chances de réussite dans l'entreprise présente.

« En premier lieu, nous avons toutes les raisons de penser que les autres existent bel et bien. Ensuite, nous avons une idée approximative de l'endroit où ils vivent, à savoir quelque part au fond des océans, et sans doute juste en dessous de notre mouillage. Mais même s'ils habitaient au pôle Sud, nous parviendrions à les toucher. Car d'une part il leur est impossible de quitter les mers, et d'autre part une forte impulsion sonore émise en Arctique sera entendue au-delà de l'Afrique. Tout cela est encourageant… Mais le point le plus important me semble le fait que nous soyons *déjà* en contact. Car depuis des décennies nous envoyons des messages dans leur espace vital. Malheureusement, le contenu de ces messages, c'est la destruction. Voilà pourquoi ils ne répondent pas par des ambassades, et passent directement à la terreur sans faire le moindre commentaire. C'est très ennuyeux. Bon, essayons de nous libérer provisoirement de tout sentiment négatif et considérons cette terreur comme une chance… »

— Une chance ? répéta Peak, abasourdi.

— Oui. Nous devons la prendre pour ce qu'elle est : le message d'une forme de vie étrangère, qui nous permet de tirer des conclusions concernant sa manière de penser.

Elle posa la main sur une pile de notes.

— J'ai fait une synthèse de la manière dont nous allons procéder. Cela ne m'empêche pas, en même temps, de vous prévenir que la réussite n'est pas pour tout de suite. Vous vous posez sûrement beaucoup de questions sur ces êtres tapis au fond de la mer qui s'amusent à nous envoyer les sept plaies d'Egypte. Vous avez tous vu ces films : *Rencontres du troisième type*, *E.T.*, *Alien*, *Independence Day*, *Abyss*, *Contact*, etc. Dans ces films, nous avons affaire soit à des monstres, soit à des saints. Prenez la dernière scène de *Rencontres du troisième type* : on y voit bien que beaucoup de gens sont réconfortés par la perspective que des êtres célestes puissent descendre vers eux pour les conduire vers un avenir meilleur et plein de lumière. Peut-être cela vous rappelle-t-il quelque chose... Oui, il y a une dimension religieuse là-dedans. SETI aussi possède cette dimension. Et cette dimension nous rend incapables d'imaginer le caractère radicalement différent des intelligences étrangères.

Samantha laissa ses paroles faire leur effet. Elle avait longuement réfléchi à la manière d'aborder le projet. Finalement, elle en était arrivée à la conviction qu'elle échouerait si elle ne réussissait pas à ouvrir les yeux des participants à l'expédition.

— Ce que je veux dire, c'est que nulle part, dans la science-fiction, on ne se préoccupe sérieusement du caractère différent des cultures étrangères. Les extraterrestres apparaissent presque toujours comme une expression exagérée et souvent grotesque des espoirs et des peurs humains. Les extraterrestres de *Rencontres du troisième type* symbolisent notre désir de retrouver le paradis perdu. Au fond, ce sont des anges, et ils se comportent comme tels. D'autres élus sont emmenés vers la lumière. Personne ne s'intéresse à la culture éventuelle de ces extraterrestres, qui ne sont là que pour exposer des idées religieuses simplistes. Tout en eux est extrêmement humain, parce que voulu par l'homme, jusqu'à la mise en scène dramatique de leur apparition : une lumière blanche, brillante, des êtres éthérés, exactement comme on aimerait que ce soit. Les extraterrestres d'*Independence Day* n'en sont pas vraiment non plus. Ils sont méchants, conformes à l'idée que nous nous faisons de la méchanceté. On ne leur accorde pas, là non plus, de véritable droit à la différence. Les notions du bien et du mal obéissent à des postulats humains. Aucune fiction ne se démarque de cette approche. Nous avons du mal à imaginer que nos valeurs ne soient pas les valeurs d'autres êtres, qui n'auraient pas la même idée que nous du bien et du mal. Pour cela, il n'est même pas nécessaire d'écouter l'espace. Toutes les nations, toutes les cultures humaines ont leur propres aliens tout près de chez eux, à savoir ceux qui sont de l'autre côté de la frontière… Faute d'intégrer cela, nous ne pourrons pas établir de communication avec une intelligence étrangère. Car, selon toute probabilité, il n'existe pas de base de valeurs commune, pas de notion commune du bien et du mal, et sans doute pas d'appareils sensoriels compatibles au moyen desquels nous pourrions échanger…

Samantha passa sa pile de notes à Johanson, assis à côté d'elle, et le pria d'en distribuer les exemplaires.

— Pour commencer, réfléchissons à la manière dont nous obtiendrons des contacts véritables avec des extraterrestres. Pour ce faire, essayons de nous représenter un pays de fourmis. Les fourmis sont extrêmement organisées, mais pas vraiment intelligentes. Mais admettons qu'elles le soient. Notre tâche serait donc d'échanger avec une intelligence collective qui mange ses malades et ses blessés sans trouver la chose moralement critiquable, qui fait la guerre sans comprendre notre idée de la paix, dont le mode de reproduction individuelle est extraordinaire, et qui aborde l'échange et la consommation des excréments comme un sacrement… bref, un mode de fonctionnement entièrement différent du nôtre et qui, pourtant, fonctionne ! Maintenant, allons encore un peu plus loin : imaginons que nous ne soyons même pas capables de reconnaître une intelligence étrangère quand elle se présente. Léon, par exemple, aimerait savoir si les dauphins sont intelligents, aussi se livre-t-il à toutes sortes de tests, mais lui permettent-ils d'acquérir une certitude ? A l'inverse, comment les autres nous voient-ils ? Les Yrr nous combattent, mais nous considèrent-ils comme des êtres intelligents ? J'espère que vous comprenez ce que j'essaie d'exprimer. En tout état de cause, jamais nous ne réussirons à nous approcher des Yrr tant que nous considérerons nos valeurs comme étant le nombril de l'univers. Nous devons accepter l'idée de nous réduire à ce que nous sommes, c'est-à-dire une forme de vie parmi d'innombrables formes de vie, sans aucun droit spécifique sur le grand Tout.

Samantha remarqua que le regard de Li s'était posé sur Johanson. Elle étudiait le scientifique comme si elle tentait de se glisser dans sa tête. Sam saisit également au vol un échange de regards entre Jack O'Bannon et Alicia Delaware, et comprit immédiatement ce qui les unissait.

— Madame Crowe, interrogea Vanderbilt tout en feuilletant son exemplaire des notes, d'après vous, c'est quoi, exactement, l'intelligence ?

— Un coup de chance.

— Ah bon, vous trouvez ?

— Oui, je pense que l'intelligence est le résultat de l'articulation de certaines conditions finement coordonnées. Combien de définitions voulez-vous que je vous donne ? Il y a autant de définitions qu'il y a de cultures et de mentalités. Certaines personnes étudient les processus de base de la performance intellectuelle, d'autres essaient de mesurer l'intelligence de manière statistique. Ensuite, il s'agit de savoir si elle est innée ou si elle est acquise. Au début du XXe siècle, on pensait que l'intelligence se reflétait dans la manière dont on maîtrisait ou non une situation donnée. Certains reprennent cette théorie aujourd'hui, et définissent l'intelligence comme la capacité de s'adapter aux exigences d'un environnement qui se transforme. Elle ne serait pas innée, mais acquise. D'autres, au contraire, affirment que l'intelligence est ancrée dans le concept de l'humain et que c'est une capacité innée qui nous aide à adapter notre pensée à des situations toujours nouvelles. Il y a aussi cette belle définition selon laquelle l'intelligence est la capacité de se demander ce qu'est l'intelligence…

Vanderbilt hocha démonstrativement la tête.

— O.K., je comprends. Ça veut dire que vous ne le savez pas.

Samantha sourit.

— Monsieur Vanderbilt, vous portez un joli tee-shirt. Permettez-moi de vous faire observer à ce sujet que l'intelligence d'un être ne se mesure pas uniquement à son aspect extérieur.

Des rires fusèrent tout autour de la table. Vanderbilt dévisagea Samantha.

Puis il sourit aussi.

— Je reconnais que vous avez raison, dit-il.

La glace ayant été rompue, ils progressèrent rapidement. Samantha donna un aperçu de la manière dont ils allaient procéder. Elle avait travaillé pendant quelques semaines avec Murray Shankar, Judith Li, Léon Anawak et quelques membres de la NASA pour mettre le concept sur pied. Il s'appuyait sur les rares tentatives de prise de contact avec des formes de vie extraterrestres qui avaient eu lieu jusqu'alors.

— C'est facile avec l'espace, indiqua Samantha. On peut envoyer des quantités incroyables d'informations ciblées par micro-ondes. La lumière est facilement visible et elle voyage à trois cent mille kilomètres par seconde, sans fils et sans câbles. Sous l'eau, c'est différent, car l'énergie des signaux à ondes courtes est absorbée par les molécules, et les signaux à ondes longues exigeraient des antennes immenses. La communication via la lumière marche, mais pas sur de grandes distances. Il reste l'acoustique. Mais là aussi, se pose un problème que nous appelons l'effet de réverbération : les signaux acoustiques sont reflétés dans tous les coins possibles et imaginables, ce qui produit des interférences. Le message se superpose à lui-même et devient incompréhensible. Pour éviter cela, nous nous servons d'un modem spécial…

— Nous avons emprunté ce principe aux mammifères marins, intervint Anawak. Les dauphins ont un truc pour déjouer la réverbération et les interférences : ils chantent.

— Je croyais qu'il n'y avait que les baleines qui faisaient ça… fit remarquer Peak.

— Le fait que les baleines chantent est une interprétation humaine, répondit Anawak. Elles n'ont sans doute aucune idée de ce qu'est la musique… Mais ce n'est pas ce que veut dire Sam. Dans ce cas, chanter, cela signifie que les animaux modulent inlassablement leur fréquence et leur spectre harmonique. Ainsi, ils ne se contentent pas d'éliminer les interférences, ils élargissent aussi considérablement le potentiel de transmission des informations numériques sous l'eau. Nous utilisons donc un modem qui chante. Pour l'instant, nous en sommes à trente KB sur une distance de trois kilomètres. C'est assez performant pour nous permettre de transmettre des images de grande qualité.

— Et qu'est-ce que nous leur raconterons ? interrogea Peak.

— Les lois de la physique, du code cosmique, existent sous la forme mathématique, expliqua Samantha. L'ordre cosmique a permis l'évolution de la conscience et l'a rendue capable de recréer elle-même la mathématique pour pouvoir expliquer sa propre origine de manière compacte et créatrice. La mathématique est l'unique langage universel compréhensible par tous les êtres intelligents qui vivent dans les conditions de base de la physique en vigueur, et nous allons l'utiliser.

— Qu'est-ce que vous voulez faire ? Poser des problèmes de maths ?

— Non, emballer des idées dans la mathématique. En 1974, nous avons mis en faisceau un signal radio terrestre de grande puissance et nous l'avons envoyé dans un amas globulaire de la constellation Hercule. Il nous a fallu trouver un moyen de coder le message de sorte qu'il soit compréhensible pour une planète étrangère. Peut-être avons-nous été un peu trop vite en besogne… il faut être très développé pour pouvoir décrypter le code. Mais ça marche avec des méthodes mathématiques. Nous avons envoyé au total mille six cent soixante-dix-neuf signes en système binaire, donc point et trait comme pour le morse. Bon, maintenant, ça se complique : un mathématicien sait interpréter le nombre 1679, parce qu'il ne peut être formé qu'à partir du produit de 23 et de 73, les deux étant des nombres premiers, donc divisibles que par 1 ou par eux-mêmes. Avec ça, le destinataire comprend la base des systèmes de calcul humains. Les mille six cent soixante-dix-neuf signes ont été répartis en soixante-treize colonnes de vingt-trois signes chacune, et ainsi de suite. Vous voyez, on peut mettre beaucoup de choses dans un peu de mathématique, et si vous remplacez les points et les traits par du noir et du blanc… ô miracle, vous obtenez un dessin.

Elle montra une feuille comportant un graphique. Cela ressemblait à une page d'ordinateur grossièrement parsemée de pixels apparents. Certains assemblages semblaient abstraits, mais, sur d'autres, on distinguait nettement des formes.

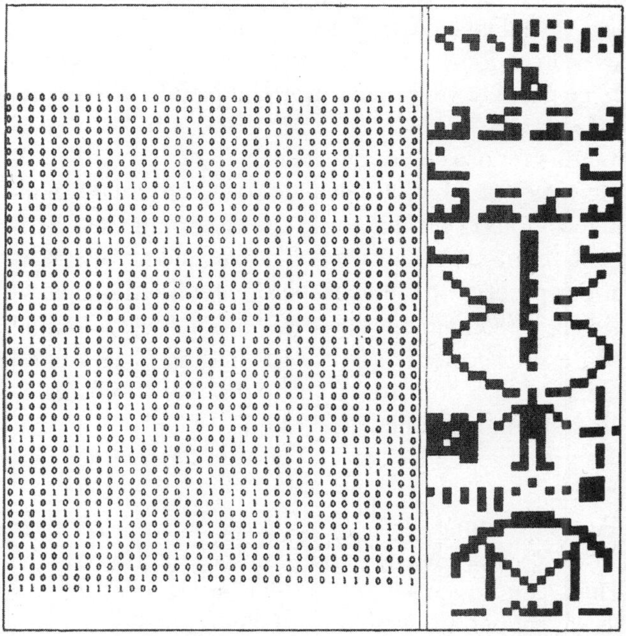

— Les lignes du haut donnent des éléments concernant les chiffres 1 à 10, donc, sur notre système de calcul. En dessous, ce sont les numéros atomiques de certains éléments chimiques : l'hydrogène, le carbone, l'azote, l'oxygène et le phosphore. Ils jouent un rôle très important pour notre planète et la vie terrestre. Ensuite, ça continue avec un classement assez complet de la biochimie terrestre, les formules des glucides et des bases, la structure en double hélice, etc. Le dessin du dernier tiers du bas est un homme, directement relié à la structure de l'ADN, ce qui donne des informations sur notre évolution. Un destinataire extraterrestre n'aura sans doute aucune notion des unités de mesure terrestres, donc nous avons indiqué la taille moyenne d'un homme par la longueur d'ondes des signaux radio. Suit une représentation de notre système solaire, et, à la fin, nous avons fait une esquisse de la forme, du mode opératoire et de la taille du télescope Arecibo, à partir duquel tout cela était envoyé.

— C'était une gentille invitation à venir faire un tour par chez nous pour nous bouffer, ironisa Vanderbilt.

— Oui, et c'est ce que n'a pas arrêté de nous seriner l'organisme pour lequel vous travaillez. Et chaque fois nous répondons la même chose : ils n'ont pas besoin de notre invitation. Depuis des dizaines d'années, on balance des ondes radio dans l'univers, même vous, les services secrets. Pas besoin de décrypter ces ondes pour comprendre qu'elles ne peuvent venir que d'une civilisation techniquement développée…

Samantha reposa son diagramme.

— Le message Arecibo voyagera pendant vingt-six mille ans, et nous ne recevrons donc la réponse que dans cinquante-deux mille ans au plus tôt, reprit-elle. Mais je vous rassure, cette fois, ça ira plus vite. Nous allons procéder par étapes. Notre premier message sera simple, ce ne seront effectivement que deux problèmes de mathématiques. S'ils ont l'esprit sportif, nos êtres sous-marins, ils répondront. Ce premier échange aura pour fonction de prouver l'existence des Yrr et d'établir si un dialogue peut avoir lieu.

— Pourquoi répondraient-ils ? objecta Greywolf. Ils connaissent tout de nous.

— Peut-être connaissent-ils certaines choses, mais pas forcément le principal, c'est-à-dire que nous sommes intelligents.

— Hein ? s'insurgea Vanderbilt. Ces gars-là détruisent nos bateaux ! Donc ils savent parfaitement ce qu'on est capables de construire ! Ils ne vont pas douter de notre intelligence !

— Le fait que nous fabriquions des structures techniques n'est pas une preuve de notre intelligence. Regardez les collines de termites : c'est un chef-d'œuvre d'architecture.

— Ce n'est pas la même chose…

— Descendez de votre piédestal, monsieur Vanderbilt. Si, comme le dit M. Johanson, la culture des Yrr repose uniquement sur la biologie, il est douteux qu'ils nous croient capables d'une pensée structurée et orientée.

— Vous voulez dire qu'ils nous prennent pour… des animaux ? fit l'homme de la CIA avec une grimace de dégoût.

— Pour des nuisibles, peut-être.

— Pour des parasites, des champignons ! s'écria Alicia en riant. Peut-être que ce sont des déparasiteurs !

— Eh bien, je me suis efforcée d'imaginer les structures de leur pensée et d'en déduire leur manière de vivre, poursuivit Samantha. Je sais, tout ça c'est très spéculatif, mais il faut bien mettre un cadre à notre tentative de prise de contact. J'ai donc réfléchi à la raison pour laquelle les contacts qu'ils ont pris avec nous étaient de nature guerrière, sans aucune approche diplomatique préalable. Cela peut vouloir dire qu'ils n'accordent aucune valeur à la diplomatie. Mais cela peut aussi signifier qu'ils n'en ont même pas eu l'idée. C'est vrai, une armée de fourmis rouges qui s'abat sur un animal ne fait pas précéder son attaque de politesses diplomatiques. Pourtant, les fourmis obéissent à des instincts sophistiqués. En revanche, les Yrr s'illustrent par une manière de procéder planifiée qui démontre une capacité à acquérir des connaissances. Ils développent des stratégies créatrices. S'ils sont donc intelligents et ont conscience de leur intelligence, en revanche, cela ne semble pas du tout s'accompagner de notions de morale et d'éthique, de la notion du bien et du mal. Dans leur logique, il est peut-être simplement conséquent de combattre notre espèce avec la plus grande fermeté. Et tant que nous ne leur donnerons pas de raison de réviser leur point de vue, ils ne le feront pas.

— Pourquoi leur envoyer un message, puisqu'ils s'amusent à bouffer nos câbles sous-marins ? objecta Rubin. Avec ça, ils peuvent pomper toutes les informations qu'ils veulent !

— Ça n'a rien à voir, répondit Shankar avec un sourire. Le message Arecibo n'est compréhensible pour des extraterrestres que parce qu'il a été construit de manière qu'un cerveau étranger puisse le déchiffrer. Nous n'avons aucune raison de le faire avec nos échanges d'informations normaux. Pour une intelligence étrangère, ils sont sûrement incompréhensibles.

— C'est vrai, renchérit Johanson. Mais allons un peu plus loin. Moi, j'ai eu cette idée de biotechnologie, et Sam la reprend. Pourquoi ? Parce qu'elle est évidente. Il n'y a pas de machines, pas de techniques.

Il n'y a que de la génétique pure, des organismes comme armes, des mutations ciblées. Les Yrr sont beaucoup plus attachés à la nature que nous. J'imagine qu'ils ne sont pas aussi éloignés de leur environnement naturel que nous, loin s'en faut.

— Des bons sauvages ? suggéra Peak.

— Je ne dirais pas qu'ils sont bons. Bien sûr, empoisonner l'air avec des émissions de gaz polluantes, c'est répréhensible. Mais cultiver des animaux et les transformer génétiquement au gré de sa fantaisie ne l'est pas moins. Je n'y vois rien d'autre que leur réaction à la menace que nous faisons peser sur leur espace vital. Nous nous inquiétons de la déforestation de la forêt primaire. Les uns sont contre, les autres le font quand même. Les Yrr *sont* peut-être la forêt primaire, en transposant. J'en veux pour preuve la façon dont ils maîtrisent la biologie… et, à ce sujet, il faut ajouter une chose qui me semble sauter aux yeux. Exception faite des baleines, ils se servent toujours d'organismes qui existent en masse : des vers, des méduses, des moules, des crabes. Ce sont tous des animaux qui vivent par bancs. Ils en sacrifient des millions pour atteindre leurs objectifs. L'individu ne compte pas pour eux. Est-ce que les hommes penseraient de cette façon ? Nous cultivons certes des virus et des bactéries, mais nous préférons utiliser des armes artificielles dont nous pouvons contrôler le nombre. Les armes biologiques de destruction massive ne sont pas vraiment notre tasse de thé, alors qu'elles semblent familières aux Yrr. Pourquoi ? Peut-être parce que ce sont des êtres qui vivent eux aussi par bancs…

— Vous croyez…

— Je pense que nous avons affaire à une intelligence collective.

— Et que ressent une intelligence collective ? interrogea Peak.

— Que ressent un pêcheur ? se demanderait un poisson pris dans un filet, s'il était capable de ce genre de réflexion, intervint Anawak. Au nom de quoi est-il condamné à étouffer, en même temps que des millions d'autres poissons ? Est-ce que ce n'est pas de l'extermination massive ?

— Non, dit Vanderbilt, c'est des bâtonnets de poisson.

Samantha leva les mains et reprit la parole :

— Je suis d'accord avec M. Johanson, dit-elle. Nous en concluons donc que les Yrr ont pris une décision collective en l'absence de toute notion de responsabilité morale et de compassion. Inutile d'essayer de les attendrir en ouvrant de grands yeux innocents, ça ne marcherait pas. Il ne nous reste qu'une seule chose à faire : essayer d'éveiller leur intérêt, pour les inciter à communiquer avec nous au lieu de nous tuer. S'ils n'avaient aucune connaissance en physique et en mathématique, les Yrr n'auraient pas pu accomplir ce qu'ils ont accompli jusqu'à présent, aussi les provoquons-nous en duel, un duel mathématique… jusqu'au moment où leur logique, ou, si vous voulez, leur morale incompréhensible, leur imposera de revoir leur manière d'agir.

— Ils doivent avoir compris que nous sommes intelligents, insista Rubin. Si quelqu'un se distingue par sa maîtrise de la mathématique et de la physique, c'est bien nous.

— Oui, mais sommes-nous une intelligence consciente ?

Rubin fronça les sourcils en signe d'incompréhension.

— Que voulez-vous dire ?

— Sommes-nous conscients de notre intelligence ?

— Evidemment !

— Nous pourrions très bien n'être qu'un ordinateur doué de la capacité d'apprendre. Nous savons que non, mais les autres, le savent-ils ? Théoriquement, il est possible de remplacer un cerveau complet par son pendant électronique, et d'obtenir une intelligence artificielle capable de faire tout ce que l'homme peut faire. Elle sera capable de fabriquer un vaisseau spatial et de faire la nique à la vitesse de la lumière. Mais est-ce que ce cerveau d'ordinateur est conscient de ses performances ? En 1997, Deep Blue, un ordinateur IBM, a battu le champion du monde d'échecs en titre, Garry Kasparov. Est-ce que Deep Blue dispose pour autant d'une conscience ? Ou a-t-il gagné sans savoir pourquoi ? Doit-on obligatoirement partir du principe que nous sommes des êtres doués d'une intelligence consciente uniquement parce que nous construisons des villes et que nous posons des câbles sous-marins ? Chez SETI, nous n'avons jamais exclu de tomber sur une civilisation de la machine qui survivrait à ses constructeurs et qui aurait continué à se développer de manière autonome depuis des millions d'années…

— Et nos copains du fond des mers ? Si vous avez raison, peut-être les Yrr ne sont-ils que des fourmis à nageoires. Sans valeurs, sans… sans…

— C'est vrai. C'est la raison pour laquelle nous allons procéder par étapes, confirma Samantha en souriant. D'abord, je veux savoir s'il y a vraiment quelqu'un. Ensuite, si on peut entamer un dialogue avec ce quelqu'un. Enfin, si les Yrr sont conscients du dialogue et d'eux-mêmes. Ce n'est qu'après, quand j'en aurai conclu qu'en plus de leur savoir et de leurs capacités ils sont également doués d'imagination et de compréhension, que je serai prête à les considérer comme des êtres intelligents. A ce moment seulement, nous pourrons réfléchir à des valeurs, mais n'attendez pas pour autant qu'elles soient copie conforme des nôtres.

Un silence accueillit ses paroles. Ce fut Li qui le rompit :

— Je ne vais pas me mêler de discussions scientifiques, dit-elle. L'intelligence pure est froide. Mais l'intelligence couplée à la conscience, c'est autre chose. A mon avis, il devrait obligatoirement en découler des valeurs. Si les Yrr sont une intelligence consciente, ils reconnaissent sûrement au moins une valeur, celle de la vie. Et cela, ils le font en essayant de se protéger. Conclusion, ils ont des valeurs. La question est donc de savoir si elles se recoupent quelque part avec les valeurs humaines, même si ce recoupement est infime.

Samantha approuva :

— Oui, même s'il est infime.

En fin d'après-midi, ils envoyèrent la première impulsion acoustique dans les grands fonds. Ils choisirent une fréquence établie par Shankar, qui se situait dans le spectre du bruit non identifié que les gens de SOSUS avaient baptisé Scratch.

Le modem modula la fréquence. Le signal fut renvoyé ici et là, il y eut des interférences. Samantha et Shankar remodulèrent les modulations, jusqu'à satisfaction. Au bout d'une heure, Samantha fut sûre que le message était clairement compréhensible pour quelqu'un qui savait interpréter les ondes sonores. Mais quant à savoir si les Yrr en étaient capables, c'était une autre paire de manches.

Et même ainsi, jugeraient-ils nécessaire d'y répondre ?

Samantha était assise sur le bord de son siège, dans la pénombre du CIC. Elle était en proie à une curieuse exaltation à l'idée de l'imminence possible du contact qu'elle recherchait depuis des décennies. En même temps, elle ressentait une crainte sourde. Elle sentait peser sur elle et sur les membres de l'expédition une énorme responsabilité. Ce n'était pas l'aventure, comme Arecibo et SETI. C'était une tentative menée pour stopper une catastrophe et sauver l'humanité.

Le rêve d'une scientifique s'était transformé en cauchemar.

Des amis

Anawak quitta les entrailles du navire pour monter sur le pont d'envol.

Le toit s'était transformé en un genre de promenade. Dès lors qu'on avait un peu de temps pour se dégourdir les jambes, on montait là-haut, pour s'abandonner à ses pensées ou s'entretenir avec ses collègues. C'était paradoxal, mais la piste d'atterrissage et d'envol du plus grand porte-hélicoptères du monde était devenue un lieu de calme et d'échange d'idées. Les six Super Stallion et deux Super Cobra étaient posés là, comme abandonnés, sur l'immense étendue asphaltée.

Greywolf continuait à mener son existence d'original à bord du bateau, même si Alicia y prenait une place grandissante. Ils s'apprivoisaient mutuellement avec discrétion. La jeune fille, fine mouche, ne cherchait pas à s'imposer, et c'était donc lui qui recherchait sa compagnie. Vis-à-vis de l'extérieur, ils se prétendaient simplement amis, mais Anawak voyait bien que la confiance ne faisait que croître des deux côtés. Alicia venait l'assister de plus en plus rarement, le délaissant pour s'occuper des dauphins avec Greywolf.

Anawak retrouva ce dernier à la poupe, où il était assis en tailleur, le regard tourné vers la mer. En s'asseyant près de lui, il remarqua que son ami était en train de sculpter un objet.

— Qu'est-ce que c'est ? s'enquit-il.

Greywolf le lui tendit. C'était un morceau de bois de cèdre sculpté avec art, assez grand et presque terminé. L'une des faces se terminait par une poignée. La partie la plus importante représentait des formes enlacées. On distinguait deux animaux aux mâchoires imposantes, ainsi qu'un oiseau et un homme, lequel semblait servir de balle aux créatures.

Anawak caressa la sculpture du bout des doigts.

— C'est beau, dit-il.

— C'est une réplique, expliqua Greywolf en souriant. Je ne fais que des répliques, je n'ai pas le sang qu'il faut pour les originaux.

— Le sang pur des Indiens, précisa Anawak en souriant à son tour. Je comprends.

— Tu ne comprends pas, comme d'habitude.

— D'accord, d'accord. Qu'est-ce que ça représente ?

— Ce que tu vois.

— Ne prends pas tes airs supérieurs, s'il te plaît ! Explique-moi sans te la jouer ou laisse tomber.

— C'est une massue de cérémonie. L'original est en os de baleine, il fait partie d'une collection privée de la fin du XIXe siècle. Ce que tu vois, c'est une histoire des temps anciens. Un jour, un homme trouve une cage mystérieuse qui contient toutes sortes de créatures et l'emmène dans son village. Il tombe malade tout de suite après. Il est pris d'une forte fièvre que personne n'arrive à soigner. Personne ne comprend ce qui a rendu cet homme si malade, jusqu'au jour où l'explication lui est révélée en rêve. Il voit que ce sont les créatures prises au piège dans la cage qui sont responsables. Dans son rêve, elles l'attaquent parce qu'elles ne sont pas de simples animaux, mais qu'elles ont le don de se métamorphoser.

Greywolf montra sur sa sculpture un être moitié mammifère, moitié baleine.

— C'est un loup-baleine tueur. L'homme rêve que cette créature l'attrape par la tête. Ensuite arrive un oiseau-tonnerre, qui essaie de le sauver. Tu vois, il plante ses serres dans les flancs de la baleine tueuse, mais pendant qu'ils se battent, un ours-baleine tueur réussit à attraper le malade par les pieds. L'homme se réveille et raconte son rêve à son fils. Et il meurt peu après. Le fils sculpte cette massue et abat avec son arme six mille créatures métamorphosées pour venger la mort de son père.

— Quel est le sens profond de cette histoire ?

— Est-ce que tout doit obligatoirement avoir un sens profond ?

— Peut-être pas, mais là, il y en a sûrement un. C'est l'éternel combat, tu ne crois pas ? Entre les forces du bien et celles du mal…

— Non, répondit Greywolf. Cette histoire parle de la vie et de la mort. C'est tout. A la fin, on meurt, ça, c'est inévitable, et avant, ça monte et ça descend en permanence. L'homme est impuissant. Il peut mener une vie bonne ou mauvaise, mais ce qui lui arrive est déterminé par des puissances supérieures. S'il vit en harmonie avec la nature, la nature le guérira, mais s'il se dresse contre elle, elle le détruira. Mais la plus grande leçon, c'est que ce n'est pas lui qui domine la nature ; au contraire, c'est elle.

— Le fils de cet homme n'en était pas convaincu, objecta Anawak. Pourquoi a-t-il voulu venger la mort de son père ?

— L'histoire ne dit pas qu'il a bien agi.

Anawak rendit son objet à Greywolf et sortit de sa poche la sculpture représentant l'esprit-oiseau.

— Et pour ça, tu n'as pas une histoire ?

Son ami examina la sculpture en la tournant et la retournant dans sa main.

— Ça ne vient pas de la côte ouest, constata-t-il.

— Non.

— C'est du marbre, ça vient d'ailleurs. De ton pays ?

— De Cape Dorset.

Anawak hésita, puis avoua :

— C'est un chaman qui me l'a donné.

— Hein ? Un chaman ? A toi ?

— C'est mon oncle.

— Et lui, qu'est-ce qu'il t'a raconté à ce sujet ?

— Pas grand-chose. Il pense que l'esprit-oiseau portera mes pensées dans la bonne direction le moment venu. Et il dit qu'il me faudrait certainement un médiateur.

Greywolf resta silencieux quelques instants. Puis il dit :

— Il y a des esprits-oiseaux dans toutes les cultures. L'oiseau-tonnerre est un vieux mythe indien, il a beaucoup de facettes. Il fait partie de la création, c'est un esprit de la nature, un être supérieur, mais il représente aussi l'identité d'un clan. Je connais une famille dont le nom évoque un oiseau-tonnerre que ses ancêtres ont vu jadis au sommet d'une montagne, près d'Ucluelet.

— Les esprits-oiseaux sont toujours mis en relation avec des têtes, non ?

— Si. C'est étonnant, hein ? Sur les peintures égyptiennes, on trouve souvent des parures de tête qui ressemblent à des oiseaux. L'esprit-oiseau, dans cette civilisation, représente la conscience. Il est pris dans le crâne comme dans une cage. Dès que le crâne s'ouvre – au sens figuré –, il peut sortir, mais on peut aussi l'attirer à l'intérieur du crâne, pour retrouver la conscience ou se réveiller.

— Ça veut donc dire que ma conscience part en voyage pendant mon sommeil…

— Tu rêves, mais tes rêves ne sont pas des fantasmes. Ils te montrent ce que voit la conscience dans des mondes supérieurs que tu ne vois pas en temps normal. Tu as déjà vu la coiffe de plumes d'un chef cherokee ?

— Oui, dans les westerns.

— Eh bien, avec sa coiffe de plumes, il exprime que son esprit invisible, avec chaque plume, écrit des formes dans sa tête. Cela veut dire que sa tête a plein de bonnes idées, et que c'est pour ça qu'il est chef.

— Ses idées ont des ailes.

— Grâce aux plumes, oui. Dans d'autres tribus, il suffit d'une plume, elle a la même signification. Comme l'esprit-oiseau représente la conscience, les Indiens ne doivent absolument pas perdre leur scalp ou leur plume de scalp. Car, alors, ils perdraient leur conscience, au pire des cas pour toujours.

Greywolf fronça les sourcils.

— Si un chaman t'a donné cette sculpture, c'est pour attirer ton attention sur ta conscience, la force de tes idées. Te dire que tu dois les utiliser, mais que, pour cela, tu dois ouvrir ton esprit. Ton esprit doit aller se promener, et ça signifie qu'il doit s'allier à l'inconscient.

— Et toi, tu n'as pas de plume dans les cheveux. Pourquoi ?

— C'est parce que, comme tu l'as si judicieusement fait remarquer, je ne suis pas un vrai Indien.

Anawak hésita un peu, puis se décida :

— Au Nunavut, j'ai fait un rêve… Disons que mon esprit est parti en voyage. Je suis passé à travers la banquise et je suis tombé dans la mer noire. A ce moment, la mer s'est transformée en ciel, et j'ai escaladé un iceberg. Là, j'ai vu qu'il flottait sur une mer bleue. Sur mon iceberg, j'étais entouré d'eau à perte de vue. On a voyagé ensemble sur cette mer, mon iceberg et moi. Je m'attendais à tout moment à ce qu'il fonde. C'était curieux, je n'avais pas peur, j'étais simplement curieux de ce qui allait se passer. Je savais que j'allais tomber à l'eau quand il fondrait, mais je n'avais pas peur de me noyer. Je m'attendais plutôt à plonger dans quelque chose de nouveau, d'inconnu…

— Qu'est-ce que tu espérais trouver ?

Anawak réfléchit.

— La vie, dit-il.

— Quoi, comme vie ?

— Je ne sais pas. La vie, tout simplement.

Greywolf contempla la petite sculpture de marbre de l'esprit-oiseau blottie dans son immense main.

— Dis-moi la vérité, pourquoi nous as-tu fait monter à bord, Licia et moi ? demanda-t-il tout à trac.

Anawak évita son regard.

— Parce qu'on a besoin de vous, louvoya-t-il.

— Allons, Léon. Moi, peut-être, parce que je connais les dauphins, mais vous auriez très bien pu prendre un autre entraîneur de la Navy. Mais Licia ? Elle n'a aucune fonction.

— C'est une excellente assistante.

— Tu l'utilises ? Tu en as besoin ?

— Non.

Anawak soupira. Rejetant la tête en arrière, il regarda le ciel. Quand on regardait assez longtemps en s'imaginant que c'était exactement le contraire… qu'on était soi-même là-haut, et que les nuages étaient en tout en bas, qu'ils formaient un paysage et que ce n'étaient pas des montagnes de vapeur, mais des collines, des vallées, des rivières et des lacs, eh bien, on finissait par y croire. On y croyait tellement qu'on devait se cramponner pour ne pas tomber dans la profondeur qui était au-dessus de soi.

— D'accord, dit-il, vous êtes à bord parce que j'en avais envie.

— Tu en avais envie, mais pourquoi ?

— Parce que vous êtes mes amis.

Un nouveau silence s'installa. On distinguait de plus en plus de détails dans les nuages. Des détails d'un monde qui était très loin, infiniment plus loin que le monde des Yrr.

— Je crois que oui, confirma Greywolf.

Anawak sourit.

— Tu sais, je m'entends bien avec les gens en général, mais je n'ai jamais eu d'amis, de vrais amis. Et je n'aurais jamais imaginé qu'un jour je pourrais dire que j'ai pour amie une « Mademoiselle Je-sais-tout » particulièrement pénible. Ou une espèce de cinglé, un géant avec qui j'ai maintes fois failli me friter…

— Cette « Mademoiselle Je-sais-tout », elle a agi comme une vraie amie.

— C'est-à-dire ?

— Elle s'est intéressée à toi, à ta vie de pauvre mec.

— Oui, c'est vrai.

— Et nous deux, on a toujours été amis. Sans doute que c'est simplement que…

Greywolf hésita, puis souleva la petite sculpture.

— … que nos têtes sont restées fermées pendant un certain temps.

— A ton avis, pourquoi fait-on ce genre de rêve ?

— Ton rêve d'iceberg ?

— J'y ai beaucoup pensé, je me suis posé beaucoup de questions, et tu sais que je ne suis pas porté sur l'ésotérisme. J'ai horreur de ces conneries. Mais au Nunavut, il s'est passé quelque chose que je ne m'explique pas. Il m'est arrivé quelque chose. Surtout là-bas, sur la glace, quand j'ai fait ce rêve.

— C'est quoi, ton idée ?

— Cette puissance inconnue, cette menace, elle vit sous l'eau, dans les grands fonds. Peut-être que c'est là que je vais la rencontrer. Peut-être que c'est mon devoir, de descendre et de…

— Sauver le monde ?

— Bon, allez, j'ai rien dit…

— Tu veux avoir mon avis, Léon ?

Anawak fit un signe de tête affirmatif.

— Je pense que tu es à côté de la plaque, dit Greywolf. Pendant des années, tu t'es gâché la vie en te trimballant avec ton traumatisme d'Esquimau. Tu t'es emmerdé et tu as emmerdé les autres. Tu ne comprenais rien à la vie. L'iceberg sur lequel tu as flotté en solitaire, c'était toi. Tu n'étais qu'un bloc de glace inaccessible. Mais tu as raison, il t'est arrivé quelque chose là-bas, et le bloc a commencé à fondre. Cet océan dans lequel tu vas sombrer, ce n'est pas la mer dans laquelle habitent les Yrr. C'est la vie des humains. C'est là qu'est ta place. C'est ça, l'aventure qui t'attend. L'amitié, l'amour, tout ça. Et aussi les ennemis, la haine et la colère… Ton rôle, ce n'est pas de jouer les héros. Tu n'as pas à prouver que tu as du courage. Les rôles des héros, dans cette histoire, ils sont déjà distribués, ce sont des rôles de morts. Toi, ta place est dans le monde des vivants.

Pendant la nuit

Chacun avait sa façon de dormir.

Samantha Crowe, petite et menue, s'était enroulée dans ses couvertures, sa tête grise à moitié enfouie sous les draps.

Karen Weaver dormait sur le ventre, nue et sans couvertures, la tête tournée sur le côté, son avant-bras lui servant d'oreiller. Son opulente chevelure châtaine déroulait ses boucles dans tous les sens, ne livrant au regard que sa bouche entrouverte.

Shankar appartenait à la catégorie de personnes dont le lit, au matin, ressemble à un champ de bataille. C'était un agité qui défaisait son lit en dormant, tout en émettant sporadiquement des ronflements étouffés et en bredouillant des choses incompréhensibles.

Rubin, lui, ne dormait pratiquement pas.

Greywolf et Alicia dormaient peu, trop occupés à faire l'amour, de préférence par terre. La plupart du temps, cuivré et puissant comme un animal mythologique, Greywolf était couché sur le dos et portait le corps laiteux d'Alicia.

Deux cabines plus bas, Anawak dormait sur le côté, vêtu d'un tee-shirt. De même, le sommeil de Sue Oliviera était sans histoires. L'un et l'autre respiraient calmement, se retournaient une ou deux fois au cours de la nuit, et c'était tout.

Johanson était couché sur le dos, les bras écartés, les paumes vers le haut. Seuls les lits du logement des amiraux et ceux des officiers permettaient cette position qui lui avait valu une nuit d'être réveillé par l'une de ses admiratrices, réduite à la portion congrue. « Tu dors comme un propriétaire terrien », lui avait-elle signalé. C'était vrai, il dormait toujours ainsi, comme un homme qui, même les yeux fermés, semblait vouloir embrasser la vie.

Le sommeil des scientifiques était observé par quelques hommes en uniforme, assis dans la pénombre devant une rangée d'écrans. Li et le directeur adjoint de la CIA se tenaient derrière eux.

— De vrais petits anges, commenta Vanderbilt.

Li, le visage impénétrable, suivait la progression des ébats de Greywolf et d'Alicia. Le son était au minimum, mais il laissait filtrer un peu de l'intensité de leur ardeur amoureuse dans l'atmosphère glacée du centre de contrôle.

— Je suis contente que ça vous plaise, Jack.

— Je préfère le petit paquet de muscles, là, indiqua-t-il en montrant Karen Weaver. Elle a un beau cul, vous ne trouvez pas ?

— Vous êtes amoureux ?

— Je vous en prie !

— Tentez votre chance, faites-lui du charme ! lui conseilla Li. Vous en avez dans les cent kilos bien tassés !

Vanderbilt s'épongea le front. Ils restèrent encore un moment à leur poste d'observation. Si ce gros porc prenait son pied, tant mieux pour lui. Li, quant à elle, se fichait bien de savoir si les gens ronflaient, s'ils couchaient ensemble ou faisaient les pieds au mur.

L'essentiel était de savoir où ils étaient, ce qu'ils fabriquaient et ce qu'ils se disaient.

— Continuez, ordonna-t-elle en se détournant.

En sortant, elle ajouta :

— Et regardez bien dans *toutes* les cabines.

13 août

De la visite

Il n'y avait toujours pas de réponse.

Malgré toute leur persévérance, le message qu'ils expédiaient inlassablement au fond de l'eau restait lettre morte. Le réveil les chassait de leurs cabines vers sept heures. Ils manquaient de sommeil. Normalement, les mouvements du navire géant endormaient ses occupants, et en l'absence d'envols et d'atterrissages, aucun bruit ne leur parvenait du toit. La température était toujours agréable et les lits réellement confortables. De temps à autre, les pas d'un homme d'équipage résonnaient dans les couloirs. Les générateurs bourdonnaient sourdement dans le ventre du navire. Toutes les conditions étaient réunies pour leur permettre de dormir du sommeil du juste, sauf une : ils étaient en position d'attente.

Aussi, comme Johanson, se livraient-ils dans un demi-sommeil à des réflexions sur l'effet produit par leur message au fond de la mer du Groenland, en donnant libre cours aux plus folles élucubrations.

C'était grâce à son plaidoyer et au soutien de Karen Weaver et de Bohrmann qu'ils mouillaient au large du Groenland et non pas plus au sud. Anawak, Rubin et quelques autres avaient proposé de chercher le contact au-dessus de la chaîne de volcans du milieu de l'Atlantique. L'argument principal de Rubin était l'analogie entre les crabes hydrothermaux locaux et les crabes basiques qui avaient attaqué New York et Washington. De plus, c'était le seul endroit des grands fonds à réunir les conditions requises pour abriter une forme de vie supérieurement développée. Particulièrement les cratères des volcans. Car l'eau chaude sortait de hautes cheminées rocheuses en favorisant l'émergence de toutes sortes de minéraux et d'éléments nécessaires à la vie. Les vers, les moules, les poissons et les crabes vivaient là dans des conditions que l'on pouvait comparer à celles d'une planète étrangère. Donc, pourquoi pas les Yrr ?

Johanson avait donné raison à Rubin sur bien des points, mais émis une objection : la chaîne de volcans constituait effectivement la région des grands fonds la plus propice à la vie, mais, en même temps, la plus dangereuse, car c'était là l'endroit de passage très fréquenté des éléments rocheux liquides, lorsque les plaques océaniques se séparaient. Il s'ensuivait des éruptions au cours desquelles les biotopes étaient entièrement détruits. Peu après, de nouvelles formes de vie s'y implantaient. Johanson pensait qu'une civilisation intelligente, complexe, ne s'établirait sans doute pas dans une telle zone.

Selon lui, plus on se rapprochait des Yrr, plus les chances de prise de contact grandissaient. Certes, les opinions divergeaient sur l'endroit exact où il fallait les chercher. Chacun avait sans doute raison à sa manière. Certains éléments parlaient en faveur du benthos, les régions marines les plus profondes. Car un grand nombre de phénomènes récents étaient apparus à proximité immédiate de tels gouffres sous-marins. Un nombre tout aussi important d'éléments parlait en faveur des abysses, les immenses fosses sous-marines. Et, naturellement, les remarques de Rubin concernant l'environnement propice des oasis océaniques n'étaient pas à balayer d'un revers de manche.

A la fin, Johanson avait donc proposé de ne pas s'orienter vers l'espace vital naturel des Yrr, mais de choisir un endroit où ils devaient *obligatoirement* se trouver.

La chute des masses d'eau froide qui se produisait en mer du Groenland avait été stoppée, avec, pour conséquence, la paralysie du Gulf Stream. Ce phénomène ne pouvait s'expliquer que par deux raisons : un réchauffement soudain de la mer ou un trop-plein d'eau douce qui coulait de l'Arctique vers le sud et se mélangeait à l'eau salée de l'Atlantique Nord, de sorte qu'elle devenait trop légère pour s'enfoncer. Que ce soit l'un ou l'autre, il s'était produit une manipulation complète et à grande échelle des conditions sur le site même. C'était quelque part en Arctique que les Yrr étaient en train de provoquer ces monstrueux changements.

C'était là, tout près.

Restait l'aspect sécurité. Même Bohrmann, habitué à craindre le pire, reconnaissait que le danger d'une éruption méthanique dans les fosses profondes du Groenland était relativement faible. Le bateau de Bauer s'était trouvé pris à proximité des côtes, au large de Svalbard, où l'hydrate était présent en masse sur le talus continental. Mais sous la quille de l'*Independence*, la profondeur de la mer atteignait trois mille cinq cents mètres. Le gisement de méthane était relativement peu important à une telle profondeur, en tout cas sûrement pas assez pour envoyer un navire de la taille de l'*Independence* par le fond. Mais il n'empêchait que par sécurité on avait fait procéder pendant le voyage à des mesures sismiques pour rechercher les gisements de méthane dans les fonds marins, et trouvé ainsi un endroit qui en paraissait exempt. Un tsunami, quelle que fût sa hauteur, passerait pratiquement inaperçu à cet endroit… tant que La Palma ne s'effondrerait pas.

Dans ce cas, il n'y aurait plus rien à faire, de toute façon.

C'était pour toutes ces raisons qu'ils se trouvaient là, dans la glace éternelle.

Ils étaient installés dans l'immense carré des officiers désespérément vide, autour d'œufs brouillés et de lard. Il manquait Anawak et Greywolf. Johanson avait passé un coup de fil à Bohrmann, arrivé à La Palma, qui préparait la mise en route de la trompe suceuse.

« Un aspirateur de cinq cents mètres de long, ça donne du boulot ! avait dit Bohrmann en riant.

— Surtout, aspirez bien dans les coins ! » lui avait recommandé Johanson.

Il regrettait l'absence de Bohrmann. C'était un gars bien. Pourtant, on ne manquait pas de personnalités intéressantes à bord de l'*Independence*.

Il était en train de bavarder avec Samantha Crowe lorsque le premier officier, Floyd Anderson, fit son entrée. Il était muni d'une grosse bouteille Thermos comportant l'inscription *USS Wasp LHD-8* qu'il alla remplir à ras de café.

— On a de la visite ! cria-t-il à la ronde.

Tous les regards se braquèrent sur lui.

— Un contact ? demanda Sue Oliviera.

— Je le saurais, dit Samantha en enfournant tranquillement un énorme morceau de lard.

Dans le cendrier, sa troisième ou quatrième cigarette se consumait toute seule.

— Shankar est au CIC. Il nous aurait informés, précisa-t-elle.

— Quoi, alors ? Un extraterrestre a atterri ?

— Montez sur le toit, répondit Anderson, énigmatique. Vous verrez bien par vous-mêmes.

Sur le pont d'envol

Dehors, le froid posa un masque réfrigérant sur le visage de Johanson. Le ciel était d'un blanc diffus. Des vagues grises se soulevaient, couronnées de crêtes d'écume. Le vent avait pris de la vigueur pendant la nuit et soufflait des cristaux de glace fins comme des épingles sur l'asphalte du pont. Johanson vit un groupe de personnes chaudement emmitouflées à tribord. En s'approchant, il reconnut Li, Anawak et Greywolf. Il ne tarda pas à voir ce qui monopolisait leur attention.

A quelque distance du bâtiment, des formes effilées fendaient les flots.

— Des orques, apprit Anawak à Johanson qui les rejoignait.

— Qu'est-ce qu'elles font ?

Anawak plissa les yeux pour les protéger de la pluie de glace.

— Il y a trois heures qu'elles tournent autour du bateau. Ce sont les dauphins qui les ont annoncées. A mon avis, elles nous observent.

Shankar accourut et vint se placer à côté d'eux.

— Qu'est-ce qui se passe ?

— Nous avons attiré l'attention de quelqu'un, dit Samantha. C'est peut-être une réponse.

— A notre message ?

— A quoi d'autre ?

— Drôle de réponse à un devoir de math, répliqua l'Indien. Je préférerais recevoir quelques bonnes équations.

Les orques observaient une distance respectueuse. Elles étaient nombreuses. Des centaines, pensa Johanson. Elles nageaient à un rythme régulier, en sortant de temps à autre leur dos noir et brillant. Cela ressemblait effectivement à une patrouille.

— Vous croyez qu'elles sont modifiées ? demanda-t-il.

— Possible, répondit Anawak en frottant ses yeux aveuglés par l'eau.

— Dites... intervint Greywolf. Si cette matière contrôle leur cerveau... vous vous rendez compte qu'elle nous voit ? Et qu'elle nous entend ?

— Tu as raison, approuva Anawak. Elle se sert de leurs sens.

— Justement. C'est comme ça que cette saleté se procure des yeux et des oreilles.

Chacun réfléchit à la portée de cette constatation. Samantha rompit le silence qui s'était établi en déclarant, après avoir aspiré une bouffée de sa cigarette :

— En tout cas, ça m'a tout l'air d'avoir commencé.

— Quoi ? demanda Li.

— La phase de l'évaluation des forces.

— C'est très bien, répondit le général avec une amorce de sourire. Nous sommes armés pour tous les cas de figure.

— Tous ceux que nous connaissons, précisa Samantha.

Au laboratoire

En redescendant, suivi de Rubin et de Sue Oliviera, Johanson se demanda à quel moment une psychose commençait à fabriquer sa propre réalité.

C'était lui qui avait donné l'élan. D'accord, s'il n'avait pas été là, quelqu'un d'autre aurait échafaudé la théorie. En tout état de cause, ils bâtissaient des faits sur la base d'une hypothèse. Il suffisait qu'une population d'orques vienne entourer l'*Independence* pour qu'ils y voient des yeux et des oreilles d'extraterrestres. Des extraterrestres, ils en voyaient partout. En conséquence, ils envoyaient des messages au fond de la mer et mettaient leurs espoirs dans un contact qui ne viendrait peut-être jamais. Qui n'existait peut-être même pas.

Le Cinquième Jour. N'était-ce qu'un fantasme auquel ils avaient donné libre cours ? Se comportaient-ils comme des imbéciles ?

Nous n'avançons pas vraiment, se dit-il, contrarié. Il faut absolument qu'il se passe quelque chose. Il nous faudrait une certitude, pour éviter de foncer dans une direction complètement fausse, aveuglés par une simple théorie.

Ils descendirent la rampe à grands pas sonores et se retrouvèrent devant la porte d'acier du laboratoire. Johanson fit le code et elle s'ouvrit en glissant avec un léger grincement. Il alluma et une froide lumière blanche inonda les paillasses. Le bourdonnement des simulateurs électriques leur parvint.

Ils gravirent la galerie de la citerne à haute pression, s'arrêtèrent devant la grande vitre ovale. De là, on voyait l'ensemble du bassin. Des petits corps blancs munis de pattes d'araignée étaient éparpillés sur le fond marin artificiel. Quelques-uns bougeaient en hésitant, et visiblement sans orientation. Ils tournaient en rond, s'arrêtaient, repartaient, comme s'ils ne savaient pas où aller. Plus on baissait le regard, plus l'eau troublait la vue sur les détails. Des caméras filmaient en gros plans transmis sur les écrans d'un pupitre de contrôle.

Ils observèrent les crabes, ne sachant qu'en penser.

— Il n'y a pas grand-chose de changé depuis hier, fit remarquer Sue Oliviera.

— Non, ils restent là sans bouger, et nous, ça ne nous sert à rien, répondit Johanson en se caressant la barbe. On devrait en ouvrir quelques-uns pour voir ce qui se passe.

— Vous voulez casser des crabes ?

— Pourquoi pas ? On sait maintenant qu'ils continuent à vivre sous haute pression, mais il faudrait peut-être passer à autre chose…

— On sait plutôt qu'ils continuent à végéter, rectifia Sue Oliviera. On n'a pas encore suffisamment d'éléments pour dire si on peut appeler ça vivre.

— La matière qui est dans leurs entrailles est vivante, dit pensivement Rubin. Mais le reste est aussi vivant qu'une bagnole !

— D'accord, objecta Sue, mais cette vie intérieure, qu'est-ce qu'elle fout ? Pourquoi n'entreprend-elle rien ?

— Qu'est-ce qu'elle pourrait entreprendre, selon vous ?

— Elle pourrait se balader, remuer les pinces, est-ce que je sais, moi ? Sortir des carapaces. Regardez-les, ces bestioles. Si elles sont programmées pour aller faire des dégâts sur la terre ferme et crever après, cette situation les met devant de vraies difficultés. Personne ne vient leur donner de nouveaux ordres. Elles tournent quasiment à vide.

— Justement ! intervint Johanson d'un ton impatient. Elles sont léthargiques, elles se comportent comme des jouets qui marchent avec des piles. Je partage l'avis de Mick. Ces corps de crabes ont été cultivés morts, il y a juste un peu de masse nerveuse à l'intérieur, un tableau de bord pour les occupants. Et c'est ça que je veux sortir de sa réserve, vous comprenez ? Je veux savoir comment ça se comporte dans les conditions des grands fonds, quand on l'oblige à quitter les carapaces…

— D'accord, accepta Sue. Allons-y.

Ils quittèrent leur perchoir pour gagner la console de commande. L'ordinateur leur permettait de commander plusieurs robots à l'intérieur de la citerne. Johanson choisit une petite unité ROV à deux composantes, nommée Spherobot. Grâce à un pupitre de commande muni de deux manettes, il alluma plusieurs écrans à haute résolution. L'un d'eux montrait l'intérieur du simulateur qui s'étendait devant eux, long et diffus. Le grand-angle du Spherobot leur permettait d'avoir une vue complète de la citerne, mais avec une image déformée.

— On en ouvre combien ? s'enquit Sue.

Les mains de Johanson glissèrent sur les touches, et l'angle de visée de la caméra se déplaça légèrement vers le haut.

— Comme pour un bon plat de *scampi*, répondit-il. Au moins une douzaine.

L'un des côtés de l'intérieur de la citerne ressemblait à un garage à deux étages dans lequel étaient entreposées toutes sortes d'équipements. Plusieurs robots sous-marins, de tailles et de fonctions différentes, y étaient garés. Ils étaient commandés de l'extérieur. Il n'y avait pas d'autre moyen d'opérer dans ce monde artificiel. De plus, ce garage permettait aux constructeurs d'AUV et de ROB de tester leurs appareils dans les conditions extrêmes des grands fonds.

Au moment où Johanson activa la commande, de puissantes lumières s'allumèrent dans la partie inférieure d'un robot, et deux hélices commencèrent à tourner. Un traîneau en forme de caisson, de la taille d'un Caddie, sortit lentement du garage. Sa partie supérieure, recouverte, était bourrée d'appareils, la partie inférieure était constituée d'une corbeille à fin grillage. Il avança vers les crabes en glissant sur le fond marin artificiel et s'arrêta devant un petit groupe de crustacés inertes. On voyait très distinctement leurs coquilles, sans yeux, mais munies de solides pinces.

— Je passe à la sphère, annonça Johanson.

L'image déformée fit place à une vue de détail claire et nette.

Une boule rouge de la taille d'un ballon de football sortit du traîneau. C'était elle qui donnait son nom au véhicule. Telle quelle, reliée par un unique câble à l'appareil, avec l'œil brillant de l'objectif de la caméra dirigé droit devant, elle évoquait le robot de combat volant de la *Guerre des étoiles* avec lequel Luke Skywalker s'entraînait pour ses combats au sabre laser. De fait, le Spherobot, avec ses six petites tuyères, était inspiré de son modèle cinématographique. Il descendit lentement, s'arrêta au-dessus des crabes. Aucun des crustacés ne parut troublé par la présence de cet étrange ballon rouge. Sa partie inférieure se sépara, livrant passage à deux minces bras articulés.

Au bout des bras, un jeu d'instruments se mit à tourner. Puis une pince s'avança à gauche, accompagnée, à droite, par une petite scie. Johanson actionna les manettes avec précaution et les bras du robot suivirent ses mouvements.

— *Hasta la vista, baby*, dit Sue en imitant l'accent de Schwarzenegger dans *Terminator*.

La pince descendit, attrapa un crabe et le souleva devant la lentille de la caméra. Sur l'écran, le crustacé paraissait monstrueusement grand. Ses mandibules bougèrent, ses pattes gigotèrent, mais ses pinces à lui pendaient, inertes. Johanson imprima à la pince une rotation de trois cent soixante degrés et observa attentivement le comportement de l'animal.

— L'appareil moteur est en bon état, dit-il au bout d'un moment. Il fonctionne bien.

— Oui, mais il n'a pas de réactions propres à son espèce, fit remarquer Rubin.

— C'est vrai. Il n'écarte pas les pinces, il n'a aucun geste menaçant. Ce n'est qu'un automate, une machine à marcher.

Johanson actionna la seconde manette, appuya sur un bouton. La scie se mit à tourner et entra latéralement dans la carapace. Les pattes du crabe s'agitèrent violemment.

La carapace se brisa.

Quelque chose de laiteux en jaillit et resta un moment suspendu en tremblotant au-dessus de l'animal.

— Mon Dieu… ne put s'empêcher de murmurer Sue.

L'être ne ressemblait à rien, ni à une méduse, ni à une pieuvre. Il était absolument sans forme. Des ondes parcoururent ses bords, son centre se gonfla puis s'aplatit. Johanson eut l'impression qu'un éclair avait secoué l'intérieur, mais, avec l'éclairage cru de la citerne, ce pouvait aussi être une illusion d'optique. Il était encore en train d'y réfléchir lorsque l'être se transforma soudainement en une sorte de serpent qui s'enfuit en filant comme l'éclair.

Avec un juron, Johanson souleva le crabe suivant et l'ouvrit. Cette fois, tout se passa encore beaucoup plus vite, et l'habitant gélatineux disparut sans leur laisser le temps de vraiment le voir.

— Oh, formidable ! s'exclama Rubin, saisi d'excitation. C'est dément ! Qu'est-ce que c'est que ce truc-là ?

— Un truc qui nous file entre les doigts, maugréa Johanson. C'est trop idiot ! Comment allons-nous pouvoir les attraper, ces espèces de glaires ?

— Mais on les *a* attrapés !

— Oh oui, bien sûr ! Deux masses informes et incolores grandes comme des balles de tennis perdues dans une piscine… Bonjour chez vous !

— Moi, j'ouvrirais le prochain directement dans la corbeille du robot, suggéra Sue.

— Il est ouvert à l'avant. Le machin va foutre le camp.

— Non, parce qu'on peut fermer la corbeille. Il faudra simplement le prendre de vitesse.

— Je ne sais pas si j'y arriverai…

— Essayez, vous verrez bien.

Sue Oliviera avait raison. La cage du robot porteur était munie d'un clapet.

Johanson attrapa un nouveau crabe, tourna le Spherobot de cent quatre-vingts degrés et l'avança vers le robot porteur, de manière à lui permettre d'étendre ses bras à l'intérieur de la cage. Là, il enfonça la scie dans le flanc du crabe.

La carapace se brisa.

Il ne se passa rien.

— Il est vide ? s'étonna Rubin.

Ils attendirent quelques secondes, puis Johanson recula lentement le robot.

— Merde !

L'être gélatineux jaillit hors du corps du crabe, mais il avait choisi la mauvaise direction. Il s'écrasa violemment contre la paroi arrière de la cage. Il se roula alors en boule et chercha à grimper le long du grillage. Son désarroi, s'il s'agissait bien de désarroi, ne dura qu'un instant. Il se déroula.

— Il cherche à foutre le camp !

L'être s'aplatit complètement et fonça comme une flèche. Il recula à quelques centimètres du clapet en changeant de nouveau de forme. Ses bords s'étalèrent de tous côtés et il se transforma en une cloche transparente qui resta suspendue dans la cage, dont elle occupait presque la moitié. Son corps se bomba. Pendant quelques secondes, il ressembla à une méduse, puis il s'enroula. Aussitôt après, il était devenu une boule.

— C'est incroyable, c'est fou ! murmura Rubin.

— Regardez ! s'écria Sue. Il se ratatine !

En effet, la boule rétrécit, perdant en transparence au fur et à mesure. Elle devint plus laiteuse.

— Le tissu se contracte, constata Rubin. Ce machin arrive à modifier sa densité moléculaire…

— Ça vous rappelle quelque chose ?

— Les formes primitives de polypes très simples, réfléchit Rubin. Le cambrien. Il existe encore certains organismes qui en sont capables. Souvent, les pieuvres contractent leurs tissus, mais elles ne changent pas de forme… Il faut continuer ! Il faut en attraper d'autres pour voir comment ils réagiront !

Johanson recula.

— Non, je n'y arriverai pas, dit-il. Si je recommence, le nôtre va s'échapper. Ils sont trop rapides.

— Ça va aller. On en a un, c'est suffisant pour l'instant.

— Je ne sais pas… fit remarquer Sue Oliviera. L'observation, c'est bien joli, mais moi, je veux examiner la chose, je ne veux pas me contenter de restes en dissolution. Peut-être devrions-nous la congeler et la couper en tranches…

— Oui, répondit Rubin. Mais pas tout de suite. D'abord, il faut l'observer quelque temps.

— Il nous reste les deux autres. Est-ce que vous en voyez un, par hasard ?

Johanson brancha les écrans l'un après l'autre. L'intérieur de la citerne apparut sous différents angles.

— Disparus, corps et biens.

— Sûrement pas ! Ils sont bien quelque part !

— Très bien, on va en ouvrir encore quelques-uns, proposa Johanson. C'était prévu, de toute façon. Plus on en aura en circulation dans la citerne, plus on aura de chances d'en voir. Notre prisonnier de guerre, là, on va le laisser en cage, par sécurité. On verra après pour la suite.

Il reprit ses manettes et sourit.

— Crac, crac, crac... j'aime bien jouer du casse-noix, c'est un plaisir comme un autre !

Ils ouvrirent encore une douzaine de crabes, mais sans tenter d'attraper les substances qui s'en échappaient. Les êtres gélatineux filaient dès que les carapaces éclataient et allaient se perdre dans les profondeurs de la citerne.

— En tout cas, les *Pfiesteria* ne leur font rien, constata Sue Oliviera.

— Bien sûr que non, répondit Johanson. Les Yrr ont certainement veillé à ce que tout soit compatible. La gelée est là pour guider les crabes, et les *Pfiesteria* sont le chargement. C'est logique, ils ne vont pas envoyer un taxi avec un passager qui zigouillera le conducteur...

— Vous pensez que cette gelée est une culture ?

— Aucune idée. P't-êt' ben qu'oui, p't-êt' ben qu'non.

— Et si... si c'était ça, les Yrr ?

Johanson fit pencher le Spherobot de sorte que la caméra filme la cage. Il observa le spécimen prisonnier. Il avait gardé sa forme sphérique et restait couché au fond de la cage, comme une balle de tennis blanche et transparente.

— Ces trucs-là ? s'exclama Rubin, incrédule.

— Pourquoi pas ? s'écria Sue. Nous en avons trouvé dans les têtes des baleines, dans les moules qui ont envahi le *Barrier Queen*, à l'intérieur du nuage bleu... Ils sont partout.

— Justement, le nuage bleu, c'est quoi ?

— Il a une fonction. Les êtres se cachent à l'intérieur.

— Moi, j'ai plutôt l'impression que la gelée est une arme biologique, comme les vers et les autres mutations, dit Rubin en désignant la balle immobile dans la cage. Elle est peut-être morte ? Elle ne bouge plus. Peut-être qu'elle rétracte ses tissus en boule en mourant…

Au même moment, un sifflement résonna dans les haut-parleurs du plafond, et ils entendirent la voix de Peak :

— Bonjour. Puisque nous sommes maintenant au complet depuis l'arrivée de Mme Crowe, nous avons prévu une réunion à dix heures trente sur le pont inondable, pour la présentation des submersibles et des équipements. Par ailleurs, je vous rappelle que nous tenons notre réunion habituelle à dix heures dans la salle de réunion des amiraux. Merci.

— Il fait bien de nous le rappeler, j'ai failli oublier, dit Rubin. Moi, quand je travaille, j'oublie tout le reste. Je suis le professeur Nimbus en personne. Mais c'est normal, hein ?

— Ouais, répondit Sue avec indifférence. Je me demande s'il y a du nouveau à Nanaimo…

— Pourquoi n'appelez-vous pas Roche ? proposa Rubin. Dites-lui ce qu'on a trouvé. Peut-être qu'il a quelque chose, de son côté.

Avec une petite bourrade complice à Johanson, il ajouta en souriant :

— Peut-être qu'on le saura avant Li, comme ça, on pourra frimer pendant la réunion.

Johanson lui rendit son sourire. Il n'aimait pas beaucoup ce Rubin. Il faisait du bon boulot, mais quel lèche-bottes ! Du genre à vendre sa grand-mère si ça pouvait servir sa carrière…

Sue Oliviera suivit son conseil. La parabole satellite installée sur l'île servait à la communication numérique. Partout, sur le bâtiment, on pouvait capter un nombre incalculable de chaînes de télévision, de radios, brancher des ordinateurs, et, bien sûr, on téléphonait dans le monde entier sur des canaux sécurisés. Nanaimo, malgré son éloignement, était aisément joignable.

Sue s'entretint un moment avec Fenwick, puis avec Roche. Les deux hommes, de leur côté, étaient en relation avec les scientifiques du monde entier. Ceux-ci avaient délimité le spectre de mutation des *Pfiesteria*, mais ils étaient encore loin d'en triompher. De plus, des armées de crabes venaient de se déverser sur Boston.

Sue Oliviera informa ses interlocuteurs de ses découvertes et raccrocha.

— On est dans une belle merde ! pesta Rubin.

— Nos copains de la citerne vont peut-être nous donner un coup de main, dit Johanson. Ils sont immunisés contre les algues, ne l'oublions pas. On va organiser une ronde au labo de sécurité. Dès qu'on saura ce que notre prisonnier…

Il se tut. Ses yeux étaient rivés sur l'écran.

L'être avait disparu de la cage.

Sue et Rubin suivirent son regard et écarquillèrent les yeux.

— C'est impossible !

— Comment a-t-il fait pour sortir ?

Sur l'écran, on ne voyait plus que des crabes et de l'eau.

— Ils sont partis !

— Mais non ! Où voulez-vous qu'ils soient partis ?

— Attendez ! Il y en a bien une douzaine en circulation ! Ils ne peuvent quand même pas être complètement invisibles !

— Ils sont sûrement là. Mais il est où, celui de la cage ?

— Il a joué au plus fin, il a filé à l'anglaise.

— Au plus fin ? Mais c'est vrai, ça ! s'exclama Johanson. Il arrive à changer de forme. Le maillage de la cage est serré, mais sans doute pas assez pour un truc très long et très fin.

— Elle est incroyable, cette créature ! murmura Rubin, subjugué.

Ils entreprirent une fouille minutieuse de la citerne. Ils se répartirent le travail, chacun devant un écran, de manière à inspecter simultanément le bassin complet, firent zoomer la caméra, mais ils ne décelèrent aucun amas de substance gélatineuse. Finalement, Johanson sortit les robots l'un après l'autre du garage, mais ils ne s'étaient pas cachés là non plus.

Les êtres avaient disparu.

— Il y a peut-être un problème de conduite, suggéra Sue. Ils sont peut-être dans une conduite d'eau ?

Rubin secoua la tête.

— Non, ce n'est pas possible.

— Bon, c'est pas tout, il faut assister à la réunion. On aura peut-être une illumination, là-haut !

Perturbés, frustrés, ils éteignirent les lumières du simulateur et sortirent. Rubin éteignit celles du laboratoire et s'apprêta à les suivre.

Il s'arrêta dans son geste.

Johanson le vit planté sur place dans le sas ouvert, la tête tournée vers le laboratoire plongé dans le noir, bouche bée. Il retourna lentement sur ses pas, suivi de Sue, et vit ce que voyait Rubin.

Derrière la vitre ovale du simulateur, une lueur brillait. Faible et diffuse.

Bleue.

— Le nuage bleu, chuchota Rubin.

Dans un même élan, ils se précipitèrent vers le simulateur sans même éclairer la pièce, indifférents aux obstacles, escaladèrent en hâte les marches et se pressèrent contre la glace blindée.

La lueur bleue était suspendue dans le néant, tel un nuage cosmique flottant au milieu des ténèbres éternelles de l'espace, sauf que l'espace était une citerne remplie d'eau. Le nuage bleu s'étalait sur quelques mètres carrés. Il palpitait. Sur les bords, ça tressautait.

Johanson plissa les yeux pour mieux voir. Que se passait-il au-delà des bords ? Il lui semblait que de minuscules points de lumière s'y formaient, et qu'ils affluaient vers l'intérieur du nuage à une vitesse croissante. Telles des particules de matière dans le champ de gravitation d'un trou noir.

Le bleu devint plus intense.

Puis il s'effondra.

Comme dans un big bang inversé, le nuage implosa. Toutes les particules affluèrent vers l'intérieur, qui s'éclaircit et se densifia. Des éclairs lumineux jaillirent, dessinèrent des motifs compliqués. A une vitesse prodigieuse, le nuage fut aspiré dans son propre centre, en tourbillonnant, puis…

— J'y crois pas, murmura Sue.

Ils avaient sous les yeux une boule grande comme un ballon de football. Une chose indéfinie, lumineuse et bleue, faite de matière compacte. Une masse gélatineuse qui palpitait.

Ils avaient retrouvé les êtres.

Ils étaient devenus un être unique.

En salle de réunion des amiraux

— Des unicellulaires ! s'écria Johanson. Ce sont des unicellulaires !

Le groupe installé dans la salle le dévisageait sans mot dire. Rubin se tortillait sur son siège en hochant frénétiquement la tête. Johanson, lui, surexcité, se promenait de long en large, en ébullition, incapable de rester assis.

— Nous pensions jusqu'à présent que la gelée et le nuage étaient deux choses différentes, mais nous nous trompions. Ce n'est qu'une seule et même chose, un agrégat d'unicellulaires. Non seulement la gelée peut modifier sa forme à volonté, mais elle peut se décomposer entièrement et se reformer avec la même facilité !

— Ces êtres se décomposent ? répéta Vanderbilt.

— Non, non ! Ce ne sont pas des êtres, enfin, je veux dire que les êtres sont les unicellulaires. Ils ont la capacité de s'associer en symbiose. Nous avons ouvert quelques crabes, et en faisant cela nous avons fait apparaître ces amas gélatineux qui sont tous allés se réfugier dans un coin quelconque du simulateur. Nous avons réussi à en capturer un. Et à ce moment-là, ils ont tous disparu sans laisser d'adresse. Disparu, il n'y avait plus rien ! Et moi, idiot, qui n'ai pas compris tout de suite ! Il est évident qu'on ne peut pas maintenir des unicellulaires en cage, et ils sont généralement trop petits pour pouvoir être vus à l'œil nu. Et comme le simulateur était éclairé de l'intérieur, impossible de voir la bioluminescence. Il s'est passé la même chose au large de la Norvège, quand cette énorme chose est apparue devant la caméra. A l'époque, nous n'avons vu que le dessus, nous l'avons vu clair, puisqu'il était éclairé par les projecteurs du *Victor*, mais en réalité il était lumineux ! Il était lumineux parce que c'était une combinaison géante de micro-organismes bioluminescents. Ce qu'on voit nager en ce moment dans la citerne, c'est la somme des substances que nous avons sorties des crabes...

— Ça explique certaines choses, dit Anawak. L'être informe de la coque du *Barrier Queen*, le nuage bleu au large de l'île de Vancouver...

— Les films de l'URA, exactement ! Les cellules flottaient en grande partie dans l'eau, mais elles étaient solidifiées au centre. La masse formait des tentacules. Elle s'injectait elle-même dans la tête des baleines.

— Attendez ! intervint Li en levant la main. Elle était déjà à l'intérieur, à ce moment-là...

— Oui... réfléchit Johanson. En tout cas, il y avait un lien quelconque. Je pense que c'est de cette façon qu'elle s'est introduite. Ce que nous avons vu, c'était peut-être un échange : l'ancienne gelée en train de s'extraire, la nouvelle de s'introduire. Ou alors, il y a eu une sorte de contrôle. Peut-être que la substance qui était dans les têtes transmettait quelque chose à la masse globale...

— Des informations, suggéra Greywolf.

Alicia était perplexe.

— Donc, ces unicellulaires peuvent adapter leur taille aux différents cas de figure ? demanda-t-elle en fronçant le nez.

— Oui, ils peuvent prendre toutes les tailles et toutes les formes qu'ils veulent, confirma Sue. Pour contrôler un crabe, il n'en faut pas beaucoup. La chose de l'île de Vancouver, autour de laquelle les baleines se rassemblaient, était grande comme une maison et…

— C'est le plus important, dans notre découverte ! l'interrompit Rubin en se levant d'un bond, sans prêter attention à la mine contrariée de Sue Oliviera. La gelée est une matière brute prévue pour accomplir des tâches définies. J'ai observé les images du talus continental norvégien de très près. Je crois savoir ce qui s'est passé ! Je veux bien être pendu si ce n'est pas cette chose qui a donné le dernier coup de pouce pour le glissement des talus ! Nous sommes sur le point de comprendre toute la vérité !

— Oui, vous avez trouvé une masse qui fait le sale boulot, intervint Peak sans se laisser impressionner. Très bien. Mais les Yrr, où sont-ils ?

— Les Yrr sont…

Rubin s'arrêta dans son élan, déstabilisé.

Son regard alla de Johanson à Sue Oliviera. Et retour.

— Eh bien… fit-il.

— Vous croyez que cette masse, ce sont les Yrr ? interrogea Samantha.

Johanson secoua la tête dans un geste d'ignorance.

— Aucune idée, dit-il.

Un silence s'établit.

Samantha Crowe avança les lèvres et tira sur sa cigarette.

— Nous n'avons pas encore reçu de réponse, dit-elle. Qui est susceptible de nous répondre ? Un être intelligent ou un agrégat d'êtres intelligents ? Qu'en pensez-vous, Sigur, est-ce que ces choses qui sont dans la citerne se comportent de manière intelligente ?

— Vous savez bien que cette question est vaine, répondit Johanson.

— Je voulais vous l'entendre dire ! dit Samantha en souriant.

— Comment pourrions-nous le reconnaître ? Est-ce qu'une intelligence extraterrestre serait capable de juger une poignée de prisonniers humains qui n'y connaissent rien en mathématiques, qui ont peur, qui ont froid, et qui gisent dans un coin, pleurnichards ou apathiques ?

— C'est pas vrai, gémit Vanderbilt, il va nous balancer la convention de Genève à la tête !

— Elle est valable pour les extraterrestres ? persifla Peak.

Sue Oliviera le gratifia d'un regard méprisant.

— Nous allons soumettre cette masse à d'autres tests, dit-elle. Soit dit en passant, je ne comprends pas qu'il nous ait fallu tant de temps pour comprendre… Léon, est-ce que tu as remarqué quelque chose pendant que tu étais en train de jouer les James Bond autour du *Barrier Queen* ?

— Oui, juste avant qu'ils me chopent, j'ai vu une lueur bleue, répondit Anawak.

— C'est ce que je voulais dire, répliqua Sue en regardant Li. Vous avez absolument voulu jouer cavalier seul, là-bas, au port. Vous avez bricolé pendant des semaines sur la coque du *Barrier Queen*. Vos gars sont passés à côté de quelque chose de décisif quand ils ont examiné les échantillons d'eau. Personne n'a vu cette lueur ? Ou trouvé des amas d'unicellulaires dans les échantillons ?

— Evidemment, nous avons examiné l'eau, répondit Li, mais c'était de l'eau normale.

— D'accord, soupira Sue, vous pouvez me faire parvenir le rapport, avec tous les résultats de laboratoire ?

— Bien sûr.

— Monsieur Johanson, interrogea Shankar, comment cette symbiose intervient-elle, à votre avis ? Qu'est-ce qui la déclenche ?

— Et qui plus est, simultanément, s'étonna Roscovitz, qui prenait la parole pour la première fois. Comment ça se passe ? Dans quel but ? Il y a bien une cellule qui prévient les autres en leur disant : Venez les copines, on va faire la fête, non ?

— Pas nécessairement, objecta Vanderbilt. Les cellules humaines travaillent bien en parfaite collaboration, non ? Et il n'y a pas de chef pour leur dire ce qu'il faut faire.

— Vous parlez de l'organisation au sein de la CIA ? ricana Li.

— Attention, Suzie Wong…

— Alors ? insista Roscovitz. Moi, je ne suis qu'un simple pilote de sous-marin. J'ai envie de comprendre. Chez les hommes, les cellules restent bien collées les unes aux autres, d'accord ? Nous, on ne se dissout pas comme ça, à volonté, et en plus, il y a un système nerveux central qui est le chef…

— Pour nos cellules, la communication se fait par l'intermédiaire de transmetteurs chimiques, dit Alicia.

— Qu'est-ce que ça veut dire ? Ces cellules, est-ce que c'est comme un banc de poissons qui nagent tous en même temps dans la même direction ?

— C'est une simultanéité apparente, pour les bancs de poissons, indiqua Rubin. Le comportement des poissons est une question de pression.

— Je sais bien, je voulais simplement…

— Le corps d'un poisson est muni d'organes latéraux, poursuivit Rubin sans l'écouter. Quand un corps change sa position, il transmet une onde de pression à son voisin qui se tourne automatiquement dans la même direction, et ainsi de suite, jusqu'à ce que tout le banc accomplisse le changement de cap.

— Je vous ai dit que je le savais !

— Mais bien sûr ! s'exclama Alicia, dont le visage s'éclaircit. C'est ça !

— Quoi ?

— Les ondes de pression ! C'est peut-être comme ça que fait la gelée pour détourner les bancs de poissons. On s'est demandé par quel tour de magie les bancs de poissons ne nageaient plus dans les filets, mais là, on tiendrait une explication !

— Détourner un banc de poissons complet ? interrogea Shankar, dubitatif.

— Si, elle a raison ! s'écria Greywolf. Si les Yrr sont capables de manœuvrer des millions de crabes et de transporter des centaines de millions de vers jusqu'aux talus, ils sont forcément capables de détourner des bancs de poissons ! On peut très bien faire ça avec une onde de pression. La sensibilité à la pression, c'est pratiquement la seule protection dont dispose un banc de poissons.

— Tu veux dire que nos unicellulaires qui sont dans la citerne réagissent à la pression ?

— Non, intervint Anawak. Ce serait trop simple. Les poissons peuvent produire de la pression, mais les unicellulaires, franchement…

— Mais cette symbiose, il faut bien qu'elle soit déclenchée d'une manière ou d'une autre !

— Attendez, dit Sue, il y a des formes de communication semblables chez les bactéries. Chez le *Myxococcus xanthus*, par exemple. C'est une espèce qui vit dans le sol. Elle se compose de petites formations lâches. Quand des cellules isolées ne trouvent pas de nourriture, elles envoient une sorte de signal de faim. Au début, la colonie ne réagit pas, mais plus le nombre de cellules affamées augmente, plus le signal devient intense, et il finit par dépasser un certain seuil. Les membres de la colonie commencent alors à s'agglomérer. Peu à peu, il se forme une structure complexe pluricellulaire, qu'on peut voir à l'œil nu.

— En quoi consiste ce signal ? s'enquit Anawak.

— C'est une matière qu'ils émettent.

— Donc une odeur ?

— Oui, d'une certaine façon.

Voilà qui ouvrait de nouveaux horizons. Pendant quelques instants, l'assemblée garda un silence songeur. On réfléchissait en plissant le front, on joignait la pointe de ses doigts, on avançait les lèvres…

— Bien, dit enfin Li. Je suis très impressionnée. C'est un grand succès. Nous ne devrions pas perdre notre temps en réflexions qui ne nous avancent pas. Que proposez-vous pour continuer ?

— J'ai une proposition à faire, dit Karen.

— Je vous en prie.

— Au Chateau, Léon a eu une idée, vous vous en souvenez ? Il s'agissait des essais de la Navy sur les cerveaux de dauphins. D'implants qui ne consistent pas en simples micropuces, mais en cellules nerveuses artificielles très serrées qui reproduisent des parties du cerveau jusque dans les moindres détails et communiquent entre elles par des impulsions électriques. Je viens de me dire que si cette gelée est vraiment une association d'unicellulaires et que ces unicellulaires reprennent en quelque sorte la fonction des cellules du cerveau ou les remplacent, eh bien, ils peuvent communiquer entre eux. Ils y sont même obligés, sans quoi ils ne seraient pas en mesure de se mettre en symbiose et de changer de forme. Peut-être créent-ils effectivement un cerveau artificiel, y compris les transmetteurs chimiques. Peut-être… ils s'approprient peut-être même les émotions, les propriétés et les connaissances de leur hôte et apprennent de cette façon à le dominer…

— Pour ça, il faut qu'ils soient capables de faire des acquisitions, objecta Sue. Comment font des unicellulaires pour apprendre ?

— Léon et moi, nous pourrions essayer de créer un banc d'unicellulaires par ordinateur et de lui donner des propriétés, jusqu'à ce qu'il commence à se comporter comme un cerveau…

— Une intelligence artificielle ?

— A partir de la biologie.

— Ça m'a l'air intéressant, décida Li. Faites-le. Quelqu'un a d'autres propositions ?

— Je vais essayer de fouiller un peu dans la préhistoire pour voir si je trouve une forme de vie apparentée, annonça Rubin.

Li approuva de la tête.

— Et chez vous, Sam, il y a du nouveau ?

La voix de Samantha s'éleva de derrière un nuage de fumée :

— Pas vraiment. Nous travaillons au décodage d'anciens signaux Scratch en attendant une réponse.

— Vous devriez peut-être penser à leur envoyer quelque chose de plus attrayant que des problèmes de calcul, à vos Yrr, suggéra Peak.

La fumée se dissipa et le beau visage de Samantha sillonné de mille petites rides apparut, éclairé d'un sourire.

— Tout doux, Sal.

— Vous êtes une optimiste, hein ?

— Je suis patiente.

Sur le pont inondable

Roscovitz faisait partie des gens qui vivaient au sein de la Navy et n'avaient pas l'intention de changer de vie. Selon lui, chacun devait faire ce qu'il savait faire, et comme il aimait la vie sous-marine, il avait embrassé la carrière de pilote de sous-marin, grimpant dans la hiérarchie jusqu'au grade de colonel.

Mais Roscovitz pensait aussi qu'entre toutes les qualités qui définissaient un soldat la curiosité était celle qui primait. La loyauté, le sens du devoir, la patrie… tout cela était certes appréciable, mais rien ne lui interdisait d'aller au-delà de la simple routine militaire. Il avait rapidement compris que la plupart des pilotes de sous-marins voyageaient au milieu d'un monde dont ils ignoraient tout. Aussi s'était-il mis en devoir de faire mieux connaissance. Cela ne signifiait évidemment pas qu'il s'était transformé en biologiste, mais son intérêt pour la science était parvenu jusqu'aux oreilles des services scientifiques de la Navy, où l'on recherchait des gens qui étaient à la fois des vrais soldats et des hommes à la pensée suffisamment flexible pour leur déléguer des fonctions de recherche.

Lorsqu'il fut décidé que l'*Independence* serait transformé pour la mission au Groenland, c'était lui qu'on avait chargé d'en faire une base de plongée de pointe. Partout dans le monde, les crédits étaient épuisés… sauf pour la recherche. L'*Independence* était considéré comme le dernier espoir de l'humanité, et il fallait donc lui donner tous les moyens nécessaires. On ne donna aucune indication de budget à Roscovitz. Juste carte blanche, pour obtenir tout ce qui lui semblait adapté, et pour faire fabriquer ce qu'il lui fallait et ce dont il pensait que ce serait nécessaire.

Personne ne s'était attendu à ce qu'il envisage sérieusement la possibilité d'utiliser des sous-marins habités. On se tournait vers les ROV, les robots sous-marins câblés et téléguidés comme le *Victor*, celui qui avait détecté les vers en Norvège. De plus, on avait fait des progrès notables dans la construction des AUV, des robots qui n'avaient même pas besoin d'être raccordés par câble à un bateau. La plupart de ces automates disposaient de caméras à haute résolution et de bras sous une forme quelconque. Il n'était pas question de mettre en danger des vies humaines, après les attaques et les meurtres dont avaient été victimes des plongeurs. Ceux qui se risquaient à entrer dans l'eau se contentaient de s'y tremper jusqu'aux chevilles, jamais plus.

Roscovitz avait écouté ce qu'on lui disait et avait répondu qu'il était inutile d'envisager la moindre intervention dans ces conditions.

Il leur avait dit :

« Est-ce qu'on a déjà gagné une guerre en n'utilisant que des machines ? Vous pouvez balancer des bombes intelligentes et faire voler des drones inhabités au-dessus d'un territoire ennemi, mais les décisions que prend un pilote dans un avion de chasse, vous n'avez pas une machine qui pourra les prendre à sa place. Tôt ou tard, dans cette mission, on se retrouvera fatalement dans une situation où il faudra qu'on trouve nous-mêmes la bonne solution. »

Ils lui avaient demandé ce qu'il souhaitait. Il avait répondu que, oui, il voulait des ROV et des AUV, mais aussi des sous-marins habités et armés. Il avait par ailleurs demandé une escadrille de dauphins et avait appris avec satisfaction que des MK-6 et des MK-7 étaient déjà prévus, sur proposition d'un membre de la cellule scientifique. En entendant le nom de celui qui était chargé de l'escadrille, sa joie avait été complète.

Jack O'Bannon.

Roscovitz ne le connaissait pas personnellement. Mais ce personnage était célèbre dans certains milieux. Beaucoup disaient que c'était le meilleur de tous les entraîneurs passés, présents et à venir. Il avait renié la Navy comme il aurait renié le diable. Roscovitz savait fort bien ce qu'il en était de la prétendue faiblesse cardiaque de Jack O'Bannon. Son étonnement n'en avait été que plus grand lorsqu'il avait appris qu'il reprenait du service à bord.

Ses supérieurs avaient tenté de lui faire changer d'avis à propos des sous-marins habités. Il était resté inébranlable. Ils lui avaient opposé le risque représenté par les impondérables, mais il leur avait fourni inlassablement la même réponse : « Nous allons en avoir besoin. » Ils avaient fini par lui donner le feu vert.

Ils n'étaient pas au bout de leurs surprises.

Le ministère de la Marine avait certainement imaginé qu'il remplirait la poupe de l'énorme porte-hélicoptères de submersibles aussi impressionnants que le MIR russe, le *Shinkai* japonais ou le *Nautile* français. Il n'existait dans le monde qu'une poignée de submersibles capables de descendre à plus de trois mille mètres, et ceux-ci en faisaient partie, ainsi que le bon vieil *Alvin*. Mais Roscovitz voulait innover. Il savait que ce genre de sous-marins ne lui servirait pas à grand-chose. On descendait bien à six mille cinq cents mètres avec le *Shinkai*, mais il ne pouvait commander ses mouvements verticaux qu'en remplissant et en vidant des réservoirs-ballasts, comme pour un MIR ou le *Nautile*.

Roscovitz, en choisissant son matériel, n'envisageait pas uniquement l'exploration des grands fonds classiques, il songeait également à l'éventualité d'une guerre contre un ennemi invisible. La plupart des submersibles étaient trop lourds. Les utiliser eût été comme mener une bataille aérienne avec des montgolfières. Ce qu'il lui fallait, c'étaient des jets sous-marins.

Des avions de chasse.

Il dénicha une entreprise qui fabriquait un matériel correspondant à ses désirs. La société californienne Hawkes Ocean Technologies non seulement jouissait d'une excellente réputation dans le milieu, mais on faisait régulièrement appel à elle pour des productions hollywoodiennes afin de donner une base solide aux délires issus de l'imagination des cinéastes. Graham Hawkes, un ingénieur et inventeur réputé, avait fondé sa société au milieu des années 1990 pour pouvoir réaliser son rêve de voler… sous l'eau.

Roscovitz lui remit une feuille sur laquelle il avait noté ses souhaits, ainsi qu'une grosse somme d'argent, en exigeant un délai de livraison des plus rapides.

L'argent produisit le miracle escompté.

A dix heures trente, les scientifiques montèrent sur l'embarcadère du pont inondable, emmitouflés dans des combinaisons en Néoprène chargées de leur dispenser de la chaleur. On ne voyait émerger que les visages. Roscovitz fut très content à l'idée d'inverser les rôles pour une fois. A son tour de leur en mettre plein la vue, à tous ces savants !

Les soldats et l'équipage avaient reçu leur instruction à Norfolk. C'étaient tous des combattants et des plongeurs chevronnés. Mais Roscovitz était bien décidé à dispenser une bonne instruction à ces messieurs-dames les scientifiques, sachant qu'au cours de ce genre d'expédition il pouvait se produire des événements dont l'issue heureuse pouvait parfaitement dépendre d'un civil.

Il ordonna à Browning, la technicienne, de détacher l'un des quatre submersibles.

Deepflight 1 descendit donc lentement du plafond. D'en bas, l'appareil ressemblait à une Ferrari plus grande que nature, sans roues, équipée de quatre tubes longs et minces.

Il attendit qu'il soit suspendu à hauteur d'yeux, à quatre mètres des planches du pont, exactement au-dessus de la couverture du bassin. Même vu sous cet angle, il ressemblait assez peu à un vaisseau de plongée classique. Plat et large, quasi rectangulaire, muni de quatre propulseurs à réaction à l'arrière et surmonté de deux coupoles partiellement en verre, *Deepflight 1* évoquait un petit vaisseau spatial. Des bras articulés étaient placés sous les coupoles transparentes.

Ce qui frappait le plus, c'étaient les deux ailes coupées sur les flancs.

— Vous trouvez qu'il ressemble à un avion, commenta Roscovitz, et vous avez raison. Il est tout aussi maniable. Les surfaces portantes servent à la même chose, avec une petite différence, c'est que leurs profils ont l'effet inverse. Dans un avion, ils produisent une poussée vers le haut, alors que les ailes d'un Deepflight provoquent une aspiration vers le bas et agissent contrairement à la force ascensionnelle. Le mécanisme de pilotage aussi est copié sur l'aéronautique. On ne tombe pas comme une pierre, on se déplace en suivant un angle d'inclinaison allant jusqu'à soixante degrés, on prend des virages élégants, on monte ou on descend très vite… La principale différence avec l'avion, c'est qu'on n'est pas assis, on est couché. La hauteur n'est donc que d'un mètre quarante.

— Il descend à quelle profondeur, cet… avion ? demanda Karen.

— A celle qu'on veut. On peut voler tout droit jusqu'au fond de la fosse des Mariannes en moins d'une heure et demie. Notre petite merveille fait du douze nœuds à l'heure. Son revêtement est en céramique, les coupoles transparentes sont en acryl serti de titane et tout à fait adaptées aux grandes profondeurs. On a une vue circulaire fantastique, ce qui signifie que ça nous permettra éventuellement de foutre le camp si nécessaire, ou de faire feu, c'est selon.

Indiquant le bas du vaisseau, il poursuivit :

— Nous avons équipé nos submersibles de quatre torpilles. Il y en a deux qui sont de puissance limitée. Elles peuvent blesser sérieusement une baleine, ou même la tuer. Les deux autres sont plus puissantes. Elles font exploser le métal et la roche et sont capables de pulvériser un groupe de baleines au complet. Mais ce sera au pilote de tirer, pas à vous, sauf s'il est mort ou inconscient, et que vous n'aurez plus qu'une option, prendre sa place.

Il tapa dans ses mains et conclut son introduction avec un geste d'invite.

— O.K. Alors, qui c'est qui veut être le premier à faire un petit tour ? Ah oui ! autre chose : vous avez du carburant pour huit heures de vol. Si vous deviez tomber en panne, vous avez un système qui vous approvisionne en oxygène pendant quatre-vingt-seize heures. Mais pas de panique : d'ici là, l'armée de Dieu, c'est-à-dire la Navy, vous aura déjà sortis du pétrin… Alors, c'est qui, le premier ?

— Sans eau ? s'étonna Shankar en considérant le pont d'un œil sceptique.

Roscovitz sourit.

— Quinze mille tonnes, ça vous suffira ?

— Euh… oui, je pense.

— Bien. Inondons le pont.

Au Combat Information Center

Deux opérateurs radio avaient pris les places de Samantha Crowe et de Shankar pendant que les scientifiques étaient occupés avec Roscovitz. Ils s'ennuyaient ferme. Au sens strict, leur tâche consistait à se taire et à ouvrir les oreilles. Tout ce qui remontait des profondeurs de la mer était capté par divers systèmes électroniques et des organes sensoriels humains, était présélectionné, analysé et commenté, et envoyé par satellite sur l'*Independence*. Même si le message de Samantha avait été émis à partir du navire et que celui-ci écoutait de son côté, il n'était qu'un poste d'écoute parmi les autres. Une éventuelle réponse des Yrr serait entendue par tous les hydrophones de l'Atlantique. L'ordinateur calculerait le point de départ du signal à partir de la propagation dans l'espace et du décalage dans le temps à l'arrivée, l'enverrait au CIC et tirerait la sonnette d'alarme pour attirer l'attention.

Confiants dans la technique, les deux hommes s'étaient lancés dans une discussion sur la musique. Trop occupés à débattre de la crédibilité des artistes blancs quand ils se mêlaient de hip-hop, ils en oublièrent le reste. Ce n'est que lorsque l'un d'eux tourna la tête pour prendre sa tasse de café que son regard tomba par hasard sur son écran et s'arrêta dessus.

— Ben, qu'est-ce que c'est que ça ?

Des lignes colorées tremblaient sur deux écrans.

Son collègue ouvrit de grands yeux.

— C'est là depuis combien de temps ?

— J'en sais rien, répondit le premier, les yeux rivés sur les lignes. On aurait dû être avertis par la terre ferme. Je me demande pourquoi ils ne nous contactent pas. Ils ont dû le recevoir aussi.

— Est-ce que c'est la fréquence sur laquelle Crowe a émis ?

— Je sais pas ce qu'elle a envoyé ! On n'entend rien. C'est sûrement des ultrasons ou des infrasons…

L'autre réfléchit.

— O.K. L'hydrophone le plus proche est à Terre-Neuve. Le son a besoin de temps. Les autres ne l'ont pas encore reçu, donc on est les premiers. Donc, ça signifie…

— … que ça vient d'ici, compléta son collègue.

Dans *Deepflight 1*

Les réservoirs-ballasts de l'arrière se remplissaient. Le système hydraulique fonctionnait dans un vacarme d'enfer. La poupe de l'*Independence* s'abaissait lentement, au fur et à mesure que l'eau de mer affluait à l'intérieur.

— Nous pourrions faire entrer l'eau par l'écluse, indiqua Roscovitz en élevant la voix pour surmonter le bruit. Mais pour ça, il faudrait qu'on ouvre toutes les cloisons étanches en même temps, et on évite de le faire par sécurité. On utilise un système de pompage spécial. Un circuit séparé conduit l'eau à l'intérieur du pont. L'eau est filtrée plusieurs fois. Le bassin et l'écluse sont munis de capteurs extrêmement sensibles qui nous disent si on peut barboter sans problème dans la grande baignoire.

— On va tester les sous-marins sur le pont ? interrogea Johanson.

— Non, on va sortir.

Puisque les dauphins avaient signalé le départ des orques, Roscovitz avait estimé que l'on pouvait se risquer à faire quelques petites sorties réelles.

— Mon Dieu, s'exclama Rubin à la vue du bassin qui se remplissait à gros bouillons, c'est comme si on sombrait !

Roscovitz lui jeta, avec un sourire narquois :

— Alors là, vous ne savez pas de quoi vous parlez ! Moi, je me suis trouvé sur un bateau de guerre en train de sombrer, ce n'est pas du tout comme ça, vous pouvez me croire…

— C'est comment ?

Roscovitz éclata de rire.

— J'aime autant ne pas le raconter !

Mètre par mètre, la poupe du gigantesque bâtiment s'abaissait sans que ses passagers le ressentent réellement. Tout compte fait, la différence était minime, mais l'effet visuel n'en était que plus époustouflant. Le niveau de l'eau monta progressivement, puis atteignit enfin le bord de l'embarcadère. En l'espace de quelques minutes, le pont s'était transformé en une piscine de quatre mètres de profondeur. Le delphinarium lui aussi était immergé, ce qui permettait aux animaux d'avoir le bassin complet à leur disposition. Les Zodiacs, bien attachés, bougeaient sur la grève artificielle. *Deepflight 1* se balançait doucement sur les vagues.

Browning abaissa un nouveau submersible et manœuvra les appareils l'un après l'autre sur le système de glissière pour les amener au bord de l'embarcadère. Puis elle déclencha l'ouverture des habitacles individuels. Ceux-ci s'ouvrirent d'un coup sec, comme des coupoles d'avion à réaction.

— Les habitacles s'ouvrent et se ferment séparément, indiqua-t-elle. Monter à l'intérieur, c'est simple, mais faites attention à ne pas prendre un bain de pieds, ça arrive quand on n'a pas l'habitude. L'eau du bassin a été chauffée pendant le pompage, elle fait quinze degrés centigrades, mais ce n'est pas une raison pour enlever vos combinaisons ! Si vous étiez projetés dans la mer pour une raison quelconque, sans Néoprène et sans submersible dans les environs, ce serait la mort assurée. L'eau du Groenland fait deux degrés au maximum.

Roscovitz répartit les groupes en attribuant à chacun d'eux un pilote.

— Des questions ? s'enquit-il ensuite. Non ? On y va, alors ! On ne s'éloignera pas du navire. Nos amis les dauphins nous disent de ne pas nous inquiéter, mais on ne sait jamais. Léon, avec moi. On prend *Deepflight 1*.

D'un bond, il fut dans l'appareil, qui tangua violemment. Anawak le suivit. Mais il perdit l'équilibre et plongea dans l'eau la tête la première. Un froid glacial vint lui frapper le visage, lui coupant la respiration. Il remonta à la surface en s'ébrouant et fut accueilli par un éclat de rire général.

— Exactement ce que je vous disais ! commenta Browning.

Anawak se hissa le long de la coque et s'introduisit dans l'habitacle en glissant sur le ventre. A sa surprise, on était assez confortablement installé. On n'était pas couché tout à fait à l'horizontale, mais le corps remontait légèrement, comme celui d'un skieur s'élançant du tremplin de saut. Devant lui, il avait un pupitre dégagé. Roscovitz actionna les systèmes, et les coupoles se refermèrent sans bruit.

— Ce n'est pas vraiment une suite au Ritz, hein, Léon ?

La voix du colonel résonna dans les oreilles d'Anawak par les haut-parleurs. Il tourna la tête. Roscovitz, à un mètre de lui, le regardait en souriant à travers sa coupole transparente.

— Vous voyez la manette devant vous ? Je vous l'ai dit, on est dans un avion ! Vous allez apprendre à monter et à descendre, à prendre les virages, à tourner dans tous les sens. C'est moi qui pilote pour commencer, après ce sera à vous de jouer, et je vous dirai tout ce que vous aurez mal fait.

Ils basculèrent soudain vers l'avant. De l'eau recouvrit la coupole, et ils s'abaissèrent doucement. A l'avant et sur les ailes, des phares s'allumèrent. Les planches du pont s'éloignèrent, et ils se retrouvèrent au-dessus de l'écluse. Elle faisait plusieurs mètres de profondeur et elle se fermait en bas par un fond d'acier. Les cloisons de verre s'écartèrent. Lentement, *Deepflight 1* s'enfonça, et les cloisons de verre se refermèrent sur eux.

Une sensation de malaise envahit Anawak.

— Pas de panique, lui recommanda Roscovitz. On sort plus vite qu'on ne rentre.

Les cloisons d'acier se mirent en mouvement. Les plaques se séparèrent et s'ouvrirent sur la mer. *Deepflight 1* sortit de la coque de l'*Independence*, en route vers l'inconnu.

Roscovitz accéléra et prit un virage. Le submersible se pencha sur le côté. Anawak avait déjà piloté des petits submersibles conventionnels, conçus pour les eaux superficielles. Mais ça, c'était autre chose ! Ce Deepflight se comportait effectivement comme un avion de tourisme. Et il était rapide ! Vingt kilomètres à l'heure, en voiture, ce n'est rien du tout. Mais cette vitesse, qui correspondait à douze nœuds, était spectaculaire, pour un vaisseau sous-marin.

L'appareil piqua du nez et prit un nouveau virage, mit le cap sur la poupe du porte-hélicoptères et plongea dessous. L'énorme safran passa au-dessus de leurs têtes.

— Vous êtes impressionné, hein ? demanda Roscovitz.

— Oui, un peu, répondit Anawak d'une voix incertaine.

— Je sais ce que vous pensez. Vous avez peur. On a tous peur. Mais on ne peut pas s'entraîner sur le pont, c'est trop étroit. Il y a trop peu de profondeur. On va pas envoyer nos petites merveilles à la casse, c'est trop tôt !

Il prit un virage plus serré. Anawak s'attendait à tout moment à voir la forme noire d'une orque surgir devant lui, mais ce furent deux dauphins à la tête ornée de caméras qui s'approchèrent avec curiosité des coupoles. Ils se mirent à faire des cabrioles autour de l'appareil.

— Souriez, vous êtes filmé, Léon ! dit le colonel en riant.

Une lumière s'alluma, signalant que c'était à Anawak de prendre les commandes.

— A vous, dit Roscovitz. Si jamais quelqu'un s'approchait pour nous bouffer, on lui servirait des torpilles pour son petit déj'. Mais c'est moi qui le ferais, compris ? Vous, vous pilotez.

Anawak eut un moment de flottement. Involontairement, il serra la manette plus fort. Roscovitz ne lui avait donné aucune instruction, aussi continua-t-il tout droit.

— Hé ! Léon, vous roupillez ? C'est pas une tondeuse à gazon !

— Qu'est-ce que vous voulez que je fasse ?

— M'en fiche. Faites quelque chose. Allez sur la Lune !

En ce qui nous concerne, la Lune, elle est en bas, se dit Anawak.

Il poussa la manette vers l'avant.

Deepflight 1 piqua du nez avec une secousse, et ils filèrent vers les profondeurs. Anawak ouvrait grands les yeux dans l'obscurité. Il tira sur le manche, un peu plus prudemment cette fois. L'appareil se redressa. Il s'essaya à prendre un virage, manqua son coup, recommença. Son style de conduite n'était pas vraiment souple, mais il se dit qu'avec un peu d'entraînement il y arriverait. C'était facile, en fait, une simple question d'expérience.

Il aperçut le deuxième appareil, un peu plus loin. Il commençait à se sentir à l'aise, mieux que ça, à s'amuser !

— Pas mal du tout, Léon, sauf que je ne vais pas tarder à vomir avec vous comme chauffeur de maître. Mais je pense que vous vous calmerez avec le temps. Bon, maintenant, restez à l'horizontale. Bien.

Laissez aller. Je vais vous montrer comment on manœuvre les bras articulés. C'est encore plus simple...

Au bout de cinq minutes, Roscovitz reprit les commandes et ramena l'appareil dans le sas. La minute qu'ils passèrent entre les parois fermées s'écoula avec une lenteur désespérante. Enfin, ils furent libérés et remontèrent. Anawak se sentit vaguement soulagé. Il était certes ravi de l'expérience, mais il ne pouvait s'empêcher de penser avec une certaine inquiétude aux orques qui avaient entouré le bâtiment le matin même, sans parler des surprises que la mer pouvait réserver aux plongeurs sous-marins.

Roscovitz ouvrit les coupoles. Ils se hissèrent à l'extérieur et sautèrent sur l'embarcadère.

Ils furent accueillis par Floyd Anderson.

— Alors, c'était bien ? demanda ce dernier par politesse.

— Oui, c'était marrant.

Tout en surveillant l'arrivée du deuxième submersible, le premier officier annonça, d'un ton négligent :

— Je suis désolé, mais je suis obligé d'interrompre la partie. C'est dingue, il suffit que vous mettiez la tête sous l'eau pour qu'il se passe quelque chose... Nous avons capté un signal.

— Quoi ? jeta Samantha qui s'approchait. Un signal ? Quoi, comme signal ?

— C'est à vous de nous le dire, je pense. Mais il est très fort... et assez près.

Au Combat Information Center

— C'est un signal en basse fréquence, dit Shankar. Un Scratch.

Il avait couru au CIC, flanqué de Samantha. Ils avaient reçu dans l'intervalle la confirmation de la station au sol. Selon les calculs, la source était effectivement située à proximité de l'*Independence*.

Li entra.

— Vous pouvez en faire quelque chose ?

— Pas pour l'instant, déplora Samantha en secouant la tête. Il va nous falloir interroger l'ordinateur. Il va l'éplucher et faire des essais sur modèle.

— Rendez-vous l'année prochaine, alors !

— Serait-ce une critique ? gronda Shankar, piqué au vif.

— Non, mais je suis en train de me demander comment vous allez pouvoir décoder en quelques jours un signal sur lequel vos services se cassent les dents depuis des années…

— Et c'est maintenant que vous vous posez la question ?

— Ne vous disputez pas, les enfants ! intervint Samantha en extrayant une cigarette qu'elle alluma avec le plus grand calme. Je vous l'ai dit, ce n'est pas comme quand on essaie de se faire comprendre par les extraterrestres. Nous avons sans doute envoyé aux Yrr le premier message qu'ils étaient capables de décoder. Ils vont répondre de la même manière.

— Vous pensez vraiment qu'ils vont répondre en utilisant le même codage ?

— *Si* ce sont les Yrr, *si* c'est une réponse, *s'ils* ont compris le code, *s'ils* sont intéressés par un dialogue… alors oui.

— Pourquoi répondent-ils par des infrasons et non pas dans notre fréquence ?

— Pourquoi le feraient-ils ? demanda Samantha, surprise.

— Par diplomatie.

— Vous répondriez en russe à un Russe qui vous parle dans un anglais calamiteux ?

Li haussa les épaules.

— D'accord. Et pour la suite ?

— Nous allons d'abord arrêter d'envoyer notre message pour leur signaler que nous avons reçu leur réponse. Nous devrions savoir très vite s'ils utilisent notre code. Ils vont sûrement faire le nécessaire pour nous faciliter le décodage… Quant à savoir si nos facultés intellectuelles seront suffisantes pour comprendre la réponse, c'est une autre histoire.

Au Joint Intelligence Center

Karen Weaver avait entrepris une tâche impossible. Elle essayait à la fois d'ignorer les connaissances sur la formation d'une vie intelligente et de les prouver.

Samantha lui avait expliqué que toutes les hypothèses sur les civilisations extraterrestres aboutissaient toujours aux mêmes questions. L'une d'elles était : quelle peut être la taille d'un être intelligent ? Chez SETI, où on pariait sur les possibilités d'une communication interstellaire, on philosophait surtout sur des êtres qui regardaient vers le ciel, qui étaient conscients de l'existence d'autres mondes et avaient décidé à un moment ou un autre de prendre contact. Il était quasi certain que ces êtres vivaient sur un sol ferme, ce qui mettait des limites à leur croissance.

Les astronomes et les exobiologistes contemporains estimaient qu'une planète ne devait pas posséder moins de 85 % et plus de 133 % de la masse terrestre pour produire des températures de surface permettant le développement d'une vie intelligente sur un laps de temps d'un à deux milliards d'années. Plusieurs scénarios concernant la pesanteur résultaient de la taille de ces planètes fictives, scénarios qui permettaient à leur tour d'en déduire le physique d'éventuelles espèces indigènes. Théoriquement, un organisme habitant sur une planète similaire à la Terre pouvait grandir indéfiniment. Pratiquement, sa croissance s'arrêtait au moment où il devenait trop lourd pour porter son propre poids. Les dinosaures avaient certes été dotés d'un squelette énorme, mais aussi d'un cerveau qui ne suivait pas. Leur organisme ne semblait prévu que pour déambuler lourdement et se nourrir. Selon une règle approximative, pour obtenir un être mobile et intelligent, celui-ci ne devait pas dépasser dix mètres de long.

La question de la limite inférieure de croissance était plus intéressante. Les fourmis pouvaient-elles être intelligentes ? Et les bactéries ? Les virus ?

C'était un sujet de débat à multiples facettes pour les gens de SETI et les exobiologistes. Il était pratiquement certain que, dans le secteur galactique, il n'existait aucune civilisation semblable à la civilisation humaine, tout du moins pas dans notre système solaire. On en espérait d'autant plus découvrir au minimum quelques spores, voire des unicellulaires, sur Mars ou sur l'une des lunes de Jupiter. On était donc à la recherche d'une unité infiniment petite pouvant être considérée comme un organisme, et on aboutissait obligatoirement à une molécule organique complexe, à la plus petite unité d'informations et de mémoire à infrastructure propre qui se puisse imaginer… et à la question de savoir si une molécule pouvait développer de l'intelligence.

Indubitablement, une molécule en était incapable.

Mais un neurone de cerveau humain pris isolément n'était pas intelligent, lui non plus. Pour donner à un être humain une intelligence en rapport avec sa taille, son cerveau avait dû se construire avec une centaine de milliards de cellules. Un être intelligent plus petit que l'homme n'en nécessitait peut-être pas autant, mais la taille des molécules qui les constituaient restait la même, et en dessous d'un nombre donné de cellules, l'étincelle de l'intelligence ne s'allumait pas. C'était le problème pour les fourmis, auxquelles on attribuait une intelligence inconsciente, mais dont le cerveau disposait d'un nombre trop restreint de cellules pour pouvoir faire preuve d'une intelligence supérieure. De plus, les fourmis ne respirant pas à travers des poumons mais approvisionnant leurs cellules en oxygène à travers la peau, elles ne pouvaient grandir – à partir d'une certaine taille, la respiration par la peau ne fonctionnait plus – ni développer la grosseur de leur cerveau. Leur évolution aboutissait donc dans un cul-de-sac, comme pour tous les autres insectes. La science en concluait que la taille minimale d'un être intelligent était obligatoirement de dix centimètres. Les chances de rencontrer un Aristote sous forme de fourmi étaient donc quasi nulles, encore moins sous forme d'unicellulaire.

Karen avait bien conscience de tout cela lorsqu'elle demanda à son ordinateur de faire rimer unicellulaire et intelligence.

Quelques heures après la découverte de la nature de la gelée, on avait vu se lever un vent de scepticisme à bord de l'*Independence*. Cette substance était-elle vraiment intelligente ? Les unicellulaires n'avaient aucun esprit créatif et ne développaient pas une conscience du moi. Certes, un amas important d'unicellulaires représentait théoriquement l'équivalent d'un cerveau ou d'un corps doté de cellules corporelles. L'être qu'allaient rejoindre les baleines au large de l'île de Vancouver était indéniablement composé de milliards de cellules. Mais était-il pour autant capable de penser ? Et quand bien même… quel était son mode d'acquisition ? Comment avaient lieu les échanges entre les cellules ? Par quel processus un conglomérat de cellules devenait-il un tout intelligent ?

Qu'est-ce qui y avait conduit l'homme ?

Soit cette gelée n'était effectivement qu'une masse passive, soit elle avait une combine.

Elle avait quand même réussi à contrôler des baleines et des crabes !

Il devait y avoir une combine !

Kurzweil Technologies avait développé des programmes de création d'intelligence artificielle à partir de milliards d'unités de mémoire électronique qui simulaient les neurones, et par conséquent un cerveau. L'intelligence artificielle était déjà utilisée dans un grand nombre de pays à travers le monde. Cette intelligence était capable d'apprentissage, et dans une certaine mesure de se développer de manière autonome et créatrice. Jusqu'alors, aucun chercheur n'avait prétendu avoir créé de la conscience ou quoi que ce soit d'approchant, mais on se posait néanmoins la question du moment où une addition d'unités identiques infiniment petites prendrait vie. Et s'il était possible de créer de la vie par ce moyen.

Karen avait contacté Ray Kurzweil et elle disposait désormais d'un cerveau artificiel de la dernière génération. Elle fit une copie par sécurité, réduisit l'original à ses composants électroniques, le transformant en une nuée d'unités infiniment petites et destructurées. Elle se demanda ce qui se passerait si on décomposait ainsi un cerveau humain et ce qu'il faudrait faire pour que les cellules se retrouvent pour former un tout pensant. Au bout d'un moment, son ordinateur fut peuplé de milliards de neurones électroniques, de minuscules capacités de mémoire sans lien entre elles.

Puis elle imagina que ce n'étaient pas des capacités de mémoire, mais des unicellulaires.

Des milliards d'unicellulaires.

Elle réfléchit à la démarche suivante. Plus elle resterait proche de la réalité, mieux ce serait. Elle programma un espace en trois dimensions et lui donna les propriétés physiques de l'eau. A quoi ressemblaient les unicellulaires ? Ils étaient de toutes les formes possibles, en bâton, en triangle, en étoile, avec ou sans flagelle… mais le mieux était d'aller au plus simple. Rond, c'était bien… Voilà. Maintenant, ils avaient une forme. Tant que les autres, au labo, ne trouveraient rien d'autre, ils resteraient ronds.

Peu à peu, l'ordinateur se transforma en océan. Les unicellulaires virtuels de Karen peuplaient un monde dans lequel ils pouvaient circuler à leur guise. Peut-être fallait-il maintenant programmer des courants pour que l'espace virtuel corresponde aux grands fonds jusque dans les moindres détails. Mais elle avait le temps. Il fallait d'abord commencer par répondre aux questions essentielles.

Elle regarda l'écran, perplexe devant toutes ces unités.

Comment créer un être pensant à partir de cela ? La taille n'avait pas d'importance. Pour les êtres vivant dans l'eau, la règle de la taille maximale ne comptait pas, car ils n'étaient pas soumis aux mêmes conditions de pesanteur. Un être aquatique intelligent pouvait être incomparablement plus grand que n'importe quel organisme terrestre. Dans les scénarios de SETI, il n'y avait pas de civilisations aquatiques, car elles n'étaient pas accessibles par les ondes radio, ni susceptibles de s'intéresser à l'espace et aux autres planètes… à moins de sillonner l'espace dans des aquariums volants ? Eh bien, justement, c'était exactement le scénario qu'il leur fallait.

Lorsque, une demi-heure plus tard, Anawak pénétra au JIC, il la trouva l'œil toujours rivé à son écran, le front parcouru de rides. Elle l'accueillit avec plaisir. Depuis son retour du Nunavut, ils parlaient beaucoup. Anawak paraissait désormais confiant et plein d'assurance. L'Indien triste du bar de l'hôtel s'était évaporé quelque part dans l'Arctique.

— Tu en es où ? s'enquit-il.

— J'ai des nœuds dans le cerveau… Je ne sais pas par quel bout commencer.

Elle lui raconta ce qu'elle avait fait. Anawak l'écouta sans l'interrompre, puis dit :

— C'est normal que tu n'avances pas. Tu es très forte pour les simulations, mais il te manque des connaissances de base en biologie. Ce qui fait d'un cerveau une unité pensante, c'est sa construction. Les neurones de notre cerveau sont presque tous semblables, c'est la manière dont ils sont reliés entre eux qui les amène à la pensée. C'est comme… hum… Tiens, imagine le plan d'une ville…

— D'accord. Londres.

— Imagine que les maisons et les rues se désolidarisent complètement et que tout se mette à se mélanger. Le bordel intégral. Toi, tu vas remettre de l'ordre en les reliant les unes aux autres. Tu as des tas de solutions, mais il n'y en a qu'une qui va te donner Londres.

— D'accord, mais comment les maisons savent-elles où est leur place ?… Non, on va s'y prendre autrement. Peu importe la façon dont les cellules sont reliées entre elles dans le cerveau, dis-moi pourquoi l'ensemble arrive à un résultat qui n'est pas la simple somme de ses différentes unités ?

Anawak réfléchit en se frottant le menton.

— Comment expliquer ça… O.K., on retourne dans notre ville. On construit une tour. Il y a, mettons, mille ouvriers. Ils se ressemblent tous, ils sont clonés, si tu veux. Ils ont chacun une tâche particulière, des gestes précis à faire. Mais ils ne connaissent pas le plan d'ensemble. Et pourtant ils construisent l'immeuble tous ensemble. Si tu échangeais les mecs entre eux, ça cafouillerait. Quand tu as dix mecs qui forment une chaîne pour se lancer des briques, si tu en remplaces un par un autre dont le boulot c'est de serrer des vis, ils vont s'emmêler les pinceaux…

— Ce que tu veux dire, c'est que tant que chacun est à sa place, ça marche.

— Ils sont efficaces ensemble.

— Et pourtant, le soir, ils rentrent chez eux…

— Ils se séparent, chacun part dans sa direction. Le lendemain matin, on les revoit tous sur le chantier, et c'est reparti, roule ma poule. Tu peux me répondre que ça fonctionne parce que quelqu'un répartit le boulot, mais sans ouvriers il ne pourrait pas construire la tour. Ils se conditionnent les uns les autres. C'est le plan qui conditionne l'action coordonnée, et c'est l'action coordonnée qui conditionne le plan.

— Donc, il y a quelqu'un qui fait le plan.

— Ou bien les ouvriers *sont* le plan.

— Dans ce cas, chaque ouvrier devrait être codé un peu différemment de son collègue. Et c'est d'ailleurs vrai.

— C'est juste. Les ouvriers ne sont donc identiques qu'en apparence. Par conséquent, prends le problème encore un peu plus en amont. O.K., il y a un plan. O.K., ils sont codés. Mais qu'est-ce qu'il te faut pour obtenir un réseau avec ça ?

Karen réfléchit.

— La volonté de participer ?

— Plus simple.

— Euh…

Puis elle trouva :

— Je sais ! La communication ! Dans une langue que tout le monde comprend. Un message.

— C'est quoi, le message, le matin, quand ils se lèvent ?

— Je vais au boulot, sur le chantier.

— Et ?

— Je sais où est ma place.

— C'est ça. Bon… ce sont des ouvriers, ils n'aiment pas les discours compliqués. Des gars qui bossent dur. Ils transpirent tout le temps, même la nuit, dans leur lit, et le matin, quand ils se lèvent, enfin bref, ils sont en nage toute la journée. A quoi ils se reconnaissent ?

Karen le regarda, puis fit la grimace.

— A leur odeur, l'odeur de sueur.

— Bravo !

— Tu en as, de l'imagination, dis donc !

Anawak éclata de rire.

— C'est la faute de Sue. Elle nous a parlé de cette bactérie qui forme des colonies… *Myxococcus xanthus*. Tu te souviens ? Elle émet un parfum, et tout le monde se rapproche.

Karen opina du chef. Oui, une odeur, c'était possible.

— Je vais y réfléchir à la piscine, dit-elle. Tu m'accompagnes ?

— A la piscine ? Maintenant ?

— « A la piscine ? Maintenant ? » répéta-t-elle sur le même ton. Ecoute, je n'ai pas l'habitude de rester enfermée devant un écran du matin au soir.

— Je croyais que c'était normal, pour une accro à l'ordinateur...

— J'ai l'air d'une accro à l'ordinateur ? Je suis pâle et mollassonne ?

— C'est vrai, je n'ai jamais vu de fille aussi pâle et aussi mollassonne que toi.

Les yeux d'Anawak brillaient. Il était petit et trapu, ce n'était pas Clooney, mais à cet instant Karen le vit grand, sûr de lui et beau.

— Idiot, dit-elle en souriant.

— Merci.

— Toi, tu passes ta vie dans l'eau, alors tu crois que ceux qui travaillent devant un ordinateur restent vissés sur leur chaise toute la sainte journée... Mais c'est une grossière erreur ! Moi, je travaille aussi dehors. Avec ma tête. Je mets mon portable dans mon sac, et en avant. On peut travailler partout, même sur une paroi rocheuse ! Ici, je suis complètement nouée. J'ai les épaules raides comme du bois...

Anawak se leva. Il vint se placer derrière elle et elle sentit ses mains sur ses épaules, ses doigts qui passaient sur les muscles de son cou, ses pouces qui pétrissaient le tour de ses omoplates.

Il la massa.

Karen sentit qu'elle se crispait. Elle n'était pas sûre d'aimer cela.

Si, elle aimait cela. Simplement, elle ne savait pas si elle le voulait.

— Tu n'es pas nouée, constata Anawak.

Il avait raison. Pourquoi lui avait-elle raconté ce bobard ?

Elle se leva d'un mouvement si brusque qu'il la lâcha. Au même moment, elle sut qu'elle faisait une bêtise. Qu'elle avait envie de rester ainsi... qu'il continue... Mais c'était fichu. Quelle idiote de l'avoir interrompu si brutalement !

— Bon, ben j'y vais, dit-elle avec embarras, je vais nager.

Anawak

Il se demanda avec perplexité ce qui s'était passé. L'accompagner à la piscine, mais oui, il l'aurait fait avec joie ! Et pourquoi avait-elle eu cette réaction bizarre ? Peut-être aurait-il dû lui demander la permission avant de lui masser les épaules. Peut-être s'était-il trompé à son sujet depuis le début.

Que veux-tu, tu ne sais pas t'y prendre. Allez, reste avec tes baleines, pauvre mec ! Pauvre Esquimau de mes deux !

Elle était partie. Que faire ? Aller rejoindre Johanson pour poursuivre avec lui la recherche sur l'intelligence des unicellulaires ? Cela ne lui disait plus rien, tout à coup.

Il résolut donc d'aller faire un tour à côté, au CIC.

Mais le CIC n'offrait d'autre réjouissance que les images envoyées par les caméras de la coque. Sur les écrans, on ne voyait qu'une eau noire. Il ne s'était pas passé grand-chose depuis le matin, depuis que les orques avaient entouré le navire, et les orques semblaient avoir disparu. Shankar était installé, solitaire, devant un écran où défilaient des chiffres, il écoutait les bruits des profondeurs avec d'énormes écouteurs.

Greywolf et Alicia passaient la majeure partie du temps à observer les escadrilles de dauphins et à analyser leurs sons. Quelqu'un lui indiqua que le couple se trouvait sur le pont inondable.

Il emprunta donc le tunnel et déboucha sur le pont-hangar désert. Il faisait froid, le vent soufflait. La lumière du jour filtrait à travers les ouvertures des plates-formes extérieures, mais la couleur dominante était celle de la pénombre jaunâtre de l'éclairage à vapeur de sodium. Il essaya de se représenter l'immense hangar encombré d'hélicoptères et de Harrier Jets, de véhicules, de fret, d'équipements, si serrés les uns contre les autres qu'il fallait se faufiler par une porte, une fenêtre ou un clapet quelconque pour entrer. Les Jeep et les chariots élévateurs montaient ou descendaient les rampes en pétaradant. Des centaines de Marines s'affairaient sur le toit autour du matériel volant, vérifiaient les armes et les équipements, rapides et concentrés ; les rouages de l'énorme machinerie de l'*Independence* s'ajustaient avec précision.

C'était absurde, cet immense espace vide. Inutile. Comme des bureaux inoccupés. Les lampes jaunes du plafond lugubre qui n'éclairaient qu'elles-mêmes. Les tuyauteries qui couraient le long des murs en ne menant nulle part. Et, partout, des signalisations… pour qui ?

« Parfois, quand on est à l'étroit dans la salle de remise en forme, on met quelques tapis de course ici, lui avait raconté Peak, lorsqu'il lui avait fait visiter le navire à Norfolk. C'est très sympa. »

Il s'était arrêté et avait parcouru l'endroit des yeux comme s'il cherchait quelque chose. Et il avait ajouté :

« Ce hangar vide, je n'aime pas ça du tout. Je n'aime pas les pièces qui sont vides alors qu'elles devraient être pleines de monde. D'ailleurs, je n'aime pas cette mission. »

C'était la seule et unique fois que Peak s'était confié ainsi.

Mais la pièce la plus vide, se dit Anawak, c'est toujours en nous qu'elle se trouve.

Il traversa la salle sans se presser et sortit sur la plate-forme élévatrice de bâbord. Le monte-charge s'élevait au-dessus des vagues comme la terrasse d'un solarium. Il reposait dans des rails verticaux, de part et d'autre de l'ouverture de la porte. Deux grands hélicoptères aux pales repliées pouvaient tenir sur cette surface de cent quarante mètres carrés pour être transportés du pont-hangar au toit.

Anawak plissa les yeux. Le vent soufflait si fort qu'il menaçait de lui faire perdre l'équilibre. Une bonne rafale pouvait vous renverser sans prévenir, et il n'y avait pas de grille. En revanche, la plate-forme était entourée de filets de protection. Le bâtiment tout entier était entouré d'un filet pour empêcher les hommes de tomber à l'eau.

Anawak n'était pas rassuré pour autant, avec la mer qui bougeait à dix mètres sous lui.

La lumière était encore diffuse, mais la pluie de particules de glace avait cessé. Une étendue couleur de schiste veiné d'écume s'étalait à perte de vue dans un va-et-vient permanent. Un désert.

C'était curieux. Il avait passé plus de la moitié de sa vie sous le climat tempéré de la côte ouest du Canada. Et voilà que le destin le renvoyait par deux fois au milieu des glaces.

Le vent soulevait ses cheveux. Peu à peu, sa peau se raidissait de froid. Il plaça ses mains en coquille devant sa bouche et se réchauffa avec son souffle.

Puis il retourna à l'intérieur.

Au laboratoire

Johanson promit à Sue Oliviera de l'inviter au restaurant pour déguster un *vrai* homard quand tout serait fini. Puis, à l'aide du Spherobot, il alla à la pêche au crabe dans le simulateur. Le robot attrapa un crustacé presque inerte dans sa pince et alla le déposer dans le garage où des boîtes hermétiques étaient prêtes. Tenant le crabe à bout de pince, comme dégoûté, l'automate le laissa choir dans une boîte et la referma.

La boîte fut transportée par un sas dans une pièce au sec. Là, elle fut aspergée d'acide peracétique, nettoyée à l'eau et plongée dans un bain de lessive de soude. Elle sortit du simulateur à travers un nouveau sas, désormais propre, quel que fût le niveau d'empoisonnement de l'eau de la citerne.

— Vous êtes sûre de vous en sortir toute seule ? s'assura Johanson.

Il avait un rendez-vous téléphonique avec Bohrmann, qui préparait l'intervention de la trompe à La Palma.

— Oui, sans problème, répondit Sue en se saisissant de la boîte contenant le crabe. Et en cas de besoin, je crie. En espérant que ce soit vous qui veniez à la rescousse et pas ce connard de Rubin.

Johanson eut un petit sourire.

— Ah, vous non plus, vous ne l'aimez pas ?

— Non, ce n'est pas ça, je n'ai rien contre lui, rétorqua Sue, sauf qu'il m'énerve, à vouloir gagner le prix Nobel à tout prix.

— Oui, j'ai la même impression. Et vous ?

— Quoi, moi ?

— Ça ne vous dirait rien, une petite couronne de lauriers ? Parce que si on se sort vivants de cette passionnante aventure, on sera des stars !

— Oh ! moi, je n'ai rien contre ! Ça me plairait assez d'avoir une cour de groupies. Ça me changerait un peu du milieu scientifique... Au fait, où est-il ?

— Qui, Rubin ?

— Oui. Il voulait être avec moi quand je ferais les analyses ADN au labo haute sécurité.

— Vous devriez être contente.

— Oui, je suis contente, simplement, je me demande ce qu'il fout.

— Oh ! sûrement quelque chose d'utile ! répondit Johanson. Ce n'est pas un mauvais bougre. Il ne sent pas mauvais, il n'a tué personne et il a tout un tas de distinctions. Nous ne sommes pas obligés de l'aimer, mais s'il nous permet d'avancer...

— Vous trouvez qu'il nous a été d'un grand secours jusqu'à présent ?

— Mais, chère madame, une bonne idée, c'est une bonne idée, peu importe qui l'a eue. Et s'il peut la mettre à profit...

Sue eut un petit rire.

— Eh oui, c'est comme ça qu'on se console quand on n'est qu'un second couteau ! De toute façon, il fait ce qu'il veut. C'est peut-être quelque chose d'utile, allez savoir ?

Sedna

Anawak s'approcha du bassin.

Le pont était toujours inondé. Il vit Alicia et Greywolf, en combinaison de Néoprène, patauger dans l'eau pour enlever leur harnachement aux dauphins. Il y avait du bruit dans le hangar. Plus loin, vers la poupe, on était en train d'abaisser un Deepflight, sous la surveillance de Roscovitz et de Browning, qui officiaient au pupitre de commande. La coque aux allures de vaisseau spatial descendit lentement jusqu'à l'eau et se déposa dessus en se balançant. Au fond, sous les rides des vagues, on voyait briller le sas.

Roscovitz leva la tête vers lui.

— Vous sortez en mer ? lui cria Anawak.

— Non, répondit le chef de la station de plongée en indiquant le submersible. Ce petit a ses vapeurs. La commande verticale fait des caprices.

— C'est grave ?

— Non, probablement pas, mais mieux vaut y jeter un coup d'œil.

— C'est bien avec lui qu'on est sortis ?

— Pas de panique, ce n'est pas vous qui l'avez cassé ! lança Roscovitz en riant. C'est certainement un problème d'électronique. On en a pour deux, trois heures au plus.

Une gerbe d'eau vint mouiller les jambes d'Anawak.

— Léon ! le héla Alicia depuis le bassin, le visage barré d'un grand sourire. Qu'est-ce que tu fabriques ? Allez, viens nous rejoindre !

— Oui, c'est vrai, renchérit Greywolf. Tu pourrais te rendre utile.

— Parce que tu crois qu'on ne fait rien d'utile là-haut ?

— Loin de moi cette idée ! répliqua Greywolf sans cesser de caresser un dauphin qui se collait contre lui en émettant des claquements. Grouille, va te chercher une combinaison !

— J'étais simplement venu vous voir en passant…

— Comme c'est sympa ! ironisa Greywolf en administrant une tape au dauphin, qui s'empressa de s'éloigner. Eh bien, tu nous as vus, maintenant.

— Il y a du nouveau ?

— On est en train de préparer la seconde escadrille, expliqua Alicia. MK-6 n'a rien enregistré de particulier, sauf ce matin, quand elle a signalé la présence des orques.

— Et ça, avant que l'électronique les voie ! fit ressortir Greywolf non sans fierté.

— Oui, leur sonar est…

Anawak reçut une nouvelle gerbe d'eau, mais cette fois, c'était un dauphin qui jaillissait de l'eau comme une torpille. L'animal parut enchanté. Il couina, claqua du bec en tendant le museau.

— Ce n'est pas la peine, dit Alicia à l'animal. Léon ne veut pas venir avec nous. Il a peur d'attraper froid aux fesses. Tu sais, ce n'est pas un vrai Inuk, il fait semblant. Ce n'est pas possible, ce ne peut pas être un Inuk, parce que sinon, il y a longtemps qu'il…

— D'accord, j'ai compris ! l'arrêta Anawak en levant les mains. Elle est où, cette foutue combinaison ?

Cinq minutes plus tard, il se retrouvait avec Alicia et Greywolf, à installer les caméras et les émetteurs sur les animaux de la seconde escadrille. Soudain, une question que lui avait posée Alicia lui revint en mémoire.

— Au fait, qu'est-ce qui t'a fait penser que je pourrais être un Makah ? lui demanda-t-il.

La jeune fille eut un geste évasif.

— Je ne sais pas, moi… Tu restais muet comme une carpe. Il fallait bien que tu sois un peu indien quelque part. En tout cas, tu n'as pas le physique d'un Teuton. Maintenant que j'en sais un peu plus… j'ai quelque chose pour toi ! lui annonça-t-elle, le visage rayonnant.

— Pour moi ?

— Je suis tombée dessus sur Internet, répondit-elle tout en fixant une courroie autour de la poitrine d'un dauphin. J'ai pensé que ça te ferait plaisir. Je l'ai appris par cœur, tu veux savoir ce que c'est ?

— Allez, accouche !

— L'histoire de ton monde ! claironna-t-elle.

— V'là autre chose !

— Ça ne t'intéresse pas ?

— Oh si ! s'immisça Greywolf. Léon s'intéresse passionnément à son cher pays, mais il préférerait crever plutôt que de l'admettre. Il préfère encore qu'on le prenne pour un Makah.

Il nagea vers lui, flanqué de deux dauphins. Dans sa combinaison rembourrée, il ressemblait à un monstre marin.

— Et c'est toi qui me dis ça ?

— Ne vous disputez pas, les enfants ! intervint Alicia.

Elle se mit sur le dos et se laissa flotter.

— Vous savez d'où viennent les baleines, les dauphins et les phoques ? reprit-elle. Vous voulez savoir la vraie vérité ?

— Nous sommes tout ouïe.

— Eh bien, ça se passe il y a très, très longtemps, à l'époque où les hommes et les animaux ne faisaient encore qu'un. Il y avait une fille qui vivait près d'Arviat…

Anawak tendit l'oreille. C'était donc ça ! Cette histoire, il en avait entendu des versions de toutes sortes quand il était petit. Puis il l'avait oubliée, en même temps que son enfance.

— Et c'est où, Arviat ? demanda Greywolf.

— Arviat, c'est le village le plus au sud du Nunavut, répondit Anawak. Est-ce que la fille s'appelait Talilayuk ?

— Oh ! oui, elle s'appelait Talilayuk, Talilayuk était son nom ! poursuivit Alicia d'un ton grandiloquent. Elle avait de beaux cheveux, beaucoup d'hommes s'intéressaient à elle, mais ce fut un homme-chien qui gagna son cœur. Talilayuk mit au monde des Inuits et des non-Inuits, tout ça mélangé. Jusqu'au jour où, alors que l'homme-chien était parti à la recherche de viande, Talilayuk vit apparaître un kayak devant sa tente, celui d'un homme-oiseau-tempête d'une beauté saisissante. Il l'invita à monter dans son embarcation, et naturellement, ils mirent les bouts ensemble…

— Classique, commenta Greywolf tout en inspectant l'objectif d'une caméra. Et les baleines, quand est-ce qu'elles entrent en jeu ?

— Attends. Ensuite, le père de Talilayuk vient lui rendre visite, mais sa fille a disparu, il ne reste que l'homme-chien qui se lamente et pleurniche. Alors le paternel saute dans son kayak pour partir à sa recherche, et finalement il tombe sur le campement de l'homme-oiseau-tempête. Il la voit déjà de loin, elle est assise devant la tente. Il lui fait un cirque d'enfer et lui ordonne de rentrer *illico presto* à la maison. Talilayuk est une fille obéissante, alors elle grimpe dans le kayak de son papa, et les voilà qui pagaient en direction du domicile conjugal. Au bout d'un certain temps, ils remarquent que la mer commence à grossir. Les vagues sont de plus en plus hautes, et voilà qu'une énorme tempête se lève ! Et aucune terre à l'horizon. Les lames déferlent sur le kayak, papa se met à baliser sévère. C'est la vengeance de l'oiseau-tempête qui s'est abattue sur eux. Papa se dit qu'il n'a pas envie d'y laisser sa peau, que tout ça, c'est à cause de sa fille. C'est elle qui est responsable de tous ses embêtements. Alors, aussi sec, il l'attrape et la jette par-dessus bord. Fifille se cramponne désespérément au bateau. Papa hurle, lui crie de lâcher prise, mais Talilayuk se cramponne encore plus fort. Alors, papa s'énerve grave, il attrape sa cognée et lui coupe les premières phalanges ! Mais alors là... elles ont à peine touché l'eau que... Qu'est-ce qui se passe, les p'tits gars ? Voilà qu'elles se transforment en narvals, et les ongles en défenses de narval. Talilayuk ne veut toujours pas lâcher prise, alors son vieux lui coupe la deuxième phalange de chaque main, et voilà qu'elles se transforment en baleines blanches, en bélugas. Mais fifille est toujours pendue au rebord. Ses dernières phalanges y passent, et voilà qu'elles se transforment en phoques. Talilayuk ne renonce pas ! Même avec des moignons, elle arrive encore à se cramponner. Le bateau commence à prendre l'eau, le vieux panique. Il lui envoie la pagaie à travers la figure et lui arrache l'œil gauche. Enfin, elle lâche prise et disparaît dans les vagues...

— Wouaou ! Vaut mieux être orphelin que de se coltiner un daron de cette sorte, dis donc !

— Mais Talilayuk ne meurt pas, enfin, pas vraiment. Elle se transforme en déesse de la mer, et depuis, elle règne sur les animaux de la mer sous le nom de Sedna. Elle parcourt l'eau avec son œil unique, en écartant ses bras sans mains, et elle a toujours ses beaux cheveux, mais elle ne peut plus les peigner, sans mains. C'est pour ça qu'ils sont souvent en broussaille, et c'est à ça qu'on voit qu'elle est en colère. Mais celui qui arrive à la peigner et à lui faire une natte apaise le courroux de Sedna, et elle lui permet de chasser les animaux marins.

— Quand j'étais petit, on racontait cette histoire pendant les longues nuits d'hiver, et chaque fois c'était un peu différent, murmura Anawak.

— Elle t'a plu ?

— Oui, je l'ai bien aimée, racontée par toi.

Elle eut un sourire de satisfaction. Anawak se demanda comment elle avait eu l'idée de déterrer pour lui la légende de Sedna. Ce n'était pas une simple découverte sur Internet, ça cachait autre chose. Non, elle avait dû faire des recherches. C'était vraiment un cadeau qu'elle lui faisait, une preuve d'amitié.

Il en fut touché.

— Des conneries, tout ça ! commenta Greywolf en sifflant le dernier dauphin qu'il lui restait à équiper de caméras et d'hydrophones. Léon est un homme de science, on ne la lui fait pas avec des histoires de déesses de la mer !

Alicia secoua la tête avec désapprobation.

— Vous êtes pénibles, avec votre guéguerre permanente ! dit-elle.

— D'ailleurs, cette histoire, elle est fausse. Vous voulez savoir la vérité ? Il n'y avait pas de terre. Il n'y avait qu'un chef, et ce chef, il vivait dans une hutte, sous l'eau. C'était un gros feignant, il ne se levait jamais, il passait son temps couché, le dos tourné vers le feu où il faisait brûler des cristaux. Il vivait tout seul, et son nom était « Le faiseur merveilleux ». Un jour, son second vint le trouver en lui disant que les esprits et les êtres surnaturels ne trouvaient pas de terre où s'installer. « Il est temps de faire honneur à ton nom et de régler le problème », lui dit-il. Pour toute réponse, le chef ramassa deux pierres et les donna à son second en lui ordonnant de les jeter à l'eau. Le second s'exécuta et les pierres grandirent en formant les îles Reine-Charlotte et toute la terre ferme.

— Merci, dit Anawak en riant, on a enfin une explication rigoureusement scientifique !

— Cette histoire vient d'un ancien cycle Haida, *Hoya Kaganas*, « Les voyages du corbeau », expliqua Greywolf. Les Nootka ont le même genre de légendes, elles tournent souvent autour de la mer. Soit on vient de la mer, soit on est détruit par la mer.

— On ferait peut-être bien de les écouter, si on n'arrive pas à avancer avec la science, fit observer Alicia.

— Depuis quand tu t'intéresses aux mythes ? s'étonna Anawak.

— J'aime bien.

— Pourtant, tu es encore plus empirique que moi…

— Et alors ? En tout cas, les mythes sont très clairs, ils nous disent comment vivre en paix avec la nature. On s'en fiche, qu'il n'y ait pas un mot de vrai dedans. La vérité, c'est : quand tu prends quelque chose, tu donnes quelque chose en échange. C'est ça, la vérité.

Greywolf sourit tout en flattant son dauphin.

— Ben voilà, plus de problème, on a tout résolu, hein, Licia ? C'est simple, il ne te reste plus qu'à mettre ton corps à contribution.

— Qu'est-ce que tu racontes ?

— Je parle des anciennes coutumes de la mer de Béring. Voilà comment ils faisaient : avant le départ pour la chasse, le lanceur de harpon devait coucher avec la fille du capitaine pour pouvoir s'imprégner de son odeur intime. C'était cette odeur, et rien qu'elle, qui attirait la baleine auprès du bateau et qui la calmait pour qu'elle se laisse tuer.

— Il n'y a que des hommes pour inventer des choses pareilles, maugréa Alicia.

— Les hommes, les femmes, les baleines… dit Greywolf en riant. *Hishuk ish ts'awalk.* Tout est un.

— Très bien ! s'écria Alicia. Plongeons au fond de la mer, partons à la recherche de Sedna et peignons ses cheveux !

« Tout est un. » Ces paroles résonnèrent en écho dans la tête d'Anawak.

Akesuk le lui avait dit : « Vous ne pourrez pas résoudre ce problème avec la science. Un chaman te dirait que vous avez affaire à des esprits. Les *quallunaats* ont commencé à détruire la vie. Ils ont fâché les esprits, la déesse de la mer, Sedna. Vous n'obtiendrez rien en vous opposant à des êtres du fond des mers, quels qu'ils soient… Si vous les détruisez, c'est vous-mêmes que vous détruirez… Considérez-les comme une partie de vous-mêmes, et partagez le même monde. Il n'y a jamais de gagnant dans la lutte pour le pouvoir. »

Le jeune homme eut soudain une conscience aiguë des instants privilégiés qu'ils vivaient. Ils étaient là, à nager avec des dauphins et à se raconter des légendes d'esprits et de déesses de la mer… Un peu plus loin, Roscovitz et Browning réparaient *Deepflight 1*. Ils pataugeaient joyeusement, ils riaient. Pourtant, imperceptiblement, leurs corps perdaient leur chaleur dans l'eau de mer, malgré le chauffage et leurs combinaisons protectrices.

Comment faire pour peigner les cheveux de la déesse de la mer ?

Jusqu'alors, les humains n'avaient envoyé à Sedna que des produits toxiques et des déchets atomiques. L'une après l'autre, les pollutions pétrolières venaient poisser ses cheveux. Sans lui demander la permission, ils chassaient ses animaux, ils en avaient exterminé un grand nombre.

Anawak sentait son cœur cogner dans l'eau glacée. Il frissonnait. Quelque chose lui disait que ce moment de bonheur serait de courte durée. Il avait fait la paix avec tellement de choses, avait découvert l'amitié, se sentait libéré du fardeau d'une existence mal comprise.

Confusément, il pressentit que quelque chose tirait à sa fin. Que plus jamais ils ne se retrouveraient ainsi, proches et détendus.

Greywolf vérifia que l'équipement du sixième et dernier dauphin de l'escadrille était bien attaché et hocha la tête avec satisfaction.

— C'est bon, dit-il. On va les lâcher.

Au laboratoire de haute sécurité

— Que je suis bête ! J'étais aveugle, ma parole !

Sue Oliviera regardait l'écran sur lequel le microscope à fluorescence transmettait l'agrandissement de l'échantillon. A Nanaimo, elle l'avait observée maintes fois, cette espèce de gelée, ou ce qu'il en restait après son extraction des cerveaux des baleines ! Elle avait également examiné à la loupe les lambeaux restés collés au couteau d'Anawak, après sa séance de plongée sous le *Barrier Queen*. Et jamais il ne lui était venu à l'esprit de conclure à la présence d'un assemblage d'unicellulaires.

C'en était même gênant !

Car elle aurait dû l'avoir compris depuis longtemps. Mais avec l'hystérie entourant la *Pfiesteria*, ils n'avaient eu d'yeux que pour les algues tueuses. Roche lui-même était passé à côté, il n'avait pas vu que la substance gélatineuse liquéfiée n'avait pas disparu, mais qu'elle était présente sur la plaque de son microscope sous la forme d'organismes unicellulaires, morts ou moribonds. Tout était déjà présent dans la carapace des homards et des crabes, et tout s'était mélangé : les algues tueuses, la gelée… et l'eau de mer.

L'eau de mer !

Comment Roche aurait-il pu repérer la substance étrangère, sachant qu'une goutte d'eau de mer abritait à elle seule des univers entiers de formes de vie ? Pendant des siècles, on avait eu la vue bouchée par les poissons, les mammifères marins et les crustacés, et on était passé à côté de 99 % de la vie marine. En vérité, ce n'étaient pas les requins, les baleines et les pieuvres géantes qui régnaient sur les océans, mais des armées de bêtes microscopiques. Des dizaines de milliards de virus, un milliard de bactéries, cinq millions d'unicellulaires et un million d'algues mélangés s'agitaient dans un unique litre d'eau de surface. Les échantillons d'eau prélevés à plus de six mille mètres de profondeur, là où la lumière ne pénétrait pas, dans un environnement hostile à la vie, contenaient encore des millions de virus et de bactéries. Il était donc impensable d'avoir une vue d'ensemble de la chose. Plus la recherche pénétrait dans l'univers de l'infiniment petit, plus celui-ci devenait impossible à appréhender dans son ensemble. En regardant de l'eau de mer à travers un microscope à fluorescence, on s'apercevait que cette goutte ressemblait plutôt à une sorte de gel très fin. Un réseau de macromolécules nouées ensemble parcourait chaque goutte d'eau de mer, comme des ponts suspendus. D'innombrables bactéries trouvaient leur niche écologique entre des paquets de fils transparents, de peaux et de pellicules. Il ne fallait pas plus d'un millilitre pour obtenir deux kilomètres de molécules d'ADN étirées, trois cent dix kilomètres de protéines et cinq mille six cents kilomètres de polysaccharides. Et au milieu de tout cela se cachaient les membres d'une forme de vie qu'on supposait intelligente. Ils se dissimulaient en se présentant comme des microbes communs. Aussi bizarre que fût le comportement de la gelée, elle n'était nullement composée de formes de vie étrangères, mais de bonnes vieilles amibes des grands fonds tout à fait ordinaires.

Sue poussa un profond soupir.

Maintenant, elle savait pourquoi Roche n'avait rien compris, ni elle, ni ceux qui avaient analysé l'eau du bassin à sec. Personne n'avait eu l'idée que des amibes des grands fonds puissent se fondre en un collectif capable de contrôler des crabes et des baleines.

— Ce n'est pas possible, décréta Sue.

Mais ses paroles manquaient curieusement de force. Elles restèrent coincées, sans écho, sous la capuche de sa combinaison de protection. Une fois de plus, elle compara les résultats taxonomiques, mais cela ne changea rien à ce qu'elle savait déjà. La gelée était apparemment composée de représentants d'une espèce d'amibe. Décrite scientifiquement. Une espèce qui apparaissait en grande partie à plus de trois mille mètres de profondeur, parfois moins, et ce en quantités inimaginables.

— Non, c'est de la connerie, grinça Sue. Tu te fous de ma gueule, ma petite. Tu t'es déguisée. Tu as l'air d'une amibe, mais je n'y crois pas. Mais bon Dieu, qu'est-ce que tu es vraiment ?

L'ADN

Après le retour de Johanson, ils se mirent au boulot et entreprirent d'isoler des cellules de gelée. Sans relâche, ils réfrigérèrent et chauffèrent les amibes, faisant éclater les enveloppes des cellules. Avec un apport de protéinases, les molécules d'albumine se décomposèrent et formèrent des chaînes d'acides aminés. Ils y mélangèrent du phénol et centrifugèrent les échantillons, libérèrent la solution de débris d'albumine et de particules d'enveloppes cellulaires, effectuèrent la précipitation et obtinrent enfin un liquide moins clair, aqueux, qui représentait la clé de la compréhension de l'organisme étranger.

Une solution d'ADN pur.

La deuxième étape mit encore davantage leur patience à l'épreuve. Afin de décoder l'ADN, il leur fallait l'isoler et le multiplier en partie. Le génome n'était pas lisible en son entier, car trop complexe, aussi entreprirent-ils des analyses séquentielles.

C'était un travail titanesque, et Rubin n'était pas là. Il était malade.

— Quel connard ! vitupéra Sue. C'est maintenant qu'il nous aurait servi à quelque chose ! Qu'est-ce qu'il a ?

— La migraine, répondit Johanson.

— Je suis bien contente. Parce que la migraine, ça c'est douloureux !

Sue introduisit les échantillons dans la machine à séquencer. Les calculs prendraient plusieurs heures. D'ici là, ils ne pouvaient rien faire de plus.

Après la pluie acide obligatoire, ils sortirent prendre l'air. Sue proposa une pause-cigarette sur le pont-hangar, mais Johanson avait une meilleure idée. Il disparut dans sa cabine et revint cinq minutes plus tard avec deux verres et une bouteille de bordeaux.

— On y va ? proposa-t-il.

— Mais où avez-vous déniché ça ? s'étonna Sue alors qu'ils gravissaient la rampe.

— Ce n'est pas le genre de truc qu'on déniche, répondit Johanson avec un sourire. C'est le genre de truc qu'on emporte avec soi. C'est ma spécialité, apporter des choses défendues.

Elle détailla la bouteille d'un œil curieux.

— C'est du bon vin ? Je ne m'y connais pas vraiment…

— Un château-clinet 1990. Du pomerol. C'est un vin qui allège à la fois le porte-monnaie et l'esprit.

Johanson leur dénicha une caisse métallique, et ils s'assirent. L'endroit était désert. En face d'eux, la porte menant à la plate-forme de tribord était ouverte. Elle donnait sur la mer calme et lisse qui s'étendait à perte de vue dans l'obscurité de la nuit polaire, parcourue de voiles de brume et de givre, libre de glace. Il faisait froid dans ce hangar, mais, après avoir passé des heures au laboratoire, ils appréciaient la fraîcheur de l'air.

Johanson déboucha la bouteille, versa le vin dans les verres et heurta légèrement son verre contre celui de sa collègue. Le tintement clair se perdit dans l'espace plongé dans la pénombre.

— C'est bon ! apprécia Sue.

Johanson fit claquer ses lèvres.

— J'ai emporté quelques bouteilles pour fêter les occasions spéciales, lui apprit-il. Et ça, c'en est une.

— Vous croyez qu'on va bientôt être sur la piste ?

— Peut-être y sommes-nous déjà.

— Ce sont les Yrr ?

— Là est la question. Qu'est-ce que nous avons dans notre citerne ? Peut-on imaginer une intelligence composée d'unicellulaires ? D'amibes ?

— Quand j'observe l'humanité, je me demande parfois ce qui nous différencie des amibes.

— La complexité.

— C'est un avantage ?

— A votre avis ?

Sue haussa les épaules.

— Comment voulez vous que quelqu'un qui ne s'occupe que de microbiologie depuis des années ait un avis ? répondit-elle. Je n'ai pas de chaire, moi, je ne suis pas comme vous. Je n'ai pas d'échanges avec de quelconques étudiants en colère, ni avec un large public, je souffre d'un manque de distance vis-à-vis de moi-même. Je suis un rat de laboratoire sous forme humaine. Je porte sans doute des œillères, mais je ne vois que des micro-organismes partout. Nous vivons à l'âge des bactéries. Les bactéries n'ont pas changé de forme depuis plus de trois milliards d'années. Les hommes sont un phénomène de mode, ils ont la cote, mais quand le soleil explosera et qu'ils auront disparu, il subsistera encore quelques microbes quelque part. La véritable réussite de la planète, c'est eux, pas nous. Je ne sais pas si les hommes ont des avantages par rapport aux bactéries, mais si nous apportons en plus la preuve que des microbes sont dotés d'intelligence, on sera vraiment dans la merde, il me semble.

Johanson but une gorgée de vin avant d'opiner :

— Oui, ce serait une révélation fatale. Vous imaginez le scandale ? Les églises chrétiennes obligées d'annoncer à leurs fidèles que la Création divine a atteint son point culminant le cinquième jour, pas le septième…

— Je peux vous poser une question personnelle ?

— Je vous en prie.

— Comment arrivez-vous à gérer tout ce qui se passe ?

— Tant qu'il restera quelques grands bordeaux, je ne vois pas de difficultés majeures.

— Vous n'éprouvez pas de colère ?

— Contre qui ?

— Contre ceux d'en bas.

— Devrions-nous régler ce problème par la colère ?

— Certes non, ô Socrate ! répliqua Sue avec un sourire en coin. Non, mais ça m'intéresse vraiment. Parce qu'ils vous ont quand même détruit votre foyer, non ?

— Oui, en partie.

— Elle ne vous manque pas, votre maison de Trondheim ?

Johanson pencha son verre et considéra son contenu.

— Moins que je ne le pensais, répondit-il au bout d'un moment. Bien sûr, c'était une maison superbe, remplie de choses superbes… mais à l'intérieur, ce n'était pas ma vie. La facilité avec laquelle on arrive à se détacher d'une cave à vins et d'une bibliothèque bien garnie est époustouflante. De plus, ça peut paraître bizarre, mais j'ai eu le temps de lui dire au revoir. Le jour où je suis parti pour les Shetland, je lui ai fait mes adieux, confusément, sans le savoir. En fermant la porte, j'ai fermé quelque chose dans ma tête aussi. J'ai pensé : Si tu devais mourir maintenant, qu'est-ce qui te manquerait le plus ? Et ce n'était pas ma maison. Pas celle-là.

— Il y en a une autre ?

— Oui. Au bord d'un lac, dans l'arrière-pays. Quand on est assis sur la véranda et qu'on regarde le lac en écoutant Sibelius ou Brahms, avec un verre de ce truc-là à la main… c'est tout à fait autre chose. Oui, c'est cet endroit qui me manque.

— Ce doit être beau.

— Vous savez pourquoi j'ai envie de m'en tirer sain et sauf ? Pour pouvoir retourner là-bas.

Johanson remplit leurs verres derechef.

— Il faut avoir été là-bas et avoir vu l'étoile du Berger se refléter dans l'eau. C'est une chose qui ne s'oublie pas. Votre existence tout entière se focalise dans cette étincelle solitaire. L'univers qui l'entoure devient perméable… C'est une expérience extraordinaire, mais on ne peut la faire que seul.

— Vous êtes retourné là-bas, après la vague ?

— Non. En pensée seulement.

Sue but une gorgée de vin, puis déclara :

— J'ai eu de la chance, jusqu'ici. Je n'ai pas subi de pertes. Mes amis, ma famille vont bien, tout est encore debout.

Elle s'arrêta et murmura, en souriant :

— Mais je n'ai pas de maison au bord du lac.

— Tout le monde a une maison au bord du lac.

Elle eut l'impression que Johanson voulait ajouter quelque chose, mais rien ne vint.

Ils restèrent silencieux un moment, buvant et regardant la brume s'étendre sur la mer.

— J'ai perdu une amie, déclara Johanson.

Sue ne dit mot.

— Elle n'était pas vraiment facile, poursuivit-il. Elle faisait tout au pas de course… C'est curieux, nous nous sommes trouvés vraiment au moment même où nous avons renoncé l'un à l'autre. Eh oui ! C'est la vie.

— Je suis triste pour vous, dit Sue d'une voix douce.

Johanson la remercia d'un signe de tête. Il la regarda, puis ses yeux allèrent se fixer sur un point, derrière elle. Sue, perplexe, tourna la tête.

— Qu'est-ce qui se passe ?

— J'ai vu Rubin.

— Où ?

— Là, de l'autre côté. Il est entré là, précisa Johanson en indiquant le mur du hangar, au centre du navire.

— Il est entré là ? Mais on ne peut pas entrer là !

L'extrémité du hangar était plongée dans la pénombre. Un mur de plusieurs mètres de hauteur le séparait des ponts situés derrière. Sue avait raison. Il n'y avait pas de porte.

— C'est peut-être l'effet du vin ? plaisanta-t-elle.

Johanson secoua la tête.

— Je suis prêt à parier que c'était Rubin, insista-t-il. Je l'ai vu fugitivement, il a disparu tout de suite.

— Vous êtes sûr ?

— A peu près sûr.

— Il nous a vus ?

— Je ne crois pas. Nous sommes dans un petit recoin sombre. Pour nous voir, il aurait dû vraiment regarder avec attention.

— Nous n'avons qu'à lui poser la question, quand il sera de nouveau sur pied.

Mais Johanson ne détachait pas son regard du mur. Puis, au bout d'un moment, il laissa tomber :

— Oui. On lui posera la question.

Ils retournèrent au laboratoire avec leur bouteille à demi vide. Sue ne ressentait pas la moindre trace d'ivresse. Sans doute l'air était-il trop froid. Elle avait simplement des ailes, transportée par la perspective de faire des découvertes fantastiques.

Ce qu'elle fit.

La machine avait terminé son travail. Ils transférèrent les résultats sur l'ordinateur, à l'extérieur du laboratoire. L'écran montra une série de séquences de bases. Sue parcourut les chiffres. Ses pupilles zigzaguèrent de haut en bas à toute vitesse, et à chaque nouvelle ligne, sa mâchoire inférieure tombait un peu plus.

— C'est pas possible, murmura-t-elle enfin.

— Quoi ? s'enquit Johanson en se penchant par-dessus son épaule.

Il lut. Deux rides verticales se dessinèrent entre ses sourcils.

— Ils sont tous différents ! s'exclama-t-il.

— Oui.

— Ce n'est pas possible ! Des êtres identiques ont tous le même ADN.

— Des êtres de la même espèce, oui.

— Mais ce sont des êtres de la même espèce !

— Le quotient de mutation naturelle…

— Non ! s'écria Johanson, visiblement abasourdi. Il est largement dépassé. Ce sont des êtres différents, tous ! Il n'y a pas deux ADN exactement pareils.

— En tout cas, ce ne sont pas des amibes normales.

— Non, il n'y a absolument rien de normal chez elles.

— C'est quoi, alors ?

Il regarda les résultats.

— Je ne sais pas.

— Moi non plus, dit Sue en se frottant les yeux. Tout ce que je sais, c'est qu'il y a encore à boire dans votre bouteille, et que je pourrais en avoir besoin.

Johanson

Elle surfa un moment sur les banques de données pour comparer l'analyse séquentielle de l'ADN de la gelée avec des analyses décrites ailleurs. Dès le début, elle tomba sur sa propre découverte, lorsqu'elle avait examiné la substance dans les têtes de baleine. A l'époque, elle n'avait pas constaté de divergences dans la suite des paires de base.

— J'aurais dû en analyser plus, de ces cellules ! rouspéta-t-elle.

Johanson chercha à la rassurer :

— Peut-être que si vous l'aviez fait, vous ne seriez pas tombée dessus.

— Quand même, j'aurais dû !

— Comment auriez-vous pu deviner qu'il s'agissait de symbioses d'unicellulaires ? Allez, Sue, oubliez ça et regardez l'avenir, pas le passé.

Sue soupira.

— C'est vrai, vous avez raison.

Elle jeta un coup d'œil à sa montre.

— O.K., Sigur. Allez dormir. On n'a pas besoin d'être deux à passer une nuit blanche.

— Et vous ?

— Je continue. Je veux savoir si ce chaos d'ADN a déjà été décrit ailleurs.

— On pourrait se partager le boulot.

— Il n'en est pas question.

— Mais ça ne me fait rien du tout...

— Sigur, allez vous mettre au lit, vous avez besoin de vous reposer pour garder votre teint de jeune fille. Moi, c'est fini. Quand j'ai eu mes quarante ans, la nature a eu la bonté de me coller des rides et des poches sous les yeux. On ne verra donc pas la différence, j'aurai toujours la même tête chiffonnée. Mais emportez votre bouteille avec vous, sinon, je suis capable de tout picoler, et je perdrais mon objectivité scientifique.

Johanson comprit qu'elle préférait livrer bataille toute seule. Elle était mécontente d'elle-même. Elle n'avait évidemment aucun reproche à se faire, mais sans doute fallait-il la laisser tranquille.

Il emporta la bouteille et quitta le laboratoire.

Une fois dehors, il constata qu'il n'était pas fatigué du tout. Au-delà du cercle polaire, le temps n'était plus qu'une notion très vague. La clarté dominante étirait la journée comme un interminable ruban, interrompu par quelques petites heures de pénombre. Pour l'instant, le soleil se dérobait aux regards, tapi derrière l'horizon. Avec un peu de bonne volonté, on pouvait parler de nuit. Psychologiquement, c'était le meilleur moment pour aller dormir.

Mais Johanson n'en avait pas envie.

Il remonta la rampe.

Les proportions du gigantesque pont-hangar se perdaient dans des ombres cubiques. Il n'y avait toujours personne. Il chercha l'endroit où ils avaient bu leur vin, trouva la caisse dissimulée dans l'obscurité.

Rubin n'avait pas pu les voir.

Mais lui, il avait vu Rubin !

Il lui fallait donc aller examiner ce mur de plus près.

Il fut déçu et étonné, car son inspection fut vaine. Il arpenta le mur à plusieurs reprises, passant les doigts sur les plaques d'acier soudées, sur des tubes et des caissons, mais Sue avait sûrement raison. Il avait été victime d'une illusion. Il n'y avait rien, ni porte ni passage quelconque.

— Et pourtant non, je ne me suis pas trompé, prononça-t-il à voix basse.

Le mieux était sûrement d'aller se coucher. Mais dans ce cas, ce mystère continuerait à tourner dans sa tête et l'empêcherait de dormir. Il allait demander son avis à quelqu'un, à Li par exemple, ou à Peak, à Buchanan ou à Anderson. Bon… mais s'il s'était vraiment trompé ?

On allait le prendre pour…

Il se secoua.

Tu es chercheur ? Alors cherche !

Il retourna sans se presser jusqu'à l'arrière du hangar, s'assit sur la caisse qui les avait accueillis et attendit. L'endroit était assez sympa, finalement, avec vue sur la mer…

Il but une gorgée de vin.

Le bordeaux le réchauffa. Ses paupières s'alourdirent. Elles prenaient un gramme de plus à chaque minute. Bientôt, il eut le plus grand mal à les maintenir ouvertes. Pourtant, il résistait. Il était fatigué, mais il tiendrait bon.

Finalement, quand la bouteille fut vide, il s'assoupit. Son esprit partit à la dérive, emporté par les brumes de la mer du Groenland.

Un léger bruit métallique le réveilla en sursaut.

Il commença par se demander où il se trouvait. Puis il prit douloureusement conscience de la dureté de l'acier contre lequel il s'appuyait. Au-dessus de la mer, le ciel s'était éclairci. Il se redressa à grand-peine, regarda le mur d'en face.

Une partie du mur était ouverte.

Stupéfait, Johanson se glissa à bas de sa caisse. Une porte carrée d'environ trois mètres de côté s'était ouverte. Elle se découpait, lumineuse, sur l'acier sombre.

Il regarda la bouteille vide posée sur la caisse.

Le bordeaux ?

Lentement, il se dirigea vers le carré clair. En s'approchant, il vit qu'un couloir aux murs nus partait de là. Des tubes de néon projetaient une lumière froide. Au bout de quelques mètres, le couloir se heurtait à un mur et bifurquait.

Johanson regarda à l'intérieur, tendit l'oreille.

Des voix et des bruits lui parvinrent. Il fit un pas en arrière. Il se demanda s'il ne devait pas prendre la poudre d'escampette. Il se trouvait sur un navire de guerre, et cet endroit avait sans doute une fonction. Une fonction qu'on n'agitait pas forcément sous le nez des civils.

Puis il pensa à Rubin.

Non ! S'il déguerpissait maintenant, c'étaient des heures et des heures de rumination qui l'attendaient.

Rubin était là !

Johanson entra.

14 août

Sur la *Heerema*, au large de La Palma, Canaries

En temps normal, Bohrmann n'aurait pu que se réjouir du beau temps qui régnait, mais l'heure n'était pas à la réjouissance. Assurément, avec les millions de vers qui proliféraient à quatre cents mètres sous l'eau et les milliards de bactéries qui investissaient les fines ramifications d'hydrates du cône du volcan, il n'y avait pas de quoi rire.

Il gagna le bâtiment principal.

La *Heerema* était un semi-submersible, une plate-forme flottante grande comme plusieurs terrains de football. Le pont rectangulaire reposait sur six piles transversales d'où partaient d'énormes pontons. Sur le sec, la plate-forme ressemblait à un catamaran surdimensionné.

Les pontons étaient partiellement immergés, invisibles sous la surface de l'eau. Seule une partie des six piles sortait des vagues. Avec ses vingt et un mètres de tirant d'eau et son déplacement de plus de cent mille tonnes, la plate-forme flottante se trouvait dans une position extrêmement stable. Même par forte tempête, les semi-submersibles restaient insensibles au tangage et au roulis. Et, surtout, ils étaient faciles à manœuvrer et relativement rapides. Grâce à ses deux hélices à tuyère, la *Heerema* avait parcouru la distance qui séparait la Namibie de La Palma à la vitesse de sept nœuds.

Un bâtiment de deux étages abritant les logements de l'équipe, le carré et la cuisine, la passerelle et la salle de contrôle s'élevait à l'arrière. A l'avant, deux énormes grues capables de soulever un chargement de trois mille tonnes s'élançaient à l'assaut du ciel. C'était la grue de droite qui descendait la trompe au fond, tandis que l'autre était chargée du système d'éclairage, une unité séparée à caméras intégrées. La coordination et la commande de la trompe et de l'éclairage étaient assumées par quatre personnes dont c'était l'unique fonction.

— Gueuuuu'd !

Ça, c'était Frost, qui se dirigeait sur lui au pas de course. Bohrmann lui avait proposé de l'appeler par son diminutif, Gerd, mais son accent texan le rendait difficilement reconnaissable lorsqu'il le hélait ainsi.

Ils entrèrent de conserve dans la salle de contrôle. Quelques membres de l'équipe de Frost et des techniciens de De-Beers étaient là, ainsi que Jan van Maarten. Le directeur technique avait accompli le miracle promis en un tournemain. Le premier aspirateur à vers sous-marin de tous les temps était prêt à fonctionner.

Frost galvanisa ses troupes par un petit discours prononcé d'une voix tonitruante :

— Bien, les gars ! Que le Seigneur soit avec nous ! Si on réussit sur ce coup, on continue sur Hawaii. Parce qu'ils sont dans la merde, eux aussi. Ils ont envoyé un robot au fond, et le robot a trouvé des tonnes de vers. Tout de suite après, la liaison a été interrompue. Et c'est kif-kif sur d'autres îles volcaniques, exactement comme je le pensais. Mais le Mal ne triomphera pas ! On ne va lui laisser aucune chance ! On va te nettoyer tout ça vite fait grâce à notre petite merveille. On va te débarrasser le monde de cette pourriture !

— Bonne idée, lui chuchota Bohrmann, mais ici, on est sur une zone délimitée. Comment tu vas faire pour nettoyer tout le talus continental américain avec un seul appareil ?

— Mais c'est des conneries, je n'ai dit ça que pour motiver les gars ! répliqua Frost en lui décochant un regard étonné.

Bohrmann, perplexe, reporta son attention sur les écrans. Il espérait que leur affaire marcherait. Car même s'ils parvenaient à se débarrasser des vers, restait à savoir combien de consortiums de bactéries étaient parvenus à pénétrer dans la glace. Il craignait en secret qu'ils ne soient arrivés beaucoup trop tard pour éviter l'effondrement du

Cumbre Vieja. La nuit, il faisait des cauchemars, rêvait d'un gigantesque mur d'eau s'élevant jusqu'aux nuages et se dirigeant sur lui à toute allure en dévalant l'océan, et, chaque fois, il se réveillait trempé de sueur. Cela ne l'empêchait pas de se contraindre à l'optimisme. Oui, ça marcherait. Et peut-être que l'*Independence* arriverait à obtenir des concessions de la part de la puissance inconnue. Si les Yrr étaient capables de détruire un talus entier, ils étaient sans doute capables de le réparer.

Frost reprit son discours de plus belle, vouant les ennemis de l'humanité aux gémonies et chantant les louanges de l'équipe De-Beers. Puis il donna le signal de départ.

Le système d'éclairage était un gigantesque projecteur démultiplié. Suspendu ainsi à la grue, il formait un faisceau compact de barres et de supports long de dix mètres et rempli de lampes et d'objectifs. On l'immergea et il disparut sous l'eau, relié par des fibres optiques avec la *Heerema*. Au bout de dix minutes, Frost consulta le mesureur de profondeur et ordonna :

— Stop.

Van Maarten transmit son ordre au pilote.

— On le déploie, ajouta-t-il, d'abord à moitié, et si tout se passe bien, en entier.

A quatre cents mètres, il s'accomplit une élégante métamorphose. Le faisceau se déploya et se transforma en filigrane. Les barres ne rencontrant aucun obstacle, le système fut ouvert entièrement, jusqu'à atteindre les dimensions d'un demi-terrain de football suspendu dans les profondeurs.

— Prêts, annonça le pilote.

Frost jeta un coup d'œil aux instruments et estima qu'ils devaient se trouver à proximité d'une paroi.

— Les éclairages et les caméras, ordonna van Maarten.

Rangée après rangée, de fortes lampes halogènes s'allumèrent. En même temps, les huit caméras se mirent en route, transmettant une image trouble de la zone. Du plancton traversait l'écran.

— Rapprochez-vous, dit van Maarten.

Le système d'éclairage s'approcha lentement, actionné par de petites hélices orientables. Quelques minutes plus tard, une structure découpée émergea de l'obscurité. Vue de plus près, elle avait la forme d'un mur de lave noir, d'aspect bizarre.

— Descendez.

Le pilote s'exécuta, agissant avec une extrême prudence, jusqu'à ce que le sonar annonce la présence d'une avancée en terrasse. Sans transition, une large arête surgit, si près qu'elle semblait à portée de main. Sa surface disparaissait sous une couche de vers grouillants. Bohrmann, devant ses huit écrans, sentit le découragement l'envahir. Il voyait revenir sous ses yeux le cauchemar qui l'accompagnait depuis l'écroulement de la marge continentale norvégienne. Si le décor était partout le même que sur ces quarante mètres arrachés à l'obscurité par les projecteurs, ils n'avaient plus qu'à plier bagage et à s'en aller au plus vite.

— Saloperies de vers, gronda Frost.

Nous arrivons trop tard, pensa Bohrmann.

Puis il se reprocha son mouvement de peur. Rien ne disait que les vers avaient déjà complètement déchargé leur cargaison de bactéries, et qu'ils étaient assez nombreux pour provoquer la catastrophe. De plus, il y avait ce mystérieux facteur qui avait déclenché le glissement. Il n'était pas trop tard. Il leur fallait simplement prendre les vers de vitesse.

— O.K., dit Frost. On va basculer l'éclairage de quarante-cinq degrés et on va le relever un peu pour avoir un meilleur angle de vue. Ensuite, on balance la trompe. J'espère qu'elle a bon appétit.

— Je vous rassure, elle a une faim de loup, affirma van Maarten.

Entièrement déroulée, la trompe d'aspiration descendait à cinq cents mètres de profondeur. C'était un monstre de trois mètres de diamètre, segmenté, isolé par du caoutchouc, qui se terminait par une large gueule. Des projecteurs, deux caméras et plusieurs hélices orientables étaient installés tout autour de la gueule. L'extrémité de la trompe pouvait monter, descendre, avancer, reculer, se déplacer latéralement par télécommande. Les images du système d'éclairage et celles de la trompe se réunissaient au poste de pilotage, offrant une large vue de l'ensemble et des détails. Le travail aux manettes exigeait une bonne vue, du doigté et un copilote qui veillait à ce que rien n'échappe à la personne qui se trouvait aux commandes.

Pendant un bon moment, la trompe évolua dans une obscurité opaque. Puis le système d'éclairage arriva en vue. D'abord simple reflet au milieu des ténèbres, il dispensa de plus en plus de luminosité, prit sa forme rectangulaire et finit par révéler la terrasse du talus. Il était si volumineux que Bohrmann croyait voir un vaisseau spatial. Le flexible continua à descendre, se rapprocha de l'armée grouillante des vers qui se mirent bientôt à recouvrir l'écran. On distinguait nettement chaque individu jusque dans les moindres détails. On les voyait se tortiller, rapides et précis, en exhibant des mâchoires armées de crocs.

Un silence tendu régnait dans la salle de contrôle.

— Fantastique, murmura van Maarten.

— Dites, la femme de ménage ne va pas tomber en extase devant la poussière ! grommela Frost avec une grimace. Allez, balancez votre aspirateur et nettoyez-moi tout ça !

La trompe d'aspiration était plus exactement une pompe aspirante qui générait de la sous-pression et qui, de ce fait, avalait tout ce qui se présentait devant sa gueule.

En théorie, en tout cas, car quand elle entra en action il ne se passa rien.

Il lui faut sans doute un certain temps pour se mettre en route, se dit Bohrmann. Enfin, j'espère que c'est ça !

Les vers continuaient leurs petites affaires sans être perturbés le moins du monde. Dans la salle de contrôle, la déception se peignit, lentement mais sûrement, sur les visages. Bohrmann, qui ne quittait pas des yeux les deux écrans des caméras de la trompe, sentit l'abattement revenir à la charge.

Qu'est-ce qui clochait ? L'engin était-il trop long ? La pompe trop faible ?

Soudain, un changement s'opéra sur les écrans. Les vers semblaient tirés vers le haut, leur arrière-train se soulevait, tremblait...

Soudain, ils filèrent droit sur les caméras.

— Ça marche ! s'écria Bohrmann en levant les poings en signe de victoire.

Lui, si retenu d'ordinaire, avait crié. Mieux, il se contenait pour ne pas danser de joie et faire des pirouettes.

Frost laissa exploser sa joie sans vergogne :

— Alléluia ! Qu'est-ce qu'il est chouette, ce joujou ! O Seigneur, aide-nous à débarrasser le monde des forces du Mal ! Oh ! putain !

Il arracha sa casquette de base-ball, passa sa main dans sa tignasse tire-bouchonnée, reposa l'objet sur son crâne.

— Ouais ! jubila-t-il. On va te les écrabouiller !

Les vers étaient avalés si vite et en si grande quantité que les images ne tardèrent pas à se réduire à un faible scintillement sur les écrans. Les caméras du système d'éclairage révélaient sans équivoque ce qui se passait à la gueule de la trompe. Du sédiment aspiré en même temps virevoltait en tous sens.

— Plus à gauche, maintenant, ordonna Bohrmann, ou à droite. Peu importe, il faut continuer.

— On va avancer en zigzag, proposa van Maarten. Dès qu'on a fini la zone éclairée, on entame les quarante mètres suivants…

— Parfait. On fait comme ça.

L'aspirateur continua à se promener en aspirant inlassablement les vers. Partout où il était passé, l'eau était si trouble qu'on ne distinguait pas le fond.

— Il faudra attendre que cette bouillie soit plus claire pour voir les résultats, dit van Maarten.

Ce dernier paraissait soulagé d'un grand poids. Avec un profond soupir, il exhala la tension des semaines écoulées et se recula au fond de son siège dans un geste presque négligent.

— Mais je pense que nous serons tous très satisfaits, ajouta-t-il.

A bord de l'*Independence*, mer du Groenland

Donnnggg !

Les cloches de Trondheim un dimanche matin. Le clocher de la Kirkegata. Il se dresse vers le ciel dans le soleil matinal. C'est un petit clocher sûr de lui qui jette son ombre sur la petite maison à pignon ocre jaune, à l'escalier peint en blanc. Il est exigeant, il veut qu'on l'entende.

Ding-dong ! Debout ! C'est l'heure !

Qu'est-ce qu'elle a à m'emmerder, cette foutue église ? J'ai encore dû trop picoler hier soir, avec les collègues…

Donngg !

Il est huit heures.

Le haut-parleur.

Non, il n'était pas dans la lointaine Kirkegata, il n'y avait pas de petite église sûre d'elle, pas de maison ocre jaune. Dans son crâne, ce n'étaient pas les cloches de Trondheim qui jouaient du marteau, mais un horrible mal de tête.

Qu'est-ce qui lui arrivait ?

Johanson ouvrit les yeux et constata qu'il était couché dans des draps chiffonnés, sur un lit étranger. D'autres lits l'entouraient, tous vides. La pièce était grande, bourrée d'appareils, sans fenêtres, et paraissait aseptisée. Une chambre d'hôpital.

Qu'est-ce qu'il pouvait bien foutre dans une chambre d'hôpital ?

Il leva la tête, la reposa bien vite sur son oreiller. Ses yeux se fermèrent tout seuls. Tout valait mieux que le martèlement qui résonnait dans son crâne. Et il avait une de ces nausées…

Il est neuf heures.

Johanson s'assit dans le lit.

Il était toujours dans la même chambre. Mais il allait nettement mieux. La nausée était partie, la douleur qui enserrait son crâne comme un étau était toujours là, mais diffuse, supportable.

Il ne savait toujours pas comment il avait atterri là.

Il s'examina. Il portait encore la chemise, le pantalon, les chaussettes de la nuit dernière. Sa veste en duvet et son pull étaient posés sur le lit voisin, devant lequel l'attendaient, sagement alignées, ses chaussures.

Il lança ses jambes par-dessus le bord du lit.

Aussitôt, une porte s'ouvrit, livrant passage à Sid Angeli, le responsable de l'infirmerie. Angeli était un petit Italien doté d'une couronne de cheveux et de profondes rides partant du coin des lèvres. Il avait le boulot le plus ingrat du navire, parce que personne ne tombait malade. Enfin, à part Johanson.

— Comment ça va ? questionna l'Italien en penchant la tête. Tout va bien ?

— Aucune idée, répondit Johanson en se tâtant la nuque.

— Vous allez avoir mal pendant un moment. Mais vous savez, vous l'avez échappé belle, ç'aurait pu être pire.

— Qu'est-ce qui s'est passé ?

— Vous n'avez aucun souvenir ?

Johanson réfléchit, mais la réflexion ne fit que raviver la douleur.

— Je crois que je pourrais supporter deux aspirines, gémit-il.

— Vous ne savez pas ce qui vous est arrivé ?

— Aucune idée.

Angeli se rapprocha et étudia son visage.

— Eh bien… on vous a retrouvé sur le pont-hangar, la nuit dernière, dit-il. Vous avez dû glisser. Heureusement qu'ici il y a une surveillance vidéo, sinon vous y seriez encore. Vous avez dû heurter quelque chose en tombant sur la nuque et l'arrière de la tête…

— Le pont-hangar ?

— Oui. Vous ne vous en souvenez plus ?

Oui, il avait bien été sur le pont-hangar. Avec Sue Oliviera. Et après, il y était retourné seul. Il savait qu'il y était retourné, mais il ne se rappelait plus pourquoi. Et encore moins ce qui s'était passé.

— Ç'aurait pu mal se terminer, poursuivit Angeli. Vous... euh... vous n'auriez pas un tout petit peu bu, par hasard ?

— Bu ?

— Oui, je dis ça rapport à la bouteille vide qu'on a trouvée là-bas. Mlle Oliviera dit que vous l'avez bue ensemble... Ne le prenez pas mal, ce n'est pas grave. Mais les porte-avions sont des endroits dangereux, c'est mouillé, c'est glissant. On peut faire une chute, ou tomber à l'eau... Il vaut mieux ne pas monter sur le pont tout seul, surtout quand... euh...

— Quand on a bu, compléta Johanson.

Il se leva. Fut pris d'un vertige. Angeli accourut à sa rescousse et le prit par le coude.

— Merci, ça va. Et d'ailleurs, je suis où ?

— A l'infirmerie. Ça va, vous y arriverez ?

— Si vous me donniez de l'aspirine...

Angeli sortit une boîte d'analgésiques d'un tiroir.

— Tenez. Vous avez juste une grosse bosse. Bientôt, ça ira mieux.

— O.K. Merci.

— Vous ne vous souvenez vraiment de rien ?

— Non, je vous l'ai dit !

Angeli le gratifia d'un large sourire.

— *Va bene*, dit-il. Essayez de commencer la journée en douceur. Et s'il y a quoi que ce soit, n'hésitez pas à revenir me voir.

En salle de réunion

— Des zones hypervariables ? Je comprends rien à ce que vous racontez.

Vanderbilt était visiblement perdu. Sue Oliviera se dit qu'elle leur en demandait peut-être un peu trop, à tous ces profanes. Peak avait l'air perplexe, Li restait impassible, mais sans doute son exposé dépassait-il ses connaissances en génétique.

Johanson, de son côté, ressemblait à un spectre. Il était arrivé en retard, de même que Rubin, qui avait pris place en marmonnant une vague excuse. Contrairement au sujet de Sa Gracieuse Majesté, le

Norvégien avait vraiment mauvaise mine. Il jetait des regards mal assurés autour de lui, comme pour vérifier que les gens étaient de vrais gens, et non des illusions. Sue résolut d'avoir une conversation avec lui après la réunion.

— Je vais prendre l'exemple d'une cellule humaine normale, dit-elle. Au fond, ce n'est qu'un sac rempli d'informations, avec une membrane autour. Le noyau contient les chromosomes, l'ensemble de tous les gènes. Ils forment le génome ou l'ADN, cette double hélice en spirale, que vous connaissez. Pour dire les choses simplement, c'est notre plan de construction. Plus un organisme est développé, plus ce plan de construction est différencié. Grâce à une analyse ADN, il est possible de confondre un assassin ou d'établir des liens de parenté, mais, en gros, ce plan est le même pour tous les humains : des pieds, des jambes, des bras, des mains, etc. Cela signifie que l'analyse d'un ADN individuel nous dit deux choses. En général : ceci est un être humain. En particulier : voici de quelle personne il s'agit.

Elle lut l'intérêt et la compréhension sur les visages qui lui faisaient face.

Bon, ça va, ils accrochent.

— Certes, deux êtres humains sont plus différents que deux unicellulaires de la même espèce. Mon ADN présente statistiquement environ un million de petites différences avec celui de n'importe qui d'autre dans cette pièce. La différenciation entre les êtres humains se fait toutes les mille deux cents paires de bases. De même, si vous analysez les cellules d'une seule et même personne, vous trouverez là aussi des différences minimes, des divergences biochimiques dans l'ADN, dues à la mutation. En conséquence, vous pourrez tomber sur des résultats différents si vous analysez par exemple une cellule de ma main gauche et une cellule de mon foie. Il n'empêche qu'elles disent toutes les deux clairement : il s'agit de Sue Oliviera.

Elle fit une courte pause, reprit :

— Chez les unicellulaires, ces questions se posent moins. Il n'y a qu'une seule cellule. C'est elle qui constitue l'être entier. Il n'y a donc qu'un génome, et comme les unicellulaires se multiplient par division et non par appariement, il n'y a donc pas de mélange chromosomique de maman et de papa. L'être se duplique avec son information génétique, et c'est tout.

— Ça signifie, pour les unicellulaires… que dès lors qu'on connaît un ADN, on les connaît tous ? risqua Peak.

— Oui, confirma Sue en souriant. Ce serait ce qu'il y a de plus naturel. Une population d'unicellulaires se distinguera par des génomes largement identiques. Si on laisse de côté le faible coefficient de mutation, l'ADN est le même pour chaque individu.

Elle vit Rubin remuer nerveusement sur son siège, ouvrir et refermer la bouche. En temps normal, il n'aurait pas résisté plus longtemps et se serait emparé de l'exposé. Ah ! c'est pas de chance, tu as eu la migraine, mon pauvre gars, et tu n'es pas au courant de ce qu'on a découvert ! Te voilà obligé de la fermer et de m'écouter.

— Mais c'est exactement ici que commence notre problème, poursuivit-elle. Les cellules de la gelée paraissent identiques au premier abord. Ce sont des amibes, pareilles à celles qu'on trouve dans les grands fonds. Même pas particulièrement exotiques. Pour pouvoir décrire leur ADN complet, il faudrait faire des calculs pendant deux ans sur différents ordinateurs, donc nous nous contentons d'échantillonnages. Nous isolons des petits segments d'ADN, et nous obtenons des parties du code génétique, appelées amplicons. Chaque amplicon nous montre une série de paires de bases, du vocabulaire génétique. Si nous analysons des amplicons du même segment d'ADN de différents individus et si nous les comparons, nous obtenons des informations intéressantes. Les amplicons de plusieurs unicellulaires appartenant à la même population devraient donner l'image suivante…

Elle montra une feuille imprimée, qu'elle avait agrandie pour la réunion.

A1 : AATGCCAATTCCATAGGATTAAATCGA
A2 : AATGCCAATTCCATAGGATTAAATCGA
A3 : AATGCCAATTCCATAGGATTAAATCGA
A4 : AATGCCAATTCCATAGGATTAAATCGA

— Vous voyez quelles séquences sont identiques sur toute la ligne. Ce sont quatre unicellulaires identiques.

Elle posa sa feuille et en montra une autre.

— Mais nous, voici ce que nous avons obtenu :

A1 : AATGCCA **CGATGCTACCTG** AAATCGA
A2 : AATGCCA **ATTCCATAGGATT** AAATCGA
A3 : AATGCCA **GGAAATTACCCG** AAATCGA
A4 : AATGCCA **TTTGGAACAAAT** AAATCGA

— Ce sont les suites de bases des amplicons de quatre échantillons de notre spécimen gélatineux. L'ADN est identique, sauf de petites zones hypervariables, dans lesquelles il n'y a aucune espèce de similitude. Nous avons examiné des dizaines de cellules. Certaines ne diffèrent que légèrement dans les zones hypervariables, d'autres sont totalement différentes. On ne peut expliquer cela par des mutations naturelles. Autrement dit : ça ne peut pas être le fait du hasard.

— Ce sont peut-être des espèces différentes, en fait, émit Anawak.

— Non. C'est indéniablement la même espèce. Or, non moins indéniablement, chaque organisme a la propriété d'empêcher que son code génétique soit modifié durant sa période de vie. Tout commence toujours par le plan de construction. La construction n'a lieu qu'après, et ce qui est construit ne peut correspondre qu'à ce plan et pas à un autre.

Personne ne dit mot pendant un bon moment. Le silence fut finalement interrompu par Anawak :

— Si ces cellules sont différentes malgré tout, c'est qu'elles ont trouvé un moyen de modifier leur ADN *après* s'être divisées.

— Mais dans quel but ? s'interrogea Alicia.

— Des hommes, dit Vanderbilt.

— Pardon ?

— Vous êtes tous aveugles, ou quoi ? Mme Oliviera vient de dire que la nature ne faisait pas ce genre de choses, et si elle dit ça, c'est qu'elle le sait. Et M. Johanson, il n'a pas d'objection, à ce que je vois. Alors qui est-ce qui en a assez dans le ciboulot pour concevoir un truc pareil, vous pouvez me le dire ? Moi, je vous dis que c'est une arme biologique. Il y a que les hommes pour être capables de ça.

— Objection, l'arrêta Johanson. Ça n'a pas de sens, Jack. L'avantage des armes biologiques, c'est qu'on n'a besoin que d'une recette de base. Le reste, c'est de la reproduction…

— Si, il peut très bien y avoir un avantage à ce que les virus fassent des mutations. Le virus du sida, il n'arrête pas de muter. Chaque fois qu'on croit lui avoir mis la main dessus, pof, il a déjà changé…

— Ce n'est pas la même chose. Il s'agit ici d'un superorganisme, pas d'une infection virologique. S'ils sont différents les uns des autres, il y a sûrement une raison. Quelque chose, nous ne savons pas quoi, se passe après la division. Ils sont codés différemment les uns des autres. Peu importe *qui* est responsable. Ce qu'il faut découvrir, c'est à quoi ça sert.

— Ça sert à nous faire passer tous à la casserole ! répliqua Vanderbilt avec irritation. Ce truc, il est là pour détruire le monde libre !

— Très bien, grommela Johanson. Alors vous n'avez qu'à le fusiller. Vous voulez qu'on regarde si ce sont des cellules musulmanes ? Peut-être que leur ADN est islamiste fondamentaliste. Ça légitimerait la chose.

Vanderbilt le regarda fixement.

— Dites, vous êtes de quel côté ?

— Du côté de ceux qui cherchent à comprendre.

— Alors, vous comprenez pourquoi vous êtes tombé sur la tête, la nuit dernière ? lui jeta-t-il avec un sourire de dédain. Après avoir bu une bouteille de bordeaux, bien entendu. Comment ça va, monsieur Johanson ? Vous avez mal à la tête ? Ménagez-vous ! Vous devriez fermer votre gueule pendant quelque temps !

— Ce que j'aimerais, en fait, c'est vous empêcher d'ouvrir la vôtre trop souvent.

Vanderbilt respirait difficilement. Il transpirait. Li le considéra du coin de l'œil avec un sourire ironique et prit la parole :

— Vous dites qu'il s'agit de codages différents, c'est bien ça ? dit-elle.

— Oui, confirma Sue.

— Je ne suis pas scientifique, mais ne peut-on pas envisager que le codage joue le même rôle que les codes chez les humains ? Les codes en période de guerre, par exemple.

— Si, on peut l'envisager.

— Des codes de reconnaissance mutuelle.

Karen griffonna quelques mots sur un papier qu'elle fit passer à Anawak. Il le lut, lui fit un signe de tête et le posa.

— Dans quel but devraient-ils se reconnaître ? interrogea Rubin. Et pourquoi d'une manière aussi compliquée ?

— Je pense que c'est évident, déclara Samantha Crowe.

Pendant quelques secondes, on n'entendit que le crissement du Cellophane dont elle débarrassait son paquet de cigarettes.

— Ah oui ? A quoi pensez-vous ? demanda Li.

— Je pense qu'il sert à la communication. Ces cellules communiquent entre elles. C'est une forme de conversation.

— Vous pensez que cette substance… commença Greywolf.

Samantha tint la flamme de son briquet contre sa cigarette, aspira et souffla la fumée.

— Elle a des échanges, oui.

Dans la rampe

— Qu'est-ce qui s'est passé, la nuit dernière ? lui demanda Sue alors qu'ils descendaient au laboratoire.

Johanson haussa les épaules.

— Je n'en sais fichtre rien.

— Et vous vous sentez comment ?

— Bizarre. J'ai moins mal à la tête, mais dans ma mémoire il y a un trou grand comme le pont-hangar...

— C'est idiot, comme hasard, hein ? intervint Rubin qui marchait à côté d'eux. Voilà qu'on est deux à avoir des maux de tête... Moi, j'étais tellement à plat que je n'ai même pas eu la force de vous prévenir que je ne viendrais pas travailler avec vous. Vraiment, vous m'excuserez, mais j'étais vraiment trop mal... je comatais.

Sue scruta le visage de Rubin avec une expression indéfinissable.

— C'était la migraine ?

— Oui. Horrible ! Ça va et ça vient. Ça ne m'arrive pas souvent, mais quand ça m'arrive, c'est foutu. Il n'y a plus qu'une chose à faire : un suppo, et au lit dans le noir !

— Vous avez dormi toute la nuit, jusqu'à ce matin ?

— Evidemment, répondit Rubin en prenant l'air coupable. Je suis désolé. Mais j'étais vraiment HS, sinon, j'aurais fait une apparition...

— Vous n'en avez pas fait, donc ?

Etrange, cette question. Rubin sourit, mais il paraissait troublé.

— Non.

— Vous êtes sûr ?

— Je le saurais, je pense.

Dans la tête de Johanson, quelque chose fit *clic*. Comme un projecteur de diapos qui lâche la rampe. Le chariot essayait d'attraper une image, mais ça dérapait.

Pourquoi Sue posait-elle ces questions ?

Ils s'arrêtèrent à la porte du laboratoire, et Rubin tapa le code. La porte s'ouvrit. Il entra le premier, alluma la lumière. Sue en profita pour chuchoter à Johanson :

— Dites, qu'est-ce qui se passe ? Hier soir, vous étiez persuadé de l'avoir vu.

Johanson ouvrit de grands yeux.

— Quoi ? Où ça ?

— Là-haut, pendant qu'on était assis sur la caisse et qu'on buvait du vin en attendant que la machine à séquencer ait fini son boulot. Vous m'avez affirmé que vous veniez de le voir.

Clic. Le chariot essayait d'attraper la diapo. *Clic*.
Sa tête était dans du coton. Ils avaient bu du bordeaux, ça oui, il s'en souvenait. Et ils avaient bavardé. Et après il avait… qu'est-ce qu'il avait vu ?
Clic.
Sue leva un sourcil.
— Bon sang ! dit-elle en entrant. Elle a peut-être trouvé.

Le neuro-ordinateur

Ils étaient installés au JIC, devant l'ordinateur de Karen.
— Bon, dit-elle. Cette histoire de codage, ça nous donne un point de repère complètement nouveau.
Anawak approuva.
— Les cellules ne sont pas toutes identiques, dit-il. Elles ne sont pas comme les neurones.
— Et le truc, ce n'est pas seulement la manière dont elles sont reliées. S'il y a des séquences codées dans leur ADN, c'est peut-être ça la clé de la symbiose.
— Non. Elle doit être déclenchée par autre chose. Quelque chose comme une action à distance.
— Hier, on a pensé à un parfum.
— O.K., dit Anawak. Essaie ça. Programme-les de manière qu'elles fabriquent un parfum qui signale « Symbiose ».
Karen réfléchit. Elle appela le laboratoire.
— Sigur ? Salut ! Nous sommes à la simulation. Ça y est, vous avez une idée de la manière dont ces cellules s'associent en symbiose ?
Elle écouta Johanson, puis répondit :
— Exactement. On va essayer… Parfait. Tiens-moi au courant.
— Qu'est-ce qu'il a dit ? s'enquit Anawak.
— Ils vont faire un test des phases. Ils veulent amener la substance gélatineuse à se déliter et à se reformer.
— Ils pensent aussi que les cellules émettent un parfum ?
— Oui, confirma Karen. Mais le problème, c'est de trouver la cellule qui commence. Et pourquoi. S'il se produit une réaction en chaîne, il y a un instigateur.
— Un programme génétique, renchérit Anawak. Il n'y a que des cellules bien déterminées qui puissent initier la symbiose.

— Une partie du cerveau qui est plus apte à le faire que d'autres… réfléchit Karen. Séduisant. Mais ça ne suffit pas.

— Attends ! On fait peut-être encore fausse route. Parce que nous partons toujours du principe que l'ensemble de ces cellules constitue un grand cerveau.

— Je suis sûre que c'est ça.

— Moi aussi. Simplement, j'ai eu l'idée que…

— Quoi ?

Anawak réfléchit à toute vitesse, puis :

— Tu ne trouves pas curieux qu'elles se différencient les unes des autres ? Je ne vois qu'une raison au fait qu'elles soient codées ainsi. Quelque chose programme leur ADN pour qu'elles puissent accomplir des tâches spécifiques. Mais si c'est vrai… chacune de ces cellules serait un petit cerveau à elle seule…

Il continua à réfléchir. Ce serait fantastique ! Et il ne voyait absolument pas comment cela marcherait.

— Ce qui signifierait que l'ADN de chaque cellule *est* le cerveau.

— Un ADN capable de penser ?

— Quelque part, oui.

— Alors, il doit aussi être capable d'apprendre.

Elle le considéra avec une expression des plus sceptiques.

— Je suis prête à croire pas mal de choses, mais ça…

Elle avait raison. C'était aberrant. Ce serait une biochimie tout à fait nouvelle. Ça n'existait pas.

Mais… et si c'était quand même ça ?

— Tu peux répéter ? Par quel moyen rend-on un neuro-ordinateur capable de faire acte d'apprentissage ? demanda-t-il.

— Par des calculs simultanés toujours plus complexes. Le nombre des solutions possibles augmente avec les acquisitions.

— Et comment se souvient-il de tout cela ?

— Il le stocke en mémoire.

— Pour cela, il faut que chaque unité ait de la capacité de mémoire. L'intelligence artificielle se forme à partir de l'interconnexion des capacités de mémoire.

— A quoi veux-tu en venir ?

Anawak le lui expliqua. Elle l'écouta en secouant la tête à plusieurs reprises.

— Tu modifies la biologie, à mon avis.

— C'est vrai. Mais est-ce que tu peux quand même programmer quelque chose qui fonctionnerait de façon analogue ?

— Mon Dieu !

— En petit, peut-être.

— En petit, c'est toujours assez grand. Ecoute, Léon ! Ta théorie est complètement tarabiscotée… Mais, d'accord. D'accord, on y va !

Elle tendit ses bras bronzés où chatoyait un fin duvet doré. Sous le tissu de son tee-shirt, on voyait se tendre ses muscles. Anawak se dit que cette fille musclée, aux larges épaules, lui plaisait décidément beaucoup.

Au même moment, elle le regarda.

— Mais ça ne va pas être gratuit, dit-elle d'un ton menaçant.

— O.K., combien ?

— Les épaules et le dos. Un massage de détente… Et tout de suite, pendant que je bosse.

Anawak était impressionné. Par lui-même, avant tout. Que sa théorie ait du bon ou non, en tout cas, il avait bien fait d'en parler.

Rubin

Ils montèrent ensemble au mess des officiers pour aller déjeuner. L'état de Johanson avait l'air de s'être amélioré. Et ça crevait les yeux, ils s'entendaient comme larrons en foire, Oliviera et lui !

Quand il leur dit qu'il n'avait pas faim, avec sa migraine, ça n'eut pas l'air de les bouleverser de chagrin.

— Je vais aller faire un tour sur le toit, leur annonça-t-il en essayant de prendre une mine souffreteuse.

— Faites bien attention à vous, lui recommanda Johanson avec un large sourire, on trébuche très facilement, sur ce bateau.

— Ne vous en faites pas, répondit-il en riant, je fais toujours très attention, je ne vais pas m'approcher du bord.

— On a encore besoin de vous, Mick.

— Bien obligés, entendit-il marmonner Oliviera pendant qu'elle s'éloignait avec Johanson.

Rubin serra les poings. On pouvait bien ricaner dans son dos, il s'en fichait. Au final, ce serait lui qui emporterait le morceau. C'est à lui que le mérite d'avoir sauvé l'humanité serait attribué. Cela faisait trop longtemps qu'il végétait dans l'ombre de la CIA. Quand ils auraient résolu le problème, il n'aurait plus aucune raison de taire ses prouesses. Il pourrait agir au grand jour. Publier quand il en aurait envie, recueillir l'estime et la reconnaissance générales…

Il gravit la rampe. Arrivé au LEVEL 03, il bifurqua et s'arrêta devant une étroite porte. Il tapa le code. La porte s'ouvrit. Rubin longea le couloir, qui aboutissait à une nouvelle porte fermée. Lorsqu'il tapa le code, une petite lampe verte s'alluma sur la console. Au-dessus, un objectif était monté derrière une vitre de verre. Rubin s'approcha très près et mit son œil droit devant la lentille, qui scanna sa rétine et transmit son accord au système.

Cette nouvelle porte s'ouvrit alors pour lui. Il pénétra dans une grande pièce plongée dans la pénombre, remplie d'ordinateurs et d'écrans, très semblable au CIC. Des gens en uniforme et des civils étaient assis devant les pupitres de commande. Un bourdonnement constant faisait trembler l'air. Li, Vanderbilt et Peak se tenaient autour d'une table à cartes éclairée de l'intérieur.

Peak leva les yeux et l'invita à entrer.

Rubin s'approcha. Tout à coup, il sentit vaciller son assurance. Depuis la nuit précédente, ils n'avaient échangé leurs informations que par téléphone. Le ton, de professionnel, était devenu glacial.

Rubin opta pour la fuite en avant :

— On progresse bien, annonça-t-il. On a toujours un train d'avance et…

— Asseyez-vous, dit Vanderbilt.

D'un geste bref, il lui indiqua un siège de l'autre côté de la table. Rubin obéit. Les trois autres restèrent debout, et il se retrouva dans un rôle qui ne lui plaisait pas du tout, celui de l'accusé.

— C'est bête, ce qui s'est passé la nuit dernière… risqua-t-il.

— Bête ? bondit Vanderbilt. Espèce d'idiot ! En temps normal, je vous aurais balancé par-dessus bord !

— Je vous en prie…

— Qu'est-ce qui vous a pris de l'assommer ?

— Qu'est-ce que vous vouliez que je fasse ?

— Faire plus attention, imbécile ! Ne pas le laisser entrer !

— Ce n'est pas ma faute ! s'insurgea Rubin. Ce n'est pas moi qui suis chargé d'espionner les gens ! C'est bien vous, les espions !

— Pourquoi avez-vous ouvert cette paroi étanche, bordel ?

— Parce que… eh bien… j'ai pensé qu'on aurait peut-être… on réfléchissait à…

— Ecoutez, Rubin, intervint Peak. La paroi étanche du pont-hangar n'a qu'une seule fonction, vous le savez très bien : faire entrer et sortir du matériel confidentiel. Alors, qu'est-ce que vous aviez de si urgent à faire, la nuit dernière, pour devoir absolument passer par là ?

Rubin se mordit les lèvres.

— Monsieur était simplement trop fatigué pour passer par l'intérieur, c'est tout ! répondit Peak à sa place.

— Co… comment pouvez-vous dire une chose pareille ?

— Parce que c'est la vérité, répondit Li.

Elle vint s'asseoir devant Rubin sur le bord de la table. Elle le regarda pensivement, presque amicalement.

— Vous avez dit aux autres que vous montiez prendre l'air…

Rubin s'affaissa sur son siège. C'était vrai, il leur avait dit ça. Et les systèmes de surveillance l'avaient enregistré.

— Et après, vous êtes remonté prendre l'air.

— Le pont paraissait vide, se défendit-il. Et votre système de surveillance n'a pas signalé le contraire.

— Il ne le pouvait pas, Mick, pour la bonne raison qu'il n'a pas reçu de demande. Mais vous avez l'obligation de demander la permission avant toute ouverture de la paroi étanche. Vous avez omis de le faire, deux fois de suite. Il leur était donc impossible de vous signaler quoi que ce soit.

— Désolé, marmonna Rubin.

— Je reconnais qu'ici aussi il y a eu des défaillances au niveau surveillance. Ils ont loupé Johanson quand il est retourné se balader sur le pont-hangar. Et de plus, pendant la préparation de la mission, nous avons commis l'erreur de ne pas installer un système d'écoute complet. Par exemple, nous ne savons pas ce qu'Oliviera et Johanson se sont raconté pendant leur petite sauterie sur le pont. Et nous ne pouvons pas non plus écouter ce qui se dit sur la rampe et sur le toit… Mais cela ne change rien au fait que vous vous êtes comporté comme le dernier des imbéciles.

— Je vous promets que ça ne…

— Vous êtes un facteur de risque, Mick. Une feignasse doublée d'un con fini, en fait. Et même si je ne suis pas toujours du même avis que Jack, je vous jure que je l'aiderais à vous jeter par-dessus bord si jamais une chose pareille se reproduisait. Je me ferais un plaisir d'attirer quelques requins par ici et de les regarder vous bouffer tout cru. Vous avez compris ? Je vous tuerai moi-même, s'il le faut.

Les yeux bleu océan de Li n'avaient pas perdu leur regard amical, mais Rubin sentait bien qu'elle n'était pas femme à hésiter une seconde avant de mettre sa menace à exécution.

Cette femme lui faisait peur.

— Je vois que vous avez saisi, dit Li.

Elle lui donna une tape sur l'épaule et retourna auprès des autres.

— Bien, on va essayer de limiter les dégâts. Est-ce que le produit fait effet ?

— Nous en avons injecté dix millilitres à Johanson, répondit Peak. On ne pouvait pas faire mieux, sous peine de le mettre hors d'état de travailler, et nous ne pouvons pas nous le permettre en ce moment. Le produit agit comme un coup de gomme dans le cerveau, mais nous n'avons aucune garantie qu'il ne retrouvera pas la mémoire.

— A combien estimez-vous les risques ?

— Difficile à dire. Un mot, une couleur, une odeur... si le cerveau trouve un point d'accroche, il est capable de déclencher une reconstitution complète...

— Les risques sont même assez grands, grogna Vanderbilt, parce qu'on n'a pas encore trouvé de drogue capable de supprimer les souvenirs à coup sûr. On n'est pas encore assez calé pour connaître tout le fonctionnement du cerveau.

— Il ne nous reste plus qu'à le surveiller, dit Li. Qu'en pensez-vous, Mick ? Pendant combien de temps aurons-nous encore besoin de Johanson ?

— Oh ! nous avons beaucoup d'avance ! s'empressa de répondre Rubin, soucieux d'accélérer son retour en grâce. Weaver et Anawak ont eu l'idée que la symbiose pouvait se faire par des phéromones. Oliviera et Johanson pensent aussi à un parfum. Nous allons procéder à des tests des phases cet après-midi pour essayer d'en apporter la preuve. S'il est exact que la symbiose se fait par l'intermédiaire d'un parfum, nous avons un point de départ qui devrait nous mener rapidement au but.

Vanderbilt jeta :

— Essayer. Si. Devrait. Bordel ! Vous l'aurez dans combien de temps, ce résultat à la con ?

— Il s'agit d'un travail de recherche, Jack ! répondit Rubin. A l'époque, quand il a trouvé la pénicilline, Alexander Fleming n'avait personne sur le râble pour lui demander toutes les deux minutes si ce serait encore long...

Vanderbilt s'apprêtait à riposter lorsqu'une préposée à la surveillance quitta sa console pour venir leur annoncer :

— Ils ont décrypté le signal, au CIC.

— Scratch ?

— Ouais. Crowe a dit à Shankar qu'ils l'avaient décrypté.

Li regarda la console sur laquelle leur parvenaient les conversations et les images en direct du CIC. La caméra du plafond filmait Shankar, Samantha Crowe et Anawak en grande conversation. Karen Weaver vint les rejoindre.

— Eh bien, nous allons bientôt avoir des nouvelles, dit-elle. Essayons de prendre l'air surpris de circonstance.

Au Combat Information Center

Tout le monde se pressait autour de Samantha Crowe et de Shankar pour voir la réponse sur l'écran. Non plus sous la forme d'un spectrogramme, mais en transcription optique du signal qu'ils avaient reçu la veille.

— C'est une réponse ? interrogea Li.

— Bonne question, dit Samantha.

— Qu'est-ce que c'est que ça, le Scratch ? s'enquit Greywolf, qui était venu se joindre à eux, Alicia dans son sillage. Une langue ?

— Le Scratch, peut-être que oui, mais certainement pas la manière dont ça a été codé ici, expliqua Shankar. C'est comme pour le message d'Arecibo. Personne, sur Terre, ne se parle en code binaire. Finalement, ce n'est pas nous qui avons envoyé un message dans l'univers, ce sont nos ordinateurs.

— Ce que nous avons réussi à découvrir, poursuivit Samantha, c'est la structure du Scratch. La raison pour laquelle il fait le bruit d'un diamant sur une platine. C'est un staccato en basse fréquence prévu pour traverser tout l'océan. Les ondes basse fréquence sont celles qui accomplissent les plus grandes distances. Et c'est un staccato d'une vitesse prodigieuse, par-dessus le marché. Le problème, avec l'infrason, c'est que nous sommes obligés de multiplier énormément la vitesse des sons inférieurs à 100 hertz pour les rendre audibles, ce qui augmenterait encore la vitesse du staccato. Mais la clé de la compréhension se trouve dans son ralentissement.

— Nous avons été obligés de le dilater pour pouvoir percevoir les détails, expliqua Shankar. Nous l'avons donc ralenti à l'extrême pour que le bruit de grattement se transforme en une suite d'impulsions plus longues ou plus intenses.

— On dirait l'alphabet morse, fit observer Karen.

— Effectivement, ça a l'air d'être le même principe.

— Comment faites-vous pour le représenter ? Par des spectrogrammes ? questionna Li.

— Oui, mais cela ne suffit pas. Quand il s'agit d'entendre, le mieux est encore d'entendre réellement. Pour cela, nous avons recours à une astuce, comme pour les images satellite sur lesquelles on rend visibles les enregistrements radar en les coloriant. Ici, nous remplaçons chaque signal par une fréquence que nous pouvons entendre, tout en conservant sa longueur et son intensité. Si, sur l'original, les hauteurs de fréquence sont variables, nous faisons les calculs correspondants. C'est de cette façon que nous avons procédé, pour le Scratch.

Samantha tapa sur les touches.

— Vous allez entendre ce que nous avons reçu...

Les vrombissements qui leur parvinrent étaient ceux d'un tambour sous-marin. Ils se succédaient à un rythme rapide, presque trop rapide pour les distinguer les uns des autres, mais c'était une suite d'impulsions distinctes plus ou moins longues.

— C'est vrai, on dirait vraiment un code, dit Anawak. Qu'est-ce que ça signifie ?

— Nous ne le savons pas.

— Quoi ? s'emporta Vanderbilt. Je croyais que vous l'aviez décrypté ?

— Nous ne savons pas de quelle langue il s'agit quand elle est parlée dans des conditions normales, expliqua patiemment Samantha. Nous n'avons aucune idée de la signification des signaux Scratch émis ces dernières années. Mais ce n'est pas important, dit-elle en soufflant de la fumée par les narines. Nous avons bien mieux : le contact. Murray, montre-leur la première partie...

Shankar cliqua avec la souris. L'écran se remplit d'une interminable série de chiffres, dont certaines colonnes étaient identiques.

— Vous vous en souvenez, nous leur avons envoyé quelques devoirs à faire, dit le scientifique. Des devoirs de maths, comme pour un test d'intelligence. Il s'agissait de continuer des rangées de décimales, de calculer des logarithmes, de remplacer des éléments manquants. Nous avions imaginé que, dans le meilleur des cas, nos interlocuteurs trouveraient ça marrant et nous enverraient la réponse en nous signalant : Nous vous avons entendus, nous connaissons les mathématiques et nous sommes capables de nous en servir. En résumé : Nous sommes là.

Il indiqua les séries de chiffres.

— Voici les résultats. Vingt sur vingt, avec les félicitations du jury. Ils ont résolu tous les problèmes.

— Ô, mon Dieu ! souffla Karen.

— Cela prouve deux choses, dit Samantha. D'une part, que le Scratch est vraiment une sorte de langage ; selon toute vraisemblance, les signaux Scratch contiennent des informations complexes. D'autre part, et ça c'est primordial, cela prouve qu'ils sont capables de modifier le Scratch pour le rendre compréhensible par nous. C'est une performance extraordinaire. Cela montre qu'ils ne sont pas à la traîne par rapport à nous. Non seulement ils savent décoder, mais ils savent aussi coder.

Tous les yeux étaient braqués sur les colonnes de chiffres. Le silence régnant dans la pièce trahissait l'émotion teintée d'angoisse qui s'était emparée de chacun.

Ce fut Johanson qui parla le premier :

— Mais qu'est-ce que ça prouve, exactement ?

— C'est évident, lança Alicia, ça prouve tout simplement qu'il y a quelqu'un qui pense et qui répond !

— D'accord, mais c'est peut-être un ordinateur qui a répondu.

— Tu veux dire que nous conversons avec un ordinateur ?

— Il a raison, intervint Anawak. Ça nous montre qu'il y a quelqu'un qui a fait gentiment ses devoirs de calcul. C'est très impressionnant, mais ça ne prouve pas l'existence d'un être conscient et intelligent pour autant…

— Qui veux-tu que ce soit ? A ton avis, qui est-ce qui est capable de nous balancer des réponses pareilles ? Des maquereaux ? s'écria Greywolf.

— Mais non ! Réfléchis un peu. Ce que nous voyons ici, c'est la démonstration d'une capacité à manier les symboles. Ce n'est pas la preuve de l'existence d'une intelligence supérieure. Pour prendre une image, on pourrait dire qu'un caméléon se livre à un calcul extrêmement complexe quand il s'adapte à son environnement. Mais, en réalité, il ne s'en aperçoit même pas. Quelqu'un qui ne connaît pas le niveau d'intelligence d'un caméléon pourrait se dire qu'il est super intelligent, puisqu'il est capable de maîtriser un programme qui adapte son apparence pour le faire ressembler tantôt à un morceau de bois, tantôt à une pierre. On pourrait le croire doté de connaissances incroyables, parce qu'il est capable de déchiffrer pour ainsi dire le code de son environnement, et en même temps d'une grande créativité, parce qu'il est capable d'adapter son propre code en conséquence…

— C'est quoi, alors ? interrogea Alicia, visiblement déçue.

Samantha eut un petit sourire.

— Léon a raison, dit-elle. La manipulation des symboles ne veut pas dire que les symboles soient pour autant compris. Ce qui caractérise la véritable intelligence et l'esprit créatif, c'est l'imagination, et la science qui permet de la relier au monde réel. C'est une profonde faculté de compréhension. Une machine à calculer, aussi performante soit-elle, ne sait pas appliquer les règles approximatives, ne sait pas agir contrairement à la logique, elle ne se bat pas avec l'environnement et n'acquiert pas d'expérience… Je pense que c'est ce que les Yrr se sont dit quand ils ont formulé leur réponse. Ils ont cherché à nous montrer qu'ils possédaient des facultés de compréhension supérieures.

Samantha indiqua l'écran.

— Vous avez là les résultats des deux devoirs de calcul. En y regardant de plus près, vous remarquerez que le résultat Un apparaît onze fois de suite, le résultat Deux apparaît neuf fois, le résultat Un une fois, le résultat Deux neuf fois à nouveau, etc. A un certain endroit, le résultat Deux se répète près de trente mille fois. Pourquoi ? Le fait de nous envoyer chaque résultat plus d'une fois se justifie, ne serait-ce que pour que le message soit assez long pour pouvoir être enregistré. Mais pourquoi cette suite chaotique en apparence ?

— C'est ici que miss Alien entre en jeu ! annonça Shankar avec un sourire énigmatique.

— Oui, mon alter ego Jodie Foster, plaisanta Samantha. C'est vrai, j'ai eu l'idée de la réponse en repensant au film. Cette succession est un code. Quand on sait le lire correctement, on obtient une image faite de pixels noirs et blancs… exactement ce que nous faisons à SETI.

— Espérons que ce n'est pas Hitler ! lança Rubin.

Tout le monde éclata de rire. En effet, dans le film *Contact*, avec Jodie Foster, les extraterrestres envoyaient sur Terre une image dont les pixels contenaient des indications pour permettre sa reconstruction. Ils avaient simplement plongé dans le stock des images que leur avait renvoyées l'humanité au cours de son évolution technique et s'étaient décidés pour une photo de Hitler.

— Non, les rassura Samantha, ce n'est pas Hitler.

Shankar tapa sur une touche et les colonnes de chiffres disparurent pour laisser la place à un graphique.

Vanderbilt se pencha en avant.

— Qu'est-ce que c'est que ça ?

— Vous ne reconnaissez pas ?

Samantha sourit et demanda à la ronde :

— Quelqu'un a une idée ?

— Un gratte-ciel ! émit Anawak.

— L'Empire State Building, proposa Rubin.

— Mais non ! Comment voulez-vous qu'ils connaissent l'Empire State Building ? C'est une fusée ! décida Greywolf.

— Et les fusées, ils les connaissent comment ? ironisa Alicia.

— Parce qu'il y en a des tas au fond de la mer. Avec des têtes nucléaires, des gaz de combat…

— Et ce qu'il y a autour ? réfléchit Sue Oliviera. Est-ce que ce sont des nuages ?

— Je crois plutôt que c'est de l'eau, dit Karen Weaver. C'est peut-être quelque chose qui se trouve dans les grands fonds. Une formation.

— C'est de l'eau, oui, confirma Samantha.

Johanson caressait sa barbe.

— On dirait… un monument. Peut-être un symbole. Quelque chose de… religieux.

— Humain, beaucoup trop humain ! le détrompa Samantha, qui paraissait s'amuser follement. Pourquoi ne vous demandez-vous pas tout simplement si on pourrait regarder cette image autrement ?

Soudain, Li sursauta.

— Vous pourriez la tourner de quatre-vingt-dix degrés ?

Les doigts de Shankar glissèrent sur les touches, et l'image apparut dans le sens de la longueur.

— Je ne vois toujours pas ce que c'est, dit Vanderbilt. Un poisson ? Un gros animal ?

Li secoua la tête et émit un petit rire.

— Non, Jack. Tout autour, il y a des vagues, la mer. C'est un instantané vu de dessous, du fond vers la surface…

— Et le truc noir ?

— C'est évident. C'est nous. C'est notre navire.

Sur la *Heerema*, au large de La Palma, îles Canaries

Peut-être leur accès d'euphorie avait-il été prématuré.

Au cours des seize dernières heures, l'aspirateur avait travaillé de façon ininterrompue, remontant des tonnes de vers d'un rose blanchâtre mis à mal par la violence du déménagement. La plupart arrivaient éclatés, les autres achevaient là leur existence, en se tordant dans les affres de l'agonie.

Frost s'était précipité à l'extérieur dès le premier arrivage, pour aller voir de près la gigantesque cascade d'eau mêlée de polychètes qui jaillissait du tuyau. Les vers retombaient dans de larges filets acheminés dans le ventre d'un cargo qui mouillait à côté de la *Heerema* et se remplissait de façon constante.

Frost avait plongé les mains avec enthousiasme dans la masse grouillante et était revenu couvert de mucus, avec une dizaine de cadavres qu'il avait brandis triomphalement.

« Un bon ver est un ver mort ! avait-il claironné. Ecoutez bien mes paroles ! *Yeah !* »

Tout le monde avait applaudi, y compris Bohrmann.

Au bout d'un moment, la boue virevoltante s'étant déposée, ils avaient eu de la roche de lave marbrée à l'écran. De fins rubans de bulles isolés remontaient çà et là. Les caméras du système d'éclairage avaient zoomé, et Bohrmann avait vu de près ce qu'était cette marbrure.

« Des tapis de bactéries », avait-il annoncé.

Devant sa mine soucieuse, Frost avait demandé :

« Et qu'est-ce que ça signifie ?

— Difficile à dire… Tant qu'elles colonisent la surface, il n'y a pas de danger. Je ne sais pas combien de ces saloperies sont entrées à l'intérieur du sédiment. Les lignes gris sale qu'on voit au milieu, c'est de l'hydrate.

— Donc, il existe encore.

— Ce que nous voyons existe, c'est certain. Mais nous ne savons pas combien il y en avait avant et combien a été décomposé. Les émissions de bulles se situent dans les limites tolérables. Il faut être prudent, mais je dirais simplement que nos efforts n'ont pas été infructueux.

— La double négation, ça veut dire oui, avait décidé Frost, satisfait. Bon, je vais nous chercher un café. »

Ensuite, ils avaient observé pendant des heures l'aspirateur qui nettoyait le plateau, à en avoir les yeux rougis.

Van Maarten finit par chasser Frost et l'envoyer se coucher. Frost et Bohrmann avaient passé trois nuits quasiment blanches. Frost protestait encore que déjà ses yeux se fermaient, et il rassembla ses dernières forces pour gagner sa chambre d'un pas chancelant.

Bohrmann resta avec van Maarten. Il était vingt-trois heures.

— Ce sera bientôt votre tour d'aller dormir, dit le Hollandais.

— Je ne peux pas, répondit Bohrmann en se frottant les yeux. Je suis le seul spécialiste des hydrates.

— Mais non, nous aussi, nous avons quelques notions !

— Oh ! ça ne va plus durer très longtemps ! insista Bohrmann.

C'était effectivement la fin. Les équipes de pilotes avaient déjà été relevées trois fois. Mais Erwin Suess allait arriver de Kiel en hélico quelques heures plus tard, et il lui fallait donc tenir jusque-là.

Il bâilla. La nuit était tombée. Un léger bourdonnement emplissait la pièce. Le système d'éclairage et l'aspirateur avaient progressé lentement, mais de façon constante, vers le nord. Si les informations de l'expédition *Polarstern* étaient justes, les vers n'avaient investi que cette seule terrasse. Sans doute faudrait-il encore quelques jours pour en venir à bout, mais il sentait poindre une lueur d'espoir. Les émissions de bulles dépassaient un peu la normale, mais elles n'étaient pas vraiment préoccupantes. Avec la disparition des vers et des armées de bactéries, peut-être les hydrates attaqués se stabiliseraient-ils.

Il continuait à suivre ce qui se passait sur les écrans, les paupières lourdes de fatigue.

Ce fut cette fatigue qui empêcha son cerveau d'enregistrer immédiatement les changements qui venaient de s'opérer. Il se pencha en avant.

— Il y a quelque chose qui brille, là, dit-il. Enlevez l'aspirateur.

Van Maarten plissa les yeux.

— Où donc ?

— Regardez les écrans. J'ai vu quelque chose briller au milieu des vers… Là, ça recommence !

Il était tout à fait réveillé, soudain. A présent, les caméras du système lumineux signalaient à leur tour une anomalie. Le nuage de sédiments qui entourait obligatoirement la gueule de l'aspirateur avait grossi. Des débris sombres et des bulles tourbillonnaient à l'intérieur et montaient dans l'eau.

Les écrans de l'aspirateur se recouvrirent de noir. La bouche de la trompe retomba de côté.

— Merde, qu'est-ce qui se passe ?

La voix du pilote résonna alors dans le haut-parleur :

— On est en train d'aspirer des blocs relativement gros ; ça déstabilise l'aspirateur. Je ne sais pas si…

— Foutez le camp ! hurla Bohrmann. Foutez le camp du talus !

Et voilà ! se dit-il, au désespoir. Ça recommence, comme sur le *Sonne*. Une éruption de gaz.

Ils étaient restés trop longtemps au même endroit, ils avaient détruit la stabilité du plateau. La pression décomposait le sédiment.

Ce n'était pas un dégazement. C'était pire.

La trompe d'aspiration essaya de se dégager du nuage de sédiments. Le nuage continua à grossir. Tout à coup, il sembla véritablement exploser. Une onde de choc secoua le système d'éclairage. L'image bascula.

— Il y a un glissement ! hurla le pilote.

— Arrêtez l'aspiration ! Remontez ! ordonna Bohrmann en se levant d'un bond.

Sur les écrans, il vit de gros blocs de lave dégringoler sur la terrasse. Perdu dans le nuage de vase et de débris, le tuyau de l'aspirateur était à peine visible.

— Aspirateur débranché, confirma van Maarten.

Les yeux écarquillés d'effroi, ils suivirent le déroulement du glissement. Des blocs rocheux de plus en plus nombreux tombaient en pluie. Le phénomène, s'il gagnait la paroi quasi verticale du cône du volcan, entraînerait la chute de blocs toujours plus volumineux. La roche volcanique était poreuse. Il ne faudrait que quelques minutes pour transformer un léger glissement en glissement sérieux et, à la fin, il se passerait exactement ce qu'ils avaient tenté d'éviter.

Du calme, s'enjoignit Bohrmann. De toute façon, il est trop tard pour s'enfuir.

Un mur d'eau de six cents mètres de haut…

La pluie de roches cessa.

Pendant de longs instants, ils se contentèrent de regarder silencieusement les écrans. La terrasse était surmontée d'un nuage diffus qui disséminait et reflétait la lumière des lampes halogènes.

— Ça s'est arrêté, dit van Maarten avec un imperceptible tremblement dans la voix.

— Oui, confirma Bohrmann, oui, on dirait.

Van Maarten appela les pilotes.

— L'éclairage a salement bougé, lui annonça-t-on. Un spot a été bousillé. Mais ce n'est pas gênant.

— Et la trompe ?

— Elle a l'air d'être accrochée quelque part. Les systèmes reçoivent les ordres mais ne peuvent plus les exécuter.

— Je suppose que la gueule est prise sous les débris, émit l'un des pilotes.

— Il doit y en avoir une sacrée quantité, murmura van Maarten.

— Pour le savoir, il faut attendre que le nuage se soit déposé, dit Bohrmann. J'ai l'impression qu'on a eu du pot. On s'en tire relativement bien.

— Bon. Il ne reste plus qu'à attendre.

Puis van Maarten annonça dans le micro :

— N'essayez plus de libérer la trompe. Je n'ai pas envie que ça recommence à dégringoler. On fait une pause-café. On attend et on voit la suite des événements.

Trois heures plus tard. Le sédiment ne s'était pas déposé entièrement, mais l'ouverture de la trompe était relativement reconnaissable. Frost les avait rejoints. Ses cheveux tire-bouchonnaient dans tous les sens.

— Elle s'est salement encastrée, constata van Maarten.

— Ouais, fit Frost en se grattant le crâne. Mais elle n'a pas l'air foutue.

— Les moteurs sont bloqués.

— Comment on va faire pour les réparer ?

— On peut envoyer un robot au fond pour la dégager, proposa Bohrmann.

— Bordel de Dieu ! Pardonne-moi, Seigneur, de jurer comme ça, mais ça va nous coûter un max ! Ça marchait trop bien !

— Il faut se grouiller, dit Bohrmann.

Il se tourna vers van Maarten.

— *Rambo* pourra être prêt dans combien de temps ?

— Tout de suite.

— Alors on y va.

De façon fort peu scientifique, *Rambo* devait son nom à Sylvester Stallone. Le ROV ressemblait à une version réduite de leur Victor 6000. Il disposait de quatre caméras et de deux imposants bras articulés. Il ne descendait pas à plus de huit cents mètres de profondeur, mais il était très apprécié dans le secteur pétrolier.

Un quart d'heure plus tard, *Rambo* était prêt. Il descendit bientôt sur la terrasse, relié par un câble électro-optique au poste de pilotage de la *Heerema*. Le système d'éclairage apparut. Le robot poursuivit sa descente, prit de la vitesse et manœuvra jusqu'à la gueule de l'aspirateur. De près, on voyait nettement que les moteurs et les systèmes vidéo de la trompe étaient intacts ; mais des blocs de roche s'étaient encastrés si malencontreusement qu'elle était prise au piège.

Les bras de *Rambo* entrèrent en action. Au début, il sembla que le robot réussissait à dégager la trompe. Il souleva les blocs un par un, avant de tomber sur un débris en pointe qui s'était fiché de travers dans le sédiment de la terrasse, coinçant la trompe contre une avancée rocheuse. Les bras avancèrent, reculèrent, se tournèrent, tentèrent de détacher la pointe. En vain.

— Ce n'est pas possible avec un automate, décréta Bohrmann. Il ne peut pas donner d'impulsion.

— Quelle tuile ! siffla Frost.

— Et si les pilotes ramenaient tout bonnement la trompe ? proposa Bohrmann. La tension pourrait peut-être la dégager…

Van Maarten secoua la tête.

— Trop risqué. Le tuyau pourrait se déchirer.

Ils tentèrent leur chance en lançant le robot contre le morceau de roche à partir de différents angles. A minuit, il fut établi que la machine n'y parviendrait pas. Pendant ce temps, la surface nettoyée se recouvrait de nouveaux vers qui surgissaient de toutes parts dans les ténèbres.

— Ça ne me plaît pas du tout, grogna Bohrmann. Déjà que c'est instable, ici… Il faut arriver à libérer cette trompe, sinon, je vois l'avenir en noir.

Frost plissa le front. Au bout d'un moment, il dit :

— Bon, eh bien on va aller le regarder dans les yeux, l'avenir.

Bohrmann lui jeta un regard interrogateur.

— Ben oui ! fit Frost en haussant les épaules. C'est clair, si *Rambo* n'y arrive pas, il n'y a pas trente-six solutions. On a bien des combinaisons spéciales à bord ?

— Hein ? s'exclama Bohrmann, horrifié. Tu veux descendre toi-même ?

— Evidemment ! lança Frost en écartant les bras si fort qu'on entendit craquer ses articulations. C'est quoi, le problème ?

15 août

Sur l'*Independence*, mer du Groenland

Forte de la réponse des Yrr, Samantha Crowe avait envoyé un deuxième message, beaucoup plus complexe, dans les profondeurs de la mer. Ce message contenait des informations sur la race humaine, sur son évolution et sa culture. Vanderbilt voulut discuter, mais Samantha lui démontra qu'ils ne risquaient plus grand-chose, puisque les Yrr étaient de toute façon à deux doigts de gagner la guerre.

« C'est notre dernière chance. Nous devons leur faire comprendre que nous méritons de continuer à exister. Ce ne sera possible que si nous leur parlons de nous le plus possible. C'est quelque chose qu'ils n'ont sûrement pas pris en compte. Qui les amènera peut-être à réfléchir.

— Un recoupement des valeurs, avait dit Li.

— Oui, aussi faible soit-il. »

Sue Oliviera, Johanson et Rubin s'étaient enterrés au laboratoire. Ils voulaient amener l'être gélatineux de la citerne à se diviser ou à se diffuser. Inlassablement, ils se concertaient avec Karen Weaver et Anawak. Karen avait doté ses Yrr virtuels d'un ADN artificiel et leur avait ajouté un transmetteur de phéromones. Cela fonctionnait. Théoriquement, ils avaient prouvé que les unicellulaires utilisaient un parfum pour se mettre en symbiose, mais la substance gélatineuse se montrait rétive à toute coopération pour la preuve pratique. L'être, plus exactement la somme des êtres, s'était métamorphosé en une large galette qui s'était déposée au fond de la citerne.

Alicia et Greywolf analysaient pendant ce temps les films pris par les escadrilles de dauphins, sans voir autre chose que la coque du bateau, des poissons isolés et des dauphins qui se filmaient mutuellement. Ils passaient leur temps devant les écrans du CIC ou sur le pont inondable, où Roscovitz et Browning étaient toujours occupés à réparer *Deepflight 1*.

Li se dit qu'il devenait impératif de les distraire un peu de leur travail, malgré toute l'ardeur qu'ils mettaient à la tâche.

Elle se fit apporter les bulletins météo. Tout semblait indiquer qu'on pouvait se fier à leurs pronostics et que ce serait le grand calme jusqu'au lendemain matin. D'ailleurs, les creux des vagues étaient déjà beaucoup moins prononcés qu'en début de journée.

Elle pria Anawak de lui accorder quelques instants. Mais ses espoirs furent déçus, car celui-ci, contrairement à ses attentes, n'avait que fort peu de notions concernant la cuisine du Grand Nord. Elle s'adressa alors à Peak qui, pour la première fois de sa carrière militaire, se trouva investi de la responsabilité de la tambouille.

Peak passa une série de coups de fil. Deux hélicoptères s'envolèrent pour la côte du Groenland. En fin d'après-midi, Li informa son équipe qu'ils étaient tous conviés à une réception qui aurait lieu à vingt et une heures. Les hélicoptères revinrent à bord, chargés de tous les ingrédients nécessaires à la préparation d'un dîner groenlandais. Sur le pont d'envol, on installa des tables, des chaises et un buffet, on apporta une sono et on plaça des radiateurs tout autour.

Aux cuisines, c'était la folie. Tout le monde savait que Li non seulement avait le don de vous sortir de son chapeau les idées les plus farfelues, mais qu'en plus elle exigeait qu'elles soient réalisées séance tenante.

De la viande de caribou atterrit dans les casseroles et les poêles. On découpa du *maaktaaq*, de la peau de narval croquante, on prépara une soupe de rôti de phoque et on fit cuire des œufs d'eider. Le boulanger du bord s'essaya au *bannock*, un pain rond et plat, délicieux, objet de concours annuels chez les Inuits. On découpa des filets de saumon et d'omble chevalier et on les fit frire avec des herbes, on transforma du morse surgelé façon carpaccio, on fit cuire des tonnes de riz. Peak, peu préparé à sa nouvelle responsabilité, avait fait venir tout ce qu'ils n'avaient pas en réserve et s'était entièrement reposé sur ses conseillers groenlandais. Cependant, une spécialité lui avait semblé suspecte : il préféra ignorer les délices promises par la dégustation d'intestins de morse cru, pourtant chaudement recommandée.

Hormis les hommes de garde sur la passerelle et en salle des machines, ainsi qu'au CIC, les passagers de l'*Independence* apparurent au complet sur le pont à vingt et une heures précises : l'équipage, les scientifiques et les militaires. Alors que le bâtiment géant semblait vide dans la journée, le toit était à présent rempli de monde. Cent soixante personnes, accueillies avec un cocktail sans alcool, se répartirent autour des tables jusqu'à l'ouverture du buffet, et les conversations allèrent bientôt bon train.

C'était une curieuse réception que Li avait organisée là, avec pour décor la haute tour de la superstructure d'acier, dans le dos et, tout autour, l'immensité désolée de la mer. La brume avait reculé, formant à l'horizon d'irréelles montagnes de nuages, entre lesquelles luisait par intervalles le ballon rond du soleil. L'air était vif et clair. Et un ciel d'un bleu profond s'arrondissait au-dessus de leurs têtes.

Pendant quelque temps, tout le monde s'efforça d'éviter les sujets qui les avaient rassemblés en ce lieu. Cela faisait du bien de parler d'autre chose. En même temps, leurs efforts pour maintenir les conversations à un niveau superficiel, comme s'ils se rencontraient par hasard à quelque vernissage, avaient un côté artificiel, voire désespéré.

Peu avant minuit, au crépuscule naissant, la plupart des barrières avaient cédé. On en était maintenant au tutoiement. On se serrait par petits groupes, on se rassemblait autour des chamans de la connaissance, pour chercher auprès d'eux un réconfort qu'ils ne pouvaient pas donner.

Vers une heure du matin, Buchanan apostropha Samantha Crowe :

— Allez, sérieusement, lui dit-il, vous ne croyez tout de même pas à l'existence d'unicellulaires intelligents ?

— Et pourquoi pas ?

— Ecoutez... c'est bien d'une vie intelligente qu'on parle, non ?

— Ça m'en a tout l'air.

— Donc... je ne m'attends pas à ce qu'ils nous ressemblent, mais tout de même, pour moi, ils devraient quand même être un peu plus complexes que des unicellulaires. On dit que les chimpanzés sont intelligents, les baleines et les dauphins aussi. Mais ils ont tous une constitution complexe et un gros cerveau. Les fourmis, vous nous avez dit qu'elles étaient trop petites pour être vraiment intelligentes. Alors comment voulez-vous que des unicellulaires le soient ?

— Vous ne seriez pas en train de tout mélanger, capitaine ?

— Comment ça ?

— Vous confondez ce qui pourrait marcher avec ce qui vous irait.

— Je ne comprends pas ce que vous voulez dire...

— Elle veut dire, expliqua Peak, que si déjà nous admettions l'idée de renoncer à notre supériorité, il faudrait au moins que ce soit pour un adversaire fort et puissant. Grand et beau, et musclé.

Buchanan abattit sa main sur la table.

— Je n'y crois pas, c'est tout ! insista-t-il. Je ne crois pas que des organismes primitifs soient capables de dominer cette planète et qu'ils aient une intelligence égale à celle des hommes. Ça ne marche pas ! Les hommes sont des êtres progressistes...

— Le progrès ? La complexité ? dit Samantha en secouant la tête. A votre avis, l'évolution égale le progrès ?

Buchanan ne répondit pas, mal à l'aise.

— Bien, étudions la chose, proposa Samantha. L'évolution, c'est la lutte pour l'existence, la survie du plus fort, pour en rester à Darwin. Elles résultent toutes deux du triomphe sur l'adversité, que ce soit la bagarre contre d'autres êtres vivants ou contre les catastrophes naturelles. Il y a donc poursuite du développement par la sélection. Mais est-ce que cela mène automatiquement à une plus grande complexité ? Et est-ce que la complexité supérieure est synonyme de progrès ?

— Je ne m'y connais pas bien en évolution, intervint Peak. Mais moi, il me semble que la plupart des organismes ont grandi et ont gagné en complexité au cours de l'histoire de la nature. En tout cas, la race humaine. Pour moi, il n'y a pas de doute, c'est le résultat d'une tendance.

— Une tendance ? C'est faux. Nous ne voyons qu'une toute petite portion de l'histoire, durant laquelle il se trouve qu'on expérimente la complexité, mais qui nous dit que nous ne finirons pas en cul-de-sac de l'évolution ? Nous nous surestimons quand nous nous considérons comme le point culminant provisoire d'une tendance naturelle. Vous savez tous à quoi ressemble un arbre généalogique de l'évolution, ce dessin qui comporte des branches principales et des branches annexes… Sal, dans un arbre généalogique, où placeriez-vous l'humanité ? Dans une branche principale ou une branche annexe ?

— Dans une branche principale.

— Je m'en doutais. C'est ce qui correspond à la vision humaine. Quand on est en face d'une multitude de branches d'une famille d'animaux, qu'il n'y en a qu'une qui survit, que toutes les autres s'éteignent, nous avons tendance à déclarer que la survivante est la branche principale. Pourquoi ? Parce qu'elle survit – encore ? Mais peut-être ne voyons-nous là qu'une lignée mineure, qui dure juste un tout petit peu plus longtemps que les autres. Nous, les hommes, sommes l'unique espèce survivante d'un buisson d'évolution qui était très fourni autrefois. Le reste ultime d'un développement dont les autres branches sont asséchées, le dernier survivant d'un produit expérimental nommé *Homo*. *Homo australopithecus* : éteint. *Homo habilis* : éteint. *Homo sapiens neanderthalensis* : éteint. *Homo sapiens sapiens* : toujours là. Nous avons gagné provisoirement la place prépondérante sur la planète, mais attention : les parvenus de l'évolution ne devraient pas confondre la prépondérance avec la suprématie intérieure et la survie à long terme. Nous pourrions disparaître plus vite que nous ne le souhaitons.

— Vous avez peut-être raison, dit Peak. Mais vous négligez une chose importante : cette unique espèce survivante est aussi la seule à posséder une conscience de soi extrêmement développée.

— D'accord. Mais placez ce développement en face du panorama d'ensemble de la nature. Vous y voyez vraiment un progrès ou une tendance très nette ? Quatre-vingts pour cent des pluricellulaires ont eu une évolution beaucoup plus importante que celle de l'homme, sans avoir pour autant développé cette prétendue tendance à la plus grande complexité nerveuse. C'est notre vision subjective du monde qui nous pousse à considérer comme un progrès le fait que nous soyons dotés d'intelligence et de conscience. La seule chose que l'homme, cet être marginal, bizarre et improbable, a apportée à l'écosystème de la Terre, c'est un tas d'embêtements.

— Vos démonstrations ne m'empêchent pas d'être convaincu que ce sont des humains qui se cachent derrière tout ça, disait Vanderbilt. Mais bon, admettons. Si ce ne sont pas des humains, nous allons donc mener une action de reconnaissance. Nous allons placer cette saleté de gélatine sous la surveillance de la CIA, jusqu'à ce que nous sachions comment elle pense et ce qu'elle manigance.

Il se trouvait en compagnie d'Alicia et d'Anawak, entouré de soldats et de membres d'équipage.

— Ne te fais pas d'illusions, dit Alicia. Ta CIA n'y arrivera pas, malgré tout son savoir-faire.

— Pff ! Ma petite fille, je peux te dire qu'il n'y a pas un crâne qui nous résiste, même pas un crâne d'unicellulaire. Suffit d'un peu de patience. Tout ça, c'est une question de temps.

— Non, une question d'objectivité, rectifia Anawak. Ce qui suppose que tu sois capable de te couler dans le rôle d'un observateur objectif.

— Pas de problème, c'est dans nos cordes. C'est bien pour ça qu'on est intelligents et civilisés.

— Tu es peut-être intelligent, Jack, mais tu n'es pas capable de considérer la nature de manière objective.

— Plus exactement, tu es aussi peu objectif et aussi peu libre qu'un animal, précisa Alicia.

— Vous pensez à quel genre d'animal ? rigola Vanderbilt. A un morse, peut-être ?

Anawak rit à son tour.

— Je suis sérieux, Jack. Nous sommes beaucoup plus près de la nature que nous ne l'imaginons.

— Pas moi. J'ai été élevé en ville. J'ai jamais foutu les pieds à la cambrousse. Mon père non plus.

— Aucun rapport, dit Alicia. Je vais te donner un exemple : les serpents. On en a peur, et en même temps on les vénère. Ou les requins. Il y a une quantité de dieux requins. Ce lien émotionnel de l'homme avec d'autres formes de vie est inné, il est peut-être même génétique.

— Vous parlez des peuples primitifs, moi je parle des gens des villes.

— D'accord… dit Anawak, en marquant un temps d'arrêt pour réfléchir. Est-ce que tu as une phobie ? Quelque chose qu'on pourrait considérer comme une phobie ?

— Ben… pas exactement une phobie, commença Vanderbilt.

— Un dégoût ?

— Oui.

— De quoi ?

— Oh ! c'est pas particulièrement original ! Je pense qu'on a tous le même : je déteste les araignées.

— Pourquoi ?

— Parce que… parce qu'elles sont répugnantes, c'est tout. T'es pas d'accord ?

— Non, mais il ne s'agit pas de ça. En fait, l'origine principale des phobies dans notre monde civilisé vient surtout des dangers qui nous menaçaient *avant* que nous vivions dans des villes. Nous avons des phobies du vide, des orages, des rapides, des eaux troubles, des serpents, des chiens, des araignées… Pourquoi pas des câbles électriques, des revolvers, des couteaux à cran d'arrêt, des voitures, de la dynamite et des prises de courant, alors que tout ça, c'est beaucoup plus dangereux ? Parce que dans notre cerveau il s'est imprimé une règle : méfie-toi des objets qui ont la forme d'un serpent et des êtres qui sont pleins de pattes.

— Le cerveau humain s'est formé dans un environnement naturel, pas dans un environnement de machines, poursuivit Alicia. Notre évolution mentale s'est faite au cours de deux millions d'années et en contact étroit avec la nature. Peut-être que les règles de survie de cette époque se sont même imprégnées dans nos gènes. En tout cas, seule une partie infime de notre évolution a eu lieu au cours de l'ère de la civilisation. Tu crois vraiment que parce que ton père et ton grand-père n'ont jamais vécu ailleurs qu'en ville toutes les informations archaïques de ton cerveau se sont effacées ? On a peur des petites bêtes qui rampent dans l'herbe, on est dégoûté par les araignées… pourquoi ? Parce que c'est cette peur qui nous a maintenus en vie au cours de l'évolution de l'humanité. Parce que les humains qui sont plus craintifs que d'autres se mettent moins en danger et ont plus de descendance. C'est tout. Tu ne penses pas que j'ai raison, Jack ?

Vanderbilt regarda alternativement ses deux interlocuteurs.

— Et quel est le rapport avec les Yrr ? demanda-t-il.

— Le rapport, c'est qu'ils ressemblent peut-être à des araignées, répondit Anawak. Tu te rends compte ? Alors ne nous parle pas d'objectivité ! Tant que nous serons dégoûtés à la vue des Yrr, quel que soit leur aspect, à la vue d'une substance gélatineuse, d'unicellulaires et de crabes venimeux, nous n'apprendrons rien de leur mode de pensée, tout bonnement parce que nous ne le pourrons pas. Tout ce qui nous intéressera, c'est de détruire l'être différent pour qu'il ne vienne pas ramper la nuit jusque dans notre grotte pour enlever nos enfants.

Johanson se tenait un peu à l'écart, dans l'obscurité. Il était très occupé à essayer de faire remonter quelques souvenirs de la nuit précédente. Li s'approcha de lui et lui tendit un verre de vin.

— Je croyais que c'était une soirée sans alcool, s'étonna-t-il.

— Bien sûr, répondit-elle en faisant tinter son verre contre le sien. Mais nous ne sommes pas dogmatiques. Et de plus, je suis attentive aux préférences de mes hôtes.

Johanson goûta le vin. Il était bon. C'était même un grand vin.

— Quelle sorte de personne êtes-vous donc, général ?

— Appelez-moi Jude. C'est ce que font tous ceux qui ne sont pas obligés d'être au garde-à-vous.

— Je ne sais que penser de vous, Jude.

— Quel est le problème ?

— Je ne vous fais pas confiance.

Li eut un sourire amusé.

— C'est réciproque, Sigur. Qu'est-ce qui vous est arrivé, la nuit dernière ? Vous voulez me faire croire que vous ne vous souvenez de rien ?

— Non, c'est vrai, je ne me souviens de rien.

— Qu'est-ce que vous faisiez si tard sur le pont-hangar ?

— Je me détendais.

— Mais vous étiez déjà sorti vous détendre avec Sue Oliviera.

— Oui, c'est normal, quand on travaille autant, il faut recommencer de temps en temps.

— Hum…

La tête tournée vers la mer, elle poursuivit son interrogatoire :

— De quoi avez-vous parlé ? Vous vous en souvenez ?

— Nous avons parlé boulot.

— C'est tout ?

Johanson la dévisagea, perplexe.

— Qu'est-ce que vous voulez exactement, Jude ?

— Je veux maîtriser cette crise. Et vous ?

— Je ne sais pas si je veux le faire de la même façon que vous, répondit Johanson après une courte hésitation. Qu'est-ce qui restera, d'après vous, quand la crise aura été maîtrisée ?

— Nos valeurs. Les valeurs de notre société.

— Vous voulez parler de la société humaine ou de la société américaine ?

Elle se tourna enfin vers lui. Les yeux bleus qui paraient son beau visage asiatique brillèrent.

— Il y a une différence ?

Pour l'instant, c'était Samantha, soutenue par Sue, qui réunissait le plus grand public autour d'elle. Peak et Buchanan étaient nettement sur la défensive, mais, alors que Peak arborait un air de plus en plus pensif, Buchanan bouillait littéralement de colère.

— Nous ne sommes pas le résultat définitif d'un développement supérieur de la nature, disait Samantha. L'homme est le produit du hasard. Nous sommes le résultat d'un coup de chance cosmique, le jour où une météorite géante s'est écrasée sur la Terre et a exterminé les dinosaures. Sans cet événement, le monde serait peut-être peuplé aujourd'hui de sauroïdes intelligents ou d'animaux quelconques. Ce sont des conditions naturelles favorables qui nous ont permis d'exister, pas une quelconque logique. Parmi des millions de développements envisageables depuis que l'évolution cambrienne a produit les premiers pluricellulaires, il n'y en a peut-être qu'un seul où apparaissent les hommes…

— Mais ce sont les hommes qui dominent la planète, que vous le vouliez ou non ! lâcha Buchanan.

— Vous êtes sûr ? Pour le moment, ce sont les Yrr qui la dominent. Quand est-ce que vous allez admettre la réalité ? Nous ne sommes qu'un petit groupe appartenant à l'espèce des mammifères, et nous ne pouvons pas nous vanter d'être une réussite de l'évolution. Les mammifères les plus réussis sont les chauves-souris, les rats et les antilopes. Nous ne sommes pas le dernier pan, le couronnement de l'histoire de la Terre, nous n'en sommes qu'un parmi d'autres. La tendance, dans la nature, n'est pas d'aller vers des ères de couronnement, elle est à la sélection. On peut peut-être remarquer au cours du temps une augmentation provisoire de la complexité physique et spirituelle chez *une* espèce de cette planète, mais vu dans son ensemble, ce n'est pas une tendance et encore moins un progrès. La vie n'a aucune impulsion générale en direction du progrès. Elle ajoute à l'espace écologique un élément complexe, tout en conservant en même temps la forme simple des bactéries depuis trois milliards d'années. La vie n'a aucune raison de vouloir améliorer quoi que ce soit.

— Comment mettez-vous en accord ce que vous êtes en train de dire avec le plan de Dieu ? demanda Buchanan d'un ton quasi menaçant.

— S'il existe un Dieu et si c'est un Dieu intelligent, il a arrangé les choses comme je vous le raconte. Dans ce cas, nous ne sommes pas son chef-d'œuvre, mais une variante qui ne survivra que si elle a conscience de son rôle de variante.

— Et le fait qu'Il ait créé l'homme à Son image ? Vous allez le contester aussi ?

— Vous êtes tellement borné que vous n'envisagez même pas qu'Il ait pu créer les Yrr à Son image ?

Les yeux de Buchanan s'arrondirent, mais Samantha lui envoya une bouffée de fumée au visage avant qu'il ait eu le temps de répliquer.

— Mais toute cette discussion est vaine, mon cher ami, poursuivitelle. Dieu a suivi un plan pour créer sa race préférée, et ce ne peut être que le meilleur, pas vrai ? Les hommes sont de taille relativement grande. Est-ce qu'un grand corps est un meilleur corps ? Certaines espèces semblent effectivement grandir de plus en plus au cours de la sélection, mais la plupart s'en sortent magnifiquement en étant petites. Les petites espèces survivent plus facilement aux extinctions de masse, alors que les grandes disparaissent tous les *x* millions d'années. L'évolution repart donc à partir de la taille inférieure, la croissance recommence du début jusqu'à ce que la météorite suivante lui retombe dessus. Boum ! C'est ça, le plan de Dieu.

— C'est du fatalisme…

— Non, du réalisme, intervint Sue Oliviera. Ce sont les espèces extrêmement spécialisées comme l'homme qui s'éteignent quand elles sont soumises à des conditions extrêmes parce qu'elles ne sont pas capables de s'adapter. Un koala est complexe et ne peut se nourrir que de feuilles d'eucalyptus. Qu'est-ce qu'il fait quand il n'y a plus d'eucalyptus ? Eh bien, il tire sa révérence. La plupart des unicellulaires, en revanche, supportent les périodes glaciaires et les éruptions volcaniques, les excédents d'oxygène ou de méthane, ils peuvent subir une quasi-mort pendant des millénaires et ressusciter. On trouve des bactéries à des milliers de mètres de profondeur dans la roche, dans des sources d'eaux chaudes bouillonnantes, dans les glaciers. Sans elles, nous ne pourrions pas survivre, mais elles, elles vivent très bien sans nous. Même aujourd'hui, l'oxygène de l'air est un produit des bactéries. Tous les éléments qui déterminent notre vie, l'oxygène, l'azote, le phosphore, le soufre, le carbone, ne sont transformés à notre profit que grâce à l'activité de certains micro-organismes. Les bactéries, les champignons, les unicellulaires, les petits charognards, les insectes et les vers transforment les plantes et les animaux morts et remettent leurs composants chimiques dans le circuit global de la vie. Dans l'océan comme sur la terre ferme. Les micro-organismes sont les êtres qui dominent la mer. Cette substance gélatineuse que nous avons dans notre citerne est en toute certitude plus ancienne et peut-être également plus intelligente que nous, que ça vous plaise ou non.

— Vous ne pouvez pas comparer un être humain avec un microbe ! gronda Buchanan. Un homme est autrement plus important. Si vous ne comprenez pas ça, qu'est-ce que vous faites ici, dans cette équipe ?

— Je suis ici pour faire ce qu'il faut !

— Mais vous trahissez la cause de l'humanité rien qu'en parlant comme vous le faites !

— Non, l'homme trahit la cause du monde en créant un malentendu entre les formes de vie et leur importance. Il est la seule espèce qui agisse ainsi. Nous attribuons des valeurs. Il y a des animaux méchants, des animaux importants, des animaux utiles. Nous jugeons la nature selon ce que nous voyons, mais nous n'en voyons qu'une infime partie, que nous dotons d'une importance exagérée. Notre perception est tournée vers les grands animaux et vers les vertébrés, et surtout sur nous-mêmes. Donc, nous voyons des vertébrés partout. En réalité, le nombre total des vertébrés décrits scientifiquement n'est que de quarante-trois mille, dont plus de six mille espèces de reptiles, environ dix mille espèces d'oiseaux et environ quatre mille espèces de mammifères. En face de cela, on a décrit près d'un million d'invertébrés, dont deux cent quatre-vingt-dix mille espèces de scarabées, qui à eux seuls sont déjà sept fois plus nombreux que les espèces de vertébrés…

Peak se tourna vers Buchanan.

— Elle a raison, Craig. Il faut que tu l'admettes : elles ont raison toutes les deux.

— Nous ne sommes pas une réussite, reprit Samantha. Si vous voulez voir des réussites, regardez les requins. Ils existent sous une forme inchangée depuis le dévonien, depuis quatre cents millions d'années. Ils sont cent fois plus anciens que n'importe quel ancêtre de l'homme, et il y en a trois cent cinquante espèces. Mais les Yrr sont sans doute encore plus anciens. Si ce sont des unicellulaires, et s'ils ont trouvé une astuce pour penser collectivement, ils nous dépassent d'une éternité. Jamais nous ne pourrons rattraper cette avance. Nous pouvons les tuer à la rigueur... Mais avez-vous envie de prendre ce risque ? Est-ce que nous connaissons l'importance qu'ils ont pour notre existence ?... Peut-être ne pouvons-nous ni vivre avec cet ennemi, ni vivre sans lui.

— Vous voulez défendre les valeurs américaines, Jude ? interrogea Johanson en secouant la tête. Dans ce cas, c'est l'échec assuré.

— Qu'est-ce que vous avez contre les valeurs américaines ?

— Rien. Mais vous avez entendu ce qu'a dit Samantha Crowe : les formes de vie intelligente des autres planètes ne ressemblent peut-être ni aux humains ni aux mammifères, et peut-être ne reposent-elles même pas sur l'ADN. Donc, leur système de valeur est sûrement totalement différent du nôtre. A votre avis, quel modèle moral et social allez-vous rencontrer au fond de la mer ? Vous allez peut-être tomber sur une race dont la culture tient sans doute à la division cellulaire et au sacrifice collectif. Comment voulez-vous arriver à un accord si vous n'avez comme objectif que la défense de valeurs pour lesquelles vous n'arrivez même pas à obtenir l'adhésion des humains ?

— Vous me comprenez mal, répondit Li. Je sais pertinemment que nous n'avons pas la gérance de la morale. La question est : devons-nous comprendre à tout prix le mode de pensée des autres ? Ou ne vaut-il pas mieux investir toutes nos forces dans une tentative de coexistence ?

— Au sein de laquelle chacun laisse l'autre vivre en paix ?

— Oui.

— Trop tard, ma chère Jude. Je pense que les premiers habitants de l'Amérique, de l'Australie, de l'Afrique et de l'Arctique auraient accueilli ce point de vue avec joie. Les espèces animales de tout poil que nous avons exterminées, aussi. Il est évident que la situation est beaucoup plus compliquée. Nous n'allons pas *pouvoir* comprendre le mode de pensée des autres. Mais nous devons malgré tout essayer, parce que nos chemins sont trop entrecroisés. Notre espace commun est devenu trop étroit pour mener une vie côte à côte, il ne nous reste plus que la solution de vivre ensemble. Cela ne marchera qu'à l'unique condition que nous réduisions sérieusement nos prétentions à la suprématie.

— Et comment faire, selon vous ? Vous voulez que nous, nous adoptions le style de vie des unicellulaires ?

— Bien sûr que non ! Ce ne serait pas possible génétiquement. Même ce que nous désignons sous le nom de culture est contenu dans nos gènes. Notre évolution culturelle a commencé dès les temps préhistoriques, c'est à cette époque que le terrain a été préparé dans nos têtes. La culture est biologique. A moins d'imaginer que de nouveaux gènes soient venus s'ajouter aux premiers pour nous permettre de construire des bateaux de guerre ? Nous construisons des avions, des porte-hélicoptères et des opéras, mais nous le faisons pour nous livrer à un niveau civilisé à nos activités ancestrales, depuis le moment où la première hache de pierre a été échangée contre un morceau de viande : c'est-à-dire la guerre, les rencontres de clan, le commerce. La culture fait partie de notre évolution. Elle a pour but de nous maintenir en état de stabilité…

— … jusqu'à ce qu'un état de plus grande stabilité prenne le dessus. Je comprends où vous voulez en venir, Sigur. A l'époque préhistorique, l'hérédité a imprégné la culture et nous a ainsi transformés génétiquement. Donc, ce sont les gènes qui guident notre comportement. Ce sont eux qui nous donnent à tous deux les éléments nécessaires pour tenir cette conversation, même si cette idée ne nous plaît pas. Notre capital intellectuel, dont nous sommes si fiers, a été commandé génétiquement, et la culture n'est autre qu'un comportement social couplé à la lutte pour la survie.

Johanson ne répondit pas.

— J'ai dit une bêtise ? s'enquit Li.

— Non. Je vous écoute avec la plus grande attention. Vous avez tout à fait raison. L'évolution de l'homme est une alternance de modifications génétiques et de changements culturels. Ce sont des modifications génétiques qui ont conduit à la croissance de notre cerveau. C'est la biologie pure qui nous a donné la faculté de parler, lorsque la nature a modifié la structure de notre larynx il y a cinq cent mille ans et formé les centres de la parole dans notre écorce cérébrale. Mais ce changement génétique a conduit à la culture. Le langage a formulé le discernement, le passé, le futur et la capacité d'imagination. La culture est le résultat de processus biologiques, et la modification biologique se fait en réaction à la poursuite du développement culturel. Avec pas mal de retard, mais c'est ainsi.

Li sourit.

— Je suis contente d'avoir réussi l'examen ! plaisanta-t-elle.

— Je n'en attendais pas moins de vous, répondit Johanson, galant. Mais vous l'avez reconnu vous-même, Jude, notre diversité culturelle tant vantée se heurte à des limites génétiques. Et ces limites sont tracées là où commence la culture de non-humains intelligents. Nous avons développé une multitude de cultures, mais celles-ci sont basées sur la nécessité de mettre notre espèce en sécurité. Nous ne pourrons pas adopter les valeurs d'une espèce dont la biologie est en contradiction avec la nôtre et dont la nature exige qu'elle soit notre ennemi dans la lutte pour l'espace de vie et les ressources.

— Vous ne croyez pas à une Fédération galactique où des droïdes viendraient boire un coup au comptoir avec nous autres, les humains ?

— Comme dans la *Guerre des étoiles* ?

— Oui.

— C'est un très beau film. Non. Je crois que ça ne marcherait qu'au bout d'une très longue période d'adaptation, quand l'échange culturel avec d'autres espèces serait inscrit dans notre programme génétique.

— Donc j'ai raison ! Il est inutile d'essayer de comprendre les Yrr. Ce qu'il faudrait faire, c'est trouver un moyen de se fiche la paix mutuellement.

— Non, vous n'avez pas raison. Parce que ce sont eux qui ne nous fichent pas la paix.

— Dans ce cas, nous avons perdu.

— Pourquoi ?

— Nous étions bien d'accord tous les deux, il n'y a pas de consensus possible entre les humains et les non-humains…

— Tout le monde était aussi d'accord pour dire qu'il n'y aurait jamais de consensus entre les chrétiens et les musulmans. Ecoutez, Jude, nous ne pouvons pas comprendre les Yrr, et nous ne sommes pas obligés de le faire. Mais ce qu'il faut, c'est accorder une place à ce que nous ne comprenons pas. Ce n'est pas la même chose que de défendre la cause des valeurs de l'une ou l'autre partie. La solution, c'est de céder, et en ce moment, c'est ce qu'on nous demande. Cela pourrait marcher. Cette solution ne passe pas par la compréhension émotionnelle, mais par un changement dans notre manière de voir. Par une compréhension du monde qui s'élargira à mesure que nous nous éloignerons de notre propre espèce, pas à pas, en cherchant la distance par rapport à nous-mêmes. Sans cette distance, nous ne pourrons pas amener les Yrr à changer leur regard sur nous.

— Ne sommes-nous pas justement en train de céder ? Ne serait-ce qu'en cherchant à prendre contact avec eux ?

— Et qu'est-ce qui en sortira, selon vous ?

Li ne répondit pas.

— Jude, expliquez-moi ce mystère. Comment se fait-il que j'aie tant d'estime pour vous tout en ayant si peu confiance en vous ?

Leurs regards se croisèrent, restèrent accrochés l'un à l'autre.

Le bruit des conversations parvenait jusqu'à eux. Il enfla, monta comme une lame venant inonder le pont et se déversa sur eux avec violence. Les paroles se muèrent en appels, puis en cris. Au même moment, une voix retentit par les haut-parleurs :

— Alerte dauphins ! Attention ! Alerte dauphins !

Li tourna la tête vers la mer crépusculaire.

— Mon Dieu ! murmura-t-elle.

La mer n'était plus crépusculaire.

Elle avait commencé à s'éclairer.

Le nuage bleu

Les vagues étaient illuminées par une fluorescence qui irradiait de tous côtés. Des îlots bleu sombre sortaient des profondeurs, s'élargissaient et se fondaient les uns dans les autres, comme si le ciel se déversait dans la mer.

L'*Independence* flottait dans la lumière.

— Si c'est ça, la réponse à ton dernier message, dit Greywolf à Samantha Crowe, tu as dû leur faire une sacrée impression, à ceux d'en bas…

— C'est magnifique, murmura Alicia.

— Regardez ! s'écria Rubin.

La surface lumineuse se mit en mouvement. La lumière se mit à palpiter. D'énormes tourbillons se formèrent. Lentement d'abord, puis de plus de plus en plus vite, ils se mirent à tourner sur eux-mêmes comme des galaxies spiraliques qui aspiraient des torrents de bleu. Les centres se condensèrent. Des milliers d'étoiles scintillantes semblèrent s'allumer et s'éteindre à l'intérieur…

Et soudain, un éclair.

Un hurlement sortit de toutes les poitrines.

Le spectacle changea brutalement. Des décharges de lumière crue parcoururent l'eau et se ramifièrent entre les tourbillons. Un orage sans tonnerre faisait rage sous la surface. Puis les tourbillons s'éloignèrent de la coque du bâtiment. Le nuage bleu se dirigea vers l'horizon à une allure vertigineuse et disparut.

Greywolf fut le premier à reprendre ses esprits.

Il se rua vers l'île.

— Jack ! cria Alicia, en se précipitant à sa suite, imitée par les autres.

Tous dévalèrent les couloirs en direction du CIC. Les écrans des caméras de la coque ne montraient que de l'eau vert sombre, puis deux dauphins.

— Qu'est-ce qui se passe ? s'écria Peak, l'un des premiers arrivés. Que dit le sonar ?

L'un des hommes de faction se retourna.

— Il y a quelque chose de grand, monsieur. Quelque chose, je sais pas... difficile à dire... un genre de...

— « Quelque chose, un genre de... » Hé ! réveillez-vous !

Li attrapa le malheureux par les épaules.

— Faites votre rapport, espèce d'abruti ! Un rapport précis ! Qu'est-ce qui se passe ?

L'homme blêmit.

— Il y a... il n'y avait rien sur l'écran, et ensuite, l'eau s'est recouverte de je ne sais pas quoi. C'est sorti de rien, je vous jure, d'un seul coup, l'eau s'est changée en matière. Ça a formé un mur, un... partout, c'est...

— Qu'on envoie les Cobra en reconnaissance. Exécution !

— Et les dauphins, qu'est-ce qu'ils disent ? s'enquit Greywolf.

— Etre vivant inconnu, répondit une femme soldat. Ils sont les premiers à l'avoir repéré.

— Localisation ?

— C'est partout en même temps. Ça s'éloigne. C'est à un kilomètre maintenant, ça repart. Le sonar indique des présences importantes dans toutes les directions.

— Où sont les dauphins en ce moment ?

— Sous le bâtiment, monsieur. Ils s'agglutinent devant les sas. Je crois qu'ils ont peur. Ils veulent rentrer.

Le CIC se remplissait peu à peu.

— Envoyez l'image satellite sur le grand écran, ordonna Peak.

Le grand écran fit apparaître l'*Independence* vu de la perspective du KH-12. Il mouillait sur une eau sombre. Nulle trace de lueur bleue ni d'éclairs.

— Il y a un instant, tout était éclairé, dit le responsable des images satellites.

— Pouvons-nous obtenir des images par d'autres satellites ?

— Pas pour le moment, monsieur.

— O.K. Faites agrandir le champ.

Le soldat transmit l'ordre de Peak à la station de contrôle. Quelques secondes plus tard, l'*Independence* se rétrécit sur l'écran. Tout autour, c'était la mer du Groenland, couleur de plomb. Par les haut-parleurs, on entendait les sifflements et les claquements des dauphins, qui continuaient à signaler la présence d'un organisme inconnu.

— Ça ne suffit pas…

Le champ s'agrandit encore. L'objectif du satellite couvrait maintenant une surface de cent kilomètres carrés. L'*Independence*, pourtant long de deux cent cinquante mètres, ressemblait à un fétu de paille.

Ils scrutèrent l'écran en retenant leur souffle.

— Le voilà !

Un cercle fin, bleu luisant et très large, s'était formé, parcouru de décharges électriques.

— Il fait quelle taille ? demanda Peak dans un murmure.

— Quatre kilomètres de diamètre, répondit la femme soldat. Plus, même. On dirait… un genre de tuyau. Ce que nous voyons sur l'image satellite, c'est l'ouverture, mais ça descend jusque dans les grands fonds. Nous sommes pour ainsi dire… dans sa gueule.

— Et c'est *quoi* ?

Johanson, qui était venu se placer à côté de Peak, répondit :

— Une substance gélatineuse, je dirais.

— Bravo ! éructa Vanderbilt. Vous pouvez me dire ce que vous leur avez envoyé comme message, bon Dieu de merde ?

— Je leur ai demandé de se montrer, répondit Samantha.

— Vous trouvez que c'est une bonne idée ?

Shankar se tourna vers lui, furieux.

— Vous vouliez prendre contact, non ? De quoi vous plaignez-vous ? Vous vous imaginiez qu'ils enverraient des messagers à cheval ?

— Nous recevons un signal !

Tous se tournèrent vers celui qui avait parlé. C'était l'homme affecté à la surveillance des signaux acoustiques.

Shankar se dépêcha d'aller le rejoindre et se pencha sur les écrans.

— C'est un signal Scratch, d'après le motif spectrographique.

— Une réponse ?

— Je ne sais pas si…
— L'anneau ! Il se rétrécit !
Toutes les têtes se tournèrent vers l'écran géant. Le cercle avait commencé à reprendre lentement la direction du bâtiment. En même temps, on vit deux points minuscules quitter le bord. Les deux hélicoptères de combat entamaient leur vol de reconnaissance. Les sifflements et les claquements s'intensifièrent dans les haut-parleurs.
Tout le monde se mit alors à parler en même temps.
— Taisez-vous ! leur intima Li.
Les sourcils froncés, elle écoutait les dauphins.
— Il y a encore un autre signal, annonça-t-elle.
— Oui, confirma Alicia qui tendait l'oreille elle aussi, en fermant les yeux. Un organisme inconnu et…
— Des orques ! s'écria Greywolf.
— Plusieurs corps de grande taille se rapprochent de nous, confirma la responsable du sonar. Ils viennent de l'intérieur du conduit.
Greywolf regarda Li.
— Ça ne me plaît pas. Nous devrions faire rentrer les dauphins…
— Pourquoi maintenant ?
— Je ne veux pas risquer leur vie. Et nous avons besoin des images des caméras.
Li hésita un instant. Puis :
— D'accord. Faites-les rentrer. J'informe Roscovitz. Peak, prenez quatre hommes et accompagnez O'Bannon sur le pont inondable.
— Léon, Licia ! appela Greywolf.
Ils sortirent en hâte. Rubin les suivit des yeux. Il se pencha vers Li et lui dit quelques mots à voix basse. Elle hocha affirmativement la tête puis retourna aux écrans.
— Attendez-moi ! cria Rubin au groupe qui s'éloignait. Je viens avec vous !

Sur le pont inondable

Roscovitz arriva sur le pont inondable avant les scientifiques, accompagné de Browning et d'un autre technicien. Il poussa un juron sonore en apercevant le Deepflight défectueux. Il n'avait toujours pas été réparé. Il flottait sur l'eau, sas d'entrée ouvert, assuré par une unique chaîne accrochée au plafond.

— Ça devrait être terminé depuis longtemps, bordel ! cria-t-il à Browning, furibond.

— C'est plus compliqué que nous ne le pensions, se justifia la chef-technicienne. Le pilotage automatique…

— Et merde ! l'interrompit Roscovitz.

Il examina l'engin. Il flottait en partie au-dessus du sas qui se dessinait, quatre mètres plus bas.

— Ça commence à m'emmerder sérieusement. Chaque fois que nous faisons rentrer ou sortir les bestioles, ça m'emmerde un peu plus.

— Avec tout le respect que je vous dois, ça ne dérange personne, et dès que nous aurons fini la réparation, il remontera au plafond.

Roscovitz marmonna quelques paroles incompréhensibles et alla se poster derrière le pupitre de commande. Le submersible était juste sous son nez. Là où il était, il lui bouchait la vue sur le sas. Il en était réduit aux écrans. Il poussa un nouveau juron en utilisant quelques expressions encore un peu plus fortes. Ils avaient été tellement pressés de faire les modifs sur ce rafiot qu'ils avaient salopé le boulot. Naturellement, dans leurs conneries de tests virtuels, ils n'avaient pas prévu qu'un submersible viendrait lui boucher la vue sur le sas !

Des pas résonnèrent sur le pont-hangar. Greywolf, Alicia Delaware, Anawak et Rubin descendaient la rampe, suivis de Peak et de ses hommes. Les soldats se répartirent de part et d'autre des embarcadères. Rubin et Peak vinrent retrouver Roscovitz, tandis que Greywolf et ses amis se glissaient dans leurs combinaisons de Néoprène et mettaient leurs lunettes.

— O.K., annonça Greywolf en joignant le pouce et l'index. On les fait rentrer.

Roscovitz fit un signe affirmatif de la tête et mit le système en route. Il vit les scientifiques sauter dans le bassin. Leurs corps étaient éclairés par les projecteurs sous-marins. Ils se rapprochèrent. Arrivés à la hauteur du sas, ils descendirent à tour de rôle.

Il ouvrit les parois inférieures.

Alicia plongea la tête la première. Elle n'avait pas fini sa descente que déjà les énormes plaques d'acier se mettaient en mouvement à trois mètres du toit de verre. Elle vit les parois se séparer, libérant la vue sur les profondeurs de la mer. Aussitôt, deux dauphins se précipitèrent à l'intérieur. Ils paraissaient nerveux et vinrent donner des coups de bec contre le verre. Greywolf fit signe d'attendre. Un nouveau dauphin s'introduisit dans le sas.

Maintenant, les parois d'acier étaient complètement ouvertes. Sous la coupole de verre, c'était le fond. Alicia scruta les ténèbres avec anxiété. Il n'y avait rien d'anormal, pas de lumière, pas d'éclairs, pas d'orques… et aucune trace des trois dauphins restés à l'extérieur. Elle descendit plus bas, jusqu'à ce que ses mains touchent la surface de verre, et scruta les profondeurs à la recherche des autres. Soudain, un quatrième animal fit irruption, tourna sur lui-même et entra dans le sas. Greywolf hocha la tête et Alicia donna le signal à Roscovitz. Lentement, les plaques d'acier glissèrent l'une vers l'autre et se refermèrent en émettant des grondements sourds. A l'intérieur du sas, les capteurs se mirent au travail, examinant l'eau à la recherche d'impuretés et de germes. Quelques secondes plus tard, une lampe verte s'alluma et transmit le feu vert à la console de Roscovitz. Lentement, les deux parois de verre s'écartèrent.

A peine la fente fut-elle assez large que les animaux s'y engouffrèrent, réceptionnés par Greywolf et Anawak.

Peak observa Roscovitz pendant qu'il refermait le toit de verre, les yeux fixés sur les écrans. Rubin, qui s'était avancé au bord du bassin, baissait les siens vers le sas.

— Il n'en reste plus que deux ! lança Roscovitz.

Les haut-parleurs diffusaient les sifflements et les claquements des dauphins restés à l'extérieur. Visiblement, leur nervosité augmentait. La tête de Greywolf apparut à la surface, puis ce fut au tour de celles d'Anawak et d'Alicia.

— Qu'est-ce qu'ils disent ? s'enquit Peak.

— Toujours pareil, répondit Greywolf. Un organisme inconnu et des orques. Du nouveau sur les écrans ?

— Non.

— Ça ne veut rien dire. On va faire rentrer les deux derniers.

Peak eut un sursaut. Les écrans commençaient à s'encadrer de bleu luisant.

— Grouillez-vous. Ça se rapproche.

Les scientifiques replongèrent vers le sas. Peak appela le CIC.

— Qu'est-ce que vous voyez, là-haut ?

— Le cercle continue à se rétrécir, dit la voix de Li. Les pilotes indiquent que la chose plonge, mais elle est encore très nette sur l'image satellite. Il semble qu'elle veuille descendre sous notre bâtiment. Ça devrait bientôt s'éclaircir là où vous êtes.

— Oui, ça s'éclaircit. Qu'est-ce que c'est exactement ? Le nuage ?

— Sal ? dit la voix de Johanson. Non, je ne crois pas que ce soit encore sous forme de nuage. Les cellules se sont mélangées. C'est un tuyau compact de substance gélatineuse, et il se contracte. Je ne sais pas ce qui se passe, mais vous devriez vraiment faire vite, maintenant…

— C'est bientôt fini. Rosco ?

— Oui, c'est fait, répondit ce dernier. J'ouvre la paroi.

Anawak nageait au-dessus du toit de verre, les yeux écarquillés. Cette fois, lorsque les plaques de verre s'étaient écartées, la vue n'avait plus été la même. La première fois, ils n'avaient aperçu que des ténèbres vert sombre. A présent, il montait du fond une faible lueur qui gagnait lentement en intensité.

Pourtant, ce n'est pas comme le nuage, se dit-il.

C'était plutôt un rayon de lumière, qui se diffusait de manière circulaire. Il pensa à l'image satellite qu'ils avaient vue au CIC. A la gueule du gigantesque tuyau à l'intérieur duquel mouillait l'*Independence*.

Soudain, il comprit que ce qu'il voyait, c'était l'intérieur de ce conduit. A la pensée de la taille de ce tuyau, son estomac se souleva. La peur s'empara de lui brutalement. Lorsque le cinquième dauphin surgit du néant, il recula, maîtrisant à grand-peine son envie de fuir. Le dauphin s'agita sous la couverture de verre. Anawak s'efforça de se reprendre. Aussitôt après, le sixième animal entra dans le sas. Les plaques d'acier se refermèrent. Les capteurs vérifièrent la qualité de l'eau, envoyèrent leur feu vert à Roscovitz, et les deux moitiés du toit de verre se séparèrent.

D'un bond, Browning sauta sur *Deepflight 1*.

— Qu'est-ce que vous faites ? s'enquit Roscovitz.

— Maintenant que les bestioles sont rentrées, je retourne à mon boulot, voilà ce que je fais !

— Allez, c'est pas ce que je voulais dire !

— Si ! Je sais très bien ce que vous vouliez dire !

Browning s'accroupit et ouvrit un clapet à l'arrière.

— Voilà, je finis de réparer cet engin de merde ! jeta-t-elle.

— Ecoutez, vous avez mieux à faire pour l'instant ! répliqua Roscovitz avec impatience. C'est pas le moment de chercher la bagarre !

Il était incapable de quitter les écrans des yeux. La clarté augmentait à vue d'œil.

— Sal, vous avez fini ? demanda la voix de Johanson.

— Oui. Qu'est-ce qui se passe là-haut ?

— Le bord de cette espèce de tuyau passe sous le navire.

— Est-ce que ce machin pourrait causer des dégâts ?

— Je ne pense pas. Je n'imagine pas qu'un organisme quelconque en soit capable. Pas même cette chose. C'est gélatineux. Comme du caoutchouc qui aurait des muscles.

— Et c'est juste en dessous de nous, compléta Rubin depuis le bord du bassin.

Il se retourna, les yeux brillants.

— Ouvrez le sas, Luther. Vite !

— Quoi ? s'écria Roscovitz en écarquillant les yeux. Vous êtes devenu fou ?

Rubin le rejoignit en deux bonds.

— Général ? cria-t-il dans le micro de la console.

Il y eut un craquement sur la ligne, puis :

— Quoi, Mick ?

— Nous avons une chance unique de prélever une grande quantité de cette substance. J'ai demandé d'ouvrir le sas, mais Peak et Roscovitz…

— Jude, nous ne pouvons pas prendre ce risque, protesta Peak. Nous serons incapables de contrôler les événements si…

— Mais si, il suffit d'ouvrir la paroi d'acier et d'attendre un peu pour voir ce qui se passe, insista Rubin. Peut-être que l'organisme fera preuve de curiosité. Nous en attraperons quelques bouts et nous refermerons la paroi. Ça ne vous dirait rien d'attraper une jolie petite portion d'échantillon pour la recherche ?

— Et si jamais c'était contaminé ? objecta Roscovitz.

— Oh là là ! Tout le temps des si et des mais ! On s'en apercevra bien ! On laissera le toit de verre fermé jusqu'à ce qu'on le sache, bien sûr !

Peak secoua la tête.

— Je ne crois pas que ce soit une bonne idée, dit-il.

Rubin leva les yeux au ciel.

— Général, c'est une *occasion unique* !

— O.K., répondit Li. Mais soyez prudents.

Peak afficha une mine contrariée. Rubin éclata d'un rire joyeux. S'approchant du bord du bassin, il se mit à agiter les bras.

— Hé là ! Dépêchez-vous ! cria-t-il à Greywolf, à Anawak et à Alicia qui, sous l'eau, débarrassaient les animaux de leurs instruments. Allez, faites vite…

Ils ne pouvaient pas l'entendre.

— Oh ! tant pis ! Luther, ouvrez cette paroi, bon sang ! Il ne peut rien se passer tant que le toit reste fermé.

— Vous ne croyez pas qu'on devrait attendre que…

— On n'a pas le temps d'attendre ! vitupéra Rubin. Vous avez entendu ce qu'a dit Li. Si on attend, il sera trop tard, tout aura disparu. Faites simplement entrer un peu de cette substance dans le sas et refermez. Il m'en faut un mètre cube, pas plus.

Mais pour qui il se prend, ce connard ? pesta Roscovitz intérieurement. Je sais pas ce qui me retient de le foutre à l'eau, ce salopard. Si, le feu vert de Li, c'est ça qui me retient !

Les ordres étaient les ordres.

Il appuya sur le bouton d'ouverture du sas.

Alicia avait affaire à un spécimen particulièrement agité. Frétillant et impatient. Alors qu'elle essayait de lui enlever la caméra, le dauphin lui avait échappé et avait plongé vers le sas en traînant derrière lui une partie de son équipement. Elle le vit tourner en rond au-dessus du couvercle de verre et descendit à sa suite en quelques brasses.

Elle ignorait tout de la discussion qui se déroulait en haut.

Qu'est-ce que tu as ? Allez viens, n'aie pas peur ! dit-elle en pensée à l'animal.

Puis elle vit ce qui se passait.

La paroi d'acier s'ouvrait de nouveau.

Elle fut si stupéfaite qu'elle en oublia de nager, et se retrouva au fond, les orteils touchant le verre. Sous elle, la paroi continuait à s'ouvrir. La mer luisait d'un bleu intense. Des éclairs zébraient l'eau.

Mais qu'est-ce qui lui prenait, à Roscovitz ? Pourquoi ouvrait-il la paroi ?

Le dauphin tournait comme un fou au-dessus du sas. Il vint vers elle et la poussa. Visiblement, il essayait de l'éloigner de la paroi. Alicia ne réagit pas immédiatement. L'animal fit demi-tour et prit la fuite.

Elle regarda au fond de l'abîme éclairé.

Qu'est-ce que c'est que ça ?

Elle vit des ombres furtives, puis une tache qui s'approchait et grandissait.

Qui s'approchait de très près.

La tache prit forme.

Soudain, elle comprit ce qui se dirigeait vers elle. Elle reconnut l'énorme tête au front noir et au ventre blanc, les dents régulièrement rangées sous les lèvres mi-ouvertes. C'était le plus grand spécimen qu'elle eût jamais vu. Il montait verticalement des profondeurs à une allure qui semblait s'accélérer, et sans aucune intention apparente de dévier sa route. Ses pensées se bousculèrent dans sa tête. En l'espace de quelques fractions de seconde tout ce qu'elle savait sur le sujet lui traversa l'esprit. Que les parois de verre étaient épaisses et robustes, mais pas assez fortes pour résister à une bombe vivante. Que cet animal devait faire plus de douze mètres de long. Qu'il pouvait se catapulter à une vitesse de pointe de cinquante-six kilomètres à l'heure.

Qu'il était beaucoup trop rapide.

Elle fit une tentative désespérée pour s'éloigner du sas.

L'orque traversa la couverture de verre comme une torpille. Sous l'effet de l'onde de choc, Alicia fit une pirouette. Elle vit vaguement tourbillonner les débris du cadre d'acier et des morceaux de verre, et le ventre blanc de l'orque sortir de la coupole de verre, à peine freinée par le choc. Un choc douloureux l'atteignit entre les omoplates. Elle hurla, aspira de l'air dans ses poumons, agita les bras et tout bascula autour d'elle.

La panique la saisit.

Roscovitz eut à peine le temps de comprendre ce qui se passait. L'embarcadère gronda et trembla sous ses pieds lorsque l'orque traversa la paroi. Un gigantesque mur d'eau souleva *Deepflight 1*. Il vit Browning chanceler et agiter les bras, et l'orque plonger brièvement et reprendre de l'élan.

— La paroi ! hurla Rubin. Refermez la paroi !

La tête de l'orque s'abattit contre le submersible et le projeta en l'air. La fixation de la chaîne sauta avec un tintement clair. Browning fut soulevée. Elle retomba contre le pupitre de commande. L'une de ses bottes atteignit Roscovitz à la poitrine et le fit basculer en arrière. Il s'affala contre le mur du hangar, entraînant Peak avec lui.

— Le bateau ! hurla Rubin.

Browning tomba à l'eau, le front ensanglanté. Au-dessus d'elle, *Deepflight 1*, rempli d'eau, coula en quelques secondes, la poupe à la verticale. Roscovitz se redressa à grand-peine et essaya de regagner le pupitre. Quelque chose vint à sa rencontre avec un sifflement. Il leva les yeux et vit la chaîne arrachée arriver sur lui en oscillant comme un fouet. D'un geste vif, il tenta de l'éviter. Il sentit le bout de la chaîne érafler sa tempe et s'entortiller autour de son cou. Il eut la respiration coupée.

Il fut entraîné en avant et bascula par-dessus le rebord.

Greywolf était trop éloigné pour voir ce qui avait déclenché la catastrophe, et, dans l'eau, il ne sentit pas la secousse. Il vit le submersible s'arracher de sa fixation et fut témoin du sort réservé à Browning et à Roscovitz. Rubin restait planté à côté du pupitre de commande, hurlant et gesticulant. A un moment, la tête de Peak apparut derrière le scientifique, et les soldats firent irruption sur le lieu de l'accident, l'arme à la main.

Ses yeux fouillèrent hâtivement la surface de l'eau à la recherche d'Alicia. Anawak était juste à côté de lui, mais la jeune fille n'était nulle part.

— Licia ?

Pas de réponse.

— Licia !

Un effroi mortel lui transperça le cœur. Il prit son élan et plongea vers le sas.

Alicia nageait dans la mauvaise direction. Son dos lui faisait atrocement mal et elle avait peur d'étouffer. Elle se retrouva soudain juste au-dessus du sas. Les deux moitiés de la couverture de verre étaient arrachées, les parois d'acier commençaient à se refermer. La mer, sous elle, était lumineuse.

Elle se retourna sur le dos.

Oh non !

Deepflight 1 était en train de tomber comme une pierre, droit sur elle. Mue par l'énergie du désespoir, elle se mit à battre désespérément des pieds. Elle allait se faire écraser. Elle vit les bras articulés repliés se rapprocher. Le submersible l'atteignit au milieu du torse. Elle sentit ses côtes se briser. Elle ouvrit la bouche pour crier et avala encore un peu plus d'eau. Implacablement, l'engin la poussa vers le fond, lui fit traverser le sas et la précipita dans la mer ouverte. Le froid s'insinua comme un choc dans ses os. A demi inconsciente, elle vit les parois d'acier se refermer avec un son creux sur le submersible, qui cessa de sombrer. Il était coincé, lui, mais elle continuait de s'enfoncer. Elle tendit les bras, tenta de se cramponner à l'engin qui s'éloignait, mais ses doigts glissèrent. Elle était à bout de forces, les poumons en bouillie. Dans son ventre, tous ses organes semblaient avoir été écrabouillés.

S'il vous plaît, je veux remonter là-haut. Je ne veux pas mourir.

Quelque part, entre les parois bloquées et le submersible coincé, elle aperçut dans un brouillard le visage de Greywolf, mais c'était peut-être un mirage, un beau rêve de salut.

Quelque chose de sombre, de grand, arriva par le côté. Des mâchoires béantes, des rangées de dents coniques.

La morsure de l'orque brisa sa cage thoracique.

Elle ne vit plus la masse lumineuse passer comme une fusée à côté d'elle. Lorsque l'organisme s'introduisit par le sas, Alicia était déjà morte.

De rage, Peak tapa du poing sur le pupitre de commande. Sa tentative pour fermer la paroi étanche avait échoué. *Deepflight 1* bloquait les deux plaques d'acier. Soit il les faisait s'écarter et sacrifiait le submersible, soit il risquait de permettre à Dieu savait quoi de s'introduire à l'intérieur.

Browning avait disparu. Roscovitz s'agitait au bout de la chaîne, les pieds dans l'eau, les mains serrées autour de son cou.

Où était passée cette maudite orque ?

— Sal ! pleurnicha Rubin.

L'eau bouillonnait, couverte d'écume. Les soldats couraient dans tous les sens. Greywolf avait plongé au fond. Nulle trace d'Anawak. Et Alicia ?

Quelqu'un lui donna un coup sur le côté.

— Sal, merde !

Rubin lui donna une bourrade pour l'éloigner de la console. Ses mains volèrent sur les touches, appuyèrent sur des boutons.

— Pourquoi ne fermez-vous pas ce foutu sas ?

— Connard ! hurla Peak.

Il prit son élan et envoya son poing dans la figure de Rubin. Le biologiste tituba et bascula dans l'eau. Il y eut une gerbe, et au milieu de l'écume Peak vit la nageoire dorsale en forme d'épée de l'orque s'élever et se diriger sur lui.

Rubin sortit la tête des flots en crachant.

Lui aussi vit la nageoire. Il se mit à hurler.

Peak appuya sur le bouton pour ouvrir les parois d'acier et livrer *Deepflight 1* à la mer.

Une lampe de contrôle aurait dû s'allumer.

Il ne se passa rien.

Greywolf crut qu'il devenait fou.

Une population d'orques était en train de passer sous l'*Independence*. L'une des bêtes avait attrapé Alicia et l'avait entraînée hors de sa vue. Sans réfléchir, il nagea en direction de l'espace qui béait entre les parois bloquées et vit quelque chose surgir des profondeurs. Des éclairs s'allumèrent sous ses yeux, des décharges lumineuses jaillirent, puis il fut atteint comme par un énorme poing et traîné en arrière. Tout bascula autour de lui. A sa gauche, il aperçut brièvement Anawak, qui disparut de nouveau. Là-bas, une paire de jambes s'agitaient dans l'eau. Un corps tombait sur lui. Un ventre blanc, celui de l'orque entrée dans le navire, passa au-dessus de lui. Puis, de nouveau, le sas avec le submersible coincé…

Et l'être qui pénétrait à l'intérieur par les parois ouvertes.

Il ressemblait au tentacule d'un monstrueux polype. Sauf que les polypes ne possédaient pas de tentacules pareils. Les polypes munis de tentacules de trois mètres de diamètre, ça n'existait pas.

Une masse informe se déversa sur le pont inondable à une vitesse folle. Il y en avait toujours plus. Un cordon gélatineux qui, à peine le sas franchi, se divisa en cordons plus minces, sur la surface lisse desquels luisaient des motifs luminescents.

Rubin battait désespérément l'eau.

La nageoire le poursuivait. Toussant et crachant, il atteignit l'embarcadère et essaya de se hisser dessus. Mais ses coudes cédèrent. Il eut le temps d'entendre des coups de feu avant de replonger sous l'eau. Il vit alors se dérouler devant lui une scène incroyable. Il comprit que son souhait était en train de se réaliser : l'organisme étranger était entré, mais pas comme il l'avait imaginé.

Des tentacules lumineux, partout. Epais comme des troncs d'arbres.

Entre eux, le gosier ouvert de l'orque.

Rubin remonta. Juste devant lui, une paire de jambes battait furieusement l'eau. C'étaient celles de Roscovitz, qui le regardait d'en haut, les yeux exorbités, comme pendu à un gibet. Ses mains essayaient de dénouer la chaîne qui enserrait son cou.

Un affreux gargouillement s'échappait de ses lèvres.

O mon Dieu, priait Rubin, ô mon Dieu, pitié !

L'aileron arriva sur lui… bifurqua…

Au milieu d'un mur d'écume, l'orque bondit hors de l'eau, la gueule grande ouverte. Les jambes de Roscovitz disparurent à l'intérieur. Les mâchoires se refermèrent. Pendant quelque temps, l'animal resta suspendu en l'air sans bouger, puis retomba…

Le torse dégoulinant de sang de Roscovitz pendait au-dessus de l'eau, et Rubin ne pouvait en détacher les yeux. Il entendit un long hurlement, comprit que c'était lui-même qui hurlait.

Il hurlait sans discontinuer.

Et l'aileron revenait.

Au Combat Information Center

Li n'en croyait pas ses yeux. En l'espace de quelques secondes, le chaos s'était déclenché sur le pont inondable. Sidérée, elle vit Peak courir sur l'embarcadère, les soldats tirer à l'aveuglette dans l'eau, le corps en lambeaux de Roscovitz.

— Etablissez la liaison radio, ordonna-t-elle.

Le centre de commandement retentit alors de coups de feu et de cris. L'horreur se lisait sur tous les visages. Tout le monde se mit à parler en même temps, et le chaos du pont inondable déclencha celui du CIC. Li réfléchit à toute allure. Que faire ? Envoyer des renforts, bien sûr. Avec des armes explosives, cette fois. Qu'est-ce qu'ils avaient, à tirer avec des munitions conventionnelles, ces imbéciles ?

Il fallait reprendre la situation en main.

Elle allait descendre elle-même.

Sans mot dire, elle se rendit dans la salle voisine, au LFOC. Pendant les conflits, ce lieu servait de centre de commandement pour les opérations amphibies. On pouvait à partir de là remplir les ballasts ou les vider, ouvrir la porte, à la poupe, si les commandes se révélaient défectueuses sur le pont inondable. Mais les sas de sol ne pouvaient pas être commandés à partir du LFOC, ce qui était encore une stupide erreur commise dans l'urgence de la transformation de l'*Independence*.

— O.K., dit-elle.

Elle transmit ses ordres au personnel horrifié :

— Videz les citernes à ballast de tribord. Mettez la poupe à sec.

Le sas de sol du pont inondable était-il fermé ou ouvert ? L'eau pouvait-elle s'écouler ? L'enfer qui se déroulait sur les écrans n'en disait rien. En général, il suffisait simplement de faire remonter l'arrière et l'eau du port artificiel s'écoulait par le sas ou par la porte. Au cas où les deux étaient bloqués, il restait le système de pompage d'urgence. Il fallait un peu plus de temps, c'était tout.

Li ordonna de faire marcher les pompes et retourna au CIC.

Sur le pont inondable

Les parois étanches ne réagissaient pas. Qu'est-ce qui se passait, bon Dieu ? Hors d'haleine, Peak courut attraper un harpon explosif.

Du coin de l'œil, il vit Rubin émerger de l'eau. Il était soulagé et écœuré à la fois. Il le détestait, ce biologiste, mais il avait commis une erreur en le balançant à l'eau. Parce que ce Rubin de malheur devait être protégé à tout prix, afin de mener la mission à son terme.

La nageoire dorsale s'éloigna de l'embarcadère… Un peu plus loin, Anawak et Greywolf nageaient en déployant des efforts désespérés pour atteindre la rive opposée. Ils étaient poursuivis par des tentacules lumineux, mais des tentacules, il y en avait partout, ils s'agitaient dans tous les sens, alors qu'il était très net, en revanche, que l'orque visait les fugitifs.

Il devait absolument liquider ce sale bestiau avant qu'il tue quelqu'un d'autre.

Soudain, Peak sentit le calme revenir en lui. Tout le reste pouvait attendre. Le plus important, c'était de se débarrasser de cette montagne de chair aux dents monstrueuses.

Il leva son harpon.

Anawak vit l'orque se rapprocher. L'eau du bassin artificiel bouillonnait et giclait, semblait avoir pris vie. C'était une masse bleue, mouvante et chatoyante, au milieu de laquelle une orque fonçait vers lui et vers Greywolf.

L'animal rejetait l'air par à-coups. Il n'était plus qu'à quelques mètres. Ils n'atteindraient pas l'embarcadère, c'était sûr. Il fallait faire quelque chose. Le jour de l'attaque des orques, dans le Clayoquot Sound, Greywolf était arrivé à temps avec son bateau, mais là, hélas ! Greywolf était dans le même pétrin que lui. Il fallait trouver une feinte.

L'orque plongea.

— On la laisse passer ! cria-t-il à Greywolf.

Pas très précis, se dit-il. Est-ce que Jack comprendrait ce qu'il avait voulu dire ? Il était trop tard pour les explications.

Anawak prit une inspiration et plongea sous l'eau.

Peak poussa un juron.

Le bestiau avait disparu. Pareil pour Anawak et Greywolf.

Il courut le long de l'embarcadère en cherchant l'animal des yeux, mais le bassin s'était transformé en un enfer surréaliste dans lequel la lumière, les gerbes d'écume et des formes indéfinissables brouillaient la vue. Devant lui, un soldat tirait sur les serpents qui s'agitaient dans l'eau, mais sans effet apparent.

— Arrêtez, c'est pas la peine ! dit-il à l'homme avant de lui désigner le pupitre de commande. Allez, donnez l'alerte ! Essayez d'ouvrir le mur étanche et dégagez le submersible !

Ses yeux fouillèrent la surface de l'eau.

— Et après, refermez ce maudit sas.

Le soldat courut au pupitre.

Peak s'approcha du bord de l'embarcadère en plissant les yeux. Le harpon pesait lourd dans sa main.

Où était cette orque ?

Elle avait disparu.

Elle était remplacée par une masse ondulante, de la lumière, du bleu et du blanc. A l'instant où Anawak s'était laissé couler, le bruit assourdissant avait cédé la place à des bruits sourds. Greywolf, à côté de lui, brassait l'eau. Des bulles d'air s'échappaient de sa bouche. Anawak maintenait toujours le bras de son ami, qu'il avait attrapé pour l'attirer sous l'eau avec lui. Il ne savait pas si son idée marcherait, mais ce qu'il savait, c'était qu'à la surface ils étaient perdus.

Une sorte de serpent sans tête ondulait vers lui. A travers ses tissus à demi transparents, d'un bleu chatoyant, on voyait briller et palpiter des lumières. Il s'échappait du monstre des centaines de bras fins qui balayaient le fond du bassin. Anawak comprit soudain ce qu'il faisait. Il explorait son environnement. Les bras recouvraient tout le bassin, jusqu'au moindre recoin. Alors qu'il regardait le spectacle, horrifié et fasciné à la fois, de nouveaux bras jaillirent du corps du serpent pour onduler dans sa direction.

Au milieu, il vit béer la gueule de l'orque.

Une transformation s'opéra alors en lui.

Le temps parut ralentir, une partie de l'esprit d'Anawak sembla se détacher, s'isoler, pour pouvoir répondre en toute tranquillité à quelques questions. Son attaquant avait l'aspect d'une orque, mais que restait-il de l'animal, en réalité ? Il était entièrement occupé par cette substance gélatineuse. A quoi pouvait-on s'attendre, de la part d'un organisme qui n'agissait plus selon sa nature, qui avait été absorbé par une conscience étrangère ? Il fallait considérer l'orque comme une partie de la masse lumineuse, non plus comme une orque dotée de réflexes naturels. Et peut-être était-ce justement un avantage. Peut-être parviendraient-ils à perturber l'animal.

L'orque fondait sur lui comme une flèche.

Anawak l'esquiva, donna un coup à Greywolf et le vit filer en direction opposée. Il avait compris son message ! L'orque passa au milieu, sa proie s'était séparée en deux.

Ils avaient gagné quelques secondes.

Dédaignant l'orque, Anawak se dirigea droit sur les méandres entremêlés des tentacules.

Rubin avançait à quatre pattes sur le pont, cherchant son souffle. Un soldat l'enjamba, dans sa course vers le pupitre de commande.

Comme tous ses camarades, le soldat était formé au maniement de tous les systèmes techniques du bord et connaissait leur fonctionnement.

Les parois d'acier refusèrent de s'ouvrir.

L'image de Browning s'était imprégnée dans sa tête. Il avait vu son corps s'écraser contre le pupitre. Il se pencha et examina le bouton plus attentivement.

Bloqué. Tordu.

Peut-être par un coup de botte de Browning. Le soldat empoigna son fusil par le canon et frappa de toutes ses forces.

Le bouton s'enfonça.

Anawak nageait dans un monde inconnu.

Tout autour de lui s'agitaient des rideaux de fins tentacules. Il n'était pas sûr d'avoir eu une bonne idée, mais ce n'était plus le moment de se poser la question. Peut-être la substance gélatineuse allait-elle réagir agressivement, peut-être que non. Sans doute ce monstre était-il contaminé, par-dessus le marché. Si oui, ils étaient tous condamnés de toute façon.

Une chose était sûre : l'orque aurait plus de mal à le retrouver là où il était.

Les antennes luminescentes se courbèrent dans sa direction. Tout se mit en mouvement. Anawak fut heurté de toutes parts. Le maillage de tentacules se densifia, et soudain, il sentit l'un des bras lui balayer le visage.

Il le repoussa.

D'autres s'approchèrent, tâtèrent sa tête et son corps. Dans son crâne, ça tapait et ça bourdonnait. Ses poumons commençaient à devenir douloureux. S'il ne trouvait pas un moyen de remonter bientôt, il pourrait s'abandonner au monstre.

Il attrapa la masse des deux mains et la sépara en deux. C'était comme se battre contre un nœud de couleuvres. L'organisme était un cordon compact, extrêmement flexible et sujet à une métamorphose constante. Des tentacules qui l'entouraient l'instant précédent se déformaient, se retiraient et rentraient dans le giron de la grande masse qui, au même moment, donnait naissance à de nouvelles extrémités. Ce monstre était imprévisible et, de plus, il semblait avoir un faible prononcé pour Léon Anawak.

Il fallait qu'il se sorte de là.

Un corps mince, élégant, vint se glisser à côté de lui.

Une tête souriante. Un dauphin. Instinctivement, Anawak attrapa sa nageoire dorsale. Sans s'arrêter, le dauphin fila hors du fouillis de tentacules en l'entraînant avec lui. Tout à coup, la vue se dégagea. Cramponné au dauphin, Anawak vit l'orque fondre sur eux. Le dauphin remonta comme une fusée. Les énormes mâchoires se refermèrent, les manquant de peu, puis l'orque traversa la surface et mit le cap sur la grève artificielle.

Le soldat avait frappé juste. Lentement, les parois métalliques se mirent en mouvement, libérant le submersible. Il s'enfonça, passant devant l'organisme qui s'introduisait par le sas. *Deepflight 1* sortit du ventre du bâtiment et disparut dans les profondeurs de la mer.

L'espace d'une seconde, le soldat se demanda s'il ne valait pas mieux laisser le sas ouvert, mais il avait reçu l'ordre contraire. Il l'exécuta donc, ferma le sas. Cette fois, plus rien ne vint entraver le processus. Les parois, entraînées par les puissants moteurs du sas, s'enfoncèrent dans l'organisme épais comme un arbre et l'écrabouillèrent.

Peak leva son harpon.

Il venait d'apercevoir Anawak. Contrairement à ses craintes, le scientifique ne semblait pas blessé. L'orque se dirigeait du côté opposé.

Des soldats firent feu sur l'animal, qui disparut sous l'eau.

L'avaient-ils eu ?

— Le mur étanche se ferme, signala le soldat installé au pupitre de commande.

Peak leva la main pour signifier qu'il avait compris et parcourut l'embarcadère à pas lents. Son regard fouilla le côté opposé. Inutile d'employer des balles contre l'engeance à bras de pieuvre, et quant à balancer des explosifs dans la masse, il préférait ne pas s'y risquer. Il y avait encore des gens dans le bassin.

Il s'approcha du bord.

Greywolf avait suivi l'exemple d'Anawak et nagé entre les tentacules. Rassemblant toutes ses forces, il tenta de rejoindre l'autre côté du bassin. Au bout de quelques mètres, la masse de l'organisme lui barra le chemin, et il dut changer de direction.

Il avait perdu tout sens de l'orientation.

Des tentacules se dirigèrent sur lui en ondulant et vinrent s'enrouler autour de son épaule. Greywolf sentit le dégoût monter en lui. L'épisode de la mort d'Alicia l'avait marqué au fer rouge et sa tête se repassait la séquence en continu.

Il arracha les répugnantes excroissances et tenta de prendre la fuite.

Soudain, il se retrouva au-dessus du sas. Le submersible avait disparu. Il vit les parois se refermer sur le tissu gélatineux et trancher en deux la fibre épaisse de plusieurs mètres.

La réaction de l'être fut sans équivoque.

Il n'aimait pas du tout.

Une gerbe d'eau vint frapper Peak. L'orque surgit devant lui. Trop surpris pour éprouver un quelconque autre sentiment, Peak vit l'intérieur de sa gueule rose. Il se jeta en arrière. Au même moment, le pont sembla voler en éclats.

Des serpents géants devenus fous tourbillonnaient jusqu'au plafond, frappaient les murs, balayaient les embarcadères. Peak entendit les soldats hurler et tirer, vit des corps traverser les airs, d'autres disparaître dans le bassin, puis on le frappa aux jambes et il s'écroula sur le dos. Le choc et la douleur lui coupèrent le souffle. Le corps de l'orque bascula dans sa direction. Peak gémit, attrapa involontairement son harpon et fut entraîné dans le bassin.

Il s'enfonça dans un tourbillon de bulles d'air. Ses jambes étaient prises dans une masse bleue chatoyante. Dans un geste désespéré, il la frappa de son harpon et elle lâcha prise. Au-dessus de lui, l'orque s'abattit dans l'eau. Pris dans une énorme onde de choc, Peak tourbillonna plusieurs fois sur lui-même. Il vit les rangées de dents de l'animal s'écarter à moins de un mètre de lui. Il jeta son harpon dans sa gueule et appuya.

L'espace d'un instant, tout sembla s'arrêter.

Puis la tête de l'orque explosa. L'environnement se teinta de rouge. Peak fut projeté en arrière dans une masse de sang et de lambeaux de chair et alla heurter le bord du bassin. Dans un effort surhumain, il parvint à se hisser sur l'embarcadère et à s'éloigner du bord en rampant. Le sang qui s'était répandu partout était mêlé à du tissu graisseux et à des éclats d'os. Il tenta de se relever, glissa et retomba assis, poignardé par une vive douleur. Son pied gauche pointait dans une direction surprenante, mais il n'en eut cure.

La scène qui se déroulait devant ses yeux était du genre à vous faire oublier jusqu'à votre nom.

L'organisme semblait devenu fou. Les tentacules zébraient l'air en tous sens, s'entremêlaient frénétiquement. Des étagères s'écroulaient, des équipements étaient projetés en l'air. Les soldats avaient disparu, à l'exception d'un rescapé qui courait le long de l'embarcadère en tirant des coups de feu. Puis il fut attrapé par un bras qui le jeta à l'eau. Peak se baissa pour éviter un organisme à demi transparent qui vint fouetter l'air au-dessus de lui. Ce n'était pas un serpent, pas un tentacule, non, il n'avait jamais rien vu de tel. Les yeux écarquillés, il vit la pointe de l'organisme se transformer en plein vol et prendre une seconde l'aspect d'un poisson, avant de se ramifier en une série de filaments dardés comme des langues. De grands animaux semblaient circuler dans le bassin, des nageoires dorsales pointaient puis disparaissaient, des têtes déformées dressaient leurs museaux, de simples ébauches gluantes qui se déformaient et retombaient à l'eau comme des blocs informes.

Peak se frotta les yeux. Etait-il le jouet d'une illusion, ou le niveau de l'eau avait-il baissé ? Un grondement de machines se mêla au vacarme ambiant, et il comprit : on vidait le pont ! On pompait le ballast. La poupe du bâtiment s'élevait imperceptiblement, tandis que le contenu du bassin artificiel se déversait dans la mer. Les fouets qui s'agitaient tout autour disparurent. Le monstre avait plongé.

Peak essaya de se relever, mais lorsqu'il posa le pied gauche ses jambes le lâchèrent. Deux mains le rattrapèrent au vol.

— Cramponnez-vous, dit Greywolf.

Peak agrippa les épaules du géant et tenta d'avancer en claudiquant. Il n'était pas précisément petit, mais à côté de Greywolf il paraissait fluet et faible. Il poussa un gémissement. Son sauveur le souleva d'un geste décidé et le porta jusqu'à la rive artificielle.

— Arrêtez, dit Peak en haletant, ça suffit. Mettez-moi par terre.

Greywolf le reposa avec douceur. Ils se trouvaient devant le tunnel qui menait au laboratoire. De là, on avait vue sur l'ensemble du bassin. Les parois latérales du delphinarium étaient à nouveau visibles. Les pompes continuaient à gronder. Il pensa aux gens qui se trouvaient dans le bassin, tous morts sans doute, aux soldats, à Alicia, à Browning…

Anawak !

Ses yeux fouillèrent l'eau. Où était Anawak ?

Là ! Il sortait en crachant, juste devant eux. Greywolf bondit à sa rescousse et l'aida à se hisser sur le sec.

L'eau continuait à se vider. Alors, ils aperçurent un être qui balayait le fond du bassin comme pour chercher à sortir, en diffusant une lueur bleue. Sa forme rappelait une baleine de taille modeste, ou un serpent de mer trapu. Aucun éclair ne jaillissait plus, aucun tentacule ne poussait. Il explorait le moindre recoin, se glissait le long des murs, cherchait à mouvements rapides et systématiques une issue introuvable.

— La voilà, cette saloperie ! Elle va se retrouver au régime sec !

— Non, il faut la sauver.

Rubin, qui sortait du tunnel. Le biologiste tremblait de tous ses membres, mais dans ses yeux on voyait briller une lueur fanatique.

— La sauver ? répéta Anawak.

Rubin s'approcha d'un pas hésitant pour examiner l'intérieur du bassin, où la créature tournait en rond avec une ardeur accrue. Le niveau de l'eau était de deux mètres, tout au plus. Le monstre s'élargit, probablement pour réduire son tirant d'eau.

— Oui, c'est une chance unique, expliqua Rubin. Vous ne comprenez donc pas ? Il faut décontaminer immédiatement le simulateur. On sort les crabes, on met de l'eau propre et la plus grande quantité possible de cette bestiole. C'est beaucoup mieux que les crabes. Avec ça, on pourra…

D'un bond, Greywolf fut sur lui et lui enserra le cou des deux mains. Le biologiste ouvrit la bouche et les yeux. Sa langue sortit.

— Jack ! Arrête ! s'écria Anawak en le tirant par les bras.

Peak se redressa. Son pied gauche tint le coup, mais il pouvait à peine marcher. Que ça lui fasse plaisir ou non, il fallait absolument faire quelque chose pour ce gros con.

— Jack, ne faites pas l'idiot ! cria-t-il. Lâchez-le !

Greywolf ne répondit pas. Il souleva Rubin, dont le visage prenait une teinte bleue.

— Ça suffit, O'Bannon !

Li sortait du tunnel, escortée de quelques soldats.

— Je vais le tuer, annonça Greywolf d'un ton calme.

— Non, O'Bannon, vous n'allez pas le tuer. Son travail est trop important…

— Plus maintenant.

— O'Bannon ! Ne m'obligez pas à vous faire du mal !

Les yeux de Greywolf papillonnèrent, puis son regard s'accrocha à celui de Li. Il reposa alors lentement Rubin, le lâcha. Le biologiste tomba à genoux en râlant. Il hoquetait et crachait.

— Il a tué Alicia, dit Greywolf d'une voix sans timbre.

Li hocha la tête. Soudain, son expression changea.

— Jack, dit-elle d'un ton presque doux, je suis désolée. Je vous promets qu'elle ne sera pas morte pour rien.

— On meurt toujours pour rien.

Puis Greywolf se détourna.

— Où sont mes dauphins ? demanda-t-il.

Li sortit sur l'embarcadère avec ses hommes. Peak était un imbécile. Pourquoi n'avait-il pas équipé ses hommes dès le départ d'armes explosives ? Parce que ce genre de choses n'était pas prévisible ? Bien sûr que si ! C'était justement ce qu'elle avait prévu. Un maximum d'emmerdements. Elle n'avait pas prévu leur forme, mais elle avait toujours su qu'ils arriveraient.

Dans le bassin, il ne subsistait plus que quelques flaques. Et un spectacle épouvantable. Juste à ses pieds, quatre mètres plus bas, gisait le cadavre de l'orque. Une bouille rougeâtre s'étalait à l'endroit de sa tête. Un peu plus loin, des cadavres de soldats. Trois dauphins manquaient à l'appel. Sans doute avaient-ils préféré, dans la panique, quitter le bâtiment tant que le sas était encore ouvert.

— Une belle saloperie, dit-elle.

La chose informe étalée au milieu du bassin ne bougeait presque plus. Elle avait pris une couleur blanchâtre. Sur les bords, là où il subsistait encore un peu d'eau, il se formait encore de courts tentacules, qui rampaient sur le sol comme des couleuvres. L'être était en train de mourir. Malgré ses monstrueuses facultés, il semblait se trouver dans une situation désespérée. Le sommet de la montagne gélatineuse montrait les premiers signes de décomposition. Un liquide clair s'écoulait sur le sol.

Li se rappela que ce colosse échoué n'était pas un être unique, mais un conglomérat de milliards d'unicellulaires qui étaient en train de perdre leur faculté de s'agréger. Rubin avait raison. Il fallait en mettre le plus possible en sécurité. Plus vite ils agiraient, plus ils avaient de chances d'en conserver un bon nombre vivants.

Anawak vint la rejoindre sans mot dire. Li continua son examen du bassin. Elle n'accorda aucune attention au corps de Roscovitz pendu au bout de la chaîne, ou plus exactement ce qu'il en restait. Du coin de l'œil, elle avait remarqué un mouvement au fond du bassin. Elle décida d'y regarder de plus près. Elle descendit les quelques marches qui partaient de l'embarcadère et entreprit son inspection, non sans observer une distance respectueuse lorsqu'elle passa devant le torse de Roscovitz. Elle entendit alors Anawak lui crier quelque chose, de l'autre côté de la montagne gélatineuse. Elle trébucha sur Browning.

La technicienne gisait, les yeux grands ouverts, à demi recouverte par le monstre en décomposition.

— Aidez-moi, dit Anawak.

Ensemble, ils essayèrent de dégager la morte. La substance ne se détacha de ses jambes que de mauvaise grâce. La morte parut à Li anormalement lourde. Son visage brillait, comme verni. Li se pencha au-dessus, pour mieux le regarder…

Le torse de Browning se redressa.

— Merde !

Li fit un bond en arrière, le regard fixé sur le visage de Browning, agité de soubresauts épileptiques et de grimaces. La technicienne leva les bras, ouvrit la bouche et bascula en arrière. Ses doigts se recourbèrent comme des serres. Elle lança les jambes en avant, plia le dos dans tous les sens, agita violemment la tête.

Impossible ! Absolument impossible !

Li n'était pas facile à émouvoir, mais à présent l'horreur s'emparait d'elle à la vue de ce cadavre animé.

Etonnamment, Anawak, malgré sa répugnance évidente, s'accroupit à côté de la morte.

— Jude, chuchota-t-il, regardez…

Li maîtrisa son dégoût, se força à se rapprocher.

— Regardez, répéta Anawak.

La couche vernissée qui recouvrait le visage de Browning se mit à goutter. De gros filaments vinrent recouvrir ses épaules et son cou, disparurent dans ses oreilles…

— Ça s'introduit… murmura-t-elle.

— La chose essaie de l'investir, confirma Anawak, dont le visage était gris-blanc, un teint assurément insolite pour un Inuk. Elle pénètre partout, sans doute pour se familiariser avec l'environnement, poursuivit-il. Mais Browning n'est pas une baleine. Je suppose qu'un reliquat d'électricité présent dans son cerveau réagit à cette tentative… Ça va être bientôt fini.

Li ne dit mot.

— Cette chose commande n'importe quelle fonction du cerveau, reprit Anawak, mais elle ne comprend pas les humains. Browning est morte, général. Ce que nous voyons, c'est une expérience qui se termine.

Sur la *Heerema*, au large de La Palma, îles Canaries

Bohrmann inspecta les combinaisons de la petite station de plongée avec scepticisme. Des scaphandres à reflets argentés, des casques de verre, des articulations segmentées et des pinces. Pareils à des marionnettes, ils regardaient dans le vide, suspendus dans un grand conteneur de métal ouvert.

— Je ne savais pas qu'on partait sur la Lune, dit-il.

Frost rit et lança son célèbre cri :

— Gueuuu'd ! A quatre cents mètres sous la mer, c'est comme si on était sur la Lune. Tu as voulu m'accompagner, c'est trop tard pour te plaindre !

En réalité, c'était van Maarten que Frost aurait souhaité emmener avec lui, mais Bohrmann avait objecté que le Hollandais serait plus utile sur la *Heerema*, dont il connaissait mieux les systèmes. C'était une manière d'exprimer sans les formuler ses craintes de voir surgir des difficultés lorsqu'ils seraient au fond.

« De plus, avait-il ajouté, je n'aime pas trop vous voir trifouiller le fond. Vous êtes peut-être d'excellents plongeurs, mais c'est quand même moi le spécialiste des hydrates.

— C'est bien pour ça que c'est toi qui dois rester en haut, répliqua Frost. S'il t'arrive quelque chose, on n'aura plus personne…

— Si, il y a Erwin. Il est aussi calé que moi, et même plus. »

Erwin Suess était arrivé de Kiel.

« Mais une plongée, ce n'est pas une promenade de santé, avait insisté van Maarten. Vous avez déjà plongé ?

— Plusieurs fois.

— Mais vous êtes descendu vraiment bas ?

— Eh bien… je suis descendu une fois à cinquante mètres. Avec des bouteilles. Mais je suis en excellente condition… et je ne suis pas complètement idiot ! »

Frost avait réfléchi quelques instants, puis :

« Deux hommes costauds suffiront. On emporte quelques petites charges explosives et…

— Voilà, ça commence ! s'était écrié Bohrmann, horrifié. Des explosifs ! Il est hors de…

— O.K. ! O.K. ! l'avait coupé Frost. J'ai compris. C'est toi qui m'accompagnes. Mais tu n'as pas intérêt à venir me pomper l'air, si jamais ça tourne au vinaigre ! »

Pour l'heure, ils étaient à l'intérieur du ponton de bâbord, à dix-huit mètres sous l'eau. Les pontons étaient immergés, mais van Maarten avait réservé un petit secteur relié à la plate-forme par une échelle. C'était de là que le robot avait été descendu. Van Maarten, sachant qu'ils seraient également susceptibles d'envoyer des hommes à des profondeurs de quelques centaines de mètres, avait commandé des scaphandres chez Nuytco Research à Vancouver, une entreprise connue pour ses innovations sensationnelles.

— Ça m'a l'air bien lourd, constata Bohrmann.

— Oui, ça va chercher dans les quatre-vingt-dix kilos, surtout du titane, expliqua Frost en tapotant affectueusement le front de verre de l'un des casques. L'Exosuit pèse lourd, mais sous l'eau on ne s'en rend pas compte. On peut monter et descendre à volonté. Il est alimenté en oxygène et comme tu es complètement enveloppé, il n'y a pas de libération d'azote dans le sang. Ça évite les pauses de décompression.

— Il y a même des palmes !

— Génial, non ? Au lieu de tomber comme une pierre, on nage comme une grenouille.

Frost désigna les anneaux d'articulation.

— Ça permet une complète liberté de mouvement, même à une profondeur de quatre cents mètres. Les mains sont protégées par des demi-sphères. Les bras se terminent par un système de préhension commandé par ordinateur. Les palpeurs transmettent une sorte de sens du toucher artificiel. Tu pourras même signer ton testament avec, tellement ils sont sensibles !

— Quelle heureuse perspective ! Et on peut passer combien de temps au fond ?

— Quarante-huit heures.

Voyant la mine effrayée de son interlocuteur, van Maarten sourit.

— Pas de panique, il ne vous faudra pas tout ce temps.

Il désigna deux robots en forme de torpille, d'un mètre cinquante de long, à pointe de verre et pourvus d'hélices. Un fil de plusieurs mètres sortait du dessus et aboutissait dans une console équipée d'une poignée, d'un affichage et de touches.

— Ce sont vos *trackhounds* – vos chiens de piste, vos AUV. Ils sont programmés sur le diffuseur de lumière. Ils sont précis à quelques centimètres près, inutile donc d'essayer de vous orienter par vous-mêmes, laissez-vous tout simplement tirer. Leur vitesse est de quatre nœuds, vous serez en bas en trois minutes.

— Elle est vraiment fiable, la programmation ? s'enquit Bohrmann, sceptique.

— Elle est très fiable. Les *trackhounds* sont munis de plusieurs palpeurs qui décèlent la profondeur de plongée et la position. Vous ne pourrez pas vous tromper de trajet, et si vous deviez rencontrer un obstacle quelconque, le *trackhound* ferait un écart. Vous activerez la programmation par la console qui est au bout de la ligne. Aller, retour, c'est très simple. La touche 0 met l'hélice en route sans qu'une programmation soit activée. Vous, il vous suffira de commander le *trackhound* avec la manette, il vous obéira comme un bon toutou… Des questions ?

Bohrmann secoua négativement la tête.

— Alors, on y va.

Van Maarten les aida à enfiler leurs scaphandres. On entrait dans les Exosuit par un clapet ouvert dans le dos, sur lequel les deux bonbonnes d'oxygène étaient montées. Bohrmann eut l'impression d'être un chevalier en armure qui s'apprêtait à aller se promener sur la Lune.

Par le hublot, il vit Frost parler et entendit sa voix gronder dans son casque. Les bruits extérieurs lui parvenaient également.

— La radio, lui dit Frost, c'est mieux que de jouer les sémaphores, pas vrai ? Tu t'en sors avec tes doigts de fer ?

Bohrmann bougea ses doigts dans la sphère de verre. Sa griffe suivit tous les mouvements.

— Oui, je crois.

— Essaie d'attraper la console que te tend van Maarten.

Il réussit du premier coup. Bohrmann respira, soulagé. Si tout était aussi simple que le maniement de ces pinces, ça devrait aller tout seul.

— Encore une chose… Tu vas voir un champ rectangulaire à la hauteur de ta taille, un interrupteur. C'est un POD.

— Pardon ?

— Ne t'inquiète pas. C'est une mesure de sécurité. Il n'y a pas de raison qu'on en ait besoin, mais pour le mettre en route, tu donnes un grand coup dessus, d'accord ?

— Oui, mais qu'est-ce que c'est ?

— Une aide pour la plongée. Je t'expliquerai plus tard. Tu es prêt ?

— Oui.

Van Maarten ouvrit le sas. Une eau que la lumière rendait bleu clair vint leur lécher les pieds.

— Laissez-vous tomber, dit-il. Je vous envoie vos *trackhounds* après. Attendez d'être sortis du sas pour les brancher. L'un après l'autre.

Bohrmann posa ses palmes sur le rebord. Le moindre mouvement, avec ce scaphandre, était un travail de force. Il prit une profonde inspiration et bascula en avant. Il fit la pirouette dans l'eau, vit les lumières du sas passer au-dessus de lui et se retrouva à la verticale. Il s'enfonça lentement et à la sortie du sas il fut accueilli par un banc de poissons. Des milliers de formes brillantes s'égayèrent de tous côtés, tourbillonnèrent en une spirale vivante et se rejoignirent. Le banc changea de forme plusieurs fois de suite, puis s'enfuit.

Bohrmann vit le *trackhound* arriver à côté de lui. Il continuait à s'enfoncer. Au-dessus, le sas était éclairé, dans la coque sombre du ponton. Il battit des palmes et constata qu'il stabilisait sa position. Il ne sentait plus le poids du scaphandre. En fait, il se sentait parfaitement bien. Un submersible portable.

Frost le suivit, entouré d'un halo de bulles d'air. Arrivé à sa hauteur, il le regarda par le hublot de son casque. Bohrmann remarqua alors que l'Américain avait gardé sa casquette de base-ball jusque dans son scaphandre.

— Ça va ? Tu te sens comment ? s'enquit le Yankee.

— Comme le grand frère de R2-D2.

Frost éclata de rire. Les hélices de son *trackhound* se mirent à tourner. Aussitôt, le robot piqua du nez et l'entraîna plus bas.

Bohrmann actionna la programmation. Il y eut une secousse et il bascula la tête la première. Instantanément, l'horizon s'assombrit. Van Maarten avait raison. Ce machin allait très vite. En quelques secondes, il se retrouva dans les ténèbres. On ne voyait rien, hormis le rayon de lumière diffus émis par les « chiens ».

A sa surprise, cette obscurité le mettait mal à l'aise. Il avait passé des centaines d'heures devant des écrans à surveiller les plongées des robots qui descendaient à des profondeurs abyssales, ou encore plus bas dans le benthos. Il était descendu à quatre mille mètres avec l'*Alvin*, le légendaire submersible. Mais se retrouver coincé dans ce scaphandre et guidé vers l'inconnu par un chien électronique, ce n'était pas du tout la même chose.

Pourvu que ce truc qu'il tenait en main soit correctement programmé, sinon il allait atterrir on ne savait où.

Le projecteur éclaira une pluie de plancton. La descente se poursuivait, abrupte. Le bourdonnement électronique du *trackhound* résonnait dans le casque. Un peu plus loin, devant lui, il remarqua un être en filigrane qui avançait paresseusement dans les ténèbres. Elle était d'une beauté extraordinaire, cette méduse des grands fonds qui, pareille à un vaisseau spatial, envoyait des signaux lumineux circulaires. Bohrmann espéra que ce n'étaient pas des signaux d'affolement devant une créature plus grande qui la poursuivait. Puis la méduse disparut de sa vue. D'autres méduses, plus lointaines, s'allumèrent, et, soudain, un nuage blanc, jaillissant comme un éclair, s'élargit devant lui. Il sursauta. Mais le nuage était blanc et non pas bleu, et son émetteur émit une faible luminescence avant de disparaître. Bohrmann comprit qu'il s'agissait d'un *Mastigotheutis*, une pieuvre qui n'apparaissait normalement qu'à des profondeurs de mille mètres. S'il émettait une encre blanche contre des ennemis potentiels, ce n'était pas étonnant : il ne servait à rien d'envoyer de l'encre noire dans un environnement noir.

Le « chien » le tirait bravement.

Bohrmann essaya de déceler la lueur du diffuseur de lumière, mais il n'avait devant lui que des ténèbres, hormis le point clair émis par Frost qui avançait lui. Dans la mesure où il avançait. Il aurait aussi bien pu être arrêté. Ils n'étaient que deux lumières immobiles dans un espace cosmique sans étoiles.

— Stanley ?

— Oui ?

La rapidité de sa réponse le tranquillisa.

— On devrait bientôt voir clair, non ?

— Ne sois pas si impatient. Regarde ton affichage. On n'est qu'à deux cents mètres.

— Ah oui ! Bien sûr.

Bohrmann n'osa pas demander à son compagnon s'il faisait confiance au *trackhound*. Il choisit de se taire en essayant de réprimer sa nervosité croissante. Il se surprit même à souhaiter la venue de quelques méduses, mais son vœu ne fut pas exaucé.

Le robot bourdonnait gentiment. Soudain, il changea de direction.

Il y avait quelque chose. Bohrmann fouilla les environs des yeux. Au loin, il vit une lueur. D'abord imprécise, puis de forme confusément rectangulaire.

Un profond soulagement s'empara de lui. Bon chien, avait-il envie de dire, tu es un bon chien.

Le diffuseur de lumière, minuscule de loin, se rapprocha, devint plus visible, laissant entrevoir des détails, des spots alignés le long de la barre. Soudain, le système se retrouva au-dessus d'eux, immense, et les inonda de lumière. En réalité, c'étaient eux qui flottaient au-dessus de lui, mais à l'envers, et bientôt la terrasse fut en vue, suspendue au-dessus de leurs têtes.

Il aperçut brièvement l'ombre de Frost, tirée par une torpille en laisse, qui se dirigeait vers le terrain éclairé. Tout était là, distinctement, devant eux. La terrasse, la trompe qui se détachait comme un serpent dans l'obscurité, les débris qui bloquaient son ouverture…

Les vers qui grouillaient.

— Débranche ton chien avant de te cogner dans l'éclairage, lui conseilla Frost. On va nager pendant les derniers mètres.

Bohrmann remua les doigts de sa main libre et tenta d'appuyer sur les touches. Cette fois, il fut moins adroit. Il passa à toute vitesse devant son compagnon qui avait ralenti.

— Hé ! Gueuuu'd ! Où tu vas, bordel ?

Il fit une nouvelle tentative laborieuse, réussit enfin à arrêter le chien.

Il battit des pieds et se mit en position horizontale. Effectivement, il avait évité de peu le diffuseur de lumière qui s'étalait, interminable, dans toutes les directions. Au bout de quelques secondes, il retrouva le sens du dessus et du dessous, et il eut l'éclairage et le talus sous lui.

A mouvements réguliers, il nagea vers le tuyau bloqué et se posa à côté. L'éclairage était suspendu maintenant à quinze mètres au-dessus de lui. Aussitôt, les vers envahirent ses palmes. Il fit un effort pour les ignorer. Ils ne pouvaient causer aucun dommage à son scaphandre. Ils le dégoûtaient, c'était tout. Ils ne présentaient aucun danger pour un organisme de sa taille.

D'un autre côté, que savait-on de ces vers qui n'auraient jamais dû exister ?

Le *trackhound* s'était posé sur le fond à côté de lui. Bohrmann le rangea sur une saillie rocheuse. Il examina la situation. Des débris de lave noire qui montaient à hauteur d'homme bloquaient les hélices du moteur. Ce n'était pas trop grave. Mais ce gros bloc qui coinçait la trompe contre la paroi rocheuse était plus embêtant. Il pouvait faire quatre mètres de haut. Impossible de le soulever à deux, même si tout pesait moins lourd sous l'eau et si la roche de lave était poreuse et légère.

Frost vint se mettre à ses côtés.

— Dégueulasse ! lança-t-il. Les fils de Lucifer sont partout.

— Qui ?

— Les vers, la vermine ! Les plaies de la Bible ! Bon, passons. Je pense qu'il faut qu'on s'occupe d'abord des blocs plus petits et qu'on voie ensuite... Van Maarten ? appela-t-il.

— Je suis là ! répondit van Maarten d'une voix caverneuse.

Bohrmann avait oublié qu'ils étaient reliés à la plate-forme.

— On va commencer par faire un peu de ménage. On dégage les moteurs en premier. Peut-être que ça suffira pour que le tuyau se libère par son propre entraînement.

— Très bien... Ça va, monsieur Bohrmann ?

— On ne peut mieux.

— Faites attention à vous.

Frost désigna un bloc de pierre rond qui bloquait une hélice.

— On va commencer par ça.

Après quelques efforts, ils parvinrent à faire rouler le bloc qui libéra la pièce du moteur et écrasa par la même occasion quelques centaines de vers.

— *Yeah !* lança Frost, tout content.

Ils déplacèrent deux autres morceaux de roche de la même manière, puis s'acharnèrent sur un autre, qui céda enfin.

— On est drôlement costaud sous l'eau, se réjouit l'Américain. Jan, on a dégagé tous les moteurs sauf un. Ils n'ont pas l'air d'avoir souffert. Tu peux les faire tourner dans leur cardan ? Sans démarrer. Tu les fais simplement tourner.

Il se passa quelques secondes, puis on entendit un ronronnement. L'une des turbines tournait dans son cardan. Tout de suite après, les autres se mirent elles aussi en mouvement.

— Parfait ! s'écria Frost. Maintenant, essaie de les mettre en route.

Ils mirent quelques mètres de sécurité entre eux et le tuyau et virent les hélices démarrer.

Le tuyau eut un soubresaut. Rien de plus.

— Raté, dit van Maarten.

— Ouais, c'est ce que je vois, répondit Frost, contrarié. Essayez encore. Faites tourner dans l'autre sens.

Cela ne marcha pas davantage, en revanche, les hélices soulevèrent de la vase. L'horizon se troubla devant eux.

— Stop ! cria Bohrmann en agitant ses bras segmentés. Pas la peine de continuer, vous nous bouchez la vue.

Les hélices s'arrêtèrent de tourner. Le nuage de vase s'étira, strié de salissures plus claires. On ne distinguait plus l'extrémité du tuyau.

— Bon, d'accord, dit Frost.

Il ouvrit une boîte plate placée sur le côté de son Exosuit et en sortit deux objets gros comme des crayons.

— Notre problème, dit-il, c'est ce gros morceau, là. Je sais, Gueuuu'd, ça ne va pas te plaire, mais là, on est vraiment obligés de le faire sauter…

Bohrmann baissa les yeux sur les vers qui avaient joyeusement repris possession de la surface aspirée par la trompe.

— C'est risqué, objecta-t-il.

— On prend une petite charge. Je pense qu'il faut la placer à la base, là où le bloc s'est enfoncé dans le fond. On va pour ainsi dire lui arracher les pattes.

Bohrmann s'éleva de un mètre pour se diriger vers le bloc. Autour de lui, c'était vaseux et trouble. Il brancha l'éclairage de son casque et se laissa descendre dans le nuage de sédiments. Prudemment, il s'agenouilla et approcha son casque au plus près de l'endroit où la roche était prise dans le sol. Il balaya les vers avec ses mains artificielles. Aussitôt, certains tentèrent de s'incruster dans la matière de son scaphandre. Il s'en débarrassa et examina la structure du sédiment. Il vit de fines veines d'un blanc sale. Lorsqu'il planta sa pince dedans, la roche alentour éclata et de fines bulles s'élevèrent.

— Non, dit-il, ce n'est pas une bonne idée.

— Tu en as une meilleure ?

— Oui. On va prendre une charge plus forte et on va la placer à l'intérieur d'une fente, dans le tiers inférieur du bloc. Avec un peu de chance, la partie supérieure basculera et on ne touchera pas au fond.

— D'accord.

Frost vint le rejoindre dans son nuage et ils entreprirent l'examen systématique du bloc pour rechercher l'endroit requis. Enfin, Frost trouva une profonde encoche et y introduisit quelque chose qui ressemblait à de la pâte à modeler grise. Puis il planta une petite baguette dedans.

— Ça devrait suffire, dit-il, satisfait. Ça va faire boum. Il faut qu'on s'éloigne.

Ils branchèrent les *trackhounds* et se laissèrent tirer jusqu'à la limite de la zone éclairée, où le talus se perdait dans le noir total au bout de quelques mètres. Le brouillard de particules était restreint, de sorte que les ondes lumineuses n'étaient pas réfléchies par les algues et les autres matières en suspension, mais le passage fut difficile malgré tout. La lumière disparaissait sous l'eau dans l'ordre de ses longueurs d'ondes, d'abord rouge jusqu'à deux ou trois mètres, puis orange, et enfin jaune. Au bout de dix mètres, seuls résistaient le vert et le bleu, puis l'absorption et la dispersion avalèrent ce reliquat. A partir de là, c'était le noir.

Bohrmann appréhendait le passage dans le néant absolu, après la relative sécurité du secteur éclairé. Avec soulagement, il nota que Frost ne pensait pas nécessaire d'observer une grande distance de sécurité. Là où le bleu se perdait dans un noir d'encre, il décela vaguement une fente dans le mur. Peut-être y avait-il une grotte derrière. Il imagina cette même roche en train de dévaler comme une bouillie rouge incandescente, de se refroidir lentement avant de se figer dans des formes bizarres.

Il regarda le diffuseur de lumière. La lueur blanche des projecteurs était entourée d'une aura bleue.

— Bien, dit Frost. On y va.

Il actionna le déclencheur.

Du centre du bloc, ils virent sortir une nuée de bulles mélangées aux éclats et à la poussière. Cela gronda dans le casque de Bohrmann. Un cercle sombre se propagea, de nouvelles bulles d'air sortirent, entraînant avec elles les débris de roche.

Il retint son souffle.

Lentement, très lentement, la moitié supérieure du bloc commença à pencher.

— *Yeah!* hurla Frost. Le Seigneur est avec nous !

Le bloc basculait de plus en plus, tiré par son propre poids. Il se brisa au centre, tomba à côté du tuyau, créant un nouveau nuage de sédiment encore plus monumental.

Malgré son scaphandre, Frost réussit à faire des bonds et à agiter les bras. Il ressemblait à Armstrong bondissant sur la Lune pour la gloire de l'Amérique.

— *Alléluia!* Van Maarten ! Ça y est ! On l'a eue, cette saloperie ! Bon, à vous de jouer !

Bohrmann formait des vœux pour que la secousse n'engendre pas de nouvelles chutes de roche. Il entendit les moteurs se mettre en route et, soudain, vit le tuyau bouger au milieu du tourbillon de vase. Il se tordit, puis l'ouverture se souleva telle la tête d'un gigantesque ver et monta lentement. Elle se tourna vers lui, puis dans la direction opposée, comme explorant son environnement.

— Ça marche ! s'écria Frost.

— Vous êtes les meilleurs, constata van Maarten.

— Ce n'est pas une nouveauté, affirma Frost. Coupez-lui le sifflet avant qu'il nous bouffe, tous les deux. On retourne jeter un coup d'œil sur l'endroit où il était avant, et on remonte.

Le tuyau s'éleva encore un peu, laissa retomber sa gueule ronde et redevint inerte.

Frost s'éloigna. Bohrmann le suivit. Son regard fut attiré par le diffuseur de lumière. Quelque chose l'intriguait, mais il ne savait quoi.

— Plutôt brouillée, cette affaire, dit Frost à propos du nuage. Essaie d'y voir plus clair, Gueuuu'd, tu t'y connais mieux que moi.

Bohrmann alluma le projecteur de son *trackhound*. Puis il l'éteignit.

Qu'est-ce qui se passait ? Est-ce que ses sens le trompaient ?

A nouveau, il regarda le diffuseur de lumière. Plus longuement, cette fois. Il lui sembla que les projecteurs diffusaient une lumière plus puissante qu'auparavant, mais c'était impossible. Ils étaient allumés à fond depuis le début.

Ce n'étaient pas les projecteurs. C'était l'aura bleue. Elle s'était agrandie.

— Tu vois ça ? demanda-t-il à son compagnon en désignant le diffuseur avec son bras.

Frost suivit son regard.

— Non, je ne vois… Ben merde alors !

— La lumière, la lueur bleue…

— Ariel et Uriel, chuchota Frost. Tu as raison, elle se propage.

Tout autour du système d'éclairage, il s'était formé un halo bleu sombre. Les distances étaient difficiles à évaluer sous l'eau, mais, indiscutablement, la source de la lueur bleue était assez éloignée du diffuseur. Les lampes halogènes les aveuglaient. Et pourtant, il leur semblait voir jaillir des éclairs. Soudain, l'intensité du bleu faiblit et disparut progressivement.

— Je n'aime pas ça du tout, dit Bohrmann. Je crois qu'on ferait bien de remonter.

Frost ne répondit pas, captivé par le diffuseur.

— Stan, tu m'entends ? On devrait...

— Attends... répondit Frost. On a de la visite.

Il désigna le sommet du système lumineux, où s'étiraient deux longues ombres. Des ventres éclairés de bleu. L'instant suivant, ils avaient disparu.

— Qu'est-ce que c'était ?

— Pas de panique. Branche ton POD.

Bohrmann appuya sur le palpeur fixé sur son ventre.

— Je n'avais pas envie de t'affoler, dit son compagnon. J'ai pensé que si je te disais ce que c'est, ça te foutrait la trouille et...

Il se tut. Deux silhouettes en torpille jaillirent des supports de l'éclairage. Bohrmann aperçut des têtes bizarrement formées. Les deux animaux fondaient droit sur eux à une vitesse incroyable, les mâchoires en avant, les gueules largement ouvertes. La peur s'empara de lui. Il recula et plaça ses bras devant son casque dans un geste de protection. Cette réaction n'avait aucun sens, mais l'instinct triomphait sur son esprit d'homme civilisé. Il lui commandait de hurler, et Bohrmann ouvrit la bouche.

— Tu ne risques rien, affirma Frost d'un ton ferme.

Les attaquants bifurquèrent tout près de lui. Bohrmann respira profondément pour chasser sa panique.

Frost vint le rejoindre en quelques mouvements rapides.

— Nous avons déjà testé le POD, ça fonctionne.

— Qu'est-ce que c'est que ce truc ?

— Un Protective Ocean Device. La meilleure protection contre les requins. Il construit un champ électrique qui t'entoure comme un mur de protection. Ils ne s'approchent pas à plus de cinq mètres.

Bohrmann, le souffle court, essayait de surmonter le choc. Les animaux avaient disparu derrière le diffuseur de lumière en décrivant un large cercle.

— Ils étaient à moins de cinq mètres ! objecta-t-il.

— Oui, mais ils ne reviendront plus. Ils ont eu leur dose. Calme-toi. Les requins ont des organes sensoriels extrêmement sensibles. Le champ électrique les inonde de stimuli et perturbe leur système nerveux. Il leur provoque des crampes très douloureuses. Les requins blancs et les requins-tigres que nous avons appâtés en activant ensuite le POD n'ont jamais franchi le champ.

La voix de van Maarten retentit :

— Monsieur Bohrmann, Stanley, tout va bien ?

— Oui, tout va bien, répondit Frost.
— POD ou pas, vous feriez bien de remonter dare-dare.
Bohrmann scruta le diffuseur de lumière avec nervosité.
— C'étaient des requins-marteaux, dit-il.
— C'est vrai, de gros morceaux. Dans les quatre mètres.
— Merde !
— Ça marche particulièrement bien pour les requins-marteaux, puisqu'ils ont encore plus d'ampoules de Lorenzini que n'importe quel autre requin, affirma le vulcanologue, faisant allusion aux capteurs sensoriels situés à l'extrémité des museaux des requins.
— Et maintenant ?
Un mouvement s'était produit. Les deux squales avaient surgi de l'obscurité où était plongé l'arrière du diffuseur. Bohrmann ne bougea pas.
Les animaux s'apprêtèrent à attaquer, droit au but, sans les mouvements de tête typiques avec lesquels ils suivaient d'ordinaire les traces odorantes. Ils plongèrent et s'arrêtèrent brutalement, comme stoppés par un mur. Leurs gueules se déformèrent. Perturbés, ils partirent dans la direction opposée. Puis ils revinrent et se mirent à tourner en rond autour des deux plongeurs, nerveux, mais en observant une bonne distance.
Oui, le dispositif fonctionnait.
Frost ne s'était pas trompé. Les deux squales mesuraient quatre bons mètres. Leur corps était celui d'un requin, mais leur tête avait la forme caractéristique qui justifiait le nom donné à ces animaux. Les côtés étaient prolongés par des ailes aplaties, à l'extrémité desquelles se trouvaient les yeux et les narines. La partie avant du marteau était lisse et droite comme une hache.
Bohrmann commençait à se sentir mieux. Sans doute s'était-il conduit comme un idiot. Ces animaux n'étaient probablement même pas capables de faire du mal à son Exosuit.
Mais cela ne l'empêchait pas d'être pressé de remonter.
— Il nous faut combien de temps pour arriver là-haut ? s'enquit-il.
— Quelques minutes, avec le *trackhound*. Ce ne sera pas plus long que la descente. On monte au-dessus du diffuseur, là, on branche la programmation et on se laisse remonter.
— D'accord.
— Mais tu ne branches pas avant, tu entends ? Sinon tu risques de percuter l'éclairage !... Ça va, tu es O.K. ?
— Oui, merde ! Elle tient combien de temps, la protection ?

— Oh ! il tient facilement quatre heures, le POD… Bon, mes chéris, c'est à regret, mais on doit vous dire adieu…

Les requins à qui s'adressaient les paroles narquoises du vulcanologue engagèrent la poursuite en tentant de se rapprocher. Leurs corps étaient agités de soubresauts, leurs gueules se déformaient. Avec un rire, Frost continua sa remontée vers le diffuseur. Sa silhouette était suspendue, petite et bleue, devant l'énorme surface lumineuse aux contours soulignés de blanc et de bleu, les couleurs des profondeurs.

Bohrmann repensa au nuage bleu qu'ils avaient vu au loin.

Bien sûr !

Dans sa terreur, il avait oublié qu'il s'était formé juste avant l'apparition des requins. C'était le même phénomène qui avait été la cause de la transformation des baleines, et sans doute de toute une série d'anomalies et de catastrophes. Si c'était cela, ils n'avaient pas affaire à des requins normaux.

D'ailleurs, que faisaient-ils là ? Les requins avaient une excellente ouïe. Peut-être était-ce le bruit qui les avait attirés. Mais pourquoi attaquaient-ils ? Ni lui ni Frost n'émettaient d'odeur quelconque. Ils n'entraient pas dans le schéma de leurs proies. De plus, les attaques sur les humains étaient extrêmement rares dans les grands fonds.

Ils s'approchaient du bord supérieur du diffuseur.

— Stan, ils ont quelque chose d'anormal.

— Ils ne peuvent rien te faire.

— Tout de même…

L'un des requins s'éloigna un peu.

— Mais tu n'as pas entièrement tort, parce que les requins-marteaux ne descendent jamais à plus de quatre-vingts mètres. Je me demande ce qu'ils…

Le requin se retourna. Il resta immobile un instant, la tête légèrement relevée, le dos courbé vers le haut, la position de menace classique. Puis il battit de la queue à plusieurs reprises et fonça comme une flèche sur Frost. Ce dernier fut si surpris qu'il n'esquissa pas le moindre geste de défense. L'animal se cabra, puis, traversant le champ, vint s'abattre contre le vulcanologue de toute la largeur de son corps.

Frost tourna sur lui-même comme une toupie, bras et jambes écartés.

— Hé là !

La console s'échappa de sa griffe.

— Merde !

Une troisième forme surgit du néant, filant à toute allure au-dessus de la rangée de projecteurs avec une incroyable élégance. Sombre, l'aileron dressé, la tête en forme de marteau.

— Stan ! hurla Bohrmann.

Le nouveau venu était immense, beaucoup plus grand que les deux autres. Il ouvrit largement la gueule, les dents en avant, attrapa le bras de Frost et se mit à le secouer.

— Merde ! tempêta Frost. C'est quoi, ce bestiau ? Créature du diable ! Lâche-moi, espèce de…

Son attaquant secoua violemment son immense tête anguleuse. Il pouvait bien mesurer six ou sept mètres. Frost fut agité en tous sens comme une feuille. Son bras blindé avait disparu jusqu'à l'épaule dans la gueule du requin.

— Fous le camp ! hurla-t-il.

— Stan ! lui cria van Maarten. Tape-lui sur les branchies ! Essaie d'atteindre ses yeux !

C'est vrai, se dit Bohrmann, ils suivent tout ça, de là-haut !

Il lui était déjà arrivé de se demander comment il se comporterait au cas où il serait attaqué, ou serait témoin d'une attaque. Bohrmann n'était ni spécialement intrépide ni peureux. Certains le prenaient pour un aventurier. Lui-même se considérait comme quelqu'un de courageux, quelqu'un qui n'avait pas peur de prendre des risques, sans toutefois les rechercher. Là, la réalité dépassait tout ce qu'il aurait pu imaginer. En face de ce monstrueux attaquant, les notions habituelles n'avaient plus cours.

Bohrmann ne s'enfuit pas, il se dirigea vers le monstre.

L'un des requins plus petits s'approcha de lui par le côté. Ses yeux tressautaient, ses mâchoires béaient, crispées. Visiblement, il faisait un gros effort pour nager dans le champ électrique. Cela ne l'empêcha pas d'accélérer et de venir se jeter sur Bohrmann.

Ce fut comme une collision avec une voiture lancée en pleine vitesse.

Le scientifique fut projeté sur le côté. Il dériva vers le diffuseur de lumière. Sa seule idée fut de ne pas lâcher la console. Le *trackhound* était son billet de retour. Sans la programmation de cap, il serait condamné à errer dans l'obscurité jusqu'à épuisement des réserves d'oxygène.

S'il n'était pas tué avant…

Il fut tout à coup poussé vers le bas par une pression soudaine. La queue du grand requin passa comme une flèche au-dessus de lui.

Bohrmann tenta de retrouver le contrôle de ses mouvements. Il vit les deux plus petits squales arriver sur lui. Ils étaient maintenant si près du diffuseur que leur couleur naturelle était visible dans le bleu océan. Leur dos couleur bronze tranchait avec le blanc de leur ventre. L'intérieur de leur gueule luisait, rose orangé comme de la chair de saumon fumé fraîchement découpée, le poignard triangulaire caractéristique sur la mâchoire supérieure, des dents plus pointues en bas. Cinq rangées successives, dures comme du fer, prêtes à couper en morceaux tout ce qui passait à leur portée.

— Gueuuuuud ! hurla Frost.

A la lueur des halogènes, Bohrmann vit son compagnon frapper la tête du grand requin avec sa main libre. D'un seul mouvement, le requin arracha alors le bras blindé de l'Exosuit et le projeta au loin. De l'oxygène sortit en grosses bulles par l'ouverture. Les mâchoires du monstre s'ouvrirent, se refermèrent sur le bras non protégé du vulcanologue.

Un nuage de sang se mit à flotter, mêlé à des bulles. Une quantité incroyable de sang, disséminée par les mouvements du requin qui battait l'eau. Frost ne formait plus de mots, mais des sons inarticulés et aigus, puis il y eut un gargouillement lorsque la mer s'introduisit dans son scaphandre. Les cris moururent. Les requins plus petits se désintéressèrent aussitôt de Bohrmann. Le naturel avait repris le dessus. Ils se ruèrent dans le tourbillon bouillonnant, plantant leurs dents dans le corps sans vie de Frost, déchiquetant le blindage.

C'était van Maarten qui hurlait, à présent.

Dans la tête de Bohrmann, les pensées s'entrechoquaient. Il était hébété, et pourtant une partie de sa raison travaillait avec une clarté inouïe, lui affirmant qu'il ne pouvait se fier aux instincts de ces animaux. Leur puissance et leur plaisir à dévorer étaient manipulés. Il ne s'agissait plus de nourriture. L'instinct transparaissait, mais la substance qui était certainement en eux, dans leur tête, n'avait qu'un seul but, celui de tuer les hommes qui se trouvaient là.

Il devait retourner à la paroi.

Sa griffe gauche se posa sur les touches de la console. S'il se trompait d'interrupteur, il activerait la programmation qui le ramènerait sur la plate-forme. Dans ce cas, il serait perdu, puisque le champ POD ne maintenait plus les requins à distance.

Il appuya sur la bonne touche. L'hélice se mit en marche. En toute hâte, il actionna la manette de manière à être éloigné du diffuseur et ramené près de la paroi rocheuse. Il sentit l'accélération, mais, contrairement à la descente, durant laquelle le petit robot lui avait paru rapide et agile, il lui sembla se traîner avec une lenteur insupportable.

Il agita ses palmes et vogua dans le bleu en direction de la terrasse. Il n'y avait pas grand-chose à faire en pareille situation, mais une règle de plongée disait que les rochers offraient une protection arrière. Bohrmann se dirigea vers le mur de lave noire. Parvenu à sa hauteur, il se retourna et leva les yeux vers le diffuseur de lumière. Le nuage de sang s'était allongé, des queues et des ailerons s'agitaient à l'intérieur, provoquant un tourbillon écumant. Des morceaux du scaphandre de Frost s'en détachaient. Un spectacle horrible, mais ce fut la conscience d'une absence qui augmenta sa terreur. Il ne restait plus que deux requins pour participer à la curée.

Il manquait le plus grand.

Une terreur paralysante s'empara de lui. Il arrêta l'hélice, examina les environs.

Le grand requin-marteau sembla sortir du nuage de sédiments, la gueule largement ouverte. Il fonçait sur lui à une vitesse inouïe. Cette fois, la capacité de raisonnement de Bohrmann déclara forfait. Alors qu'il hésitait encore, se demandant s'il devait remettre le *trackhound* en route ou non, la tête en forme de cognée vint le heurter violemment. Le choc le projeta contre la paroi. Le requin continua sa course, prit un virage et revint sur lui à l'allure d'une Formule 1. Le monde se transforma en un gouffre de gosier et de dents, puis son flanc gauche disparut dans la gueule géante, de l'épaule à la hanche.

Bon, ça y est, se dit-il.

Sans s'arrêter, le requin l'entraîna à sa suite. Dans ses écouteurs, cela bourdonnait, cela grondait. Les dents grinçaient sur le revêtement de titane du scaphandre. La tête du requin se balançait d'un côté et de l'autre, de sorte que le casque alla taper contre le rocher à plusieurs reprises. L'alliage de titane était assez robuste pour supporter ces coups pendant quelque temps, mais la tête de Bohrmann cognait contre les parois, à lui en faire perdre la vue et l'ouïe. Il se retrouvait totalement impuissant, voué à son destin. Il allait être déchiqueté. Le fil auquel sa vie était suspendue allait se rompre d'un instant à l'autre.

Ce fut cette impuissance qui déclencha sa rage.

Il respirait encore.

Il pouvait encore se défendre !

La forme rectiligne du marteau s'étendait au-dessus de lui. La largeur de la tête du requin atteignant plus d'un quart de la longueur de son corps, les arrondis des côtés étaient très écartés. Bohrmann n'en voyait que le bord, il ne pouvait voir ni les yeux ni les narines. Il entreprit de cogner dessus avec la console. L'animal n'en parut pas particulièrement impressionné, continuant à le traîner vers la limite de la lumière, là où ils avaient attendu l'explosion. Quand ils auraient atteint l'eau noire, il ne verrait même plus l'animal.

Il ne fallait à aucun prix quitter la lumière.

La colère de Bohrmann atteignit des sommets. Il leva son bras gauche planté dans le gosier et frappa le monstre au palais. Par bonheur, si l'on pouvait dire, le requin avait avalé son côté entier. S'il n'avait attrapé qu'un bras ou une jambe, il aurait subi le même sort que Frost. Mais, contrairement aux anneaux d'articulation, le blindage qui entourait le milieu du corps n'avait aucun point faible. Il était trop grand et trop massif pour pouvoir être transpercé par des dents, fussent-elles celles de ce colosse. Le requin semblait avoir compris cela lui aussi. Il secoua sa tête encore plus fort. Bohrmann était à deux doigts de devenir fou. Malgré ses côtes douloureuses, sans doute brisées, il sentait sa colère et sa force grandir avec la violence de l'animal. Il envoya son bras en arrière, là où se terminait la tête, abattit sa console plusieurs fois de suite…

Et se retrouva libre.

Le requin l'avait recraché. Il avait sans doute été atteint à un endroit sensible, œil ou narine. Le monstre s'éleva à la verticale devant lui et le projeta contre le rocher. Pendant quelques instants, Bohrmann crut que l'animal prenait la fuite. Il réfléchit fiévreusement au moyen de profiter de la situation. Il ne se faisait pas d'illusions quant à ses chances de remonter sur la plate-forme. Il avait éloigné la bête provisoirement, mais il ne lui restait que quelques secondes tout au plus. Vivement, il attira le *trackhound* vers lui et l'entoura de ses deux bras.

Il ne devait le perdre à aucun prix.

Le requin disparut dans l'obscurité, en ressortit un peu plus loin.

Bohrmann scruta la paroi.

Là ! Le creux à l'intérieur !

Il remonta le long de la paroi en se dirigeant vers la fente. Le requin-marteau avait plongé un peu plus bas. Sous le diffuseur de lumière, les deux autres requins se disputaient toujours les restes du malheureux Frost. Puis ils sortirent de la zone éclairée. Bohrmann se demanda quand ils lâcheraient le corps déchiqueté pour venir s'occuper de lui, puis il cessa de se le demander : dans la pénombre, le grand requin avait fait un demi-tour ultrarapide et fonçait à nouveau sur lui.

Bohrmann s'introduisit dans la fente.

Elle était étroite. Le scaphandre et les bouteilles le gênaient, et il eut le plus grand mal à entrer. Ses bras s'enfoncèrent dans ses flancs en les serrant comme un étau. Il tenta de pénétrer un peu plus profondément. Déjà, le requin était de retour.

L'os du marteau vint s'écraser contre le bord du rocher. La tête était trop large pour passer à l'intérieur. Le requin recula et décrivit un cercle si étroit qu'il paraissait suivre sa propre queue. Puis il s'élança une nouvelle fois, la tête en avant.

Des petits morceaux de lave se détachèrent de l'entrée du trou, formant des nuages qui troublaient la vue. Bohrmann serra ses bras un peu plus étroitement contre son corps. Il n'avait aucune idée de la profondeur de la fente. Le requin s'agitait comme un fou devant le rocher, soulevant des tourbillons de sédiments et d'éclats. Enveloppé dans le nuage, Bohrmann ne distinguait pratiquement plus la lumière bleue du diffuseur de lumière.

— Monsieur Bohrmann ?

Van Maarten. Très faiblement.

— Bohrmann, répondez, je vous en prie !

— Je suis là.

Van Maarten émit un son, peut-être un soupir de soulagement, à peine audible au milieu du vacarme provoqué par le requin, une mixture de sons creux faits de toutes sortes de vibrations s'entrechoquant.

D'un coup, son assaillant se calma.

Bohrmann tremblait comme une feuille. Il était pris au piège dans ce trou, aveuglé par la pluie noire des particules.

— Je suis coincé dans une fente, dans un rocher, dit-il.

— On envoie les robots, annonça van Maarten. Et deux hommes. Il nous reste deux scaphandres.

— Pas la peine, le POD ne fonctionne pas.

— Je sais. Nous avons vu… Frost… Mais on vous envoie deux hommes quand même, avec des harpons explosifs et…

— Des harpons explosifs ? Un peu tard, non ? grinça Bohrmann.

— Frost était persuadé que vous n'en auriez pas besoin…

— Bien vu !

— Le POD a toujours fonctionné…

Quelque chose vint heurter Bohrmann de front, l'enfonçant plus profondément dans la fente rocheuse. Il en fut si surpris qu'il oublia de crier. Il distingua vaguement le marteau. Il s'était abattu sur lui verticalement. Le requin essayait de s'enfoncer dans le trou en se couchant sur le côté.

T'as oublié d'être bête, mec, pensa Bohrmann, le cœur battant à tout rompre. Mais ça va pas te porter chance.

Il vit confusément les mâchoires s'ouvrir et se refermer. Les requins ne pouvaient pas nager en arrière. La tête triangulaire cherchait à frapper, mais les mâchoires ne parvenaient pas à l'atteindre. L'œil, à l'extrémité, roulait en tous sens. Bohrmann abattit la console dessus.

Le requin recula.

Il ne pourra pas sortir d'ici tout seul, se dit Bohrmann, tout en le matraquant à coups de *trackhound*. Jusqu'où allait le contrôle de la substance ? Elle commandait le comportement des animaux, mais pouvait-elle amener un requin à nager en arrière ?

Sans doute que oui, car le marteau disparut de la fente.

Bohrmann attendit.

A nouveau, quelque chose jaillit du nuage. Un nouveau marteau, arrivant horizontalement. C'était l'un des plus petits. Sa tête vint s'abattre contre le hublot arrondi du casque. Ses mâchoires s'ouvrirent, des rangées de dents éraflèrent le Plexiglas. Le requin obscurcissait tellement l'ouverture de la fente que Bohrmann ne voyait pratiquement rien. Il tenta de s'enfoncer encore un peu plus dans la fente. Soudain, les parois cédèrent. Il tomba à la renverse dans le néant.

Des ténèbres noires comme de l'encre.

Il passa sa griffe gauche sur la console. L'interrupteur de la lampe du *trackhound* se trouvait au-dessus des touches.

Elle est où, cette putain de touche ?

Là !

Le projecteur s'alluma. Il s'aperçut que la fente s'était ouverte sur une grotte du genre spacieux. Il dirigea le cône de lumière vers l'ouverture, vit la tête du requin surgir. Le marteau se balançait d'un côté et de l'autre, mais il n'entrait pas.

Bohrmann, un instant surpris, comprit : le requin était coincé, à moitié introduit dans la fente.

Aussitôt, il prit son élan et se mit à marteler la tête de l'animal. Puis il se dit que mieux valait éviter de trop le faire saigner. Il changea donc de tactique et entreprit de le faire déguerpir. Il se laissa tomber de tout son poids contre lui et recommença l'opération à plusieurs reprises. Le cône de lumière du *trackhound* s'agitait, éclairant la gueule rose qui s'ouvrait devant lui.

Fous le camp !

Le requin reculait. Enfin, il disparut.

Bohrmann se laissa tomber en arrière, les bras agités de soubresauts. Tout à coup, il sentit un épuisement sans nom s'emparer de lui. Il tomba à genoux.

— Monsieur Bohrmann ?

— Arrêtez de me casser les pieds, van Maarten, dit-il en toussant. Venez plutôt me sortir de là.

— Les robots et les hommes vont plonger d'un instant à l'autre.

— Les robots ? Pourquoi les robots ?

— On immerge tout ce qu'on peut pour apeurer les animaux et détourner leur attention.

— Ce ne sont pas des animaux. Ce sont des enveloppes d'animaux. Ils savent ce qu'est un robot. Ils savent parfaitement ce que nous faisons ici.

— Les requins ?

Visiblement, Frost avait caché quelques menus détails à van Maarten.

— Oui, les requins. Ce ne sont plus des requins, et les baleines ne sont plus des baleines. Ils sont téléguidés.

Il eut une nouvelle quinte de toux, plus forte cette fois.

— Je n'y vois rien, dans ce trou. Qu'est-ce qui se passe dehors ?

Van Maarten ne répondit pas.

— Eh, j'attends !

— Il y a d'autres requins qui viennent d'arriver ! Des dizaines... Des centaines ! Ils détruisent les projecteurs ! Ils sont en train de tout pulvériser !

Evidemment, se dit Bohrmann. C'est ça, leur objectif. Ils veulent nous empêcher d'aspirer les vers, c'est tout.

— Alors, annulez le sauvetage, van Maarten, dit-il.

Il y avait tant de bruit dans son casque que van Maarten dut répéter sa réponse :

— Mais les hommes sont prêts.

— Dites-leur que ce sont des êtres intelligents qui les attendent en bas. Ces requins sont intelligents. La substance qui est dans leur tête est intelligente. Ça ne marchera pas avec deux plongeurs et un camarade en fer-blanc. Réfléchissez à autre chose. J'ai de l'oxygène pour deux jours, n'oubliez pas.

Van Maarten hésita, puis finit par dire :

— D'accord. Nous allons attendre et voir ce qui se passe. Ils vont peut-être foutre le camp dans les prochaines heures. Vous pensez que vous êtes provisoirement en sécurité dans votre grotte ?

— Qu'est-ce que j'en sais ? Je suis en sécurité devant des requins ordinaires, mais l'imagination de nos nouveaux copains ne semble pas avoir de limites.

— On va vous sortir de là, Gerhard. Avant que votre air s'épuise.

— Je vous en serais très reconnaissant.

Un peu de clarté recommençait à filtrer progressivement dans la fente. Le courant, au pied du volcan, emportait avec lui les particules de sédiment. Si ce que disait van Maarten était vrai, la lumière n'allait pas tarder à s'éteindre.

Il serait alors tout seul au fond de la mer, dans le noir. Jusqu'à ce que quelqu'un rapplique pour se colleter avec quelques centaines de requins-marteaux.

Avec l'intelligence étrangère.

Aucun requin normalement constitué n'aurait jamais franchi le champ électrique. Aucun requin-marteau n'aurait attaqué deux plongeurs en Exosuit, et, si oui, il aurait très vite lâché prise. Les requins-marteaux avaient la réputation d'être potentiellement dangereux et d'une curiosité énervante, mais, le plus souvent, ils contournaient soigneusement ce qui leur paraissait suspect.

Et, normalement, ils n'entraient pas dans les fentes.

Bohrmann s'accroupit dans sa grotte, muni d'oxygène pour une quarantaine d'heures et d'un système de défense antirequins qui ne fonctionnait pas. Il espérait qu'il n'y aurait pas de nouvelle boucherie lorsque les hommes de van Maarten descendraient. *Si* ils descendaient…

Une boucherie dans les ténèbres.

Il débrancha le projecteur de son *trackhound* pour économiser les piles. Aussitôt, il se retrouva dans le noir. Un très faible rai de lumière passait dans la fente.

De plus en plus ténu.

Sur l'*Independence*, en mer du Groenland

Johanson n'était pas tranquille. Il tournait en rond.

Il s'était rendu sur le pont inondable où les hommes de Li étaient en train de préparer le transfert de la masse gélatineuse dans le simulateur sous la supervision de Rubin. La citerne avait été entièrement vidée et décontaminée. Les crabes souillés à la *Pfiesteria* avaient été placés dans l'azote liquide. Le tout s'était déroulé sous des mesures de haute sécurité.

Johanson et Sue Oliviera avaient prévu de commencer les tests aussitôt après le transfert de la masse dans la citerne. Pendant que Samantha Crowe et Shankar, de leur côté, décodaient le deuxième signal Scratch, ils avaient fixé ensemble la chronologie des essais.

« Ce qui s'est passé est une horreur sans nom, avait dit Li dans un bref discours improvisé. Nous avons été atteints au plus profond de nous-mêmes. On a essayé de nous démoraliser, de nous détruire. Mais nous n'allons pas nous laisser abattre. Vous vous demandez certainement si ce bateau est toujours sûr, et la réponse est : oui, il est sûr. Tant que nous ne permettrons plus à l'ennemi de s'y introduire, nous n'aurons rien à craindre à bord de l'*Independence*… Mais il n'empêche que nous devons agir d'urgence. Nous ne devons pas ralentir nos efforts en vue d'établir le contact. C'est plus important que jamais. Nous devons convaincre l'ennemi de mettre un terme à sa stratégie de terreur vis-à-vis de la race humaine. »

Johanson monta sur le pont d'envol, où le personnel du bord était occupé à débarrasser les reliefs de la réception interrompue. Le soleil était revenu, la mer avait retrouvé son aspect habituel. Pas de lueur bleue, pas d'éclairs. Aucune trace de féerie lumineuse, d'un rêve qui s'était mué en cauchemar.

Il retourna au point de départ de ses pensées, au moment où Li lui avait apporté un verre de vin et avait tenté de lui tirer les vers du nez à propos de sa mésaventure nocturne. Il n'avait pas été long à comprendre. Primo, Li savait ce qui s'était passé, et deuzio, elle ne savait pas exactement de quoi il se souvenait et s'il disait la vérité, et ça, ça la tracassait.

Elle lui avait raconté des histoires. Il ne s'était pas cassé la figure.

Et lui, il avait été à deux doigts de la croire… Si Sue ne lui avait pas rappelé que, la nuit précédente, il avait cru voir Rubin se faufiler par une porte dérobée sur le pont-hangar, il n'en aurait eu aucun souvenir et se serait contenté de l'explication serinée par Angeli et les autres. Mais la remarque de Sue avait déclenché quelque chose. Son cerveau commençait à se reprogrammer. Des images énigmatiques surgissaient, s'effaçaient, revenaient.

Les yeux fixés sur la mer qui se balançait dans son mouvement perpétuel, il fit mentalement un retour en arrière. Il était assis sur la caisse avec Sue. Ils buvaient du pomerol. Soudain, il eut la vision de Rubin entrant dans le hangar par une porte ouverte dans la cloison. Elle était un peu loin, cette porte, mais une autre image l'amena tout près d'elle : oui, ce mystérieux passage existait, ces brefs instantanés que lui envoyait sa mémoire en étaient la preuve.

Mais que s'était-il passé après ?

Ils étaient descendus au laboratoire. Puis il était retourné sur le pont-hangar. Pourquoi ? Est-ce que cela avait un rapport avec cette porte ?

Et si tout cela n'était que le fruit de son imagination ?

Tu as peut-être pris un coup de vieux sans t'en apercevoir, se dit-il. Evidemment, ce serait plutôt pénible... aller trouver Li et la cuisiner, tout ça pour s'apercevoir qu'on commençait à perdre la boule...

Il en était encore à ruminer tout cela lorsque le destin eut une inspiration. Il lui envoya Karen Weaver. Johanson fut content de voir sa petite silhouette compacte apparaître sur le pont. Ils n'avaient eu que peu de contacts, ces derniers temps. Alors qu'au début il l'avait considérée comme une complice possible, il avait très vite dû se rendre à l'évidence, elle ne pourrait pas remplacer Tina. Ils s'entendaient bien, mais n'avaient pas approfondi leur relation, ni au Chateau, ni à bord. Hanté par la mort de Tina, il avait espéré pouvoir effectuer une sorte de réparation à travers elle, mais, à présent, les choses avaient évolué. Il s'était débarrassé de sa culpabilité et, de plus, avait abandonné l'idée de pouvoir nouer un jour avec la jeune femme des liens d'intimité similaires à ceux qui l'unissaient à Tina. Par contre, si liens il devait y avoir, ils semblaient s'être créés entre elle et Anawak, et c'était très bien ainsi, tant les deux jeunes gens semblaient parfaitement assortis.

Il n'y aurait donc pas d'intimité entre Johanson et Karen.

Mais de la confiance. Et faire confiance à Karen ne pouvait que porter ses fruits. Elle était beaucoup trop pragmatique pour se laisser monter le bourrichon. Elle l'écouterait et lui dirait sans prendre de gants si elle le croyait ou si elle le prenait pour un dingue.

Il lui fit en quelques mots le récit de ses souvenirs fragmentés, lui confia ce qui le troublait, et ce qu'il avait éprouvé pendant que Li essayait de le faire parler.

Après avoir réfléchi un moment, Karen lui demanda :

— Tu es retourné sur place pour vérifier ?

Il fit un signe de tête négatif.

— Je n'en ai pas encore eu l'occasion, dit-il.

— Tu parles ! L'occasion, tu l'aurais eue, mais tu n'as pas envie d'aller voir parce que tu as peur de ne rien trouver.

— Tu as sans doute raison.

— Bon, eh bien on n'a qu'à y aller ensemble. D'accord ?

Ce fut d'un pas mal assuré, et plein d'appréhension, qu'il entreprit avec elle la descente au pont-hangar. Et s'ils ne trouvaient rien ?

Maintenant, il était quasi certain qu'ils ne trouveraient pas de porte. Il aurait la confirmation qu'il souffrait de schizophrénie. Il avait cinquante-six ans. Tout le monde s'accordait à le trouver intelligent. Et plutôt pas mal physiquement, séduisant, plein de charme. Un vrai tombeur, en somme.

Dommage que le pauvre gars soit atteint de démence sénile précoce.

Ils eurent beau longer le mur à plusieurs reprises, ils ne trouvèrent rien qui ressemblât à un passage.

Karen le regarda d'un air interrogateur.

— O.K., marmonna-t-il.

— C'est clair, répliqua-t-elle.

Puis, à sa grande surprise, elle ajouta :

— La cloison est rivetée, avec des tubes et des soudures partout, il y a mille moyens d'installer une porte invisible ici. Il va falloir que tu essaies de te rappeler où *exactement* tu as vu cette porte.

— Tu me crois ?

— Evidemment ! Je te connais, Sigur, je sais que tu n'es pas le genre à voir des éléphants roses. Tu ne picoles pas et tu ne te shootes pas. Tu es un bon vivant, et les bons vivants, ça voit des détails que les autres ne voient pas. Je ne sais pas ce que tu as vu, mais… oui, je te crois.

Johanson sourit. Impulsivement, il embrassa Karen sur la joue et descendit la rampe d'un pas presque allègre.

Au laboratoire

Rubin était encore très pâle, et quand il parlait, sa voix un peu éraillée n'était pas sans rappeler celle d'un perroquet. Il était vrai qu'il avait échappé de peu à la mort. Greywolf avait été à deux doigts de l'envoyer dans l'au-delà. Pourtant, le biologiste jouait les magnanimes, affectait de comprendre. Johanson se dit qu'avec son sourire figé il avait tout de Nurse Ratched, dans *Vol au-dessus d'un nid de coucou,* quand Jack Nicholson l'avait relâchée après lui avoir serré le kiki. Pour regarder à droite ou à gauche, il tournait le torse, afin de mieux attirer l'attention sur son état physique lamentable. Mais il ne manquait pas une occasion de proclamer qu'il n'en voulait pas à Greywolf.

« Ils étaient ensemble, vous comprenez, disait-il de sa voix de perroquet. Ça doit être terrible pour lui. Et c'est moi qui ai demandé à rouvrir le sas, vous comprenez. Bien sûr, il n'aurait pas dû m'agresser, mais je le comprends… »

Sue se contentait d'échanger des regards éloquents avec Johanson en s'abstenant de commentaires.

De gros morceaux gélatineux se promenaient en suspension dans la citerne. Ils avaient recommencé à luire. Ce qui intéressait davantage les biologistes, pour l'heure, c'était non pas la masse elle-même, mais le nuage. De grandes quantités de substance dissoute s'étaient mêlées à la masse au moment où les soldats en avaient introduit pour environ deux tonnes et demie dans le simulateur. Un robot, muni de palpeurs extrêmement sensibles qui mesuraient en continu la composition chimique de l'eau et transmettaient les données sur les écrans des consoles, circulait au milieu des micro-organismes et des morceaux de matière. L'extérieur du robot était équipé de tubes dont l'ouverture et la fermeture étaient actionnées par des boutons-poussoirs. L'ensemble, extrêmement robuste et mobile, n'était pas beaucoup plus grand que le Spherobot.

Johanson était assis à la console dans la position d'un capitaine de vaisseau spatial et attendait l'instant crucial, les mains posées sur les deux manettes. Ils avaient tamisé la lumière afin de mieux pouvoir observer les événements. Cela leur permit d'assister à la manière dont la masse reprit progressivement de la vigueur. Les morceaux gélatineux émettaient une lueur plus intense. Des stries de lumière bleue palpitaient à l'intérieur.

— Je crois que ça va commencer, chuchota Sue. Ça se reforme.

Johanson amena le robot sous un morceau gélatineux, ouvrit un tube d'échantillon et l'introduisit dans la masse. Le bord du tube était aiguisé comme un couteau. Il préleva un peu de matière, se referma de lui-même et retourna dans son logement. Il n'y eut pas de réaction à la ponction. Le morceau se déforma légèrement, enveloppé dans des traînées de nuage bleu. Johanson attendit quelques secondes et renouvela l'opération à un autre endroit.

De minuscules lueurs s'allumèrent dans le morceau gélatineux. Ce bloc avait la taille d'un marsouin ou d'un dauphin. Johanson, qui l'observait en remplissant ses tubes, se vit de plus en plus conforté dans sa comparaison. La taille d'un dauphin. Non, mieux encore : la forme d'un dauphin.

Au même moment, Sue déclara :
— Incroyable. On dirait un dauphin.
Johanson en oublia presque le robot : d'autres morceaux étaient en train de changer de forme à leur tour ! Certains imitaient les requins, d'autres les calamars.
— Comment est-ce possible ? grinça Rubin.
— La programmation. Il n'y a que ça, dit Johanson.
— Et ils savent la faire marcher ? Comment est-ce possible ?
— Ils le savent, tout simplement. Ils l'ont appris.
— Comment ?
— S'ils sont capables de copier les formes et la gestuelle, fit remarquer Sue, ils doivent être des champions du camouflage. Qu'est-ce que vous en pensez ?
— Je ne sais pas, répondit Johanson, dubitatif. Je ne suis pas sûr que la finalité de ce que nous observons soit le mimétisme. J'ai plutôt l'impression qu'ils… se rappellent quelque chose.
— Ah bon ?
— Tu sais ce qui se passe quand nous pensons… Certains neurones s'allument. Des groupes et des associations. Cela crée un motif. Notre cerveau ne peut pas changer sa forme, mais les motifs neuronaux donnent une sorte de dessin. Si on savait les lire, on pourrait dire de façon relativement concrète à quoi le sujet est en train de penser.
— Tu veux dire qu'ils pensent à un dauphin ?
— Ça ne ressemble pas à un dauphin, objecta Rubin.
— Si, c'est…
Johanson s'arrêta. Rubin avait raison. La forme s'était modifiée. A présent, c'était plutôt une sorte de raie qui s'élevait en battant lentement des ailes. Des fils très fins sortirent des pointes des ailes.
— Regardez !
La raie se transforma en une espèce de serpent. Puis la masse se divisa pour donner naissance à un millier de minuscules poissons agités de mouvements synchrones, qui se réunirent à nouveau très vite. L'image se modifiait à une cadence de plus en plus rapide. C'était comme si un programme était en train de se dérouler. Sous leurs yeux, en quelques fractions de seconde, des formes familières alternaient avec des formes inconnues. Tous les morceaux gélatineux étaient touchés par le phénomène. D'un même mouvement, ils fondirent les uns sur les autres. Les éclairs désormais familiers jaillirent, et, l'espace d'un terrible, d'un épouvantable instant, Johanson crut distinguer les contours d'une forme humaine.

Tout se mélangea, la matière et les lambeaux de nuages.

— Ça fusionne ! s'enthousiasma Rubin, qui suivait les données défilant sur les écrans, les yeux brillant d'exaltation. L'eau est saturée d'une nouvelle matière, un composé chimique !

Johanson circulait avec son robot au milieu de cet univers et prélevait des échantillons à la chaîne. Combien en attraperait-il ? Quand faudrait-il entamer la retraite ? La masse semblait entièrement rétablie. Un centre se forma. Tout se rejoignit pour fusionner. Ce qu'ils avaient déjà vu en petit s'accomplissait maintenant en grand. La création d'un être à partir de cellules isolées. Un organisme sans yeux visibles, sans oreilles, sans cœur, sans cerveau ni entrailles, un bloc homogène pourtant capable de processus complexes.

Une chose géante était en train de se créer. Une bonne moitié de ce qui était entré sur le pont inondable avait été rejetée en mer par les pompes. Et pourtant, le volume du reliquat était encore énorme. Par la fenêtre ovale de la citerne, ils virent la substance gélatineuse former une boule qui se raffermissait.

Johanson amena le robot à la lisière, là où des traînées bleues se dirigeaient en continu vers le centre. Trois tubes étaient encore vides d'échantillons. Il les sortit de leur logement, risqua une nouvelle percée dans la masse.

Aussitôt, l'être s'éloigna en faisant jaillir des dizaines de tentacules qui s'emparèrent du robot. Johanson perdit la maîtrise de la machine, désormais immobilisée par l'être. L'organisme se laissa tomber vers le sol en faisant apparaître une sorte de pied informe. Cela évoquait un gigantesque champignon couronné de bras flexibles.

— Merde ! lâcha Sue. Tu n'as pas été assez rapide…

Les doigts de Rubin volèrent sur le clavier de son ordinateur.

— J'ai tout un tas de données, annonça-t-il. Une ivresse moléculaire. Ce machin utilise effectivement une phéromone ! J'avais donc raison…

— Anawak avait raison, rectifia Sue. Et Karen.

— Bien sûr, je voulais dire…

— Nous avions tous raison.

— C'est ce que je voulais dire.

— Est-ce que c'est quelque chose de connu, Mick ? interrogea Johanson sans quitter les écrans des yeux.

Rubin avoua son ignorance :

— Aucune idée. Les composantes sont connues, mais pas la recette. Il nous faut les échantillons.

De la face supérieure de l'être, on vit sortir un épais cordon dont la pointe se divisa en un enchevêtrement de fins palpeurs. Le cordon se courba vers le robot. Les palpeurs tâtèrent la machine ainsi que les tubes remplis d'échantillons.

Tout cela ressemblait à une investigation structurée, pensée.

— Dites-moi si je me trompe, mais j'ai l'impression qu'il veut ouvrir les tubes ! s'écria Sue.

Johanson la rassura :

— Ils ne sont pas aussi faciles que ça à ouvrir.

Il tenta de reprendre le contrôle de son robot, mais les tentacules qui l'enserraient réagirent en renforçant leur étreinte.

— Le coup de foudre, indéniablement. Apparemment, il est tombé amoureux, soupira-t-il. Bon. Reste plus qu'à attendre.

Les palpeurs continuaient leur exploration.

— Est-ce qu'il voit le robot ? se demanda Rubin à haute voix.

— Avec quoi ? répondit Sue. Il peut changer de forme, mais il ne peut pas fabriquer d'yeux.

— Il n'en a peut-être pas besoin, suggéra Johanson. Il *tâte* le monde qui l'entoure.

— Les enfants aussi, répliqua Rubin. Mais ils ont un cerveau pour stocker les informations sur ce qu'ils ont tâté. Comment ce machin comprend-il ce qu'il tâte ?

Soudain, la masse libéra le robot. Les palpeurs et les tentacules se retirèrent et disparurent dans la grande structure. L'organisme s'aplatit et finit par s'étaler sur le fond de la citerne en formant une fine couche qui le recouvrit entièrement.

— Voilà qu'il nous fait le coup du plancher flottant ! Décidément, il est formidable ! persifla Sue.

— *Arrivederci*, dit Johanson en rentrant le robot au garage.

Au Combat Information Center

— Mais qu'est-ce que vous voulez nous dire ?

Perplexe, Samantha posa son menton dans sa main. Son éternelle cigarette se consumait toute seule entre son index et son majeur, car elle n'avait pas le temps de tirer dessus. En compagnie de Shankar, elle était occupée à décrypter le message envoyé par les Yrr.

Un message qui avait été accompagné d'une attaque.

Après avoir décodé le premier message, l'ordinateur avait mis relativement peu de temps à interpréter le second. Comme la première fois, les Yrr avaient répondu en code binaire. Il restait encore à voir si les données formaient à nouveau une image. Jusqu'à présent, la seule information dotée de sens semblait ridicule à première vue.

C'était la représentation d'une molécule, une formule chimique.

H_2O.

— Très original, dit Shankar d'un ton acide. Il y a un bout de temps qu'on a compris qu'ils vivaient dans l'eau.

Toutefois, les Yrr avaient couplé d'autres données à la formule de l'eau. L'ordinateur calculait comme un fou. Peu à peu, une idée se fit jour en Samantha.

— C'est peut-être une carte géographique, dit-elle.

— Quel genre de carte ? Une carte des fonds marins ?

— Non. Ça voudrait dire qu'ils vivent sur les fonds marins. Si notre agressif visiteur actuellement en villégiature dans la citerne est une partie de l'intelligence étrangère, son espace vital serait plutôt l'eau libre. Les grands fonds sont un univers qu'on traverse en suspension. Homogène et identique partout.

Shankar réfléchit.

— A moins d'examiner sa composition spécifique à la loupe. Les matières minérales, les acides, les bases…

— Qui ne sont pas identiques partout, compléta Samantha. La première fois, ils nous ont envoyé une image faite de deux résultats mathématiques. Ce que nous avons là est infiniment plus compliqué. Mais si nous ne nous trompons pas, les possibilités sont limitées ici aussi. Je ne peux pas l'affirmer avec certitude, mais je crois qu'ils nous ont encore envoyé une image.

Au Joint Intelligence Center

Karen trouva Anawak devant son ordinateur. Des unicellulaires virtuels sillonnaient l'écran, mais elle eut l'impression qu'il ne les regardait pas vraiment.

— J'ai beaucoup de peine pour ton amie, murmura-t-elle.

Anawak lui répondit, sans la regarder :

— Tu sais ce qui est curieux, dit-il d'une voix nouée, c'est que sa mort m'affecte autant. La mort ne m'a jamais beaucoup impressionné. C'est quand ma mère est morte que j'ai pleuré pour la dernière fois.

Quand mon père est mort, j'étais malade de ne pas avoir de chagrin. Tu connais l'histoire… Mais… Licia… Mon Dieu ! Je n'avais aucune vue sur elle. C'était une étudiante que je trouvais très pénible au début, elle m'agaçait prodigieusement. Et petit à petit, je me suis habitué à l'aimer…

Karen hésita, puis posa une main timide sur son épaule. Anawak la caressa furtivement du bout des doigts.

— Au fait, ta programmation fonctionne, annonça-t-il.

— Ce qui signifie qu'il leur suffira, au labo, de trafiquer la biologie en conséquence…

— Oui, c'est le problème. Ça reste une hypothèse.

Ils avaient muni les unicellulaires virtuels d'un ADN capable d'apprentissage et de mutation perpétuelle. Au fond, chacune des cellules de ce modèle était un petit ordinateur autonome qui modifiait son programme en permanence. Chaque nouvelle information changeait la structure du génome. Dès lors qu'une certaine quantité de cellules faisait une expérience, cette expérience modifiait la structure génétique. Si les cellules modifiées s'agrégeaient à d'autres cellules, elles transmettaient les nouvelles informations et l'ADN des autres s'adaptait en conséquence. De cette manière, l'agrégat non seulement enrichissait ses connaissances, mais, grâce à la fusion, le niveau d'information était égal partout.

Cette idée était révolutionnaire. Elle signifiait que les connaissances pouvaient être transmises par les gènes.

Les deux jeunes gens discutèrent de cette question avec Johanson, Sue Oliviera et Rubin. Leur perplexité grandit plus que jamais, car, d'une part, leur idée fut accueillie avec enthousiasme.

D'autre part, il y avait un énorme hic.

En salle de contrôle

— Quand un ADN mute, cela conduit à une modification de l'information génétique, expliqua Rubin. Et c'est problématique pour tous les êtres vivants.

Il s'était éclipsé du laboratoire au beau milieu de l'interprétation des tests, sous prétexte d'une nouvelle crise de migraine. Dans la salle de contrôle secrète, il parcourait les procès-verbaux des écoutes avec Li, Peak et Vanderbilt. Naturellement, ils étaient tous les quatre au courant des programmes établis par Karen et Anawak, et de leur théorie. Mais sans Rubin, ils ne pouvaient rien en faire.

— Un organisme est dépendant de l'intégralité de son ADN, dit Rubin. L'ADN doit rester intact, sinon, il tombe malade, lui ou ses descendants. Le rayonnement radioactif, par exemple, engendre des dommages irréparables, avec pour conséquence que les gens donnent le jour à des mutants ou sont atteints de cancers…

— Mais, l'évolution ? questionna Vanderbilt. Si on a évolué en passant du singe à l'homme, l'ADN ne peut pas être resté le même…

— C'est vrai, mais l'évolution s'accomplit sur un laps de temps assez long. Et elle choisit toujours ceux chez qui la mutation naturelle sera suivie d'une adaptation optimale aux conditions en présence. On ne parle jamais des ratés de l'évolution, et pourtant la nature sélectionne beaucoup. Mais entre la modification génétique fondamentale et la sélection, il y a la réparation. Pensez au bronzage. La lumière du soleil modifie les cellules épithéliales, ce qui amène une modification de l'ADN. Nous brunissons, et si nous ne faisons pas attention, nous rougissons et nous brûlons. Dans un cas, le corps élimine les cellules détruites. Dans l'autre cas, il les répare. S'il n'y avait pas ces réparations, nous ne pourrions pas vivre. Toutes les petites mutations iraient à leur paroxysme, aucune plaie ne guérirait, aucune maladie ne serait vaincue.

— D'accord, dit Li. Mais qu'est-ce qui se passe pour les unicellulaires ?

— La même chose. Quand leur ADN mute, il doit être réparé. Ces cellules se multiplient en se divisant. Si l'ADN n'était pas réparé, aucune espèce ne resterait stable. Quelle que soit la cellule, la nature a intérêt à conserver le pourcentage de mutation à un niveau supportable… Mais nous en arrivons maintenant au hic dans la théorie d'Anawak. Un génome est toujours réparé en totalité, sur toute sa longueur. Considérez les enzymes de réparation comme des patrouilles de police qui inspectent l'ensemble de l'ADN pour rechercher les défauts. Dès qu'ils détectent un endroit endommagé, ils entament la réparation. Les enzymes réparateurs sont pour ainsi dire les gardiens des connaissances génomiques, afin que l'information, qui est l'état d'origine, le bon état, reste telle quelle. Ils voient immédiatement pendant leurs patrouilles de contrôle où est le gène original, et où est le gène endommagé… C'est comme si vous vous échiniez pour rien à apprendre à parler à un enfant. A peine apprend-il un mot que les enzymes réparateurs accourent et reprogramment le cerveau sur l'état d'origine, c'est-à-dire sur l'ignorance du mot. Il est impossible d'accumuler les connaissances.

— Dans ce cas, la théorie d'Anawak est idiote, constata Li. Elle ne marcherait que si les modifications étaient conservées dans l'ADN des unicellulaires.

— D'un côté, c'est vrai. Chaque nouvelle information serait vue comme un dommage par les enzymes réparateurs, et le génome serait réparé *illico presto*. Retour à la case départ.

— Je suppose que maintenant, vous allez nous parler de l'autre côté, dit Vanderbilt, narquois.

Rubin approuva d'un mouvement de tête hésitant.

— Oui, il y a un autre côté, admit-il. Mais je ne sais pas ce que c'est…

— Et donc… commença Peak.

L'officier se redressa sur son siège avec une grimace de douleur. Son pied bandé le faisait souffrir. D'ailleurs, il avait une petite mine.

— Je sais, je sais ! reprit hâtivement Rubin, dont la voix s'éraillait de plus en plus au fil de son discours. Mais cette théorie est tout simplement extraordinaire ! Elle expliquerait tout ! Nous aurions dans ce cas la certitude que la chose qui est dans la citerne est effectivement notre ennemi. Nous aurions bel et bien les Yrr sous nos yeux, les êtres à qui nous devons toute cette merde !… Et je suis sûr que ce sont eux ! Ce matin, nous avons observé des comportements incroyables. La chose inspectait un robot de plongée, et la façon dont elle opérait n'avait rien de commun, absolument rien à voir avec l'instinct ou la curiosité des animaux. C'était de la pure intelligence cognitive ! L'explication d'Anawak est sûrement la bonne. Le modèle de l'ordinateur de Karen marche !

— J'y comprends plus rien, moi, soupira Vanderbilt en s'épongeant le front.

— Eh bien… commença Rubin. La solution réside dans l'anomalie. Il arrive aussi que les enzymes réparateurs commettent des erreurs. Pas souvent, mais ils loupent à peu près une réparation sur dix mille. Une paire de bases qui n'est pas ramenée à son état initial. Ce n'est pas beaucoup, mais ça suffit pour que quelqu'un naisse hémophile, ou avec le cancer, ou un bec-de-lièvre. Nous considérons cela comme des dysfonctionnements, mais cela prouve que le principe de la réparation a lui aussi ses limites.

Li se leva et se mit à parcourir la salle à pas lents.

— Vous êtes donc convaincu que les unicellulaires et les Yrr sont une seule et même chose ? Que nous avons trouvé notre ennemi ?

— Avec deux réserves, se hâta de préciser Rubin. D'abord, nous devons résoudre le problème de l'ADN. Ensuite, il doit y avoir quelque chose comme une reine. Le collectif peut être aussi intelligent qu'on voudra, mais ce que nous voyons, ce ne sont à mon avis que des exécutants qui constituent une partie du tout.

— Une reine ? Comment serait-elle ?

— Pareille et différente à la fois. Prenez les fourmis. La reine est une fourmi elle aussi, mais elle est spéciale. C'est d'elle que part le tout. Les Yrr sont des êtres vivant en collectivité, en population de micro-organismes. Si Anawak a raison, ils représentent une deuxième voie suivie par l'évolution pour aboutir à une vie intelligente… mais quelque chose doit les commander.

— Donc, si nous trouvons cette reine… commença Peak.

— Non, l'interrompit Rubin. Ne nous faisons pas d'illusions. Il peut y en avoir plusieurs. Il peut y en avoir des millions. Et si elles sont malignes, elles éviteront de s'approcher de nous… Mais pour pouvoir faire fonction de reine, elles doivent partager les mêmes principes que les autres Yrr : la fusion et la mémoire génétique… Nous sommes en train d'extraire un parfum que les cellules émettent pour signaler qu'elles veulent fusionner. Une phéromone dont Sue Oliviera et Johanson sont près de trouver la composition. C'est au travers de cette phéromone, ce parfum, que les cellules s'uniraient avec la reine. Le parfum est la clé de la communication entre les Yrr. Et il pourrait être la clé qui nous permettrait de résoudre tous nos problèmes, conclut Rubin avec un sourire d'autosatisfaction.

— Bien, Mick, le félicita Vanderbilt avec un geste magnanime de la main. On vous aime de nouveau. On oublie provisoirement ce que vous nous avez fait subir sur le pont inondable…

— Je n'y suis pour rien ! se défendit Rubin, vexé.

— Vous êtes à la CIA, Mick. Dans mon groupe. « Je n'y suis pour rien », ça n'existe pas. On a oublié de vous dire ça quand on vous a engagé ?

— N… non.

Vanderbilt enfouit son mouchoir dans sa poche.

— Je suis content de l'entendre. Jude va bientôt avoir le Président. Elle pourra lui dire que vous êtes un gentil garçon. Merci de votre visite. Allez, mon vieux, retournez au charbon !

En salle de réunion des amiraux

Samantha et Shankar semblaient beaucoup moins sûrs d'eux que lors du décodage du premier signal. L'atmosphère pesante qui régnait sur l'équipe n'était pas due uniquement aux tragiques événements du pont inondable. Il devenait de plus en plus évident que personne ne comprenait la tactique des Yrr.

— Pourquoi envoient-ils des messages en nous attaquant en même temps ? demanda Peak à la cantonade. Aucun être humain n'agirait comme ça.

— Arrêtez de les assimiler aux humains. Ce ne sont pas des humains ! s'emporta Shankar.

— Je ne demande qu'à comprendre.

— Vous ne comprendrez rien du tout si vous partez d'une logique humaine, dit Samantha. Peut-être que le premier message était un avertissement : nous savons où vous êtes. En tout cas, c'est bien ce qu'ils nous ont fait savoir.

— Est-ce que ce ne serait pas une manœuvre de diversion ? émit Sue.

— Une diversion pour nous cacher quoi ? Qu'ils allaient débouler juste après avec les feux d'artifice et les illuminations de Noël ?

— Ce n'est pas si idiot que ça, intervint Johanson. En tout cas, ils ont réussi à nous faire croire qu'ils étaient intéressés à un échange. Sal a raison, aucun être humain n'agirait comme ça. Peut-être qu'ils le savent. Ils nous roulent dans la farine, ils arrivent en brillant de tous leurs feux, et nous, au lieu de la révélation cosmique que nous nous attendons à recevoir, on prend un coup de matraque sur la tête…

— Vous auriez peut-être dû leur balancer autre chose que vos conneries de devoirs de maths… reprocha Vanderbilt à Samantha.

Pour la première fois, Samantha se départit de son calme et apostropha le gros homme d'un ton furibond :

— C'était quoi, déjà, votre solution à vous, Jack ?

— Ce n'est pas à moi de trouver la solution, c'est à vous ! riposta Vanderbilt, agressif. C'est à vous de trouver un moyen de communiquer avec eux…

— Avec qui ? Vous êtes toujours persuadé qu'il y a je ne sais quels mollahs qui se cachent derrière tout ça !

— Si tout le résultat des messages que vous leur envoyez, c'est de leur révéler notre position, il y a un problème, bordel ! C'est *vous* qui leur avez fourni des informations détaillées sur l'humanité ! C'est *vous* qui leur avez envoyé une invitation à venir nous attaquer !

— Pour pouvoir parler avec une personne, il faut d'abord la connaître ! Vous ne comprenez pas ça, abruti ? Je veux savoir qui ils sont, et donc je commence par leur parler de nous…

— Vous nous emmenez droit dans le mur, avec vos messages à la con…

— N'importe quoi ! On vient juste de commencer !

— … pareil pour votre SETI qui ne sert à rien, malgré tout le foin que vous faites autour ! Vous venez de commencer ? Ça promet ! Vous allez causer la mort de combien de gens quand vous vous y mettrez vraiment ?

— Jack ! jeta Li comme elle eût ordonné : « Couché ! »

— Ce programme de contact de merde…

— Jack, fermez-la ! Je ne veux pas d'engueulades, je veux des résultats. Alors, qui, dans cette pièce, a un résultat ?

— Nous, répondit Samantha d'un ton bougon. Le cœur du deuxième message est une formule : eau, H_2O. Le reste, nous allons trouver ce qu'il veut dire… si certaines personnes veulent bien nous lâcher la grappe !

— Nous aussi, nous avons progressé un peu… commença Karen.

— Et nous, alors ! s'empressa de signaler Rubin. Nous avons fait un grand pas en avant, grâce… euh… à l'aide efficace de Sigur et de Sue.

Il s'interrompit, secoué par une quinte de toux, puis reprit :

— Tu veux peut-être faire le rapport, Sue ?

— Merci, tu es trop bon, siffla Sue entre ses dents.

A voix haute, elle annonça :

— Nous avons extrait le parfum grâce auquel les cellules fusionnent. C'est une phéromone. Nous savons aussi comment ça fonctionne. C'est une découverte que nous devons à Sigur, qui s'est battu courageusement avec le monstre et a pu récolter des échantillons…

Elle posa un récipient transparent et hermétiquement clos sur la table. Il était à demi rempli d'un liquide clair.

— Le parfum est là-dedans. Nous l'avons décodé et nous pouvons le fabriquer. La composition est étonnamment simple. Nous ne connaissons pas encore le moyen exact par lequel les êtres entrent en contact grâce à lui, et nous ne savons pas qui ou ce qui initialise la fusion. Mais en supposant que quelque chose donne le départ – appelons-le pour simplifier la reine –, il reste à élucider comment on sonne le rassemblement de milliards et de milliards d'unicellulaires en suspension qui n'ont ni yeux ni oreilles. C'est à cela que sert la phéromone. En fait, le parfum n'est pas adapté à la communication sous l'eau, car les molécules se diffusent trop vite, mais un appel phéromonique marche très bien sur de courtes distances. Et il semble que la communication phéromonique des cellules se limite à ce seul parfum. Il n'y a pas de vocabulaire, mais un seul mot : fusion ! Nous ne savons pas encore comment les cellules une fois fusionnées communiquent entre elles. Il est établi qu'elles utilisent une forme d'échange. C'est identique dans un ordinateur neuronique ou un cerveau humain. Les unités ont toujours besoin d'une sorte de messager. En biologie, ces transmetteurs s'appellent les ligands. Quand une cellule veut transmettre quelque chose à une autre, elle lui envoie un message qui est transporté par le ligand à l'autre cellule. Celle-ci, de son côté, a besoin, comme toute maison normale, d'une porte et d'une sonnette, en termes scientifiques, d'un récepteur. Le ligand sonne, le message est reproduit par des cascades de signaux à l'intérieur de la cellule et enrichit le génome d'une nouvelle information…

Elle fit une petite pause, reprit :

— Il semble que les micro-organismes de la citerne communiquent par des ligands et des récepteurs. Naturellement, cette image des cellules qui ont une porte comme les maisons et envoient un messager souriant qui sonne, elle est un peu schématique. Chaque cellule émet un nuage entier de molécules de parfum, et elle n'a pas un seul récepteur, mais environ deux cent mille. C'est avec eux qu'elle réceptionne les phéromones et s'arrime au collectif… Deux cent mille sonnettes pour pouvoir échanger avec les cellules voisines, c'est quelque chose. Le processus de la fusion s'accomplit par une sorte de course de relais : une cellule réceptionne des phéromones de la part de la population et s'arrime aux cellules voisines. Au moment de l'arrimage, elle produit elle-même des phéromones pour atteindre les cellules les plus proches, et ainsi de suite. Le processus s'effectue de l'intérieur vers l'extérieur. Pour pouvoir mieux comprendre tout cela, nous anticipons la démonstration finale en admettant que les cellules que nous avons examinées sont effectivement nos chers ennemis. C'est pourquoi nous les appelons dès à présent les Yrr… Une chose nous a tout de suite frappés : ces cellules ne disposent pas simplement de récepteurs, mais de paires de récepteurs. Nous nous sommes creusé la cervelle pour comprendre pourquoi, et nous avons fini par trouver. Cela sert à maintenir la population en bonne santé. C'est pourquoi nous avons nommé les récepteurs suivant leur fonction. Il y a un Récepteur Universel qui donne son signal de reconnaissance : Je suis un Yrr. Et il y a un Récepteur Spécial qui dit : Je suis un Yrr en ordre de marche, en bonne santé, mon ADN est intact et adapté à la population…

— Et ce ne serait pas possible par l'intermédiaire d'un récepteur unique ? demanda Shankar.

— Non, probablement pas… C'est un système extrêmement élaboré. Selon notre modèle, il faudrait se représenter une cellule Yrr comme un camp de soldats entouré d'une muraille de protection. Quand un soldat s'approche, venant de l'extérieur, il se fait reconnaître par un signe de reconnaissance universel : l'uniforme. Celui-ci dit au soldat du camp : Je suis l'un de vous. Mais nous avons vu assez de films de guerre avec Michael Caine pour savoir que l'uniforme peut cacher un traître, et si le traître arrive à entrer, il fait des dégâts. C'est pourquoi Michael Caine doit se faire reconnaître par un signe spécial. Il doit connaître le mot de passe. Est-ce que j'ai bien décrit la chose militaire, Sal ?

Peak approuva :

— Parfaitement bien.

— Bon, je suis rassurée… Donc, quand deux Yrr s'assemblent, il se passe ceci : l'Yrr qui s'est déjà agrégé au collectif produit une molécule de parfum, une phéromone. A travers cette phéromone, les cellules s'arriment à leurs récepteurs universels et initialisent la liaison primaire. L'étape de reconnaissance « Je suis un Yrr » a eu lieu. Dans la seconde étape, par l'intermédiaire de l'arrimage des récepteurs spéciaux, l'information « Je suis un Yrr en bonne santé » doit suivre… Jusqu'ici, tout va bien. Mais il y a des Yrr qui ne sont pas en ordre de marche ni en bonne santé, autrement dit, dont l'ADN est endommagé. Notre ennemi est un organisme qui apparaît en masse et se développe de façon exponentielle, et qui est donc obligé de trier les cellules inaptes à ce développement. L'astuce semble être la suivante : même si toutes les cellules possèdent un récepteur universel, seules les saines, capables de se développer de façon constante, sont en mesure de former le récepteur spécial. Les Yrr malades ne l'ont tout simplement pas. Et c'est maintenant que se produit le vrai miracle, et c'est ça qui nous fait peur. L'Yrr endommagé n'a pas droit à la parole. Il n'est pas autorisé à s'agréger, il est repoussé. Mais cela ne suffit pas… Les Yrr sont des unicellulaires, et comme tels ils se multiplient par scissiparité. Naturellement, une espèce qui se développe de façon constante ne peut pas permettre l'existence d'une seconde population déficiente. Elle doit donc éviter que les cellules anormales ne trouvent le temps de se multiplier. C'est là que la phéromone prend une double fonction. Lors du phénomène de refoulement, elle reste sur le récepteur universel de l'Yrr déficient et se transforme en poison à action rapide.

Elle enclenche pour ainsi dire la mort programmée de la cellule, un phénomène normalement inconnu chez les unicellulaires. La cellule anormale meurt instantanément.

— A quoi voyez-vous qu'un unicellulaire est mort ? demanda Peak.

— C'est simple. Son métabolisme s'arrête. D'autre part, on sait qu'un Yrr est mort quand il ne luit plus. La lueur est pour eux une nécessité biologique. Comme pour, par exemple, l'*Aequoria*, une méduse des mers du Sud. Pour luire, elle produit une phéromone. C'est la même chose ici : nous avons l'émission d'un parfum qui conditionne l'émission d'une lueur. Les violentes décharges de lumière, les éclairs, sont le signe de réactions biochimiques particulièrement violentes dans les formations de cellules. Quand les Yrr luisent, c'est qu'ils communiquent et qu'ils pensent. Quand ils meurent, la lueur cesse…

Sue Oliviera marqua une nouvelle pause, comme pour s'assurer de l'attention de son auditoire. Puis :

— Et nous en arrivons maintenant au nœud du problème, à ce qui fait vraiment peur… Les Yrr ont mis au point avec peu de moyens un processus de sélection des plus complexes. Quand un Yrr est sain et dispose d'une paire de récepteurs intacts, la phéromone enclenche la fusion. S'il ne possède pas de récepteur spécial, la phéromone déclenche son action mortelle… Une espèce qui fonctionne de cette façon ne voit pas la mort avec les mêmes « yeux » que l'homme. La mort est dans la société des Yrr une affaire absolument nécessaire. Jamais il ne viendrait à l'idée des Yrr d'épargner les Yrr déficients. Ce serait incompréhensible, idiot, pour eux. Il *faut* tuer ce qui menace la poursuite du développement. Il n'existe pas de demande de grâce, pas de compassion, pas d'exception. De même, pour eux, la logique de la mise à mort n'a rien de cruel. Les Yrr sont hermétiques à ce genre de réflexion. En d'autres termes, ils ne comprendront par conséquent pas pourquoi ils devraient nous épargner, puisque nous représentons pour eux une menace concrète…

— Parfait ! dit Vanderbilt. Et maintenant que nous connaissons leur petit secret et que nous savons qu'ils utilisent du Chanel N° 5, qu'est-ce que ça va nous apporter de concret ? Si j'ai bien compris, on pourra fusionner avec eux. Super ! *Moi*, je pourrais fusionner avec eux !

Samantha lui décocha un long regard méprisant.

— Vous croyez vraiment qu'ils en ont envie ?

— Allez vous faire foutre !

— Si vous voulez vraiment vous étriper, allez faire ça plus loin ! intervint Anawak. Karen et moi, nous avons eu une idée sur la manière dont on peut amener les unicellulaires à la pensée. Sigur, Mick et Sue sont en train de travailler là-dessus. Du point de vue biologique, c'est une aberration, mais cela répondrait à une quantité de questions... Vas-y, Karen.

Karen prit alors la parole :

— Nous avons attribué à nos cellules virtuelles un ADN artificiel et nous avons fait en sorte qu'il mute en permanence. Ce qui veut dire acquisition de connaissances. Et nous nous sommes retrouvés à notre point de départ, c'est-à-dire au neuro-ordinateur. Vous vous souvenez que nous avons désassemblé un cerveau électronique en le réduisant à ses plus petites mémoires programmables et cherché le moyen de le remonter pour en refaire un tout capable de penser... Ça n'a pas marché tant que les cellules isolées n'ont pas pu acquérir des connaissances de façon autonome. Mais le seul moyen pour une cellule biologique d'apprendre de son vivant réside dans la mutation de l'ADN, ce qui est impossible. Et pourtant, nous avons donné à nos cellules virtuelles cette possibilité. Cela, grâce à un parfum tel que Sue vient de le décrire.

— Non seulement nous avons réussi à retrouver notre ordinateur neuronal complet et en état de marche, poursuivit Anawak, mais nous avions aussi de vrais Yrr vivant dans des conditions naturelles. Notre petite création dispose en effet de quelques extras : les cellules circulent dans un espace tridimensionnel. Nous avons muni cet espace de propriétés que l'on trouve dans les grands fonds, c'est-à-dire la pression, le courant, le frottement, etc. Mais d'abord, nous avons dû trouver la réponse à une question, à savoir comment les membres d'une population se reconnaissent mutuellement. Le parfum n'est que la moitié de la vérité. L'autre moitié réside dans la limitation de la taille d'une population. C'est ici qu'entre en jeu ce que Sue et Sigur ont découvert, c'est-à-dire que les amplicons des Yrr présentent des divergences dans de petites zones hypervariables. Vous vous rappelez la conclusion de cette découverte : les cellules ont certainement modifié leur ADN *après* leur naissance. Nous croyons que c'est exactement ce qui se passe, et que les zones hypervariables servent de codage pour se reconnaître mutuellement et, par exemple, limiter la population...

— Les Yrr de même codage se reconnaissent, et les populations plus petites peuvent fusionner avec d'autres plus grandes, en déduisit Li.

— Exactement, répondit Karen. Nous avons donc codé des cellules. Chacune disposait déjà à ce moment d'une sorte de connaissance de base concernant son espace vital. Elle a ensuite reçu des informations supplémentaires que ne possédaient pas toutes les cellules. Comme nous nous y attendions, toutes les cellules de même code ont commencé par fusionner et former une population. Ensuite, nous avons essayé autre chose en tentant de faire s'arrimer deux populations de code différent. Ça a marché. Il s'est alors passé une chose incroyable : non seulement la fusion a réussi, mais les cellules des deux populations ont échangé leurs codes individuels et se sont mises à égalité. Elles se sont programmées sur un nouveau code unitaire, un niveau de connaissances un cran au-dessus, partagé par toutes. A la fin, les deux populations n'en formaient plus qu'une. Nous avons arrimé cette dernière à une troisième, et le résultat a été une nouvelle population qui n'existait pas avant.

Anawak prit alors le relais :

— Pendant l'étape suivante, nous avons essayé d'observer le comportement des Yrr pendant l'apprentissage. Nous avons formé deux populations de code différent. Nous en avons muni une d'une expérience spécifique. Nous avons simulé une attaque ennemie. Ce n'est pas très original, mais nous avons pris un requin qui a taillé dans la population et en a arraché un bon morceau. Nous lui avons appris à éviter le requin la fois suivante. Nous lui avons ordonné : dès l'arrivée du requin, tu abandonneras ta forme ronde et tu t'aplatiras comme une crêpe. Nous n'avons pas donné le truc à l'autre population : le requin a taillé dans le tas. Ensuite, nous avons fait fusionner les deux populations et nous lui avons envoyé le requin sur le paletot... elle l'a évité. L'apprentissage a donc profité à l'ensemble de la masse. Ensuite, nous avons scindé la population en plusieurs populations plus petites. Toutes savaient comment éviter un requin.

— Donc, c'est à travers les zones hypervariables qu'elles font leurs acquisitions ? interrogea Samantha.

— Oui et non, répondit Karen en jetant un coup d'œil à ses notes. Il est possible que ce soit cela, mais nous ne le savons pas, car l'ordinateur met trop de temps à faire ses calculs. La masse qui a attaqué sur le pont inondable, en tout cas, est très rapide dans ses réactions, et sans doute pense-t-elle vite. Ce serait un organisme superpuissant à construire, un cerveau énorme, variable. Non, nous avons dû nous limiter aux petites zones. Nous avons programmé l'ensemble de l'ADN pour le rendre capable d'apprentissage en augmentant énormément leur vitesse de pensée.

— Et le résultat ? demanda Li.

— Il ne s'appuie que sur quelques essais, que nous avons effectués juste avant cette réunion. Mais nous pouvons dire dès à présent qu'une population d'Yrr, quelle que soit sa taille, pense à la vitesse d'un ordinateur à affichage simultané de la nouvelle génération. Les connaissances individuelles sont harmonisées, l'inconnu est examiné. Au début, quelques populations ne font pas face aux nouvelles exigences, mais elles apprennent par l'échange. Jusqu'à un certain point, le développement des acquisitions s'effectue de manière linéaire, au-delà, le comportement de la population est impossible à prévoir…

— Attendez, l'interrompit Shankar, vous voulez dire que le programme se met à vivre sa vie propre ?

— Nous avons amené les Yrr dans des situations totalement inconnues d'eux. Plus le problème est complexe, plus souvent ils se réunissent. Assez rapidement, ils se sont mis à développer des stratégies dont les bases n'ont pas été programmées par nous. Ils sont devenus créatifs. Ils sont devenus curieux. Et ils ont appris de façon exponentielle. Nous n'avons pu effectuer que peu d'essais, et ce n'est toujours qu'un programme informatique, mais nos Yrr artificiels ont appris à prendre toutes les formes imaginables, à imiter les formes d'autres organismes, à fabriquer des extrémités d'une sensibilité telle qu'à côté nos dix doigts sont des gros bâtons maladroits, à explorer des nano-objets, à échanger *chacune* de ces expériences avec *chacune* des autres cellules et à résoudre des problèmes qui tiendraient les hommes en échec.

Ces révélations provoquèrent un choc dans l'assistance. Pendant quelque temps, le silence régna. Car les images des événements du pont inondable étaient dans toutes les têtes.

Li fut la première à se reprendre :

— Donnez-nous un exemple de problème, s'il vous plaît, lui demanda-t-elle.

Le jeune scientifique s'exécuta :

— Bien. Je suis une population d'Yrr, d'accord ? Et un talus continental entier est attaqué par les vers que j'ai cultivés, bourrés de bactéries, et que j'ai apportés là-bas pour qu'ils déstabilisent les hydrates de méthane dans tout le secteur. Mon problème, c'est que même si les vers et les bactéries font de jolis dégâts, il me faut un coup de pouce final pour provoquer le grand glissement…

— C'est vrai, ça, confirma Johanson, on n'a jamais trouvé le schmilblick. Les vers et les bactéries déblaient le terrain, mais il manque le bidule pour la catastrophe.

— A savoir, soit une légère baisse du niveau de la mer, ce qui abaisserait la pression nécessaire sur les hydrates, soit un réchauffement de l'eau au talus. C'est bien ça ?

— Oui.

— D'un degré ?

— Ça devrait suffire. Mais disons deux.

— Bien. Au large du talus continental norvégien, vous avez le volcan de boue Hakon-Mosby, à mille deux cent cinquante mètres de profondeur. Les volcans de boue ne crachent pas de lave, mais ils envoient sur les fonds marins du gaz, de l'eau et des sédiments sortis du ventre chaud de la Terre. L'eau n'est pas brûlante, au-dessus d'un volcan de boue, mais plus chaude qu'ailleurs. Donc, je m'associe à une grande population, même une très grande. Je prends la forme d'un tuyau ouvert aux deux extrémités, et comme je veux devenir un très grand tuyau, je limite l'épaisseur de ma paroi externe à quelques couches de cellules. Malgré tout, il me faut encore d'énormes quantités de moi-même, beaucoup de milliards de cellules. Grâce à la finesse de mes parois, je réussis à m'étirer sur de nombreux kilomètres. Ma circonférence correspond à celle du cratère central : environ cinq cents mètres. Je recueille l'eau chaude du volcan de boue à l'intérieur de moi et je la conduis, comme une conduite colossale, là où les vers et les bactéries ont fait leur boulot de destruction. Et voilà, j'ai mon glissement... Et il est fort possible que je réchauffe aussi l'eau du Groenland par le même moyen, ou les pôles, ce qui amènera la fonte des glaciers et l'arrêt du Gulf Stream.

— Si les Yrr de votre ordinateur sont capables de ça, s'écria Peak, ouvrant des yeux incrédules, de quoi sont capables les véritables Yrr ?

— Oh ! du pire, à mon avis ! répondit Karen.

Natation

Karen était nouée de partout. En sortant de la salle de réunion, elle demanda à Anawak s'il était tenté par un petit plongeon dans la piscine. Ses épaules lui faisaient un mal de chien. C'était bien la peine de s'infliger tous ces exercices physiques, si c'était pour se retrouver dans cet état...

Peut-être que c'est justement le problème, se dit-elle. Peut-être que tu devrais essayer de faire du sport rien que pour le plaisir.

Anawak l'accompagna. Karen résista à l'envie de prendre sa main sur le trajet de la piscine, mais elle ne savait pas comment s'y prendre sans avoir l'air d'une gourde. Avant, dans sa vie antérieure, elle n'était pas regardante, elle prenait tout ce qui se présentait, mais ça n'avait strictement aucun rapport avec l'amour. Là, maintenant, elle était timide, bloquée. D'ailleurs, comment flirter ? Sans même parler de coucher ensemble, quand, la nuit précédente, tous ces gens avaient trouvé la mort sur le bateau et que le monde entier courait vers l'abîme ?

La piscine de l'*Independence* était immense et étonnamment confortable pour un bâtiment de guerre, et le bassin était grand comme un lac.

Lorsqu'elle laissa tomber son peignoir, elle sentit le regard d'Anawak se poser sur son dos. Elle pensa alors que c'était la première fois qu'il la voyait ainsi. Son maillot de bain était étroit et très échancré dans le dos, et, bien sûr, le tatouage sautait aux yeux.

Gênée, elle s'approcha du bassin, prit son élan et plongea avec élégance. Les bras tendus, elle nagea en restant juste sous la surface. En entendant Anawak la suivre, elle se dit : Peut-être que ça se passera ici.

Partagée entre l'espoir et la crainte qu'il ne la rattrape, elle battit des jambes et accéléra.

Trouillarde ! Et pourquoi pas ?

Plonger, tout simplement, et faire l'amour. Sous l'eau.

Fusionner…

Soudain, elle eut une idée.

Une idée ridiculement simple, et malheureusement assez peu respectueuse. Mais si ça marchait, elle était brillante. Cela permettrait peut-être de décider pacifiquement les Yrr à battre en retraite. Ou, au moins, à leur faire réviser leur comportement.

Son idée était-elle vraiment brillante ?

Les bouts de ses doigts touchèrent le carrelage du bassin. Elle remonta, creva la surface, se frotta les yeux. C'était une idée vraiment vulgaire… Et pourtant tellement séduisante…

Anawak se rapprochait, et, à mesure que la distance se réduisait, son idée lui paraissait plus discutable. Lorsqu'il fut presque à sa hauteur, elle la trouva répugnante.

Il fallait qu'elle laisse reposer. Qu'elle dorme dessus.

Soudain, il fut tout près d'elle.

Elle s'appuya contre le bord du bassin. Son torse se souleva et s'abaissa. Comme autrefois, dans les eaux glacées de la Manche, son cœur battait… son estomac se contractait, et son cœur cognait à tout rompre en disant : Voilà… voilà… voilà…

Elle sentit qu'il effleurait sa taille. Elle entrouvrit les lèvres.

La peur !

Dis quelque chose ! N'importe quoi ! Parle !

— Sigur a l'air d'aller mieux.

Les mots jaillirent de sa bouche, incongrus. Dans les yeux d'Anawak, elle vit une lueur de déception. Il s'éloigna d'elle, passa une main dans ses cheveux mouillés et sourit.

— Ah oui, son accident bizarre…

Non mais quelle conne tu fais ! Quelle imbécile !

— Oui, mais il a un problème, dit-elle en se hissant sur le bord du bassin. Tu le gardes pour toi, il ne faut pas qu'il sache que je le répands partout. Je voudrais simplement savoir ce que tu en penses.

Sigur a un problème ? C'est toi qui en as un, pauvre idiote !

— Quoi, comme problème ? demanda Anawak.

— Il a vu quelque chose. Ou plutôt, il croit avoir vu quelque chose. A la façon dont il me l'a raconté, je le crois, mais alors, qu'est-ce que ça signifie… Attends, je te raconte.

En salle de contrôle

Li écouta Karen raconter à Anawak les doutes de Johanson. Assise immobile devant les écrans, elle écouta la conversation des deux jeunes gens.

Quel joli couple ! se dit-elle, amusée.

Le contenu de la conversation l'amusa moins. Ce sombre crétin de Rubin avait mis toute la mission en danger. Il ne restait plus qu'à espérer que Johanson n'ait pas d'autres souvenirs des événements que le produit injecté aurait dû chasser des circonvolutions de son cerveau. Déjà, Weaver et Anawak commençaient à s'intéresser au sujet…

Mais qu'est-ce que vous avez à vous embêter avec ces histoires, les enfants ? Ne vous occupez pas des vilains contes d'oncle Johanson. Décidez-vous plutôt à sauter le pas, à faire l'amour ! Vous en mourez d'envie, ça crève les yeux, il n'y a que vous pour ne pas le voir !

Li soupira. Combien de fois avait-elle été témoin de ce genre d'approches maladroites, depuis que les hommes et les femmes servaient ensemble dans la Navy ! C'était tellement visible, chaque fois ! Tellement banal ! Tous, ils avaient tous envie de coucher ensemble, tôt ou tard. Ils n'avaient vraiment rien de mieux à faire, ces deux-là, à la piscine, que de se prendre la tête avec Johanson ?

— Nous devrions nous préparer à faire gicler Rubin, dit-elle à Vanderbilt.

Le directeur de la CIA se tenait derrière elle, un gobelet de café à la main. Ils étaient seuls dans la pièce. Peak était sur le pont inondable pour faire accélérer les travaux de remise en état et vérifier les équipements de plongée.

— Comment on va faire ?

— Il y a des solutions très claires pour ces cas-là.

— On n'a pas encore assez avancé pour envisager ce genre de solutions, petite Judy. Rubin n'a pas encore assez avancé. Sans compter que ce serait mieux de ne pas y être obligés.

— Qu'est-ce qui se passe, Jack ? Des scrupules ?

— Doucement ! C'est votre plan, mais c'est moi qui dois garantir sa réussite, bordel ! Vous pouvez compter sur moi, mes scrupules, ils sont dans les limites compatibles… C'est que j'ai une réputation à perdre ! ajouta-t-il en gloussant.

— Ah oui ? Ce n'est pas ce qu'on appelle un combat perdu d'avance ?

Vanderbilt avala tranquillement une gorgée de café.

— Vous savez ce qui me plaît le plus en vous, Jude ? Vous êtes immonde. A côté de vous, j'ai l'impression d'être un bon gars. Etonnant, non ?

Au Combat Information Center

Samantha Crowe et Shankar continuaient à se creuser la tête.

Les images de l'ordinateur étaient hermétiques. Juste des lignes parallèles qui se séparaient brutalement, formaient des arcs, se réunissaient. Entre elles béaient de grands espaces vides aux formes irrégulières. Scratch était composé d'une quantité de ces graphiques qui semblaient vouloir donner une image unique une fois mis ensemble… sauf qu'ils n'en donnaient pas. Car ils ne s'ajustaient pas. De plus, ils n'avaient toujours pas la moindre idée de la signification des lignes.

— L'eau, c'est la base, réfléchit Shankar. Chaque molécule d'eau est assortie d'une information supplémentaire. Qu'est-ce qu'elle représente ? Une propriété de l'eau ?

— C'est possible. Qu'est-ce que ça pourrait être, comme propriété ?

— La température.

— Oui, par exemple. Ou la salinité.

— Peut-être ne s'agit-il pas de propriétés physiques ou chimiques, mais des Yrr eux-mêmes. Les lignes pourraient représenter leur densité de population.

— Pour dire : C'est ici qu'on habite ? Quelque chose de ce genre ?

Shankar se frotta le menton.

— Non, je ne crois pas, et toi ?

— J'en sais rien, Murray. Est-ce que nous, on leur dirait où sont nos villes ?

— Non, mais ils ne pensent pas comme nous.

— Merci de me le rappeler, persifla Samantha en envoyant un rond de fumée en l'air. Bon, on recommence. H_2O. Eau. Cette partie du message n'est pas difficile à capter. L'eau est notre univers.

— Ce qui est la réponse à notre message, un but partout.

— Oui. Nous leur avons révélé que nous vivons à l'air libre. Ensuite, on leur a décrit notre ADN et notre forme.

— Admettons qu'ils répondent vraiment à notre message point par point, poursuivit Shankar. Et si les lignes étaient une représentation de leur forme ?

Samantha réfléchit.

— Ils n'en ont pas. Bon, les unicellulaires en ont une, de forme, mais ce n'est pas par ça qu'ils se définiraient. Ce serait plutôt sous forme collective qu'ils se définiraient, et c'est justement sous cette forme qu'ils peuvent encore moins le faire. La substance gélatineuse a mille formes et pas de forme.

— Bien. Eliminons la forme. Quelle autre information pourrait nous intéresser ? Le nombre d'individus ?

— Murray ! C'est un nombre avec tellement de zéros qu'on pourrait remplir la coque de ce rafiot avec ! Sans compter qu'ils se divisent en continu, qu'ils meurent en continu… Sans doute ne sont-ils même pas capables de nous donner leur nombre exact !

Samantha fit rouler la cigarette entre ses dents avant de reprendre :

— Ce n'est pas l'individu qui compte. L'individu est sans aucune importance. C'est l'ensemble. L'idée Yrr, si tu veux, l'Yrr idéalisé. Le génome Yrr.

Shankar la regarda par-dessus ses lunettes.

— N'oublie pas que la seule information que nous lui ayons transmise, dit-il, c'est que notre biochimie est basée sur l'ADN. Ce qui fait que leur réponse devrait être : La nôtre aussi. Tu crois vraiment qu'ils sont allés jusqu'à décoder leur génome pour nous ?

— Ça se pourrait…
— Pourquoi ?
— Parce que c'est finalement l'unique description d'eux-mêmes qu'ils puissent faire. Le génome et la fusion sont les points centraux de toute leur existence, tout se ramène à ça.
— Oui, mais comment veux-tu décrire un ADN qui est en mutation permanente ?
Samantha examina les lignes de l'écran et suggéra :
— Peut-être que ce sont quand même des cartes ?
— Des cartes de quoi ?
— Bon, soupira-t-elle. On recommence. H_2O, c'est la base. Nous vivons dans l'eau…

En tête à tête

Li avait réglé son tapis de course sur la vitesse maximale. Normalement, elle s'entraînait dans la salle de remise en forme, pour montrer l'exemple à ses troupes. Cette fois, elle n'avait pas envie d'être dérangée. C'était l'heure de sa conversation quotidienne avec l'Offutt Air Force Base.
— Comment va le moral, Jude ?
— Au beau fixe, monsieur. L'attaque nous a fortement atteints, mais nous gardons le contrôle.
— Les gens sont motivés ?
— Plus que jamais.
Le Président avait l'air fatigué. Il était seul, comme une âme en peine, dans la *war room* de la base.
— Je m'inquiète. Boston a été entièrement évacué. New York et Washington, on fait une croix dessus. Et on nous annonce de nouvelles horreurs à Philadelphie et à Norfolk.
— Je sais.
— Le pays part à vau-l'eau, et le seul sujet de conversation, dans le monde, c'est une intelligence non humaine censée vivre dans la mer. Moi, j'aimerais bien savoir quel est l'imbécile qui a ouvert sa gueule.
— Quelle importance, monsieur ?
— Comment ça, quelle importance ? s'écria le Président en tapant de la main sur la table avec indignation. C'est l'Amérique qui a pris le leadership, et je n'accepte pas qu'un imbécile quelconque s'amuse

à jouer perso à l'ONU ! Et tout ça parce qu'ils s'imaginent tous que leur petit pays de merde va pouvoir jouer dans la cour des grands ! Vous vous rendez compte de ce qui se passe, de la dynamique qui se crée ?

— Je suis parfaitement au courant.

— A moins que ce ne soit quelqu'un de votre cercle rapproché qui ait bavardé ?

— Permettez-moi de vous faire remarquer, monsieur, que l'hypothèse des Yrr a très bien pu être retenue par d'autres. Mais selon mes informations, il est surtout question de phénomènes naturels et du terrorisme international. Ce matin, un scientifique de Pyonyang…

— Il a dit que nous étions des gangsters, l'interrompit le Président avec un geste dédaigneux de la main. Je sais tout ça. Il raconte que nous circulons à bord de sous-marins ultrasilencieux et que nous lançons des attaques sur nos propres villes pour rejeter la faute sur d'innocents communistes. C'est débile… Mais ça m'est égal, au fond. Je me moque d'être aimé ou pas ! Je veux qu'on règle ce problème, je veux qu'on me soumette de nouvelles solutions ! Quelle merde ! Quand je pense que nous sommes tous impuissants, que pas un pays n'a les moyens de venir en aide aux autres ! Les Etats-Unis d'Amérique eux-mêmes obligés de demander de l'assistance ! On nous envahit, on nous empoisonne, les gens se réfugient à l'intérieur des terres ! Et moi, je dois m'enterrer comme une taupe ! Dans les villes, c'est le pillage et l'anarchie ! L'armée et les forces de l'ordre sont submergées ! Les gens ont le choix entre des denrées contaminées et des médicaments inefficaces !

— Monsieur…

— Pour l'instant, Dieu continue à étendre sa main protectrice sur l'Ouest, même si on ne peut plus mettre un orteil à l'eau parce qu'on sait qu'on va se le faire arracher à tous les coups. Il y a de plus en plus de vers au large de l'Amérique et de l'Asie, et à La Palma, ils sont dans l'attente de l'apocalypse. Il y a ici et là quelques gouvernements qui tremblent sur leurs bases, et je ne vais pas verser de larmes, mais va savoir dans quelles mains les systèmes d'armement vont tomber… Et nous n'avons même pas le temps de nous en préoccuper pour le moment !

— Votre dernière allocution…

— Ne m'en parlez pas. Je ne fais que ça, me répandre en vibrantes déclarations, mais aucun de mes faiseurs de discours ne tient compte de mes véritables sentiments. Ils ne comprennent pas ce que je veux dire devant Dieu, à ce pays et au monde ! Je dis : répandez la confiance ! Je veux que le peuple américain voie la détermination de son commandant en chef. L'ennemi peut bien cacher mille fois son visage, je mettrai tout en œuvre pour gagner cette bataille. Je veux que le monde y puise de la force. Non, nous ne voulons pas cacher la vérité, nous devons nous préparer au pire, mais nous allons trouver la solution ! Voilà ce que je leur dis, mais quand ils veulent répandre la confiance, ils ne sont pas crédibles, ils sont pathétiques, et entre leurs mots on sent leur peur panique. Je me demande s'il y en a un seul parmi eux qui m'écoute !

— Mais les gens vous écoutent, eux, le rassura Li. Vous êtes en ce moment l'un des rares qu'on écoute. Vous et les Allemands.

— Oui, les Allemands… répéta le Président en plissant les yeux. C'est vrai, ce qu'on dit ? Les Allemands préparent leur propre mission ?

Li, qui courait toujours sur son tapis, en trébucha de surprise.

Qu'est-ce que c'était encore que cette histoire ?

— Non, ce n'est pas vrai. C'est nous qui sommes aux commandes. Nous sommes légitimés par les Nations unies. L'Allemagne coordonne l'Europe, mais elle travaille en collaboration très étroite avec nous. Regardez La Palma.

— La CIA me raconte des sornettes, alors ? Pourquoi ?

— Parce que c'est ce que colporte Jack Vanderbilt.

— Ecoutez, Jude…

— Si, c'est un intrigant.

— Ma petite, quand le moment sera venu pour vous de prendre la place qui vous revient, Vanderbilt sera très loin de vous.

Li souffla avec lenteur. Elle se laissait emporter par ses émotions. Elle s'était dévoilée, avait trop laissé paraître ses sentiments. Ce n'était pas bon. Elle devait se maîtriser, se montrer au-dessus du lot.

— Bien sûr, affirma-t-elle en souriant, Jack n'est pas un problème pour moi, mais un partenaire.

Le Président eut un hochement de tête approbateur et reprit :

— Les Russes nous ont envoyé une équipe qui a informé la CIA de tout ce qui se passait sur les côtes de la mer Noire. Nous avons des échanges étroits avec la Chine. Cette histoire d'Allemands, c'est sans doute n'importe quoi. Je n'ai pas l'impression qu'ils jouent perso, mais vous savez bien qu'il circule toutes sortes de rumeurs dans les médias. Non, nous pouvons nous estimer satisfaits. Je trouve remarquable que tant de gens de nationalités différentes se retrouvent en

Dieu au moment où le diable sort de la mer… Alors, où en sommes-nous ? Je n'ai pas voulu vous poser la question devant les autres, Jude, je n'ai pas envie de vous mettre dans la situation d'enjoliver les choses, mais parlez-moi en toute franchise : où en sommes-nous ?

— Nous ne sommes pas loin du but.

— Pas loin, c'est pas loin comment ?

— Rubin dit que si tout va bien, il peut être prêt dans un ou deux jours. Le labo a fait une découverte. Il existe un parfum à travers lequel les Yrr communiquent. Ils ont fabriqué un produit de synthèse et…

— Epargnez-moi les détails. Rubin dit qu'il va y arriver ?

— Il en est tout à fait sûr, monsieur. Et moi aussi.

Le Président eut une moue dubitative.

— Je m'en remets à vous, Jude. Sinon, vous n'avez pas de difficultés particulières avec vos scientifiques ?

— Non, mentit-elle, tout va pour le mieux.

Pourquoi posait-il cette question ? Est-ce que Vanderbilt…

Du calme, Jude. Il demande cela à tout hasard. Ce n'est pas dans l'intérêt de Vanderbilt. Ce gros porc est une vraie langue de vipère, mais il n'a aucun intérêt à se tirer une balle dans le pied.

— Monsieur, affirma-t-elle, nous touchons au but. Je vous ai promis d'amener la mission à son terme, dans le sens de nos intérêts, et je vais le faire. Nous allons sauver le monde. Ce seront les Etats-Unis d'Amérique qui le sauveront. C'est *vous* qui sauverez le monde.

— Comme au cinéma, hein ?

— Mieux qu'au cinéma.

Le Président hocha la tête d'un air sombre. Puis, sans transition, il sourit. Ce n'était pas son sourire éclatant habituel. Mais il laissait voir un peu de cette détermination farouche pour laquelle elle l'admirait et le respectait.

— Que Dieu soit avec vous, Jude.

Il raccrocha. Li, qui continuait à courir sur son tapis, se demanda soudain s'ils allaient vraiment y arriver.

Au Combat Information Center

Quelle que fût la teneur du message de l'ennemi tapi au fond de la mer, les prosaïques besoins de la biochimie humaine se firent entendre par l'intermédiaire de l'estomac de Shankar. Ses grondements ininterrompus prirent une telle ampleur que Samantha en eut assez et envoya son collègue manger un morceau.

— Non, ce n'est pas vrai, je n'ai pas faim, protesta-t-il.

— Va casser une petite croûte. Pour me faire plaisir.

— On ne va pas perdre notre temps à casser la croûte...

— D'accord, mais je ne vois pas l'intérêt de se laisser crever de faim jusqu'à ce qu'on retrouve nos cadavres dans un coin. Moi, au moins, j'ai mes clopes pour faire taire mon ventre. Allez, vas-y, Murray. Quand tu reviendras, tu seras requinqué, et je suis sûre que tu auras l'illumination qui résoudra tous nos problèmes.

Shankar se rendit à ses raisons. Elle se retrouva seule.

Un peu de solitude ne faisait pas de mal. Elle n'avait rien contre Shankar, c'était un gars brillant et il lui était d'un grand secours. Mais ses racines étaient dans l'acoustique. Il avait du mal à évoluer dans les espaces extraterrestres. De plus, c'était toujours quand elle était seule que les meilleures idées lui venaient.

Elle fuma une cigarette, s'en alluma une autre et reprit l'affaire au début.

H_2O. Nous vivons dans l'eau.

Le message devait être pris comme un motif de papier peint. Faire des raccords de H_2O. C'était toujours la même chose, mais chaque H_2O était associé à des données supplémentaires. Des millions de paires de données accolées par rangées. La transposition graphique en faisait des images où apparaissaient des lignes. Les données supplémentaires pouvaient fort bien décrire les propriétés de l'eau ou quelque chose qui y vivait. La perspective était tentante.

Mais peut-être cette idée était-elle fausse.

De quoi les Yrr pouvaient-ils parler ?

D'eau. De quoi d'autre ?

Samantha réfléchit. Un exemple lui vint alors à l'esprit. Deux affirmations. La première : voici un seau. La seconde : voici de l'eau. Ensemble, c'est un seau d'eau. Les molécules d'eau étaient toutes identiques, mais les données qui décrivaient le seau, pas du tout. Elles étaient différentes pour la forme du seau, la structure de sa surface, les éventuels motifs. Un ensemble de données qui décrivait un seau, réparti en mille messages séparés, était donc différencié. Maintenant, attaquons-nous au message disant que le seau était rempli d'eau à ras bord. Facile, à partir du moment où on ajoutait à chaque message du seau le complément « eau ».

Autrement dit : H_2O était associé à des données qui décrivaient une chose n'ayant absolument aucun rapport avec de l'eau. A savoir un seau.

Nous vivons dans l'eau.

Et où est cette eau ? Comment peut-on exprimer le lieu où se trouve une chose qui n'a pas de forme ?

En décrivant ce qui la limite.

Les côtes et les fonds marins.

Les trois surfaces étaient la terre ferme, et leurs bords les côtes.

Samantha manqua de laisser tomber sa cigarette. Elle se rua sur l'ordinateur. Elle venait de comprendre pourquoi les surfaces ne formaient pas une image quand on les rassemblait. Parce qu'elles ne décrivaient pas un espace bidimensionnel, mais un espace tridimensionnel. Il fallait les plier pour les ajuster. Les plier jusqu'à ce qu'ils donnent une chose tridimensionnelle.

Une sphère.

La Terre.

Au laboratoire

Au même moment, Johanson était en train d'analyser les échantillons qu'il avait prélevés sur le tissu des Yrr. Après douze heures de travail intense au laboratoire, Sue Oliviera était partie se coucher, car elle n'arrivait plus à garder les yeux ouverts. Elle avait peu dormi les nuits précédentes. Peu à peu, l'expédition commençait à prélever son tribut. Ils avançaient à pas de géant, c'était entendu, mais ils étaient tous rongés de doutes. Chacun réagissait à sa manière. Greywolf s'était retiré sur le pont inondable. Il soignait les trois dauphins survivants, analysait leurs informations, évitait les contacts. D'autres se montraient irritables. Certains restaient stoïques, Rubin compensait sa terreur par des migraines.

Pour l'heure, Johanson était seul dans le grand laboratoire plongé dans la pénombre.

Il avait éteint l'éclairage général. Les lampes de bureau et les écrans d'ordinateur constituaient la seule source de lumière. Le simulateur qui bourdonnait en permanence jetait une lueur bleue à peine perceptible. La masse recouvrait toujours le sol. On aurait pu la croire morte, mais il savait que tant qu'elle luisait elle était tout à fait vivante.

Des pas résonnèrent sur la rampe. Anawak.

— Ah ! salut Léon, l'accueillit Johanson en levant la tête. C'est gentil de passer me voir !

Anawak sourit. Il entra et s'assit à califourchon sur une chaise.

— Il est trois heures du matin. Qu'est-ce que tu fous encore ici ?

— Je bosse. Et toi ? Qu'est-ce que tu fous ici ?

— Je n'arrive pas à dormir.

— On devrait peut-être s'octroyer une petite goutte de bordeaux. Qu'est-ce que tu en penses ?

— Oh... émit Anawak, visiblement embarrassé. C'est très sympa, mais je ne bois pas.

— Tu veux dire... jamais ?

— Jamais.

— Bizarre, dit Johanson en plissant le front. D'habitude, c'est le genre de détail qui ne m'échappe pas. Mais on est tous un peu à côté de nos pompes, non ?

— Ouais, on peut le dire...

Anawak parut sur le point d'ajouter quelque chose, puis se ravisa.

— Tu avances ? se contenta-t-il de demander.

— Oui, ça va... J'ai résolu votre problème.

— Ah bon ?

— Oui, ton problème et celui de Karen, la mémoire de l'ADN. Vous aviez raison, ça marche... et je sais comment !

Anawak ouvrit de grands yeux.

— Et tu me dis ça comme ça, en passant ? s'étonna-t-il.

— Excuse-moi. Je suis trop crevé pour faire tout un tintouin autour. Mais tu as raison, en principe, ça s'arrose.

— Comment as-tu fait pour trouver ?

— Les mystérieuses zones hypervariables, tu t'en souviens... ce sont des clusters. Partout, dans le génome, on trouve ces clusters qui codent certaines familles de protéines... au fait, tu sais de quoi je parle ?

— Rappelle-moi ce que ça signifie.

— Les clusters sont des sous-classes de gènes. Les gènes responsables d'une chose donnée, par exemple de la formation de récepteurs ou de la production d'une substance chimique quelconque. Lorsqu'on trouve une accumulation de ce genre de gènes sur une séquence d'ADN, on appelle cela un cluster. Et le génome des Yrr en a en quantité. Le truc, c'est que oui, certes, les cellules des Yrr se réparent, mais la réparation ne s'effectue pas de façon globale pour tout le génome, et les enzymes ne recherchent pas les défauts sur l'ADN complet, ils ne réagissent qu'à des signaux spécifiques. Comme ça se passe sur une voie de chemin de fer. S'ils reçoivent un signal de départ, ils commencent à réparer, et s'ils reçoivent un signal stop, ils s'arrêtent. Parce que c'est là que commence…

— Le cluster.

— Exactement. Et les clusters sont protégés.

— Ils sont donc capables d'éviter à des parties de leur génome d'être réparées ?

— Oui, par des sortes de gardes biologiques, des paravents en somme, qui les protègent contre les enzymes réparateurs. C'est pourquoi ces zones sont libres de muter sans arrêt, pendant que le reste de l'ADN est consciencieusement réparé pour conserver le noyau des informations de la race. Plutôt sioux, non ? C'est comme ça que chacun des Yrr devient un cerveau capable de se développer à l'infini.

— Et comment échangent-ils ?

— Comme Sue l'a dit, de cellule à cellule. Par des ligands et des récepteurs. Les récepteurs reçoivent les ligands, les transmetteurs d'impulsions, d'autres cellules, et envoient une cascade de signaux vers le noyau de la cellule. Le génome mute et transmet les impulsions aux cellules voisines. Tout cela se passe extrêmement vite. Le tas gélatineux qu'on a dans notre citerne pense à la vitesse des supraconducteurs.

— C'est effectivement une biochimie tout à fait nouvelle, murmura Anawak.

— Ou très ancienne. Elle n'est nouvelle que pour nous. En réalité, elle existe sans doute depuis des millions d'années. Peut-être depuis les origines de la vie. C'est une forme d'évolution parallèle.

Anawak arborait une mine perplexe.

— Et qu'est-ce qu'on fait de tout ça ?

— Bonne question. C'est bien la première fois que j'éprouve un sentiment de gâchis pareil. A quoi peut bien m'avancer toute ma science ? Tout ça ne fait que confirmer ce que nous subodorions, à savoir qu'ils sont différents de nous à tous points de vue.

Johanson s'étira et bâilla à s'en décrocher la mâchoire.

— Je ne sais pas si les efforts de Sam Crowe pour nouer le contact avec eux nous avanceront beaucoup. Pour l'instant, j'ai plutôt l'impression qu'ils s'entretiennent parfaitement avec nous, et que cela ne les empêche pas de chercher en même temps à nous donner le coup de grâce. Peut-être que ce n'est pas contradictoire pour eux. Mais moi, ce n'est pas comme ça que je comprends l'art de la conversation…

— On n'a pas le choix, pourtant. Il faut trouver un terrain d'entente… A propos d'entente, est-ce que tu crois que nous ramons tous dans la même direction, sur cette galère ?

Johanson tendit l'oreille, interloqué.

— Qu'est-ce qui te fait dire ça ?

— C'est… commença Anawak avec une grimace. Bon, écoute, il ne faut pas lui en vouloir, mais Karen m'a raconté les péripéties de l'autre nuit. Elle m'a dit que tu avais vu, ou cru voir des choses pas catholiques.

Johanson lui décocha un regard scrutateur.

— Et qu'est-ce qu'elle en pense ?

— Elle te croit.

— Oui, j'en ai l'impression. Et toi, qu'est-ce que tu en penses ?

— Difficile à dire, répondit Anawak avec un haussement d'épaules. Tu es norvégien, et tout le monde sait que les Norvégiens croient dur comme fer à l'existence des trolls.

Johanson soupira.

— Je ne me serais souvenu de rien sans Sue, dit-il. C'est elle qui m'a mis sur la piste. La nuit où nous étions ensemble sur le pont-hangar, j'ai paraît-il vu Rubin, alors qu'il était censé être au lit avec la migraine. Comme maintenant, d'ailleurs… Depuis, il me revient des bribes de souvenirs. Je me rappelle des choses que je ne peux pas avoir vues en rêve. Parfois, je suis sur le point de tout revoir, et puis… je suis devant une porte ouverte, je vois une lumière blanche… j'entre, et le souvenir fout le camp.

— Qu'est-ce qui te rend si sûr de ne pas avoir rêvé ?

— Sue.

— Mais elle n'a rien vu.

— Et Li.

— Ah bon ?

— Oui, parce qu'elle s'est intéressée de manière un peu trop ostensible à mes souvenirs, l'autre soir, pendant la fête. Je crois qu'elle voulait me tâter le pouls.

Regardant son interlocuteur droit dans les yeux, Johanson ajouta :

— Tu m'as demandé si nous ramions tous dans la même direction… Ma réponse est : je ne crois pas. Déjà, au Chateau, j'avais des doutes. Je me méfie de Li depuis le début. Et je ne crois pas non plus aux pseudo-migraines de Rubin. Je ne sais pas ce que c'est, mais j'ai la nette impression qu'il se trame des choses, sur ce bateau…

— L'intuition masculine, plaisanta Anawak. Qu'est-ce qu'elle a dans la tête, Li, à ton avis ?

Johanson leva les yeux au plafond.

— Aucune idée. Mais à mon avis, une chose est sûre : elle est probablement la seule à le savoir.

En salle de contrôle

Le hasard voulut que le regard de Johanson soit dirigé tout droit sur une caméra cachée. Sans le savoir, il regardait Vanderbilt dans les yeux tandis qu'il prononçait sa dernière phrase.

— Et pourtant, tu es un petit futé, toi ! lui répondit Vanderbilt.

Il appela Li dans ses appartements, sur la ligne protégée des écoutes. Il ignorait si elle dormait, et c'était le cadet de ses soucis.

Li apparut sur l'écran.

— Je vous l'avais bien dit, il n'y a aucune garantie, Jude, lui annonça Vanderbilt. Johanson est sur le point de retrouver la mémoire.

— Ah ? Et alors ?

— Ça ne vous émeut pas plus que ça ?

Li eut un pâle sourire.

— Rubin a beaucoup bossé. Il sort d'ici.

— Et ?

— Il est fantastique, Jack ! dit-elle, les yeux brillants. Je sais, il veut toujours péter plus haut que son cul, cet imbécile, mais je dois reconnaître que cette fois, il s'est surpassé.

— Il a déjà fait des tests pratiques ?

— Oui, à petite échelle. Mais la petite échelle équivaut à la grande. Ça marche. Plus que quelques heures et je demande l'accord du Président. Ensuite, je descends avec Rubin.

— Quoi ? Vous voulez le faire vous-même ? s'écria Vanderbilt, horrifié.

— Qui d'autre voulez-vous que ce soit ? Vous n'avez pas le bon format, vous !

Li coupa la communication.

Sur le pont inondable

Les systèmes électriques bourdonnaient façon fantômes dans les hangars et les ponts vides de l'*Independence*, faisant imperceptiblement vibrer les cloisons étanches. On les entendait dans l'immense hôpital vide, dans le mess des officiers désert, et on sentait légèrement trembler les cadres des couchettes de l'équipage quand on posait les doigts dessus.

Les vibrations pénétraient jusque dans le ventre du navire où Greywolf était étendu sur la grève artificielle, les yeux grands ouverts.

Pourquoi, bon Dieu, fallait-il que tout foute le camp tout le temps ?

Il était submergé de tristesse. Il faisait tout de travers. Le simple fait d'être venu au monde avait été une erreur. Il avait tout raté. Et pour couronner le tout, il n'avait pas été capable de sauver Licia.

Tu n'as rien protégé, rien du tout. Tu t'es contenté d'ouvrir ta grande gueule, alors qu'en réalité tu pétais de trouille. Tu n'es qu'un tout petit gamin pleurnichard caché dans un corps de géant, un gosse qui aimerait tellement se valoriser à ses propres yeux et aux yeux des autres…

Une fois, une seule fois, il avait été vraiment fier de lui. C'était quand il avait sauvé le petit garçon du *Lady Wexham*. Là, il avait fait du bon boulot. Il avait aussi retrouvé l'amitié de Léon.

Mais les baleines continuaient à perdre la boule, les dauphins souffraient, la nature entière souffrait. Et Alicia était morte.

Greywolf se sentait vide et inutile. Il se dégoûtait lui-même. La seule chose qui lui restait à faire, c'était de remplir sa tâche jusqu'à la fin du cauchemar.

Et ensuite…

Des larmes roulèrent sur ses joues. Dans son visage immobile, ses yeux fixés au plafond semblaient chercher une réponse. Mais il ne vit rien, hormis des poutrelles d'acier. Il n'y avait pas de réponse.

L'image complète

— Cette sphère, expliqua Samantha, c'est la planète Terre.

Elle avait accroché plusieurs agrandissements au mur et se promenait lentement de l'un à l'autre.

— Nous nous sommes longtemps creusé la tête sur la nature de ces lignes, dit-elle, mais nous pensons qu'elles représentent le champ magnétique de la Terre. Les blanches, en tout cas, ce sont les continents. Nous avons donc décodé le gros du message.

Li plissa les yeux.

— Vous en êtes sûre ? Ce que vous appelez des continents ne ressemblent pas du tout aux continents que je connais…

Samantha sourit.

— C'est normal, Jude. Ce sont les continents tels qu'ils étaient il y a cent quatre-vingts millions d'années, réunis en un seul. Pangée. Le continent d'origine. Sans doute l'ordre des lignes de champ magnétique date-t-il de cette ère.

— Vous l'avez vérifié ?

— L'ordre du champ magnétique est difficile à reconstituer. Mais la position des masses de terre en revanche est connue. Nous avons mis du temps à comprendre qu'ils nous avaient envoyé une reproduction de la Terre, mais le puzzle a fini par s'ajuster. C'est très simple, au fond. Ils ont choisi l'eau comme information de base et l'ont associée avec des données géographiques.

— Comment savent-ils à quoi ressemblait la Terre il y a cent quatre-vingts millions d'années ? s'étonna Vanderbilt.

— Ils s'en souviennent, répondit Johanson.

— Ah bon, ils se souviennent de l'océan primitif ? Mais c'était une époque où seuls les unicellul…

Il se tut.

— Exactement, reprit Johanson, seuls les unicellulaires. Et quelques pluricellulaires expérimentaux, au stade primitif. Hier soir, nous avons trouvé la dernière pièce du puzzle. Les Yrr disposent d'un ADN hypermutant. Admettons que leur prise de conscience ait commencé au début du jurassique, il y a bien deux cents millions d'années. Depuis, ils n'arrêtent pas d'accroître leur expérience. Dans les films de science-fiction, on retrouve toujours ce genre de phrase : « Je ne sais pas ce que c'est, mais ça arrive sur nous ! » ou : « Passez-moi le Président ! » Il y a une autre phrase, c'est : « Ils nous sont supérieurs », et presque chaque fois, le film ou le livre se garde de donner la moindre explication. Nous, nous pouvons la donner. Les Yrr nous sont supérieurs…

— Parce que leurs connaissances sont stockées dans leur ADN ? proposa Li.

— Oui. Et c'est une différence importante avec l'homme. Nous n'avons pas de mémoire de race. Notre culture repose sur la tradition orale et écrite ou sur les images. Mais nous ne pouvons pas transmettre le vécu immédiat. Notre esprit meurt avec notre corps. Quand nous disons que les erreurs du passé ne doivent jamais être oubliées, nous exprimons un vœu impossible à réaliser. On ne peut oublier que ce dont on se souvient. Mais aucun homme ne peut se souvenir de ce qu'un autre homme a vécu avant lui. Nous pouvons enregistrer des mémoires et les rechercher, mais *nous n'y étions pas*. Chaque enfant humain doit en permanence apprendre la même chose, il doit approcher sa main de la plaque de la cuisinière pour comprendre qu'elle est chaude. Chez les Yrr, ce n'est pas pareil. Une cellule apprend et se divise. Elle double son génome avec toutes les informations, un peu comme si nous dupliquions notre cerveau avec toutes les informations. Les nouvelles cellules n'héritent pas de connaissances abstraites, mais de l'expérience immédiate, exactement comme si elles avaient été là. Depuis le début de leur existence, les Yrr possèdent une mémoire collective.

Johanson s'adressa alors à Li :

— Est-ce que vous avez compris qui sont ceux que nous avons en face de nous ?

Li hocha lentement la tête en signe d'acquiescement.

— On ne pourrait priver les Yrr de leur connaissance que si on réussissait à détruire des populations entières…

— Je crains qu'il ne nous faille les détruire tous pour cela, répondit Johanson. Et ça, c'est impossible pour diverses raisons. Nous ne connaissons pas la densité de leur réseau. Sans doute forment-ils des chaînes cellulaires sur des centaines de kilomètres. Ils sont en surnombre. Contrairement à nous, ils ne vivent pas seulement dans le présent. Ils n'ont pas besoin de statistiques, de valeurs moyennes, de symboles boiteux. Ils sont eux-mêmes la statistique, la somme de toutes les valeurs, leur propre chronique. Ils perçoivent les développements qui s'accomplissent sur des millénaires, alors que nous ne sommes même pas capables d'agir dans l'intérêt de nos enfants et de nos petits-enfants. Les Yrr comparent, analysent, perçoivent, prévoient et agissent en vertu d'une mémoire toujours présente. Il n'y a aucune perte, toute la créativité est utilisée pour le développement de nouvelles stratégies et de nouveaux concepts. C'est un processus de sélection sans fin en vue de la meilleure solution. Reprendre, modifier, apprendre de ses erreurs, compenser avec du nouveau, calculer, agir…

— Beurk ! fit Vanderbilt. Des êtres aussi froids, c'est dégoûtant !

— Vous trouvez ? le contredit Li. Moi, je les admire. En quelques minutes, ils arrivent à mettre au point des stratégies qui nous prendraient des années. Ne serait-ce que le simple fait de savoir ce qui ne marche *pas* ! Simplement parce qu'on se souvient, parce qu'on a fait soi-même la faute, même si on n'existait pas encore physiquement…

— C'est pourquoi les Yrr s'en sortent sans doute mieux que nous dans leur espace vital, poursuivit Johanson. Chez eux, tout travail intellectuel est collectif et ancré dans les gènes. Ils vivent à toutes les époques en même temps. Les humains, eux, ne connaissent pas le passé et ignorent l'avenir. Notre existence entière est basée sur l'individu et sa vie à l'instant *I*. Nous sacrifions la raison supérieure à nos objectifs personnels. Nous ne pouvons pas nous survivre au-delà de la mort, alors nous nous immortalisons par des manifestes, des livres et des opéras. Nous essayons de nous inscrire dans l'histoire, nous cherchons à nous survivre à nous-mêmes avec tant de frénésie que nos objectifs intellectuels concordent rarement avec ceux qui pourraient servir l'humanité. Notre esprit privilégie l'esthétique, l'individuel, l'intellectuel, le théorique. Nous ne voulons pas être un animal. D'un côté, notre corps est notre temple, de l'autre, nous ne lui accordons que peu d'importance en lui donnant un simple rôle fonctionnel. Nous avons donc pris l'habitude de placer l'esprit au-dessus du corps, et nous considérons les contraintes auxquelles nous sommes soumis pour survivre avec dégoût et mépris…

— Et chez les Yrr, cette séparation n'existe pas, conclut Li qui, pour une raison inexplicable, semblait très satisfaite. Leur corps est leur esprit, et vice versa. Aucun Yrr n'agira isolément contre les intérêts de la communauté. La survie est dans l'intérêt de l'espèce et non de l'individu, et l'action est toujours décidée par l'ensemble. Grandiose ! Jamais aucun Yrr ne recevra de médaille pour une bonne idée. Je me demande si les cellules isolées ont quelque chose qui ressemblerait à une conscience individuelle ?

— Pas comme nous, répondit Anawak. Je ne sais pas si on peut parler d'une conscience du moi chez une cellule isolée. Mais chaque cellule est créative individuellement. C'est un capteur qui transforme l'expérience en créativité et l'apporte au collectif. Sans doute une idée n'est-elle prise en compte que si son impulsion est assez forte, c'est-à-dire si suffisamment d'Yrr l'apportent au même moment. Elle est comparée à d'autres idées, et c'est l'idée la plus forte qui l'emporte.

— C'est de l'évolution pure, renchérit Karen. Une pensée évolutive.

— Quel adversaire ! s'exclama Li avec une admiration visible. Pas de vanité, pas de perte d'information. Nous, les hommes, nous ne voyons qu'une partie du tout, alors qu'eux couvrent le temps et l'espace.

— C'est bien pour ça que nous détruisons notre planète, intervint Samantha. Parce que nous ne voyons pas ce que nous détruisons. Ils ont dû le comprendre, et aussi que nous n'avons pas de mémoire de race.

— Oui, tout cela se tient. Pourquoi devraient-ils négocier avec nous ? Avec vous, avec moi, avec qui que ce soit ? Demain, nous serons morts. Avec qui parleront-ils alors ? Si nous avions une mémoire de race, nous serions protégés contre notre propre bêtise, mais nous n'en avons pas. S'entendre avec les hommes est illusoire. Ils l'ont appris. C'est une partie de leur savoir, et c'est ce qui motive leur décision d'en découdre avec nous.

— Et aucun ennemi ne sera jamais en mesure d'éliminer ce savoir, précisa Sue. Dans une population d'Yrr, tout le monde sait tout. Il n'y a pas de crânes d'œuf, pas de scientifiques, de généraux et de chefs qu'on pourrait éliminer pour retirer aux autres le socle des informations. On pourra tuer tous les Yrr qu'on voudra – tant qu'il y aura quelques survivants, le savoir de tous survivra…

— Attendez ! l'interrompit Li. Vous n'avez pas dit qu'il y avait probablement des reines ?

— Oui, quelque chose dans ce genre. Les Yrr possèdent sans doute un savoir collectif, mais l'action collective pourrait être initiée de manière centrale. Oui, je pense que ces reines existent.

— Des unicellulaires également ?

— Elles doivent posséder la même biochimie que la substance gélatineuse que nous connaissons. Il est probable que ce sont des unicellulaires. Une organisation extrêmement structurée, que nous ne pourrons atteindre qu'en communiquant avec elle.

— Et elle nous répondra par énigmes, dit Vanderbilt. Donc, ils nous ont envoyé une image de la Terre préhistorique… Pour quoi faire ? Qu'est-ce qu'ils veulent nous raconter ?

— Tout.

— Vous pourriez préciser un peu ?

— Ils nous racontent que c'est leur planète. Qu'ils la dominent depuis au moins cent quatre-vingts millions d'années, peut-être plus. Qu'ils disposent d'une mémoire de race, qu'ils s'orientent d'après les champs magnétiques et qu'ils sont représentés partout où il y a de l'eau. Ils disent : Vous, vous êtes ici et maintenant. Nous, nous sommes toujours et partout. Voilà les faits. Voilà ce que nous dit le message, et je trouve que c'est vraiment beaucoup.

Vanderbilt se gratta la bedaine.

— Et nous, qu'est-ce qu'on va leur répondre ? Qu'ils peuvent se la mettre au cul, leur suprématie ?

— Ils n'en ont pas, de cul, Jack.

— Quoi, alors ?

— Je pense que nous ne pouvons pas contrer leur logique, qui dit qu'il faut nous détruire, avec notre propre logique, qui dit que nous voulons survivre. Notre seule chance réside dans le fait de leur signaler que nous reconnaissons leur suprématie…

— La suprématie d'unicellulaires ?

— Et de les convaincre que nous ne représentons plus un danger pour eux.

— Sauf que c'est faux, objecta Karen.

— Effectivement, reconnut Johanson. Les parlotes, ça ne sert à rien. Nous devons leur donner un signe pour leur montrer que nous nous retirons de leur monde. Nous devons arrêter d'empoisonner la mer avec des substances toxiques et du bruit, et faire fissa. Et si vite qu'ils en arrivent à se dire qu'ils peuvent *aussi* vivre avec nous.

— C'est à vous de décider, Jude, dit Samantha. Nous, nous ne pouvons que vous donner ce conseil. C'est à vous de le transmettre. Ou de donner les ordres.

Tous les regards se braquèrent sur Li.

Celle-ci prit la parole :

— Je suis tout à fait pour, dit-elle. Mais il ne faut rien précipiter. Si nous nous retirons des mers, il faut leur envoyer un message qui le formule très précisément et de façon très convaincante. Je veux que tout le monde y travaille, mais sans tomber dans la précipitation et la panique. Nous ne sommes plus à quelques jours près, ce qui est important, c'est que le texte soit bon. Cette race est beaucoup plus différente de la nôtre que je ne l'imaginais. Mais s'il y a la moindre chance de sceller avec elle un accord de paix, nous devons l'utiliser. Alors donnez le maximum de vous-mêmes.

— Jude, dit Samantha en souriant, je suis absolument ravie de l'état d'esprit de l'armée américaine.

En sortant de la pièce, flanquée de Vanderbilt et de Peak, Li demanda à voix basse :

— Est-ce que Rubin a fabriqué suffisamment de ce truc ?

— Affirmatif, dit Vanderbilt.

— Bien. Je veux qu'il fasse le plein du Deepflight. Peu importe lequel. Nous devrons démarrer d'ici deux à trois heures pour régler cette affaire.

— Pourquoi si vite ? interrogea Peak.

— Johanson. J'ai vu dans ses yeux qu'il était à deux doigts d'avoir une inspiration. Je n'ai pas envie de me lancer dans des discussions, c'est tout. Demain, il pourra faire tout le foin qu'il voudra.

— On est vraiment au point ?

Li lui répondit alors d'un ton grave :

— J'ai juré au président des Etats-Unis que nous étions prêts, Sal. Donc, nous le sommes.

Sur le pont inondable

— Salut !

Anawak se dirigea vers le delphinarium. Greywolf leva brièvement les yeux, puis reprit son travail sur la petite caméra vidéo qu'il venait de démonter.

Au moment où Anawak s'approchait, deux dauphins sortirent la tête de l'eau et le saluèrent avec des claquements de bec et des sifflements. Puis ils arrivèrent à toute allure pour se faire caresser.

— Je te dérange ? s'enquit Anawak tout en se penchant pour flatter les deux animaux.

— Non.

Ce n'était pas la première fois que le jeune scientifique venait retrouver son ami en ce lieu depuis l'attaque. Chaque fois, il avait tenté d'avoir une conversation avec lui, et chaque fois il avait échoué. Greywolf semblait entièrement replié sur lui-même. Il ne prenait plus part aux réunions, se contentant d'établir de brefs commentaires écrits sur les vidéos des dauphins.

Ils n'avaient pas appris grand-chose. Les images de la substance prises pendant qu'elle se rapprochait étaient décevantes. Une lueur bleue qui se perdait dans les profondeurs. Quelques orques schématiques. Ensuite, les dauphins avaient pris peur et s'étaient réfugiés sous la coque du bâtiment, et on ne voyait plus que des plaques d'acier.

Greywolf avait plaidé pour que les animaux survivants continuent à effectuer leurs patrouilles en tant que système d'alerte biologique. Anawak doutait de plus en plus de l'utilité des escadrilles, mais il n'en disait rien. En secret, il soupçonnait son ami de vouloir continuer comme avant pour ne pas tomber dans l'inactivité.

Ils restèrent quelque temps côte à côte sans parler. Plus loin, un groupe de soldats et de techniciens sortit du ventre du pont inondable.

Ils avaient démonté la cloison de verre étanche. L'un des techniciens s'avança vers la console de l'embarcadère. Les pompes se mirent en route.

— Viens, on se casse, dit Greywolf.

Ils délaissèrent la grève. Le pont se remplit lentement.

— C'est plus facile de faire sortir les dauphins quand le pont est inondé, expliqua Greywolf.

— Tu veux les faire sortir ? Si tu veux, je t'aide. Si tu en as envie.

— Bonne idée, approuva Greywolf sans cesser de trifouiller dans les entrailles de la caméra.

— Maintenant ?

— Non, il faut d'abord que je répare ce truc…

— Tu ne veux pas t'arrêter un peu ? On pourrait aller boire un coup. On a tous besoin de souffler un peu.

— Je n'ai pas grand-chose à faire, Léon. Je farfouille dans les équipements et je fais en sorte que les animaux ne manquent de rien. Je souffle toute la journée…

— Alors accompagne-moi aux réunions.

Greywolf lui jeta un bref regard et reprit son travail sans un mot.

— Jack, reprit Anawak, tu ne peux pas rester planqué dans ton coin en permanence…

— Qui a dit ça ?

— C'est bien ce que tu fais, pourtant.

— Je fais mon boulot, répliqua Greywolf. Je surveille les messages transmis par les dauphins, j'analyse les vidéos et si quelqu'un a besoin de moi, je suis là.

— Non, tu n'es pas là. Tu ne sais même pas ce que nous avons découvert au cours des dernières vingt-quatre heures.

— Si, je le sais.

— Ah oui ? s'étonna Anawak. Qui te l'a dit ?

— Sue est venue me voir, et même Peak. Tout le monde me tient au courant, je n'ai même pas à demander.

Anawak sentit la moutarde lui monter au nez.

— Bon, tu n'as donc pas besoin de moi, dit-il, provocateur.

Greywolf ne répondit pas.

— Tu as décidé de moisir ici, alors ?

— Tu sais que je préfère la compagnie des animaux.

Même si c'est un animal qui a tué Alicia, se retint de répliquer Anawak. Mais que pouvait-il faire pour son ami ?

— Tu sais, moi aussi, j'ai perdu Alicia, finit-il par dire.

Greywolf s'arrêta un instant dans son geste, puis répondit, sans le regarder :

— Il ne s'agit pas de ça.

— Et de quoi s'agit-il, alors ?

— Qu'est-ce que tu es venu faire ici, Léon ?

— Ce que je suis venu faire ?

La colère d'Anawak grandissait. Greywolf souffrait, c'était vrai, mais ce n'était pas une raison pour se laisser ainsi glisser.

— Je ne sais pas, Jack. Je me le demande, moi aussi.

Sur ce, il tourna les talons.

Il était presque arrivé devant le tunnel lorsqu'il entendit Greywolf dire doucement :

— Attends-moi, Léon.

Souvenirs, souvenirs

Johanson commençait à s'assoupir.

Il était crevé. La nuit passée l'avait achevé. Il était resté assis, devant la console remplie d'écrans, pendant que Sue fabriquait d'autres phéromones d'Yrr concentrées. Ils avaient décidé d'en introduire quelques-unes dans le simulateur. On ne voyait pas grand-chose de la masse. Seul l'aspect de l'eau rendue trouble par la quantité d'unicellulaires qu'elle contenait révélait sa présence. Elle s'était décomposée provisoirement et avait cessé de luire. En y ajoutant des extraits de phéromones, ils provoqueraient peut-être une fusion et pourraient soumettre l'ensemble à d'autres tests.

Peut-être pourraient-ils envoyer les messages de Samantha dans la citerne pour voir si le collectif répondait.

Il avait un peu mal à la tête et savait pourquoi. Ce n'était ni le surmenage, ni le manque de sommeil. C'étaient les pensées prises au piège qui lui faisaient mal.

Les souvenirs bloqués.

Depuis la dernière réunion, cela empirait. C'était une remarque de Li qui avait remis en route le mécanisme. Quelques mots seulement, mais ils avaient suffi à occuper toutes ses pensées et l'empêchaient de se concentrer sur son travail. C'était très fatigant. Sa tête finit par basculer lentement en arrière. Il sombra dans un léger sommeil. Il dérivait à la surface de sa conscience, pris dans le ruban sans fin des mots de Li.

« Ne rien précipiter. Ne rien précipiter. Ne rien… »

Des bruits résonnèrent à son oreille. Sue avait-elle terminé son boulot sur les phéromones ?

Il sortit brièvement de son sommeil agité, cligna des yeux à la lumière du laboratoire, les referma.

« Ne rien précipiter… »

La pénombre.

Le pont-hangar.

Un bruit métallique, léger, de meule. Johanson se réveille en sursaut. D'abord, il ne sait pas où il est. Ensuite, il sent le mur d'acier dans son dos. Le ciel s'est éclairci au-dessus de la mer. Il se relève péniblement et regarde le mur.

Il n'est pas entièrement clos.

Une porte s'est ouverte, claire et lumineuse. De la lumière sort de l'intérieur. Il se glisse à bas de sa caisse. Il y a sans doute passé des heures, pour avoir ainsi mal partout. Vieux bonhomme, va ! Il se dirige lentement vers le carré lumineux. C'est de là que part un couloir, il ne le voit que maintenant. Les murs sont nus. Des tubes de néon s'étirent le long du plafond. Au bout de quelques mètres, un mur, qui fait un coude.

Il regarde à l'intérieur, écoute.

Des voix et des bruits. Il recule d'un pas. Qu'y a-t-il derrière le coude ? Doit-il aller voir ?

Il hésite.

Ne rien précipiter. Ne rien précipiter.

Il hésite.

Soudain, il se décide.

Il entre. De part et d'autre, rien que des murs nus, et, là-bas, le coude. Il s'avance, tourne à droite. Encore un coude, cette fois, de l'autre côté. Il est large, ce couloir, on pourrait presque y rouler en voiture. Encore des bruits, des voix, plus proches cette fois. Leur origine doit se trouver tout de suite après la deuxième bifurcation. Ses pas l'amènent lentement au tournant, à gauche, et là…

Le laboratoire.

Non, pas le laboratoire. Un laboratoire. Plus petit, plus bas de plafond. Mais il doit être juste au-dessus du pont transformé où ils ont installé le simulateur. Et ce labo a lui aussi un simulateur, un appareil beaucoup plus petit, pas plus grand qu'un caisson, et à l'intérieur il voit flotter quelque chose, quelque chose de bleu qui luit en étendant ses tentacules…

Il ouvre des yeux incrédules sur la scène.

Toute la pièce est une parfaite copie en réduction du laboratoire qui se trouve en dessous. Plusieurs rangées de paillasses se touchent. Des appareils. Des conteneurs à azote liquide. Une console et des écrans. Un microscope électronique. A l'arrière-plan, sur une porte de verre blindé, le symbole de danger biologique. Encore plus en arrière, une porte s'ouvre sur un couloir plus petit.

Et là, il y a des gens.

Trois personnes sont devant le petit simulateur. Elles parlent sans remarquer l'intrus. Deux hommes lui tournent le dos, une femme de trois quarts note quelque chose sur un bloc. Son regard va des hommes au simulateur, se pose sur la pièce, tombe sur Johanson...

Sa bouche s'ouvre, les hommes se retournent brutalement vers lui. Il en connaît un. Il fait partie de l'équipe de Vanderbilt, personne ne sait vraiment ce qu'il fait, en vérité, mais que font les gens de la CIA d'habitude ?

L'autre homme, en revanche, il le connaît parfaitement.

Rubin.

Johanson est trop stupéfait pour réagir. Il reste là et regarde. Il voit l'effroi dans les yeux de Rubin, et la question : Qu'est-ce qu'on peut faire pour sauver la situation ? Et c'est ce regard qui finit par le sortir de sa sidération, parce qu'il comprend alors qu'on joue ici à un jeu étrange dans lequel on se sert de lui et des autres, Sue, Anawak, Karen, Samantha...

Qui d'autre encore joue un rôle dans ce jeu ?

Et dans quel but ?

Rubin s'approche de lui à pas lents. Un sourire crispé s'est posé sur ses traits.

— Sigur, c'est vous ! Vous non plus, vous n'arrivez pas à dormir ?

Johanson promène son regard à travers la pièce, effleure les autres personnes présentes. Il lui suffit d'une seconde pour lire dans leurs yeux qu'il n'aurait jamais dû se trouver en ce lieu.

— Qu'est-ce que vous faites ici, Mick ?

— Oh ! rien, c'est juste...

— Qu'est-ce que ça signifie ? Qu'est-ce qui se passe, ici ?

Rubin se plante devant lui.

— Je vais vous l'expliquer, Sigur. Vous savez, nous n'avions pas l'intention d'utiliser ce second laboratoire, il n'a été installé que pour les cas d'urgence, au cas où le grand labo deviendrait inutilisable pour une raison ou une autre. Nous sommes simplement en train d'inspecter les systèmes pour qu'ils soient prêts au cas où...

Johanson montre du doigt l'être qui barbote dans le simulateur.
— Vous avez mis un… une des choses, là, dans la citerne !
— Ah, ça ? fait Rubin, innocent comme l'agneau qui vient de naître. Ça… euh… eh bien oui, il nous faut le tester, le mettre en sécurité. Nous ne vous en avons pas parlé, ce n'était pas nécessaire, parce que…
Johanson a beau ne pas être tout à fait à jeun, il comprend parfaitement que tout ce que lui raconte Rubin est du pipeau.
Il fait demi-tour et s'engage dans le couloir.
— Sigur ! Monsieur Johanson !
Des pas derrière lui. Rubin, qui arrive à sa hauteur. Des doigts qui le tirent nerveusement par la manche.
— Attendez !
— Qu'est-ce que vous fabriquez là-dedans ?
— Ce n'est pas ce que vous pensez, je…
— Parce que vous savez ce que je pense ?
— C'est par mesure de sécurité.
— Hein ?
— Oui, par mesure de sécurité. Ce labo est une mesure de sécurité !
Johanson se dégage.
— Je crois que je vais aller en parler à Li.
— Non, c'est…
— Mieux que ça, à Sue Oliviera. Et puis non, il vaudrait mieux en parler à tous les autres, hein, Mick ? Vous vous payez notre gueule, c'est ça, hein ?
— Non, non, pas du tout !
— Alors expliquez-moi ce que vous foutez !
Une expression de panique passe dans les yeux de Rubin.
— Sigur, ce ne serait pas une bonne idée… Il ne faut rien précipiter, vous m'entendez ? Ne rien précipiter !
Johanson le regarde. Il souffle bruyamment pour signifier son désaccord, son mépris, et le plante là. Il l'entend qui lui court après, sent la peur de Rubin dans son cou.
Ne rien précipiter.
Une lueur blanche.
Une explosion devant ses yeux, une douleur sourde se répand dans son crâne. Les murs, le couloir, tout disparaît. Le plancher vient à sa rencontre.

Johanson regarda fixement le plafond du laboratoire.

Tout était revenu.

Il se leva d'un bond. Sue travaillait toujours dans le labo stérile. Le souffle court, il regarda le simulateur, le pupitre de commande, les paillasses.

Regarda encore au plafond.

Là-haut, il y avait un second labo. Juste au-dessus d'eux. Et il ne fallait pas que ça se sache. Rubin avait dû l'assommer, et ensuite ils lui avaient fait avaler un produit quelconque pour effacer sa mémoire.

Dans quel but ?

Johanson serra les poings. Une colère noire monta en lui. En quelques pas, il fut dehors et gravit la rampe en courant.

Sur le pont inondable

— Tu peux me dire pourquoi je t'accompagne ? fit Greywolf. Je ne vous serai d'aucune utilité, là-haut.

Anawak sentit sa colère s'évanouir. Il revint lentement sur ses pas, pendant que le bassin se remplissait.

— Ce n'est pas vrai, Jack.

— Si, répondit son ami d'un ton calme, presque indifférent. Dans la Navy, quand ils torturaient les dauphins, je n'ai rien pu faire. Je me suis impliqué dans la défense des baleines, mais elles sont devenues les victimes d'une autre puissance. A partir d'un certain moment, j'ai décidé que les animaux valaient mieux que les hommes, ce qui est stupide, mais c'est un moyen de s'arranger… et voilà que c'est un animal qui m'a pris Licia. Je ne suis d'aucune utilité. Pour personne.

— Arrête de te torturer, merde !

— C'est la vérité !

Anawak s'assit auprès de lui.

— Quand tu as quitté la Navy, tu as très bien agi. Tu étais le meilleur formateur qu'ils aient jamais eu, et c'est de ton fait, pas du leur, que tu as interrompu ta collaboration. C'est toi qui l'as décidé.

— D'accord, mais quand je suis parti, est-ce que ça a changé quoi que ce soit ?

— C'est pour toi que quelque chose a changé. Tu as fait preuve de caractère.

— Et qu'est-ce que ça m'a apporté ?

Anawak ne sut que répondre.

— Tu sais, poursuivit Greywolf, le pire c'est ce sentiment de n'avoir sa place nulle part. Tu aimes quelqu'un, et tu le perds. Tu aimes les animaux, et ce sont eux qui tuent la personne que tu aimes. Je commence à haïr ces orques. Tu te rends compte de ce que je dis ? Je commence à haïr les baleines !

— Nous avons tous le même problème, et nous…

— Non ! Moi, j'ai vu mourir Licia dans la gueule d'une orque, sans rien pouvoir faire pour l'aider. C'est *mon* problème ! Si je m'écroule, ici et maintenant, et que je meure, ça n'aura aucune incidence, le monde continuera à vivre, ou disparaîtra, sans moi. Cela n'intéressera personne. Je n'ai rien accompli qui puisse amener les gens à dire que ma présence sur cette planète a été une bonne chose…

— Moi, ça m'intéresse, dit Anawak.

Greywolf le dévisagea. Anawak s'attendit à un commentaire cynique, mais il ne se passa rien hormis un léger son, un gargouillement dans la gorge de Greywolf, comme un soupir avorté.

— Et au cas où tu l'aurais oublié, poursuivit Anawak, ça intéressait Licia, aussi.

Johanson

Si grande était sa colère qu'il aurait été capable d'attraper Rubin, de le traîner sur le pont d'envol et de le jeter par-dessus bord. Et il l'aurait probablement fait si le biologiste avait croisé son chemin. Rubin resta invisible.

En revanche, il rencontra Karen, qui descendait.

Il eut un moment d'indécision. Puis il se rappela à l'ordre.

— Karen ! s'écria-t-il avec un sourire. Tu viens nous rendre visite ?

— En fait, je descendais sur le pont inondable, voir Léon et Jack.

— Oh, oui, Jack… Il ne va pas bien, n'est-ce pas ?

— Non. Je crois que Licia était plus importante pour lui qu'il ne s'en rendait compte. On n'arrive pas à le faire sortir de lui-même.

— Léon est son ami, il va y arriver.

Karen acquiesça d'un mouvement de tête et le regarda d'un air interrogateur. Elle avait très vite compris que cette conversation n'en était pas une.

— Tu vas bien ? demanda-t-elle.

— Merveilleusement bien, dit-il, avant de la prendre par le bras. Je viens d'avoir une idée sensationnelle. J'ai trouvé le moyen de forcer le contact avec les Yrr. Tu m'accompagnes sur le toit ?

— Euh, je voulais…

— Dix minutes. Je veux que tu me donnes ton avis. J'en ai marre de tourner en rond dans des espaces fermés…

— Tu n'es pas suffisamment couvert pour aller te promener sur le toit.

Johanson s'aperçut alors qu'il ne portait qu'un pull et un jean. Sa grosse veste en duvet était restée au laboratoire.

— J'essaie de m'endurcir, prétexta-t-il.

— Contre quoi ?

— Contre la grippe, contre le vieillissement, contre les questions idiotes, qu'est-ce que j'en sais !

Malgré ses efforts pour paraître serein, il avait élevé la voix. Du calme, se reprit-il, du calme.

— Ecoute, il faut vraiment que je me débarrasse de cette idée, et elle a un rapport certain avec vos simulations. Je n'ai pas envie de le faire ici. Alors, tu viens ?

— O.K.

Ils gravirent la rampe et arrivèrent à l'intérieur de la superstructure. Johanson se contraignit à ne pas regarder sans arrêt le plafond, à la recherche de caméras et de micros cachés. D'ailleurs, il ne les aurait pas vus. Il dit, d'un ton léger :

— Jude a raison, il ne faut rien précipiter. Je pense qu'il nous faudra quelques jours pour mettre l'idée au point, car elle est basée sur…

Etc., etc. Il émit toute une série de bêtises savamment formulées, poussa Karen à l'extérieur, à l'air libre, et la précéda, tout en parlant à grand renfort de gesticulations, jusqu'à l'arrière du bâtiment. Il faisait plus frais et le vent soufflait plus fort. Des nappes de brume s'étaient posées sur la mer. Les vagues avaient grossi. Pareilles à des animaux préhistoriques, elles se roulaient paresseusement sous eux, en leur envoyant une odeur d'eau salée glacée. Johanson grelottait de froid, mais sa colère lui réchauffait l'intérieur. Ils étaient maintenant suffisamment éloignés de l'île.

— Je t'avoue que je ne comprends pas un mot de ce que tu me racontes, dit Karen.

Johanson présenta son visage au vent et lui répondit :

— Pas la peine. Je suppose qu'ils ne peuvent plus nous entendre, ici. Ils ont déjà dû déployer pas mal d'astuces pour pouvoir écouter les conversations sur le pont d'envol, ces cons.

Karen le dévisagea avec incompréhension.

— De quoi tu parles ?

— Je me souviens, maintenant, Karen. J'ai retrouvé ce qui s'était passé l'autre nuit.

— Tu as retrouvé ta porte ?

— Non, mais je sais qu'elle existe.

Il lui raconta toute l'histoire en peu de mots. Karen l'écouta, le visage imperturbable.

— Tu veux dire qu'il y a un genre de Cinquième Colonne à bord ?

— Oui.

— Mais pourquoi ?

— Tu as entendu ce qu'a dit Jude. Ne rien précipiter. C'est-à-dire, nous tous, toi et Léon, Sue et moi, Mick aussi bien sûr, Sam et Murray, nous leur avons fourni un tableau complet des Yrr. Il est possible que nous nous fassions des illusions, que nous nous fourrions le doigt dans l'œil jusqu'au coude, mais je ne crois pas. Nous savons au moins théoriquement à quel genre d'intelligence nous avons affaire et comment elle fonctionne. Nous avons carburé à deux cents à l'heure pour le découvrir. Et voilà que maintenant, nous avons tout notre temps !

— C'est parce qu'ils n'ont plus besoin de nous, dit-elle d'une voix sans timbre. Parce que Mick continue à travailler dessus dans un autre labo avec d'autres gens…

— Nous sommes des sous-traitants, renchérit Johanson. Nous avons fait notre part du boulot.

— Mais pourquoi ? s'interrogea Karen, incrédule. Quels objectifs Mick pourrait-il poursuivre, qui ne soient pas les nôtres ? Il n'y a pas d'alternative ! L'objectif, c'est d'arriver à se mettre d'accord avec les Yrr ! Qu'est-ce qu'il peut chercher d'autre ?

— Il y a une histoire de concurrence là-dessous. Mick joue double jeu, mais ce n'est pas son idée. C'est celle de Jude.

— Tu l'as eue dans le collimateur dès le début, pas vrai ?

— Et elle aussi. Je crois qu'on a compris tous les deux assez vite qu'on n'arriverait pas à rouler l'autre dans la farine. J'ai toujours eu ce sentiment en sa présence, mais je me trouvais ridicule. Je n'avais pas de raison palpable de me méfier d'elle.

Après quelques instants de silence, Karen demanda :

— Et maintenant ?

— J'ai eu le temps de me refroidir la tête, vu la chaleur qui règne par ici ! dit Johanson, tout en entourant son torse de ses bras. Jude va nous repérer, ici. Je suppose qu'elle me surveille comme le lait sur le feu. Elle ne sait pas de quoi nous parlons, mais elle part du principe que je retrouverai la mémoire tôt ou tard. Elle est pressée par le temps. Ce matin, elle nous a donné à tous notre congé. Si elle poursuit des objectifs personnels, il lui faut agir maintenant.

— Ce qui veut dire qu'il faut qu'on se grouille de trouver ce qu'ils manigancent, réfléchit Karen. Il faudrait sonner le rassemblement, convoquer les autres…

— Trop risqué. Ce serait trop voyant. Je suis sûr que toutes les pièces du bâtiment sont sur écoute. Après, ils risquent de fermer la porte et de jeter la clé à la flotte… Je veux essayer de pousser Jude dans ses retranchements. Je veux savoir ce qui se passe, et pour ça, j'ai besoin de toi.

Karen acquiesça.

— O.K. Qu'est-ce que je fais ?

— Tu retrouves Rubin et tu lui tires les vers du nez, pendant que moi, je harponne Jude.

— Tu sais où je pourrais le trouver ?

— Peut-être dans ce labo de malheur. Je sais où il est, mais comment on y entre, ça, je n'en ai aucune idée. Mais Rubin peut très bien se balader ailleurs… J'ai conscience que ça fait très mauvais film d'espionnage, soupira Johanson. C'est peut-être moi qui déconne, qui deviens parano, et je suis prêt à faire pénitence s'il le faut. Mais je veux absolument savoir ce qui se passe !

— Non, tu n'es pas devenu parano.

Johanson lui dédia un sourire reconnaissant.

— Merci ! Viens, on y va.

Ils se dirigèrent vers l'île en se répandant en banalités sur les messages codés et les contacts pacifiques à prendre avec les Yrr.

— Je descends voir Léon, annonça Karen. Je voudrais savoir ce qu'il pense de ta proposition. Peut-être qu'on pourra la programmer ensemble cet après-midi et voir ce que ça donne.

— O.K., répondit Johanson, à plus tard.

Il attendit que Karen s'engage dans la rampe pour descendre au CIC, où Samantha et Shankar étaient assis devant leurs ordinateurs.

— Qu'est-ce que vous bricolez ? leur demanda-t-il sur le ton de la conversation.

— On réfléchit, répondit Samantha à travers son nuage de fumée traditionnel. Et vous, vous avancez avec vos phéromones ?

— Sue est en train de synthétiser un autre chargement. On devrait avoir deux bonnes dizaines d'ampoules, maintenant.

— Vous êtes plus avancés que nous. Nous commençons à nous demander si les maths sont le seul moyen d'y arriver, dit Shankar, un sourire amer aux lèvres. De toute façon, je crois qu'ils sont meilleurs en calcul que nous.

— Ce serait quoi, l'alternative ?

— L'émotion, dit Samantha en soufflant la fumée par le nez. C'est rigolo, non ? Vouloir parler sentiment aux Yrr, entre tous… Mais si leurs sentiments sont de nature biochimique…

— Comme les nôtres, précisa Shankar.

— … le parfum pourrait peut-être nous aider à aller plus loin. Oui, merci, Murray, je sais, l'amour aussi c'est de la chimie.

— Au fait, est-ce que tu as quelqu'un à qui tu es attaché chimiquement, Sigur ? plaisanta Shankar.

— Non, pour l'instant, je n'échange qu'avec moi-même, répondit Johanson.

Tournant la tête en tous sens, il demanda, d'un ton anodin :

— Dites, vous savez où est Jude ?

— Elle était au LFOC tout à l'heure, lui apprit Samantha. Ah oui ! et Mick te cherchait…

— Mick ?

— Oui, ils étaient ensemble. Mick voulait aller te voir au labo, il y a quelques minutes.

C'est bon, ça. Karen n'aura plus qu'à l'alpaguer.

— Parfait, répondit-il. Mick pourra nous aider pour la synthétisation. En espérant qu'il ne soit pas empêché par une nouvelle crise de migraine, le pauvre…

— Il devrait se mettre à fumer, dit Samantha. C'est bon pour le mal de tête.

Johanson sourit.

Une grande partie de la saisie des données informatiques avait été transférée sur les systèmes du LFOC afin que Samantha et Shankar puissent travailler au CIC sans être dérangés. Johanson s'y rendit.

Un faible bourdonnement sortait des haut-parleurs, accompagné des sifflements et claquements occasionnels. L'ombre des dauphins passa sur un écran. Visiblement, Greywolf avait fait sortir les animaux.

Li, Peak, Vanderbilt, les trois étaient invisibles. Johanson poussa alors jusqu'au JIC. Il était vide, ainsi que les autres lieux affectés au commandement et à la direction. Il envisagea d'aller voir au mess des officiers, mais sans doute n'y trouverait-il que les gens de Vanderbilt ou quelques militaires. Li pouvait très bien s'entraîner dans la salle de sport ou dans ses quartiers. Il n'avait pas le temps de courir à sa recherche dans tout le bâtiment.

Si Rubin était en route pour le labo, Karen ne tarderait pas à le rencontrer. Il devait parler à Li avant !

Bon, d'accord, se dit-il. Si tu ne viens pas à Lagardère, Lagardère ira à toi.

Sans se presser, il rentra dans sa cabine et se planta au milieu de la pièce.

— Salut, Jude, dit-il.

Où donc se trouvaient les caméras, les micros ? Pas la peine de les chercher, il ne les trouverait pas, mais ils étaient là.

— Je vais vous en dire une bien bonne ! Figurez-vous que je me suis rappelé qu'il y avait deux laboratoires, le grand, bien sûr, et un plus petit, où Mick aime bien aller se réfugier quand il nous fait une migraine. J'aimerais bien savoir ce qu'il fabrique là-dedans, à part assommer ses collègues...

Ses yeux se promenèrent sur les meubles, les lampes, le téléviseur...

— Je suppose que vous ne me raconterez pas tout ça de vous-même, hein, Jude ? Alors j'ai pris quelques dispositions. Voilà : dans très peu de temps, il se pourrait bien que tous les membres de l'équipe partagent mes souvenirs... Ce ne serait pas dans votre intérêt, hein ? Ni dans le vôtre, Sal... Ah ! Jack, j'ai failli vous oublier. Alors, qu'est-ce que vous en pensez ?

Il se mit à arpenter la pièce d'un pas lent.

— J'ai tout mon temps. Mais pas vous, je crois... Bien. Nous pouvons aussi régler l'affaire entre nous. Vous poursuivez peut-être de nobles objectifs avec vos petites manigances. Peut-être est-ce dans l'intérêt de la sécurité internationale. Mais moi, recevoir des coups de massue sur la tête, ça ne me plaît pas vraiment. Normal, non ? Alors, j'aimerais bien faire un brin de causette avec vous, mais on dirait que la migraine de Rubin a contaminé votre collectif tout entier. Vous êtes tous au lit avec la tête en vrac, ou quoi ?

Il s'arrêta. Et si maintenant Li n'en avait plus rien à faire ? Si elle ne l'écoutait même pas ? Il aurait bonne mine à faire les cent pas dans sa cabine comme un idiot.

— Jude ?

Si, ils l'écoutaient. Il en était sûr.

— Jude, j'ai remarqué que vous aviez offert à Mick un joli simulateur de profondeur. J'ai vu qu'il était beaucoup plus petit que le nôtre, mais qu'est-ce qu'il peut bien analyser là-dedans qu'il ne puisse pas analyser dans le nôtre ? Vous ne vous êtes quand même pas alliés aux Yrr en douce ? Mettez-moi sur la piste, parce que là, je…

— Monsieur Johanson !

Il se retourna brusquement. La haute silhouette sombre de Peak apparaissait dans le cadre de la porte ouverte.

— Non, quelle surprise ! dit Johanson. Ce bon vieux Sal ! Vous prendrez bien une tasse de thé ?

— Jude aimerait vous voir.

— Ah, Jude ! Je me demande bien ce qu'elle me veut ! ironisa-t-il avec un demi-sourire.

— Suivez-moi, vous verrez bien.

— Bon, ça doit pouvoir se faire.

Karen

Au laboratoire, Karen tomba sur Sue qui en sortait, une boîte en métal dans les bras.

— Tu as vu Mick ? s'enquit-elle.

— Non, je ne vois plus que des phéromones. Mais il appelé tout à l'heure et a menacé de venir. Il devrait rappliquer d'une minute à l'autre.

La boîte de métal que portait Sue était ouverte des deux côtés. Elle contenait des petits tubes remplis d'un liquide clair.

— C'est du parfum d'Yrr ? demanda Karen.

— Oui. On va en mettre un peu à l'intérieur de la citerne, cet après-midi. On va voir s'il pourra persuader les cellules de fusionner. Ce serait pour ainsi dire la consécration de notre théorie… A mon tour de te poser la question : tu as vu Sigur ?

— Il y a deux minutes, sur le pont d'envol. Il a quelques idées intéressantes pour venir à la rescousse de Sam. Bon, je repasse tout à l'heure.

— D'ac.

Karen réfléchit. Elle pourrait aller voir sur le pont-hangar. Mais s'ils étaient surveillés, comme le croyait Sigur, ils le remarqueraient aussitôt. De plus, il ne fallait pas espérer voir la porte interdite s'ouvrir tant qu'elle se baladerait par là-bas.

Elle descendit sur le pont inondable.

Le bassin était presque entièrement rempli. Sur les embarcadères, les techniciens rescapés de l'équipe de Roscovitz surveillaient le processus. Elle vit Greywolf et Anawak dans l'eau.

— Vous avez fait sortir les dauphins ? leur cria-t-elle.

Anawak remonta sur le sec.

— Oui, dit-il en venant à sa rencontre. Qu'est-ce que tu as fait, de ton côté ?

— Pas grand-chose. Je crois que nous avons tous besoin de mettre de l'ordre dans nos idées.

— On peut le faire ensemble, proposa Anawak d'une voix douce.

Elle rencontra son regard et se dit qu'elle mourait d'envie de le prendre dans ses bras. D'oublier toute cette horrible histoire et de simplement faire ce qu'il était temps de faire.

Mais cette histoire pesait de tout son poids. Et il y avait Greywolf, qui venait de perdre Licia.

Elle eut un sourire fugace.

Au LEVEL 03

Peak claudiquait devant lui. Johanson le suivait sans mot dire. Ils descendirent, traversèrent une partie de l'hôpital, longèrent un couloir. Une bifurcation, et ils se retrouvèrent devant une porte close.

— Qu'est-ce que c'est que ce secteur ? demanda Johanson pendant que Peak effleurait des touches du bout des doigts.

Un bip électronique retentit. La porte s'ouvrit. Le couloir continuait de l'autre côté.

— Nous sommes sous le CIC, répondit Peak.

Johanson essaya de s'orienter. Les dimensions du bâtiment étaient difficiles à estimer. Si le CIC était au-dessus, le labo secret se trouvait sans doute juste sous leurs pieds.

Ils s'arrêtèrent devant une seconde porte. Cette fois, Peak dut se soumettre à un scannage de la rétine pour pouvoir entrer dans une pièce ressemblant au CIC, plongée dans un bourdonnement électronique. On entendait des sons et des voix, le tout étouffé. Une dizaine de personnes au moins étaient en train de travailler. Sur une multitude d'écrans, Johanson vit des images prises par des satellites et des caméras sous-marines, des sections de la rampe, l'intérieur de la passerelle, avec Buchanan et Anderson, le pont d'envol et le pont-hangar.

Il vit Samantha Crowe et Shankar travailler au CIC, Karen avec Anawak et Greywolf sur le pont inondable, Sue Oliviera au laboratoire. D'autres écrans montraient l'intérieur des cabines. De la sienne, aussi.

Li et Vanderbilt étaient assis autour d'une grande table éclairée. Le général Li se leva.

— Bonjour, Jude, dit aimablement Johanson. C'est mignon, ici.

— Bonjour, Sigur, dit Li en lui rendant son sourire. Je crois que nous vous devons des excuses.

— Oh ! ce n'est rien ! minauda Johanson avant d'embrasser la pièce d'un regard étonné. Je suis assez impressionné. Tout ce qui est important semble exister en double.

— Je peux vous montrer les plans, si cela vous intéresse.

— Je me contenterai d'une explication.

— Vous allez l'avoir.

Li prit alors une expression confuse.

— Avant tout, je voudrais vous dire combien je suis désolée que vous ayez découvert la chose de cette manière. Rubin n'aurait jamais dû aller aussi loin.

— Oublions ce qu'il a fait. D'ailleurs, que fait-il maintenant ? Que fait-il dans ce laboratoire ?

— Il fait des recherches pour trouver un produit toxique, annonça Vanderbilt.

— Un… commença Johanson. Un poison ?

— Ecoutez, Sigur, dit Li en agitant les mains, nous ne pouvons pas compter sur une éventuelle solution pacifique. Je sais que tout cela doit vous paraître affreux, un abus de confiance, un double jeu, ce genre de choses, mais… Bon, pour pouvoir apprendre quelque chose sur les Yrr, il était absolument nécessaire que nous vous fassions travailler à une solution pacifique. Vous avez tous fait un travail extraordinaire. Mais vous ne seriez jamais arrivés aussi loin si le travail avait consisté à fabriquer une arme.

— Qu'est-ce que vous racontez ? Une arme ? Quelle arme ?

— La guerre et la paix sont deux choses différentes. Quand on travaille pour la paix, on ne peut pas penser à la guerre. Mick fait des recherches sur l'alternative. Sur la base de *vos* découvertes.

— Il travaille à un poison qui détruirait les Yrr ?

— Vous auriez préféré qu'on vous confie le boulot ? intervint Vanderbilt. Qu'est-ce qui se serait passé ?

— Minute ! s'écria Johanson. Notre tâche consiste à établir un contact. A leur faire comprendre, en bas, qu'ils doivent arrêter. Pas à les détruire !

— Ah, c'est beau, l'angélisme ! ricana Vanderbilt.

— Mais c'est possible, Jack ! Merde, nous…

Johanson s'interrompit, trop abasourdi pour trouver les mots. Puis il se reprit :

— Et comment comptez-vous vous y prendre ?

— Nous avons appris une quantité de choses proprement incroyable en l'espace de quelques jours. Il y aura un moyen.

— Et s'il n'y en a pas ? Pourquoi ne nous avez-vous pas informés ? Pourquoi n'en avons-nous pas parlé ouvertement ? Nous sommes embarqués dans la même galère !

— Sigur, dit Li d'un ton grave, ce que nous faisons ici, ce n'est pas tout à fait la tâche dont nous ont chargés les Nations unies. Je sais que nous devons prendre contact, et c'est justement ce que nous essayons de faire. D'un autre côté, personne ne pleurera si nous éliminons purement et simplement cet ennemi. Vous ne trouvez pas que les deux solutions doivent être envisagées ?

Johanson la regarda fixement pendant quelques instants puis lâcha :

— Si. Mais pourquoi tout ce cirque ?

— Parce que le haut commandement ne vous fait pas confiance. Parce qu'il craint que vous et les autres ne vous interposiez si vous apprenez que vos efforts pour établir un contact pacifique pavent le chemin d'une offensive militaire. Il croit en effet que les scientifiques se comportent comme dans les films, qu'ils veulent protéger l'extraterrestre pour l'étudier au lieu de le détruire, même s'il est méchant et dangereux…

— Les films ? Vous parlez des films dans lesquels l'armée dégaine d'abord et réfléchit après ?

— Ce que vous venez de dire prouve à quel point nous avions raison, dit Vanderbilt avec satisfaction.

— Comprenez, Sigur…

— Vous avez fait toute cette mise en scène parce que vous pensiez que nous allions nous comporter comme dans un film ?

— Non ! répondit Li en secouant vigoureusement la tête. Il s'agissait de maintenir toute votre attention concentrée sur le contact et la recherche.

Johanson embrassa d'un geste ample les écrans qui remplissaient la pièce.

— Et c'est pour ça que vous nous filez le train ?

— Rubin a commis une erreur, répéta Li avec insistance. Il n'avait pas le droit de faire ce qu'il a fait. Cette surveillance sert uniquement à votre sécurité. Nous avons gardé le secret sur nos travaux concernant une solution militaire pour ne pas vous inculquer un sentiment d'insécurité ni vous détourner de votre tâche.

— Et en quoi consiste-t-elle, cette… tâche ? questionna Johanson en plantant ses yeux dans ceux de Li. A parvenir à la paix ou à vous fournir les connaissances nécessaires pour mener une offensive que vous avez prévue de longue date ?

— Nous devons réfléchir aux deux, je viens de vous…

— Il en est où, Mick, avec sa solution militaire ?

— Il a quelques idées qui pourraient marcher, mais rien de concret encore.

Elle prit une inspiration et dit, en le regardant bien en face :

— Dans l'intérêt de la sécurité, je vous prie de ne rien dire aux autres. Donnez-nous le temps de le faire nous-mêmes afin de ne pas interrompre le travail dans lequel des millions de gens mettent tous leurs espoirs. Nous allons très bientôt travailler ensemble sur toutes les solutions possibles. A présent que vous avez accompli l'exploit extraordinaire d'avoir donné à l'ennemi un visage, nous n'avons aucune raison de garder le secret sur quoi que ce soit… Et si nous travaillons ensemble à une arme, ce sera dans l'espoir de ne jamais être contraints à…

— Ecoutez moi attentivement, Jude, siffla Johanson en s'approchant d'elle à la toucher. Je ne crois pas un mot de ce que vous racontez. Dès que vous l'aurez, votre saloperie d'arme, vous l'utiliserez. Mais vous n'imaginez même pas ce que vous déclencherez avec, vous n'imaginez pas la responsabilité que vous porterez. Ce sont des unicellulaires, Jude ! Des milliards de milliards d'unicellulaires ! Ils existent depuis le commencement du monde. Nous n'avons aucune idée du rôle qu'ils jouent pour notre écosystème. Nous ne savons pas ce qui arrivera aux océans si nous les empoisonnons. Nous ne savons pas ce qui nous arrivera à nous. Mais, surtout, nous ne serons pas en mesure d'arrêter ce que vous aurez initié ! Est-ce que vous pouvez vous mettre ça dans votre petite tête de tueuse en jupons ? Comment allez-vous faire repartir le Gulf Stream sans les Yrr ? Comment allez-vous vous débarrasser des vers sans les Yrr ?

— Si nous venons à bout des Yrr, répliqua Li, nous viendrons aussi à bout des vers et des bactéries…

— Pardon ? Venir à bout des bactéries ? La planète entière est composée de bactéries ! Vous voulez éradiquer les micro-organismes ? Vous avez vraiment la folie des grandeurs ! Si vous réussissiez, ce serait la condamnation à mort de toute la Terre. C'est vous qui seriez responsable de la destruction de la planète, pas les Yrr. Toutes les espèces animales des océans mourraient, et ensuite…

— Qu'elles crèvent, on s'en fiche ! brailla Vanderbilt. Vous n'êtes qu'un ignorant, un imbécile de crâne d'œuf ! Qu'est-ce qu'on en a à foutre de faire crever des poissons, si ça peut nous permettre de survivre !

— Mais nous n'allons pas survivre, bordel ! hurla Johanson à son tour. Vous ne comprenez donc pas ? Tout est imbriqué ! Nous ne pouvons pas nous battre contre les Yrr, parce qu'ils nous sont supérieurs ! Nous ne pouvons rien faire contre des micro-organismes, nous ne sommes même pas capables d'agir contre une infection virale normale ! L'homme ne vit que parce que la Terre est régie par des microbes !

Li tenta de le calmer :

— Sigur… commença-t-elle.

Johanson ne la laissa pas poursuivre :

— Ouvrez la porte, dit-il. Je n'ai pas envie de continuer cette conversation.

— Bon, d'accord, fit Li en pinçant les lèvres. Puisque vous êtes convaincu d'avoir raison, continuez. Sal, ouvrez la porte à M. Johanson.

Peak hésita.

— Sal, vous n'avez pas entendu ? M. Johanson souhaite partir.

— Nous ne pouvons donc pas vous convaincre du bien-fondé de ce que nous faisons ? demanda Peak, visiblement malheureux de la situation.

— Ouvrez la porte, Sal, répondit simplement Johanson.

De mauvais gré, Peak appuya sur un bouton. La porte glissa sur le côté.

— L'autre, derrière, aussi, si ça ne vous fait rien.

— Bien sûr.

Johanson sortit.

— Sigur !

Il s'arrêta.

— Qu'est-ce que vous voulez, Jude ?

— Vous m'avez reproché de ne pas savoir évaluer les conséquences de mes actes. Vous avez peut-être raison. Mais sachez évaluer les vôtres. Si vous mettez vos collègues au courant, vous portez un coup d'arrêt dramatique aux travaux qui ont lieu sur ce navire. Vous le savez. Nous n'avions peut-être pas le droit de vous mentir, mais réfléchissez bien pour savoir si vous avez le droit de nous mettre à nu.

Johanson se retourna lentement. Li se tenait dans l'encadrement de la porte de la salle de contrôle.

— Je vais y réfléchir, affirma-t-il.

— Nous allons trouver un compromis. Donnez-moi le temps de trouver un moyen et laissez les choses en l'état jusque-là. Nous en parlerons ce soir. D'ici là, aucun de nous n'entreprend quoi que ce soit de nature à mettre l'autre dans l'embarras. Vous êtes d'accord avec ma proposition ?

Johanson serra les mâchoires.

Que se passerait-il s'il lâchait sa bombe ? Et que lui arriverait-il, à lui, si là, dans l'instant, il refusait la proposition de Li ?

— D'accord, dit-il.

Li sourit.

— Merci, Sigur.

Karen

Elle serait bien restée sur le pont inondable. Anawak faisait son possible pour dérider Greywolf. Elle aurait voulu rester auprès de l'un parce qu'elle se sentait attirée par lui, et de l'autre parce qu'elle n'avait pas envie de le laisser tomber. Cet homme si grand, si fort, si triste, lui faisait de la peine. C'était affreux. Mais ce que Johanson lui avait raconté était encore plus affreux. Plus elle y réfléchissait, plus elle trouvait monstrueux ce qui se passait à bord de l'*Independence*. Elle avait le sentiment très net qu'ils couraient tous un très grand danger.

Peut-être Rubin était-il arrivé au laboratoire.

— A plus, dit-elle. J'ai un truc à vérifier.

Elle avait bien conscience que son ton sonnait faux, exagérément négligent. Anawak fronça les sourcils.

— Qu'est-ce qui se passe ?

— Rien de particulier.

Décidément, la comédie n'était pas son truc ! Elle se dépêcha de gagner le laboratoire. La porte était ouverte. En entrant, elle trouva

Sue et Rubin en grande conversation devant une paillasse. Rubin se retourna à son arrivée.

— Salut. Tu voulais me voir ?

Karen appuya sur le bouton de fermeture de la cloison étanche.

— Oui, j'aimerais bien que tu m'expliques quelque chose…

— Je suis très doué pour les explications, rigola Rubin.

— Ça tombe bien…

Elle s'approcha de ses deux collègues. Elle inspecta la paillasse du regard. Du matériel de toute sorte traînait dessus. Sur un support, elle vit des scalpels de différentes tailles. Elle dit :

— Tu vas donc pouvoir m'expliquer à quoi sert le labo qui est au-dessus de nous, ce que tu y trafiques et pourquoi tu as assommé Sigur, l'autre nuit, quand il t'a mis le grappin dessus.

Sur le pont-hangar

Johanson bouillait de rage. Ne sachant quoi faire, dans sa colère, il se rendit au pas de course sur le pont-hangar et se mit à inspecter le mur. Sa mémoire lui indiquait très précisément l'endroit de la porte, mais rien ne révélait la présence d'un passage secret. Li avait reconnu que ce labo existait, mais cela ne lui suffisait pas.

C'est ainsi qu'il remarqua des traces de rouille assez larges sur la peinture grise du mur. Il les avait remarquées dès le début, mais sans leur accorder d'importance, parce que la rouille et la peinture écaillées étaient chose courante sur un bateau. A présent, il comprenait que ce n'était pas normal.

Il n'y a pas de rouille sur un bateau neuf.

Et l'*Independence* était un navire flambant neuf.

Il recula de quelques pas. Il suivit le tracé des tubes de gauche jusqu'au sommet. Ils aboutissaient à une longue trace de rouille. Un peu plus loin, il vit une boîte à fusibles. Là aussi, la peinture s'écaillait.

La porte était là.

Elle était extrêmement bien camouflée. S'il n'avait pas cherché avec tant de détermination, il ne l'aurait jamais trouvée. Même maintenant, il avait du mal à en distinguer les contours. On ne voyait qu'un assemblage de détails qui semblaient fortuits, et qui tous étaient destinés à cacher une porte.

C'était là qu'il était entré.

Karen !

Avait-elle trouvé Rubin ? Que fallait-il faire ? L'arrêter, conformément à son accord avec Li ? Que valait cet accord ? Avait-il bien fait de se laisser entraîner à négocier avec Li ?

Il se mit à arpenter le grand pont vide, le souffle court et l'esprit indécis. Ce rafiot, c'était une vraie prison. Ce hangar était sinistre, avec son éclairage jaune.

Il avait besoin de réfléchir.

Il avait besoin d'air.

Il se dirigea à grands pas vers tribord et sortit sur la plate-forme élévatrice. Un vent violent souleva ses vêtements et ses cheveux. La mer était de plus en plus agitée. Une pellicule d'écume vaporisée vint recouvrir son visage. Il avança jusqu'au bord de la plate-forme et baissa les yeux sur le paysage lunaire et mouvant de la mer du Groenland.

Et maintenant ?

En salle de contrôle

Li surveillait les écrans. Elle vit Johanson inspecter la cloison puis arpenter le hangar d'un pas furieux.

— Qu'est-ce que c'est que cet accord de merde ? gronda Vanderbilt. Vous croyez vraiment qu'il va fermer sa gueule jusqu'à ce soir ?

— Oui, je lui fais confiance, répondit Li.

— Et s'il l'ouvre quand même ?

Johanson disparut dans le passage menant à la plate-forme élévatrice. Li se tourna vers son interlocuteur.

— C'est une question inutile, Jack. D'accord. Allez régler le problème. Tout de suite.

— Une seconde ! fit Peak en levant la main. Ce n'est pas ce qui était prévu…

— Qu'est-ce que vous appelez régler ? demanda Vanderbilt, sans tenir compte de l'intervention du militaire.

— Régler, ça veut dire régler, répondit celle-ci. Nous avons reçu un avis de tempête. Il ne faut jamais sortir en cas de tempête. Un coup de vent…

— Non, insista Peak, ce n'est pas ce qui était prévu.

— Sal, fermez-la.

— Bon Dieu, Jude ! On peut le mettre au frais pendant quelques heures, ce sera bien suffisant !

— Jack, dit Li à Vanderbilt sans accorder un regard à Peak. Faites votre boulot. Et faites-le personnellement, s'il vous plaît.

Vanderbilt sourit.

— Avec plaisir, mon petit chou, avec grand plaisir.

Au laboratoire

La figure de Sue Oliviera, déjà longue au naturel, s'allongea encore plus. Elle regarda d'abord Karen, puis Rubin.

— Alors ? dit Karen.

Rubin avait pâli.

— Je... ne vois pas du tout de quoi tu parles.

— Mick, écoute, dit-elle en se plaçant entre lui et la table et en posant un bras presque amical autour de ses épaules. Je ne suis pas douée pour la conversation. Je préfère aller droit au but quand j'ai quelque chose à dire. Alors, je vais répéter, et je compte bien que tu n'essaieras pas de t'en tirer avec des salades. Donc, là-haut, il y a un labo, juste au-dessus de nous. Il donne sur le pont-hangar, il est bien camouflé, mais Sigur t'a vu entrer et sortir. C'est pour ça que tu lui en as foutu une sur le crâne. D'accord ?

— Ah, je m'en doutais ! s'écria Sue en jetant un regard de dégoût à Rubin.

Le biologiste secoua la tête, tenta de se dégager de la poigne de fer de Karen. En vain.

— Je n'ai jamais entendu des conneries pareilles... Non !

Karen avait attrapé un scalpel avec sa main libre et en appuyait la pointe contre sa carotide. Rubin voulut reculer. Karen appuya la pointe un peu plus profondément dans la chair, banda ses muscles. Le biologiste était pris dans l'étau de ses bras.

— Tu es devenue folle ? Qu'est-ce que tu fous ?

— Mick, j'ai beaucoup de force dans les bras. Quand j'étais petite, j'ai écrabouillé un petit chat en le serrant trop fort, par affection. C'est horrible, non ? Tu te rends compte, par affection... Donc, fais bien gaffe à ce que tu vas dire, parce que toi, je n'ai aucune envie de te caresser.

Vanderbilt

Jack Vanderbilt n'était pas particulièrement désireux de tuer Johanson, ni particulièrement intéressé à le laisser en vie. D'une certaine façon, même, il l'aimait bien. En réalité, il s'en foutait. Il était là pour faire un boulot, et ce boulot était défini. Si Johanson présentait un danger, il ne le présenterait plus très longtemps.

Il était suivi de Floyd Anderson. Le premier officier avait, comme tout le monde à bord, une double fonction. C'était un marin accompli, mais son employeur principal était la CIA. Presque tout le monde à bord, à l'exception de Buchanan et de quelques membres d'équipage, travaillait d'une manière ou d'une autre pour la CIA. Anderson avait participé à des opérations secrètes au Pakistan et dans le Golfe. C'était un bon élément.

Et un tueur.

Vanderbilt pensa à la manière dont les choses avaient tourné. Jusqu'à la fin, il s'était cramponné à l'idée qu'il se battait contre des terroristes, mais il était bien obligé de reconnaître que Johanson avait vu juste dès le début. En fait, c'était dommage de le liquider, et sur ordre de Li, qui plus est. Vanderbilt la haïssait, cette sorcière aux yeux bleus. Li était une intrigante, une parano, elle avait le cerveau malade. Il la détestait, et en même temps il ne pouvait qu'applaudir à la logique perfide qui la faisait marcher si allègrement sur des cadavres. Dans sa folie, elle avait raison. Cette fois aussi.

Il se souvint alors du jour où il avait prévenu Johanson, là-bas, à Nanaimo.

« Elle est folle… *Capisce ?* »

Visiblement, Johanson n'avait pas compris.

Mais ce n'était pas surprenant. Personne, au début, ne comprenait ce qui ne tournait pas rond. Personne ne comprenait qu'obsédée par la théorie du complot, et mue par un orgueil démesuré, elle réagissait systématiquement par l'excès. Elle mentait, trompait, était prête à sacrifier tout et tout le monde à ses objectifs. Judith Li, la chouchoute du président des Etats-Unis… Le Président en personne se laissait avoir. L'homme le plus puissant du monde ne savait pas quelle vipère il propulsait ainsi vers les sommets.

Il va falloir qu'on fasse tous gaffe, se dit Vanderbilt. Sauf si quelqu'un règle le problème… avec une balle bien placée, par exemple.

Un jour ou l'autre.

Ils traversèrent les couloirs d'un bon pas. Johanson n'aurait pas pu leur faire plus plaisir qu'en sortant sur la plate-forme. Comment elle avait dit, déjà, la folle ?

« Un coup de vent… »

En salle de contrôle

Vanderbilt avait à peine quitté la pièce qu'un homme de service devant un des écrans appelait Li.

— Il se passe quelque chose au labo, annonça-t-il.

Li scruta l'écran. Weaver, Oliviera et Rubin étaient ensemble. Très près les uns des autres. Weaver avait posé son bras autour des épaules de Rubin et elle le serrait contre elle.

Depuis quand s'entendaient-ils si bien, ces deux-là ?

— Augmentez le son, ordonna-t-elle.

On entendit la voix de Weaver. Basse, mais distincte. Elle questionnait Rubin sur le labo secret. En y regardant de plus près, on lisait la peur dans les yeux de Rubin et on voyait briller quelque chose dans la main de Weaver, contre le cou du biologiste.

Li en avait assez vu et entendu.

— Sal ! Prenez trois hommes. Des canons à balles explosives. Vite. On descend.

— Qu'est-ce que vous allez faire ? demanda Peak.

— Le ménage, répondit-elle en se dirigeant vers la porte. Votre question nous a coûté deux secondes, là, Sal. Ne nous faites pas perdre davantage de temps, Sal, sinon je vous abats. Amenez vos hommes. Dans une minute, il faut que Weaver soit hors d'état de nuire. C'est terminé, maintenant, plus de quartier pour les scientifiques.

Au laboratoire

— Espèce de sale porc, disait Sue Oliviera. Tu as assommé Sigur ? Qu'est-ce que ça veut dire ?

Rubin, terrorisé, levait les yeux au plafond comme pour chercher de l'aide.

— Ce n'est pas vrai, je…

— Pas la peine de regarder les caméras, Mick, prononça Karen à voix basse. Tu seras mort avant qu'on vienne te sortir de là.

Rubin fut saisi de tremblements.

— J'écoute, Mick, qu'est-ce que vous faites dans ce labo ?

— On a… on a mis au point un poi… un poison, avoua-t-il en bredouillant.

— Un poison ? répéta Sue en écho.

— Nous avons utilisé ton travail, le tien et celui de Sigur. Quand vous avez trouvé la formule de la phéromone, je n'ai pas eu de mal à en fabriquer moi-même et... On l'a associée à un isotope radioactif.

— Quoi ?

— La phéromone est radioactive, mais les cellules ne le reconnaissent pas. Nous l'avons testé...

— Comment ? Vous avez une citerne à haute pression ?

— Juste une petite... Karen, s'il te plaît, enlève ce scalpel, tu n'as aucune chance ! Ils entendent tout et ils voient tout ce qui se passe ici...

— Ta gueule. Continue, qu'est-ce que vous avez fait ensuite ?

— Nous avions observé que la phéromone tuait les Yrr déficients, ceux qui n'avaient pas de récepteur spécial. Exactement comme Sue l'a expliqué. Quand il a été clair que la mort programmée de la cellule faisait partie de la biochimie des Yrr, nous n'avions plus qu'à trouver un moyen d'introduire la mort dans les cellules saines...

— Par la phéromone ?

— C'est le seul moyen. Nous ne pouvons pas intervenir sur le génome tant que nous ne l'avons pas entièrement décodé, et ça prendrait des années. Nous avons donc associé le parfum avec l'isotope radioactif de manière que les Yrr ne le reconnaissent pas.

— Et que fait cet isotope ?

— Il neutralise l'effet protecteur du récepteur spécial. La phéromone devient alors un piège mortel pour tous les Yrr. Elle tue aussi les cellules saines.

— Pourquoi ne nous en avez-vous pas parlé ? s'insurgea Sue. Nous non plus, nous ne les aimons pas, ces sales bêtes. Nous aurions pu trouver une solution ensemble.

— Li a ses propres plans, lâcha Rubin.

— Mais ça ne fonctionne pas comme ça !

— Si, ça fonctionne. Nous l'avons testé.

— C'est de la folie, Mick ! Vous ne savez pas ce que vous déclenchez. Qu'est-ce qui va se passer si cette espèce meurt ? Les Yrr dominent les deux tiers de notre planète, ils disposent d'une biotechnologie extrêmement ancienne, extrêmement développée. Ils se trouvent dans d'autres organismes, peut-être dans toute la vie marine, ils décomposent les substances, peut-être le méthane ou l'oxyde de carbone... nous n'avons aucune idée de ce qui se passera pour cette planète si nous les détruisons !

— Pourquoi ? interrogea Karen. Le poison se contentera de détruire quelques cellules ou une population, non ?

— Non, il déclenchera une réaction en chaîne, confirma Rubin entre deux halètements. C'est la mort programmée des cellules. Dès lors qu'elles fusionnent elles se détruisent elles-mêmes. Si la phéromone s'associe, c'est fini. Une fois déclenché, le processus ne peut plus être arrêté. Nous changeons le code des Yrr, c'est comme un virus mortel qu'ils se transmettent mutuellement…

— Il faut absolument arrêter cette expérience, les coupa Sue d'un ton pressant. Vous ne devez utiliser ce moyen à aucun prix. Bon Dieu, tu ne comprends pas que ces êtres sont les véritables maîtres de la Terre ? Ils *sont* la Terre ! Un superorganisme ! Des océans intelligents. Vous ne vous rendez pas compte où vous mettez les pieds.

— Et si nous ne le faisons pas ? coassa Rubin avec un rire forcé. Vous et vos bons sentiments ! Nous mourrons tous. Vous avez l'intention d'attendre gentiment le prochain tsunami ? La prochaine éruption de méthane ? L'ère glaciaire ?

— Nous ne sommes ici que depuis une semaine et nous avons déjà établi un contact, dit Karen. Pourquoi ne pas continuer nos tentatives de paix ?

— Trop tard, gémit Rubin.

Karen examina les murs et le plafond. Elle ne savait pas combien de temps il lui restait avant de voir débarquer Li ou Peak. Peut-être aussi Vanderbilt. En tout cas, c'était imminent.

— Qu'est-ce que ça veut dire, « trop tard » ?

— C'est trop tard, pauvre conne ! hurla Rubin. Dans moins de deux heures, on passe à l'action !

— Vous êtes complètement fous, murmura Sue.

— Mick, dit Karen, je veux savoir exactement comment vous allez vous y prendre. Là, je sens que ma main est en train de glisser…

— Je ne suis pas autorisé à…

— Tu ne la sens pas glisser ?

Les tremblements de Rubin redoublèrent.

— Dans *Deepflight 3*, il y a deux torpilles qui sont prévues pour le poison. Nous en avons rempli des projectiles…

— Elles sont déjà à bord ?

— Non, je devais équiper les vaisseaux…

— Qui descend ?

— Li et moi.

— Li descend elle-même ?

— Oui, c'était son idée. Elle ne laisse rien au hasard.

Avec un sourire forcé, Rubin ajouta :

— Vous n'êtes pas de taille, Karen. Vous ne pourrez pas l'empêcher. C'est nous qui allons sauver le monde. Ce seront nos noms que se rappelleront les générations fut…

— Ta gueule, Mick ! lui intima Karen en le poussant en direction de la porte. Maintenant, on va monter dans ce labo. Le sous-marin ne descendra pas. Changement de scénario.

Sur le pont inondable

— Il y a quelque chose entre toi et Karen ? demanda Greywolf tout à trac.

Anawak marqua un temps d'arrêt.

— Non, rien, en fait.

— En fait ?

— Nous nous entendons bien. Je crois que c'est tout.

Greywolf le dévisagea.

— Peut-être que c'est toi qui devrais prendre les choses en main, dit-il.

— Je ne sais même pas si elle est intéressée.

Anawak s'aperçut tout à coup qu'il venait de se l'avouer. A lui, et à Greywolf.

— Je ne sais vraiment pas, Jack. Tu sais, je suis complètement idiot pour ce genre de choses.

— Ouais, je sais. Il a fallu que ton père meure pour que tu atterrisses enfin dans le monde des vivants.

— Hé, oh !

— T'énerve pas. Tu sais que j'ai raison. Pourquoi ne vas-tu pas la rejoindre ? Elle t'attend !

— C'est pour toi que je suis venu, pas pour Karen.

— Je t'en suis reconnaissant, mais maintenant vas-y, file.

— Merde, Jack, arrête de te réfugier ici. Viens, monte avec moi, avant qu'il te pousse des nageoires…

— J'aimerais bien en avoir, des nageoires, en ce moment !

Anawak, indécis, tourna la tête vers le tunnel. Evidemment, il mourait d'envie d'aller rejoindre Karen, mais pas uniquement à cause des sentiments qu'il venait de s'avouer. Elle avait semblé inquiète. Elle s'était montrée étrangement crispée, nerveuse. Il repensa à ce qu'elle lui avait dit à propos de Johanson.

— D'accord, tu n'as qu'à continuer à moisir ici, dit-il à Greywolf. Si tu changes d'avis, je suis là-haut.

Il délaissa le pont, passa devant le laboratoire. La porte était fermée. Il se demanda s'il devait entrer. Peut-être tomberait-il sur Johanson, et celui-ci lui en dirait alors peut-être un peu plus sur l'affaire.

Puis il décida de monter sur le pont-hangar pour aller jeter un coup d'œil sur la cloison suspecte.

Il changea vite d'avis.

Car en pénétrant dans le hangar il vit Vanderbilt et Anderson en train de s'engager dans le passage menant à la plate-forme.

Un mauvais pressentiment le saisit.

Qu'est-ce qu'ils foutaient là ?

Et où était-elle allée, en fait, Karen ?

Dans l'abysse

Le vent d'ouest hurlait, jetait des lames écumantes contre la coque de l'*Independence*, aspirant les derniers reliquats de chaleur.

Des rouleaux et des turbulences se formaient sous la surface violemment agitée, mais, à mesure qu'ils s'enfonçaient, le calme se rétablissait. Quelques mois auparavant, de l'eau glacée, lourde de sel, était tombée au fond en cascades. Le froid était toujours mordant, mais à présent la mer se mélangeait à l'eau douce des masses polaires qui fondaient à un rythme rapide, grâce à la chaleur qui leur parvenait depuis un certain temps. La grande pompe nord-atlantique, que l'on appelait aussi le poumon des océans, car des quantités énormes d'oxygène étaient amenées dans les profondeurs avec les eaux refroidies, était en train de s'arrêter, lentement mais sûrement. La bande transporteuse des courants marins était stoppée, le courant qui apportait la chaleur des tropiques se tarissait.

Mais la pompe n'avait pas entièrement cessé de travailler. Les cascades, même si elles n'étaient plus mesurables, continuaient à envoyer des quantités réduites d'eau froide. Traversant le silence et les ténèbres, elles tombaient dans l'abysse du bassin du Groenland, mètre par mètre, jusqu'à des milliers de mètres de profondeur.

A trois mille cinq cents mètres de profondeur, juste au-dessus du fond vaseux, l'obscurité était remplacée par une lueur bleu foncé.

Laquelle occupait une gigantesque surface : ce n'était pas un nuage, mais un organisme aux parois fines, doté de sortes de tubes, fixé sur le fond par d'innombrables pieds gélatineux. A l'intérieur, flottaient en vagues régulières des millions d'excroissances semblables à des palpeurs, véritable plaine de fils gélatineux au mouvement synchrone. De gros morceaux d'une substance blanchâtre se promenaient au-dessus tout en se dirigeant vers un objet de taille importante. La lueur bleue suffisait à peine pour permettre de distinguer sa forme. Elle éclairait faiblement deux coupoles ouvertes. C'était tout ce qui était visible du Deepflight reposant en travers sur la vase des grands fonds.

Depuis un certain temps, l'organisme s'affairait à remplir le sous-marin avec des blocs blancs gelés. Lorsqu'il fut presque entièrement plein, le chargement fut interrompu. Une partie des tubes se détacha, se laissa tomber sur le vaisseau et entreprit de l'envelopper. La substance transparente se resserra autour de la coque, se densifia, appuyant sur les coupoles pour les fermer. Des surfaces d'un bleu chatoyant s'étalèrent et se fondirent ensemble jusqu'à ce que le vaisseau complet fût enfermé dans une enveloppe close vers laquelle un tuyau long et fin se dirigeait.

Le tuyau se mit à palpiter. De l'eau fut pompée à l'intérieur. De l'eau qui venait de loin. La substance gélatineuse l'aspirait dans un énorme ballon organique qui se trouvait en suspension un peu au-dessus du sous-marin, rempli d'une eau plus chaude que la gelée avait prise dans le volcan de boue au large des côtes de Norvège. L'eau chaude, donc plus légère, qui remplissait le ballon aurait dû avoir pour effet de le faire monter vers la surface, mais le poids de son corps le maintenait parfaitement en suspension.

La chaleur afflua dans le sac gélatineux qui enveloppait le sous-marin.

Les blocs blancs réagirent aussitôt. En l'espace de quelques secondes, les cages de cristal de l'hydrate fondirent. Le méthane comprimé fut libéré et atteignit cent soixante-quatre fois son volume, emplissant le Deepflight. L'enveloppe gélatineuse gonfla et se tendit. Le cocon gélatineux coupa le lien avec le tuyau et se ferma. Le gaz ne pouvait plus s'échapper. Mû par une force prodigieuse, il s'éleva, lentement d'abord, puis, la pression ambiante diminuant, toujours plus vite, entraînant avec lui le cocon et le sous-marin enfermé à l'intérieur.

Au laboratoire

Karen, qui tenait Rubin sous sa poigne d'acier, la lame pointée contre son cou, n'atteignit même pas la sortie. La porte du laboratoire s'ouvrit. Trois soldats en armes jaillirent à l'intérieur et la mirent en joue. Elle entendit Sue Oliviera pousser un cri d'effroi et s'arrêta, sans pour autant lâcher Rubin.

Li entra, suivie de Peak.

— Vous n'irez nulle part, Karen.

— Jude, croassa Rubin, vous en avez mis, un temps ! Débarrassez-moi de cette folle !

— Vous, taisez-vous ! lui intima Peak. Sans vous, on n'en serait pas là.

Li sourit.

— Dites, Karen, dit-elle d'un ton bienveillant, vous ne croyez pas que vous en faites un peu trop ?

— Avec ce que vient de me raconter Mick ? Non, je ne crois pas.

— Et qu'est-ce qu'il vous a raconté ?

— A mon avis, tout. Il faut reconnaître, il est drôlement bavard, l'ami Mick. Pas vrai, Mick ? Tu nous as tout dit, bien gentiment…

— Elle ment ! protesta Rubin.

— Il a parlé d'une réaction en chaîne, de poison, de torpilles, de *Deepflight 3*… Ah oui ! et aussi que vous aviez l'intention d'aller faire une petite excursion… Dans une heure ou deux… En amoureux, si j'ai bien compris.

— Tss, tss, fit Li.

Elle avança d'un pas. Karen, entraînant Rubin, revint vers Sue Oliviera. La biologiste était pétrifiée à côté de sa paillasse, tenant toujours le coffret rempli de tubes contenant l'extrait de phéromone.

— Mick Rubin est peut-être le meilleur biologiste au monde, mais il souffre d'un complexe d'infériorité, affirma Li. Il aimerait tellement devenir célèbre ! L'idée de ne pas se faire un nom pour la postérité le rend fou. Rubin vendrait sa mère pour un peu de célébrité… Mais ce n'est pas là le sujet. Vous connaissez notre projet, vous savez ce que ça implique. J'ai fait mon possible pour éviter que les choses ne dégénèrent, mais puisque tout le monde a l'air d'être au courant, je n'ai plus le choix…

— Soyez raisonnable, Karen, la pressa Peak, lâchez-le.

— Dans vos rêves, répliqua Karen.

— Nous avons besoin de lui. Après, nous pourrons parler.

— Non, nous ne parlons plus, intervint Li en sortant son arme, qu'elle pointa sur la jeune femme. Lâchez-le, Karen. Tout de suite, ou je vous descends. C'est mon dernier mot.

Karen regarda la gueule noire du pistolet.

— Vous n'irez pas jusque-là, dit-elle.

— Ah non ?

— Vous n'avez aucune raison de le faire.

— Vous commettez une erreur, Jude, dit Sue d'une voix sourde. Vous n'avez pas le droit d'utiliser ce poison. J'ai déjà expliqué à Mick que…

Li tourna son arme vers Sue Oliviera et fit feu. La biologiste fut projetée contre la paillasse, glissa à terre. Le coffret s'échappa de ses mains. L'espace d'une seconde, elle regarda avec incrédulité le trou grand comme le poing qui déchirait sa poitrine, puis ses yeux devinrent vitreux.

— Non ! hurla Peak. Bon Dieu de bon Dieu, qu'est-ce que vous faites ?

L'arme était de nouveau pointée sur Karen.

— Lâchez-le, dit Li.

A l'extérieur

— Monsieur Johanson !

Johanson se retourna. Il vit Vanderbilt et Anderson s'approcher. Anderson paraissait indifférent, ses petits yeux noirs en boutons de bottine dirigés sur un point invisible, mais Vanderbilt arborait un large sourire.

— Vous devez nous en vouloir… dit-il.

Sa façon de s'approcher, son sourire quasi complice semblaient si maladroitement joués que le biologiste fut aussitôt sur ses gardes. Il se tenait au bout de la passerelle, à quelques mètres du bord. De violentes rafales lui giflaient le visage. En bas, les vagues montaient très haut. Il s'apprêtait justement à rentrer à l'intérieur.

— Qu'est-ce que vous venez faire ici, Jack ?

— Rien de particulier.

Vanderbilt leva les mains dans un geste d'excuse et poursuivit :

— Je voulais simplement vous dire que nous sommes désolés. Vraiment, c'est pas la peine de se bouffer le nez. C'est trop idiot, toute cette histoire, vous trouvez pas ?

Johanson ne répondit pas. Les deux hommes se rapprochèrent. Il fit un pas de côté, et ils s'arrêtèrent.

— Vous avez quelque chose à me dire ? interrogea-t-il.

— Je vous ai vexé tout à l'heure, répondit Vanderbilt. Je voulais m'excuser.

Johanson haussa les sourcils.

— C'est un très beau geste, Jack. J'accepte vos excuses. Autre chose ?

Vanderbilt offrait son visage au vent. Ses cheveux blond pâle flottaient, maigres comme l'herbe sur les dunes.

— Il fait vachement froid ici, dit-il en se remettant lentement en mouvement.

Anderson l'imita. Ils se tenaient tous deux à une certaine distance l'un de l'autre. Ils semblaient avoir l'intention d'encercler Johanson, de l'empêcher de passer, à droite comme à gauche.

C'était tellement évident. Son seul sentiment était une peur affreuse, impossible à juguler. De la peur mêlée d'une colère désespérée. Involontairement, il fit un pas en arrière et comprit au même moment que c'était une erreur. Il était très près du bord. Il ne leur resterait plus grand-chose à faire. Un coup violent suffirait à le précipiter dans un filet de sauvetage, ou par-dessus.

— Jack, prononça-t-il avec lenteur, vous n'avez quand même pas l'intention de m'assassiner ?

— Mais qu'est-ce que vous racontez ? s'exclama Vanderbilt en jouant l'étonnement. Je veux simplement vous parler.

— Et Anderson, qu'est-ce qu'il fait ici ?

— Oh ! il était dans les parages ! C'est un hasard. On pensait…

Johanson se rua en avant, se baissa et bifurqua à droite. Un instant, sa manœuvre de diversion improvisée parut réussir, mais il se sentit aussitôt attrapé et traîné en arrière. Il voulut se retourner, reçut le poing d'Anderson en pleine face.

Il tomba et glissa sur la plate-forme.

Le premier officier le suivit sans se presser. Ses énormes mains disparurent sous ses aisselles et le remirent debout. Johanson tenta de passer les doigts sous les mains de son agresseur pour desserrer leur étreinte, mais c'était comme essayer d'attraper du béton. Ses pieds perdirent le contact avec le sol. Anderson le transportait vers le bord, près duquel se tenait Vanderbilt. Le directeur adjoint de la CIA jeta un regard critique en bas.

— Putain ! la mer est drôlement agitée, aujourd'hui… J'espère que ça ne vous fait rien si on vous jette en bas, monsieur Johanson. Vous allez devoir faire quelques brasses…

Puis, lui attrapant la tête pour la tourner vers lui, il siffla :

— Mais vous inquiétez pas, ça va pas être long, la flotte fait deux degrés tout au plus. Ça sera même plutôt agréable… vous sentirez plus rien, votre cœur va ralentir…

Johanson se mit à hurler.

Ses pieds passèrent par-dessus la lisse. Le filet était juste en dessous, il faisait deux mètres de large, tout au plus. Ce n'était pas assez. Anderson n'aurait aucun mal à le jeter par-dessus.

— Au secours ! hurla-t-il.

Comme en réponse, il entendit Anderson gémir. Il se retrouva soudain au-dessus de la plate-forme. Le ciel bascula quand Anderson tomba sur le dos, l'entraînant dans sa chute. Les mains du premier officier le lâchèrent. Johanson se roula sur le côté, se remit debout.

— Léon ! s'écria-t-il.

Une scène grotesque se déroulait sous ses yeux. Anderson se débattait pour tenter de se relever. Anawak s'était agrippé à sa veste par-derrière. Ils étaient tombés à terre. Anawak était en train de ramper sous son adversaire pour s'en dégager sans le lâcher.

Johanson s'apprêta à voler à son secours.

— Stop !

Vanderbilt s'interposa. Il tenait un pistolet à la main. Lentement, il fit le tour des deux hommes à terre pour se placer dos au passage.

— Bien essayé, dit-il, mais maintenant ça suffit. Monsieur Anawak, ayez l'amabilité de laisser M. Anderson se relever. Il ne fait que son devoir.

A regret, Anawak lâcha le col à capuche d'Anderson. Le premier officier se releva prestement et souleva aussitôt son adversaire comme un sac de pommes de terre. L'instant suivant, Anawak était projeté vers le bord.

— Non ! hurla Johanson.

Anawak tenta de s'agripper quelque part, mais en vain. Il glissa jusqu'au bord de la plate-forme.

Anderson se retourna brutalement vers Johanson, ses yeux inexpressifs le regardèrent fixement. Puis il l'attrapa et lui envoya son poing dans l'estomac. Johanson en eut le souffle coupé. Des ondes de douleur se répandirent dans ses entrailles. Il se plia en deux, tomba à genoux.

La douleur était insupportable. Il ne se releva pas.

Il resta à terre, secoué de hoquets, giflé par le vent, attendant le coup suivant.

QUATRIÈME PARTIE

La descente

Les recherches établissent qu'à partir d'un certain degré inférieur, ou métadegré, l'homme n'est plus en mesure de reconnaître l'intelligence en tant que telle. Il ne perçoit l'intelligence que lorsqu'elle se trouve dans le cadre de son comportement. Au-delà de ce cadre, dans le microcosmos par exemple, il passerait purement et simplement à côté. De même, une intelligence supérieure, un esprit infiniment supérieur, lui semblera chaotique, parce qu'il ne sera pas capable de démêler ses raisonnements complexes. Il ne comprendrait pas les décisions d'une telle intelligence, car elle repose sur des paramètres qui dépassent ses capacités d'élaboration intellectuelle. De la même façon, un chien ne voit dans l'homme que la puissance à laquelle il est soumis, il ne voit pas son cerveau. Le comportement humain lui paraît dénué de sens, parce que nous agissons sur la base de réflexions qui dépassent sa perception. De même, nous ne pourrons pas percevoir Dieu, s'il existe, comme une intelligence, car sa pensée reposera sur un ensemble de réflexions dont la complexité nous échappera tout à fait. En conséquence, Dieu est à nos yeux chaotique, et ne peut être considéré comme le bon recours pour permettre la victoire de l'équipe de foot locale ou éviter des guerres. Un tel être serait au-delà des limites extrêmes des facultés humaines de compréhension. D'où découle obligatoirement la question de savoir si le métaêtre Dieu peut, de son côté, nous percevoir nous, à notre degré inférieur, comme une intelligence. Peut-être ne sommes-nous qu'une expérience de sa boîte de Pétri…

Samantha Crowe, « Chroniques »

Le coup n'arriva jamais.

Quelques instants avant qu'Anderson ne s'apprête à en finir avec Sigur, les dauphins avaient signalé un objet inconnu et mis l'équipage en état d'alerte maximale. Aussitôt après, les sonars le captaient à leur tour. Une chose de forme et de taille indéterminées s'approchait à vive allure. Ce n'était pas une torpille, car elle était silencieuse, et aucune source indiquant sa provenance n'était détectable. Non seulement l'objet s'approchait à vitesse croissante et sans bruit, mais il montait tout droit du fond. Sur les écrans, on vit se détacher sur les ténèbres de l'abysse une forme éclairée, ronde et bleuâtre. Une boule de plus de dix mètres de diamètre s'approchait, se matérialisait et grandissait.

Lorsque Buchanan donna l'ordre de tirer sur l'étrange objet, il était bien trop tard.

La boule explosa juste sous la coque.

Au cours des dernières minutes, le gaz contenu à l'intérieur n'avait cessé de se dilater, accélérant sa montée. Elle était arrivée à une vitesse fulgurante. C'était une balle de fine gelée, tendue à craquer, qui se déchira brutalement sur le dessus, et se déchiqueta. Il n'en resta plus que des lambeaux. Le gaz libéré continua à monter en tourbillonnant vers la surface en entraînant avec lui quelque chose de grand et de rectangulaire.

Le Deepflight envoyé par le fond fila tout droit sur l'*Independence*, la proue en avant, enfonçant dans sa coque ses torpilles aptes à briser n'importe quel blindage.

Une seconde d'éternité passa.

Puis survint l'explosion.

Sur la passerelle

L'immense bâtiment vacilla.

Buchanan, qui avait vu fondre sur eux le malheur, réussit à garder son équilibre à grand-peine, en se cramponnant à la table des cartes. D'autres, qui ne purent se rattraper nulle part, s'écroulèrent. Dans les salles de contrôle, sous le château, la violence de la vibration fit éclater des écrans et voler des équipements. Au CIC, Samantha Crowe et Shankar furent jetés à bas de leurs sièges. Partout, sur le bâtiment, s'installa le chaos, l'alarme qui sonnait se mélangea aux cris, les talons de bottes claquaient, cela tintait, grondait, cliquetait, tandis qu'un roulement sourd se propageait.

Quelques secondes après l'impact, la plupart de ceux qui travaillaient en salle des machines avaient perdu la vie. L'explosion avait ouvert là un large cratère. Une brèche de vingt mètres de longueur s'était ouverte dans l'enveloppe de la coque. L'eau s'y était engouffrée comme un bélier, achevant ceux qui n'avaient pas été tués par l'explosion du sous-marin. Ceux qui avaient réussi à sauver leur peau, ceux qui essayaient d'échapper à l'enfer, tous ces gens se cognaient à présent contre les cloisons étanches. Il apparut vite qu'il ne restait qu'un seul moyen de sauver l'*Independence* : sacrifier ceux qui se trouvaient dans les catacombes du bâtiment en les enfermant au milieu des eaux bouillonnantes pour éviter d'élargir la voie d'eau.

Sur la plate-forme élévatrice

La plate-forme reçut un choc violent. Elle se souleva comme un fouet, projetant Floyd Anderson vers Johanson. Le premier officier agita les bras, écarta les doigts, mais il n'y avait rien pour se raccrocher. Son corps fit une pirouette qui eût paru comique en d'autres circonstances. Il s'écrasa sur la plate-forme, le front en avant, se retourna sur le dos et resta couché, inanimé, les yeux ouverts et fixes.

Vanderbilt se redressa. Son pistolet lui avait échappé, avait glissé, s'arrêtant à quelques centimètres du bord. Voyant que Johanson essayait de se relever, il lui administra un coup de pied dans les côtes. Le scientifique bascula sur le côté avec un cri étouffé. Vanderbilt ignorait ce qui s'était passé, hormis le fait qu'il ne pouvait s'agir que du pire, mais il avait pour mission d'éliminer Johanson, et il était fermement décidé à la mener à son terme. Il se pencha pour ramasser sa victime qui gémissait à terre, prêt à la jeter par-dessus bord, lorsque quelqu'un vint se jeter contre lui.

— Pourriture de merde ! hurla Anawak.

Vanderbilt se vit brutalement confronté à une paire de battoirs qui lui tapaient dessus comme des machines devenues folles. Il recula. Quelques secondes lui furent nécessaires pour sortir de sa stupéfaction. Alors, il expédia un coup de pied dans la rotule de son adversaire.

Anawak chancela, ses genoux plièrent. Vanderbilt déplaça son centre de gravité. Les gens se faisaient généralement une idée fausse de ses capacités physiques. Ils méconnaissaient sa force et son agilité. Ils ne voyaient que sa graisse. Mais l'homme de la CIA était passé par toutes les écoles d'attaque et de défense, et malgré tous ses kilos superflus il était capable de sauter comme un cabri. Il prit son élan, se catapulta vers Anawak et écrasa sa botte contre son sternum. L'Inuk ouvrit la bouche, aucun son n'en sortit. Vanderbilt, profitant de son avantage, se pencha sur lui, l'attrapa par les cheveux, le souleva et envoya son coude dans son plexus solaire.

Ça devrait suffire dans un premier temps. Maintenant, terminons le boulot et balançons Johanson par-dessus bord. Je m'occuperai de l'autre imbécile après…

En se tournant, il vit Greywolf arriver sur lui.

Vanderbilt se mit en position d'attaque. Il pivota, la jambe droite tendue, frappa… le vide.

Il en fut complètement égaré. Un type normal aurait dû se retrouver au sol, hors de combat. Mais pas cette espèce de géant, qui le regardait tranquillement. Dans ses yeux, il vit une lueur sur laquelle il était impossible de se méprendre. Vanderbilt comprit alors qu'il lui fallait gagner ce combat s'il voulait rester en vie.

Il lança le poing en avant, se sentit balayé sur le côté. La seconde suivante, le gauche de Greywolf s'enfonça dans son double menton. Il essaya de riposter d'un coup de pied. L'Indien le repoussa, négligemment, sans ralentir le moins du monde, prit son élan et frappa.

Le champ de vision de Vanderbilt explosa.

Tout rougit autour de lui. Il entendit son nez craquer. Le coup suivant écrabouilla les os de sa joue gauche. Un cri mêlé de gargouillis s'échappa de sa gorge. Le poing réapparut et alla s'enfoncer entre ses mâchoires. Quelques-unes de ses dents éclatèrent. Toutes, peut-être. Vanderbilt criait plus fort à présent, de douleur et de fureur. Il était hors de lui. Il était livré pieds et poings liés à ce géant qui lui mettait la figure en bouillie.

Il s'affaissa.

Greywolf le lâcha et Vanderbilt s'abattit de tout son long. Il n'y voyait pratiquement plus rien, juste un coin de ciel, l'asphalte grise de la plate-forme avec son marquage jaune, le tout à travers un rideau de sang… et là, tout près, son arme. Ses doigts partirent à sa rencontre, parvinrent à l'attraper, à enserrer la crosse. Il leva le bras, tira.

Le calme régna un instant.

Avait-il atteint sa cible ? Il tira une seconde fois. En l'air, cette fois, car son bras avait été tordu en arrière. Juste après, il vit Anawak au-dessus de lui. Puis on lui fit lâcher le pistolet d'un coup sec, et il revit les yeux remplis de haine de Greywolf.

Une douleur irradia tout son corps.

Que s'était-il passé ? Il n'était plus couché sur le dos, il était à la verticale. Non, il était suspendu en l'air… Il ne savait plus où était le haut et où était le bas. Non, il flottait. Il volait en arrière. A travers un brouillard de sang, il distingua la plate-forme. Là, le bord. Pourquoi était-il à l'extérieur du bord ? Le bord s'éloignait, maintenant, il était au-dessus de lui, les filets de protection aussi. Vanderbilt comprit qu'il vivait ses derniers instants.

Le froid le frappa comme un coup de poing.

Une gerbe d'écume. Du vert traversé de blanc, d'innombrables bulles. Vanderbilt tombait inexorablement, incapable de se mouvoir. L'eau lava le sang qui lui maculait les yeux. Il n'y avait pas de bateau, il n'y avait rien, hormis du vert, un vert sans contours de plus en plus sombre, duquel sortit une ombre.

Qui avançait vite. Munie d'une gueule qui s'ouvrit lorsqu'elle fut à sa hauteur.

Puis il n'y eut plus rien.

Au laboratoire

« Lâchez-le. »

Les mots retentirent en écho dans la tête de Karen. La phrase épouvantée de Peak, l'ordre bref de Li, puis le laboratoire complet qui avait fait un bond et s'était retrouvé de guingois… A la déflagration succéda le vacarme indescriptible du contenu de la pièce qui se renversait et se brisait. Karen fut soulevée de terre, et Rubin avec elle. Dans un méli-mélo d'objets volants, ils atterrirent côte à côte derrière la paillasse. Un grondement de tonnerre balaya la pièce. Tout vibrait. Du verre explosait à grand bruit. Karen pensa au laboratoire de haute sécurité et pria pour que les cloisons étanches tiennent le choc.

Ses yeux tombèrent sur le coffret rempli de tubes. Il avait glissé juste sous ses pieds. Elle le vit, et Rubin le vit aussi.

Un instant, ils évaluèrent chacun leurs chances. Puis Karen se précipita en avant, mais Rubin fut plus rapide. Il parvint à attraper le coffret, se leva d'un bond et courut à l'intérieur de la pièce. Karen poussa un juron et se vit contrainte de quitter son abri. Elle ne savait pas ce qui s'était passé, elle ne savait pas quelles en seraient les conséquences, elle ne connaissait pas les intentions de Li, mais ce maudit coffret, elle devait absolument l'attraper.

Deux soldats étaient étendus au sol. L'un d'eux gisait, inerte, mais l'autre était en train de se relever. Le troisième soldat était debout, tenant toujours son arme prête à tirer. Li se baissa pour prendre le fusil du soldat inanimé, un objet noir, massif. Elle le dirigea vers Karen. Peak était appuyé contre la porte verrouillée, raide comme un piquet.

— Karen ! hurla-t-il. N'avancez plus. Il ne vous arrivera rien, mais n'avancez plus, bordel !

Sa voix fut recouverte par le tac-tac de l'arme de Li. Karen sauta comme un chat derrière la paillasse. La table fut transpercée comme du carton-pâte. Des débris de verre volèrent à ses oreilles, un microscope de cinquante kilos vint s'écraser juste à côté d'elle. La sonnerie de l'alarme se mêlait au vacarme ambiant. Soudain, elle vit Rubin courir dans sa direction, les yeux écarquillés de terreur.

— Mick ! hurla Li. Espèce d'idiot, venez par ici !

Karen bondit hors de sa cachette et se laissa tomber sur le biologiste. Elle lui arracha le coffret. Au même moment, le bateau se remit à trembler et la pièce s'inclina. Rubin glissa, atterrit contre une étagère, la renversa. Un flot de bocaux d'échantillons dégringola sur lui. Avec un hurlement, il recula sur le dos, tel un insecte. Du coin de l'œil, Karen vit Li, qui avait dû trébucher, se redresser et tourner à nouveau son arme dans sa direction, tandis que le troisième soldat, toujours aussi solide sur ses jambes, sautait par-dessus la table détruite. Il tenait toujours son arme et la leva alors qu'il était encore en train de sauter.

Il n'y avait pas d'issue. Elle se jeta par terre, à côté de Rubin.

— Ne tirez pas ! entendit-elle hurler Li. C'est trop…

Tard, en l'occurrence. Le soldat avait déjà fait feu vers Karen. La rafale passa au-dessus de sa tête, alla s'enfoncer avec une série de coups de gong dans le verre blindé du simulateur de profondeur, entaillant la vitre ovale de gauche à droite.

Un silence angoissant s'installa soudain, interrompu à intervalles réguliers par le signal d'alarme. Tous se figèrent en regardant fixement la citerne, comme captivés. On entendit alors un unique craquement, parfaitement audible.

Karen tourna la tête et vit des fêlures se dessiner sur la grande vitre de verre.

Elles se multipliaient à toute allure.

— Ô, mon Dieu ! gémit Rubin.

— Mick ! hurla Li. Grouillez-vous !

— Je ne peux pas, pleurnicha Rubin. Ma jambe. Elle est prise...

— Tant pis ! Sal, on sort de là !

— Vous ne pouvez pas... commença Peak.

— Sal, la porte ! Ouvrez la porte !

Si Peak répondit, personne ne l'entendit. Il y eut un bruit d'explosion assourdissant. La vitre venait d'éclater. Des tonnes d'eau se déversèrent. Karen se mit à courir. Derrière elle, les masses d'eau se répandirent dans le laboratoire, détruisant tout ce qui ne l'avait pas encore été.

— Karen ! cria Rubin. S'il te plaît, ne me laisse...

Sa voix se brisa. L'écume avait tout envahi. Elle vit Peak sortir en claudiquant par la porte ouverte, suivi de Li. Au passage, celle-ci posa la main sur un bouton placé près de la porte, et Karen comprit avec horreur ce que signifiait ce geste.

Li voulait l'enfermer.

Le flot vint s'abattre dans son dos, la transporta vers l'avant. Elle tomba durement sur les genoux, réussit à se relever. Elle était trempée jusqu'aux os, mais elle n'avait pas lâché le coffret. Haletante, se battant pour ne pas être entraînée de côté, elle se fraya un chemin jusqu'à la porte qui se refermait lentement, franchit d'un bond les derniers mètres, s'abattit contre le cadre et se propulsa à l'extérieur.

Sur l'élévateur extérieur

Greywolf et Anawak aidèrent Johanson à se mettre debout. Le biologiste était durement atteint, mais conscient.

— Où est Vanderbilt ? murmura-t-il.

— A la pêche, répondit Greywolf.

Anawak se sentait aussi moulu que si on l'avait passé à tabac. A peine capable de se tenir debout, il souffrait le martyre à l'endroit où le coude de Vanderbilt l'avait touché.

— Jack, ne cessait-il de répéter. Ô, mon Dieu ! Jack. D'où tu sors ?

Greywolf l'avait sauvé. Cela semblait être devenu une tradition.

— J'ai été un peu brutal, tout à l'heure, répondit Greywolf, je voulais m'excuser…

— Brutal ? Tu es fou ! Tu n'as aucune raison de t'excuser.

— Moi, je trouve ça très bien, qu'il ait voulu s'excuser, articula péniblement Johanson.

Greywolf eut un sourire contraint. Son visage cuivré avait pris un ton cireux.

Qu'est-ce qu'il a ? se demanda Anawak.

Les épaules de Greywolf tombèrent en avant, ses paupières papillonnèrent…

Anawak s'aperçut tout à coup que le tee-shirt de son ami était plein de sang. L'espace d'une seconde, il s'abandonna à l'illusion que ce sang était celui de Vanderbilt. Puis il vit que la tache grandissait et que le sang sortait du ventre de Greywolf. Il tendit les bras pour rattraper le géant, lorsqu'un nouveau coup de tonnerre retentit. Le navire se balança. Johanson tomba sur lui. Greywolf bascula en avant et disparut par-dessus bord.

— Jack !

Il tomba à genoux et glissa jusqu'à l'endroit où avait disparu son ami. Celui-ci était couché dans un filet. Il le regardait. En dessous, c'était la mer.

— Jack, donne-moi ta main !

Greywolf ne bougea pas. Il resta simplement couché là, les yeux fixés sur Anawak, les mains contre son ventre. Le sang continuait à couler entre ses doigts.

Vanderbilt ! L'infâme salopard l'avait touché.

— Jack, ça va aller.

Comme on dit dans les films.

— Donne-moi ta main, je vais te remonter, on va y arriver.

Anawak se coucha sur le ventre et essaya d'attraper le filet, mais il était trop loin.

— Il faut que tu arrives à remonter, dit-il, impuissant.

Puis il prit une résolution :

— Attends, reste là. C'est moi qui vais descendre. Je vais te soulever, et Sigur nous aidera d'en haut…

— Ça ne marchera pas, dit Greywolf dans un souffle.
— Jack…
— C'est mieux comme ça.
— Arrête tes conneries ! On n'est pas dans un film, « laissez-moi ici, ne vous occupez pas de moi », et toute cette merde…
— Léon, mon ami…
— Non, je te dis non !
Un filet de sang s'échappa de la bouche de Greywolf.
— Léon…
Il sourit. Il avait l'air très détendu, soudain.
Puis il se releva d'une secousse, roula par-dessus le filet et se jeta dans les vagues.

Au laboratoire

Rubin perdit la vue et l'ouïe. L'eau de la citerne se déversait sur lui en grondant. Il se demanda ce qui avait bien pu se passer dans les dernières secondes pour déclencher cette cascade de catastrophes. Puis il sentit les masses d'eau tourbillonnantes soulever l'étagère qui bloquait son pied, et il put se dégager.

Dieu soit loué, se dit-il, tu as évité le pire.

L'eau du simulateur ne suffirait pas à provoquer une véritable inondation. Certes, il y en avait une sacrée quantité, mais, une fois répartie dans la pièce, elle ne dépasserait pas un mètre de haut.

Il se frotta les yeux.

Où était Li ?

A côté de lui flottait le corps d'un soldat. Un autre sortait sa tête hors de l'eau.

Li était partie.

Ils l'avaient abandonné.

Hébété, Rubin, assis dans l'eau, regardait fixement la porte verrouillée. Ses pensées s'éclaircirent peu à peu. Il fallait sortir d'ici. Il y avait eu une explosion sur le bateau. Sans doute étaient-ils déjà en train de sombrer. Il ne lui restait plus qu'à grimper quelque part s'il ne voulait pas y laisser sa peau.

Il s'apprêtait à se lever lorsque tout s'éclaira autour de lui.

Des éclairs jaillirent.

Il comprit tout à coup que ce n'était pas seulement de l'eau qui était sortie de la citerne. Il voulut se lever, mais il glissa et retomba.

L'eau gicla. Il fut plongé en dessous. Il pagaya avec les mains pour remonter. Il sentit une résistance.

C'était lisse. Ça bougeait.

Des éclairs jaillirent devant ses yeux, puis il eut la respiration coupée par la substance gélatineuse qui entreprenait de recouvrir son visage. Rubin tira dessus, désespérément, mais c'était impossible à attraper. Ça vous glissait des doigts, et lorsqu'on réussissait à l'avoir en main, ça changeait de forme instantanément, ça se décomposait, c'était aussitôt remplacé par une nouvelle couche de...

Non, se dit-il, non, non !

Il ouvrit la bouche, sentit la matière s'introduire à l'intérieur. Un mince filet se mit à serpenter dans son œsophage, d'autres se faufilèrent dans ses narines. Une douleur insupportable dans les oreilles menaça de le rendre fou, et une dernière pensée lui dit que la substance était en route vers son crâne.

Etait-ce pure curiosité, ou l'organisme obéissait-il à un objectif précis, celui d'examiner le cerveau humain ? Avait-il coutume, depuis des millions d'années, de s'introduire ainsi dans tout ce qui lui semblait valoir la peine d'être étudié... ? Rubin avait beaucoup réfléchi à tout cela depuis l'accident du pont inondable.

A présent, il ne réfléchissait plus à rien.

Greywolf

Paisible. Tranquille. Si tranquille.

Vanderbilt n'avait sans doute pas ressenti la même chose. Il avait eu peur. Sa mort avait été horrible, et c'était bien ainsi. Mais, quand on n'avait pas peur, c'était autre chose.

Greywolf s'enfonçait au fond de l'eau.

Il retint l'air. Malgré l'atroce douleur qui lui déchirait le ventre, il avait décidé de garder l'air dans ses poumons le plus longtemps possible. Non parce qu'il pensait ainsi prolonger sa vie. C'était un dernier acte volontaire, un acte contrôlé. C'était lui qui choisirait le moment où l'eau entrerait dans ses poumons.

Alicia était là. Tout ce qu'il avait jamais voulu, tout ce qui était important, se trouvait sous l'eau. En fait, c'était une fin logique. Le terme était échu.

« Si tu as été un homme bon de ton vivant, plus tard, tu te réincarneras en orque... »

Il vit une ombre noire passer au-dessus de lui. Une autre suivit. Les animaux ne lui accordèrent pas d'attention. Bien sûr, se dit Greywolf, je suis votre ami. Vous me laissez tranquille. Il savait évidemment que l'explication était beaucoup moins poétique, que ces animaux ne le voyaient pas, tout simplement. Ces orques n'étaient les amies de personne. Elles n'étaient plus elles-mêmes depuis longtemps, maltraitées par une race dont le manque de scrupules était égal à celui des hommes.

Mais un jour tout reviendrait dans l'ordre. Cela aussi. A un moment donné. Et Greywolf, le loup gris, deviendrait une orque.

Pouvait-il y avoir plus belle perspective ?

Il chassa l'air de ses poumons.

Peak

— Vous êtes devenue complètement folle ?

La voix de Peak fut renvoyée en écho par les murs de la rampe. Li marchait très vite devant lui. Il essaya d'ignorer la douleur lancinante qui martyrisait son pied et d'aligner son allure sur la sienne. Elle avait jeté son fusil-mitrailleur et gardé son pistolet à la main.

— Arrêtez de m'emmerder, Sal.

Li s'engagea dans l'escalier qui descendait au niveau inférieur. C'était là qu'aboutissait le couloir menant à la zone secrète. Du ventre du navire montaient des gémissements et des craquements inquiétants. Puis une nouvelle explosion. Le sol bougea violemment et s'inclina, de sorte qu'ils durent s'arrêter un moment. Sans doute certaines cloisons étanches n'avaient-elles pas tenu le choc sous la pression de l'eau. L'*Independence* gîtait sérieusement, à présent, et ils durent remonter le couloir. Des gens sortirent en courant de la salle de contrôle et vinrent à leur rencontre. Ils regardèrent Li, attendant ses ordres, mais elle se contenta de poursuivre son chemin.

— Je vous emmerde, c'est ça ?

Peak lui barra la route, en proie à une colère froide.

— Vous descendez les gens au petit bonheur la chance. Les autres, vous les faites assassiner. Qu'est-ce que ça veut dire ? Ça n'a jamais été ni discuté ni décidé !

Li lui fit face, l'expression souverainement calme, si ce n'était la lueur qui vacillait dans ses yeux bleus. C'était la première fois que

Peak voyait cette lueur. Il comprit soudain que cette militaire, extrêmement cultivée, plusieurs fois décorée, avait un sérieux problème.

— Ça a été discuté avec Vanderbilt, répliqua Li.

— Avec la CIA ?

— Avec Vanderbilt, de la CIA.

— Vous vous êtes mise d'accord avec ce salopard pour commettre une folie pareille ? jeta Peak avec un dégoût non dissimulé. Vous me donnez envie de gerber. Nous devrions aider les gens à évacuer le bâtiment.

— Et c'est convenu avec le président des Etats-Unis, ajouta Li.

— Certainement pas !

— Plus ou moins.

— Pas comme ça ! Je ne vous crois pas !

— Il serait d'accord, cracha-t-elle en forçant le passage. Et maintenant, ôtez-vous de là. On perd du temps.

Peak se hâta de la suivre.

— Ces gens ne vous ont rien fait. Ils ont risqué leur vie. Ils sont dans la même galère que nous ! Pourquoi ne les avons-nous pas simplement mis aux arrêts ?

— Qui n'est pas avec moi est contre moi. Vous ne l'avez pas encore remarqué, Sal ?

— Johanson n'était pas contre vous.

— Si, dès le début.

Elle se retourna brusquement et le toisa.

— Vous êtes aveugle ou con ? Vous ne voyez pas ce qui se passerait si l'Amérique ne remportait pas cette bataille à son profit ? Celui qui la gagnerait, peu importe qui, nous infligerait une défaite au même moment !

— Il ne s'agit pas de l'Amérique, il s'agit du monde entier !

— Le monde, c'est l'Amérique !

Peak la regarda fixement.

— Vous êtes folle, murmura-t-il enfin.

— Non, je suis réaliste, espèce de sombre crétin ! Et vous, vous faites ce que je dis. Vous êtes sous mes ordres !

Li se remit en route.

— Au boulot. Nous avons une mission à accomplir. Je dois descendre avec le sous-marin avant qu'ils fassent péter tout le bâtiment. Aidez-moi à trouver les torpilles empoisonnées de Rubin, et après, vous pourrez démissionner, si vous voulez.

Dans la rampe

Karen hésita un instant, ne sachant quelle direction prendre, lorsqu'elle entendit des voix à l'autre bout de la rampe. Li et Peak avaient disparu. Sans doute se rendaient-ils au laboratoire secret de Rubin pour aller chercher le poison. Au moment où elle atteignait l'angle vers lequel elle s'était précipitée, elle aperçut Anawak et Johanson qui descendaient, appuyés l'un contre l'autre.

— Léon ! Sigur ! appela-t-elle.

Elle courut à leur rencontre et les prit dans ses bras. Elle éprouvait soudain un besoin urgent de les serrer contre elle. L'un d'entre eux, surtout.

Sans doute avait-elle serré trop fort, car Johanson poussa un gémissement.

Elle recula aussitôt.

— Excuse-moi.

— Ce ne sont que mes os, dit-il en essuyant le sang qui maculait sa barbe. L'esprit est ardent, mais la chair est faible, rappelle-toi. Qu'est-ce qui s'est passé ?

— Et vous, qu'est-ce qui vous est arrivé ?

Le sol bougea sous leurs pieds. Un couinement prolongé sortit de la coque du navire. Le sol s'inclina légèrement vers la proue.

Ils se mirent mutuellement au courant en quelques mots. Anawak était visiblement sous le choc de la mort de Greywolf.

— Est-ce que vous avez une idée de ce qui a déclenché les explosions ?

— Non, mais j'ai peur qu'on n'ait pas vraiment le temps de réfléchir à ça maintenant, répondit Karen.

Elle jeta un regard rapide autour d'elle.

— Je crois que nous avons deux choses à régler en même temps, dit-elle d'un ton pressant. Empêcher Li de plonger et tâcher de nous mettre en sécurité.

— Tu veux dire qu'elle va exécuter son projet ?

— Evidemment, grogna Johanson.

Au même moment, ils entendirent du bruit sur le pont d'envol. Des rotors s'étaient mis en route en pétaradant.

— Vous entendez ? Les rats quittent le navire, dit-il.

— Qu'est-ce qui lui a pris, à Li ? interrogea Anawak, stupéfait par les nouvelles. Pourquoi a-t-elle tué Sue ?

— Moi aussi, elle a voulu me tuer ! Li veut tuer tous ceux qui s'opposent à elle. Elle n'a jamais envisagé une solution pacifique.

— Mais dans quel but ?

— Peu importe, intervint Johanson. En tout cas, maintenant, elle est prise par le temps. Il faut qu'on l'arrête. Il faut l'empêcher de balancer son poison.

— Ouais, dit Karen. Et nous, il faut qu'on balance ça.

C'est alors que Johanson remarqua la boîte que Karen tenait en main. Il écarquilla les yeux.

— Ce sont les extraits de phéromones ?

— Oui, le testament de Sue.

— D'accord, mais à quoi ça va nous avancer ?

— Eh bien… j'ai une idée… Je ne sais pas si ça va marcher. Je l'ai depuis hier, mais elle ne me semblait pas vraiment réalisable. Mais comme, depuis, il y a eu quelques changements…

Elle leur expliqua en quelques mots.

— Ça semble jouable, décréta alors Anawak, mais il va falloir mettre la surmultipliée. Il ne nous reste que quelques minutes. Dès que le rafiot aura coulé, il faudra qu'on se trouve un endroit au sec…

— Le problème, c'est que je ne sais pas vraiment comment on peut réaliser la chose, avoua Karen.

— Moi, je sais, annonça Anawak en désignant la rampe. Il nous faut une dizaine de seringues sous-cutanées. Je m'en occupe. Vous, vous descendez et vous préparez le sous-marin… Et il nous faut… Attends, tu crois que tu trouveras quelqu'un au labo ?

— Oui. Et toi, tu vas les trouver où, tes seringues ?

— A l'hosto.

Le bruit s'amplifia au-dessus d'eux.

— Là ! fit Johanson.

Ils virent un hélicoptère apparaître dans le passage menant à la plate-forme de bâbord et s'éloigner en volant juste au-dessus des vagues.

L'acier du pont-hangar grinça. Le navire commença à se déformer.

— Dépêche-toi, dit Karen.

Anawak la regarda dans les yeux. Ils restèrent ainsi un moment, comme accrochés l'un à l'autre.

Merde, pensa Karen, pourquoi on a mis tout ce temps ?

— Compte sur moi, répondit-il.

L'évacuation

Contrairement à la plupart des gens à bord de l'*Independence*, Samantha Crowe savait assez précisément ce qui s'était passé. Les caméras de la coque avaient transmis aux écrans la montée de la sphère lumineuse. La boule était composée de matière gélatineuse, c'était établi, et lorsqu'elle avait explosé, le gaz certainement contenu à l'intérieur s'était dilaté. Très probablement du méthane. Au milieu des bulles tourbillonnantes, elle avait cru déceler les contours d'un véhicule, qu'elle avait aussitôt reconnu : un sous-marin fonçait vers l'*Independence*.

Un Deepflight équipé de torpilles.

L'explosion avait déclenché l'enfer. Shankar avait atterri tête la première contre la console. Il saignait beaucoup. Samantha l'avait aidé à se relever, puis des soldats et des techniciens avaient investi le CIC et les avaient forcés à sortir.

Chassés par la sonnerie intermittente de l'alarme, les gens fuyaient et se bousculaient dans les escaliers qui séparaient les différents ponts. Mais l'équipage du bâtiment semblait garder le contrôle de la situation. Ils furent accueillis par un officier qui les conduisit à la poupe jusqu'à un escalier.

— Vous allez monter sur le pont d'envol, leur ordonna-t-il. Ne restez pas sur place. Attendez les consignes.

Shankar était sonné. Samantha l'aida à monter l'escalier. Elle était petite et fluette, et lui, grand et lourd, mais elle avait mobilisé toutes ses forces.

— Bouge-toi, Murray ! lui dit-elle en haletant.

Shankar agrippa les barreaux d'une main tremblante et se hissa avec peine.

— Ce n'est pas comme ça que j'imaginais la prise de contact, dit-il en toussant.

— Tu n'as pas regardé les films qu'il fallait, c'est tout.

Elle avait perdu ses cigarettes, pour tout arranger ! Elle pensa avec nostalgie à celle qu'elle avait allumée juste avant l'explosion. Dire qu'elle était en train de se consumer toute seule ! Que ne donnerait-elle pas pour un dernier clope ! La petite dernière avant de casser sa pipe…

Non, se dit-elle soudain. C'est idiot ! Nous ne sommes pas obligés de prendre les canots de sauvetage, nous avons les hélicos !

Cette idée la soulagea. Shankar avait atteint le sommet de l'escalier. Des mains se tendirent vers lui. Samantha suivit.

Les soldats la tirèrent à l'intérieur de l'île.

Alors, miss Alien, toujours aussi fascinée par la perspective d'une vie intelligente dans l'univers ? s'apostropha-t-elle.

— Vous avez une cigarette ? demanda-t-elle à l'un des soldats.

Le militaire ouvrit des yeux incrédules.

— Vous êtes pas bien, vous ! Allez, grouillez-vous, bougez-vous de là !

Buchanan

Buchanan était sur la passerelle, avec le deuxième officier et le quartier-maître. Calme et pondéré, il recueillait les rapports de situation et donnait ses ordres.

A ce qu'il semblait, l'explosion avait détruit une partie des cales et de la salle des machines. Les cales, ce n'était pas trop grave, mais dans la salle des machines il s'était déclenché une réaction en chaîne qui avait donné lieu à de nouvelles explosions. Les systèmes tombaient en panne les uns après les autres. Les besoins en électricité du bâtiment étaient couverts par des groupes électrogènes, dont deux turbines à gaz LM 2500 et six moteurs Diesel, qui lâchaient la rampe l'un après l'autre. Tout en bas, dans les catacombes, il n'y avait sans doute plus de survivants. Buchanan, en donnant l'ordre de fermer les cloisons étanches, avait condamné l'équipage de la salle des machines, mais il ne pouvait se payer le luxe d'y penser en ce moment. Il fallait évacuer le navire. Il ne se risquait pas à faire de pronostics sur sa longévité. Le bâtiment avait été touché au milieu, mais ils n'avaient pu empêcher l'irruption des eaux dans une partie des cales située à la proue, de sorte que l'*Independence* piquait à présent du nez.

Il y avait trop d'eau dans la coque. Soumise à une pression énorme, elle se fraierait un chemin jusqu'à la pointe de la proue et ferait sauter les cloisons étanches menant au niveau supérieur. Si les cloisons arrière cédaient elles aussi, c'était le bâtiment entier qui se remplirait.

Buchanan ne se berçait pas d'illusions. La question était juste de savoir quand ça arriverait. Pour l'instant, il prévoyait que ce serait bientôt le tour du pont-garage, sous le laboratoire, et d'une partie des cabines qui le jouxtaient. C'était uniquement de lui et de sa capacité à évaluer correctement la situation que dépendait l'issue pour tous les survivants.

La seule chose qui le consolait un peu, dans toute cette affaire, était l'absence de Marines à bord. En cas de guerre, il lui eût fallu évacuer environ trois mille hommes. Ici, il s'agissait de moins de deux cents personnes qui, de plus, occupaient les niveaux supérieurs.

La plupart des écrans chargés de transmettre les images du CIC étaient tombés en panne. Juste au-dessus de la tête de Buchanan brillait le téléphone rouge plombé qui le reliait directement au Pentagone en cas d'urgence. Il laissa errer son regard sur les appareils de communication, les instruments de navigation et les tables à cartes, rangés selon un ordre pratique et logique. Tout cela ne servait plus à rien.

Sur le toit, le personnel s'agitait frénétiquement. Les gens réfugiés dans l'île étaient conduits sur le pont d'envol et embarqués dans les hélicoptères qui les attendaient, rotors rugissants, le tout au pas de charge. Par les vitres teintées de la passerelle, Buchanan observa un hélicoptère qui venait de s'élever et s'éloignait rapidement du bâtiment. Jamais ils ne pourraient faire assez vite. Si la proue continuait à s'enfoncer, le pont d'envol ne tarderait pas à se transformer en toboggan. Les appareils étaient bien arrimés, mais ça finirait par devenir critique.

Au LEVEL 03

Anawak ne rencontra pas grand monde. Il craignait de se jeter dans les bras de Li et de son second, mais ceux-ci se dirigeaient apparemment dans la direction opposée. La poitrine douloureuse, le souffle court, il courait à toutes jambes vers l'hôpital.

L'endroit était désert. Aucune trace d'Angeli ni de son personnel. Il parcourut plusieurs salles remplies de lits avant d'atteindre enfin une pièce contenant du matériel médical. Un tremblement de terre semblait avoir dévasté l'endroit. Les armoires étaient ouvertes, le sol recouvert de morceaux de verre qui crissaient sous ses pas.

L'un après l'autre, il ouvrit tous les tiroirs, farfouilla dans les débris d'étagères, sans trouver la moindre seringue.

Où étaient-elles, ces saloperies de seringues ?

Où se trouvaient-elles normalement, quand on allait chez le docteur ? Dans des tiroirs. C'était toujours comme ça. Dans des petites armoires peintes en blanc, avec plein de tiroirs…

Tout en bas, il y eut un grondement. Un gémissement creux monta jusqu'à lui. De l'acier se plia.

Anawak se précipita dans la pièce attenante. Là aussi, c'était le chaos, mais quelques petites armoires blanches lui faisaient face, fixées aux murs. Il les ouvrit, regarda partout, jetant leur contenu par terre sans ménagement, et finit enfin par trouver ce qu'il cherchait. Vite, il attrapa une dizaine de seringues stériles et les enfouit dans sa veste.

On s'arrache de là, et un peu vite !

Soit Karen avait raison et c'était un plan génial, soit ils se fourraient le doigt dans l'œil jusqu'à la garde. Son projet paraissait à la fois impossible à réaliser et totalement naïf, surtout quand on connaissait les messages sophistiqués que Samantha avait envoyés. D'autre part…

Samantha ? Où était-elle, au fait ?

Samantha Crowe, qui lui était apparue en rêve autrefois et lui avait montré la route du Nunavut.

Un son grave et puissant retentit à ses oreilles, un son de cloche qui se brisait. Le sol s'inclina encore plus. Des profondeurs du navire monta un mugissement sourd.

L'eau !

Anawak se demanda s'il aurait encore le temps de se sortir de cet endroit. Il prit ses jambes à son cou.

Au laboratoire

Karen ne savait pas ce qui l'attendait. Elle sentait son estomac se contracter à l'idée de rouvrir la porte du laboratoire. Mais si elle voulait mettre son plan à exécution, le labo était sa seule chance.

Le sol tremblait. Juste sous leurs pieds, cela grondait et gargouillait. A côté d'elle, Johanson, appuyé à la paroi, respirant difficilement.

— Allez, vas-y, dit-il.

Karen vit le signal rouge clignoter au-dessus du clavier. Elle tapa la combinaison, la porte s'ouvrit. L'eau gicla et vint entourer ses jambes. Elle jaillit de la pièce éclairée, mais, au lieu de descendre le long de la rampe, elle se rassembla autour de ses chevilles et monta. Karen comprit pourquoi. L'*Independence* penchait tellement que l'eau ne pouvait pas couler vers le pont inondable. Sans doute cette partie de la rampe s'était-elle déjà transformée en un sol plat du fait de l'inclinaison.

Elle recula.

— Il faut faire gaffe, annonça-t-elle. La substance a peut-être réussi à sortir.

Johanson jeta un coup d'œil à l'intérieur. Il vit deux corps sans vie flotter à côté de la citerne éclatée. A pas prudents, il s'avança dans la salle en pataugeant dans l'eau qui déferlait. Karen le suivit. Son premier regard fut pour les conteneurs du laboratoire de haute sécurité, mais ils semblaient intacts. Elle en fut soulagée. Une contamination à la *Pfiesteria* était vraiment la dernière chose dont ils avaient besoin en ce moment.

Vers la poupe, le sol sortait lentement de l'eau. En contrepartie, le niveau d'eau était d'autant plus haut de l'autre côté.

— Ils sont tous morts, chuchota Karen.

Johanson plissa les yeux.

— Regarde !

Un autre corps flottait, un peu plus loin.

Rubin.

Karen ravala son dégoût et sa peur.

— Il nous en faut un, dit-elle, n'importe lequel.

— Pour ça, il faut qu'on avance encore plus profond...

— Ouais. Quand faut y aller, faut y aller.

Elle amorça un mouvement.

— Karen, attention !

Cela venait de Johanson. Elle voulut se retourner, mais quelque chose vint la frapper. Elle glissa et tomba dans l'eau avec un cri. Elle sortit la tête en crachant et se mit sur le dos.

Un soldat la tenait en joue, ainsi que Johanson, avec un énorme fusil.

— Oh, non ! gémissait le soldat, oooh, non...

Dans ses yeux, on lisait un mélange de terreur mortelle et de folie déjà bien implantée. Karen se redressa lentement et leva les mains de manière à lui montrer ses paumes.

— Oh, non !... répéta l'homme.

Il était très jeune. Dans les dix-neuf ans. Le fusil tremblait dans ses mains. Il recula d'un pas et son regard se promena entre elle et Johanson.

— Doucement, dit Johanson, nous sommes là pour vous aider.

— Vous nous avez enfermés... l'accusa le soldat, d'un ton geignard comme s'il allait se mettre à hurler d'un moment à l'autre.

— Ce n'était pas nous ! affirma Karen.

— Vous nous avez laissés avec... avec ce... vous nous avez laissés seuls...

Il ne manquait plus que ça. L'*Independence* était en train de sombrer, il fallait à tout prix empêcher Li d'exécuter son plan, et là, ils allaient devoir se coltiner ce gamin paniqué…

— Vous vous appelez comment ? demanda Johanson tout à trac.

— Quoi ?

Une lueur passa dans les yeux du soldat. Il leva son arme et la pointa sur Johanson.

— Non ! hurla Karen.

Johanson avait levé la main, d'un geste apaisant. Les yeux dirigés sur l'orifice du canon, il baissa la voix pour dire :

— S'il vous plaît, dites-nous votre nom.

Le soldat hésita.

— C'est important de connaître votre nom, répéta le scientifique en prenant le ton d'un bon curé charitable.

— MacMillan. Je m'appelle MacMillan.

Karen comprit ce que cherchait Johanson. La première chose à faire pour ramener quelqu'un à la raison, c'était de lui rappeler qui il était.

— Bien, MacMillan, très bien. Ecoutez, nous avons besoin de votre aide. Ce navire est en train de sombrer. Nous devons mener une expérience qui pourrait nous sauver tous…

— Nous tous ?

— Vous avez de la famille, MacMillan ?

— En quoi ça vous intéresse ?

— Où vit-elle, votre famille ?

— A Boston.

Les traits du jeune homme se déformèrent et il se mit à pleurer.

— Mais Boston est…

— Je sais, l'interrompit Johanson. Ecoutez, nous pouvons encore agir pour arranger les choses. Même à Boston. Mais pour ça, il nous faut votre aide. Maintenant ! Chaque seconde perdue est peut-être celle de la dernière chance…

— S'il vous plaît, supplia Karen, aidez-nous.

Le soldat les regarda alternativement. Il renifla bruyamment. Puis il baissa son fusil.

— Vous nous sortirez de là ? interrogea-t-il.

— Oui, assura Karen, promis.

Mon Dieu, qu'est-ce que tu racontes ? Qu'est-ce que tu promets ? Il n'y a rien à promettre, rien du tout.

Li

Situé plus haut que le laboratoire officiel, le laboratoire secret avait été presque préservé. Des débris jonchaient le sol, çà et là, mais, pour le reste, tout semblait en place.

Quelques écrans émettaient une lumière tremblotante.

— Où est-ce qu'il a bien pu mettre les tubes ? réfléchit Li à haute voix.

Elle remit son arme dans son étui, inspecta les environs. La salle était abandonnée. Dans une petite citerne à haute pression, elle s'attendit à voir un reflet bleu, mais elle se souvint alors que Rubin avait signalé que les tests du poison avaient été probants. Elle colla son œil à un œilleton. Rien. Pas d'organisme, pas de lueur.

Peak se promenait parmi les paillasses et les armoires.

— Ici ! s'écria-t-il.

Li se hâta d'aller le rejoindre. Une étagère s'était renversée. Plusieurs tubes minces de un mètre de long, en forme de torpille, gisaient par terre. Ils les ramassèrent. Deux d'entre eux étaient nettement plus lourds que les autres. Li vit alors le marquage porté par Rubin sur les côtés.

— Sal, dit-elle, fascinée. Nous tenons le nouvel ordre mondial entre les mains.

— Très bien, répondit Peak en regardant autour de lui avec nervosité.

Une éprouvette abandonnée roula à bas d'une paillasse et se brisa avec un léger tintement. L'alarme sonnait toujours dans tout le navire.

— Allez, dépêchons-nous de le sortir d'ici, le nouvel ordre mondial ! ajouta-t-il.

Li éclata de rire. Elle lui tendit un tube, prit l'autre et se précipita dans le couloir.

— Dans cinq minutes, je plonge et je les envoie en enfer, ces monstres ! lança-t-elle.

— Avec qui allez-vous plonger ? Vous croyez que Mick est toujours en vie ?

— J'en ai strictement rien à foutre.

— Je pourrais vous accompagner…

— Merci, Sal, c'est trop de bonté. Pourquoi faire ? Pour me tanner avec vos pleurnicheries, pousser des cris d'orfraie en m'accusant de meurtre parce que je me permets de zigouiller une espèce de gélatine bleuâtre ?

— C'est autre chose, et vous le savez parfaitement ! Il y a une sacrée diff…

Ils étaient arrivés à la hauteur de l'escalier. Quelqu'un s'approchait de l'autre côté, fonçant droit sur eux, tête baissée.

— Léon !

Anawak leva les yeux, s'arrêta net. Ils étaient très près les uns des autres, séparés uniquement par l'escalier.

— Jude, Sal, s'écria Anawak, quelle surprise !

Quel piètre comédien ! Li avait vu au premier regard qu'il était au courant de tout.

— Vous venez d'où ? demanda-t-elle.

— Je… je suis à la recherche des autres et…

Peu importait ce qu'il savait. Ils n'avaient pas de temps à perdre. Peut-être n'était-il effectivement qu'à la recherche de ses amis, peut-être aussi avait-il un plan. Dans le doute…

Li sortit son arme.

Sur le pont d'envol

Samantha sortit sur le toit juste derrière Shankar, mais quelqu'un lui barra la route.

— Attendez, lui dit un homme en uniforme.

— Mais je dois…

— Vous êtes dans le prochain groupe.

Deux grands Super Stallion avaient déjà quitté le toit. Deux autres attendaient en face de l'île, garés l'un à côté de l'autre. Shankar courait, flanqué de soldats et de civils, en direction de l'un d'eux. L'immense piste était de plus en plus inclinée. Elle était si grande qu'elle donnait l'impression que ce n'était pas le navire, mais la mer démontée, recouverte de bulles, qui s'était mise de biais.

— On se voit plus tard ! lui cria Shankar en se retournant. Tu prends le prochain !

Samantha le suivit des yeux pendant qu'il gravissait la rampe placée sous la queue de l'appareil. Un vent glacial lui cinglait le visage. L'évacuation paraissait se dérouler à peu près dans l'ordre. Bon. Il lui fallait simplement s'armer de patience.

Elle promena son regard alentour. Où étaient les autres ? Léon, Sigur, Karen…

Avaient-ils déjà quitté le bord ?

C'était une idée rassurante. La porte de l'hélico se ferma sur Shankar. Les rotors se mirent à tourner plus vite.

La coque

A trente mètres tout juste sous le pont d'envol, l'eau qui s'était introduite faisait pression sur les cloisons étanches des soutes de la proue et des cabines de l'équipage.

Les cloisons tenaient bon.

Une torpille solitaire flottait dans l'eau. Expulsée lors de l'explosion du sous-marin, elle n'avait pas sauté. Ce genre de cas était rare, mais il se produisait parfois. La torpille était tombée dans l'une des cales, sur un tapis grillagé qui se promenait dans l'obscurité, à demi arraché de son point d'ancrage. Elle roulait doucement, d'un côté et de l'autre. Ce faisant, elle glissait, centimètre par centimètre, vers l'avant, en suivant l'inclinaison du navire.

Les cloisons étanches tenaient bon, mais le grillage grinçait et gémissait sous la pression. Là où il tenait encore, les fixations se pliaient sous la pression. L'acier du mur commençait à se fissurer. Une grosse vis de fixation se détachait lentement de son ancrage, en arrachant en même temps le filetage…

Elle sortit avec un bruit sec.

La tension se déchargea. Le grillage sauta, d'autres vis s'envolèrent, le mur se brisa. La torpille reçut un choc qui la catapulta en l'air et la dirigea directement vers l'endroit où se jouxtaient les cales de la proue, les immenses salles communes des Marines, d'un côté, et le pont-garage inutilisé, juste sous le laboratoire, de l'autre.

L'un des carrefours les plus sensibles du navire.

Comme chacun sait, tant va la cruche à l'eau qu'à la fin elle se casse… L'explosif fit son œuvre.

Au LEVEL 03

— Non, dit Peak.

Il pointa son pistolet sur Li.

— Vous n'allez pas faire ça.

Li ne bougea pas. Son arme était toujours dirigée sur Anawak.

— Sal, je commence à en avoir assez de votre insubordination, siffla-t-elle. Arrêtez de vous conduire comme un idiot.

— Lâchez votre arme.

— Putain, Sal ! Je vais vous traîner devant un tribunal militaire, je…

— A trois, je vous abats, Jude. Je vous le jure. Vous n'allez plus tuer personne. Lâchez votre arme. Un… deux…

Li prit une profonde inspiration et baissa le bras qui tenait l'arme.

— C'est bon, Sal, c'est bon…

— Lâchez votre arme !

— Ça va, c'est bon, on peut…

— Lâchez votre arme !

Une indescriptible expression de haine envahit les yeux de Li. L'arme rebondit à grand bruit par terre.

Anawak jeta un bref regard à Peak.

— Merci, dit-il.

D'un bond, il fut dans l'escalier et disparut. Li l'entendit courir. Les pas s'éloignèrent. Elle poussa un juron.

— General Commander Judith Li, prononça Peak d'un ton solennel, je vous démets de votre commandement pour incapacité. A partir de maintenant, vous êtes sous mon commandement. Vous pouvez…

Il y eut une horrible détonation. Des bruits épouvantables montèrent des profondeurs. Le navire s'affaissa, pareil à un ascenseur en chute libre, le sol se déroba sous les pieds de Peak. Il tomba lourdement. Vite, il se releva dans une roulade, malgré sa blessure.

Où était son arme ? Où était Li ?

— Sal !

Il se retourna. Li était agenouillée devant lui. Elle pointait son arme sur lui.

Peak se figea.

— Jude, dit-il en secouant la tête, vous ne…

— Imbécile, répondit Li en appuyant sur la détente.

Sur le pont d'envol

Samantha vacilla. Le pont pencha encore plus. Le Super Stallion où se trouvait Shankar se mit à déraper, tous ses rotors en marche, vers l'hélicoptère garé devant lui. Il réussit à s'élever, dans un hurlement de moteurs, tenta de gagner de la hauteur pour s'éloigner de l'autre appareil.

Samantha s'arrêta de respirer.

Non, se dit-elle. C'est impossible. Non, non. Au moment où on allait être sauvés…

Elle entendit des cris tout autour d'elle. Des gens tombaient, d'autres s'enfuyaient en courant. Elle fut entraînée et tomba à son tour. Couchée par terre, elle vit le Super Stallion s'élever au-dessus de l'appareil immobile, effleurer son gouvernail, rester accroché, et le colosse volant se mettre à tourner sur lui-même.

Le Stallion devenait incontrôlable.

Elle se releva d'un bond. Prise de panique, elle se mit à courir.

Sur la passerelle

Buchanan n'en croyait pas ses yeux.

Il avait été projeté contre son fauteuil. Le magnifique Captain's Chair, muni de bras confortables et d'un appuie-pieds, que tous lui enviaient, un mélange de tabouret de bar, de fauteuil de bureau et de fauteuil de commandement du Captain Kirk, lui avait fendu la peau du crâne. Sur la passerelle, tout avait volé en éclats. Buchanan se releva à grand-peine et se précipita vers les hublots latéraux, juste à temps pour voir le Super Stallion tourner sur lui-même et se coucher lentement sur le côté.

L'hélico était resté accroché !

— Tout le monde dehors ! hurla Buchanan.

Il ne pouvait détacher son regard de l'hélicoptère pris au piège qui continuait à basculer sur le côté.

Soudain, il se détacha et s'éleva dans les airs.

Buchanan retint son souffle. Pendant quelques instants, il crut que le pilote avait repris l'appareil en main. Puis il vit que l'inclinaison était trop forte. La queue s'éleva à la verticale, les moteurs hurlèrent encore plus fort, et l'appareil long de trente mètres, précédé de ses rotors, fonça… sur lui !

Buchanan mit ses mains devant ses yeux et recula.

Ridicule. Autant écarter les bras et souhaiter la bienvenue à la mort.

Plus de trente-trois tonnes chargées de neuf mille litres de carburant s'écrasèrent sur la passerelle, transformèrent la partie avant de l'île en une boule de feu. Elle lamina la superstructure, brûlant les installations et faisant exploser les écrans, fit sauter les cloisons étanches, rattrapa les fuyards dans les escaliers, les réduisit en cendres et poursuivit sa route à travers les couloirs.

Sur le pont d'envol

Samantha courait comme une folle vers la poupe.

Des débris enflammés tombaient en pluie. Maintenant, le navire piquait tellement du nez qu'elle courait et grimpait à la fois, ce qui la faisait haleter violemment. Ses poumons ne suivaient pas la cadence, eux qui avaient eu droit à plus de nicotine que d'air pur pendant toutes ces années.

Dire qu'elle avait toujours pensé mourir d'un cancer du poumon !

Elle trébucha, glissa sur l'asphalte, jeta un regard en arrière. Toute la partie avant de l'île était la proie des flammes. Le deuxième hélicoptère brûlait, lui aussi. Des gens couraient sur le pont, véritables torches vivantes, avant de s'écrouler. Le spectacle était épouvantable, tout comme la certitude qu'elle ne survivrait pas au naufrage de l'*Independence*.

De violentes détonations projetaient des boules incandescentes sur l'île. Le feu hurlait et se déchaînait. Au milieu de tout cela, elle entendit partir un coup sonore, et une pluie d'étincelles vint atterrir à ses pieds.

Shankar était mort dans les flammes.

Elle ne voulait pas mourir comme lui.

Elle bondit sur ses pieds, continua à courir vers la poupe, sans se demander un instant ce qui l'attendait là-bas.

Au LEVEL 03

Li n'arrêtait pas de jurer.

Elle avait coincé la première torpille sous son bras, mais la seconde avait roulé elle ne savait où. Soit elle était tombée dans l'escalier, soit elle avait continué sa course en direction de la proue.

Peak, ce connard !

Elle enjamba son cadavre tout en se demandant si elle aurait assez d'une torpille remplie de poison. Car ce serait sa seule et unique chance. Peut-être ne fonctionnerait-elle pas, peut-être ne s'ouvrirait-elle pas… Non, il en fallait deux.

Tendue à craquer, elle scruta le couloir.

Soudain, un énorme grondement retentit au-dessus d'elle. Le navire se souleva à nouveau. Elle tomba et dérapa sur le dos. Qu'est-ce qui se passait encore ? Le bâtiment explosait ! Il fallait sortir d'ici. Il ne s'agissait plus seulement de la mission, il s'agissait aussi de se tirer de là, et le Deepflight serait son salut…

La torpille lui glissa des mains.

— Merde de merde !

Elle essaya de la rattraper, mais elle roula plus loin. Si ces torpilles avaient été remplies d'explosif, elles auraient sauté. Mais elles ne contenaient que du liquide. Pas d'explosif, du liquide, suffisamment pour éliminer une race intelligente.

Elle écarta les bras et les jambes pour essayer de se maintenir en équilibre. Son corps tout entier était douloureux, comme si on lui avait tapé dessus à coups de barre de fer. Elle ne faisait peut-être pas ses cinquante ans tout proches, mais, pour le moment, elle était percluse comme une centenaire. Elle se releva en s'aidant du mur, examina les environs.

La première torpille avait disparu, elle aussi.

Elle se retint de hurler de rage.

Les bruits que faisait l'eau en pénétrant dans le sous-sol paraissaient se rapprocher de façon inquiétante. Il ne lui restait plus beaucoup de temps. Un bruit de crépitement lui parvenait du haut.

Et de la chaleur.

Elle marqua un temps d'arrêt. Oui. Il faisait plus chaud.

Il fallait retrouver ces torpilles.

D'un geste déterminé, elle se détacha du mur et se mit à leur recherche.

Au laboratoire

MacMillan, le soldat, les suivait, le fusil à la main, lorsque la détonation fit trembler le laboratoire. Ils tombèrent. Puis il y eut une explosion terrible.

Ensuite, la lumière s'éteignit.

Ils se retrouvèrent plongés dans une obscurité d'encre.

— Sigur ? appela Karen.

Pas de réponse.

— MacMillan ?

— Je suis là.

Elle sentit du solide sous ses pieds. L'eau lui montait jusqu'à la poitrine. Il ne manquait plus que ça !

Quelque chose vint heurter doucement son épaule. Elle l'attrapa, palpa. Une botte. Elle tenait une botte dans sa main, à l'intérieur de laquelle se trouvait une jambe.

— Karen ?

La voix de Johanson, toute proche. Peu à peu, ses yeux s'habituèrent à l'obscurité. Soudain, l'éclairage de secours s'alluma, rouge, plongeant le laboratoire dans une atmosphère d'antichambre de l'enfer. Juste à côté d'elle, elle vit l'ombre de la tête et des épaules de Johanson jaillir de l'eau.

— Viens, l'appela-t-elle, viens m'aider.

Le grondement sourd ne venait plus seulement d'en bas, mais aussi d'en haut. Qu'est-ce qui se passait ? De plus, la température semblait augmenter.

Johanson apparut à côté d'elle.

— Qui c'est ?

— On s'en fout. Aide-moi.

— Il faut sortir d'ici, dit MacMillan en haletant. Vite.

— Oui, tout de suite, nous...

— Vite !

Karen l'aperçut, plus loin, dans l'eau.

Une faible lueur bleue.

Un éclair.

Elle attrapa le pied du mort plus fermement et pataugea péniblement en direction de la porte. Johanson tenait le bras de l'homme. A moins que ce ne soit une femme ? Etaient-ils tombés sur Sue ? Karen espérait de tout son cœur que ce n'était pas cette pauvre Sue qu'ils étaient en train de traîner ainsi. Elle marcha sur quelque chose qui glissa sur le côté, et elle se retrouva la tête sous l'eau.

Les yeux écarquillés, elle scruta l'obscurité.

Quelque chose serpentait vers elle.

Cela se rapprochait très rapidement et ressemblait à une longue anguille éclairante. Non, pas à une anguille. Plutôt à un énorme ver sans tête. Et là-bas, plus loin, il y en avait d'autres.

Elle refit surface.

— On se casse ! cria Johanson en pressant le pas.

Sous la surface, on voyait les tentacules lumineux se multiplier. Ils étaient au moins dix, maintenant. MacMillan leva son fusil. Karen sentit quelque chose s'enrouler autour de ses chevilles et les serrer.

Aussitôt après, plusieurs de ces tentacules l'entourèrent et se mirent à grimper le long de son corps. Elle essaya désespérément de les détacher. Johanson vint à sa rescousse, enfouit ses doigts entre elle et les tentacules, mais c'était comme si elle se trouvait prisonnière d'un anaconda.

L'être tirait sur sa peau.

L'être ? Non, elle se battait contre des milliards d'êtres, des milliards de milliards d'unicellulaires !

— J'arrive pas à l'enlever ! gémit Johanson.

La matière gélatineuse rampait sur la poitrine et le cou de Karen. Elle retomba à l'eau, qui luisait de plus en plus. Derrière les tentacules, quelque chose de plus grand arrivait. La masse principale de l'organisme.

Elle se battit de toutes ses forces pour refaire surface.

— MacMillan ! appela-t-elle dans un gargouillement.

Le soldat leva son fusil.

— Ça ne sert à rien ! cria Johanson.

MacMillan semblait curieusement calme, à présent. Il mit en joue, visa la grande masse qui s'approchait.

— Oh si ! ça, ça sert à quelque chose, dit-il.

Une salve de coups secs partit.

— Les balles explosives, ça sert toujours à quelque chose !

Les balles s'enfoncèrent dans l'organisme. L'eau gicla. MacMillan envoya une seconde gerbe et l'être éclata en lambeaux, projetant des morceaux gélatineux tout autour d'eux. Karen reprit son souffle, libérée du monstre. Johanson attrapa le cadavre et ils unirent leurs efforts pour se précipiter vers la sortie. Le niveau de l'eau baissait, ils avançaient plus vite, maintenant. Le bâtiment plongeait encore plus en avant, et la majeure partie de l'eau s'amoncelait à l'arrière du laboratoire. La porte était presque au sec.

Ils réussirent à tirer le mort sur la rampe. Là aussi, l'eau avait reculé. Soudain, Karen crut entendre un son étouffé. Elle se retourna.

— MacMillan ?

Elle scruta le laboratoire.

— MacMillan, où êtes-vous ?

L'organisme lumineux se recomposait. Les lambeaux fusionnaient. Nulle trace de tentacules. L'être avait pris une forme plate.

— Ferme la porte, lui cria Johanson, il risque de sortir ! Il a encore assez d'eau pour ça !

— MacMillan…

Karen se cramponna au cadre de la porte, fouillant du regard la salle éclairée de rouge, mais le soldat restait invisible.

MacMillan n'avait pas réussi à les suivre.

Un fil fin et luisant s'approchait. Elle sauta en arrière, repoussa la cloison étanche. L'être accéléra l'allure, mais cette fois il ne fut pas assez rapide. La porte se ferma devant lui.

Des expériences

Anawak avait été surpris par l'explosion dans l'escalier, et sérieusement secoué. Il respirait difficilement, son genou était douloureux. Il poussa un juron. Comme par un fait exprès, c'était le genou qui lui posait des problèmes depuis la chute du Beaver.

Plusieurs escaliers étaient bloqués. Le navire était maintenant complètement penché de travers. Le seul moyen était d'emprunter la rampe du pont-hangar.

Anawak fit donc demi-tour et prit un autre chemin pour pouvoir accéder à la rampe. Plus il montait, plus la chaleur augmentait. Qu'est-ce qui se passait, là-haut ? Ce vacarme n'annonçait rien de bon. Il sortit en trébuchant sur le pont-hangar, vit d'épais nuages de fumée noire sortir par les portes ouvertes.

Il crut alors entendre quelqu'un appeler à l'aide.

Il fit quelques pas à l'intérieur du hangar.

— Il y a quelqu'un ? cria-t-il.

On n'y voyait pas grand-chose. La lueur blafarde du plafond était à peine visible, avec ces traînées noires. Mais l'appel à l'aide était maintenant clairement audible.

La voix de Samantha ?

— Sam ? cria Anawak.

Il tendit l'oreille, l'appel à l'aide ne se renouvela pas.

— Sam, où es-tu ?

Rien.

Il attendit encore un instant, puis rebroussa chemin et retourna à la rampe. Il remarqua trop tard qu'elle était à présent aussi verticale qu'un tremplin de saut. Ses genoux se dérobèrent. Il culbuta en avant et dévala la pente, priant pour que quelques seringues au moins en réchappent. Lui-même ne s'en tirerait pas intact, c'était sûr. Sa chute se termina par un plongeon dans l'eau, ce qui amortit le choc. Il se secoua, sortit de l'eau en rampant… et aperçut Karen et Johanson, un peu plus loin, qui tiraient un cadavre en direction du pont inondable.

Une fine pellicule d'eau recouvrait le sol.

Le port artificiel ! L'eau s'introduisait dans le couloir. Si le navire continuait à s'enfoncer, toute cette zone serait inondée.

Il fallait faire vite.

— Karen, Sigur ! cria-t-il. J'ai les seringues !

Johanson leva les yeux.

— Il était temps !

— C'est qui ? interrogea Anawak.

Il se remit sur pied, courut rejoindre ses deux collègues et jeta un coup d'œil sur le cadavre.

Rubin.

Sur le pont d'envol

Samantha Crowe, blottie au bout du toit, regardait l'île se consumer.

A côté d'elle gisait un homme, probablement un Pakistanais, d'après ses traits. Il portait des vêtements de cuisinier et tremblait de tous ses membres. Ils étaient seuls. Personne n'avait eu l'idée de venir se réfugier ici, ou alors personne n'avait réussi. L'homme se redressa en haletant.

— Vous savez quoi ? dit Samantha. Ce que vous voyez, c'est le résultat d'un conflit entre des races intelligentes.

Le cuisinier la regarda avec égarement.

Samantha soupira.

Elle avait couru vers l'endroit qui surplombait la plate-forme élévatrice de tribord. C'était là que se trouvait le passage donnant sur le pont-hangar. Elle avait appelé au secours à plusieurs reprises, mais en vain. Oui, ils étaient bien partis pour se noyer dans un bateau en feu !

A bord d'un porte-hélicoptères, on misait surtout sur le sauvetage par les airs. De toute manière, même s'il y avait quelque part des canots de sauvetage, ils ne leur seraient pas d'une grande utilité : les canots de sauvetage, il fallait quelqu'un pour les descendre et les mettre à l'eau. Et là, tout le monde semblait avoir été englouti dans les flammes.

De la fumée noire vint flotter jusqu'à eux. Une fumée repoussante, goudronneuse. Non, elle n'avait pas envie de respirer ça à l'instant de sa dernière heure.

— Vous avez une cigarette ? demanda-t-elle au cuisinier.

Elle s'attendait à s'entendre une nouvelle fois traiter de folle, mais non. Il sortit un paquet de Marlboro de sa poche, et un briquet.

— Des light, annonça-t-il.

— Oh ? Parce que c'est meilleur pour la santé ?

Samantha sourit et aspira pendant que le cuisinier lui donnait du feu.

— Y a pas photo, oui.

Des phéromones

— On va lui injecter ça sous la langue, dans le nez, dans les yeux et dans les oreilles, fit Karen.

— Pourquoi justement là ? demanda Anawak.

— Parce que c'est par là que ça pourra ressortir le plus facilement, à mon avis.

— Alors, il faut lui en injecter aussi sous les ongles des mains et des pieds. Partout, en fait. Plus il y en aura, mieux ça vaudra.

Le pont inondable était désert. Le personnel technique avait dû fuir depuis longtemps. Ils avaient mis Rubin en slip, en toute hâte, pendant que Johanson remplissait les seringues d'Anawak avec l'extrait de phéromones. Elles étaient toutes intactes, sauf une. Ils avaient déposé Rubin sur la grève artificielle. L'eau ne montait qu'à quelques centimètres, mais elle montait. Par précaution, ils avaient jeté sur le sec, un peu plus haut, les lambeaux gélatineux sous lesquels une partie de sa tête avait disparu. Il en restait encore un peu dans ses oreilles. Anawak se chargea de les en débarrasser.

— Vous pouvez aussi lui en injecter dans le cul, dit Johanson. On en a suffisamment.

— Vous croyez que ça va marcher ? interrogea Karen d'un air de doute.

— Le petit reliquat d'Yrr qu'il a gardé ne doit pas être capable de produire autant de phéromones que ce qu'on est en train de lui balancer. Si d'aventure ils tombent dans le panneau, ils penseront que ça provient de lui.

Johanson s'accroupit. Il leur tendit une poignée de seringues.

— Qui veut s'y coller ?

Karen sentit le dégoût monter en elle.

— Ne répondez pas tous les deux en même temps ! persifla Johanson. Léon ?

Finalement, ils s'y collèrent tous ensemble. Armés de leurs seringues, ils piquèrent à tout va et le cadavre de Rubin se retrouva bientôt lesté de deux bons litres de solution de phéromones. Sans doute la moitié était-elle déjà en train de ressortir.

— L'eau est montée, constata Anawak.

Karen tendit l'oreille. Partout, dans le bâtiment, ça couinait, ça glapissait.

— Il fait plus chaud, aussi, dit-elle.

— Oui, parce que le pont est en train de cramer.

— On y va, les pressa Karen en attrapant Rubin par les épaules. On s'en débarrasse avant que Li rapplique.

— Li ? Je croyais que Peak l'avait mise hors circuit ? s'étonna Johanson.

Tout en traînant le cadavre de Rubin jusqu'au pont inondable, Anawak répondit :

— Je sais pas trop… Tu la connais, non ? C'est pas le genre à se laisser mettre hors course si facilement.

Au LEVEL 03

Li était furibonde.

Déchaînée, elle tournait et retournait dans ce couloir de merde, fouillait partout derrière les portes ouvertes, pestant et jurant. Il fallait bien qu'elles soient quelque part, ces putains de torpilles ! Sans doute étaient-elles là, sous son nez !

— Cherche, pauvre idiote ! s'ordonnait-elle. Même pas capable de retrouver un bout de tube à la con ! Pauvre conne ! Imbécile !

Le sol céda brutalement sous ses pieds. Elle chancela, se cramponna à un battant. D'autres cloisons étanches avaient cédé. Le couloir plongeait encore plus. Le navire était tellement penché que les premières lames n'allaient sûrement pas tarder à lécher le bord du pont d'envol.

Ce ne serait plus très long.

C'est alors qu'elle vit la torpille. Avec un cri de triomphe, elle bondit, l'attrapa. Puis elle se précipita vers l'escalier encore encombré du cadavre de Peak. Elle le dégagea à coups de pied et dévala les marches, franchit les deux derniers mètres d'un bond en se retenant à la rampe pour ne pas s'étaler de tout son long…

La seconde torpille était là !

Li jubilait. Le reste ne serait plus qu'un jeu d'enfant. Elle déchanta vite. A l'évidence, ce ne serait pas si simple, car les escaliers étaient bloqués par des objets de toutes sortes. Les déblayer prendrait trop de temps.

Comment sortir de là ?

Elle devait rebrousser chemin, remonter et prendre la rampe par le pont-hangar.

A toute allure, serrant contre elle les deux torpilles comme elle l'eût fait de son bien le plus précieux, elle entreprit l'escalade.

Anawak

Rubin pesait lourd. Après s'être glissés dans leurs combinaisons en Néoprène – Johanson avec moult gémissements –, ils réunirent leurs forces pour le monter sur l'embarcadère de tribord. Le pont offrait un spectacle surréaliste. Des deux côtés, les embarcadères se dressaient comme des tremplins de saut. Une grande partie de l'eau du bassin s'était déversée dans le couloir menant au laboratoire. A en juger par les grincements du métal, l'ouvrage n'allait pas pouvoir tenir très longtemps sous la charge.

Les trois sous-marins étaient pendus au plafond.

— Quel est celui que voulait prendre Li ? demanda Anawak.

— *Deepflight 3*, répondit Karen.

Ils examinèrent les fonctions du pupitre de commande et essayèrent successivement trois boutons. Il ne se passa rien.

— Ça devrait fonctionner, dit Anawak, Roscovitz m'a dit que le pont inondable disposait d'un circuit électrique indépendant…

Il se pencha plus près pour lire les indications, puis annonça :

— Voilà, j'ai trouvé ! Bon, je prends *Deepflight 3*. Comme ça, Li ne pourra plus s'en servir si jamais elle se pointe.

Karen actionna le levier, mais au lieu du sous-marin voulu, ce fut un autre qui commença à s'abaisser.

— Merde ! il y a sûrement un truc, mais je ne sais pas ce que c'est…

— Tant pis, dit nerveusement Johanson, on n'a plus de temps à perdre. Prends le 2.

Lorsque le sous-marin fut à sa hauteur, Karen ouvrit les coupoles des deux logements. Le corps de Rubin était fortement alourdi par l'eau et le produit qu'ils avaient injecté. Sa tête dodelinait, ses yeux vitreux regardaient fixement le néant. Ils tirèrent et poussèrent le cadavre, jusqu'à ce qu'il tombe comme un sac dans l'habitacle du copilote.

Voilà, on y est, se dit Anawak.

Son rêve de l'iceberg. Il savait qu'il était destiné à descendre, un jour ou l'autre. L'iceberg fondrait et lui, il tomberait au fond de l'océan inconnu.

Pour y rencontrer qui ?

Karen

— Ce n'est pas toi qui descends, Léon.

Anawak leva la tête, surpris.

— Qu'est-ce que tu viens de dire ?

— Ce que j'ai dit.

L'un des pieds de Rubin était encore à l'extérieur. Karen lui donna un coup de botte. Elle répugnait à traiter un mort de cette façon, même si Rubin n'était qu'un traître. Mais ils n'avaient pas les moyens d'obéir à de quelconques rites en ce moment.

— C'est moi qui descends.

— Hein ? Qu'est-ce qui te prend ?

— C'est mieux.

— Non, il n'en est pas question. Karen, ça peut très mal finir, dit-il en l'attrapant par les épaules, c'est…

— Je sais très bien comment ça peut finir, murmura-t-elle. Aucun de nous n'a de grandes chances de s'en sortir, les vôtres sont juste un peu plus grandes. Alors, vous vous tirez et vous me souhaitez bonne chance, d'accord ?

— Karen ! Pourquoi ?

— Tu veux absolument que je t'explique, hein ?

— Puis-je vous faire remarquer que nous perdons du temps ? les pressa Johanson. Vous devriez rester ici, tous les deux, et me laisser y aller, en fait.

— Non, répondit Karen sans quitter Anawak des yeux. Léon sait que j'ai raison. Un Deepflight, je le pilote comme un rien, je fais ça bien mieux que vous. Moi, je suis descendue à des milliers de mètres de profondeur avec l'*Alvin*. J'ai l'habitude, beaucoup plus que vous…

— Tu dis des bêtises ! protesta Anawak. Je suis aussi capable que toi de piloter cet engin…

— … sans compter que là, en bas, c'est mon monde. La mer profonde, la mer bleue, Léon. Depuis mon enfance… Depuis mes neuf ans.

Il ouvrit la bouche pour répondre, mais Karen lui posa un index sur les lèvres.

— Non, c'est moi qui y vais.

— Karen, je… D'accord, c'est toi qui y vas… acquiesça-t-il dans un murmure.

— O.K. Bon, vous ouvrez le sas et vous me faites descendre. Je ne sais pas ce qui va se passer quand le passage sera ouvert. Peut-être que les Yrr nous attaqueront immédiatement, peut-être que non. Soyons positifs. Dès que je me serai engagée, vous attendrez une minute si possible, et vous foutrez le camp avec le deuxième sous-marin. Ne me suivez pas. Restez simplement sous les vagues et prenez de la distance par rapport au navire. Je vais peut-être devoir plonger très profond. Après… Eh bien, il y aura bien quelqu'un pour nous repêcher, non ? Il y a des émetteurs satellite à bord de nos engins.

— A douze nœuds à l'heure, il faut deux jours et deux nuits pour rejoindre le Groenland ou Svalbard, objecta Johanson. Il n'y aura jamais assez de jus…

— T'inquiète, ça va aller.

Karen sentit un poids se poser sur son cœur. Vite, elle serra Johanson contre elle. Elle pensa à la façon dont ils avaient échappé ensemble au tsunami, sur les Shetland.

Ils se reverraient un jour !

Puis elle prit le visage d'Anawak entre ses deux mains et l'embrassa longuement, fermement, sur les lèvres. Elle le lâcha en regrettant de ne pouvoir le tenir ainsi pour l'éternité. Ils s'étaient si peu parlé, ils avaient raté tellement d'occasions de réaliser leurs rêves…

Surtout, pas de sentimentalisme.

— Bonne chance, lui souhaita Anawak à voix basse. On se retrouve dans quelques jours.

D'un bond, elle fut au poste de pilotage. L'appareil tangua légèrement. Elle se coucha sur le ventre, rampa pour se mettre dans la bonne position et actionna le verrouillage. Lentement, les deux coupoles s'abaissèrent et se fermèrent. Elle survola les instruments du regard et des doigts. Tout semblait intact.

Karen leva le pouce.

Dans le monde des vivants

Johanson, au pupitre de commande, ouvrit le sas et mit le sous-marin en route. Ils suivirent des yeux l'appareil qui descendait, les cloisons étanches qui se séparaient. La mer sombre apparut. Rien ne pénétra à l'intérieur.

L'appareil plongeait. L'air emprisonné miroitait dans les coupoles de verre. Les unes après les autres, les couleurs pâlirent, les contours commencèrent à se brouiller, puis le sous-marin ne fut plus qu'une ombre.

Il disparut.

Anawak ressentit une piqûre.

« Les rôles des héros, dans cette histoire, ils sont déjà distribués, ce sont des rôles de morts. Toi, ta place est dans le monde des vivants. »

Greywolf !

« Il te faut peut-être un médiateur pour te raconter ce que voit l'oiseau… »

Greywolf avait été le médiateur dont avait parlé Akesuk. Greywolf lui avait expliqué son rêve, et il l'avait bien interprété. L'iceberg avait fondu, mais le chemin d'Anawak ne menait pas aux profondeurs, il menait à la lumière.

Il menait au monde des vivants.

A Samantha Crowe.

Anawak sursauta. Bien sûr ! Comment avait-il pu négliger la mission qui l'attendait à bord de l'*Independence* ?

— Bon, et maintenant ? interrogea Johanson.

— Le plan B.

— C'est-à-dire ?

— Il faut que je remonte.

— Tu es fou ? Pour quoi faire ?

— Il faut que je retrouve Sam. Et Murray.

— Il n'y a plus personne, dit Johanson. Je pense que le navire a été entièrement évacué. Ils étaient tous les deux au CIC quand je les ai vus pour la dernière fois. Sans doute ont-ils été les premiers à monter dans les hélicos.

— Non, pas Sam, en tout cas. Je l'ai entendue appeler au secours.

— Quoi ? Quand ?

— Avant de descendre pour vous retrouver… Sigur, je n'ai pas envie de t'embêter avec mes problèmes, mais il m'est arrivé trop souvent de ne pas vouloir voir. J'ai changé. Je ne suis plus comme ça.

Tu comprends ? Je ne peux pas faire comme si je ne l'avais pas entendue…

— Non, c'est sûr, dit Johanson avec une esquisse de sourire.

— Ecoute. Je fais une seule tentative. Pendant ce temps, tu fais descendre *Deepflight 3* et tu le prépares pour le départ. Si je ne retrouve pas Sam dans les minutes qui viennent, je reviens et on fout le camp.

— Et si tu la retrouves ?

— On a encore *Deepflight 4* pour nous faire sortir.

— D'accord.

— Vraiment d'accord ?

— Oui ! s'écria Johanson. Qu'est-ce que tu attends encore ? Fonce !

Anawak hésita. Il se mordit les lèvres.

— Et si je ne suis pas revenu dans cinq minutes, tu fiches le camp sans moi, d'accord ?

— Je t'attendrai.

— Non, tu attends cinq minutes. Maximum.

Ils se donnèrent l'accolade.

Anawak longea le débarcadère. L'endroit où commençait le tunnel qui menait au laboratoire était inondé, mais le navire semblait encore être dans une position relativement stable. Il avait cessé de piquer du nez.

Pour combien de temps ? se demanda Anawak.

De l'eau vint clapoter autour de ses chevilles. Il s'enfonça plus profondément, nagea quelque temps. Près de la rampe du hangar, le plafond cherchait à toucher la surface de l'eau, mais il restait encore quelques poches d'air. Anawak passa devant la porte verrouillée du laboratoire, nagea jusqu'au tournant, leva les yeux. Par endroits la rampe était horizontale, à d'autres, elle se dressait à la verticale. Il lui faudrait monter là-haut à quatre pattes. Il avait froid, malgré sa combinaison de néoprène. Même s'ils parvenaient à s'enfuir avec le sous-marin, ils n'étaient pas sûrs pour autant de s'en sortir vivants…

Si. Il voulait vivre ! Il voulait retrouver Karen.

Il entama la montée.

Ce fut plus simple que prévu. Agrippé au relief de l'acier, cannelé pour faciliter la marche, il se hissa petit à petit. La température s'élevait à mesure qu'il montait. Il n'avait plus froid. En revanche, une fumée poisseuse se posait sur ses poumons et en aspirait les derniers restes d'air respirable. Plus il montait, plus les volutes de fumée se densifiaient. Le vacarme tonitruant qu'il avait déjà entendu recommençait à gronder à ses oreilles depuis le pont d'envol.

Samantha avait appelé au secours après le début de l'incendie. Donc, elle était peut-être encore en vie.

En haletant, il gravit les derniers mètres et fut surpris de constater que la vue dans le hangar était meilleure que dans la rampe. La fumée s'amoncelait dans le tunnel, alors que dans le hangar les passages des élévateurs extérieurs assuraient la ventilation. Ils amenaient la fumée à l'intérieur et la laissaient ressortir. Il faisait chaud et étouffant comme dans un four.

Anawak appuya sa manche contre sa bouche et son nez et courut à l'intérieur du hangar.

— Sam ! appela-t-il.

Aucune réponse. A quoi s'était-il donc attendu ? A la voir se précipiter vers lui les bras tendus ?

— Sam Crowe ! Samantha Crowe !

Il était fou, sans aucun doute.

Mais mieux valait être fou que mort de son vivant. Greywolf avait raison. Anawak avait parcouru le monde comme un mort vivant. Sa folie actuelle était mille fois préférable.

— Saaaam !

Sur le pont inondable

Johanson était seul.

Floyd Anderson lui avait certainement cassé quelques côtes. Le moindre mouvement lui faisait un mal de chien. Pendant le transport du cadavre de Rubin, il s'était retenu plusieurs fois pour ne pas hurler. Il avait serré les dents, s'efforçant de ne pas être une gêne.

Là, ses forces commençaient à le lâcher, petit à petit.

Il pensa aux merveilleuses bouteilles entreposées dans sa cabine. Dommage. C'était maintenant qu'il aurait eu besoin de boire un petit coup… Ses côtes n'en auraient pas été rafistolées pour autant, mais ça lui aurait mis un peu de baume au cœur. Juste pour trinquer avec lui-même, parce qu'il ne semblait plus y avoir d'autre amateur vivant dans les environs. De toute façon, parmi les gens formidables ou répugnants qu'il avait eu l'occasion de croiser ces derniers temps, il n'en avait pas trouvé un seul pour partager son sens du beau.

Oui, il était sans doute un dinosaure.

Un *Saurus exquisitus*, se dit-il tout en faisant descendre *Deepflight 3* sur l'embarcadère.

Oui, c'était pas mal, ça. Un *Saurus exquisitus*. C'était tout lui. Un fossile content d'être un fossile. Fasciné par l'avenir et le passé, qui se mélangeaient trop souvent, de sorte qu'on ne savait plus exactement à quelle époque on vivait, parce que le passé et l'avenir donnaient pareillement des ailes à l'imagination.

Bohrmann…

Oui, cet Allemand savait apprécier un bon bordeaux. A part lui, personne. Sue Oliviera, ça lui avait plu, mais il aurait pu tout aussi bien lui proposer un truc tout juste buvable acheté au supermarché. Qui donc, dans l'équipe du Chateau Disaster, était assez cultivé pour apprécier un pomerol judicieusement choisi ? Personne. Ou alors…

Judith Li.

Il essaya d'ignorer une dernière fois la douleur qui lui labourait les côtes. Il sauta sur l'appareil, gémit, resta debout, les genoux tremblants. Puis il s'accroupit, ouvrit la capsule et déverrouilla les coupoles.

Lentement, les sphères se soulevèrent et se mirent droites. Les deux conduits étaient ouverts devant lui.

— Embarquement immédiat ! claironna-t-il.

C'était tellement bizarre ! Il était là, solitaire, en train de se balader au-dessus d'un sous-marin sur un pont inondable qui partait de guingois… La vie était pleine d'imprévus.

Judith Li ?

Ah non ! Plutôt vider ses bouteilles dans la mer du Groenland. Refuser de partager la beauté avec certaines personnes, c'était une autre manière de lui rendre justice.

Li

Elle déboucha sur le pont-hangar, hors d'haleine.

Tout était obscurci par la fumée. Elle essaya de percer le nuage opaque, crut discerner une silhouette, loin derrière, qui faisait les cent pas.

Puis elle entendit des appels :

— Sam ! Sam Crowe !

Etait-ce… la voix d'Anawak ?

Un instant, elle hésita. Mais liquider Anawak ne lui servirait plus à rien, maintenant. Les dernières cloisons étanches pouvaient céder à tout instant. Le bâtiment pouvait se casser en deux. L'*Independence* coulerait alors en tombant comme un caillou.

Elle courut vers la rampe, ne vit qu'un trou envahi de fumée. Son estomac se serra. Li n'était pas craintive, elle n'avait pas le vertige, mais elle se demanda comment elle pourrait descendre là-dedans avec ses deux torpilles. Si elle les perdait à nouveau, elles atterriraient dans l'eau noire.

Elle posa les pieds de travers et entreprit de descendre la rampe pas à pas. On n'y voyait rien. C'était angoissant. Le pire, c'était la fumée, qui menaçait de l'étouffer. Les semelles de ses bottes produisaient un son creux sur l'acier cranté.

Soudain, elle perdit l'équilibre et tomba assise. Elle dévala la pente sur le dos, rebondit à plusieurs reprises sur l'acier, fit la culbute et vit l'eau noire se précipiter à sa rencontre.

Les gerbes jaillirent de tous côtés.

Elle refit surface, reprit son souffle.

Elle n'avait pas lâché ses torpilles !

Un gémissement sourd sortait des murs du tunnel. Elle se remit en route, nageant sans bruit en direction du pont inondable. L'eau était tempérée, elle devait provenir du bassin. Il n'y avait plus de lumière dans le tunnel, mais le pont inondable disposait de sa propre alimentation électrique. Plus loin, devant, il faisait plus clair. En s'approchant, elle distingua les embarcadères dressés de biais, la porte de la poupe suspendue, menaçante, au-dessus du bassin du port artificiel, les deux sous-marins, dont l'un flottait à la hauteur de l'embarca...

Deux sous-marins ?

Deepflight 2 avait disparu.

Quant à *Deepflight 3*, Johanson était en train de danser la gigue au-dessus, en combinaison de Néoprène !

Sur le pont d'envol

Samantha n'y tenait plus.

Le cuisinier pakistanais, même s'il avait des cigarettes, ne lui était pas d'un grand secours. Il gémissait, en tas contre le rebord, bien incapable de forger le moindre plan. En réalité, Samantha n'en était pas beaucoup plus capable. Elle se contentait de regarder fixement l'incendie qui faisait rage, en proie au plus profond désarroi. Mais renoncer, ça, jamais. Pour quelqu'un qui avait passé des dizaines d'années à écouter l'univers dans l'espoir de capter les sons venus d'une intelligence étrangère, l'idée de renoncer était absurde. Ce n'était pas un mot qui entrait dans son répertoire.

Il y eut soudain une sorte de coup de tonnerre. Un énorme nuage incandescent se forma au-dessus de l'île, dans un tourbillon d'éclairs et de craquements de feu d'artifice. Une série d'intenses vibrations parcourut le pont, suivie de l'apparition de gerbes enflammées qui se dirigèrent sur eux à une vitesse fulgurante.

Le cuisinier poussa un hurlement. Il se leva d'un bond, recula, trébucha et bascula par-dessus le bord. Samantha essaya d'attraper sa main tendue. L'espace d'une seconde, l'homme parut garder son équilibre, le visage défiguré de terreur, puis il disparut dans le vide en hurlant. Son corps alla s'écraser contre la porte de la poupe qui pointait de travers, puis il fut emporté et soustrait à la vue de Samantha.

Elle était entourée de flammes. Tout autour, l'asphalte brûlait. La chaleur était insupportable. Seul le côté gauche avait été préservé de la pluie de flammes. Pour la première fois, elle sentit monter en elle le désespoir. La situation était sans issue. Elle pouvait la prolonger, mais elle n'y pourrait rien changer.

La chaleur la contraignit à reculer. Elle courut vers bâbord. Là-bas, il y avait le passage vers l'élévateur extérieur.

Que faire ?

— Sam !

Voilà qu'elle avait des hallucinations ! Elle entendait quelqu'un l'appeler ! Impossible !

— Sam Crowe !

Non, elle ne se trompait pas. On l'appelait !

— Par ici ! hurla-t-elle. Je suis là !

Les yeux écarquillés, elle fouilla les environs. D'où venait cette voix ? Il n'y avait personne sur le pont.

Puis elle comprit.

Prudemment, pour éviter de tomber, elle se pencha au-dessus du bord. L'air était rempli de suie, mais elle distingua nettement la plate-forme élévatrice, en dessous.

— Sam !

— Ici ! Là-haut ! hurla-t-elle à pleins poumons.

Quelqu'un sortit en courant sur la plate-forme et leva la tête.

C'était Anawak.

— Léon ! appela-t-elle. Je suis là !

— Mon Dieu, Sam ! Attends ! Reste là, je viens te chercher…

— Comment ça, mon pauvre petit ?

— Je monte !

— Tu ne peux plus monter ! cria Samantha. Tout est en feu ! L'île, le pont d'envol… C'est l'enfer, ici ! *La Tour infernale*, c'est du pipi de chat, à côté !

Anawak s'agitait sur la plate-forme, l'arpentant en tous sens.

— Où est Murray ?

— Mort.

— Il faut qu'on foute le camp, Sam !

— Non, tu crois ?

— Tu es sportive ? Tu peux sauter ?

Samantha regarda en bas. Sportive ! Ouais… Autrefois, avant l'invention des cigarettes… Et là, il y avait au moins huit mètres, peut-être dix. Et par-dessus le marché, la plate-forme s'était transformée en savonnette.

— Je ne sais pas.

— Moi non plus. Tu as deux secondes pour trouver une meilleure idée… Alors ?

— Non, j'en ai pas…

— Je peux nous faire sortir avec un sous-marin !

Anawak écarta les bras.

— Allez, saute, grouille ! Je te rattrape.

— Non, Léon. Il vaudrait mieux que tu te gares sur le côté…

— Arrête de jacter et saute !

Samantha jeta un dernier regard derrière elle. Les flammes se rapprochaient. Elles semblaient l'avoir repérée et cherchaient à l'attraper, tendant leurs langues gourmandes.

Elle ferma brièvement les yeux, puis les rouvrit.

— J'arrive, Léon !

Sur le pont inondable

Bon Dieu, mais qu'est-ce qu'il foutait, Anawak ?

Johanson, accroupi sur le sous-marin qui se balançait doucement, inspecta les flots. Jusqu'à présent, rien ne signalait la présence éventuelle des Yrr dans les eaux sombres du sas. Que viendraient-ils y faire, d'ailleurs ? Pourquoi s'embêter à attaquer par là ? Il leur suffisait d'attendre le naufrage complet du bâtiment. Au final, les Yrr auraient eu la peau de l'*Independence*.

Les cinq minutes étaient passées.

Au fond, il pouvait y aller puisqu'il restait encore un sous-marin pour Anawak et Sam…

Et Shankar ?

Ils seraient quatre. Non, il ne pouvait pas prendre la tangente tout seul, sachant qu'ils auraient besoin des deux sous-marins.

Au moment où il attaquait la *Première Symphonie* de Mahler, il entendit une voix sèche claquer à ses oreilles :

— Sigur !

Il se retourna brutalement. Trop brutalement. Une violente douleur lui transperça la poitrine, lui coupant la respiration. Li était là, sur l'embarcadère, juste derrière lui, un pétard pointé sur lui. A ses pieds, elle avait posé deux tubes étroits.

— Descendez de là, Sigur. Ne m'obligez pas à vous tuer.

Johanson attrapa le palan auquel était accroché le Deepflight.

— Obliger ? Je croyais qu'au contraire vous preniez votre pied en butant les gens…

— Descendez.

— Des menaces, Jude ?

Il eut un rire bref. Ses pensées couraient à toute vitesse. Il devait gagner du temps. Improviser, bluffer, jusqu'à l'arrivée d'Anawak.

— A votre place, je ne tirerais pas, sinon, ce serait foutu pour votre petite séance de plongée.

— Qu'est-ce que vous voulez dire ?

— Ça vous intéresse ?

— Allez, accouchez.

— Accoucher, c'est dur. Allez, General Commander Li, ne faites pas tant de manières, descendez-moi, vous verrez après.

Li hésita.

— Qu'est-ce que vous avez foutu avec le sous-marin, espèce de connard ?

— Je vais vous le dire, répondit Johanson en se redressant avec peine, et j'irai même jusqu'à vous aider à le remettre en état, mais avant, c'est vous qui allez m'expliquer quelque chose.

— Pas le temps.

— Eh oui, c'est trop bête… Dommage.

Li lui décocha un regard furibond. Puis elle baissa son arme.

— Allez-y, posez votre question.

— Vous la connaissez, ma question : pourquoi ?

— Vous êtes sérieux ? jeta Li. Essayez de faire marcher votre cerveau si performant. Vous imaginez l'état du monde sans les Etats-

Unis d'Amérique ? Nous sommes le dernier facteur de stabilité subsistant. Il n'y a qu'un seul modèle de succès national et international qui soit valable et durable pour n'importe qui dans n'importe quelle société, c'est le modèle américain. Nous ne pouvons pas permettre au monde de régler le problème des Yrr. Nous ne pouvons pas non plus le permettre aux Nations unies. Les Yrr ont causé de gros dommages à l'humanité, mais ils détiennent également un grand potentiel de savoir et de connaissances. Dans quelles mains voulez-vous voir tomber ce savoir, Sigur ?

— Dans les mains de ceux qui sont les plus aptes à s'en servir.

— Tout juste.

— Mais c'est à cela que nous avons tous travaillé, Jude ! Ne sommes-nous pas du même côté ? Nous pouvons arriver à un accord avec les Yrr. Nous pouvons…

— Vous ne comprenez toujours pas ? Il nous est interdit de trouver un accord. Un accord serait contraire aux intérêts de mon pays. Nous, les Etats-Unis, devons avoir accès à ce savoir, et en même temps, nous devons tout faire pour que personne d'autre n'y ait accès. Il n'y a pas d'alternative. Il faut débarrasser l'humanité de la présence des Yrr. La simple coexistence serait un aveu de notre défaite, la défaite de l'humanité, de la foi en Dieu, de la confiance en notre suprématie. Mais le pire, en cas de coexistence, serait qu'elle entraînerait un nouvel ordre mondial. Nous serions tous égaux devant les Yrr. Toute nation disposant d'une haute technologie pourrait communiquer avec eux. Toutes, elles s'efforceraient de sceller des alliances avec eux afin d'accéder à leurs connaissances et peut-être finir par les soumettre… Celle qui y parviendrait dominerait alors la planète.

Elle fit un pas dans sa direction.

— Vous avez compris ce que ça signifie ? Cette race sous-marine dispose d'une biotechnologie dont nous n'osons même pas rêver. Nous ne pouvons entrer en relation avec elle que par le moyen biologique. Cela impliquerait que partout dans le monde on pourrait s'amuser à pratiquer des expériences avec les microbes en toute légalité. Nous ne pouvons pas permettre une chose pareille. Les Yrr doivent être détruits, il n'y a pas d'alternative, et il n'y a pas d'alternative à l'Amérique ! Nous ne devons laisser cette mission à personne d'autre, pas même à ces lavettes de l'ONU, qui donnent une voix et une place à n'importe quelle ordure !

— Vous n'êtes pas bien, répliqua Johanson entre deux quintes de toux. Quel genre d'être êtes-vous donc ?

— Je suis un être qui aime Dieu…

— Non, c'est votre carrière que vous aimez ! Vous êtes complètement mégalo !

— Et mon pays ! hurla Li. Et vous, à quoi croyez-vous ? Je sais à quoi je crois, moi ! Je sais que seuls les Etats-Unis d'Amérique sont habilités à sauver l'humanité…

— Pour que tout le monde comprenne une bonne fois pour toutes comment sont répartis les rôles…

— Oui, et alors ? Le monde entier demande aux Etats-Unis de faire le sale boulot, alors voilà, nous le faisons ! Et c'est bien comme ça ! Nous ne devons pas permettre que le monde se répartisse le savoir des Yrr, nous sommes donc *obligés* de les détruire et de préserver ce savoir. Ensuite, c'est nous qui déciderons définitivement de la direction à prendre et aucun dictateur, aucun régime qui ne sera pas disposé favorablement à notre égard ne nous disputera plus jamais cette suprématie.

— Ce que vous voulez entreprendre, c'est la destruction de l'humanité !

Li ricana :

— Oh ! je sais, c'est le genre d'arguments que vous adorez mettre en avant, vous autres scientifiques ! Vous n'avez jamais cru qu'on pouvait briser cet ennemi, ni que sa destruction résoudrait notre problème. Vous ne faites que pleurnicher en répétant que l'extermination des Yrr risque de détruire les systèmes écologiques de la planète. Mais les Yrr sont déjà en train de les détruire ! Ils sont en train de nous éradiquer ! Vous ne pensez pas que pour pouvoir redevenir la race dominante, et pour longtemps, il vaut mieux accepter de causer quelques petits dommages à l'environnement ?

— Vous êtes la seule ici à vouloir dominer les autres, pauvre folle ! Comment voulez-vous dominer les vers et les empêcher de…

— On commence par empoisonner les uns, et ensuite on fait passer les autres à la casserole. Dès que les Yrr auront cessé de nous emmerder, nous aurons les coudées franches au fond de la mer.

— C'est l'humanité que vous allez empoisonner.

— Vous savez, Sigur, décimer l'humanité, ça présente aussi des avantages. Finalement, ça fera du bien à la planète, ça lui donnera un peu d'air.

Li plissa les yeux et dit alors :

— Et maintenant, ôtez-vous de là.

Johanson ne bougea pas. Cramponné au palan, il secoua lentement la tête.

— Le sous-marin n'est pas en état de plonger.

— Je n'en crois pas un traître mot.

— Dans ce cas, il ne vous reste plus qu'à agir.

Li approuva d'un geste de tête.

— Nous sommes d'accord, cette fois, dit-elle.

Elle fit feu. Johanson tenta d'esquiver, sentit la balle traverser son sternum et une onde, un mélange de froid et de douleur, se diffuser en lui.

Cette ordure avait tiré sur lui.

Ses doigts se détachèrent l'un après l'autre du palan. Il chancela, tenta de dire quelque chose, se retourna et bascula sur le ventre dans l'habitacle du pilote.

Sur l'élévateur extérieur

Au moment où il vit sauter Samantha, Anawak fut pris de doutes. Elle s'était élancée en battant des jambes, mais beaucoup trop à gauche. Il suivit sa course en écartant les bras pour la réceptionner, formant des vœux pour que l'impact ne les jette pas à l'eau tous les deux.

Elle était fluette, mais elle lui tomba dessus avec une puissance prodigieuse.

Anawak s'affala à la renverse, sous Samantha. Ensemble, ils traversèrent le pont en glissant inexorablement. Il l'entendit crier et entendit ses propres cris, tenta de toutes ses forces de prendre appui sur le sol avec ses talons, pendant que sa tête rebondissait sur l'asphalte. C'était la deuxième fois en une journée qu'il était aux prises avec ce maudit élévateur, et il espérait bien que c'était la dernière – d'une manière ou d'une autre.

Ils s'arrêtèrent à deux doigts du bord.

Samantha le regarda fixement.

— Tu vas bien ? s'enquit-elle d'une toute petite voix.

— Je n'ai jamais été mieux.

Elle roula sur elle-même, essaya de se lever, fit la grimace et retomba en arrière.

— Pas moi, annonça-t-elle.

Anawak se leva d'un bond.

— Qu'est-ce qu'il y a ?

— Mon pied. Le droit.

Il s'agenouilla, tâta sa cheville.

Samantha gémit.

— Je crois qu'il est cassé.

Anawak s'arrêta. Se trompait-il, ou le navire penchait-il encore plus ?

La plate-forme grinça dans ses rails.

— Mets ton bras autour de mon cou…

Il aida Samantha à se relever. Heureusement, elle réussissait à sauter sur son pied valide. Ils gagnèrent l'intérieur du hangar. On n'y voyait pas à cinquante centimètres.

Comment pourraient-ils monter la rampe ? Elle devait s'être transformée en une véritable paroi rocheuse.

Il sentit soudain la colère monter en lui.

Ils étaient dans la mer du Groenland. Dans le Grand Nord. Il était du Grand Nord. Un Inuk. Cent pour cent inuk ! Il était né dans l'Arctique et sa place était là. Mais il ne mourrait pas là, et Samantha non plus.

— Allez, dit-il, on continue.

Dans *Deepflight 3*

Li se précipita sur le pupitre de commande.

Beaucoup trop perdu de temps, se dit-elle. Je n'aurais pas dû me laisser entraîner dans cette discussion stérile avec Johanson.

Elle fit monter l'appareil de manière à l'amener juste au-dessus d'elle. Aussitôt, elle aperçut les deux logements vides. Les deux petites torpilles avaient été enlevées pour laisser la place aux tubes remplis de poison. Parfait ! Les torpilles capables de percer le blindage étant toujours dans leurs supports, elle serait plus que correctement armée.

Vite, elle introduisit les tubes dans les logements et les bloqua. Dès qu'elles auraient été tirées, de préférence dans le nuage bleu, une petite capsule explosive ferait en sorte que le poison soit projeté sous haute pression. La dissémination serait effectuée par l'eau, et le reste serait pris en charge – involontairement – par les Yrr. C'était la meilleure partie du plan : la mort cellulaire programmée. Une fois contaminée, la population s'autodétruirait dans une superbe réaction en chaîne.

Rubin avait vraiment fait du bon boulot.

Elle vérifia une dernière fois le blocage, manœuvra l'appareil pour l'emmener au-dessus du sas et le fit descendre à la surface de l'eau. Plus assez de temps pour mettre la combinaison de Néoprène. Il lui faudrait faire attention. Elle dévala l'échelle, courut jusqu'à l'embarcation, grimpa dedans. L'appareil se balança. Alors elle vit Johanson, inanimé, le visage tourné vers le bas, affalé dans le conduit du pilote.

Cet idiot ! Pourquoi n'avait-il pas pu basculer sur le côté et tomber dans le sas ? Maintenant, elle allait devoir se débarrasser de son cadavre, en plus !

En réalité, elle regrettait d'en être arrivée là. D'une certaine façon, il lui était assez sympathique et, même, elle l'admirait.

Dans d'autres circonstances, peut-être…

Un grondement parcourut le sous-marin.

Bon, c'était trop tard, elle n'avait plus le temps de s'en débarrasser. D'ailleurs, ça n'avait pas d'importance, puisqu'on pouvait piloter à partir de la place du copilote.

Elle entendit un vacarme de métal qui s'écroulait.

Elle s'engouffra hâtivement dans le conduit du copilote et ferma les bulles. Ses doigts glissèrent sur les touches. Un léger bourdonnement emplit l'habitacle, des rangées de lampes et deux petits écrans s'allumèrent. Tous les systèmes étaient prêts. L'appareil reposait calmement sur les eaux noir et vert de la mer du Groenland, prêt à descendre au fond à travers le puits de trois mètres d'épaisseur. Li sentit l'euphorie l'envahir.

Tout de même ! Elle y était arrivée !

Dans son refuge

Johanson était assis au bord du lac.

Il s'étendait devant lui, calme, rempli d'étoiles. C'était son vœu le plus cher, pouvoir retourner là-bas. C'était le paysage qu'il aimait, et il le contemplait, plein de respect et de bonheur. Il se sentait curieusement léger, débarrassé du poids de son corps. Il ne ressentait nul froid, nulle chaleur. Ce n'était pas comme d'habitude. C'était comme s'il était le lac, et la petite maison posée derrière, la forêt silencieuse et noire tout autour, et les bruits du sous-bois, et la lune tachetée, tout. Il était tout cela, et tout cela était en lui.

Tina Lund.

Comme il regrettait son absence ! Il aurait bien aimé lui offrir ce calme, cette paix profonde. Mais elle était morte. Morte dans une gigantesque révolte de la nature contre la civilisation qui se répandait le long des côtes comme une moisissure. Tout simplement balayée, comme tout avait été balayé, sauf cette image sur sa rétine. Le lac était éternel. Cette nuit serait éternelle. Et sa solitude s'associerait à un néant bienfaisant, l'ultime plaisir de l'égoïste.

Etait-ce ce qu'il souhaitait ? Voulait-il vraiment être seul ?

Pourquoi pas ? La solitude présentait des avantages inestimables. On partageait les moments précieux avec soi-même. On écoutait en soi et on entendait des choses étonnantes.

D'un autre côté, où se situait la frontière avec l'isolement ?

Soudain, il ressentit de la peur.

La peur faisait mal. Elle dévorait sa poitrine, lui dérobait son souffle. D'un seul coup, il avait froid. Il se mit à trembler. Les étoiles du lac grossirent pour devenir des lampes rouges et vertes, émirent un bourdonnement électronique. La vision s'effaça et fut remplacée par quelque chose de brillant, d'anguleux, et il n'était plus assis au bord du lac, il n'était plus le lac, mais il était allongé à l'étroit dans un tunnel, un tube, un conduit. Un habitacle ?

Il reprit conscience brutalement.

Tu es mort, pensa-t-il.

Non, il n'était pas tout à fait mort. Mais il sentit qu'il ne lui restait plus longtemps à vivre. Il était dans le sous-marin qui devait aller répandre le poison au fond de la mer pour répondre au crime des Yrr, si c'en était un, par un crime plus grand encore… un crime contre les Yrr *et* contre l'humanité.

Devant lui, ce n'étaient pas les étoiles qui clignotaient, mais les touches du Deepflight. Elles étaient en marche. Il leva les yeux et, par la couple de verre, vit disparaître le bord du pont inondable.

Ils étaient dans le sas.

Rassemblant ses dernières forces, il parvint à tourner la tête. Dans l'habitacle voisin, il reconnut le beau profil de Li.

Li. Judith Li l'avait tué.

Presque tué.

Le sous-marin continuait à s'enfoncer. Ils passèrent devant des plaques d'acier. Bientôt, ils seraient à l'extérieur. Plus rien ni personne ne pourrait empêcher Li de déverser sa cargaison mortelle dans la mer.

Non, il ne fallait pas la laisser faire.

Des gouttes de sueur perlèrent sur son front lorsqu'il dégagea ses mains écrasées sous son torse et tendit les doigts, sur le point de perdre conscience. Les consoles étaient là-bas. Il était dans le conduit du pilote. Li avait transféré les commandes vers son poste. Elle conduisait depuis la place du copilote, mais il pouvait remédier à la chose.

Il suffisait d'appuyer sur une touche pour inverser les commandes.

C'était Kate Ann Browning, la technicienne en chef de Roscovitz, qui lui avait montré le maniement de l'appareil. Elle avait fait cela très consciencieusement, et il avait bien écouté. Donc, il *savait* où se trouvait cette fonction ! Il savait aussi à quoi servaient les autres instruments, et ce qu'il fallait faire pour obtenir l'effet désiré. Il lui suffisait de s'en souvenir. Souviens-toi.

Pareils à des araignées moribondes, ses doigts barbouillés de sang rampèrent vers les touches.

Souviens-toi !

Là. C'est là. Et à côté…

Il ne pouvait guère faire plus. La vie s'enfuyait, elle s'écoulait, mais il lui restait encore un dernier reliquat de force. Cela suffirait.

Va au diable, Li !

Li

Judith Li regardait à l'extérieur par la coupole. Le mur d'acier du sas se trouvait à quelques mètres en dessous. Le sous-marin plongeait lentement vers la pleine mer. Plus que un mètre, peut-être moins, et elle mettrait les hélices en route. Puis elle descendrait tout droit et se tirerait en vitesse. Il fallait mettre le plus de distance entre elle et le navire, qui risquait de sauter d'un moment à l'autre.

Quand rencontrerait-elle les premières populations d'Yrr ? Si elles étaient importantes, cela risquait de poser un problème, elle le savait, elle ne connaissait pas la taille qu'elles pouvaient atteindre. Peut-être fallait-il aussi craindre une attaque des orques. Dans les deux cas, elle n'avait pas de souci à se faire, avec l'artillerie qu'elle emportait. Pas de souci.

Elle attendrait l'apparition du nuage bleu. Le meilleur moment pour balancer le poison, c'était juste avant la fusion.

Ces sales bêtes d'unicellulaires auraient la surprise du siècle.

Au fait… les unicellulaires étaient-ils capables d'être surpris ?

Mais pour le moment, c'était à elle d'être surprise : il y avait quelque chose de changé sur les touches. Une lampe témoin s'était éteinte, celle qui indiquait que les commandes étaient de son côté…

Les commandes !

Elle avait perdu le contrôle des commandes ! Toutes les fonctions avaient été transférées au poste de pilotage ! En revanche, un affichage clignotait, montrant quatre graphiques représentant les torpilles, deux étroites et deux plus grandes, capables de percer le blindage.

L'une des grandes torpilles était activée.

Li poussa un gémissement d'horreur. Elle tapa du poing sur la console pour inverser les commandes, mais en vain. Implacable, l'affichage du compte à rebours continua à se refléter dans le bleu clair de ses yeux :

00.03… 00.02… 00.01…

— Non !

00.00

Son visage se figea.

La torpille

La torpille lancée par Johanson sortit de son logement. Elle fendit l'eau sur trois mètres, avant de s'écraser contre le mur d'acier du sas et d'exploser.

Un souffle gigantesque souleva le Deepflight. Celui-ci fut projeté contre le mur arrière. Une immense gerbe d'eau jaillit du sas. Le sous-marin se renversa, la deuxième torpille jaillit. La moitié du pont inondable sauta, dans un vacarme assourdissant. Une boule de feu grossit, contenant le Deepflight. Ses deux occupants et sa cargaison empoisonnée se réduisirent au point qu'ils semblèrent n'avoir jamais existé. Des débris allèrent se ficher au plafond et dans les murs, réduisant en miettes les citernes à ballast qui se remplirent aussitôt, tandis que des milliers de tonnes d'eau jaillissaient par le cratère qui avait été le fond d'un port artificiel.

La poupe de l'*Independence* s'affaissa.

Le navire se mit à sombrer à une vitesse vertigineuse.

La fuite

Anawak et Samantha avaient réussi à atteindre le bord de la rampe lorsque l'onde de choc de l'explosion secoua le navire.

La secousse les balaya. Anawak fut projeté en l'air, tourbillonna et tomba la tête la première dans le précipice du tunnel. Samantha disparut de son champ de vision. Il dévala la pente, le corps labouré, écorché par la paroi d'acier, puis fut pris dans une deuxième onde de choc et ballotté en tous sens, si bien que, l'espace d'un instant, il crut avoir été à nouveau propulsé en l'air. Un vacarme indescriptible retentit à ses oreilles, comme si le bâtiment entier avait implosé. Sur un ultime vol plané, Anawak atterrit dans l'eau.

Il fut alors aspiré par un courant qui l'attirait vers le bas. Il lutta, se débattit avec l'énergie du désespoir, désorienté, ne sachant plus reconnaître le haut du bas. Le navire ne sombrait-il pas par la proue ? Pourquoi la poupe était-elle immergée ?

Le pont inondable ! C'était là que l'explosion s'était produite…

Johanson !

Quelque chose le frappa au visage. Un bras. Il l'attrapa, l'agrippa fermement tout en battant des pieds, mais sans réussir à avancer. Il fut rejeté sur le côté et aussitôt ramené, entraîné et repoussé. Ses poumons brûlaient comme s'il respirait du feu. Il toussa et sentit la nausée monter.

Tout à coup, il refit surface et put sortir la tête de l'eau.

Samantha remonta à côté de lui. Il tenait toujours son bras. Elle s'étrangla et cracha, les yeux fermés, disparut à nouveau sous la surface. Anawak la ramena vers lui. Autour d'eux, l'eau bouillonnait. Il vit qu'ils étaient au fond du tunnel de la rampe.

L'eau montait, et elle était glacée. De l'eau glacée venue directement de la mer. Dans sa combinaison de Néoprène, il était protégé pour quelque temps, mais Samantha n'en portait pas.

On va se noyer. Ou geler. On est foutus. On est enfermés dans le ventre d'un navire en train de sombrer.

On va mourir.

Je vais mourir.

Une terreur sans nom s'empara de lui. Non, il ne voulait pas mourir. Il ne voulait pas que cela finisse ainsi. Il aimait la vie, il l'aimait trop, il avait tellement de choses à rattraper ! Il ne pouvait pas mourir, pas maintenant. Pas le temps. Une autre fois, d'accord, mais ce n'était pas le moment, ça ne l'arrangeait vraiment pas…

La terreur était insupportable.

A nouveau, il se retrouva sous l'eau. Poussé vers le bas par quelque chose qui effleurait sa tête. Légèrement, mais ça poussait. Il remonta, en reprenant difficilement son souffle, et son cœur fit un bond.

Un Zodiac avait été projeté hors du pont inondable. Il dérivait, ballotté en tous sens sur l'eau qui continuait à monter à pleins bouillons dans le tunnel. Un canot pneumatique intact, un hors-bord pourvu d'une cabine. Prévu pour huit personnes, bien assez grand pour deux et chargé d'équipements de survie… Il ne tenait plus Samantha.

— Sam ! hurla-t-il.

Elle n'était nulle part. Il n'y avait que de l'eau noire et gargouillante.

Non, se dit-il, c'est pas possible. Elle était à côté de moi il y a deux secondes…

L'eau continuait à monter. Plus de la moitié du tunnel était inondée. Il s'agrippa aux boudins du Zodiac, inspecta les environs. Samantha avait disparu.

— Non, gémit-il. Non, non !

Il se hissa dans le canot, qui se balança violemment. Il avança à quatre pattes de l'autre côté, pour fouiller l'eau des yeux.

Là ! Elle était là !

Flottant sur le dos, les yeux mi-clos, à côté du canot. Les vagues passaient sur son visage. Ses mains bougeaient faiblement.

Anawak se pencha, parvint à attraper ses poignets, l'attira à lui.

— Sam ! hurla-t-il, penché sur elle.

Les paupières de Samantha tressaillirent. Puis elle toussa et vomit de l'eau. Anawak tenta de la hisser à bord. Ses bras étaient si douloureux qu'il crut ne pas y arriver, mais sa volonté fut la plus forte.

Ce n'est pas la peine de rentrer sans elle, lui disait une voix intérieure. Tu peux retourner te foutre à l'eau, sinon.

Il gémissait, geignait, pleurait et jurait, s'accrochait, tirait… Tout à coup, elle fut dans le canot.

Anawak tomba assis.

Il était à bout de forces.

Ce n'est pas le moment de flancher, dit la voix. Tu es dans le Zodiac, bravo, mais maintenant, barre-toi !

Le Zodiac tourbillonnait à toute vitesse, dansant sur la colonne d'eau qui montait en l'entraînant vers le pont-hangar. Encore un peu, et ils se retrouveraient dedans.

Anawak se redressa… et retomba aussitôt assis. Pas grave, se dit-il, on va ramper. A quatre pattes, il gagna la cabine. Les instruments étaient disposés comme sur le *Blue Shark*. Il connaissait. Il pourrait s'en sortir.

Levant les yeux, il vit qu'ils fonçaient vers l'extrémité supérieure de la rampe. Il se cramponna, attendit le bon moment.

Soudain, ils jaillirent du tunnel. Une lame les avait crachés et précipités dans le hangar, qui commençait lui aussi à se remplir.

Anawak lança le moteur.

Rien.

Allez, allez, c'est pas le moment de faire des caprices, bordel ! Démarre, moteur de merde !

Toujours rien.

Tu vas démarrer, salo…

L'engin démarra et le canot fit un bond, projetant Anawak en arrière. Il regagna la cabine, agrippa le volant. Traversant le hangar, le Zodiac fonçait droit sur le passage menant à la plate-forme de tribord.

Lequel passage rétrécissait à vue d'œil. Il perdait en hauteur au fur et à mesure qu'ils approchaient de la sortie. Le pont se remplissait à une vitesse incroyable. L'eau affluait par en bas, par les côtés, en vagues grises et déchiquetées. En quelques secondes, les huit mètres de hauteur du hangar s'étaient réduits à quatre.

A moins de quatre.

Trois. Le moteur hurla.

Moins de trois…

Ça passe !

Ils débouchèrent sur la pleine mer façon boulet de canon. Le toit de la cabine s'érafla sur le bord supérieur du passage, le canot vola au-dessus de la crête des vagues, resta un moment suspendu en l'air, puis retomba durement.

La mer était agitée. D'énormes vagues grises roulaient autour d'eux. Anawak se cramponnait au volant, si fort que ses jointures avaient blanchi. Le canot escaladait les vagues, retombait, remontait…

Anawak réduisit la vitesse. Se retourna.

Une pure vision d'horreur.

Un brasier jaillissait de la mer couleur de schiste et se détachait sur un ciel sombre et nuageux. C'était l'île de l'*Independence*, crachant le feu comme un volcan au milieu de la mer. Le pont d'envol était à présent immergé. Seule la ruine embrasée semblait encore défier le destin qui l'attendait inexorablement. Malgré la distance, le grondement de tonnerre des flammes parvenait jusqu'à eux.

Samantha était blottie dans sa veste, sa jambe blessée repliée, livide, les lèvres bleues de froid, secouée de tremblements. Elle dit :

— Les formes de vie intelligentes… c'est vraiment une source d'emmerdements !

Anawak ne répondit pas.

Ensemble, ils regardèrent couler l'*Independence*.

CINQUIÈME PARTIE

Le contact

La recherche d'une intelligence étrangère est toujours la recherche de sa propre intelligence.

Carl Sagan

Des rêves

Réveille-toi !

Je suis réveillée.

Comment le sais-tu ? Tout autour de toi, il n'y a que du noir. Tu te rapproches de l'origine du monde. Qu'est-ce que tu vois ?

Rien.

Qu'est-ce que tu vois ?

Je vois les lumières rouges et vertes des instruments devant moi. Des témoins qui me donnent la pression interne et externe, la réserve d'oxygène, l'angle d'inclinaison de la descente, les réserves de carburant, la vitesse. Le sous-marin mesure la composition chimique de l'eau et me la donne sous forme de données et de tableaux. Les palpeurs prennent la température extérieure et me fournissent un nombre...

Que vois-tu encore ?

Je vois des particules qui tourbillonnent. Des chutes de neige à la lueur des projecteurs. Des substances organiques qui tombent au fond. L'eau est saturée de composés chimiques. Assez trouble. Non, très trouble.

Ce n'est rien, ça. Tu ne veux pas tout voir ?

Tout ?

Karen a mis une distance de mille mètres entre elle et la surface de l'eau sans avoir été attaquée. Elle n'a été attaquée ni par les Yrr ni par les orques. Le Deepflight fonctionne parfaitement. Il descend en accomplissant un large mouvement en spirale. Çà et là, quelques petits poissons traversent la lumière et s'enfuient en vitesse. Des détritus passent. Du krill, des crabes minuscules, petits points blancs dans le faisceau des phares. La richesse des particules renvoie toute la lumière à l'expéditeur.

Depuis dix minutes, elle scrute attentivement le cocon gris sale et tourbillonnant que les projecteurs envoient à la rencontre de son appareil. Des ténèbres éclairées artificiellement. De la lumière qui n'éclaire rien. Dix minutes au cours desquelles elle a perdu ses repères. Elle ne sait plus où est le haut, où est le bas. Toutes les quelques secondes, elle vérifie les instruments qui lui disent ce que ses yeux ne peuvent voir à l'extérieur : à quelle vitesse elle avance, son inclinaison, le temps qui s'écoule.

La fiabilité de l'ordinateur.

Elle dialogue avec elle-même. C'est sa voix qu'elle entend. C'est la quintessence des expériences passées, de la vie qu'elle a vécue, des idées qui pointent le bout de leur nez. En même temps, quelque chose en elle lui parle, une voix dont l'existence lui avait été cachée jusqu'alors. Cette voix présente dans sa tête pose des questions, fait des propositions, la trouble.

Qu'est-ce que tu vois ?

Pas grand-chose.

Pas grand-chose, c'est encore exagéré. Seuls des humains peuvent avoir l'idée absurde de s'en remettre à un appareil dont on sait qu'il ne servira à rien à l'endroit visé. Personne ne doute de l'efficacité de tes instruments, mais pour comprendre où va te mener ton voyage, un faisceau de lumière, ce n'est pas ce qu'il te faut, Karen. Cette lumière, là-bas, c'est un espace étroit. Une prison. Libère ta raison. Tu veux tout voir ? Oui ? Alors, éteins les projecteurs.

Karen hésite. De toute façon, c'était ce qu'elle avait prévu. Ce sera nécessaire pour pouvoir voir la lueur bleue dans l'obscurité, quand le moment sera venu. Mais le moment viendra-t-il ? Elle est surprise de constater à quel point elle se cramponne à ce faisceau de lumière ridicule. Depuis beaucoup trop longtemps. Une lampe de poche sous la couverture.

L'un après l'autre, elle éteint les puissants projecteurs. Il ne reste plus que les petites ampoules des instruments. La pluie de particules a cessé.

Elle est dans le noir total.

Les eaux polaires sont bleues. Dans le Pacifique Nord, de même que dans certaines régions autour du continent antarctique, il n'y a pas beaucoup de chlorophylle. Ce bleu, à quelques mètres de la surface, est une sorte de ciel. Pareil à l'astronaute qui, depuis son vaisseau spatial, voit s'assombrir le bleu familier à mesure qu'il s'éloigne de la Terre, jusqu'à être entouré par le noir de l'espace, le sous-marinier descendant en direction opposée s'enfonce dans un énigmatique espace sans lumière. Finalement, peu importe que l'on monte ou que l'on descende. Dans les deux cas de figure, en même temps que les images familières, se dissipent aussi les sensations familières ou ce que les sens transforment en sentiments, en particulier la vue, suivie de la pesanteur. Contrairement à l'espace, la mer est régie par les lois de la gravitation, mais quand on plonge à mille mètres de profondeur dans le noir total, on doit obligatoirement faire confiance à l'affichage digital.

Karen descend à la vitesse de plongée maximale. Le Deepflight a parcouru brièvement ce ciel polaire posé sur la tête, puis tout s'est très vite obscurci. Lorsque le mesureur de profondeur a indiqué soixante mètres, il subsistait 4 % de la lumière régnant à la surface, mais elle avait déjà allumé les projecteurs… comme une astronaute s'efforçant d'éclairer l'espace avec une lampe.

Réveille-toi, Karen.

Je suis réveillée.

Oui, bien sûr, tu es réveillée et très concentrée, mais tu ne fais pas le bon rêve. L'humanité entière rêve tout éveillée d'un monde qui n'existe pas. Incapables de percevoir la nature objective, nous rêvons un cosmos fait de tableaux taxonomiques et de moyennes statistiques. Tout ce qui est invisible à nos yeux, l'un dans l'autre et l'un avec l'autre, ce qui est imbriqué de manière indestructible, nous essayons de le défaire en le classant selon une hiérarchie dont nous occupons le sommet. Nous devons voir pour comprendre, mais au moment même où nous rendons visible l'invisible, nous le soustrayons à notre compréhension. L'homme qui voit est aveugle, Karen. Ouvre les yeux dans l'obscurité. L'origine de toute vie est sombre.

Ce qui est sombre est menaçant…

Pas du tout ! L'obscurité nous enlève les coordonnées de notre existence visible. Est-ce que c'est grave ? La nature est objective et pleine de facettes ! Elle ne s'appauvrit qu'à travers les lunettes des préjugés, parce que nous jugeons de ce qui plaît et de ce qui déplaît. C'est nous-mêmes que nous voyons briller d'une lumière crue sur nos écrans. Toutes ces images qui apparaissent sur nos ordinateurs et sur nos téléviseurs montrent-elles le monde réel ? Certes, le cerveau humain accomplit des merveilles en utilisant un tour de passe-passe grandiose pour rendre possible la compréhension de l'impossible, mais le prix à payer est l'abstraction. Au final, nous obtenons un monde idéalisé dans lequel des millions de femmes essaient de ressembler à dix super top models, à donner naissance à un virgule trois enfants, où un Chinois aura une longévité moyenne de soixante-trois ans et mesurera un mètre soixante-dix. Obnubilés par la norme, nous oublions que la normalité se trouve dans l'anormal, dans la différence. L'histoire de la statistique, c'est une histoire des malentendus. Elle nous a aidés à avoir une vue d'ensemble, mais elle nie les variations. Elle nous a éloignés du monde.

En revanche, elle nous a rapprochés.

Le crois-tu vraiment ?

N'avons-nous pas essayé de trouver un terrain d'entente avec les Yrr ? Mieux, n'avons-nous pas réussi ? Nous avons découvert une base commune, les mathématiques.

Attention, ce n'est pas du tout la même chose. Il n'y a pas de variations possibles dans le calcul du théorème de Pythagore. La vitesse de la lumière restera la vitesse de la lumière. Les formules mathématiques sont intangibles, à partir du moment où elles décrivent le même espace physique. La mathématique ne permet pas d'attribuer des valeurs. La formule mathématique n'est pas un être qui vit sur une hauteur ou dans un arbre, que l'on peut caresser ou qui montre les dents quand on l'approche de trop près. Il n'y a pas de loi de pesanteur moyenne, il n'y en a qu'une. Certes, nous avons réussi à échanger grâce aux mathématiques, mais cela nous a-t-il permis de nous comprendre ? Les mathématiques ont-elles rapproché les hommes ? L'étiquetage du monde suit les particularités culturelles, et chaque culture voit le monde à sa manière. Les Inuits n'ont pas un seul mot pour dire « neige », mais des centaines pour les différentes sortes de neige. Le peuple des Dani de Nouvelle-Guinée ne décrit pas les couleurs.

Que vois-tu ?

Karen scrute l'obscurité. Le sous-marin poursuit lentement sa descente, avec une inclinaison toujours égale à soixante degrés, à une vitesse de douze nœuds. Elle a déjà parcouru mille cinq cents mètres. Le revêtement du Deepflight n'émet pas un son, pas le moindre craquement ni gémissement. Mick Rubin est dans le conduit voisin. Elle essaie de ne pas penser à lui. C'est étrange, ce voyage au fond de la nuit en compagnie d'un mort.

Un messager mort sur lequel reposent tous les espoirs.

Soudain, un éclair.

Les Yrr ?

Non. Ce sont des seiches. Elle est tombée sur un banc entier. Soudain, elle flotte au milieu d'un Las Vegas sous-marin. Dans la nuit éternelle des grands fonds, il n'est pas question de séduire des partenaires possibles avec des vêtements aux tons vifs ou des danses aguichantes. Quand les célibataires sont à la recherche de l'âme sœur, ils fanfaronnent avec leur éclairage. Des rangées complètes d'organes clignotent grâce à des bactéries lumineuses logées dans des photophores, des petites poches transparentes, qui se ferment et s'ouvrent. C'est un vacarme de clignotements, de cris sous-marins codés.

Dans le cas présent, il s'agit moins de faire la cour au sous-marin de Karen que de l'effrayer. Fiche le camp ! disent les éclairs, et comme Karen ne s'en va pas, les animaux ouvrent entièrement leurs photophores et l'entourent d'un habit de lumière scintillant. Entre eux, des petits organismes clairs, au centre rouge ou bleu : des méduses.

Puis autre chose se joint à tout ce joli monde, une chose que Karen ne voit pas, mais que son sonar a captée. Une grande masse compacte. Un instant, elle pense à un collectif d'Yrr, mais les collectifs luisent, et cette chose est noire comme la mer environnante. Sa forme est allongée, imposante d'un côté, mince de l'autre. Karen vole directement sur elle. Elle prend de la hauteur et glisse au-dessus de la créature, et elle comprend.

Les cétacés doivent boire. C'est une pensée absurde quand on vit sous l'eau, mais le danger de mourir de soif dans l'océan est aussi grand pour une baleine que pour un naufragé. Les méduses sont constituées presque exclusivement d'eau, d'eau douce, comme les seiches, qui fournissent le liquide vital. C'est pour cette raison que le cachalot plonge à la recherche de seiches et de méduses. Il descend tout droit à mille, deux mille, voire trois mille mètres de profondeur, où il reste plus d'une heure. Puis il remonte à la surface pour dix minutes afin de respirer, et il replonge.

Karen a rencontré un cachalot. Un prédateur doté de bons yeux. Elle traverse le royaume des ténèbres et des bons yeux. Tous, à cette profondeur, ont de bons yeux.

Que vois-tu ? Que ne vois-tu pas ?

Tu marches le long d'une route. Assez loin de toi, tu vois un homme venir à ta rencontre. Encore un peu plus loin, une femme promène un chien. *Clic !* Une photo ! Décris combien d'êtres vivants sont dans la rue, et la distance qui les sépare.

Nous sommes quatre.

Non, nous sommes plus nombreux. Dans les arbres, je vois trois oiseaux, donc nous sommes sept. L'homme est à dix-huit mètres de distance, la femme, à quinze. Le chien à trois mètres cinquante, il marche devant elle, en laisse. Les oiseaux se trouvent à dix mètres de hauteur et sont séparés de cinquante centimètres les uns des autres… Non ! En réalité, il y a des milliards d'êtres vivants qui se promènent sur cette route. Il n'y a que trois êtres humains. Il y a un chien. A part les trois oiseaux, il y en a encore cinquante-sept dans les arbres, mais je ne les vois pas. Les arbres eux-mêmes sont des êtres vivants, et leur écorce et leur feuillage contiennent des myriades d'insectes. Les plumes des oiseaux cachent des acariens, comme les pores de notre peau. Le chien accueille dans sa fourrure une cinquantaine de puces, quatorze tiques, deux moustiques et dans ses intestins et son estomac des milliers de minuscules vers. Sa salive est pleine de bactéries. C'est la même chose pour nous. La distance entre ces différentes formes de vie est pratiquement nulle. Les spores, les bactéries et les virus sont en suspension dans l'air, forment des chaînes organiques dont nous faisons partie, et nous tressent tous ensemble pour constituer un unique superorganisme. Et c'est exactement pareil dans la mer.

Qu'est-ce que tu es, Karen ?

Je suis la seule forme de vie humaine présente dans un large environnement, indépendamment de Rubin, qui n'est plus une forme de vie, puisqu'il est mort.

Tu es une particule.

Une particule au milieu des autres. Tu n'es pareille à aucune autre, de même qu'aucune cellule n'est identique à une autre jusque dans le moindre détail. Il y a toujours quelque chose de différent. C'est ainsi que tu dois considérer le monde. N'est-ce pas une consolation que de pouvoir te considérer comme une particule, sachant qu'en contrepartie on t'accorde un caractère unique ?

Tu es une particule dans l'espace et dans le temps.

Le mesureur de profondeur clignote.

Deux mille mètres.

Dix-sept minutes. Il y a dix-sept minutes que je suis partie.

C'est ce que te dit ce cadran ?

Oui.

Pour pouvoir comprendre le monde, il te faut découvrir une autre façon de mesurer le temps. Tu devrais te souvenir, mais tu ne le peux pas. L'homme est myope depuis deux millions d'années. Au cours de son évolution, l'*Homo sapiens* a passé la majeure partie de son temps à chasser et à amasser. C'est ce qui a formé son cerveau tel qu'il est aujourd'hui. L'avenir de nos ancêtres n'était que le futur immédiat, le lointain et le passé n'existaient pas. Nous vivions dans l'instant, intéressés principalement par la reproduction. Les grandes catastrophes disparaissaient dans l'oubli, ou prenaient place dans la mythologie. Ce refoulement était un cadeau de l'évolution, mais aujourd'hui, il est devenu notre malédiction. Notre cerveau n'est toujours pas capable de se projeter dans un horizon de temps excédant quelques années, dans le passé ou dans le futur. Quelques générations passent, et nous refoulons, ignorons, oublions. Incapables de retenir les leçons du passé, nous ne savons pas regarder l'avenir. Les hommes ne sont pas faits pour voir le grand Tout et la place qu'ils y occupent. Nous ne partageons pas la mémoire du monde.

Mais non ! Le monde n'a pas de mémoire ! Ce sont les hommes qui se souviennent, pas le monde. Cette histoire de mémoire du monde, ce sont des conneries ésotériques…

Tu crois ça ? Les Yrr se souviennent de tout. Ils *sont* la mémoire.

Karen se sent patraque.

Elle vérifie l'arrivée d'oxygène. Elle n'a plus les idées très claires. Ses pensées partent dans toutes les directions, au milieu des ténèbres de la mer du Groenland. Cette plongée se transforme en trip hallucinogène.

Où donc sont les Yrr ?

Ils sont ici. Tu vas les voir.

Tu es une particule du temps.

Tu descends, traversant l'obscurité et le silence, en compagnie d'un nombre incalculable de tes pareilles, tu n'es qu'une particule d'eau froide, salée, fatiguée et lourde après ton voyage qui t'a amenée des tropiques jusque dans ces régions inhospitalières, jusqu'à ce que vous vous soyez toutes rejointes dans le bassin groenlandais et norvégien, pour former une grande piscine d'eau glacée et lourde. De là, tu traverses la chaîne de montagnes sous-marines entre le Groenland, l'Islande et l'Ecosse pour gagner le bassin Atlantique. Vous traversez des abysses infinis, passant par des amoncellements de lave et de couches sédimentaires. Vous êtes un courant puissant, toi et les autres, et au large de Terre-Neuve vous êtes renforcées par des masses d'eau venues de la mer du Labrador, moins denses et moins froides. A la hauteur des Bermudes, des ovnis circulaires s'approchent et traversent l'océan, ils sont venus de Méditerranée, ce sont des tourbillons d'eau chaude, extrêmement salée, qui ont pris la route de Gibraltar. Méditerranée, Labrador, Groenland, toutes ces eaux se mélangent, et vous continuez vers le sud, tout au fond de la mer.

Tu es témoin de la création de la Terre par elle-même.

Ton périple t'amène le long de la dorsale atlantique, l'une de ces immenses chaînes de montagnes qui traversent tous les océans. Formant un ensemble grand comme tous les continents, alignées sur soixante mille kilomètres de long, couronnées par des rangées de volcans actifs et éteints. Les pics montent à plus de trois mille mètres au-dessus du fond de la mer, et la hauteur de l'eau qui les recouvre est presque la même. Ils séparent la Terre. Là où s'écarte leur axe, le magma afflue jusqu'à la surface en sortant de chambres souterraines, mais au lieu de s'évaporer en explosant la roche liquide s'écoule, inerte, sous la pression des grands fonds glacés. Elle s'insinue entre les flancs de la dorsale océanique et les écarte avec obstination, comme un gros enfant impertinent : c'est un fond marin nouveau qui doit encore trouver sa forme. Avec une lenteur infinie, les talus s'écartent. Le fond est chaud là où la lave serpente, incandescente et rouge, à travers le noir des grands fonds. Des tremblements de terre secouent la gorge par laquelle elle s'écoule, ainsi que les deux faces de la zone des crêtes. Plus loin, les talus refroidissent. Là, c'est une roche plus ancienne qui forme la topographie ; elle devient toujours plus ancienne, plus froide et plus dense à mesure que se creuse la distance avec la dorsale, jusqu'à ce que le sol, vieux, froid et lourd, descende vers les abysses immenses, les plaines des grands fonds, qui, parsemées de montagnes et recouvertes de couches de sédiment meuble, s'étendent telles des bandes transporteuses des temps anciens, à l'ouest, vers l'Amérique, et à l'est, vers l'Europe et l'Afrique. Poussées sous les masses de terre, elles descendent profondément sous le manteau de la Terre et fusionnent dans le four de l'asthénosphère qui les renverra des millions d'années plus tard dans les gorges de la dorsale océanique sous forme de magma incandescent.

Quel circuit ! Tout autour du globe terrestre, le fond océanique est en transformation constante, se sépare sous la pression du centre de la Terre et est tiré par le poids de ses plaques qui s'enfoncent. En permanence, ça appuie, ça tire et ça pousse, dans des douleurs d'accouchement géolithiques, des cérémonies d'inhumation qui moulent le visage de la Terre. L'Afrique s'unira avec l'Europe. Se réunira ! Les continents s'écartent. Mais ils n'avancent pas comme des brise-lames à travers la croûte terrestre, ils sont transportés avec elle passivement, depuis l'époque où Rodinia, le continent originel, a été fragmenté. Les morceaux qui le formaient se sont rassemblés peu à peu pour former le Gondwana, puis Pangée, avant d'être à nouveau séparés. C'est une famille éclatée disposant d'une mémoire de cent soixante-cinq millions d'années qui lui rappelle la masse de terre attachée, entourée d'un seul océan, dépendante de la vitesse d'écoulement de la roche venue du manteau, condamnée à se chercher tout autour d'un globe.

Tu es une particule.

Tu ne vis qu'une infime partie de tout cela. Ton voyage dure un an, et pendant ce temps le fond de l'Atlantique bouge de cinq centimètres. Au cours de ton voyage, tu vois de la vie sans soleil. La lave refroidit vite et forme des fentes et des bosses. L'eau de la mer s'introduit dans un nouveau sol poreux. Elle descend à des kilomètres de profondeur jusqu'à l'intérieur de la Terre, juste au-dessus des chambres de magma en fusion, remonte, saturée de chaleur vitale et de minéraux, noire de sulfure, et jaillit par des formations hautes comme des maisons, semblables à des cheminées, brûlante comme de l'eau bouillante. A ces profondeurs, une eau chauffée à trois cent cinquante degrés ne bout pas, elle ne fait que s'écouler et distribuer ses nutriments dans la zone environnante, en quantité cent fois plus importante que dans les eaux qui l'entourent. Pendant ton voyage dans l'univers inconnu, tu as atteint le premier avant-poste des communautés de vie qui n'ont pas besoin de la lumière du soleil. C'est tout autour des fumeurs noirs que fourmillent des vers longs de plusieurs mètres, des moules grandes comme le bras, des armées de crabes blancs aveugles et de poissons, mais surtout des bactéries. Elles pourvoient elles-mêmes à leurs besoins, de même que les plantes vertes qui se nourrissent dans une certaine mesure de la lumière du soleil. Mais ces bactéries n'ont pas besoin de soleil. Elles oxydent l'acide sulfurique. Leur source de vie est l'intérieur de la Terre. Elles recouvrent largement les fonds océaniques tout autour des fumeurs noirs et vivent en symbiose avec les vers et les moules et certains crabes, tandis que d'autres crabes et d'autres poissons vivent des moules et des vers, sans avoir besoin d'un seul rayon de soleil.

Peut-être n'est-ce pas à la surface que les plus anciennes formes de vie de la planète sont apparues, Karen, mais ici, dans ces profondeurs sans lumière. Peut-être vois-tu le véritable jardin d'Eden au cours de ton voyage dans les grands fonds de l'Atlantique. En toute certitude, les Yrr sont les plus anciennes des deux races intelligentes, dont l'une a hérité de la terre ferme, au prix de son équilibre.

Imagine que les Yrr soient la race choisie.

La race divine.

Vérification des systèmes.

Karen revient à la réalité. Elle n'est plus une particule qui vient de franchir l'Afrique, elle doit se concentrer sur le moment présent. Elle a l'impression d'être partie depuis cent ans. Dehors, des lueurs inquiétantes passent silencieusement, mais ce ne sont pas les Yrr, ce sont des bancs de krill minuscule. Ce n'est pas si facile à déterminer. Ce sont des petites seiches, après tout, ou autre chose.

Deux mille cinq cents mètres.

Il reste environ mille mètres avant d'atteindre le fond. Soudain, alors qu'elle devrait être seule à se déplacer dans ces profondeurs, le sonar se met à clignoter furieusement. Il lui signale l'approche d'un objet de grande taille. Ce doit être immense. C'est une surface opaque qui coule à pic en se dirigeant droit sur elle. Karen sent sa peur latente se transformer en panique. Elle prend un virage à cent quatre-vingts degrés. La chose géante se rapproche. Les micros extérieurs transmettent à l'intérieur du sous-marin un bruit creux qui n'a rien de terrestre. Ce bruit augmente progressivement, devient un hurlement, un gémissement sinistre. Karen est tentée de prendre la fuite, mais la curiosité est la plus forte. Elle a réussi à mettre assez de distance entre elle et la chose inconnue, et il ne semble pas que l'être monstrueux soit à sa poursuite.

Elle fait demi-tour et se dirige à vitesse réduite vers l'intrus. A présent, il est à sa hauteur, tout près d'elle. Le Deepflight est secoué par des turbulences.

Des turbulences ? Qu'est-ce qui peut être assez grand pour provoquer des turbulences ? Un cétacé ? Mais cette chose est grande comme dix baleines, peut-être plus.

Karen allume les projecteurs.

Au même moment, elle s'aperçoit qu'elle s'est approchée très près de l'objet. Elle le voit au bout du faisceau de lumière. Karen est perturbée, incapable d'imaginer ce que peut être cette surface plate qu'elle voit passer devant elle. Puis, à la lueur des projecteurs, elle voit briller… des longues lignes, des courbes et des droites, des lettres horriblement familières. Elle lit :

USS Inde

Elle pousse un cri d'effroi.

Son cri s'élève sans produire d'écho, et elle s'aperçoit alors à quel point elle est encapsulée dans son conduit. Et seule. Encore plus seule maintenant qu'elle voit sombrer le navire devant elle, et ses pensées filent vers Léon, Johanson, Samantha, Shankar…

Léon !

Elle se fige, regarde.

Le bord du pont d'envol apparaît brièvement et disparaît à nouveau. Le reste est caché dans l'obscurité. On ne voit plus que des bulles d'air qui dansent frénétiquement.

Puis suit l'aspiration, qui entraîne le Deepflight avec elle.

Non !

Fiévreusement, elle cherche à stabiliser le sous-marin. Voilà ce que c'est quand on est trop curieuse ! Pourquoi n'est-elle pas restée à distance pour regarder ? Les systèmes signalent toutes sortes d'anomalies. Karen essaie désespérément de remonter. Le sous-marin se bat et se balance, suit l'*Independence* dans sa tombe… Soudain, l'appareil fait une démonstration de ses extraordinaires capacités : il échappe à l'aspiration et remonte.

D'une seconde à l'autre, tout rentre dans l'ordre. Comme si rien ne s'était passé.

Karen entend son cœur battre. Il bourdonne à ses oreilles. Le sang frappe dans sa tête comme un piston.

Elle éteint les projecteurs, et le Deepflight poursuit sa lente descente vers les profondeurs du bassin du Groenland.

Elle pleure. Toutes les digues se sont rompues. Elle pleure toutes les larmes de son corps. Qu'est-ce que ça veut dire ? Elle savait que l'*Independence* finirait par couler, ils le savaient tous, mais… si vite ?

Si, cela aussi, ils le savaient.

Elle ne sait pas si Léon est toujours vivant. Et Sigur…

Elle se sent terriblement seule.

Je veux remonter !

Son visage est inondé de larmes, ses lèvres tremblent. Elle commence à douter du sens de sa mission. Elle n'a pas vu les Yrr, bien qu'elle se rapproche toujours du fond. Elle vérifie les instruments. L'ordinateur la rassure. Il dit qu'elle est en route depuis près d'une demi-heure et qu'elle se trouve à deux mille sept cents mètres.

Une demi-heure. Combien de temps va-t-elle encore passer là-dessous ?

Tu veux tout voir ?

Quoi ?

Tu veux tout voir, petite particule ?

Karen relève le nez. Elle renifle à grand bruit, un bruit très terrestre dans le pays des merveilles de ses pensées.

— Papa ? dit-elle dans une plainte.

Une particule ne veut pas savoir combien de temps vont durer les choses. C'est simple, elle bouge, ou alors, elle reste immobile. Elle accomplit le rythme de la création, en servante docile du Tout. Ces sempiternelles questions sur la durée sont le propre de l'homme, cette lutte contre sa propre nature, cette répartition du temps de vie. Les Yrr ne s'intéressent pas au temps. Ils le portent dans leur génome, le temps, le commencement de la vie cellulaire, il y a deux cents millions d'années, lorsque des blocs de roche océanique s'unirent à la masse continentale qui est aujourd'hui l'Amérique du Nord, lorsque, il y a soixante-cinq millions d'années, le Groenland a commencé à se détacher de l'Europe, lorsque, il y a trente-six millions d'années, se sont formées les caractéristiques topographiques de l'Atlantique, lorsque l'Espagne était encore très éloignée de l'Afrique, lorsque les seuils sous-marins se sont effondrés si bas que, il y a vingt millions d'années, s'établissait enfin entre l'océan Arctique et l'océan Atlantique l'échange des eaux auquel tu dois ton voyage, petite particule, voyage commencé ici, dans le bassin du Groenland, et qui te conduira vers le sud, vers l'Antarctique, en passant par l'Afrique.

Tu es en route vers le courant circumpolaire, la gare de triage des courants marins, vers le circuit éternel.

Du froid au froid.

Tu n'es qu'une particule, mais tu fais partie d'un tout qui correspond à une quantité d'eau équivalente à quatre-vingts Amazone. Vous coulez sur le fond océanique, franchissez l'équateur et arrivez dans le bassin sud-atlantique, jusqu'à la pointe inférieure de l'Amérique. Jusque-là, vos eaux ont un cours régulier et calme. Mais, au-delà du cap Horn, vous êtes pris dans des tempêtes et des turbulences. Secouée en tous sens, tu es entraînée dans un trafic qui rappelle celui qui tourne autour de l'arc de triomphe aux heures de pointe, mais en infiniment plus violent. Le courant antarctique circumpolaire tourne d'ouest en est autour du continent blanc, c'est une entreprise de triage où entrent et sortent tous les océans. Le courant circulaire ne s'arrête jamais, ne se cogne jamais contre la terre ferme. Il se chasse lui-même en permanence. Il aspire en lui toutes les eaux du monde, les sépare et les mélange, efface leur origine et leur identité. Juste avant l'Antarctique, il t'entraîne dans un froid glacial. Tu flottes sur la surface avec les lames et l'écume, et tu retombes lentement pour devenir partie du grand manège circumpolaire.

Il te porte un moment, puis il te recrache.

De nouveau, tu voyages vers le nord, à huit cents mètres de profondeur. Tous les océans se nourrissent du courant antarctique circulaire. Une certaine quantité d'eau retourne dans l'entresol de l'Atlantique, une autre dans l'océan Indien, et la majeure partie dans le Pacifique, toi aussi. Collée contre la façade ouest de l'Amérique du Sud, tu coules jusqu'à l'équateur, où les alizés partagent les eaux, et la chaleur tropicale te réchauffe. Tu montes jusqu'à la surface et tu es entraînée vers l'ouest, au milieu du méli-mélo de l'Indonésie : les îles et les îlots, les courants, les tourbillons, les hauts fonds, le passage semble impossible. Au sud, tu es emportée vers les Philippines et sur la route de Macassar, entre Bornéo et Sulawesi. Tu pourrais aussi te faufiler par la route de Lombok, mais il y a cette route par l'est qui contourne le Timor, une meilleure route, par laquelle tu atteins enfin l'océan Indien.

Et maintenant, direction l'Afrique.

Les hauts fonds chauds de la mer d'Arabie te saturent de sel. En suivant le Mozambique, tu voyages vers le sud, et votre voyagiste s'appelle maintenant le courant d'Agulha. Tu coules toujours plus vite, mue par la joie anticipée de retrouver l'océan de tes origines, tu te jettes dans la grande aventure qui a coûté la vie à tant de marins, le cap de Bonne-Espérance – et tu es rejetée. Trop de courants viennent se cogner là, les uns contre les autres. La place de l'Etoile antarctique, avec sa circulation du vendredi après-midi, est trop proche. Malgré tes efforts, tu n'arrives pas à avancer vraiment. Finalement, tu te dissous avec d'autres dans un tourbillon du courant principal, et tu flottes enfin dans l'Atlantique Sud. Avec le courant de l'équateur, toi et tes semblables, vous avancez vers l'ouest, vous tournoyez en tourbillons gigantesques le long du Brésil et du Venezuela, jusqu'en Floride, puis vous êtes séparés.

Tu as atteint les Caraïbes, le bassin de naissance du Gulf Stream. Chargée de soleil tropical, tu commences ta remontée vers Terre-Neuve, et tu pousses vers l'Islande, tu flottes fièrement à la surface et tu distribues généreusement ta chaleur à l'Europe comme si tu en avais des quantités infinies à revendre. Tu commences imperceptiblement à te rafraîchir un peu, et l'eau évaporée de l'Atlantique Nord te laisse une cargaison de sel qui pèse de plus en plus lourd. Tout à coup, tu te retrouves au-dessus du bassin du Groenland, le point de départ de ton voyage.

Tu as voyagé pendant mille ans.

Depuis plus de trois millions d'années, lorsque l'isthme de Panamá a séparé le Pacifique de l'Atlantique, les particules d'eau suivent cette route. Depuis, il est acquis que seul un déplacement des continents pourrait modifier le cours de la circulation thermohaline. *Etait* acquis ! Car l'homme a détruit l'équilibre du climat. Et pendant qu'on en est encore à discuter de la question du réchauffement et de ses conséquences, à savoir la fonte de la calotte glaciaire sur les pôles qui pourrait entraîner l'arrêt du Gulf Stream, le voici qui s'arrête, parce que les Yrr en ont décidé ainsi. Ils stoppent le voyage des particules, la chaleur pour l'Europe, et l'avenir de la race qui se désigne elle-même comme choisie par Dieu. Ils savent parfaitement ce qui se passe lorsque la circulation s'arrête, au contraire de leurs ennemis qui, eux, ignorent toujours et comme à plaisir les conséquences de leurs actes, ne se souviennent pas de l'avenir, parce qu'il leur manque la mémoire génétique, parce qu'ils ne savent pas comment le début devient une fin et une fin un début, en synthèse de la création.

Mille ans, petite particule. Plus de dix générations humaines, et tu as fait une fois le tour de la Terre.

Mille voyages comme ceux-ci, et le fond de la mer s'est complètement renouvelé.

Cent renouvellements, et les océans ont disparu, les continents se sont fragmentés, tandis que d'autres se sont rejoints, de nouveaux océans ont surgi, le visage du monde s'est transformé.

Une seconde de ton voyage, petite particule, et une vie naît et disparaît. Des nanosecondes, et des petites particules élémentaires échangent leurs places. En un temps encore plus court, se produisent des réactions chimiques.

Quelque part entre tout cela, l'homme.

Au-dessus de tout cela, les Yrr.

L'océan qui a pris conscience de lui-même.

Tu as parcouru le monde, tel qu'il était et tel qu'il est, en étant une partie de la grande circulation qui n'a pas de début et pas de fin, seulement des variations et des retours. Depuis la naissance de cette planète, il se modifie. Tous les êtres vivants forment un tissu unique qui recouvre la Terre, indissociablement liés les uns aux autres dans une chaîne alimentaire. Le simple échange avec le complexe, bien des formes de vie ont disparu à jamais, d'autres se développent, beaucoup ont toujours été là et peupleront la Terre jusqu'à ce qu'elle tombe dans le Soleil.

Quelque part, entre tout cela, l'homme.

Quelque part, dans tout, les Yrr.

Que vois-tu ?

Karen se sent infiniment lasse, aussi lasse que si elle était en route depuis des années. Elle n'est qu'une petite particule triste et solitaire.

— Maman ? Papa ?

Elle s'efforce de garder les yeux sur les lampes témoins.

Pression, O.K. Oxygène, O.K.

Inclinaison : 0.

Zéro ?

Le Deepflight est à l'horizontale. Cela l'étonne. Tous ses sens sont de nouveau en éveil, maintenant.

Profondeur : 3 466 mètres.

Le noir, tout autour.

Le sous-marin ne descend plus. Il est posé sur le fond. Elle est arrivée au fond du bassin du Groenland.

Elle ose à peine regarder le cadran, parce qu'elle a peur d'y voir une chose terrible : elle est partie depuis des heures, elle n'a plus assez d'oxygène pour remonter, quelque chose de ce genre. Mais l'affichage digital, qui luit gentiment, lui signale que le départ a eu lieu trente-cinq minutes plus tôt. Elle n'était pas réellement partie ailleurs, et pourtant, elle ne se souvient pas de l'atterrissage. Sans doute a-t-elle fait comme il fallait. Les hélices sont arrêtées, les systèmes activés. Elle pourrait remonter tout de suite.

Soudain, tout commence.

La population

D'abord, Karen croit être le jouet d'une illusion. Un reflet bleu, faible, assez lointain. Puis, comme si quelqu'un avait soufflé une poussière bleu foncé sur une main surdimensionnée, l'apparition tourbillonne et disparaît.

Une nouvelle lueur, cette fois plus proche et plus large. Elle reste et se place en arc de cercle au-dessus du sous-marin. Karen lève les yeux. Ce qu'elle voit lui rappelle un nuage cosmique. Il est impossible de dire à quelle distance se trouve ce nuage, ni quelle taille il a, mais elle a l'impression non pas de se trouver sur le fond marin mais au bord d'une galaxie lointaine.

Puis le bleu s'estompe. Un instant, elle croit qu'il pâlit, mais elle voit aussitôt qu'elle se trompe, car le nuage s'élargit et s'abaisse lentement vers le sous-marin.

Elle comprend alors que ce n'est pas une bonne idée, de reposer par le fond, si elle veut se débarrasser de Rubin. En tout cas, c'est le moment. C'est maintenant ou jamais.

Elle bascule l'aile latérale, met les hélices en route. L'appareil racle le fond sur quelques mètres, fait tourbillonner du sédiment et s'élève. Des éclairs jaillissent sur des horizons infinis, d'un noir de jais. Karen comprend que la fusion a commencé.

La population est immense.

La lueur bleu-blanc arrive de partout. Le Deepflight est en suspension au milieu du nuage qui fusionne. Karen sait que la masse gélatineuse peut se contracter pour former un tissu extrêmement solide – elle préfère ne pas penser à ce qui arriverait si le muscle fait d'unicellulaires se refermait sur elle.

Elle est à environ dix mètres au-dessus du fond.

Cela devrait suffire. Allons-y, c'est le moment.

Une pression du doigt parfaitement décisive. Un manque d'attention, un tremblement intempestif dû à la nervosité ou à la peur… elle se tromperait de couvercle et ce serait la mort immédiate. A trois mille mètres de profondeur, la pression est de trois cent quatre-vingt-cinq atmosphères. On ne perd pas obligatoirement son aspect extérieur, mais la vie à coup sûr.

Karen appuie sur le bon bouton.

A côté d'elle, le couvercle du conduit du copilote se dresse à la verticale. L'air jaillit à l'extérieur comme une explosion et entraîne le corps de Rubin. Karen accélère la vitesse de son avion sous-marin, difficilement manœuvrable avec le conduit ouvert, et redescend immédiatement, ce qui catapulte définitivement Rubin à l'extérieur. Sa silhouette noire flotte devant le nuage bleuâtre qui s'approche. L'environnement étranger comprime ses tissus, écrase son crâne, brise ses os sous la pression de sa propre musculature, expulse les liquides de son corps.

Tout est illuminé.

La substance gélatineuse se saisit du corps de Rubin et l'appuie contre le sous-marin volant. L'organisme s'approche aussi par l'autre côté, par tous les côtés en même temps, se colle contre l'appareil et contre Rubin. Karen pousse un hurlement de terreur.

Le sous-marin est libéré.

Presque aussi vite qu'ils sont arrivés, les Yrr repartent. Très loin. Comme frappés d'épouvante.

Karen s'entend gémir.

La mer autour d'elle est toujours bleue. Des lueurs estompées se pourchassent à l'intérieur de la gigantesque masse gélatineuse qui entoure l'appareil comme une muraille fermée grimpant à l'infini.

Elle tourne la tête et voit le visage détruit de Rubin, faiblement éclairé par les instruments de la console. Il a été écrasé contre la coupole de son conduit et regarde à l'intérieur de l'appareil par des trous sombres. Ses yeux ont été dissous par la pression hydrostatique. Un liquide noir s'en écoule. Puis le corps de Rubin se détache lentement, s'éloigne dans la nuit. De nouveau, il devient une ombre sur l'arrière-plan éclairé, il fait des mouvements étranges, comme exécutant en l'honneur de quelque divinité païenne une danse infiniment lente et maladroite.

Karen accélère sa respiration, se contraint au calme. En d'autres circonstances, elle aurait peut-être laissé la nausée la submerger, mais ce n'est ni le moment ni le lieu de jouer les délicates.

Le cercle continue à reculer et s'arrondit en s'élevant sur les bords. Du noir apparaît par en dessous et enfle. Des ondes parcourent la lisière de l'organisme. Il se ride de tous côtés en montant de plus en plus haut, tandis que le cadavre du biologiste se fond dans l'obscurité. En même temps, des tentacules descendent par le haut, longs comme des lianes. Ils bougent de manière coordonnée et ciblée, trouvent Rubin et commencent à le manipuler en tous sens. De fins palpeurs apparus au bout des tentacules s'occupent activement de différentes parties du cadavre. De temps en temps, ils s'arrêtent ou se divisent. Parfois, ils se recouvrent les uns les autres, comme s'ils se réunissaient pour se consulter. Contrairement à tout ce qu'elle a vu jusqu'à présent chez les Yrr, ces palpeurs sont d'un blanc changeant. Le tout se déplace dans une chorégraphie muette, et soudain Karen entend de loin la musique de son enfance : *La Plus que lente* de Debussy, le morceau préféré de son père. Elle est surprise et enchantée, et sa peur disparaît. *La Plus que lente* est d'une beauté époustouflante, et, en ce moment, elle ne voit que…

La beauté.

Elle a retrouvé ses parents au milieu de la beauté.

Au-dessus d'elle miroite une cloche bleue gigantesque, haute comme la voûte céleste.

Karen n'est pas croyante, mais elle se retient de ne pas murmurer une prière. Elle se rappelle les paroles de Samantha qui parlait d'extraterrestres bien trop terrestres, du nombrilisme des hommes dans la représentation de la race étrangère. Peut-être Samantha critiquerait-elle la pureté de cette lumière et préférerait-elle un éclairage moins symbolique que ce blanc divin. Mais ce que voit Karen est incomparable. Ce n'est blanc que parce que la bioluminescence produit souvent une lumière blanche, de même que de la lumière bleue, verte ou rouge. Ce n'est pas une manifestation divine, c'est la simple manifestation de l'état d'excitation d'unicellulaires capables de produire de la lumière. Et d'ailleurs, comment imaginer un dieu qui se manifesterait dans des tentacules ?

Karen sait à présent qu'il n'y a plus de retour possible. La querelle concernant l'intelligence supposée des unicellulaires est désormais obsolète. Inutile, désormais, de se demander si l'organisation de toutes ces cellules permet de conclure à une vie consciente, ou s'il ne s'agit que d'une forme très développée de mimétisme. Les Yrr avaient même enfoncé le clou en s'offrant une place dans le musée des horreurs de l'histoire lorsqu'ils avaient pénétré, tous tentacules dehors, dans la coque de l'*Independence*, monstres gélatineux à côté desquels les Martiens de Wells faisaient figure de chiots nouveau-nés. Ce qu'elle voit est une preuve irréfutable de l'existence d'une intelligence aiguë qui n'est définitivement pas humaine.

Son regard se perd dans le nuage bleu et monte jusqu'à son sommet. De là, elle voit descendre lentement une forme, du bas de laquelle jaillissent des tentacules, une forme presque ronde, grande comme une lune. Sous la surface blanche passent des ombres grises. Des motifs compliqués apparaissent pendant quelques secondes, des nuances de blanc dans le blanc, des éclairs symétriques, des rangées de points et de lignes qui s'allument et s'éteignent, des codes abscons. C'est une sorte d'ordinateur vivant, dans lequel s'élaborent et s'accomplissent des processus d'une complexité inouïe. Cette chose est en train de penser. Karen ressent alors qu'elle pense aussi pour tout ce qui l'entoure, pour toute l'énorme masse, le firmament bleu, et, enfin, elle comprend.

Elle a trouvé la reine.

La reine prend contact.

Karen ose à peine respirer. La pression, lourde de plusieurs tonnes, tout en comprimant les liquides contenus dans le cadavre de Rubin, les a en même temps libérés et disséminés dans l'eau. De toutes les parties de son corps a jailli la phéromone concentrée, à laquelle les Yrr ont réagi instinctivement.

La fusion a eu lieu très vite, elle s'achève d'autant plus brusquement. Karen n'est toujours pas certaine de la réussite de son plan. Mais si elle ne s'est pas trompée, cette expérience a probablement plongé la population dans un désarroi babylonien, avec une différence : à Babylone, on se connaissait et on a cessé de se comprendre, tandis que la population des Yrr comprend sans connaître. Le message phéromonique n'a jamais été transmis ni compris par d'autres que des Yrr. La population n'arrive pas à reconnaître Rubin. Il est sans conteste l'ennemi dont on a décidé l'extermination, mais cet ennemi dit : Fusionnons.

Et voilà ce que dit Rubin : Je suis un Yrr.

Que peut bien penser la reine ? Comprend-elle la supercherie ? Voit-elle que Rubin n'est évidemment pas une population d'Yrr, que ses cellules sont fermement solidaires, qu'il lui manque les récepteurs ? Rubin n'est certes pas le premier homme que les Yrr examinent sous toutes les coutures. Tout ce qu'ils trouvent classe Rubin parmi les ennemis. Dans leur logique, quelqu'un qui n'est pas un Yrr doit être soit ignoré soit combattu. Les Yrr se sont-ils jamais battus contre d'autres Yrr ?

De cela, au moins, Karen ne doute pas, et elle sait que les autres, Johanson, Léon, Sue, n'en auraient pas douté non plus. Les Yrr ne se tuent pas entre eux. Ils repoussent les cellules malades et déficientes, et la phéromone assure la mort cellulaire, mais c'est en quelque sorte pour se débarrasser des peaux mortes, comme le fait le corps humain. Il ne s'agit pas chez l'humain d'une lutte des cellules corporelles entre elles, parce qu'elles forment ensemble un être unique, et il en va de même chez les Yrr, en quelque sorte. Ils sont des milliards et des milliards, mais ils ne sont qu'un. Des populations différentes avec des reines différentes ne sont finalement qu'un être unique doté d'une mémoire unique, d'un cerveau universel qui peut prendre de mauvaises décisions mais ne connaît pas la responsabilité morale qui crée de l'espace pour les idées individuelles ; ici, aucune cellule ne pourra jamais prétendre à être favorisée, aucun châtiment ne sera prononcé ni aucune guerre menée. Il n'y a que des Yrr intacts et déficients, et ce qui est déficient meurt.

Au-dessus de Karen flotte cette lune ronde et pensante.

La reine continue à descendre, puissante, sur le sous-marin.

Elle est immense. Soudain, les ténèbres océaniques ont disparu. Le ventre de la reine entoure peu à peu l'appareil, si petit à côté d'elle. Tout est lumineux. Autour de Karen, une lumière blanche palpite. La reine prend en elle le submersible et l'entoure de ses pensées.

Karen sent sa peur revenir. Elle manque d'air. Elle résiste à l'impulsion qui la pousse à mettre les hélices en route. Elle n'a qu'une envie, prendre la fuite. Le charme s'est rompu, a laissé la place à une menace réelle, mais elle sait que les hélices, dans cette gélatine ferme et flexible, n'auraient pas d'autre effet que de contrarier, d'agacer l'être qui l'entoure. Mieux vaut ne pas penser à la fuite.

Elle sent l'appareil se soulever.

L'être peut-il la *voir* ? La population n'a pas d'yeux, mais d'ailleurs, qu'en sait-elle ?

Ils n'ont pas eu assez de temps pour les étudier, à bord de l'*Independence*.

Elle espère de tout son cœur que l'être peut la voir ou avoir conscience de sa présence d'une manière ou d'une autre à travers la coupole de verre. Et qu'elle ne sera donc pas tentée d'ouvrir le conduit pour la tâter.

Non, elle ne le fera pas, elle est intelligente.

Elle ? Voilà qu'elle l'humanise, cet être indéfini, c'est drôle, non ?

Karen rit, car la lumière blanche qui l'entoure s'est faite plus diffuse, semble s'éloigner par tous les côtés. La jeune femme comprend alors que l'être qu'elle appelle la reine se dissout, se liquéfie, tout en l'entourant pendant un merveilleux instant comme la poussière d'étoiles de l'univers naissant. Devant la coupole dansent de minuscules points blancs.

Puis le sous-marin est libéré, la lune fusionne à nouveau et flotte maintenant sous elle, portée par un disque bleu foncé qui s'étend à l'infini. La reine a dû considérablement relever le Deepflight. Sur la surface du disque, il se produit une sorte d'intense circulation. Des myriades d'êtres lumineux s'en échappent et restent en suspension. Des poissons chimériques aux couleurs resplendissantes à motifs complexes jaillissent de l'intérieur de la gelée, se rencontrent et retombent à l'intérieur de la masse. Au loin étincelle un véritable feu d'artifice. Des cascades de points rouges s'allument à proximité du sous-marin, dessinent des formes sans cesse nouvelles, à un rythme si rapide que l'œil ne peut les suivre. Ils se laissent tomber, se rapprochent du centre blanc et prennent lentement forme, et ce n'est qu'à proximité immédiate de la reine qu'ils dévoilent leur vraie nature. Karen en a le vertige. Ce n'est pas un banc de petits poissons, comme elle le pensait, mais un seul être géant doté de dix bras et d'un long corps mince.

Un calamar. Immense.

La reine envoie un fil clair et effleure le centre du calamar. La danse des points rouges cesse.

Qu'est-ce que c'est que ça ?

Sous les yeux écarquillés de Karen, des bancs de plancton luisent comme une neige qui tomberait de bas en haut. Une escadrille de seiches des profondeurs, vert fluorescent, passe, leurs yeux sont placés au bout d'une tige. Des éclairs jaillissent sur le bleu infini, se perdent là où leur lumière ne peut plus lui parvenir.

Elle n'en peut plus de regarder. C'est trop.

Tout à coup, elle ne le supporte plus. Elle remarque que son appareil recommence à s'enfoncer, il descend vers la lune qui luit. Elle comprend qu'à nouveau elle pourrait se rapprocher de ce monde atrocement étranger, de près, de trop près, sans aucune chance de le quitter cette fois. Non !

Vite, elle ferme le conduit toujours ouvert et pompe de l'air comprimé à l'intérieur. Le sonar indique cent mètres au-dessus du fond. Karen vérifie la pression, l'oxygène, le carburant. Tout fonctionne. Tous les systèmes travaillent. Elle met les hélices en marche. Son avion sous-marin entreprend l'ascension, d'abord lentement, puis plus vite, échappe au monde étrange du fond du bassin du Groenland, prend la direction du ciel de son monde.

Le retour vers la terre.

Mille questions tourbillonnent dans la tête de Karen. Où sont les villes des Yrr ? Où naît leur biotechnologie ? Comment produisent-ils le Scratch ? Qu'a-t-elle aperçu de cette civilisation étrangère ? Que lui a-t-on permis de voir ? Tout ? Rien ? Etait-ce une ville flottante ? Un simple avant-poste ?

Qu'as-tu vu ?

Je ne sais pas.

Des fantômes

Ça monte, ça descend. En haut, en bas.

C'est long, et ennuyeux.

Les vagues soulèvent le Deepflight, le laissent retomber. Ça monte, ça descend. En haut, en bas. Il dérive à la surface. Il y a déjà un bon moment qu'elle a entrepris sa remontée. Elle a l'impression de se trouver dans un ascenseur schizophrène. Peu de vagues déferlent, c'est plutôt une montagne de schiste qui se déplace dans un mouvement uniforme.

Ouvrir la coupole serait trop dangereux. Le Deepflight prendrait l'eau instantanément. Donc elle reste simplement allongée et regarde au-dehors, dans l'espoir que la mer se calmera bientôt. Elle a encore un peu de carburant. Pas assez pour atteindre le Groenland ou Svalbard, mais au moins s'en rapprocher. Tant que durera la tempête, elle économisera ses réserves – il serait idiot de mettre le moteur en route contre les vagues, et elle ne veut plus plonger. Dès que le calme sera revenu, elle pourra partir en croisière pour n'importe où.

Elle ne sait pas réellement ce qu'elle a vécu. Mais si la créature du fond des mers a conclu que les hommes avaient quelque chose de commun avec les Yrr, ne serait-ce que le parfum, la sensation aura vaincu la logique. Dans ce cas, l'humanité bénéficiera d'un peu de temps. D'un crédit, remboursable en bonne volonté, en clairvoyance et en actes. Un jour, les Yrr trouveront un nouveau consensus, parce que leur origine et leur développement, toute leur continuité, reposent sur le consensus, et l'humanité aura sa part dans ce consensus.

Karen ne veut pas penser à autre chose. A Sigur Johanson, à Sam Crowe et à Murray Shankar, aux morts, à Sue Oliviera, à Alicia Delaware, à Jack Greywolf. Pas plus à Salomon Peak, à Jack Vanderbilt, à Luther Roscovitz, à personne ! Pas même à Judith Li.

Et surtout pas à Léon, parce que penser à lui réveille sa peur.

Mais elle pense quand même.

L'un après l'autre, ils arrivent comme à une réception, prennent place dans sa tête, s'installent.

— Notre hôtesse est très mignonne, dit Johanson, mais encore eût-il fallu qu'elle ait un vin correct à nous proposer à bord.

— Tu t'attendais à quoi ? A trouver une cave dans un sous-marin ? réplique Sue Oliviera d'un ton sec.

— Ce serait la moindre des choses.

— Ecoute, Sigur, dit Léon en riant, tu devrais plutôt la féliciter ! Elle a sauvé le monde !

— C'est très louable, de fait.

— Ah bon ? intervient Samantha. Carrément le monde ?

Un silence perplexe.

— Bon, dit Alicia en faisant tournicoter son chewing-gum dans sa bouche, le monde, il en a rien à cirer de nous. Qu'on soit là ou pas, c'est pas ça qui l'empêchera de se balader à travers l'univers. Il n'y a que *notre* monde que nous pouvons sauver ou détruire.

— *Hugh* ! approuve Greywolf en opinant du chef.

Léon renchérit :

— L'atmosphère, elle s'en tamponne le coquillard, de savoir si elle est respirable pour nous ou pas. Si l'homme arrête d'exister, son système de valeurs s'arrête avec lui, il n'y aura plus ni beauté ni laideur. Une mare de soufre bouillonnant ne sera ni plus belle ni moins belle que Tofino au soleil couchant.

— T'as raison, Léon ! le félicite Sigur. Alors, buvons le vin de la clairvoyance. D'ailleurs, l'humanité est sur la pente descendante. Copernic a chassé la Terre du centre de l'univers, Darwin nous a arraché notre couronne de rois de la création, Freud a démontré que la raison s'aplatissait devant l'inconscient. Il nous restait le privilège de nous prendre pour les seuls êtres intelligents organisés de la planète, mais voilà qu'il y a des locataires plus anciens qui se pointent pour nous foutre dehors !

— Dieu nous a abandonnés, déplore Sue Oliviera.

— Oh non ! pas tout à fait, la rassure Léon. Heureusement, Karen a obtenu une petite prolongation.

— Mais on l'a payée cher, fait remarquer Sigur avec une grimace. On a été quelques-uns à y laisser notre peau.

— Oh ! c'est pas une grande perte ! rigole Alicia.

— Tu ne vas pas me dire que ça ne te fait rien.

— Qu'est-ce que tu veux… je me suis trouvée très courageuse. Au cinéma, c'est toujours les vieux qui meurent et les jeunes qui survivent.

— Ça, c'est parce que nous sommes des singes, explique Sue, très terre à terre. Les gènes âgés cèdent la place aux jeunes, qui sont sains, qui offrent les meilleures garanties de reproduction. Ça ne marche pas dans l'autre sens.

— Même pas au cinéma, renchérit Samantha. Ça rouspète quand ce sont les vieux qui survivent et les jeunes qui meurent. C'est pas considéré comme un happy end. C'est bizarre, hein ? Même cette histoire de happy end est le résultat de contraintes biologiques. Tu parles d'un libre arbitre… Est-ce que quelqu'un a une cigarette ?

— Pas de vin, pas de cigarette, réplique Sigur malicieusement.

— Il faut voir le côté positif, intervient Shankar de sa voix douce. Les Yrr sont un miracle, et ce miracle nous a survécu. King Kong, la baleine blanche… invariablement, le monstre mythique meurt à la fin. L'homme qui le pourchasse s'étonne, l'admire, se laisse charmer par son étrangeté, et à la fin il le tue ! Est-ce que c'est ce que nous voulons vraiment ? Nous nous sommes laissé charmer par le Scratch, par l'étrange, l'incertain… dans quel but ? Pour le faire disparaître ? Pourquoi devrions-nous encore et toujours nous débarrasser de l'insolite ?

— Pour que le héros et l'héroïne tombent dans les bras l'un de l'autre et fassent une ribambelle d'enfants, grogne Greywolf.

— Exactement ! s'écrie Sigur en se tapant la poitrine. Et le vieux sage scientifique doit mourir pour des petits cons sans cervelle qui n'ont pour seul mérite que d'être jeunes !

— Merci, dit Alicia.

— Mais non, ce n'est pas de toi que je parle !

— Du calme, les enfants ! dit Sue. Les unicellulaires, les singes, les monstres, les hommes, l'insolite, tout ça, c'est la même chose. C'est de la biomasse. Pas de quoi s'énerver. On voit notre espèce d'un œil tout à fait différent quand on l'examine au microscope ou qu'on la transpose en notions biologiques. Les hommes et les femmes deviennent des petits mâles et des petites femelles dont le but premier dans la vie est l'acquisition de la nourriture, manger devient dévorer…

— … faire l'amour devient s'accoupler, l'interrompt Alicia en riant.

— Exactement. La guerre, nous la transformons en destruction de l'espèce et au pire en mise en danger de la population subsistante, et nous n'avons plus besoin de nous considérer comme responsables de notre bêtise parce que nous pouvons tout mettre sur le compte des gènes et des pulsions.

— Les pulsions, fait remarquer Greywolf en enlaçant Alicia, moi, je n'ai rien contre.

Un léger rire fuse, se propage de façon complice, s'éteint.

Léon hésite.

— Eh bien, pour revenir à l'histoire du happy end…

Tous les regards se dirigent vers lui.

— Je sais qu'on pourrait se demander si l'humanité mérite de continuer à vivre. Mais il n'y a pas d'humanité. Il n'y a que des êtres humains. Des humains uniques, dont beaucoup pourraient avancer plein de raisons pour continuer absolument à vivre.

— Et toi, pourquoi veux-tu continuer à vivre, Léon ? lui demande Samantha.

— Parce que… c'est très simple, répond Léon. Parce qu'il y a quelqu'un pour qui j'aimerais continuer à vivre.

— Un happy end, soupira Sigur. Je le savais.

Samantha sourit à Léon.

— Est-ce que, finalement, tu serais amoureux, Léon ?

— Finalement ? réfléchit Léon. Oui. Je crois que, finalement, je suis bel et bien amoureux.

Ils continuent à bavarder, et les voix résonnent dans la tête de Karen, se mélangeant au grondement des vagues.

Tu prends tes rêves pour des réalités, se réprimande-t-elle.

Elle est à nouveau seule.

Karen pleure.

Au bout d'une heure environ, la mer se calme. Au bout d'une nouvelle heure, le vent s'est apaisé, au point que les vagues ressemblent à des collines aplaties.

Trois heures plus tard, elle se risque à ouvrir la coupole.

Le verrouillage se débloque. Le couvercle s'ouvre dans un bourdonnement. Un froid glacial l'entoure. Elle regarde à l'extérieur et voit au loin monter une bosse. Ce n'est pas une orque qui s'approche, c'est quelque chose de plus grand. A la deuxième remontée-plongée, nettement plus proche à présent, une énorme queue sort de l'eau.

Une baleine à bosse.

Elle se demande si elle ne va pas refermer le conduit. Mais qu'a-t-elle à opposer à une baleine à bosse qui pèse des tonnes ? Peu importe qu'elle soit couchée dans le conduit ou qu'elle soit assise. Si la baleine ne veut pas qu'elle survive, eh bien, elle ne survivra pas.

La bosse s'élève à nouveau des vagues grises qui frisent. L'animal est énorme. Il reste à la surface, tout près de l'appareil. Il passe tellement près qu'il suffirait à Karen de tendre la main pour pouvoir toucher sa tête couverte de cirripèdes. La baleine se tourne sur le côté, et, pendant quelques secondes, son œil gauche examine la petite femme installée dans l'appareil.

Karen lui rend son regard.

La baleine projette son jet d'eau vaporisée. Puis elle plonge lentement sans faire la moindre vague, disparaît dans l'eau grise et n'est très vite plus qu'un souvenir.

Karen se cramponne au bord du conduit. La baleine ne l'a pas attaquée. Elle ne lui a rien fait.

La jeune femme a du mal à le croire. Ça gronde dans sa tête. Ça bourdonne dans ses oreilles. Le grondement et le bourdonnement se rapprochent, et ce n'est pas dans sa tête. Cela descend des airs, vers elle, enfle, c'est très près maintenant, c'est assourdissant.

Karen tourne la tête. L'hélicoptère est arrêté au-dessus de l'eau.

Des gens se pressent devant la porte ouverte. Des soldats, et aussi un civil, qui fait de grands gestes, agite les deux bras. Quelqu'un dont la bouche est grande ouverte, parce qu'il essaie en vain de surmonter le grondement des rotors.

Il va finir par gagner la partie, mais pour l'instant l'appareil est le plus fort. Karen pleure et rit en même temps.

Léon Anawak.

Épilogue

Chroniques de Samantha Crowe

15 août

Plus rien n'est comme avant.

Il y a un an aujourd'hui que l'*Independence* a sombré. J'ai décidé d'écrire mon journal. Un an après. Sans doute avons-nous besoin de dates symboliques pour commencer ou terminer quelque chose. Pourtant, les écrits et témoignages de toutes sortes ne manquent pas, concernant les événements des derniers mois. Mais ce qui est écrit n'est pas le fruit de mes pensées, et j'aimerais bien m'assurer un jour de la validité de mes souvenirs.

Ce matin, j'ai appelé Léon.

Ce jour-là, il y a un an, sans lui, j'avais trois options : brûler, me noyer, geler.

Très exactement, je lui dois deux fois la vie. Car après le naufrage j'aurais encore pu mourir, trempée jusqu'aux os d'eau glacée, la cheville brisée, sans le moindre espoir d'être repêchée. Le Zodiac disposait d'un équipement de survie, mais je doute fort que j'aurais été capable de m'en servir seule. Immédiatement après le naufrage de l'*Independence,* je crois que pour couronner le tout je me suis évanouie. Mon cerveau se refuse aujourd'hui encore à rejouer cette dernière séquence. Je me souviens d'avoir dévalé la rampe, et mon tout dernier souvenir est fait d'eau. Je me suis réveillée à l'hôpital. En hypothermie, avec une pneumonie, une commotion cérébrale, et le besoin pressant de m'en fumer une petite.

Léon va bien. Karen et lui sont à Londres, en ce moment. Nous avons parlé des morts, de Sigur, qui n'aura jamais revu sa maison de l'arrière-pays norvégien, de Sue, de Murray, d'Alicia, de Greywolf. Léon dit que ses amis lui manquent, surtout aujourd'hui, en ce jour anniversaire. Nous sommes ainsi, nous les humains, même pour penser aux morts, il nous faut des points d'ancrage à notre chagrin pour pouvoir ensuite ranger la douleur dans une boîte et l'entreposer pendant un an. L'année suivante, en la ressortant, nous constatons qu'elle était plus grande dans notre souvenir. Les morts appartiennent à la mort. Très vite, nous retournons auprès des vivants.

Récemment, j'ai fait la connaissance de Gerhard Bohrmann. Un gars sympathique, équilibré et calme. Je ne sais pas si à sa place je remettrais jamais les pieds dans l'eau, mais il dit que ça ne pourra jamais être pire que ce qu'il a subi à La Palma. Donc il continue à plonger pour se faire une idée des talus continentaux. On peut reprendre la plongée, maintenant, car les attaques ont cessé aussitôt après le naufrage de l'*Independence*. Juste avant, les stations SOSUS avaient enregistré des signaux Scratch dans tout l'océan. Quelques heures plus tard, quand l'équipe de sauvetage est arrivée pour délivrer Bohrmann dans sa grotte, il n'y avait plus de requins. Les baleines avaient retrouvé comme par magie leur comportement normal. Les vers avaient disparu, tout comme les armées de méduses et les bêtes venimeuses, les crabes avaient cessé d'envahir les côtes, et la grande pompe recommence petit à petit à travailler et ne nous menace plus d'un retour imminent à l'ère glaciaire. Même les hydrates, selon Bohrmann, retrouvent leur solidité. Karen ne sait toujours pas vraiment ce qui s'est passé au fond du bassin du Groenland, mais son plan a dû fonctionner. Le moment de l'émission des signaux Scratch se recoupe avec celui où elle est entrée en contact avec la reine. Nous le savons grâce au système de bord du Deepflight. L'ordinateur a consigné le moment où Karen a actionné l'ouverture pour laisser sortir le cadavre de Rubin, et la terreur a cessé peu après.

Mais peut-être faut-il dire qu'elle a été interrompue ? Saurons-nous utiliser notre chance ?

Je ne sais pas. L'Europe se remet lentement des conséquences du tsunami. Les épidémies continuent à faire rage dans l'est de l'Amérique, même si leurs effets diminuent et que de nouveaux produits immunisants commencent à agir. Ce sont les bonnes nouvelles.

Parallèlement, le monde se trouve pris dans le vertige du doute. Comment nous guérir de nous-mêmes face au champ de ruines qu'est devenue notre idée de nous-mêmes ?

Les grandes religions, tel le christianisme, n'ont pas la réponse. Adam et Eve, les archétypes de notre espèce, ont battu en retraite il y a longtemps devant les éléments de la biochimie. L'Eglise a accepté, contrainte et forcée, l'idée que Dieu ait commencé avec des protéines et des acides aminés. Cela, elle pouvait s'en accommoder. Car ce qui comptait était le fait qu'Il ait *voulu* faire ce qu'Il avait fait ! L'important n'était pas la manière exacte dont est apparu l'homme, mais le fait qu'il fût le résultat de la volonté divine. Dieu ne joue pas aux dés, a dit Einstein. Il applique ses plans et leur réussite n'est pas remise en question. Son infaillibilité est toujours valable *a priori*.

La chrétienté accepte même l'idée de la présence d'autres intelligences sur d'autres planètes. Pourquoi Dieu n'aurait-il pas réédité Sa Création aussi souvent qu'il Lui plaisait ? Ces êtres peuvent parfaitement être différents de nous si Dieu le veut. Le modèle humain est adapté de manière optimale au cadre des conditions terrestres qu'il a établies par Sa volonté. Sur d'autres planètes, Dieu a créé d'autres conditions et donc d'autres formes de vie. D'une manière ou d'une autre, Il a créé toute vie à Son image, parce que la notion de l'image semblable doit être comprise de manière métaphorique. La Création ne correspond pas au reflet de Dieu, mais à l'image qu'Il avait en esprit lorsqu'Il a entrepris de la réaliser.

Le problème était d'une autre nature. S'il était juste que le cosmos fût peuplé d'intelligences étrangères, toutes créées par Dieu... l'histoire du Fils de Dieu n'eût-elle pas dû se dérouler de la même manière sur d'autres planètes ? Les habitants n'étaient-ils pas partout des pécheurs appelés à être sauvés par le sacrifice divin ?

On peut rétorquer qu'une race créée par Dieu ne doit pas obligatoirement pécher. Les choses avaient pu se dérouler autrement. Sur une planète lointaine, les habitants observaient les commandements de Dieu, et il n'était pas utile d'envoyer un Sauveur. Sauf qu'il y avait un os, et de taille : si cette autre race avait toujours vécu en observant la loi divine, était-elle la meilleure aux yeux de Dieu ? Elle s'était montrée plus digne de lui que l'homme, donc Dieu devait lui donner la prépondérance. Mais dans ce cas, l'humanité devenait une création de seconde catégorie, déjà condamnée une première fois pour insuffisance morale. On peut même le dire sans détour : Dieu n'a pas fabriqué Son chef-d'œuvre en créant l'humanité. Le boulot a été bâclé. Il n'a pas pu empêcher que l'homme devienne un pécheur, et Il a donc été obligé de sacrifier Son Fils pour laver la faute. Quel père fait une chose pareille d'un cœur léger ? Dieu Lui-même a dû en conclure qu'Il avait raté l'humanité.

Or, la science part du principe qu'il existe des milliers et des milliers de civilisations étrangères dans l'univers. Mais trouver les galaxies peuplées exclusivement d'enfants modèles est quand même un peu improbable, aussi sommes-nous autorisés à penser que quelques-unes au moins parmi les autres races ont péché, ce qui rend nécessaire l'existence d'un Rédempteur. Dans la religion, il ne s'agit pas de nuancer, il s'agit exclusivement de dogmes et de principes, et la question n'est pas de savoir combien de fautes on commet, mais simplement qu'on en commet. Autrement dit, on ne marchande pas avec

Dieu. L'abus de confiance est un abus de confiance. Le châtiment est un châtiment, et la rédemption est la rédemption.

L'histoire de la Rédemption se serait donc passée plusieurs fois. Mais pouvait-on être sûr que Dieu n'avait pas trouvé ailleurs d'autres moyens pour réparer les ratés de Sa Création ? Sans faire mourir Son Fils ! Déjà se levait un nouveau problème : la mort du Christ avait été douloureuse, mais inévitable, car c'était la voie de Dieu, par conséquent la seule. Mais dans les autres cas, était-ce encore la seule voie juste ? Qu'en était-il de l'infaillibilité de Dieu s'Il faisait mourir Son Fils ici pour laver les péchés de Sa Création, et pas là-bas ? Commit-Il une erreur en le sacrifiant, erreur qu'Il ne voulut pas répéter ailleurs ? Et cela avait-il du sens de prier un Dieu qui ne maîtrisait pas totalement les choses ?

Au sens strict, la chrétienté ne pouvait donc accepter que des intelligences pouvant se prévaloir d'une histoire de Passion. Dans le cas contraire, c'était soit l'humanité, soit Dieu qui s'en sortait mal. Mais les gardiens de la doctrine chrétienne eux-mêmes ne pouvaient partir de l'hypothèse d'un univers rempli d'histoires de Passion. Que restait-il alors ?

Notre caractère unique sur Terre.

C'est à nous que Dieu a destiné cette planète. Nous sommes la race divine, chargée de dominer la Terre. Les habitants d'autres planètes n'y pourront rien changer, même s'ils viennent nous rendre visite. Cette planète est notre place, et les autres ont la leur. Chacune est la race voulue par Dieu dans son monde propre.

Or, le bastion est tombé. Les Yrr ont détruit la dernière prétention fondamentale de la chrétienté. Non seulement la suprématie humaine est remise en question, mais aussi le plan de Dieu. Pire : même si on acceptait que Dieu ait créé deux races égales sur Terre, les Yrr devraient avoir soit une histoire de Passion à proposer, soit vivre strictement selon Ses lois. Autrement, ils auraient commis le péché, et dans ce cas se pose à nouveau la question de savoir pourquoi Dieu ne les a pas punis dans Son courroux.

Et les Yrr ne vivent pas selon Ses lois. Le simple fait d'observer le cinquième commandement exclut leur biochimie. Ce qui ne peut que signifier que Dieu a) n'existe pas, b) qu'il n'a pas le contrôle, ou c) qu'il approuve le comportement des Yrr. Dans ce cas, nous aurions commis une erreur aussi vieille que l'humanité : nous n'étions pas les élus !

C'est dans des affres de cette sorte que se tordent les grandes religions, que se consument le christianisme, l'islam et le judaïsme. Au moment où ils en sont encore à définir, à analyser et à interpréter, leurs structures ont largement implosé et avec elles les institutions vétustes qui dépendaient bien plus que nous ne l'imaginions de la puissance financière de la parole de Dieu. En revanche, le bouddhisme et l'hindouisme, qui acceptent les autres formes de vie, recrutent à tour de bras. Les cercles ésotériques ont le vent en poupe, de nouveaux mouvements naissent, les religions archaïques naturelles connaissent un renouveau. Parmi les anciennes sectes, ce sont les mormons qui sont les plus solides, et leur Dieu dit: J'ai créé d'innombrables mondes. Mais les mormons eux-mêmes ne peuvent dire pourquoi il a introduit deux enfants dans la même salle de jeux.

J'ai entendu dire récemment qu'un évêque catholique parcourait les océans avec une délégation romaine, qu'il envoyait de l'eau bénite dans les vagues et qu'il ordonnait au diable de ficher le camp. Curieux. Une espèce qui était habituée à se moquer des principes de Dieu et à souiller Sa Création envoie à présent l'un de ses prétendus représentants pour amener l'ennemi à la raison… Nous avons le culot de nous proclamer les avocats d'un Créateur dont nous avons galvaudé la confiance. C'est comme si nous voulions prêcher l'Evangile à Dieu pour l'empêcher de nous punir.

Le monde décline.

Les Nations unies ont retiré aux Etats-Unis leur mandat de chef de file. Encore une manifestation d'impuissance. Dans nombre d'Etats, il n'y a plus d'ordre public. Dans tous les pays, on voit des bandes de malfaiteurs prendre le dessus. Partout se lèvent les conflits armés. Le faible agresse le plus faible. Oui, en l'espèce humaine, ce ne sont pas les sentiments nobles qui s'expriment, mais son instinct animal. Ceux qui sont à terre deviennent des proies, et il y a de quoi piller. Les Yrr n'ont pas seulement détruit nos villes, ils nous ont aussi dévastés intérieurement. Nous errons sans foi ni loi, comme des enfants repoussés et cruels qui cherchent un nouveau commencement.

Mais on voit aussi, çà et là, pointer quelques lueurs d'espoir, les premiers signes d'une nouvelle manière de concevoir notre rôle sur cette planète. Beaucoup essaient en ce moment de comprendre la pluralité biologique pour appréhender les véritables principes d'harmonisation et en définitive ce qui nous unit, loin de toute hiérarchie. Car c'est ce qui nous unit qui assure notre survie. L'homme s'est-il jamais demandé quelles seront les conséquences sur la psychologie de ses descendants s'il leur laisse une planète appauvrie ? Comment pourrait-il juger vraiment de l'importance que revêt une espèce animale pour l'esprit humain ? Nous voulons des bois, des récifs coralliens, des mers poissonneuses, un air pur, des rivières et des lacs limpides. Si nous continuons à détruire la Terre et la vie dans toute sa diversité, nous détruisons une complexité que nous ne comprenons pas et que nous sommes encore moins en mesure de remplacer. Ce que nous arrachons, nous l'arrachons pour toujours. Nous ne pouvons pas décider de nous passer de telle ou telle partie du grand entrelacs de la nature. Le secret du réseau ne se révèle que dans son intégralité. Un jour, nous sommes allés trop loin, et le réseau a décidé de se débarrasser de nous. Pour l'instant, c'est l'armistice. Quelles que soient les conclusions des Yrr, nous ferions bien de leur rendre la décision évidente. Le subterfuge de Karen ne marchera pas deux fois.

Aujourd'hui, jour anniversaire du naufrage, je lis dans un journal : « Les Yrr ont changé le monde pour tous les temps. »

Est-ce vrai ?

Ils ont eu une influence importante sur notre destinée, et pourtant, nous ne savons pratiquement rien d'eux. Nous croyons connaître leur biochimie, mais est-ce de la science ? Nous ne les avons jamais revus. Seuls leurs signaux résonnent dans les océans, incompréhensibles, parce que non pensés pour nous. Comment un amas de substance gélatineuse émet-il des bruits ? Comment les réceptionne-t-il ? Deux questions parmi des millions qu'il est vain de se poser. C'est chez nous que se trouvent les réponses. Uniquement chez nous.

Peut-être est-il temps de mener une nouvelle révolution pour concilier nos vieilles contraintes génétiques et notre développement. Si nous voulons nous montrer dignes du cadeau que nous fait la Terre en continuant à subsister, nous devons consacrer nos recherches non pas aux Yrr, mais à nous-mêmes. Seule la connaissance de nos origines, que nous avons appris à dénier entre des gratte-ciel et des ordinateurs, nous montrera la voie qui mène à un meilleur futur.

Non, les Yrr n'ont pas changé le monde. Ils nous ont montré le monde tel qu'il est.

Plus rien n'est comme avant. Ah si !... je continue à fumer.

Que serions-nous sans constantes ?

REMERCIEMENTS

Il semble évident qu'un ouvrage de plus de mille pages bourré à craquer de savoir scientifique n'a pu être écrit que sous l'influence de nombreuses personnes très calées. C'est le cas ici. Je remercie donc en particulier :

Le professeur Uwe A. O. Heinlein, Miltenyi Biotec, pour l'enseignement des Yrr, les gènes pensants et la sagesse puisée au fond de verres bien remplis.

Manfred Reitz, de l'Institut de biotechnologie moléculaire d'Iéna, pour le voile levé sur le monde extraterrestre, et ses atomes crochus, particulièrement excitants, avec les Yrr.

Hans-Jürgen Wischnewski, ancien secrétaire d'Etat, pour un demi-siècle en trois heures, le gâteau au pavot et l'atmosphère tranquille.

Clive Roberts, Managing Director de Seaboard Shipping Co Vancouver, pour ses conseils techniques et « beaux-paternels » – et *simply for being himself* !

Bruce Webster, de Seaboard, pour le temps consenti, la patience et vingt-six réponses détaillées à des questions sans fin.

Le professeur Gerhard Bohrmann, du Centre de recherche Geomar de Kiel et de l'université de Brême, pour le crissement particulier des hydrates et un rôle principal, pas seulement dans la science.

Le docteur Heiko Sahling, de l'université de Brême, pour son étude des vers et sa contribution à cet ouvrage.

Le professeur Erwin Suess, Geomar, pour une pause-déjeuner ensoleillée dans les grands fonds et pour sa présence littéraire.

Le professeur Christopher Bridges, de l'université de Düsseldorf, pour plusieurs moments éclairants dans les profondeurs sans lumière.

Le professeur Wolfgang Fricke, de l'Université technique de Hambourg-Harbourg, pour deux journées extrêmement constructives à but essentiellement destructif.

Le professeur Stefan Krüger, de l'Université technique de Hambourg-Harbourg, pour l'art de contourner les erreurs dans l'immersion des bateaux.

Bernhard Richter, de la Lloyd germanique, pour l'assistance téléphonique lors du sommet créatif à but catastrophique avec le professeur Fricke.

Le professeur Giselher Gust, de l'Université technique de Hambourg-Harbourg, pour ses observations critiques et un véritable courant circumpolaire d'idées.

Tobias Haack, de l'Université technique de Hambourg-Harbourg, pour son travail cérébral dans le ventre du navire.

Stefan Endres, pour le *whale watching*, les vrais Indiens et les grands animaux qui sautent sur les petits avions.

Torsten Fischer, de l'Institut Alfred-Wegener de Bremerhaven, pour l'opportunité de faire très vite des recherches sur un bateau de recherche.

Holger Fallei, pour une expédition sur le *Polarstern* dans le dock sec, expédition qui a été tout sauf sèche.

Dieter Fiege, de l'Institut de recherche Senckenberg à Francfort, pour une journée où le ver était dans le fruit, mais pour le meilleur !

Björn Weyer, responsable de la protection de la flotte, pour sa disponibilité à collaborer avec l'ennemi – l'ennemi littéraire, bien sûr.

Peter Nasse, pour ses contacts précieux, son infatigable serviabilité, avec l'espoir de le voir un jour à l'écran.

Ingo Haberkorn, de la police criminelle fédérale à Berlin, pour sa gestion profonde de la crise en cas de violence et délits perpétrés par des non-humains.

Uwe Steen, des relations publiques de la police de Cologne, pour sa contribution à la question : qui réagit, où, quand, comment, en temps de guerre avec les Yrr.

Dieter Pittermann, pour les voies de communication avec les plates-formes pétrolières, la partie scientifique de Trondheim, et *haper det er til hjelp* !

Tina Pittermann, pour son contact avec papa, pour les livres de mamie et sa patiente attente desdits livres.

La mamie de Tina, pour les mêmes livres.

Paul Schmitz, pour les photos, les transplants de poils de barbe, deux ans de renoncement à la musique et la certitude inébranlable : *never get old* !

Jürgen Muthmann, pour les renseignements sur la pêche péruvienne, sa patience envers les écrivains rétifs à l'avion et la proximité intérieure malgré le grand éloignement physique.

Olaf Petersenn, mon lecteur de confiance chez Kiepenheuer & Witsch, pour avoir enfin enrichi mon vocabulaire autour du mot «*streichen*», qui veut dire, à la fois, peindre, rayer, barrer, raturer, supprimer, annuler, passer la main, caresser, rôder, etc.

Helge Malchow, éditeur chez Kiepenheuer & Witsch, pour sa confiance et le plus gros livre de l'histoire de l'édition.

Yvonne Eiserfey, qui a visiblement jeté un œil sur mon livre, pour les petites et les GRANDES lettres.

Jürgen Milz, mon ami et partenaire, pour sa compréhension et son art de maintenir à flot un petit bateau même sous les plus violentes tempêtes.

Merci à toute l'équipe de Kiepenheuer & Witsch, au marketing et à la publicité, au service de presse, à la diffusion, au comité de lecture, à la fabrication, au secrétariat, et un grand merci au service étranger.

Je remercie également de tout cœur M. Norbert Burger, maire de Cologne depuis de longues années, pour m'avoir mis en contact avec Hans-Jürgen Wischnewski ; Hans-Peter Buschheuer, pour sa lettre à Ben Wisch ; Claudia Dambowy, pour son assistance médicale ; Jürgen Streich, pour sa littérature sur Greenpeace ; Hejo Emons, pour ses vidéos sous-marines passionnantes et extrêmement instructives ; Jochen Cerhak, pour ses vidéos du même ordre, et particulièrement Wahida Hammond, pour ses nombreux, nombreux services amicaux, parce qu'il fallait absolument que je le fasse un jour !

Un merci tout particulier à Brigitte et Rolf Schätzing, mes parents, à qui je dois le meilleur, qui sont toujours là pour moi, qui ont traversé avec moi tant d'eaux agréables et rudes, et ont toujours su garder le cap, même par le brouillard le plus épais.

Dans le grand cycle de la nature, la fin égale le commencement. Suivant cette belle logique, les remerciements ne commencent vraiment qu'à la fin. De la même façon que toutes mes journées commencent et se terminent et recommencent avec la plus belle chose que l'on puisse souhaiter, c'est-à-dire le Grand Amour. Certains disent que Sabina est ma lectrice secrète, d'autres disent tout simplement que c'est ma chance. Tous ont raison. C'est pour toi, ma douce chérie, que j'ai écrit ce livre, en pensant à ce qui est marqué sur un petit bout de dessous de verre à bière dans ton porte-monnaie : *Tout… et la mer.*

Achevé d'imprimer par GGP Media GmbH, Pößneck
en avril 2007
pour le compte de France Loisirs,
Paris

N° d'éditeur: 48719
Dépôt légal: mai 2007

Imprimé en Allemagne